『十二五』國家重點圖書出版規劃項目

國家古籍整理出版專項經費資助項目

⊙任中敏文集⊙

王小盾 陳文和 主編

散曲叢刊

上

任中敏 編著

曹明升 點校

鳳凰出版社

圖書在版編目（CIP）數據

散曲叢刊 / 任中敏著 ; 曹明升點校. -- 南京 : 鳳凰出版社, 2013.4
（任中敏文集）
ISBN 978-7-5506-1753-7

Ⅰ. ①散… Ⅱ. ①任… ②曹… Ⅲ. ①散曲－文學研究－中國－古代 Ⅳ. ①I207.24

中國版本圖書館CIP數據核字(2013)第060201號

書　　名	散曲叢刊
著　　者	任中敏
點 校 者	曹明升
責任編輯	樊　昕
出版發行	鳳凰出版傳媒股份有限公司 鳳凰出版社(原江蘇古籍出版社) 發行部電話025-83223462 南京市湖南路1號A樓,郵編:210009
出版社地址	南京市中央路165號,郵編:210009
出版社網址	http://www.fhcbs.com
經　　銷	鳳凰出版傳媒股份有限公司
照　　排	江蘇鳳凰製版有限公司
印　　刷	江蘇鳳凰揚州鑫華印刷有限公司 揚州市江陽工業園蜀崗西路9號,郵編:225008
開　　本	890×1240毫米　1/32
印　　張	42.375
字　　數	1220千字
版　　次	2013年4月第1版　2013年4月第1次印刷
標準書號	ISBN 978-7-5506-1753-7
定　　價	148.00圓（全三册）

（本書凡印裝錯誤可向承印廠調換,電話:0514-85868858）

20 世紀 30 年代任中敏先生（左）與母親顧竹筠（中）、兄長任誠（右）合影

散曲叢刊十五種

江都任中敏輯

長洲吳梅題耑

吳梅(瞿安)題詞

任中敏先生文集序

本文集是任中敏先生學術著述的總集。

先生名訥，字中敏，江蘇揚州人。早年治北曲和北宋詞，故自號“二北”；晚年從事唐代文藝研究，故又號“半塘”。他出生於 1897 年，即戊戌變法的前一年；辭世於 1991 年 12 月，即蘇聯解體的同一個月：享壽九十五年。他一生經歷了很多歷史事件，其中關係最直接的有“五四”運動、抗日戰爭、社會主義改造和“文化大革命”。先生一直以最積極的態度應對複雜多變的社會環境，所以在九十五年間，不僅有過像普通人一樣的生存，而且有過作爲社會活動家、教育家、學者的生存。本文集正是對於他的學術人生的記録。

先生最重要的學術業績是創立了散曲學和唐代文藝學。本文集圍繞這兩個中心而編成，可分爲四個部分：

第一部分散曲研究，包括《散曲叢刊》、《新曲苑》兩部叢書以及《散曲之研究》、《曲録補正》、《詞曲合併研究》、《詞曲通義》等單篇論述。這些著作有兩大内容：一是把古典文獻學的目録、版本、校勘、輯佚、辨僞之法同詞曲學的曲調、韻律、題目、體例研究結合起來，對元、明、清三代的散曲創作和評論做了系統總結；二是在和詞體相比較的基礎上，考訂了散曲的名稱、體段、用調、作法、内容、派别，亦即確認了散曲在文體、風格、功能上的特徵。這兩項工作，建立了散曲學的文獻基礎，釐定了散曲學的術語體系，構築了散曲學的基本框架，從而結束了散曲與戲曲混沌不分的局面，標志著近代散曲學的成立。

第二部分敦煌歌辭研究，包括《敦煌曲校録》、《敦煌曲初探》、《敦煌歌辭總編》等著作。這些著作始於對《雲謡集雜曲子》的著録與考訂，擴大至於對全部敦煌曲子辭的整理與研究，最後成爲關於“在敦煌發現的、一切有音樂性的歌辭寫本”的研究集成。《敦煌曲校録》、《敦煌曲初探》完成了前兩步，其特點是針對五百四十多首敦煌曲子辭，把校訂考釋與理論研究分别爲兩書；《敦煌歌辭總編》完成了第三步，其特點是收録作品一千三百多首，"合歌辭與理論爲一編"。所謂"理論"，有一個重要項目是辨體，亦即把敦煌歌辭分别歸入隻曲、普通聯章、重句聯章、定格聯章、長篇定格聯章等體裁。經過這項工作，先生不僅提供了一批翔實可靠的音樂文學資料，而且提供了一個結構清晰的學術系統。

第三部分唐代戲劇研究，包括《唐戲弄》、《優語集》以及《唐戲述要》、《戲曲、戲弄與戲象》、《駁我國戲劇出於傀儡戲、影戲説》、《蕭衍、李白〈上雲樂〉的體和用》、《對王國維戲劇理論的簡評》等一批論文。其中《優語集》從表演者及其言論的角度，對中國幾千年戲劇史作了資料展示；《唐戲弄》則用細緻的論證，顯示了唐戲在脚本、戲臺、音樂、化妝、服飾、道具等方面的特徵，爲建立一部以演員和表演爲中心的中國戲劇史作了斷代示範。在先生的著作中，影響最大的也許就是這部《唐戲弄》。它打破"無劇本便無戲劇"的狹窄戲劇觀，重新確認了戲劇的本質；它衝擊以戲曲代替戲劇的舊習慣，既展示了戲劇形態的多樣性，也提升了戲劇研究的資料品質。中國的戲劇研究從此開了新途，從以文學爲中心轉變爲以表演爲中心，從一元的進化研究轉變爲多元的形態比較，視角和視野都有了很大改變。

第四部分唐聲詩研究，包括《唐聲詩》一書，也包括作爲資料準備的《教坊記箋訂》和作爲理論準備的一系列詞學論文。《教坊記箋訂》有兩個重點：其一考訂唐玄宗時期的教坊制度和人物事跡，其二考訂當時教坊所保存的 46 支大曲和 278 支普通曲子。後一内容，正好爲《唐聲詩》研究提供了資料基礎和認識基礎。《唐聲詩》是以配合燕樂曲調的齊言詩爲研究對象的。其操作方法是：先輯成唐代齊言歌辭約兩千首，從中提出曲調百餘名；次以相關記載排比溝通，建立理論；再據此理論重審各曲，著録一百五十餘調、一百九十餘體；最後從以上三者之間抉别矛盾，相互改正，完成全書。在這項工作中，燕樂曲調既是理論與資料之間的交叉點，也是把握音樂與文學之關係的樞紐。以燕樂曲調爲綱領，既可以觀察詩與樂的多種形式的關聯，又可以觀察決定歌辭體式的音樂因素和表演方式因素。通過這種深入觀察，先生把詞調形成這一學術爭議問題提升爲對中古音樂文學的全面探討。

總之,以上四方面工作,都具有建設學術方向、轉變學術風氣的意義。

先生的學術生涯起始於1918年。此年他進入北京大學國文系,師從瞿安(吴梅)教授研治詞曲。1922年畢業以後,他利用瞿安教授奢摩他室和南京江南圖書館的藏書,蒐集了大批散曲資料。1926年至1931年,他在教學之餘,向學術界貢獻出《新曲苑》、《散曲叢刊》、《詞曲通義》、《曲諧》、《詞學研究法》等一批重要著作。這時他只有34歲,但他的學術生涯却形成第一個高峰,彰顯出重視實證、富於批判精神的個性,其具體表現則是重視原本不上大雅之堂的表演性文學,因而重視文學在社會生活中的多樣存在。這種個性事實上貫穿了他的一生。1950年前後,他離開經營多年的漢民中學,在四川大學回歸學術。對於他的教育救國之理想來説,這也許是一個退求其次的選擇;但他的學術個性却因此而得以充分發揚。1951年,他從詞學進入敦煌學,後來又把敦煌曲子辭研究擴展爲敦煌歌辭研究,事實上,這便是把面向作家文學(詞)的研究擴展爲面向社會各階層之文藝的研究。1955年以後,他在好幾項工作上對王國維先生做了糾補,例如繼《優語録》之後編成《優語集》,變《宋元戲曲考》的戲曲研究而爲《唐戲弄》的戲劇研究。表面上看,這些工作的意義是資料範圍的擴大,而究其實質,却是藝術觀念的改變。比如,在《宋元戲曲考》那裏,衡量戲劇的標準是從宋元南戲、明清傳奇到京昆劇的主流戲曲系統,也就是同文人雅士生活相聯繫的表演藝術;而《唐戲弄》却更關注民衆生活中的藝術。依據這一觀念,先生提出了周有戲禮、漢有戲象、唐有戲弄、宋元有戲曲的主張。這個主張意味著,中國戲劇史實即若干戲劇形態相更疊的歷史;不同形態的戲劇有不同的社會功能,但它們具有同等的學術價值。

在近代中國,先生代表了一種不多見的人物類型。他曾經長期從事政治活動和教育活動,但學術却成爲他實現生命意義的最好方式。他到五十五歲才正式選定作爲學者的道路,但他由此改寫了學術史上的某種記録:讓寫作高峰出現在花甲之年,並使學術創造力延續到九十高齡。他一貫以獨立特行者的面貌出現在學術舞臺之上,研究作風和任何人都不相同。他全力以赴從事資料工作,却使這種零度風格的工作充滿熱情,成爲富於理論意義和人格力量的工作。他很少參加學術活動,一生都以邊緣人的身份"閉門造車",而這種情況却恰好成就了他的學術個性。作爲一個成功的學者,在他身上似乎隱藏了一些特殊的秘密。

秘密應當在於:他是把學術當作一種生存方式來看待的。他始終以奮發的態度進行學術工作,學術是他陳述生命的語言。如果説,真正的學者總是具有同學術合一的傾向,那麽,我們可以用"不平則鳴"、"激憤出詩人"的比喻,來解釋他投身學術活動的動力。

1919年,他曾攜帶"五四"的風烈南下揚州,在二十四橋張貼了一批激揚的文字。這一姿態,也就是他走上學術舞臺的姿態。他把這一姿態保持到教育活動中;而當他的教育事業夭折之時,他又在全部研究工作中刻下了作爲批判者的印記。他懷疑聖人和經典,於是矚目於通俗文學。他崇尚"蒸不爛、煮不熟、捶不匾、炒不爆、響當當"的銅豌豆性格,於是弘揚具有豪放本色的北宋詞和元代北曲。他偏愛不入大雅之堂的文學,於是以極大熱情投入對這種文學作品的整理——早年是《一半兒》,晚年是敦煌曲子辭。他的目光不斷被具有平民色彩的事物吸引,於是越來越深地進入那些發生狀態的文體和文學現象。他輕視正統和權威:面對戲曲和戲曲研究的貴族化傾向,他提出飽含民間色彩的"戲弄"概念;面對詞學研究中的正變尊卑觀念和因之固定下來的"詩變而爲詞"的成見,他提出"唐代無詞"的主張和"曲－詞－曲"的文體演進綫索。他的工作不免有某種主觀性,但幸運的是,他所信奉的批判精神,作爲20世紀中國學術的寶貴建樹,天生地包含了某種科學傾向。所以他總是能夠敏鋭地認識對象的本質,找到最具前途的學術課題。此外,他始終不渝地倡導嚴正的爭鳴。他和幾位親密朋友的往來書信,均貫穿了激烈的學術爭論。他一生只具體地指導過一篇學位論文,他的指導意見也可以概括爲簡單的兩句話:"要敢於爭鳴——槍對槍,刀對刀,兩刀相撞,鏗然有聲。""震撼讀者的意志和心靈!"

事實上,先生的批判精神或反傳統精神不僅使他比同代人更加接近科學,而且,也使他更頑强地戰勝了逆境。20世紀50年代以後,學術成了他砥礪意志、張揚個性的手段。他的生活軌跡表明:環境越是惡劣,他越能成功自己的學術。20 世紀 60 年代中期,作爲一個政治身份晦暗的古稀老人,他曾就敦煌曲子辭的校勘問題和創作年代問題,發起一場有中國臺灣潘重規、中國香港饒宗頤、日本波多野太郎等知名學者參加的國際大討論。這一事件,可以看作他對於當時環境的特殊反應方式。同樣,他也向自己所面臨的種種極限反復提出挑戰:總是按大禹治水的方式設計學術工作,在所研究的每一個課題範圍内,細大不捐地疏理全部問題;總是用竭澤而漁的方式搜集資料,上窮碧落下黄泉,不放過有關研究對象的蛛絲馬跡。他的學術具有堅實而强健的品格。

面對先生的學術業績,我們不免會去思考研究方法的意義。我們發現,方法其實是聯繫研究者和研究對象的媒介,是研究者的精神個性同作爲研究對象的資料品質的相互適合。先生的研究方法,也明顯表現了受制於個性與資料品質的特點。學術個性使他進入了一系列處女地,這樣一來,他勢必以最大力量來進行資料建設,採用資料工作與理論工作並舉的研究方法。他所處理的資料往往是非經典的資料,這樣一來,他勢必從文化角度或伎藝角度認識文學,採用社會史的研究方法。以文本爲中心的文學研究一旦讓位給以事物關係爲中心的文學研究,他又自然要把以書籍爲單位或以作品類别爲單位的文獻整理,轉變成以課題和問題爲單位的文獻考訂與理論總結。此外,課題和價值觀的更新,使他在敦煌歌辭校勘等工作中,採用了勇於按斷的治學方式。人們往往依照文獻學的常規對這一方式加以批評,却没有想到,它同樣有研究個性與資料品質方面的緣由——敦煌歌辭資料其實不是“典籍”資料,而是“文書”資料。它多爲孤本,往往殘缺,且由於經過口頭流傳以及由民間書手謄寫等原因,有大量不易死校的訛字異體。爲了取得一份可讀的文本,難免要根據訛别規律、名物制度、通假字音變的時代特點等知識,作較爲大膽的“理校”。這也就是清代校勘家所説的“考異”。這件事説明,先生工作中的種種不圓滿,是應當從積極角度來理解的。因爲它可能不屬於舊的學術範式,而包含某種前指意味,需要後續的開拓。

由於以上理由,今把先生的學術著述整理出版。本文集除副主編陳文和教授以外，其他整理者都是先生的弟子門生。其分工如下：

喻意志、吴安宇：整理《教坊記箋訂》；

楊曉靄：整理《唐戲弄》；

金溪：整理《散曲研究》；

曹明升：整理《散曲叢刊》；

許建中、陳文和：整理《新曲苑》；

王福利：整理《優語集》；

張之爲、戴偉華：整理《唐聲詩》；

樊昕、王立增：整理《唐藝研究》；

何劍平、張長彬：整理《敦煌歌辭總編》；

張長彬：整理《敦煌曲研究》；

李飛躍：整理《詞學研究》；

伍三土：整理《名家散曲》。

另外，本文集所用照片由鄧傑教授提供。

王小盾

2013年春分日

目　録

前　言

任中敏(1897—1991)先生編撰的《散曲叢刊》在散曲學史上具有里程碑式的意義,它的刊佈,標誌着近代散曲學的建立。任先生以精心輯校的十二種曲籍與所撰《作詞十法疏證》、《散曲概論》、《曲諧》諸書,奠定了此後散曲研究的文獻基礎與理論體系。有人稱此爲“任氏新曲學”,或以《散曲概論》與王國維的《宋元戲曲考》比肩。從研究領域的開創性與影響力來看,這些説法不無道理。

《散曲叢刊》的前一部分是對元、明、清十二種曲籍的精校細考。任先生搜討刊佈了許多當時人從未見過之散曲,如《東籬樂府》、《夢符散曲》、《小山樂府》、《酸甜樂府》、《唾窗絨》五種,皆是從諸家選本、曲譜、筆記中鈎稽而成,此前成書已佚;而像康海的《沜東樂府》自嘉靖三年刊行後,從未翻印,《樂府羣玉》自明清以來亦未有刊本流傳,經任先生廣事搜討,這些沉寂已久的秘笈方得以重又面世。任先生還汲取傳統目録學體例,爲所録曲籍編纂目次,撰寫提要或跋語。像《王西樓先生樂府》這樣的刊本原先尚無目録,更不要説像《唾窗絨》這樣的輯本了,任先生一一按宫調編製目録,極便瀏覽;有的曲籍雖有目録,但經衆手傳抄,多有前後淩亂之處,先生又爲之釐正。任先生爲每部曲籍撰寫的提要或跋語,不僅撮述原書之版式、體例、版本流傳與著録情況,還於作者之生平、風格、派别多有精密考訂與闡述,辨章學術,考鏡源流,承流《四庫全書總目》之體例;若將這些提要、跋語彙集而觀,大可作一部散曲目録學著作視之,爲後學開啟入門之路徑。

在曲籍校勘上,任先生頗下功夫,廣搜元明以來之曲選、曲譜、曲韻、詞集、筆記諸書,以資參校,其校《陽春白雪》時所引書籍達二十五種之多,故能擇善而從,且能改必有據。先生在《陽春白雪》“校例”中云:“兹經增改更動,第一爲確非改動不可者,第二必有本書或他書、他本可據者,第三必力求原書之本來。”又在《小山樂府》“附録”中云:“編中尚多可疑待正、闕漏待補之處,都以無他本他書可據,概弗妄改,但注某某待校而已。”這種“改必有據”的校勘態度與其後來校勘敦煌歌辭時勇於按斷的風格大相徑庭,其因蓋在於散曲多文人之作,敦煌歌辭乃民間作品,校勘對象不同,故方法有異也。

散曲校勘,有難於一般韻文校勘者:其一,曲體有出於士大夫文人之手者,亦有出於販夫走卒、娼女弄人之手者,坊間傳抄,多省工料,字細行密,各種稀奇古怪的別字訛句,無所不至;其二,散曲原本用於演唱,口頭之韻與書面之律,常有出入,斟定句律誠爲難事。而此二者,正可見出任先生高出前人之處。例如《陽春白雪》卷三〔撥不斷〕“馬東籬十段”中,有“白頭漸滿玉花雪”一句,“玉花”殊爲生澀,按元曲文字訛别通例,“玉”乃“王”之訛,但“王花”更不通。任先生據上文張小山〔水仙子〕中“壽王”應作“壽陽”、後集吴仁卿〔金字經〕中“洛王”應作“洛陽”諸例,斷定“王”乃“陽”、“楊”之訛,校改此句爲“白頭漸滿楊花雪”,遂曉暢明白。再如,《夢符散曲》中有越調〔酒旗兒〕(千古藏真洞)一曲,任先生按曰:“此調與〔碧梧秋〕彷佛,與越調〔酒旗兒〕本調不盡合。”又如,《陽春白雪》後集中〔八聲甘州〕之尾曲起句原作“長安隔關山”,按譜應作三字兩句,先生據《雍熙樂府》加一“問”字,遂改爲“問長安、隔關山”。凡此種種,足見校勘者之精細與功力。

有些地方,限於材料,無法詳考,任先生一般在“録餘瑣志”或校語中存疑待考。雖是獻疑,却有很高的學術價值,有些疑問成爲了後人研究的切入點。例如任先生在《樂府羣玉》的“録餘瑣志”中提出:“此本既將三、四兩卷中重見各人之詞,並歸入他卷後,此兩卷所餘之篇幅乃無幾;然即令無所移去,原卷所列,亦不當他卷之富,是又原書編製之甚可異者……全書果否五卷,究共幾家,載詞若干?”《樂府羣玉》卷三載小令64首,卷四載63首,而卷一載156首,卷二載179首,卷五載167首,卷三、卷四之數目在全書中的確不均衡。那麽卷三、卷四到底有無殘缺,還是此二卷專爲他卷補遺而設?擴大言之,整本《樂府羣玉》是否存在删減或增訂的情況?這些問題都有待解決。從學術發展的角度看,衡量一項學術成果是否具有生命力,不僅要看它解決了什麽,還要看它是否具有後繼開拓的啓發性和引導性。無疑,任先生所提出的疑問對後人是具有啓發意義的。還值得一提的是,任先生在校完《樂府羣玉》七年以後,始見明人所輯《樂府羣珠》,其中多有録自《樂府羣玉》者,均於曲上標一"玉"字以示所自,先生又據此校補《樂府羣玉》,致使該本愈校愈精。葉德輝在《書林清話》中主張分著述家與校勘家,認爲"考訂校讎,是一是二,而可統名之曰著述家。若專以刻書爲事,則當云校勘家"。任先生對散曲曲籍的精校細考,既可爲校勘家之楷模,更可入著述家之林。

《散曲叢刊》的後一部分是理論闡述,彙集了《作詞十法疏證》、《散曲概論》、《曲諧》三部著述。任先生於 1926 年在《東方雜誌》上連續刊載長文《散曲之研究》,後來略事修訂,改題《散曲概論》,收入《散曲叢刊》。《作詞十法疏證》成於 1924 年,是任先生集中歷代曲論資料爲《中原音韻》中"作詞十法"所作的箋注。《曲諧》主要是考論與鑒賞元、明、清各朝的散曲作家與作品,爲任先生早期研曲心得,故採用筆記式的傳統曲論體製,其間亦附録了先生與友人的一些散曲作品。《曲諧》成於 1926 年之前,因爲《散曲之研究》中已有提及。可以這樣説,《曲諧》與《作詞十法疏證》是爲撰寫《散曲概論》(即《散曲之研究》)的理論準備與文獻基礎,《散曲概論》則是此二書的提煉結晶,這也就難怪三書之中以《散曲概論》的影響最大。《散曲概論》雖僅五萬餘字,却論及了元、明、清三代散曲的方方面面,今人有關散曲的系統認知,皆直接或間接來源於此。這部具有學科創始意義的著作主要包括了三方面的內容:一,散曲形式論,即系統梳理、歸納了散曲的"體段"與"用調"等,廓清了傳統曲學中戲曲、散曲蒙昧不分的混沌狀況;二,散曲文學的精神格調論,即從題材內容、語言風格、藝術構造等方面,揭示出散曲雅俗共舉、無所不容的文化精神與莊諧雜出、尖新豪辣的格調特質;三,散曲文學史論,即通過散曲作家中豪放、清麗、端謹三個流派的承衍來展現散曲文學的發展歷程。任先生的絶大部分論斷爲後之學者所認同,馮沅君、梁乙真以及近來許多學人在研究散曲時均援引或參照過這部著作。關於任氏散曲學的具體內容與學術價值,先生高足王小盾與李昌集領悟尤深,二人合撰《任中敏先生和他所建立的散曲學、唐代文藝學》一文(載《文學遺產》1996年第6期),已作精到闡述,此處不再贅言。

將《散曲叢刊》視爲古代文學研究史上的經典之作,毫不爲過,但就是這樣一部經典之作,自1931年上海中華書局出版以來,除了臺灣在上個世紀60年代影印過一次,大陸地區竟不見再版。而1931年版的《散曲叢刊》並無新式標點,今人閱讀起來頗爲不便,尤其是涉及到一些不常見的人名、書名,讀者往往會句讀錯誤;同時,書中有些地方可能是任先生憑記憶徵引,未核對原書,有些地方可能是筆誤或排字錯誤,編校時未能看出,所以存在一定量的引文訛誤與錯字漏字情況,有些甚至是比較嚴重的錯誤。這就需要我們在重新出版之際,對此書加以點校整理,以使經典作品儘量無瑕。

此次點校整理是在揚州大學圖書館所藏上海中華書局1931年聚珍仿宋版《散曲叢刊》上進行的。任先生晚年在揚州師範學院任博導,曾使用過此書,前幾頁上還留有他的批改筆跡。此次整理,着重做了以下幾項工作:

一,按新式標點進行句讀,書名皆用《 》標注,以使人名、書名不相混;

二,凡任先生直接徵引處,皆用“ ”標出,其在行文中意引處,不逐一用“ ”標注;

三,凡任先生所引文獻,除極少數幾部元、明鈔本外,餘皆找來原本對校,若是明顯訛誤,則在頁下以“今校”形式再出校記,若是先生筆誤或排字錯誤,則逕改之;

四,曲籍整理除對校原本外,亦參校今人整理本,擇善而從,並出校記説明;

五,曲籍原文與任先生案語分别採用不同字體,以示區别(任先生案語用楷字,曲籍原文之注語則用小宋字);

六,散曲皆按譜句讀,間有視文意斷句處,而不雜用感歎號與問號。曲中凡涉及有書名號,也一律省去。

七,原刻本中的一些異體字、簡體字,反映了戲曲文獻通俗性的特徵,整理時不求統一,酌情保留。

任先生名訥,字中敏,自號二北、半塘,江蘇揚州人,1917年考入北京大學,因志趣在詞曲,而受吳梅賞識。1924年,吳梅任東吳大學教授,任先生亦寓蘇州,得以盡讀吳梅奢摩他室詞曲珍本,並受到吳師悉心指教。1931年《散曲叢刊》出版,時年任先生方35歲,却已開創了一塊新的學術領域,奠定了他日後成爲曲學大師的學術基礎。現在對古代文學稍感興趣的人都會知道"散曲"這一概念,中國文學史研究中亦有此一門類,這很大程度上要歸功於任先生在編撰《散曲叢刊》時所做的極富開創性與學術個性的工作。然而,現在除了古代文學專業研究者以外,很少有人見過《散曲叢刊》這部書,深入了解任先生其人其事者亦或寥寥無幾。這就使得我們在景仰前賢的同時,有責任將他們的經典著作整理出來,一則以此來紀念大師,讓後人知道,我們今天的學術成績都是在前輩先賢們的基礎上取得的;二則希望經典著作的整理出版能對當下的學術研究有所幫助與啟迪,祈盼我們在學習經典的同時而能超越經典,將大師們所開創的學術事業不斷推向縱深,或許這才是對他們最好的紀念。

本書在整理過程中得到了李昌集老師與張宏生老師的悉心指教,陳文和先生審閱了初稿,提出了不少寶貴意見,對提升本書的整理質量大有幫助。衷心感謝王小盾先生的指導與推薦,使本書獲得了國家古籍整理出版資助項目的資助,感謝院領導許建中教授與柳宏教授的大力支持,感謝摯友孔祥軍博士與戴健博士的鼎力幫助,若非他們,整理工作恐怕難以順利完成。

雖是滿懷敬慕之心,認真校讀了經典,完成了對本書的整理,但限於本人學力,一定還存在不少失當之處,心懷惴惴,懇請廣大讀者賜教指正,以爲臻善之助。

曹明升

壬辰深秋於瘦西湖畔

散曲叢刊序

集宋元諸詞，用考覈經史之法，爲之蒐輯亡佚，稽撰異同，三十年中，前則臨桂王氏，後則歸安朱氏，此天下人共見也。至於南北詞，則學者視爲小技，率不措意。間有一二好事者，遴選刊行，往往任意改易，大背作者之意。於是元明以來，竭畢生之力從事聲樂者，皆在若存若亡之列。風氣之愛憎，足以顯晦古人之撰述。士大夫一舉一動，可不謹歟！江都任君中敏，有《散曲叢刊》十五種，舉以示余。余讀之，曰元人選本二種者，楊朝英《陽春白雪》、胡存善《樂府群玉》也；曰元人專集四種者，馬致遠《東籬樂府》，喬吉《惺惺道人樂府》，張可久《小山樂府》，貫雲石、徐再思《酸甜樂府》也；曰明人專集五種者，康海《沜東樂府》、王磐《西樓樂府》、沈仕《唾窗絨》、馮惟敏《海浮山堂詞稿》、施紹莘《花影集》也；曰清人總集一種者，合朱彝尊、厲鶚、吴錫麒、許光治、趙慶熹、徐大椿諸作爲一集也；曰論説三種者，《〈作詞十法〉疏證》、《散曲概論》、《曲諧》也。皆中敏編纂論撰，可以探討作曲之法，而詔示後來者也。吾嘗就其書而擬諸詩矣：朝英、存善則高仲武、殷璠之《中興間氣》、《河岳英靈》也；元明諸專集，則如李、杜、蘇、黄之各有精詣也；其外三種，則鍾嶸《詩品》、阮閲《詩話》類也。又嘗擬諸詞矣：朝英、存善則趙崇祚之《花間集》、無名氏之《草堂詩餘》也；元明諸專集，則如秦、柳、周、吴、姜、張之各呈變態也；其外三種，則又玉田《詞源》、輔之《詞旨》類也。得此一編，如進古今詞人於一堂，而相與上下其議論。補藝文之闕，窮聲歌之源，中敏之有功於詞苑爲何如也！抑吾深有取於是書者，則又有説也。《酸甜樂府》，元人僅有此稱，而實無是書也。《唾窗絨》一種，又僅見梁伯龍《江東白苧》所稱引，樊榭一跋，雅有微詞，顧自乾嘉以後，久已亡失也。中敏偏繙羣籍，晨鈔暝書，舟車所至，撰録不輟。雖甄集所及，未知與原書何若，而用力之勤之久，不獨可繼臨桂、歸安爲三，且儼然孫瑴、馬國翰矣。昔郭頻伽序彭甘亭文，有"深谷峭壁夷爲唐途"之語。今曲苑蹊徑，茅塞已久，中敏一爲芟薙，得成康莊，俾方車駟馬，憧憧往來，不亦大可快耶！吾少耆聲律，蒐録劇曲垂五百種，方印行問世，顧於散曲，止及七八種。中敏能彌吾罅漏，可謂得吾心之同然矣。屬爲弁首，爰不辭而述之如此。己巳十二月，霜厓吴某。

散曲叢刊序

中敏纂《散曲叢刊》十五種，付剞氏將竣。以同好中耳目之與邇，論説之與久者，莫予若，屬爲序。予受而讀之，蟄然有當於心，因書其卷首曰，明清以還，士夫咸目曲爲小藝，卑之不屑道，自海寧王氏治以考證之法，嚮所不見重於世者，始稍稍著。惟觀堂詳其源流，開蓽路之功，猶未盡發其條貫，補其亡佚，不無遺憾。中敏奮志於此，從吴師瞿安學，嘗居師之奢摩他室，盡發所藏曲，細心讎校，以與其他所獲者會。乃訂正元明人曲總集若干種，搜録三朝曲集之名存而書亡者若干種，疏證周德清《作詞十法》爲一卷，撰《散曲概論》二卷、《曲諧》四卷。闢前賢之窔奥，貽來者以南針。曲學始於散曲，而散曲有是宏刊，可謂啓千里之蹊步矣。中敏固引天下事爲己任者，行且鼓政教之洪爐，後此或不遑續此業。然而興藝樂學，小成大成，奚必異道而行，又奚必異人而任哉。中敏在金陵，與予朝夕過從，怡然如兄弟。春秋暇日，都下諸勝，時共遊躅。有時相對一尊，互傾胸鬲；有時雜稠人中，中敏力排衆説，口滔滔若懸河，予則從而應之，雜以諧笑。説者謂任爽盧真，執是即可以見曲趣，聞之不能無慚。惟中敏因嗜北宋詞與北曲，曾自號二北。人化於文，而文化於人，所謂任爽者應有之。中敏初以十五種稿粗成，其自述者文未雅馴，義未精純，不欲示人，遲疑久之。予以爲曲誠然大，此或爲層臺之累土，滄海之勺流，然溯源濫觴，登峰造極，何所逃於此？先以供同嗜一臠之嘗，庸何傷？乃慫恿其刊成，而爲述之如此。中敏以爲何如？讀者以爲何如？十九年暮春，同學弟盧前冀野。

散曲叢刊十五種概况

全部概况

一、本刊宗旨：乃於我國文學上詩詞以後、戲曲以前，確定與詩詞體段相類之散曲一體；纂輯其書，刊布流傳，使我國文學上之各種典籍，益臻完備。

二、發表許多世人從未見過之元曲，及明清重要之散曲。

三、訂正從來曲本内之模糊與錯誤之處，而又謹嚴自守，不妄意改竄。

四、全部曲文按譜斷句，使人人便於閱讀欣賞。

五、各種皆有序跋或附録，於原書之體例板本及作者之生平派别，多有精密之考訂；且卷前各具提要，極便瀏覽。

六、全刊十五種，除元明以來重要選集專集外，兼有論撰三種。一乃疏證元人之散曲學説；一乃散曲全部之整理與批評；一乃曲話體裁之選録與品藻，極見散曲之風趣。

各種概况

甲 元人選本二種

《陽春白雪》前集五卷、後集五卷、補集一卷 楊朝英選

此書乃散曲中第一部選本。作者八十餘家，小令四百餘首，套數五十餘套，内有許多他本不載之作，足以表見元曲之藝術與思想。用丁氏八千卷樓舊藏之刊本爲主，用殘元刊本補足之。用元明以來曲書二十餘種校訂之，痛芟錯字。外間祗有徐乃昌影刊本一種，無第二種版本。茲所增補之一百餘首，俱近人從未見過之元曲。

《樂府群玉》五卷、附録一卷 胡存善選

此書時代未必後於前一種，乃專選小令之本，列作者二十餘家，小令六百餘首，奇俊之作極多，並有極罕見之體裁。用范氏天一閣舊藏明人影元鈔本，而略整理其紊亂之處，字句並加校訂。明清以來，此書未有刊本流傳，内有曲三百二十餘首，爲近人從未見過之元曲。

乙 元人專集四種

《東籬樂府》一卷　馬致遠撰

馬致遠乃元作家中第一人，雜劇固足領袖羣英，散曲亦形成豪放一派，爲元曲之正宗。顧從來未有專集，茲輯得令一百四首、套十八首。外間原無刊本，近中原書局印行《元四家散曲》一種，馬氏之作在其內。茲重加編訂，且有增補。

《夢符散曲》二卷　喬吉撰

喬氏與下一種作者張氏，明以來嚮推爲曲中之李、杜。而喬作風流俊爽，尤曲中當行，爲後人難到之境。喬氏集在元代名《惺惺道人樂府》，《樂府群玉》即據以選録，明代失傳。李開先輯《喬夢符小令》一種，另有明無名氏輯《文湖州集詞》一種。茲以《群玉》所選爲本，以餘二種補足之。李氏原刻本，今日極難得。商務印書館所印，用清初翻刻袖珍本，不完全；中原書局所印完全，而未保存《惺惺道人樂府》本來面目。此本篇章既完全，體例又較善。

《小山樂府》六卷　張可久撰

張氏爲元代惟一之散曲專家，散曲之外，不作劇曲。其長處能酌取詩境詞境入曲，而自成瀟灑清麗一派，曲中之最雅者也。且所傳篇章獨富，有七百餘首。張氏作以元刊《張小山北曲聯樂府》四卷爲最備。李開先輯《張小山小令》，甚簡，其原本亦難得。奢摩他室曲叢用李書之清初翻刻袖珍本，僅五百餘首。另有用《北曲聯樂府》本，加以增補者。惟“北曲聯樂府”之名頗費解，蓋出於當時書坊所訂者。茲本歸還張氏原有前集、後集、續集、別集、外集之本來面目，各爲一卷，而另以選本所見者爲補集一卷，體例最善矣。

《酸甜樂府》二卷　貫雲石　徐再思撰

貫號酸齋，徐號甜齋，一時並稱，故有此名。貫豪放而徐清麗，兩家適可代表散曲之兩大派。茲各輯其所作爲一卷，酸得小令八十六、套曲九，甜得小令百零四。“酸甜樂府”一名，出之明人，未必實有其書。兩家以前有無專集亦無考。茲本全出輯録。

丙　明人專集五種

《沜東樂府》二卷、補遺一卷　康海撰

明初散曲，大抵爲端謹一派，元氣漸漓。至康氏始一意豪放，較之元人，雖終覺氣度褊急，然要非崑腔以後之南曲可比矣。此乃康氏所手訂者，小令、套曲各一卷，後附補遺，乃新自選本中輯得者。此用嘉靖三年康氏之弟所刊大字本，從來未經翻印。茲除補遺外，並校去訛字甚多。

《王西樓先生樂府》一卷　王磐撰

明時王西樓有二，皆有散曲，且同時，一濟南王，一高郵王。此高郵王也，傳元人清麗一派，而愈以精緻出之。計小令六十五、套曲九。此本流傳極少，其作惟《堯山堂外紀》中頗多徵引耳。卷後附跋，考王氏生平甚詳。此用嘉靖三十年王氏之甥張守中重刊本，略以《堯山堂外紀》、《雪濤詩話》等書校之。

《唾窗絨》一卷　沈仕撰

香奩體至曲，乃大爲解放，故其勢甚張。沈氏專以此體鳴於世，雖較之元人局面爲狹，而輕脱流利，後所不及，亦屬於清麗之一派也。茲輯得小令七十四、套曲十二。卷前並附有諸家品藻及《録餘瑣志》。明遼王恩鑛有曲集，亦同此名，書則異也。沈氏原書失傳已久，茲據選本七種輯得此卷。清厲鶚曾見原書，而有一跋，因附録於後。

《海浮山堂詞稿》四卷　馮惟敏撰

馮氏散曲，猶詞中之有辛棄疾與陳維崧，極豪放之能事，爲明曲中極有生氣之作，後無來者。此馮氏所手訂者，略有補遺。用嘉靖四十五年刊本，而削去末卷原附之《傳臚記》雜劇、《僧尼共犯》傳奇。用汪道昆選訂上下二卷本校補。

《花影集》四卷　施紹莘撰

施氏所作，乃崑腔以後之一大家，明人散曲中之大成者。其病惟在韻雜耳。然於崑腔南曲風靡一時之際，獨不爲其所囿，而猶以北曲擅長，亦難能矣。此出施氏手訂，篇幅極廣。用崇禎間原刊本，惟削去第五卷之詩餘。坊間並無翻本，惟有名《瑶臺片玉》者，乃此書之一部分耳，故曰“片玉”。

丁　清人總集一種

《清人散曲選刊》　朱彝尊等撰

此乃清人重要散曲之選刊，計六種：朱彝尊《曝書亭集》之《葉兒樂府》，厲鶚《樊榭山房集》之《北樂府》，吴錫麒《有正味齋集》之《南北曲》，許光治《江山風月譜》之散曲，趙慶熹之《香消酒醒曲》，附徐大椿之《洄溪道情》。此數家内，朱、厲、許皆學元人張可久，吴亦近是，惟多爲南曲，皆所謂詞人之曲也。趙較近於明之施紹莘，爲清人散曲中不可多得者。徐作並非南北曲，而實南北曲之支流，去詩詞小曲則更遠，其文字亦頗真樸可取，故附録於此，以存其體。朱作以《曝書亭詞拾遺》所見者補足之，與厲作同用厲氏所刻之袖珍本校過。徐作用刊本，而以鈔本校之。餘皆用通行之别集本。

戊　論説三種

《〈作詞十法〉疏證》一卷　元周德清原著

此書名曰《作詞十法》，實乃《作曲十法》，且多爲散曲立言，見周氏所撰《中原音韻》之下卷，爲元人曲説中今日僅傳之篇。所論頗有條貫，論後又選四十調以爲式，不啻一最簡之曲選與曲譜也。玆加疏證，引據考訂，俱求精詳。

《散曲概論》一卷

内分序説、書録、名稱、體段，作法、内容、派别、用調、作家、餘論十章。考訂力求贍詳，評斷力求明晰。内容一章後，附俳體之式廿五種。派别一章，可作散曲史觀。餘論一章内，於散曲之今後，有詳細之討論及建議。

《曲諧》四卷

此書雖不全論散曲，而論散曲者十之八，專選前人曲集、曲譜、筆記、小説、雜書中饒有風趣之散曲，加以品藻，而合以一貫之主張。其涉及考據者，亦不犯枯燥，爲以前未有之曲話也。或以作散曲選本看，亦無不可。全書雖筆記體裁，不成系統，而目録則據全部材料，分爲曲選、元曲、明曲、清曲、劇曲、小曲、考據、議論、類纂、雜俎十類。每目下注明卷數頁數，閱者可隨手就目以檢説。

陽春白雪

提　要

此書乃元人散曲中第一部書,元青城楊朝英所選。除首卷内附當時所謂大樂、宋元人詞十首外,餘皆元人散曲中之小令、套數,與宋趙聞禮所編之純粹宋人詞選而亦名《陽春白雪》者無關。楊氏初編此書,爲前後集各五卷;後又重編,不分前後集,卷數未詳。當時各有刻本,清黄丕烈俱曾藏訂。惟所得之重編者乃殘本,衹餘一、二兩卷,就中已有一百十首小令,爲初編所無。兹加校補,乃以初編之前後二集爲主,而以重編殘本多出者爲補集。其事固黄氏有志欲爲而未及者。惟書在當時,爲小曲唱本,初非經世大文,故兩編元刻,刀槧雖古,字畫實謬。初編十卷,曾經清末徐氏隨庵影刊,訛舛有增無減,卷帙固較流通,瀏覽更多窒礙。兹經校訂,于訛謬痛加芟薙;而又字字有本,持之謹嚴,不爲孟浪。前後十一卷中,雖尚有闕疑、未能盡通者,要之,元人真面已十得八九。益以每曲提行,通部斷句,眉目極清,使元人散曲恣肆奇詭、擅長一代之技,數百年來,沉淪於榛莽蕪蔓、葛藤糾繞中者,一旦得以開朗,人人能讀,自屬快事,蓋又非黄氏所及計矣。補集百篇,穎俊詼詭,他所不及,此楊氏所以重編補選,而黄氏所以屢謀增併者,海内向無流傳,得兹刊布,應亦藝林之幸。書之考訂編制等,另詳弁言校例中。

陽春白雪序

蓋士嘗云，東坡之後，便到稼軒。兹評甚矣。然而北來徐子芳滑雅，楊西庵平熟，已有知者。近代疎齋媚嫵，如仙女尋春，自然笑傲。馮海粟豪辣灝爛，不斷古今，心事又與疎翁不可同舌共談。關漢卿、庾吉甫，造語妖嬌，適如少美臨杯，使人不忍對殢。僕幼學詞，輒知深度如此，年來職史，稍稍遐頓，不能追前數士，愧已。澹齋楊朝英選詞百家，謂《陽春白雪》，徵僕爲之一引。吁！陽春白雪，久亡音響。評中數士之詞，豈非陽春白雪也耶？客有審僕曰："適先生所評，未盡選中，謂他士何？"僕曰："西山朝來有爽氣。"客笑，澹齋亦笑。酸齋貫雲石序。"適如"原作"摘如"。

弁　言

讀一切古書，皆貴得宋元刊本爲據，爲其字句精審，訛舛較少也。如讀宋詞者，能得宋槧，斯足依據，他可不顧矣。惟讀元曲，則元刊之本獨不能用，與其他者異。非元刊之曲本無用也，乃久于其事者用之，其用或彰。若一般讀者對之，則鮮不爲其訛文脱字、省體别寫、亂行錯簡，迷惘而不知所歸者，一卷未終，輒欲廢書而歎矣。臧晉叔點訂元劇百種，自清人葉懷庭以來，論者每覺元劇餘本，因是反而不傳，而傳者已未必是元人真本，深致憾焉。然黄丕烈舊藏之元刊劇本三十種，今日固傳世矣，試問讀者，披閲吟諷之間，於臧刻爲便乎，抑於元刊爲便乎？劇曲如是，散曲何獨不然。大概當時之曲本，用於士大夫之手者，迴不及用於販夫走卒、娼女弄人之手者多。其值欲廉，其文欲俗，而後其傳始廣，於是工料省矣，字細而行密矣，别字訛句無所不至矣。宋人平話小説之刻本，已坐是故，於四部諸書板式以外，别具一種面目。元人曲本，承訛其後，益變本而加厲焉。若《陽春白雪》、《太平樂府》、《樂府新聲》等集，今日尚有元刊可見者，知其皆不免於此厄也。好事者欲流傳其書，輒付影刊影印，仍其一切，謂如此方得保存雕鏤筆畫之古，其實亦半出託辭耳。蓋若另板重刊，别成行款，則於其書之訛文脱句、省體别寫，必須全加改訂，於勢甚難。若掛一漏萬，或改或否，又不成體例，不如依樣葫蘆，是非正謬，我概不負其責者之爲便耳。然而讀者苦矣。而此等文字，又若衹能託於模糊混沌之中以傳，永無見諸明淨真確之望者，豈不謬乎！

楊朝英所選《陽春白雪》，乃元人散曲中第一部書，《樂府羣玉》繼之。他如《樂府新聲》等，作者、時代皆不可考，然大體以觀，似皆出此選之後也。元人散曲，雖爲劇曲之餘技，要爲曲藝之根本。當時朝野聲樂，莫不用之，流行極盛，造詣亦極高。高在情景逼真，詞語切至，材料極博而意境極廣，於無意之中，力矯宋詞末流之弊，蔚成一代之絶藝。明人既未能傳，後世亦無嗣響。顧藝之一時極盛者，每每失之於濫。楊氏於萬竅同號之際，毅然首選是集，爲當時後世則，其功固不下於臧氏之於劇曲，而其書亦非不重於百種之選矣。審其編制，首載唱論，次分大樂、小令、套數三類，於宋元詞曲，歌唱之同、體裁之異，皆灼然以示後人。而所録之令與套中，除尋常題詠無體不備外，如劉時中上高監司〔端正好〕套，聯曲竟至三十餘調之多，爲流傳元曲中最長之套式。其作用則絶非風月嘲弄，亦非林壑招邀，乃以散曲代公書，代條陳，代説帖，痛陳當時庫吏贓私積弊，及改革之由，以期國利民福者。無論其内容有關一代民情政俗，爲難得可貴，即體例之新奇，篇章之壯闊，亦考據家、詞曲家尋常所不及料者。乃其文字，除一載此書而外，元明曲選紛紛十數種，未嘗一重見也。則此書所示後世以元人之藝術與思想者，其價值之高下，又豈自來之人所已估定者耶？

於此書版本，經眼最多，而且有心董理之者，厥爲清黄丕烈氏。據黄氏此書之題跋中，知其生平所見共有八本。兹綜各本之卷數源流與歷來收藏家，列表如次：

甲	元刊	十卷	錢謙益、錢曾、何元錫、黄丕烈、丁丙。今在江南圖書館。
乙	殘元刊	二卷	多寡分合，與甲不同。黄丕烈、丁丙。今在江南圖書館。
丙	元鈔	十卷	與甲同出一源。錢謙益、樸學老人、黄丕烈。今在聊城楊氏家。
丁	影元鈔	十卷	從甲出。何元錫、黄丕烈。
戊	舊殘鈔	六卷	似從丁出。黄丕烈。
己	舊鈔	卷數未詳	似從乙出。黄丕烈。
庚	舊鈔	九卷	周香巖。
辛	刊本鈔本未詳	十一卷	較丁多外集一卷。袁壽階。

右八本中，刊本二、鈔本五、刊本鈔本未詳者一。黄氏於嘉慶十三年以前，最先得丁本，見辛本。十三年得乙本，見庚本。既於明年得甲本，見己本。再於嘉慶廿五年得戊本。終於道光四年得丙本。諸本題跋原文，已依黄氏紀年之序，附列卷末，其詳可按也。考諸鈔本之來源，不出於兩種刊本，而實則恐皆出於甲本一種。至於乙，流傳極罕。黄氏

跋中，雖謂己本似從乙出，而其語不詳，其事未實。余始認黄氏所謂己本，即是戊本。既知戊遠在嘉慶廿五年始購於武林，而己本已見於十四年之題跋中，決其確爲兩本。但己若果從乙出者，則乙存兩卷，豈己亦適存兩卷耶？不然，其卷數究竟若干，黄氏何以獨不提及？意者黄氏謂己似從乙出者，不過展玩之餘，一時懸想如此，未經確實比較，殊未足憑耳。再則辛之較丁，多出外集一卷，亦復是一疑問。辛本之爲刊爲鈔，黄氏跋中無明文。使果爲刊本，則此外集一卷亦刊本歟？豈於甲乙之外，又別有第三刊本？黄氏跋中紀不及此，可知必無其事。辛本殆亦鈔就，亦從甲出。至於所多之外集一卷，或即淵源於乙，亦未可知耳。於此兩點，俱因黄氏跋語未詳，無從考明，存疑如此而已。至於黄氏雖獲見版本如許之多，而所從事者，不過手據丁本，補足戊之六卷而已。若以甲爲主，以乙、己兩種，參補未備，以得此書之全者，黄氏僅有其志，未曾實現。顧奇書善本，聚散無常，黄氏身後，距今不及百年，而八本之中，已僅知甲乙丙尚存人間，餘悉不詳所在矣。清末徐積餘氏，曾影寫甲種付刊，此書今日得以流布者，僅賴有此。然而甲之訛謬百出，不堪諷籀，已如上言，徐刊影之，不但原本之是非正謬全不負責，且非謬之處，因新刊而又有所新出，讀者茫然也。若乙之較多者，究有若干，更自來無人省及矣。夫黄氏生平獲覩多本，不幸有志弗遂，未曾遍事校讎，此書之非謬，乃終無以盡解。今日主要之元刊兩種，猶嶷然並存於一地也；設若干年後，又不幸而遷變者，則黄氏所志，永無以見。而楊氏於此書中所遺吾人以元人藝術與思想者，將一切惟徐氏新刊之是賴，於模糊混沌、簡約不完之中以終矣。是果學者之所甘歟！

元刊十卷一種在前，殘元刊若干卷一種在後。就其所傳二卷以觀，知楊氏重訂此書，有增無删。何以知殘元刊在元刊之後？曰元刊前集四卷，悉在殘元刊次卷之中。商左山之〔潘妃曲〕第十一首以下，在殘元刊忽不成文理，細按之，方覺兩刊行款雖不同，而此不成文理之處，在元刊内，正是三行之錯亂。分明殘元刊寫板時，先有元刊爲據，誤其甲乙丙三行爲乙甲丙之序耳。若謂先有殘元刊之誤而後有元刊改正之者，則二者行款既異，在元刊内，三行之終始，必無若是之拍合也。且元刊十卷，雖編制整齊，首尾完備，吾人固早知其非足本，有不待見殘刊二卷以後矣。何以言之？曰有兩點：一爲貫雲石序十卷本，明謂楊氏選詞百家，而十卷之中，共見五十三人，衹及半數，使其書已全者，序文不當於其人數誇而倍之也；一爲周德清自序《中原音韻》引《陽春白雪》〔得勝令〕"花影壓重簷"一首，十卷本中不載，使其書已全者，更不當有此失也。及見殘刊二卷以後，則所謂〔得勝令〕者，憾者獨深，而所望者獨厚也。

兹加校補，補則猶是黄氏之旨。殘刊二卷以内者無所遺，二卷以外者未能益。於十卷以外，多補集一卷，與八本中之辛本情形恰合。至於校，則以諸鈔本既難寓目，若僅據兩種刊本，視黄氏之所際遇者，毋乃太狹，遂改而謀諸元明以來曲選雜書廿餘種中。綜計全帙，無可校勘者，不過套數之中十之一二耳。經此番校勘以後，更知元刊兩種之省文訛字，有離奇怪誕，出於常想之外者。如"陽"、"楊"、"腸"等字，概省作"王"，又轉誤爲"玉"。見前集三卷馬東籬〔撥不斷〕。"驛"省作"亦"，又轉誤爲"赤"。見後集五卷劉時中〔新水令〕套尾文。殘元刊雖足正元刊之處甚多，而省文訛字實較元刊爲尤甚。後人之引用此書曲文者，於訛謬難通之處，所加改訂，雖已煞費躊躇，而終不免於矯揉造作。觀後集二卷鮮于伯機之〔八聲甘州〕套、五卷呂止軒之〔風入松〕套，可得大概。兹所校訂，其詳另具條例。大概以顯著元人本來面目爲主，寧闕疑待考，絶不逞意妄改一字。他日此書之用，雖不必如《百種》，而同兹點訂之功，所以遺譏後世者，或不至同於臧氏耳。元選異文，固全入校語。即明選所有，分明知其爲後人所改者，亦備録之，如見於《雍熙樂府》者最多。蓋在本書字句，固可以廣資比較，而學者於此，亦正可窺得元曲與明曲間風格氣息之變遷焉。至於不能通解，已經指明者，尚有三十餘處。其忽略未曾經意者，及在余已熟思不解，而讀者或能一觸而得者，必亦不少。淺陋之誚，終不敢辭。倘遇鈔本，增訂至善，則猶俟異日耳。計自十年春日，寓清涼山次，鉢山精舍之旁，校録此書兩種刊本以來，稿存篋衍，已閱五歲，於散固赫然在；所謂百家者，雖仍不足，而總計已有八十五人矣。此較多之三十二人中，如崔彧、李秋谷、史知州、左敬之、趙文一、楊君擇、冀子奇七人，皆他處絶不經見者，雖明寧王權《太和正音譜》前，曾博採元代諸選所登之作家，亦無七人之名。可見殘刊二卷，當明之初葉，以寧王之尊，羅致之富，亦未獲覩，遑論後世，遑論他人，遑論此刊之全書乎。此二卷中之詞，爲十卷所無者，計小令七調百十一首。就中除張可久二十七首已有張氏專集流傳外，惟有七首，今知他書亦曾登載。其餘七十餘首，完全元人之曲，直賴此惟一之孤本，幸傳於今日，别無一毫之假借矣。而張可久之《北曲聯樂府集》，余曾增補至七百五十餘首之多。顧所謂二十七首中有〔得勝令〕一首，仍在未補之列。可見元人極不經見之作，亦已由兹兩卷，厚享今世。所猶惜者，彼較多之三十二人之作，猶在兩卷以後之若干卷中，吾人終於無福快覩耳。若論文字，則百餘首内，丹丘淮南之蒼莽高勁，東吴西江之清麗華巧，香奩俳優之詼詭恣肆，每爲十卷中之所未有者。楊氏此補，誠非濫充篇幅，可知所謂極不經見之作，亦非徒以冷僻勝者。讀者要不可以"純雅"二字繩宋詞者來繩元曲。須知元曲真趣之所在，然後自能賞之耳。黄氏跋曰："就此二卷，已多妙處，矧全本乎？"又曰："倘後來獲見此元刻之全本，審定卷數分合之所由來，鈔補後集文句之所未備，不更怡然涣然乎。"噫！若於其書内容，未經詳密考玩者，蓋猶不能篤信黄氏此言之確切，並知其於八本之中，對殘刊一種所曲之業，輒鍥而未舍。年來國事日亟，同學少年皆謀遠大，獨余綴拾叢殘，搜討鄙舊，不忍棄垂卒之業，暫改其趣。近以蜩螗騷繹，他務益廢，乃蜷居小樓，續成此稿。含毫未抛，陳食常冷，停燈深夜，至午不休。行篋藏書不足，則買車吴門，訪假師友。或以時艱道阻，此務不急爲辭者，笑不顧也。世運尚難，吾生太短，一時興至，未忍過拂耳。功利人我，於何有焉！十六年三月，二北詞人書於海上寳昌寓樓之能正室。

校　例

一、本書以元刊前後集十卷本爲主，以殘元刊二卷本補之。除殘元本外，並採元明以來曲集、曲選、曲譜、曲韻、詞集、筆記等書廿餘種校訂之。

一、原書前後集各五卷，兹保存其本來編制。後集一卷以上爲小令，二卷以下爲套數，所補祇有小令，則另爲補集一卷，列原書之後，不相參混。

一、原書已成之體例，悉爲保存，其有混亂者，悉爲釐正。如前集二卷之末，忽列庾吉甫〔黄鶯兒〕二套，非成例也，兹爲移在後集五卷之末。他如作家之概具姓字；所作爲小令者，其下之必係段數；題目之多在詞下；二曲帶過者，中間之必空格；套數於大字總調名後、第一套前之必另標小字調名；第二套以下之必作又字等，皆成例也。其有字而不姓，或段數脱落，或改稱幾首，或詞前係題，或題作黑地白文，或二曲連貫，或脱小字調名及又字者，皆非例也，爲一一改訂。

一、於原書爲間有之情形，而確有訂成體例之必要者，即爲增訂之。如每卷之前，必標明小令或套數，小令每段畢必另行，幺篇换頭則僅空一格而不寫出幺字，套數每調畢必另行等皆是。

一、於原書絶無、兹以爲必要而增入者，爲全書各調均按照譜式斟酌斷句一事。

一、原書調名錯誤者正之。如前集五卷末姚牧庵之〔普天樂〕，原列同卷〔滿庭芳〕内；後集五卷〔夜行船〕“詠金蓮”套，原列爲〔風入松〕等是。套數中調名偶誤者亦正之。如後集四卷〔鬬鵪鶉〕“玉笛愁聞”套内之〔醉扶歸〕，原作〔醉中天〕等是。

一、原書作者之姓字，他本有與歧異或足參考者，概入校文。稱字之外，凡有名可考者，於目録中見之。其原作前人者，確係前人；原作不知名氏者，確係無名氏；其不作無名氏又不作前人者，不敢確定其何屬，則認爲失注，於目録中見之。

一、原書題目，他本有與岐異者，大抵同爲他人後人所擬，非出作者，且皆淺近，無關考據，不足玩索，校文内概從略。

一、原書字句多脱誤顛倒之處，兹經增改更動：第一必爲確非改動不可者，第二必有本書或他書他本可據者，第三必力求原書之本來。如後集二卷内，鮮于伯機之〔八聲甘州〕末句，"時聽戍鼓韸韸"，"韸"原作"醉"，字書韻書皆無之，故非改不可。兹改作"韸"，有《太和正音譜》爲據。《雍熙樂府》等書作"逢"，亦是。但"韸"、"逢"字形偏旁無關，若改"逢"，必非原書本來。"醉"、"韸"則字形相近，原書必由"韸"而誤"醉"也。又如後集一卷内，吕止庵〔後庭花〕次段末二句，"經年佳醖，陶陶入醉鄉"，《雍熙樂府》改"醖"爲"釀"，以叶鄉韻。但〔後庭花〕此句不必定叶，有其餘一三六七諸段可證，故不改。

一、以上各項，凡經增改更動者，元刊本來如何，概於校文内注明。别本異文，可供參考者，亦概入校文。

一、原書字體，凡作行草，或别體，或省文，而實非其正者，概不保存。即曲中習慣借用之字，有違意義者，如"只"之借"則"，"提"之借"題"等，亦爲改過，校文内不全贅及。

一、凡知脱誤，不能校訂，或已校訂，意猶未足者，概注明待校。其未經改動，而有所揣測者，則作疑是某某。

《陽春白雪》選中古今姓氏

蘇東坡　晏叔原　辛稼軒　司馬槱　柳耆卿　鄧千江　吴彦高米元章壻　朱淑真　蔡伯堅　張子野以上各大樂一篇　王修甫　白无咎　彭壽之　〇張子益　〇京幹臣　石子章　〇閻仲章　蒲察善長　王嘉甫　〇元遺山　王和卿　鮮于伯機　〇吕元禮　劉太保　商政叔　徐子芳　〇芝庵　盧疎齋　胡紫山　姚牧庵　貫酸齋　劉逋齋　〇崔彧　〇李秋谷　奥敦周卿　嚴忠濟　庾吉甫　馬九皐　阿魯威　阿里耀卿　〇史知州　〇馬謙齋　〇仇州判　馮海粟　〇吴克齋　張子友　盍志學　〇侯正卿　〇吴正卿　關漢卿　白仁甫　馬致遠　王伯成　〇左敬之　鄭德輝　〇鄭廷玉　〇杜善夫　〇亢文苑　張小山　吕止庵　〇趙文一　〇高文秀　〇李茂之　〇紀君祥　〇楊君擇　〇冀子奇　〇孫叔順　〇王仲誠　不忽麻平章　〇李邦基　〇高安道　〇董君瑞　〇陳子厚　〇趙明道　〇景元啓　李壽卿　劉時中　楊澹齋

右表載殘元本前，標題及注文悉仍原本，共七十八人。今知劉逋齋劉時中乃一人，實僅七十七人。内阿里耀卿，應作阿里西瑛，或作阿里耀卿子，有曲見補集中。其爲前後集及補集中皆所未見者，三十二人，兹特加〇以别之。但商左山、吕止軒、吕侍中、吴仁卿、徐容齋、楊西庵、趙天錫、薛昂夫八人，皆有曲見前後補集中，而表内又不載其名。總計表内見七十七人，書内見五十三人。表與書合，汰其複見，有八十五人。原本紙尾一行，上端標姓氏二字，下端有墨地白文。"郭氏"二字，想係刻工之自識也。

校補《陽春白雪》目次

沉醉東風十三段

胡紫山祇適二段　徐子芳琬贈歌者吹簫二段　馮海粟子振一段　關漢卿五段　張小山三段末段詠釣臺

撥不斷十段

馬東籬十段

清江引七段

貫酸齋三段　張小山四段

壽陽曲六十四段

姚牧庵四段末段詠李白　無名氏十四段　嚴忠濟實一段　貫酸齋五段　東泉阿魯威一段　李壽卿一段　盧疎齋四段　馬東籬三十一段前八段瀟湘八景　張小山三段以上三卷，殘元本作爲卷一，内容次序悉同。其卷二目次見下文補集内。

卷四　小令五十段

雙調

潘妃曲十九段

商左山挺十九段

碧玉簫十段

關漢卿十段

沽美酒帶過太平令二段

失注二段

楚天遥帶過清江引三段

薛昂夫三段

雁兒落帶過得勝令五段

庾吉甫五段

醉高歌帶過殿前歡一段殘元本卷二於此調之後接下文補集内之〔德勝樂〕、〔得勝令〕、〔殿前歡〕，然後接〔越調〕。

貫酸齋一段

大德歌十段殘元本卷二移在〔潘妃曲〕十九段後、〔碧玉簫〕十段前。

關漢卿十段前四段春夏秋冬

卷五　小令六十三段

越調

天淨沙十八段

白仁甫春夏秋冬八段　嚴忠濟一段　商政叔四段　張小山五段

小桃紅二十段

楊西庵果八段　馬東籬四公子宅賦四段　張小山七段　楊澹齋題寫韻軒一段

凭闌人十二段

姚牧庵七段　張小山五段

中吕

滿庭芳十二段殘元本卷二於此調之後接下文補集内之〔普天樂〕、〔紅繡鞋〕、〔喜春來〕、〔山坡羊〕四調。

姚牧庵二段　無名氏二段　張小山八段末段原缺，據殘元本補入。

普天樂一段原書誤作〔滿庭芳〕。

姚牧庵一段

後集

卷一　小令六十三段

仙吕

後庭花十段

吕止庵十段

醉扶歸四段

吕止軒三段　王和卿一段

遊四門六段

無名氏四段　又二段

正宮

黑漆弩四段

無名氏一段　馮海粟和前韻三段

南吕

乾荷葉八段

劉太保八段

金字經三十一段

馬東籬三段　吴仁卿十一段　貫酸齋七段　張小山十段

卷二　套數二十一套

仙吕

賞花時十套

楊西庵十套

翠裙腰二套

失注一套　吕止庵一套

八聲甘州七套

鮮于伯機樞一套　王修甫一套　王嘉甫一套　石子章一套　彭壽之一套　失注二套

點絳唇一套

不忽麻辭朝一套

祆神急一套

白無咎一套

卷三　套數五套

正宫

月照庭一套

無名氏一套

六幺令一套

吕侍中一套

端正好三套

無名氏一套　劉時中致上高監司二套

卷四　套數十一套

越調

鬬鵪鶉十套

吴仁卿一套　失注二套後一套元宵　王伯成一套　失注六套

梅花引一套

失注一套

卷五　套數十八套

雙調

風入松二套

吕止軒一套　失注一套

夜行船一套

失注詠金蓮一套原誤入〔風入松〕。

新水令八套

無名氏一套　關漢卿一套　失注四套　蒲察善長一套　劉時中代馬訴冤一套

醉春風一套

貫酸齋一套

黄鐘

侍香金童一套

關漢卿一套

願成雙三套

失注三套

商角調

黄鶯兒二套

庾吉甫二套

補集　小令一百十段

雙調

德勝樂八段

白仁甫八段前四段春夏秋冬

得勝令九段

張小山一段　景元啓四段　楊澹齋四段

殿前歡三十七段

盧疎齋八段　馬九臯六段前四段春夏秋冬　貫酸齋九段　張小山五段　劉逋齋致二段　阿里西瑛二段　楊澹齋和前韻五段

中吕

普天樂十一段

無名氏五段　張小山六段

紅繡鞋二十三段

貫酸齋四段　無名氏十一段　張小山八段

喜春來十六段

張小山四段　無名氏九段　又三段

山坡羊六段

張小山三段　馬九臯三段

附跋十二段

殘元刊二卷本跋二段　元刊十卷本跋三段　舊殘鈔六卷本跋三段　元鈔十卷本跋四段

以上前集五卷、後集五卷、補集一卷，内唱論二十八則、大樂十首、小令四百六十三段、套數五十五套，外序一篇、姓氏表一篇、跋十二段。

樂府新編陽春白雪卷之一前集

元青城楊朝英澹齋選集原作青城後學澹齋楊朝英選集。後同。

江都任訥中敏校訂

唱論 燕南芝庵先生撰

竊聞古之善唱者三人:韓秦娥、沈古之、石存符。

帝王知音律者五人:唐玄宗、後唐莊宗、南唐李後主、宋徽宗、金章宗。

三教所唱,各有所尚:道家唱情,僧家唱性,儒家唱理。

大忌鄭衛之淫聲。續雅樂之後,絲不如竹,竹不如肉,以其近之也。又云,取來歌裹唱,勝向笛中吹。《太和正音譜》"取來",作"取將"。《輟耕録》删去此條不載①。

近世所謂大樂:蘇小小〔蝶戀花〕、鄧千江〔望海潮〕、蘇東坡〔念奴嬌〕、辛稼軒〔摸魚子〕、晏叔原〔鷓鴣天〕、柳耆卿〔雨霖鈴〕、吴彦高〔春草碧〕、朱淑真〔生查子〕、蔡伯堅〔石州慢〕、張子野〔天仙子〕也。"近世"原作"近出"。據姓氏表,蘇小小應作司馬槱。《輟耕録》"大樂"作"大曲","張子野"原作"張三影",兹從《輟耕録》。

歌之格調:抑揚頓挫、頂疊垛换、縈紆牽結、敦拖嗚咽、推提九轉、摇欠遏透。"九轉",殘元本及《正音譜》皆作"丸轉","丸"疑是"宛"之省。"推提"原作"推題",元曲中"提"多借"題"。"摇欠"原作"捶欠",兹從《輟耕録》、《正音譜》等。

歌之節奏:停聲、待拍、偷吹、拽棒、字真、句篤、依腔、貼調。

凡歌一聲,聲有四節:起末、過度、搵簪、攧落。"簪"字待校。

---

① 今校:《輟耕録》此段在"凡添字節病"一段之後。

凡歌一句，聲韻有一聲平、一聲背、一聲圓。聲要圓熟，腔要徹滿。起六字《輟耕録》作"凡歌一句，句有聲韻"八字。《正音譜》"聲韻"作"聲自"。

凡一曲中，各有其聲：變聲、敦聲、杌聲、啀聲、困聲。三過聲，有偷氣、取氣、换氣、歇氣、就氣，愛者有一口氣。"三過聲"以下原提行另作一條，《輟耕録》等書皆從之，兹揣文意，並爲一條。

歌聲變件，有慢、滚、序、引、三臺、破子、遍子、攧落、實催、全篇①。《輟耕録》無"慢、滚、序、引"四字。《正音譜》無"滚"字，"慢滚序引"與"三臺破子"原各四字相連，並不分列。

尾聲，有賺煞、隨煞、隔煞、羯煞、本調煞、拐子煞、三煞、七煞。此條原並於前一條後，兹另列。"七煞"，《輟耕録》作"十煞"。

成文章曰"樂府"，有尾聲名"套數"，時行小令唤"葉兒"。套數當有樂府氣味，樂府不可似套數。街市小令，唱尖新倩意。末句"尖新"原作"尖歌"，兹從《中原音韻》。"倩意"原作"情意"，兹從殘元本。《中原音韻》則作"茜意"。《輟耕録》刪末二句。《北宫詞紀》於"成文章"上，有"元趙子昂云"五字。

凡唱曲之門户，有小唱、寸唱、慢唱、壇唱、步虚、道情、撒煉、帶煩、瓢叫。《正音譜》於"瓢叫"下，多"北音爲曲，南音爲歌"兩句。"道情"與"撒煉"原相連，兹從《輟耕録》分開。"煉"，《録》作"鍊"。

凡歌曲所唱題目，有閨情、鐵騎、故事、採蓮、擊壤、叩角、吉席、添壽，有宫詞、禾詞、花詞、湯詞、酒詞、燈詞，有江景、雪景、夏景、冬景、秋景、春景，有凱歌、棹歌、漁歌、挽歌、楚歌、杵歌。"閨情"原作"曲情"，"吉席"原作"結席"。"棹歌"，《輟耕録》作"櫂歌"。"凡歌曲"，《正音譜》作"凡歌唱"。"江景"上殘元本無"有"字。

凡歌之所，桃花扇、竹葉樽、柳枝詞、桃葉怨、堯民鼓腹、壯士擊節、牛僮馬僕、閭閻女子、天涯遊客、洞裏仙人、閨中怨女、江邊商婦、場上少年、闤闠優伶、華屋蘭堂、衣冠文會、小樓狹閣、月館風亭、雨窗雪屋、柳外花前。衣冠文會，"文"原作"女"，兹從《輟耕録》、《正音譜》。"闤闠優

---

① 今校：按文意，"全篇"二字應屬下條，爲"全篇尾聲"。

伶"一項,《正音譜》列於最後。

大凡聲音,各應於律吕,分於六宫十一調,共計十七宫調。"十七宫調"原作"十七調宫",兹從《中原音韻》等。

仙吕調唱清新綿邈,南吕宫唱感歎傷悲,中吕宫唱高下閃賺,黄鐘宫唱富貴纏綿,正宫唱惆悵雄壯,道宫唱飄逸清幽,大石唱風流醖藉,小石唱旖旎嫵媚,高平唱條物滉漾,般涉唱拾掇坑塹,歇指唱急併虚歇,商角唱悲傷宛轉,雙調唱健捷激裊,商調唱悽愴怨慕,角調唱嗚咽悠揚,宫調唱典雅沉重,越調唱陶寫冷笑。《中原音韻》各句内皆無"唱"字。雙調内,《音韻》與《輟耕録》、《正音譜》皆作"健棲激裊",非。《輟耕録》"仙吕調"作"仙吕宫"。

有子母調,有姑舅兄弟,有字多聲少,有聲多字少,所謂一串驪珠也。比如〔仙吕·點絳唇〕、〔大石·青杏兒〕,人唤作"殺唱的劊子"。"姑舅"原作"孤兒",兹從《輟耕録》、《正音譜》。《中原音韻》無此句。"聲多字少"原作"聲少字多",兹從《音韻》等。"殺唱"疑是"殺嗓"之訛。

有愛唱的,有學唱的,有能唱的,有會唱的,有高不揭、低不咽;有排字兒,打截兒,放褙兒,唱意兒;有明褙兒,暗褙兒,長褙兒,短褙兒,碎褙兒。原脱"高不揭"之"高",從《輟耕録》、《正音譜》補。此下二段,原皆連貫,不逐項分開。

一曲入數調者,如〔啄木兒〕、〔女冠子〕、〔抛毬樂〕、〔鬬鵪鶉〕、〔黄鶯兒〕、〔金盞兒〕類也。"如",《正音譜》作"有"。

凡唱曲有地所:東平唱〔木蘭花慢〕,大名唱〔摸魚子〕,南京唱〔生查子〕,彰德唱〔木斛沙〕,陝西唱〔陽關三疊〕、〔黑漆弩〕。

凡歌之所忌:子弟不唱作家歌,浪子不唱及時曲,男不唱豔詞,女不唱雄曲,南人不曲,北人不歌。"凡歌之所忌",《輟耕録》作"凡唱所忌";"南人不曲"又作"南人不唱"。

凡人聲音不等,各有所長。有川嗓,有堂聲,皆合破簫管。有唱得雄壯的失之村沙,唱得蘊拭的失之乜斜,唱得輕巧的失之閑賤,唱得本分的失之老實,唱得用意的失之穿鑿,唱得打掐的失之本調。"皆合破簫管"之"皆",原作"背",兹從《輟耕録》。《正音譜》無"破"

字。"蘊拭",《輟耕録》作"蘊拽"。末句"搯"原作"稻",無"的"字,兹從《正音譜》。

凡歌節病,有唱得困的、灰的、涎的、叫的、大的,有樂官聲、撒錢聲、拽鋸聲、猫叫聲。不入耳,不着人,不撒腔,不入調,工夫少,遍數少,步力少,官場少,字樣訛,文理差,無叢林,無傳授。嗓拗,劣調,落架,漏氣。"凡歌節病",《輟耕録》作"凡唱節病",下句無"唱得"二字。"有樂官聲",《正音譜》作"有樂府聲"。"不撒腔",殘元本及《輟耕録》皆作"不徹腔"。

有唱聲病:散散、焦焦、乾乾、洌洌、啞啞、嗄嗄、尖尖、低低、雌雌、雄雄、短短、憨憨、濁濁、赸赸,有格嗓、囊鼻、摇頭、歪口、合眼、張口、撮唇、撇口、昂頭、咳嗽。

凡添字節病:則他、兀那、是他家、俺只道、我不見、兀的、不呢、一條了、唇撒了、一片了、團圞了、破孩了、茄子了。《輟耕録》作"一條弓、一片子、團圞子",而無"破孩了"。"孩"原作"核",兹從殘元本及《正音譜》。

先唱的金門社,押班的無對砇。《輟耕録》無此條。此下兩條,《正音譜》皆無。

詞山曲海,千生萬熟。三千小令,四十大曲。

大樂

念奴嬌原缺宮調，據《碧鷄漫志》及高栻詞注屬大石調。　坡仙

大江東去，浪淘盡、千古風流人物。故壘西邊，人道是、三國周郎赤壁。亂石穿空，驚濤拍岸，捲起千堆雪。江山如畫，一時多少豪傑。遥想公瑾當年，小喬初嫁了，雄姿英發。羽扇綸巾，談笑間、檣櫓灰飛煙滅。故國神遊，多情應笑我，早生華髮。人生如夢，一樽還酹江月。《東坡樂府》"穿空"作"崩雲"，"拍岸"作"裂岸"，"檣櫓"作"强虜"，"人生"作"人間"。"還酹"原作"還酧"，兹從《東坡樂府》。

〔商調〕**蝶戀花**　蘇小小原闕

妾本錢塘江上住。花落花開，不管流年度。燕子銜將春色去，紗窗幾陣黄梅雨。　斜插犀梳雲半吐，檀板輕敲，唱徹黄金縷。望斷彩雲無覓處，夢回明月生南浦。《春渚紀聞》及《苕溪漁隱叢話》載此詞字句多異。《叢話》"妾本"作"妾在"，"不管"作"不記"。《紀聞》"銜將"作"却銜"。"紗窗"句，二書皆作"黄昏幾度瀟瀟雨"；"斜插"皆作"蟬鬢"；"輕敲"皆作"新聲"；"望斷彩雲"皆作"酒醒夢回"；末句皆作"淒涼明月生秋浦"。"半吐"，《紀聞》又作"欲吐"。别本《紀聞》"輕敲"又作"輕籠"，"望斷"作"夢斷"，末句作"夜涼明月生春渚"。

〔大石調〕**鷓鴣天**　晏叔原

綵袖殷勤捧玉鍾，當年拚却醉顔紅。舞低楊柳樓心月，歌盡桃花扇底風。　從别後，憶相逢，幾回魂夢與君同。今宵剩把銀缸照，猶恐相逢是夢中。《小山詞》"扇底"作"扇影"。

望海潮原缺宮調，據《樂章集》屬仙吕宫。　鄧千江

雲雷天塹，金湯地險，名藩自古皋蘭。營屯繡錯，山形米聚，喉襟百二秦關。鏖戰血猶殷。見陣雲冷落，時有鵰盤。静塞樓頭曉月，依舊玉

弓彎。　看看。定遠西還。有元戎閫令，上將齋壇。甌脱晨空，兜零夕舉，甘泉又報平安。吹笛虎牙閑，且宴陪珠履，歌按雲鬟。未拓興靈，醉魂長繞賀蘭山。“晨空”，殘元本及《中州樂府》作“晝空”。“未拓”原作“未招”，此從《中州》。

春草碧原缺宫調，並失考。　吴彦高

幾番風雨，西城不見，海棠紅、梨花白。底事勝賞匆匆，政自天付酒腸窄。更笑老東君，人間客。　賴有玉管新翻，羅襟醉疊。望中倚闌人，如曾識。舊夢回首何堪，故苑春光又陳迹。落盡後庭花，春草碧。

摸魚子原缺宫調，《九宫大成譜》屬北中吕調。　辛稼軒

更能消、幾番風雨，匆匆春又歸去。惜春長怕花開早，何況落紅無數。春且住，見説道、天涯芳草無歸路。怨春不語。算只有殷勤，畫簷蛛網，盡日惹飛絮。　長門事，準擬佳期又誤。蛾眉曾有人妒。千金縱買相如賦，脈脈此情難訴。君莫舞，君不見、玉環飛燕皆塵土。閑愁最苦。休去倚危闌，斜陽正在，煙柳斷腸處。次句“春又”，原作“春色又”，兹從《稼軒長短句》。《長短句》“難訴”作“誰訴”。

〔雙調〕雨霖鈴　柳耆卿

寒蟬淒切，對長亭晚，驟雨初歇。都門帳飲無緒，方留戀處、蘭舟催發。執手相看淚眼，竟無語凝噎。念去去、千里煙波，暮靄沉沉楚天闊。　多情自古傷離别，更那堪、冷落清秋節。今宵酒醒何處，楊柳岸、曉風殘月。此去經年，應是良辰好景虚設。便縱有、千種風情，更與何人説。“帳飲”原作“暢飲”，兹從《樂章集》。五句，《集》無“方”字。

〔大石調〕生查子宫調原作“大石”二字。　朱淑真

年年玉鏡臺，梅蕊宫妝困。今歲未還家，怕見江南信。　酒從别後

疎,淚向愁中盡。遥想楚雲深,人遠天涯近。“酒從”别本作“歡從”。

石州慢原缺宫調,據《宋史·樂志》屬越調。　蔡伯堅

東海蓬萊,風霧鬢鬟,不假梳掠。仙衣捲盡,雲霓方見,宫腰纖弱。心期得處,世間言語非真,海犀一點通寥廓。無物比情濃,覓無情相博。　離索。曉來一枕餘香,酒病賴花醫却。灧灧金樽,收拾新愁重酌。片帆雲影,載將無際關山,夢魂應被楊花覺。梅子雨疎疎,滿江干樓閣。《中州樂府》“東海”作“雲海”,“疎疎”作“絲絲”。“風霧鬢鬟”原作“風鬟霧鬢”,“覓無情”原作“不見無情”,此從《中州》。

〔中吕調〕天仙子宫調原作“中吕”二字。　張子野

水調數聲持酒聽,午醉醒來愁未醒。送春春去幾時回,臨晚鏡。傷流景,往事悠悠空記省。　沙上並禽池上暝,雲破月來花弄影。重重翠幙密遮燈,風不定,人初靜,明日落紅應滿逕。“晚鏡”原作“曉鏡”,此從殘元本及《張子野詞》。“翠幙”,《詞》作“簾幙”。

樂府新編陽春白雪卷之二前集

元青城楊朝英澹齋選集　江都任訥中敏校訂

小令

〔雙調〕蟾宮曲原注：俗名折桂令。

庾吉甫二段

環滁秀列諸峰，山有名泉，瀉出其中。泉上危亭，僧仙好事，締構成功。四時朝暮不同，宴酣之樂無窮。酒飲千鍾，能醉能文，太守歐翁。殘元本"神仙"作"僧仙"。

滕王高閣江干，佩玉鳴鑾，歌舞闌珊。畫棟朱簾，朝雲暮雨，南浦西山。物換星移幾番，閣中帝子應笑。獨倚危闌，檻外長江，東注無還。"笑"字待校。

姚牧庵一段

博山銅細裊香風，兩行紗籠，燭影搖紅。翠袖殷勤捧金鍾，半露春葱。暢好是會受用文章巨公，綺羅叢醉眼朦朧。夜宴將終，十二簾櫳，月轉梧桐。《輟耕録》"兩行"作"兩道"，"捧"作"來捧"，"朦朧"下多"漏轉銅龍"一句，"月轉"作"月上"。殘元本於"梧桐"下有"銅龍"二字。

鄭德輝夢中作一段

半窗幽夢微茫，歌罷錢塘，賦罷高唐。風入羅幃，爽入疎櫺，月照紗窗。縹緲見梨花淡妝，依稀聞蘭麝餘香。唤起思量，待不思量，怎不思量。《北詞廣正譜》等無"待不思量"句。

奧敦周卿二段

西山雨退雲收，縹緲樓臺，隱隱汀洲。湖水湖煙，畫船款棹，妙舞輕謳。野猿搦丹青畫手，沙鷗看皓齒明眸。閬苑神州，謝安曾遊。更比東山，倒大風流。

西湖煙水茫茫,百頃風潭,十里荷香。宜雨宜晴,宜西施,淡抹濃妝。尾尾相銜畫舫,儘歡聲無日不笙簧。春暖花香,歲稔時康。真乃上有天堂,下有蘇杭。殘元本"笙簧"作"笙篁"。《北詞廣正譜》五句無"宜"字。

張子友一段

畫堂深夜宴初開,香靄雕盤,燭焰銀臺。妙舞輕歌,翠紅鄉十二金釵。會受用簪纓貴客,笑誰同量捲江淮。祇從安排,左右扶策,月轉花梢,試馬回來。"試馬"原作"記馬",殘元本作"訊馬",《九宫大成譜》從之。但卷三白仁甫〔慶東原〕第三段"試馬",殘元本亦作"訊馬",因知"記"、"訊"皆"試"之訛。

馬九皐一段

天仙碧玉瓊瑶,點點楊花,片片鵝毛。訪戴歸來,尋梅懶去,獨釣無聊。一个飲羊羔紅爐暖閣,一个凍騎驢野店溪橋。你自評跋,那个清高,那个粗豪。

徐容齋贈千金奴一段①

杏桃腮楊柳纖腰,占斷他風月排場,鸞鳳窩巢。宜笑宜顰,傾國傾城,百媚千嬌。一个可喜娘身材兒最小,便做天來大福也難消。檀板輕敲,銀燭高燒。萬兩黄金,一刻春宵。

盍志學一段

陶淵明自不合時,採菊東籬,爲賦新詩。獨對南山,泛秋香有酒盈巵。一个小顆顆彭澤縣兒,五斗米懶折腰肢。樂以琴詩,暢會尋思。萬古流傳,賦歸去來辭。

趙天錫題金山寺一段

長江浩浩西來,水面雲山,山上樓臺。山水相輝,樓臺相映,天與安排。詩句就雲山動色,酒杯傾天地忘懷。醉眼睜開,遥望蓬萊。一半煙

---

① 今校:據孔齊《靜齋至正直記》,此曲爲孔文昇作。

遮，一半雲埋。《中原音韻》"相輝"作"相連"，"相映"作"上下"，"天與"作"天地"，"動色"作"失色"，"杯傾"作"杯寬"，"遥望"作"回首"，"煙遮"作"雲遮"，"雲埋"作"煙埋"，"天與"又别作"天巧"。《雍熙樂府》"長江"上襯"泛"字。"相映"作"相對"，"詩句就"作"詩句成"，"雲山"作"風煙"，"遥望"作"遥見"，末二句作"一半兒雨隔雲遮，一半兒風蔽煙埋"。

劉太保四段

盼和風春雨如膏，花發南枝，北岸冰消。夭桃似火，楊柳如煙，裊裊柔條。初出谷黄鶯弄巧，乍銜泥燕子尋巢。宴賞東郊，杜甫遊春，散誕逍遥。

炎天酷熱如燒，散髪披襟，紈扇輕摇。積雪敲冰，沉李浮瓜，不用百尺樓高。避暑涼亭静掃，樹陰稠緑波池沼。流水溪橋，右軍觀鵝，散誕逍遥。"涼亭"原作"涼陰"，此從殘元本。又"酷熱"原作"地熱"。

梧桐一葉初彫，菊綻東籬，佳節登高。金風颯颯，寒雁呀呀，促織叨叨。滿目黄花衰草，一川紅葉飄飄。秋景蕭蕭，愛菊陶潛，散誕逍遥。"愛菊"殘元本作"愛菊"。

朔風瑞雪飄飄，暖閣紅爐，酒泛羊羔。如飛柳絮，似舞胡蝶，亂翦鵝毛。銀砌就樓臺殿閣，粉妝成野外荒郊。冬景寂寥，浩然踏雪，散誕逍遥。"殿閣"原作"暖閣"，此從殘元本。

貫酸齋四段

竹風過雨新香，錦瑟朱絃，亂錯宫商。樵管驚秋，漁歌唱晚，淡月疎篁。准備了今宵樂章，惹行雲不住高唐。目外秋江，江外風光。環佩空歸，分付下淒涼。"疎篁"原作"疎星"，兹從殘元本。殘元本"風光"作"嵐光"。

相逢忘却余咱，夢隔行雲，盡好詩誇。江上人歸，宫中粉淡，明月無涯。從别却西湖酒家，遇逋翁便屬仙葩。襪重霜華，春色交加。夜半相思，香透窗紗。

問胸中誰有西湖，算詩酒東坡，清淡林逋。月枕冰痕，露凝荷淚，夢斷雲裾。桂子冷香仍月古，是嫦娥厭倦妝梳。春景扶疎，秋色糢糊。若比西施，西子何如。《雍熙樂府》"問胸中"作"門前"，無"算"字，"凝"作

“盈”。“香仍”,《雍熙》同,待校。

淩波晚步晴煙,太華云高,天外無天。翠羽搖風,寒珠泣露,總解留連。明月冷亭亭玉蓮,蕩輕香散滿湖船。人已如仙,花正堪憐。酒滿金樽,詩滿鸞箋。《雍熙》“輕香”作“天香”。

阿魯威十六段原注:阿魯威,字叔重,號東泉,蒙古氏,南劍太守,詔作經筵官。　前九首以楚辭九歌品成。

穆將愉兮太乙東皇,佩姣服菲菲,劍珥琳琅。玉瑱瓊兮,蒸肴蘭藉,桂酒椒漿。揚枹鼓兮安歌浩倡,紛五音兮琴瑟笙簧。日吉辰良,繁會祁祁,既樂而康。東皇太乙　“蒸”原作“烝”。“枹鼓”下原脱“兮”字。

望雲中帝服皇皇,快龍駕翩翩,遠舉周章。霞佩繽紛,雲旗晻藹,衣采華芳。靈連蜷兮昭昭未央,降壽宫兮沐浴蘭湯。先戒鸞章,後屬飛廉,總轡扶桑。雲中君

問湘君何處翱遊,怎弭節江皐,江水東流。薜荔芙蓉,涔陽極浦,杜若芳洲。駕飛龍兮蘭旌蕙綢,君不行兮何故夷猶。玉佩誰留,步馬椒丘,忍别靈修。湘君　“涔陽”原作“洛陽”,兹從殘元本。

促江皐騰駕朝馳,幸帝子來遊,孔蓋雲旗。渺渺秋風,洞庭木葉,盼望佳期。靈剡剡兮空山九疑,澧有蘭兮沅芷菲菲。行折瓊枝,發軔蒼梧,飲馬咸池。湘夫人

令飄風涷雨清塵,開閶闔天門,假道天津。千乘回翔,龍旗冉冉,鸞駕轔轔。結桂椒兮乘雲並迎,問人間兮壽夭莫憑。除却靈均,蘭佩荷衣,誰製誰紉。大司命　“涷”原作“凍”。

正秋蘭九畹芳菲,共堂下蘼蕪,緑葉留荑。趁駕回風,逍遥雲際,翡翠爲旗。悲莫悲兮君將遠離,樂莫樂兮與女新知。一掃氛霓,晞髮陽阿,洗劍天池。少司命

望朝暾將出東方,便撫馬安驅,攬轡高翔。交鼓吹竽,鳴篪絙瑟,會舞霓裳。布瑶席兮聊斟桂漿,聽鏘鏘兮丹鳳鳴陽。直上空桑,持矢操弧,仰射天狼。東君

邀王侯四起衝風,望魚屋鱗鱗,貝闕珠宫。兩駕驂螭,桂旗荷蓋,浩蕩西東。試回首兮崑崙道中,問江皐兮誰集芙蓉。唤起豐隆,先逐黿

鼉，後馭蛟龍。河伯

若有人兮含睇山幽，乘赤豹文貍，窈窕周流。渺渺愁雲，冥冥零雨，誰與同遊。采三秀兮吾令蹇修，悵宓妃兮要眇難求。猿夜啾啾，風木蕭蕭，公子離憂。山鬼

鴟夷後那個清閑，誰愛雨笠煙簑，七里嚴湍。除却巢由，更無人到，潁水箕山。歎落日孤鴻往還，笑桃源洞口誰關。試問劉郎，幾度花開，幾度花殘。

問人間誰是英雄，自釃酒臨江，横槊曹公。紫蓋黄旗，多應借得，赤壁東風。更驚起南陽卧龍，便成名八陣圖中。鼎足三分，一分西蜀，一分江東。

正春風楊柳依依，聽徹陽關，分袂東西。看取樽前，留人燕語，送客花飛。謾勞動空山子規，一聲聲猶勸人歸。後夜相思，明月煙波，一舸鴟夷。

動高吟楚客秋風，故國山河，水落江空。斷送離愁，江南煙雨，杳杳孤鴻。依舊向邯鄲道中，問居胥今有誰封。何日論文，渭北春天，日暮江東。

理征衣鞍馬匆匆，又在關山，鷓鴣聲中。三疊陽關，一杯魯酒，逆旅新豐。看五陵無樹起風，笑長安却誤英雄。雲樹濛濛，春水東流，有似愁濃。

爛羊頭誰羡封侯，斗酒篇詩，也自風流。過隙光陰，塵埃野馬，不惹閑鷗。雖汗漫飄蓬九有，向壺山小隱三秋。歸賦登樓，白髮蕭蕭，老我南州。

任乾坤浩蕩沙鷗，酤酒尋魚，赤壁磯頭。鐵笛横吹，穿雲裂石，草木炎州。信甲子題詩五柳，算庚寅合賦三秋。渺渺予愁，自古佳人，不遇靈修。

盧疎齋四段

碧波中范蠡乘舟，殢酒簪花，樂以忘憂。蕩蕩悠悠，點秋江白鷺沙鷗。怎棹不過黄蘆岸白蘋渡口，且灣在緑楊堤紅蓼灘頭。醉時方休，醒時扶頭。傲煞人間，伯子公侯。

想人生七十猶稀,百歲光陰,先過了三十。七十年間,十歲頑童,十載尫羸。五十歲除分晝黑,剛分得一半兒白日。風雨相隨,兔走烏飛。仔細沉吟,都不如快活了便宜。“三十”原作“卅”字。

奴耕婢織生涯,門前栽柳,院後桑麻。有客來汲清泉自煮茶芽。稚子謙和禮法,山妻軟弱賢達。守着些實善鄰家,無是無非,問甚麽富貴榮華。《北詞廣正譜》、《九宫大成譜》“自煮”作“自煎”,“實善”作“寶善”。

沙三伴哥來嗏,兩腿青泥,只爲撈蝦。太公莊上,楊柳陰中,磕破西瓜。小二哥背涎剌塔,碌軸上掩着个琵琶。看蕎麥開花,緑豆生芽。無是無非,快活煞莊家。“兩腿”原作“兩眼”,“背涎”原作“昔涎”,“掩著”原作“渰著”,兹從殘元本。

白無咎〔百字折桂令〕一段①

弊裘塵土壓征鞍,鞭倦裊蘆花。弓劍蕭蕭,一逕入煙霞。動羈懷西風木葉,秋水蒹葭。千點萬點老樹昏鴉,三行兩行寫長空啞啞雁落平沙。曲岸西邊近水灣魚網綸竿釣槎,斷橋東壁傍溪山竹籬茅舍人家。滿山滿谷,紅葉黄花。正是傷感淒涼時候,離人又在天涯。“鞭倦”原作“鞭捲”,兹從《樂府羣玉》。《羣玉》“一逕”作“一竟”,“木葉”作“禾黍”,“昏鴉”作“寒鴉”,“長空”作“高寒”,“水灣”作“水渦”,“東壁”作“東下”,“溪山”作“溪沙”,“竹籬”作“疎籬”,“滿山”上有“見”字,“正是”下無“傷感”二字。《北詞廣正譜》“一逕”作“一境”,“啞啞”作“嚦嚦”。

張小山五段

劍空彈月下高歌,説到知音,自古無多。白髮蕭疎,青燈寂寞,老子婆娑。故紙上前賢坎坷,醉鄉中壯士磨陀。富貴由他,謾想廉頗,誰効蕭何。“蕭何”别作“常何”。

滄浪可以濯纓,歎千里奔波,兩鬢星星。遁跡林泉,甘心畎畝,罷念功名。青門外耘瓜邵平,白雲邊垂釣嚴陵。潮落沙汀,月轉林坰,午夢方醒。“白雲”原作“白天”,此從《張小山北曲聯樂府》。

---

① 今校:《樂府羣玉》此首屬鄭德輝。

剔殘燈數盡寒更，自別了鶯鶯，誰更卿卿。月影疎檽，蛩聲廢井，桂子閑庭。掩淚眼羞看畫屏，瘦人兒不似丹青。眄殺多情，遠信休憑，好夢難成。

菊花枝還爲誰黄，數盡歸期，過了重陽。錦字傳情，瓊簪留恨，繡枕遺香。夜月冷金釵鳳凰，曉霜寒翠被鴛鴦。想像高唐，縈損柔腸，夢見才郎。

對青山强整烏紗，歸雁横秋，倦客思家。翠袖殷勤，金盃錯落，玉手琵琶。人老去西風白髮，蝶愁來明日黄花。回首天涯，一抹斜陽，數點寒鴉。

〔雙調〕湘妃怨原注：俗名水仙子。

盧疎齋西湖四段

湖山佳處那些兒，恰到輕寒微雨時，東風懶倦催春事。嗔垂楊裊緑絲，海棠花偷抹胭脂。任吴岫眉尖恨，厭錢塘江上詞，是个妒色的西施。

朱簾畫舫那人兒，林影荷香雨霽時，尊前歌舞多才思。紫雲英瓊樹枝，對波光山色參差。切香脆江瑶膾，擘輕紅新荔枝，是个好客的西施。

蘇堤鞭影半痕兒，常記吴山月上時，閑尋靈鷲西岩寺。冷泉亭偏費詩，看煙鬟塵外丰姿。染絳綃裁霜葉，釀清香飄桂子，是个百巧的西施。

梅梢雪霽月芽兒，點破湖煙雪落時，朝來亭樹瓊瑶似。笑漁簑學鷺鷥，照歌臺玉鏡冰姿。誰僝僽鴟夷子，也新添兩鬢絲，是个淡淨的西施。

馬東籬和前四段

春風驕馬五陵兒，暖日西湖三月時，管絃觸水鶯花市。不知音不到此，宜歌宜酒宜詩。山過雨顰眉黛，柳拖煙堆鬢絲，可戲殺睡足的西施。

採蓮湖上畫船兒，垂釣灘頭白鷺鷥，雨中樓閣煙中寺。笑王維作畫師，蓬萊倒影參差。薰風來至，荷香淨時，清潔煞避暑的西施。

金巵滿勸莫推辭，已是黄柑紫蟹時，鴛鴦不管傷心事。便白頭湖上死，愛園林一抹胭脂。霜落在丹楓上，水飄着紅葉兒，風流煞帶酒的西施。

人家籬落酒旗兒，雪壓寒梅老樹枝，吟詩未穩推敲字。爲西湖撚斷髭，恨東坡對雪無詩。休道是蘇學士，韓退之，難裝傅粉的西施。"難裝"原作"難將"，兹從殘元本。

劉時中和前四段原注：時中號逋齋，翰林學士。

湖山亭下鬧竿兒，爛醉韶華三月時，曉來風雨催春事。把鶯花擸斷死，映蘇堤紅翠參差。淺絳雪緘桃萼，嫩黄金搓柳絲，風流煞鬪草西施。《樂府羣玉》"亭下"作"堂下"，"爛醉"作"爛熳"，"曉來"作"朝來"；又四首末句内"煞"皆作"啊"，"西施"上皆有"的"字。

蝦鬚簾捲水亭兒，玉枕桃笙夢覺時，荷香勾引清風至。掬青漣雪藕絲，嫩涼生璧月瓊芝。鸞刀切銀絲膾，蟻香浮碧玉巵，受用煞避暑西施。"桃笙"、"青漣"、"璧月"，原作"陶生"、"青蓮"、"碧月"，此據《樂府羣玉》改。《羣玉》"夢覺"作"睡起"，"清風"作"薰風"。

西風吹入耍窗兒，一扇新涼暑退時，白蘋紅蓼多情思。寫秋光無限詩，占平湖一抹胭脂。荷缺翠青摇柄，桂飄香金墜枝，快活煞翫月西施。《羣玉》"吹入"作"逗入"，"一抹"作"一樹"，"荷缺翠"作"雲擁扇"，"桂"作"粟"，"墜"作"綴"。

梅花初試膽瓶兒，正是逋郎得句時，彤雲把斷山中寺。軟紅塵不到此，玉模糊老樹籬茨。侵素體添肌粟，妒雲鬟老鬢絲，清淨煞賞雪西施。《羣玉》"紅塵"作"香塵"，"玉模糊"句作"怯清寒林下風姿"，"清淨"作"清絶"。

阿魯威二段

楚江空闊楚天長，一度懷人一斷腸，此心只在肩輿上。倩東風過武昌，助離愁煙水茫茫。竹上雨湘妃淚，樹中禽蜀帝王，無限思量①。

夜來雨横與風狂，斷送西園滿地香，曉來蜂蝶空遊蕩。苦難尋紅錦妝，問東君歸計何忙。儘叫得鵑聲碎，却教人空斷腸，漫勞動客送垂楊。

馬九皋集句一段原缺"一段"二字。

幾年無事傍江湖，醉倒黄公舊酒爐，人間縱有傷心處。也不到劉伶

① 今校：《樂府羣玉》此首屬劉時中，題作"寓意武昌元貞"。

墳上土。醉鄉中不辨賢愚。對風流人物,看江山畫圖,便醉倒何如。

張小山五段

繭黄舊紙試銀鈎,蟻緑新篘泛玉舟,龍香古餅熏金獸。薔薇小院幽,春光爲我遲留。東里尋芳去,西園秉燭遊,醉倚南樓。

西山暮雨暗蒼煙,南浦春風艤畫船,水流雲去人空戀。傷心思去年,可憐景物依然。海棠鸜鵒,岩花杜鵑,楊柳秋千。

相思詩句滿苔墻,合唱歌聲靜錦堂,合歡裙帶閑羅帳。無言倚繡床,怎生人不成雙。花間翡翠,釵頭鳳凰,梅子鴛鴦。

山花紅雨鷓鴣啼,院柳蒼雲燕子飛,池萍緑水鴛鴦睡。春殘猶未歸,掩妝臺懶畫蛾眉。繡床人困,玉闗夢回,錦字書遲。

玉纖彈淚血痕封,丹髓調酥鶴頂濃,金爐撥火香雲動。風流千萬種,捻胭脂嬌暈重重。拂海棠梢頭露,按桃花扇底風,托香腮數點殘紅。紅指甲

楊澹齋七段

依山傍水蓋茅齋,旋買奇花賃地栽,深耕淺種無災害。學劉伶死便埋,促光陰曉角時牌。新酒在槽頭醉,活魚向湖邊買,算天公自有安排。"槽頭醉",殘元本作"槽頭醡"。

雪晴天地一冰壺,竟往西湖探老逋,騎驢踏雪溪橋路。笑王維作畫圖,揀梅花多處提壺。對酒看花笑,無錢當劍沽,醉倒在西湖。

壽陽宫額得魁名,南浦西湖分外清,横斜疎影窗間印。惹詩人説到今,萬花中先綻瓊英。自古詩人愛,騎驢踏雪尋,忍凍在前村。《中原音韻》"惹"作"惹得",末句無"忍"字。又"壽陽"原作"壽王",兹從《音韻》。按"王"即"陽"之省文,詳下卷馬東籬〔撥不斷〕校中。

閑時高臥醉時歌,守己安貧好快活,杏花村裏隨緣過。勝堯夫安樂窩,任賢愚後代如何。失名利癡呆漢,得清閑誰似我,一任他門外風波。

六神和會自安然,一日清閑自在仙,浮雲富貴無心戀。蓋茅庵近水邊,有梅蘭竹石蕭然。趁村叟鷄豚社,隨牛兒沽酒錢,直喫得月墜西邊。

黄金散盡學風流,學得風流兩鬢秋,笑您那看錢奴枉了乾生受。我覷榮華似水上漚,只不如趁中年散誕優游。斟緑酒低低的勸,殢紅妝慢

慢的謳,醉時節錦被裹舒頭。"乾"原作"千"。

燈花占信又無功,鵲報佳音耳過風,繡衾温暖和誰共。隔雲山千萬重,因此上慘緑愁紅。不甫他博得个團圓夢,覺來時又撲个空,杜鵑聲又過墻東。"不甫他",殘元本作"不付得"。原本於此下接庾吉甫之〔商角調・黄鶯兒〕二套,兹移列後集五卷之末。

樂府新編陽春白雪卷之三前集

元青城楊朝英澹齋選集　江都任訥中敏校訂

小令原本無此二字，以下三卷同。

〔雙調〕慶東原

白仁甫三段

忘憂草，含笑花，勸君聞早冠宜掛。那里也能言陸賈，那里也良謀子牙，那里也豪氣張華。千古是非心，一夕漁樵話。"聞早"待校。"聞"疑是"歸"之訛。

黄金縷，碧玉簫，温柔鄉裏尋常到。青春過了，朱顏漸老，白髮彫騷。只待强簪花，又恐傍人笑。

暖日宜乘轎，春風宜試馬，恰寒食有二百處秋千架。對人嬌杏花，撲人飛柳花，迎人笑桃花。來往畫船邊，招颭青旗掛。

張小山次馬致遠韻四段

殺三士，因二桃，不如五柳莊前傲。文魔賈島，詩窮孟郊，酒困山濤。他得志笑閑人，他失脚閑人笑。

詩情放，劍氣豪，英雄不把窮通較。江中斬蛟，雲間射鵰，席上揮毫。他得志笑閑人，他失脚閑人笑。明人傳本起作"閑情放，壯氣豪"，又"席上揮毫"作"塞外舞刀"。

難開眼，懶折腰，白雲不應蒲輪召。解組漢朝，尋詩灞橋，策杖臨皐。他得志笑閑人，他失脚閑人笑。《張小山小令》"解組"作"解綬"。明人傳本五、六兩句作"策蹇灞橋，攜杖臨皐"。

依山洞，結把茅，清風兩袖長舒嘯。問江邊老樵，訪山中故交，伴雲外孤鶴。他得志笑閑人，他失脚閑人笑。《張小山北曲聯樂府》"把茅"作"草茅"。明人傳本"老樵"作"問樵"，"故交"作"訪交"，"雲外"句作

"野外聽鴉"。《太和正音譜》"失脚"作"失志"。

〔雙調〕駐馬聽

白仁甫四段

裂石穿雲,玉管宜横清更潔。霜天沙漠,鷓鴣風裏欲偏斜。鳳凰臺上暮雲遮,梅花驚作黄昏雪。人静也,一聲吹落江樓月。吹　"欲"字待校。

雪調冰絃,十指纖纖温更柔。林鶯山溜,夜深風雨落絃頭。蘆花岸上對蘭舟,哀絃恰似愁人消瘦。淚盈眸,江州司馬别離後。彈　"消"字應衍。

白雪陽春,一曲西風幾斷腸。花朝月夜,个中唯有杜韋娘。前聲起徹遶危梁,後聲並至銀河上。韻悠揚,小樓一夜雲來往。歌

鳳髻蟠空,嬝娜腰肢温更柔。輕移蓮步,漢宫飛燕舊風流。謾催鼉鼓品梁州,鷓鴣飛起春羅袖。錦纏頭,劉郎錯認風前柳。舞　"蓮步"原作"遠步"。

〔雙調〕沉醉東風

胡紫山二段

月底花間酒壺,水邊林下茅廬。避虎狼,盟鷗鷺,是个識字的漁夫。蓑笠綸竿釣今古,一任他斜風細雨。

漁得漁心滿願足,樵得樵眼笑眉舒。一个罷了釣竿,一个收了斤斧,林泉下偶然相遇。是兩个不識字漁樵士大夫,他兩个笑加加的從今論古。《樂府羣玉》"心滿"作"平生","釣竿"作"釣鈎","漁樵"作"無官",末句作"笑呷呷談今論古"七字。

徐子芳贈歌者吹簫二段

金鳳小斜簪髻雲,注櫻桃一點朱唇。秋水清,春山恨,引青鸞玉簫聲韵。莫不是另得東君一種春,既不啊紫竹上重生玉笋。

御食飽清茶漱口,錦衣穿翠袖梳頭。有幾个省部交,朝廷友,尊席上玉盞金甌。封却公男伯子侯,也强如不識字煙波釣叟。"漱口"原作

"嫩口"。

馮海粟一段

緣結來生淨果,從他半世蹉跎。冷淡交,唯三个,除此外更誰插啵。減着啊少添着啊便覺多,明月清風共我。

關漢卿五段

咫尺的天南地北,霎時間月缺花飛。手執着餞行盃,眼閣着別離淚,剛道得聲保重將息。痛煞煞教人捨不得,好去者望前程萬里。

憂則憂鸞孤鳳單,愁則愁月缺花殘。爲則爲俏冤家,害則害誰曾慣,瘦則瘦不似今番。恨則恨孤幃繡衾寒,怕則怕黄昏到晚。

伴夜月銀箏鳳閑,暖東風繡被常慳。信沉了魚,書絶了雁,盼雕鞍萬水千山。本利對相思若不還,只告與那能索債愁眉淚眼。"常慳"疑是"駕慳"之訛。

夜月青樓鳳簫,春風翠髻金翹。雨雲濃,心腸俏,俊龐兒玉嫩香嬌。六幅湘裙一搦腰,間别來十分瘦了。殘元本"玉嫩"作"玉軟"。

面比花枝解語,眉横柳葉長疎。想着雨和雲,朝還暮,但開口只是長吁。紙鷂兒休將人厮應付,肯不肯懷兒裏便許。"想"原作"相"。

張小山三段

脚到處青山緑水,興來時白酒黄鷄。遠是非,絶名利,腹便便午窗酣睡。鸚鵡杯中晝日遲,到强似麒麟畫裏。

笑白髮猶纏利鎖,喜紅塵不到漁簑。八詠詩,三間些,收拾下晚春工課。茅舍疎籬小過活,有情分沙鷗伴我。

貂裘弊誰憐倦客,錦箋寒難寫秋懷。野水邊,閑雲外,儘教他鷗鷺驚猜。溪上良田得數頃來,也敢上嚴陵釣臺。詠釣臺　《張小山小令》"敢上"作"趕上"。

〔雙調〕撥不斷

馬東籬十段

九重天,二十年,龍樓鳳閣都曾見。緑水青山任自然,舊時王謝堂前燕。再不復海棠庭院。"庭院"原作"院庭"。

歎寒儒,慢讀書,讀書須索題橋柱。題柱雖乘駟馬車,乘車誰買長門賦,且看了長安回去。

路傍碑,不知誰,春苔綠滿無人祭。畢卓生前酒一盃,曹公身後墳三尺,不如醉了還醉。

怨離別,恨離別,君知君恨君休惹。紅日如奔過隙駒,白頭漸滿楊花雪,一日一个渭城客舍。"楊花"原作"玉花","玉"乃"王"之訛,而"王"乃"楊"之省也。殘元本於"陽關"作"王關","重陽"作"重王","垂楊"作"垂王","斷腸"作"斷王"。上文張小山〔水仙子〕"壽陽"又原作"壽王"。後集卷一吴仁卿〔金字經〕"洛陽"作"洛王",皆其證也。"一个"之"一"原脱。

孟襄陽,興何狂,凍騎驢灞陵橋上。便縱有些梅花入夢香,到不如風雪銷金帳,慢慢的淺斟低唱。"風雪"原作"風前",兹從殘元本。

笑陶家,雪烹茶,就鵝毛瑞雪初成臘。見蝶翅寒梅正有花,怕羊羔美醖新添價,拖得人冷齋裏閑話。"添價"原作"添得"。

菊花開,正歸來,伴虎溪僧鶴林友龍山客。似杜工部陶淵明李太白,有洞庭柑東陽酒西湖蟹,哎,楚三閭休怪。五句"有"字原脱,據《樂府羣玉》增。《羣玉》"伴"字作"做伴的"三字,"哎楚"二字作"道與"。

浙江亭,看潮生,潮來潮去原無定。惟有西山萬古青,子陵一釣多高興,鬧中取靜。

酒杯深,故人心,相逢且莫推辭飲。君若歌時我慢斟,屈原清死由他恁,醉和醒爭甚。

瘦形骸,悶情懷,丹楓醉映秋山色。黄菊彫殘戲馬臺,白衣盼殺東籬客,你莫不子猷訪戴。

〔雙調〕清江引

貫酸齋三段原無"貫"字。

棄微名去來心快哉,一笑白雲外。知音三五人,痛飲何妨礙,醉袍袖舞嫌天地窄。《太和正音譜》末句無"袖"字。

競功名有如車下坡,驚險誰參破。昨日玉堂臣,今日遭殘禍,爭如我避風波走在安樂窩。

避風波走入安樂窩，就裏乾坤大。醒了醉還醒，臥了重還坐，似這般得清閑的誰似我。

張小山四段原無"張"字。

杜鵑幾聲煙樹暖，風雨相攙斷。梨花月未圓，柳絮春將半，夜長可憐歸夢短。

繡針懶拈閑素手，倦枕金釵溜。鶯呼綠柳春，燕舞紅簾晝，東風院落人病酒。《張小山北曲聯樂府》"鶯呼"作"鶯啼"。《小山小令》"院落"作"幾番"。

西風又吹湖上柳，畫舫攜紅袖。鷗眠野水閑，蝶舞秋花瘦，風流醉翁不在酒。

門前好山雲占了，盡日無人到。松風響翠濤，槲葉燒丹竈，先生醉眠春自老。

〔雙調〕壽陽曲原注：俗名落梅風。

姚牧庵四段

酒可紅雙頰，愁能白二毛①，對尊前儘可開懷抱。天若有情天亦老，且休教少年知道。《樂府新聲》作"有酒紅雙臉，愁多染二毛，向樽前且開懷抱。天若有情天也老，消磨了五陵年少"。《雍熙樂府》起二句又作"酒紅臉，愁白毛"，皆不具名。

紅顏褪，綠鬢凋，酒席上漸疎了。歡笑風流近來都忘了，誰信道也曾年少。"褪"原作"歡"，兹從殘元本。

襄王夢，神女情，多般兒釀成愁病②。琵琶慢調絃上聲，相思字越彈着不應。

貴妃親擎硯，力士與脱靴，御調羹就餐不謝。醉模糊將嚇蠻書便寫，寫着甚楊柳岸曉風殘月。詠李白　"便寫"原作"使寫"。

無名氏十四段

胡來得賽，熱莽得極，明明的抱着虎睡。惱翻小姐摑了面皮，見丈

---

① 今校："二毛"，原誤録作"般毛"，據嘉慶本《陽春白雪》改。

② 今校："多般兒"，原誤録作"多二兒"，據嘉慶本《陽春白雪》改。

人來怎生回避。

全無思娘意,却有愛女心,不似您魯秋胡忒恁。見个採桑婦人與了一錠金,你見那姓白的牡丹使甚。“使甚”原作“便甚”,兹從殘元本。又“錠”原作“定”。

酒醒後離書舍,沉醉也上釣舟,捧金鍾把月娥等候。廣寒宫玉蟾撈不在手,水晶宫却和龍鬬。

逢着的嚥,撞着的撑,不似您秀才每水性。問娉婷謁漿到十數升,乾相思變做了渴症。

祆廟内,盻豔冶,不覺的怪風火烈。把才郎沈腰燒了半截,誰似你做得來特熱。

一个諸般韵,一个百事通,小書生玉人情重。鼓三更燭滅黑洞洞,你道是不曾時説夢。

一个單身漢,一个寡婦人,夜深沉洞房隨順。放入來你却守定門,這言語好難準信。“夜深沉洞房”原作“夜深沉沉房”。

誑楚霸,成漢業,鑾輿□禄盡衣絶。一把火焚燒得煙焰烈,楚重瞳待爾不熱。原無空格。

金釵墜,雲髻斜,歌舞罷綵雲消滅。今宵酒醒何處也,楊柳岸曉風殘月。《雍熙樂府》前三句作“陽關别,千萬疊,再相逢甚年時節”。又“何處也”作“何處歇”。

别離恨,心受苦,知他是幾時完聚。淚點兒多如秋夜雨,煩惱似孝經起序。“知他”原作“他知”,“秋夜雨”原作“秋雨夜”。末四字殘元本同,待考。

羞花貌,閉月容,恰相逢使人心動。嬌的的可人風韻種,也消得俺惜花人團弄。

裝呵欠把長吁來應,推眼疼把珠淚來掩,佯咳嗽口兒裏作念。將他諱名兒再三不住的喏,思量煞小卿也雙漸。

盃擎玉,淚閣珠,心間事盡情兒傾訴。似梨花一枝春帶雨,怕東君儼然辜負。

幃屏靠,珊枕欹,淚和愁釀成春睡。繡簾不教高掛起,怕鶯花笑人憔悴。

嚴忠濟一段

三間些，伍子歌，利名場幾人參破。算來都不如藍采和，被這幾文錢把這小兒人瞞過。

貫酸齋五段原無“貫”字。

擔春盎，問酒家，綠楊陰似開圖畫。下秋千玉容强似花，汗溶溶濕人羅帕。

松杉翠，茉莉香，步回廊老仙策杖。月明中晚風寶殿涼，玉池深藕花千丈。“寶殿”原作“玉殿”，兹從殘元本。

魚吹浪，雁落沙，倚吴山翠屏高掛。看江潮鼓聲千萬家，捲朱簾玉人如畫。“千萬”原作“十萬”。

新詩句，濁酒壺，野人閑不知春去。家童柳邊閑釣魚，趁殘紅滿江鷗鷺。“野人”原作“百人”，兹從殘元本。

新秋至，人乍别，順長江水流殘月。悠悠畫船東去也，這思量起頭兒一夜。

東泉一段

千年態，一旦空，惟有紙錢灰晚風吹送。儘蜀鵑血啼煙樹中，唤不回一場春夢。

李壽卿一段

金刀利，錦鯉肥，更那堪玉葱纖細。添得醋來風韻美，試嘗道甚生滋味。《中原音韻》“添得”作“若得”，末句作“試嘗著這生滋味”。

盧疎齋四段原無“盧”字。

銀臺燭，金獸煙，夜方闌畫堂開宴。管絃停玉盃斟較淺，聽春風遏雲歌遍。

金蕉葉，銀萼花，捲長江酒杯低亞。醉書生且休扶上馬，聽春風玉簫吹罷。

詩難詠，畫怎描，欠漁翁玉簑獨釣。低唱淺斟金帳曉，勝烹茶党家風調。殘元本首句作“詩誰詠”。

攢缸酒，味轉佳，刻春宵古今無價。約尋盟綠楊中閑繫馬，醉春風碧紗窗下。"缸"原作"江"。

馬東籬三十一段

花村外,草店西,晚霞明雨收天霽。四圍山一竿殘照裏,錦屏風又添鋪翠。山市晴嵐　《樂府新聲》"外"作"畔","草店"作"柳岸",三句作"晚風涼雨晴天氣","一"作"兩"。

夕陽下,酒旆閑,兩三航未曾着岸。落花水香茅舍晚,斷橋頭賣魚人散。遠浦歸帆　《新聲》作"垂楊岸,江蓼灘,一帆風送船著岸。孤村滿林雅噪晚",末句同。

南傳信,北寄書,半棲遲岸花汀樹。似鴛鴦失羣迷伴侶,兩三行海門斜去。平沙落雁　《新聲》作"征鴻渡,落日晡,正秋江野人爭渡。若西風不留灘上宿",末句同。

漁燈暗,客夢回,一聲聲滴人心碎。孤舟五更家萬里,是離人幾行情淚。瀟湘夜雨　《新聲》所載全異。

寒煙細,古寺清,近黄昏禮佛人静。順西風晚鐘三四聲,怎生教老僧禪定。煙寺晚鐘　《新聲》"寒"作"炊","清"作"晴",三句作"山堂月明人静","順西風"作"報黄昏",末句作"怕驚回夜深禪定"。

鳴榔罷,閃暮光,緑楊堤數聲漁唱。掛柴門幾家閑曬網,都撮在捕魚圖上。漁村夕照　《新聲》作"夕陽外,古渡傍,兩三家不成圍巷。一簇兒聚船人曬網",末句同。

天將暮,雪亂舞,半梅花半飄柳絮。江上晚來堪畫處,釣魚人一簑歸去。江天暮雪　《新聲》所載全異。

蘆花謝,客乍别,泛蟾光小舟一葉。豫章城故人來也,結束了洞庭秋月。洞庭秋月　《新聲》作"茶船近,野店歇,辜負了好天良夜。豫章城故人來到也",末句同。

春將暮,花漸無,春催得落花無數。春歸時寂寞景物疎,武陵人恨春歸去。

一陣風,一陣雨,滿城中落花飛絮。紗窗外驀然聞杜宇,一聲聲唤回春去。

雲籠月,風弄鐵,兩般兒助人淒切。剔銀燈欲將心事寫,長吁氣一聲吹滅。"弄鐵"原作"弄雨","吹滅"原作"欲滅",兹從殘元本。《雍熙樂府》作"窗間月,簷外鐵,這淒涼對誰分説",又末句"一聲"作"把燈"。

磨龍墨,染兔毫,倩花箋欲傳音耗。真寫到半張却帶草,敘寒温不知个顛倒。

從别後,音信絶,薄情種害煞人也。逢一个見一个因話説,不信你耳輪兒不熱。"不熱"原作"頭熱"。

從别後,音信杳,夢兒裏也曾來到。間人知行到一萬遭,不信你眼皮兒不跳。四句疑是"向人行提到一萬遭",待校。

心間事,説與他,動不動早言兩罷。罷字兒磣可可你道是耍,我心裏怕那不怕。

人初静,月正明,紗窗外玉梅斜映。梅花笑人休弄影,月沉時一般孤另。

人千里,愁萬縷,望不斷野煙汀樹。一會價上心來没是處,恨不得待跨鸞歸去。"價"原作"加"。

研香汁,展素紙,蘸霜毫略傳心事。和淚謹封斷腸詞,小書生再三傳示。"汁"原作"汗"。

實心兒待,休做謊話兒猜,不信道爲伊曾害。害時節有誰曾見來,瞞不過主腰胸帶。"休做"原作"休佐",兹從殘元本。"胸帶"待校,應是"羅帶"之類。

江梅態,桃杏腮,嬌滴滴海棠顔色。金蓮肯分迭半折,瘦厭厭柳腰一捻。

思今日,想去年,依舊緑楊庭院。桃花嫣然三月天,只不見去年人面。《雍熙樂府》"依舊"作"依舊在","庭"作"深","嫣然"作"豔色","只"作"却"。

蝶慵戲,鶯倦啼,方是困人天氣。莫怪落花吹不起,珠簾外晚風無力。

他心罪,咱便捨,空擔着這場風月。一鍋滚水冷定也,再攛紅幾時得熱。

相思病,怎地醫,只除是有情人調理。相偎相抱診脈息,不服藥自然圓備。"相思"原作"想思"。

心窩兒興，奶朧兒情，低低的啀聲相應。舌尖抵着牙縫冷，半合兒使的成病。“朧”字待校。

香羅帶，玉鏡臺，對妝奩懶施眉黛。落紅滿階愁似海，問東君故人安在。

青紗帳，白象床，晚涼生月輪初上。誰家玉簫吹鳳凰，教斷腸人越添惆悵。

如年夜，人乍别，角聲寒玉梅驚謝。夢迴酒醒燈盡也，對着冷清清半窗殘月。

薔薇露，荷葉雨，菊花霜冷香庭户。梅梢月斜人影孤，恨薄情四時辜負。

琴愁操，香倦燒，盼春來不知春到。日長也小窗前一睡着，賣花聲把人驚覺。

因他害，染病疾，相識每勸咱是好意。相識若知咱就裏，和相識也一般憔悴。

張小山三段原無“張”字。

東風地，西子湖，濕冥冥柳煙花霧。黄鶯亂啼蝴蝶舞，幾秋千打將春去。“柳”字原脱，據《張小山北曲聯樂府》補。《樂府》首句作“東風景”。

柳葉微風鬧，荷花落日酣，拂長空遠山雲淡。紅妝女兒十二三，採蓮歸小舟輕攬。“長空”，殘元本作“晴空”。“攬”，《北曲聯樂府》作“纜”。

松梢月，桂子香，又詩成冷泉亭上。醉歸來晚風生嫩涼，戧金船玉人低唱。《北曲聯樂府》“晚風”作“曉風”。

樂府新編陽春白雪卷之四前集

元青城楊朝英澹齋選集　江都任訥中敏校訂

小令

〔**雙調**〕**潘妃曲**原注:即步步嬌。

商左山十九段原無"商"字。

綠柳青青和風蕩,桃李爭先放。紫燕忙,對對銜泥戲彫梁。柳絲黄,堪畫在幃屏上。"對對"原作"隊隊"。

悶向危樓凝眸望,翠蓋紅蓮放。夏日長,萱草榴花競芬芳。碧紗窗,堪畫在幃屏上。

敗柳殘荷金風蕩,寒雁聲嘹喨。閑盼望,紅葉皆因昨夜霜。菊今黄,堪畫在幃屏上。

暖閣偏宜低低唱,共飲羊羔釀。宜醉賞,宜醉賞蠟梅香。雪飛揚,堪畫在幃屏上。

小小鞋兒連根繡,纏得幫兒瘦。腰似柳,款撒金蓮懶擡頭。那孩兒見人羞,推把裙兒扣。《樂府新聲》"幫兒"作"尖尖","腰似柳"句作"口兒温更柔",末句作"低頭推捲衫兒袖"。

小小鞋兒白脚帶,纏得堪人愛。疾快來,瞞着爹娘做些兒怪。罵你喫敲才,百忙裏解花裙兒帶。"做些"原作"佐些",兹從殘元本。"解花",《北詞廣正譜》作"解脱",大非。又"罵你"原作"你罵"。

冷冷清清人寂靜,斜把鮫綃凭。和淚聽,驀聽得門外地皮兒鳴。只道是多情,却原來翠竹把紗窗映。

戴月披星躭驚怕,久立紗窗下。等候他,驀聽得門外地皮兒踏。只道是寃家,原來風動荼蘼架。"只道是"原作"只道幾",兹從殘元本。《樂府新聲》作"帶月披星擔驚怕,獨立在花陰下。等待他,撒撒地鞋尖將地皮踏。我只道是劣寃家,却原來是風擺動荼蘼架"。"戴月"原作

“帶月”，兹從《雍熙樂府》。《雍熙》三、四兩句作“真心兒等他，猛聽得響撒撒”，末句同《新聲》，惟無“却”字。

月缺花殘人憔悴，冷落了鴛鴦被。望天涯人未歸，滿目殘霞景淒淒。塞鴻希，有信憑誰寄。“花殘”原作“花圓”，兹從殘元本。

早是離愁添秋興，那堪鏡破金釵另。懶將雲鬢整，哭啼啼淚盈盈。照得鏡兒明，羞覩我臉上相思病。“覩”原作“廣”，兹從殘元本及《北詞廣正》等譜。

腸斷關山傳情字，無限傷春事。因他憔悴死，只怕傍人問着時。口兒裏不推辭，怎瞞得唐裙袛。

目斷妝樓夕陽外，鬼病懨懨害。恨不該，止不住淚滿旱蓮腮。爲你個不良才，莫不少下你相思債。“不該”原作“万該”。

可意娘龐兒誰曾見，臉襯桃花片。貼金鈿，似月裏嫦娥墜雲軒。玉天仙，醉離了蟠桃宴。“玉天仙”原作“二天仙”。

悶酒將來剛剛嚥，欲飲先澆奠。頻祝願，普天下心厮愛早團圓。謝神天，教俺也頻頻的勤相見。

金縷唐裙鴛鴦結，偏趁些娘撇。包髻金釵翠荷葉，玉梳斜，似雲吐初生月。

一點青燈人千里，錦字憑誰寄。雁來稀，花落東君也憔悴。投至望君回，滴盡多少關山淚。

寶髻高盤堆雲霧，釵插荆山玉。離洛浦，天仙美貌出塵俗。更通疎，没半點兒包彈處。

煞是你個冤家勞合重，今夜裏効鸞鳳。多情可意種，緊把纖腰貼酥胸。正是兩情濃，笑吟吟舌吐丁香送。

只恐怕窗間人瞧見，短命休寒賤。直恁地肐膝軟，禁不過敲才厮熬煎。你且覷門前，等的無人啊旋。《樂府新聲》“短命”作“死勢兒”，“地”作“般”，“肐膝”作“膝蓋”，“禁”作“吃”，“敲才”作“牢成”，末二句作“望門前，覷得没人時旋”。

〔雙調〕碧玉簫

關漢卿十段

黄召風虔，蓋下麗春園。員外心堅，使了販茶船。金山寺心事傳，豫章城人月圓。蘇氏賢，嫁了雙知縣。天，稱了他風流願。

怕見春歸，枝上柳綿飛。静掩香閨，簾外曉鶯啼。恨天涯錦字稀，夢才郎翠被知。寬盡衣，一搦腰肢細。癡，暗暗的添憔悴。

盼斷歸期，劃損短金篦。一搦腰圍，寬褪素羅衣。知他是甚病疾，好教人没理會。揀口兒食，陡恁的無滋味。醫，越恁的難調理。

簾外風篩，凉月滿閑階。燭滅銀臺，寶鼎串煙埋。醉魂兒難掙挫，精彩兒强打捱。那裏每來，你取間論詩才。哈，定當的人來賽。"哈"原作"合"，兹從殘元本。"取間"原作"取閑"。

你性隨邪，迷戀不來也。我心癡呆，等到月兒斜。你歡娱受用别，我淒凉爲甚迭。休謊説，不索尋吴越。咱，負心的教天識者。

席上尊前，衾枕奈無緣。柳底花邊，詩曲已多年。向人前未敢言，自心中禱告天。情意堅，每日空相見。天，甚時節成姻眷。

膝上琴横，哀怨動離情。指下風生，瀟灑弄清聲。鎖窗前月色明，雕闌外夜氣清。指法輕，助起騷人興。聽，玉漏斷人初静。

紅袖輕揎，玉笋挽秋千。畫板高懸，仙子墜雲軒。額殘了翡翠鈿，髻鬆了柳葉偏。花逕邊，笑撚春羅扇。搧，玉腕鳴黄金釧。"柳葉"，殘元本作"荷葉"。

秋景堪題，紅葉滿山溪。松逕偏宜，黄菊遶東籬。正清樽斟潑醅，有白衣勸酒杯。官品極，到底成何濟。歸，學取他淵明醉。

笑語喧譁，墻内甚人家。度柳穿花，院後那嬌娃。媚孜孜整絳紗，顫巍巍插翠花。可喜煞，巧筆難描畫。他，困倚在秋千架。

〔雙調〕沽美酒帶過太平令原作"沽美酒"三字。

花奴將羯鼓催，寧王把玉笛吹，御手親將桐樹擊。鄭觀音琵琶韻美，簇捧定個太真妃。　丹臉上胭脂匀膩，翠盤中綵袖低垂。寶髻上金釵斜墜，霞綬底珍珠絡臂。見娘行舞低，羽衣、整齊，歡喜煞唐朝皇帝。

畫梁間乳燕飛，緑窗外曉鶯啼，紅杏枝頭春色稀。芳樹外子規啼，聲聲叫道不如歸。　雨過處殘紅滿地，風來時落絮沾泥。醞釀出困人天氣，積趲下傷心情意。怕的是日遲，柳絲、影裏，沙暖處鴛鴦春睡。“曉鶯”原作“曉雁”，兹從殘元本。“柳絲”原作“柳陰”。

〔雙調〕楚天遥帶過清江引

薛昂夫三段

花開人正歡，花落春如醉。春醉有時醒，人老歡難會。一江春水流，萬點楊花墜。誰道是楊花，點點離人淚。　回首有情風萬里，渺渺天無際。愁共海潮來，潮去愁難退，更那堪晚來風又急。

屈指數春來，彈指驚春去。蛛絲網落花，也要留春住。幾日喜春晴，幾夜愁春雨。六曲小山屏，題滿傷春句。　春若有情應解語，問着無憑據。江東日暮雲，渭北春天樹，不知那搭兒是春住處。首句“數春來”原作“教春來”，兹從殘元本。

有意送春歸，無計留春住。明年又着來，何似休歸去。桃花也解愁，點點飄紅玉。目斷楚天遥，不見春歸路。　春若有情春更苦，暗裏韶光度。夕陽山外山，春水渡傍渡，不知那搭兒是春住處。

〔雙調〕雁兒落帶過得勝令

庾吉甫五段

春風桃李繁，夏浦荷蓮間。秋霜黃菊殘，冬雪白梅綻。　四季手輕翻，百歲指空彈。謾説周秦漢，徒誇孔孟顔。人間，幾度黃粱飯。狼山，金杯休放閑。

名韁厮纏挽，利鎖相牽絆。孤舟亂石湍，羸馬連雲棧。　宰相五更寒，將軍夜時還。創業非容易，昇平守分難。長安，那个似周公旦。狼山，風流訪謝安。《樂府新聲》“纏挽”作“綰纏”，“牽”作“縈”，“時還”作“渡關”，“守分難”作“守亦難”，無“似”字，“狼山”作“對狼山”。下二首同。“訪”作“學”。

韓侯一將壇，諸葛三分漢。功名紙半張，富貴十年限。　行路古來難，求官過長安。緊把心猿繫，牢將意馬拴。塵寰，倒大無憂患。狼山，白雲相伴閑。"求官"句原作"古官近長安",此從《新聲》。《新聲》"紙半張"作"一片紙","相伴"作"深處"。

荒荒時務艱,急急光陰换。一局棋未終,腰斧柯先爛。　百歲霎時間,莫惜此時閑。三兩知心友,鯨杯且吸乾。休彈,玉人齊聲呾。狼山,興亡一笑間。"時間"原作"光間","呾"原作"歎",此從《新聲》。《新聲》"艱"作"難","换"作"趲","一局"句作"局棋猶未了","莫惜"四句作"且借此身閑。會幾個知心友,鯨杯吸要乾。吹彈"。

從他緑鬢斑,欹枕白石爛。回頭紅日晚,滿目青山矸。　翠立數峰寒,碧鎖暮雲間。媚景春前賞,晴嵐雨後看。開顔,玉盞金波滿。狼山,人生相會難。

〔雙調〕醉高歌帶過殿前歡①

貫酸齋一段原無"貫"字。

看别人鞍馬上胡顔,歎自己如塵世污眼。英雄誰識男兒漢,豈肯向人行訴難。　陽氣盛冰銷北岸,暮雲遮日落西山,四時天氣尚輪還。秦甘羅疾發禄,姜吕望晚登壇,遲和疾時運裹趲。

〔雙調〕大德歌

關漢卿十段

子規啼,不如歸,道是春歸人未歸。幾日添憔悴,虚飄飄柳絮飛。一春魚雁無消息,只見雙燕鬭銜泥。

俏冤家,在天涯,偏那里緑楊堪繫馬。困坐南窗下,教對清風想念他。蛾眉淡了教誰畫,瘦岩岩羞戴石榴花。"教對"之"教"待校。"戴"原作"帶"。

風飄飄,雨瀟瀟,便做陳摶睡不着。懊惱傷懷抱,撲簌簌淚點拋。秋蟬兒噪罷寒蛩兒叫,淅零零細雨打芭蕉。"做"原作"儆",兹從《北詞廣正譜》。

---

① 今校:按譜,〔雙調〕應爲〔中吕〕,〔殿前歡〕應爲〔紅繡鞋〕。

雪紛紛，掩重門，不由人不斷魂。瘦損江梅韻，那里是清江江上村。香閨裏冷落誰瞅問，好一个憔悴的凭闌人。

粉光低，景淒淒，正是那西厢月上時。會得琴中意，我是个香閨裏鍾子期。好教人暗想張君瑞，敢只是愛月夜眠遲。“粉光”原作“粉兒”。

緑楊堤，畫船兒，正撞着一帆風趕上水。馮魁吃的醺醺醉，怎想着金山寺壁上詩。醒來不見多姝麗，冷清清空載月明歸。

鄭元和，受寂寞，道是你無錢怎奈何。哥哥家緣破，誰着你摇銅鈴唱挽歌。因把亞仙門前過，恰便是司馬淚痕多。

謝家村，賞芳春，疑怪他桃花冷笑人。着誰傳芳信，强題詩也斷魂。花陰下等待無人問，只聽得黄犬吠柴門。

雪粉華，舞梨花，再不見煙村四五家。密灑堪圖畫，看疎林噪晚鴉。黄蘆掩映清江下，斜攬着釣魚艖。“艖”原作“叉”，此從《太和正音譜》。《正音譜》“攬”作“纜”。《九宫大成譜》末句無“著”字。

吹一个，彈一个，唱新行大德歌。快活休張羅，想人生能幾何。十分淡薄隨緣過，得磨陀處且磨陀。

樂府新編陽春白雪卷之五前集

元青城楊朝英澹齋選集　江都任訥中敏校訂

小令

〔越調〕天淨紗

白仁甫八段

春山暖日和風，闌干樓閣簾櫳，楊柳秋千院中。啼鶯舞燕，小橋流水飛紅。春

雲收雨過波添，樓高水冷瓜甜，緑樹陰垂畫簷。紗廚藤簟，玉人羅扇輕縑。夏

孤村落日殘霞，輕煙老樹寒鴉，一點飛鴻影下。青山緑水，白草紅葉黄花。秋

一聲畫角譙門，半亭新月黄昏，雪裏山前水濱。竹籬茅舍，淡煙衰草孤村。冬

暖風遲日春天，朱顔緑鬢芳年，挈榼攜童跨蹇。溪山佳處，好將春事留連。春①

參差竹笋抽簪，纍垂楊柳攢金，旋趁庭槐緑陰。南風解愠，快哉消我煩襟。夏

庭前落盡梧桐，水邊開徹芙蓉，解與詩人意同。辭柯霜葉，飛來就我題紅。秋

門前六出花飛，尊前萬事休提，爲問東君消息。急教人探，小梅江上先知。冬　《樂府新聲》“花飛”作“狂飛”，“消息”作“信息”，“小梅”作“早梅”。

---

①　今校：此首及下三首《太平樂府》卷三屬朱庭玉。

嚴忠濟一段

寧可少活十年，休得一日無權，大丈夫時乖命蹇。有朝一日天隨人願，賽田文養客三千。"寧可"原作"能可"，"田文"殘元本作"常君"。

商政叔四段

寒梅清秀誰知，霜禽翠羽同期，瀟灑寒塘月淡。暗香幽意，一枝雪裏偏宜。

剡溪媚壓羣芳，玉容偏稱宫妝，暗惹詩人斷腸。月明江上，一枝弄影飄香。

野橋當日誰栽，前村昨夜先開，雪散珍珠亂篩。多情嬌態，一枝風送香來。

雪飛柳絮梨花，梅開玉蕊瓊葩，雲淡簾篩月華。玲瓏堪畫，一枝瘦影窗紗。

張小山五段

金蓮萬炬花開，玉梅千樹香來，燈市東風暮靄。綵雲天外，紫簫人倚瑶臺。《張小山北曲聯樂府》"紫簫"作"紫綃"，《張小山小令》作"素綃"。

碧桃花下簾旌，緑楊影裏旗亭，幾處鶯呼燕請。馬嘶芳徑，典衣索做清明。

倚闌月到天心，隔墻風動花陰，一刻良宵萬金。寶箏閑枕，可憐少个知音。

月明今夜闌干，雲深何處關山，萬里青天醉眼。倚樓長歎，柳陰閑殺漁竿。

嘔嘔落雁平沙，依依孤鶩殘霞，隔水疎林幾家。小舟如畫，漁歌唱入蘆花。

〔越調〕小桃紅

楊西庵八段

碧湖湖上採芙蓉，人影隨波動。凉露沾衣翠綃重，月明中，畫船不載淩波夢。都來一段，紅幢翠蓋，香盡滿城風。

滿城煙水月微茫，人倚蘭舟唱。常記相逢若耶上，隔三湘，碧雲望斷空惆悵。美人笑道，蓮花相似，情短藕絲長。

採蓮人和採蓮歌，柳外蘭舟過。不管鴛鴦夢驚破，夜如何，有人獨上江樓臥。傷心莫唱，南朝舊曲，司馬淚痕多。

碧湖湖上柳陰陰，人影澄波浸。常記年時對花飲，到如今，西風吹斷回文錦。羨他一對，鴛鴦飛去，殘夢蓼花深。

玉簫聲斷鳳凰樓，憔悴人别後。留得啼痕滿羅袖，去來休，樓前風景渾依舊。當初只恨，無情煙柳，不解繫行舟。

芡花菱葉滿秋塘，水調誰家唱。簾捲南樓日初上，採秋香，畫船穩去無風浪。爲郎偏愛，蓮花顔色，留作鏡中妝。

錦城何處是西湖，楊柳樓前路。一曲蓮歌碧雲暮，可憐渠，畫船不載離愁去。幾番曾過，鴛鴦汀下，笑煞月兒孤。

採蓮湖上棹船迴，風約湘裙翠。一曲琵琶數行淚，望君歸，芙蓉開盡無消息。晚涼多少，紅鴛白鷺，何處不雙飛。

馬東籬四公子宅賦四段原無“馬”字。

畫堂春暖繡幃重，寶篆香微動。此外虚名要何用，醉鄉中，東風唤醒梨花夢。主人愛客，尋常迎送，鸚鵡在金籠。春

映簾十二掛珍珠，燕子時來去。午夢熏風在何處，問青奴，冰敲寶鑑玎璫玉。兀的不勝如，石家爭富，擊破紫珊瑚。夏

碧紗人歇翠紈閑，覺後微生汗。乞巧樓空夜筵散，襪生寒，青苔砌上觀銀漢。流螢幾點，井梧一葉，新月曲闌干。

兩軒修竹鳳凰棲，雪壓玲瓏翠。慣得閑人日高睡，賴花醫，扶頭枕上多風味。門前怪得，狂風無力，家有辟寒犀。“日高”原作“日尚”，此從殘元本。

張小山七段原無“張”字。

一城秋雨豆花凉，閑倚平山望。不似年時鑑湖上，錦雲香，採蓮人語荷花蕩。西風雁行，清溪漁唱，吹恨入滄浪。“一城”原作“一陣”，此從殘元本。

鑑湖一曲水雲寬，鴛錦秋成段。醉舞花間影零亂，夜漫漫，小舟只

向西林喚。仙人夢短,長天月滿,玉女駕青鸞。“仙人”,《張小山北曲聯樂府》作“仙山”。

倚闌花影背東風,暗解清宵夢。舞扇歌衫與誰共,恨沖沖,一春愁壓眉山重。燈花玉蟲,羅屏金鳳,殘月小簾櫳。“清宵”原作“青宵”。“一春”之“一”原脱,兹從殘元本補。

幾場秋雨老黄花,不管離人怕。一曲哀絃淚雙下,放琵琶,挑燈羞看圍屏畫。聲悲玉馬,愁新羅帕,恨不到天涯。

砑金羅扇當花箋,醉草湘妃怨。曲曲闌干錦屏面,小壺天,花花按舞六么遍。寒玉響泉,香風深院,明月十三絃。

翩翩白鷺伴詩癯,船繫青山暮。一曲瑶箏寫幽素,夜何如,飛吟亭上神仙路。瓊樓玉宇,白雲紅樹,月冷洞庭湖。

一方明月杏花壇,劍氣霞光爛。回首蓬萊自長歎,佩秋蘭,黄精已够山中飯。勞心又懶,干名不慣,歸伴野雲閑。

楊澹齋題寫韻軒一段原無“楊”字。

當年相遇月明中,一見情緣重。誰想仙凡隔春夢,杳無蹤,淩風跨虎歸仙洞。今人不見,天孫標致,依舊笑春風。

〔越調〕凭闌人

姚牧庵七段原無“姚”字。

博帶峨冠年少郎,高髻雲鬟窈窕娘。我文章你豔妝,你一斤咱十六兩。

馬上墙頭瞥見他,眼角眉尖他逗咱。論文章他愛咱,覩妖嬈咱愛他。

織就回文停玉梭,獨守銀燈思念他。夢兒裏休啊,覺來時愁越多。

宫髻高盤鋪緑雲,仙袂輕飄蘭麝熏。粉香羅帕新,未曾添淚痕。“添”,殘元本作“淹”。

羞對鸞臺梳緑雲,兩葉春山眉黛顰。强將脂粉匀,幾回填淚痕。

寄與多情王子高,今夜佳期休誤了。等夫人熟睡着,悄聲兒窗外敲。

兩處相思無計留，君上孤舟妾倚樓。這些蘭葉舟，怎裝如許愁。

張小山五段原無"張"字。

遠水晴天明落霞，古岸漁村橫釣艖。翠帘沽酒家，畫橋吹柳花。

二客同遊過虎溪，一徑無塵穿翠微。寸心流水知，小窗明月歸。

燈下愁春愁未醒，枕上吟詩吟未成。杏花殘月明，竹根流水聲。

鶯羽金衣舒晚風，燕嘴香泥沾亂紅。翠簾花影重，玉人春睡濃。

春柳長亭傾酒尊，秋菊東籬灑淚痕。思君不見君，倚門空閉門。

〔中吕〕滿庭芳

姚牧庵二段原無"姚"字，且作三段。按第二段非〔滿庭芳〕，乃〔普天樂〕，爲移在卷末。

天風海濤，昔人曾比，酒聖詩豪。我到此閑登眺，日遠天高。山接水茫茫渺渺，水連天隱隱迢迢。供吟嘯，功名事了，不待老僧招。"曾比"原作"曾此"，"吟嘯"原作"吟笑"。

帆收釣浦，煙籠淺沙，水滿平湖。晚來盡灘頭聚，笑語相呼。魚有剩和煙旋煮，酒無多帶月影沽。盤中物，山肴野蔌，且盡葫蘆。"影"字待校，疑是"頻"字。"盡"字亦待校。

無名氏二段

霜天月滿，漁歌江浦，鶴唳林巒。小舟盡日隨煙爨，世味休干。蘆花被山中冷暖，芰荷裳身上衣冠。無人喚，鷄聲不管，高枕聽鳴湍。

疎林暮鴉，聚魚遠浦，落雁寒沙。青山隱隱夕陽下，遠水蒹葭。鴨頭緑一江浪花，魚尾紅幾縷殘霞。雲帆掛，星河客槎，萬里寄天涯。"聚魚"原作"聚看"，此從《樂府新聲》。《新聲》"遠浦"作"秋浦"。

張小山八段原無"張"字。

人生可憐，流光一瞬，華表千年。江山好處追遊遍，古意翛然。琵琶恨青衫樂天，洞簫寒赤壁坡仙。村酒好溪魚賤，芙蓉岸邊，醉上釣魚舡。

風波幾場，急疎利鎖，頓解名韁。故園老樹應無恙，夢繞滄浪。伴赤松歸歟子房，賦寒梅瘦却何郎。溪橋上，東風暗香，浮動月昏黄。《樂府新聲》"故園"作"故園中"。

尋思幾般，圍腰玉瘦，約腕金寬。怕春歸又是春將半，信杳青鸞。賦離恨花箋短短，散清愁柳絮漫漫。闌干畔，芳枝緑滿，梅子替心酸。

相思故人，釵分恨股，粉印嬌痕。數歸期屈得春纖困，兩地消魂。樓外青山隱隱，花前紅雨紛紛。天涯近，回頭楚雲，新月破黄昏。

分飛斷腸，花箋寫恨，粉腕留香。臨行休倚危樓望，總是淒涼。人去去寒煙樹蒼，馬蕭蕭落日沙黄。牙床上，相思夜長，翠被夢鴛鴦。《張小山小令》"夢鴛鴦"作"冷鴛鴦"。

愁春未醒，芳心可可，舊友卿卿。乍分飛早是相思病，幾度傷情。思往事銀瓶墜井，賦離懷象管呵冰。人孤另，梅花月明，熬盡短檠燈。

西風瘦馬，遥天去鴻，落日昏鴉。數前程掐得个歸藏卦，夢到山家。柳下綸竿釣艖，水邊籬落梅花。漁樵話，從頭兒聽他，白髮耐烏紗。《張小山北曲聯樂府》"去鴻"作"去雁"。

營營苟苟，紛紛擾擾，莫莫休休。厭紅塵拂斷歸山袖，明月扁舟。留幾册梅詩占手，蓋三間茅屋遮頭。還能够，牧羊兒肯留，相伴赤松遊。此首原缺，據殘元本補入。

〔中吕〕普天樂

姚牧庵一段

浙江秋，吴山夜。愁隨潮去，恨與山疊。塞雁來，芙蓉謝。冷雨青燈讀書舍，待離别怎忍離别。今宵醉也，明朝去也，寧耐些些。"寧耐"原作"寧奈"。《中原音韻》"塞雁"作"鴻雁"，"待離别"句作"怕離别可早離别"，"今宵"作"今朝"，"寧耐"作"留戀"。

樂府新編陽春白雪卷之一後集

元青城澹齋楊朝英選集　江都任訥中敏校訂

小令

〔仙吕〕後庭花

吕止庵十段“十段”原作“十首”。

一聲金縷詞，十分金菊巵。金刃分甘蔗，金盤薦荔枝。不須辭，太平無事，正宜沉醉時。

相逢飲興狂，兩螯風味長。鮮縷銀絲膾，金錐拆蠣房。透瓶香，經年佳醖，陶陶入醉鄉。《雍熙樂府》“兩螯”作“霜螯”，“鮮縷”作“鮮鯉”，“金錐”作“金蠶”，“佳醖”作“佳釀”。“膾”原作“鱠”，兹從《雍熙》。

風滿紫貂裘，霜合白玉樓。錦帳羔羊酒，山陰雪夜舟。党家侯，一般乘興，虧他王子猷。《雍熙》“風滿”作“風暖”，“羔羊”作“羊羔”，“一般”句作“興來時候”。

西風黄葉疎，一年音信無。要見除非夢，夢回總是虚。夢雖虚，猶自時節相聚，近新來和夢無。《雍熙》三句作“除非來夢裏”，“是虚”、“雖虚”皆作“成虚”，末二句作“一時相聚，新來夢也無”。

西風黄葉稀，南樓北雁飛。揾妾燈前淚，縫君身上衣。約歸期，清明相會，雁還也人未歸。

六橋煙柳鬟，兩峰雲樹分。羅襪移芳逕，華裾生暗塵。冷泉春，賞心樂事，水邊多麗人。

碧湖環武林，仙舟出湧金。南國山河在，東風草木深。冷泉陰，興亡如夢，傷時折寸心。

香飄桂子樓，涼生蓮葉舟。落日鴛鴦浦，西風鸚鵡洲。冷泉秋，水西尋寺，題詩憶舊遊。

江南春已通，隴頭人未逢。水淺梅横月，山明雪映松。冷泉冬，烹茶無味，有人錦帳中。

塔標南北峰，風聞遠近鐘。佛國三天竺，禪關九里松。冷泉中，水光山色，岩花顛倒紅。

〔仙吕〕醉扶歸

吕止軒三段原無“吕”字，據卷五〔風入松〕套數補。“三段”原作“三首”。

瘦後因他瘦，愁後爲他愁。早知伊家不應口，誰肯先成就。營勾了人也罷手，喫得我些酩子裏罵低低的呪。《雍熙樂府》末句“得”作“了”，“的”作“兒”。

頻去教人講，不去自家忙。若得相思海上方，不到得害這些閑魔障。你笑我眠思夢想，只不打到你頭直上。《雍熙》“不到得”作“不到的”，“打到”作“輪到”。

有意同成就，無意大家休。幾度相思幾度愁，風月虚遥授。你若肯時肯不肯時罷手，休把人空付。《雍熙》“無意”作“無心”，三句上襯“我爲甚”，四句上襯“這”，“遥授”作“遥受”，“空付”作“空拖逗”。

王和卿一段“一段”原作“一首”。

我嘴揾着他油鬏髻，他背靠着我胸皮。早難道香腮左右偎，只索項窩裏長吁氣。一夜何曾見他面皮，只是看一宿牙梳背。“油鬏髻”原作“油特髻”，兹從《雍熙樂府》。“只是看”原作“只是著”，《雍熙》作“眼覷著”，且無“一宿”二字。《雍熙》“項窩”下襯“兒”字，“一夜”句無“他”字。

〔仙吕〕遊四門

不知名氏四段“四段”原作“四首”。

野塘花落杜鵑啼，啼血送春歸。花開不揜花前醉，醉裏又傷悲。伊，快活了是便宜。

柳綿飛盡緑絲垂，只管送别離。年年折盡依然翠，行客幾時回。伊，快活了是便宜。

落紅滿地濕胭脂，遊賞正宜時。呆才料不顧薔薇刺，貪折海棠枝。嗤，抓破繡裙兒。

海棠花下月明時，有約暗通私。不甫能等得紅娘至，欲審舊題詩。支，關上角門兒。“等得紅娘”《雍熙樂府》作“等的紅兒”。《北詞廣正譜》“角”作“閣”。

又二段“二段”原作“二首”。

前程萬里古相傳，今且果如然。煙波名利雖榮顯，何日是歸年。天，杜宇枉熬煎。《雍熙樂府》“今且”作“今日”。

琴書筆硯作生涯，誰肯戀榮華。有時相伴漁樵話，興盡飲流霞。嗏，不醉不歸家。《雍熙》“嗏”作“咱”。

〔正宮〕黑漆弩

無名氏一段“一段”原作“一首”。

儂家鸚鵡洲邊住，是一個不識字漁父。浪花中、一葉扁舟，睡煞江南煙雨。　覺來時、滿眼青山暮，抖擻着綠簑歸去。算從前、錯怨天公，甚也有安排我處。《雍熙樂府》“浪花”作“閬苑”，换頭句無“時”字。《太和正音譜》换頭句無“暮”字，次句無“着”字，“算”作“想”。《北詞廣正譜》次句無“一”字。

馮海粟和前韻三段“三段”原作“七首”。

錢塘江上親曾住，司馬樗不是村父。縷金衣、唱徹流年，幾陣紗窗梅雨。　夢回時、不見犀梳，燕子又銜春去。便人間、月缺花殘，是小小香魂斷處。錢塘初夏　“樗”原作“栖”。

長繩難繫虚名住，傾濁酒勸鄰父。草亭前、野樹當門，畫出輕煙疎雨。　看燕南、陌上紅塵，馬耳北風吹去。一年年、月夜花朝，自占取溪山好處。溪山小景　“難繫”原作“短繫”，《雍熙樂府》同，此從《歷代詩餘》。“馬耳”，《雍熙》作“馬首”。

張良更姓圯橋住，夜待旦遇个師父。一編書、不爲封留，字字咸陽膏雨。　借箸籌、滅項興劉，到底學神仙去。待商家、四皓還山，再不忍人間險處。四皓屏　《雍熙》次句作“半夜裏遇師父。學神仙作託神仙”，“商家”作“商山”，末句作“再不戀人間好處”。

〔南吕〕乾荷葉“南吕”二字原脱。

劉太保八段“八段”二字原脱。

乾荷葉，色蒼蒼，老柄風摇蕩。減了清香，越添黄，都因昨夜一場霜，寂寞在秋江上。《九宫大成譜》四句無“了”字。

乾荷葉，映著枯蒲，折柄難擎露。藕絲無，倩風扶，待擎無力不承珠，難宿灘頭鷺。“承珠”原作“乘珠”，《雍熙樂府》次句無“著”字，“折柄”作“柄折”，“藕絲無”作“藕絲蕪”，“承珠”作“成珠”，“難宿”作“難蓋宿”。

根摧折，柄欹斜，翠減清香謝。恁時節，藕絲絶，紅鴛白鷺不能遮，憔悴損乾荷葉。“根”原作“恨”，兹從《九宫大成譜》。“藕絲”原作“萬絲”。

乾荷葉，色無多，不禁風霜剉。貼秋波，倒枝柯，宫娃齊唱採蓮歌，夢裏繁華過。

南高峰，北高峰，慘淡煙霞洞。宋高宗，一場空，吴山依舊酒旗風，兩度江南夢。“兩度”原作“兩渡”，此從《雍熙》。

夜來个，醉顔酡，不記花前過。醒來啊，二更過，春衫惹定茨蘪科，抖倒花抓破。“醉顔”原作“醉如”，此從《雍熙》。

乾荷葉，水上浮，漸漸浮將去。跟將你去，隨將去，你問當家中有媳婦，問着不言語。《雍熙》六句無“中”字。

脚兒尖，手兒纖，雲髻梳兒露半邊。臉兒甜，話兒粘，更宜煩惱更宜忺，直恁風流倩。末字《雍熙》作“茜”。

〔南吕〕金字經“南吕”二字原脱。

馬致遠三段“三段”原作“三首”。

絮添蘆花雪，鮓香荷葉風，且向江頭作釣翁。窮，男兒未濟中。風波夢，一場幻化中。《樂府新聲》云：絮添蘆花雪，鮓香荷葉風，我待江湖作釣翁。窮，也屬畫圖中。風波夢，一聲煙寺鐘。

擔挑山頭月，斧磨石上苔，且做樵夫隱去來。柴，買臣安在哉。空岩外，老了棟梁材。“柴，買臣安在哉”原作“買臣柴安在哉”，兹從《樂府新聲》。《新聲》首句作“擔挑山頭月”，“且做”作“做个”，“老了”作“老了也”。

夜來西風裏，九天鵬鶚飛，困煞中原一布衣。悲，故人知未知。登樓意，恨無天上梯。《樂府新聲》“西風裏”作“西風力”，“鵬”作“鵰”。《雍熙樂府》末作“上天梯”。

吴仁卿十一段“段”原作“首”。

落花風飛來絮，故枝依舊鮮，月缺終須宜再圓。圓，月圓人未圓。朱顔變，幾時得重少年。《雍熙樂府》首句作“落花風飛去”，“宜再圓”作“有再圓”，“重少年”作“再少年”。

紫檀敲寒玉，緑袍飄敗荷，好个春風藍采和。歌，人生能幾何。乾坤大，小兒休笑他。《樂府新聲》“飄”作“翻”。《雍熙樂府》“春風”作“風流”，“歌”作“和”。

太平誰能見，萬村桑柘煙，便是風調雨順年。田，緑雲無盡邊。窮知縣，日高猶自眠。“知縣”原作“短縣”，“自眠”原作“未眠”，兹從《雍熙》。

這家村醪盡，那家醅甕開，賣了肩頭一擔柴。哈，酒錢懷内揣。葫蘆在，大家提去來。“哈”原作“哈”，兹從《雍熙》。《雍熙》“懷内揣”作“揣在懷”。

夢中邯鄲道，又來走這遭，須不見山人索價高。嘲，虚名無處逃。誰驚覺，曉霜侵鬢毛。《雍熙》“須不見”作“不是”，“嘲”作“囂”。

晉時陶元亮，自負經濟才，恥爲彭澤一縣宰。栽，邊籬黄菊開。傳千載，賦一篇歸去來。“黄菊”原作“邊菊”，兹從《雍熙》。

謝公東山臥，有時攜妓遊，老我松南書滿樓。樓外頭，亂峰雲錦秋。誰爲壽，緑鬢雙玉舟。《雍熙》“松南”作“江南”，“樓外頭”僅作“樓”一字，“亂峰”作“諸峰”。

今人不飲酒，古人安在哉，有酒無花眼倦開。鼓吹臺，玉人扶下階。妨何礙，青春不再來。《雍熙》“扶”作“快”。

道人爲活計，七椿兒爲伴侣，茶藥琴棋酒畫書。世事虚，似草梢擎露珠。還山去，更燒殘藥爐。《雍熙》次句無“兒”字，“草梢”作“草頭”，“殘藥”作“丹葉”。

太宗淩煙閣,老君邀月樓,便是男兒得志秋。休,幾人能到頭。杯中酒,勝如關内侯。《樂府新聲》"便是"作"正是","能到頭"作"曾到頭"。

海棠秋千架,洛陽官宦家,燕子堂深竹映紗。嗏,路人休問他。夕陽下,故宫鶯落花。"洛陽"原作"洛王"。《樂府新聲》"嗏"作"咱","路人"作"去來","鶯"作"耕"。《雍熙樂府》"燕子"作"燕寢","竹"作"燭","鶯"作"看"。

貫酸齋七段原無"貫"字,"七段"作"七首"。

曉來春匀透,西園第一枝,香暖朱簾酒滿巵。思,休歌腸斷詞。關心事,夜闌人静時。

金芽薰曉日,碧風度小溪,香暖金爐酒滿杯。奇,夜來香透幃。人初睡,玉堂春夢回。"金芽"原作"今芽"。

蛾眉能自惜,别離淚似傾,休唱陽關第四聲。情,夜深愁寐醒。人孤另,蕭蕭月二更。

淚濺描金袖,不知心爲誰,芳草淒淒人未歸。期,一春魚雁稀。人憔悴,愁堆八字眉。

紫簫聲初散,玉爐香正濃,涼月溶溶小院中。從,别來衾枕空。遊仙夢,一簾梅雪風。

輕寒堆翠被,東風暖玉纖,香冷金猊月滿簾。添,蛾眉新淡尖。香收錟,倚窗愁未忺。

楚臺雲歸去,待都來三二朝,閑煞東風碧玉簫。簫,寶釵金鳳翹。風流俏,把人來憔悴了。

張小山十段原無"張"字,"段"原作"首"。

惜花人何處,落紅春又殘,倚遍危樓十二闌。彈,淚痕羅袖斑。江南岸,夕陽山外山。"羅袖",《雍熙樂府》作"羅帕"。

楊柳沙頭樹,琵琶江上舟,雁去衡陽水自流。愁,玉人休倚樓。黄花瘦,曉霜紅葉秋。

信遠江南雁,望窮雲外山,羅帕香殘粉淚乾。閑,倚遍十二闌。黄花慢,桂花秋雨寒。《雍熙》"望窮"作"望空","慢"作"熳"。

玉手銀絲膾,翠裙金縷紗,席上相逢可喜煞。插,一枝茉莉花。題詩罷,醉眠沽酒家。“席上”原作“簾上”,兹從《張小山北曲聯樂府》。“茉莉”,《雍熙》作“金鳳”。

六月芭蕉雨,兩湖楊柳風,茶竈詩瓢隨老翁。紅,藕花香座中。笛三弄,鶴鳴來半空。“詩瓢”,《雍熙》作“詩囊”。

竹枕蘆花被,草衣荷葉巾,一棹煙波湖上春。真,神仙身外身。蓬萊近,紫簫吹鳳雲。

象管鴛鴦字,錦箏鸞鳳詞,何處風流馬上兒。思,那回春暮時。别離事,帶花折柳枝。“别離事”原作“别離時”,兹從《北曲聯樂府》。“那回”,《雍熙樂府》作“却回”,“春暮”作“春夢”。

翠被夢中夢,雁書來處來,秋水芙蓉花又開。猜,瘦雲鬆玉釵。人何在,月明閑鳳臺。“猜”原作“消”,此從《北曲聯樂府》。

野唱敲牛角,大功懸虎頭,一劍能成萬户侯。愁,黄沙白髑髏。成名後,五湖尋釣舟。此首《雍熙》歸吴仁卿。

寶鑑殘紅暈,帕羅新淚痕,又見梨花雨打門。因,玉奴心上人。無音信,倚闌看暮雲。“紅暈”,《北曲聯樂府》作“妝暈”。《雍熙》“新淚痕”作“訴淚痕”,“倚闌”作“俯闌”。

樂府新編陽春白雪卷之二後集

元青城楊朝英澹齋選集　江都任訥中敏校訂

套數

〔仙吕〕賞花時

賞花時　楊西庵

秋水粼粼古岸蒼，蕭索疎籬偎短岡。山色日微茫，黄花嫩也，妝點馬蹄香。“粼粼”下原有一“上”字，兹從《雍熙樂府》。《雍熙》“嫩”作“綻”。

〔勝葫蘆〕見一簇人家入屏障，竹籬折補苔墻，破設設柴門上張着破網。幾間茅屋，一竿風斾，摇曳掛長江。“屏障”原作“幈帳”，兹從《雍熙》。《北宫詞紀》“折”作“拆”。

〔賺尾〕晚風林，蕭蕭響，一弄兒淒涼旅況。見壁指一似桑榆侵着道旁，草橋崩柱摧梁。唱道向紅蓼籬頭，見个黑足吕的漁翁鬢似霜。靠着那駝腰拗椿，瘦纍垂脖項，一鈎香餌釣斜陽。《雍熙》“柱摧梁”作“摇催舵”，“籬頭”作“灘頭”，“見个”作“見一个”，“足吕”作“出律”，“駝腰”作“舵腰”，“纍”作“嗓”，“脖”作“膊”。《詞紀》四、五兩句作“無數桑榆侵道旁，草橋崩蕩漾孤航”，餘同《雍熙》。

又以下二套，《北詞廣正譜》皆屬楊西庵。

水到湍頭燕尾分，橋掂河梁龍背穩。流水遶孤村，殘霞隱隱，天際褪殘雲。《雍熙樂府》“橋掂”作“艣抵”，“天際”作“天氣”。“背穩”原作“持穩”，兹從《雍熙》。

〔幺〕客況淒淒又一春，計載區區已四旬。猶自在紅塵，愁眉鎮鎖，白髮又添新。“計載”，《雍熙》作“紀”一字。“猶自”原作“由自”，《雍熙》作“日日”。“愁眉”原作“愁的”，兹從《雍熙》。

〔煞尾〕腹中愁，心間悶，九曲柔腸悶損。白日傷神猶自輕，到晚來更闕情。唱道只聽得玉漏聲頻,搭伏定鮫綃枕頭兒盹。客窗夜永,有誰人存問,二三更睡不得被兒温。《雍熙》"晚來"作"曉來","枕頭兒"作"枕頭上","人存問"作"瞅問","睡不得"作"捱不得"。

又《北宫詞紀》屬楊西庵。

花點蒼苔繡不匀,鶯唤垂楊語未真。簾幙絮紛紛,日長人困,風暖獸煙噴。《雍熙樂府》、《北宫詞紀》"簾幙"作"簾外"。

〔幺〕一自檀郎共錦衾,再不曾暗擲金錢卜遠人。香臉笑生春,舊時衣褙,寬放出二三分。"褙"原作"襒",兹從《雍熙》。

〔賺煞尾〕調養就舊精神,妝點出嬌風韻,將息剗損苔墻玉笋。拂掉了香冷妝奩寶鑑塵,舒開繫東風兩葉眉顰。曉妝新,高綰起烏雲,再不管暖日朱簾鵲噪頻。從今後鴉鳴不嗔,燈花誰信,一任教子規聲啼破海棠魂。"從今後"原作"從今新",兹從《雍熙》。《雍熙》"剗"作"到","墻"作"垣","舒"作"舒展","朱"作"珠","嗔"作"聽","一任教"作"一任他"。《詞紀》惟"舒展開"三字從《雍熙》。

又此套《北宫詞紀》屬李子中,應有所本。

情淚流香淡臉桃,高髻鬆雲觶鳳翹。鴛被冷鮫綃,收拾煩惱,准備下捱今宵。"翹"原作"翅",兹從《雍熙樂府》。

〔煞尾〕串煙消,銀缸照,和个瘦影兒無言對着。一自陽臺雲路杳,玉簪折難覓鸞膠。最難熬,更漏迢迢,線帖兒翻騰耳謾搔。愁的是斷腸人病倒,盼煞那負心賊不到,將封寄來書乘恨一時燒。《雍熙》"串"作"篆","个"作"這","賊"作"人","封"作"一封"。"翻騰耳"原作"翻腹騰",兹從《雍熙》。《詞紀》"封"作"一紙",餘同《雍熙》。

又《北宫詞紀》屬闞志學。

香逕泥融燕語喧,綵檻風微蝶影翩。飛絮擘香綿,嬌鶯時囀,驚起緑窗眠。《雍熙樂府》、《北宫詞紀》"蝶影"作"蝶翅","擘"作"舞"。"香綿"原作"秀綿",兹從《雍熙》等。

〔煞尾〕惜花愁,傷春怨,縈繫煞多情少年。何處狂遊裊玉鞭,謾教人暗卜金錢。空寫遍翠詩箋,魚雁難傳,想這般白日黄昏怎過遣。青鸞信遠,紫簫聲轉,畫樓中閑煞月明天。《雍熙》、《詞紀》"想這般"作"似這般”,“聲轉”作“聲斷”。《詞紀》“詩箋”作“雲箋”。

又《北宫詞紀》屬高安道。

香爇龍涎寶篆殘,簾捲蝦鬚春晝閑。心事苦相關,春光欲晚,無一字報平安。“晚”原作“曉”,“字”原作“家”,此從《雍熙》、《詞紀》。“報”原作“根”,《雍熙》等作“寄”。

〔尾〕意無聊,愁無限,花落也鶯慵燕懶。兩地相思會面難,上危樓憑暖彫闌。暢心煩,盼殺人也秋水春山,幾時看寶髻鬅鬆雲亂綰。怕的是尊空酒闌,月斜人散,背銀燈偷把淚珠彈。

又

臥枕着床染病疾,夢斷魂勞怕飲食。不索請名醫,沉吟了半日,這證候兒敢蹺蹊。“名醫”原作“客醫”,兹從《雍熙樂府》。

〔幺〕滲的寒來恰驚起,忽的渾身如火氣逼。厭的皺了雙眉,豁的一會家精細,烘的半晌又昏迷。“滲”原作“參”,“家”原作“加”,“烘”下原衍一“半”字,“晌”原作“餉”,兹據《雍熙》改。《雍熙》“滲”上襯“俺”字,“驚”作“禁”,無“氣”字。

〔煞尾〕減精神,添憔悴,把我這瘦損龐兒整理。對着那鏡兒裏容顏不認得,呆答孩轉轉猜疑。瘦腰圍,寬盡羅衣,一日有兩三次頻將帶繢兒移。覷了這淹煎病體,比東陽無異,不似俺害相思出落與外人知。《雍熙》四句無“耶”字、“兒”字,“得”作“的”,“轉轉”作“展轉”,“腰圍”上多“損”字,“帶繢”作“紐扣”,末句“俺”作“你”,“與”作“的”,“淹煎”原作“淹尖”,兹從《雍熙》。

又《北詞廣正譜》屬楊西庵。

麗日春風三月天,准備西園賞禁煙。院宇立秋千,桃花噴火,楊柳緑如煙。起處原作“麗人春風”,此從《北詞廣正譜》。《雍熙樂府》作“麗日和風”,又結作“垂煙”。

〔幺〕倚定門兒語笑喧,來往星眸厮顧戀。彼各正當年,花陰柳影,月底共星前。“星眸”原作“犀眸”,“彼各”原作“比各”,此從《雍熙》。《雍熙》無“共”字。《青樓韻語廣集》“彼各”作“彼此”。

〔尾〕口兒啑,心兒怨,時急難尋輕便天。也似閑愁無處展,蘸霜毫寫滿雲箋。唱道各辦心堅,休教萬里關山靠夢傳。不是雙生自專,小卿緊勸,只休教花殘鶯老了麗春園。“展”原作“着”,“雙生”原作“奴生”,此從《雍熙》。《雍熙》首二句“兒”下各襯“裏”字,“時急”作“急切裏”,“輕便”作“空便”,於“便”字斷句,“萬里”作“千里”,“靠”作“勞”,末句無“了”字。《廣集》無“滿”字,餘同《雍熙》。

又

只爲多情忒俊雅,月下星前拖逗煞。掩映着牡丹花,潛潛等等,不見劣冤家。《雍熙樂府》“煞”作“咱”。

〔幺〕今夜相逢打罵咱,忽見人來敢是他。只恐有爭差,孜孜認了,正是那嬌娃。“孜孜”原作“咨咨”,此從《雍熙》。

〔煞尾〕悄悄吁,低低話,厮抽抒粘粘掐掐。終是女兒家不慣耍,龐兒不甚掙達。透輕紗,雙乳似白牙,插入胸前緊緊拿。光油油膩滑,顫巍巍拿罷,至今猶自手兒麻。“抒”原作“忬”,“透”原作“繡”,“光”原作“兒”,皆從《雍熙》。《雍熙》“終是”作“終是個”,“女兒”作“女孩兒”,“龐兒”上有“嫩”字,“插”作“持”。

又

春夜深沉庭院幽,偷訪吹簫鸞鳳友。良月過南樓,昨宵許俺,今夜結綢繆。“今夜”原作“夜今”,從《雍熙樂府》。《雍熙》“深沉”作“沉沉”。

〔幺〕兩處相思一樣愁,及至相逢却害羞。只是性兒柔,百般哀告,靦腆不擡頭。

〔煞尾〕你溫柔,咱清秀,本是一對兒風流配偶。咫尺相逢説上手,緊推辭不肯承頭。又不敢久遲留,只怕妳母追求,料想伊家不自由。空躭着悶憂,虚陪了消息,不承望剛做了個口兒休。“承頭”原作“成頭”,此從《雍熙》。《雍熙》“妳母”作“老母親”,“悶憂”作“悶愁”,“消息”作“伺候”,“不承望”作“誰承望”,“口”作“嘴”。

〔仙吕〕翠裙腰

翠裙腰《太和正音譜》、《北詞廣正譜》俱屬楊西庵。

鶯穿細柳翻金翅,遷上最高枝。海棠零亂飄階址,墮胭脂,共誰同唱送春詞。《雍熙樂府》"翻"作"開"。

〔金盞兒〕減容姿，瘦腰肢，繡床塵滿慵針指。眉懶畫，粉羞施，憔悴死。無盡閑愁將甚比，恰如梅子雨絲絲。

〔緑窗愁〕有客持書至，還喜却嗟咨。未數歸期約幾時，先拆破鴛鴦字，原來只是賣弄他風流浪子。誇翰墨，顯文詞，枉用了身心空費了紙。"持書"原作"待書"，"拆破"原作"折破"，此從《太和正音譜》。"未數"原作"未委"。

〔賺尾〕總虚脾，無實事，喬問候的言辭。怎使復別了花箋重作念，偏自家少負你相思。唱道再展放重讀，讀罷也無言暗切齒。沉吟了數次，駡你个負心賊堪恨，把一封寄來書都扯做紙條兒。《雍熙》"花箋"作"花箋錦字"，無"偏"字，"負"作"欠"，"沉吟"下無"了"字。末句"做"原作"破"，此從《雍熙》。"唱道"原作小字偏行。

又調名原作〔翠裙腰纏令〕。　吕止庵

老來多病逢秋驗，便覺嫩涼添。懶摇紈扇閑紋簟，捲朱簾，晚妝樓外月纖纖。《雍熙樂府》"朱"作"珠"。

〔金盞兒〕更西風釅，微雲歛。黄昏即漸，暑氣沛消，陰晴乍閃，冰魂尚潛。指甲痕芽天生塹，傷簾，又傳宫様印眉尖。按譜，"黄昏"句缺三字，而"傷簾"二字衍，待正。《雍熙》僅改"簾"爲"廉"。"沛消"亦待正，《雍熙》改"消殘"，非原意。"天生塹"，《雍熙》作"生天塹"。

〔元和令〕素娥公案嚴，牛女分緣儉。蒼虬鈎玉控彫簷，翠屏人半掩。綵鸞收鏡入妝奩，霓裳誰再拈。《雍熙》"分緣"作"緣分"，"收鏡"作"取鏡"。

〔賺尾〕昂藏醉臉，桂香襟袖沾。花下心無慊，尊前興未厭。釣銀蟾，瑶臺獨占，立金梯長笑一掀髯。

〔仙吕〕八聲甘州

八聲甘州　鮮于伯機

江天暮雪，最可愛青帘，摇曳長杠。生涯閑散，占斷水國漁邦。煙浮草屋梅欹砌，水遶柴扉山對窗。時復竹籬旁，犬吠汪汪。"欹砌"原作

“砌欹”,於“砌”上另有一字,模糊類“涵”字。《太和正音譜》作“近砌”,《北詞廣正譜》從之,又將“欹”字屬下句,改爲“溪”,皆非。末句原作“吠吠吒吒”,從譜。

〔幺〕向滿目夕陽影裏,見遠浦歸舟,帆力風降。山城欲閉,時聽戍鼓諠諠。羣鴉噪晚千萬點,寒雁書空三四行。畫向小屏間,夜夜停釭。“諠諠”原作“酴酴”,玆從《正音譜》。《雍熙樂府》、《北宫詞紀》作“逢逢”,非原意也。下句原作“羣鴉晚千萬噪點”,“釭”原作“鉦”,皆從《雍熙》。《廣正譜》“夕陽”作“斜陽”。

〔大安樂〕從人笑我愚和戇,瀟湘影裏且妝呆,不談劉項與孫龐。近小窗,誰羨碧油幢。《正音譜》“妝呆”作“倘佯”,《北宫詞紀》、《九宫大成譜》從之。《雍熙》首句“和”作“癡”,“妝呆”作“妝憨”。

〔元和令〕粳米炊長腰,鯿魚煮縮項。悶攜村酒飲空缸,是非一任講。恣情拍手掉漁歌,高低不論腔。“掉漁歌”,《雍熙》、《詞紀》皆作“唱山歌”。“掉”疑是“啅”。

〔尾〕浪滂滂,水淙淙,小舟斜纜壞橋樁。綸竿蓑笠,落梅風裏釣寒江。“淙淙”原作“床床”,從《雍熙》。《雍熙》“纜”作“鎖”。《詞紀》首句作“雪茫茫”。

又 王脩甫

春閨夢好,奈覺來心情,向人難告。錦屏斜靠,尚離魂脉脉難招。遊絲萬丈天外飛,落絮千團風裏飄。似您這般愁,着甚相熬。“告”原作“學”,《雍熙樂府》同。“招”原作“描”,從《雍熙》。“您”原作“恁”,《雍熙》此字删。

〔六幺遍〕自春來到春衰老。簾垂白晝,門掩青宵。閑庭杳杳,空堂悄悄。此情除是春知道,寂寥,唾窗紗縷兩三條。《雍熙》“春知道”作“天知道”,“唾窗紗縷”作“唾絨縷”三字。

〔後庭花煞〕無心繡作,空閑却金翦刀。眉蹙吴山翠,眼横秋水嬌。正心焦,梅花低報,報道晚妝樓外月兒高。《雍熙》“蹙”作“變”,“眼”作“恨”,“嬌”作“高”,“正心焦”上多“想多嬌”三字,“梅花”作“梅香”。

又 王嘉甫

鶯花伴侶,效卓氏彈琴,司馬題橋。情深意遠,爭奈分淺緣薄。香箋寄恨紅錦裹,聲斷傳情碧玉簫。都爲可憎他,夢斷魂勞。《雍熙樂府》“彈琴”作“聽琴”,“錦裹”作“錦囊”,“可憎他”作“可憎才”。《北宫詞紀》“香箋”作“香殘”,餘同《雍熙》。

〔六幺遍〕更身兒瘦,龐兒俏。傾城傾國,難畫難描。窄弓弓撇道,溜刀刀睩老。稱霞腮一點朱櫻小,妖嬈,更那堪楊柳小蠻腰。“睩”原作“六”,“朱”原作“珠”。《雍熙》“瘦”作“單”,“撇道”作“撇刀”,“溜刀刀”作“光溜溜”,“朱櫻”作“朱唇”。《詞紀》“身兒瘦”作“心兒聰”。

〔穿窗月〕憶雙雙鳳友鸞交,料應咱没分消,真真彼此都相樂。花星兒照,彩雲兒飄,不隄防壞美衆生攪。“鳳友”原作“鳳交”,從《雍熙》。《雍熙》“没”作“無”,“都”作“俱”。《詞紀》三句作“風前月下同歡樂”,末五字作“好處成煩惱”。《九宫大成譜》同《詞紀》,惟“衆生”二字,又見於五卷吕止軒〔風入松〕套〔煞尾〕内,參看下文所校。

〔元和令〕謾贏得自己羞,空惹得外人笑。多情却是不多情,好模樣歹做作。相逢爭似不相逢,有上梢没下梢。《雍熙》“外人”作“傍人”。“歹”原作“反”,從《雍熙》。

〔賺尾〕那回期,今番約,花木瓜兒看好。舊路高高築起界墻,盡今生永不踏着。唱道言許心違,説的誓尋思暢好脱卯。待裝些氣高,難禁脚拗,不由人又走了兩三遭。“那回”原作“難回”,兹從《雍熙》,《詞紀》作“幾回”。又“舊路高高”改作“錦繡窩巢”,並斷句,句法、叶韻、文義俱亂。“唱道”原作小字偏行。

又　石子章

天涯羈旅,記斷腸南陌,回首西樓。許多時節,冷落了酒令詩籌。腰圍似沈不耐春,鬢髮如潘那更秋。無語細沉吟,心緒悠悠。

〔混江龍〕十年往事,也曾一夢到揚州。黄金買笑,紅錦纏頭。跨鳳吹簫三島客,抱琴攜劍五陵遊。風流,羅幃畫燭,綵扇銀鈎。《雍熙樂府》、《九宫大成譜》“五陵”皆作“五湖”。

〔六幺遍〕爲他迤逗,咱撋就。更兩情厮愛,同病相憂。前時唧嚁,今番抹颩。急料子心腸天生透,追求,没實誠誰道不自由。“抹颩”原作“抹風”,此從《雍熙》。《雍熙》“撋”作“揣”,“實誠”作“誠實”。

〔元和令〕外頭花木瓜，裏面鐵豌豆。橫琴彈徹鳳凰聲，兩厭難上手。當先説盡海山盟，一星星不應口。《雍熙》“裏面”作“裏頭”，“當先”作“當初”，“海”下有“誓”字。

〔賺尾〕洛陽花，宜城酒，那兑與狂朋怪友。水遠山長憔悴也，滿青衫兩淚交流。唱道事到如今，收了筝籃罷了斗，那些兒自羞。二年三歲，不承望空溜溜了會眼兒休。《雍熙》“那兑”作“那里”，“二年”句作“二三年逞受”，末句“不”作“誰”，“溜”字不疊。“唱道”原作小字偏行。

又　彭壽之

平生放蕩，俏倬聲名，喧滿平康。少年場上，只恐舌劍唇鎗。機謀主杖風月景，局斷經營旖旎鄉。回首數年間，多少疎狂。《雍熙樂府》“俏倬”作“俏綽”，“主杖”作“主張”。

〔混江龍〕知音幸遇，不由人重上欠排場。花朝月夜，酒肆茶坊。相見十分相敬重，斯看承無半點厮隄防。風流事贊之雙美，悔則俱傷。

〔元和令〕合着兩會家，相逢一合相。憐新棄舊短因緣，强中更有强。偷方覓便俏家風，當行識當行。

〔賺尾〕一片志誠心，萬種風流相，非是俺着迷過獎。燕子鶯兒知幾許，據風流不類尋常。唱道好處難忘，花有幽情月有香。想着尊前伎倆，枕邊模樣，不思量除是鐵心腸。《雍熙》“非是俺”作“非是我”，“唱道”原作小字偏行。

又

杯中酒冷，鼎内香銷，臺上燈昏。夜間人靜，書齋中半掩重門。愁靠芙蓉繡枕邊，悶擁鮫綃錦被空。思想意中人，年少芳温。《雍熙樂府》“夜間”作“夜闌”，“枕邊”作“枕閑”，“芳温”作“芳卿”。“年少”原作“年小”，此從《雍熙》。

〔醉中天〕一點朱唇嫩，八字柳眉顰。寶髻高梳楚岫雲，蓮臉施朱粉。包彈處全無半分，可人意風韻，見他時忽的消魂。

〔賺尾〕爲他嬌，因他俊，迤逗的俺行癡立盹。得便後冤家行頻囑付，偷工夫短命行是温存。費了些精神，一夜歡娱正了本。他於咱意親，俺於他心順，不由人終日脚兒勤。《雍熙》三句無“的”字，“立”作

“坐”。“得便後”原作“便得後”,《雍熙》因“得”字草,書作“便約後”,未妥。“囑付”原作“覷付”,兹從《雍熙》。蓋省“囑”爲“祝”,又誤“祝”爲“覷”也。參看卷五〔新水令〕“寨兒中風月早經諳”套〔煞尾〕後所校。“短命”原作“知命”,此從《雍熙》。“是”字原在“温存”下,《雍熙》删去,兹移上。“他於”二句,《雍熙》作“他於咱親,咱於他順”。

又

芳菲過眼,向玉砌雕闌,翠落紅翻。都來一段,新愁舊恨相煩。簾垂永日人乍別,門掩東風花又殘。無語問春歸,天上人間。

〔六幺遍〕恨歸期晚,尋芳懶。倚遍闌干,盼煞雕鞍。佳音越慳,啼痕不乾。生捱厭厭相思恨,愁煩,悶來獨把繡床攀。“啼痕”原作“啼淚”,此從《雍熙樂府》。《雍熙》“生捱”作“掙捱”。

〔元和令〕謾將龜卦揭,空把雁書盼。料他雲雨興闌珊,天涯何日還。重衾猶怯五更寒,悶愁心上攢。《雍熙》“揭”作“卜”,“興闌珊”作“阻關山”。

〔後庭花〕瘦來金縷寬,空將寶鏡看。髻綰雙鬟亂,眉顰八字彎。最心煩,花間庭院,子規啼數番。《雍熙》三句作“鬟綰雙鴉亂”,“花間庭院”作“閑庭院”。

〔尾〕問長安,隔關山,別郎容易見郎難。清明過也,鷓鴣聲裏畫樓閑。起句原作“長安隔關山”,按譜應作三字兩句,因從《雍熙》,加一“問”字。

〔仙吕〕點絳唇

點絳唇辭朝　不忽麻原作不忽麻平章。

寧可身臥糟丘,索强如命懸君手。尋幾个知心友,樂以忘憂,願作林泉叟。“索强”原作“賽强”,兹從《雍熙樂府》。

〔混江龍〕布袍寬袖,樂然何處謁王侯。但尊中有酒,身外無愁。數着殘棋江月曉,一聲長嘯海門秋。山間深住,林下隱居,清泉濯足,强如閑事縈心,淡生涯一味誰參透。草衣木食,勝如肥馬輕裘。《雍熙》“無愁”作“無憂”,“深住”作“深處”,“隱居”作“幽居”,“誰參透”作“都參透”,“勝如”作“勝强如”。

〔油葫蘆〕雖住在洗耳溪邊不飲牛,貧自守,樂閑身翻作抱官囚。布袍寬褪拿雲手,玉霄占斷談天口。吹簫訪伍員,棄瓢學許由,野雲不斷深山岫,誰肯官路裹半途休。《雍熙》“翻作”作“翻做”,“抱官”作“抱關”,“玉霄”作“玉簫”,“吹簫”、“棄瓢”下各襯“的”字,“誰肯”下襯“向”字。

〔天下樂〕明放着伏事君王不到頭,休休,難措手,遊魚兒見食不見鈎。都只爲半紙功名一筆勾,急回頭兩鬢秋。《雍熙》“伏事”作“扶侍”。

〔那吒令〕誰待似落花般鶯朋燕友,誰待似轉燈般龍爭虎鬭。你看這迅指間烏飛兔走。假若名利成,至如田園就,都是些去馬來牛。《雍熙》“你看”下無“這”字,“至如”下有“俺”字。

〔鵲踏枝〕臣只待醉江樓,臥山丘。一任教談笑虚名,小子封侯。臣向這仕路上爲官倦首,枉塵埋了錦帶吴鈎。“倦首”,《太和正音譜》作“倦守”,《雍熙》及《九宫大成譜》皆作“倦手”。《雍熙》“小子”作“拜相”,“向這”作“向那”,末句無“了”字。《大成譜》“臣向”下無“這”字,“塵埋”作“沉埋”。

〔寄生草〕但得黄鷄嫩,白酒熟,一任教疎籬墻缺茅庵漏。只要窗明坑暖蒲團厚,問甚身寒腹飽麻衣舊。飲仙家水酒兩三甌,强如看翰林風月三千首。《雍熙》起作“但願得”,“問甚”作“問甚麽”,“腹飽”作“腹暖”,末句無“看”字。

〔村里迓鼓〕臣離了九重宫闕,來到這八方宇宙。尋幾个詩朋酒友,向塵世外消磨白晝。臣只待領着紫猿,攜著白鹿,跨著蒼虬。觀着山色,聽着水聲,飲着玉甌,倒大來省氣力如誠惶頓首。《雍熙》此下另作一套,次句無“這”字,四句無“世”字,“領着”作“要引著”,“攜著”、“跨著”之“著”,原無,皆從《雍熙》增。

〔元和令〕臣向山林得自由,比朝市内不生受。玉堂金馬間瓊樓,控珠簾十二鈎。臣向草庵門外見瀛洲,看白雲天盡頭。《雍熙》起句無“臣”字,結處“天盡”作“天際”,“朝市”作“市朝”。

〔上馬嬌〕但得个月滿舟,酒滿甌,只待雄飲醉時休。紫簫吹斷三更後,暢好是孤鶴唳一聲秋。《雍熙》三句無“只待”二字,“時”作“方”,

"吹斷"作"吹徹","孤"作"休"。按"休"字重韻,"孤"字句不必叶韻。

〔遊四門〕世間閑事掛心頭,唯酒可忘憂。非是微臣常戀酒,歎古今榮辱,看興亡成敗,只待一醉解千愁。《雍熙》"掛"作"惱","興亡"上無"看"字。

〔後庭花〕揀溪山好處遊,向仙家酒旋蒭。會三島十洲客,强如宴功臣萬户侯。不索你問緣由,把玄關泄漏。這簫聲世間無,天上有,非微臣説强口。酒葫蘆掛樹頭,打魚船纜渡口。《雍熙》次句"向"作"飲","强如"下多"你"字,"玄關"作"機關","强口"上無"説"字。

〔柳葉兒〕只待看山明水秀,不戀您市曹中物穰人稠,想高官重職難消受。學耕耨,種田疇,倒大來無慮無憂。《雍熙》"只待"下多"要"字,"市曹"作"市廛";又"物穰"作"物攘",與"山明"二字於句中皆重疊。

〔賺尾〕既把世情疎,感謝君恩厚,臣怕飲的是黄封御酒。竹杖芒鞋任意留,揀溪山好處追遊。就著這晚雲收,冷落了深秋,飲遍金山月滿舟。那其間潮來的正悠,船開在當溜,臥吹簫管到揚州。《雍熙》"君恩"作"君王","就著"作"趁著","晚雲"作"晚霞","來的"作"來得","當溜"作"當流"。

〔仙吕〕祆神急

祆神急　白无咎

緑陰籠小院,紅雨點蒼苔。誰想來,君也是人間客,縱分連理枝,謾解合歡帶。傷春早是心地窄,愁山和悶海,暢會桃栽。"桃栽"待校。

〔六幺遍〕更别離怨,風流債。雲歸楚岫,月冷秦臺。當時眷愛,如今阻隔。准備從今因他害,傷懷,冷清清日月怎生捱。

〔元和令〕鸞交何日重,鴛夢幾時再。清明前後約歸期,到如今牡丹開。空等待翠屏香裏掩東風,鋪陳下愁境界。

〔後庭花煞〕無情子規聲更哀,暢好明白。既道不如歸去,看作幾聲兒攛掇得那人來。末句"看"字待校,疑是"且"字。

樂府新編陽春白雪卷之三後集

元青城楊朝英澹齋選集　江都任訥中敏校訂

套數原本無此二字，以下二卷同。

〔正宮〕月照庭

月照庭　不知名氏

老足秋容，落日殘蟬暮霞，歸來雁落平沙。水迢迢，煙淡淡，露濕蒹葭。飄紅葉，噪晚鴉。《太和正音譜》"老足"作"老盡"，"歸來"下有"時"字，"雁落"作"雁宿"。

〔幺〕古岸蒼蒼，寂寞漁村數家。茶船上那个嬌娃，擁鴛衾，倚珊枕，情緒如麻。愁難盡，悶轉加。"古岸"原作"右岸"，此從《正音譜》。"那个"，《譜》作"年小的"。

〔六幺序〕記當時，枕前話，各指望永同歡洽。事到如今兩離別，褪羅裳憔悴因他。休休自家緣分淺，上心來淚搵濕羅帕。想薄情鎮日迷歌酒，近新來頓阻鱗鴻，京師裏戀煙花。《正音譜》"記"作"記得"，"上心來"句無"搵"字，下句無"想"字。

〔幺〕哭啼啼自呪罵，知他是憶念人麼。驀聞船上撫琴聲，遣蘇卿無語嗟呀。分明認得雙解元，出蘭舟繡鞋忙靸。乍相逢欲訴別離話，惡恨酒醒馮魁，驚夢杳天涯。

〔鴛鴦兒煞〕覺來時痛恨半霎，夢魂兒依舊在篷窗下。故人不見，滿江明月浸蘆花。

〔正宮〕六幺令《雍熙樂府》屬〔仙吕宫〕。

六幺令

華亭江上，煙淡淡草萋萋。浮光萬頃，長篙短棹一蓑衣。終日向船頭上穩坐，來往故人稀。綸竿收罷，輕抛香餌，个中消息有誰知。《雍熙》"个中"作"問个"。《九宫大成譜》乃作"問个中"。"綸竿"原作"輪竿"，兹從《大成譜》。

〔幺〕説破真如妙理，唯恐露玄機。春夏秋冬，披星戴月守寒溪。一點殘星照水，上下接光輝。素波如練，東流不住，錦鱗不遇又空回。"戴月"原作"帶月"，兹從《雍熙》。

〔尾〕謾傷嗟，空勞力，欲説誰明此理。千尺絲綸直下垂，一波動萬波相隨。唱道難曉幽微，且恁陶陶度浮世。水寒煙冷，小魚兒難釣，滿舡空載月明歸。"水寒煙冷"，《雍熙》作"寒煙冷水"。"唱道"原作小字偏行。

〔正宫〕端正好

端正好　不知名氏

本是對美甘甘錦堂歡，生紐做愁切切陽關怨。恰離了鶯花寨，早來到野水平川。急煎煎千里把程途踐，景蕭蕭宜寫在幃屏面。《詞林摘豔》、《雍熙樂府》"愁切切"作"悲切切"，"千里"下無"把"字。

〔滚繡毬〕動羈懷的是昔零零暮雨晴，惱人腸的是日遲遲春晝暄。感離情的是嬌滴滴弄喉舌啼鶯語燕，舞飄飄亂紛紛柳絮飛綿。歎浮生的是草萋萋際碧天，緑茸茸柳帶煙。流盡年光的是兀良響潺潺碧澄澄皺玻璃楚江如練，斷送行人的是忔登登鞭羸馬行色淒然。猛想起醉醺醺昨宵歡會，知多少陡恁的冷清清今日淒涼有萬千，情默默無言。《摘豔》前五句内皆無"的是"二字。"昔零零"作"淅零零"，"浮生"作"浮世"，"柳帶煙"作"柳吐煙"。"響潺潺"上八字、"行色淒然"上六字、"猛想起"、"陡恁的"各字皆删去。《雍熙》"暮雨晴"作"暮雨聲"，"飛綿"下增"嬉遊玩賞無窮盡，暢飲開懷樂自然，此景堪憐"，共三句。"柳帶煙"原作"柳絮煙"，兹從《雍熙》。又"羸馬"原作"羸馬"。

〔倘秀才〕莫不是黄司理緣薄分淺，多管是雙通叔時乖運蹇，小卿你再不向秦樓動管絃。彩鸞回舞鏡，青鳥罷銜箋，兀良不遠。《摘豔》"小卿你"作"我可也"，"動管絃"作"列管絃"，"兀良"下多"他去的"三字。《雍熙》"舞鏡"作"舞袖"。此調之後，〔脱布衫〕之前，《摘豔》、《雍熙》皆另有〔叨叨令〕云：不思量心上猶作念，越思量越恁的添勞倦，意遲遲欲把他留戀，再幾時能够成鶯燕。他原來去了也波哥，他原來去了也波哥，減香肌鬆了黄金釧。

〔脱布衫〕不行動只管裹熬煎，休停待莫得俄延。側着耳聽沉沉半晌，諕得我那膽寒心戰。“熬煎”原作“懊煎”，兹從《摘豔》、《雍熙》。《摘豔》“沉沉”作“沉了”，末句“得”作“的”，無“那”字。

〔醉太平〕原來是昏鴉噪暮天，落雁叫沙邊，猛聽得隔江人唤渡頭船，啼紅的是杜鵑。我只見撲簌簌淚濕殘妝面，將風流秀士難留戀，生扢察拆散了並頭蓮，只爲他多情的業冤。“暮天”原作“暮云”，“難留戀”原作“莫留戀”，兹從《摘豔》、《雍熙》。二書“聽得”作“聽的”，無“我只見”三字。“扢察”，《摘豔》作“扢扎”，《雍熙》作“扢查”。末句“他”字，《摘豔》作“俺”，《雍熙》作“我”；二書皆無“的”字。

〔尾〕三杯别酒肝腸斷，一曲陽關離恨添。我上車兒倦向前，他上雕鞍懶贈鞭，彼各無言兩淚漣，各辦堅心石也穿，兩處相思情意牽，遥望見車兒漸漸的遠。《摘豔》“上車”作“懶載車”，“他上”作“他怕上”，“兩淚”作“雨淚”，“堅心”作“心堅”，結處“的”作“去的”。《雍熙》“贈鞭”作“增鞭”。“彼各”原作“比各”，兹從《摘豔》等。

又上高監司　劉時中

衆生靈遭磨障，正值着時歲飢荒。謝恩光拯濟皆無恙，編做本詞兒唱。

〔滚繡毬〕去年時正插秧，天反常，那里取及時雨降，旱魃生四野炎傷。穀不登，麥不長，因此萬民失望，一日日物價高張。十分料鈔加三倒，一斗粗糧折四量，煞是淒涼。“及時”原作“若時”，“穀”原作“谷”。

〔倘秀才〕殷實户欺心不良，停塌户瞞天不當，吞象心腸歹伎倆。穀中添粃屑，米内插粗糠，怎指望他兒孫久長。“粃屑”之“屑”原作“有”，《北詞廣正譜》同。

〔滚繡毬〕甑生塵老弱飢，米如珠少壯荒，有金銀那里每典當，盡枵腹高臥斜陽。剥榆樹餐，挑野菜嘗，喫黄不老勝如熊掌，蕨根粉以代餱粱。鵝腸苦菜連根煮，荻笋蘆蒿帶葉吐，只留下杞柳株樟。“蒿”原作

"萵","那里每"之"每"、"黄不老"之"不老"皆待校。

〔倘秀才〕或是捶麻柘稠調豆漿,或是煮麥麩稀和細糖,他每早合掌擎拳謝上蒼。一个个黄如經紙,一个个瘦似豺狼,填街臥巷。

〔滚繡毬〕偷宰了些闊角牛,盜斫了些大葉桑,遭時疫無棺活葬,賤賣了些家業田莊。嫡親兒共女,等閑參與商,痛分離是何情況,乳哺兒没人要撇入長江。那里取廚中剩飯杯中酒,看了些河裏孩兒岸上娘,不由我不哽咽悲傷。

〔倘秀才〕私牙子舡彎外港,打過河中宵月朗。只發跡了些無徒,米麩行牙錢加倍解,賣麵處昏鈔兩般裝,早先除了四兩。"賣麵"句原作"賣面處兩般裝昏鈔"。

〔滚繡毬〕江鄉前,有義倉,積年係税户掌。借貸數補搭得十分停當,都侵用過將官府行唐。那近日勸糶到江鄉,按户口給月糧,富户都用錢買放,無實惠盡是虚樁。充飢畫餅誠堪笑,印信憑由却是謊,快活了些社長知房。

〔伴讀書〕磨滅盡諸豪壯,斷送了些閑浮浪。抱子攜男扶筇杖,尩羸傴僂如蝦樣。一絲好氣沿途創,擱淚汪汪。

〔貨郎〕見餓莩成行街上,乞出攔門鬭搶,便財主每也懷金鵠立待其亡。感謝這監司主張,似汲黯開倉,披星戴月熱中腸,濟與糶親臨發放。見孤孀疾病無皈向,差醫煮粥分厢巷,更把贓輸錢分例米多般兒區處的最優長。衆飢民共仰,似枯木逢春,萌芽再長。《北詞廣正譜》"皈向"作"歸向","贓輸"作"贓罰"。"區處的"原作"區處約",兹從《廣正譜》。

〔叨叨令〕有錢的販米穀置田莊添生放,無錢的少過活分骨肉無承望。有錢的納寵妾買人口偏興旺,無錢的受飢餒填溝壑遭災障。小民好苦也麽哥,小民好苦也麽哥,便秋收鬻妻賣子家私喪。

〔三煞〕這相公愛民憂國無偏黨,發政施仁有激昂。恤老憐貧,視民如子,起死回生,扶弱摧强。萬萬人感恩知德,刻骨銘心,恨不得展革垂韁。覆盆之下,同受太陽光。"相公"二字原小字偏行。

〔二〕天生社稷真卿相,才稱朝廷作棟梁。這相公主見宏深,秉心仁恕,治政公平,涖事慈祥。可與蕭曹比並,伊傅齊肩,周召班行。紫泥宣詔,花襯馬蹄忙。"這相公"三字原小字偏行。

〔一〕願得早居玉笋朝班上，佇看金甌姓字香。入闕朝京，攀龍附鳳，和鼎調羹，論道興邦。受用取貂蟬濟楚，衮繡峥嶸，珂珮丁當。普天下萬民樂業，都知是前任繡衣郎。

〔尾聲〕相門出相前人奬，官上加官後代昌，活彼生靈恩不忘，粒我烝民德怎償。父老兒童細較量，樵叟漁夫曹論講，共説東湖柳岸旁，那里清幽更舒暢。靠着雲卿蘇圃場，與徐孺子流芳那清況，蓋一座祠堂人供養，立一統碑碣字數行，將德政因由都載上，使萬萬代官民見時節想。"德怎償"原作"得怎償"，"那清況"原作"把清況"，"清"疑是"情"。

又　前人

既官府甚清明，採輿論聽分訴，據江西劇郡洪都。正該省憲親臨處，願英俊開言路。

〔滚繡毬〕庫藏中鈔本多，貼庫每弊怎除，縱關防住誰不顧，壞鈔法恣意强圖。都是無廉恥賣買人，有過犯駔儈徒，倚仗着幾文錢百般胡做，將官府覷得如無。只這素無行止喬男女，都整扮衣冠學士夫，一个个膽大心粗。第三句待校。

〔倘秀才〕堪笑這没見識街市匹夫，好打那好頑劣江湖伴侣，旋將表德官名相體呼。聲音多厮稱，字樣不尋俗，聽我一个个細數。次句待校。"表德"原作"表得"，後同。

〔滚繡毬〕糶米的唤子良，賣肉的呼仲甫，做皮的是仲才邦輔，唤清之必定開沽。賣油的唤仲明，賣鹽的稱士魯，號從簡是采帛行鋪，字敬先是魚鮓之徒。開張賣飯的呼君寶，磨麵登羅底叫德夫。何足云乎。"開沽"原作"開活"，"德夫"原作"得夫"。

〔倘秀才〕都結拜過如手足，但聚會分張耳目，探聽司縣何人可共處。那問他無根脚，只要肯出頭顱，扛扶着便補。"結拜"原作"結二"。

〔滚繡毬〕三二百錠費本錢，七八下裏去幹取，詐捏作曾縮卷假如名目，偷俸錢表裏相符。這一个圖小倒，那一个苟俸禄，把官錢視同己物，更狠如盜跖之徒。官攢庫子均攤着要，弓手門軍那一个無，試説這厮每貪汙。第三句待校。"錠"原作"定"，後同。"狠"原作"很"。

〔倘秀才〕提調官非無法度，爭奈蠹國賊操心太毒，從出本處先將科鈔除。高低還分例,上下没言語,貼庫每他便做了鈔主。

〔滚繡毬〕且説一年中事例錢,開作時各自與,庫子每隨高低預先除去,軍百户十錠無虚。攢司五五拿,官人六六除,四牌頭每一名是兩封足數,更有合干人把門軍弓手殊途。那里取官民兩便通行法,赤緊他賄賂單宜左道術,於汝安乎。

〔倘秀才〕爲甚但開庫諸人不服,倒籌單先須計呪,苗子錢高低隨着鈔數。放小民三二百報花户,一千餘將官錢陪出。“不服”原作“不伏”。次句待校。

〔滚繡毬〕一任你叫得昏,等到午,佯呆着不睬不覷,他却整塊價捲在包袱。著纖如晃庫門興販的論百價數,都是真揚州武昌客旅,窩藏着家裹安居。排的文語呼爲繡,假鈔公然唤做殊,這等兒三七價明估。“著纖如”句待校。

〔倘秀才〕有揭字駝子襯數,有赫心剜心異呼,有鈔脚頻成印上字模。半邊子猶自可,搥你鈔甚胡突,這等兒四六分價唤取。“猶自”原作“尤自”,“胡突”原作“胡笑”。

〔滚繡毬〕赴解時弊更多,作下人就似夫,檢塊數幾曾詳數,止不過得南新吏貼相符。那問他料不齊數不足,連櫃子一時扛去,怎教人心悦誠服。自古道人存政舉思他前輩,到今日法出姦生笑煞老夫,公道也私乎。次句、四句待校。

〔倘秀才〕比及燒昏鈔先行擺布,散夫錢僻静處俵與,暗號兒在燒餅中間覷有無。一名夫半錠,社長總收貯,燒得過便吹笛擂鼓。

〔塞鴻秋〕一家家傾銀注玉多豪富,一个个烹羊挾妓誇風度。掇標手到處稱人物,妝旦色取去爲媳婦。朝朝寒食春,夜夜元宵暮,喫筵席唤做賽堂食,受用盡人間福。

〔呆骨朵〕這賊每也有誰堪處,怎禁他强盜每追逐。要飯錢排日支持,索齎發無時横取。奈表裏通同做,有上下交征去。真乃是源清流亦清,從今後人除弊不除。

〔脱布衫〕有聰明正直嘉謨,安得不翦其繁蕪。成就了閭閻小夫,壞盡了國家法度。

〔小梁州〕這厮每玩法欺公膽氣粗,恰便似餓虎當途。二十五等則例盡皆無，難着日，他道陪鈔待如何。

〔幺〕一等無辜被害這羞辱，斯攀指一地裏胡突。自有他，通神物，見如今虚其府庫，好教他鞭背出蟲蛆。

〔十二月〕不是我論黄數黑，怎禁他惡紫奪朱。爭奈何人心不古，出落着馬牛襟裾。口將言而囁嚅，足欲進而趦趄。首句内"我論"原作"論我"。

〔堯民歌〕想商鞅徙木意何如，漢國蕭何斷其初。法則有準使民服，期于無刑佐皇圖。説與當途，無毒不丈夫，爲如如把平生誤。"爲如如"待校。

〔耍孩兒十三煞〕天開地闢由盤古，人物才分下土。傳之三代幣方行，有刀圭泉布促初。九府圜法俱周制，三品堆金乃漢圖。止不過貿易通財物，這的是黎民命脈，朝世權付。

〔十二〕蜀冠城交子行，宋真宗會子舉，都不如當今鈔法通商賈。配成五對爲官本，工墨三分任倒除。設制久無更故，民如按堵，法比通衢。

〔十一〕已自六十秋楮幣行，只這兩三年法度沮，被無知賊子爲撓蠹。私更徹譭心無愧，那想官有嚴刑罪必誅。忒無忌憚無憂懼，你道是成家大寶，您想是取命官符。首二句之間，"行只"原作"則行"，三句内"賊子"原作"賊了"。

〔十〕窮漢每將綽號稱，把頭每表德呼，巴不得登時事了乾回付。向庫中鑽刺真强盜，却不財上分明大丈夫。壞盡今時務，怕不你人心姦巧，爭念有造物乘除。"窮漢每"之"每"，原作"刀"。

〔九〕覥乘頛模樣哏，扭蠻腰禮儀疎，不疼錢一地裏胡吩咐。宰頭羊日日羔兒會，没手盞朝朝仕女圖。怯薛回家去，一个个欺淩親戚，眇視鄉閭。"覥乘頛"、"没手盞"皆待校。"頛"原作"孛"，"没"疑是"設"。

〔八〕没高低妾與妻，無分限兒共女，及時打扮衒珠玉。鷄頭般珠子緣鞋口，火炭似真金裹腦梳。服色例休提取，打扮得怕不賽天人樣子，脱不了市輩規模。

〔七〕他那想赴京師關本時，受官差在旅途，耽驚受怕過朝暮。受了五十四站風波，虧苦殺數百千程遞運夫。哏生受哏搭負，廣費了些首思分例，倒換了些沿路文書。"首思"待校。

〔六〕到省庫中將官本收得無疎虞，朱鈔足那時才得安心緒。常想着半江春水翻風浪，愁得一夜秋霜染鬢鬚。歷重艱博得个根基固，少甚命不快遭逢賊寇，霎時間送了身軀。“重艱”原作“重難”。

〔五〕論宣差情如酌貪泉吴隱之，廉似還桑椹趙判府。只爲忒慈仁，反被相欺侮，每持大體諸人服。若説私心半點無，本棟梁材若早使居朝輔，肯甦民瘼，不事苞苴。

〔四〕急宜將法變更，但因循弊若初，嚴刑峻法休輕恕。只遣二攢司過似蛇吞象，再差十大户猶如插翅虎。一半兒弓手先芰去，合干人同知數目，把門軍切禁科需。“猶如”原作“尤如”。

〔三〕提調官免罪名，鈔法房選吏胥，攢典俸多由路吏差着做。廉能州吏從新點，貪濫軍官合減除，准倉庫先陞補。從今倒鈔，各分行鋪，明寫坊隅。

〔二〕逐户兒編褙成料例來，各分旬將勘合書，逐張兒背印拘鈐住。即時支料還原主，本日交昏入庫府。另有細説直至起解時才方取，免得他撐舡小倒，提調官封鎖無虞。“另有細説”四字乃原注。“原主”原作“元主”。

〔一〕緊拘收在庫官，切關防起解夫，鈔面上與官攢俱各親標署。庫官但該一貫須點配，庫子折算三錢便斷除，滿百錠皆抄估。掯鈔的揭剥的不怕他人心似鐵，小倒的興販的明放着官法如爐。

〔尾〕忽青天開眼覷，這紅巾合命殂。且舉其綱，若不怕傷時務，他日陳言終細數。

樂府新編陽春白雪卷之四後集

元青城楊朝英澹齋選集　江都任訥中敏校訂

套數

〔越調〕鬭鵪鶉

鬭鵪鶉　吴仁卿

天氣融融，和風習習。花發南枝，冰銷岸北。慶賀新春，滿斟玉液。朝禁闕，施拜禮。舞蹈揚塵，山呼萬歲。

〔紫花兒序〕託賴着一人有慶，五穀豐登，四海無敵。寒來暑往，兔走烏飛，節令相催。答賀新正聖節日，願我王又添一歲。豐稔年華，太平時世。"穀"原作"谷"，從《雍熙樂府》。"兔走"以下三句，《雍熙》作"麥秀雙歧，端的萬國千邦皆納禮，省刑薄税"。

〔小桃紅〕官清法正古今稀，百姓安無差役。户口增添盜賊息，路不拾遺，託賴着萬萬歲當今帝。狼煙不起，干戈永退，齊和凱歌回。《雍熙》次句無"要"字，"萬"字不疊，末句"和"作"賀"。《九宫大成譜》"增添"作"添增"，末句"和"作"唱"。

〔慶元貞〕先收了大食，後取了高麗。都收了偏邦小國，一統了江山社稷。"大食"原作"大力"。《雍熙》首二句作"吾皇撫帝基，掌握定華夷"，三句"都收了"作"威伏了"。

〔幺〕太平無事罷征旗，朝廷聖壽做筵席，百官文武兩班齊。歡喜無盡期，都喫得醉如泥。《雍熙》"朝廷聖壽"作"家家豐稔"，"兩班齊"作"感天威"，"歡喜"句作"君臣同樂矣"。

〔禿厮兒〕光禄寺瓊漿玉液，尚食局御膳堂食，朝臣一發呼萬歲。祝聖壽，慶官裏，進金杯。《雍熙》首句作"斟玉斝杯浮緑蟻"，"尚食局"作"珍饈列"，"一發"作"一齊"，末三句作"大一統，錦華夷，城池"。

〔聖藥王〕大殿裏設宴會，教坊司承應在丹墀。有舞的，有唱的，有鳳簫象板共龍笛,奏一派樂聲齊。《雍熙》首二句作"金殿内設宴禮,簫韶一派樂聲齊",末二句作"萬民共樂享雍熙,四海永無敵"。

〔尾〕願吾皇永坐在皇宫内,願吾皇永掌着江山社稷。願吾皇永穿着飛鳳赭黄袍,願吾皇永坐着萬萬載盤龍亢金椅。《雍熙》尾文全異:俱乘樂業昇平世,皆感賀四方八維。君臣同樂太平年,聽一派簫韶洞天裏。

又

棄職休官,張良范蠡。拜辭了紫綬金章,待看青山緑水。跳出狼虎叢中,不入麒麟畫裏。想爵禄高,性命危。一个个捨死忘生,爭宣競勅。《雍熙樂府》"待看"作"待去看","跳出"作"跳出了","不入"作"再不入",無"想"字,無"一个个"。

〔紫花兒序〕您都待重裀而臥,列鼎而食,不如我拂袖而歸。急流中勇退,見賢思齊。當日个,甯武子左丘明我仲尼。邦有道則仕,邦無道則廢,齊魏裏使煞个孫龐,殷商中餓殺了夷齊。《雍熙》"急流"下無"中"字,"我"作"孔",末句"中"作"間","了"作"个"。

〔鬼三臺〕看了些英雄休爭閑氣,爲功名將命虧。笑豫讓,歎鉏麑,待圖个甚的。論功勞勝似燕樂毅,論才學不如晉李儀。常言道才廣妨身,官高害己。《雍熙》首句内"休"作"輩",以下"笑"作"歎","鉏麑"作"沮溺","勝似"、"不如"皆作"誰如"。

〔聖藥王〕我如今近七十恰才得,方知道老而不死是爲賊。指鹿做馬,唤鳳做鷄,葫蘆今後大家提,那想辨个是和非。"那想"原作"想那"。《雍熙》"恰才得"作"得知"二字,"方知道"作"須信道",末四句作"鹿唤做馬,鳳唤做鷄,從今葫蘆大家提,再不辨是和非"。

〔調笑令〕爲甚每日醉如泥,除睡人間總不知。戒之在得因何意,老不必爭名奪利。黄金垛到北斗齊,也跳不出是處輪迴。《雍熙》"每日"作"終日",末句"是處"作"這"一字。

〔聖藥王〕赤緊的烏緊飛,兔緊催,暫時相賞莫相違。菊滿籬,酒滿杯,當喫得席前花影坐間移,白髮故人稀。《雍熙》首二句中,作"烏又飛,兔又催",六句"當喫得"作"只喫得"。

〔尾〕想當日子房公會覓全身計，一个識空便抽頭的范蠡。歸山去的待看翠巍巍千丈嶺頭雲，歸湖的待看緑湛湛長江萬頃水。首字“想”原作“𢝃”，兹從《雍熙》。《雍熙》“一个”作“好一个”，“歸山”下無“去”字，兩“看”字下有“那”字，“緑”作“青”。

又元宵

聖主寬仁，堯民盡喜。一統華夷，諸邦進禮。雨順風調，時豐歲麗。元夜值，風景奇。鬧穰穰的街鼓喧天，明晃晃金蓮遍地。《雍熙樂府》“歲麗”作“歲稔”，“街鼓”作“迓鼓”。

〔紫花兒序〕香馥馥綺羅還往，密帀帀車馬喧闐，光灼灼燈月交輝。滿街上王孫貴子，相攜着越女吴姬。偏宜，鳳燭高張照珠履。果然豪貴，只疑是洞府神仙，閑遊在閬苑瑶池。《雍熙》“喧闐”作“闐闐”。“偏宜”原作“倘宜”，兹從《雍熙》。

〔小桃紅〕歸來梅影小窗移，蘭麝香風細。翠袖瓊簪兩行立，捧金杯，絳綃樓上笙歌沸。冰輪表裏，通宵不寐，是愛月夜眠遲。末句“是”字，《雍熙》作“可正是”。

〔金蕉葉〕捹沉醉頻頻緑蟻，恣賞翫朱簾掛起。歌舞動歡聲笑喜，一任銅壺漏滴。《雍熙》“一任”作“一任他”，“漏滴”作“漏催”。

〔尾〕須將酩酊酬佳致，樂意開懷耍喜。但願歲歲賞元宵，只這的是人生落得的。《雍熙》“耍喜”作“宴席”，“但願”下有“的”字，“賞”作“慶”，末句無“是”字。

又　王伯成

酒力禁持，詩魔唤起。紫燕喧喧，黄鶯嚦嚦。紅杏香中，緑楊影裏。麗日遲，節序催。柳線揺金，桃花泛水。《詞林摘豔》“香中”作“鄉中”，“揺金”作“懸金”，“泛水”作“泛蕊”。《雍熙樂府》“揺”作“拖”，“泛水”作“放蕊”。

〔紫花兒序〕香馥馥花開滿路，碧粼粼水遶孤村，緑茸茸芳草煙迷。揚鞭指處，堪畫堪題。更那堪竹塢人家傍小溪。綵繩高繫，春色飄零，花事狼籍。“孤村”原作“孤舟”，此從《摘豔》。《摘豔》“滿路”作“滿目”，“煙迷”作“萋萋”，“更那堪”作“相宜”，“飄零”作“芬芳”，“花事”作“花市”。《太和正音譜》“更那堪”作“依稀”，“竹塢”上有“見”字，“飄零”作“繁華”，末句作“草木光輝”。《雍熙》“堪題”下有“端的”二字，“綵繩”句作“你將這綵繩來高繫”，末句作“花已狼籍”。《九宮大成譜》“花事”亦作“花市”。

〔小桃紅〕一簾紅雨落花飛，醖釀蜂兒蜜。跨蹇攜壺醒還醉，草萋萋，融融沙暖鴛鴦睡。韶光美景，和風暖日，惹起杜鵑啼。“美景”原作“景美”，《摘豔》作“明媚”。又末句前襯“因此上”三字。《雍熙》“韶光”前襯“我只見”，末句前襯“因此上”。

〔禿厮兒〕凝眸處黄鶯子規，動情的緑暗紅稀。鶯慵燕懶蝶倦飛，冷落了芳菲，春歸。“倦飛”原作“舞飛”，兹從《摘豔》、《雍熙》。《摘豔》“動情的”作“動情處”，末二句作“冷落盡這芳菲，又早春歸”。《雍熙》“凝眸處”作“凝醉眼”，“鶯”作“鸝”，“動情的”作“動詩情”，“鶯慵”前襯“我只見”，末二句同《摘豔》，惟“了”字同此。

〔聖藥王〕醉似泥，僕從隨，見小橋流水隔花溪。柳岸西，近古堤，數枝紅杏出疎籬，墻外舞青旗。《摘豔》起處襯“我只見”，三句無“見”字，“近”作“趁”，末句前襯“兀良只見那”五字。《雍熙》起處襯“我只道”，三句無“見”字，“數枝”前襯“我只見”，“疎籬”作“墻籬”，末句前襯“兀良又只見”。

〔尾〕四圍錦繡繁華地，車馬喧天鬧起。看了這紅紫翠鄉中，堪寫在丹青畫圖裏。《摘豔》起襯“看了這”，“喧天鬧起”作“遊人輳集”，“寫在”作“寫入”。《雍熙》次句作“我只見車馬人煙輳集”，“紅紫”作“紅錦”，餘同《摘豔》。

又《詞林摘豔》題無名氏。

緑柳彫殘，黄花放徹。塞雁聲悲，寒蛩韻切。舊恨千般，新愁萬疊。正美滿，忍間别。雨歇雲收，花殘月缺。《摘豔》“千般”作“千場”。《雍熙樂府》“千般”作“千端”，“間别”作“見别”。

〔紫花兒序〕摘楞的瑶琴絃斷，不通的井墜銀瓶，吉丁的碧玉簪折。音書誰寄，去路遥賒。傷嗟，目斷雲山千萬疊。最苦是離别，鴛被空舒，鳳枕虚設。《摘豔》“摘楞”作“支楞”，“不通”作“撲通”。“音書”二句作

"臨行攜手,不忍分別",《雍熙》同。

〔金蕉葉〕那的是情牽恨惹,那的是腸荒腹熱。怕的是紗窗外風飄敗葉,只聽的鐵馬兒丁當韻切。《摘豔》、《雍熙》均缺此調。

〔調笑令〕把眉峰暗結,最苦長離別,不煩惱除非心似鐵。冷清清捱落西樓月,又聽得城樓上畫角嗚噎。奏梅花數聲砧韻切,業心腸越不寧貼。《摘豔》次句作"欲待要兩情絶","煩惱"作"思量","冷清清"上襯"我這里","落"作"落了","城樓"作"戍樓","噎"作"咽","砧"作"音",末句上襯"和我這"。《雍熙》"眉峰"作"愁眉",次句"長"作"是",三句前有"呀"字,"落"作"下","奏梅花"作"秦樓",末句"業"作"粗",餘多同《摘豔》。

〔禿厮兒〕正歡悦誰知間別,才美滿又是離別。俺兩个雲期雨約難棄捨,似團圓一輪月,被雲遮。《摘豔》、《雍熙》"歡悦"作"歡娱","又是"作"又早","俺"作"噌","被"作"又被"。《雍熙》"間别"作"間隔","團圓"作"團圞","月"作"明月"。

〔聖藥王〕好教我愁萬結,恨萬疊,滿懷愁悶對誰説。成間别,時運拙,氣長吁多似篆煙斜,和絳蠟也啼血。"多似"原作"多俱",玆從《摘豔》。《摘豔》無"好教我","結""疊"二字易位,"愁悶"作"離恨","篆煙"作"串煙","絳蠟"作"銀燭"。《雍熙》首句"教"作"著","愁""恨"二字易位,"斜"作"趄","啼"作"流"。

〔鬼三臺〕也是我前生業,今世裏填還徹,一寸愁腸千萬結。想啼痕一點點盡成血,越教人哽噎。本待要寧寧帖帖剛睡些,怎禁那啾啾唧唧蛩韻切。覺來時寶鼎煙消,銅壺漏絶。此下兩調,《摘豔》、《雍熙》皆無。

〔紫花兒序〕驚好夢幾聲兒寒雁,伴人愁的一點孤燈,照離情半窗殘月。臨岐執手,不忍分别。只待穩步蟾宫將仙桂折。到如今暮秋時節,他只待金榜名標,那里問玉簫聲絶。

〔尾〕受悽惶甚識分明夜,把捱過的淒涼記者。來時節一句句向枕頭兒上言,一星星向被窩兒裏説。《摘豔》"甚識分"作"怎生捱"。《雍熙》"悽惶"作"淒涼","甚識分"作"甚時捱"。《摘豔》、《雍熙》"捱過"俱作"受過",末二句俱無"向"字。

又

半世飄蓬，閑茶浪酒。十載追陪，狂朋怪友。倚翠偎紅，眠花臥柳。怪膽兒聰，耍性兒柔。成會了心廝愛夫妻，情廝當配偶。《雍熙樂府》“聰”作“劣”，“成會了”作“成了些”。《青樓韻語廣集》同《雍熙》。

〔紫花兒序〕受用春風楚館，曉日章臺，夜月秦樓。向紅裙中插手，錦被裏舒頭。風流，不許旁人下釣鈎。燕侶鶯儔，百疋酬歌，紅錦纏頭。“楚館”原作“射館”，兹從《廣集》；《雍熙》作“妓館”。“受用”下《雍熙》有“了些”二字，《廣集》無“些”字。

〔金蕉葉〕寨兒裏相知是有，一見咱望風舉手。若論著點砌排科慣熟，敢教那能剪嘴姨夫閉口。結處原作“罷剪嘴姨夫開口”，《雍熙》作“能尖嘴姨夫閉口”，《廣集》同。二書“若論著”作“若論咱”，又“排科”作“挑科”，非，有五卷〔新水令〕“鳳凰臺上”套〔甜水令〕語可證。

〔調笑令〕聲名兒歲久，急難收，只恐怕服侍冤家不到頭。風月脚到處須成就，誓不曾落人機彀。搬的他然香剪髮百事有，虛心冷氣，使盡剛柔。“歲久”原作“歲火”，“難收”原作“誰收”，“誓”原作“試”，“彀”原作“勾”，“然”原作“燃”，皆從《雍熙》及《廣集》。“服侍”原作“伏侍”，《雍熙》等作“扶侍”；又“須”作“都”，“搬的他”作“弄得人”。《雍熙》“虛心冷氣”作“冷氣虛心”。《廣集》末二句作“使虛心無限綢繆”一句。

〔禿廝兒〕愛楊柳樓心殢酒，喜芙蓉帳裏藏鬮。美孜孜翠鬟排左右，歌白雪，捧金甌，温柔。《雍熙》等“帳裏”作“帳底”。

〔聖藥王〕春事休，夏當遊，向芰荷香裏泛蘭舟。到中秋，月色幽，醉醺醺無日不登樓，兀剌抵多少風雨替花愁。“夏”原作“憂”，“幽”原作“的”，“抵”原作“底”，兹從《雍熙》。《雍熙》等首二句“事”作“纔”，“當”作“又”，三句無“向”字，“無日”作“無夜”。“兀剌”，《雍熙》作“兀良”，《廣集》無此二字。

〔尾〕花陰柳影，霎時馳驟，急迴首三旬左右。罷却愛月惜花心，閑着題詩畫眉手。《雍熙》等首二句作“花陰柳影閑馳驟”一句，“左右”作“又九”，“罷却”下有“了”字，“閑着”作“閑袖了”，《廣集》作“緊袖了”。

又《詞林摘豔》題無名氏。

媚媚姿姿，淹淹潤潤。嬝嬝婷婷，風風韻韻。臉襯朝霞，指如嫩笋。

一搦腰，六幅裙。萬種妖嬈，千般可人。

〔紫花兒序〕曲彎彎蛾眉掃黛，慢鬆鬆鳳髻高盤，高聳聳蟬鬢堆雲。一團兒旖旎，百倍兒精神。超羣，越女吴姬怎生襯。席上殷勤，百媚龐兒，端的一笑風生。《摘豔》"怎生"作"怎相"，"端的"下有"是"字。"旖旎"原作"婍妮"，兹從《雍熙樂府》。《雍熙》"百倍"作"百般"，"怎生襯"作"怎相趁"，末句無"端的"二字。

〔禿厮兒〕瘦怯怯金蓮窄穩，嬌滴滴皓齒朱唇。肌如美玉無玷損，但見了總消魂，絶倫。《摘豔》"窄穩"作"步穩"，"但見"作"一見"，"總"作"便"。《雍熙》"玷損"作"瑕損"。

〔聖藥王〕酒半醺，更漏分，畫堂銀燭照黄昏。枕上恩，被底親，丁香笑吐蘭麝噴，燈下看佳人。首句原無"酒"字，從《摘豔》等。《摘豔》"親"作"情"，末句上襯"自古道"。《雍熙》"被底"作"被裏"。

〔尾〕好因緣休到别離恨，只恐怕兩下裏魂牽夢引。我羅衫褙兒寬，你唐裙帶兒儘。《摘豔》"休到"作"休道"，"魂牽"作"魂勞"，"我"作"試"，"你唐裙"作"和你那繡裙"。《雍熙》"休到"作"休耍"，末二句"我"作"只我這"，"你"作"只您那"。

又

雪豔霜姿，香肌玉軟。杏臉紅嬌，桃腮粉淺。金鳳斜簪，雲鬢半偏。插玉梳，貼翠鈿。舞態輕盈，歌喉宛轉。《雍熙樂府》"舞態"作"體態"。

〔紫花兒序〕他有蘇卿般才貌，我學雙漸真誠，望博个美滿因緣。俳優體樣，樂府梨園。天然，不弱如桃源洞裏仙。可愛堪憐，一搦腰肢，半折金蓮。《雍熙》首句無"般"字，以下"博"作"得"，"搦"作"捻"。"不弱如"原作"不若如"，兹從《雍熙》。

〔小桃紅〕初出蘭堂立樽前，似月裏嫦娥現。一撮精神勝飛燕，正當年，柳眉星眼芙蓉面。絳衣縹緲，麝蘭瓊樹，花裏遇神仙。《雍熙》"嫦娥"作"姮娥"。

〔天淨沙〕初相逢恨惹情牽，間深裏都受熬煎，各辦着心真意堅。有時得便，赴佳期月底星前。"心真"原作"真心"，"有時"原作"着時"，兹從《雍熙》。《雍熙》"間深裏"作"間别來"，"都受"作"受却"，"有時"作

"有時節"。

〔尾〕狠毒娘間阻得難相見，統鏝的姨夫戀纏。我爲甚着探兒脚勤，只恐怕離别路兒遠。"統鏝"原作"統恨"，兹從《雍熙》。《雍熙》"阻得"作"阻隔的"，末二句作"我爲甚探望的脚步兒勤，只恐離别的路兒遠"。

又

雨意雲情，十朝五朝。霜豔天姿，千嬌萬嬌。鳳髻濃梳，蛾眉淡掃。櫻桃口，楊柳腰。玉笋纖纖，金蓮小小。《雍熙樂府》"玉笋"作"玉蕊"。

〔紫花兒序〕歌驪珠一串，舞瑞雪千迴，無福也難消。超羣旖旎，出格妖嬈。風流一笑，千金價不高。世間絶妙，特意厚情深，引得人夢斷魂勞。"旖旎"原作"婍妮"，兹從《雍熙》。《雍熙》"出格"作"出衆"，"風流"作"風標"，末二句無"特"字，"得"作"的"，無"人"字。

〔禿厮兒〕閣兒中眉尖眼角，寨兒中口强心喬。謝瓊姬不嫌王子高，同跨鳳宴蟠桃，吹簫。"閣"字待校。《雍熙》"閣兒中"作"席兒前"，"喬"作"矯"。

〔尾〕不提防側脚裹姨夫每鬧，全在你个有終始寃家不錯。我身上但留心，偷方便應付了。"不錯"待校，《雍熙》作"自保"，非原意。

又

玉笛愁聞，妝奩倦開。鬢軃烏雲，眉顰翠黛。慵轉歌喉，羞翻舞態。悶填胸，淚滿腮。常記得錦字偷傳，香囊暗解。

〔小桃紅〕倚闌無語憶多才，往事今何在。玉體厭厭爲誰害，瘦形骸，今春更比前春賽。彫闌玉砌，緑窗朱户，深院鎖蒼苔。《雍熙樂府》"玉體"作"病體"。

〔醉扶歸〕拋却香羅帶，慵整短金釵。無語無言悶答孩，不厭倦衫兒窄。幾度將龜兒卦買，何日佳期再。《雍熙》"拋却"作"鬆却"，"悶答孩"作"呆打孩"。調名原作〔醉中天〕，兹從《九宫大成譜》改正。

〔天淨沙〕也是咱運拙時乖，致令得雨杳雲埋，側脚裹相知不該。胡喧亂講，紙糊鍬怎掘得倒陽臺。《雍熙》次句無"得"字，"掘"作"撅"，末句無"倒"字。

〔尾〕把一片偷香竊玉心寧耐，暗氣吞聲慢捱。怕甚風月悶愁鄉，煙波是非海。“耐”原作“奈”,兹從《雍熙》。《雍熙》“把”作“他”。

〔越調〕梅花引

梅花引《太知正音譜》題吴仁卿。

蘭蕊檀心仙袂香,蝶粉蜂黄宫樣妝。紫雲娘,綵衣郎,東君配偶,天然是一雙。《正音譜》“配偶”作“匹配”。

〔紫花兒序〕丹青模樣,冰雪肌膚,錦繡心腸。驚魂未定,好事多妨。堪傷,不做美相知每早使伎倆。左右攔障,笑裏藏刀,雪上加霜。

〔幺〕日沉西浦,月轉南樓,花暗東墻。儘教人妒,誰敢聲揚。參詳,但得伊家好覷當。問甚淒涼,苦樂同受,生死難忘。

〔禿厮兒〕分破金釵鳳凰,拆開繡帶鴛鴦。離懷擾擾愁悶廣,不由俺到黄昏,思量。

〔尾〕近來陡恁無情况,自你个勞成不良。三兩遍問佳期,一千般到説謊。

樂府新編陽春白雪卷之五後集

元青城楊朝英澹齋選集　江都任訥中敏校訂

套數

〔雙調〕風入松

風入松　吕止軒《雍熙樂府》作吕止庵。

半生花柳稍曾耽，風月暢尷尬。甫能巴到藍橋驛，不提防煙水重淹。追想盟山誓海，幾度淚濕青衫。“尬”原作“尬”，非韻；“巴”原作“已”，“重淹”原作“裹淹”，兹皆從《雍熙樂府》。“稍”字待校。《雍熙》“稍”作“擔”，“耽”作“躭”，“幾度”作“幾回”，《青樓韻語廣集》皆同。“風月暢”，《雍熙》作“風月場”，《廣集》作“好事易”。

〔喬牌兒〕再不將風月參，勾斷欠愚濫。偶因那日相逢處，兩情牽，他共俺。《雍熙》“愚”作“汙”。《廣集》“參”作“攬”，“欠愚”作“恁餘”，“處”作“暫”。

〔新水令〕高盤雲髻插瓊簪，穿一套素衣恁般甜淡。他說的話兒嵓，合下手脾和，莫不是把人賺。《雍熙》“高”作“巧”，“甜”作“恬”，《廣集》同。《廣集》“嵓”作“巖”，《九宫大成譜》同。

〔攪箏琶〕閑言探，切恐話交參。休道咱虛，怕伊不敢，豈怕外人知，只恐娘監。離恨悶愁兩下躭，獨自个羞慘。“兩下”原作“兩不”，兹從《雍熙》。《雍熙》“閑言”上有“咱”字，“怕”作“脾”，屬上句；“豈”作“豈不”，下句作“恐娘見”，末“慘”字作“慚”，《廣集》同。

〔離亭宴歇指煞〕做時節彼各休心厭，做時節休把人坑陷。常歡喜星前月下，休等閑間面北眉南。既做時休忐忑，若意懶後衆生便減。我着片無忝和樸實心，博伊家做怪膽。“衆生”原作“众生”，《雍熙》等作“從生”，且於“便”字斷句，又去“後”字，句法極整齊可從。因疑原文“後”“众”二字或僅係“從”之一字，蓋誤“從”爲“後”，乃另作“从”，又誤

“从”爲“众”耳。既見上文二卷，王嘉甫〔八聲甘州〕套，“穿窗月”末句亦有“衆生”云云。且此處在“便”字斷句又失韻，乃不敢據《雍熙》以改矣。惟“衆生”、“從生”俱不得解，尚待校。《雍熙》等末二句作“緘我的朴實心，博伊家作怪膽”，“博”原作“傅”，玆從《雍熙》、《廣集》及《北詞廣正譜》。

又

翠樓紅袖倒金壺，春色滿皇都。夜闌剗地燒銀燭，那其間多少歡娛。薄利虚名間阻，俏風格以此瀟疎。“倒”原作“到”，從《雍熙樂府》。《雍熙》“風格”作“風聲”，“以此”作“因此”。

〔喬牌兒〕這番本實虚，不合惹題目。俊禽着網惜翎羽，忍不住自暗咐。末二字，《雍熙》作“暗付”。

〔天仙子〕棘裏兔難配撲天鵠，饞眼癡心，看之不足。猛可裏見姨夫，敗壞風俗。好花怎教他做主，不辨賢愚。“兔”原作“泥”，玆從《雍熙》及《北詞廣正譜》。

〔離亭宴煞〕錦箋空寫多情句，枉可惜口談珠玉。假做蘇卿伴侶，被馮魁已早圖謀。使盡心，才得悟，只不如將取孛籃便數。咱看上臉兒甜，止不過鈔兒苦。“枉”原作“往”，玆從《雍熙》。

〔雙調〕夜行船

新水令 詠金蓮《北詞廣正譜》屬止軒。

顔色天然風韻佳，據精神閉月羞花。膩粉妝，施匀罷，風流處那些兒堪畫。《雍熙樂府》“風韻”作“丰韻”，末句無“兒”字。

〔步步嬌〕微露金蓮唐裙下，端的是些娘大。剛半札，若舞霓裳將翠盤踏。若是覷絶他，不讓楊妃襪。《雍熙》“唐裙”作“湘裙”，次句無“是”字，“剛”作“剛剛只”三字，無“若是”二字，“不讓”作“不弱”。

〔沉醉東風〕挪步輕輕慢撒，移蹤款款微踏。或是到晚夕，臨床榻，擁鮫綃枕邊燈下。那的是冤家痛緊恰，脱了鞋兒纏咱。《雍熙》“踏”作“蹅”，無“或是”二字，末“咱”字作“扎”。《廣正譜》“緊”作“煞”，斷句，“恰”字屬下句，大非。觀下調第四句可知。

〔撥不斷〕爲冤家，恨咱家，三兜根用意收拾煞。纏得上十分緊恰，怕鬆時重套上吴綾襪，從纏上幾時撇下。《雍熙》三句末無“煞”字，四句首多“束”字，無“上”字，“鬆”作“寒”，“綾”作“鈎”，“時”作“曾”。

〔離亭宴煞〕比如常向心頭掛，爭如移上雙肩擱。問得冤家既肯，需當手内親拿。或是肐膊上擎，或是肩兒上架，高點銀釭看咱。喏弄着徹心兒歡，高蹺着盡情兒耍。“擱”原作“角”，又“需當”原作“雖當”，從《雍熙》。《雍熙》“擱”作“搭”，“問”下無“得”字，“拿”上無“親”字，“點”作“點起”，“歡”作“麻”，“情”作“意”。

〔雙調〕新水令

新水令　不知名

大元開放九重天，拜紫宸玉樓金殿。紅摇銀燭影，香裊御爐煙。奏鳳管冰絃，唱大曲梨園。列文武官員，降玉府神仙，齊賀太平年。“大元”原改“大明”，殆出明人之手，《北詞廣正譜》亦作“大明”，想所見亦明人改本也。

〔慶東原〕遣奉使傳丹詔，賑餓貧審滯冤，黜貪邪訪民瘼巡行遍。陛下恩極四邊，祥開萬年，和應三元。選人物治朝綱，取進士登科選。《雍熙樂府》“餓貧”作“餓莩”。

〔雁兒落得勝令〕朝廷德化宣，臺察清風憲。都堂有政聲，樞府無征戰。四海永安然，諸邦盡朝獻。武將每黄閣麒麟上，宰相每青霄日月邊。仰洪福齊天，無東面征西夷怨。君賢臣賢，慶吾皇泰定年。《雍熙》“臺察”作“臺省”，“宰相”作“文官”，此兩句皆無“美”字。“君賢”作“君聖”，“泰定”改“萬萬”。

〔鴛鴦煞〕萬萬載户口增田疇闢民歸善，民歸善省刑罰薄税斂差徭免。差徭免日月同明，日月同明嵩岳齊肩。唱道嵩岳齊肩虎據中原，虎據中原龍飛九天。龍飛九天雨順風調合天意隨人願，隨人願照百二山川，照百二山川一點金星瑞雲裏現。“徭”原作“摇”，兹從《雍熙》。“唱道”原作偏行小字。《雍熙》首句無“載”字，“疇”作“野”，以下皆不作重句，“唱道”下有“是”字，“龍飛”上有“齊拜賀”。

又　關漢卿原無"關"字，兹從《雍熙樂府》。

楚臺雲雨會巫峽，赴昨宵約來的期話。樓頭棲燕子，庭院已聞鴉。料想他家，收針指晚妝罷。次句之末，據下文〔掛搭鈎〕，似應作"佳期話"。《雍熙》"料想他"作"料應伊"。

〔喬牌兒〕款將花逕踏，獨立在紗窗下。顫欽欽把不定心頭怕，不敢將小名呼咱，只索等候他。《雍熙》次句無"在"字，"顫欽欽"作"戰兢兢"，"定"作"住"，"小名"下有"兒"字。

〔雁兒落〕怕别人瞧見咱，掩映在酴醿架。等多時不見來，只索獨立在花陰下。"瞧見"原作"照見"，兹從《雍熙》。"酴醿"原作"醿酴"，《雍熙》"等"作"等候"，"來"作"他"，無"只索"二字，"立"作"影"。

〔掛搭鈎〕等候多時不見他，這的是約下佳期話，莫不是貪睡人兒忘了那。伏塚在藍橋下，意懊惱恰待將他罵。聽得呀的門開，驀見如花。"恰待"原作"却待"，"如花"原作"奴花"，從《雍熙》。

〔豆葉黄〕髻挽烏雲，蟬鬢堆鴉。粉膩酥胸，臉襯紅霞。嬝娜腰肢更喜恰，堪講堪誇。比月裏嫦娥，媚媚孜孜，那更撑達。"撑"原作"淨"，兹從《雍熙》及《北詞廣正譜》。調名原作〔豆葉兒〕，兹據譜改。《雍熙》次句作"鬓嬋烏鴉"，"堪講"作"堪羡"。

〔七弟兄〕我這里覓他，唤他，哎，女孩兒，果然道色膽天來大。懷兒裏摟抱着俏冤家，揾香腮悄語低低話。《雍熙》無"哎"字，下句作"他是个女孩兒家"；"果然道"作"雖道我"，"色膽"下有"有"字，"悄"作"笑"。

〔梅花酒〕兩情濃，興轉佳，地權爲床榻，月高燒銀蠟。夜深沉，人静悄，低低的問如花，終是个女兒家。"蠟"原作"燭"，"終"原作"中"，兹從《雍熙》。《雍熙》"興"作"意"，"燒"作"點"，"低低"下無"的"字，"女兒"作"女孩兒"。

〔收江南〕好風吹綻牡丹花，半合兒揉損絳裙紗，冷丁丁舌尖上送香茶。都不到半霎，森森一向遍身麻。《雍熙》"花"作"芽"，無"尖"字。

〔尾〕整烏雲欲把金蓮屧，紐回身再説些兒話。你明夜个早些兒來，我等聽着紗窗外芭蕉葉兒上打。《雍熙》"屧"作"靸"，無"个"字，"等聽"作"專聽"。

又

閑爭奪鼎沸了麗春園，欠排場不堪久戀。時間相敬愛，端的怎團圓。白没事教人笑，惹人怨。

〔駐馬聽〕錦陣裏爭先，緊捲旗旛不再展。花營中挑戰，牢拴意馬與心猿。降書執寫納君前，唇鎗舌劍難施展。參破脱空禪，早抽頭索甚他人勸。

〔喬牌兒〕都將咱吟句啹，心兒裏豈不嫌。屯門塞户衝鋼劍，紙糊鍬怎地展。

〔天仙子〕從今後，識破野狐涎。紅粉無情，災星不現。村酒釀野花濃，再不粘拈。當時話兒無應顯，好事天慳。

〔尾〕料應也不得爲姻眷，有了神前呪怨。爲甚脚兒稀，赤緊的陽臺路兒遠。

又

攪閑風吹散楚臺雲，天對付滿懷愁悶。您那里歡娛嫌夜短，俺寂寞恨長更。恰似綫斷風筝，絶魚雁杳音信。

〔駐馬聽〕多緒多情，病身軀憔悴損。閑愁閑悶，將柳帶結同心。瘦岩岩寬褪了絳綃裙，羞荅荅恐怕他鄰姬問。若道傷春，今年更比年時甚。《北詞廣正譜》、《九宫大成譜》"若道"皆作"苦道"，非。

〔沉醉東風〕蓮臉上何曾傅粉，鬢鬅鬆不整烏雲。口兒啹，心兒裏印，捱一宵勝似三春。怕的是黄昏點上燈，照見俺孤棲瘦影。

〔幺〕早是我愁懷悶哽，更那堪四扇幃屏。遣人愁添人恨，無端怨煞丹青。畫得來雙雙厮配定，做得傷情對景。

〔天仙子〕一扇兒畫着雙通叔和蘇氏到豫章城。一扇兒是司馬文君，一扇兒是王魁桂英。畫的來厮顧盼厮温存，比各青春。這一扇兒比他每情更深，是君瑞鶯鶯。

〔隨煞〕您團圓偏俺成孤另，擁被和衣坐等。聽鼓打四更過，搭伏定鴛鴦枕頭兒等。

又

寨兒中風月早經諳，收心也合撇滄。再不纏頭裁蜀錦，沽酒典春衫。心如柳絮泥粘，狂風過怎摇撼。

〔喬牌兒〕這番天對勘，非是俺愚濫。相知每側脚裏來轟減，蓋因他酒半酣。

〔夜行船〕又引起從前風月膽，今番做得尷尬。且休説久遠常來，奈何時暫，這些時陡羞慘。“從前”原作“往前”。

〔天仙子〕咱非參，壞怪鬪來攙。怎肯祆廟火絶，藍橋水滄。難掩着潑風聲，彼各俱躭。怎只恁兩下裏阻隔情分減，面北眉南。次句待校。

〔離亭宴煞〕你休起風波剁斷漁舟纜，得團圓摔破青銅鑑。冤家行再三再三，囑付勤相探。常將好事貪，却休教花星暗。萬一間，休將人倒賺。眼剉了可憎才，心疼煞志誠俺。“囑付”原作“祝付”。

又

鳳凰臺上憶吹簫，似錢塘夢魂初覺。花月約，鳳鸞交。半世疎狂，總做了一場懊。《雍熙樂府》“約”作“友”。

〔駐馬聽〕黄詔奢豪，桑木劍熬乏古定刀。雙郎窮薄，紙糊鍬了撅點鋼鍬。怕不待爭鋒取債戀多嬌，又索書名畫字尋人保。枉徒勞，供錢買笑教人笑。“桑”原作“葉”，“撅”原作“擾”，“鋼鍬”原作“銅銀”，兹從《雍熙》。

〔落梅風〕姨夫鬧，咱便燒，君子不奪人之好。他攬定磨杵兒誇俏，推不動磨杵上自吊。《雍熙》“燒”作“曉”，“杵”作“杆兒”。

〔步步嬌〕積趲下三十兩通行鴉青鈔，買取个大笠子粗麻罩。妝甚腰，眼落處和他契丹交。雖是不風騷，不到得着圈套。“不風騷”之“不”，原作“下”，從《雍熙》。《雍熙》“腰”作“麼”，“落處”作“見的”，無“他”字。

〔甜水令〕佳人有意郎君俏，郎君没鈔鶯花惱，如今等惜花人弄巧。止不過美話兒排，虚科兒套，實心兒少。想着月下情，星前約，是只是花木瓜兒看好。李亞仙負心疾，鄭元和下番早。“惜花”原作“借花”，“少”原作“老”，兹從《雍熙》。“止不過”原作“指不過”，《雍熙》“如今等”作“如今的”，“疾”字、“早”字前各襯“的”字。

又　蒲察善長

聽樓頭畫鼓打三更，繡幃中枕餘衾剩。明朗朗窗前月，昏慘慘榻前燈。我這里獨倚定幃屏，簷間鐵好難聽。“幃屏”原作“屏幃”，“難聽”原作“誰聽”，皆從《樂府新聲》。《新聲》“窗前”作“窗外”，“昏慘慘”作“碧熒熒”。

〔駐馬聽〕聒煞我也當當丁丁，恰便似再出世陳摶睡不成。度一宵如同百歲，捱一朝勝似三春。金爐香燼酒初醒，孤眠那怕心腸硬。閑愁可慣經，惟有相思最是難熬的證。“聒”原作“聒”，“熬”原作“煞”，兹從《新聲》。《新聲》首句“當當丁丁”作“璫璫玎玎”，“恰便是”作“你便”，“度”作“過”，“朝”作“日”，“那怕”作“最怕”，下句作“閑愁悶慣曾經”，末句無首二字。《雍熙樂府》“閑愁”句作“誰慣經”三字。《北詞廣正譜》作“丁丁當當”，注不叶；“便似”作“便是”，“宵”“朝”二字易位，《九宫大成譜》從之。

〔喬牌兒〕一回家睡不着獨自个寢，非干是咱薄倖。没來由簪折瓶沉井，將鴛鴦兩下裹分。“井”原作“并”，從《新聲》。《新聲》首句無“家”字、“个”字，次句無“干”字，“咱”作“我”，三句“折”作“斷”，末句“將”作“把”，無“裹”字。《雍熙》“沉井”作“墜井”。

〔雁兒落〕常想花前携手行，月下肩相並。羅被翻浪紅，玉腕相交定。《新聲》首二句各以“常想著”三字領起，後二句作“枕邊恩愛深，幔模言相順”。《雍熙》僅首句襯“常想著”，“羅被”作“羅衾”。

〔得勝令〕捨不得翠彎眉黛遠山青，紅馥馥桃臉襯朱唇。細裊裊楊柳腰肢瘦，齊臻臻青絲髻綰雲。天生下精神，更那堪十指纖纖嫩。描不就丹青，比天仙少个淨瓶。“捨”原作“擔”，從《新聲》。《新聲》首二句各以“捨不得”領起，“襯”作“搵”，“臻臻”作“鬒鬒”，下句作“天生的娉婷”，“天仙”作“觀音”。《雍熙》首四句僅作“眉黛桃臉”等各五字一句，“襯”作“嵌”，無“更那堪”，“天仙”亦作“觀音”，無“个”字。

〔川撥棹〕不由我淚盈盈，聽長空孤雁聲。雁兒，我爲你暫出門庭，聽我叮嚀，自别情人，我其實捱不過衾寒枕冷，相思病積漸成。“雁兒”二字原在“我其實”句上，兹從《新聲》。《新聲》“不由我”作“常好是”，三句作“雁兒你與我暫住雲程”，“别”作“别了”，無“我其實”三字，“捱”作

“受”,“積漸成”作“積漸裏沉”。《雍熙》第三句僅作“暫出門庭”四字,“情人”作“多情”。

〔七弟兄〕雁兒,你却是怎生暫停,聽我訴離情,一封書與你牢拴定。快疾忙飛過蓼花汀,那人家寢睡長門靜。《新聲》無“却是”二字,下句作“訴原因”三字,“寢睡”作“近水”。

〔梅花酒〕雁兒,呀呀的叫幾聲,驚起那人,聽説着咱名姓,他自有人相迎。從别後不見影,閃得人亡了魂靈。羅帷中愁怎禁,只爲他掛心情,朝忘餐淚如傾,曲慵唱酒慵斟。《新聲》次句作“獨寢人驚”,“聽説”作“題著”,“有人”作“出來”,“從别後”作“間别來”,“影”作“你影”,“閃”作“抛閃”,“亡”作“去”,下二句作“如年夜怎地禁,我爲你惱心情”,“淚如”作“淚珠”。《雍熙》首五字作“你與我呀呀”,“説著”作“説起”,“亡”作“喪”。

〔收江南〕雁兒,可憐見今宵獨自个冷清清,你與我疾回疾轉莫留停,山遥水遠煞勞神。雁兒,天道兒未明,且休要等閑尋伴宿沙汀。“尋伴”原作“尋倦”,從《新聲》。《新聲》無“你與我”三字,“勞神”作“勞程”,“天道”作“天色”。《雍熙》“留停”作“消停”,“天道兒”作“趁天色”,“且”作“只”,“伴”作“便”。

〔尾〕你是必休辭雲淡風力緊,我這里憑誰醫治相思病。傳示我可意情人,休辜負海誓山盟。唱道性命也似看承,心脾般欽敬。准辦你鵬程,我這里獨守銀釭慢慢的等。“休辭”原作“休倦”,“憑誰”原作“想誰”,“唱道”原作偏行小字。《新聲》作〔鴛鴦煞〕云:休辭雲淡風寂靜,憑誰醫治相思病。寄與俺多情,莫負前盟。唱道您若回程,堅心兒志誠。撇得我冷冷清清,獨擁定鮫綃被兒等。《雍熙》“憑誰”作“盼伊”,“傳示我”作“傳示與咱”,“心脾”作“心肝兒”,“准辦”作“准備”。

又代馬訴冤　劉時中

世無伯樂怨他誰,乾送了挽鹽車騏驥。空懷伏櫪心,徒負化龍威。索甚傷悲,用之行捨之棄。《雍熙樂府》“乾”作“枉”。

〔駐馬聽〕玉鬣銀蹄,再誰想三月襄陽緑草齊。彫鞍金轡,再誰敢一鞭行色夕陽低。花間不聽紫騮嘶,帳前空歎烏騅逝。命乖我自知,眼見的千金駿骨無人貴。《雍熙》"命乖"上有"你"字。

〔雁兒落〕誰知我汗血功,誰想我垂韁義。誰憐我千里才,誰識我千鈞力。《雍熙》"我"字皆作"你","想"作"念"。

〔得勝令〕誰念我當日跳檀溪,救先主出重圍。誰念我單刀會隨着關羽,誰念我美良川扶持敬德。若論着今日,索輸與這驢羣隊。果必有征敵,這驢每怎用的。《雍熙》"我"字皆作"你弟一","念"字作"想","會"作"會上","若論著"作"誰想到",下句無"索"字、"這"字,"羣"作"騾","果必有"作"有一日",末句作"看你那驢騾怎赴敵"。

〔甜水令〕爲這等乍富兒曹,無知小輩,一概他把人欺。驀地裏快躥輕踮,亂走胡奔,緊先行不識尊卑。《雍熙》"爲這等"作"只爲這","一概"下無"他"字,"驀地"作"一迷",下句作"胡奔亂走",末一句改作二句"無休無繫,不識尊卑"。

〔折桂令〕致令得官府聞知,驗數目存留,分官品高低。准備着竹杖芒鞋,免不得奔走驅馳。再不敢鞭駿騎向街頭鬧起,只索扭蠻腰將足下殃及。爲此輩無知,將我連累,把我埋没在蓬蒿,失陷汙泥。"數目"原作"數日",兹從《雍熙》。《雍熙》"殃及"作"央及","我"作"我也",末句作"坑陷在污泥"。

〔尾〕有一等逞雄心屠户貪微利,嚥饞涎豪客思佳味。一地把性命虧圖,百般地將刑法陵持,唱道任意欺公,全無道理。從今去誰買誰騎,眼見得無客販無人喂。便休説站驛難爲,只怕你東討西征那時節悔。"佳味"原作"佳地","一地"原作"一味","性"原作"姓","虧"原作"汙","站驛"原作"站赤","赤"乃"亦"之訛,"亦"乃"驛"之省,兹皆從《雍熙》。"唱道"原作偏行小字。《雍熙》"陵持"作"淩遲"。

〔雙調〕[①]醉春風

醉春風　貫酸齋原無"貫"字。

羞畫遠山眉,不忺宫樣妝。平白地招攬這場愁,枉了那舊日恩情,舊時風韻,直恁麼改模奪様。《太和正音譜》第四句七字分作"枉了想,

---

① 今校:首牌〔醉春風〕及尾聲〔賣花聲煞〕皆借自"中吕"。

及那日恩情”兩句,《北詞廣正譜》同。《正音譜》末句無“直恁麼”。

〔間金四塊玉〕冤家早是没膽量,遭逢着狠毒爹娘。赤緊地家私十分快,生紐做水遠山長。“早是”原作“平旻”,茲從兩譜。兩譜“赤緊地”作“赤緊的”,“快”原作“快”,茲從《正音譜》,《廣正譜》作“快”,注不叶。“狠毒”,《正音譜》作“哏毒”。

〔減字木蘭花〕早是愁懷百倍傷,那更值秋光。逐朝倚定門兒望,怯昏黄,怕的是塞角韻悠揚。“昏黄”原作“黄昏”,茲從《正音譜》等。

〔高過金盞兒〕入蘭堂,斷人腸,塞鴻相和蛩吟響。燒殘沉麝,滅了銀釭。却欲待剛睡些,隔紗窗涼月兒轉回廊。

〔賣花聲煞〕簌朱簾猛然離了繡幌,攜手相將入洞房。欲訴相思曉鷄唱,好夢驚回淚萬行,都滴在枕頭兒上。

〔黄鐘〕侍香金童

侍香金童　關漢卿

春閨院宇,柳絮飄香雪。簾幙輕寒雨乍歇,東風落花迷粉蝶。芍藥初開,海棠才謝。

〔幺〕柔腸脉脉,新愁千萬疊。偶記年前人乍别,秦臺玉簫聲斷絶。雁底關河,馬頭明月。

〔降黄龍滚〕鱗鴻無个,錦箋慵寫。腕鬆金,肌削玉,羅衣寬徹,淚痕淹破,胭脂雙頰。寶鑑愁臨,翠鈿羞貼。《太和正音譜》“無个”作“無便”。《廣正譜》“愁臨”作“慵臨”。

〔幺〕等閑辜負,好天良夜。玉爐中,銀臺上,香消燭滅,鳳幃冷落,鴛衾虚設。玉笋頻搓,繡鞋重攧。

〔出隊子〕聽子規啼血,又西樓角韻咽。半簾花影自横斜,畫簷間丁當風弄鐵,紗窗外琅玕敲瘦節。

〔幺〕銅壺玉漏催凄切,正更闌人静也。金閨瀟灑轉傷嗟,蓮步輕移呼侍妾,把香桌兒安排打快些。“桌”原作“卓”。

〔神仗兒煞〕深沉院舍,蟾光皎潔。整頓了霓裳,把名香謹爇。伽伽拜罷,頻頻禱祝,不求富貴豪奢,只願得夫妻每早早圓備者。《廣正譜》“院舍”作“院宇”,“伽伽”作“深深”,《九宫大成譜》從之。

〔黄鐘〕願成雙

願成雙

香共焚，誓共説，美因緣永不離别。爲功名兩字赴長安，阻隔煙水雲山萬疊。《雍熙樂府》"共焚"作"共撚"。

〔幺〕辜恩一去成抛撇，他無情俺倒心呆，悔當時恨不瑣雕鞍，折倒得人香肌褪雪。"折倒"原作"撲到"，兹從《雍熙》。

〔出隊子〕柔腸千結，算今番愁又别。長吁短歎不寧貼，淚眼愁眉怎打疊，若見他家親自説。《雍熙》"他家"作"伊家"。

〔幺〕玉簪折，怎得鸞膠接，見無由成間别。你不來人道你心邪，我先死天教我業徹，欲寄平安怎地寫。"心邪"原作"心斜"，從《雍熙》。《雍熙》"怎地"作"怎生"。

〔尾〕若把我雙郎見時節，向三婆行訴不盡喉舌，只道是思量得小卿成病也。

又

鴛鴦對，鸞鳳鳴，恰尋着美滿前程。團香惜玉好恩情，忽變做了充飢畫餅。《雍熙樂府》"鳴"作"羣"，"團"作"摶"，末句無"了"字。

〔幺〕吉丁的分破菱花鏡，撲摯的墜銀瓶。指山賣磨愛錢精，送得我離鄉背井。《雍熙》"墜"作"井墜"。

〔出隊子〕佳人薄倖，没福消雙縣令。老娘無賴，放過書生，秀士多魔，遇着柳青，妾守馮魁似胲下病。《雍熙》"胲下病"作"頦下癭"。

〔幺〕到如今剗地無形影，教奴家怒越增。半江秋影月偏明，滿腹愁煩心自哽，一雁哀鳴水雲泠。《雍熙》"怒"作"愁"，"煩"作"懷"，"哽"作"硬"。

〔尾〕不少你个雙生莫傲倖，休埋怨這不得已蘇卿，先向豫章城下等。《雍熙》首句作"不是你雙生多傒倖"，"不得已"下有"的"字。

又

如病弱，似醉酣，鬢嚲鬆髻嚲金簪。錦衣寬褪瘦岩岩，殘粉淚香消玉減。

〔幺〕恨東君不管人情淡，綻芳叢纈錦爭攙。舊遊園圃見停驂，思往事離愁越感。“淡”原作“似”,從《北詞廣正譜》。

〔出隊子〕慵臨鸞鑑,瘦容顏影自慘。鄰姬問我似癡憨,欲語無言心自慘,似恁熬煎可慣躭。“心自慘”,“慘”字重韻,待校。《雍熙》作“自懶”二字,“懶”字非韻。“似恁”原作“似怎”,“慣躭”原作“愧耽”,皆從《雍熙》。《雍熙》“似恁”下有“般”字。

〔幺〕看時節夢兒裏將人賺,閃得奴哏不甘。山盟海誓我心貪,負德辜恩他意敢,悔恨當初我自攬。“夢”原作“魂”,“閃”原作“悶”,兹從《雍熙》。《雍熙》“哏”作“恨”。

〔尾〕留戀你个三婆等時暫,只這幾行書和淚封緘,寫着道意不過啊肯來看探俺。《雍熙》“你个”作“您”。

〔商角調〕黄鶯兒原列前集二卷末。

黄鶯兒　庾吉甫

懷古懷古,廢興兩字,干戈幾度。問當時富貴誰家,陳宫後主。

〔踏莎行〕殘照底西風老樹。據秦淮終是帝王都,愛山圍水遶,龍蟠虎踞。依稀覩,六朝風物。

〔蓋天旗〕光陰迅速,多半晴天變雨。待揀搭溪山好處,吞一杯,嚎數語。身有歡娱,事無榮辱。《北詞廣正譜》“數語”作“數曲”。

〔應天長〕引一僕,着兩壺。謝老東山,黄花時好去。適意林泉,遊未足。煙波暮,堪凝竚,謫仙詩句。調名原作〔垂絲釣〕,誤。

〔尾〕一綫寄烏衣,二水分白鷺。臺上鳳凰遊,井口胭脂污。想玉樹後庭花,好金陵建康府。

又　前人

懷古懷古,物换千年,星移幾度。想當時帝子元嬰,閻公都督。“時”原作“附”。

〔踏莎行〕彩射龍光,雲埋鐵柱。迷津煙暗,渡水平湖,高士祠堂,旌陽殿宇。洪恩路,藕花無數。

〔蓋天旗〕殘碑淋雨,留得王郎佳句。信步攜節,登臨閑竚。雁驚寒,衡陽浦。秋水長天,落霞孤鶩。“信步”原作“訊步”,兹從《九宫大成譜》。“殘碑”原作“殘暉”，兹從《北詞廣正譜》。

〔應天長〕東接吴，南甸楚。紺塢荒村，蒼煙古木。俯挹遥岑傷未足。夕陽暮，空無語，佳人何處。《廣正譜》“佳人”作“昔人”。《九宫大成譜》“甸”作“連”。

〔尾〕孤塔插晴空，高閣臨江渚。棟飛南浦雲，簾捲西山雨。觀勝概，壯江山，歎鳴鑾，罷歌舞。

陽春白雪補集摘録殘元本卷二。

元青城楊朝英澹齋選集　江都任訥中敏校訂

小令

〔雙調〕德勝樂

白仁甫八段

麗日遲，和風習，共王孫公子遊戲。醉酒淹衫袖濕，簪花壓帽簷低。春

酷暑天，葵榴發，噴鼻香十里荷花。蘭舟斜纜垂楊下，只宜鋪枕簟向涼亭披襟散髮。夏　“酷”原作“醋”。

玉露冷，蛩吟砌，聽落葉西風渭水。寒雁兒長空嘹唳，陶元亮醉在東籬。秋　《太和正音譜》首二句作“玉露泠泠蛩吟砌，落葉西風渭水”。

密布雲，初交臘，偏宜去掃雪烹茶。羊羔酒添價，膽瓶内温水浸梅花。冬

獨自寢，難成夢，睡覺來懷兒裏抱空。六幅羅裙寬褪，玉腕上釧兒鬆。

獨自走，踏成道，空走了千遭萬遭。肯不肯疾些兒通報，休直到教擔擱得大明了。“擱”原作“閣”。

紅日晚，遥天暮，老樹寒鵶幾簇。咱爲甚妝妝頻覷，怕有那新雁兒既來書。“既”原省寫作“旡”，待校。

紅日晚，殘霞在，秋水共長天一色。寒雁兒呀呀的天外，怎生不捎帶个字兒來。《九宫大成譜》作“紅日晚夕陽猶在，碧水共長天一色。雁兒嗄，呀呀雲外。雁兒嗄，却怎生不帶將一个價字兒來”。蓋本自《曲譜大成》。

〔雙調〕得勝令

張小山一段

銀燭照黄昏，金屋貯佳人。酒醉三更後，花融一夜春。恩情，怕有些兒困。親親，親得來不待親。“怕”原作“伯”。

景元啓四段

一見話相投，半醉捧金甌。眼角傳心事，眉尖鎖舊愁。綢繆，暗約些兒後。羞羞，羞得來不待羞。

力困下秋千，緩步趿金蓮。笑與情郎道，扶歸曲檻邊。□然，欲語聲嬌顫。旋旋，旋得來不待旋。闕字原本破損。

一捻楚宫腰，體態更妖嬈。百媚將人殢，佯羞整鳳翹。臉兒上撲堆著俏。嬌嬌，嬌得來不待嬌。“妖嬈”原作“妳媿”，“翹”原本左半破損，右半作“見”，“撲”原作“濮”。

明月轉回廊，花影上紗窗。暗約湖山側，低低問粉郎。端詳，怕有人瞧望。荒荒，荒得來不待荒。

楊澹齋四段原無“楊”字。

日日醉紅樓，歸來五更頭。問著諸般諱，揪撏不害羞。敲頭，敢設個牙疼咒。揪揪，揪得來不待揪。

庭院正無聊，單枕擁鮫綃。細雨和愁種，孤燈帶夢燒。難熬，促織兒窗前叫。焦焦，焦得來不待焦。

花影下重簷，沉煙裊繡簾。人去青鸞杳，春嬌酒病厭。眉尖，常鎖傷春怨。忺忺，忺得來不待忺。“裊”原作“袅”。

一笑自生嬌，春風蘭麝飄。夜月紅牙按，青螺變鳳高。妖嬈，那里有諸多俏。嚣嚣，嚣得來不待嚣。“諸”字、末一“嚣”字，原本皆模糊。

〔雙調〕殿前歡

盧疎齋八段原無“盧”字。

壽陽妝，更何須蘭被借温芳。玉妃不卧鮫綃帳，月户雲窗。前村遠驛路長，空惆悵，憑誰問花無恙。被春愁曉夢，瘦損何郎。“綃”原作“梢”，“恙”原作“志”。

萬花叢，殢韶光肯放彩雲空。癡騃騃未解三生夢，嬌滴滴一捻春風。歌疾邊笑語中，秋波送，依約見芳心動。被啼鶯戀住，江上歸鴻。“疾”字待校，疑是“舞”字。

海棠庭，這紅妝也見主人情。被東風吹軟新歌□，都爲花卿。黄鵠飛，白鹿鳴，山林興，佳麗相輝映。是煙霞翠袖，錦帳雲屏。闕字原本墨釘，疑是韻字。

小樓紅，隔紗窗斜照月朦朧。繡衾薄不耐春寒重，簾幙無風。篆煙銷寶鼎空，誰成夢，孤負了鸞和鳳。山長水遠，何日相逢。“重”原本作“東”。

作閑人，白滄波濯盡利名塵。回頭不覩長安近，守分清貧。足不襪髮不巾，誰嗔問，無事縈方寸。煙霞伴侣，風月比鄰。“貧”原作“賛”。

弄陽人，玉溪先占一枝春。紅塵驛使傳芳信，深雪前村。冰梢上月一痕，雲初褪，瘦影向紗窗上印。香來夢裏，寂寞黄昏。“占”原作“古”。

酒杯濃，一葫蘆春色醉□翁。一葫蘆酒壓花梢重，隨我奚童。葫蘆乾興不窮，誰人共，一帶青山送。乘風列子，列子乘風。闕字原本模糊，疑是“踈”字。

酒頻沽，正花間山鳥唤提壺。一葫蘆提在花深處，任意狂踈。一葫蘆够也無，臨時覷，不够時重沽去。任三閭笑我，我笑三閭。“沽”原作“估”。

馬九皋六段原無“六段”二字。

據危闌，看浮屠雙聳倚高寒。鱗鱗萬瓦連霄漢，俯視塵寰。望飛來紫翠間，雲初散，放老眼情無限。知他是西山傲我，我傲西山。春

柳扶踈，玻璃萬頃浸冰壺。流鶯聲裏笙歌度，士女相呼。有丹青畫不如，迷歸路，又撑入荷深處。知他是西湖戀我，我戀西湖。夏　“玻”原作“破”。

洞簫歌，問當年赤壁樂如何。比西湖畫舫爭些个，一様煙波。有吟人景便多，四海詩名播，于我誰酬和。知他是東坡讓我，我讓東坡。秋　“于”原作“千”。

撚冰髭，遶孤山枉了費尋思。自逋仙去後無高士，冷落幽姿。道梅

花不要詩，休説推敲字，效殺顰難似。知他是西施笑我，我笑西施。冬“姿”原作“安”。

浪淘淘，看漁翁舉網趁春潮。林間又見樵夫鬧，伐木聲高。比功名客更勞，雖然道，他絲是心中樂。知他是漁樵笑我，我笑漁樵。“絲”字待校。

醉歸來，袖春風下馬笑腮腮。笙歌接到朱簾外，客宴重開。十年前一秀才，黄虀菜，打熬到文章伯。抖擻出風月情，施展出江湖概。“菜”原作“來”。“伯”字原本模糊，此從《中原音韻》。末二句原本顛倒，《音韻》作“江湖氣概，風月情懷”，疑原本或本係“施展出江湖氣概，抖擻出風月情懷”兩句。此調末句以“懷”字叶平韻，爲合也。《音韻》次句七字，作“入門下馬笑盈腮”，“接到”作“接至”，“客宴”作“夜宴”，“打熬到”作“打熬做”，《詞林摘艷》作“打熬作”。

貫酸齋九段原無“貫”字。

暢幽哉，春風無處不樓臺。一時懷抱俱無奈，總對天開。就淵明歸去來，怕鶴怨山禽怪，問甚功名在。酸齋是我，我是酸齋。《雍熙樂府》作“爲甚不功名在”。

楚懷王，忠臣跳入汨羅江。離騷讀罷空惆悵，日月同光。傷心來笑一場，笑你个三閭强，爲甚不身心放。滄浪污你，你污滄浪。此首亦見《雍熙》。

覺來評，求名求利不多爭。西風吹起山林興，便了餘生。白雲邊創草亭，便留下尋芳徑，消日月存天性。功名戲我，我戲功名。“邊”原作“還”。《雍熙》“創”作“構”，“便”作“但”。

怕西風，晚來吹上廣寒宫。玉臺不放香奩夢，正要情濃。此時心造物同，聽甚霓裳弄，酒後黄鶴送。山翁醉我，我醉山翁。《雍熙》“酒後”作“酒醒後”。

怕相逢，怕相逢歌罷酒樽空。醉歸來縱有陽臺夢，雲雨無蹤。樓心月扇影風，情緣重，恨不似釵頭鳳。東陽瘦損，羞對青銅。

怕秋來，怕秋來秋緒感秋懷。掃空階落葉西風外，獨立蒼苔。看黄花謾自開，人安在，還不徹相思債。朝雲暮雨，都變了夢裏陽臺。

隔簾聽，幾番風送賣花聲。夜來微雨天階淨，小院閑庭。輕寒翠袖生，穿芳徑，十二闌干凭。杏花疎影，楊柳新情。“淨”原作“爭”。

數歸期，緑苔墻劃損短金篦。裙刀兒刻得闌干碎，都爲别離。西樓上雁過稀，無消息，空滴盡相思淚。山長水遠，何日回歸。“消”原作“清”。

夜啼烏，柳枝和月翠扶疎。繡鞋香染苺苔路，搔首踟躕。燈殘瘦影孤，花落流年度，春去佳期誤。離鸞有恨，過雁無書。

張小山五段

月籠沙，十年心事付琵琶。相思懶看幃屏畫，人在天涯。春殘荳蔻花，情寄鴛鴦帕，香冷荼蘼架。舊遊臺榭，曉夢窗紗。

總宜船，緑情紅意雨餘天。盈盈皓月明如練，棹舉冰田。神仙太乙蓮，圖畫崔徽面，才思班姬扇。新詩象管，古調冰絃。

錦纏頭，粉箏低按舞涼州。佳人一去春殘後，香冷雲兜。晴山翠黛愁，緑水羅裙皺，細柳宫腰瘦。梨花暮雨，燕子空樓。

釣魚臺，十年不上野鷗猜。白雲來往青山在，對酒開懷。欠伊周濟世才，犯劉阮貪杯戒，還李杜吟詩債。酸齋笑我，我笑酸齋。

唤歸來，西湖山上野猿哀。二十年多少風流怪，花落花開。望雲霄拜將臺，袖星斗安邦策，破煙月迷魂寨。酸齋笑我，我笑酸齋。

劉逋齋二段

醉翁酡，醒來徐步杖藜拖。家童伴我池塘坐，鷗鷺清波。映水紅蓮五六科，秋光過，兩句新題破。秋霜殘菊，夜雨枯荷。

醉顔酡，太翁莊上走如梭。門前幾个官人坐，有虎皮馱馱。呼主留唤伴可，無一个，空叫得喉嚨破。人踏了瓜果，馬踐了田禾。“太”原作“大”。“呼主”句待校。

阿里耀卿子後尾二段

懶雲窩，醒時詩酒醉時歌。瑶琴不理抛書臥，儘自磨陀。想人生待則麽，富貴似花開落，不落如何。呵呵笑我，我笑呵呵。

懶雲窩，客至待如何。懶雲窩裏和衣臥，儘自婆娑。想人生待則麽，貴比我高些个，富比我淴些个。呵呵笑我，我笑呵呵。“淴”字待校。

楊澮齋和前韻五段原無"楊"字。

白雲窩，樵童斟酒牧童歌。醉時林下和衣臥，半世磨陀。富和貧伊甚麽，自有閑功課，共野叟閑吟和。呵呵笑我，我笑呵呵。"伊"字待校。

白雲窩，閑賒村酒杖藜拖。樂天知命隨緣過，儘自婆娑。任風濤萬丈波，難著莫，醉裹乾坤大。呵呵笑我，我笑呵呵。"藜"下"拖"、"樂"二字，原本模糊，兹以意擬補。

白雲窩，浮雲富貴待如何。閑時膝上横琴坐，半世磨陀。待爲□□甚麽，無著莫，把世事都參破。呵呵笑我，我笑呵呵。闕字原本模糊，疑是"官做"二字。

白雲窩，天邊烏兔似飛梭。安貧守己窩中坐，儘自磨陀。教頑童做過活，到老來無災禍。園中瓜果，門外田禾。"老"原作"人"。

白雲窩，守著个知音知律俏奴哥。醉時鴛帳同衾臥，兩意偕和。儘今生我共他，有句話閑提破。花前對飲，月下高歌。

〔中吕〕普天樂

不知名氏五首

鄭元和，鄭元和打瓦罐到鳴珂。保兒爲我做陪錢貨，我爲是未窮漢身上情多。可憐見他靈車前唱挽歌，打從我門前過，我也曾提破。知他是元和愛我，我愛元和。"罐"原作"甎"。第四句待校。

憶多情，憶多情直趕到豫章城。販茶船險逼煞馮魁命，兀的不風流浪子蘇卿。也不由耗外劣柳青，無媒証，直嫁與个臨川令。知他是雙生愛我，我愛雙生。"風流浪子"四字原作"凡郎子"三字。"耗"字待校。

夜深沉，秋瀟灑。風篩檻竹，霧鎖窗紗。繡幙垂，朱扉亞。霜落梧桐雕闌亞，月明天啼殺宫鴉。香銷寶鴨，簾敲玉馬，燈謝瑶花。"扉"原作"亞"，"雕闌亞"之"亞"原作"三"。

海棠嬌，梨花嫩。春妝成媚色，玉搭就精神。柳眉顰翡翠彎，杏臉膩胭脂暈。款步香塵雙鴛印，立東風一朵巫雲。厭的轉身，嘻的暗啞，參的消魂。

木犀風，梧桐月。珠簾鸚鵡，繡枕蝴蝶。玉人嬌一晌歡，碧醞釀十分悦。斷角疎鐘淮南夜，撼西風喚起離别。知他是團圓也夢也，歡娱也醉也，煩惱也醒也。

張小山六段原無"張"字，"段"作"首"。

蕊珠宫，蓬萊洞。青松影裏，紅藕香中。千機雲錦重，一片銀河凍。縹緲佳人雙飛鳳，紫簫寒月滿長空。闌干晚風，菱歌上下，漁火西東。

翠藤枝，生綃扇。初三月上，第四橋邊。東坡舊賞心，西子新妝面。萬頃波光澄如練，不塵埃便是神仙。誰家畫船，泠泠玉箏，渺渺哀絃。

老梅邊，孤山下。晴橋蝃蝀，小舫琵琶。春殘杜宇聲，香冷荼蘼架。淡抹濃妝山如畫，酒旗兒三兩人家。斜陽落霞，嬌雲嫩水，剩柳殘花。

鶴歸來，雲飛去。仙山玉芝，秋水芙蕖。瑶臺掛月奩，寶瑟移冰柱。一架寒香娑羅樹，小闌干花影扶疎。涼生院宇，人閑洞府，客至蓬壺。

白頭新，黄花瘦。長天北斗，明月南樓。吹殘碧玉簫，淚滿青衫袖。唤起嫦娥爲君壽，舞西風桂子涼秋。百年故侯，千鍾美酒，一片閑愁。

鳳釵分，鴛衾另。輕輕别離，小小前程。花開渭水秋，酒盡陽關令。不管佳人愁成病，載琴書畫舸無情。今宵月明，聲沉玉笙，影淡銀燈。

〔中吕〕紅繡鞋

貫酸齋四段原無"貫"字。

東村醉西村依舊，今日醒來日扶頭，直喫得海枯石爛恁時休。將屠龍劍釣鰲鈎，遇知音都去當酒。

返舊約十年心事，動新愁半夜相思，常記得小窗人静夜深時。正西風閑時水，秋興淺不禁詩，彫零了紅葉兒。"閑時水"待校。

雪香蘭高侵雲鬢，玉靈芝斜捧烏雲，輪靨裏包藏著些粉霜痕。耳垂兒冰雪捏，小孔兒裏都是玉酥湮，只被這業環兒把他拖逗損。"輪"字待校。"只被這"三字，原作小字偏行。

挨著靠著雲窗同坐，偎著抱著月枕雙歌，聽著數著愁著怕著早四更過。四更過情未足，情未足夜如梭，天哪，更閏一更兒妨甚麽。

無名氏十一段

老夫人寬洪海量，去筵席留下梅香，不甫能今朝恰停當。款款的分開羅帳，慢慢的脱了衣裳，却原來紙條兒封了袴襠。“不甫能”原本作“不能付”。

掐掐拈拈寒賤，偷偷抹抹因緣，幕天席地枕頭兒磚。或是廚竈底，馬欄邊，忍些兒却怕敢氣喘。

背地裏些兒歡笑，手梢兒何曾湯著，只聽得擦擦鞋鳴早來到。又那里挨窗兒聽，倚門兒瞧，把我一个敢心都諕了。

不甫能尋得个題目，點銀燈推看文書，被肉鐵索夫人緊纏住。又使得他煎茶去，又使得他做衣服，到熬得我先睡去。

恰睡到三更前後，款款的擦下床頭，不提防殢酒夫人被窩兒裏搜。這場事無乾淨，這場事怎干休，諕得我摸盆兒推□手。“抹”原作“抹”。闕字原作“单”，疑是“淨”字。

手約開紅羅帳，款擡身擦下牙床，低歡會共你著銀釭。輕輕的鞋底兒放，脚不敢把地皮兒湯，又早被這告舌頭門扇兒響。“底”字、“告”字待校。

款款的分開羅帳，輕輕的擦下牙床，栗子皮踏著不提防。驚得膽喪，諕得魂揚，便是震天雷不恁響。

雖是間阻了咱十朝五夜，你根前没半米兒心别，不甫能帶酒的夫人睡著些。休死勢，莫佯斜，直□睡到他覺來時悔去也。闕字原本模糊，“直”字下疑是“等”字。

結斜裏焦天撇地，横枝兒苫眼鋪眉，吉料子三千般兒碎。收拾被窩兒裏閑唧噥，枕頭兒上令填持，又是那没前程的調泛你。闕字原本模糊。“令填”二字待校。

背地裏些兒歡愛，對人前怎敢明白，情性的夫人又早撞將來。攔著粉頸，落香腮，喫取他幾下紅繡鞋。“下”字原無，擬補。

小妮子頑涎不退，老敲才飽病難醫，做死的人前諱味食。也不索便問事，也不索下鉗鋸，對我喫半碗帶冰淩的涼酪水。“鋸”字待校。

張小山八段原無“張”字。

百五日清明節假，兩三攢緑暗人家，客子飄零尚天涯。春風輕柳絮，夜雨瘦梨花，緑楊陰誰繫馬。

綠樹當門酒肆，紅妝映水鬟兒，眼底殷勤座間詩。塵埃三五字，楊柳萬千絲，記年時曾到此。

東舍西鄰酒債，春花秋月詩才，兩字功名困塵埃。青山依舊好，黄菊近新栽，没商量歸去來。

談世事漁樵閑問，洗征塵麋鹿相親，步入蓬萊誤尋真。竹聲摇翠雨，山影護蒼雲，神仙深處隱。

金錯落尊前酒令，玉娉婷樂府新聲，夜深花睡嫩寒生。一圍雲錦樹，四面雪芳亭，月斜時人未醒。

圓舊夢衾閒錦繡，按新聲絃斷箜篌，滿襟離思倦登樓。花寒鸚鵡病，春去杜鵑愁，倚闌人困酒。

金蓮步蒼苔小徑，玉鈎垂翠竹閑亭，物换星移暗傷情。遊魚翻凍影，啼鳥犯春聲，落梅香暮景。

黄葉青煙丹竈，曲闌明月詩巢，綠波亭下小紅橋。老梅盤鶴膝，新柳舞蠻腰，嫩茶舒鳳爪。

〔中吕〕喜春來

張小山四段原無"張"字。

雁啼秋水移冰柱，蟻泛春波倒玉壺，綠楊花謝燕將雛。人笑語，遊遍賀家湖。

落紅小雨蒼苔徑，飛絮東風細柳營，可憐客裏過清明。不待聽，昨夜杜鵑聲。

荷盤敲雨珠千顆，山背披雲玉一蓑，半篇詩景費吟哦。芳草坡，松外採茶歌。

收雲斂雨銷金帳，望月瞻星傅粉郎，歡天喜地小紅娘。來要賞，花影過東墻。

無名氏九段原無"九段"二字。

瀟瀟夜雨滋黄菊，颯颯金風翦翠梧，青燈相伴影兒孤。聞禁鼓，長夜睡應無。"睡"原作"踵"。

筆頭風月時時過，眼底兒曹漸漸多，有人問我事如何。人海闊，無日不風波。

金釵翦燭金蓮冷，玉鼎添香玉笋輕，軟紅深處聽鶯聲。良夜永，尊有酒且消停。

傷心白髮三千丈，過眼金釵十二行，老來休説少年狂。都是謊，尊有酒且徜徉。“狂”原作“在”。

黄金轉世人何在，白日飛升誰見來，劉晨再要訪天台。休分外，尊有酒且開懷。

推回塵世光陰磨，織老愁機日月梭，得婆娑處且婆娑。休笑我，尊有酒且高歌。

座間明月清風我，門外紅塵紫陌他，閑評鼎鼐怎調和。皆未可，尊有酒且高歌。

春方好處花將過，人到榮時髮已皤，求田問舍待如何。皆未可，尊有酒且高歌。

又三段原本無“三段”二字。

芝蘭滿種功難就，荆棘都除力未周，百年心事兩眉頭。除是酒，消盡古今愁。

黄花籬下雖云樂，赤壁磯頭氣更豪。兩相高，詩興豪，樂陶陶。末三句待校。

才聞金縷歌聲徹，不覺銀瓶酒盡絶，管絃樓外月兒斜。沉醉也，不記玉人别。

〔中吕〕山坡羊

張小山三段原無“張”字及“三段”二字。

西湖沉醉，東風得意，玉驄驟響黄金轡。賞春歸，看花回，寶香已暖鴛鴦被，夢繞緑窗初睡起。痴，人未知。噫，春去矣。

梨花都謝，春衫初卸，緑陰空鎖閑臺榭。遠山疊，暮雲遮，青青楊柳連客舍，此景此情難棄捨。車，且慢些。别，人去也。

扁舟乘興，讀書相映，不如高臥柴門静。唾壺冰，短檠燈，隔窗孤月懸秋鏡，長笛不知何處聲。驚，人睡醒。清，梅弄影。

馬九皐三段原無“馬”字。

銷金鍋在，湧金門外，戧金船少欠西湖債。列金釵，捧金臺，黄金難買青春再，范蠡也曾金鑄來。金，安在哉。人，安在哉。

驚人學業，掀天勢業，是英雄雋敗殘杯炙。鬢堪嗟，雪難遮，晚來覽鏡中腸熱，問著老天無話説。東，沉醉也。西，沉醉也。“動地”原作“動業”。闕字原本模糊，彷彿如“請”字。①

大江東去，長安西去，爲功名走遍天涯路。厭舟車，喜琴書，早星星鬢影瓜田暮，心待足時名便足。高，高處苦。低，低處苦。

---

① 今校：按此條校記條理不清，今重校如次：“勢業”，原作“動業”，“動”疑是“勳”之誤，今從《羣珠》。“雋”字原本模糊，今亦從《羣珠》。

附　跋

殘元刊二卷本跋二段以下四本，以黄氏題跋時代先後爲序。

楊朝英《陽春白雪》前後十卷，見諸《也是園藏書目》。余向從錢塘何夢華得影鈔元本，却十卷，分前後集，謂是足本，什襲藏之矣。頃書友攜一殘元刻本，取對影鈔者，殊不同，止二卷，適當前集之五，然文較多於影鈔者，想當時傳本有二也。而陸其清《佳趣堂書目》云"《樂府新編陽春白雪》前集四卷、後集五卷，楊朝英選，貫酸齋序"，又不知是何本。兹因參校元刻影元鈔本，復借得周丈香巖藏舊鈔本，卷數與陸目合，但以元刻本勘之，卷一自〔湘妃怨〕起，知所脱乃元刻一卷之首，影元鈔二卷之前幾葉也。至卷中文之删削，段數不全，惟殘元刻爲最備。蓋就此二卷，已多妙處，矧全本乎。余因全本不可得見，得見殘本，斯可矣，出重價購此，并不惜裝潢之費，職是故耳。原書闕損幾番，照影元鈔本字體描補，異於不知而妄作。倘後來獲見此元刻之全本，審定卷數分合之所由來，鈔補後集文句之所未備，不更怡然涣然乎。書此以俟，並以告藏書家，雖殘本，苟舊刻，寧取毋棄焉。嘉慶戊辰十月二十有二日裝成識。復翁黄丕烈。按戊辰乃十三年。

統計姓氏一葉、卷一十三葉、卷二十二葉，共二十六番。卷一一字、卷二二字，有改補之痕者。原遭俗子寫作卷上卷下，兹仍更正也。蕘圃。

元刊十卷本跋三段

元刻《陽春白雪》，爲錢唐何夢華藏書，矜貴之至，因其是惠香閣物也。惠香閣初不知爲誰所居，夢華云，是柳如是之居。兹卷中有牧翁印，有錢受之印，有女史印，其爲柳如是所藏無疑。惜玉憐香一印，殆亦東澗所鈐者。卷中又有墨筆校勘，筆姿秀媚，識者指爲柳書，余未敢定也。要之書經名人所藏，圖章手跡，倍覺古香，宜夢華之視爲珍寶矣。先是曾影鈔一本，與余易書，但重其爲元刻，而其餘爲古書生色者，莫得而知。今展讀一過，實饜我欲，雖多金又奚惜耶！書僅五十一番，相易之價，亦合五十一番。惜書之癖，毋乃太過，命工重裝，并誌緣起。嘉慶十有四年己巳正月二十有八日雨牕識。復翁。

余所見《陽春白雪》，共有三本。一爲影元鈔本，即從此出，已有失真者，或因印本模糊，以致傳録錯誤；或因閲者校勘，遂使面目兩歧。一爲殘元刻本，僅存二卷，多寡分合，又與此本不同。一爲舊鈔本，似從殘元刻出，而稍有脱落。今擬以此刻爲主，而以殘元刻、舊鈔參補未備，則《陽春白雪》粲然可觀矣。然觀此刻原校，似尚有殘元刻、舊鈔所未備者，是不知又何本也。古書難得，本子不同，爲之浩歎，當博訪之。復翁又識。

越歲辛未中春廿有二日，錢唐陳曼生，偕其弟雲伯，同過余齋，出此相示。因雲伯去年曾攝常熟邑篆，有修柳如是墓一事，於河東君手迹，亦有見者。兹以校字證之，雲伯以爲然，當不謬也。復翁記。按辛未乃嘉慶十六年。

舊殘鈔六卷本跋三段録《蕘圃藏書題字》。

錢塘何夢華向年以元人鈔本《陽春白雪》歸余，其時余姻家袁壽階亦有藏本，較何本多外集一卷。今來武林，訪何君夢華，上吴山，翫遇賞樓書肆，見插架有此殘帙，遂購歸。可據所藏元人鈔本補完，亦抱守老人之幸也。庚辰小春，望後一日，書於松木場舟次。復翁。按庚辰乃嘉慶二十五年。

道光壬午四月廿有五日，夢華從琴川返棹，過余，向余問及此書，因有人託鈔副本也。余曰：此書除原鈔本外，尚有一殘鈔本，却亦得諸武林，尚未鈔全；君如應友人託鈔，何不就君所藏副本上録其半，即以此下半册合之，豈不成兩美乎！此議未決，而余却思倩人鈔全，俾成完璧，以了宿願，遂先校其所有者。此殘本似從元本出，於紙損及字跡未明晰處，皆缺而不書，或書之不全，即此可見。唯八卷中八葉後，有欠葉三葉，計元鈔本七十九行，或鈔後失落。而此十二葉第十三行，至十五葉第八行止，增〔木蘭花慢〕十首，爲周草窗繼張成子作。《蘇隄春曉》十題，元鈔本却未之有，未知其何自寫入，即檢殘鈔本八卷目，亦無此。可見書不校對，雖同出一源，而同異有如是者，亦無由知之。甚哉古書之難言也！廿有六日午後，校畢識。蕘夫。以上二段俱在原書卷前。

余生平喜購書，於片紙隻字，皆爲之收藏。非好奇也，蓋惜字耳。往謂古人慧命，全在文字，如遇不全本而棄之，從此無完日矣。故余於殘缺者，大加意焉，戲自號曰抱守老人。不謂數年來，完璧之書，大半散去，即斷珪亦時有割愛贈人者。宋元舊本，非得本子相同，無從補全；且工費浩繁，近年力絀，何能辦此？幸有大力者，負之而趨，不惜多金鈔補，此亦書之幸，未爲余之不幸也。如此種小品，因有元鈔本可補，故收之。向但知所缺在一至四卷，却未知八卷中缺三番。昔之藏是書者，似亦知其缺，故留空格三葉在卷尾，以待後人鈔補。今余適補之，如其葉數。據元鈔計羨一行，而余寫此，適於第九葉誤落一行，省後續填。故十一葉格子盡，而文亦完，亦事之巧者。元鈔本字體行草，非案文理求之，幾不可辨，故余自寫之。久未握管，腕力不能端楷，但取文理之無訛，不計字體之多拙也。廿有七日晨起，至午畢工，因記。六十老人。此段在書之卷末。

元鈔十卷本跋四段録《楹書偶録》。

惠香閣藏元人舊鈔本《陽春白雪》十卷，依元刊本校録一過，分注於下。丙子二月花朝。牧翁。

元人舊本《陽春白雪》，刻與鈔異。其元刻亦牧老手校，有惠香閣女史題字，在遵王處。此本亦惠香閨中物也，余得之句曲，廿餘年矣。康熙十年之春，樸學老人記。

予昔年得惠香閣所藏元刻《陽春白雪》十卷，初不知惠香閣爲何人，錢唐何夢華謂爲柳如是齋名。原本有錢受之東澗二印、惜玉憐香一印，無柳如是印。今獲此本，字作趙松雪體書，雅秀可愛。卷中校字，與元本中筆蹟，的出一手，古秀嫵媚，風韻尤絶。中有柳如是小印、惠香閣印，卷尾有牧翁印，並題字一行，知元刻與此同出一源。予所藏《陽春白雪》共三本，年來已爲他人之物。乃垂老之年，復獲覩此祕本，非厚幸耶？惜元板二本久去，不得爲雙美之合。書魔之故智，能勿爲之惘惘乎？甲申二月復見，心翁記。按甲申乃道光四年。

予齋藏宋元刊詞頗寥寥，昔得蕘翁舊藏《東坡樂府》、《山谷詞》、《辛稼軒長短句》，皆元精槧，而辛詞爲信州九行本，字作松雪翁筆意。此本鈔手極舊，字蹟古秀，於信州本爲近。元人佳鈔，殊不易覯，且重以惠香名蹟，尤足珍愛。惟是集多寡不同，分卷亦異，惜勿得蕘翁元刻，一爲校勘耳。壬戌十月既望，密娱軒識。

校　記

明人所輯《樂府羣珠》内，多引此書，且載補集之曲，其所據者不僅十卷本可知矣。因得補校八十五條。另有劉逋齋〔四塊玉〕七首，曲端皆注“陽”字，明其選自《陽春白雪》，爲以上十一卷所不見，想爲殘元本之所殘者，並録如後。

補劉逋齋〔四塊玉〕《遊賞》七首。

泛綵舟，攜紅袖，一曲新聲按伊州，尊前更有忘機友。波上鷗，花底鳩，湖畔柳。

今日吴，明朝楚，吴楚交爭幾榮枯，試將歷代從頭數。忠孝臣，賢明主，泉下土。

利儘收，名先有，得好休時便好休，閑中自有閑中友。門外山，壺内酒，林下叟。

看野花，攜村酒，煩惱如何到心頭，誰能躍馬能消受。二頃田，兩具牛，飽後休。

佐國心，拿雲手，命裏無時莫剛求，隨緣過得休生受。幾葉綿，萬縷紬，暖後休。

禄萬鍾，家千口，父子爲官弟封侯，畫堂不管銅壺漏。休費心，休過求，擷破頭。

風雪狂，衣衫破，凍損多情鄭元和，哩囉哩打蓮花落。不甫能逢着亞仙，肯分的撞着李婆，怎奈何。

校八十五條。

前集二卷一頁前七行，“神仙”，《羣珠》亦作“僧仙”。

又前八行，“四景”作“四時”。

又後四行，“翠袖”句作“翠袖殷勤，踏捧金鍾”二句。

前集二卷二頁前三行，“宜西施”句作“宜比西施，淡抹濃妝”二句。

又前四行，“儘歡聲”句作“儘歡聲日日笙簧”。

又前八行，“翠紅鄉”句作“翠紅鄉裏，十二金釵”二句。

又後五行，“是小”作“最小”，應從。

又後末行，“相輝”作“相連”。

前集二卷三頁前首行，“相映”作“相對”，“詩句就雲山動色”作“詩句成風煙動色”。

又前次行，“煙遮”作“雲遮”，“雲埋”作“煙埋”。

又前六行，“劉太保”四段，題作《四時遊賞聯珠四曲》。

又前八行，“穰穰”作“裊裊”。

又前十行，“熱地”作“酷熱”，“積雪敲冰”作“敲冰浸酒”。

又前十一行，“避暑”下多一“愛”字。

又後三行，“愛菊”作“賞菊”。

又後九行，“怎行雲”作“惹行雲”，應從。

又後十行，“意外風光”作“江外嵐光”。

前集二卷四頁前六行，“云高”應作“雲高”。

又前十二行，“珥”作“兮”，“枹鼓”下無“兮”字。

又後十一行，“葉葉”作“菲菲”。

前集二卷五頁前五行，“吹竽”作“吹笙”。

又後四行，“灑酒”作“釃酒”。

前集二卷六頁前四行，“不障”作“不惹”。

又前十行，“點秋江”句作“妝點秋江，白鷺沙鷗”二句。

又前十一行，“棹不過”上無“怎”字，“灣住”作“灣在”。

又後三行，“相催”作“相隨”，“兔走烏飛”作“白髮相催”，“沉吟”作“思量”。

又後五行，“有客來”下多一“時”字。

又後九行，“採茶”作“來嗏”。

又後十行，“背涎”作“昔涎”，“掩着”作“渰着”。

前集二卷七頁前末行，“波波”作“奔波”。

又後首行，“芸瓜”作“耘瓜”。

又後次行，“午醉”作“午夢”。

又後三行，“竹影”作“月影”。

後集一卷四頁前末行,“藕絲無”下多一“力”字。

又後首行,“承珠”作“乘珠”。

又後三行,“藕絲”作“萬絲”。

又後五行,“不耐”作“不禁”。

又後九行,“醉顏酡”作“醉如酡”。

後集一卷五頁前四行,首句作“絮添蘆花雪”。

又前七行,首句作“擔挑山頭月”。

又前八行,“梁棟”作“棟梁”。

又前十行,首句作“夜來西風勁”。

又後二行,“落花風”之“風”字無,但空一格。“宜再圓”作“有再圓”。

又後十一行,“須不見”作“須不是”。此首《羣珠》屬盧疎齋。

後集一卷前三行,此首《羣珠》屬盧疎齋。

又前八行,“七件”作“七樁”。

又前十行,“老子”作“老君”。

又後六行,“金篆”作“金爐”。

後集一卷七頁前首行,“轉簾”作“滿簾”。

又前三行,“三空朝”作“三二朝”。

又前四行,“風流他”作“風流俏”,應從。

又前十一行,“桂香”作“桂花”。

又後六行,“鸞鳳絲”作“鸞鳳詞”。

又後末行,“殘紅暈”作“殘妝暈”。

補集八頁前六行,“雕闌亞”作“雕闌謝”。

又前九行,“一片”作“一朵”。

又前十行,“淹的”作“厭的”。

補集九頁前二行,“姮娥”作“嫦娥”。

又前十行,“釣魚鈎”作“釣鰲鈎”,“做酒”作“當酒”,應從。

又前十一行,“返舊約”作“近舊約”,“應”係“訴”之訛。

又後三行,“掿”作“捏”。

又後六行,“怕着愁着”作“愁着怕着”。

又後七行,“一更”下有“兒”字。

又後九行,“不甫能”作“不能得”。

補集十頁前七行,“歸後”作“前後”,“帶酒”作“殢酒”,俱應從。

又前九行,“抹盆”作“摸盆”,闕字校作“淨”,與《羣珠》合。

又前十行,“底歡會”作“低歡會”。

又後首行,“的”俱作“得”。

又後次行,“上□□夜”作“十朝五夜”,應從。

又後三行,“帶酒”作“殢酒”,闕字作“睡”,應補正。

又後五行,“三千”下乃“般”字。

又後六行,“令填持”作“冷禁持”,應從。

又後九行,“攔着”句作“攔着粉頸,托着香腮”二句。校補“下”字,與《羣珠》合。

又後十一行,“莫醫”作“難醫”。

又後十二行,“使問事”作“便問事”,“鋋”作“鎚”,應從。

補集十一頁後二行,“泛”作“犯”。

補集十二頁前五行,改“踕”爲“睡”,與《羣珠》合。

又前末行,“舒眉”作“開懷”。

又後首行之前,原脱去一首,兹補於此:

江山不老天如醉,桃李無言春又歸,人生七十古來稀。圖甚的,尊有酒,且舒眉。

又後十行,“兩相高”上有“磯頭籬下”四字。

又後十一行,“樂陶陶”上有“沉醉”二字。

補集十三頁前四行,“疾”作“癡”,“憶”作“噫”。

又後四行,“動地”作“勢業”,闕字作“雋”,仍待校。

又後五行,“攬”作“覽”。

十九年四月十六日,中敏記於懷雲室。

樂府羣玉

提　要

《樂府羣玉》五卷，疑爲元胡存善所輯，專載小令，較之其他元人選本，體裁獨異。蓋他選不但兼取套數，且皆以宫調爲序，此則曲不以調聚，而以人聚，故書名之上，加“類聚名賢”四字也。中如喬吉《惺惺道人樂府》、張可久《今樂府》，各在百首以上，皆全録原書者，原書失傳已久，而所有本來之章次，竟得因此考見。五卷之中，共列知名者二十一家、失名者二家，小令六百二十七首，其中之三百二十五首爲其他元選所無，而本書所獨具者，皆世人從未經見之元曲也。如王日華作之“雙漸小卿問答”，體裁别致，極資考證，雖明人選本，豐如《雍熙樂府》，亦未嘗徵引，他無論已。蓋明清五六百年來，此書實鮮流傳，惟知李開先、厲鶚兩人先後曾一見之耳。兹傳鈔范氏天一閣舊藏明人影元鈔本。於第四卷自亂體例處及字句訛失處，皆加以訂正；並輯述諸家傳略及“録餘瑣志”爲附録一卷，於原本之行款殘闕及此書之時代著録，皆有考見。既據《樂府羣珠》補三家八十七首，校訂六十七條，並見於附録中。

類聚名賢樂府羣玉總目

卷之一

劉時中樂府五十一首　任則明樂府五十八首　趙文寶樂府二十九首　曹明善樂府十八首

卷之二

喬夢符樂府一百三十六首　李致遠樂府二十六首　王日華樂府十六首

卷之三

陳德和樂府十首　徐甜齋樂府六首　錢子雲樂府四首　馬致遠樂府一首　周仲彬樂府四十四首　張子堅樂府一首　鄭德輝樂府二首　鍾醜齋樂府二十首

卷之四

貫酸齋樂府三首　王仲元樂府十一首　吴克齋樂府六首　失名樂府十首　丘士元樂府八首

卷之五

張小山樂府一百五十四首　失名樂府九首　高敬臣樂府四首

以上共五卷具名者二十一家,失名者二家。

類聚名賢樂府羣玉目次

此目依鈔本原有之次序録之，以存其本來面目，題長者摘寫概要而已。

卷之一

任則明樂府

寨兒令

湖上　書所見

折桂令

題情　湖上　和江頭友人韻　同友人聯句　吴山秀　餞尹希善之寧國尹

水仙子

書所見　泛舟　友人席上　幽居

滿庭芳

寄友　春暮

普天樂

吴門客中　湖上　花園改道院　暮春即事

小梁州

湖上分韻　閑居　春懷

上小樓

題情　隱居

沉醉東風

隱居　尋春值雨　宫詞　宫詞

紅繡鞋

湖上　春情　重到吴門二首　和友人韻

朝天子

村居　信筆　道院　題情

慶東原

失題　城南即事

金字經

湖上僧寺　重到湖上　秋宵闕　書所見

清江引

積雨　題情二首　和靖墓　錢塘懷古　湖上九日　曹明善北回

小桃紅

失題二首　宴席　指甲　春情

沉醉東風

題情　信筆　題情　會稽懷古

趙文寶樂府

落梅風

太乙宮探梅　江樓晚眺　秋晴　暮春

寨兒令

早春湖遊　春情　泊潭州　美妓

水仙子

仲春湖上　渡瓜州　客鄉秋夜

沉醉東風

湘陰道中　昭君出塞圖

折桂令

西湖　湖山堂

普天樂

江頭秋行　秋江憶別

山坡羊

燕　長安懷古

慶東原

泊羅陽驛　晚春雜興

憶王孫

尋梅　述憶

凭闌人

春日懷古

小桃紅

佳人睡起

梧葉兒

隱居

四塊玉

雪湖和人韻

謙齋索賦　春怨　見姬梳洗　平原君墓　紅梅　寄遠　簾内佳人　黄氏居　贈李楚儀　登姑蘇臺　楚儀意　贈羅真真　富子明壽　遊越懷古　隔樓所見　贈崔秀卿　秋日湖山　感興　秋思　湖樓即事　勸求妓者　問春　贈周士宜者　詠紅蕉　齋集　荆溪即事　高敬臣病

水仙子

南園即事　贈江雲　贈柔卿王氏　贈朱阿嬌　釘鞋兒　花筒兒　傷秋　席上賦　憶情　紅指甲　贈常鳳哥　客樓即事　手帕　香囊　嘲楚儀　嘲友人　習隱　夢覺　歌者　遊越福王府　賦李仁仲　吴江垂虹橋　聞砧　題水亭　嘲少年　李琬卿　老當益壯　秋思　涼夜清興　尋梅　暮春即事　客中春晚　夏日清思　樂清簫臺　樂清白鶴瀑布　爲友人作　贈朱翠英　怨風情　贈顧觀音　吴姬浮　重觀瀑布　雨窗即事　賞桂花　詠雪　贈孫梅哥

小桃紅

贈郭蓮兒　花籃髻　效聯珠格　贈朱阿嬌　閨思　贈劉牙兒　春閨怨　中秋懷約　楚儀來　別楚儀　于侯索賦　畫竹　點鞋杖　曉妝　桂花

四塊玉

詠手二首

殿前歡

失題四首

清江引

笑靨兒四首

紅繡鞋

竹涼衫二首

滿庭芳

鐵馬兒　漁父詞三十首

凭闌人

香梓三首

卷之三

一半兒

失題二首

落梅風

失題六首

叨叨令

自歎二首　四景二首　失題　悲秋

時新樂

失題五首

張子堅樂府

德勝令

失題

鄭德輝樂府

折桂令

失題二首

鍾醜齋樂府

醉太平

失題四首末首屬貫酸齋

清江引

失題十首　情三首

水仙子

失題二首

沉醉東風

失題

卷之四

貫酸齋樂府

折桂令

送春　贈曹繡蓮

徐甜齋以下六首仍折桂令

題竹夫人

周仲彬

過多景樓　詠蟠梅　二色鞋兒

鍾醜齋

詠西域吉誠甫

任則明

詠西域吉誠甫

王仲元

江兒水

歎世九首　笑靨

周仲彬

水仙子

紅指甲三首

吴克齋

上小樓

錢塘感舊　題小卿雙漸　西湖宴飲　春日閨怨　西湖泛舟　春殘離思

周仲彬

寨兒令

佳人送別十首

徐甜齋

朝天子

失題

周仲彬

失題

王仲元

普天樂

春日多雨

失名以下十首仍普天樂

失題十首

周仲彬

小桃紅

失題二首　碧桃三首

丘士元樂府

滿庭芳

相思

折桂令

秋晚　相思

慶東原

秋暮感懷

落梅風

江上聞笛　秋夜夢回

清江引

秋夜

普天樂

秋夜感懷

卷之五

張小山樂府

人月圓

山中書事　秋日湖上　春晚次韻　雲中遊虎丘　會稽懷古　客垂虹　吴門懷古　春日湖上二首　開吴淞江遇雪　寄璩源芝田禪師　三衢道中有懷會稽

水仙子

西湖秋夜　吴山秋夜二首　秋思二首　鑑湖春行　西湖廢圃　何侍郎奉使日南　春晚三首　元夜小集　湖上即事　重過西湖　湖上春日郊行　青衣洞天　春思　紅指甲

折桂令

村庵即事　崔閑齋元帥席上　九日　梅友元帥席間　讀史有感二首　秋夜閨思　贈妓者秀英　疎翁學士自長沙歸　湖上懷古次疎齋學士韻　秋思　春情　紅梅次疎齋學士韻　秋日海棠　次韻秋懷　西湖懷古　王一山席間題壁二首　湖上即事疊韻　桃花菊　殿前學士席上　鑑湖小集　石塘道中　松江懷古　肅齋趙使君致仕歸　三衢平山亭　海棠二首　湖上即事　元夜宴集　遊龍源寺　蓮華道中

滿庭芳

山中雅興四首　野梅　望仙子詩卷　湖上酸齋索賦　送別二首　湖上　過釣臺　金華道中二首　題情　客中九日

寨兒令

道士王中山操琴　鑑湖即事　山中分韻得聲字　次韻懷古　西湖秋夜　湖上春晚　鑑湖上尋梅　春曉　憶鑑湖　舟行感興　春思三首　題昭君出塞圖　小隱　湖上避暑　三月三日書所見　春思　紅葉送別

殿前歡

秋日湖上　次酸齋韻二首　離思二首　西湖晚晴　客中二首

普天樂

西湖即事　贈別　次韻歸去來　胡容齋使君席間　秋懷　湖上廢圃　晚歸湖上　鶴林觀夜坐

上小樓

題釣臺

清江引

秋思　幽居　桐柏山中　湖山避暑

小桃紅

寄鑑湖諸友　贈琵琶妓王氏　憶疎齋學士郊行　春思　鑑湖夜泊

離情　山中　夜宴二首

朝天子

山中雜書三首　野景亭　酸齋席上聽胡琴　春思　梅友元帥席上

紅繡鞋

次韻　春日湖上二首　春夜　湖上　聖水寺山亭　越山即事　天台瀑布寺　次歸去來韻　洞庭道中二首　天台桐柏山中　雪芳亭　春寒　歲暮二首　山中　鑑湖　三衢山中

失名

水仙子

春日即事

滿庭芳

春夜

紅繡鞋

秋日湖上　棲雲弔貫酸齋

天淨沙

過長春宫

金字經

春日湖上

迎仙客

戲題

一半兒

手帕　開書

高敬臣樂府

雁兒落過德勝令

失題　失題

黄薔薇過慶元貞

失題二首

以上共五卷,具名者二十一家,失名者二家,曲六百二十七首。

類聚名賢樂府羣玉卷之一

劉時中樂府原鈔本不作大字，下同。

水仙操并引四首①

"若把西湖比西子，淡妝濃抹總相宜"，玉局翁詩也。填詞者竊其意，演作世所傳唱〔水仙子〕四首，仍以"西施"二字爲斷章，盛行歌樓樂肆間，每恨其不能佳也，且意西湖西子，有秦□無人之感。崧麓有樵者，聞而是之，即以春夏秋冬賦四章，命之曰《西湖四時漁歌》。其約：首句韻以"兒"字，"時"字爲之次，"西施"二字爲句絶，然後一洗而空之。邀同賦，謹如約。"每恨"原作"每悔"。

湖山堂下鬧竿兒，爛熳韶華三月時。朝來風雨催春事，把鶯花攛斷死，映蘇隄紅緑參差。淺絳雪絨桃萼，嫩黄金搓柳絲，風流啊鬬草的西施。《陽春白雪》"堂"作"亭"，"熳"作"醉"，"朝"作"曉"，"緑"作"翠"；末句内"啊"作"煞"，無"的"字，後三首同。

蝦鬚簾捲水亭兒，玉枕桃笙睡起時。荷香勾引薰風至，掬青漣雪藕絲，嫩涼生璧月瓊枝。鸞刀切銀絲膾，蟻香浮碧玉巵，受用啊避暑的西施。《陽春白雪》"睡起"作"夢覺"，"薰"作"清"，"枝"作"芝"。

西風逗入要窗兒，一扇新涼暑退時。白蘋紅蓼多情思，寫秋光無限詩，占平湖一樹胭脂。雲擁扇青摇柄，粟飄香金綴枝，快活啊玩月的西施。《陽春白雪》"逗"作"吹"，"一樹"作"一抹"，"雲擁扇"作"荷缺翠"，"粟"作"桂"，"綴"作"墜"。

梅花初試膽瓶兒，正是逋郎得句時。彤雲把斷山中寺，軟香塵不到

① 今校：《陽春白雪》亦選此四首，但有曲無引，曲前注"和前四段"，謂和盧疎齋之"西湖四段"也。

此，怯清寒林下風姿。侵素體添肌粟，妒雲鬟老鬢絲，清絶啊賞雪的西施。《陽春白雪》“香”作“紅”，“怯清寒”句作“玉模糊老樹籬茨”，“絶”作“淨”，“彤雲”鈔本原作“同雲”，此從《陽春白雪》。

寓意武昌元貞[①]四首

楚江空闊楚山長，一度懷人一斷腸。此心不在肩輿上，泝東風過武昌，替人愁煙景微茫。竹帶雨湘妃淚，樹間禽蜀帝王，無限思量。《陽春白雪》此首歸阿魯威。“山”作“天”，“不”作“只”，“泝”作“倩”，“替人”句作“助離愁煙水茫茫”，“帶”作“上”，“間”作“中”。

人言不向武昌居，我欲年來食賤魚。那堪鸚鵡洲邊住，錦鴛鴦爲伴侶，是煙波江上漁夫。得一舸鴟夷去，載苧羅山下女，便改姓陶朱。

武昌官柳正青青，只與行人管送迎。等閑攀折渾無定，舞東風過此生，奈柔條繫絆人情。愛眉黛煙中翠，憶纖腰掌上輕，恨滿郵亭。

貞元舊曲日停歌，只恐青衫淚更多。等閑又見菱花破，玲瓏奈爾何，較些兒病了維摩。愁暗逐西飛翼，恨未隨東逝波，著甚消磨。

爲平章南谷公壽福樓賦三首

朱簾畫棟倚穹蒼，帶礪河山接四王。那堪輩輩爲丞相，是皇家真棟梁，看靈椿丹桂齊芳。壽域年年固，福源日日長，永坐都堂。

樓名壽福壓錢塘，中有高居異姓王。朝朝北闕頻瞻望，啓丹誠一瓣香，對西山遥祝吾皇。願基業隆三代，更煙塵淨四方，壽福無疆。

朱樓迢遞接長空，家世於今誰比隆。陰功雖是前王種，嗣聲華正在公，更門闌喜色重重。男已兆承家鳳，女欣逢擇壻龍，壽福無窮。

折桂令

農

想田家作苦區區，有斗酒豚蹄，暢飲歌呼。瓦鉢瓷甌，村簫社鼓，落

---

① 今校：《陽春白雪》此首無題目。

得妝愚。吾將種牽衣自舞，婦秦人擊缶相娱。兒女供廚，僕妾扶輿。無是無非，不樂何如。

漁

鱖魚肥流水桃花，山雨溪風，漠漠平沙。篛笠蓑衣，筆床茶竈，小作音佐生涯。樵青採芳洲蓼牙，漁童薪别浦蒹葭。小小漁艖，泛宅浮家。一舸鴟夷，萬頃煙霞。

樵

正山寒黄獨無苗，聽斤斧丁丁音爭，空谷瀟瀟。有澗底荆薪，淮南叢桂，吾意堪樵[1]。赤脚婢香粳旋擣，長鬚奴野菜時挑。雲暗山腰，水沍溪橋。日暮歸來，酒滿山瓢。"溪橋"，鈔本原作"溪樵"。

牧

被野猿山鳥相留，藥解延年，草解忘憂。土木形骸，煙霞活計，麋鹿交遊。悶來訪箕山許由，閑時尋崧頂丹丘。莫莫休休，蕩蕩悠悠。挈子攜妻，老隱南州。

疎齋同賦木犀

似娟娟日暮娥皇，翠袖天寒，靜倚修篁。悵望夫君，低回掩抑，淡盡啼妝。貼體衫兒淡黄，掩胸訶子金裝。高潔幽芳，一片秋光，滿地清香。

同文子方飲南城即事

鎖煙霞曲徑縈回，夢不到人間，舞榭歌臺。鉛鼎丹砂，玄霜玉杵，鍾乳金釵。記畫燭清尊夜來，映梨花淡月閑齋。翠壁丹崖，流水桃源，古木天台。

送王叔能赴湘南廉使

正黄塵赤日長途，便雷奮天池，教雨隨車。把世外炎氛，人間熱惱，一洗無餘。展洙泗千年畫圖，納瀟湘一道冰壺。報政何如，風動三湘，霜滿重湖。

---

① 今校：《樂府羣珠》"吾意"作"儂意"。

喜瀟湘一派澄清，覺松柏堅貞，蘭蕙芳馨。田里歌謡，官曹整暇，牒訴清平。快野寺尋春酒醒，喜郵亭問俗詩成。傳語湘靈，又只恐東風，吹上瑶京。“清平”，鈔本原作“輕平”。

閑居自適

餉春情小小籃輿，聊唤茅柴，試買溪魚。村北村南，山花山鳥，儘意相娱。與農父忘形爾汝，醉歸來不記誰扶。早賦歸歟，却恨紅塵，不到吾廬。

張肖齋總管席間

小亭軒客散留髡，添酒回燈，草草盤飧。問甚花落花開，春來春去，覆雨翻雲。莫孤負田家瓦盆，且流連茅舍窰尊。選甚清渾，論甚朝昏。撕掉會□，閑裏光陰，醉裏乾坤。“撕掉”句應四字。

再過村肆酒家

鞾雙丫十八鬟兒，春日當爐，嫋嫋腰肢。徙倚心招，依稀眉語，記得前時。探錦囊都無酒貲，恨郵亭不售新詩。可惜胭脂，轉首空枝。千里關山，一段相思。“鞾”，鈔本原作“妥”。

朝天子

邸萬户席上二首

柳營，月明，聽傳過將軍令。高樓鼓角戒嚴更，臥護得邊聲静。横槊吟情，投壺歌興，有前人舊典型。戰爭，慣經，草木也知名姓。

虎韜，豹韜，一覽胸中了。時時拂拭舊弓刀，却恨封侯早。夜月鐃歌，春風牙纛，看團花錦戰袍。鬢毛，木雕[1]，誰便道馮唐老。

同文子方、鄧永年泛洞庭湖宿鳳凰臺下十首

月明，浪平，看遠岸秋沙淨。輕舟漾漾水澄澄，天水明如鏡。范蠡歸舟，張騫遊興，在漁歌三四聲。耳清，體輕，漫不省乾坤剩。

---

① 今校：隋樹森校本(後稱“隋校本”)《樂府羣玉》“木雕”作“未凋”。

舞者，唱者，滿酌金荷葉。珠圍翠繞儘豪奢，銀燭消殘夜[①]。玉筯冰絲，金盤涼蔗，把平生幽憤寫。笑些，俏些，賽一道鴛鴦社。“銀燭”句應缺一字。“幽憤”，鈔本原作“幽慣”。

有錢，有權，把斷風流選。朝來街子幾人傳，書記還平善。兔走如梭，烏飛如箭，早秋霜兩鬢邊。暮年，可憐，乞食在歌姬院。

耍些，笑些，休放瓊花謝。春風無與比奇絶，照眼明香雪。琪樹瑶林，寒光相射，爭教人容易捨。醉也，去也，更得得捱今夜。

餞別，去也，淚滴滿金蕉葉。西風錦樹老了蝴蝶，滿眼黄花謝。今日離筵，明朝客舍，把驪駒莫放徹。醉者，飽者，免孤負重陽節。

粉光，雪香，是水月觀音像。三生夢繞錦鴛鴦，一味風流況。坐上閑情，樽前清唱，是司空也斷腸。月涼，夜長，心事滿流酥帳。

近來，越駿，能捻幫窮□怪。從人啅噪放狂乖，不似今番煞。海樣情緣，天來歡愛，罄山炏不當災。好懷，放開，大打算風魔債。第三句缺字疑應在“捻”字下。“炏”字待校。

願天，可憐，乞個身長健。花開似錦酒如川，日日西湖宴。楊柳宫眉，桃花人面，是平生未了緣。過船，醉眠，還不迭風流願。

畫船，綺筵，紅翠鄉中宴。荷花八面兩嬋娟[②]，花不如人面。錦繡千堆，繁華一片，是西湖六月天。扣舷，采蓮，怕甚麼鴛鴦見。

瘿瓢，帶糟，將瓮裹浮蛆舀。氤氳雙頰絳雲潮，春色添多少。稚子牽衣，山妻迎笑，急投床脚健倒。醉了，睡好，醉鄉大人間小。“氤氳”原作“氳氳”。

山坡羊

與邸明谷孤山遊飲

詩狂悲壯，杯深豪放，恍然醉眼千峰上。意悠揚，氣軒昂，天風鶴背

① 今校：“銀燭”下“消”字原脱，兹據吴梅校本補。

② 今校：隋校本《樂府羣玉》“八”作“人”。

三千丈，浮生大都空自忙。功，也是謊。名，也是謊。

燕城述懷

雲山有意，軒裳無計，被西風吹斷功名淚。去來兮，便休提，青山儘解招人醉，得失到頭皆物理。得，他命裏。失，咱命裏。

西湖醉歌次郭振卿韻

朝朝瓊樹，家家朱户，驕嘶過沽酒樓前路。貴何如，賤何如，六橋都是經行處，花落水流深院宇。閑，天定許。忙，人自取。

懷長沙次郭振卿韻

西樓高處，東城佳處，夢魂長繞湘南路。錦鱗無，塞鴻疎，大都來只爲虚名誤，老未得閑心更苦。杯，誰共舉。花，誰共主。"大都來"原作"多都來"。

懷武昌次郭振卿韻

煙波漁父，扁舟歸去，移家鸚鵡洲邊住。任狂疎，恣癡愚，到頭也有安排處，青箬緑蓑爲伴侣。閑，也自取。忙，也自取。

侍牧庵先生西湖夜飲

微風不定，幽香成徑，紅雲十里波千頃。綺羅馨，管絃清，蘭舟直入空明鏡，碧天夜涼秋月冷。天，湖外影。湖，天上景。缺字疑是"境"字。

小桃紅

辛尚書座上贈合彈琵琶何氏

纖纖香玉插重蓮，猶似羞人見。斜抱琵琶半遮面，立當筵，分明微露黄金釧。鵾鷄四絃，驪珠一串，個個一般圓。

武昌歌妓媿氏春卿色藝爲一時之冠，友人文子方爲刑曹郎，因公至武昌，安子舉助教會間見之，念念莫置，代作此以贈之三首

春來苦欲伴春居，日日尋春去。無奈春雲不爲雨，爲春癯，緑窗誰唱留春住。買春不許，問春無語，春意定何如。

爲春憔悴要春醫，苦苦貪春睡。盼得春來共春醉，恨春遲，夜來得個春消息。春心暗喜，春情偷寄，春事只春知。

幾年塵土被官囚，此日方參透。待別幹星娘小除授，緊營求，天還肯許便欣然地就。温柔鄉裏甲頭，無何鄉裏主首，便權一日也風流。

紅繡鞋①

鞋杯

幫兒瘦弓弓地嬌小，底兒尖恰恰地妖嬈，便有些汗浸平兒酒蒸做異香飄。潋灩得些口兒潤，淋漉得拽根兒漕，更怕那口唵喒的展涴了。“展”字待校。

吴人以美女爲娃，北俗小兒不論男女皆以娃呼之，有名娃娃者戲贈

親不親心肝兒上摘下，惜不惜氣命兒似看他，打健健及擎著手心兒裏誇。閑則劇懷抱音捕兒裏引，嬌□可喜被窩兒裏爬②，只是將個磨合羅兒迤逗著耍。三四兩句待校。

歌姬米氏小字耍耍

舉眉動眼般般兒通透，安手下脚色色兒風流，出胎胞蓐草上會藏鬮。披着臥單學打令，生著豆枕演提鼿，刁天撅地所事兒有。

勸收心

不指望成家立計，只尋思賣笑求食，早巴得個前程你便宜。雖然没花下子，也須是脚頭妻，立下個婦名兒少甚的。

金字經

常氏稱心

少年情緣淺，老來歡愛深，費盡長門買賦金。酒滿斟，醉來花下吟。

---

① 今校：《樂府羣珠》作“朱履曲”。

② 今校：《樂府羣珠》“嬌”字下不缺字。

纏頭錦,願得常稱心。

醉扶歸

賦粉團兒

色映金莖露,香膩玉盤酥。一段清冰出玉壺,不管胭脂妒。曉鏡青鸞影孤,正要何郎傅。

醉中天

失題鈔本原無"失題"二字,調名之後即接詞,以下同。

花木相思樹,禽鳥折枝圖。水底雙雙比目魚,岸上鴛鴦户。一步步金廂翠鋪。世間好處,休没尋思,典賣了西湖。宋諺有"典賣西湖"之語。臺諫謂之"賣了西湖",既賣則不可復;省院謂之"典了西湖",典猶可贖也。無官守言責,則無往不可,此古人所以輕視軒冕者歟?

任則明樂府四明人

寨兒令

湖上

錦製屏,鏡涵冰,濃脂淡粉如故情。酒量長鯨,歌韻雛鶯,醉眼看丹青。養花天雲淡風輕,勝桃源水秀山明。賦詩題下竺,攜友過西泠。撑,船向柳邊行。

書所見

眉黛淺,鬢雲偏,羞顔落色誰愛憐。種玉無緣,擲果徒然,回首歎芳年。碧波深不寄魚箋,翠衾寒猶帶龍涎。飛花殘雨後,新月小窗前。天,斗帳恨孤眠。

折桂令

題情

盼春來又見春歸,彈指光陰,回首芳菲。楊柳陰濃,章臺路遠,漢水煙迷。綵筆誰行畫眉,錦書不寄烏衣。寂寞羅幃,愁上心頭,人在天涯。

湖上

望西湖緑水如雲,一葉扁舟,幾個佳賓。指點銀屏,留連綺席,旋買金鱗。不三杯桃花笑人,不多時柳絮成塵。休負良辰,抹袖淩風,玉手搊箏。“搊箏”,鈔本原作“挨箋”。“抹”字待校。

和江頭友人韻

想城南景物宜看,雪後園林,江上雲山。步步幃屏,家家酒債,處處詩壇。任濁富一時眩眼,且清狂每日開顔。何必愁煩,畫虎無成,倦鳥知還。

同友人聯句

對池邊幾樹梅花,映古木槎牙,疎竹交加。既有當爐,毋勞倒屣,便可投轄。愛浮蟻香能駐馬,薦肥羔味勝庖蛙。低按紅牙,高岸烏紗。識字漁夫,好客莊家。

吴山秀

錢塘江上嵯峨,濃淡皆宜,態度偏多。淚雨溟濛,歌雲縹緲,舞雪婆娑。勝楚岫高堆翠螺,似張郎巧畫青蛾。消得吟哦,欲比西施,來問東坡。“江上”,鈔本原作“江山”。

餞尹希善之寧國尹

楚天長山色青青,昨日錢塘,明日宣城。子貢言辭,子瞻才思,子賤廉明。春水生琴書短艇,暖風清花柳長亭。無限吟情,千里思君,午夜挑燈。“子貢”,鈔本原作“子工”。

詠西域吉誠甫鈔本原載卷之四《貫酸齋樂府》後。

毳袍寬兩袖風煙,來自西州,遊遍中原。錦句詩餘,彩雲花下,璧月尊前。今樂府知音狀元,古詞林飽記神仙。名不虚傳,三峽飛泉,萬籟號天。

水仙子

書所見

閑開翠牖近滄洲,忽見蛾眉出舵樓,來陪燕席翻紅袖。舞春風宜佐酒，匆匆催去難留。解湘水煙中佩，駕潯陽江上舟，瘦損風流。

泛舟

牙檣錦纜過沙汀，皓齒青蛾捧玉觥，銀塘緑水磨銅鏡。船如天上行，人傳李郭仙名。水晶寒瓜初破，藕花□酒易醒①，無限詩情。“藕花”下應脱一字。

友上席上

絳羅爲帳護寒輕，銀甲彈箏帶醉聽，玉奴捧硯催詩贈。寫青樓一片情，倦疎狂席上風生。紅錦纏頭罷，金釵翦燭明，有酒如澠。

幽居

小堂不閉野雲封，隔岸時聞澗水舂，比鄰分得山田種。宦情薄歸興濃，想從前錯怨天公。食禄黄虀甕，忘憂渌酒鍾，未必全窮。

滿庭芳

寄友

香籠錦幃，歌謳白苧，人比紅梅。風流杜牧新詩意，字字珠璣。桑落酒朝開綺席，杜陵花夜宿春衣。陶然醉，金勒馬嘶，歸路柳邊迷。

春暮

雲扃睡起，香銷寶鼎，暖試羅衣。甫能宴罷蘭亭會，又見春歸。花片片翻成燕泥，柳依依也鎖蛾眉。重門閉，緑陰樹底，怕聽杜鵑啼。

普天樂

吴門客中

九秋天，三吴地。江空寒早，天遠書遲。黄菊開，丹楓墜。流水行雲無拘繫，好光陰枉自驅馳。塵心自洗，清風緑綺，明月金杯。

湖上

浣花溪，方壺地。呼猿領鶴，問柳尋梅。行廚白玉盤，進酒青樓妓。

---

① 今校：“藕花”下所脱之字，吴梅校補爲“香”。

驚起沙頭鴛鴦睡，棹紅雲乘興而回。冰壺影裹，笙歌遠近，臺榭高低。

花園改道院

錦江濱，紅塵外。王孫去後，仙子歸來。寒梅不改香，舞榭今何在。富貴浮雲流光快，得清閑便是蓬萊。門迎野客，茶香石鼎，鶴守茅齋。

暮春即事

被詩魔，將花探。春深渭北，緑滿江南。殘紅魚浪香，接葉鶯巢暗。古往今來無心勘，習家池日日春酣。人生易感，青銅似月，白髮盈簪。

小梁州

湖上分韻得玉字

波涵玉鏡浸晴輝，鳴玉舡移。玉簫吹過畫橋西，玉泉内，玉樹錦雲迷。〔么〕[1]玉樓簾幙香風細，玉闌干楊柳依依。飛玉觴，留玉佩，玉人沉醉[2]，花外玉驄嘶。

閑居

結廬移石動雲根，不受紅塵。落花流水遶柴門，桃源近，猶有避秦人。〔么〕草堂時共漁樵論，笑兒曹富貴浮雲。椰子瓢，松花醞，山中風韻，樂道豈憂貧。鈔本"瓢"原作"飄"。

春懷

落花無數滿汀洲，轉眼春休。緑陰枝上杜鵑愁，空拖逗，白了少年頭。〔么〕朝朝寒食笙歌奏，百年間有限風流。玳瑁筵，葡萄酒，殷勤紅袖，莫惜捧金甌。

上小樓

題情

團圓未成，嬋娟空病。桂子虚庭，翠羽圍屏，雁足寒檠。巴到明，空自省，青樓薄倖，恨分開鳳釵鸞鏡。

---

① 今校：原未分么篇，兹爲標出，下二首同。

② 今校："人沉醉"上"玉"字原無，於律應爲四字句，兹據吴梅校本補。

隱居

荆棘滿途，蓬萊閑住。諸葛茅廬，陶令松菊，張翰蓴鱸。不順俗，不妄圖，清高風度，任年年落花飛絮。

沉醉東風

隱居

歎朝暮青霄用捨，儘頭顱白髮添些。伴漁樵，苫茅舍，醉西風滿川紅葉。近日鄰家酒易賒，三徑黄花放也。

尋春值雨

松陵路煙迷霧昏，定昆池花落雲根。粉翅寒，金衣潤，等閑孤負尋春。柳下重門那個人，怕容易紅消翠損。

宫詞

鳷鵲層樓夜永，芙蓉小苑秋晴。金掌涼，銀漢瑩，按霓裳何處新聲。懶下瑶階獨自行，怕羞見團團桂影。

宫詞

翡翠屏間篆煙，櫻桃花底冰絃。上苑春，長門怨，對黄昏默默無言。十二瓊樓第幾仙，綵雲下先留鳳輦。

紅繡鞋

湖上

新亭館相迎相送，古雲山宜淡宜濃，畫船歸去有漁篷。隨人松嶺月，醒酒柳橋風，索新詩紅袖擁。

春情

暗朱箔雨寒風峭，試羅衣玉減香銷，落花時節怨良宵。銀臺燈影淡，繡枕淚痕交，團圓春夢少。

重到吴門二首

槐市歌闌酒散，楓橋雨霽秋殘，舊題猶在畫樓間。泛湖賒看月，尋寺强登山，比陶朱心更懶。

芳草岸能言鴨睡，荻花洲供饌鱸肥，天平山翠近金杯。水多寒氣早，野闊暮空低，隔秋雲漁唱起。

和友人韻

茅屋秋風吹破，桂叢夜月空過，淮南招隱故情多。無心登虎帳，有夢到漁蓑，不歸來等甚麼。

朝天子

村居

杜門，守貧，知有歸田分。春風漸入小窪尊，勤飲薑牙嫩。鄉黨朱陳，謳歌堯舜，向東皋植杖耘。子孫，更淳，閑把詩書訓。鈔本"薑"原作"姜"。

信筆

九霄，早朝，曾赴金門詔。珠玉在揮毫①，胸次誰同調。談笑枚皋，風流温嶠，悠疎狂直到老。儘教，醉了，走馬長安道。"在揮毫"疑是"任揮毫"之訛。

道院

翠峰，錦宫，香靄丹霞洞。來尋採藥鹿皮翁，煮茗爲清供。静聽松風，閑吟橘頌，碧天涼月正中。九重，賜寵，一覺黄粱夢。

題情

渭城，雨晴，柳不繫黄金鐙。梨花小院又清明，誤了尋芳興。香減吴綾，塵蒙秦鏡，碧紗窗和悶扃。柴荆，曉鶯，巧語無心聽。

慶東原

失題

香衾剩，春夢窄，仙山消息遥天外。愁欺酒懷，羞臨鏡臺，淚濕香腮。□□燕歸來②，玉佩人何在。

---

① 今校：按律第四句應脱二字。

② 今校："燕歸來"上所脱二字，吴梅校補爲"金屋"。

題武陵友人別業城南即事

尋幽處，讀古書，似韓苻昔日城南住。□亭傍竹，藩籬帶菊，池沼栽魚。非是輞川圖，堪作郊居賦。

金字經

湖上僧寺

竹雨侵窗潤，松風吹面寒，雲母屏開非世間。閑，不知名利難。凭闌看，夕陽山外山。

重到湖上

碧水寺邊寺，緑楊樓外樓，閑看青山雲去留。鷗，飄飄隨釣舟。今非舊，對花一醉休。“樓外”之“外”，鈔本原闕。

秋宵宴坐有題無曲，鈔本原闕。

書所見

勝概三吴地，美人一夢雲，花落黄昏空閉門。因，青鸞寶鑑分。天涯近，思君不見君。

清江引

積雨

春來那曾晴半日，人散芳菲地。苔生翡翠衣，花滴胭脂淚，偏嫌錦鳩枝上啼。

題情二首

桃源水流清似玉，長恨因緣誤。閑謳窈窕歌，總是相思句，怕隨風化作春夜雨。

南山豆苗荒數畝，拂袖先歸去。高官鼎内魚，小吏罝中兔，爭似閉門閑看書。

和靖墓

林逋老仙清避俗，獨向孤山住。梅花兩句詩，芳草千年墓，不强如長卿封禪書。

錢塘懷古

吴山越山山下水，總是淒涼意。江流今古愁，山雨興亡淚，沙鷗笑人閑未得。

湖上九日

芙蓉岸邊移畫舡，沉醉黄花宴。山光濃似藍，水色明如練，漁童慣聽歌笑喧。

曹明善北回

文章故人天上來，相見同傾蓋。兩京花柳情，八景煙雲態，偏宜品題七步才。鈔本"花"原作"華"。

小桃紅

失題二首

山林鐘鼎未謀身，不覺生秋鬢。漢水秦關古今恨，謾勞神，何須斗大黄金印。漁樵近鄰，田園隨分，甘作武陵人。

東鄰西舍酒頻沽，拄杖穿花去。長笑功名草頭露，且狂疎，醉如劉阮猶遲暮。鷄翁問余，鹿門深處，真作野人居。

宴席

桃花扇底楚天秋，恰恰鶯聲溜。絡臂珍珠翠羅袖，捧金甌，纖纖十指春葱瘦。移花旁酒，張燈如晝，重酌更風流。

指甲

桃腮輕托玉纖微，有恨彈珠淚。曾整金釵動春意，數歸期，等閑搯損闌干翠。拈花露濕，剖橙香膩，宜捧紫霞杯。鈔本"恨"原作"限"。

春情

深沉院落牡丹殘，懶揭珠簾看。青杏園林管絃散，翠陰間，數聲黄鳥傷春歎。離懷未安，相思不慣，獨倚小闌干。

沉醉東風

題情

羅帕寫桃根舊情，玉簫吹楊柳新聲。傅粉容，偷香性，對紅妝笑指銀瓶。盡醉梅花不要醒，怕孤負良辰媚景。

信筆

有待江山信美，無情歲月相催。東里來，西鄰醉，聽漁樵講些興廢。依舊中原一布衣，更休想麒麟畫裏。

題情

唾碧衫寬舞體，麝煙煤淡歌眉。遠信稀，歸期未，鬱金堂夜深空閉。繡被寒多有夢知，綺窗外銀蟾似水。

會稽懷古

愛望海秦山古色，探藏書禹穴重來。鑑水邊，雲門外，有誰人布襪青鞋。休問吴宫暗緑苔，越國在殘陽翠靄。

趙文寶樂府

落梅風

太乙宫探梅

冰花豔，水月魂，鬭詩壇醉翁筆陣。自南枝漏泄了湖上春，問東風幾番花信。

江流晚眺

楓枯葉，柳瘦絲，夕陽閑畫闌十二。望晴空瑩然如片紙，一行雁一行愁字。

秋晴

秋聲定，微雨歇，透疎櫺紙窗風裂。孤燈兒似知愁恨切，照離人半明半滅。

暮春

尋芳宴，拾翠遊，杏花寒禁煙時候。叫春山杜鵑何太愁，直啼得緑肥紅瘦。

寨兒令

早春湖遊

景物新,黯晨昏,山氣張天成緑雲。畫舫紅裙,紫陌遊人,香軟馬蹄塵。棹漣漪水皺羅紋,破韶華桃露朱唇。湖風肥柳線,堤雨厚莎茵。春,又早二三分。次句"晨"原作"辰",待校。

春情

愁冉冉,病懨懨,紅窗睡起不甚忺。墨淡眉尖,風冷牙籤,象管怕重拈。倦梳雲懶對妝奩,怕愁春不捲珠簾。落紅堆翠徑,飛絮擁雕簷。嫌,樓外雨廉纖。"拈"字鈔本原闕。

泊潭州

憶舊遊,歎遲留,情似漢江不斷頭。暮靄西收,楚水東流,煙草替人愁。鷺分沙接岸滄州,魚驚餌曬網輕舟。風閑沽酒旆,月淡挂簾鉤。秋,盡在雁邊樓。

美妓

舞態輕,曲聲清,生香玉骨粉捏成。嬌眼珠星,指甲春冰,雲鬢翦雅翎。記沉香火裏調笙,憶研羅裙上彈箏。輕顰欺燕燕,淺笑妒鶯鶯。掙,那更性胡伶。以上四首中之一字句,鈔本皆小字旁書。

水仙子

仲春湖上

雨痕著物潤如酥,草色和煙近似無,嵐光照日濃如霧。正春風啼鷓鴣,鬬嬌羞粉女瓊奴。六橋錦繡,十里畫圖,二月西湖。

渡瓜洲鈔本"洲"原作"舟"。

渚蓮花脱錦衣收,風蓼青雕紅穗秋,堤柳緑減長條瘦。繫行人來去愁,别離情今古悠悠。南徐城下,西津渡口,北固山頭。

客鄉秋夜

梧桐一葉弄秋晴，砧杵千家擣月明，關山萬里增歸興。隔嵯峨白帝城，捱長宵何處銷凝。寒燈一檠，孤雁數聲，斷夢三更。

沉醉東風

秋日湘陰道中

山對面藍堆翠岫，草齊腰緑染沙洲。傲霜橘柚青，濯雨蒹葭秀，隔滄波隱隱江樓。點破瀟湘萬頃秋，是幾葉兒傳黄敗柳①。

昭君出塞圖

氈帳冷柔情挽挽，黑河秋塞草斑斑。丹青誤寫情，環珮難歸漢，抱琵琶怨殺和番。比似丹青舊玉顏，又越添愁眉淚眼。“挽挽”待校。

折桂令

西湖

問六橋何處堪詩，十里晴湖，二月韶華。濃淡峰巒，高低楊柳，遠近桃花。臨水臨山寺塔，半村半郭人家。杯泛流霞，板撒紅牙。紫陌遊人，畫舫嬌娃。

湖山堂

小窗開水月交光，詩酒壇臺，鶯燕排場。歌扇摇風，梨雲飄雪，粉黛生香。紅袖臺已更舊邦，白頭民猶説新堂。花妒幽芳，人换宫妝。惟有湖山，不管興亡。“小窗”原作“八窗”。

普天樂

江頭秋行

稻粱肥，蒹葭秀。黄添籬落，緑淡汀洲。木葉空，山容瘦。沙鳥翻風知潮候，望煙江萬頃沉秋。半竿落日，一聲過雁，幾處危樓。鈔本“翻”原作“番”。

---

① 今校：隋校本《樂府羣玉》“傳”作“傅”。

秋江憶别

晚天長，秋水蒼。山腰落日，雁背斜陽。璧月詞，朱唇唱。猶記當年蘭舟上，灑西風淚濕羅裳。釵分鳳凰，杯斟鸚鵡，人拆鴛鴦。

山坡羊

燕子

來時春社，歸時秋社，年年來去搬寒熱。語喃喃，忙怯怯，春風堂上尋王謝，巷陌烏衣夕照斜。興，多見些。亡，都盡説。“怯怯”鈔本原作“劫劫”。

長安懷古

驪山横岫，渭河環秀，山河百二還如舊。狐兔悲，草木秋，秦宫隋苑徒遺臭，唐闕漢陵何處有。山，空自愁。河，空自流。以上二首一字句，鈔本原皆作小字偏行。

慶東原

泊羅陽驛

砧聲住，蛩韻切，静寥寥門掩清秋夜。秋心鳳闕，秋愁雁堞，秋夢蝴蝶。十載故鄉心，一夜郵亭月。

晚春雜興

煙中寺，柳外樓，亂隨風雪絮飄晴晝。遊人陌頭，殘紅樹頭，流水溪頭。百六楚風酸，三月吴姬瘦。

憶王孫

尋梅

尋香曾到葛仙臺，踏雪今臨和靖宅，横斜數枝僧寺側。動吟懷，一半銜春一半開。

述懷

太平樓館醉金釵，老邁情懷悲倦客，吟筆未成賈誼策。鬢毛衰，一半蒼蒼一半白。

凭闌人

春日懷古

銅雀臺空鎖暮雲，金谷園荒成路塵。轉頭千載春，斷腸幾輩人。

小桃紅

佳人睡起

數聲啼鳥串花枝，院落無人至。寶枕輕推粉痕漬，印胭脂，雕闌强倚無情思。鬅鬙鬢絲，追尋心事，正是斷腸時。

梧葉兒

隱居

絶榮辱，無是非，忘世亦忘機。藏鴛渚，浮雁溪，釣魚磯，穩當似麒麟畫裏。

四塊玉

雪湖和人韻

近水堤，臨山寺，竹外横斜兩三枝，樽前談詠無多事。白戰詩，白苧詞，白玉巵。

朝天子

送春

劍蒲，翠蕪，雨過添新緑。藥欄春事已結局，無計留春住。堤上芳塵，橋邊飛絮，樹頭紅一片無。布穀，杜宇，猶鬪唤春歸去。

雁兒落過德勝令

天竺寺

旃壇古道場，水月白衣相。真珠般若林，多寶如來藏。過梵相四天王，唐塑八金剛。佛隱松間塔，僧推雲外窗。虚堂，法鼓驚天上。長廊，遊人惹御香。

曹明善樂府

折桂令

江頭即事

問城南春事何如，細草如煙，小雨如酥。不駕巾車，不拖竹杖，石上籃輿①。著二日將息蹇驢，索三杯分付奚奴。竹裹行廚，花下提壺。共友聯詩，臨水觀魚。

自述

淡生涯却不多爭，賣藥修琴，負笈擔簦。雪嶺樵柯，煙村牧笛，月渡漁罾。究生死干忙煞老僧，學飛昇空老了先生。我腹膨脝，我貌猙獰，我髮鬅鬙。除了銜杯，百拙無能。

西湖早春

小紅樓隔水人家，草已鳴蛙，柳未藏鴉。試捲朱簾，尋山問寺，何處無花。金絡腦堤邊駿馬，錦纏頭舡上嬌娃。風景繁華，不醉流霞，前世生涯。

登靈鷲山

便休提鐘鼎山林，遮莫榮枯，總是消沉。落落魄魄，酒逢知己，琴遇知音。時俯仰人間古今，且消磨閑處光陰。無事當心，今日從容，此地登臨。

沉醉東風

隱居

鴟夷革屈沉了伍胥，江魚腹葬送了三閭。數間諫時，獨醒處，豈是遭誅被放招伏。一舸秋風去五湖，也筆個名傳萬古②。三句待校。

村居三首

新分下庭前竹栽，旋篘得缸面茆柴。嬔彈鷄，和根菜，小杯盤曾慣

---

① 今校：隋校本《樂府羣玉》"石"作"不"。

② 今校：吴梅校本"筆"作"博"。

留客。活潑剌鮮魚米换來,只除了柴都是買①。"媿彈"待校。末句内"柴"字原作"桊"。

茆舍寬如釣舟,老夫閑似沙鷗。江清白髮明,霜早黄花瘦,但開尊沉醉方休。江糯吹香滿穗秋,又打勾重陽釀酒②。"勾"字待校。

楓林晚家家步錦,菊籬秋處處分金。羞將寶劍看,醉把瑶琴枕,没三杯著甚消任。若論到機深禍亦深,却不是淵明好飲。

喜春來

和則明韻三首

騷壇坐遍詩魔退,步障行看肉陣迷,海棠開後燕飛迴。喧暫息,愛月夜眠遲。

春雲巧似山翁帽,古柳横爲獨木橋,風微塵軟落紅飄。沙岸好,草色上羅袍。

春來南國花如繡,雨過西湖水似油,小瀛洲外小紅樓。人病酒,料自下簾鉤。

小梁州

侍馬昂夫相公遊柯山

紫霞仙侣翠雲裘,文彩風流。新詩題滿鳳凰樓,揮吟袖,來作爛柯遊。〔么〕王樵不管梅花瘦,教白鶴舞著相留。聽我歌,爲君壽,一杯春酒,一曲小梁州。

三棒鼓聲頻

題淵明醉歸圖

先生醉也,童子扶著。有詩便寫,無酒重賒。山聲野調欲唱些,俗事休説。　問青天借得松間月,陪伴今夜。長安此時春夢熱,多少豪

---

① 今校:隋校本《樂府羣玉》"柴"作"茶"。

② 今校:隋校本《樂府羣玉》"勾"作"够"。

傑。明朝鏡中頭似雪，烏帽難遮。　星般大縣兒難棄捨，晚入廬山社。比及眉未攢，腰曾折，遲了也去官陶靖節。

慶東原

江頭即事

低茆舍，賣酒家，客來旋把朱簾掛。長天落霞，方池睡鴨，老樹昏鴉。幾句杜陵詩，一幅王維畫。

猿休怪，鶴莫猜，探春偶到南城外。池魚就買，園蔬旋摘，村務新開。省下買花錢，拚却還詩債。

閑乘興，過小亭，没三杯著甚資談柄。詩題小景，香銷古鼎①，曲換新聲。標致似劉伶，受用如陶令。“標致”原作“標到”。

清江引

失題

長門柳絲千萬結，風起花如雪。離别復離别，攀折更攀折，苦無多舊時枝葉也。《堯山堂外紀》“復”作“重”，“更”作“復”，無“也”字。

長門柳絲千萬縷，總是傷心樹。行人折嫩條，燕子銜輕絮，都不由鳳城春做主。《外紀》“樹”作“處”，“嫩”作“柔”，“輕”作“芳”。

---

① 今校：《北詞廣正譜》“古鼎”作“方鼎”。

類聚名賢樂府羣玉卷之二

喬夢符樂府號惺惺道人

綠幺遍

自述

不占龍頭選，不入名賢傳。時時酒聖，處處詩禪，煙霞狀元，江湖醉仙。笑談便是編修院，留連，批風切月四十年。《喬夢符小令》“切月”作“抹月”。

昇平樂

悟世

肝腸百鍊爐間鐵，富貴三更枕上蝶，功名兩字酒中蛇。尖風薄雪①，殘杯冷炙，掩清燈竹籬茅舍。

太平吴氏樓會集

桃花扇底窺春笑，楊柳簾前按舞腰②，海棠夢裏醉魂銷。香團嬌小，歌頭水調，斷腸也五陵年少。

香雲簾幙風流燕，花月樓臺富貴仙，新調駿馬紫藤鞭。能歌小妾，輕羅檀扇，醉歸來牡丹亭院。《小令》“檀扇”作“團扇”。

香茶③

細研片腦梅花粉，新剥真珠荳蔻仁，依方修合鳳團春。醉魂清爽，舌尖香嫩，這孩兒那道風韻。《小令》“真珠”作“珍珠”，“那道”作“那些”。

---

① 今校：《文湖州集詞》“薄雪”作“薄雲”。

② 今校：隋校本《樂府羣玉》“腰”作“嬌”。

③ 今校：《文湖州集詞》曲牌作〔秋雲冷〕，題目作“孩兒香茶”。

春閨怨

失題四首

雪月風花收拾够也，用心用力這時節。擔兒上一擔擔風月，途路賒，步步些些。

不繫雕鞍門前柳，玉容寂寞見花羞。冷風兒吹雨黄昏後，簾控鈎，掩上毬樓，風雨替花愁。“毬樓”疑是“珠樓”，惟元人雜劇内多用“毬樓”者，如《燕青博魚》有云“他把我個竹眼籠毬樓蹬折了四五根”，其詳待考。

黑海春愁，渾無處躲，嫩香膩玉漸消磨。瘦啊也不似今春個，無奈何，自畫雙蛾，添得越愁多。

薄命兒心腸較軟，道聲去也淚漣漣。這些時攢下春閨怨，離恨天，幾度前，羞見月兒圓。

折桂令

歌者爲豪奪《小令》作“上巳遊嘉禾南湖，歌者爲豪奪，扣舷自歌，鄰舟皆笑”。

三月三天霽吹晴，見麟鳳滄洲，鴛鷺沙汀。華鼓清簫，紅雲蘭棹，青紵旗亭。細看來春風世情，都分在流水歌聲。劣燕嬌鶯，冷笑詩仙，擊楫揚舲。《小令》“天霽”作“花霧”，“華鼓”作“畫鼓”。

客窗清明

風風雨雨梨花，窄索簾櫳，巧小窗紗。甚情緒燈前，客懷枕畔，心事天涯。三千丈清愁鬢髮，五十年春夢繁華。驀見人家，楊柳分煙，扶上簷牙。

雨窗寄劉夢鸞赴拍以侑尊云末六字《小令》作“赴讌侑尊”。

妒韶華風雨瀟瀟，管月犯南箕，水漏天瓢。濕金縷鶯裳，紅膏燕嘴，黄粉蜂腰。梨花夢龍綃淚今春瘦了，海棠魂羯鼓聲昨夜驚著。極目江皋，錦澀行雲，香暗歸潮。鈔本“今春”原作“目春”，此從《小令》。

贈張氏天香《小令》作"贈張氏天香，善填曲，時在陽羡莫侯席上"。

月明一片緗雲，揉做清芬，吹下崑崙。勝淺淺蘭煙，霏霏花霧，淡淡梅魂。這氣味温柔可人，那風流旖旎生春。聲迹相聞，多少餘芳，散在乾坤。

自述

華陽巾鶴氅蹁蹮，鐵笛吹雲，竹杖撑天。伴柳怪花妖，麟翔鳳瑞[①]，酒聖詩禪。不應舉江湖狀元，不思凡風月神仙。斷簡殘編，翰墨雲煙，香滿山川。

張謙齋左轄席上索賦

捲鯨川吸盡春雲，曲妙重歌，酒冷還温。裁甚烏紗，儘他白髮，醉個紅裙。想獻玉遭刑費本，算揮金買笑何村。俯仰乾坤，多少英雄，不到麒麟。

春怨

怎生來寬掩了裙兒，玉削肌膚，香褪腰肢。飯不沾匙，睡如翻餅，氣若遊絲。得受用啊遮末害死，果實成啊有甚推辭。乾鬧了若干時，草本兒歡娛，徹骨兒相思。末二句內鈔本原作"若時，草本歡娛，徹貨兒相思"，此從《太平樂府》。《小令》"玉"字上襯"爲"字，無兩"啊"字，"末"作"莫"，"實成"作"誠實"，"若干"作"多"；末二句作"本是結髮的歡娱，倒做了徹骨兒相思"，恐出李開先改筆。

越樓見姬梳洗已倚立嬌困若不勝情因記《小令》"已"作"已罷"，"記"作"記之"。

隔朱樓楊柳青青[②]，煙鎖窗紗[③]，風動簾旌。愛鏡靚嬋娟，粉吹旖旎，玉立娉婷。翹鳳頭金釵整整，朵松花雲髻亭亭。個樣心情，困托香腮，斜倚雲屏。《小令》"朵"作"插"，《文湖州集詞》亦作"朵"。

---

① 今校：隋校本《樂府羣玉》此二句作"伴柳尋花，妖麟祥鳳"。
② 今校：《文湖州集詞》"朱樓"作"朱簾"。
③ 今校：《文湖州集詞》"窗紗"作"紗窗"。

登澄江君山，有平原君墓并手植檜，至絶頂，甚壯人氣宇①

芙蓉城古意山川，葬玉當時，植檜何年。江樹陰陰，江帆隱隱，江草芊芊。蘸海瀆東南半天，望金焦西北雙拳。巾袂蹁躚，不索浮蓮，挾取飛仙。

紅梅徐德可索賦類卷

從來不假鉛華，試耍學宫妝，醉笑吴娃。返老還童，脱胎换骨，飽養煙霞。羅浮夢休猜做杏花，萼緑仙曾服甚丹砂。春在天涯，紫蟹封香②，寄與詩家。鈔本"耍"原作"要"，此從《小令》。《小令》結作"誰家"。

寄遠

雨雲期一枕南柯，破鑑分釵，對酒當歌。想驛路風煙，馬頭星月，雁底關河。往日個慇懃待我，近新來憔悴因他。淡却雙蛾，哭損秋波。問台候如何③，敢忘了人啊。《小令》"鑑"作"鏡"，"待"作"訪"，無"敢"字。

簾内佳人瞿子成索賦

鮫綃不捲閑情，翠織玲瓏，玉立娉婷。倚動銀鈎，耍吹羅帶，笑振金鈴。迷楚雲花昏柳暝，隔湘煙水秀山明。樓外行人，休放春愁，難掩風聲。《小令》"難掩"作"誰掩"。

西湖憶舊黄氏所居

多時不到兒家，想繩掛秋千，絃斷琵琶。眉淡蘭煙，釵横梭玉，粉退鉛華。軟龍綃塵蒙寶鴨，爛臙脂雨過金沙。隔個窗紗，夢斷東風，門外啼鴉。

賈侯席上贈李楚儀

洗妝明雪色芙蓉，默默情懷，楚楚儀容。甚煙雨江頭，移根何在，桃李場中。儘劣燕嬌鶯冗冗，笑落花飛絮濛濛。湘水西東，悵望寒衣，玉立秋風。《小令》"寒衣"作"褰衣"。

---

① 今校：《文湖州集詞》題作"登澄江君山"，"檜"作"桂"。

② 今校：《樂府羣珠》"蟹"作"蠟"。

③ 今校："台候"上"問"字原脱，兹據《樂府羣珠》補。

登姑蘇臺

百花洲上新臺,簷吻雲平,圖畫天開。鵬俯滄溟,蜃横城市,鼇駕蓬萊。學捧心山顰翠色,悵懸頭土濕腥苔。悼古興懷,休近闌干,萬丈塵埃。

會州判文從周自維揚來道楚儀李氏意

文章杜牧風流,照夜花燈,載月蘭舟。老我江湖,少年談笑,薄倖名留。贈楊柳人初病酒,采芙蓉客已驚秋。醉夢悠悠,雁到南樓,寄點新愁。

贈羅真真高敬臣胡善甫席上賦

羅浮夢裏真仙,雙鎖螺鬟,九暈珠鈿。晴柳纖柔,春葱細膩,秋藕勾圓。酒盞兒裏央及出些腼腆,畫帹兒上喚下來的嬋娟。試問尊前,月落參横,今夕何年。《小令》"央及"作"殃及"。

富子明壽

梨花院羯鼓撾晴,恰暮雨黄昏,新火清明。歌倚緱笙,香温漢鼎,酒暖吴橙。賀緑鬢朱顔壽星,是輕衫矮帽書生。趁取鵬程,快意風雲,唾手功名。

丙子遊越懷古

蓬萊老樹蒼雲,禾黍高低,狐兔紛紜。半折殘碑,空餘故址,總是黄塵。東晉亡也再難尋個右軍,西施去也絶不見甚佳人。海氣長昏,啼鴂聲乾,天地無春。

隔樓所見對望終日,其媪若厭者遂下簾以蔽之

織湘雲一片波紋,窣下閑愁,隔斷詩魂。非霧非煙,影娥池上,香夢無痕。拍畫闌纖舒玉笋,啓紗窗推曬羅裙。飽看嬌春,倩得南薰,捲起梨雲。

苕溪七夕飲會贈崔秀卿李總管索賦

崔徽休羡丹青,雨弱雲嬌,水秀山明。箸點歌唇,葱枝纖手,好個卿卿。水灑不著春妝整整,風吹得倒玉立亭亭。淺醉微醒,誰伴雲屏,今夜新涼,臥看雙星。《小令》"羡"作"寫","得"作"的"。

秋日湖山偕白子瑞輩宴集，賦以俾歌者赴拍侑尊①

秋聲一片蘆花，正落日山川，過雨人家。羨歌舞風流，太平時世，詩酒生涯。待楊柳晴春風躍馬，且桂華涼夜月乘槎。一曲吴娃，笑煞江州，淚滿琵琶。《文湖州集詞》“過”作“疎”。《小令》“且”作“更”。

感興

謝安江左優遊，夢覺東山，聲動南州。覆雨翻雲，憐花寵柳，未肯回頭。成時節衣冠冕旒，敗時節笞杖徒流。問甚麽恩讎②，山塌虚名，海闊春愁。

秋思

紅梨葉染胭脂，吹起霞綃，絆住霜枝。正萬里西風，一天暮雨，兩地相思。恨薄命佳人在此，問雕鞍遊子何之。雁未來時，流水無情，莫寫新詩。

秋日與高敬臣胡善甫輩飲湖樓即事

疎簾外暮雨西山，唤起詩仙，共倚闌干。盃影涵秋，歌聲送晚，鬢脚生寒。添風韻春纖象板，減恩情羅扇龍檀。紅藕花殘，茉莉雙鬟。油壁吹香，催上歸鞍。

勸求妓者

溺盆兒刷煞終臊，待立草爲標，現世生苗。時下收心，眼前改志，怎换皮毛？厭穰死花枝般老小，踢騰盡銅斗般窠巢。日夜煎熬，要撧斷琴絃，别覓鸞膠。鈔本“盆”原作“盃”，此從《小令》。

問春

東君去也如何，風皺織鱗，煙抹羞蛾。恨白眼相看，青春不管，黑髮無多。香絮引魚吞緑波，落花驚蝶夢南柯。隨處行窩，載酒吴船，擊筑秦歌。

毗陵張師明席上贈歌伎周士宜者《小令》“士”作“氏”。

宜歌宜舞宜妝，道是風流，果不尋常。粉靨堆春，金盤捧露，翠袖籠

---

① 今校：《文湖州集詞》題作“秋日偕白子泛湖”。

② 今校：《樂府羣珠》“問甚麽”作“問甚”。

香。此際相逢蕊浪①，個中誰是周郎。愁近清觴，沉醉歸來，燈影昏黄。

詠紅蕉

紅蕉分種天涯，换葉移根，灌水壅沙。嬌耐春風，清宜夜雨，豔若春華。翠袖捧銀臺絳蠟，緑雲封玉竈丹霞。富貴人家，妝點湖山，喫喜窗紗。“春風”，《小令》作“秋風”。

仲明同知坦然齋集蘇老琵琶吴國良簫歌者王玉蓮

坦然對客高軒，爛醉梅邊，占得春先。簫阮鸞聲，琵琶鳳尾，寶鼎龍涎。金錯落三分酒淺，玉玲瓏一串珠圓。誰似尊前，談笑風流，富貴神仙。

荆溪即事

問荆溪溪上人家，爲甚人家，不種梅花。老樹支門，荒蒲繞岸，苦竹圈笆。廟不靈狐狸漾瓦，官無事烏鼠當衙。白水黄沙，倚遍闌干，數盡啼鴉。鈔本“漾瓦”原作“樣瓦”，《小令》作“弄瓦”。《小令》“廟不靈”作“寺無僧”，“官無事”作“官省事”。

高敬臣病

賦高唐何事悲秋，山在書屏，雲在簾鈎。儘汗漫羈情，炎涼世態，萬象蜉蝣。楊柳陰吴船載酒，藕花涼楚客登樓。賓主相留，且對清江，抖擻詩愁。

水仙子

廉香林南園即事《小令》“園”作“閣”。

山中富貴相公衙，江左風流學士家，壁間水墨名人畫。六一泉陽羨茶，書齋打簇得繁華。玉龍筆架，銅雀硯瓦，金鳳箋花。

贈江雲

白蘋吹練洗閑愁，粉絮成衣怯素秋，高情不管青山瘦。伴潯陽一派流，寄相思日暮東洲。有意能收放，無心儘去留，梨花夢湘水悠悠。

---

① 今校：《樂府羣珠》“蕊浪”作“蕊娘”。

贈柔卿王氏

暖紅無力海棠絲,春緑多情楊柳枝,紺雲不動宮鴉翅。肉臺盤纖玉指,胭脂粉掿成的孩兒。眼角眉頭傳心事,尊前席上歌豔詞,倈散相思。鈔本"頭"上原脱"眉"字,《小令》因此並去下句之"前"字。《小令》"掿"作"捏"。

贈姑蘇朱阿嬌會玉真李氏樓

合歡髻子楚雲鬆,鬬巧眉兒翠黛濃,柔荑指怯金杯重。玉亭亭鞋半弓,聽驪珠一串玲瓏。歌觸的心情動,酒潮的臉暈紅,笑堆著滿面春風。

釘鞋兒

底兒鑽釘紫丁香,幫側微粘蜜臘黄,宜行雲行雨陽臺上。步蒼苔磚甃兒響,襯凌波羅襪生涼。驚回銜泥乳燕,濺濕穿花鳳凰,羞煞戲水鴛鴦。

花篮兒

玲瓏高插楚雲岑,輕巧全勝碧玉簪,紅綿水暖春香沁。是惜花人一寸心,淨瓶兒般手撚著沉吟。滴點點薔薇露,裊絲絲楊柳金,是個畫出來的觀音。第四句"是"字、末句"是個"二字,《文湖州集詞》皆無。

傷春

鶯花笑我病三春,香玉知他瘦幾分,屏床獨自懷孤悶。那些兒喫喜人,界微紅斜印腮痕。山枕淺啼晴露,洞簫寒吹夢雲,風雨黄昏。

席上賦李楚儀歌以酒送維揚賈侯鈔本"侯"字下有"席"字,此從《小令》。《小令》"歌"字下有"一曲"二字。

鴛鴦一世不知愁,何事年來白盡頭,芙蓉水冷胭脂瘦。占西塘曉鏡秋,菱花慢替人羞。擎架著十分病,包籠著百倍憂,老死也風流。

憶情

紅粘緑惹泥風流,雨念雲思何日休,玉憔花悴今番瘦。擔著天來大一擔愁,説相思難撥回頭。夜月鷄兒巷,春風燕子樓,一日三秋。

紅指甲贈孫蓮哥時客吴江

冰藍袖捲翠紋紗,春笋纖舒紅玉甲,水晶寒濃染胭脂蠟。剖吴橙喫喜煞，錦魚鱗冷漬硃砂。數歸期闌干上畫，印開元宮額上掐，托香腮似幾瓣桃花。《文湖州集詞》“紅玉甲”上闕空一格；又“宮額”作“錢背”；又末句“幾瓣”下有“兒”字。

贈常鳳哥

紫金釵影落芳樽，白玉簫聲隔暮雲，碧梧枝冷驚秋信。倩緱仙暖夢魂，喜相逢青鳥紅巾。都不索瑶琴寫恨，秦臺憶君，妝鏡悲春。

客樓即事石氏所居

石崇已去玉樓空，王愷重來金谷窮，緑珠不作朝雲夢。似陽臺十二峰，隔愁痕龜背簾櫳。花鈿小金毛褪，柳腰纖羅帶鬆，寂寞春風。

手帕呈賈伯堅

對裁湘水縠波紋，挼皺梨花雪片雲，束纖腰舞得春風困①。襯瓊杯蒙玉笋，殢人嬌笑搵脂唇。宮額上匀香汗，銀箏上拂暗塵，休染上啼痕。《文湖州集詞》作“宮額潤，銀箏閑”云云。

楚儀贈香囊賦以報之

玉絲寒皺雪紗囊，金翦裁成冰笋涼，梅魂不許春摇蕩。和清愁一處裝，芳心偷付檀郎。懷兒裹放，枕袋裹藏，夢繞龍香。

嘲楚儀

順毛兒撲散翠鸞雛，暖水兒温存比目魚，碎磚兒壘就陽臺路。暮雲行暮雨，楚巫娥那取工夫。殢酒人歸未，停歌月上初，今夜何如。《小令》四、五兩句作“望朝雲思暮雨，楚巫娥偷取些工夫”。

嘲友人《小令》作“嘲友人愛姬爲人所奪”。

豫章城錦片鳳鸞交，臨川縣花枝翡翠巢，販茶船牌板雅青鈔。問婆婆那件好，紙糊鍬一下撅著。村馮魁拈得上，俏蘇卿將去了，雙漸乇乇。《小令》“鸞”作“凰”，“牌”作“鐵”，“撅”作“掘”，“拈得”作“佔的”，“將去”作“隨順”，“乇”作“眊”。《太平樂府》“好”作“高”，“糊”作“鏵”，“拈”作“沾”。

---

① 今校：《文湖州集詞》“春風”作“東風”。

習隱

拖條藜杖裹枚巾，蓋座團標容個身，五行不帶功名分。趴芙蓉頂上雲，濯青泉兩足遊塵。生不願黄金印，死不離老瓦盆，俯仰乾坤。

夢覺

喚回春夢一雙蝶，忙煞黄塵兩隻靴，三十年幾度花開謝。熬煎成頭上雪，海漫漫誰是龍蛇。魯子敬能施惠，周公瑾會打塹，千古豪傑。

歌者睥睨潦倒故賦此咎焉

繡屏春暖茜氍毹，羅袖香番錦鷓鴣，銀盆笑擊珊瑚樹。捹明珠换緑珠，見書生如此頭顱。昇仙橋曾題柱，卓文君不駕車，誰識相如。《小令》"氍"作"氈"，"盆"作"盤"。

遊越福王府

笙歌夢斷蒺藜沙，羅綺香餘野菜花，亂雲老樹夕陽下。燕休尋王謝家，恨興亡怒煞些鳴蛙。鋪錦池埋荒甃，流杯亭堆破瓦，何處也繁華。《小令》"笙"作"笑"，又第五句無"些"字。

賦李仁仲懶漫齋

鬧排場經過樂回閑，勤政堂辭别撒會懶，急喉嚨倒喚學些慢。掇梯兒休上竿，夢魂中識破邯鄲。昨日强如今日，這番險似那番，君不見鳥倦知還。

吴江垂虹橋

飛來千丈玉蜈蚣，横駕三天白螮蝀，鑿開萬窾黄雲洞。看星低落鏡中，月華明秋影玲瓏。贔屭金環重，狻猊石柱雄，鐵鎖囚龍。《文湖州集詞》"低"作"辰"。《小令》"雲"作"金"。

若川秋夕聞砧

誰家練杵動秋庭，那岸窗紗閃夜燈，異鄉絲鬢明朝鏡。又多添幾處星，露華零梧葉無聲。金谷園中夢，玉門關外情，涼月三更。

玉壺園題水亭贈國公十一公子

人來圖畫幀間行，船在琉璃影内撑，歌從絃管聲中聽。水邊鷗花外鶯，翠玲瓏小院閑庭。夜月泥春扇，金風暖玉屏①，賞四時雨雪陰晴。《小令》"幀"作"幔"。

嘲少年

紙糊鍬輕吉列枉折尖，肉膘膠乾支剌有甚粘，醋葫蘆嘴古邦佯妝欠。接梢兒雖是諂，抱粗腿只怕傷廉。性兒神羊也似善，口兒蜜鉢也似甜，火塊兒也似情忺。《小令》"粗腿"作"牛腰"。

李琬卿

一篇詞意思便隨斜，千金價恩情莽判賒，五花文官誥權教借。高仙兒來到也，人間天上離别。滹沱河禮了府判，柳花亭留下大姐，李琬也也。"高仙"疑是"高軒"。"也也"待校。

老當益壯

風流受苦果何甘，落托垂涎待拉饞，等閑設福難搖憾。那孩兒情願敢，休欺負詩骨嵓嵓。玉鑰條玲瓏擔，翠鋪對萬勝籃，風月都擔。《小令》"設福"作"小見"，"鑰"作"鐫"。

展轉秋思京門賦

瑣窗風雨古今情，夢繞雲山十二層，香銷燭暗人初定。酒醒時愁未醒，三般兒捱不道天明。巉地羅幃静，森地鴛被冷，忽地心疼。

涼夜清興

雲綃蒙影鏡誰呵，露粟吹香金碎挼，醉來起我成三個。是清風明月我，問桂花良夜如何。飲不辭玻璃盞大，睡不厭瑠璃簟闊，夢不到螻蟻南柯。

尋梅

冬前冬後幾村莊，溪北溪南兩履霜，樹頭樹底孤山上。冷風來何處香，忽相逢縞袂綃裳。酒醒寒驚夢，笛淒春斷腸，淡月昏黄。

暮春即事

風吹絲雨噀窗紗，苔和酥泥葬落花，捲雪鈎月簾初掛。玉釵香徑

---

① 今校：隋校本《樂府羣玉》此二句作"夜月泥金扇，春風暖玉屏"。

滑，燕藏春銜向誰家。鶯老羞尋伴，蜂寒懶報衙，啼煞饑鴉。

客中春晚

昔年歌舞醉嬌春，今日衣冠逐後塵，歸舟欲向南湖問。恐沙鷗也傲人，榆錢兒不救詩貧。眇小了花風信，闌珊了蝶夢魂，冷笑東君。

瑞安東安寺夏日清思

新蟬風斷子絃琴，古鴨煙消午篆沉，孤鶴夢覺三山枕。翠濛濛窗户陰，煮茶芽旋撮黄金。俗事天來大，紅塵海樣深，都不到一片雲心。

樂清簫臺

枕蒼龍雲卧品清簫，跨白鹿春酣醉碧桃，唤青猿夜拆燒丹竈。二千年瓊樹老，再飛來海上仙鶴。紗巾岸天風細，玉笙吹山月高，誰識王喬。《小令》無"再"字。

樂清白鶴瀑布《小令》"白鶴"作"白鶴寺"。

紫簫聲入九華天，翠壁花飛雙玉泉，瑶臺鶴去人曾見。煉白雲丹竈邊，問山靈今夕何年。龍鬚水硃砂膩，虎睛丸金汞圓，海上尋仙。

爲友人作

滿腔子苦恨病相兼，一肚皮離情沉點點，豫章城開了座相思店。悶勾肆兒逐日添，愁行貨頓塌在眉尖。税錢比茶船上欠，斤兩去等秤上掂，喫緊的歷册般拘鈐。《小令》首二句作"攪柔腸離恨病相兼，重聚首佳期卦怎占"。

贈朱翠英

吹笙慣醉碧桃花，把酒曾聽蕚緑華。金毛秀壓春無價，將來烏帽上插，五百年歡喜冤家。正好星前月下，恐怕風吹雨打，可惜了零落天涯。《小令》"將來"上有"折"字。

怨風情

眼中花怎得接連枝，眉上鎖新教配鑰匙，描筆兒勾銷了傷春事。悶葫蘆刬斷綫兒，錦鴛鴦别對了個雄雌。野蜂兒難尋覓，蠍虎兒乾害死，蠶蛹兒别罷了相思。

贈顧觀音

盈盈羅襪藕初簪，楚楚宫腰柳半金，小名兒且是妖嬈甚。落迦山何處尋，紫旃檀風月叢林。説緣法三生夢，捨慈悲一片心，不枉了唤做個觀音。

吴姬浮《小令》無“浮”字。

罘罳分明小藤床，茉莉堆雲懶髻妝，薔薇灑水輕綃上。染一天風露香，看星河笑語昏黄。白雪鷄頭肉，紅冰荔子漿，道今夜較涼。《小令》作“今夜微凉”。

重觀瀑布

天機織罷月梭閑，石壁高垂雪練寒，冰絲帶雨懸霄漢。幾千年曬未乾，露華凉人怯衣單。似白虹飲澗，玉龍下山，晴雪飛灘。

雨窗即事

客懷寥落雨聲中，春事商量花信風，燭光摇蕩江南夢。寸心灰雙淚紅，和更籌滴損銅龍。酒醒紗窗静，詩慳錦袋空，催老仙翁。

中秋後一日山亭賞桂花時雨稍晴

海雲衣濕鶺鴒寒，窗雨絲收絡緯閑，邊風信動征鴻限。稻粱秋有甚慳，儘尊前楚水吴山。坐金色三千界，倚天香十二闌，不是人間。

詠雪

冷無香柳絮撲將來，凍成片梨花拂不開。大灰泥漫了三千界，銀稜了東大海，探梅的心噤難捱。麪甕兒裏袁安舍，鹽罐兒裏党尉宅，粉缸兒裏舞榭歌臺。《小令》“漫了”作“漫不了”。

贈孫梅哥

壽陽宫額試新妝，萼緑仙音整舊腔。怕尊前夢覺參兒上，粉留痕襟袖香，揀堆兒可喜昏黄。白雲紙帳，清風玉堂，淡月紗窗。

小桃紅

贈郭蓮兒

錦幢羅蓋水晶宫，一曲菱歌動。太液雲香露華瑩，醉芙蓉，鴛鴦不識淩波夢。秋房怨空，藕絲情重，粉瘦怯西風。

花籃髻

小鬟新樣鬬奇絶，學綰同心結。翠織香穿逞嬌劣，巧堆疊，錦筐露濕瓊梳月。盛春倦也，和雲低遏，忙煞夢中蝶。鈔本原與《小令》同作“和雲低退”，此從《文湖州集詞》。

效聯珠格

落花飛絮隔朱簾，簾靜重門掩。掩鏡羞看臉兒嬱，嬱眉尖，眉尖指屈將歸期念。念他抛閃，閃咱少欠，欠你病厭厭。

贈朱阿嬌

鬱金香染海棠絲，雲膩宫鴉翅。翠靨眉兒畫心字，喜孜孜，司空休作尋常事。尊前但得，身邊伏侍，誰敢想那些兒。

閨思

日高猶自睡沉沉，夢遶鴛鴦枕。不成閑愁厮拘禁，戀香衾，東風落盡西園錦。知他爲甚，情懷陡恁，懶却惜花心。《小令》“不成”作“不是”。

贈劉牙兒

瓠犀微露玉參差，偏稱烏金漬。斜抵春纖記前事，試尋思，風流慢惹閑唇齒。含宫嚼徵，咬文啖字，誰敢嗑牙兒。《小令》作“泛徵”，又作“嚼字”。

春閨怨

玉樓風颭杏花衫，嬌怯春寒賺。酒病十朝九朝嵌，瘦巖巖，愁濃難補眉兒淡。香消翠減，雨昏煙暗，芳草遍江南。

中秋懷約

桂花風雨較涼些，愁字兒難藏摩。一片秋聲戰梧葉，苦離别，幸然不見團圓月。多應那人，相思今夜，明日敢來也。

楚儀來因戲贈之

碧梧月冷鳳凰枝，空守風流字①。楚雨湘雲總心事，許多時，口兒裏

① 今校：隋校本《樂府羣玉》“字”作“志”。

不道個胡倫字。慇懃謝伊,雖無傳示,來探了兩遭兒。《小令》"胡倫"作"囫圇"。

别楚儀

一尊别酒斷腸詞,難説心間事。行李匆匆怎酬志,自尋思,從今别却文章士。至如小子,十分不是,好處也想些兒。

紹興于侯索賦

晝長無事簿書閑,未午衙先散。一郡居民二十萬,報平安,秋糧夏税咄嗟兒辦。執花紋象簡,凭琴堂書案,日日看青山。鈔本原作"杻花紋象簡",此從《小令》。

孫氏壁間畫竹

月分雲影過鄰東,半壁秋聲動。露粟枝柔怯棲鳳,玉玲瓏[①],不堪歲暮關情重。空谷乍寒,美人無夢,翠袖倚西風。

點鞋杖

研臺香蘸翠條尖,圈落玄花點。雲鳳吴綾粉生焰,配霜縑,月牙脱出宫蓮瓣。雖然草木,不堪憔悴,陪伴玉纖纖。

曉妝

紺雲分翠攏香絲,玉線界宫鴉翅。露冷薔薇曉初試,淡勻脂,金篦膩點蘭煙紙。含嬌意思,殢人須是,親手畫眉兒。

桂花

一枝丹桂倚西風,扇影天香動。醉裏清虚廣寒夢,月明中,紫金粟鍊硃砂汞。緑衣襯榜,黄麻供奉,不似狀元紅。

四塊玉

詠手二首[②]

玉掌温,瓊枝嫩,閑弄閑拈暗生春,爲纖柔長惹風流恨。掠翠鬟,整

---

① 今校:《文湖州集詞》"玲瓏"作"瓏璁"。

② 今按:《樂府羣珠》"絃上看"一首在前。

髻雲，可喜損。

絃上看，花間把，握雨移雲那清嘉，春風滿袖拈羅帕。擎玉斝，微蘸甲，風韻煞。《小令》作“握雨攜雲”。

殿前歡

失題四首　《小令》六首，題作“里西瑛號懶雲窩，自敍有作，奉和六曲”。

懶雲窩，石床苔翠暖相和。不施霖雨爲良佐，遯迹巖阿。林泉夢引合，風月詩分破，富貴塵沾涴。歌殘楚些，閑損巫娥。《小令》“苔翠”作“滴翠”。

懶雲窩，雲邊日月儘如梭。槐根夢覺興亡破，依舊南柯。休聽甯戚歌，學會陳摶臥，不管靈輒餓，無何浩飲，浩飲無何。鈔本原作“靈輒臥”，無“不管”二字，此從《小令》。

懶雲窩，靜看松影掛長蘿。半間僧舍平分破，塵慮消磨。聽不厭隱士歌，夢不喜高軒過，聘不起東山臥。踈慵在我，奔競從他。

懶雲窩，懶雲窩裏避風波。無榮無辱無災禍，儘我婆娑。閑謳樂道歌，打會清閑坐，放浪形骸臥。人多笑我，我笑人多。

清江引

笑靨兒四首

盈盈嬰瘢嬌豔滿，偏稱燈前玩。歌喉夜正闌，酒力春將半，喜入腮窩紅玉暖。

破花顏腮窩兒深更小，助喜洽添容貌。生成臉上嬌，點出腮邊俏，休著翠鈿遮罩了。《小令》“腮窩兒”作“粉窩兒”。

鳳酥不將腮斗勻，巧笑含嬌俊①。紅鐫玉有痕，暖嵌花生暈，旋窩兒裏粉香都是春。鈔本“花”原作“華”，“都”原作“教”，此皆從《小令》。又

---

① 今校：《太平樂府》“巧笑”作“巧倩”。

《小令》"腮斗"下有"兒"字,"旋窩兒"下無"裏"字。

一團可人衠是嬌,妝點如花貌。擡疊起臉上愁,出落腮邊俏,千金這窩兒裏消費了。《小令》"擡疊起"作"打疊"二字,"消費了"作"消盡了"。

紅繡鞋

竹涼衫二首

浹背全無暑汗,曲肱時印新瘢,襯荷花落魄壯懷寬。挹風香雙袖細,披野色一襟團,滿身兒窺豹管。

并刀翦龍鬚爲寸,玉絲穿龜背成文,骨格清涼不沾塵。汗香晴帶雨,肩瘦冷披雲,是一個玲瓏剔透人。《小令》"披"作"搜",無"一個"二字。《太平樂府》"骨格"作"襟袖"。《堯山堂外紀》"寸"作"本"。

滿庭芳

鐵馬兒

虛簷月明,穿簾得失,注月前程。只聞閫外將軍令,肅肅宵征。歌舞鬧難踏錦營,雨雲閑偏戰愁城。嘶不定,鋼腸人厭聽,風入四蹄輕。

漁父詞二十首

瀟湘畫中,雪翻秋浪,玉削晴峰。蓴鱸高興西風動,掛起風篷。夢不到青雲九重,禄不求皇閣千鍾。浮蛆甕,活魚自烹,濁酒旋篘紅。《小令》"風篷"作"長篷","皇閣"作"黄閣"。

湘江漢江,山川第一,景物無雙。呼兒盞洗生珠蚌,有酒盈缸。爭人我心都納降,和伊吾歌不成腔。船初樁,芙蓉對港,和月倚篷窗。

吳頭楚尾,江山入夢,海鳥忘機。閑來得覺胡倫睡,枕著蓑衣。釣臺下風雲慶會,綸竿上日月交蝕。知滋味,桃花浪裏,春水鱖魚肥。《小令》"胡倫"作"囫圇"。

江湖隱居,既學范蠡,問甚三閭。終身休惹閑題目,裝個葫蘆。行雨罷龍歸遠浦,送秋來雁落平湖。摇船去,濁醪換取,一串柳穿魚。

山妻稚子,薄披鱸膾,細切蓴絲。葫蘆盛酒江頭市,琖用青瓷。笑吕望風雲古史，愛玄真江海新詩。心無事，尋思那時，悔殺進西施。

疎狂逸客，一罇酒盡，百尺帆開。劃然長嘯西風快，海上潮來。入萬頃玻璃世界，望三山翡翠樓臺。綸竿外，江湖水窄，回首是蓬萊。

湖平棹穩[1]，桃花泛暖，柳絮吹春。蔞蒿香脆蘆芽嫩，爛煮河鲀。閑日月熬了些酒樽，惡風波飛不上絲綸。芳村近，田原隱隱，疑是避秦人。《小令》"河鲀"作"河豚"。

扁舟棹短，名休掛齒，身不屬官。船頭酒醒妻兒唤，笑語團圞。錦畫圖芹香水暖，玉圍屏雪急風酸。清江畔，閑愁不管，天地一壺寬。

沙堤纜船，樵夫問訊，溪友留連。笑談便是編修院，誰貴誰賢。不應舉江湖狀元，不思凡蓑笠神仙。魚成串，垂楊岸邊，還却酒家錢。《小令》"誰貴"作"誰否"。

扁舟最小，綸巾蒲扇，酒甕詩瓢。樵青拍手漁童笑，回首金焦。箬笠底風雲縹緲，釣竿頭活計蕭條。船輕棹，一江夜潮，明月臥吹簫。鈔本原作"扁舟是小"，此從《小令》。

綸竿送老，酒篘緑蟻，蟹擘紅膏。興來自把船兒棹，萬頃雲濤。風月養吾生老饕，江湖歌楚客離騷。溪童道，蓑衣是草，不换錦宫袍。

漁家過活，雪篷雲棹，雨笠煙蓑。一聲欸乃無人和，妻子呵呵。包古今不宜時短褐，泛江湖無定處行窩。休扶舵，輕將棹撥，江上月明多。

活魚旋打，沽些村酒，問那人家。江山萬里天然畫，落日煙霞。垂袖舞風生鬢髮，扣舷歌聲撼漁槎。初更罷，波明淺沙，明月浸蘆花。

漁翁醉也，任横棹楫，不纜椿橛。晚來隔浦燈明滅，船閣沙斜。蘆花夢西風睡徹，松茅煙夜火燒絶[2]。秋江月，林梢半缺，潮信早來些。

江天晚涼，一灘蓼沙，十里蓮塘。酒缸盛酒船頭上，有幾個漁郎。雲錦機織作成醉鄉，綺羅叢排辦出滄浪。盃盤放，鱸魚味長，甜似太官

---

① 今校：隋校本《樂府羣玉》"湖"作"潮"。

② 今校：《喬夢符小令》"松茅"作"松明"。

羊。《小令》"蓼沙"作"紅蓼","織作成"作"作成了","太官羊"作"大官羊"。

秋江暮景,胭脂林障①,翡翠山屏。幾年罷却青雲興,直泛滄溟。臥御榻彎的腿疼,坐羊皮慣得身輕。風初定,絲綸慢整,牽動一潭星。

攜魚換酒,魚鮮可口,酒熱扶頭。盤中不是鯨鯢肉,鱘鮓初熟,太湖水光摇酒甌,洞庭山影落魚舟。歸來後,一竿釣鈎,不掛古今愁。

江聲撼枕,一川殘月,滿目遥岑。白雲流水無人禁,勝似山林。釣晚霞寒波濯錦,看秋潮夜海鎔金。村醪窨,何人共飲,鷗鷺是知心。

輕鷗數點,寒蒲獵獵,秋水厭厭。五泉煙景由人占,有甚防嫌。是非海天驚地險,水雲鄉浪靜風恬。村醪釅,歌聲冉冉,明月在山尖。

篷窗半龕,掛晴帆飽,照夜燈饞。一竿界破江雲淡,蝦蟹盈籃。未放我杯中量減,儘教他鬢影秋攙。船休纜,中流半酣,擊楫下湘潭。

凭闌人

香梓三首

暖蜕龍團香骨塵,細裊雲衣古篆文。寶奩餘燼温,小池明月昏。

一點雕盤螢度秋,半縷宫奩雲弄愁。情緣不到頭,寸心灰未休。《小令》此首從《太平樂府》,另題作"香篆"。

心火蟠燒九曲腸,鼻觀薰修三昧香。切灰書幾場,猶存延寸光。

李致遠樂府

折桂令

春閨

柳陰深黄鳥綿蠻,勤惜韶華,似罷紅慳。繡草花飛,分香蝶鬧,感舊

---

① 今校:《喬夢符小令》"林障"作"休障"。

人閑。奇兵破愁城酒盞,離情絟恨鎖眉山①。沉水燒殘,繡被熏蘭,只是春寒。

山居

枕琴書睡足柴門,時有清風,爲掃紅塵。林鳥呼名,山猿逐婦,野獸窺人。唤稚子滌壺洗樽,致鄰僧貰酒論文。全我天真,休問白魚,且醉白雲。

讀史

慨西風壯志闌珊,莫泣途窮,便可身閑。賈誼南遷,馮唐老去,關羽西還。但願生還玉關,不將劍斬樓蘭。轉首蒼顔,好覓菟丘②,休問天山。

秋景

秋聲先到梧桐,掛雨雌霓,拂檻雄風。幾點青山,一泓素月,滿地丹楓。腸縷斷情欺醉容,漏聲遲霜滿愁紅。長笛聲中,罨畫樓東,淚灑征鴻。

紅繡鞋

晚春

楊柳深深小院,夕陽淡淡啼鵑,巷陌東風賣餳天。纔社日停針綫,又寒食戲秋千,一春幽恨遠。

春閨情

紅日嫩風摇翠柳,緑窗深煙暖香篝,怪來朝雨妒風流。二分春色去,一半杏花休,歸期何太久。首句"柳"字待校,鈔本原作"紅日嫩風料峭柳"。

晚秋

夢斷陳王羅襪,情傷學士琵琶,又見西風换年華。數杯添淚酒,幾點送秋花,行人天一涯。

---

① 今校:吴梅校本"絟"作"綰"。

② 今校:隋校本《樂府羣玉》"丘"作"裘"。

天淨沙

離愁

敲風修竹珊珊，潤花小雨斑斑，有恨心情懶懶。一聲長歎，臨鸞不畫眉山。

春閨情

畫樓徙倚闌干，粉雲吹做修鬟，璧月低懸玉彎。落花□慢，羅衣特地春寒。

初夏即事

曉來煙斷香篝，春歸綠遍芳洲，影亂風梳弱柳。遲遲清晝，竹深時喚鵓鵓。

水仙子

春暮

荼蘼香散一簾風，杜宇聲乾滿樹紅，南軒一枕梨雲夢。離魂千里同，日斜花影重重。萱草發無情秀，榴花開有恨穠，斷送得愁濃。

春懷

水邊垂柳赤闌橋，洞裏神仙紫玉簫，東風吹斷閑花草。碧雲深春夢悄，久别來朱户蕭條。半簾明月，一溪絳桃，萬里黄鶴。

道情

甕頭春色是長生，枕上華胥當解醒，常將造物合心鏡。後庭閑留月明，得工夫休寫黄庭。怕蕭郎夫婦，茅家弟兄，邂逅瑶京。

清江引

即席贈妓三首

碧雲欲低香霧阻，迴首多情處。梨花二月初，柳絮三春暮，今宵月明何處宿。

樽前有人顔似玉，笑索多情句。歌殘柳葉飛，舞罷庭花妒，冰絃一霎秋夜雨。鈔本“妒”原作“如”。

東風又來供暮愁，吹上蛾眉皺。應知弄玉心，相道東陽瘦，花落燕飛人病酒。

喜春來

秋夜二首

斷雲含雨峰千朵，釣艇披煙玉一蓑，藕花香氣小亭多。涼意可，開宴款姮娥。

月將花影移簾幙，風怒松聲捲翠濤，呼童滌器煮茶苗。驚睡鶴，長嘯仰天高。鈔本“怒”原作“恕”。

小桃紅

新柳

柔條不奈曉風梳，亂織新絲綠。瘦倚春寒灞陵路，影扶疎，梨花未肯飄香玉。黄金半吐，翠煙微妒，相伴月兒孤。

碧桃

穠華不喜污天真，玉瘦東風困。漢闕佳人足風韻，唾成痕，翠裙翦翦瓊肌嫩。高情厭春，玉容含恨，不賺武陵人。

梧葉兒

失題

佩解螭文玉，衾閑鴛序錦，釵折鳳頭金。夜雨留荷淚，西風吼樹音，秋月弄桐陰，梅花謝别來到今。

落梅風鈔本原無此調名，連〔梧葉兒〕後。

失題

斜陽外，春雨足，風吹皺一池寒玉。畫樓中有人情正苦，杜鵑聲莫啼歸去。

朝天曲

秋夜吟

梵宫,晚鐘,落日蟬聲送。半規涼月半簾風,騷客情尤重。何處樓臺,笛聲悲動,二毛斑,秋夜永。楚風,幾重,遮不斷相思夢。鈔本“毛”原作“毫”。

撥不斷

夏宿山亭《北詞廣正譜》歸馬致遠。

立峰巒,脱簪冠。夕陽倒影松陰亂,太液澄虚月影寬,海風汗漫雲霞斷。醉眠時小童休唤。

迎仙客

暮春

吹落紅,楝花風,深院垂楊輕霧中。小窗閑,停繡工,簾幙重重,不鎖相思夢。

賣花聲

月夜

雲消皎月篩簾影,夢破驚烏遶樹聲,挑燈起誦太玄經。竹軒風定,桂窗人静,快詩人一襟清興。

王日華樂府錢塘南齋

慶東原《風月所舉問汝陽記》自“黄肇退狀”至“議擬”凡計一十六首。

黄肇退狀按《録鬼簿》謂日華“有與朱凱題《雙漸小青問答》,人多稱賞”,是以下十六首乃王氏與朱凱共作者。

于飛燕,並蒂蓮,有心也待成姻眷。喫不過雙生强嚪,當不過馮魁鬭諞,甘不過蘇氏胡揙。且交割麗春園,免打入悲天院。“喫不過”、“當不過”、“甘不過”,鈔本原作小字偏行。“悲天院”應作“卑田院”。

天香引

問蘇卿

俏排場慣見曾經，自古惺惺，愛惜惺惺。燕友鶯朋，花陰柳影，海誓山盟。那一個堅心志誠，那一個薄倖雜情。只問蘇卿，是愛馮魁，是愛雙生。

答

平生恨落風塵，虛度年華，減盡精神。月枕雲窗，錦衾繡褥，柳户花門。一個將百十引江茶問肯，一個將數十聯詩句求親。心事紛紜，待嫁了茶商，怕誤了詩人。

鳳引雛

再問

小蘇卿，言詞道得不實誠①。江茶詩句相兼併，那件著情。休胡蘆提二面應，相傒倖，端的接誰紅定。休教勘問，便索招承。"二面應"，鈔本原作"二四噟"。

答

滿懷冤，被馮魁掩撲了麗春園。江茶萬引誰情願，聽妾明言。多情小解元，休埋怨，俺違不過親娘面。一時間不是，誤走上茶舡。

淩波仙

駁

明明的退佃麗春園，暗暗的開除了雙解元，磣可可説下神仙願。却原來都是諞，再誰聽甜句兒留連。同他行坐，和他過遣，怎做的誤走上茶舡。"磣可可"原作"慘可可"。

招

書生俊俏却無錢，茶客村虔倒有緣，孔方兄教得俺心窨變。胡蘆提過遣，如今是走上茶舡。拜辭了呆黄肇，上覆那雙解元，休怪咱不赴臨川。

---

① 今校："道"下原無"得"字，兹據吴梅校本補。

天香引

問馮魁

馮魁嗏你自尋思，這樣嬌姿，做了琴瑟。不用紅娘，只留紅定，便繫紅絲。量你啊有甚麼風流浪子，怎消得多情俊俏婇兒。供吐實詞，説了緣由，辨個妍媸。鈔本“浪子”原作“娘子”。

淩波仙

答

黄金鑄就劈閑刀，茶引糊成剗怪鍬，廬山鳳髓三千號。陪酥油儘力攪，雙通叔你自才學。我揣與娘通行鈔，他掂了咱傳世寶，看誰能够鳳友鸞交。

天香引

問雙漸

小蘇卿簁變了心腸，改抹了因緣，倒换排場。强拆鴛鴦，輕分鶯燕，失配鸞凰。實丕丕兜籠了富商，虚飄飄蹬脱了才郎。你試思量，不害相思，也受淒涼。

淩波仙

答

陽臺雲雨暫教晴，金斗風波且慢行，小蘇卿是接了馮魁定。俏書生便噤聲，没來由閑戰閑爭。非干是咱薄倖，既然是他淺情，我著甚乾害心疼。

天香引

問黄肇

麗春園黄肇姨夫，人道你聰明，我道你胡突。蘇氏掂俫，雙生搠滲，你剗地妝孤。怕不你身上知心可腹，爭知他根前似水如魚。休强支吾，這樣恩情，便好開除。

淩波仙

答

風流雙漸慣輪鍘,瀾浪蘇卿能跳塔,小機關背地裏商量下。把咱做皮燈籠看待咱,從來道水性難拿。從他赸過,由他演撒,終只是個路柳墻花。

天香引

問蘇媽媽

蘇婆婆常只是熬煎,臨逼得孩兒,一謎地胡搧。使會虛脾,著些甜唾,引起頑涎。用力的從教氣喘,著昏的一任頭旋。只爲貪錢,將個嬋娟,賣上茶舡。

淩波仙

答

有錢問甚紙糊鍬,没鈔由他古定刀,是誰俊俏誰村拗。俺老人家不性索,馮員外將響鈔搋著。雙生咷休乾鬧,黄肇嗏且莫焦,價高的俺便成交。

議擬

雙生好去覓前程,黄肇休來戀寡情,馮魁統鏝剛婚聘。老虔婆指證的明,小蘇卿既已招承。風月所成文案,鶯花寨擬罪名,麗春園依例施行。鈔本"聘"原作"娉"。

類聚名賢樂府羣玉卷之三

陳德和樂府

落梅風雪中十事

貧兒翳桑

茶煙細，酒力微，都不索比評風味。翳桑兒俏聲私自提，省可裏臘前呈瑞。

謝女比絮

騷人謝，女論吟，雪飄時絮飛還恁。七言句兒誇到今，偏梨花比他爭甚。

袁安高臥

身貧暴，志趣高，羨袁安那時清操。縱如今閉門僵睡著，道是儘教他忍寒干傲。

陶穀烹茶

龍團細，蟹眼肥，竹爐紅小窗清致。試烹來是覺風韻美，比羊羔較爭些滋味。

浩然騎驢

窮東野，忒好奇，凍得來戰欽欽地。待吟詩滿前都是題，偏則麽灞橋驢背。

李愬擊鵝

翻銀漢，戰玉龍，遍乾坤似粉妝胡洞。擊鵝羣亂軍成了大功，全不道藍關路馬蹄難動。

孫康映雪

無燈蠟，雪正積，想孫康向學勤力。映清光展書讀較畢，待天明困來却睡。

遊楊侍立

立來倦,睡未足,覷門前雪深迷路。師父覺來遲半步,忍不得也索回去。

泛剡王猷

乘雪夜,訪故人,剡溪冰短篷難進。凍歸來怕人胡議論,强支吾道興來還盡。

寒江釣叟

寒江暮,獨釣歸,玉蓑披滿身祥瑞。他道縱如圖畫裏,只不如銷金帳暖烘烘地。

徐甜齋樂府

紅錦袍

失題四首

那老子愛清閑主意别,釣桐江江上雪,泛桐江江上月。君王想念者,宣到鳳凰闕。想著七里漁灘,將著一鈎香餌,望著富春山歸去也。

那老子陷身在虎狼穴,將夫差仇恨雪,進西施謀計拙。若不早去些,烏喙意兒别。駕著一葉扁舟,披著一蓑煙雨,望他五湖中歸去也。

那老子見高皇斬了蛇,助蕭何立大節,薦韓侯勞汗血。漁樵做話説,千古漢三傑。想著雲外青山,納了腰間金印,伴赤松子歸去也。

那老子覷功名如夢蝶,五斗米腰懶折,百里侯心便捨。十年事可嗟,九日酒須賒。種著三徑黄花,栽著五株楊柳,望東籬歸去也。

折桂令鈔本原載卷之四《貫酸齋樂府》後。

竹夫人

湘妃應是前身,不記何年,封號封秦。萬古虚心,百年貞節,一世故人。剖蒼壁寒凝淚痕,攙潛蛟巧結香紋。侍枕知恩,入夢無春。兩腋清風,一枕行雲。第三句鈔本原作"封號□秦",兹從《太平樂府》。《樂府》六句作"幾世故人",八句"攙"作"挽",末句"一"作"満"。

朝天子鈔本原載卷之四《吴克齋樂府》後。

失題①

裹湖,外湖,無處是無春處。真山真水真畫圖,一片玲瓏玉。宜酒宜詩,宜晴宜雨,銷金鍋錦繡窟。老蘇,老逋,楊柳堤梅花墓。"逋"上鈔本原無"老"字,據《太平樂府》補。

錢子雲樂府

清江引

失題四首

夢回晝長簾半捲,門掩荼蘼院。蛛絲掛柳棉,燕嘴粘花片,啼鶯一聲春去遠。

高歌一壺新釀酒,睡足蜂衙後。雲深鶴夢寒,石老松花瘦,不如五株門外柳。

春歸牡丹花下土,唱徹鶯啼序。戴勝雨餘桑,謝豹煙中樹,人困晝長深院宇。

恩情已隨紈扇歇,攢到愁時節。梧桐一葉秋,砧杵千家月,多的是幾聲兒簷外鐵。

馬致遠樂府

撥不斷

失題

菊花開②,正歸來③。做伴的虎溪僧鶴林友龍山客,似杜工部陶淵明李太白,有洞庭柑東洋酒西湖蟹。道與三閭休怪。《陽春白雪》三句

① 今校:《太平樂府》題作"西湖"。
② 今校:隋校本《樂府羣玉》"菊"作"梅"。
③ 今校:隋校本《樂府羣玉》"正"作"笑"。

無"做"字、"的"字，五句無"有"字，"道與"二字作"哎楚"二字。

周仲彬樂府

清江引

詠笑靨兒

一窩粉香堪愛惜，近眼花將墜。添他百媚生，動我千金費，春風小桃初破蕊。

慶東原

失題

閑評論，猛三思，想海神廟錯斷了喬公事。只合賺他每燒錢裂紙，只合任他每焚香扣齒，不合信他每插狀稱詞。人都説桂英癡，只我道王魁是。

一半兒

失題二首

多承蘇氏肯憐才，終是雙生不在□，羞禁孏孏唵面色。要開懷，一半兒殃及一半兒買。

寫愁詞賦自傷悲，傳恨琵琶人共知，司馬哭痛如商婦泣。淚沾衣，一半兒纔乾一半兒濕。

落梅風

失題六首

眉間恨，心上苦，口難言把脚根兒分付。烏靴上半痕鞋下土，忍輕將袖□兒揩去。"揤"字待校，疑是"揩"字。

樓臺小，風味佳，動新愁雨初風乍。知不知對春思念他，倚闌干海棠花下。

新秋夜，微醉時，月明中倚闌獨自。吟成幾聯腸斷詩，説不盡滿懷心事。

鸞凰配，鶯燕約，感蕭娘肯憐才貌。除琴劍又别無珍共寶，只一片至誠心要也不要。

風流士，年少客，花無名帽簷羞戴。新來頗覺略分外，相思病等閑不害。鈔本"戴"原作"帶"。

乾坤内，山共水，論風流古杭爲最。北高峰離不得二三里，回頭看鏤金鋪翠。鈔本"鏤"原作"縷"。

叨叨令

自歎二首

築墻的曾入高宗夢，釣魚的也應飛熊夢，受貧的是個淒涼夢，做官的是個榮華夢。笑煞人也末哥，笑煞人也末哥，夢中又説人間夢。

去年今日題詩處，佳人才子相逢處，世間多少傷心處，人面不知歸何處。望不見也末哥，望不見也末哥，緑窗空對花深處。

四景二首

春尋芳竹塢花溪邊醉，夏乘舟柳岸蓮塘上醉，秋登高菊徑楓林下醉，冬藏鈎暖閣紅爐前醉。快活也末哥，快活也末哥，四時風月皆宜醉。

桃花開院宇中歡歡喜喜醉，芰荷香池沼邊朝朝日日醉，金菊濃籬落畔醺醺沉沉醉，蠟梅芳庾嶺前來來往往醉。醉來也末哥，醉來也末哥，醉兒醒醒兒醉。

失題

嗚呀呀塞雁空中叫，普鼕鼕禁鼓樓頭報，淅零零疎雨窗間哨，吉丁當鐵馬簷前鬧。睡不著也末哥，睡不著也末哥，縱然有夢還驚覺。

悲秋

叮叮噹噹鐵馬兒乞留玎琅鬧，啾啾唧唧促織兒依柔依然叫，滴滴點點細雨兒淅溜淅零哨，瀟瀟灑灑梧葉兒失流疎剌落。睡不著也末哥，睡不著也末哥，孤孤另另單枕上迷颩模登靠。

時新樂

失題五首

千里獨行關大王，私下三關楊六郎。張飛忒煞强，諸葛軍師賽張良。暗想，這場，張飛莽撞，大鬧臥龍岡，大鬧臥龍岡。

金妝寶劍藏龍口，玉帶紅絨皇宣授。男兒得志秋，旌旗影裏驟驊騮。滿斟，玉甌，笙歌齊奏，喧滿鳳凰樓，喧滿鳳凰樓。

人活百歲七十稀，百歲光陰能幾日。光陰積漸催，穿了喫了是便宜。唱著，舞著，終日沉醉，不飲是呆癡，不飲是呆癡。

迓鼓童童笆篷下，數個神翁年高大。糍糕著手拿，磁甌瓦帶渾滓。鋪下，板踏，蘿蔔兩把，鹽醬蘸梢瓜，鹽醬蘸梢瓜。"瓦"字待校。

霎時相見便留戀，俊俏龐兒少曾見。一朵白玉蓮，端端正正在湖邊。細看，可憐，香風拂面，真乃是前緣。

折桂令鈔本原載卷之四《貫酸齋樂府》後。

過多景樓

滔滔春水東流，天闊雲閑，樹渺禽幽。山遠横眉，波平消雪，月缺沉鈎。桃蕊紅妝渡口，梨花白點江頭。何處離愁，人别層樓，我宿孤舟。

詠蟠梅

梨雲旋遶東風，誰屈冰梢，怪壓蒼松。緑萼含香，枯根層結，春信重封。清味遠嫌蝶妒蜂，老枝寒舞鳳蟠龍。夜月朦朧，疎蕊縱横。瘦影交加，碎玉玲瓏。

二色鞋兒

輕摇環珮丁東，半露新荷，半掩芙蓉。花柳些些，霞綃點點，錦翠弓弓。緑綾扇輕拈落紅，茜蘿尖微印苔蹤。心恨難通，裙底鴛鴦，出落雌雄。

水仙子鈔本原載卷之四王仲元〔江兒水〕後,“水仙子”三字下原列周仲彬之名。

賦婦人染紅指甲

鳳華香染水晶寒,碎擊珊瑚玉笋間,想别離拄齒應長歎。污檀脂數點斑,記歸期刻損朱闌。錦瑟弦重按,楊家花未殘,爲何人血淚偷彈。鈔本於詞後又注“周仲彬”三字。

柔荑春笋蘸丹砂,膩骨凝脂貼絳紗,多應泣血淹羅帕。灑篔簹赬素甲,抹胭脂誤染冰楂。横象管跳紅玉,理箏絃點落花,輕掐碎殘霞。

丹楓軟玉笋梢扶,猩血春葱指上塗,偷研點易朱砂露。蘸冰痕書絳符,摘蟾宫丹桂扶疎。漸醉甲霞生暈,碾秋磦瓊素舉,夾竹桃香符。末句待校。　以上三首聯列,據調名下有周仲彬之名,三首宜皆爲周作。但據第一首詞後又注“周仲彬”三字,而次首、三首不注,則次首、三首又似非周作。特三首以下原鈔本適闕半頁,後詞有無别注姓名者,不得而知。是次首、三首究屬誰作,尚待校訂也。

寨兒令鈔本原載卷之四《吴克齋樂府》後。

佳人送别十首

鴛鴦共棲,鸞鳳相配。夜夜同衾,朝朝同樂。步步相隨,猛可分鳳鞋[①],剖鸞釵,薄情自來年少客。義斷恩乖,雨冷雲埋,癡意尚憐才。風不定花落閑階,雲不蔽月滿樓臺。燕歸也人未歸,雁來也信慳來。才,不得休約到海棠開。末句待校。十首中之一字韻,鈔本原皆作小字偏行。

彈玉指,覷腰肢,想前生欠他憔悴死。錦帳琴瑟,羅帕胭脂,只落得害相思。曾約在桃李開時,到今日楊柳垂絲。假題情絶句詩,虚寫恨斷腸詞。嗤,都扯做紙條兒。

---

① 今校:此二十二字爲吴克齋〔上小樓〕小令之前半,見《樂府羣珠》,故此首應從“分鳳鞋”起。

鸞枕孤，鳳衾餘，愁心碎時窗外雨。漏斷銅壺，香冷重爐，寶帳暗流蘇。情不已心在天隅，魂欲離夢不華胥。西風征雁遠，湘水錦鱗無。吁，誰寄斷腸書。

蟾影邊，鳳臺前，簫聲爲誰天外遠。欹枕情牽，倚檻無言，血淚灑寒煙。自薄情别後經年，想嫦娥不念孤眠。葡萄架梧葉井，楊柳院海棠軒。天，陡恁月兒圓。

斟玉波，對金荷，新來自覺酒尚可。帶解金羅，眉淡雙娥，月枕共誰歌。從别後必定情薄，待歸來説甚愁多。枕邊憔悴我，燈下可憎他。睃，腰柳瘦因何。

鶯燕友，鳳鸞儔，盡今生猛可裏不到頭。被底温柔，枕上風流，一筆盡都勾。明知道潑水難收，爭忍説和味合休。沈腰偏看醜，潘貌不藏羞。愁，人問瘦因由。

挑短檠，倚雲屏，傷心伴人清瘦影。薄酒初醒，好夢難成，斜月爲誰明。悶懨懨聽徹殘更，意遲遲盼殺多情。西風穿户冷，簷馬隔簾鳴。叮，疑是珮環聲。

踏草茵，步苔痕，憶宫妝懶覷蝶翅粉。桃臉香新，柳黛愁顰，誰道不銷魂。海棠臺榭清晨，梨花院落黄昏。捲簾邀皓月，把酒問東君。春，偏惱少年人。

清景幽，水痕收，瀟瀟幾株霜後柳。往日追遊，此際還羞，新恨上眉頭。丹楓不返金溝，碧雲深鎖朱樓。風涼梧翠減，露冷菊香浮。秋，妝點許多愁。

徹骨杓，滿懷學，只因愛錢心辨不得歹共好。楊柳妖嬈，蘭蕙丰標，禁不過爛銀鍬。舊人物不采分毫，新女壻直恁風騷。攀不得龍虎榜，品不得鳳鸞簫。貓，不信不斂兒哮。“歹”，鈔本原作“反”。末句待校。此首不類送别之意，與前九首異，疑有誤。

朝天子鈔本原載卷之四，接〔寨兒令〕十首後，惟其間尚界徐甜齋〔朝天子〕一首。

失題

裩咱，亹咱，擬不定真和假。韓香剛待探手拿，小膽兒還驚怕。柳外風前，花間月下，斷腸人敢道麽。演撒，夢撒，告一句知心話。

小桃紅鈔本原載卷之四《丘士元樂府》前。

失題二首

當時羅帕寫宮商，曾寄風流況。今日尊前且休唱，斷人腸，有花有酒應難忘。香消夜涼，月明枕上，不信不思量。

彩箋滴滿淚珠兒，心坎如刀刺。明月清風兩獨自，暗嗟咨，愁懷寫出龍蛇字。吴姬見時，知咱心事，不信不相思。

詠碧桃三首

東風有恨致玄都，吹破枝頭玉。夜月梨花也相妒，不尋俗，嬌鸞彩鳳風流處。劉郎去也，武陵溪上，仙子淡妝梳。

羣芳爭豔鬭開時，公子王孫至。邀我名園賞春思，探花枝，任君各自簪紅紫。諸公肯許，老夫頭上，插朵粉團兒。

偏嫌桃杏染胭脂，我愛丁香□。恨殺薔薇□有刺，怨垂絲，梨花帶雨傷春思。海棠過了，荼蘼開遍，都不似粉團兒。“香”字下、“薇”字下原無空格，應各補一字。

張子堅樂府

德勝令

失題

宴罷却初更，擺列著玉娉婷。錦衣搭白馬，紗籠照道行。齊聲，唱的是阿納忽時行令。酒且休斟，俺待銀鞍馬上聽。

鄭德輝樂府

折桂令

失題

弊裘塵土壓征鞍，鞭倦裊蘆花。弓劍蕭蕭，一竟入煙霞。動羈懷西風禾黍，秋水蒹葭。千點萬點，老樹寒鴉。三行兩行，寫高寒呀呀雁落平沙。曲岸西邊近水渦，魚網綸竿釣艖。斷橋東下，傍溪沙，疎籬茅舍人家。見滿山滿谷，紅葉黄花。正是淒涼時候，離人又在天涯。《陽春白雪》屬白無咎。“倦”作“捲”，“竟”作“逕”，“禾黍”作“木葉”，“寒鴉”作“昏鴉”，“高寒”作“長空”，“水渦”作“水灣”，“東下”作“東壁”，“溪沙”作“溪山”，“疎籬”作“竹籬”，無“見”字，“淒涼”上多“傷感”二字。

飄飄泊泊船纜定沙汀，悄悄冥冥江樹碧熒熒。半明不滅，一點漁燈。冷冷清清瀟湘景晚風生，昔留昔零，暮雨初晴。皎皎潔潔照櫓篷，剔留圖戀月明①。□瀟瀟颯颯和銀箏②，失留疎剌秋聲。見希颩胡都茶客微醒，細尋思雙生雙生，你可閃下蘇卿。“尋思”原作“尋尋思思”。

鍾醜齋樂府

醉太平

失題

邊前街後街，進大院深宅，怕有那慈悲好善小裙釵，請乞兒□頓飽齋。與乞兒繡副合歡帶，與乞兒換副新鋪蓋，將乞兒擕手上陽臺，設貧咱波孏孏。闕處疑是“喫”字。“設”字待校。

又

俺是悲天院下司，俺是劉九兒宗枝，鄭元和俺當日拜爲師，傳留下

---

① 今校：“瀟瀟”上所脱之字，吴梅校補爲“正”。

② 今校：“圖戀”二字費解，隋樹森校本《樂府羣玉》作“團欒”，似應從。

蓮花落稿子。掤竹杖遶遍鶯花市，提灰筆寫就鴛鴦字，打爻槌唱會鷓鴣詞，窮不了俺風流敬思①。

又

風流貧最好，村沙富難交，拾灰泥補砌了舊磚窰，開一個教乞兒市學。裹一頂半新不舊烏紗帽，穿一領半長不短黄麻罩，繫一條半聯不斷皂環縧，做一個窮風月訓導。

清江引

失題十首

採薇首陽空忍饑，枉了爭閑氣。試問屈原醒，爭似淵明醉，早尋個穩便處閑坐地。

伯牙去尋鍾子期，講論其中意。高山流水聲，誰是知音的，早尋個穩便處閑坐地。

五湖去來越范蠡，甘作煙波計。功成心自閑，名遂身先退，早尋個穩便處閑坐地。

楚狂接輿歌鳳兮，見人忙迴避。固知勢利心，豈識高賢意，早尋個穩便處閑坐地。

到頭那知誰是誰，倏忽人間世。百年有限身，三寸元陽氣，早尋個穩便處閑坐地。

秀才飽學一肚皮，要占登科記。假饒七步才，未到三公位，早尋個穩便處閑坐地。

古今盡成閑是非，翻覆興和廢。休誇韓信功，謾説陳平智，早尋個穩便處閑坐地。

鳳凰燕雀一處飛，玉石俱同類。分甚高共低，辨甚真和僞，早尋個穩便處閑坐地。

---

① 今校：吴梅校本"敬思"作"才思"。

道人淡然心似灰，酒色俱無意。絶交鸚鵡杯，退佃鴛鴦被，早尋個穩便處閑坐地。

利名假饒爭到底，爭得成何濟。誰爲刎頸交，那是安窠計，早尋個穩便處閑坐地。

情三首

夜長四壁人静悄，强把屏山靠。□路楚雲深[①]，有夢無著落，俏魂靈險些兒乾送了。

夜長怎生得睡著，萬感縈懷抱。伴人瘦影兒，惟有孤燈照，長吁氣一聲吹滅了。

昨先話兒説甚底，今日都翻悔。直恁鐵心腸，不管人憔悴，下場頭送了我都是你。

水仙子

失題二首

菊栽栗里晉淵明，瓜種青門漢邵平，愛月香水影林和靖。憶蓴鱸張季鷹，占清高總是虚名。光禄酒扶頭醉，太官羊帶尾撑，他也過平生。

燈前撫劍聽鷄聲，月下吹簫引鳳鳴，功名兩字原無命。學神仙又不成，歎吴儂何處歸耕。日月閑中過，風波夢裏驚，造物無情。

沉醉東風

失題

聽不厭鸞笙象板，看不足鳳髻蟬鬟。按不住刺史狂，學不得司空慣，常不教粉吝紅慳。若不把羣花恣意看，飽不了平生餓眼。

---

① 今校："路"上所脱之字，吴梅校補爲"一"。

折桂令鈔本原載卷之四《貫酸齋樂府》後。

詠西域吉誠甫

是梨園一點文星，西土儲英，中夏揚名。胸次天誠，口角河傾，席上風生。吞學海波瀾萬頃，戰詞壇甲胄千兵。律按璣衡，聲和鈴鑾，樂奏英□①。“鑾”原作“落”。

① 今校：“英”下所脱之字，隋校本作“莖”。

類聚名賢樂府羣玉卷之四

貫酸齋樂府

折桂令

送春

問東君何處天涯，落日啼鵑，流水桃花。淡淡遥山，萋萋芳草，隱隱殘霞。隨柳絮吹歸那答，趁遊絲惹在誰家。倦理琵琶，人倚秋千，月照窗紗。

贈曹繡蓮

薰風吹醒横塘，一派波光，掩映紅妝。嬌態盈盈，香風冉冉，翠蓋昂昂。一任遊人競賞，儘教鷗鷺埋藏。世態炎涼，只恐秋涼，冷落空房。

醉太平鈔本原載卷之三鍾醜齋〔醉太平〕後。

失題

長街上告人，破窑裏安身，捱的是一年春盡一年春，誰承望眷姻。紅鸞來照孤辰運，白身合有因緣分，繡毬落處便成親，因此上忍著疼撞門。鈔本"盡一年春"下復有"盡一年春"四字。

王仲元樂府鈔本原作〔江兒水〕，王仲元一行並無"樂府"二字，與前後體例不合。後文吴克齋亦與此同。但吴克齋〔上小樓〕前有闕文，"吴克齋"三字並非一家開始之標名，所以無"樂府"二字。兹既與彼同例，豈此前亦有闕文歟？

江兒水

歎世九首

誰待理他閑是閑非，緊把紅塵避。庵前緑水圍，門外青山對，尋一個穩便處閑坐地。

竹冠草鞋粗布衣，晦迹韜光計。灰殘風月心，參得煙霞味，尋一個穩便處閑坐地。

茅齋倚山門傍溪，鎮日常關閉。安閑養此心，去住從吾意，尋一個穩便處閑坐地。

功名玉關十萬里，委實勞心力。爭如四皓仙，不願三公位，尋一個穩便處閑坐地。

功勞既成名遂矣，便索抽身退。裴公緑野中，陶令東籬内，尋一個穩便處閑坐地。

笑他臥龍因甚起，不了終身計。貪甚青史名，棄却紅塵利，尋一個穩便處閑坐地。

扁舟五湖越范蠡，有分煙波内。綸綸遠是非，蓑笠多風味，尋一個穩便處閑坐地。

紅塵不來浸釣磯，别却風雲會。一釣了此生，七里全身計，尋一個穩便處閑坐地。

五柳遶莊菊滿籬，自謂羲皇世。三徑可怡顔，一榻堪容膝，尋一個穩便處閑坐地。

婦人臉上笑靨

一團可人衜是嬌，妝點如花貌。擡疊起臉上秋，出落腮邊俏，千金這窠裹消費了。按此首已見卷二喬夢符詞内，“秋”作“愁”，“窠”作“窩”，應從。

普天樂鈔本原在《丘士元樂府》前。

春日多雨

無一日惠風和,常四野彤雲布。那里肯妝金點翠,只待要迸玉篩珠。這其間湖景陰,恰便似江天暮。冷清清孤山路,六橋迷雪壓模糊。瞥見遊春杜甫,只疑是尋梅浩然,莫不是相訪林逋。鈔本"訪"原作"放"。

失名鈔本原無此二字。

普天樂

失題

柳眉新,桃臉嫩。酥凝瓊膩,花豔芳温。歌聲消天下愁,舞袖散人間悶。舉止温柔嬌風韻,司空見也索銷魂。蘭姿蕙魄,瑤花玉蕊,誤染風塵。

樹杈枒,藤纏掛。銜煙塞雁,接翅昏鴉。展江鄉水墨圖,列湖口瀟湘畫。過浦穿溪沿江汊,問孤航夜泊誰家。無聊倦客,傷心逆旅,恨滿天涯。鈔本"浦"原作"蒲"。

渰藍橋,燒祆廟。鏡鸞腸斷,瑟鳳魂銷。玉容殘倦豔妝,雲髻亂慵梳掠。悶倚危闌閑凝眺,對斜陽分外無聊。秦川路遠,陽臺雨歇,楚岫雲高。

擁鴛衾,歌珊枕。掃窗風竹,搗月寒砧。思量心別恨填,歡喜夢離愁禁。主意拋遲虧人甚,舊薄情郎何處留心。君懷幸短,盟山路險,誓海波深。

淚盈波,眉愁鎖。消香減膩,病鬼愁魔。爐煙飄怨氣浮,襟袖濕啼痕污。無限淒涼來著抹,瘦身軀怎生存活。相思未脱,他愁爲我,我病因他。

遠山攢,烏雲亂。分釵破鑑,單枕孤鸞。芳心被悶織羅,病軀交愁羈絆。惹肚牽腸相穿貫,上心來痛似錐剜。歸期限滿,難憑後約,孤負前歡。

柳青嚴，冤家塹。情傳眼角，恨寄眉尖。拖逗入煩惱鄉，積攢下相思欠。交下情疎恩情儉，欲闌珊却又拘鈐。常尋我喜，稀行你怪，頻去娘嫌。此首待校處甚多。

戒多婪，絶餘濫。攜雲自勸①，握雨獨慚。鶯花寨我納降，是非海誰著滄。多少猩猩遭坑陷，咱圖甚染緑挼藍。尊前扮蠢，花間塑坌，席上妝憨。

海棠枝，薔薇刺。約回舞燕，抓住遊絲。有贏鈔煙月牌，無倍鈔鶯花市。買雨糴雲無簽次，干遇仙枉廢神思。如無鈔使，休憑浪子，强做勤兒。

痛傷嗟，遭磨滅。調箏絃斷，攏鬢簪折。難攀如鏡裹花，易見是波中月。變盡歡娛成吴越，眼睜睜咫尺離別。啼殘杜宇，辭巢燕子，驚夢蝴蝶。鈔本以下原有闕文。

吴克齋樂府

上小樓

錢塘感舊

虚名仕途，微官苟禄。愁裹南閩，客裹東吴，夢裹西湖。到寓居，問士夫，都爲鬼録，消磨盡舊時人物。

題小卿雙漸

蘇卿告覆，金山題句。行笑行啼，行想行思，行寫行讀。自應舉，赴帝都，雙郎何處，又隨將販茶人去。

西湖宴飲

人凭畫闌，舟横錦岸。一線蘇堤，兩點高峰，四面湖山。玉箏彈，綵袖彎，紅牙輕按，直喫的酒闌人散。

---

①　今校：《樂府羣珠》“自勸”作“自歡”。

春日閨怨

傷春病體,殘春天氣。縈損柔腸,蹙損雙蛾,瘦損香肌。唤小梅,你快急,重門深閉,怕鶯花笑人憔悴。

西湖泛舟

驕驄錦韉,輕羅綵扇。簾捲東風,花綻香雲,柳吐晴煙。泛畫舡,列綺筵,笙簫一片,人都在水晶宫殿。

春殘離思

春光正濃,鶯聲相送。人去蘭堂,塵鎖妝臺,畫罨簾櫳。錦帳中,翠被空,無人相共,央及煞緑窗春夢。

丘士元樂府

滿庭芳

相思

愁山悶海,沉吟暗想,積漸難睚。冷清清無語人何在,瘦損形骸。愁怕到黄昏在側,最苦是兜上心來。咱無奈,相思痛哉,獨自靜書齋。

折桂令

秋晚

楚天秋萬頃煙霞,孤雁聲悲,悽切傷咱。鐵馬叮噹,寒蛩不住,砧杵聲雜。銀臺上燒殘絳蠟,金爐内煙篆香加。感歎嗟呀,痛憶嬌姿,恨滿天涯。

相思

枉虚度歲月光陰,滿腹離愁,一片憂心。斜月穿窗,寒風透户,夜永更深。空落得忘餐廢寢,怎能够並枕同衾。院落沉沉,無限相思,付與瑶琴。

慶東原

秋暮感懷

山連地，水映天，盼賓鴻過盡空嗟怨。朱簾半捲，西風檻邊，明月庭軒。堪歎此時情，獨倚闌干遍。

落梅風

江上聞笛

江天晚，起暮雲，恰纔方夜涼人靜。風送玉簫三四聲，使離人凭闌愁聽。

秋夜夢回

清秋夜，鴛夢回，鬧寒蛩絮人心醉。長吁幾聲人萬里，病形骸越添憔悴。

清江引

秋夜

夜闌夢迴人靜悄，不住地寒蛩叫。細雨灑芭蕉，鐵馬簷前鬧，長吁幾聲兒得到曉。

普天樂

秋夜感懷

月空圓，人何在。寒蛩切切，塞雁哀哀。菊漸衰，荷錢敗。葉落西風雕闌外，斷人腸如此安排。秋雲萬里，滿天離恨，侍我愁懷。

類聚名賢樂府羣玉卷之五

張小山樂府

人月圓

山中書事

興亡千古繁華夢，詩眼倦天涯。孔林喬木，吴宫蔓草，楚廟寒鴉。　數間茅舍，藏書萬卷，投老村家。山中何事，松花釀酒，春水煎茶。

秋日湖上

笙歌蘇小樓前路，楊柳尚青青。畫船來往，總相宜處，濃淡陰晴。　杖藜閑暇，孤墳梅影，半嶺松聲。老猿留坐，白雲洞口，紅葉山亭。

春晚次韻

萋萋芳草春雲亂，愁在夕陽中。短亭别酒，平湖畫舫，垂柳驕驄。　一聲啼鳥，一番夜雨，一陣東風。桃花吹盡，佳人何在，門掩殘紅。

雪中遊虎丘鈔本“雪”原作“雲”，此從《張小山北曲聯樂府》。

梅花渾似真真面，留我倚闌干。雪晴天氣，松腰玉瘦，泉眼冰寒。　興亡遺恨，一丘黄土，千古青山。老僧同醉，殘碑休打，寶劍羞看。

會稽懷古

林深藏却雲門寺，回首若耶溪。苧蘿人去，蓬萊山在，老樹荒碑。　神仙何處，燒丹傍井，試墨臨池。荷花十里，清風鑑水，明月天衣。

客垂虹《詞綜》作“客吴江”。

三高祠下天如鏡，山色浸空濛。蓴羹張翰，漁舟范蠡，茶竈龜蒙。　故人何在，前程那里，心事誰同。黄花庭院，青燈夜雨，白髮秋風。《詞綜》作“前程莫問”。

吴門懷古

山藏白虎雲藏寺，池上老梅枝。洞庭歸興，香柑紅樹，鱸鱠銀絲。　白家池館，吴王花草，長似坡詩。可人憐處，啼烏夜月，猶怨西施。《詞綜》作“山藏金虎”，下闋首四句作“白家亭館，吴宫花草，可似當時。最憐人處”。

春日湖上二首

東風西子湖邊路，白髮强尋春。儘教年少，金鞭俊影，羅帕香塵。　蹇驢破帽，荒池廢苑，流水閑雲。惱余歸思，花前燕子，墻裏佳人。

小樓還被青山礙，隔斷楚天遥。昨宵入夢，那人如玉，何處吹簫。　門前朝暮，無情秋月，有信春潮。看看憔悴，飛花心事，殘柳眉梢。

開吴松江遇雪①

一冬不見梅花面，天意可憐人。曉來如畫，殘枝綴粉，老樹生春。　山僧高卧，松爐細火，茅屋衡門。凍河堤上，玉龍戰倒，百萬愁鱗。

寄璩源芝田禪師

龍湫山上雲屯寺，别是一乾坤。檜參百丈，雪深半尺，梅瘦三分。　幾時親到，松邊弄水，月下敲門。相思無奈，煙蘿洞口，立盡黄昏。“檜”，鈔本原作“僧”。

三衢道中有懷會稽

松風十里雲門路，破帽醉騎驢。小橋流水，殘梅剩雪，清似西

① 今校：《太平樂府》題目無“開吴”二字。

湖。　而今杖履，青霞洞府，白髪樵夫。不如歸去，香爐峰下，吾愛吾廬。

水仙子

西湖秋夜

今宵爭奈月明何，此地那堪秋意多，舟移萬頃冰田破。白鷗還笑我，拚餘生詩酒消磨。雲子舟中醉，雪兒湖上歌，老子婆娑。《北曲聯樂府》“醉”作“飯”。《張小山小令》“雲子”又作“雲母”。

吴山秋夜二首

山頭老樹起秋聲，沙觜殘潮蕩月明，倚闌不盡登臨興。骨毛寒環珮輕，桂香飄兩袖風生。攜手乘鸞去，吹簫作鳳鳴，回首江城。鈔本“秋”原作“愁”，此從《北曲聯樂府》。

蠅頭老子五千言，鶴背揚州十萬錢，白雲兩袖吟魂健。賦莊生秋水篇，布袍寬風月無邊。名不上瓊林殿，夢不到金谷園，海上神仙。

秋思二首

天邊白雁寫寒雲，鏡裏青鸞瘦玉人①，秋風昨夜愁成陣②。思君不見君，緩歌獨自開樽。燈挑盡，酒半醺，如此黄昏。

海風吹夢破衡茅，山月勾吟掛柳梢，百年風月供談笑。可憐人易老，樂陶陶塵世飄飄。醉白酒眠牛背，對黄花持蟹螯，散誕逍遥。

鑑湖春行

清光湖面鏡新磨，樂意船頭酒既多，舟移楊柳陰中過。流鶯還笑我，可憐春事蹉跎。玉板笋銀絲鱠，紅衫兒金縷歌，不醉如何。《張小山小令》起作“晴光湖面”。

西湖廢圃《小令》“圃”作“園”。

夕陽芳草廢歌臺，老樹寒鴉靜御街，神仙環珮今何在。荒基生暮

---

① 今校：《北詞廣正譜》“玉人”作“主人”。

② 今校：《九宫大成譜》“秋風”作“西風”。

靄，歎英雄白骨蒼苔。花已飄零去，山曾富貴來，俯仰傷懷。

何侍郎奉使日南《北曲聯樂府》"何"作"可"。

波澄太液泛龍舟，簾捲披香出鳳樓，繡衣直指新除授。宮花淹御酒，玉花驄錦帶吴鈎。白雪關山暮，黄雲海樹秋，一象詩愁。《小令》作"一弄詩愁"。

春晚三首

繭黄舊紙試銀鈎，蟻緑新篘泛玉舟，龍香古餅熏金獸。薔薇小院幽，春光爲我遲留。東里尋芳去，西園秉燭遊，醉倚南樓。

西山暮雨暗蒼煙，南浦春風艤畫船，水流雲去人空戀。傷心思去年，可憐景物依然。海棠鸜鵒，岩花杜鵑，楊柳秋千。

相思詩句滿苔墻，合唱歌聲静錦堂，合歡裙帶閑羅帳。無言倚繡床，怎生人不成雙。花間翡翠，釵頭鳳凰，梅子鴛鴦。

元夜小集

停杯獻曲紫雲娘，走筆成章白面郎，移宫换羽青樓上。招邀入醉鄉，綵雲深燈月交光。琉璃界笙歌鬧，水晶宫羅綺香，一曲霓裳。

湖上即事

盈盈嬌步小金蓮，瀲瀲春波暖玉船，行行草字輕羅扇。詩魂殢酒邊，水光花貌嬋娟。眉淡淡初三月，手摻摻第四絃，爲我留連。《小令》作"詩魂杯酒邊"。

重過西湖

席間談笑欠嘉賓，湖上風流想季真，梅邊才思無何遜。可憐孤負春，孤山誰弔逋魂。綵扇寫新句，青樓非故人，兩袖紅塵。《北曲聯樂府》作"彩扇留新句"。《小令》"青樓"作"青衫"。

湖上

金鞭裊醉動花梢，翠袖揎香贈柳條，玉波流暖迎蘭棹。西湖春事好，相逢酒聖詩豪。醉墨灑龍香劑，新絃調鳳尾槽，草色裙腰。

春日郊行

藏鴉新柳縷金衣，困蝶濃花織錦機，乘鸞仙子飛瓊珮。尋春攜手歸，吟詩馬上分題。蒼煙喬木，殘陽翠微，茅店疎籬。

青衣洞天

兔毫浮雪煮茶香，鶴羽攜風採藥忙，獸壺敲玉悲歌壯。蓬萊雲水鄉，羣仙容我疎狂。即景詩千韻，飛空劍一雙，月滿秋江。

春思

山花紅雨鷓鴣啼，院柳蒼雲燕子飛，池萍緑水鴛鴦睡。春殘猶未歸，掩妝臺懶畫蛾眉。繡床人困，玉關夢回，錦字書遲。

紅指甲

玉纖彈淚血痕封，丹髓調酥鶴頂濃，金爐撥火香雲動。風流千萬種，捻臙脂嬌暈重重。拂海棠梢頭露，按桃花扇底風，托香腮數點殘紅。

折桂令

村居即事

掩柴門嘯傲煙霞，隱隱林巒，小小仙家。樓外白雲，窗前翠竹，井底硃砂。五畝宅無人種瓜，一村庵有客分茶。春色無多，開到薔薇，落盡梨花。《小令》作“落盡梅花”。

崔閑齋元帥席上

繡簾閑語燕呢喃，柳眼青嬌，杏臉紅酣。春日遲遲，香風淡淡，相府潭潭。環粉黛犀梳玉簪，引兒孫竹馬青衫。坐客江南，妙舞清歌，闊論高談。《北曲聯樂府》作“春風淡淡”。

九日

對青山强整烏紗，歸雁横秋，倦客思家。翠袖殷勤，金杯錯落，玉手琵琶。人老去西風白髮，蝶愁來明日黄花。回首天涯，一抹斜陽，數點寒鴉。

梅友元帥席間

拂冰絃慢撚輕攏，一種天姿，占斷芳叢。額點宫黄，眉横晚翠，臉暈春紅。歌夜月琉璃酒鍾，隔香風翡翠簾櫳①。殢殺吟翁，柳暗花濃，玉暖香融。《北曲聯樂府》“捲”作“撚”。

讀史有感二首

劍空彈月下高歌，説到知音，自古無多。白髮蕭疎，青燈寂寞，老子婆娑。故紙上前賢坎坷，醉鄉中壯士磨跎。富貴由他，謾想廉頗，誰効常何。《陽春白雪》“常何”作“蕭何”。

滄浪可以濯纓，歎千里波波②，兩鬢星星。遁迹林泉，甘心畎畝，罷念功名。青門外芸瓜邵平，白雲邊垂釣嚴陵。潮落沙汀，月轉林坰，午醉方醒。

秋夜閨思

剔殘燈數盡寒更，自别了鶯鶯，誰更卿卿。竹影疎櫺③，蛩聲廢井，桂子閑庭。淹淚眼羞看畫屏，瘦人兒不似丹青。盼殺多情，遠信休憑，好夢難成。

贈妓者秀英《北曲聯樂府》“妓”作“歌”。

海棠嬌楊柳纖腰，眼轉秋波，臉暈春潮。檀板輕敲，冰絃初奏，綵扇低招。傾城傾國越西子梨梨棗棗，行雲行雨楚巫娥暮暮朝朝。橙剖并刀，酒捧金蕉。爛醉東風，受用良宵。

疎翁學士自長沙歸《北曲聯樂府》“翁”作“齋”。

望仙華十二芙蓉，夜醉長沙，曉過吴淞。稅駕星壇，題詩玉井，掛劍琳宫。鶴唳黄雲半空，雁來紅葉西風。秋興誰同，絶唱仙童，相伴疎翁。

湖上懷古次疎齋學士韻

柳駞腰繫我詩艖，趁夜雪歸鴻，暮苑啼鵶。緑樹秋千，青山鐘鼓，畫舫琵琶。銅雀臺邊破瓦，金魚池上殘花。誰見繁華，採藥仙翁，賣酒

① 今校：《樂府羣珠》“香風”作“香叢”。
② 今校：《樂府羣珠》“波波”作“奔波”。
③ 今校：《樂府羣珠》“竹影”作“月影”。

人家。

秋思

菊花枝還爲誰黄,數盡歸期,過了重陽。錦字傳情,瓊簪留恨,繡枕遺香。夜月冷金釵鳳凰,曉霜寒翠被鴛鴦。想像高唐,縈損柔腸,夢見才郎。

春情

托香腮微困春纖,繡綫慵拈,寶篆羞添。往事墻頭,情人夢裏,舊恨眉尖。梨花謝春光荏苒,曉鶯啼酒病淹漸。燕語雕簷,滿院楊花,不捲珠簾。

紅梅次疎齋學士韻

壽陽妝何似環兒,快傳語花神,换却南枝。雪點冰梢,丹塗玉臉,酒暈瓊姿。拚花下何郎醉死,誤莊前崔護題詩。倚樹多時,長笛聲中,萬點胭脂。

秋日海棠

沉香亭上幽歡,甚陶令籬邊,月慘風酸。燕子來時,梧桐老去,錦樹花攢。照銀燭春宵苦短,惜疎林秋夜漫漫。樽俎團圞,破帽西風,華屋金盤。

次韻秋懷

問山人索價何高,歲晚江空,興動書巢。古桂寒香,殘蘆老絮,病葉紅綃。愁倦客嗚嗚洞簫,對西風戀戀綈袍。往事徒勞,兩鬢秋霜,萬里雲濤。

西湖懷古

飛來何處奇峰,笑引吟翁,醉倒詩筩。古寺啼猿,晴山舞鳳,廢井藏龍。人已去梅花舊塚,客重來柳樹西風①。一笑相逢,天竺門前,合澗橋東。

王一山席間題壁二首

掃詩愁滿壁龍蛇,壯氣憑陵,醉眼横斜。脱帽臨風,停杯問月,往事

---

① 今校:“重來”,原作“從來”,據隋校本《樂府羣玉》改。

傷嗟。范蠡歸湖是也，子牙發迹遲些[1]。笑殺豪傑，花謝還開，酒盡重賒。

醉厭厭良夜迢迢，記席上樽前，酒令詩條。錦樹圍香，花燈奪晝，金屋藏嬌。碧水冷西施弄瓢，紫雲深秦女吹簫。占得春饒，鶯怕歌喉，柳妒蠻腰。《小令》作"錦樹團香"。

湖上即事疊韻

錦江頭一掬清愁，回首盟鷗，楊柳汀洲。俊友吴鈎，清秋楚岫，退叟齊丘。賦遠遊黄州竹樓，泛中流翠袖蘭舟。檀口歌謳，玉手藏鬮，詩酒觥籌。邂逅綢繆，醉後相留。《小令》作"晴秋楚岫"。

桃花菊

怪黄花厭我清貧，老圃羞容，丹臉偷勻。前度劉郎，東籬陶令，邂逅寒温。延壽客秋風酒樽，想佳人春日莊門。笑問東君，費盡了金錢，占醉紅裙。《小令》作"老圃秋容"。《北曲聯樂府》"費盡"句無"了"字。

殿前學士席上《張小山北曲聯樂府》"殿前"作"酸齋"。

岸風吹裂江雲，迸一縷斜陽，照我離樽。倚遍西樓，留連北海，斷送東君。傳酒令金杯玉笋，傲詩壇羽扇綸巾。驚起波神，唤醒梅魂。翠袖佳人，白雪陽春。《北曲聯樂府》"岸風"作"雁風"，"倚遍"作"倚徙"。

鑑湖小集

寫黄庭换得白鵝，舊酒猶香，小玉能歌。命友南山，懷人北海，遯世東坡。昨日春今日秋清閑在我，百年人千年調煩惱由他。樂事無多，良夜如何。去了朱顔，還再來麽。

石塘道中

雨依微天淡雲陰，有客徜徉，緩轡登臨。老樹危亭，平津短棹，遠店疎砧。傲塵世山無古今，避風波鷗自浮沉。霜後園林，萬緑枝頭，一點

---

①　今校：《樂府羣珠》"范蠡"上有"越"字，"子牙"上有"姜"字。

黄金。

松江懷古

解征衣便可濯纓，小小西湖，總是詩情。天際浮圖，雲間舊隱，水上新亭。負重名陸家弟兄，泛輕舟何處高僧。老鶴長鳴，翠柳隄邊，白苧風生。《北曲聯樂府》“翠柳”作“緑柳”。

廬齋趙使君致仕歸

杏花村酒滿葫蘆，記竹馬相迎，郊外先驅。清獻家風，淵明歸興，儘自歡娱。榮故里名香二疎，播廉聲恩在三衢。教子讀書，黄卷青燈，玉帶金魚。

三衢平山亭

倚闌干雲與山平，一勺甘泉，四面虚亭。隱隱浮圖，層層罨畫①，小小蓬瀛。隨月去長空雁影，唤秋來高樹蟬聲。客路飄零②，天宇澄清，劍氣崢嶸。

海棠二首

看佳人富貴天姿，點染胭脂，消得新詩。笑倚紅妝，輕彈銀燭，滿飲金卮。伴庭院黄昏燕子，歎風流天寶環兒③。老過花時，誰恨無香，我愛垂絲。《北曲聯樂府》“滿飲”作“滿引”。

唤西施伴我西遊，客路依依，煙水悠悠。翠樹啼鵑，青天旅雁，白雪盟鷗。人倚梨花病酒，月明楊柳維舟。試上層樓，緑滿江南，海放春愁。《北曲聯樂府》“海放”作“紅褪”。

湖上即事

倚高寒渺渺愁余，昨夜南樓，今日西湖。柳影浮圖，岩阿杜宇，酒病相如。留客醉山花解舞，寄離愁雲雁能書。笑倩誰扶，風動瑶箏，月滿冰壺。

---

① 今校：《樂府羣珠》“罨畫”作“如畫”。

② 今校：《樂府羣珠》“飄零”作“孤零”。

③ 今校：《樂府羣珠》“環兒”作“年時”。

元夜燕集

緑窗紗銀燭梅花,有美人兮,不御鉛華[①]。妝鏡羞鸞,嬌眉斂翠,巧髻盤鴉。可喜娘春纖過茶,風流煞真字續麻。共飲流霞,月轉西樓,不記還家。

遊龍源寺

問行人何處龍源,古路縈蟠[②],細水蜿蜒。柳耳垂陰,花心困雨,樹頂摩天。借居士蒲團坐禪,對幽人松麈談玄。詩債留連,百巧黄鸝,一曲新蟬。

蓮華道中

洗黄塵照眼滄浪,古道依依,暮色蒼蒼。遠寺松篁,誰家桃李,舊日柴桑。紅袖倚低低院墻,白蓮開小小林塘。過客徜徉,題罷新詩,立盡斜陽。

滿庭芳

山中雅興四首 《北曲聯樂府》"雅"作"雜"。

人生可憐,流光一瞬,華表千年。江山好處追遊遍,古意翛然。琵琶恨青衫樂天,洞簫寒赤壁坡仙。濁酒好溪魚賤,芙蓉岸邊,醉上釣魚船。

風波幾場,急疎利鎖,頓解名繮。故園老樹應無恙,夢遶滄浪。伴赤松歸歟子房,賦寒梅瘦却何郎。溪橋上,東風暗香,浮動月昏黄。

尋思幾般,圍腰玉瘦,約腕金寬。怕春歸又是春將半,信杳青鸞。賦離恨花箋短短,散清愁柳絮漫漫。闌干畔,芳枝緑滿,梅子替心酸。

相思故人,釵分恨股,粉印嬌痕。數歸期屈得春纖困,兩地消魂。樓外青山隱隱,花前紅雨紛紛。天涯近,回頭楚雲,新月破黄昏。

---

① 今按:《樂府羣珠》"不御"作"不飾"。

② 今校:《樂府羣珠》"縈蟠"作"蛇蟠"。

野梅

風姿瀟然，瓊酥點點，翠羽翩翩。羅浮舊日春風面，邂逅神仙。花自老青山路邊，夢不到白玉堂前。空嗟羡，傷心故園，何日是歸年。

望仙子詩卷《小令》"望"作"題"。

滄浪小龍，翩翩桂旗，隱隱蓮峰。歌塵隔斷蓬萊洞，此夜相逢。羽衣曲蟾華月宮，紫簫聲鶴背天風。遊仙夢，青山萬重，雲冷玉芙蓉。《小令》"滄浪"作"滄波"，"桂旗"作"桂影"，"隔斷"作"斷隔"。

湖上酸齋索賦

尋春底忙，金鞭弄影，翠袖藏香。綵箋詩滿西湖上，誤入平康。到處鶯花醉鄉，當家風月排場。貪遊蕩，馬嘶緑楊，占斷紫雲娘。

送別二首

分飛斷腸，花箋寫恨，粉腕留香。臨行休倚危樓望，總是淒涼。人去去寒煙樹蒼，馬蕭蕭落日沙黄。牙床上，相思夜長，翠被夢鴛鴦。《小令》"夢"作"冷"。

愁春未醒，芳心可可，舊友卿卿。乍分飛早是相思病，幾度傷情。思往事銀瓶墜井，賦離懷象管呵冰。人孤另，梅花月明，熬盡短檠燈。

湖上

逋仙舊塚，西施淡抹，坡老衰翁。香雲一枕繁華夢，流水光中。暮靄鐘聲故宮，夕陽塔影高峰。桃源洞，花開亂紅，無樹著春風。

過釣臺

窮通異鄉，故人别後，短棹滄浪。相尋下榻雲霄上，舊日疎狂。魂夢遠不知漢光，脚頭睡只記劉郎。山無恙，歸耕富陽，千古占桐江。

金華道中二首

西風瘦馬，遥天去雁，落日昏鴉。數前程掐得個歸藏卦，夢到山家。柳下綸竿釣槎，水邊籬落梅花。漁樵話，從頭兒聽他，白髮耐烏紗。《陽春白雪》作"遥天去鴻"。

營營苟苟，紛紛擾擾，莫莫休休。厭紅塵拂斷歸山袖，明月扁舟。

留幾册梅詩占手，蓋三間茅屋遮頭。還能够，牧羊兒肯留，相伴赤松遊。

題情

朱門半掩，花箋自檢，繡綫慵拈。相思有債前生欠，今日新添。彈舊曲徒勞玉纖，遣春愁不離眉尖。黄昏漸，青山一點，新月掛冰蟾。

客中九日

乾坤俯仰，賢愚醉醒，今古興亡。劍花寒夜坐歸心壯，又是他鄉。九日明朝酒香，一年好景橙黄。龍山上，西風樹響，吹老鬢邊霜。《小令》作"秋風樹響"。《北曲聯樂府》"鬢邊霜"作"鬢毛霜"。

寨兒令

道士王中山操琴

傍翠陰，解塵襟，婆娑小亭深又深。軫玉徽金，霞珮瓊簪，一操醉翁吟。野猿啼遠水遥岑，玄鶴鳴風過喬林。休彈山水興，難洗利名心。尋，何處有知音。《北曲聯樂府》"翠陰"作"緑陰"，"遠水"作"雪满"。

鑑湖即事

枕緑莎，盼庭柯，門前鑑湖春始波。白髮禪和，墨本東坡，相伴住山阿。問太平風景如何，歎貞元朝士無多。追陪新令尹，邂逅老宫娥。歌，驟雨打新荷。

山中分韻得聲字

犯帝星，動山靈，怪當年釣魚嚴子陵。塵世逃名，清水濯纓，笑我問長生。駕青牛自取丹經，换白鵝誰寫黄庭。煙籠燒藥火，月伴看書燈。聽，林外起秋聲。

次韻懷古

寫舊遊，换新愁，玉簫寒酒醒江上樓。黄鶴磯頭，白鷺汀洲，煙水共悠悠。人何在七國春秋，浪淘盡千古風流。隋堤猶翠柳，漢土自鴻溝。休，來往愧沙鷗。《小令》"千古"作"萬古"。

西湖秋夜

九里松，二高峰，破白雲一聲煙寺鐘。花外嘶驄，柳下吟篷，笑語散西東。舉頭夜色濛濛，賞心歸興匆匆。青山啣好月，丹桂吐香風。中，人在廣寒宫。

湖上春晚

怕酒樽，殢詩魂，帕羅輕粉香揉涙痕。細雨紛紛，緑水粼粼，湖上馬蹄塵。世間有萬古青春，花前换幾度遊人。醉煞劉伯倫，瘦損沈休文。紅杏村，杜宇怨黄昏。

鑑湖上尋梅

賀監宅，放翁齋，梅花老夫親自栽。路近蓬萊，地遠塵埃，清事惱幽懷。雪模糊小樹梅苔，月朦朧近水樓臺。竹籬邊沽酒去，驢背上載詩來。猜，昨夜一枝開。

春曉

點落英，掩閑庭，海棠軒半簾紅日影。纖手瓊瓊，嬌語鶯鶯，睡起對銀箏。柳花箋閑寫芳情，荔枝漿微破春酲。淺斟白玉杯，低唱紫雲亭。輕，彈一曲賣花聲。

憶鑑湖

畫鼓鳴，紫簫聲，記年年賀家湖上景。競渡人爭，載酒船行，羅綺越王城。風風雨雨清明，鶯鶯燕燕關情。柳擎和涙眼，花墜斷腸英。望海亭，何處越山青。

舟行感興

愁鬢斑，怕春殘，錦衣買臣何日還。好夢邯鄲，别涙陽關，幾度盼征鞍。爲虚名消盡朱顔，掩孤篷羞見青山。磯頭煙樹暖，鷗外野雲閑。難，能够釣魚竿。

春思三首

曲未終，酒方濃，雲收楚臺十二峰。洗雨梳風，怨玉啼紅，别意恨匆匆。話相思鸚鵡金籠，載離愁騕褭花驄。長天秋水遠，落日暮山重。空，簾捲畫堂中。

喜又驚，笑相迎，倚湖山露華羅袖冷。誰慣私行，怕負深盟，偷步錦香亭。尋尋覓覓風聲，潛潛等等芳情。粉墻邊花弄影，朱簾下月籠明。

輕，吹滅短檠燈。

你見麽，我愁他，青門幾年不種瓜。世味嚼蠟，塵事團沙①，聚散樹頭鴉。自休官清煞陶家，爲調羹俗了梅花。飲一杯金谷酒，分七椀玉川茶。嗏，不强如坐三日縣官衙。

題昭君出塞圖

辭鳳闕，盼灤河，别離此情將奈何。羽蓋峨峨，虎皮馱馱，雁遠暮雲闊。建旌旗五百沙陀，送琵琶三兩宫娥。翠車前白橐駞，雕籠内錦鸚哥。他，强似馬嵬坡。

小隱

種藥田，小壺天，伴陳摶野雲深處眠。學會神仙，老向林泉，今日是歸年。蘆花絮暖勝絨氈，木香亭大似漁船。曲闌邊鶯睍睆，小池上鷺嬋娟。先，收拾下買山錢。《北曲聯樂府》"深處"作"閑處"。

湖上避暑

新雨晴，晚涼生，照芙蓉玉壺秋水冷。殢酒餘酲，題扇才情，避暑小紅亭。雁雲低銀甲彈箏，蔗漿寒素手調冰。鴛鴦情未減，蝴蝶夢初醒。驚，何處棹歌聲。

三月三日書所見

艤畫船，駐絲鞭，問誰家麗人簇管絃。柳媚芳妍，花比嬋娟，風韻出天然。牡丹亭畔秋千，蘂珠宫裏神仙。三月三日曲水邊，一步一朵小金蓮。穿，芳徑墜花鈿。

春思

想故人，暗銷魂，闌干舊時無限春。笑語云云，圖畫真真，一朵楚臺雲。怪桃根翠袖羅裙，伴梅花檀板金樽。瘦驚腰四指，愁墮淚雙痕。嗔，風雨送黄昏。

---

① 今校：《北曲聯樂府》"團沙"作"摶沙"。

紅葉

遠樹重,曉霜濃,染千林夜來何處風。笑我衰翁,酒借春容,暮景歎匆匆。錦模糊費盡天工,字殷勤流出皇宫。蕭蕭秋雨後,片片夕陽中。空,留得繡芙蓉。

送别

鸞鏡單,鳳簫閑,褰衣問君何日還。白玉連環,斑竹闌干,回首淚偷彈。翠模糊十二巫山,玉娉婷一曲陽關。芙蓉城殘月落,楊柳岸曉風寒。赸,愁上寶雕鞍。

殿前歡

秋日湖上

倚吟篷,障西風十里錦芙蓉。照滄浪似入桃源洞,欠個漁翁。冰泉瀉翠筩,玉液浮銀甕,羅袖擎金鳳。團香弄粉,泛緑依紅。

次酸齋韻二首

釣魚臺,十年不上野鷗猜。白雲來往青山在,對酒開懷。欠伊周濟世才,犯劉阮貪杯戒,還李杜吟詩債。酸齋笑我,我笑酸齋。

唤歸來,西湖山上野猿哀。二十年多少風流怪,花落花開。望雲霄拜將臺,袖星斗安邦策,破煙月迷魂寨。酸齋笑我,我笑酸齋。

離思二首

夜啼烏,柳枝和月翠扶疎。繡鞋香染莓苔露,搔首踟蹰。殘燈瘦影孤,花落流年度,春去佳期誤。離鸞有恨,過雁無書。

月籠沙,十年心事付琵琶。相思懶看幃屏畫,人在天涯。春殘荳蔻花,情寄鴛鴦帕,香冷荼蘼架。舊遊臺榭,曉夢窗紗。

西湖晚晴

總宜船,緑情紅意雨餘天。盈盈皓月明如練,棹舉冰田。神仙太乙蓮,圖畫崔徽面,才思班姬扇。新詩象管,古調冰絃。

客中二首　《小令》作"客中憶别"。

望長安，前程渺渺鬢斑斑。南來北往隨征雁，行路艱難。青泥小劍關，紅葉溢江岸，白草連雲棧。功名半紙，風雪千山。

錦纏頭，粉箏低按舞涼州。佳人一去春殘後，香冷雲兜。晴山翠黛愁，緑水羅裙皺，細柳宫腰瘦。梨花暮雨，燕子空樓。

普天樂

西湖即事

蕊珠宫，蓬萊洞。青松影裏，紅藕香中。千機雲錦重，一片銀河凍。縹緲佳人雙飛鳳，紫簫寒月滿長空。闌干晚風，菱歌上下，漁火西東。

贈别

鳳釵分，鴛衾另。輕輕别離，小小前程。花開渭水秋，酒盡陽關令。不管佳人愁成病，載琴書畫舸無情。今宵月明，聲沉玉笙，影淡銀燈。

次韻歸去來

草堂空，柴門閉。放閑柳枝，伴老山妻。誰傳紅錦詞，自説白雲偈。照下淵明休官例，和一篇歸去來兮。瓜田後村，梅泉下竺，菊圃東籬。《北曲聯樂府》"村"作"溪"。

胡容齋使君席間

白頭新，黄花瘦。長天北斗，明月南樓。吹殘碧玉簫，淚滿青衫袖。唤起姮娥爲君壽，舞西風桂子涼秋。百年故侯，千鍾美酒，一片閑愁。

秋懷

會真詩，相思債。花箋象管，鈿盒金釵。雁啼明月中，人在青山外。獨上危樓愁無奈，起西風一片離懷。白衣未來，東籬好在，黄菊先開。

湖上廢圃

古苔蒼，題痕舊。疎花照水，老葉沉溝。蜂黄點繡屏，蝶粉沾羅袖。困倚東風垂楊瘦，翠眉攢似帶春愁。尋春問酒，無人倚樓，有樹維舟。

晚歸湖上

翠藤枝，生綃扇。初三月上，第四橋邊。東坡舊賞心，西子新妝面。萬頃波光澄如練，不塵埃便是神仙。誰家畫船，泠泠玉箏，渺渺哀絃。《小令》"箏"作"管"。

鶴林觀夜坐

鶴歸來，雲飛去。仙山玉芝，秋水芙蕖。瑶臺掛月奩，寶瑟移冰柱。一架寒香娑羅樹，小闌干花影扶疎。涼生院宇，人閑洞府，客至蓬壺。

上小樓

題釣臺

亭臺土花，江山圖畫。遁迹煙霞，寵念榮華，間別官家。泥布襪，上御榻，龍身偃亞，不輕了故人足下。

清江引

秋思

自從玉關人去也，寂寞銀屏夜。風香白藕花，露冷青桐葉，雁兒未來書再寫。《北曲聯樂府》"風香"作"風寒"。

幽居

紅塵是非不到我，茅屋秋風破。山村小過活，老硯閑工課，疎籬外玉梅三四朵。

桐柏山中

松風小樓香縹緲，一曲琴仙操。秋風玉兔寒，野樹金猿嘯，白雲半天山月小。

湖山避暑

好山盡將圖畫寫，詩會白雲社。桃笙捲浪花，茶乳翻冰葉，荷香月明人散也。

小桃紅

寄鑑湖諸友

一城秋雨豆花涼，閑倚平山望。不似年時鑑湖上，錦雲香，採蓮人語荷花蕩。西風雁行，清溪漁唱，吹恨入滄浪。《陽春白雪》"一城"作"一陣"。

贈琵琶妓王氏

舞腰回雪臉舒霞，席上人如畫。壓柳欺梅舊聲價，弄琵琶，風流不似明妃嫁。金樽翠斝，玉纖羅帕，同醉鳳城花。

憶疎齋學士郊行

飛梅和雪灑林梢，花落春顛倒。驢背敲詩暮寒峭，路迢迢，相逢不滿疎翁笑。寒郊瘦島，塵衣風帽，詩在灞陵橋。

春思

倚闌花影背東風，暗解清宵夢。舞扇歌衫與誰共，恨忡忡，一春愁壓眉山重。燈花玉蟲，羅屏金鳳，殘月小簾櫳。

鑑湖夜泊

鑑湖一曲水雲寬，鴛錦秋成段。醉舞花間影零亂，夜漫漫，小舟只向西林喚。仙山夢短，長天月滿，玉女嫁青鸞。

離情

幾場秋雨老黃花，不管離人怕。一曲哀絃淚雙下，放琵琶，挑燈羞看圍屏畫。聲悲玉馬，愁新羅帕，恨不到天涯。

山中

一方明月杏花壇，劍氣霞光爛。回首蓬萊自長歎，佩秋蘭，黃精已够山中飯。勞心又懶，干名不慣，歸伴野雲閑。

夜宴二首

研金羅扇當花箋，醉草湘妃怨。曲曲闌干錦屏面，小壺天，花花按舞六幺遍。寒玉響泉，香風深院，明月十三絃。

翩翩白鷺伴詩癯，船繫青山暮。一曲瑶箏寫幽素，夜何如，飛吟亭上神仙路。瓊樓玉宇,白雲紅樹,月冷洞庭湖。

朝天子

山中雜書三首

罷手,去休,已落在淵明後。百年心事付沙鷗,更誰是忘機友。洞口漁舟,橋邊村酒,這清閑何處有。樹頭,錦鳩,花外啼春晝。

夜長,未央,盼殺鷄三唱。東華聽漏滿靴霜,却笑淵明强。月朗禪床,風清鶴帳,夢不到名利場。草堂,暗香,春已到梅梢上。《張小山小令》"風清"作"風消","已到"作"到了"。

醉餘,草書,李愿盤谷序。青山一片范寬圖,怪我來何暮。鶴骨清癯,蝸殼蘧廬,得安閑心自足。蹇驢,和酒壺,風雪梅花路。《北曲聯樂府》無"和"字。

野景亭

瓜田邵平,草堂杜陵,五柳莊彭澤令。牽牛籬落掩柴荆,犬吠林塘静。樹頂蟾明,水面風生,聽漁歌三四聲。小亭,野景,老我尊罏興。《北曲聯樂府》末句"老"作"動著"二字,《小令》作"動老"二字。

酸齋席上聽胡琴

玉鞭,翠鈿,記馬上昭君面。一梭銀線解冰泉,碎拆驪珠串。雁舞秋煙,鶯啼春院,傷心塞草邊。醉仙,綵箋,寫萬里關山怨。

春思

見他,問咱,怎忘了當初話。東風殘夢小窗紗,月冷秋千架。自把琵琶,燈前彈罷,春深不到家。五花,駿馬,何處垂楊下。

梅友元帥席上

老夫,病餘,尚草長門賦。阿蓮嬌吻貫驪珠,試聽鶯啼序。玉露冰壺,香風瓊樹,醉歸來不用扶。小奴,按舞,看了梅花去。

紅繡鞋

次韻

劍擊秋風鬼嘯，琴彈夜月猿號①，半醉淵明可人招。南來山隱隱，東去浪淘淘，浙江歸路杳。《北曲聯樂府》"秋風"作"西風"。

春日湖上二首

百五日清明節假，兩三攢緑暗人家，客子飄零尚天涯。春風輕柳絮，夜雨瘦梨花，緑楊陰誰繫馬。

緑樹當門酒肆，紅妝映水鬟兒，眼底陰晴座間詩。塵埃三五字，楊柳萬千絲，記年時曾到此。

春夜

燕子來時酒病，牡丹開處詩情②，庭院黄昏雨初晴。鏡心閑掛月，箏手碎彈冰，尊前春夜永。《小令》"尊前"作"花前"。

湖上

無是無非心事，不寒不暖花時，妝點西湖似西施。控青絲玉面馬，歌金縷粉團兒，信人生行樂耳。

聖水寺山亭

佛國清涼境界，壺天金碧樓臺，照眼西山畫屏開。海雲推月上，江水帶潮來，醉嫌天地窄。

越山即事

山擁玉皇香案，煙籠翠袖仙鬟，兩袖天風倚高寒。鶴歸蒼樹杪，犬吠白雲間，蓬萊迷望眼。《北曲聯樂府》"翠袖"作"翠羽"。

天台瀑布寺

絶頂峰攢雪劍，懸厓水掛冰簾，倚樹哀猿弄雲尖。血華啼杜宇，陰洞吼飛廉，比人心山未險。

---

① 今校：《樂府羣珠》"夜月"作"月下"。

② 今校：《樂府羣珠》"詩情"作"詩成"。

次歸去來韻

東舍西鄰酒債，春花秋月詩才，兩字功名困塵埃。青山依舊好，黄菊近新栽，没商量歸去來。

洞庭道中二首

白鷺荒堤老葑，黄雲遠水長空，百尺蒲帆飽西風。酒旗花影裏，釣艇樹陰中，好山千萬重。《小令》作“遠樹連空”，又“飽”作“蕩”。

逐名利長安日下，望鄉關倦客天涯，孤雁南來倍思家。亂山雲掩翠，老樹雪生花，凍吟詩騎瘦馬。

天台桐柏山中

談世事漁樵閑問，洗征塵麋鹿相親，步入蓬萊誤尋真。竹聲摇翠雨，山影護蒼雲，神仙深處隱。《小令》作“白雲”。

雪芳亭

金錯落樽前酒令，玉娉婷樂府新聲，夜深花睡嫩寒生。一圍雲錦樹，四面雪芳亭，月斜時人未醒。《小令》“花睡”作“花底”。

春寒《北曲聯樂府》作“春晚”。

圓舊夢衾閑錦繡，按新聲絃斷箜篌，滿襟離思倦登樓。花寒鸚鵡病，春去杜鵑愁，倚闌人困酒。

歲暮二首

金蓮步蒼苔小徑，玉鈎垂翠竹閑亭，物换星移暗傷情。遊魚翻凍影，啼鳥泛春聲，落梅香暮景。鈔本“泛”原作“犯”，此從《北曲聯樂府》。

競酒爭花公事，吟風弄月神思，好春能有幾何時。玲瓏心似錦，即漸鬢成絲，落一張閑故紙。《北曲聯樂府》“即漸”作“積漸”。

山中

黄葉青煙丹竈，曲闌明月詩巢，緑波亭下小紅橋。老梅盤鶴膝，新柳舞蠻腰，嫩茶舒鳳爪。

鑑湖

落葉山容消瘦，題詩人物風流，一片閑雲駐行舟。月寒清鏡曉，花淡碧壺秋，謫仙同載酒。

三衢道中

白酒黄柑山郡，短衣瘦馬詩人，袖手觀棋度青春。仙橋藏老樹，石笋瘞蒼雲，松花飄瑞粉。

失名

鈔本以下九首，接《小山樂府》後，但查九首皆非小山作，且以諸調與《小山樂府》對勘，具屬重見，係别一作者無疑。

水仙子

春日即事

魚鱗玉尺戲晴波，燕嘴芹泥補舊窩，兔毫香墨閑工課。飲瓊漿捲玉螺，柳絲長忙煞鶯梭。雲娥低和，嬌羞謾歌，不醉如何。

滿庭芳

春夜

梨花月明，秋千露冷，楊柳煙澄。海棠病酒風吹醒，不用銀燈。闌干外閑花有影，柳梢頭宿鳥無聲。羅幃静，香銷玉鼎，禁鼓報初更。

紅繡鞋

秋日湖上

紅葉荒林酒興，黄花老圃詩情，柳塘新雁兩三聲。湖光扶不定，山色畫難成，六橋風露冷。“扶”疑是“浮”之誤。

栖雲弔貫酸齋

蘆花被西風香夢，玉樓才夜月雲空，栖雲山上小崆峒。蟠桃仙路種，詩句古苔封，教清名天地中。“教”疑是“放”之誤。

天淨沙

過長春宫

壺中霞養丹砂,窗前雲覆桃花,塵外誰分歲華。客來閑話,呼童掃葉烹茶。

金字經

春日湖上

山色塗青黛,波光漾畫舸,小小仙鬟金縷歌。他,寶釵輕翠娥。花陰過,暖香吹綺羅。

迎仙客

戲題

雙解元,惡姻緣,豫章城月明秋滿天。販茶舡,買命錢,占得春先,到稱了馮魁願。

一半兒

手帕

藕絲纖膩織春愁,粉線輕盈惹暮秋,銀葉拭殘香臉羞。玉温柔,一半兒啼痕一半兒酒。

閑書

淚痕香沁污鮫綃,墨迹淋漓損兔毫,心事渺茫雲路遥。念奴嬌,一半兒行書一半兒草。

高敬臣樂府

雁兒落過德勝令

失題

新愁因甚多,淺黛教誰畫。倦將珊枕欹,款要朱扉亞。過月明閑照綠窗紗,酒冷重温白玉斝,五花驄繫何處垂楊下。少年心虧負殺虧負殺，不恨你個冤家。高燒銀蠟，寬鋪繡榻，今夜來麽。

失題

尋致爭不致爭，既言定先言定。論至誠俺至誠，你薄倖誰薄倖。過豈不聞三尺有神明，忘義多應當罪名，海神廟見有他爲證。似王魁負桂英，磣可可海誓山盟。繡帶□難逃命，裙刀上更自刑，活取了個年少書生。

黄薔薇過慶元貞鈔本原僅作“慶元貞”三字。

失題二首

燕燕别無甚孝順，哥哥行在意殷勤。三納子藤箱兒問肯，便待要錦帳羅幃就親。諕得我驚急列驀出臥房門，他措支刺扯住我皂羅裙，我軟兀刺好話兒倒温存。一來怕夫人情性㖔，二來怕誤妾百年身。“三納子”疑是“玉納子”之訛。

又不曾看生見長，便這般割肚牽腸。唤孎孎酩子裏賜賞，撮醋醋孩兒弄璋。斷送得他瀟瀟鞍馬出咸陽，只因他重重恩愛在昭陽，引惹得紛紛戈戟鬧漁陽。哎，三郎睡海棠，都只爲一曲舞霓裳。

樂府羣玉附録

江都任訥輯述

一　諸家傳略

劉時中

劉致，字時中，號逋齋，石州甯鄉人。任永新州判，歷翰林待制，出爲浙江行省都事。卒，貧無以葬。所作除本書所載外，《陽春白雪》選小令六首、散曲三套，《太平樂府》選小令十首。

任則明

任昱，字則明，四明人。少年狎遊平康，以小樂章流布裙釵，晚乃鋭志讀書。所作除本書所載外，《太平樂府》選〔一枝花〕一套。

趙文寶

趙善慶，字文賢，别作趙文寶，名孟慶，饒州樂平人。善卜術，任陰陽學正。有雜劇七種：《教女兵》、《七德舞》、《滿庭芳》、《村學堂》、《糜竺收資》、《執笏諫》、《姜肱共被》。涵虚子論曲謂其詞"如藍田美玉"。

曹明善

衢州路吏，一云官山東憲使。甘於自適。有《清江引》二首，賦《長門柳》，刺伯顔者，俱載本書中。《録鬼簿》稱其樂府"華麗自然，不在小山之下"。

喬夢符

喬吉，一作吉甫，字夢符，號笙鶴翁，又號惺惺道人，太原人。美容儀，能詞章，以威嚴自飭，人敬畏之。居杭州太乙宫前。有題西湖〔梧葉兒〕百篇。胥疎江湖間四十年，欲刊行所作未成。至正五年卒。其所作小令，有明李開先輯之《喬夢符小令》一卷、無名氏輯之《文湖州集詞》一卷。所作雜劇十一種：《金錢記》、《揚州夢》、《玉簫女》、《黄金臺》、《認玉釵》、《勘風情》、《節婦碑》、《荆公遺妾》、《托妻寄子》、《賢孝婦》、《九龍廟》。又黄文暘《曲海目》謂喬氏有傳奇《金縢記》一種，未知確否。涵虚子論曲謂其詞"如神鰲鼓浪"，又謂"若天吴跨神鰲，噀沫于大洋，波濤洶涌，有截斷衆流之勢"。

李致遠

仕履不詳。有雜劇一種：《還牢末》。散曲除本書所載小令外，《太平樂府》載散套四套。涵虚子論曲謂其詞"如玉匣昆吾"。

王日華

王曄，字日華，號南齋，杭州人。體豐肥，而善滑稽，能詞章樂府。《録鬼簿》謂其"臨風對月之際，所製工巧。有與朱凱題《雙漸小青問答》①，人多稱賞"，俱載本書中。又有雜劇三種：《桃花女》、《臥龍岡》、《雙賣華》。

陳德和

履貫未詳。

徐甜齋

徐德可，嘉興人。好食甘飴，故號甜齋。所作除本書所載外，《太平

① 今校：《録鬼簿》"小青"作"小卿"。

樂府》載小令九十九首。涵虚子論曲謂其詞“如桂林秋月”。

錢子雲

錢霖,字子雲,松江人。棄俗爲黄冠,更名抱素,號素庵。多遊名公卿間。類輯時人之作,曰《江湖清思集》;其自作樂府,名《醉邊餘興》,皆失傳。所作除本書所載外,《輟耕録》載散套一套。徐再思〔蟾宫曲〕内有《錢子雲赴都》一首,當與同時。《録鬼簿》稱其“詞語極工巧”。

馬致遠

號東籬,大都人。任江浙行省務官。與關漢卿、鄭光祖、白樸四人以雜劇並稱,謂之關、馬、鄭、白。雜劇有十七種:《漢宫秋》、《薦福碑》、《岳陽樓》、《黄粱夢》、《青衫淚》、《陳摶高臥》、《任風子》、《踏雪尋梅》、《桃源洞》、《酒德頌》、《齋後鐘》、《歲寒亭》、《戚夫人》、《金山寺》、《馬丹陽》、《孟浩然》、《牧羊記》。散曲有小令一百四首、套數十七套,輯爲《東籬樂府》一卷。涵虚子論曲謂其詞“如朝陽鳴鳳”,又謂其詞“典雅清麗,可與《靈光》、《景福》相頡頏,有振鬣長鳴、萬馬皆瘖之意;又若神鳳飛鳴於九霄,豈可與凡鳥共語哉?宜列羣英之上”云。

周仲彬

周文質,字仲彬,其先建德人,後居杭州,因家焉。體貌清癯,學問該博,資性工巧。家世業儒,俯就路吏。善丹青,能歌舞,明曲調,諧音律。性尚豪俠,好事敬客。元統二年卒。有雜劇四種:《教女兵》、《杜韋娘》、《蘇武還鄉》、《唐莊宗》。散曲除本書所載外,《太平樂府》選套曲五套。涵虚子論曲謂其詞“如平原孤隼”。《録鬼簿》謂其“文筆新奇”。

張子堅

履貫未詳。張可久〔清江引〕有《張子堅運判席上》三首。

鄭德輝

鄭光祖，字德輝，平陽襄陵人。以儒補杭州路吏，爲人方直，不妄與人交。卒葬西湖。所作聲振閨閣，伶倫輩稱"鄭老先生"，皆知其爲德輝也。涵虚子論曲謂其詞"如九天珠玉"，又謂其詞"出語不凡，若咳唾落乎九天，臨風而生珠玉，誠傑作也"。雜劇有十九種：《王粲登樓》、《倩女離魂》、《翰林風月》、《細柳營》、《紫雲娘》、《秦樓月》、《採蓮舟》、《哭晏嬰》、《哭孫子》、《伊尹扶湯》、《月夜聞箏》、《破連環》、《梨園樂府》、《太后捧印》、《指鹿道馬》、《周公攝政》、《三戰吕布》、《後庭花》、《智勇定齊》。散曲除本書所載小令外，《陽春白雪》選〔蟾宫曲〕一首，《太平樂府》選〔駐馬聽近〕一套，《北宫詞紀》選〔梧桐樹〕一套。

鍾醜齋

鍾嗣成，字繼先，號醜齋，汴梁人。累試不第，視從吏不屑爲。著《録鬼簿》，評紀元代曲家並雜劇。自著雜劇七種：《馮驩收券》、《詐遊雲夢》、《錢神論》、《斬陳餘》、《章臺柳》、《鄭莊公》、《蟠桃會》。散曲除本書所載外，《太平樂府》選小令二十首、套曲一套。涵虚子論曲謂其詞"如騰空寶氣"。

貫酸齋

貫雲石，畏吾人。阿里海涯之孫，父名貫只哥，遂以貫爲氏。自名小雲石海涯，又號酸齋。生而秀異，膂力絶人。與徐再思並以樂府稱，有"酸甜樂府"之名。仁宗朝，拜翰林侍讀學士，託疾辭去，賣藥錢塘，詭名異服，人無識者。嘗以詩易得漁父蘆花被，自號蘆花道人。泰定元年卒，年三十九，謚文靖。所作並本書所載者共小令八十六首、套曲九套。涵虚子論曲謂其詞"如天馬脱羈"。

王仲元

杭州人，與鍾醜齋交有年。有雜劇三種：《于公高門》、《袁盎却坐》、

《私下三關》。散曲除本書所載外,《太平樂府》選套曲四套。

吴克齋

吴仁卿,字弘道,號克齋,歷仕府判致仕。散曲有《金縷新聲》,失傳。除本書所載外,尚有《陽春白雪》選〔金字經〕十一首、〔鬬鵪鶉〕一套,《太平樂府》選小令八首、套曲二套。有雜劇五種:《子房貨劍》、《正陽門》、《阿房宫》、《屈原投江》、《手卷記》。涵虚子論曲謂其詞“如山間明月”。

丘士元

履貫未詳。

張小山

張可久,字小山,一作張伯遠,字可久,號小山,慶元人。以路吏轉首領官。散曲有《張小山北曲聯樂府》三卷、外集一卷,最備。涵虚子論曲謂其詞“如瑶天笙鶴”,又謂其詞“清而且麗,華而不豔,有不喫煙火食氣,真可謂不羈之材。若被太華之仙風,招蓬萊之海月,誠詞林之宗匠也,當以九方皐之眼相之”。

高敬臣

《録鬼簿》云:高克禮,字敬德,號秋泉,見任縣尹,小曲樂府,極爲工巧,人所不及。《元詩選》癸集云:高克禮,字敬臣,河間人,蔭官至慶元理官,治政以清淨爲務,不爲苛刻,以簡澹自處,工古今樂府,有名於時。二説未知孰是。

二 録餘瑣志

“羣玉”一名,始見於元鍾嗣成《録鬼簿》“胡正臣”條。其後明李開先輯《張小山小令》，於跋語中列所採之書，共有八種，而《樂府羣玉》其一也。諸家藏書目中，則有明《天一閣書目》“詞曲類”、《天一閣見存書目》“詞曲類”皆載“《類聚名賢樂府羣玉》五卷鈔本”一條。《千頃堂書目》“詞曲類”亦列其名，而不繫卷數。自後明毛斧季《跋張小山北曲聯樂府》引李開先語，清錢大昕編《元史・藝文志》引《千頃堂書目》，此外則不知更有何處曾經著録此書者矣。清厲鶚《樊榭山房集》附《北樂府》，内有〔沉醉東風〕，引用劉時中〔醉中天〕注語。按劉詞並注，惟此書載之，疑厲氏曾見此書，特不知其所見者即是天一閣本否耳？

此本録自天一閣舊藏藍格鈔本。其中遇“皇家”等字，均空格，應是影鈔元本也。半頁十行，行二十字。每卷終，不另頁，即接下卷。分訂四册，割裂無當。雖屬天一閣舊物，却無圖記可憑，殆經售出者之滅迹矣。

書以“類聚名賢”爲名，蓋全書之詞，以賢爲類而聚，每賢之詞，又以調爲類而聚也。然一二三四諸卷，皆有自亂其例之處，尤以卷四爲甚。凡新列一人，其詞後大抵附有他人之作，以致此卷若專爲他卷補遺而設者。夫作者不過二十餘家，書不過五卷，而編者於體製乃疎忽如此，亦可怪矣。

此本既將三、四兩卷中重見各人之詞，並歸入他卷後，此兩卷所餘之篇幅乃無幾。然即令無所移去，原卷所列亦不當他卷之富，是又原書編製之甚可異者。惟吴克齋詞前有闕文，王仲元詞前恐亦有闕文。説見卷中。或者此卷内容之特少者，殘本乃如此，原編未必然耳。

又任則明〔金字經〕《秋宵》以下，果僅闕本題一首，抑不止此。《張小山樂府》後，既闕名，難免不亦闕詞。周仲彬〔水仙子〕第二、三首，究否周作？王仲元〔普天樂〕後，又有〔普天樂〕十首，因未知其前者之詞，作者究爲何人，無從擬定，故標爲失名。據鈔本原來次序見詳目。以觀，或遥屬周仲彬，亦未可知。凡此皆鈔本罅漏之處，亟待他本校正者也。

詞前大抵有題，其闕者，兹概以“失題”二字標之，亦所以全其體例也。原本於一題數首者，次首以下，或次行緊接，或間以“又”字爲題，亦無定例。兹概接上文,去"又"字。又凡原書本有之注文,概作單行;其作夾行小字者,皆校訂之語也。

總之,鈔本之脱誤淩亂,觸處可指。全書果否五卷,究共幾家,載詞若干,因原本無序例目録,均無從尋考,而他書足供增補參校者又絶無。今知《太和正音譜》上卷、《古今英賢樂府》格勢後,列散曲作家百五人姓名,大抵録自各家選本。如《太平樂府》等書中所列姓字,有誤分一人之名字别號爲二三人者,《譜》中不察,亦各照録。故按其所列片段及謬誤痕迹,即可知其沿襲何書矣。其最後八人,爲錢子雲、高敬臣、曹明善、張子堅、王日華、王舉之、陳德和、丘士元,此中除王舉之外,其餘七人之散曲,皆爲本書所獨載,而他選本所絶無者。今《譜》中八人,列爲一段,是此段爲録自本書,而王舉之一人,亦爲本書之所有明矣。觀於本書各卷中,如王仲元、吴克齋詞前,張小山詞後,在在有闕文,即在在可爲舉之樂府之所在也。惟孤證又兼揣測如此,尚未能確定耳。

李開先輯喬、張二家小令,取給於此,而各餘十數首不録。蓋李氏序小山小令,明謂有一二删去,十數首或正當删去之列耳。全書所載,喬、張二家之詞爲多。二家已各有專集行世,尚不必賴此選以傳。至其餘各家之作,則除劉時中〔水仙子〕五首、馬致遠〔撥不斷〕一首、鄭德輝〔折桂令〕一首見《陽春白雪》,徐甜齋之〔折桂令〕、〔朝天子〕見《太平樂府》,曹明善〔清江引〕二首見《堯山堂外紀》,李致遠〔撥不斷〕一首見《北詞廣正譜》外,其餘元人之曲三百二十五首,皆本書所獨具。今竟賴此孤本,以遺後世,未非厚幸,而此書此本,閲者亦應知所以重之矣。

據元刊本《張小山北曲聯樂府》總目後之"坊間告白"所述,小山之作,前後共有五集:前集《今樂府》、後集《蘇隄漁唱》、續集《吴鹽》、别集《新樂府》,更有外集,爲近間所作云。吾意所謂《今樂府》者最早出,《新樂府》次之,外集最晚出。此三集確成時代上之次序。至於《蘇隄漁唱》與《吴鹽》,乃各以地限者,未必又成時序。其中早者或與《今樂府》同時作,而晚者或與《新樂府》同時作,無定也。設憑此以衡今日流傳之四種元人選本,孰先孰後,則《羣玉》雖不必爲最先,要必不爲最後，其在《太平樂府》之前，似無疑議。因所登小山之作，悉在《今樂府》一集中，未嘗參入他集一首也。《陽春白雪》所登，亦皆《今樂府》，祇〔落梅風〕三首在《蘇隄漁唱》之列。《樂府新聲》載張氏之曲太少，僅〔賣花聲〕十一首而已，雖亦皆《今樂府》，要未足據以定其書之遲早。若《太平樂府》，則僅無外集之作，至於小山餘四集内篇章，固無不具備也。然則足爭爲元人散曲之第一選本者，《陽春白雪》而外，惟有此《羣玉》耳。

三　羣珠補正

前稿寫定七年後，始見明人輯《樂府羣珠》。其録自此書者多仍其章次，且於每曲之上注一"玉"字，因得校勘增補如後。

補三家八十七首。

盧疎齋樂府五十二首

金字經

崧南秋晚

謝公東山臥，有時攜妓遊，老我崧南畫滿樓[①]。樓外頭[②]，亂峰雲錦秋[③]。誰爲壽，緑鬢雙玉舟。以下二首《陽春白雪》屬吴仁卿。

宿邯鄲驛

夢中邯鄲道，又來走這遭，須不是山人索價高。時自嘲，虚名無處逃。誰驚覺，曉霜侵鬢毛。《陽春白雪》"不是"作"不見"，無"時自"二字。

---

① 今校：《雍熙樂府》"崧南"作"江南"。
② 今校：《雍熙樂府》"樓外頭"作"樓"。
③ 今校：《雍熙樂府》"亂峰"作"諸峰"。

折桂令《羣珠》載疎齋〔折桂令〕五十五首，注“玉”字者三十八首。

洛陽懷古河南　題下之字，皆係原注。

杜鵑聲啼破南柯，恨流盡繁華，洛水寒波。金谷花飛，天津樹老，幾被消磨。向司馬兒家問他，怎直教荆棘銅駝。老子婆娑，放着行窩，不醉如何。以下二十五首並見《樂府新聲》。

夷門懷古汴梁

想鄒枚千古才名，覺苑文辭，氣壓西京。汴水煙波，隋堤困柳，枉共春爭。恰鼓板聲中太平，鷓鴣啼驚破青城。河岳丹青，臨眺枯榮，陶冶襟塵。

咸陽懷古京兆

對關河今古蒼茫，甚一笑驪山，一炬阿房。竹帛煙消，風雲日月，夢寐隋唐。快尋趁王家醉鄉，見終南捷徑休忙。茅宇松窗，儘可棲遲，大好徜徉。

鄴下懷古彰德

笑征西伏櫪悲吟，纔鼎足功成，銅爵春彌。軟動歌殘，無愁夢斷，明月西沉。算只有韓家晝錦，對家山輝映來今。喬木空林，幾度西風，感慨登臨。“軟動”待校。

潁川懷古潁州

笑邯鄲奇貨難居，似帷幄功成，身退誰歟。潁水東流，崧丘西去，臨眺躊躇。記宦遊山川故都，儘龍門風物何如。吾愛吾廬，欲倩林泉，納下樵漁。

汝南懷古蔡州今汝寧

記元戎洄曲奇勳，被雪鵝池①，驚倒騾軍。誰雜聲沉，無端世故，幾度兵塵。有客子經過汝墳，望飛來遼海愁雲。奄冉西曛，倚遍幽軒，吟斷蘭生。

---

① 今校：“被”下依律脱一字。

廣陵懷古揚州

對平山懶賦蕪城，笑荳蔻枝頭，惹住歌行。風調才情，青樓一夢，杜牧三生。更誰看橋邊月明，是誰留花裏飛瓊。欲問承平，牛李賓朋，懷斷江聲。

京口懷古鎮江

道南宅豈識樓桑，問何許英雄，驚倒孫郎。漢鼎纔分，流涎晉宋，彈指蕭梁。昭代車書四方，北溟魚浮海吞江。臨眺蒼茫，醉倚歌鬟，吟斷寒窗。

吴門懷古平江

倚夕陽麋鹿荒臺，對平楚江空，老樹蒼崖。季子風高，閶門陳迹，撫事興懷。誰種下吴宫禍胎，苧蘿山華鳥飛來。仗節英才[①]，傾國佳人，幾度塵埃。

錢塘懷古杭州

問錢塘佳麗誰邊，且莫説詩家，白傅坡仙。勝會華筵，江湖鼓吹，天竺雲煙。那柳外青樓畫舡，在西湖蘇小門前。歌舞留連，棲越吞吴，付與忘言。

金陵懷古建康

記當年六代豪誇，甚江左歸來，玉樹無花。商女歌聲，臺城暢望，淮水煙沙。問江左風流故家，但夕陽衰草寒鴉。隱映殘霞，寥落歸帆，嗚咽鳴笳。

宣城懷古寧國

對江山吟斷高齋，想甲第名園，棠棣花開。曉夢疎鐘，高城草木，廢沼荒臺。快吹盡陵峰暮靄，等麻姑空翠飛來。渺渺予懷，天淡雲閑，萬事浮埃。

---

① 今校："仗節"，《梨園樂府》作"伏節"。按此詠伍子胥事，當以"伏節"爲是。

潯陽懷古江州

笑元規麈婉清談①，便儘自風流，用世何堪。陶謝醺酣，香消蓮社，禪悦誰參。琵琶冷江空月慘，淚痕淹司馬青衫。惱亂雲龕，我欲尋林，結個茅庵。《樂府新聲》“笑”作“唤”。

武昌懷古舊鄂州

問黄鶴驚動白鷗，甚鸚鵡能言，埋恨芳洲。歲晚江空，雲飛風起，興滿清秋。有越女吴姬楚酒，莫虚負老子南樓。身世虚舟，千載悠悠，一笑休休。

江陵懷古古荆州

慨星槎兩度南遊，想神女朝雲，宋玉清秋。漢魏名流，臨風吹笛，作賦登樓。誰學下宫腰種柳，又添些眉黛新愁。漁父回舟，應笑湘纍，不近糟丘。

長沙懷古潭州

朝瀛洲暮艤湖濱，向衡麓尋詩，湘水尋春。澤國紉蘭，汀洲搴若，誰與招魂。空目斷蒼梧暮雲，黯黄陵寶瑟凝塵。世態紛紛，千古長沙，幾度詞臣。

襄陽懷古

鹿門山儘好幽棲，且聽甚羣兒，爭唱銅鞮。撫節懷予，平生傳癖，頃日書痴。誰醉着花間接䍦，更誰家日暮習池。感慨興衰，欲問沙鷗，正自忘機。

箕山感懷

巢由後隱者誰何，試屈指高人，却也無多。漁父嚴陵，農夫陶令，儘會婆娑。五柳莊甆甌瓦鉢，七里灘雨笠煙蓑。好處如何，三徑秋香，萬古蒼波。

海棠

恰西園錦樹花開，便是春滿東風，燕子樓臺。幾處門墻，誰家桃李，

---

①　今校：“婉”，隋校本《樂府羣玉》作“涴”，當從。

自芬塵埃。記銀燭紅妝夜來，洞房深掩映閑齋。醉眼吟懷，林下風流，海上蓬萊。"芬"字待校。

白蓮

映横塘煙柳風蒲，自一種仙家，玉雪肌膚。淨洗炎埃，輕摇羽扇，瓊注冰壺。又猜是耶溪越女，怕紅裙不稱情姝。香動詩癯，鷗鷺同盟，雲水深居。以下三首並見《太平樂府》。

木犀

説秋英嫵媚姮娥，共金粟如來，示現維摩。月下幽叢，淮南勝韵，招隱誰呵。管因爲清香太多，這些時學我婆娑。縱覽岩阿，撫節高歌，時到無何。

紅梅

綴冰痕數點胭脂，莫猜做人間，繁杏枯枝。天竺丹成，山茶茜染，照映參差。共倚竹佳人看時，索饒他風韻些兒。脈脈奇姿，應解痴翁，鑑賞妍媸。

揚州汪右承席上即事

江城歌吹風流，雨過平山，月滿西樓。幾許華年，三生醉夢，六月涼秋。按錦瑟佳人勸酒，掩珠簾齊按涼州。客去還留，雲樹蕭蕭，河漢悠悠。

廣帥餞别席上贈歌者江雲

問江雲何處飛來，全不似尋常，舞榭歌臺。溟海星槎，清秋月窟，流水天台。准備下新愁送客，强教他眉黛舒開。楚楚離懷，香動羅襦，夢繞金釵。

寒食新野道中

柳濛煙梨雪參差，犬吠柴荆，燕語茅茨。老瓦盆邊，田家翁媪，鬢髮如絲。桑柘外秋千女兒，髻雙丫斜插花枝。轉盼移時，應歎行人，馬上哦詩。

雲臺醉歸

灝靈宫畔雲臺，日落秦川，半醉歸來。古道西風，荒叢細水，老樹蒼苔。萬古潼關過客,儘清狂得似疎齋。翠壁丹崖,題罷新詩,玉井蓮開。

醉贈樂府珠簾秀

繫行舟誰遣卿卿,受林下風姿,雲外歌聲。寶髻堆雲,冰弦散雨,總是才情。恰綠樹南薰晚晴,險些兒羞殺啼鶯。客散郵亭,楚調將成,醉夢初醒。

贈歌者蕙蓮劉氏

問何人樹蕙芳洲,便春滿詞林,香滿歌樓。紈扇微風,羅裙纖月,作弄新秋。好客呵風流太守,怎生般玉樹維舟。樽酒遲留,醉墨烏絲,當得纏頭。

贈歌者劉氏

白沙翠竹柴門,弭節山家,已待黃昏。林下瓊枝,燈前金縷,滿意芳樽。誰恁地教人斷魂,是東風吹墮行雲。寶靨羅裙,淺笑輕顰,不枉留春。

濛江舟中值雨

雨霏霏畫舫亭亭,誰喚起江妃,驚動山靈。萬壑千岩,空濛霧帳,掩映雲屏。想猜是孤槎客星,待溫存湖海飄零。且向南溟,應笑虛名,不負平生。

六月望西湖夜歸

看西湖休比誰呵,纔說到西施,便似了東坡。寶瑟鳴泉,煙鬟翠領,玉鏡晴波。數十處芙蓉畫舸,對三山樓觀嵯峨。問夜如何,月下婆娑,恰似姮娥。

冬夜宿丞天善利軒

聽星簪送響雲林,是江上學仙,方外知音。飲瀣餐松,含宮嚼羽,戛玉鍾金。向方丈蓬萊夜深,莫吹笙不用鳴琴。思滿冲襟,一曲將終,萬籟俱沉。

太初次韻見寄復和以答

論詩家翦取吴淞,與衆鳥孤雲,琢句誰工。一笑齊名,三生舊夢,思滿春空。算今日東風座中,寄新詞兩度鱗鴻。驚動山容,喚起江聲,誰更如公。

正月十四日嵇秋山生日

記春星初度今朝，甚却在秋山，梅陣松巢。笑掩蒙莊，金紗霧散，玉友神交。飛瓊唱偏宜洞簫，似麻姑癢處能搔。有客招摇，一刻千金，最是燈宵。

賈皓庵樓居即事

這先生會與雲閑，偏獨自樓居，攬斷溪山。客子尋真，林端税駕，雪意凭闌。想竹葉知人病懶，共梅花笑倒春寒。蕭散襟顔，辦下新聲，少個仙鬟。

正卿壽席

問東君借得春來，早雲緑歌鬟，香動梅腮。初度筵開，金蘭賓友，玉樹庭階。恰侵曉交暉香靄，壽星明相近三台。林壑襟懷，文采風流，瓊映霜臺。

肅政黎公庚戌除夜得孫，翌日見招，作此以賀

映梅林修竹高鄰，恰今日開年，昨晚生孫。撫節邀賓，銀缸照夜，寶篆留春。快傳語江東縉紳，賸歌謡天上麒麟。昭代人門，准備詩書，等候風雲。

辛亥正月十日遊胡仲勉家園

辦烏絲准備揮毫，倩昨暮東風，照綴今朝。吟斷蘭陔，香浮竹葉，玉綻梅梢。唱白雪新聲阿嬌，萬兩金一刻春宵。歸路休教，燈月光中，踏破瓊瑶。

朱履曲

訪立軒上人於廣教精舍，作此命佐樽者歌女阿嬌楊氏也

相約下禪林閑士，更尋將樂府嬌兒，鶴唳松雲雨催詩。你聽疎老子，剗地勸分司，他只道人生行樂耳。

恰數點空林雨後，笑多情逸叟風流，俊語歌聲互相酬。且不如攜翠袖，撞煙樓，都是些醉鄉中方外友。

雖不至維摩居士，但將來楊氏嬌姿，恰如親見早梅枝。下闋。

這一等煙霞滋味，敬亭山索甚玄暉，玉頰霜髯笑相攜。快教歌宛轉，直待要酒淋漓，都道快遊山誰似爾。

雪中黎正卿招飲，賦此五章命楊氏歌之

數觥後兜回吟興，六花飛惹起歌聲，東道西鄰富才情。這其間聽鶴

唳，再索甚趁鷗盟，不强如孟襄陽乾受冷。

恰才見同雲旋磨，便相邀老子婆娑，似臺榭楊花點青蛾。那些是風流處，這纔是雪兒歌，便有竹間茶也不用他。

雖不至挦綿扯絮，是誰教翦玉跳珠，是誰把溪山粉妝梳。且圖待添些酒興，管甚凍了吟鬚，看乘風滕六舞。

又没甚金吾呵夜，剩尋將玉女來也，一曲陽春助清絶。便章臺街閑信馬，曲江岸誤隨車，且不如竹窗深閑聽雪。

泛公子樽中雲液，倩佳人掌上金杯，淺酌清歌翠顰眉。直喫到銀燭暗，玉繩低，雪晴時人未歸。

天寧北山禪老招飲於雙松精舍

春意滿禪林葱蒨，豔歌聽倚竹嬋娟，掩映雲龕敞風軒。頓醫回摩詰病，强半是散花仙，原來這醉鄉離朝市遠。

脂粉態前生緣業，笑渠儂一剗心邪，纔誦罷楞嚴禮釋伽。管甚空色夢，你且近前些，與這老雙松作個嬌侍者。

普天樂

湘陽道中

岳陽來，湘陽路。望炊煙田舍，掩映溝渠。山遠近，雲來去。溪上招提煙中樹，看時見三兩樵漁。憑誰畫出，行人得句，不用前驅。

鮮于必仁樂府十三首

折桂令《羣珠》載苦齋鮮于必仁〔折桂令〕二十九首，注"玉"字者五首。

嚴客星

傲中興百二山河，拂袖歸來，稅駕岩阿。物外閑身，雲邊老樹，煙際滄波。犯帝座星明鳳閣，釣桐江月冷漁蓑。富貴如何，萬古清風，豈易消磨。

諸葛武侯

草廬當日樓桑，任虎戰中原，龍臥南陽。八陣圖成，三分國峙，萬古鷹揚。出師表謀謨廟堂，梁甫吟感歎岩廊。成敗難量，五丈秋風[①]，落日蒼茫。

杜拾遺

倦騎驢萬里初歸，可歎飄零，誰念棲遲。飯顆山頭，錦官城外，典盡春衣。草堂裏閑中布韋，曲江邊醉後珠璣。難受塵羈，黄四娘家，幾度斜暉。

李翰林

醉吟詩誤入平康，百代風流，一餉徜徉。玉雪丰姿，珠璣咳唾，錦繡心腸。五花馬三春帝鄉，千金裘萬丈文光。才壓班揚，草詔歸來，兩袖天香。

韓吏部

羡當年吏部文章，追孔傳軻，斥老排莊。秦嶺雲横，藍關雪擁，萬里潮陽。龍虎榜聲名播揚，鳳凰池翰墨流芳。此興難量，巷柳園桃，惱亂春光。

普天樂

洞庭秋月瀟湘八最

水無痕，秋無際。光涵贔屭，影浸玻璃。龍噺貝闕珠，兔走蟾宫桂。萬頃滄波浮天地，爛銀盤寒褪雲衣。洞簫謾吹，蓬窗静倚，良夜何其。

煙寺晚鐘

樹藏山，山藏寺。藤陰杳杳，雲影差差。疎鐘送落暉，倦鳥催歸翅。一抹煙嵐寒光漬，問胡僧月下何之。逐朝夜時，扶笻到此，散步尋詩。

---

① 今校："五丈"原作"玉丈"，逕改。

江天暮雪

晚天昏，寒江暗。雪花䬃䬃，雲葉毵毵。漁翁倦欲歸，久客愁多憾。浩浩汀洲船着纜，玉蓑衣不换青衫。閑情飽慉，高眠醉酣，世事休參。

瀟湘夜雨

白蘋洲，黄蘆岸。密雲堆冷，亂雨飛寒。漁人罷釣歸，客子推蓬看。濁浪排空孤燈燦，想鼋鼍出没其間。魂消悶顔，愁舒倦眼，何處家山。

平沙落雁

稻粱收，菰蒲秀。山光凝暮，江影涵秋。潮平遠水寬，天闊孤帆瘦。雁陣驚寒埋雲岫，下長空飛滿滄洲。西風渡頭，斜陽岸口，不盡詩愁。

遠浦帆歸

水雲鄉，煙波蕩。平洲古岸，遠樹孤莊。輕帆走蜃風，柔櫓閑鯨浪。隱隱牙檣如屏障，了吾生占斷漁邦。船頭酒香，盤中蟹黄，爛醉何妨。

山市晴嵐

似屏圍，如圖畫。依依村市，簇簇人家。小橋流水間，古木疎煙下。霧斂晴峰銅鉦掛，鬧腥風爭買魚蝦。塵飛亂沙，雲開斷霞，網曬枯槎。

漁村落照

楚雲寒，湘天暮。斜陽影裏，幾個漁夫。柴門紅樹村，釣艇青山渡。驚起沙鷗飛無數，倒晴光金縷扶疎。魚穿短蒲，酒盈小壺，飲盡重沽。

王舉之樂府十二首，合下文校訂四首，共十六首。

折桂令《羣珠》載舉之〔折桂令〕十四首，注"玉"字者十二首。

虎頂盃

宴穹廬月暗西村，劍舞青蛇，角奏黄昏。瑪瑙盤呈，瓊瑶液暖，狐兔愁聞。猩血冷猶凝舊痕，玉纖寒似怯英魂。豪士雲屯，一曲琵琶，少個昭君。

羊羔酒

杜康亡肘後遺方，自墮甘泉，紫府仙漿。味勝醍醐，醲欺琥珀，價重西涼。凝碎玉金杯泛香，點浮酥鳳琖鎔光。錦帳高張，党氏風流，低唱新腔。

鰕鬚簾

隔花陰輕護朱門，水影藏嬌，海氣籠春。月晃纖波，風摇細浪，跡遠凡塵。翡翠亭低垂燕嗔，水精寒深祕龍珍。雲雨難親，咫尺天涯，别是乾坤。

閨怨

歎窗前乾鵲無靈，殢定花梢，訴盡春情。鳳枕慵擡，鴛衾倦理，鸞鑑空明。唤玉英休開翠屏，減香肌羞見金鶯。欲睡難成，待寄誰憑，何處卿卿。

贈胡存善

問蛤蜊風致何如，秀出乾坤，功在詩書。雲葉輕盈，靈華纖膩，人物清癯。采燕趙天然麗語，拾姚盧肘後明珠。絶妙功夫，家住西湖，名播東都。

讀史有感

北邙山多少英雄，青史南柯，白骨西風。八陣圖成，六韜書在，百戰塵空。輔漢室功成臥龍，釣蟠溪兆入飛熊。世事秋蓬，惟有漁樵，跳出樊籠。

三茆山行

紫芝香石室清幽，不老乾坤，自在春秋。古桂寒香，枯梅瘦影，曲澗清流。飛膏雨龍歸洞口，弄晴雲鶴舞山頭。小小瀛洲，翠户金扃，玉宇瓊樓。

七夕

鵲橋横低蘸銀河，鸞帳飛香，鳳輦淩波。兩意綢繆，一宵恩愛，萬古蹉跎。剖犬牙瓜分玉菓，吐蛛絲巧在銀盒。良夜無多，今夜歡娱，明夜如何。

送友赴都

簿書中暫駐行車，白也無敵，赤爾何如。萬法依公，片言折獄，千里攜書。賦温潤荆山進玉，吐宫商合浦還珠。天下闕。

懷錢塘

記湖山堂上春行，花港觀魚，柳巷聞鶯。一派湖光，四圍山色，九里松聲。五花馬金鞭弄影，七步才錦字傳情。寫入丹青，雨醉雲醒，柳暗花明。

春暮

點紗窗翠簇殘紅，歸路悠悠，情思匆匆。怕啓朱扉，慵拈翠靨，倦理香絨。榆錢小難酬化工，柳絲長不繫東風。減盡芳容，翠草蒙茸，緑樹玲瓏。

訪道士不遇

鶴飛來踏破秋陰，經盡南華，月落西岑。煉汞爲銀，炊煙煮石，點鐵成金。蘆花被藤床竹枕，芰荷衣梅杖桐琴。鳳舞鸞吟，爾不知音，誰是知音。

張小山樂府十首

折桂令《羣珠》載小山〔折桂令〕六十四首，注“玉”字者四首。

湖上道院

鶴飛來一縷青霞，笑富貴飛蚊，名利爭蝸。古硯玄香，名琴緑綺，土釜黄芽。雙井先春採茶，孤山帶月鋤花。童子誰家，貪看西湖，懶誦南華。

酒邊即事

鶯鶯燕燕相親，幸有名園，着我閑身。竹點詩痕，花消酒困，柳拂歌塵。錦陣裏圍香弄粉[1]，畫樓前訪雨尋雲。不負青春，誰共佳人，相約黄昏。

避暑醉題

俯滄波樓觀煙霞，覽勝方輿，獨占繁華。綵艦輕簾，雕鞍駿馬，翠袖嬌娃。十里香風酒家，一川涼雨荷花。醉墨塗鴉，題遍紅樓，倒裹烏紗。

寒食

雨霏霏店舍無煙，榆莢飛錢，柳線搓綿。緑水人家，殘花院落，美女秋千。沽酒春衣自典，思家客子誰憐。第一橋邊，戀住流鶯，不信啼鵑。

普天樂

重過西湖

畫圖中，紅塵外。妝臺玉釵，芳徑羅鞋。金瓶帶酒攜，紈扇和詩賣。一枕清風扁舟快，碧桃香兩岸花開。劉郎再來，西施好客，東閣憐才。

---

① 今校：《北曲聯樂府》“錦陣”作“錦帳”。

暮春即事

老梅邊，孤山下。晴橋螮蝀，小舫琵琶。春殘杜宇聲，香冷荼蘼架。淡抹濃妝山如畫，酒旗兒三兩人家。斜陽落霞，嬌雲嫩水，剩柳殘花。

紅繡鞋

春晚

圓舊夢衾閑錦繡，按新聲絃斷箜篌，滿襟離思倦登樓。花寒鸚鵡病，春去杜鵑愁，倚闌人困酒。

懷古

金字淡橋空柳浪，翠微深門掩苔墻，兩袖波光釣斜陽。孤山花已老，雙井水猶香，記神仙詩句響。

西湖雨

删抹了東坡詩句，糊塗了西子妝梳，山色空濛水模糊。行雲神女夢，潑墨范寬圖，掛黑龍天外雨。

簡吕理問

揮翰墨雪車冰柱，列神仙玉珮瓊琚，一舸紅香占西湖。雲山頻管領，鶯燕任追呼，别是個風月所。

校六十七條。

一卷三頁前九行，漁童新别浦蒹葭，“新”應作“薪”。

又後一行，改“溪樵”爲“溪橋”，與《羣珠》合。

又後三行，“牧”，《羣珠》作“隱”。

又後六行，“充隱南州”，應改“老隱南州”。

一卷四頁前六行，“里田”應作“田里”。

又前十一行，“農夫”，《羣珠》作“農父”。

又後三行，“窪尊”應作“窖尊”。“擗掉會”句闕字，《羣珠》同。

又後六行，改“妥”爲“鞾”，與《羣珠》合。

一卷七頁前六行，所闕乃“鏡”字。

一卷八頁前三行,“屎”,《羣珠》作“展”。八行《羣珠》無空格。

又前十二行,“臥在被單”,《羣珠》作“披着臥單”,“坐”作“生”。

又前十三行,“剸”,《羣珠》作“軃”。

又後三行,“你宜你”,應改“你便宜”。

又後八行,“得常稱心”上應加“願”字。

一卷九頁後末行,“搊筝”,鈔本作“挨簺”,《羣珠》同。

一卷十頁前十行,改“江山”爲“江上”,與《羣珠》合。

又後一行,改“子工”爲“子貢”,與《羣珠》合。

又後四行,“詠西域吉誠甫”一首,鈔本原另載卷四,《羣珠》亦另列,不與以上諸曲聯貫。

一卷十四頁前三行,所闕乃“近”字。

一卷十五頁前八、九兩行,有二句闕字,應作“閑,不知名利難”。

又前十一行,補“外”字,與《羣珠》合。闕字句爲“閑看青山雲去留”。

又前末行,《羣珠》題作“秋宵宴坐”,詞曰:“秋夜涼如水,天河白似銀,風露清清濕簟紋。論,半生名利奔。窺吟鬢,江清月近人。”

一卷二十頁前一行,“風流”應改“峰巒”。

又前五行,“小窗”,鈔本原作“八窗”,《羣珠》同。

又後一行,“滄”,《羣珠》作“蒼”。

又後五行,“燕”,《羣珠》作“燕子”。

又後六行,“怯怯”,鈔本原作“劫劫”,《羣珠》同。

一卷二十三頁前二行,“未”字、“已”字,《羣珠》顛倒。“是山間寺”應改“尋山問寺”。

又前五行,“寺”應改“山”。

二卷二頁前九行,題目,《羣珠》與《小令》同。

又前十行,“天霽”,《羣珠》作“花霽”。

又後四行,題目,《羣珠》與《小令》同。

又後六行,改“目春”爲“今春”,與《羣珠》合。

又後九行,題目,《羣珠》與《小令》同。

二卷三頁前十二行,《羣珠》作“乾鬧了若時,草本歡娛,徹貨兒相思”。

又後末行，改“要”爲“耍”，與《羣珠》合。

二卷五頁後八行，《羣珠》無“李總管索賦”五字。

又後末行，“湖山”應改“湖上”。“偕白子瑞”云云，《羣珠》略去。

二卷六頁後六行，“盆”，鈔本原作“盃”，《羣珠》同。

二卷七頁後三行，“漾”，鈔本原作“樣”，《羣珠》同。

二卷十八頁後十二行，“骨格”，《羣珠》作“襟衲”。

又後十三行，“一個”二字《羣珠》無。

二卷二十二頁前四行，“拴恨”，《羣珠》作“絟恨”。

又後九行，《羣珠》無“閨情”二字。

又後十行，“柳風料峭”應改“風摇翠柳”。

二卷二十四頁前十二行，改“恕”爲“怒”，與《羣珠》合。

二卷二十五頁後六行，“失題”應改“月夜”。

三卷六頁後十二行，“樹梢”應改“樹渺”。

三卷七頁前七行，“霧梢”應改“霞綃”。

三卷十三頁前末行，末二句，《羣珠》作“聲應和鈴，樂奏英□”。

四卷一頁前十一行，“妝態”應改“嬌態”。

四卷三頁前四行“失名”云云，應删去。因《普天樂》八首，據《羣珠》亦屬上文王仲元。

四卷三頁前十一行，改“蒲”爲“浦”，與《羣珠》合。

又前十二行，所闕乃“恨”字。

又後一行，“艶妝”，《羣珠》作“豔妝”。

又後五行，“舊”字應删。

又後八行，“扶”應改“抹”。

四卷四頁前一行，“思情”應改“恩情”。

又前四行，“挪藍”應作“挼藍”。

又前七行，“賒雲”，《羣珠》作“耀雲”，所闕乃“干”字。

五卷五頁後十一行，“村庵”，《羣珠》作“村居”。

五卷六頁前十一行，“慢捲”應改“慢撚”。

五卷八頁後十二行，注文内，“秋”應改“羞”，《羣珠》亦作“羞”。

五卷九頁後六行,“肅齋”,《羣珠》作“廬齋”,恐誤。

五卷二十三頁前十二行,“泛”,鈔本原作“犯”,《羣玉》同。

又後末行應删去,改爲“王舉之樂府”五字。

五卷二十四頁後,〔紅繡鞋〕《秋日湖上》及《栖雲弔貫酸齋》二首,《羣珠》屬王舉之。前一首所闕乃“畫”字。“扶不定”之“扶”,《羣珠》同。後一首“教清名”之“教”,《羣珠》亦同。

又〔金字經〕《春日湖上》,《羣珠》亦屬舉之。

五卷二十五頁前,〔迎仙客〕《戲題》,《羣珠》亦屬舉之。恐所謂“失名”之餘五首,並屬舉之也。

跋

元曲之中，吾尤好小令。元人小令，以别集傳者，捨《張小山北曲聯樂府》外，幾無二家。蓋皆藉選集以見也。顧自元以來，散曲之選本，套數而兼及小令者，若《陽春白雪》、《太平樂府》、《樂府新聲》諸書皆是。若專採小令，不及其他者，則雖下逮明季，號爲鼓吹風雅，冗編濫選，曾經充塞一時，亦未之見，矧元世乎？意者自來必無其書矣。孰知元人令詞，竟有元人專選，裒然成帙，而斐然可觀者，其名爲何？曰《樂府羣玉》耳。《羣玉》選自何人，自來以爲無考。余閲鍾嗣成《録鬼簿》，於“胡正臣”條有曰“其子存善，能繼其志，小山《樂府》、仁卿《金縷新聲》、瑞卿《詩酒餘音》，至於《羣玉》《叢珠》，裒集諸公所作，編次有倫”云云。玩其詞意，所謂《羣玉》《叢珠》，頗似兩書之名。若果然者，則《羣玉》實出胡氏之手矣。《叢珠》之書，後世雖然無聞，若《樂府羣珠》一名，則屢見於清初李玄玉《北詞廣正譜》中，曲家人人之所習也。其内容録小令以外，兼及散套雜劇，較之《羣玉》，迥然不侔。要之，《羣玉》《羣珠》，明代猶並行於世，故李開先得悉據之，以輯喬、張二家小令；清初則《珠》存而《玉》隱，故《廣正譜》内，雖引《羣珠》之曲十數首，而絶不及《羣玉》一字。自來藏書家於《羣玉》，實少所著録，因之有清數百年來，其書遠不若楊氏二選及《樂府新聲》之顯。然平衡四書所録，則各有精粗，除《新聲》較弱外，餘殊未易軒輊。至於深刻之作、奇俊之體，此書所列，雖楊氏二選亦未能匹也。蓋此書究爲元曲元選，自然當行出色，與其餘三本並行，固毫無愧色。若明人之《雍熙》、《摘豔》等集，徒貪篇幅，而精采無多者，在詞林久盜虚聲，於學者殊鮮嘉惠，斯真不足與一日並論矣。此本録自范氏天一閣舊藏，雖不無殘缺，而大體已具。惟卷中時有自亂其例之處：本應以詞繫人者，而人每隔卷複見，詞遂前後零散。兹從其原例，凡一人之作，各爲歸合，録一總目，以見其序。又另照原本原序，録一詳目，以存其本來面目，皆冠卷首；並據一二詞籍，略爲參校，分注行中。至於其他瑣見及諸家傳略，總爲附録一卷，載諸卷末。十二年溽暑，匆匆寫定於蟬聲瓜語之中，不覺苦樂參半。蓋晝則淫汗沾毫，薰風襲墨，夜則蚊錐刺股，蟲羽侵眉，伏案未安，意多旁騖也。然而詞妙一行，則丹珠亂走；興會千古，則曼聲微吟，鈔書之苦，似終不逮讀書之樂耳。二北詞人識於文選樓西之感紅室。

東籬樂府

提　要

《東籬樂府》一卷，乃元馬致遠所撰散曲，輯自諸家選本及筆記者，小令百有四、套數十七，附録殘闕不完之套數五，在元人一班散曲著作中，篇幅斯廣矣。除套數有殘闕者外，即小令亦散佚甚多，尚待增補，如張可久有《次馬氏蕭豪韻》〔慶東原〕九首，今不見原唱，是其例也。馬氏劇曲，領袖羣英，久有定評。散曲以豪放爲主，如天馬脱羈，極盡馳騁之樂，於不期然中，又適成此體之典型模楷，後之散曲凡不如此者，皆可謂非其正也。嚮合關、白、鄭三家之作，曰元四家散曲。兹以其博大又爲四家冠，特别爲一編。

東籬樂府目次

東籬樂府

元大都馬致遠東籬撰　江都任訥中敏輯録

小令

湘妃怨

和盧疎齋西湖四首

春風驕馬五陵兒,暖日西湖三月時,管絃觸水鶯花市。不知音不到此,宜歌宜酒宜詩。山過雨顰眉黛,柳拖煙堆鬢絲,可戲殺睡足的西施。

採蓮湖上畫船兒,垂釣灘頭白鷺鷥,雨中樓閣煙中寺。笑王維作畫師,蓬萊倒影參差。薰風來至,荷香淨時,清潔煞避暑的西施。

金卮滿勸莫推辭,已是黄柑紫蟹時,鴛鴦不管傷心事。便白頭湖上死,愛園林一抹胭脂。霜落在丹楓上,水飄著紅葉兒,風流煞帶酒的西施。

人家籬落酒旗兒,雪壓寒梅老樹枝,吟詩未穩推敲字。爲西湖撚斷髭,恨東坡對雪無詩。休道是蘇學士,韓退之,難裝傅粉的西施。“難裝”原作“難將”,此從殘元本《陽春白雪》。

撥不斷十首

九重天,二十年,龍樓鳳閣都曾見。緑水青山任自然,舊時王謝堂前燕。再不復海棠庭院。

歎寒儒,慢讀書,讀書須索題橋柱。題柱雖乘駟馬車,乘車誰買長門賦。且看了長安回去。

路傍碑,不知誰,春苔緑滿無人祭。畢卓生前酒一杯,曹公身後墳三尺。不如醉了還醉。

怨離别，恨離别，君知君恨君休惹。紅日如奔過隙駒，白頭漸滿楊花雪。一日一個渭城客舍。《陽春白雪》原作“白頭漸滿玉花雪”，殘元本《陽春白雪》“玉”作“王”，但書中如“陽”、“楊”、“腸”等字，皆省作“王”，因知此作“玉花雪”乃“王花雪”之誤、“楊花雪”之省也。

孟襄陽，興何狂，凍騎驢灞陵橋上。便縱有些梅花入夢香，倒不如風雪銷金帳。慢慢的淺斟低唱。《陽春白雪》“風雪”原作“風前”，此從殘元本。

笑陶家，雪烹茶，就鵝毛瑞雪初成臘。見蝶翅寒梅正有花，怕羊羔美酒新添價。拖得人冷齋裏閑話。

菊花開，正歸來，伴虎溪僧鶴林友龍山客。似杜工部陶淵明李太白，有洞庭柑東陽酒西湖蟹。哎，楚三閭休怪。據《樂府羣玉》，第五句增“有”字。

浙江亭，看潮生，潮來潮去原無定。惟有西山萬古青，子陵一釣多高興。鬧中取静。

酒盃深，故人心，相逢且莫推辭飲。君若歌時我慢斟，屈原清死由他恁。醉和醒爭甚。

瘦形骸，悶情懷，丹楓醉映秋山色。黄菊彫殘戲馬臺，白衣盼殺東籬客。你莫不子猷訪戴。

壽陽曲

山市晴嵐

花村外，草店西，晚霞明雨收天霽。四圍山一竿殘照裏，錦屏風又添鋪翠。《樂府新聲》“外”作“畔”，“草店”作“柳岸”，“霞明”作“風涼”，“收”作“晴”，“霽”作“氣”，“一”作“兩”。

遠浦帆歸

夕陽下，酒旆閑，兩三航未曾著岸。落花水香茅舍晚，斷橋頭賣魚人散。《新聲》前四句作“垂楊岸，江蓼灘，一番風送船著岸。孤村滿林鴉噪晚”。

平沙落雁

南傳信，北寄書，半棲遲岸花汀樹。似鴛鴦失羣迷伴侣，兩三行海門斜去。《新聲》前四句作“征鴻度，落日晡，正秋江野人争渡。若西風不留灘上宿”。

瀟湘夜雨

漁燈暗，客夢回，一聲聲滴人心碎。孤舟五更家萬里，是離人幾行情淚。《新聲》所載與此全異。

煙寺晚鐘

寒煙細，古寺清，近黄昏禮佛人静。順西風晚鐘三四聲，怎生教老僧禪定。《新聲》“寒”作“炊”，“清”作“晴”，三句作“山堂月明人静”，“順西風”作“報黄昏”，末句作“怕驚回夜深禪定”。

漁村夕照

鳴榔罷，閃暮光，緑楊堤數聲漁唱。掛柴門幾家閑曬網，都撮在捕魚圖上。《新聲》前四句作“夕陽外，古渡傍，兩三家不成圈巷。一簇兒聚船人曬網”。

江天暮雪

天將暮，雪亂舞，半梅花半飄柳絮。江上晚來堪畫處，釣魚人一蓑歸去。《新聲》所載與此全異。

洞庭秋月

蘆花謝，客乍别，泛蟾光小舟一葉。豫章城故人來也，結束了洞庭秋月。《新聲》首三句作“茶船近，野店歇，辜負了好天良夜”，又“來也”作“來到也”。

又二十三首

春將暮，花漸無，春催得落花無數。春歸時寂寞景物疎，武陵人恨春歸去。

一陣風，一陣雨，滿城中落花飛絮。紗窗外驀然聞杜宇，一聲聲唤回春去。

雲籠月，風弄鐵，兩般兒助人淒切。剔銀燈欲將心事寫，長吁氣一聲吹滅。

磨龍墨，染兔毫，倩花箋欲傳音耗。真寫到半張却帶草，敘寒温不知個顛倒。

從別後，音信絶，薄情種害殺人也。逢一個見一個因話説，不信你耳輪兒頭熱。"頭"字疑是"不"字之訛。

從別後，音信杳，夢兒裏也曾來到。間人知行到一萬遭，不信你眼皮兒不跳。"間"字待校。

心間事，説與他，動不動早言兩罷。罷字兒磣可可你道是耍，我心裏怕那不怕。

人初靜，月正明，紗窗外玉梅斜映。梅花笑人休弄影，月沉時一般孤另。

人千里，愁萬縷，望不斷野煙汀樹。一會加上心來没是處，恨不得待跨鸞歸去。"加"應作"價"。

研香汗，展素紙，蘸霜毫略傳心事。和淚謹封斷腸詞，小書生再三傳示。

實心兒待，休做謊話兒猜，不信道爲伊曾害。害時節有誰曾見來，瞞不過主腰胸帶。

江梅態，桃杏腮，嬌滴滴海棠顏色。金蓮肯分迭半折，瘦厭厭柳腰一捻。

思今日，想去年，依舊緑楊庭院。桃花嫣然三月天，只不見去年人面。

蝶慵戲，鶯倦啼，方是困人天氣。莫怪落花吹不起，珠簾外晚風無力。

他心罪，咱便捨，空擔著這場風月。一鍋滚水冷定也，再攛紅幾時得熱。

相思病，怎地醫，只除是有情人調理。相偎相抱診脈息，不服藥自然圓備。

心窩兒興，奶膀兒情，低低的哐聲相應。舌尖抵著牙縫冷，半合兒使的成病。

香羅帶，玉鏡臺，對妝奩懶施眉黛。落紅滿階愁似海，問東君故人安在。

青紗帳，白象床，晚涼生月輪初上。誰家玉簫吹鳳凰，教斷腸人越添惆悵。

如年夜，人乍別，角聲寒玉梅驚謝。夢迴酒醒燈盡也，對著冷清清半窗殘月。

薔薇露，荷葉雨，菊花霜冷香庭户。梅梢月斜人影孤，恨薄情四時辜負。

琴愁操，香倦燒，盼春來不知春到。日長也小窗前一睡著，賣花聲把人驚覺。

因他害，染病疾，相識每勸咱是好意。相識若知咱究裏，和相識也一般憔悴。

小桃紅

春四公子宅賦

畫堂春暖繡幃重，寶篆香微動。此外虚名要何用，醉鄉中，東風唤醒梨花夢。主人愛客，尋常迎送，鸚鵡在金籠。

夏

映簾十二掛珍珠，燕子時來去。午夢薰風在何處，問青奴，冰敲寶鑑玎璫玉。兀的不勝如，石家爭富，擊破紫珊瑚。

秋

碧紗人歇翠紈閑，覺後微生汗。乞巧樓空夜筵散，襪生寒，青苔砌上觀銀漢。流螢幾點，井梧一葉，新月曲闌干。

冬

兩軒修竹鳳凰棲，雪壓玲瓏翠。慣得閑人日高睡，賴花醫，扶頭枕上多風味。門前怪得，狂風無力，家有辟寒犀。

金字經三首

絮添蘆花雪，鲊香荷葉風，且向江頭作釣翁。窮，男兒未濟中。風波夢，一場幻化中。

擔頭擔明月，斧磨石上苔，且做樵夫隱去來。柴，買臣安在哉。空巖外，老了棟梁材。《陽春白雪》作"買臣柴安在哉"，此從《樂府新聲》。《新聲》首句作"擔挑山頭月"，"且做"作"做個"，"老了"下有"也"字。

夜來西風動，九天鵬鶚飛，困煞中原一布衣。悲，故人知未知。登樓意，恨無天上梯。《雍熙樂府》末作"上天梯"。

蟾宫曲

歎世二首

東籬半世蹉跎，竹裏遊亭，小宇婆娑。有個池塘，醒時魚笛，醉後漁歌。嚴子陵他應笑我，孟光臺我待學他。笑我如何，到大江湖，也避風波。

咸陽百二山河，兩字功名，幾陣干戈。項廢東吴，劉興西蜀，夢説南柯。韓信功兀的般證果，蒯通言那裏是風魔。成也蕭何，敗也蕭何，醉了由他。

撥不斷四首

布衣中，問英雄，王圖霸業成何用。禾黍高低六代宫，楸梧遠近千官塚。一場惡夢。

競江山，爲長安，張良放火連雲棧。韓信獨登拜將壇，霸王自刎烏江岸。再誰分楚漢。

子房鞋，買臣柴，屠沽乞食爲僚宰。版築躬耕有將才，古人尚自把天時待。只不如且酩子裹胡捱。

莫獨狂,禍難防,尋思樂毅非良將。直待齊邦掃地亡,火牛一戰幾乎喪。趕人休趕上。

慶東原

歎世六首

拔山力,舉鼎威,暗嗚叱咤千人廢。陰陵道北,烏江岸西,休了衣錦東歸。不如醉還醒醒而醉。"了"字待校。

明月閑旌旆,秋風助鼓鼙,帳前滴盡英雄淚。楚歌四起,烏騅漫嘶,虞美人兮。不如醉還醒醒而醉。

三顧茅廬問,高才天下知,笑當時諸葛成何計。出師未回,長星墜地,蜀國空悲。不如醉還醒醒而醉。

誇才智,曹孟德,分香賣履純狐媚。奸雄那裹,平生落的,只兩字征西。不如醉還醒醒而醉。

晝籌計,墮淚碑,兩賢才德誰相配。一個力扶漢基,一個恢張晉室,可惜都壽與心違。不如醉還醒醒而醉。

珊瑚樹,高數尺,珍奇合在誰家内。便認做我的,豈不知才多害己,直到東市方知。則不如醉還醒醒而醉。

清江引

野興八首

樵夫覺來山月低,釣叟來尋覓。你把柴斧拋,我把魚船棄,尋取個穩便處閑坐地。

緑蓑衣紫羅袍誰是主,兩件兒都無濟。便作釣魚人,也在風波裹,則不如尋個穩便處閑坐地。

山禽曉來窗外啼,唤起山翁睡。恰道不如歸,又叫行不得,則不如尋個穩便處閑坐地。

天之美禄誰不喜，偏只説劉伶醉。畢卓縛甕邊，李白沉江底，則不如尋個穩便處閑坐地。

楚霸王火燒了秦宫室，蓋世英雄氣。陰陵迷路時，船渡烏江際，則不如尋個穩便處閑坐地。

林泉隱居誰到此，有客清風至。會作山中相，不管人間事，爭甚麽半張名利紙。

西村日長人事少，一個新蟬噪。恰待葵花開，又早蜂兒鬧，高枕上夢隨蝶去了。《樂府新聲》三句作"葵花放"。

東籬本是風月主，晚節園林趣。一枕葫蘆架，幾行垂楊樹，是搭兒快活閑住處。

四塊玉

恬退四首

緑鬢衰，朱顔敗，羞把塵容畫麟臺，故園風景依然在。三頃田，五畝宅，歸去來。

緑水邊，青山側，二頃良田一區宅，閑身跳出紅塵外。紫蟹肥，黄菊開，歸去來。

翠竹邊，青松側，竹影松聲兩茅齋，太平幸得閑身在。三逕修，五柳栽，歸去來。

酒旋沽，魚新買，滿眼雲山畫圖開，清風明月還詩債。本是個懶散人，又無甚經濟才，歸去來。

又

天台路

採藥童，乘鸞客，怨感劉郎下天台，春風再到人何在。桃花又不見開，命薄的窮秀才，誰教你回去來。

紫芝路

雁北飛，人北望，抛閃煞明妃也漢君王，小單于把盞呀刺刺唱。青草畔有收酪牛，黑河邊有扇尾羊，他只是思故鄉。

潯陽江

送客時，秋江冷，商女琵琶斷腸聲，可知道司馬和愁聽。月又明，酒又醒，客乍醒。“醒”字複韻，待校。

馬嵬坡

睡海棠，春將晚，恨不得明皇掌中看，霓裳便是中原患。不因這玉環，引起那禄山，怎知蜀道難。

鳳凰坡

百尺臺，堆黄壤，弄玉吹簫送蕭郎，送蕭郎共上青霄上。到如今國已亡，想當初事可傷，再幾時有鳳凰。

藍橋驛

玉杵閑，玄霜盡，何敢藍橋望行雲，裴航自有神仙分。原是個切玉人，做了個賞月人，成就了折桂人。

洞庭湖

畫不成，西施女，他本傾城却傾吴，高哉范蠡乘舟去。那裏是泛五湖，若綸竿不釣魚，便索他學楚大夫。

臨邛市

美貌名家子，自駕著個私奔坐車兒，漢相如便做文章士。愛他那一操兒琴，共他那兩句兒詩，也有改嫁時。起處句法未合，待校。

巫山廟

暮雨迎，朝雲送，暮雨朝雲去無蹤，襄王謾説陽臺夢。雲來也是空，雨來也是空，怎捱十二峰。

海神廟

彩扇歌，青樓飲，自是知音惜知音，桂英你怨王魁甚。但見一個傅粉郎，早救了買笑金，知他是誰負心。“救”疑是“散”之誤。

又

歎世

兩鬢皤，中年過，圖甚區區苦張羅，人間寵辱都參破。種春風二頃田，遠紅塵千丈波，倒大來閑快活。

子孝順，妻賢惠，使碎心機爲他誰，到頭來難免無常日。爭利名，奪富貴，都是癡。

帶野花，攜村酒，煩惱如何到心頭，誰能躍馬常食肉。二頃田，一具牛，飽後休。

佐國心，拿雲手，命裏無時莫剛求，隨時過遣休生受。幾葉棉，一片綢，暖後休。

帶月行，披星走，孤館寒食故鄉秋，妻兒胖了咱消瘦。枕上憂，馬上愁，死後休。

白玉堆，黄金垛，一日無常果如何，良辰媚景休空過。琉璃鍾琥珀濃，細腰舞皓齒歌，倒大來閑快活。

風内燈，石中火，從結靈胎便南柯，福田休種兒孫禍。結三生清淨緣，住一區安樂窩，倒大來閑快活。

月滿輪，花成朵，信馬攜僕到鳴珂，選一間嵓嵌房兒坐。淺斟著金曲卮，低謳著白雪歌，倒大來閑快活。

甑有塵，門空鎖，人海從交鬭張羅，共詩朋閑訪相酬和。儘場兒吃悶酒，即席間發淡科，倒大來閑快活。

喜春來

禮

夙興夜寐尊師行，動止渾絶浮浪名，身潛詩禮且陶情。柳溪中，人世小蓬瀛。

樂

宫商律吕隨時奏，散慮焚香理素琴，人和神悦在佳音。不關心，玉漏滴殘淋。

射

古來射席觀其德，今向尊前自樂心，醉横壺矢臥蓑陰。且閑身，醒踏月明吟。

御

昔馳鐵騎經燕趙，往復奔騰穩似船，今朝兩鬢已成斑。機自參，牛背得身安。

書

筆尖落紙生雲霧，掃出龍蛇驚四筵，蠻書寫畢動君顏。酒中仙，一恁醉長安。

數

盈虚妙自胸中蓄，萬事幽傳一掌間，不如長醉酒爐邊。是非潛，終日樂堯年。

青哥兒

春城春宵無價，照星橋火樹銀花，妙舞清歌最是他。翡翠坡前那人家，鰲山下。

天淨沙

秋思《堯山堂外紀》卷六十八，馬東籬又有〔天淨沙〕《秋思》詞曰。

枯藤老樹昏鴉，小橋流水人家，古道西風瘦馬。夕陽西下，斷腸人在天涯。

撥不斷《樂府羣玉》歸李致遠。

立峰巒，脱簪冠，夕陽倒景松陰亂。太液澄虚月影寬，海風汗漫雲霞斷。醉眠時小童休唤。

套數

〔仙吕〕賞花時

長江風送客

馮客蘇卿先配成，愁殺風流雙縣令。撲蔌蔌淚如傾，淒涼愁損，相伴著短檠燈。

〔幺篇〕愁恨厭厭魂夢驚，兩處相思一樣情。風送片帆輕，天涯隱隱，舡去似馭雲行。

〔賺煞〕碧波清，江天静，既解纜如何住程。滅燭掀簾風越緊，轉回頭又到山城。過沙汀煙水澄澄，千里洪浪良夜永。蛾眉月明，恰才風定，猛擡頭觀見豫章城。

孤館雨留人

鞍馬區區山路遥，月暗星稀天欲曉。雲氣布荒郊，前途店少，僅堪避風雹。

〔幺篇〕客舍駸駸過幾朝，雨哨紗窗魂欲消。離故國路途遥，柴門静悄，無意飲香醪。

〔賺煞〕聽林間寒鵶噪，野店江村未曉。風刮得關山葉亂飄，料前村冷落漁樵。悶無聊，心内如燒，昏慘慘孤燈不住挑。濃雲漸消，月明斜照，送清香梅綻灞陵橋。

掬水月在手

古鏡當天秋正磨，玉露瀼瀼寒漸多。星斗燦銀河，泉澄源盡，仙桂影婆娑。

〔幺篇〕不覺樓頭二鼓過，慢撒金蓮鳴玉珂。離香閣，近花科，丫鬟唤我，渴睡也去來呵。

〔賺煞〕緊相催，閑篤磨，快道與茶茶嬷嬷。寶鑑妝奩準備著，就這月華明乘興梳裹。喜無那，非是咱風魔，伸玉指盆池内蘸緑波。剛綽起半撮，小梅香也歇和，分明掌上見嫦娥。

弄花香滿衣

麗日遲遲簾影篩,燕子來時花正開。閑繡閣冷妝臺,兜鞋信步,後園裏遣悶懷。

〔幺篇〕萬紫千紅妖弄色,嬌態難禁風力擺。時亂點塵埃,見秋千掛起,芳草上層階。"時"字待校。

〔賺煞〕猛觀絶,宜簪戴,行不顧香泥緑苔。曉露未晞移繡鞋,愛尋香頻把身挨。喜盈腮,折得向懷揣,就手内遊蜂鬬爭採。不離人左側,風流可愛,貼春衫又引得個粉蝶兒來。《太平樂府》"繡鞋"原作"繡襪"。

〔商調〕集賢賓

思情

天涯自他爲去客,黄犬信音乖。日日淩波襪冷,濕透青苔。向東風不倚朱扉,傍斜陽也立閑階。撲通地石沉大海,人更在青山外。倦題宫葉字,羞見海棠開。《太平樂府》原作"沉透青苕",又作"倦顔宫華",此皆從《北詞廣正譜》。

〔幺篇〕春光有錢容易買,秋景最傷懷。他便似無根蓬草,任飄零不壓塵埃。假饒是綫斷風箏,落誰家也要個明白。近來自知浮世窄,少負他惹多苦債。别離期限數,占卜卦錢排。"近來"以下待校。

〔金菊香〕敢投了招壻相公宅,多就了除名煙月牌,迷留没亂處猜。柳葉眉兒,好等你過章臺。

〔浪來里〕更漏永,怎地捱,砧聲才住角聲哀。有燈光恨殺無月色,是何相待,姮娥影占了看書齋。

〔尾〕聽夜雨無情,哨紗窗緊慢有三千解。韻欺蛩入耳,點共淚盈腮。疎竹響,晚風篩,剗地將芭蕉葉兒擺。意中人何在,猛隨風雨上心來。

〔大石調〕青杏子

因緣

天賦兩風流,須知是福慧雙修。驂鸞仙子騎鯨友,瓊姬子高,巫娥宋玉，織女牽牛。

〔憨郭郎〕當爐心既有，題柱志須酬。莫向風塵內，久淹留。《雍熙樂府》作“東風塵內”。

〔還京樂〕標格江梅清秀，腰肢宫柳輕柔。豈止蘭心蕙性，不惟皓齒明眸。芳名美譽，鎮平康，冠金斗，壓盡滹陽十醜。體面妖嬈，精神抖擻，作來酒令詩籌。座間解使并州客，緑鬢先秋。飛燕體翩翻舞袖，回鸞態飄摇翠被，遏雲聲嚠喨歌喉。情何似，情何在，恐隨彩雲易收。丁香枝上，荳蔻梢頭。《雍熙》“翩翻”作“翩翩”，“飄摇”作“飄飄”。《北宫詞紀》“體面”作“容貌”。

〔淨瓶兒〕莫効臨岐柳，折入時人手。許持箕帚，願結綢繆。嬌羞，試窮究，博個天長和地久。從今後，莫教恩愛等閑休。

〔隨煞〕休道因緣難成就，好處要人消受。終須是配偶，偏甚先教沈郎瘦。

〔大石調〕青杏子

悟迷

世事飽諳多，二十年漂泊生涯。天公放我平生假，翦裁冰雪，追陪風月，管領鶯花。

〔歸塞北〕當日事，到此豈堪誇。氣概自來詩酒客，風流平昔富豪家，兩鬢近生華。末句“近”，《雍熙樂府》作“與”。

〔初問口〕雲雨行爲，雷霆聲價，怪名兒到處裹喧馳的大。没期程，無時霎，不如一筆都勾罷。

〔怨别離〕再不教魂夢返巫峽，莫燃香，休翦髮。柳户花門從瀟灑，不再踏，一任教人道情分寡。

〔擂鼓體〕也不怕薄母放訝掐，諳知得性格兒，從來織下。顛不剌的相知不綣他，被莽性兒的哥哥截替了咱。“莽性”，《雍熙樂府》作“莽壯”。《北詞廣正譜》首句無“也不”二字，末句“哥”字不疊。

〔賺煞〕休更道咱身邊没擣剥，便有後半毛也不拔。活纘兒從他套共榻，沾泥絮怕甚狂風刮。唱道塵慮俱絶，興來詩吟罷，酒醒時茶。兀的不快活煞，喬公事心頭再不罣。《雍熙》三句無"活"字，"唱道"三句待校。

〔南吕〕一枝花

惜春

奪殘造化功，占斷繁華富。芳名喧上苑，和氣滿皇都。論春興誰如，一任教浪蕊閑花塢，正是斷人腸三月初。本待學煮海張生，生扭做遊春杜甫。第五句《太平》、《雍熙》兩樂府皆作"論春秀"，此從《北宫詞紀》。

〔梁州〕齊臻臻珠圍翠遶，冷清清緑暗紅疎，但合眼夢裹尋春去。春光堪畫，春景堪圖。春心狂蕩，春夢何如。消春愁不曾兩葉眉舒，殢春嬌一點心酥。感春情來來往往蜂媒，動春意哀哀怨怨杜宇，亂春心嬌嬌怯怯鶯雛。春光怎如，緑窗猶唱留春住，怎肯把春負。長要春風醉後扶，春夢似華胥。"留春住"，《雍熙》作"留春曲"。"春心狂蕩"兩句，《北宫詞紀》作"春山秀麗，春野蘼蕪"。"一點心酥"上，《詞紀》又襯"常子是"三字。又"嬌嬌"諸本皆作"喬喬"。

〔隔尾〕休躭閣一天柳絮如棉舞，滿地殘花似錦鋪，九十日春光等閑負。雲窗月户，狂風驟雨，休没亂殺東君做不得主。《北宫詞紀》末句無"休"字。

〔般涉調〕耍孩兒

借馬

近來時買得匹蒲梢騎，氣命兒般看承愛惜。逐宵上草料數十番，喂飼得膘息胖肥。但有些穢污却早忙刷洗，微有些辛勤便下騎。有那等無知輩，出言要借，對面難推。

〔七煞〕懶習習牽下槽，意遲遲背後隨，氣忿忿懶把鞍來備。我沉吟了半晌語不語，不曉事頽人知不知。他又不是不精細，道不得他人弓莫挽，他人馬休騎。《太平樂府》三句"備"原作"背",《雍熙樂府》則作"鞴"。

〔六煞〕不騎啊西棚下涼處拴,騎時節揀地皮平處騎,將青青嫩草頻頻的喂。歇時節肚帶鬆鬆放,怕坐的困尻包兒款款移。勤覷著鞍和轡,牢踏著寶鐙,前口兒休提。

〔五煞〕飢時節喂些草,渴時節飲些水,著皮膚休使塵氈屈。三山骨休使鞭來打,磚瓦上休教穩著蹄。有口話你明明的記,飽時休走,飲了休馳。

〔四煞〕抛糞時教乾處抛,綽尿時教淨處尿,拴時節揀個牢固椿橛上繫。路途上休要踏磚塊,過水處不教踐起泥。這馬知人義,似雲長赤兔,如翊德烏騅。"綽尿"之"尿",《太平樂府》原闕,《雍熙》則作"尿綽",又"過水處不教"作"遇水處休教","義"作"意","翊"作"益"。

〔三煞〕有汗時休去簷下拴,渲時休教侵著頹,軟煮料草煎底細。上坡時款把身來聳,下坡時休教走得疾。休道人忒寒碎,休教鞭颩著馬眼,休教鞭擦損毛衣。三句"煎",鈔本《太平樂府》與《雍熙》皆作"鍘"。"馬眼"之"眼",《太平》原闕,此從《雍熙》。《雍熙》首句"休去"作"休在",末句"損"作"損了"。

〔二煞〕不借時惡了弟兄,不借時反了面皮,馬兒行囑咐叮嚀記。鞍心馬户將伊打,刷子去刀莫作疑。只歎的一聲長吁氣,哀哀怨怨,切切悲悲。《雍熙》闕首句。

〔一煞〕早晨間借與他,日平西盼望你,倚門專等來家內。柔腸寸寸因他斷,側耳頻頻聽你嘶。道一聲好去,早兩淚雙垂。

〔尾〕没道理没道理,忒下的忒下的。恰才説來的話君專記,一口氣不違借與了你。

〔般涉調〕哨遍

張玉嵓草書

自唐晉傾亡之後,草書掃地無蹤跡。天再産玉嵓翁,卓然獨立根基。甚綱紀,胸懷灑落,意氣聰明,才德相兼濟。當日先生沉醉,脱巾露頂,裸袖揎衣。霜毫歷歷蘸寒泉,麝墨濃濃浸端溪。卷展霜縑,管握銅龍,賦歌赤壁。

〔幺篇〕仔細看六書八法皆完備,舞鳳戲翔鸞韻美。寫長空兩脚墨淋漓,灑東窗燕子銜泥。甚雄勢斬釘截鐵,纏葛垂絲,似有風雲氣。據此清新絶妙,堪爲家寶,可上金石。二王古法夢中存,懷素遺風盡真習。料想方今,寰宇四海,應無賽敵。

〔五煞〕儘一軸十數尺,從頭一掃無凝滯。聲清恰似蠶食葉,氣勇渾同猊抉石。超先輩,消翰林一贊,高士留題。

〔四煞〕寫的來狂又古,顛又實,出乎其類拔乎萃。軟如楊柳和風舞,硬似長空霹靂摧。真堪惜,沉沉著著,曲曲直直。

〔三煞〕畫一畫如陣雲,點一點似怪石,撇一撇如展鵰鵬翼。彎環怒偃乖龍骨,峻峭横拖巨蟒皮。特殊異,似神符堪咒,蚯蚓蟠泥。

〔二煞〕寫的來嬌又真,怒又喜,千般醜惡十分媚。惡如山鬼拔枯樹,媚似楊妃按羽衣。誰堪比,寫黄庭换取,道士鵝歸。

〔一煞〕顔真卿蘇子瞻,米元章黄魯直,先賢墨跡君都得。滿箱拍塞數千卷,文錦編挑滿四圍。通三昧,磨崖的本,畫贊初碑。

〔尾〕據劃畫難字樣奇,就中渾穿諸家體,四海縱横第一管筆。

〔雙調〕行香子

無也閑愁,有也閑愁,有無間愁得白頭。花能助喜,酒解忘憂。對東籬,思北海,憶南樓。

〔慶宣和〕過了重陽九月九,葉落歸秋。殘菊蝴蝶强風流,勸酒,勸酒。

〔錦上花〕莫莫休休,浮生参透。能得朱顔,幾回白晝。野鶴孤雲,倒大自由。去雁來鴻,催人皓首。位至八府中,誰説百年後。只落得莊周，歎打骷髏。愛煞當年，魯連乘舟。那個如今，陶潛種柳。

〔清江引〕青雲興户王子猷，半路裹乾生受。馬踏街頭月，耳聽宫前漏，知他恁羨甚麼闕内侯。“興户”待校。

〔碧玉簫〕鶯也似歌喉，佳節若爲酧。傀儡棚頭，題甚麼抱官囚。自也羞，只不如一筆勾。錦瑟左右，紅妝前後。朦朧醉眸，覷白頭黄花瘦。《北詞廣正譜》“白頭”作“只先”。

〔歇指煞〕花開但願人長久，人閑難得花依舊。夕陽暫留，酒中仙，塵外客，林間友。黄橙帶露時，紫蟹迎霜候。香醪美蒭，酒和花，人共我，無何有。細杖藜，寬袍袖。斷送了西風罷手，常待做快活頭，永休開是非口。

〔雙調〕錦上花

展放愁眉，休爭閑氣。今日容顔，老如昨日。古往今來你盡知，賢的愚的，貧的富的，到頭這一身，難逃那一日。受用了一日是便宜，人活百歲七十稀，急急光陰，淘淘如逝水。“身”，鈔本别作“步”。

〔清江引〕落花滿園春又歸，晚景成何濟。馬足車塵間，蟻陣蜂衙裏，尋取個穩便處閑坐地。

〔碧玉簫〕昏晚相催，日月走東西。最苦别離，白髪故人稀。歲月催，光陰如過隙。君且莫催，休爭閑氣。只不如花前醉。“莫催”之“催”待校。

〔般涉調〕哨遍

半世逢場作戲，險些兒誤了終焉計。白髪勸東籬，西村最好幽棲。老正宜，茅廬竹逕，藥井蔬畦，自減風雲氣。嚼蠟光陰無味，旁觀世態，静掩柴扉。雖無諸葛卧龍岡，原有嚴陵釣魚磯。成趣南園，對榻青山，遶門緑水。

〔耍孩兒〕窮則窮落覺囫圇睡，消甚奴耕婢織。荷花二畝養魚池，百泉通一道清溪。安排老子閑風月，准備閑人洗是非，樂亦在其中矣。僧來笋蕨，客至琴棋。

〔二〕青門幸有栽瓜地，誰羨封侯百里。桔槔一水韭苗肥，快活煞學圃樊遲。梨花樹底三杯酒，楊柳陰中一片席，倒大來無拘繫。先生家淡粥，措大家黄虀。

〔三〕有一片凍不死衣，有一口餓不死食。貧無煩惱知閑貴，譬如風浪乘舟去，爭似田園拂袖歸。本不愛爭名利，嫌貧汙耳，與鳥忘機。

〔尾〕喜天陰唤錦鳩，愛花香哨畫眉。伴露荷中煙柳外風蒲内，緑頭鴨黄鶯兒啅七七。

〔雙調〕新水令

題西湖《詞林摘豔》屬王伯成。

四時湖水鏡無瑕，不江山自然如畫。雄宴賞，聚奢華。人不奢華，山景本無價。

〔慶東原〕暖日宜乘轎，春風堪試馬，恰寒食有二百處秋千架。向人嬌杏花，撲人衣柳花，迎人笑桃花。來往畫船遊，招颭青旗掛。

〔棗鄉詞〕納涼時波漲沙，滿湖香芰荷蒹葭。瑩玉盃，青玉斝，恁般樓臺正宜夏，都輸他沉李浮瓜。

〔掛打沽〕曲岸經霜落葉滑，誰道是秋瀟灑。最好西湖賣酒家，黄菊綻東籬下。自立冬，將殘臘。雪片似江梅，血點般山茶。

〔山石榴〕錦繡錢塘富貴家，簪纓畫戟官宦衙。百歲能歡幾時價，可惜韶華過了他。

〔石竹子〕櫓搖搖聲，嗟呀，繁華一夢天來大，風物逐人化。虚名爭甚那，孤舟駕，功名已在漁樵話，更飲三杯罷。

〔醉娘子〕真個醉也麽沙，真個醉也麽沙。笑指南峰，却道西樓，真個醉也麽沙。

〔一錠銀〕欲賦終焉力不加，囊篋更俱乏。自賽了兒婚女嫁，却歸來林下。

〔駙馬還朝〕想像間神仙宫内館娃，俯仰間飛來峰勝巫峽。葛仙翁，郭璞家，幾點林櫻似丹砂。

〔胡十八〕雲外塔，日邊霞，橋上客，樹頭鴉，水亭山閣日西斜。哎，老子醉麽，宜閬苑，泛浮槎。

〔阿納忽〕山上栽桑麻，湖内尋生涯。枕頭上鼓吹鳴蛙，江上聽甚琵琶。

〔尾〕漁村偏喜多鵝鴨，柴門一任絶車馬。竹引山泉，鼎試雷芽。但得孤山尋梅處，苫間草厦，有林和靖是鄰家，喝口水西湖上快活煞。

〔雙調〕夜行船

秋思《樂府新聲》無題，此從《中原音韻》。

《詞林摘豔》、《北宫詞紀》俱作"秋興"。

百歲光陰一夢蝶，重回首往事堪嗟。今日春來，明朝花謝，急罰盞夜闌燈滅。《中原音韻》"一"作"如"，"今日"作"昨日"，"明朝"作"今朝"。

〔喬木查〕想秦宫漢闕，都做了衰草牛羊野，不恁麽漁樵没話説。縱荒墳横斷碑，不辨龍蛇。《音韻》首句無"想"字，"都做了"僅作"做"一字，三句無"麽"字，又"没"作"無"。《摘豔》"麽"作"的"。《詞紀》作"一恁"二字。

〔慶宣和〕投至狐蹤與兔穴，多少豪傑。鼎足雖堅半腰裏折，魏耶，晉耶。《音韻》"雖堅"作"三分"，又無"裏"字。《詞紀》結作"知他是魏耶，晉耶"。

〔落梅風〕天教你富，莫太奢，不多時好天良夜。富家兒更做道你心似鐵，空辜負了錦堂風月。《音韻》首句無"你"字，次句作"不待奢"，三句"不"作"無"，四句作"看錢奴硬將心似鐵"，末句"空"作"爭"，無"了"

字。《摘豔》作“没多時”。《詞紀》作“看財奴”云云。

〔風入松〕眼前紅日又西斜，疾似下坡車。不爭鏡裹添白雪，上床與鞋履相别。休笑鳩巢計拙，葫蘆提一向妝呆。《音韻》作“曉來清鏡添白雪”，又“與”作“和”，“休”作“莫”，“向”作“就”。《摘豔》“向”作“様”。《詞紀》“休笑”作“休笑我”，又與《正音譜》皆作“巢鳩計拙”，又與《堯山堂外紀》“一向”皆作“一恁”。《正音譜》“一向”作“且自”。

〔撥不斷〕利名竭，是非絶。紅塵不向門前惹，緑樹偏宜屋角遮，青山正補墻頭缺。更那堪竹籬茅舍。《音韻》“屋角”作“屋上”，末句無“更那堪”。

〔離亭宴煞〕蛩吟罷一覺纔寧貼，鷄鳴時萬事無休歇。何年是徹，看密匝匝蟻排兵，亂紛紛蜂釀蜜，鬧穰穰蠅爭血。裴公緑野堂，陶令白蓮社。愛秋來時那些，和露摘黄花，帶霜分紫蟹，煮酒燒紅葉。想人生有限杯，渾幾個重陽節。人問我頑童記者，便北海探吾來，道東籬醉了也。《音韻》首句無“罷”字，次句無“時”字，三句作“爭名利何年是徹”，四句無“看”字，“愛秋來”句無“時”字，“分紫蟹”作“烹紫蟹”，“想人生”二句無首二字，“重陽”作“登高”，“人問我”作“囑咐咱”。“鬧穰穰”，《摘豔》、《詞紀》作“急穰穰”。“爭血”，《摘豔》、《正音譜》作“競血”。“便北海”，二書作“恐北海”。“愛秋來”，《摘豔》作“到秋來”，《正音譜》則襯“其實”二字。《摘豔》“渾幾個”作“能幾個”，“人問我”下有“時”字。《詞紀》“人問我”作“分付俺”。《正音譜》“亂紛紛”作“鬧吵吵”，“人問我”作“囑咐你個”。

〔黄鐘〕女冠子

按《廣正譜》黄鐘目次套數分題内，以〔女冠子〕起者，僅有一式，爲〔女冠子〕、〔出隊子〕、〔幺〕、〔黄鐘尾〕，並無第二式。以上各調，《譜》中俱全，故録之認爲完備之套。

枉了閑愁，細尋思自古名流，都曾志未酬。韓信乞飯，傅説版築，子牙垂鈎。桑間靈輒困，伍相吹簫，沈古歌謳。陳平宰社，買臣負薪，相如沽酒。

〔幺篇〕上蒼不與功名候,更强更會也爲林下叟,時乖莫强求。若論才藝,仲尼年少,便合封侯。窮通皆命也,得又何歡,失又何愁。恰似南柯一夢,季倫錦帳,袁公甕牖。

〔出隊子〕若朝金殿,時人輕馬周。李斯豈解血沾裘,亞父爭如饑喪囚,到老來終不將秦印收。

〔幺篇〕聖賢尚不脱陰陽彀,都輸與范蠡舟。周生丹鳳道祥禽,魯長麒麟言怪獸,時與不時都總休。

〔黄鐘尾〕且念鯫生自年幼,寫詩曾獻上龍樓。都不迭半紙來大功名一旦休。便似陸賈隨何,且須緘口。著領布袍雖故舊,仍存兩枚寬袖,且遮藏著釣鰲攀桂手。

〔商調〕水仙子《廣正譜》目録套數分題内,雖無以〔水仙子〕領起之式,但《譜》内自首至尾,四調相聯,其爲原文如此無疑,故亦認爲完備之套。

暑光催,鎮日不將簾幙垂。噴火榴花紅如茜,近水亭軒槐影低。燕鶯不語空來往,搧著那粉翅兒困蝶飛。

〔幺篇〕怨恨自己,鎮日傷懷思向日。受了多少閑煩惱,喫了親娘些斷央及。旁人冷啀熱綴,尚古自癡心兒不改移。因緣事不退,重相見學取本情意。《廣正譜》注云末二句不解。

〔金菊香〕況兼瀟灑忒孤悽,悶悶懨懨把珊枕攲。迷留没亂千百起,空頓著紗廚獨自個怎存濟。《廣正譜》注云末二句不解,此係〔金菊香〕,宜删。

〔尾聲〕眼前不見風流壻,痛思量只辦得個垂珠淚。哭的來困也意如癡,空抱定一個春羅扇兒睡。《廣正譜》注云此係〔尾聲〕,宜删。按《譜》中衹標商調〔水仙子〕一個調名,四詞則連列於後,恐人誤四詞爲〔水仙子〕一調,故於非〔水仙子〕部分皆分别注明,且曰宜删也。

東籬樂府附録

〔中吕〕粉蝶兒見《北詞廣正譜》。

至治華夷，正堂堂大元朝世，應乾元九五龍飛。萬斯年，平天下，古燕雄地。日月光輝，喜氤氳一團和氣。

〔醉春風〕小國土盡來朝，大福蔭護助裹。賢賢文武宰堯天，喜，喜。五穀豐登，萬民樂業，四方寧治。

〔啄木兒煞〕善教他，歸厚德，太平時龍虎風雲會。聖明皇帝，大元洪福與天齊。

〔商調〕集賢賓見《北詞廣正譜》。

金山寺可觀東大海，遊客鎮常齋。恰恨他來看玩，殿閣齊開。誰知是金斗郡蘇卿，嫁得個江洪茶員外。便似洛伽山觀自在，行行裹道娘狠毒害。眼流江上水，裙拂徑中苔。

〔幺篇〕玉容上帶著些寂寞色，隨喜罷無可安排。俗子先登旅岸，佳人尚立僧街。向椒紅壁上題詩，去伽藍廟裹述懷。更俄延又恐怕他左猜，那村漢多時孤待。酷吟得詩句穩，忙寫得字兒歪。

〔隨調煞〕出山門長老行啼哭著拜，僧歸藜杖懶，風送畫船開。留後語，盼多才，也做了長江販茶客，若到豫章城相見，抵多少月明千里故人來。《太和正音譜》"山門"作"三門"，"盼多才"作"寄多才"。

〔雙調〕喬牌兒見《北詞廣正譜》，其套式當爲〔喬牌兒〕、〔夜行船〕、〔慶宣和〕、〔錦上花〕、〔幺篇〕、〔清江引〕、〔碧玉簫〕、〔歇拍煞〕。

世途人易老。下闕。

〔錦上花〕選甚誰低誰高，誰强誰弱。只不如開放柴扉，打下濁醪。山展屏風，列一週遭。花不知名，分外□嬌。

〔幺篇〕磁甌喜潋灔，聽水任低高。偃仰在藤床上，醉魂縹渺。啼鳥驚回，兀兀淘淘。窗外三竿，紅日未高。

〔碧玉簫〕便有勅牒官誥，只是銀漢鵲成橋。便有鈔堆金寶，似梁間燕營巢。爲甚石崇睡不著，陳摶常睡著。被那傳世寶，隔斷長生道。你若肯抄，擺著手來來到。

〔雙調〕行香子見《北詞廣正譜》。

簾外西風。下闕。

〔風入松〕上闕。楚岫被雲遮，祆廟火焚絶。

〔雙調〕行香子

天地之間。下闕。

〔碧玉簫〕春滿皇都，快與倒金壺。涼意入郊墟，便可憶鱸魚。量有無，好風光不可辜。攜著良友生，覓著閑遊處。四景又俱，羨甚功勞簿。

跋

明人輯《樂府羣珠》中，載東籬〔金字經〕三首、〔四塊玉〕二十一首，有足校正者，記之如下。

〔金字經〕“絮非”闋題《漁隱》，首句作“絮添蘆花雪”；“擔頭”闋題《樵隱》，首句作“擔挑山頭月”，“梁棟”作“棟梁”；“夜來”闋題《未遂》，首句作“夜來西風勁”。三首句與次句對偶均較工。

〔四塊玉〕“緑鬢”闋中，“朱顏改”三字作“朱顏敗”；《鳳凰坡》闋，“到青霄”作“上青霄”；《藍橋》闋作《藍橋驛》；《臨邛市》闋起作“美貌才，名家子”；《巫山廟》闋末句“怎咥”作“怎捱”，俱應據改。“子孝順”闋，“名利”作“利名”；“甑有塵”闋，“門無鎖”作“門空鎖”。

《北詞廣正譜》所引之《羣珠》，小令、套數、劇曲兼收，此本則衹有小令，且《廣正譜》所載《羣珠》之小令，此本皆無之，可見爲兩種《羣珠》無疑。東籬諸套，見諸附録者，《廣正譜》不知從何處擷來，非得别一《羣珠》，殆難補足，於此《珠》則不無遺憾矣。

十九年七十二烈士殉國紀念日，中敏記。

夢符散曲

提　要

此元喬吉所撰散曲全集也。喬氏有劇曲多種，見《元曲選》。散曲昔有《惺惺道人樂府》、《文湖州集詞》及《喬夢符小令》三種。前二種雖不完備，而實係元明舊本，編次必有來歷。後一種雖較完備，而實係明人輯本，以調類詞，别無表見，且既然令套合編，名目衹稱小令，亦復未妥。兹據天一閣舊藏《樂府羣玉》，録《惺惺道人樂府》一卷；據善本書室舊藏《宋元明人詞》，録《文湖州集詞》一卷；又據《小令》及諸選本所别見者，録《摭遺》一卷，而總名之曰《夢符散曲》。前兩種内，雖複見十七首，亦不加删併，蓋旨在保存舊編之本來面目也。夢符散曲，以奇俊擅場，在元人中，地位極高，已詳《曲諧》内。

夢符散曲目録

惺惺道人樂府

閨怨　中秋懷約　楚儀來因戲贈之　別楚儀　紹興于侯索賦　孫氏壁間畫竹　點鞋杖　曉妝　桂花

四塊玉

詠手二首

殿前歡

失題

清江引

笑靨兒四首

紅繡鞋

竹涼衫二首

滿庭芳

鐵馬兒　漁父詞二十首

凭闌人

香拌三首

文湖州集詞

碧梧秋即梧葉兒

出金陵

惜芳春即喜春來

秋望

天香引

遊嘉禾南湖　越樓所見　西泠所見　毘陵晚眺　登毘陵永慶閣所見　登澄江君山　宴支園桂軒　登姑蘇臺　秋日偕伯子泛湖　風雨登虎丘　遊琴川　重九後一日遊蓬萊山　拜和靖祠雙聲疊韻　安溪半江亭陪雅齋元帥飲　泊青田縣

燕引雛即殿前歡

登江山第一樓　登鳳凰臺

珠履曲即紅繡鞋

泊皐亭山下

酒旗兒

陪雅齋萬户遊仙都洞天

鄆城春

青田九樓山舟中作

秋雲冷即昇平樂

淩波曲即水仙子

天香引

自敘

豐年樂

芳草多情即山坡羊

醉太平

玉交枝

錢絲泫即撥不斷

秋雲冷孩兒即昇平樂

香茶

萬里心即凭闌人

香篆

淩波仙即水仙子

釘鞋兒　詠花筒兒　紅指甲　手帕　吴江垂虹橋　德清長橋　菊舟　丁朝卿西齋半間雲　和化成甫番馬扇頭

採蓮曲即小桃紅

花籃髻　題孫氏壁間墨竹　點鞋杖　湘竹扇　紙孤雁　指鐲　僧房以太湖石支足

沉醉東風

倩人扶觀璚華　泛湖寫景　題扇頭檃括古詩

摭遺

小令

折桂令

七夕贈歌者　晉雪山中奇遇

殿前歡

里西瑛號懶雲窩奉和

清江引

有感　佳人病酒　即景

雁兒落帶得勝令

自適　憶別　戲題　回省

醉太平

題情

紅繡鞋

書所見

朝天子

歌者簪山橘　賦所感　小娃琵琶

山坡羊

寓興　冬日寫懷

小桃紅

立春遣興

凭闌人

金陵道中　春思　小姬

天淨沙

即事四曲

柳營曲

有感

閱金經

閨情二曲

套數

南呂一枝花

合箏　私情　雜情

雙調新水令

閨麗

越調鬬鵪鶉

歌姬

商調集賢賓

詠柳憶別

仙吕賞花時

風情　睡鞋兒

雙調行香子

題情

雙調喬牌兒

別情

夢符散曲一

惺惺道人樂府

元太原喬吉夢符撰　江都任訥中敏校訂

绿幺遍

自述

不占龍頭選，不入名賢傳。時時酒聖，處處詩禪，煙霞狀元，江湖醉仙。笑談便是編修院，留連，批風切月四十年。《喬夢符小令》末句“切月”作“抹月”。

昇平樂

悟世

肝腸百鍊爐間鐵，富貴三更枕上蝶，功名兩字酒中蛇。尖風薄雪，殘杯冷炙，掩清燈竹籬茅舍。

太平吴氏樓會集作

桃花扇底窺春笑，楊柳簾前按舞嬌，海棠夢裏醉魂銷。香團嬌小，歌頭水調，斷腸也五陵年少。

香雲簾幙風流燕，花月樓臺富貴仙，新調駿馬紫藤鞭。能歌小妾，輕羅檀扇，醉歸來牡丹庭院。《小令》“檀扇”作“團扇”。

香茶

細研片腦梅花粉，新剥真珠荳蔻仁，依方修合鳳團春。醉魂清爽，舌尖香嫩，這孩兒那道風韻。《小令》“真珠”作“珍珠”，“那道”作“那些”。

春閨怨

雪月風花收拾够也，用心用力這時節。擔兒上一擔擔風月，途路賒，步步些些。“擔風月”待校。

不繫雕鞍門前柳，玉容寂寞見花羞，冷風兒吹雨黄昏後。簾控鈎，掩上珠樓，風雨替花愁。

黑海春愁渾無處躲，嫩香膩玉漸消磨，瘦啊也不似今春個。無奈何，自畫雙蛾，添得越愁多。

薄命兒心腸較軟，道聲去也淚漣漣，這些時攢下春閨怨。離恨天，幾度前，羞見月兒圓。

折桂令

歌者爲豪奪《小令》作“上巳遊嘉禾南湖，歌者爲豪奪，扣舷自歌，鄰舟皆笑”。

三月三天霽吹晴，見麟鳳滄洲，鴛鷺沙汀。畫鼓清簫，紅雲蘭棹，青紵旗亭。細看來春風世情，都分在流水歌聲。劣燕嬌鶯，冷笑詩仙，擊楫揚舲。《小令》“天霽”作“花霧”。

客窗清明

風風雨雨梨花，窄索簾櫳，巧小窗紗。甚情緒燈前，客懷枕畔，心事天涯。三千丈清愁鬢髮，五十年春夢繁華。驀見人家，楊柳分煙，扶上簷牙。

雨窗寄劉夢鸞赴拍以侑尊云

末六字《小令》作“赴讌侑尊”四字。

妒韶華風雨瀟瀟，管月犯南箕，水漏天飄。濕金縷鶯裳，紅膏燕嘴，黄粉蜂腰。梨花夢龍綃淚今春瘦了，海棠魂羯鼓聲昨夜驚著。極目江皋，錦澀行雲，香暗歸潮。

贈張氏天香《小令》五字下多“善填曲，時在陽羨莫侯席上”十一字。

月明一片緗雲，揉做清芬，吹下崑崙。勝淺淺蘭煙，霏霏花霧，淡淡梅魂。這氣味温柔可人，那風流旖旎生春。聲迹相聞，多少餘芳，散在乾坤。

自述

華陽巾鶴氅蹁蹮,鐵笛吹雲,竹杖撑天。伴柳怪花妖,麟翔鳳瑞,酒聖詩禪。不應舉江湖狀元,不思凡風月神仙。斷簡殘編,翰墨雲煙,香滿山川。

張謙齋左轄席上索賦

捲鯨川吸盡春雲,曲妙重歌,酒冷還温。裁甚烏紗,儘他白髮,醉個紅裙。想獻玉遭刑費本,算揮金買笑何村。俯仰乾坤,多少英雄,不到麒麟。

春怨

怎生來寬掩了裙兒,玉削肌膚,香褪腰肢。飯不沾匙,睡如翻餅,氣若遊絲。得受用啊遮末害死,果實成啊有甚推辭。乾鬧了多時,本是結髮的歡娱,倒做了徹骨兒相思。《太平樂府》與《小令》次句上襯"爲"字,七句無"啊"字。《樂府》"實成"作"實誠","多時"作"若干時",末二句作"草本兒歡娱,書徹貨兒相思"。《小令》"實成"作"誠實"。

越樓見姬梳洗已倚立嬌困若不勝情因記

隔朱樓楊柳青青,煙鎖窗紗,風動簾旌。愛鏡覩嬋娟,粉吹旖旎,玉立娉婷。翹鳳頭金釵整整,朵松花雲髻亭亭。個樣心情,困托香腮,斜倚雲屏。《小令》"朵松花"作"插松花"。

登澄江君山,有平原君墓并手植檜,至絶頂,甚壯人氣宇

芙蓉城古意山川,葬玉當時,植檜何年。江樹陰陰,江帆隱隱,江草芊芊。蘸海瀆東南半天,望金焦西北雙拳。巾袂蹁蹮,不索浮蓮,挾取飛仙。

紅梅徐德可索賦類卷

從來不假鉛華,試要學宫妝,醉笑吴娃。返老還童,脱胎换骨,飽養煙霞。羅浮夢休猜做杏花,萼緑仙曾服甚丹砂。春在天涯,紫蠟封香,寄與詩家。《小令》"詩家"作"誰家"。

寄遠

雨雲期一枕南柯,破鑑分釵,對酒當歌。想驛路風煙,馬頭星月,雁

底關河。往日個慇懃待我，近新來憔悴因他。淡却雙蛾，哭損秋波，台候如何，敢忘了人啊。《小令》"雨雲"作"雲雨"，"破鑑"作"破鏡"，"待我"作"訪我"，末句無"敢"字。

簾内佳人瞿子成索賦

鮫綃不捲閑情，翠織玲瓏，玉立娉婷。倚動銀鉤，耍吹羅帶，笑振金鈴。迷楚雲花昏柳暝，隔湘煙水秀山明。樓外人行，休放春愁，難掩風聲。《小令》作"誰掩風聲"。

西湖憶舊黄氏所居

多時不到兒家，想繩掛鞦韆，絃斷琵琶。眉淡蘭煙，釵横梭玉，粉退鉛華。軟龍綃塵蒙寶鴨，爛臙脂雨過金沙。隔個窗紗，夢斷東風，門外啼鴉。

賈侯席上贈李楚儀

洗妝明雪色芙蓉，默默情懷，楚楚儀容。甚煙雨江頭，移根何在，桃李場中。儘劣燕嬌鶯冗冗，笑落花飛絮濛濛。湘水西東，悵望寒衣，玉立秋風。《小令》"寒衣"作"褰衣"。

登姑蘇臺

百花洲上新臺，簷吻雲平，圖畫天開。鵬俯滄溟，蜃横城市，鼇駕蓬萊。學捧心山顰翠色，悵懸頭土濕腥苔。悼古興懷，休近闌干，萬丈塵埃。

會州判文從周自維揚來道楚儀李氏意

文章杜牧風流，照夜花燈，載月蘭舟。老我江湖，少年談笑，薄倖名留。贈楊柳人初病酒，采芙蓉客已驚秋。醉夢悠悠，雁到南樓，寄點新愁。

贈羅真真高敬臣胡善甫席上賦《小令》僅前四字。

羅浮夢裏真仙，雙鎖螺鬟，九暈珠鈿。晴柳纖柔，春葱細膩，秋藕勻圓。酒盞兒裏央及出些腼腆，畫帪兒上喚下來的嬋娟。試問尊前，月落參横，今夕何年。《小令》"央及"作"殃及"。

富子明壽

梨花院羯鼓撾晴，恰暮雨黄昏，新火清明。歌倚緱笙，香温漢鼎，酒暖吴橙。賀緑鬢朱顔壽星，是輕衫矮帽書生。趁取鵬程，快意風雲，唾手功名。《小令》"風雲"作"風流"。

丙子遊越懷古

蓬萊老樹蒼雲，禾黍高低，狐兔紛紜。半折殘碑，空餘故址，總是黄塵。東晉亡也再難尋個右軍，西施去也絶不見甚佳人。海氣長昏，啼鴂聲乾，天地無春。《小令》"西施"句無"甚"字。

隔樓所見對望終日，其媪若厭者遂下簾以蔽之

織湘江一片波紋，窣下閑愁，隔斷詩魂。非霧非煙，影娥池上，香夢無痕。拍畫欄纖舒玉笋，啓紗窗推曬羅裙。飽看嬌春，倩得南薰，捲起梨雲。

苕溪七夕飲會贈崔秀卿李總管索賦

崔徽休羡丹青，雨弱雲嬌，水秀山明。篘點歌唇，葱枝纖手，好個卿卿。水灑不著春妝整整，風吹得倒玉立亭亭。淺醉微醒，誰伴雲屏，今夜新涼，卧看雙星。《小令》"休羡"作"休寫"，"得倒"作"的倒"。

秋日湖山偕白子瑞輩燕集，賦以俾歌者赴拍侑尊

秋聲一片蘆花，正落日山川，過雨人家。羡歌舞風流，太平時世，詩酒生涯。待楊柳晴春風躍馬，且桂華涼夜月乘槎。一曲吴娃，笑煞江州，淚滿琵琶。《小令》"且桂華"作"更桂華"。

感興

謝安江左優遊，夢覺東山，聲動南州。覆雨翻雲，憐花寵柳，未肯回頭。成時節衣冠冕旒，敗時節笞杖徒流。問甚麽恩讎，山塌虚名，海闊春愁。《小令》"問甚"句無"麽"字。

秋思

紅梨葉染臙脂，吹起霞綃，絆住霜枝。正萬里西風，一天暮雨，兩地相思。恨薄命佳人在此，問雕鞍遊子何之。雁未來時，流水無情，莫寫新詩。

秋日與高敬臣胡善甫輩飲湖樓即事

疎簾外暮雨西山，唤起詩仙，共倚闌干。盃影涵秋，歌聲送晚，鬢脚生寒。添風韻春纖象板，減恩情羅扇龍檀。紅藕花殘，茉莉雙鬟，油壁吹香，催上歸鞍。

勸求妓者

溺盆兒刷煞終臊，待立草爲標，現世生苗。時下收心，眼前改志，怎換皮毛。厭禳死花枝般老小，踢騰盡銅斗般窠巢。日夜煎熬，要撧斷琴絃，别覓鸞膠。

問春

東君去也如何，風皺纖鱗，煙抹羞蛾。恨白眼相看，青春不管，黑髮無多。香絮引魚吞緑波，落花驚蝶夢南柯。隨處行窩，載酒吴船，擊筑秦歌。

毘陵張師明席上贈歌伎周士宜者《小令》“周士宜”作“周氏宜”。

宜歌宜舞宜妝，道是風流，果不尋常。粉靨堆春，金盤捧露，翠袖籠香。此際相逢蕊浪，個中誰是周郎。愁近清觴，沉醉歸來，燈影昏黄。

詠紅蕉

紅蕉分種天涯，换葉移根，灌水壅沙。嬌耐秋風，清宜夜雨，豔若春華。翠袖捧銀臺絳蠟，緑雲封玉竈丹霞。富貴人家，妝點湖山，喫喜窗紗。

仲明同知坦然齋集蘇老琵琶吴國良簫歌者王玉蓮

坦然對客高軒，爛醉梅邊，占得春先。簫阮鸞聲，琵琶鳳尾，寶鼎龍涎。金錯落三分酒淺，玉玲瓏一串珠圓。誰似尊前，談笑風流，富貴神仙。

荆溪即事

問荆溪溪上人家，爲甚人家，不種梅花。老樹支門，荒蒲繞岸，苦竹圈笆。廟不靈狐狸漾瓦，官無事烏鼠當衙。白水黄沙，倚遍闌干，數盡啼鴉。《小令》作“寺無僧狐狸弄瓦，官省事烏鼠當衙”。

高敬臣病

賦高唐何事悲秋，山在書屏，雲在簾鈎。儘汗漫羈情，炎涼世態，萬象蜉蝣。楊柳陰吴船載酒，藕花涼楚客登樓。賓主相留，且對清江，抖擻詩愁。

水仙子

廉香林南園即事《小令》"南園"作"南閣"。

山中富貴相公衙，江左風流學士家，壁間水墨名人畫。六一泉陽羡茶，書齋打簇得繁華。玉龍筆架，銅雀硯瓦，金鳳箋花。

贈江雲

白蘋吹練洗閑愁，粉絮成衣怯素秋，高情不管青山瘦。伴潯陽一派流，寄相思日暮東洲。有意能收放，無心儘去留，梨花夢湘水悠悠。

贈柔卿王氏

暖紅無力海棠絲，春緑多情楊柳枝，紺雲不動宫鴉翅。肉臺盤纖玉指，臙脂粉搓成的孩兒。眼角頭傳心事，尊席上歌豔詞，俵散相思。《小令》"搓"作"捏"，"心事"作"芳事"。

贈姑蘇朱阿嬌會玉真李氏樓

合歡髻子楚雲鬆，鬭巧眉兒翠黛濃，柔荑指怯金杯重。玉亭亭鞋半弓，聽驪珠一串玲瓏。歌觸的心情動，酒潮的臉暈紅，笑堆著滿面春風。

釘鞋兒

底兒攢釘紫丁香，幫側微粘蜜臘黄，宜行雲行雨陽臺上。步蒼苔磚甃兒響，襯淩波羅襪生涼。驚回銜泥乳燕，濺濕穿花鳳凰，羞煞戲水鴛鴦。

花篇兒

玲瓏高插楚雲岑，輕巧全勝碧玉簪，紅綿水暖春香沁。是惜花人一寸心，淨瓶兒般手撚著沉吟。滴點點薔薇露，裊絲絲楊柳金，是個畫出來的觀音。

傷春

鶯花笑我病三春，香玉知他瘦幾分，屏床獨自懷孤悶。那些兒喫喜人，界微紅斜印腮痕。山枕淺啼晴露，洞簫寒吹夢雲，風雨黄昏。

席上賦李楚儀歌以酒送維揚賈侯

鴛鴦一世不知愁，何事年來白盡頭，芙蓉水冷臙脂瘦。占西塘曉鏡秋，菱花慢替人羞。擎架著十分病，包籠著百倍憂，老死也風流。

憶情

紅粘緑惹泥風流，雨念雲思何日休，玉憔花悴今番瘦。擔著天來大一擔愁，説相思難撥回頭。夜月鷄兒巷，春風燕子樓，一日三秋。

紅指甲贈孫蓮哥時客吴江

冰藍袖捲翠紋紗，春笋纖舒紅玉甲，水晶寒濃染臙脂蠟。剖吴橙喫喜煞，錦魚鱗冷漬硃砂。數歸期闌干上畫，印開元宫額上掐，托香腮似幾瓣桃花。《小令》末句無“似”字。

贈常鳳哥

紫金釵影落芳樽，白玉簫聲隔暮雲，碧梧枝冷驚秋信。倩縩仙暖夢魂，喜相逢青鳥紅巾。都不索瑶琴寫恨，秦臺憶君，妝鏡悲春。

客樓即事石氏所居

石崇已去玉樓空，王愷重來金谷窮，緑珠不作朝雲夢。似陽臺十二峰，隔愁痕龜背簾櫳。花鈿小金毛褪，柳腰纖羅帶鬆，寂寞春風。

手帕呈賈伯堅

對裁湘水縠波紋，挼皺梨花雪片雲，束纖腰舞得春風困。襯瓊杯蒙玉笋，殢人嬌笑揾脂唇。宫額潤勻香汗，銀箏閑拂暗塵，休染上啼痕。

楚儀贈香囊賦以報之

玉絲寒皺雪紗囊，金翦裁成冰笋涼，梅魂不許春摇蕩。和清愁一處裝，芳心偷付檀郎。懷兒裏放，枕袋裏藏，夢繞龍香。

嘲楚儀

順毛兒撲撒翠鸞雛，暖水兒温存比目魚，碎甎兒壘就陽臺路。暮雲行暮雨，楚巫娥挪取些工夫。殢酒人歸未，停歌月上初，今夜何如。《小令》四句作“望朝雲思暮雨”，“挪取”作“偷取”。

嘲友人愛姬爲人所奪

豫章城錦片鳳鸞交，臨川縣花枝翡翠巢，販茶船牌板雅青鈔。問婆婆那件好，紙糊鍬一下掘著。村馮魁拈得上，俏蘇卿隨順了，雙漸毻毻。《小令》“牌板”作“鐵板”，“掘著”作“撅着”，“拈得”作“沾的”，“隨順”作“將去”，“毻毻”作“眊眊”。《太平樂府》“那件好”作“那件高”，“糊”作“鏵”。

習隱

拖條藜杖裹枚巾，蓋座團標容個身，五行不帶功名分。臥芙蓉頂上雲，濯清泉兩足遊塵。生不願黄金印，死不離老瓦盆，俯仰乾坤。

夢覺

唤回春夢一雙蝶，忙煞黄塵兩隻韈，三十年幾度花開謝。熬煎成頭上雪，海漫漫誰是龍蛇。魯子敬能施惠，周公瑾會打踅，千古豪傑。

歌者睥睨潦倒故賦此咎焉

繡屏春暖茜氍毹，羅袖香番錦鷓鴣，銀盆笑擊珊瑚樹。捹明珠换緑珠，見書生如此頭顱。昇仙橋曾題柱，卓文君不駕車，誰識相如。《小令》“氍毹”作“㲪毹”，“銀盆”作“銀盤”。

遊越福王府

笙歌夢斷蒺藜沙，羅綺香餘野菜花，亂雲老樹夕陽下。燕休尋王謝家，恨興亡怒煞些鳴蛙。鋪錦池埋荒甃，流杯亭堆破瓦，何處也繁華。《小令》“笙歌”作“笑歌”，五句無“些”字。

賦李仁仲懶慢齋

鬧排場經過樂回閑，勤政堂辭别撒會懶，急喉朧倒唤學些慢。掇梯兒休上竿，夢魂中識破邯鄲。昨日强如今日，這番險似那番，君不見鳥倦知還。

吴江垂虹橋

飛來千丈玉蜈蚣，横駕三天白螮蝀，鑿開萬竅黄雲洞。看星低落鏡中，月華明秋影玲瓏。贔屭金環重，狻猊石柱雄，鐵鎖囚龍。《小令》"黄雲洞"作"黄金洞"。

若川秋夕聞砧

誰家練杵動秋庭，那岸窗紗閃夜燈，異鄉絲鬢明朝鏡。又多添幾處星，露華零梧葉無聲。金谷園中夢，玉門關外情，涼月三更。

玉壺園題水亭贈國公十一公子

人來圖畫幀間行，船在琉璃影内撑，歌從絃管聲中聽。水邊鷗花外鶯，翠玲瓏小院閑庭。夜月泥金扇，春風暖玉屏，賞四時雨雪陰晴。《小令》"畫幀"作"畫幔"。

嘲少年

紙糊鍬輕吉列枉折尖，肉膘膠乾支剌有甚粘，醋葫蘆嘴古邦佯裝欠。接梢兒雖是諂，抱粗腿只帕傷廉。性兒神羊也似善，口兒蜜鉢也似甜，火塊兒也似情忺。《小令》"粗腿"作"牛腰"。

李琬卿

一篇詞意思便隨斜，千金價恩情莽判賖，五花文官誥權教借。高仙兒來到也，人間天上離别。滹沱河獿了府判，柳花亭留下大姐，李琬也也。

老當益壯

風流受苦果何甘，落魄垂涎待拉饞，等閑設福難摇撼。那孩兒情願敢，休欺負詩骨嵓嵓。玉鑰條玲瓏擔，翠鋪對萬勝籃，風月都擔。《小令》"設福"作"小見"，"玉鑰"作"玉鐫"。

展轉秋思京門賦

瑣窗風雨古今情，夢遶雲山十二層，香銷燭暗人初定。酒醒時愁未醒，三般兒捱不到天明。巉地羅幃静，森地鴛被冷，忽地心疼。

涼夜清興

雲綃蒙影鏡誰呵，露粟吹香金碎挼，醉來起我成三個。是清風明月我，問桂花良夜如何。飲不辭玻瓈盞大，睡不厭琉璃簟闊，夢不到螻蟻南柯。"起"疑是"連"字之誤。

尋梅

冬前冬後幾村莊，溪北溪南兩履霜，樹頭樹底孤山上。冷風來何處香，忽相逢縞袂綃裳。酒醒寒驚夢，笛凄春斷腸，淡月昏黄。

暮春即事

風吹絲雨噀窗紗，苔和酥泥葬落花，捲雲鈎月簾初掛。玉釵香徑滑，燕藏春銜向誰家。鶯老羞尋伴，蜂寒懶報衙，啼殺饑鴉。

客中春晚

昔年歌舞醉嬌春，今日衣冠逐後塵，歸舟欲向南湖問。恐沙鷗也傲人，榆錢兒不救詩貧。眇小了花風信，闌珊了蝶夢魂，冷笑東君。

瑞安東安寺夏日清思

新蟬風斷子絃琴，古鴨煙清午篆沉，孤鶴夢覺三山枕。翠濛濛窗户陰，煮茶芽旋撮黄金。俗事天來大，紅塵海樣深，都不到一片雲心。

樂清簫臺

枕蒼龍雲臥品清簫，跨白鹿春酣醉碧桃，唤青猿夜拆燒丹竈。二千年瓊樹老，再飛來海上仙鶴。紗巾岸天風細，玉笙吹山月高，誰識王喬。《小令》五句無“再”字。

樂清白鶴寺瀑布

紫簫聲入九華天，翠壁花飛雙玉泉，瑶臺鶴去人曾見。煉白雲丹竈邊，問山靈今夕何年。龍鬚水硃砂膩，虎睛丸金汞圓，海上尋仙。

爲友人作

滿腔子苦恨病相兼，一肚皮離情沉點點，豫章城開了座相思店。悶勾肆兒逐日添，愁行貨頓塌在眉尖。稅錢比茶船上欠，斤兩去等秤上掂，喫緊的歷册般拘鈐。《小令》首二句作“攪柔腸離恨病相兼，重聚首佳期卦怎占”。

贈朱翠英

吹笙慣醉碧桃花，把酒曾聽萼緑華。金毛秀壓春無價，折將來烏帽上插，五百年歡喜冤家。正好星前月下，恐怕風吹雨打，可惜了零落天涯。

怨風情

眼中花怎得接連枝，眉上鎖新教配鑰匙，描筆兒勾銷了傷春事。悶葫蘆刓斷線兒，錦鴛鴦别對了個雄雌。野蜂兒難尋覓，蠍虎兒乾害死，蠶蛹兒别罷了相思。

贈顧觀音

盈盈羅襪藕初簪，楚楚宫腰柳半金，小名兒且是妖嬈甚。落迦山何處尋，紫旃檀風月叢林。説緣法三生夢，捨慈悲一片心，不枉了唤做個觀音。

吴姬浮《小令》無"浮"字。

罣罳分月小藤床，茉莉堆雲懶髻妝，薔薇灑水輕綃上。染一天風露香，看星河笑語昏黄。白雪鷄頭肉，紅冰荔子漿，道今夜較涼。《小令》"較涼"作"微涼"。

重觀瀑布

天機織罷月梭閑，石壁高垂雪練寒，冰絲帶雨懸霄漢。幾千年曬未乾，露華涼人怯衣單。似白虹飲澗，玉龍下山，晴雪飛灘。

雨窗即事

客懷寥落雨聲中，春事商量花信風，燭光摇蕩江南夢。寸心灰雙淚紅，和更籌滴損銅龍。酒醒紗窗静，詩慳錦袋空，催老仙翁。

中秋後一日山亭賞桂花時雨稍晴

海雲衣濕鶺鴒寒，窗雨絲收絡緯閑，邊風信動征鴻限。稻粱秋有甚慳，儘樽前楚水吴山。坐金色三千界，倚天香十二闌，不是人間。

詠雪

冷無香柳絮撲將來，凍成片梨花拂不開。大灰泥漫了三千界，銀稜了東大海，探梅的心噤難捱。麪甕兒裏袁安舍，鹽罐兒裏党尉宅，粉缸兒裏舞榭歌臺。《小令》三句"漫了"作"漫不了"。

贈孫梅哥

壽陽宫額試新妝，萼緑仙音整舊腔，怕尊前夢覺參兒上。粉留痕襟袖香，揀掩兒可喜昏黄。白雲紙帳，清風玉堂，淡月紗窗。

小桃紅

贈郭蓮兒

錦幢羅蓋水晶宫，一曲菱歌動。太液雲香露華瑩，醉芙蓉，鴛鴦不識淩波夢。秋房怨空，藕絲情重，粉瘦怯西風。

花籃髻

小鬟新樣鬬奇絶，學綰同心結。翠織香穿逞嬌劣，巧堆疊，錦筐露濕瓊梳月。盛春倦也，和雲低遏，忙煞夢中蝶。

效聯珠格

落花飛絮隔朱簾，簾静重門掩。掩鏡羞看臉兒嬱，嬱眉尖，眉尖指屈將歸期念。念他抛閃，閃咱少欠，欠你病厭厭。

贈朱阿嬌

鬱金香染海棠絲，雲膩宫鴉翅。翠靨眉兒畫心字，喜孜孜，司空休作尋常事。尊前但得，身邊伏侍，誰敢想那些兒。

閨思

日高猶自睡沉沉，夢遶鴛鴦枕。不成閑愁厮拘禁，戀香衾，東風落盡西園錦。知他爲甚，情懷陡恁，懶却惜花心。《小令》"不成"作"不是"。

贈劉牙兒

瓠犀微露玉參差，偏稱烏金漬。斜抵春纖記前事，試尋思，風流慢惹閑唇齒。含宫嚼徵，咬文咬字，誰敢嗑牙兒。《小令》作"含宫泛徵，咬文嚼字"。

春閨怨

玉樓風颭杏花衫，嬌怯春寒賺。酒病十朝九朝嵌，瘦巖巖，愁濃難補眉兒淡。香消翠減，雨昏煙暗，芳草遍江南。

中秋懷約

桂花風雨較涼些，愁字兒難藏厓。一片秋聲戰梧葉，苦離别，幸然不見團圓月。多應那人，相思今夜，明日敢來也。

楚儀來因戲贈之

碧梧月冷鳳凰枝，空守風流志。楚雨湘雲總心事，許多時，口兒裏不道個胡倫字。慇懃謝伊，雖無傳示，來探了兩遭兒。《小令》"胡倫"作"囫圇"。

别楚儀

一罇别酒斷腸詞，難説心間事。行李匆匆怎酬志，自尋思，從今别却文章士。至如小子，十分不是，好處也想些兒。

紹興于侯索賦

晝長無事簿書閑，未午衙先散。一郡居民二十萬，報平安，秋糧夏税咄嗟兒辦。執花紋象簡，凭琴堂書案，日日看青山。

孫氏壁間畫竹

月分雲影過鄰東，半壁秋聲動。露粟枝柔怯棲鳳，玉玲瓏，不堪歲暮關情重。空谷乍寒，美人無夢，翠袖倚西風。

點鞋杖

研臺香蘸翠條尖，圈落玄花點。雲鳳吴綾粉生豏，配霜縑，月牙脱出宫蓮孌。雖然草木，不堪憔悴，陪伴玉纖纖。

曉妝

紺雲分翠攏香絲，玉線界宫鴉翅。露冷薔薇曉初試，淡匀脂，金篦膩點蘭煙紙。含嬌意思，殢人須是，親手畫眉兒。

桂花

一枝丹桂倚西風，扇影天香動。醉裏清虚廣寒夢，月明中，紫金粟鍊硃砂汞。緑衣襯榜，黄麻供奉，不似狀元紅。

四塊玉

詠手二曲

絃上看，花間把，握雨移雲那清嘉，春風滿袖拈羅帕。擎玉斝，微蘸甲，風韻煞。《小令》"移雲"作"攜雲"。

玉掌温，瓊枝嫩，閑弄閑拈暗生春，爲纖柔長惹風流恨。掠翠鬟，整髻雲,可喜損。

殿前歡

懶雲窩,石床苔翠暖相和。不施霖雨爲良佐,遯迹巖阿。林泉夢引合,風月詩分破,富貴塵沾涴。歌殘楚些,閑損巫娥。《小令》"苔翠"作"滴翠"。

懶雲窩,雲邊日月儘如梭。槐根夢覺興亡破,依舊南柯。休聽甯戚歌,學會陳摶臥,不管靈輒餓。無何浩飲,浩飲無何。

懶雲窩,靜看松影掛長蘿。半間僧舍平分破,塵慮消磨。聽不厭隱士歌,夢不喜高軒過,聘不起東山臥。疎慵在我,奔競從他。

懶雲窩,懶雲窩裏避風波。無榮無辱無災禍,儘我婆娑。問謳樂道歌,打會清閑坐,放浪形骸臥。人多笑我,我笑人多。

清江引

笑靨兒四曲

鳳酥不將腮斗兒匀,巧笑含嬌俊。紅鐫玉有痕,暖嵌華生暈,旋窩兒裏粉香都是春。《小令》"巧笑"作"巧倩","華生暈"作"花生暈",下一句内無"裏"字。

盈盈覷痴嬌豔滿,偏稱燈前玩。歌喉夜正闌,酒力春將半,喜入腮窩紅玉暖。

破花顔腮窩兒深更小,助喜洽添容貌。生成臉上嬌,點出腮邊俏,休著翠鈿遮罩了。《小令》"腮窩"作"粉窩"。

一團可人衠是嬌,妝點如花貌。擡疊起臉上愁,出落腮邊俏,千金這窩兒裏消費了。此首《樂府羣玉》卷四又屬王仲元,"愁"作"秋","窩"作"窠"。《小令》"擡疊起"作"打疊","消費了"作"消盡了"。

紅繡鞋

竹涼衫二曲

并刀翦龍鬚爲寸,玉絲穿龜背成文,骨格清涼不沾塵。汗香晴帶雨,肩瘦冷披雲,是一個玲瓏剔透人。《小令》"披雲"作"搜雲",末句無

“一個”二字。《太平樂府》“骨格”作“襟袖”。《堯山堂外紀》首句“寸”作“本”。

浹背全無暑汗，曲肱時印新瘢，襯荷花落魄壯懷寬。挹風香雙袖細，披野色一襟團，滿身兒窺豹管。

滿庭芳

鐵馬兒

虛簷月明，穿簾得失，注月前程。只聞閫外將軍令，肅肅宵征。歌舞鬧難踏錦營，雨雲閑偏戰愁城。嘶不定，鋼腸人厭聽，風入四蹄輕。

漁父詞二十曲

瀟湘畫中，雪翻秋浪，玉削晴峰。蓴鱸高興西風動，掛起風篷。夢不到青雲九重，祿不求皇閣千鍾。浮蛆甕，活魚自烹，濁酒旋簝紅。《小令》“風篷”作“長篷”，“皇閣”作“黄閣”。

湘江漢江，山川第一，景物無雙。呼兒盞洗生珠蚌，有酒盈缸。爭人我心都納降，和伊吾歌不成腔。船初樁，芙蓉對港，和月倚篷窗。

吳頭楚尾，江山入夢，海鳥忘機。閑來得覺胡倫睡，枕著蓑衣。釣臺下風雲慶會，綸竿上日月交蝕。知滋味，桃花浪裏，春水鱖魚肥。《小令》“胡倫”作“囫圇”。

江湖隱居，既學范蠡，問甚三閭。終身休惹閑題目，裝個葫蘆。行雨罷龍歸遠浦，送秋來雁落平湖。搖船去，濁醪換取，一串柳穿魚。

山妻稚子，薄披鱸膾，細切蓴絲。葫蘆盛酒江頭市，琖用青瓷。笑吕望風雲古史，愛玄真江海新詩。心無事，尋思那時，悔殺進西施。

疎狂逸客，一罇酒盡，百尺帆開。劃然長嘯西風快，海上潮來。入萬頃玻璃世界，望三山翡翠樓臺。綸竿外，江湖水窄，回首是蓬萊。

湖平棹穩，桃花泛暖，柳絮吹春。蔞蒿香脆蘆芽嫩，爛煮河魨。閑日月熬了些酒樽，惡風波飛不上絲綸。芳村近，田原隱隱，疑是避秦人。《小令》“河魨”作“河豚”。

扁舟棹短，名休掛齒，身不屬官。船頭酒醒妻兒喚，笑語團圞。錦畫圖芹香水暖，玉圍屏雪急風酸。清江畔，閑愁不管，天地一壺寬。

沙堤纜船，樵夫問訊，溪友留連。笑談便是編修院，誰貴誰賢。不應舉江湖狀元，不思凡蓑笠神仙。魚成串，垂楊岸邊，還却酒家錢。《小令》"誰貴"作"誰否"。

扁舟最小，綸巾蒲扇，酒甕詩瓢。樵青拍手漁童笑，回首金焦。箬笠底風雲縹緲，釣竿頭活計蕭條。船輕棹，一江夜潮，明月臥吹簫。

綸竿送老，酒篘緑蟻，蟹擘紅膏。興來自把船兒棹，萬頃雲濤。風月養吾生老饕，江湖歌楚客離騷。溪童道，蓑衣是草，不换錦宫袍。

漁家過活，雪篷雲棹，雨笠煙蓑。一聲欸乃無人和，妻子呵呵。包古今不宜時短褐，泛江湖無定處行窩。休扶舵，輕將棹撥，江上月明多。

活魚旋打，沽些村酒，問那人家。江山萬里天然畫，落日煙霞。垂袖舞風生鬢髮，扣舷歌聲撼漁槎。初更罷，波明淺沙，明月浸蘆花。

漁翁醉也，任横棹楫，不纜樁橛。晚來隔浦燈明滅，船閣沙斜。蘆花夢西風睡徹，松茅煙夜火燒絶。秋江月，林梢半缺，潮信早來些。"松茅"句，《小令》原作"松明煙夜火燒絶"。

江天晚涼，一灘蓼沙，十里蓮塘。酒缸盛酒船頭上，有幾個漁郎。雲錦機織作成醉鄉，綺羅叢排辦出滄浪。盃盤放，鱸魚味長，甜似太官羊。《小令》"蓼沙"作"紅蓼"，"織作成"作"作成了"，"太官羊"作"大官羊"。

秋江暮景，臙脂林障，翡翠山屏。幾年罷却青雲興，直泛滄溟。臥御榻彎的腿疼，坐羊皮慣得身輕。風初定，絲綸慢整，牽動一潭星。

攜魚换酒，魚鮮可口，酒熱扶頭。盤中不是鯨鯢肉，鱘鮓初熟。太湖水光摇酒甌，洞庭山影落魚舟。歸來後，一竿釣鈎，不掛古今愁。

江聲撼枕，一川殘月，滿目遥岑。白雲流水無人禁，勝似山林。釣晚霞寒波濯錦，看秋潮夜海鎔金。村醪窨，何人共飲，鷗鷺是知心。

輕鷗數點，寒蒲獵獵，秋水厭厭。五湖煙景由人占，有甚妨嫌。是非海天驚地險，水雲鄉浪静風恬。村醪釅，歌聲冉冉，明月在山尖。

篷窗半龕，掛晴帆飽，照夜燈馣。一竿界破江雲淡，蝦蟹盈籃。未放我杯中量減，儘教他鬢影秋攙。船休纜，中流半酣，擊楫下湘潭。

凭闌人

香栟

暖蜕龍團香骨塵，細裊雲衣古篆文。寶奩餘燼温，小池明月昏。

心火蟠燒九曲腸，鼻觀薰修三昧香。劫灰書幾場，猶存延寸光。

一點雕盤螢度秋，半縷宫奩雲弄愁。情緣不到頭，寸心灰未休。

夢符散曲二

文湖州集詞

元太原喬吉夢符撰　江都任訥中敏校訂

碧梧秋即梧葉兒

出金陵

塵暗埋金地，雲寒樹玉宫，歸去也老仙翁。東北朝宗水，西南解愠風，船疾似飛龍，到鐵甕城邊喜落篷。

惜芳春即喜春來

秋望

千山落葉嵓嵓瘦，百尺危闌寸寸愁，有人獨倚晚妝樓。樓外柳，眉暗不禁秋。

天香引

遊嘉禾南湖

三月三花霧吹晴，見麟鳳滄洲，鴛鷺沙汀。華鼓清簫，紅雲蘭棹，青紵旗亭。細看來春風世情，都分在流水歌聲。劣燕嬌鶯，冷笑詩仙，擊楫揚舲。

越樓所見

隔朱簾楊柳青青，煙鎖紗窗，風動簾旌。愛鏡靚嬋娟，粉吹旖旎，玉立娉婷。翹鳳頭金釵整整，朵松花雲髻亭亭。個樣心情，困托香腮，斜倚銀屏。

西泠所見《小令》"泠"作"嵓"。

西嵓樓外東風，曲曲闌干，小小簾櫳。甚午困懵騰，髻鬟鬖髿，星眼朦朧。正落絮飛花冗冗，又夕陽流水溶溶。金縷香絨，倦繡屏床，悮却春工。

毗陵晚眺

江南倦客登臨，多少豪雄，幾許消沉。今日何堪，買田陽羨，掛劍長林。霞縷爛誰家晝錦，月鈎横故國丹心。窗影燈深，燐火青青，山鬼喑喑。

登毗陵永慶閣所見

忽飛來南浦嬌雲，背影藏羞，忍笑含顰。逶鬟蘭煙，沾衣花氣，惱夢梅魂。似湘水行春洛神，遇天台採藥劉晨。愁縷成痕，一枕餘香，半醉黄昏。

登澄江君山

芙蓉城古意山川，葬玉當時，植桂何年。江樹陰陰，江帆隱隱，江草芊芊。蘸海瀆東南半天，望金焦西北雙拳。巾袂蹁躚，不索浮蓮，挾取飛仙。

宴支園桂軒

碧雲窗户推開，便敲竹催茶，掃葉供柴。如此風流，許多標致，無點塵埃。堆金粟西方世界，散天香夜月亭臺。酒令詩牌，爛醉高秋，宋玉多才。

登姑蘇臺

百花洲上新臺，簷吻雲平，圖畫天開。鵬俯滄溟，蜃横城市，鰲駕蓬萊。學捧心山顰翠色，悵懸頭土濕腥苔。悼古興懷，休近闌干，萬丈塵埃。

秋日偕伯子泛湖

秋聲一片蘆花，正落日山川，疎雨人家。羨歌舞風流，太平時世，詩酒生涯。待楊柳晴春風躍馬，且桂花涼夜月乘槎。一曲吴娃，笑煞江州，淚滿琵琶。

風雨登虎丘

半天風雨如秋，怪石於菟，老樹鈎婁。苔繡禪階，塵粘詩壁，雲濕經樓。琴調冷聲閑虎丘,劍光寒影動龍湫。醉眼悠悠,千古恩讎,浪捲胥魂,山鎖吴愁。

遊琴川

海虞雄踞山州,水瀨絲桐,路列文楸。鋪翠峰巒,染雲林障,推月潮溝。有第四科賢哲子遊,是幾百年忠孝何侯。舞榭歌樓,酒令詩籌,官府公勤,人物風流。

重九後一日遊蓬萊山

重陽雨冷風清,阻却王宏,淡了淵明。昨日寒英,今朝香味,未必多爭。蜂與蝶從他世情,酒和花快我平生。縱步蓬瀛,會此同盟,醉眼青青。

拜和靖祠雙聲疊韻

至當時處士山祠,漸次南枝,春事些兒。楓漬殷脂,蕉撕故紙,柳死荒絲。目寒澀雄雌鷺鷥,翅參差母子鸕鶿。再四嗟咨,撚此吟髭,彈指歌詩。《小令》"殷脂"作"胭脂"。

安溪半江亭陪雅齋元帥飲

半江亭上憑闌,撾鼓樓船,弭節江灣。金虎懸符,玉龍立槊,竹樹生寒。緑波轉秋回俊眼,翠雲堆晚列歌鬟。罇酒開顔,如此江山,人在蓬壺,圖畫中間。

泊青田縣

白鶴飛下青田,歎物换星移,谷變陵遷。山瘦披雲,溪虚流月,今夕何年。夢已到石門洞天,眼休驚遼海人煙。誰與周旋,虎節元臣,烏帽詩仙。

燕引雛

登江山第一樓

拍闌干,霧花吹鬢海風寒。浩歌驚得浮雲散,細數青山。指蓬萊一望間,紗巾岸,鶴背騎來慣。舉頭長嘯,直上天壇。

登鳳凰臺

鳳凰臺，金龍玉虎帝王宅。猿鶴只欠山人債，千古興懷。梧桐枯鳳不來，風雷死龍何在，林泉老猿休怪。鎖魂楚甸，洗恨秦淮。《小令》"林泉"作"石泉"。

珠履曲

泊臯亭山下

石骨瘦金珠窟嵌，樹身駞瓔珞襤襂，秋影秋聲遶蓬龕。青山黄鶴樓，白水黑龍潭，野猿啼碎膽。

酒旗兒越調　按此調與〔碧梧秋〕彷彿，與越調〔酒旗兒〕本調不盡合。

陪雅齋萬户遊仙都洞天

千古藏真洞，一柱立晴空，石笋参差似太華峰。醉入天台夢，緑樹溪邊晚風，碧雲不動，粉香吹下芙蓉。

鄆城春即慶東原

青田九樓山舟中作

渺渺山頭路，鱗鱗山上田，遶篷窗六曲屏風面。似丹青輞川，是神仙洞天，隔雲樹人煙。試看玉溪邊，恐有桃花片。

秋雲冷

肝腸百鍊爐間鐵，富貴三更枕上蝶，功名兩字酒中蛇。尖風薄雪，殘杯冷炙，掩青燈竹籬茅舍。

淩波曲

拖條藜杖裹枚巾，蓋座團標容個身，五行不帶功名分。臥芙蓉頂上雲，濯青泉兩足遊塵。生不願黄金印，死不離花瓦盆，俯仰乾坤。

天香引

自敘

斗牛邊纜住山楂，辦酒甕詩瓢，小隱煙霞。厭行李程途，虛花世態，老草生涯。酒腸渴柳陰中揀雲頭剖瓜，詩句香梅梢上掃雪片烹茶。萬事從他，雖是無田，勝似無家。《小令》次句無"辦"字。

豐年樂

世路艱難，鬢毛斑，奸占退閑，白雲歸山。鳥知還，想起來連雲棧，不如磻溪岸，垂釣竿。

芳草多情

雲濃雲淡，窗明窗暗，等閑休擘驪龍頷。正尷尬，莫貪婪，惡風波喫閃的都自滲，流則盈科止盈坎。行，也在俺。藏，也在俺。

妝呆妝俫，妝聾妝啞，人生一世剛圖甚。句閑吟，酒頻斟，白雲夢繞青山枕，看遍洛陽花似錦。榮，也在恁。枯，也在恁。

清風閑坐，白雲高臥，面皮不受時人唾。樂陁陁，笑呵呵，看別人搭套項推沉磨，蓋下一枚安樂窩。東，也在我。西，也在我。《小令》"陁陁"作"跎跎"。

朝三暮四，昨非今是，痴兒不識榮枯事。攢家私，寵花枝，黄金壯起荒淫志，千百錠買張招狀紙。身，已至此。心，猶未死。《小令》"不識"作"不解"，"攢"作"儹"。

醉太平

鍊秋霞汞鼎，煮晴雪茶鐺，落花流水護茅亭，似春風武陵。喚樵青椰瓢傾雲淺松醪剩，倚圍屏洞仙酣露冷石床淨，掛枯藤野猿啼月淡紙窗明，老先生睡醒。

柳穿魚旋煮，柴換酒新沽，鬭牛兒乘興老樵漁，論閑言仗語。燥頭顱束雲擔雪晻辛苦，坐蒲團扳風釣月窮活路，按葫蘆談天説地醉模糊，入江山畫圖。《小令》"仗語"作"伥語"，"晻辛苦"作"躭辛苦"。

玉交枝

山間林下，有草舍蓬窗幽雅。蒼松翠竹堪圖畫，近煙村三四家。飄飄好夢隨落花，紛紛世味如嚼蠟。一任他蒼頭皓髮，莫瞢頓心猿意馬。自種瓜，自採茶，爐内鍊丹砂。看一卷道經，講一會漁話。閉上槿樹籬，醉臥在葫蘆架，儘清閑自在煞。《小令》"瞢頓"作"徒勞"，"道經"作"道德經"，"漁話"作"漁樵話"。

無災無難，受用會桑榆日晚。英雄自在何時辨，空熬煎兩鬢斑。陳摶睡足西華山，文王不到蟠溪岸。不是我心灰意懶，怎陪伴愚眉肉眼。雪滿山，水遶灘，靜愛野鷗閑。使見識偃月堂，受驚怕連雲棧。想起來滿面着，通身汗，慘煞人也蜀道難。《小令》"自在"作"事業"，"斑"字疊，"滿面着"作"滿面看"。

青春空過，早兩鬢秋霜漸多。運籌帷幄簪簪坐，費心如安樂窩。黄塵黑海萬丈波，緑袍槐簡千家貨。算世人難蹬脱，這金枷玉鎖。問小哥你作麼，拍手笑呵呵。穿袖衫調傀儡，搭套項推沉磨。我如今得空便都參破，得清閑纔是我。

溪山一派，接松徑寒雲緑苔。蕭蕭五柳疎籬寨，撒金錢菊正開。先生拂袖歸去來，將軍戰馬今何在。急跳出風波大海，作個煙霞逸客。翠竹齋，薜荔階，强似五侯宅。這一條青穗絛，傲煞你黄金帶。再不著父母憂，再不還兒孫債，險也啊拜將臺。

錢絲泫三字疑是"續斷絃"之顛倒訛謬。

避豪傑，隱岩穴，煮茶香掃梅梢雪。中間酣迷低帳蝶，枕書睡足松窗月，一燈蝸舍。

秋雲冷孩兒

香茶

細研片腦梅花粉，新剥珍珠荳蔻仁，依方修合鳳團春。醉魂清爽，舌尖香嫩，這孩兒那些風韻。

萬里心

香篆

一點雕盤螢度秋，半縷宮奩雲弄愁。情緣不到頭，寸心灰未休。

淩波仙

釘鞋兒

底兒鑽釘紫丁香，幫側微粘蜜蠟黃，宜行雲雨陽台上。步蒼苔磚甃兒響，襯淩波羅襪生涼。驚回啣泥乳燕，濺濕穿花鳳凰，羞煞戲水鴛鴦。

詠花筒兒

玲瓏高插楚雲岑，輕巧全勝碧玉簪，紅綿水暖春香沁。惜花人一寸心，淨瓶兒般手撚著沉吟。滴點點薔薇露，裊絲絲楊柳金，畫出來的觀音。

紅指甲

冰藍袖捲翠紋紗，春笋纖舒紅玉甲，水晶寒濃染臙脂蠟。剖吴橙吃喜煞，錦魚鱗冷漬硃砂。數歸期闌干上畫，印開元宮額上掐，托香腮幾瓣兒桃花。

手帕

對裁湘水縠波紋，挼皺梨花雪片雲，束纖腰舞得春風困。襯瓊杯蒙玉笋，殢人嬌笑揾脂唇。宮額潤勻香汗，銀箏閑拂暗塵，休染上啼痕。

吴江垂虹橋

飛來千丈玉蜈蚣，横駕三天白螮蝀，鑿開萬竅黃雲洞。看星辰落鏡中，月華明秋影玲瓏。贔屭金環重，狻猊石柱雄，鐵鎖囚龍。

德清長橋

青天白日見樓臺，赤蜃浮光海市開，仙人欲度星河外。向暗虹背上來，臥蒼龍鱗甲生苔。横陳風籟，玲瓏花月色，玉琢蓬萊。《小令》三、四兩句作“崖崩岸坼長虹在，棄繻生感壯懷”，“横陳”作“横生”，“月色”上無“花”字。

菊舟

寒英和雨結船頭，翠葉鋪煙起舵樓，霜枝立月牙檣瘦。泛清香滿棹秋，比浮花浪蕊優游。駕銀漢星槎夢，載金莖玉露酒，江湖上陶令風流。

丁朝卿西齋半間雲

碧窗秋窄玉玲瓏，古鼎春慳香鬖鬆，矮屏分得梨花夢。小可可十二峰，浩然氣於此從容。無垢無塵處，非煙非霧中，等當著天上從龍。

和化成甫番馬扇頭

渥洼秋淺水生寒，苜蓿霜輕草漸斑，彎弧不射雙飛雁。臂韝鷹玉轡間，醉醺醺來自樓蘭。狐帽西風袒，穹廬紅日晚，滿眼青山。《小令》"狐帽"作"孤帽"。

採蓮曲

花籃髻

小鬟新樣鬬奇絶，學綰同心結。翠纖香穿逞嬌劣，巧堆疊，錦筐露濕瓊梳月。盛春倦也，和雲低遏，忙煞夢中蝶。

題孫氏壁間墨竹

月分雲影過鄰東，半壁秋聲動。露宿枝柔怯棲鳳，玉瓏璁，不堪歲暮闕情重。空谷乍寒，美人無夢，翠袖倚西風。

點鞋杖

研臺香蘸翠條尖，圈落玄花點。雲鳳吳綾粉生皺，配霜縑，月牙脱出宮蓮瓣。雖然草木，不嫌憔悴，陪伴玉纖纖。

湘竹扇《小令》作"扇兒"。

一方誰翦楚江雲，秋色輕羅襯。休寫班姬六宮恨，淚成痕，半枝汗濕香生暈。蒲葵策勳，桃花風韻，涼滲小烏巾。《小令》"一方"作"一聲"。

紙孤雁《小令》作"紙雁兒"。

漢宮秋信落雲箋，行斷鴛鴦翦。寫不成書寄幽怨，鏡臺邊，補妝羞對雙金鈿。清愁一點，有誰曾見，和影過遠山前。《小令》"有誰"作"多情"。

指鐲

紫金珠鈿巧鐲兒，慳稱無名指。花信今春幾番至，見郎時，窗前攜手知心事。行雲拘束，暖香消瘦，璁褪玉愁枝。

僧房以太湖石支足

海棠花影月明前，約那人相見。掩雨遮雲忒方便，最堪憐，階前堆垛從踏踐。央及楊翦，急差軍健，運入麗春園。

沉醉東風

倩人扶觀璚華

珠的歷寒凝碧粉，玉瓏璁暖簇香雲。仙裙翡翠薄，宮額鵝黃嫩，牡丹也不敢稱尊。倚杖來觀海上春，比錦纜龍舟較穩。《小令》“的歷”作“滴瀝”。

泛湖寫景

幹辦出蒼松翠竹，界畫成寶殿珠樓。明玉船，描金柳，碧玲瓏鳳凰山後。一片晴雲雪色秋，白羅襯丹青扇頭。

題扇頭檃括古詩

萬樹枯林棟折，千山高鳥飛絶。兔徑迷，人蹤滅，載梨雲小舟一葉。蓑笠漁翁耐冷的，獨釣寒江暮雪。《小令》六句末作“耐冷的别”。

夢符散曲三

摭遺

元太原喬吉夢符撰　江都任訥中敏輯訂

小令

折桂令

七夕贈歌者

黄四娘沽酒當爐，一片青旗，一曲驪珠。滴露和雲，添花補柳，梳洗工夫。無半點閑愁去處，問三生醉夢何如。笑倩誰扶，又被春纖，攙住吟鬚。

晉雪山中奇遇二曲《太平樂府》"雪"作"雲"。

賺劉郎不是桃花，偶宿山溪，誤到仙家。膩雪香肌，碧螺高髻，緑暈宫鴉。掬秋水珠彈玉甲，笑春風雲襯鉛華。酒醒流霞，飯飽胡麻，人上籃輿，夢隔天涯。

愛秋娘弄月無痕，冰雪凝妝，風露爲魂。歌顫鸞釵，塵隨鴛襪，酒污猩裙。巧畫柳雙眉淺顰，笑生花滿眼嬌春。好客東君，特與新詩，留取香雲。

殿前歡

里西瑛號懶雲窩奉和

懶雲窩，雲窩客至欲如何。懶雲窩裏和雲卧，打會磨跎。想人生待怎麽，貴比我爭些大，富比我爭些個。呵呵笑我，我笑呵呵。

懶神仙，懶窩中打坐幾多年。夢魂不到青雲殿，酒興詩顛。輕便如宰相權，冷淡如名賢傳，自在如彭澤縣。蒼天負我，我負蒼天。厲鶚刻

《小令》"六曲後記"云:"西瑛善吹篳篥,所居懶雲窩,在吴城東北隅,去天如禪師惟則獅子林半里許,天如作《篳篥引》贈之。"厲氏又録《太平樂府》所載里西瑛原唱,及貫雲石、衛立中、吴西逸三人和作於後。

清江引

有感

相思瘦因人間阻,只隔墻兒住。筆尖和露珠,花瓣題詩句,倩啣泥燕兒將過去。

佳人病酒

厲刻《小令》原注云:"掩字走入廉纖韻,一時有失點檢,刻成始知之,不及改矣。"

羅帕粉香宫額上掩,宿酒春初散。被窩甘露漿,腮斗珍珠汗,朦朧著對似開不開嬌睡眼。《太平樂府》作"腮斗兒珍珠汗"。

即景

垂楊翠絲千萬縷,惹住閑情緒。和淚送春歸,倩水將愁去,是溪邊落紅昨夜雨。

雁兒落帶過得勝令

自適

黄花開數朵,翠竹栽些個。農桑事上熟,名利場中捋。禾黍小莊科,籬落放鷄鵝。五畝清閑地,一枚安樂窩。行啊,官大憂愁大。藏啊,田多差役多。

憶别

慇勤紅葉詩,冷淡黄花市。清江天水箋,白雁雲煙字。遊子去何之,無處寄新詞。酒醒燈昏夜,窗寒夢覺時。尋思,談笑十年事。嗟咨,風流兩鬢絲。

戲題

喜蛛絲漫占,靈鵲聲難驗。秋奩妝不忺,夜燭花無豔。愁月淡窺簷,淚雨冷侵簾。冉冉香消漸,纖纖玉減尖。啮啮,念念心常玷。厭厭,漸漸病越添。

回省

身離丹鳳闕，夢入黄鷄社。桔槔地面寬，傀儡排場熱。名利酒吞蛇，富貴夢迷蝶。蟻陣攻城破，蜂衙報日斜。豪傑，幾度花開謝。痴呆，三分春去也。

醉太平

題情

離情厮禁，舊約難尋，落紅堆逕雨沉沉，鎖梨花院深。瘦來裙掩鴛鴦錦，愁多夢冷芙蓉枕，髻鬆釵落鳳凰金，險掂折玉簪。《太平樂府》"髻鬆"作"髻班"。

紅繡鞋

書所見

臉兒嫩難藏酒暈，扇兒薄不隔歌塵，佯整金釵暗窺人。涼風醒醉眼，明月破詩魂，料今宵怎睡得穩。

朝天子

歌者簪山橘

錦囊，未黄，宜薦秋風釀。何須一夜洞庭霜，好先試銷金帳。荳蔻梢頭，丁香枝上，蘸吴姬指甲涼。剖將，試嘗，止愛些酸模樣。

賦所感

翠衫，玉簪，脂唇小櫻桃淡。多情多緒眼腦饞，誰敢去胡摇撼。冷諢先嘶，呆科先探，小心兒真個敢。爲俺，大膽，我倒有三分慘。

小娃琵琶

暖烘，醉容，逼匝的芳心動。雛鶯聲在小簾櫳，唤醒花前夢。指甲纖柔，眉兒輕縱，和相思曲未終。玉葱，翠峰，嬌怯煞琵琶重。

山坡羊

寓興

鵬摶九萬，腰纏十萬，揚州鶴背騎來慣。事間關，景闌珊，黄金不富英雄漢，一片世情天地間。白，也是眼。青，也是眼。

冬日寫懷

離家一月，閑居客舍，孟嘗君不費黄虀社。世情别，故交絶，床頭金盡誰行借，今日又逢冬至節。酒，何處賒。梅，何處折。

冬寒前後，雪晴時候，誰人相伴梅花瘦。釣鼇舟，纜汀洲，緑蓑不耐風霜透，投至有魚來上鈎。風，吹破頭。霜，皴破手。

小桃紅

立春遣興

土牛泥軟潤滋滋，香寫宜春字。散作芳塵滿街市，灑吟髭，老天也管閑心事。春風告示，梅花資次，攢到北邊枝。“資次”待校。

凭闌人

金陵道中

瘦馬馱詩天一涯，倦鳥呼愁村數家。撲頭飛柳花，與人添鬢華。

春思

淡月梨花曲檻旁，清露蒼苔羅襪涼。恨他愁斷腸，爲他燒夜香。

小姬

手撚紅牙花滿頭，愛唱春詞不解愁。一聲出畫樓，曉鶯無奈羞。

天淨沙

即事四曲

筆尖掃盡痴雲，歌聲唤醒芳春，花擔安排酒罇。海棠風信，明朝陌上吹塵。

一從鞍馬西東，幾番衾枕朦朧，薄倖雖來夢中。爭如無夢，那時真個相逢。

隔窗誰愛聽琴，倚簾人是知音，一句話當時至今。今番推甚，酬勞鳳枕鴛衾。

鶯鶯燕燕春春，花花柳柳真真，事事風風韻韻。嬌嬌嫩嫩，停停當當人人。

柳營曲

有感

薄命妾，重離别，長吁一聲腸斷也。悶弓兒難拽，愁窨兒新掘，花擔兒怕擔折。蘭舟夢水遶雲結，香閨恨燭滅煙絶。鳳凰衾人哽煙，鴛鴦枕淚重疊。呀，寒似夜來些。

閲金經

閨情二曲

玉減梅花瘦，翠顰妝鏡羞，雨念雲思何日休。休，休登江上樓。紅鸞袖，淚痕都是愁。

研金紅鸞紙，染香丹鳳池，情繫人心秋藕絲。思，擲梭雙淚時。回文字，織成腸斷詞。《太平樂府》作"腸斷詩"。

套數

〔南吕〕一枝花

合箏

酒酣春色濃，簾捲花陰靜。佳人嬌和曲，豪客醉彈箏。心與手調停，斂袂待絃初定，雁行斜江月影。搊銀甲指撥輕清，按金縷歌喉數聲。《北宫詞紀》作"搊銀甲指法偏高，按金縷歌喉漫逞"。

〔梁州第七〕歌應指似林鶯嚦嚦，指隨歌似山溜泠泠，同聲相應的涼州令。滴銀盤秋雨，敲玉樹春冰。恰壯懷慷慨，又私語丁寧。迸瓊珠萬顆瑽琤，間驪珠一串分明。恰便似卓文君答撫琴相如，黄念奴伴開元壽寧，小單于學鼓瑟湘靈。繹如也以成，遲疾纖巧隨搵掐無些兒病。腔兒穩，字兒正。一對兒合得著綢繆有情，效鸞鳳和鳴。《北宫詞紀》作"同聲相應梁州令”,又作“驟驪珠一串分明”,又作“繹如以成,遲疾纖巧無些病”,又作“一對兒合得綢繆忒有情”。

〔尾〕煞强如泣琵琶淚濕青衫上冷,彷彿似鸚鵡聲紅錦罩内聽,洗得平生耳根淨。風流這生,喫戲可憎,我便有陶學士的鼻凹也下不得絣。《太平樂府》作“彷彿似鸚鵡聲訛錦罩内聽”。《北宫詞紀》作“彷彿似調鸚鵡聲嬌錦罩内聽”。《太平樂府》“喫戲”作“乞戲”,《北宫詞紀》作“相諧”。

〔南吕〕一枝花

私情

雲髻金雀翹,山隱青鸞鑑。藕絲輕織粉,湘水細揉藍。性子兒巖嵌,小可的難摇撼,起初兒著莫咱。假撇清面北眉南,實怕儹紅愁緑慘。

〔梁州第七〕不顯豁意頭兒甚好,不尋常眼腦兒偏饞,酒席間閑話兒將他來探。都笑科兒承答,冷諢兒包含。不能够空便因此上雲雨魑魅,老婆婆坐守行監。狼橛丁暮四朝三,不能够偷工夫恰喜喜歡歡。怕蹶撒也却忑忑忐忐,知消息早噥噥喃喃。儹科,鬪喊。風聲兒惹起如何揞,徒那遊,再誰敢。有等乾嗻唓的杓倈死嘴嘶,委實難躭。《小令》原録《太平樂府》作“嘴漸”,此從何夢華舊藏鈔本《太平樂府》。“那遊”待校。

〔尾〕從今將鳳凰巢鴛鴦殿遮籠教暗,將金縫鎖玉連環對勘的嚴,錦片也似前程做的來不恁濫。非是咱不甘,不是你不堪,只被這受驚怕的恩情都唬破我膽。

〔南吕〕一枝花

雜情

粉雲香臉試搽,翠煙膩眉學畫。紅酥潤冰笋手,烏金漬玉粳牙。鬢攏宫鴉,改樣兒新鞋襪,挑粉垢修指甲。收拾得所事兒温柔,妝點得諸餘裹顆恰。鈔本《太平樂府》作“妝點得諸般兒顆恰”。

〔梁州〕堪笑這没分曉的媽媽,只抱得不啼哭娃娃,小心兒一見了相牽掛。腿廝搽著說話,手廝把著行踏,額廝撈著作耍,腮廝揾著温存,肩斯挨著曲和琵琶，尋題目頂針續麻。常只是笑没盈弄盞傳盃，好喫闌同床共榻，熱兀羅過飯供茶。那些，喜呷，天來大怪膽兒無些怕。這些時變了卦，小則小心腸兒到狡猾，顯出些情雜。《太平樂府》作"熱尤羅"，又作"變了話"。

〔罵玉郎〕但些兒頭疼眼熱，我早心驚訝，著疼熱，只除咱，尋方裏藥占龜卦。直到喫得粥食，離了卧榻，恰撇得心兒下。

〔感皇恩〕看承似美玉無瑕，誰敢做野草閑花。曹大姑賣杏虎，裴小鑾學撒鼈，温太真索妝鰕。麗春園北撒，鳴珂巷南衙。現而今如嚼蠟，似咬瓦，若摶沙。《太平樂府》作"麗春園扎撒"。

〔採茶歌〕喜時節臉烘霞，笑時節眼生花，一霎時一天風雪冷鼻凹。本待做曲吕木頭車兒隨性打，原來是滑出律水晶毬子怎生拿。"本待"句待校。

〔雙調〕新水令

閨麗

繡閨深培養出牡丹芽，控金鈎繡簾不掛。鶯聲聞上苑，蝶夢遶東華。富貴人家，花陰内柳陰下。《太平樂府》作"鶯燕遊上苑"，又作"控銀鈎繡簾不掛"。

〔喬木查〕忽地迎頭見咱，嬌小心兒裏怕，厭地回身攏鬢鴉。傍闌干行又羞，雙臉烘霞。

〔攪箏琶〕我凝眸罷，心内頑麻。可知曲江頭三次遺鞭，我粉墻外幾乎墜馬。人説觀自在活菩薩，堪誇，普陀山幾時曾到他，更隔著海角天涯。

〔甜水令〕他秋水回波，春山摇翠，芳心迎迓，彼此各承答。詩句傳情，琴聲寫恨，衷腸牽掛，許多時不得歡洽。

〔雁兒落〕鬭的滿街裏閑嗑牙，待罷啊如何罷。空揣著題詩玉版箋，織錦香羅帕。

〔得勝令〕我是個爲客秀才家，你是個未嫁女嬌娃。不是將海鶴兒相埋怨，休把這紙鷂兒厮調發。若是無差，回與我句實誠的話。天哪，送了人啊不是耍。《太平樂府》作"若是真麽"，又作"實成的話"。

〔離亭宴煞〕只因你擔不下解合的心腸兒叉，不是我口不嚴表揚的風聲兒大。佇頸憑闌，一日三衙。唱道成時節准備著小意兒妝䱇，不成時怎肯呆心兒跳塔。哎，你個喫戲冤家，來來來將人休量抹。我不是琉璃井底鳴蛙，我是個花柳營中慣戰馬。

〔越調〕鬬鵪鶉

歌姬

教坊馳名，梨園上班。院體詼諧，宮妝樣範。膚若凝脂，顏如渥丹。香肩凭玉樓，湘雲擁翠鬟。羅帕分香，春纖换盞。

〔紫花兒〕扶颩煞東風桃李，吸留煞暮雨房櫳，喫喜煞夜月闌干。向尊席之上，談笑其間。意思相攀，且是娘剔透玲瓏不放閑。不枉了唤生妝旦，儘可以霧幌雲屏，酒社詩壇。"扶颩"待校。

〔天淨沙〕眉兒初月彎彎，鞋兒瘦玉慳慳，臉兒孜孜耐看。琵琶絃慢，青衫淚點纔乾。

〔尾〕麗春園門外是潯陽岸，最險是茶船上跳板。一句話悔時難，兩般兒愛處揀。

〔商調〕集賢賓

詠柳憶别

恨青青畫橋東畔柳，曾祖送少年遊。散晴雪楊花清晝，又一場心事悠悠。翠絲長不繫雕鞍，碧雲寒空掩朱樓。揎羅袖，試將纖玉手，綰東風援損輕柔。同心方勝結，纓絡繡文毬。《小令》原作"試将纖纖玉手"，此從《太平樂府》及《北宮詞紀》。《詞林摘豔》"援損"作"摇損"，"文毬"作"香毬"。

〔逍遥樂〕綰不成鴛鴦雙扣，空驚散梢頭，一對錦鳩。何處忘憂，聽枝上數聲黄栗留，怕不弄春嬌巧轉歌喉。驚回好夢，提起離情，唤醒閑愁。《太平樂府》、《北宮詞紀》、《詞林摘豔》皆作"一雙錦鳩"，《摘豔》又作"聽枝上啼鳥聲幽，你怕不弄春嬌巧囀歌喉"。

〔醋葫蘆〕雨晴珠淚收，煙顰翠黛羞，殢風流還自怨風流。病多不耐秋，未秋來早先消瘦，曉風殘月上簾鈎。"病多"二句，《北宮詞紀》作"多病不經秋信陡，早先消瘦”，《詞林摘豔》作“病多看來不耐秋，秋來先瘦”。末句中《太平樂府》、《北宫詞紀》“上”俱作“在”。

〔浪裏來煞〕不要你護雕闌花甃香，蔭蒼苔石徑幽。只要你盼行人終日替我凝眸，只要你重温灞陵别後酒。如今時候，只要向緑陰深處纜歸舟。

〔仙吕〕賞花時

風情

春透天台醉碧桃，月滿雲窗聽紫簫。鶯燕友，鳳鸞交，幽期密約，不許外人瞧。

〔幺〕打不覺頭毒如睡馬杓，粘隨風絮沾如肉膘膠。藤纏葛，數千遭，把麗春園纏倒，唬的那販茶客五魂消。《青樓韻語廣集》無“粘”字，又作“諕得那”。

〔賺煞〕我是個煅煉成的鐵連環，不比您捻合就的泥圈套，掙磨快的鋒鋩怎敢犯著。小斯撲如何敢和我换交，仗唇鎗舌劍吹毛。不是我騁粗豪，强霸著月夜花朝，圍你在垓心裏怎地逃。若不納降旗受縛，肯舒心伏弱，敢教那點鋼鍬劈碎那紙糊鍬。《太平樂府》、《北宫詞紀》、《青樓韻語廣集》末句中皆無兩“那”字。又首句據諸選本增“的”字。

〔仙吕〕賞花時

睡鞋兒

雙鳳銜花宫樣彎，窄玉圈金三寸慳。緑窗静，翠簾閑，似錦鴛日晚，並宿向雕闌。

〔幺〕多管是露冷蒼苔夜氣寒，暖透淩波羅襪單。聽寶釧響珊珊，藕節兒般冰腕，用纖指將繡幫兒彈。諸選本皆作“藕毽兒般冰腕”。

〔賺煞〕髻綰倚風鬟，臉褪秋蓮瓣，險花暈了懵騰醉眼。見非霧非煙簾影間，映秋波兩葉春山。幾時配玉連環，看他些緑慘紅僝，殢煞春嬌夜未闌。投至香消燭殘，比及雨收雲散，我向懷兒中直揣得那對底兒乾。次句首字，《小令》原從《太平樂府》作“嵡”，此從《北宫詞紀》等選本。

〔雙調〕行香子

題情

燕僽鶯僝，鳳隻鸞單，無多時春事闌珊。東陽瘦體，潘岳蒼顔。我怕春歸，愁日永，捱更闌。鈔本《太平樂府》作"怯更闌"。

〔慶宣和〕紅粉香中慣撒頑，不似今番。軟玉温香忒希罕，只疑是夢間，夢間。《北宫詞紀》作"紅粉鄉中"。

〔錦上花〕酒社詩壇，不茶不飯。夜雨愁腸，東風淚眼。海誓山盟，白玉連環。月約星期，泥金小簡。

〔小陽關〕次第明月食，容易彩雲散。咫尺巫山，頃刻陽關。地窄天寬，十番九番。雨澀雲慳，千難萬難。《北宫詞紀》作"次第明月圓"。

〔江兒水〕西樓倚遍十二闌，望斷處空長歎。不由人脚兒勤，更怕咱心兒憚，得空便對他實掉訕。《太平樂府》、《北宫詞紀》末句皆作"得空便對著他實掉訕"。

〔碧玉簫〕忙裏偷閑，滿口兒訴愁煩。天上人間，對面兒隔關山。送春心眉影彎，悶無言雲鬟鬢。據風流樣範，尋常妝扮。腰肢小蠻。巧語嬌，春鶯慢。

〔離亭宴歇指煞〕平生脱不了疎狂限，今年又撞著風流難。人瞧見些破綻，衾閑繡被鴛，釵擘金花鳳，絃斷瑶箏雁。柔腸愁暮秋，業眼巴清旦。誰知近間，花柳武陵迷，煙水藍橋滐，雲雨陽臺旱。恩深太華高，情朽松石爛。不是我將伊調販，早攛斷那徠徝，任從他外人儹。

〔雙調〕喬牌兒

别情

鳳求凰琴慢彈，鶯求友曲休呾。楚陽臺更隔著連雲棧，桃源洞在蜀道難。

〔攪箏琶〕無邊岸，黑海也似那煎煩。愁萬結柔腸，淚雙垂業眼，淚眼與愁腸，直熬得燭滅香殘。更闌，望情人必然來夢間，爭奈這枕冷衾寒。《北宫詞紀》次句無"也"字、"那"字，五句、六句、七句作"愁和淚到更闌，直熬得燭滅香殘"，《青樓韻語廣集》從之。

〔落梅風〕粘金雁，鬅翠鬟，想不曾做心兒打扮。近新來爲咱情緒懶，不梳妝也自然好看。

〔沉醉東風〕風鈴響猛猜做珮環，柳煙颦只疑是眉攢。想犀梳似新月牙，憶宫額似芙蓉瓣，見桃花啊似見他容顔。覷得越女吴姬似等閑，厭聽那銀箏象板。“似等閑”，《小令》原作“莫等閑”，《太平樂府》作“疋似閑”，此從《北宫詞紀》及《青樓韻語廣集》。

〔本調煞〕相思成病何時慢，更拚得不茶不飯，直熬個海枯石爛。

小山樂府

提　要

《小山樂府》六卷，元張可久撰。據元鈔本《張小山北曲聯樂府》改編者，較坊間重編增校之本爲善。蓋張氏散曲集本，今知有七種之多，以此種《北曲聯樂府》爲最備。但其名稱第一費解，而内容又係以調類詞者，將張氏先後所作《今樂府》、《蘇隄漁唱》、《吴鹽》、《新樂府》四集，完全拆散，原來之編製次序，俱不得見，是其大弊也。兹將四集之曲，各還其本來，首集《今樂府》内，並次序亦與原編相合，有《樂府羣玉》可證。此外外集一卷，一仍鈔本《北曲聯樂府》之舊。補集一卷，則據李開先輯《張小山小令》與諸選本輯成者，雖或有僞作參雜其間，要與本集無涉，又在外集之外，較之重編本，因調類詞，遂與本集相混者，體例爲正也。綜兹六卷，載小令七百五十一首、套數七套。元人散曲專集此爲獨傳，恐亦以此爲獨富矣。《小山樂府》，元時本有其書，爲上述七種之一，惜久淪廢，兹特假用其名。黄丕烈藏《張小山小令》抄本，亦題此四字，此本校文内所謂"黄鈔《小令》"是也。張氏爲散曲專家，所作清麗疎雅，古今一人，嚮與喬吉並稱，猶詩中之有李、杜，其詳見《曲諧》内。

小山樂府目録

前集今樂府

殿前歡

秋日湖上　次酸齋韻二首　離思二首　西湖晚晴　客中二首

清江引

秋思　幽居　桐柏山中　湖山避暑　春思二首　九日湖上　山居春枕　春晚二首　湖上晚望　秋懷

小桃紅

寄鑑湖諸友　贈琶琶妓王氏　憶疎齋學士郊行　春思　鑑湖夜泊　離情　山中　夜宴二首

朝天子

山中雜書三首　野景亭　酸齋席上聽胡琴　春思　梅友元帥席上

紅繡鞋

次韻　春日湖上二首　春夜　湖上　聖水寺山亭　越山即事　天台瀑布寺　次歸去來韻　洞庭道中二首　天台桐柏山中　雪芳亭　春晚　歲暮二首　山中　鑑湖　三衢道中

沈醉東風

釣臺　湖上　元夜　幽居二首

天淨沙

書懷二首　元夕　閨怨　春夜　梅軒席上　梅友元帥席上　赤松道宮　浮雪樓夜坐　清明日郊行　江上　湖上分得詩字韻　月夜　魯卿庵中

慶東原

次馬致遠先輩韻九篇九首　越山即事二首

醉太平

春情　席上有贈　懷古

迎仙客

感舊　湖上送別　春日湖上二首　春晚　秋夜　黃桂

凭闌人

湖上二首　春夜　春思三首

落梅風

天寶補遺　西湖　冷泉亭小集　春日湖上　春晚次韻二首　蠟梅

後集蘇隄漁唱

小梁州

春遊晚歸　分得金字　避暑即事　訪杜高士　雪晴詩興　湖山堂上醉題

金字經

湖上小隱　採蓮女　秋望　湖隄春日

秦樓月

失題

漢東山

失題十首

續集吴鹽

人月圓

春日次韻　中秋書事　子昂學士小景

水仙子

梅邊即事　次韻還京樂　山齋小集　山莊即事　歸來次韻　梅軒即事　別懷　和逍遥韻　春愁　春晚　暮春次韻　樂閑　暮景　歸興　天寶補遺　三溪道院　春深　小園春晚　郊行即事　樂閑

折桂令

別懷　幽居　西陵送別　夜景　金華山看瀑泉　別情　晚春送別　和疎齋學士韻　遊太乙宫　遊金山寺　秦郵即事　皆春樓　湖上飲別　春情　次酸齋韻　閨思　別後　酒邊分得卿字韻　江上次劉時中韻　逢天壇子　皆山樓即事　次白真人韻　歌姬施氏　重午席間　幽居次韻

滿庭芳

感興簡王公實　春晚閨怨　秋夜不寐　湖上晚歸　三衢道中　春晚梅友元帥席上　山居　九曲溪上　春日閨思　春思

普天樂

贈白玉梅　別懷二首　客懷　收心二首　秋懷　道情　渡揚子江

寨兒令

春晚次韻　題情　春愁　情梅友元帥席上二首　過釣臺　明月樓　失題二首　元夜即事　閨思　春情　收心二首　妓怨三首　閨怨三首　秋千　感舊　春思　秋日宫詞　吴山塔寺　嘉和道中　觀張氏玉卿雙陸　山中　桃源亭上

殿前歡

次韻　春情　秋思　歸山　夜宴　苕溪遇雪　歸興　西溪道中　愛山亭上

清江引

春思　交翠亭　夏夜即事　春懷　采石江上　草庵午睡　秋思　草堂夜坐　開玄堂上

小桃紅

淮安道中　秋宵有懷　遊仙夢　春思　秋感　寄春谷王千户　春深　秋江晚興

朝天子

和貫酸齋　席上有贈　閨情　夜宴即事　遊春　碧瀾湖上　開玄道院賞芙蓉　看雲樓上　郊行盧使君索賦　夜坐寄芝田禪師　郝東池席上　歌者訴梅　湖上即席　冷泉亭上　過劉阮洞　探梅

紅繡鞋

次崔雪竹韻　甯元帥席上　仙居　尋仙簡霞真　簡吕實夫理問　天竺寺中　武康道中簡王復齋　歸興　德清山中簡耿子春　虎丘道上　茅山疎翁索賦　開玄堂上　秋望　開元遺事　過括蒼山　偕周子榮遊湖

沈醉東風

瓊花　晚春酬史楚甫　胡容齋使君壽　眉壽樓春夜　夜宴即事　九月十日見桃花　静香堂看雨　客維陽　夜景

天淨沙

馬謙齋園亭　雪中酬和王一山　春情　明月樓上有贈　由德清道院來杭　寒夜書事　桃源洞　春晚　秋感

醉太平

傷春　金華山中　登臥龍山　山中小隱

凭闌人

暮春即事二首　江樓即事　八詠樓上酬正則李侯　秋思和吴克齋和白玉真人　失題　湖上醉餘二首　席上分題　晚晴小景

落梅風

玉果山先上尋梅　禹寺見梅　冬夜　別會稽胡使君　廢園湖石歌姬張氏睡起　歎世和劉時中　閑居　西園春暮　睡起　東嘉緑野橋閑閑亭上　和崔雪竹　春情　胡貴卿席上　秋望　憶別　和盧彦威學士　肅齋翁命賦獅橘

一半兒

秋日宫詞　梅邊　情　野橋酬耿子春　賞牡丹　蒼崖禪師退隱

山坡羊

別懷　春睡　感舊　閨思

梧葉兒

春日感懷　早行　旅思　垂虹亭上　春日簡鑑湖諸友　雪中　別懷　春日書所見　壽席　長沙道中　山陰道上　有所思

小梁州

春夜　秋思酸齋索賦　郊行即事　春日次陳在山韻

金字經

偕葉雲中山行　訪吾丘道士　青霞洞趙肅齋索賦　壽彦遠盧使君湖上寒食　環緑亭上　開玄道院　佛會　王國用胡琴　題扇　次韻　情

四塊玉

秋望和胡致居　客席胡使君席上　春愁　傷春　宫中秋日　梅友席上　史氏池亭　東浙舊遊　懷古疎翁索題

塞鴻秋

湖上即事　春情　道情二首

慶宣和

春思　春晚病起四首　毛氏池亭　賦情　歌者花花

撥不斷

第一樓小集　琵琶姬王氏　客懷　會稽道中

別集新樂府

水仙子

維陽遇雪　道院即事

折桂令

小金山　小崆峒宴集　秋思　碧山丹房　春怨

寨兒令

憶别

殿前歡

春遊　湖上

清江引

碧山丹房早起　張子堅運判席上三首

小桃紅

湖上和劉時中二首

朝天子

道院中碧桃　訪九臯使君　春思

紅繡鞋

題惠山寺　蔡行甫郊居　集慶方丈

沈醉東風

秋夜旅思　氣毬　瓊珠臺

慶東原

春日

迎仙客

春思　括山道中

落梅風

客金陵　春日宫詞　碧雲峰書堂

山坡羊

酒友　客高郵

金字經

春懷　梅邊　石門洞天　仙居　別懷

外集

太常引

姑蘇臺賞雪

湘妃怨

武夷山中　山中隱去　懷古　黄山道中

折桂回

錢塘即事　紫微樓上右平章索賦　徽州路譙樓落成　湖上雪晴魯至道席間賦　贈胡存善

滿庭芳

春暮　題小小蓬萊　樊氏素雲

燕引雛

張氏玉卿　雪晴過揚子渡坐江風山月亭　桐江即事

金字經

劉氏瑞蓮　觀泉　觀獵

天淨沙

荷邊宿鷺　懷古疎翁命賦

清江引

張子堅席上　湖上　春晚

凭闌人

衆遠樓上　白雲鍊師山居　天台山中　海□道院

霜角

花屏春曉　練溪晚渡　南山秋色　王陵夕照　水西煙雨　漁梁送客　黄山雪霽　紫陽書聲

補集

小令

套數

南吕一枝花

湖上晚歸　春景　夏景　秋景　冬景

中吕粉蝶兒

春暮有懷

仙吕點絳唇

翻歸去來辭

南吕一枝花

春怨

小山樂府前集　今樂府

元慶元張可久小山撰　江都任訥中敏編校

人月圓

山中書事

興亡千古繁華夢，詩眼倦天涯。孔林喬木，吴宫蔓草，楚廟寒鴉。數間茅舍，藏書萬卷，投老村家。山中何事，松花釀酒，春水煎茶。黄鈔《小令》"茅舍"作"茅屋"。

秋日湖上

笙歌蘇小樓前路，楊柳尚青青。畫船來往，總相宜處，濃淡陰晴。杖藜閑暇，孤墳梅影，半嶺松聲。老猿留坐，白雲洞口，紅葉山亭。

春晚次韻

萋萋芳草春雲亂，愁在夕陽中。短亭别酒，平湖畫舫，垂柳驕驄。一聲啼鳥，一番夜雨，一陣東風。桃花吹盡，佳人何在，門掩殘紅。

雪中遊虎丘

梅花渾似真真面，留我倚闌干。雪晴天氣，松腰玉瘦，泉眼冰寒。興亡遺恨，一丘黄土，千古青山。老僧同醉，殘碑休打，寶劍羞看。黄鈔《小令》"一丘"作"一坯"。

會稽懷古

林深藏却雲門寺，回首若耶溪。苧蘿人去，蓬萊山在，老樹荒碑。神仙何處，燒丹傍井，試墨臨池。荷花十里，清風鑑水，明月天衣。

客垂虹《詞綜》作"客吴江"。

三高祠下天如鏡，山色浸空濛。蓴羹張翰，漁舟范蠡，茶竈龜蒙。故人何在，前程那里，心事誰同。黄花庭院，青燈夜雨，白髮秋風。《詞綜》"那里"作"莫問"。

吴門懷古

山藏白虎雲藏寺，池上老梅枝。洞庭歸興，香柑紅樹，鱸鱠銀絲。白家池館，吴王花草，長似坡詩。可人憐處，啼烏夜月，猶怨西施。《詞綜》"白虎"作"金虎"，又作"白家亭館，吴宫花草，可似當時。最憐人處"。

春日湖上二首

東風西子湖邊路，白髮强尋春。儘教年少，金鞭俊影，羅帕香塵。蹇驢破帽，荒池廢苑，流水閑雲。惱余歸思，花前燕子，墻裏佳人。

小樓還被青山礙，隔斷楚天遥。昨宵入夢，那人如玉，何處吹簫。門前朝暮，無情秋月，有信春潮。看看憔悴。飛花心事，殘柳眉梢。黄鈔《小令》"秋月"作"秋水"。

開吴淞江遇雪《太平樂府》作"松江遇雪"。

一冬不見梅花面，天意可憐人。曉來如畫，殘枝綴粉，老樹生春。山僧高臥，松爐細火，茅屋衡門。凍河堤上，玉龍戰倒，百萬愁鱗。

寄璩源芝田禪師

龍湫山上雲屯寺，别是一乾坤。檜參百丈，雪深半尺，梅瘦三分。幾時親到，松邊弄水，月下敲門。相思無奈，煙蘿洞口，立盡黄昏。"檜"，鈔本《北曲聯樂府》原作"僧"。

三衢道中有懷會稽

松風十里雲門路，破帽醉騎驢。小橋流水，殘梅剩雪，清似西湖。而今杖履，青霞洞府，白髮樵夫。不如歸去，香爐峰下，吾愛吾廬。

水仙子

西湖秋夜

今宵爭奈月明何，此地那堪秋意多，舟移萬頃冰田破。白鷗還笑我，拚餘生詩酒消磨。雲母舟中飯，雪兒湖上歌，老子婆娑。鈔本原作"雲子舟中飯"，此從李輯《小令》；《樂府羣玉》又作"舟中醉"。

吴山秋夜

山頭老樹起秋聲，沙觜殘潮蕩月明，倚闌不盡登臨興。骨毛寒環珮輕，桂香飄兩袖風生。攜手乘鸞去，吹簫作鳳鳴，回首江城。

次韻

蠅頭老子五千言，鶴背揚州十萬錢，白雲兩袖吟魂健。賦莊生秋水篇，布袍寬風月無邊。名不上瓊林殿，夢不到金谷園，海上神仙。鈔本此首原作"吴山秋夜"之第二首，此從《小令》另列。

秋思二首

天邊白雁寫寒雲，鏡裏青鸞瘦玉人，秋風昨夜愁成陣。思君不見君，緩歌獨自開樽。燈挑盡，酒半醺，如此黄昏。《大成譜》三句"秋風"作"西風"。

海風吹夢破衡茅，山月勾吟挂柳梢，百年風月供談笑。可憐人易老，樂陶陶塵世飄飄。醉白酒眠牛背，對黄花持蟹螯，散誕逍遥。此首李輯《小令》亦題作"次韻"。

鑑湖春行

清光湖面鏡新磨，樂意船頭酒既多，舟移楊柳陰中過。流鶯還笑我，可憐春事蹉跎。玉板笋銀絲鱠，紅衫兒金縷歌，不醉如何。李輯《小令》"清光"作"晴光"。

西湖廢圃李輯《小令》"湖"作"園"。

夕陽芳草廢歌臺，老樹寒鴉静御街，神仙環珮今何在。荒基生暮靄，歎英雄白骨蒼苔。花已飄零去，山曾富貴來，俯仰傷懷。

可侍郎奉使日南《樂府羣玉》"可"作"何"。

波澄太液泛龍舟，簾捲披香出鳳樓，繡衣直指新除授。宫花淹御酒，玉花驄錦帶吴鈎。白雪關山暮，黄雲海樹秋，一弄詩愁。鈔本《北曲聯樂府》原作"一象詩愁"，《樂府羣玉》同，此從李輯《小令》。

春晚三首

繭黄舊紙試銀鈎，蟻緑新蒭泛玉舟，龍香古餅熏金獸。薔薇小院幽，春光爲我遲留。東里尋芳去，西園秉燭遊，醉倚南樓。

西山暮雨暗蒼煙，南浦春風艤畫船，水流雲去人空戀。傷心思去年，可憐景物依然。海棠鵁鶄，岩花杜鵑，楊柳秋千。

相思詩句滿苔墻，合唱歌聲靜錦堂，合歡裙帶閑羅帳。無言倚繡床，怎生人不成雙。花間翡翠，釵頭鳳凰，梅子鴛鴦。

元夜小集

停杯獻曲紫雲娘，走筆成章白面郎，移宫换羽青樓上。招邀入醉鄉，綵雲深燈月交光。琉璃界笙歌鬧，水晶宫羅綺香，一曲霓裳。

湖上即事

盈盈嬌步小金蓮，瀲瀲春波暖玉船，行行草字輕羅扇。詩魂殢酒邊，水光花貌嬋娟。眉淡淡初三月，手摻摻第四絃，爲我留連。李輯《小令》"殢酒"作"杯酒"。

重過西湖

席間談笑欠嘉賓，湖上風流想季真，梅邊才思無何遜。可憐孤負春，孤山誰弔逋魂。彩扇留新句，青樓非故人，兩袖紅塵。李輯《小令》"青樓"作"青衫"。《樂府羣玉》作"綵扇寫新句"。

湖上

金鞭裊醉動花梢，翠袖揎香贈柳條，玉波流暖迎蘭棹。西湖春事好，相逢酒聖詩豪。醉墨灑龍香劑，新絃調鳳尾槽，草色裙腰。

春日郊行

藏鵶新柳縷金衣，困蝶濃花織錦機，乘鸞仙子飛瓊珮。尋春攜手歸，吟詩馬上分題。蒼煙喬木，殘陽翠微，茅店疎籬。

青衣洞天

兔毫浮雪煮茶香，鶴羽攜風採藥忙，唾壺敲玉悲歌壯。蓬萊雲水鄉，羣仙容我疎狂。即景詩千韻，飛空劍一雙，月滿秋江。

春思

山花紅雨鷓鴣啼，院柳蒼雲燕子飛，池萍緑水鴛鴦睡。春殘猶未歸，掩妝臺懶畫蛾眉。繡床人困，玉闕夢回，錦字書遲。

紅指甲

玉纖彈淚血痕封,丹髓調酥鶴頂濃,金爐撥火香雲動。風流千萬種,捻胭脂嬌暈重重。拂海棠梢頭露,按桃花扇底風,托香腮數點殘紅。

折桂令

村庵即事

掩柴門嘯傲煙霞,隱隱林巒,小小仙家。樓外白雲,窗前翠竹,井底硃砂。五畝宅無人種瓜,一村庵有客分茶。春色無多,開到薔薇,落盡梨花。李輯《小令》作"落盡梅花"。

崔閑齋元帥席上

繡簾開語燕呢喃,柳眼青嬌,杏臉紅酣。春日遲遲,春風淡淡,相府潭潭。環粉黛犀梳玉簪,引兒孫竹馬青衫。坐客江南,妙舞清歌,闊論高談。《小令》作"閑論高談";又《樂府羣玉》及厲刻《小令》作"香風淡淡"。

九日

對青山强整烏紗,歸雁横秋,倦客思家。翠袖殷勤,金杯錯落,玉手琵琶。人老去西風白髮,蝶愁來明日黄花。回首天涯,一抹斜陽,數點寒鴉。

梅友元帥席間

拂冰絃慢撚輕攏,一種天姿,占斷芳叢。額點宫黄,眉横晚翠,臉暈春紅。歌夜月琉璃酒鍾,隔香風翡翠簾櫳。殢殺吟翁,柳暗花濃,玉暖香融。《樂府羣玉》首句末作"慢捲輕攏"。

讀史有感二首

劍空彈月下高歌,説到知音,自古無多。白髮蕭疎,青燈寂寞,老子婆娑。故紙上前賢坎坷,醉鄉中壯士磨跎。富貴由他,謾想廉頗,誰効蕭何。鈔本《北曲聯樂府》與李輯《小令》、《樂府羣玉》俱作"誰効常何",此從《陽春白雪》。黄鈔《小令》"磨跎"作"蹉跎"。

滄浪可以濯纓,歎千里波波,兩鬢星星。遁迹林泉,甘心畎畝,罷念功名。青門外芸瓜邵平,白雲邊垂釣嚴陵。潮落沙汀,月轉林坰,午醉方醒。《陽春白雪》"白雲"作"白天"。

秋夜閨思

剔殘燈數盡寒更,自别了鶯鶯,誰更卿卿。竹影踈櫺,蛩聲廢井,桂子閑庭。淹淚眼羞看畫屏,瘦人兒不似丹青。盼殺多情,遠信休憑,好夢難成。

贈歌者秀英

海棠嬌楊柳纖腰,眼轉秋波,臉暈春潮。檀板輕敲,冰絃初奏,綵扇低招。傾城傾國越西子梨梨棗棗,行雲行雨楚巫娥暮暮朝朝。橙剖并刀,酒捧金蕉,爛醉東風,受用良宵。

疎齋學士自長沙歸

望仙華十二芙蓉,夜醉長沙,曉過吴松。税駕星壇,題詩玉井,挂劍琳宫。鶴唳黄雲半空,雁來紅葉西風。秋興誰同,絶唱仙童,相伴踈翁。

湖上懷古次疎齋學士韻

柳駝腰繫我詩艖,趁夜雪歸鴻,暮苑啼鵶。緑樹秋千,青山鐘鼓,畫舫琵琶。銅雀臺邊破瓦,金魚池上殘花。誰見繁華,採藥仙翁,賣酒人家。

秋思

菊花枝還爲誰黄,數盡歸期,過了重陽。錦字傳情,瓊簪留恨,繡枕遺香。夜月冷金釵鳳凰,曉霜寒翠被鴛鴦。想像高唐,縈損柔腸,夢見才郎。

春情

托香腮微困春纖,繡綫慵拈,寶篆羞添。往事墻頭,情人夢裏,舊恨眉尖。梨花謝春光荏苒,曉鶯啼酒病淹漸。燕語雕簷,滿院楊花,不捲珠簾。

紅梅次疎齋學士韻

壽陽妝何似環兒,快傳語花神,换却南枝。血點冰梢,丹塗玉臉,酒暈瓊姿。拚花下何郎醉死,誤莊前崔護題詩。倚樹多時,長笛聲中,萬點胭脂。

秋日海棠

沉香亭上幽歡,甚陶令籬邊,月慘風酸。燕子來時,梧桐老去,錦樹花攢。照銀燭春宵苦短,惜疎林秋夜漫漫。樽俎團圞,破帽西風,華屋金盤。鈔本原作"借疎林",此從《樂府羣玉》。

次韻秋懷

問山人索價何高,歲晚江空,興動書巢。古桂寒香,殘蘆老絮,病葉紅綃。愁倦客嗚嗚洞簫,對西風戀戀綈袍。往事徒勞,兩鬢秋霜,萬里雲濤。

西湖懷古

飛來何處奇峰,笑引吟翁,醉倒詩筩。古寺啼猿,晴山舞鳳,廢井藏龍。人已去梅花舊塚,客重來柳樹西風。一笑相逢,天竺門前,合澗橋東。

王一山席上題壁二首　李輯《小令》首曲作"席間題壁",次曲作"次韻仍在一山席"。

掃詩愁滿壁龍蛇,壯氣憑陵,醉眼橫斜。脱帽臨風,停杯問月,往事傷嗟。范蠡歸湖是也,子牙發跡遲些。笑殺豪傑,花謝還開,酒盡重賒。

醉厭厭良夜迢迢,記席上樽前,酒令詩條。錦樹圍香,花燈奪晝,金屋藏嬌。碧水冷西施弄瓢,紫雲深秦女吹簫。占得春饒,鶯怕歌喉,柳妒蠻腰。李輯《小令》作"錦樹團香"。

湖上即事疊韻

錦江頭一掬清愁,回首盟鷗,楊柳汀洲。俊友吴鈎,清秋楚岫,退叟齊丘。賦遠遊黄州竹樓,泛中流翠袖蘭舟。檀口歌謳,玉手藏鬮,詩酒觥籌,邂逅綢繆,醉後相留。李輯《小令》作"晴秋楚岫"。

桃花菊

怪黄花厭我清貧,老圃秋容,丹臉偷匀。前度劉郎,東籬陶令,邂逅寒温。延壽客秋風酒樽,想佳人春日莊門。笑問東君,費盡金錢,占醉紅裙。李輯《小令》作"老圃羞容"。《樂府羣玉》作"費盡了金錢"。

鑑湖小集

寫黄庭换得白鵝，舊酒猶香，小玉能歌。命友南山，懷人北海，遯世東坡。昨日春今日秋清閑在我，百年人千年調煩惱由他。樂事無多，良夜如何，去了朱顔，還再來麽。

酸齋學士席上《樂府羣玉》"酸齊"作"殿前"。

雁風吹裂江雲，迸一縷斜陽，照我離樽。倚徙西樓，留連北海，斷送東君。傳酒令金杯玉笋，傲詩壇羽扇綸巾。驚起波神，唤醒梅魂，翠袖佳人，白雪陽春。《樂府羣玉》起處作"岸風"，又作"倚遍西樓"。

石塘道中

雨依微天淡雲陰，有客徜徉，緩轡登臨。老樹危亭，平津短棹，遠店踈砧。傲塵世山無古今，避風波鷗自浮沉。霜後園林，萬緑枝頭，一點黄金。

松江懷古

解征衣便可濯纓，小小西湖，總是詩情。天際浮圖，雲間舊隱，水上新亭。負重名陸家弟兄，泛輕舟何處高僧。老鶴長鳴，緑柳堤邊，白苧風生。《樂府羣玉》"緑柳"作"翠柳"。

肅齋趙使君致仕歸

杏花村酒滿葫蘆，記竹馬相迎，郊外先驅。清獻家風，淵明歸興，儘自歡娱。榮故里名香二踈，播廉聲恩在三衢。教子讀書，黄卷青燈，玉帶金魚。

三衢平山亭

倚闌干雲與山平，一勺甘泉，四面虚亭。隱隱浮圖，層層罨畫，小小蓬瀛。隨月去長空雁影，唤秋來高樹蟬聲。客路飄零，天宇澄清，劍氣崢嶸。

海棠

看佳人富貴天姿，點染胭脂，消得新詩。笑倚紅妝，輕彈銀燭，滿引金巵。伴庭院黄昏燕子，歎風流天寶環兒。老過花時，誰恨無香，我愛垂絲。《樂府羣玉》"滿引"作"滿飲"。

次韻

鈔本《北曲聯樂府》原作海棠之第二首，此依李輯《小令》。

唤西施伴我西遊，客路依依，煙水悠悠。翠樹啼鵑，青天旅雁，白雪盟鷗。人倚梨花病酒，月明楊柳維舟。試上層樓，緑滿江南，紅褪春愁。《樂府羣玉》"紅褪"作"海放"。

湖上即事

倚高寒渺渺愁余，昨夜南樓，今日西湖。柳影浮圖，岩阿杜宇，酒病相如。留客醉山花解舞，寄離愁雲雁能書。笑倩誰扶，風動瑶箏，月滿冰壺。鈔本原作"風動瑶華"，此從李輯《小令》。

元夜宴集

緑窗紗銀燭梅花，有美人兮，不御鉛華。妝鏡羞鸞，嬌眉歛翠，巧髻盤鴉。可喜娘春纖過茶，風流煞真字續麻。共飲流霞，月轉西樓，不記還家。

遊龍源寺

問行人何處龍源，古路縈蟠，細水蜿蜒。柳耳垂陰，花心困雨，樹頂摩天。借居士蒲團坐禪，對幽人松塵談玄。詩債留連，百巧黄鸝，一曲新蟬。

蓮華道中

洗黄塵照眼滄浪，古道依依，暮色蒼蒼。遠寺松篁，誰家桃李，舊日柴桑。紅袖倚低低院墻，白蓮開小小林塘。過客徜徉，題罷新詩，立盡斜陽。

滿庭芳

山中雜興二首　鈔本原連下列"次韻"二首同題，此從李輯《小令》分開。

人生可憐，流光一瞬，華表千年。江山好處追遊遍，古意翛然。琵琶恨青衫樂天，洞簫寒赤壁坡仙。村酒好溪魚賤，芙蓉岸邊，醉上釣魚船。

風波幾場，急疎利鎖，頓解名韁。故園老樹應無恙，夢遶滄浪。伴赤松歸歟子房，賦寒梅瘦却何郎。溪橋上，東風暗香，浮動月昏黄。《樂府新聲》"故園"作"故園中"。

次韻二首

尋思幾般，圍腰玉瘦，約腕金寬。怕春歸又是春將半，信杳青鸞。賦離恨花箋短短，散清愁柳絮漫漫。闌干畔，芳枝緑滿，梅子替心酸。

相思故人，釵分恨股，粉印嬌痕。數歸期屈得春纖困，兩地消魂。樓外青山隱隱，花前紅雨紛紛。天涯近，回頭楚雲，新月破黄昏。

野梅

風姿澹然，瓊酥點點，翠羽翩翩。羅浮舊日春風面，邂逅神仙。花自老青山路邊，夢不到白玉堂前。空嗟羨，傷心故園，何日是歸年。

望仙子詩卷李輯《小令》"望"作"題"。

滄浪小龍，翩翩桂旗，隱隱蓮峰。歌塵隔斷蓬萊洞，此夜相逢。羽衣曲蟾華月宫，紫簫聲鶴背天風。遊仙夢，青山萬重，雲冷玉芙蓉。李輯《小令》"滄浪"作"滄波"，"桂旗"作"桂影"，又"隔斷"作"斷隔"，厲刻《小令》仍作"隔斷"。

湖上酸齋索賦

尋春底忙，金鞭弄影，翠袖藏香。綵箋詩滿西湖上，誤入平康。到處鶯花醉鄉，當家風月排場。貪遊蕩，馬嘶緑楊，占斷紫雲娘。

送别二首

分飛斷腸，花箋寫恨，粉腕留香。臨行休倚危樓望，總是淒涼。人去去寒煙樹蒼，馬蕭蕭落日沙黄。牙床上，相思夜長，翠被夢鴛鴦。李輯《小令》作"翠被冷鴛鴦"。

愁春未醒，芳心可可，舊友卿卿。乍分飛早是相思病，幾度傷情。思往事銀瓶墜井，賦離懷象管呵冰。人孤另，梅花月明，熬盡短檠燈。

湖上

逋仙舊塚，西施淡抹，坡老衰翁。香雲一枕繁華夢，流水光中。暮靄鐘聲故宫,夕陽塔影高峰。桃源洞,花開亂紅,無樹著春風。

過釣臺

窮通異鄉,故人别後,短棹滄浪。相尋下榻雲霄上,舊日疎狂。魂夢遠不知漢光,脚頭睡只記劉郎。山無恙,歸耕富陽,千古古桐江。黄鈔《小令》"魂夢"作"夢魂"。

金華道中二首

西風瘦馬,遥天去雁,落日昏鴉。數前程掐得個歸藏卦,夢到山家。柳下綸竿釣槎,水邊籬落梅花。漁樵話,從頭兒聽他,白髮耐烏紗。《陽春白雪》"去雁"作"去鴻"。

營營苟苟,紛紛擾擾,莫莫休休。厭紅塵拂斷歸山袖,明月扁舟。留幾册梅詩占手,蓋三間茅屋遮頭。還能够,牧羊兒肯留,相伴赤松遊。殘元本《陽春白雪》"拂斷"作"押斷"。

題情

朱門半掩,花箋自檢,繡綫慵拈。相思有債前生欠,今日新添。彈舊曲徒勞玉纖,遣春愁不離眉尖。黄昏漸,青山一點,新月挂冰蟾。

客中九日

乾坤俯仰,賢愚醉醒,今古興亡。劍花寒夜坐歸心壯,又是他鄉。九日明朝酒香,一年好景橙黄。龍山上,西風樹響,吹老鬢毛霜。李輯《小令》"西風"作"秋風"。《樂府羣玉》結處作"鬢邊霜"。

普天樂

西湖即事

蕊珠宫,蓬萊洞。青松影裏,紅藕香中。千機雲錦重,一片銀河凍。縹緲佳人雙飛鳳,紫簫寒月滿長空。闌干晚風,菱歌上下,漁火西東。鈔本《北曲聯樂府》原作"漁父西東",此從李輯《小令》。

贈别

鳳釵分,鴛衾另。輕輕别離,小小前程。花開渭水秋,酒盡陽關令。不管佳人愁成病,載琴書畫舸無情。今宵月明,聲沉玉笙,影淡銀燈。

次韻歸去來

草堂空，柴門閉。放閑柳枝，伴老山妻。誰傳紅錦詞，自説白雲偈。照下淵明休官例，和一篇歸去來兮。瓜田後溪，梅泉下竺，菊圃東籬。《樂府羣玉》作“瓜田後村”。

胡容齋使君席間

白頭新，黄花瘦。長天北斗，明月南樓。吹殘碧玉簫，淚滿青衫袖。唤起姮娥爲君壽，舞西風桂子涼秋。百年故侯，千鍾美酒，一片閑愁。李輯《小令》“姮娥”作“嫦娥”。

秋懷

會真詩，相思債。花箋象管，鈿盒金釵。雁啼明月中，人在青山外。獨上危樓愁無奈，起西風一片離懷。白衣未來，東籬好在，黄菊先開。

湖上廢圃

古苔蒼，題痕舊。疎花照水，老葉沉溝。蜂黄點繡屏，蝶粉沾羅袖。困倚東風垂楊瘦，翠眉攢似帶春愁。尋村問酒，無人倚樓，有樹維舟。李輯《小令》首句作“占蒼苔”。

晚歸湖上

翠藤枝，生綃扇。初三月上，第四橋邊。東坡舊賞心，西子新妝面。萬頃波光澄如練，不塵埃便是神仙。誰家畫船，泠泠玉箏，渺渺哀絃。李輯《小令》作“泠泠玉管”。

鶴林觀夜坐

鶴歸來，雲飛去。仙山玉芝，秋水芙蕖。瑤臺挂月奩，寶瑟移冰柱。一架寒香娑羅樹，小闌干花影扶疎。涼生院宇，人閑洞府，客至蓬壺。

寨兒令

道士王中山操琴

傍緑陰，解塵襟，婆娑小亭深又深。軫玉徽金，霞佩瓊簪，一操醉翁吟。野猿啼雪滿遥岑，玄鶴鳴風過喬林。休彈山水興，難洗利名心。尋，何處有知音。鈔本《北曲聯樂府》原作“斛塵襟”，此從李輯《小令》。

《樂府羣玉》作“傍翠陰”，又“雪满”作“遠水”。

鑑湖即事

枕緑莎，盼庭柯，門前鑑湖春始波。白髪禪和，墨本東坡，相伴住山阿。問太平風景如何，歎貞元朝士無多。追陪新令尹，邂逅老宫娥。歌，驟雨打新荷。

次韻懷古

寫舊遊，换新愁，玉簫寒酒醒江上樓。黄鶴磯頭，白鷺汀洲，煙水共悠悠。人何在七國春秋，浪淘盡千古風流。隋堤猶翠柳，漢土自鴻溝。休，來往愧沙鷗。李輯《小令》“千古”作“萬古”。

山中分韻得聲字

犯帝星，動山靈，怪當年釣魚嚴子陵。塵世逃名，清水濯纓，笑我問長生。駕青牛自取丹經，换白鵝誰寫黄庭。煙籠燒藥火，月伴看書燈。聽，林外起秋聲。

西湖秋夜

九里松，二高峰，破白雲一聲煙寺鐘。花外嘶驄，柳下吟篷，笑語散西東。舉頭夜色濛濛，賞心歸興匆匆。青山啣好月，丹桂吐香風。中，人在廣寒宫。

湖上春晚

怕酒樽，殢詩魂，帕羅輕粉香揉淚痕。細雨紛紛，緑水粼粼，湖上馬蹄塵。世間有萬古青春，花前换幾度遊人。醉煞劉伯倫，瘦損沈休文。紅杏村，杜宇怨黄昏。

鑑湖上尋梅

賀監宅，放翁齋，梅花老夫親自栽。路近蓬萊，地遠塵埃，清事惱幽懷。雪模糊小樹莓苔，月朦朧近水樓臺。竹籬邊沽酒去，驢背上載詩來。猜，昨夜一枝開。

春曉

點落英，掩閑庭，海棠軒半簾紅日影。纖手瓊瓊，嬌語鶯鶯，睡起對銀箏。柳花箋閑寫芳情，荔枝漿微破春酲。淺斟白玉杯，低唱紫雲亭。

輕，彈一曲賣花聲。

憶鑑湖

畫鼓鳴，紫簫聲，記年年賀家湖上景。競渡人爭，載酒船行，羅綺越王城。風風雨雨清明，鶯鶯燕燕關情。柳擎和淚眼，花墜斷腸英。望海亭，何處越山青。

舟行感興

愁鬢斑，怕春殘，錦衣買臣何日還。好夢邯鄲，别淚陽關，幾度盼征鞍。爲虚名消盡朱顔，掩孤篷羞見青山。磯頭煙樹暖，鷗外野雲閑。難，能彀釣魚竿。

春思二首　鈔本《北曲聯樂府》原連下列"次韻"一首，作三首，此從李輯《小令》分開。

曲未終，酒方濃，雲收楚臺十二峰。洗雨梳風，怨玉啼紅，别意恨匆匆。話相思鸚鵡金籠，載離愁驟裹花驄。長天秋水遠，落日暮山重。空，簾捲畫堂中。

喜又驚，笑相迎，倚湖山露華羅袖冷。誰慣私行，怕負深盟，偷步錦香亭。尋尋覓覓風聲，潛潛等等芳情。粉墻邊花弄影，朱簾下月籠明。輕，吹滅短檠燈。

次韻

你見麽，我愁他，青門幾年不種瓜。世味嚼蠟，塵事摶沙，聚散樹頭鴉。自休官清煞陶家，爲調羹俗了梅花。飲一杯金谷酒，分七椀玉川茶。嗏，不强如坐三日縣官衙。

題昭君出塞圖

辭鳳閣，盼灤河，别離此情將奈何。羽蓋峨峨，虎皮馱馱，雁遠暮雲闊。建旌旗五百沙陀，送琵琶三兩宫娥。翠車前白橐駝，雕籠内錦鸚哥。他，强似馬嵬坡。

小隱

種藥田，小壺天，伴陳摶野雲閑處眠。學會神仙，老向林泉，今日是歸年。蘆花絮暖勝絨氈，木香亭大似漁船。曲欄邊鶯睍睆，小池上鷺嬋娟。先,收拾下買山錢。《樂府羣玉》作“伴陳摶野雲深處眠”。

湖上避暑

新雨晴,晚涼生,照芙蓉玉壺秋水冷。殢酒餘酲,題扇才情,避暑小紅亭。雁雲低銀甲彈箏,蔗漿寒素手調冰。鴛鴦情未減,蝴蝶夢初醒。驚,何處棹歌聲。

三月三日書所見

艤畫船,駐絲鞭,問誰家麗人簇管絃。柳媚芳妍,花比嬋娟,風韻出天然。牡丹亭畔秋千,蘂珠宫裏神仙。三月三日曲水邊,一步一朵小金蓮。穿,芳徑墜花鈿。

春思

想故人,暗銷魂,闌干舊時無限春。笑語云云,圖畫真真,一朵楚臺雲。怪桃根翠袖羅裙,伴梅花檀板金樽。瘦驚腰四指,愁墮淚雙痕。嗔,風雨送黄昏。

紅葉

遠樹重,曉霜濃,染千林夜來何處風。笑我衰翁,酒借春容,暮景歎匆匆。錦模糊費盡天工,字殷勤流出皇宫。蕭蕭秋雨後,片片夕陽中。空,留得繡芙蓉。

送别

鸞鏡單,鳳簫閑,褰衣問君何日還。白玉連環,斑竹闌干,回首淚偷彈。翠模糊十二巫山,玉娉婷一曲陽關。芙蓉城殘月落,楊柳岸曉風寒。赳,愁上寶雕鞍。

殿前歡

秋日湖上

倚吟篷,障西風十里錦芙蓉。照滄浪似入桃源洞,欠個漁翁。冰泉瀉翠筩,玉液浮銀甕,羅袖擎金鳳。團香弄粉,泛緑依紅。

次酸齋韻二首

釣魚臺,十年不上野鷗猜。白雲來往青山在,對酒開懷。欠伊周濟世才，犯劉阮貪杯戒，還李杜吟詩債。酸齋笑我，我笑酸齋。

喚歸來，西湖山上野猿哀。二十年多少風流怪，花落花開。望雲霄拜將臺，袖星斗安邦策，破煙月迷魂寨。酸齋笑我，我笑酸齋。

離思二首

夜啼烏，柳枝和月翠扶疎。繡鞋香染莓苔露，搔首踟蹰。燈殘瘦影孤，花落流年度，春去佳期誤。離鸞有恨，過雁無書。

月籠沙，十年心事付琵琶。相思懶看幃屏畫，人在天涯。春殘荳蔻花，情寄鴛鴦帕，香冷荼蘼架。舊遊臺榭，曉夢窗紗。

西湖晚晴

總宜船，緑情紅意雨餘天。盈盈皓月明如練，棹舉冰田。神仙太乙蓮，圖畫崔徽面，才思班姬扇。新詩象管，古調冰絃。

客中二首 李輯《小令》作"客中憶别"。

望長安，前程渺渺鬢斑斑。南來北往隨征雁，行路艱難。青泥小劍關，紅葉溢江岸，白草連雲棧。功名半紙，風雪千山。

錦纏頭，粉箏低按舞凉州。佳人一去春殘後，香冷雲兜。晴山翠黛愁，緑水羅裙皺，細柳宮腰瘦。梨花暮雨，燕子空樓。

清江引

秋思

自從玉關人去也，寂寞銀屏夜。風寒白藕花，露冷青桐葉，雁兒未來書再寫。《樂府羣玉》作"風香白藕花"。

幽居

紅塵是非不到我，茅屋秋風破。山村小過活，老硯閑工課，疎籬外玉梅三四朵。《北詞廣正譜》及厲刻《小令》末句無"疎"字。

桐柏山中鈔本《北曲聯樂府》原作"洞泊山中"，勞氏校注作"宿泊山洞"，李輯《小令》作"宿山洞"，此從《樂府羣玉》。

松風小樓香縹緲，一曲尋仙操。秋風玉兔寒，野樹金猿嘯，白雲半天山月小。

湖山避暑

好山盡將圖畫寫，詩會白雲社。桃笙捲浪花，茶乳翻冰葉，荷香月明人散也。

春思二首

杜鵑幾聲煙樹暖，風雨相攛斷。梨花月未圓，柳絮將春半，夜長可憐歸夢短。

繡針懶拈閑素手，倦枕金釵溜。鶯啼緑柳春，燕舞紅簾晝，東風院落人病酒。《陽春白雪》"鶯啼"作"鶯呼"。李輯《小令》"院落"作"幾番"。

九日湖上

西風又吹湖上柳，畫舫攜紅袖。鷗眠野水閑，蝶舞秋花瘦，風流醉翁不在酒。

山居春枕李輯《小令》作"山中春睡"。

門前好山雲占了，盡日無人到。松風響翠濤，槲葉燒丹竈，先生醉眠春自老。

春晚二首

黄昏閉門誰笑語，燕子飛不去。珠簾濺雨花，翠塢埋煙樹，酒醒五更聞杜宇。

離愁困人簾未捲，上下飛雙燕。孤雲帶雨痕，暗水流花片，湖邊日長春去遠。《太平樂府》此首作"湖上"。

湖上晚望

東西往來船鬭蟻，拍手胡姬醉。歌聲落照邊，塔影孤雲際，荷風夜涼天似水。

秋懷此首《太平樂府》與前列之"秋思"一首相聯。

西風信來家萬里，問我歸期未。雁啼紅葉天，人醉黄花地，芭蕉雨聲秋夢裏。

小桃紅

寄鑑湖諸友

一城秋雨豆花涼，閑倚平山望。不似年時鑑湖上，錦雲香，採蓮人語荷花蕩。西風雁行，清溪漁唱，吹恨入滄浪。《陽春白雪》"一城"作"一陣"。

贈琵琶妓王氏

舞腰回雪臉舒霞，席上人如畫。壓柳欺梅舊聲價，弄琵琶，風流不似明妃嫁。金樽翠斝，玉纖羅帕，同醉鳳城花。

憶疎齋學士郊行

飛梅和雪灑林梢，花落春顛倒。驢背敲詩暮寒峭，路迢迢，相逢不滿疎翁笑。寒郊瘦島，塵衣風帽，詩在灞陵橋。

春思

倚闌花影背東風，暗解清宵夢。舞扇歌衫與誰共，恨忡忡，一春愁壓眉山重。燈花玉蟲，羅屏金鳳，殘月小簾櫳。

鑑湖夜泊

鑑湖一曲水雲寬，鴛錦秋成段。醉舞花間影零亂，夜漫漫，小舟只向西林喚。仙山夢短，長天月滿，玉女駕青鸞。《陽春白雪》"仙山"作"仙人"。

離情

幾場秋雨老黄花，不管離人怕。一曲哀絃淚雙下，放琵琶，挑燈羞看圍屏畫。聲悲玉馬，愁新羅帕，恨不到天涯。

山中

一方明月杏花壇，劍氣霞光爛。回首蓬萊自長歎，佩秋蘭，黄精已够山中飯。勞心又懶，干名不慣，歸伴野雲閑。

夜宴二首

砑金羅扇當花箋，醉草湘妃怨。曲曲闌干錦屏面，小壺天，花花按舞六幺遍。寒玉響泉，香風深院，明月十三絃。

翩翩白鷺伴詩癯，船繫青山暮。一曲瑶箏寫幽素，夜何如，飛吟亭上神仙路。瓊樓玉宇，白雲紅樹，月冷洞庭湖。

朝天子

山中雜書三首

罷手，去休，已落在淵明後。百年心事付沙鷗，更誰是忘機友。洞口漁舟，橋邊村酒，這清閑何處有。樹頭，錦鳩，花外啼春晝。

夜長，未央，盼殺鷄三唱。東華聽漏滿靴霜，却笑淵明强。月朗禪床，風清鶴帳，夢不到名利場。草堂，暗香，春已到梅梢上。李輯《小令》作“風消鶴帳”，又作“春到了梅梢上”。萬刻《小令》末句同此本。

醉餘，草書，李愿盤谷序。青山一片范寬圖，怪我來何暮。鶴骨清癯，蝸殼蘧廬，得安閑心自足。蹇驢，酒壺，風雪梅花路。《樂府羣玉》作“和酒壺”。

野景亭

瓜田邵平，草堂杜陵，五柳莊彭澤令。牽牛籬落掩柴荆，犬吠林塘静。樹頂蟾明，水面風生，聽漁歌三四聲。小亭，野景，動著我尊鱸興。李輯《小令》“動著我”作“動老我”，《羣玉》作“老我蓴鱸興”。

酸齋席上聽胡琴

玉鞭，翠鈿，記馬上昭君面。一棱銀線解冰泉，碎拆驪珠串。雁舞秋煙，鶯啼春院，傷心塞草邊。醉仙，綵箋，寫萬里關山怨。黄鈔《小令》“碎拆”作“碎沃”。

春思

見他，問咱，怎忘了當初話。東風殘夢小窗紗，月冷秋千架。自把琵琶，燈前彈罷，春深不到家。五花，駿馬，何處垂楊下。

梅友元帥席上

老夫，病餘，尚草長門賦。阿蓮嬌吻貫驪珠，試聽鶯啼序。玉露冰壺，香風瓊樹，醉歸來不用扶。小奴，按舞，看了梅花去。

紅繡鞋

次韻

劍擊西風鬼嘯，琴彈夜月猿號，半醉淵明可人招。南來山隱隱，東去浪淘淘，浙江歸路杳。《樂府羣玉》“西風”作“秋風”。

春日湖上二首

百五日清明節假，兩三攢綠暗人家，客子飄零尚天涯。春風輕柳絮，夜雨瘦梨花，綠楊陰誰繫馬。

綠樹當門酒肆，紅妝映水鬟兒，眼底殷勤座間詩。塵埃三五字，楊柳萬千絲，記年時曾到此。

春夜

燕子來時酒病，牡丹開處詩情，庭院黃昏雨初晴。鏡心閑挂月，箏手碎彈冰，尊前春夜永。李輯《小令》“尊前”作“花前”。

湖上

無是無非心事，不寒不暖花時，妝點西湖似西施。控青絲玉面馬，歌金縷粉團兒，信人生行樂耳。

聖水寺山亭

佛國清涼境界，壺天金碧樓臺，照眼西山畫屏開。海雲推月上，江水帶潮來，醉嫌天地窄。

越山即事

山擁玉皇香案，煙籠翠羽仙鬟，兩袖天風倚高寒。鶴歸蒼樹杪，犬吠白雲間，蓬萊迷望眼。《樂府羣玉》“翠羽”作“翠袖”。

天台瀑布寺

絶頂峰攢雪劍，懸崖水挂冰簾，倚樹哀猿弄雲尖。血華啼杜宇，陰洞吼飛廉，比人心山未險。鈔本《北曲聯樂府》“弄”字原闕，此從《樂府羣玉》補。

次歸去來韻

東舍西鄰酒債，春花秋月詩才，兩字功名困塵埃。青山依舊好，黃菊近新栽，没商量歸去來。

洞庭道中二首

白鷺荒堤老葑，黃雲遠水長空，百尺蒲帆飽西風。酒旗花影裏，釣艇樹陰中，好山千萬重。李鼎《小令》作"黄雲遠樹連空，百尺蒲帆蕩秋風"。

逐名利長安日下，望鄉關倦客天涯，孤雁南來倍思家。亂山雲掩翠，老樹雪生花，凍吟詩騎瘦馬。

天台桐柏山中

談世事漁樵閑問，洗征塵麋鹿相親，步入蓬萊誤尋真。竹聲摇翠雨，山影護蒼雲，神仙深處隱。李鼎《小令》"蒼"作"白"。

雪芳亭

金錯落樽前酒令，玉娉婷樂府新聲，夜深花睡嫩寒生。一圍雲錦樹，四面雪芳亭，月斜時人未醒。李鼎《小令》"花睡"作"花底"。

春晚《樂府羣玉》作"春寒"。

圓舊夢衾閑錦繡，按新聲絃斷箜篌，滿襟離思倦登樓。花寒鸚鵡病，春去杜鵑愁，倚闌人困酒。

歲暮二首

金蓮步蒼苔小徑，玉鈎垂翠竹閑亭，物换星移暗傷情。游魚翻凍影，啼鳥泛春聲，落梅香暮景。

競酒爭花公事，吟風弄月神思，好春能有幾何時。玲瓏心似錦，積漸鬢成絲，落一張閑故紙。《樂府羣玉》"積漸"作"即漸"。

山中

黄葉青煙丹竈，曲闌明月詩巢，緑波亭下小紅橋。老梅盤鶴膝，新柳舞蠻腰，嫩茶舒鳳爪。

鑑湖

落葉山容消瘦，題詩人物風流，一片閑雲駐行舟。月寒清鏡曉，花淡碧壺秋，謫仙同載酒。

三衢道中

白酒黄柑山郡，短衣瘦馬詩人，袖手觀棋度青春。仙橋藏老樹，石笋瘦蒼雲，松花飄瑞粉。

沉醉東風

釣臺

貂裘敝誰憐倦客，錦箋寒難寫秋懷。野水邊，閑雲外，儘教他鷗鷺驚猜。溪上良田得數頃來，也敢上嚴陵釣臺。李輯《小令》"也敢"作"也趕"。

湖上

垂楊柳無人自舞，提葫蘆有意相呼。酒醒時，花深處，插花枝滿頭歸去。莫惜千金倒玉壺，春已近梨花暮雨。

元夜

明月無心紫簫，夕陽何處藍橋。蕙帳寒，梅花落，故人稀漸疎談笑。看見鵝黄上柳條，等閑放元宵過了。鈔本《北曲聯樂府》原作"閑放了元過宵了"，此從黄鈔《小令》。

幽居二首

脚到處青山緑水，興來時白酒黄鷄。遠是非，絶名利，腹便便午窗酣睡。鸚鵡杯中晝日遲，到强似麒麟畫裏。李輯《小令》末句"到"作"倒"。

笑白髮猶纏利鎖，喜紅塵不到漁蓑。八韻詩，三間些，收拾下晚春工課。茅舍疎籬小過活，有情分沙鷗伴我。

天淨沙

書懷二首

香奩名滿青樓，羽衣人在黄州，羅帕春寒素手。壯懷依舊，水聲淘盡詩愁。黄鈔《小令》"春寒"作"輕寒"。

白頭多病維摩，青天孤影姮娥，相對良宵幾何。玉人留坐，鶯花十二行窩。

元夕

金蓮萬炬花開，玉梅千樹香來，燈市東風暮靄。綵雲天外，紫綃人倚瑶臺。李輯《小令》"紫綃"作"素綃"，《陽春白雪》作"紫簫"。

閨怨

檀郎何處忘歸,玉樓小樣別離,十二闌干遍倚。犬兒空吠,看看月上荼蘼。

春夜

深杯香捧金橙,哀絃聲斷銀箏,寶鼎沉香火冷。主人留聽,紫雲娘白雪新聲。

梅軒席上厲刻《小令》作"梅友席上"。

瓊瓊竹外横枝,真真月下吟詩,誰寄東風半紙。爲傳心事,梅花害雪多時。

梅友元帥席上

玉人笑撚瓊枝,白頭醉寫烏絲,簾外新來燕子。海棠春思,倚闌睡醒環兒。

赤松道宫

松邊香煮雷芽,杯中飯糝胡麻,雲掩山房幾家。弟兄仙話,水流玉洞桃花。

浮雪樓夜坐

月明今夜闌干,雲深何處關山,萬里青天醉眼。倚樓長歎,柳陰閑殺漁竿。

清明日郊行

碧桃花下簾旌,綠楊影裏旗亭,幾處鶯呼燕請。馬嘶芳徑,典衣索做清明。

江上

嗈嗈落雁平沙,依依孤鶩殘霞,隔水疎林幾家。小舟如畫,漁歌唱入蘆花。

湖上分得詩字韻

月香水影梅枝,晴光雨色坡詩,點檢千紅萬紫。年年春事,西湖强似西施。

月夜

倚闌月到天心，隔墻風動花陰，一刻良宵萬金。寶箏閑枕，可憐少個知音。

魯卿庵中

青苔古木蕭蕭，蒼雲秋水迢迢，紅葉山齋小小。有誰曾到，探梅人過溪橋。

慶東原

次馬致遠先輩韻九篇九首

燒丹竈，洗藥瓢，樂清閑幾個人知道。閑吹鳳簫，悶拈兔毫，焉用牛刀。他得志笑閑人，他失脚閑人笑。明人傳本次句無"樂"字，五、六二句作"愁消鸞飄，書忘雁遥"。

門長閉，客任敲，山童不唤陳摶覺。袖中六韜，鬢邊二毛，家裹簞瓢。他得志笑閑人，他失脚閑人笑。

殺三士，因二桃，不如五柳莊前傲。文魔賈島，詩窮孟郊，酒困山濤。他得志笑閑人，他失脚閑人笑。

繁華夢，貧賤交，唐堯不改巢由調。紛紛紫袍，區區緑袍，戀戀綈袍。他得志笑閑人，他失脚閑人笑。明人傳本三句作"膏粱不改林泉調"。

詩情放，劍氣豪，英雄不把窮通較。江中斬蛟，雲間射雕，席上揮毫。他得志笑閑人，他失脚閑人笑。前本作"閑情放，壯氣豪"，"席上"句作"塞外舞刀"。

難開眼，懶折腰，白雲不應蒲輪召。解組漢朝，尋詩灞橋，策杖臨皋。他得志笑閑人，他失脚閑人笑。李輯《小令》作"解綬漢朝"。明人傳本五、六兩句作"策蹇灞橋，攜杖臨皋"。

依山洞，結草茅，清風兩袖長舒嘯。問江邊老樵，訪山中故交，伴雲外孤鶴。他得志笑閑人，他失脚閑人笑。"草茅"，《陽春白雪》、《太和正音譜》、《九宫大成譜》作"把茅"；"失脚"，諸譜作"他失志"。明人傳本四、五、六句作"江邊問樵，山中訪交，野外聽鴞"。

蒼頭哨，驄馬驕，放轡頭也只到長安道。説家門儘教，守虀鹽慢敖，請荆布休焦。他得志笑閑人，他失脚閑人笑。明人傳本次句以下作“銜轡只到長安道。家門儘教，虀鹽慢熬，荆花休焦”。

山容瘦，木葉凋，對西窗盡是詩材料。蒼煙樹杪，殘雪柳條，紅日花梢。他得志笑閑人，他失脚閑人笑。明人傳本次句作“西風要算風光好”。

越山即事二首

庭前樹，籬下菊，老漁樵相伴閑鷗鷺。聽道士步虚，教稚子讀書，引吟客攜壺。借賀老鑑湖船，訪謝傅東山去。

雲輕散，月易殘，女蕭何成敗了些風流漢。馮魁硬鏟，雙生緊趕，小姐先赸。今夜惜花心，明日傷春歎。按次首與前首不類，《太平樂府》作“題情”，屬劉時中。李輯《小令》同此，亦作“越山即事”二曲，姑從之。

醉太平

春情

烏雲髻鬆，金鳳釵横，伯勞飛燕自西東，惱離愁萬種。碧溶溶滿溪緑水桃源洞，淡濛濛半窗白月梨雲夢，恨匆匆一簾紅雨杏花風，把青春斷送。

席上有贈

風流地仙，體態天然，畫圖誰敢鬬嬋娟，相逢酒邊。當樓皓月姮娥面，倚闌翠袖琵琶怨，滿林紅葉鷓鴣天，惜花人未眠。

懷古

翩翩野舟，汎汎沙鷗，登臨不盡古今愁，白雲去留。鳳凰臺上青山舊，秋千墻裏垂楊瘦，琵琶亭畔野花秋，長江自流。厲刻《小令》作“長江空自流”。

迎仙客

感舊

鸚鵡洲，鳳凰樓，十年故人懷舊遊。杜陵花，陶令酒，酒病花愁，不覺的今春瘦。

湖上送别

釣錦鱗，棹紅雲，西湖畫船三月春。正思家，還送人，緑滿前村，煙雨江南恨。

春日湖上二首

雨亦奇，錦成圍，笙歌滿城鶯燕飛。紫霞杯，金縷衣，倒著接䍦，湖上山翁醉。

舞絳紗，扣紅牙，耳邊玉人催上馬。雪兒歌，蘇小家，月淡梨花，醉倚秋千架。

春晚

看牡丹，倚闌干，宿酒乍醒欹髻鬟。燕初忙，鶯正懶，簾捲輕寒，玉手調箏雁。

秋夜

雨乍晴，月籠明，秋香院落砧杵鳴。二三更，千萬聲，擣碎離情，不管愁人聽。

黄桂

近玉階，映瑶臺，婆娑小叢巖畔栽。雁初飛，花正開，金粟如來，望月佳人拜。

凭闌人

湖上二首

遠水晴天明落霞，古岸漁村横釣槎。翠帘沽酒家，畫橋吹柳花。

二客同遊過虎溪，一徑無塵穿翠微。寸心流水知，小窗明月歸。

春夜

燈下愁春愁未醒，枕上吟詩吟未成。杏花殘月明，竹根流水聲。

春思三首

鶯羽金衣舒晚風，燕嘴香泥沾亂紅。翠簾花影重，玉人春睡濃。

春柳長亭傾酒罇，秋菊東籬灑淚痕。思君不見君，倚門空閉門。

簾外輕寒歸燕忙,橋下殘紅流水香。遊人窺粉墻,玉驄嘶綠楊。

落梅風

天寶補遺

姮娥面,天寶年,鬧漁陽鼓聲一片。馬嵬坡襪兒得了看錢,太真妃死而無怨。

西湖

湖光靜,山影孤,載斜陽小舟横渡。正花開玉梅千萬株,鶴飛來老逋歸與。李輯《小令》作"歸去"。

冷泉亭小集

彈初罷,酒暫歇,醉詩人滿山紅葉。問山中許由何處也,老猿啼冷泉秋月。

春日湖上

擔春勝,問酒家,綠楊陰列仙圖畫。下秋千玉容强似花,汗溶溶借人羅帕。

春晚次韻二首

鶯鶯恨,燕燕愁,惜春歸玉容添瘦。東君可人人病酒,怯東風海棠紅皺。

金樽盡,玉漏遲,月明天柳陰無地。杜鵑怕將愁唤起,困東風夜深花睡。

蠟梅花

學宫樣,改玉容,列金釵主人情重。撼疎林夜來窗外風,蜜蜂兒帶香吹凍。

寒夜

寒齋靜,瑞雪多,凍吟詩起來孤坐。蘆花絮衾江紙也似薄,問袁安怎生高臥。

題扇面小景

人何處,不寄書,一聲聲雁將秋去。月明中倚闌情正苦,玉波寒粉蓮啼露。

湖上

羽扇塵埃外，杖藜圖畫間，野人來海鷗驚散。四十年遶湖賒看山，買山錢更教誰辦。

越城春雪

朱簾上，皓齒歌，柳梢青野梅開過。倚闌干醉眸天地闊，雪山寒玉龍高臥。

離情

人孤另，愁萬結，南樓上雁聲拖拽。別離有情無處寫，洞簫寒滿天明月。

江上寄越中諸友

江村路，水墨圖，不知名野花無數。離愁滿懷難寄書，付殘潮落紅流去。

春情

秋千院，拜掃天，柳陰中躲鶯藏燕。掩霜紈遞將詩半篇，怕簾外賣花人見。李輯《小令》"簾外"作"簾前"。

一半兒

寄情二首

寄情虛把彩箋緘，排砌偷將底句攙，隔簾怪他嬌眼饞。話兒喢，一半兒佯羞一半兒敢。

臂銷閑把玉纖掐，髻袒慵拈金鳳插，粉淡偷臨青鏡搽。劣冤家，一半兒真情一半兒假。李輯《小令》"髻袒"作"鬢𩭹"。

落花

酒邊紅樹碎珊瑚，樓下名姬墜綠珠，枝上翠陰啼鷓鴣。謾嗟吁，一半兒因風一半兒雨。

酒醒

羅衣香滲酒初闌，錦帳煙消月又殘，翠被夢回人正寒。喚鸞鸞，一半兒依隨一半兒懶。

山坡羊

春日二首

芙蓉春帳，葡萄新釀，一聲金縷尊前唱。錦生香，翠成行，醒來猶問春無恙，花邊醉來能幾場。妝，黄四娘。狂，白侍郎。

西湖沉醉，東風得意，玉驄驟響黄金轡。賞春歸，看花回，寶香已暖鴛鴦被，夢繞緑窗初睡起。痴，人未知。噫，春去矣。殘元本《陽春白雪》"痴"作"疾"。

雪夜

扁舟乘興，讀書相映，不如高卧柴門静。唾壺冰，短檠燈，隔窗孤月懸秋鏡，長笛不知何處聲。驚，人睡醒。清，梅弄影。

别懷

梨花都謝，春衫初卸，緑陰空鎖閑臺榭。遠山疊，暮雲遮，青青楊柳連官舍，此景此情難棄捨。車，且慢些。别，人去也。殘元本《陽春白雪》"官舍"作"客舍"。

梧葉兒

春日郊行

長空雁，老樹鴉，離思滿煙沙。墨淡淡王維畫，柳疎疎陶令家，春脈脈武陵花，何處遊人駐馬。《雍熙樂府》作"長空一行雁，老樹幾對鴉，情思滿煙沙。淡淡王維畫，疎疎陶令家，脈脈武陵花，何處遊人駐馬"。

探梅即事

詩囊寄，酒旆招，春事動梅梢。小舫攜紅袖，阿瓊横玉簫，太白解金貂，雪滿長安灞橋。《雍熙樂府》"小舫"作"小艇"。

鑑湖宴集

柳影迷歌扇，苔痕滿釣磯，仙客領蛾眉。背寫蘭亭字，熟讀秦望碑，懶對謝安棋，人醉在紅香鏡裏。

尋梅

提清事，放客懷，殘雪小樓臺。郊外尋花去，湖東載酒來，馬上見梅開，不負青霞倦客。《雍熙樂府》作"提情事"，又"郊外"作"野外"，末四字作"青雲倦客"。

感舊

肘後黄金印，尊前白玉巵，躍馬少年時。巧手穿楊葉，新聲付柳枝，信筆和梅詩，誰换却何郎鬢絲。

夜坐

湖山外，楊柳邊，歌舞鏡中天。雲軃横珠鳳，花寒怯繡鴛，露冷濕金蟬，愛月佳人未眠。鈔本《北曲聯樂府》與李輯《小令》皆作"雲躲横珠鳳"，此從《雍熙樂府》。

《雍熙樂府》有〔梧葉兒〕四首，其首曲"柳嫩花嬌春意濃，香風拂拂滿清宫，鑽窗日上緑陰重。淡朦朧，銀鴨香薰和氣中"，絶非〔梧葉兒〕也。其三曲即此"湖山外"一首，四曲爲後列"花垂露"一首，其次曲云："花外銜泥燕，林間唤雨鳩，好鳥叫鶺鴒。芳草迎階緑，嬌花出檻幽，醉盈眸，争奈花光去走。"此詞末二句尚有舛誤，亦不似小山作，且未具名。

席上有贈

芙蓉面，楊柳腰，無物比妖嬈。粉紙鴛鴦字，花鈿翡翠毛，繡閣鳳凰巢，良夜永春風玉簫。

夜坐即事

餘韻悠揚唱，哀絃取次彈，燈上酒將殘。花暗珠瓔珞，風清玉珮環，月冷翠琅玕，誰倚西樓畫闌。

靈隱寺

僧居勝，俗客稀，山色四週迴。香樹生金地，青蓮出寶池，貝葉漬銀泥，明月冷雙猿弄水。

即事

竹檻敲蒼玉，蕉窗映緑紗，笑語間琵琶。月淡婆娑樹，風香富貴花，俏人家，小小仙鬟過茶。《雍熙樂府》作"蕉窗掩緑紗"，又作"月淡婆婆樹”。黄鈔《小令》“笑語”作“吴語”。

《雍熙樂府》有《述樂》四首，不具名。首曲即後列“泝月蘭舟便”一首，次曲即此“竹檻敲蒼玉”一首，四曲即前列“長空雁”一首，其三曲云：“散慮酒數杯，陶情詩幾篇，詩酒且留連。皞皞平安日，熙熙自在天，忙裏且偷閑，休負青春少年。”

山陰道中

丹井長松樹，青山小洞庭，吟嘯寄幽情。花外神仙路，天邊處士星，月下醉翁亭，聽一曲何人玉箏。

湖上晚興

頻頻醉，浩浩歌，明月湧滄波。岸草嘶驄馬，山花壓翠螺，雪柳鬧銀蛾，燈下佳人看我。

金字經

稽山春晚

若耶溪邊路，四山環翠微，春去人間總不知。鶯亂啼，滿川煙樹迷。先生醉，葛洪丹井西。黄鈔《小令》“若耶溪”作“芍藥溪”。

春晚

惜花人何處，落紅春又殘，倚遍危樓十二闌。彈，淚痕羅袖斑。江南岸，夕陽山外山。《雍熙樂府》作“淚痕羅帕斑”。

醒吟齋

老翁獨醒處，半雲高臥齋，雨過松根長嫩苔。栽，菊花依舊開。青山怪，白雲歸去來。李輯《小令》“半雲”作“伴雲”，“白雲”作“白頭”。黄鈔《小令》“嫩苔”作“緑苔”。

偕王公實尋梅

浩然英雄氣，塞乎天地間，破帽西風雪滿山。頑，探梅千百番。家童懶，灞橋驢背寒。

秋望二首

楊柳沙頭樹，琵琶江上舟，雁去衡陽水自流。愁，玉人休倚樓。黄花瘦，曉霜紅葉秋。

信遠江南雁，望窮雲外山，羅帕香殘粉淚乾。閑，倚遍十二闌。黄花慢，桂香秋雨寒。《雍熙樂府》作“望空雲外山”，又作“黄花熳”。

雪夜

犬吠村居靜，鶴眠詩夢清，老樹冰花結水精。明，月臨不夜城。扁舟興，小窗何處燈。

金華道中

竹暖鶴梳翅，樹香鹿養茸，好景神仙圖畫中。通，好山無數重。桃源洞，緑波隨落紅。

佛會二首

水月觀音相，海雲獅子床，講下飛花古樹蒼。涼，紫檀小殿香。天仙降，對騎金鳳凰。

舞月獅王喜，獻花猿臂長，何處青山不道場。涼，寶瓶甘露漿。方池上，白蓮秋水香。

湖上書事三首　首曲《太平樂府》作“夏宴”，三曲作“湖上仙遊”。

玉手銀絲鱠，翠裙金縷紗，席上相逢可喜煞。插，一枝茉莉花。題詩罷，醉眠沽酒家。《雍熙樂府》作“可喜殺”，又作“一枝金鳳花”。

六月芭蕉雨，兩湖楊柳風，茶竈詩瓢隨老翁。紅，藕花香座中。笛三弄，鶴鳴來半空。《雍熙樂府》“詩瓢”作“詩囊”。

竹枕蘆花被，草衣荷葉巾，一棹煙波湖上春。真，神仙身外身。蓬萊近，紫簫吹鳳雲。

春思

象管鴛鴦字，錦箏鸞鳳詩，何處風流馬上兒。思，那回春暮時。别離事，帶花折柳枝。《雍熙樂府》“那回”作“却回”。

遊仙

桂影黄金樹，帝鄉白玉京，夢斷鈞天月正明。聽，粉箏江上聲。遊仙興，落花香洞庭。

別後《太平樂府》作“睡起”。

翠被夢中夢，雁書來處來，秋水芙蓉花又開。猜，愁雲憁玉釵。人何在，月明閑鳳臺。《雍熙樂府》作“瘦雲鬆玉釵”，《陽春白雪》作“瘦雲揔玉釵”。

感興

野唱敲牛角，大功懸虎頭，一劍能成萬户侯。愁，黄沙白髑髏。成名後，五湖尋釣舟。此首《雍熙樂府》歸吴仁卿。

閱武爲李正則賦

雁翅銀鎗隊，虎皮鐵馬羣，畫鼓三聲江上村。屯，半千存孝軍。梅花引，繡旗楊柳春。

閨怨

寶鑑殘妝暈，帕羅新淚痕，又見梨花雨打門。因，玉奴心上人。無音信，倚闌看暮雲。《陽春白雪》、《雍熙樂府》“殘妝”作“殘紅”。《樂府》“新淚痕”作“訴淚痕”，“倚闌”作“俯闌”。

四塊玉

閑居

勝事添，殿塵減，玉洞仙書帶雲緘，金華羽士登門探。酒一罎，藥幾籃，經半龕。

春情

酒易闌，愁難解，杏臉香銷玉妝臺，柳腰寬褪羅裙帶。春已歸，花又開，人未來。

樂閑

遠是非，尋瀟灑，地暖江南燕宜家，人閑水北春無價。一品茶，五色瓜，四季花。

喜春來

鑑湖春日

雁啼秋水移冰柱，蟻泛春波倒玉壺，緑楊花謝燕將雛。人笑語，遊遍賀家湖。

金華客舍

落紅小雨蒼苔徑，飛絮東風細柳營，可憐客裏過清明。不待聽，昨夜杜鵑聲。

永康驛中

荷盤敲雨珠千顆，山背披雲玉一蓑，半篇詩景費吟哦。芳草坡，松外採茶歌。

春夜

收雲斂雨銷金帳，望月瞻星傅粉郎，歡天喜地小紅娘。來要賞，花影過東墻。

賣花聲

席上

半泓秋水金星硯，一幅寒雲玉版箋，美人索賦鷓鴣天。瓊杯爭勸，珠簾高捲，燕歸來海棠庭院。

偶題

落花露冷蒼苔逕，纖手風生白玉箏，夜香誰立紫雲亭。知音誰聽，雕闌獨凭，柳陰中月明人靜。《太平樂府》作"知音誰訴"，失韻。

懷古二首

阿房舞殿翻羅袖，金谷名園起玉樓，隋堤古柳纜龍舟。不堪回首，東風還又，野花開暮春時候。

美人自刎烏江岸，戰火曾燒赤壁山，將軍空老玉門關。傷心秦漢，生民塗炭，讀書人一聲長歎。

春《太平樂府》並下三首作《四時樂興》。

鼕鼕簫鼓東風暖，是處園林景物妍，一春常費買花錢。東郊遊玩，西湖筵宴，樂醄醄滿斟頻勸。《太平樂府》作"西湖筵賞"，失韻。

夏

澄澄碧照添波浪，青杏園林煮酒香，浮瓜沉李雪冰涼。紗櫥藤簟，旋篘新釀,樂醄醄淺斟低唱。

秋

瀟瀟鞍馬秋雲冷,一帶西山錦畫屏,功名兩字幾飄零。東籬瀟灑,淵明歸興,樂醄醄故園三徑。鈔本《北曲聯樂府》與《太平樂府》俱作"淵明歸去",此依韻改。

冬

陰風四野彤雲密,繚繞長空瑞雪飛,銷金帳裏笑相偎。氈簾低放,滿斟瓊液,樂醄醄醉了還醉。"陰風"原作"陰雲",此從《雍熙樂府》。

客況三首

緑波南浦人懷舊,黄葉西風染鬢秋,暮雲歸興仲宣樓。天南地北,塵衣風帽,漫無成數年馳驟。

十年落魄江濱客,幾度雷轟薦福碑,男兒未遇氣傷懷。憶淮陰年少,滅楚爲帥,氣昂昂漢壇三拜。李輯《小令》"氣傷懷"作"暗傷懷"。

登樓北望思王粲,高臥東山憶謝安,悶來長鋏爲誰彈。當年射虎,將軍何在,冷淒淒霜凌古岸。

齊天樂過紅衫兒

道情二首

人生底事辛苦,枉被儒冠誤。讀書,圖,駟馬高車,但沾著者也之乎。區區,牢落江湖,奔走在仕途。半紙虚名,十載功夫。人傳梁甫吟,自獻長門賦,誰三顧茅廬。　　白鷺洲邊住,黄鶴磯頭去。唤奚奴,鱠鱸魚,何必謀諸婦。酒葫蘆,醉模糊,也有安排我處。

浮生擾擾紅塵,名利君休問。閑人,貧,富貴浮雲,樂林泉遠害全身。將軍,舉鼎拔山,只落得自刎。學范蠡歸湖,張翰思蓴。田園富子孫,玉帛縈方寸,爭如醉裏乾坤。　　曾與高人論,不羨元戎印。浣花村,掩柴門,倒大無憂悶。共開樽,細論文,快活清閑道本。鈔本《北曲聯樂府》原作"富浮雲",此從《北詞廣正譜》。

元夜書所見

紅妝邂逅花前，眼挫秋波轉。相憐，天，願長夜如年，看鰲山儘意兒留連。俄延，翠袖相扶，朱簾盡捲。妙舞清歌，嚲袖垂肩。香塵暗綺羅，小徑閑庭院，回步金蓮。　半掩芙蓉面，慢撚桃花扇。月團圓，共嬋娟，無計相留戀。遇神仙，短因緣，回首蓬萊路遠。

湖上書所見

春風院落窗紗，見一個堪描畫。嬌娃，他，知是誰家，鬢雲鬆半嚲宫鴉。無瑕，玉骨冰肌，年紀兒二八。六幅湘裙，半拆羅襪。閑遊楊柳邊，困倚秋千下，更不御鉛華。　笑指梅香駡，檀口些娘大。可憐咱，肯承搭，羞弄香羅帕。小桃花，鬢邊插，即世兒風流俊煞。鈔本《北曲聯樂府》原作"知他，是誰家"，此從《北詞廣正譜》。

駡玉郎過感皇恩採茶歌

爲貫酸齋解嘲

君王曾賜瓊林宴，三斗始朝天，文章懶入編修院。紅錦箋，白苧篇，黄柑傳。　學會神仙，參透詩禪。厭塵囂，絶名利，近林泉。天台洞口，地肺山前。學煉丹，同貨墨，共談玄。　興飄然，酒家眠，洞花溪鳥結因緣。被我瞞他四十年，海天秋月一般圓。《太平樂府》、《堯山堂外紀》皆作"逸林泉"，又作"洞花幽草結因緣"。

楊駒兒墓園

苺苔生滿蒼雲徑，人去小紅亭，題情猶是酸齋贈。我把那詩韻賡，書畫評，闌干凭。　茶竈塵凝，墨水冰生。掩幽扃，懸瘦影，伴孤燈。琴已亡伯牙，酒不到劉伶。策短藤，乘暮景，放吟情。　寫新聲，寄春鶯，明年來此賞清明。窗掩梨花庭院静，小樓風雨共誰聽。《太平樂府》"雲徑"作"苔徑"。

小山樂府後集　蘇隄漁唱

元慶元張可久小山撰　江都任訥中敏編校

水仙子

訪梅孤山

蒼苔封了歲寒枝，翠袖閑來日暮時，黄昏説盡平生事。西湖林處士，想當年鶴骨松姿。花下孤山寺，水邊新月兒，慰我相思。

湖上晚歸二首

桃花馬上石榴裙，竹葉樽前玉樹春，荔枝香裏江梅韻。風流比太真，索新詞纏住詩人。醉眼空銀漢，歌聲度錦雲，涼月黄昏。

佳人微醉脱金釵，惡客佯狂飲繡鞋，小鬟催去褰羅帶。花寒月滿街，蕩湖光影轉樓臺。未了鴛鴦債，枉教鷗鷺猜，明日重來。

清明小集

紅香繚繞柳圍花，翠袖殷勤酒當茶，遊春三月清明假。香塵隨去馬，小簾櫳緑水人家。彈仙吕六幺遍，笑女童雙髻丫，纖手琵琶。

蘇隄晚興《太平樂府》"興"作"景"。

翠簾隄上小肩輿，烏帽風前醉老夫，浸冰壺雲錦高低樹。笑王維作畫圖，步淩波紅粉相扶。羅裙酒污，蘭舟棹舉，月上西湖。

湖上小隱二首

自由湖上水雲身，爛熳花前鶯燕春，蕭疎命裹功名分。樂琴書桑苧村，掩柴門長日無人。蕉葉權歌扇，榴花當舞裙，一笑開樽。

夢隨流水過前灘，喜共閑雲歸故山，倚笻和靖墳前看。把梅花多處揀，蓋深深茅屋三間。歌白石爛，賦行路難，緊閉柴關。

春行即事

緑箋香露灑蕉花，翠線晴風綻柳芽，遊人三月湖山下。六橋邊爭繫馬,江南第一所繁華。金碧王維畫,管絃蘇小家,酒船回落日歸鴉。

孤山宴集

長橋臥柳枕蒼煙,遠水挼藍洗暮天,畫圖千古西施面。相逢越少年,問孤山何處逋仙。吾與二三子,來遊六一泉,載酒梅邊。

折桂令

湖上寒食

雨霏霏店舍無煙,榆莢飛錢,柳綫搓綿。緑水人家,殘花院落,美女秋千。沽酒春衣自典,思家客子誰憐。第一橋邊,戀住流鶯,不信啼鵑。

湖上道院

鶴飛來一縷青霞,笑富貴飛蚨,名利爭蝸。古硯玄香,名琴緑綺,土釜黄芽。雙井先春採茶,孤山帶月鋤花。童子誰家,貪看西湖,懶誦南華。

酒邊即事

鶯鶯燕燕相親,幸有名園,著我閑身。竹點詩痕,花消酒困,柳拂歌塵。錦帳裏團香弄粉,畫樓前訪雨尋雲。不負青春,誰共佳人,相約黄昏。

避暑醉題

俯滄波樓觀煙霞,勝覽方輿,獨占繁華。綵艦輕簾,銀鞍駿馬,翠袖嬌娃。十里香風酒家,一川涼雨荷花。醉墨塗鴉,題遍紅樓,倒裹烏紗。

滿庭芳

湖景

絲竹管絃,花圍富貴,柳障嬋娟。緑陰紅影藏鶯燕,醉客金鞭。錦步障長安上苑,玉浮圖極樂西天。一步一個屏風面,孤山寺前,無數採蓮船。

普天樂

重過西湖

畫圖中,紅塵外。妝臺玉釵,芳徑羅鞋。金瓶帶酒攜,紈扇和詩賣。

一枕清風扁舟快，碧桃香兩岸花開。劉郎再來，西施好客，東閣憐才。

暮春即事

老梅邊，孤山下。晴橋螮蝀，小舫琵琶。春殘杜宇聲，香冷荼蘼架。淡抹濃妝山如畫，酒旗兒三兩人家。斜陽落霞，嬌雲嫩水，剩柳殘花。《北詞廣正譜》"酒旗兒"作"酒旗邊"。

寨兒令

九日登高

過柳洲，唤蘭舟，長空雁聲啼暮愁。樽俎風流，笑語温柔，乘興兩三甌。帶黄花人倚紅樓，整烏紗自笑白頭。歸期何太晚，醉舞老還羞。幽，誰唱楚天秋。《太平樂府》"老還羞"作"老來羞"。黄鈔《小令》"雁聲"作"雁過"。

遊春即景二首

蔌絳紗，按紅牙，金鞍半欹玉面馬。仙洞青霞，老樹烏鴉，山一點暮天涯。翠交加夾竹桃花，錦模糊照水山茶。鬧竿兒喬傀儡，艦船上小琵琶。他，醉臥美人家。《太平樂府》"艦船"作"檻船"。

錦水箋，繡鞍韉，曲江醉題三墜鞭。簾底嬋娟，月下因緣，此地遇神仙。有花有酒梁園，無風無雨春天。盈盈小玉梅，穩穩戧金船。偏，收向斷橋邊。

湖上春行

桃雨晴，柳風輕，西湖六橋如畫屏。岩溜泠泠，樵斧丁丁，松下倚山僧。陳朝老檜重榮，蘇隄漁唱新聲。竹闌金瑣碎，花貌玉娉婷。行，同上冷泉亭。

晚涼即席

玳瑁筵，鷓鴣天，一篇六幺十四絃。石漱冰泉，月滿瓊田，歌舞鬬嬋娟。並頭湖上白蓮，雙飛花下紅鵷。畫圖金地山，粉黛玉天仙。船，移向柳陰邊。黄鈔《小令》"紅鵷"作"紅鴛"。

殿前歡

春晚《太平樂府》作“春遊”

怨春遲，夜來風雨妒芳菲。西湖雲錦吴山翠，正好傳杯。蘭舟畫槳催，柳外鶯聲碎，花底佳人醉。攜將酒去，載得詩歸。

湖上宴集二首　《太平樂府》作“湖遊”。

宴瑶池，蓮花白酒緑荷杯。鴛鴦驚起歌聲沸，雲錦離披。山空濛雨亦奇，水瀲灧天無際，舡蕩漾人皆醉。孤山鶴唳，仙井龍歸。

歎詩癯，十年香夢老江湖。笙歌又是錢塘路，往事何如。青鸞寫恨書，紅錦題情疎，翠館酧春句。桃花結子，乳燕將雛。

雪晴泛舟《太平樂府》作“雪晴舟行”。

凭闌干，銷金鍋鎔出爛銀山。白模糊不見蘆花岸，空倚高寒。把西施比玉環，樽前看，素淡家常扮。新聲象板，清興驢鞍。

清江引

獨酌

玉笛一聲天地愁，便覺梅花瘦。寒流清淺時，明月黄昏後，獨醉一樽桑落酒。黄鈔《小令》“獨醉”作“獨酌”。

夜景

醺醺綺羅歡笑徹，檀板歌聲歇。寶鼎串香絶，銀燭燈花謝，玳筵前酒闌人散也。李輯《小令》“歡笑徹”作“歡夜徹”。

情《太平樂府》作“題情”。

描金翠鈿侵鬢貼，滿口兒噴蘭麝。檀板撒紅牙，皓齒歌白雪，定不定百般嬌又怯。

小桃紅

湖亭秋夜《太平樂府》作“夜景”。

錦鴛偷占藕花汀，花影涵秋鏡。人倚闌干歎孤另，掩圍屏，傷心眼見秋成病。月明弔影，風清遣興，玉手寄銀箏。

朝天子

湖上

瘿盃，玉醅，夢冷蘆花被。風清月白總相宜，樂在其中矣。壽過顔回，飽似伯夷，閑如越范蠡。問誰，是非，且向西湖醉。黄鈔《小令》"伯夷"作"仲尼"。

紅繡鞋

懷古

金字淡橋空柳浪，翠微深門掩苔墻，兩袖波光釣夕陽。孤山花已老，雙井水猶香，記神仙詩句響。《太平樂府》作"釣斜陽"。

西湖雨鈔本《北曲聯樂府》原作"雨亦奇"，此從《太平樂府》。

删抹了東坡詩句，糊塗了西子妝梳，山色空濛水模糊。行雲神女夢，潑墨范寬圖，挂黑龍天外雨。

簡吕實夫理問

揮翰墨雪車冰柱，列神仙玉佩瓊琚，一舸紅香占西湖。雲山頻管領，鶯燕任追呼，别是個風月所。

沉醉東風

湖上晚眺

林君復先生故居，蘇子瞻學士西湖。六月天，孤山路，載笙歌畫船無數。萬頃玻璃浸玉壺，夕陽外荷花帶雨。

晚春席上

客坐松根看水，鶴來庭下觀棋。小硯香，殘紅墜，竹珊珊野亭交翠。相伴閑雲出岫遲，題詩在呼猿洞裏。

天淨沙

孤山雪夜

淡妝人在羅浮，黄昏月上西湖，翠袖翩翩起舞。倚闌索句，雪中樹老山孤。《太平樂府》作"雪夜樹老人孤"。

湖上送别

紅蕉隱隱窗紗，朱簾小小人家，綠柳匆匆去馬。斷橋西下，滿湖煙雨愁花。

重遊感舊

迷香小洞維舟，題紅老葉沉溝，濯錦寒花對酒。六橋依舊，遊人兩鬢經秋。

晚步

吟詩人老天涯，閉門春在誰家，破帽深衣瘦馬。晚來堪畫，小橋風雪梅花。

憶西湖

燈寒夜雪孤篷，山空曉霧疎鐘，花暖春風瘦笻。六橋春夢，景題留與吟翁。《太平樂府》"春夢"作"香夢"。

醉太平

湖上鈔本《北曲聯樂府》原並下三首皆作"湖上"，勞氏校鈔本則以下三首作"無題"。此按詞意，將下三首分作"失題"一首、"失題"二首。

洗荷花過雨，浴明月平湖，暮雲樓觀景模糊，蘭舟棹舉。泝涼波似泛銀河去，對清風不放金杯住，上雕鞍誰記玉人扶，聽新聲樂府。

失題

塵蒙了鏡臺，粉淡了香腮，不提防今夜故人來，你將我左猜。小寃家怕不道心兒裹愛，老妖精拘管的人來煞，村馮魁割捨得杜兒頦，遠鄉了秀才。

失題二首

人皆嫌命窘，誰不見錢親，水晶環入麪糊盆，才沾粘便滾。文章糊了盛錢囤，門庭改做迷魂陣，清廉貶入睡餛飩，胡蘆提倒穩。《中原音韻》、《雍熙樂府》"水晶環"作"水晶丸"。《中原音韻》"沾粘"作"粘拈"，又題目作"感懷"。"貶入"，鈔本原作"匾入"，此從《中原音韻》等。

陶朱公釣船，晉處士田園，潛居水陸脱塵緣，比別人慮遠。賢愚參雜隨時變，醉醒和鬨迷歌宴，清濁混沌待殘年，休呆波屈原。鈔本原作“醉醒和鬧”，此從《雍熙樂府》。末句《雍熙》作“休果波屈原”。

《雍熙樂府》有“歎世”四首，二三兩曲，即此失題二首也。其首曲云：“散牛羊漢塚，走狐兔秦宫，一般瀟灑月明中，競虛名鬬勇。一身罪惡千鈞重，百年勳業三生夢，五湖煙水一帆風，養殘軀善終。”其末曲云：“君唐虞聖明，臣伊呂廉能，兆民簫鼓賀豐登，舊風流老成。貪婪花酒酬歡慶，留連歌舞添杯興，糊突夢魂有誰醒，大家醉太平。”詞前未具名，未必張作也。

落梅風

月明歸興

松梢月，桂子香，又詩成冷泉亭上。醉歸來曉風生嫩涼，戧金船玉人低唱。《陽春白雪》“曉風”作“晚風”。

春晚二首

銀缸暗，翠袖遮，麝煤銷露螢明滅。下西湖美人忺過也，打梨花雨聲昨夜。

東風景，西子湖，濕冥冥柳煙花霧。黃鶯亂啼蝴蝶舞，幾秋千打將春去。《陽春白雪》作“東風地”。

書所見

柳葉微風鬧，荷花落日酣，拂晴空遠山雲淡。紅妝女兒十二三，採蓮歸小舟輕纜。李輯《小令》“晴空”作“長空”，又與《陽春白雪》“纜”作“攬”。

憶西湖

青鸞信，白雁書，望江南夢飛不去。西湖錦雲誰是主，拍闌干滿空煙樹。

梧葉兒

夏夜即席

泝月蘭舟便，歌雲翠袖勤，湖上絶纖塵。瓜剖玻璃甕，酒傾白玉盆，鱠切水晶鱗，醉倒了羲皇上人。《雍熙樂府》“泝月”作“釣月”。

春晚隄上

花垂露，柳散煙，蘇小酒樓前。舞隊飛瓊佩，遊人碾玉鞭，詩句縷金箋，懶上蘇隄畫船。《雍熙樂府》“碾”作“裊”，“畫”作“釣”。

湖山夜景李輯《小令》“山”作“上”。

猿嘯黄昏後，人行畫卷中，蕭寺罷疎鐘。濕翠横千嶂，清風響萬松，寒玉奏孤桐，身在秋香月宮。《雍熙樂府》“畫卷”作“圖畫”。李輯《小令》“清風”作“晴風”。

第一樓醉書

梨雲褪，柳絮飛，歌斂翠蛾眉。月澹冰蟾印，花濃金鳳鈚，酒灩玉螺杯，醉寫湖山第一。黄鈔《小令》“鈚”作“蕤”。

《雍熙樂府》並前列“詩囊寄”、“提清事”、“猿嘯黄昏後”三首，及吴克齋詞“舟中句”一首，題作“放懷”，亦不具名。

風入松

九日二首　　鈔本原作一首，中間空格。

按譜，〔風入松〕無幺篇，因分作兩首。

哀箏一抹十三絃，飛岸隔秋煙。攜壺莫道登臨晚，雙雙燕爲我留連。仙客玲瓏玉樹，佳人窣索金蓮。鈔本與李輯《小令》俱無“燕”字，據《詞綜》補。

琅玕新雨洗湖天，小景六橋邊。西風潑眼山如畫，有黄花休恨無錢。細看茱萸一笑，詩翁健似常年。《詞綜》“常年”作“當年”，又起處作“琅琅”。

小梁州

春遊晚歸

玉壺春水浸晴霞，景物奢華。綵船歌管間琵琶，青旗挂，沽酒是誰家。夕陽一帶山如畫，數投林萬點寒鴉。曲水邊，孤山下，遊人歸去，明月管梅花。《雍熙樂府》“管”作“映”。

分得金字

湧金門外小壺天，駿馬金鞭。屏山金翠畫龍眠，金鶯囀，金柳曲闌邊。金波滿捧金杯勸，舞春風半趄金蓮。金縷衣，金羅扇，玉人金釧，醉上戧金船。黄鈔《小令》作“黄杯滿捧金波勸”。

避暑即事

兩峰晴翠插波光，十里横塘。畫樓簾影挂斜陽，誰凝望，紈扇掩紅妝。蓮舟撑入荷花蕩，拂天風兩袖清香。酒醉歸，月明上，棹歌齊唱，驚起錦鴛鴦。《雍熙樂府》“簾影”作“疎影”，“月明”作“明月”，“錦鴛鴦”作“宿鴛鴦”。

訪杜高士

杖藜十里聽松聲，隱隱相迎。飛來峰下樹青青，添清興，流水玉琴横。拂雲同坐苔花磴，桂飄香滿地金星。山影寒，天光淨，野猿啼月，詩在冷泉亭。

雪晴詩興

冰壺光浸水精寒，好景人間。暗香來處是孤山，尋梅慣，詩思壓驢鞍。瓊姬爭捲珠簾看，畫船中歌舞吹彈。明月殘，白石爛，寶花樓閣，十二玉闌干。《雍熙樂府》“吹彈”作“唱彈”，“寶花”作“淩空”。

湖山堂上醉題

漁翁蓑笠釣船孤，棹入蓬壺。湖山堂上柳千株，芭蕉緑，涼影翠扶疎。東坡舊日題詩處，喜無人任我歌呼。半醉時，秋山暮，一行白鷺，萬朵錦芙蕖。《小令》作“西山暮”。

金字經

湖上小隱

老翁婆娑處，清風安樂窩，十二闌干錦繡坡。多，好山横翠蛾。蘭舟過，月明聞棹歌。

採蓮女

小玉移蓮棹，阿瓊横玉簫，貪看荷花過斷橋。摇，柳枝學弄瓢。人爭笑，翠絲抓鳳翹。

秋望

白髮三千丈，畫樓十二闌，鷗鷺翩翩逐往還。山，淡雲秋樹間。蘆花岸，釣船沙上灘。

湖隄春日

院宇緑楊樹，酒旗紅杏村，一片棠梨蘇小墳。春，水邊多麗人。鶯花陣，玉驄嘶錦雲。

秦樓月

失題鈔本《北曲聯樂府》原闕題。

尋芳屨，出門便是西湖路。西湖路，旁花行到，舊題詩處。　瑞芝峰下楊梅塢，看松未了催歸去。催歸去，吴山雲暗，又商量雨。

漢東山

失題十首　鈔本原闕題，李輯《小令》作“感述”。按前四首似感述，後五首似懷古，餘一首則“湖上”也。

騎鯨滄海波，高枕白雲窩。人生夢南柯，睡覺來也末哥，積玉堆金待如何。田地闊，兒女多，惹爭奪。鈔本原作“鬬爭奪”，此從《小令》。

西村小過活，老子自婆娑。千家飯一缽，飽了人也末哥，紫綬金章鬧呵呵。不如我，芳草坡，釣魚蓑。

緑袍翻敗荷，醉後自磨跎。市上小兒多，要錢也末哥，暮四朝三笑呵呵。藍采和，没奈何，假風魔。鈔本原作“磨駝”，此從李輯《小令》。

紅妝間翠娥，羅綺列笙歌。重重金玉多，受用也末哥，二鬼無常上門啊。怎地躲，索共他，見閻羅。

香風瑞錦窠，涼月素銀波。蘭舟夜如何，晚涼也末哥，萬頃湖光鏡新磨。小玉娥，隔翠荷，採蓮歌。

黄沙白橐駝，玉勒紫金珂。一簇小宫娥，送了他也末哥，馬上琵琶爲誰撥。到黑河，將奈何，淚痕多。

霓裳舞月娥，野鹿起干戈。百年長恨歌，鬧了也末哥，萬馬千軍早屯合。走不脱，那一塌，馬嵬坡。

煙花暗綺羅，車馬鬧鳴珂。樽前皓齒歌，醉殺人也末哥，閉月羞花賽姮娥。那老婆，送了他，鄭元和。李輯《小令》作“賽嫦娥”。

神仙張志和，一棹鼓滄波。中流扣舷歌，快活也末哥，杜酒新篘鱖魚活。湖海闊，煙雨多，暗漁蓑。黄鈔《小令》“滄波”作“煙波”，“杜酒”作“社酒”。

黄庭换白鵝，夜冷飯牛歌。湖上月明多，受用也末哥，紙帳梅花病維摩。奈老何，學坐缽，做工課。

小山樂府續集　吴鹽

元慶元張可久小山撰　江都任訥中敏編校

人月圓

春日次韻

羅衣還怯東風瘦，不似少年遊。匆匆塵世，看看鏡裏，白了人頭。片時春夢，十年往事，一點詩愁。海棠開後，梨花暮雨，燕子空樓。《詞綜》作“一點閑愁”。

中秋書事

西風吹得閑雲去，飛出爛銀盤。桐陰淡淡，荷香冉冉，桂影團團。鴻都人遠，霓裳露冷，鶴羽天寬。文生何處，瓊臺夜永，誰駕青鸞。

子昂學士小景

西風曾放藍溪棹，月冷玉壺秋。粼粼淺水，絲絲老柳，點點盟鷗。翰林新畫，雲山古色，老我清愁。淡煙渾似，三高祠下，七里灘頭。

水仙子

梅邊即事

好花多向雨中開，佳客新從雲外來，清詩未了年前債。相逢且放懷，曲闌干碾玉亭臺。小樹紛蝶翅，蒼苔點鹿胎，踏碎青鞋。《太平樂府》“清詩”作“詩情”。

次韻還京樂

朝回天上紫宸班，笑倚雲邊白玉闌，醉飛柳外黄金彈。鶯啼春又晚，緑雲堆舞扇歌鬟。蕉葉杯葡萄釀，桃花馬柞木鞍，嬌客長安。

山齋小集

玉笙吹老碧桃花，石鼎烹來紫筍芽，山齋看了黄筌畫。荼蘼香滿把，自然不尚奢華。醉李白名千載，富陶朱能幾家，貧不了詩酒生涯。

山莊即事

清泉翠椀茯苓香，暖霧晴絲楊柳莊，微風小扇芭蕉樣。興不到名利場，將息他九十韶光。夜雨花無恙，鄰墻蝶自忙，笑我疎狂。

歸來次韻

燕昭臺下朔風寒，孫楚樓前明月殘，嚴陵灘上白石爛。傷心行路難，得歸來倒大清閑。睡菊枕雙頭夢，對草堂三面山，愛投林倦羽知還。

梅軒即事

清風枕上夢仙蝶，緑酒杯中影畫蛇，新詩筆下噴香麝。玉樓人醉也，水迢遥山更重疊。春歸何處，愁來那些，小窗紗梅影横斜。

别懷

飛花和雨送蘭舟，細柳垂煙掩畫樓，啼痕帶酒淹羅袖。换金杯勞玉手，大江流不盡詩愁。象牙床上，鮫綃枕頭，夢到并州。

和逍遥韻

新詩裝卷束牛腰，大字鈔書損兔毫，遠紅塵自有閑中樂。樂清閑須到老，近芭蕉一座團標。槲葉袍筇枝杖，松花釀瘦木瓢，散誕逍遥。

春愁

落花燕口點香泥，飛絮蜂房惹蜜脾，殘妝鳳枕流清淚。景中情誰唤起，聽西園恰恰鶯啼。萬里書難到，三春人未歸，此恨誰知。

春晚

情牽柳下燕鶯期，醉倒花前鸚鵡杯，香留帳底鴛鴦被。日高初睡起，掃殘紅怨煞風姨。學曉霧輕籠鬢，妒晴山淺畫眉，只怕春歸。《太平樂府》"帳底"作"帳裏"，"日高"作"日高時"，"淺畫眉"作"遠畫眉"。

暮春次韻

旋篘村酒且嘗新，未典春衣豈是貧，閑歌水調依然俊。東風休笑人，飄飄兩袖紅塵。蝶困梨花月，馬嘶楊柳春，歸路黄昏。

樂閑

鐵衣披雪紫金關，綵筆題花白玉闌，漁舟棹月黄蘆岸。幾般兒君試揀，立功名只不如閑。李翰林身何在，許將軍血未乾，播高風千古嚴灘。

暮景

青天歸雁帶殘星，緑沼寒魚觸嫩冰，曲闌明月和香凭。相思入夢境，幾般中陶寫芳情。錦囊遺興，寒梅瘦影，畫角新聲。

歸興

淡文章不到紫薇郎，小根脚難登白玉堂，遠功名却怕黄茅瘴。老來也思故鄉，想途中夢感魂傷。雲莽莽馮公嶺，浪淘淘揚子江，水遠山長。

天寶補遺

寶箏珠殿荔芰香，玉珮瓊琚窈窕娘，雲屏月枕芙蓉帳。夜如何樂未央，碎霓裳鼙鼓漁陽。蛾眉棧晴山翠，馬嵬坡落日黄，憔悴三郎。《太平樂府》作“擊鼓漁陽”。

三溪道院《太平樂府》作“三婆道院”。

斷橋楊柳臥枯槎，秋水芙蕖著晚花，蹇驢行過三溪汊。訪白雲居士家，拂藤床兩袖煙霞。道童能唱，村醪當茶，仙棗如瓜。黄鈔《小令》“蹇驢”作“騎驢”，“居士”作“處士”。

春深

鵑啼芳樹自心傷，魚趁殘花爲口忙，鶯穿細柳同聲唱。越教人愁斷腸，見春歸不見才郎。香寒錦帳，塵蒙繡床，珮冷珠囊。

小園春晚

愁風怨雨近三旬，病酒眠花過一春，飛烏走兔催雙鬢。東君應笑人，何如袖拂風塵。醒眼看松間月，吟魂隨溪上雲，小桃源別是乾坤。首二句内，《太平樂府》“近”作“過”，“過”作“又”。

郊行即事

萬松秋意老清溪，半嶺夕陽暖翠微，一鞭行色催金轡。天然圖畫裏，爲尋詩不覺歸遲。林煙樵唱，山風酒旗，花雨吟衣。

樂閑《太平樂府》作"閑樂"。

竿頭爭把錦標奪,石上閑將寶劍磨,朝中熬得羅襴破。不歸來等甚麼,問閑中樂事如何。嵩山樵唱,武夷棹歌,湘水漁蓑。

折桂令

別懷《太平樂府》作"別情"。

人生最苦別離,柳繫柔腸,山斂愁眉。金縷歌殘,青衫淚濕,錦字來遲。留客醉魚肥酒美,送春行鶯老花飛。此恨誰知,今夜相思,何日歸期。

幽居《太平樂府》作"山居"。

紅塵不到山家,贏得清閑,當了繁華。畫列青山,裀鋪細草,鼓奏鳴蛙。楊柳村中賣瓜,蒺藜沙上看花。生計無多,陶令琴書,杜曲桑麻。

西陵送別

畫船兒載不起離愁,人到西陵,恨滿東州。懶上歸鞍,慵開淚眼,怕倚層樓。春去春來,管送別依依岸柳。潮生潮落,會忘機泛泛沙鷗。煙水悠悠,有句相酬,無計相留。《雍熙樂府》有"旅羈"一首云:"畫船兒載不起離愁,人在西陵,恨滿皇州。懶上雕鞍,慵開桂櫂,怕倚江樓。春去春來,管送別依依岸柳。潮來潮去,會忘機泛泛沙鷗。江水悠悠,江景悠悠,花落花開,幾度春愁。"詞前不具名。

夜景《太平樂府》作"晚景"。

小紅樓獨倚新妝,曲角闌干,嫩綠池塘。雨洗花梢,風梳柳影,月蕩荷香。繡枕上雙飛鳳凰,翠蓬邊一隻鴛鴦。對景情傷,今夜新涼,何處才郎。

金華山看瀑泉

碧桃花流出人間,一派冰泉,飛下仙山。銀闕峨峨,瓊田漠漠,玉珮珊珊。朝素月鸞鶴夜闌,拱香雲龍虎秋壇。人倚高寒,字字珠璣,點點琅玕。

別情《太平樂府》作"別思"。

倒金杯檀口嬌羞,春柳垂腰,秋水凝眸。滿意溫存,通身旖旎,徹膽風流。秋千院同攜玉手,琵琶亭催解蘭舟。無計相留,别後新詞,總是離愁。李輯《小令》作"徹骨風流"。

晚春送别

借旗亭仙子逢迎,舞態飛瓊,歌韻流鶯。紅線幽歡,烏絲小字,金縷新聲。留過客江山有靈,廢殘春風雨無情。花落閑庭,柳暗空城,今夜離别,後日清明。黄鈔《小令》"紅線"作"紅錦","有靈"作"自靈"。

和疎齋學士韻

愛疎仙不放春閑,坐玉樹詞林,鏡海仙山。花老南枝,雪深西圃,人倚東闌。煨芋火吟翁正懶,出藍關遷客當寒。緑酒酡顔,銀字春葱,綵鳳嬌鬟。

遊太乙宫

華山高與雲齊,遠却塵埃,睡煞希夷。踏藕童閑,攜琴客至,跨鶴人歸。鳴玉佩松溪活水,點冰綃竹院枯梅。短策徘徊,醉墨淋漓,老樹崔嵬。

遊金山寺

倚蒼雲紺宇崢嶸,有聽法神龍,渡水胡僧。人立冰壺,詩留玉帶,塔語金鈴。摇碎月中流樹影,撼崩崖半夜江聲。誤汲南泠,笑殺吴儂,不記茶經。

秦郵即事

訪秦郵暫駐蘭橈,浩蕩鷗波,縹緲虹橋。白藕翻根,黄蘆顫葉,翠柳搴條。照玉女神仙井小,立金人菩薩臺高。散策逍遥,酒市歌雲,僧院詩巢。

皆春樓

柳依依重屋峨峨,媚景芳研,四序無過。霧暖朱簾,風暄翠檻,露湛金荷。天地德無分物我,花草香總是陽和。樂事如何,明月交輝,白雪揚歌。

湖上飲别

傍垂楊畫舫徜徉,一片秋懷,萬頃晴光。細草閑鷗,長雲小雁,亂葦寒螿。難兄難弟俱白髮相逢異鄉，無風無雨未黄花不似重陽。歌罷滄浪，更引壺觴，送别河梁。

春情

寄春情小字親描，體態宫娥，豔冶花妖。映雪香肌，堆雲巧鬢，抱月纖腰。嬴女伴一場鬬草，指仙翁三度偷桃。羞弄生綃，懶上秋千，笑整金翹。

次酸齋韻

倚闌干不盡興亡，數九點齊州，八景湘江。弔古詞香，招仙笛響，引興杯長。遠樹煙雲渺茫，空山雪月蒼涼。白鶴雙雙，劍客昂昂，錦語琅琅。

閨思

怕别離真個别離，不得音書，已誤芳菲。曲怨金徽，香銷翠被，夢斷羅幃。濕馬蹄殘紅似泥，接鶯巢濃緑成堆。消瘦冰肌，休畫蛾眉，直待他歸。

别後

一年餘鳳隻鸞孤，枕上嗟吁，鏡裏清臞。花已飄然，春將暮矣，客未歸歟。啼翠靄林間鷓鴣，墜青絲簷外蜘蛛。既在江湖，有便鱗鴻，不寄音書。

酒邊分得卿字韻

客留情春更多情，月下金觥，席上瑶箏。口口聲聲，風風韻韻，裊裊亭亭。錦湖洞鶯招燕請，玉交枝柳送花迎。不負平生，風月坡仙，詩酒耆卿。《太平樂府》、黄鈔《小令》首句"多情"俱作"留情"。

江上次劉時中韻

倚篷窗一笑詩成，遠寺昏鐘，古渡秋燈。隱隱鳴鼉，嗷嗷旅雁，閃閃飛螢。海樹黑風號浪驚，越山青月暗雲生。書客飄零，欲泛仙槎，試問君平。

逢天壇子

正吟詩馬上逢君，昨暮秦關，今日吴門。繡帽攲風，金鞭拂雪，寶靪挑雲。江上梅花惱人，堤邊柳眼窺春。便洗征塵，借問前村，試買芳樽。

皆山樓即事

愛樓居四面皆山，圖畫横陳，步障迴還。遠樹重重，幽花淡淡，小竹珊珊。黄卷掩燈青夜闌，紫簫吹月白風寒。鶴唳雲間，人倚闌干，欲泛仙槎，直扣天關。

次白真人韻按下文有和白玉真人〔凭闌人〕二首，此處疑脱一“玉”字。

葛花袍紙扇芭蕉，兩袖仙風，萬古詩豪。富貴勞勞，功名小小，車馬朝朝。算只有青山不老，是誰教白髮相饒。休負良宵，百斛金波，一曲瓊簫。

歌姬施氏《太平樂府》作“施姬”。

照冰壺秋水芙蕖，姓出西家，名滿東吴。鸞鏡妝殘，霓裳曲破，翠館詩餘。嬌滴滴眉雲眼雨，香馥馥腕玉胸酥。同醉仙都，偷寄銀箋，暗解羅襦。黄鈔《小令》“翠館”作“翠管”。

重午席間

浴蘭芳荆楚風流，艾掩門眉，符映釵頭。雪捲鷗波，雷轟鼉鼓，電閃龍舟。驕馬驟雕弓翠柳，小娥謳寶髻紅榴。醉倚江樓，笑煞湘纍，不葬糟丘。

幽居次韻

石帆山下吾廬，秋水綸竿，落日巾車。長嘯歸歟，梅驚花謝，柳笑眉舒。擸斷著小丫鬟舞元宵迓鼓，摸索著大肚皮，裝村酒葫蘆。冷落琴書，結好樵漁，是有紅塵，不到幽居。《太平樂府》“擸斷”作“擸頓”。李輯《小令》“是有”作“雖有”。

滿庭芳

感興簡王公實

光陰有幾，休尋富貴，便省别離。相逢幾個人百歲，歸去來兮。羊祜空存斷碑，牛山何必沾衣。漁翁醉，紅塵是非，吹不到釣魚磯。

春晚閨怨

楊花滚滚,屏山隱隱,沉水温温。緑紗窗外流鶯,問何處東君。多病多愁那人,不言不語傷春。清明近,深深閉門,細雨自黄昏。

秋夜不寐

西窗酒醒,衾閑半幅,鼓轉三更。起來無語傷孤另,何限幽情。金鎖碎簾前月影,玉丁當樓外秋聲。凭闌聽,吹簫鳳鳴,人在雪香亭。

湖上晚歸

亭亭翠雲,娟娟鷺羽,細細魚鱗。一方瑞錦香成陣,明月隨人。愛蓮女孅孅玉笋,唱菱歌采采白蘋。相親近,盈盈水濱,羅襪暗生塵。

三衢道中

烏飛兔走,鶯煎燕煼,蝶怨蜂愁。眼前已是花開候,心緒悠悠。一百五日節人家插柳,七十二灘上客子移舟。添消瘦,尋花載酒,不似少年遊。校本《太平樂府》及《小令》"燕煼"作"燕惱","花開候"作"花開後"。

春晚梅友元帥席上

知音到此,舞雩點也,修禊羲之。海棠春已無多事,雨洗臙脂。誰感慨蘭亭故紙,自沉吟羅扇新詞。急管催銀字,哀絃玉指,忙過賞花時。《中原音韻》"故紙"作"古紙","羅扇"作"桃扇"。

山居

塵埃野馬,風波海鷗,鼓吹池蛙。相逢半日漁樵話,樂在山家。仙洞冷玲瓏玉霞,釣灘平瀲灩金沙。藤陰下,村醪旋打,醉插滿頭花。黄鈔《小令》"海鷗"作"海鳥"。

九曲溪上

桃花院宇,梅邊杖履,竹下琴書。餘不溪上山無數,儘自相娱。雲樹淡十幅畫圖,月波寒九曲明珠。閑鷗鷺,三年伴侣,不減賀家湖。

春日閨思

鉛華淚洗,金荷燼冷,銀蒜簾垂。話離愁柳外流鶯替,念我孤悽。江樹春雲野水,梨花暮雨寒食。詩中意,今春未歸,甘不過燕雙飛。

春思

愁斟玉斝，塵生院宇，絃斷琵琶。相思瘦的人來怕，夢遶天涯。何處也雕鞍去馬，有心哉歸燕來家。鮫綃帕，淚痕滿把，人似雨中花。

普天樂

贈白玉梅

謫仙名，樂天姓。緇塵不染，玉骨長清。西樓羌管聲，東閣新詩興。豔紫妖紅塵俗病，論風流讓與瓊瓊。孤山舊盟，黄昏月明，夜雪初晴。李輯《小令》“月明”作“又明”，厲刻本仍作“月明”。

别懷二首

故人疎，憂心悄。愁雲淡淡，遠水迢迢。一聲白雁寒，幾點青山小。滿目淒涼誰知道，賦情詞寫遍芭蕉。明月洞簫，夕陽細草，沙渚殘潮。

夢初回，愁難禁。青樓痛飲，綵扇新吟。金蓮小步移，玉藕香腮枕。惜雨憐雲别圖甚，五百年一對知音。别離動心，分明爲您，憔悴如今。

客懷

楚山雲，湘江岸。霜添白髮，日減朱顔。秋風馬耳寒，夜雪貂裘綻。萬里南歸孤飛雁，動離情故國鄉關。閑身易懶，休官怕晚，倦羽知還。鈔本《北曲聯樂府》原作“動離人故國鄉關”，此從《太平樂府》。

收心二首

姓名香，行爲俏。花花草草，暮暮朝朝。關心三月春，開口千金笑。惜玉憐香何時了，綵雲空聲斷鸞簫。朱顔易老，青山自好，白髮難饒。李輯《小令》首二句作“錦城遊，梨園俏”。

舊行頭，家常扮。鴛鴦被冷，燕子樓拴。偷將心事傳，掇了梯兒看。繫柳監花喬公案，關防的不似今番。姨夫暗攛，行院鬬侃，子弟先趄。

秋懷

爲誰忙，莫非命。西風驛馬，落月書燈。青天蜀道難，紅葉吴江冷。兩字功名頻看鏡，不饒人白髮星星。釣魚子陵，思蓴季鷹，笑我飄零。

道情

北邙煙，西州淚。先朝故家，破塚殘碑。樽前有限杯，門外無常鬼。

未冷鴛幃合歡被，畫樓前玉碎花飛。悔之晚矣，蒲團紙被，歸去來兮。李輯《小令》"故家"作"故里"。

渡揚子江

鳳鸞吟，魚龍口。舟移古渡，潮打空城。清風江上箏，明月波心鏡。未盡詩人登臨興，寫新聲寄與卿卿。金山雪晴，玉杯露冷，銀海花生。

寨兒令

春晚次韻

紅漸稀，緑將肥，一聲杜鵑殘夢裏。踏雪尋梅，看到荼蘼，猶自怨春遲。錦雲中翠遶珠圍，碧天邊玉走金飛。安樂窩人未醒，森羅殿鬼相隨。催，唱不迭醉扶歸。

題情

緑柳陰，翠簾深，美人圖畫中不似您。當日相尋，出語知音，想像到如今。墜烏雲席上瓊簪，動清風花下瑶琴。環珮聲真洛浦，水月面活觀音。心，寄一曲白頭吟。

春愁

鞸鳳翹，泣鮫綃，一團愁喫湃在心上了。煙冷香銷，月悴花憔，難度可憐宵。想合歡繡扇親描，記同心羅帕輕揪。塵生白象板，聲斷紫鸞簫。焦，無夢到藍橋。李輯《小令》"輕揪"作"輕抛"。

情梅友元帥席上二首

呆答孩，守書齋，小冤家約定窮秀才。踏遍蒼苔，濕透羅鞋，不見角門開。碧桃香春滿天台，綵雲深人在陽臺。漏聲催禁鼓，月影轉瑶階。猜，燒罷夜香來。

斂翠蛾，搵香羅，病懨懨爲誰憔悴我。啞謎猜破，冷句調唆，便知道待如何。阻牛郎萬古銀河，渰藍橋千丈風波。偷工夫來覷你，説破綻儘由他。哥，越間阻越情多。李輯《小令》"猜破"作"猜著"。

過釣臺

紅紫塲，名利鄉，望高臺倚空煙樹蒼。不戀朝章，歸釣夕陽，白眼傲君王。客星犯半夜龍床，清風占七里魚邦。荒煙閉草堂，秋月浸桐江。光，千古照滄浪。李輯《小令》"名利鄉"作"利名鄉"。

明月樓

玉斧磨，錦雲窩，闌干四時秋意多。畫棟嵯峨，丹桂婆娑，車馬鬧鳴珂。鬬嬋娟光漾銀河，立娉婷香捧金波。唐明皇遊廣寒，李謫仙問姮娥。他，不醉待如何。

失題二首　　鈔本《北曲聯樂府》此二首原亦作"明月樓"，玆按詞意另列。

虧負咱，怎禁他，覷著頭玉容憔悴煞。愛處行踏，陡恁情雜，和俺意兒差。步蒼苔涼透羅襪，掩朱門香冷金鴨。把你做心事人，望的我眼睛花。嗏，因甚不來家。

我志誠，你胡伶，一雙兒可人龐道撐。鬬草踏青，語燕啼鶯，引動俏魂靈。繡窗前殘酒爲盟，花陰下明月知情。寶香寒靜悄悄，羅襪冷戰兢兢。曾，直等到二三更。

元夜即事

胡洞窄，弟兄猜，十朝半旬不上街。燈火樓臺，羅綺裙釵，誰想見多才。倚朱簾紅映香腮，步金蓮塵污弓鞋。眉尖上空受用，心事裏巧安排。來，同話小書齋。

閨思

隔粉墻，付香囊，一團兒志誠誰信道謊。月淡西厢，雲冷高唐，獨自的誤春光。花明柳暗生香，鶯來燕去成雙。嗏末聲離繡床，躡著脚步迴廊。娘，何處也畫眉郎。

春情

没亂煞，怎禁他，綠楊陰那搭兒堪繫馬。煙冷香鴨，月淡窗紗，擎著淚眼巴巴。媚春光草草花花，惹風聲盼盼茶茶。合琵琶歌白雪，打雙陸賭流霞。嗏，醉了也不來家。《太平樂府》作"没亂殺"。黄鈔《小令》作"鬬流霞"。

收心二首

宿鳳凰，妒鴛鴦，少年心肯將名利想。喧滿平康，不犯輕狂，談笑玉生香。尤花殢雪情腸，驅風駕月文章。遍遊春世界，交付錦排場。兩鬢霜，煙雨老滄浪。

面皮兒黄紺紺，身子兒瘦岩岩，相識每陡然輕視俺。鬢髮躭珊，身子薄藍，無語似癡憨。姨夫每坐守行監，妻兒又面北眉南。家私兒零落了，名分兒被人攙。再休將，風月擔兒擔。

妓怨三首

洛浦仙，麗春園，不知音此身誰可憐。大姆埋冤，孛老熬煎，衹爲養家錢。哆著口不斷頑涎，腆著臉待喫癡拳。禁持向歌扇底，僝僽在繡床前。天，只不上販茶船。

緣分薄，是非多，展旗幡硬併倒十數合。赤緊地板障婆婆，水性嬌娥，愛他推磨小哥哥。腆著臉不怕風波，睜着眼撞入天羅。雄糾糾持劍戟，磣可可下鍬钁。呵，情願將風月擔兒那。李輯《小令》“赤緊地”作“喫緊的”，“磣可可”作“磣磕磕”。

影外人，怕風聲，望天長地久，博個志誠。柳下私情，月底深盟，一步步惜惺惺。崔夫人嫌殺張生，馮員外買斷蘇卿。他山障他短命，您窨變您薄情。聽，休想有前程。李輯《小令》首句作“隱姓名”。

閨怨三首

燒好香，告穹蒼，行行步步只念想。淚眼汪汪，煙水茫茫，芳草帶夕陽。雕鞍去了才郎，畫堂别是風光。八的頓開金鳳凰，嗤的扯破錦鴛鴦，吉丁的掂損玉螳螂。李輯《小令》“八的”作“巴的”。

錦繡圍，翠紅堆，當初有心直到底。雙宿雙飛，無是無非，不許外人知。眼睁睁指甚爲題，意懸懸爲你著迷。有情窺宋玉，没興撞王魁。呸，罵你個負心賊。

相愛憐，惡姻緣，雲迷武陵仙路遠。塵暗朱絃，墨淡銀箋，青草曲江邊。俏元和花了閑錢，病相如潮過頑涎。梅窗宜静坐，紙帳稱孤眠。天，休放月團圓。

《雍熙樂府》有“題情”四首，未具名。首曲與此處次曲同，末曲與此處首曲同，餘悉異。其首曲云："繡鞋堆，翠紅幃，當初有心直到底。雙宿雙飛，無是無非，不許外人知。眼睁睁指甚相隨，意懸懸爲你著迷。不是咱情分寡，負心的撞著王魁。呸，今日到罵我做負心賊。"次曲云："掂玉簪，捽瑶琴，提起娶我到害磣。一去無音，那里荒淫，抛閃到如今。怕咱行情意無深，他在我有甚私情。把花箋糊綫帖，裁羅帕補了衫襟。呸，翦下我青絲髮换鋼針。"三曲云："自暗度，自評跋，千不合萬不合我做的錯。百媚千嬌，莫尾三梢，平白地喫擔敲。恙畜泛似漆如膠，鷄肋情性捨難抛。食之無肉，棄之有味。磚兒何厚，瓦兒何薄，怎下的尋酸棗，漾甜桃。"末曲云："燒好香，告空蒼，行裏坐裏只念想。淚眼汪汪，煙水茫茫，衰草待夕陽。雕鞍上去了才郎，畫堂前别是風光。頓開了金鳳凰，扯碎了錦鴛鴦，掂折了玉螳螂。"

秋千

住管絃，打秋千，花開美人圖畫展。翠髻微偏，錦袖輕揎，羅帶起翩翩。釧玲瓏響亞紅綿，汗模糊濕褪花鈿。緑煙濃春樹底，綵雲散夕陽邊。天，吹下肉飛仙。

感舊

曾此中，記行踪，桃花去年人面紅。門閉重重，春去匆匆，何日再相逢。眉尖誰畫晴峰，唾痕猶點香絨。狻猊金落索，鸞鳳玉丁東。空，塵滿繡簾櫳。

春思

詩酒緣，利名牽，話别離幾聲猶耳邊。何處留連，誤我嬋娟，一去動經年。賦傷春懶拂銀箋，卜行人不信金錢。盼回音空過雁，勸歸去枉啼鵑。天，長自對花眠。

秋日宫詞

添晚妝，過回廊，吉丁一聲環珮響。泛羽流商，走斝飛觴，笑語間笙簧。廣寒宫舞罷霓裳，博山爐薰透龍香。碧梧枝白鳳凰，翠荷葉錦鴛鴦。涼，人倚月昏黄。

吴山塔寺

詩眼明，暮山青，倚高寒滿身風露冷。月輦聞箏，水殿鳴笙，想像御街行。寶光圓白傘珠瓔，玉花寒碧盌酥燈。西天佛富貴，南國樹凋零。僧，同上望江亭。

嘉禾道中

白鷺鷥，黑鶻鶩，晴煙遠山橫暮紫。消得新詩，竚立多時，籬落掩茅茨。浣紗女斜插花枝，打魚翁獨棹船兒。夕陽邊雲淡淡，小橋外柳絲絲。思，當日送春詞。

觀張氏玉卿雙陸

間錦笙，罷瑶箏，花陰半簾春晝永。鬬草無情，睡又不成，佳配兩相停。手初交弄玉拈冰，步輕挪望月瞻星。雙敲象齒鳴，單走馬蹄輕。贏，夜宴錦香亭。《小令》作"睡又難成"。

山中

寡見聞，樂清貧，逍遥百年物外身。麋鹿相親，巢許爲鄰，仙樹小壺春。住青山遠却紅塵，挂烏紗高卧白雲。杏花村沽酒客，桃源洞打魚人。因，閑問話到柴門。

桃源亭上

倒玉蓮，散金錢，先生醉騎鶴上天。月影嬋娟，霞袂翩翩，即我是神仙。入蓬萊行見桑田，看梅花誤入桃源。溪頭賣酒家，洞口釣魚船。專，唱我會真篇。

殿前歡

次韻

桂婆娑，雲娘行酒雪兒歌。倚南樓唤起東山卧，同入無何。停杯問素娥，芳年大，不嫁空擔閣。朱顔去了，還再來麽。

春情《太平樂府》作"春思"。

話相思，曉鶯啼在緑楊枝。起來搔首人獨自，謾寫烏絲。和梨園樂府詩，代錦帕回文字，訴玉女傷心事。劉郎去後，燕子來時。

秋思《太平樂府》作"秋懷"。

寫新愁，一聲羌管滿天秋。骨崖崖人比山容瘦，孤倚南樓。珠簾上玉鈎，寶篆銷金獸，畫鼓催銀漏。關心渭水，回首并州。《太平樂府》作"一聲羌笛滿天秋"。

歸山

怕人嫌，休官歸去効陶潛。山房幸有猿鶴占，試捲疎簾。池邊翠蘚黏，屋角垂楊苫，山色挼藍染。閑花點點，涼月纖纖。

夜宴

錦排場，雲鬟扶醉肉屏香。芙蓉被暖銷金帳，酒盡更長。新聲改樂章，蓮兒唱，花落秋江上。銀蟾耿耿，玉馬當當。

苕溪遇雪

水晶宫，四圍添上玉屏風。姮娥碎翦銀河凍，攙盡春紅。梅花紙帳中，香浮動，一片梨雲夢。曉來詩句，畫出漁翁。

歸興

暮雲遮，故山千里路途賖。飄零湖海得還舍，整頓些些。苔荒竹徑斜，樹老茅亭趄，柳減荷花謝。雙飛翡翠，一夢蝴蝶。

西溪道中

笑掀髯，西溪風景近新添。出門便是三家店，緑柳青帘。旋挑來野菜甜，杜醖濁醪釅，整扮村姑婜。誰將草書，題向茅簷。

愛山亭上

小闌干，又添新竹兩三竿。倒持手版揞頤看，容我偷閑。松風古硯寒，蘚土白石爛，蕉雨疎花綻。青山愛我，我愛青山。鈔本《北曲聯樂府》原作"蘚上白石爛"，此從《太平樂府》。《樂府》"揞頤"作"揞頭"。

清江引

春思

黄鶯亂啼門外柳，雨細清明後。能消幾日春，又是相思瘦，梨花小窗人病酒。

交翠亭

梅花自開鶴自舞,隔斷蓬萊路。雪明黄柳梢,月暗蒼松樹,池上翠亭人笑語。

夏夜即事

醉來晚風生畫堂,不記樽前唱。冰壺荔子漿,月枕蓉花帳,酒醒玉人環佩響。黄鈔《小令》"蓉花帳"作"芙蓉帳"。

春懷

水邊粉墻生翠蘚,緊閉秋千院。銀驄暖玉鞍,綵鳳泥金扇,那人看花歸路遠。

采石江上

江空月明人起早,渺渺蘭舟棹。風清白鷺洲,花落紅雨島,一聲杜鵑春事了。

草庵午睡

先生華山高處隱,自有清貧分。華堂碧玉簫,紫綬黄金印,不如草庵春睡穩。

秋思

孤眠夜寒魂夢怯,月暗紗燈滅。青苹泣露花,白柳吟風葉,南樓雁來書到也。

草堂夜坐

三間草堂何所有,月色黄昏又。鶴依松樹涼,人伴梅花瘦,客來不須茶當酒。

開玄堂上

桃源洞中春幾許,此夜德星聚。天香玉蕊煙,仙酒瓊花露,鳳笙一聲鶴對舞。

小桃紅

淮安道中

一篙新水緑於藍,柳岸漁燈暗。橋畔尋詩駐時暫,散晴嵐,依微半幅雲煙淡。楊花亂糝，扁舟初纜，風景似江南。

秋宵有懷

滿庭落葉響哀蟬，秋入生綃扇。池上芙蓉錦成片，雨餘天，倚闌只欠如花面。詩題翠箋，香銷金串，羅帳又孤眠。李輯《小令》"串"作"釧"。黄鈔《小令》末句"又"作"久"。

遊仙夢

白雲堆裏聽松風，一枕遊仙夢。相伴瓊姬玉華洞，錦重重，覺來香露冷衣重。長橋彩虹，空臺丹鳳，花影月明中。鈔本《北曲聯樂府》與《太平樂府》首句末字皆作"聲"，此依韻改。

春思

燕南雁北幾相思，無限相思事。兩袖啼痕粉香漬，牡丹時，日長不見音書至。東墻柳絲，知人獨自，憔悴舞腰枝。

秋感

錦書紅淚兩三行，血點花梢上。小字平安寄無恙，雁成雙，玉奴更上西樓望。月明繡窗，燈昏羅帳，今夜夢才郎。

寄春谷王千户

紫簫聲冷彩雲空，十載揚州夢。一點紅香錦衕衕，倚東風，嬌花寵柳春權重。鞭催玉驄，酒攜金鳳，半醉月明中。

春深

一汀煙柳索春饒，添得楊花鬧。盼煞歸舟木蘭棹，水迢迢，畫樓明月空相照。今番瘦了，多情知道，寬盡翠裙腰。鈔本《北曲聯樂府》與《太平樂府》首句末作"索春愁"，李輯《小令》作"鎖春宵"，此從《詞品》及《花草粹編》。《太平樂府》"一汀"作"一江"。《花草粹編》末句作"寬褪翠裙腰"。

秋江晚興

錦鴛涼羽翠蓮香，船艤秋江上。別後佳人想無恙，暮雲長，雁歸曾倚西樓望。紅衫舊腔，花鈿新樣，封寄柳枝娘。

朝天子

和貫酸齋

小詩，半紙，幾個相思字。兩行清淚破胭脂，鏡裏人獨自。燕子鶯兒，蜂媒蝶使，正春光明媚時。柳枝，翠絲，縈繫煞心間事。

席上有贈

教坊，色長，曾侍宴丹墀上。可憐新燕妒新妝，高髻堆宮樣。芍藥多情，海棠無香，花不如窈窕娘。錦囊，樂章，分付向尊前唱。

閨情

與誰，畫眉，猜破風流謎。銅駝巷裏玉驄嘶，夜半歸來醉。小意收拾，怪膽禁持，不識羞誰似你。自知，理虧，燈下和衣睡。

夜宴即事

晚涼，桂香，人在西樓上。仙杯雙捧玉鴛鴦，酒釅瓊花釀。方響丁當，脆管悠揚，金釵十二行。留連醉鄉，收拾夜場，更聽雲娥唱。

遊春

花殘錦機，□空玉杯，三月三十日。惜春滋味似别離，只欠離人淚。樹底鶯啼，欲留無計，傷心金縷衣。柳隄，翠微，懶把雕鞍繫。鈔本《北曲聯府樂》第二句首原無空格，此從勞氏校本。

碧瀾湖上

順流，放舟，雪夜明如晝。碧瀾湖上記曾遊，白髮新，青山舊。仗酒澆愁，寒生吟袖，月明中十二樓。岸頭，凍柳，相伴梅花瘦。

開玄道院賞芙蓉

錦宫，半空，身世遊仙夢。繡屏香冷玉芙蓉，露濕霓裳重。采藥仙童，穿花丹鳳，上金鰲十二峰。醉翁，馭風，同入桃源洞。鈔本《北曲聯樂府》原作"醉仙"，此從《太平樂府》。

看雲樓上

洞賓，道人，詩句蒼苔暈。酒邊呼我上崑崙，知有神仙分。鳳翥山光，鸞鳴松韻，畫圖中身外身。與君，看雲，咫尺蓬萊近。李輯《小令》"蒼苔暈"作"龍涎噴"。

郊行盧使君索賦

小屏，瘦影，又是年時病。提壺花外兩三聲，喚起尋芳興。翠管銀箏，一觴一詠，玉娉婷金字經。滿城，月明，醉把雕鞍凭。《太平樂府》"雕鞍"作"雕欄"。

夜坐寄芝田禪師

檜屏，草亭，池面芙蕖淨。夜來明月伴看經，只有寒山聽。寶鼎香凝，銅瓶花影，井泉寒秋葉冷。泠泠水聲，呦呦鹿鳴，寫我林泉興。

郝東池席上

杏壇，藥欄，滿地香雲散。仙宫深處更無山，只有桃花看。紅雨斑斑，玉佩珊珊，翠簾開明月寒。小鬟，遞盞，合唱蓬萊慢。

歌者訴梅

水濱，探春，未得南枝信。一簾香夢捲梨雲，漸覺寒香近。淡月黄昏，深雪前村，記年時曾見君。淚痕，漬粉，訴煙雨江南恨。

湖上即席

六橋，柳梢，青眼對春風笑。一川晴緑漲葡萄，梅影花顛倒。藥竈雲巢，千載寂寥，林逋仙去了。九臯，野鶴，伴我閑舒嘯。

冷泉亭上

寺前，洞天，粉翠圍屏面。隔溪疑是武陵源，樹影參差見。石屋金仙，巖阿碧蘚，濕雲飛硯邊。冷泉，看猿，摇落梅花片。

過劉阮洞

路傍，海棠，步步青絲障。碧桃流水滿溪香，落日溪橋上。仙掌瓊漿，玉杵玄霜，紫簫寒宿鳳凰。阮郎，感傷，人不見春無恙。

探梅

水西，探梅，隔岸香風細。五雲仙子六銖衣，邀我花前醉。幺鳳雙飛，瑶堦如水，吹簫月下歸。剡溪，路迷，雪夜重相會。李輯《小令》作"綵鳳雙飛"。

紅繡鞋

次崔雪竹韻《中原音韻》作“隱士”。

學孔子嘗聞俎豆，喜嚴陵不事王侯，百尺雲帆洞庭秋。醉呼元亮酒，懶上仲宣樓，功名不掛口。《中原音韻》“學孔子”作“歎孔子”，“喜嚴陵”作“羨嚴陵”。

寧元帥席上

鳴玉珮淩煙圖畫，樂雲村投老生涯，少年誰識故侯家。青蛇昏寶劍，團錦碎袍花，飛龍閑廐馬。

仙居

有客尊前談笑，無心江上漁樵，小壺新醖注仙瓢。梅花和月種，松葉帶霜燒，本清閑忙到了。

尋仙簡霞真《太平樂府》作“尋真”。

白草磯頭獨釣，青衣孺子相招，尋真不怕路迢迢。閑雲迷洞口，殘雪老墻腰，夕陽紅樹杪。

簡吕實夫理問

紅錦香中樂句，紫微花下詩餘，玉麈風流映金魚。岳陽樓三醉酒，渭水岸六韜書，高名垂萬古。

天竺寺中

金粟池中水鏡，玉蓮臺下天燈，紅塵無事惱山僧。月窗猿聽講，雪嶺馬馱經，龍華圖上景。

武康道中簡王復齋

一帶雲林堪畫，數間茅屋誰家，山翠空濛潤烏紗。小池中銀杏葉，凍枝上蠟梅花，且吟詩休上馬。

歸興

燕燕鶯鶯生分，風風雨雨傷神，吐酒吞花過芳春。黄金羞壯士，紅粉弄佳人，青山招舊隱。

德清山中簡耿子春

傍水依山境界，吟風嘯月情懷，紫陽峰頂費青鞋。閑雲隨地有，老樹未花開，新詩何處索。

虎丘道上

船繫誰家古岸，人歸何處青山，且將詩做畫圖看。雁聲蘆葉老，鷺影蓼花寒，鶴巢松樹晚。

茅山疎翁索賦

小洞閑花何處，矮墻顛草誰書，玉蓮香露冷金壺。紅雲翔綵鳳，丹井養文魚，青山馴白虎。

開玄堂上

花有信春來春去，客無心雲捲雲舒，開玄堂上輞川圖。冰梅棲翠羽，水藻漾金魚，雪松摇玉麈。

秋望

一兩字天邊白雁，百千重樓外青山，别君容易寄書難。柳依依花灼灼，雲淡淡月彎彎，長安迷望眼。鈔本《北曲聯樂府》次句原作"千百"，此從黄鈔《小令》。

開元遺事

羯鼓罷天開雲淨，鵲橋平斗轉參横，玉人私語祝長生。水邊箏殿小，花上舞盤輕，月中歌扇冷。

過括蒼山

鴉噪岩前古廟，鶴鳴松頂危巢，南明峰下路迢迢。問清溪道士有，喜白髮故人饒，看青山今日飽。黄鈔《小令》首句作"鵲噪簷前古廟"。

偕周子榮遊湖

緑柳暗金沙佛地，白蓮開雲錦天池，摇曳歌聲棹輕移。望南山新有雨，喜西子不顰眉，飲東陽錯認水。

沈醉東風

瓊花

蝶粉霜匀玉蕊，鵝黄雪點冰肌。衣冠后土祠，瓔珞神仙珮，倚闌人且賞芳菲。煬帝驕奢自喪了國，休對我花前歎息。李輯《小令》"倚闌"

作“倚樓”。

春晚酬史楚甫

錦被堆春寬夢窄，畫樓空燕去愁來。芳草邊，夕陽外，怕清明幾度傷懷。闞節得荼蘪且慢開，春已聽榆錢斷買。《太平樂府》“且慢”作“自慢”。

胡容齋使君壽

仙客舞玄裳縞衣，小蠻歌翠袖蛾眉。戲綵堂，蟠桃會，錦雲深月明風細。桂子香中品玉笛，人醉倚蓬瀛畫裏。

眉壽樓春夜

狂客簪花起舞，佳人秉燭摴蒱。小樹風，香階露，醉鄉中不知春去。更盡荼蘪酒一壺，强似聽西園夜雨。

夜宴即事

花影蟬蛾翠鬟，柳陰驄馬金鞍。酒未闌，人爭看，玉纖寒試調箏雁。眼約心期不暫閑，半醉也燈前換盞。

九月十日見桃花《太平樂府》作“九月九日見桃花”。

前度劉郎老矣，去年崔護來遲。紅雨飛，西風起，望白衣可憐憔悴。節去蜂愁蝶未知，冷落似天台洞裏。

靜香堂看雨

乘落日村翁捕魚，感西風倦客思鱸。倒翠壺，歌金縷，靜香來隔水芙蕖。緑柳紅橋入畫圖，人正在溪亭看雨。

客維陽

第一泉邊試茶，無雙亭上看花。鳳錦箋，鮫綃帕，金盤露玉手琵琶。雪滿長街未到家，翠兒唱宜哥且把。“第一泉”疑是“第五泉”之誤，末句待校。

夜景

雲母屏花前月明，雪兒歌席上風生。象板敲，螺鬟整，殢人嬌體態娉婷。萬卷堂深一盞燈，看不上梅窗瘦影。

天淨沙

馬謙齋園亭

簪纓席上團欒，杖藜松下盤桓，噴玉西風脆管。雪芳亭畔，秋香一樹金丸。

雪中酬和王一山

瑶園樹老瓊枝，玉奴酒捧金卮，十二闌干徙倚。探梅人至，灞橋詩等多時。

春情

一言半句恩情，三番兩次丁寧，萬劫千生誓盟。柳衰花病，春風何處鶯鶯。

明月樓上有贈

意中千里嬋娟，樓頭幾度團圓，燈下些兒空便。柳驚花顫，何時長在尊前。

由德清道院來杭

丹爐好養硃砂，洞門長掩青霞，又上西湖去馬。放心不下，桃源亭上梅花。

寒夜書事

月移影落冰池，煙消香護簾衣，枕上佳人未知。雪篝重被，小梅招得春歸。

桃源洞

蒼雲朵朵奇峰，翠篷隱隱仙宫，醉眼簾花幾重。小桃溪洞，劉郎不信秋風。

春晚

翠簾不捲鈎閑，華堂長見門關，血指頻將淚彈。玉人愁慣，杏花樓上春殘。

秋感

翠萍波底遊魚，碧梧井上啼烏，獨立西風院宇。相思何處，芭蕉一卷愁書。

醉太平

傷春

煙消寶鴨，字篆銀蝸，傷春心事付琵琶，誤平康過馬。玉容淚濕鴛鴦帕，紅絨香冷秋千架，金壺水换牡丹花，等他來看咱。

金華山中

金華洞冷，鐵笛風生，尋真何處寄閑情，小桃源暮景。數枝黄菊勾詩興，一川紅葉迷仙徑，四山白月共秋聲，詩翁醉醒。

登臥龍山

黄庭小楷，白苧新裁，一篇閑賦寫秋懷，上越王古臺。半天虹雨殘雲載，幾家漁網斜陽曬，孤村酒市野花開，長吟去來。

山中小隱

裹白雲紙襖，挂翠竹麻縧，一壺村酒話漁樵，望蓬萊縹緲。漲葡萄青溪春水流仙棹，靠團標空岩夜雪迷丹竈，碎芭蕉小庭秋樹響風濤，先生醉了。

凭闌人

暮春即事二首

萬朵青山生暮雲，數點紅香留晚春。凭闌愁玉人，對花寬翠裙。

小玉闌干月半掐，嫩緑池塘春幾家。鳥啼芳樹丫，燕銜黄柳花。

江樓即事

一曲琵琶江上舟，十二闌干天外樓。粉香蝶也愁，玉容花見羞。

八韻樓上酬正則李侯

爛醉東君三月時，細和休文八韻詩。舞裙催柘枝，曲闌摇柳絲。

秋思和吴克齋

一寸冰蟾明翠廊，萬里青天書雁行。碧梧敲晚涼，玉人燒夜香。黄鈔《小令》"碧梧"作"碧桐"。

和白玉真人原連下一首同題。

寶劍英雄血已乾，玉府神仙心自閑。鍊霞成大丹，袖雲歸故山。

失題

玉手攜香羅帕乾，粉面粘花妝鏡寒。對樓千萬山，倚雲十二鬟。

湖上醉餘二首　《太平樂府》作“湖上醉歸”。

明月中流歌扣舷，柔雪雙娃同采蓮。小詞玉翼蟬，醉書金粉箋。

屏外氤氳蘭麝飄，簾底星松鸚鵡嬌。暖香繡玉腰，小花金步摇。李輯《小令》“氤氳”作“微風”，“星松”作“學言”。

席上分題

妝淡亭亭堆髻螺，歌緩盈盈停眼波。念奴留意多，使君如醉何。

晚晴小景

金羽翩翩柳外鶯，玉手纖纖膝上箏。晚風花雨晴，小樓山月明。

落梅風

玉果山先上尋梅

隨明月，過小橋，記年時杖藜曾到。倚東風一枝斜更好，玉生香有誰索笑。

禹寺見梅

蒲團厚，紙帳新，不奢華自然風韻。小窗見梅如故人，亞冰梢月斜雲褪。

冬夜

更闌後，雁過也，夢不成小窗寒夜。伴離人落梅香帶雪，半簾風一鈎新月。

別會稽胡使君

載酒人何處，倚闌花又開，憶秦娥遠山看黛。錦雲香鑑湖寬似海，還不了五年詩債。

廢園湖石

芭蕉畔，楊柳邊，想當時玉人嬌面。十年舊題漫翠蘚，倚高寒夏雲一片。

歌姬張氏睡起

瑶池上,翠檻邊,笑當時六郎嬌面。行雲夢回眉黛淺,枕痕香睡紅一線。

歎世和劉時中

土庫千年調,金瘡百戰功,歎興亡一場春夢。卧白雲北邙山下塚,信虚名得來無用。

閑居

看雲坐,聽雨眠,鶴飛歸老梅庭院。青山隱居心自遠,放浪他柳鶯花燕。

西園春暮

傷春瘦,望遠愁,掩朱門碧苔生甃。繞西園旋呼花下酒,海棠飛牡丹厮够。

睡起

攏釵燕,鞁繡鴛,捲朱簾緑陰庭院。奈何天不教人醉眠,打新荷雨聲一片。

東嘉緑野橋

漁榔静,雁字斜,柳陰疎藕花初謝。小闌干畫橋横緑野,憶西湖月明秋夜。

閑閑亭上

魚吹沫,鶴弄影,洗秋雲玉波如鏡。閑閑小亭風日冷,竹千竿緑苔三徑。

和崔雪竹

依村店,駐小車,玉驄嘶繡鞍初卸。琵琶亂彈人醉也,雁雲高薊門秋月。

春情

桃花面,柳葉眉,小亭臺鎖紅鬬翠。孤幃玉人初睡起,不平他錦鴛成對。《太平樂府》"亭臺"作"庭堂","錦鴛"作"錦鶯"。

胡貴卿席上

宜春令,消夜圖,錦橙開噀人香霧。梅花月邊同笑語,不尋思灞橋詩句。

秋望

乾荷葉,脆柳枝,老西風滿襟秋思。盼來書玉人憔悴死,界青天雁飛一字。《太平樂府》作"滿樓秋思"。

憶別

啼紅袖,識錦圖,記臨行雨花風絮。平安字書曾寄與,題名在鳳鸞雙處。

和盧彦威學士

貂裘敝,驄馬驕,雪花飛薊門寒到。雁兒幾聲南去了,也教他玉人知道。

肅齋翁命賦獅橘

生獰面黄金獸,蜜多心白玉漿,吼千林月寒霜降。繞維摩萬八千佛供床,噴清香九重天上。

一半兒

秋日宫詞

花邊嬌月靜妝樓,葉底滄波冷翠溝,池上好風閑御舟。可憐秋,一半兒芙蓉一半兒柳。

梅邊

枝横翠竹暮寒生,花淡紗窗殘月明,人倚畫樓羌笛聲。惱詩情,一半兒清香一半兒影。《堯山堂外紀》"暮寒生"作"夜寒生"。

情

數層秋樹隔雕簷,萬朵晴雲擁玉蟾,幾縷夜香穿繡簾。等潛潛,一半兒門開一半兒掩。

野橋酬耿子春

海棠香雨污吟袍,薜荔空墻閑酒瓢,楊柳曉風涼野橋。放詩豪,一半兒行書一半兒草。《雍熙樂府》"污"作"濕"。《北詞廣正譜》、《九宫大成譜》作"曉風楊柳赤欄橋"。《樂府》以此首並陳所聞等所作四首作"題情"。

賞牡丹

錦裙吹上翠雲枝,緑酒爭傳白玉卮,皓齒慢歌金縷詞。牡丹時,一半兒姚黄一半兒紫。

蒼崖禪師退隱

柳梢香露點荷衣,樹杪斜陽明翠微,竹外淺沙涵釣磯。樂忘歸,一半兒青山一半兒水。《太平樂府》"翠微"作"紫微"。

山坡羊

别懷

衣鬆羅扣,塵生鴛甃,芳容更比年時瘦。看吴鈎,聽秦謳,别離滋味今番又,湖上藕花隄上柳。颼,渾是秋。愁,休上樓。

春睡

花沾宫額,草香羅帶,一春心事愁無奈。感離懷,夢多才,流鶯只在朱簾外,午睡正濃驚覺來。挨,金鏡臺。歪,金鳳釵。

感舊

凭高凝眺,臨風舒嘯,一番春事蝴蝶鬧。越山高,楚天遥,東風依舊桃花笑,金鞍少年何處了。牢,粗布袍。熬,白鬢毛。

閨思《中原音韻》作"春睡"。

雲鬆螺髻,香温鴛被,掩春閨一覺傷春睡。柳花飛,小瓊姬,一聲雪下呈祥瑞,團圓夢兒生唤起。誰,不做美。呸,却是你。《中原音韻》"鴛被"作"鴛鴦被","一聲"作"一片聲","團圓夢"作"把團圓夢"。

梧葉兒

春日感懷

閑羅扇,墜錦囊,塵滿碧紗窗。燕語烏衣巷,花開白玉堂,人去紫雲娘，月冷妝樓夜香。李輯《小令》"妝樓"作"妝臺"。

早行

鷄聲罷，角韻殘，落月五更寒。紫塞呼白雁，黄河遶黑山，翠袖上雕鞍，行路比別離更難。

旅思

題新句，感舊遊，塵滿鸕鷀裘。鏡裏休文瘦，花邊湘水秋，樓上仲宣愁，誰伴我新豐殢酒。

垂虹亭上

三高地，萬古愁，行客記曾遊。緑樹當朱户，青山朝畫樓，紅袖倚蘭舟，借問誰家賣酒。

春日簡鑑湖諸友

簪花帽，載酒船，急管間繁絃。席上題羅扇，雲間寄錦箋，水畔墜金鞭，不減長安少年。

雪中

乘興詩人棹，新烹學士茶，風味屬誰家。瓦甃懸冰筯，天風起玉沙，海樹放銀花，愁壓擁藍關去馬。

別懷

枕上圓孤夢，燈前賦小詩，淚臉界胭脂。脆管催銀字，垂楊綰翠絲，別酒盡金巵，相思病明年那時。

春日書所見

薔薇徑，芍藥闌，鶯燕語間關。小雨紅芳綻，新晴紫陌乾，長日繡窗閑，人立秋千畫板。

壽席

晴山翠，明月圓，鶴舞影蹁躚。酒進長生藥，花開小洞天，人樂太平年，八千歲蓬萊地仙。

長沙道中

扁舟興，淡月痕，薄暮小江村。人入瀟湘畫，酒傾桑落樽，詩弔汨羅魂，醉臥梅花樹根。

山陰道上

雲門路，天柱峰，花暗月朦朧。雪冷誰家店，山深何處鐘，棹孤蓬，興不盡吟詩信翁。

有所思

人何處，草自春，絃索已生塵。柳線縈離思，荷衣拭淚痕，梅屋鎖吟魂，目斷吴山暮雲。《太平樂府》作"絃管已生塵"，黄鈔《小令》作"草自馨"。

小梁州

春夜

玉簫吹斷鳳釵分，瘦損真真。小詞空製錦回文，孤眠恨，翠被寶香温。故人一去無音信，望蓬萊隔幾重雲。燕未歸，春將盡，梨花庭院，和月掩朱門。

秋思酸齋索賦

鴛鴦飛起藕花洲，碧水明秋。玉人天際認歸舟，秋來後，憔悴見花羞。黄昏又是愁時候，柳梢頭新月如鈎。成間闊，添消瘦，新書裁就，一雁過妝樓。

郊行即事

小橋流水落紅香，兩兩鴛鴦。當爐豔粉倚明妝，深深巷，酒旆緑垂楊。新詩欲寫東墻上，奈桃花未識劉郎。乘興來，回頭望，眼波微溜，還許謫仙狂。

春日次陳在山韻

海棠開後一停春，過了三分。花梢紅日曉窗温，鄰姬問，忙甚不開門。畫屏咫尺巫山近，漬春衫都是啼痕。錦帳愁，香奩恨，最傷情處，酒後怯燈昏。

金字經

偕葉雲中山行

萬里封侯貴，一場春夢中，破帽青鞋策短笻。逢，南山採藥翁。桃花洞，白雲千萬重。

訪吾丘道士

細草眠白兔，小花啼翠禽，且聽松風坐綠陰。尋，洞天深又深。遊仙枕，頓消名利心。

青霞洞趙肅齋索賦

酒後詩情放，水邊歸路差，何處青霞仙子家。沙，翠苔横古槎。竹陰下，小魚爭柳花。

壽彦遠盧使君

勝境藏仙洞，浩歌來醉鄉，菡萏花開十里塘。香，盧家白玉堂。仙人杖，鳳頭萱草黄。

湖上寒食

火冷嘗仙飯，酒香撒鬼錢，細雨家家楊柳煙。園，斷橋西堍邊。秋千倦，玉人爭畫船。

環綠亭上《太平樂府》作"溪綠亭"。

水冷溪魚貴，酒香霜蟹肥，環綠亭深掩翠微。梅，落花浮玉杯。山翁醉，笑隨明月歸。《欽定詞譜》作"水冷溪魚貫"。

開玄道院

翠崦仙雲暗，素琴冰澗長，晝永人閑白玉堂。嘗，煮茶春水香。玄泉上，鶴飛松露凉。李輯《小令》"春水"作"白水"。

佛會

萬壽月面佛，十方雲會僧，寶殿香風秋樹鳴。青，蓮花池上生。靈山頂，半空玉磬聲。

王國用胡琴

雨漱窗前竹，澗流冰上泉，一線清風動二絃。聯，小山秋水篇。昭君怨，塞雲黄暮天。

題扇

玉手銀箏柱，翠濤金屈卮，正是魚肥蟹健時。詩，醉題秋扇兒。黄華字，亂風摇柳絲。

次韻

出岫白雲笑，入山明月愁，兩字功名四十秋。羞，死封不義侯。村學究，且讀書青海頭。

情

雲雨山頭暗，女牛天上期，寶鼎香寒玉漏遲。推，角門花影移。鴛鴦會，莫教明月知。

四塊玉

秋望和胡致居

菊又開，人何往，夜静孤眠北窗涼，月明閑上南樓望。天一方，雁幾雙，書半行。

客席胡使君席上

舞態輕，歌喉穩，十里香塵柳邊春，一聲金縷尊前韻。斂繡巾，整翠雲，點絳唇。

春愁

曉夢雲，殘妝粉，一點芳心怨王孫，十年不寄平安信。緑水濱，碧草春，紅杏村。李輯《小令》首句作"曉夢驚"。

傷春

楊柳陰，秋千影，恨煞啼鵑斷腸聲，越添怨女傷春病。倚繡屏，搊錦箏，調玉笙。

宫中秋日

環珮輕，蓬萊淺，桂子香清小壺天，芙蓉露冷披香殿。花可憐，月又圓，人未眠。

梅友席上

已樂閑，從吾懶，虎帳風悲紫荊關，馬蹄霜凍白雲棧。冷眼看，倦鳥還，行路難。

史氏池亭

宿酒醒，良宵永，風細荷香夢魂清，月明梧葉闌干靜。玉管笙，粉面箏，金字經。

東浙舊遊

鏡水邊，巾山頂，兩袖松風羽衣輕，一奩梅月冰壺淨。鵲尾爐，鳳嘴瓶，雁足燈。黄鈔《小令》"鏡水"作"錦水"。

懷古疎翁索題

舞袖雲，妝臺粉，翠被濃香一時恩，黄沙妖血千年恨。虞美人，孔貴嬪，楊太真。

塞鴻秋

湖上即事

斷橋流水西林渡，暗香疎影梅花路。蹇驢破帽登山去，夕陽古寺題詩處。樹頭啼翠禽，水面飛白鷺，傷心和靖先生墓。

春情《太平樂府》作"春暮"。

疎星淡月秋千院，愁雲恨雨芙蓉面。傷心燕足留紅線，惱人鸞影閑團扇。獸爐沉水煙，翠沼殘花片，一行寫入相思傳。黄鈔《小令》"傷心"作"傷情"。

道情二首

直鈎曾下嚴灘釣，清風自學蘇門嘯。蜜蜂飛遶簪花帽，野猿坐守燒丹竈。扁舟范蠡高，五柳陶潛傲，南華夢裏先驚覺。《太和正音譜》"自學"作"自效"，"坐守"作"夜守"。

雪毛馬鞚狻猊鞊，神光龍吼昆吾劍。冰堅夜半踰天塹，月寒曉起離村店。一身行路難，兩鬢秋霜染，老來莫起功名念。

慶宣和

春思

一架殘紅褪舞裙，總是傷春。不似年時鏡中人，瘦損，瘦損。

春晚病起四首

燕懶鶯慵春幾何，風雨蹉跎。柳眼花心尚情多，病可，病可。

十二朱簾不上鈎，懶倚妝樓。斂翠啼紅爲誰羞，悶口，悶口。《太平樂府》作“十二珠簾”。

燕子來時人未歸，肯誤佳期。一對燈花玉蛾飛，報喜，報喜。

四壁青燈酒半酣，病骨岩岩。無斤兩腌臢擔兒擔，自攬，自攬。鈔本《北曲聯樂府》“腌臢”原作“淹咱”，此從《太平樂府》。

毛氏池亭

雲影天光乍有無，老樹扶疎。萬柄高荷小西湖，聽雨，聽雨。

賦情

柳陣花圍雲錦窩，一見情多。恨雨愁雲病如何，爲我，爲我。

歌者花花

蜂蝶紛紛鶯燕猜，喧滿香街。一朵妖紅爲誰開，鬪買，鬪買。

撥不斷

第一樓小集

立金梯，却瑶杯，兩行紅袖君休醉。萬里黄沙客未歸，一天白月秋無際。有書難寄。

琵琶姬王氏

坐離筵，促哀絃，紅妝新畫昭君面。玉手輕彈秋水篇，青衫老淚溢江怨。幾時重見。《太平樂府》作“坐離船”，又作“青樓老淚”。

客懷

抖征衫，望江南，曉奩開月衰容鑑。恨墨沾雲遠信緘，凍河膠雪扁舟纜。利名全淡。《太和正音譜》作“恨墨粘雲”。

會稽道中

墓田鴉，故宫花，愁煙恨水丹青畫。峻宇雕墻宰相家，夕陽芳草漁樵話。百年之下。

小山樂府别集　新樂府

元慶元張可久小山撰　江都任訥中敏編校

水仙子

維陽遇雪

蘆汀淅淅蟹行沙，梅月昏昏鶴到家，梨雲冉冉蝶初化。透朱簾敲翠瓦，莫吹簫不必烹茶。玉蓑衣人堪畫，金盤露酒旋打，預賞瓊花。

道院即事

爐中真汞長黄芽，亭上仙桃綻碧花，吟邊苦茗延清話。玄玄仙子家，小舟横淺水平沙。芳草眠馴兔，緑楊啼乳鴉，門掩青霞。《太平樂府》作“是玄玄仙子家”。

折桂令

小金山

拂闌干仙袂飄飄，堂占波心，纜解松腰。露滿螺杯，風香翠袖，月冷鸞簫。比江上金山小小，望天邊銀海迢迢。醉倚紅橋，休説江南，西子妖嬈。鈔本《北曲聯樂府》“比”原作“北”。

小崆峒燕集

小崆峒庭院深深，老鶴長鳴，鸚䳇能吟。簾外荷香，樓前柳影，井上桐陰。七寶樹天風古林，六銖衣水月觀音。座列瓊簪，酒進金波，曲奏瑶琴。

秋思

寫新詩紅葉胭脂，數字歸鴻，一扇涼颸。遠水空奩，殘荷老翠，倦柳荒絲。瘦嘴鼻羞看鏡子，病腰肢寬褪裙兒。間别多時，不似今年，又害相思。

滿庭芳

碧山丹房

閑閑道隱，玄玄妙門，怪怪山人。予生自有神仙分，何必尋真。紅的櫟花開小春，碧檀欒樹倚蒼雲。吹簫韻，觀棋夜分，沈水暖梅魂。

春怨

塵蒙玉軫，妝殘翠靨，圍褪羅裙。月明誰上秦樓問，香冷燈昏。水北花南那人，鶯來燕去三春。清明近，于飛上墳，不由我不傷神。

寨兒令

憶別

花見羞，淚凝眸，別時語言不應口。柳下秦謳，馬上吳鈎，何處寄風流。五湖范蠡漁舟，西風季子貂裘。青鸞遲遠信，白雁報新秋。愁，懶上小紅樓。黄鈔《小令》次句作"淚盈眸"。

殿前歡

春遊

上花臺，落紅沾滿緑羅鞋。誰家庭院秋千外，蘭麝沾釵。我閑將笑口開，也待了芳春債，何處把新詩賣。無情蝶怨，不飲鶯猜。

湖上

夜遊湖，翠屏飛上玉蟾蜍。粉墻猶記題詩處，樹影扶疎。寫新詩作畫圖，雪老西泠渡，花謝孤山路。林逋領鶴，潘閬騎驢。

清江引

碧山丹房早起

翠篷一壺天地小，又是邯鄲道。尋真客到來，夢短人驚覺，泠泠玉笙松月曉。《太平樂府》"夢短"作"夢草"。

張子堅運判席上三首　後二首《太平樂府》作"閑樂"。

功名壯年今皓首，揀得溪山秀。清霜紫蟹肥，細雨黄花瘦，床頭一壺新糯酒。

去來去來歸去來，菊老青松怪。生前酒一杯，死後名千載，淮陰侯不如彭澤宰。

雲岩隱居安樂窩，盡把陶詩和。村醪蜜様甜，山栗拳來大，梅窗一爐松葉火。

小桃紅

湖上和劉時中二首

一聲嬌燕緑楊枝，滿眼尋芳事。塔影雷峰水邊寺，夕陽時，畫船無數圍花市。三絃玉指，雙鈎草字，題贈粉團兒。《太平樂府》"圍花市"作"蘭花市"。

棹歌驚起錦鴛鴦，開宴新亭上。詩有新題酒無量，醉何妨，長吟笑倚闌干望。西湖夜涼，吴姬低唱，畫舫宿荷香。

朝天子

道院中碧桃

翠蛾恨誰，青鸞信遲，題詩記清明日。淚彈紅雨笑鄰姬，同立蒼苔地。萼緑仙人，玄都觀裏，怪劉郎不記得。今春又歸，花能幾回，且自吹笙醉。李輯《小令》"不記得"作"不認得"。

訪九皋使君

槿籬，傍水，樓與青山對。一庭香雪糝荼蘼，松下溪童睡。淨地留題，柴門還閉，籠開鶴自飛。看梅，未回，多管向西湖醉。

春思

菱花破兩邊，瑶琴斷四絃，恩又翻成怨。黄雲孤雁褪花鈿，羞掩雙鸞扇。歸燕年年，離恨綿綿，又西湖拜掃天。寺前，上船，試照我傷春面。黄鈔《小令》"傷春面"作"春風面"。

紅繡鞋

題惠山寺

舌底朝朝茶味，眼前處處詩題，舊刻漫漶看新碑。林鶯傳梵語，岩翠點禪衣，石龍噴淨水。李輯《小令》"舊刻"作"舊刊"。

蔡行甫郊居

白露離離香稻，清風小小團茅，蔡仙家只隔宋姑橋。籬邊一水遶，門外兩山高，庭前雙檜老。

集慶方丈

月桂峰前方丈，雲松徑裏禪房，玉甌冰乳洗詩腸。蓮花香世界，貝葉古文章，秋堂聽夜講。

沈醉東風

秋夜旅思

二十五點秋更鼓聲，千三百里水館郵程。青山去路長，紅樹西風冷，百年人半紙虛名。得似璩源閣上僧，午睡足梅窗日影。

氣毬

元氣初包混沌，皮囊自喜囫圇。閑田地著此身，絶世慮縈方寸，圓滿也不必煩人。一脚騰空上紫雲，强似向紅塵亂滚。

瓊珠臺

琪樹暖青山鷓鴣，石床平紅錦氍毹。雲間萼緑華，梅下蓬萊屨，倚高寒滿身香露。相伴仙人倒玉壺，月明夜瑶琴一曲。《太平樂府》"梅下"作"松下"。

慶東原

春日

鶯啼晝，人倚樓，酒痕淹透香羅袖。薔薇水蘸手，荔枝漿爽口，瓊花露扶頭。有意送春歸，無奈傷春瘦。

迎仙客

春思

魚尾釵，鳳頭鞋，花邊美人安在哉。煙冷寶爐香，塵昏玉鏡臺，燕子歸來，月淡朱簾外。

括山道中

雲冉冉，草纖纖，誰家隱居山畔崦。水煙寒，溪路險，半幅青帘，五里桃花店。

落梅風

客金陵

臺城路，故國都，濕胭脂井痕香污。後庭不知誰是主，亂蛩吟野花玉樹。

春日宮詞

催箏雁，舞鏡鸞，惜春歸蝶狂蜂亂。阿金自調銀字管，按霓裳牡丹花畔。

碧雲峰書堂

依松澗，結草廬，讀書聲翠微深處。人間自晴還自雨，戀青山白雲不去。

山坡羊

酒友

劉伶不戒，靈均休怪，沿村沽酒尋常債。看梅開，過橋來，青旗正在疎籬外，醉和古人安在哉。窄，不够篩。哎，我再買。“醉和”，各本皆同，惟李輯《小令》作“好飲”。鈔本《北曲聯樂府》“哎”原作“呀”，此從《太和正音譜》及厲刻《小令》。《正音譜》調名〔蘇武持節〕。

客高郵

危臺凝竚，蒼蒼煙樹，夕陽曾送龍舟去。映菰蘆，捕魚圖，一竿風旆橋西路，人物風流聞上古。儒，秦太虛。湖，明月珠。李輯《小令》首句作“危樓凝竚”。《太平樂府》作“映菰蒲”。

金字經

春懷

瘦影孤鸞鑑，怨聲阿鵲鹽，病起離人愁轉添。嫌，燕歸雙入簾。朱門掩，夜香不喜拈。

梅邊

雪冷松邊路，月寒湖上村，縹緲梨花入夢雲。巡，小簷芳樹春。江梅信，翠禽啼向人。

石門洞天

錦樹開圖障，翠峰堆髮鬟，屋老蒼雲暗紫壇。閑，玉龍耕破山。白石爛，半岩秋雨寒。《太平樂府》"髮鬟"作"髻鬟"。

仙居

白月孤峰上，紫雲雙澗邊，飢有松花客有泉。仙，抱琴岩下眠。蟠龍宴，鶴來騎上天。《太平樂府》"白月"作"白日"。

別懷

海樹離懷近，月英眉黛愁，金縷一聲雙玉舟。留，共登思遠樓。重陽後，菊花風雨秋。

小山樂府外集

元慶元張可久小山撰　江都任訥中敏編校

太常引

姑蘇臺賞雪

斷塘流水洗凝脂，早起索吟詩。何處覓西施，垂楊柳蕭蕭鬢絲。銀匙藻井，粉香梅圃，萬瓦玉參差。一曲樂天詞，富貴似吳王在時。

湘妃怨

武夷山中

落花流水出桃源，暖翠晴雲滿藥田，流金古像開香殿。步虛聲未遠，鶴飛來認得神仙。傍草漫山徑，幽花隱洞天，玉女溪邊。"傍"字待校。

山中隱居

丹翁接老得長生，白鶴依人認不名，青山擾主隨他姓。歎乾坤一草亭，半年不出嚴扃。寫十卷續仙傳，和一篇陋室銘，補注茶經。"接"字、"擾"字待校①。

懷古

秋風遠塞皂鵰旗，明月高臺金鳳杯，紅妝肯爲蒼生計。女妖嬈能有幾，兩蛾眉千古光輝。漢和番昭君去，越吞吳西子歸，戰馬空肥。

黃山道中

何人禮斗上松梢，有客題名到樹腰，指前峰半日行來到。這山不是小，洞天寬容我詩豪。白雲觀欹仙枕，朱砂泉流藥瓢，紫蘭宮玉女吹簫。

---

①　今校：原注所疑甚是。天一閣本《小山樂府》前三句頗通順，作"丹翁投老得長生，白鶴依人認小名，青山换主隨他姓。"

折桂回

錢塘即事

倚蒼雲拱北城高，地勝東吴，樹老南朝。翠袖聯歌，金鞭爭道，畫舫平橋。樓上樓直浸九霄，人擁人長似元宵。燈火笙簫，春月遊湖，秋日觀潮。

紫微樓上右平章索賦

鎮錢塘太乙勾陳，玉柱擎天，繡衮生春。潮點鵝毛，山盟鳳尾，瓦甃魚鱗。近北斗三天紫宸，拂危欄兩袖白雲。可摘星辰，誰信蟾宫，著我閑身。

徽州路譙樓落成

小闌干高倚長空，壯觀山城，仿佛天宫。亹遍畫鼉，嘶殘玉鳳，漏盡銅龍。催古寺一百八曉鐘，動晨光三十六晴峰。雄視江東，萬井春風，太守神功。

湖上雪晴魯至道席間賦

想當年雁塔題名，衣錦歸來，攬轡澄清。試坐漁磯，相親蟻渌，不負鷗盟。青山老西施暮景，碧天高東魯文星。淘寫襟靈，玉手琵琶，翠袖娉婷。

贈胡存善此首鈔本原在〔上小樓〕後，調名作〔折桂令〕。

掌梨園樂府須知，富有牙籤，名動金閨。一代風流，九州人物，萬斛珠璣。解流水高山子期，製暗香疎影姜夔。胸次清奇，笑毁黄鐘，識透玄機。

滿庭芳

春暮

韶光幾分，紅飄恨雨，緑染愁雲。粉痕吹上何郎鬢，買不住東君。梨花下香風玉樽，松株外落日金盆。消磨盡，尋芳故人，鶯燕自爭春。

題小小蓬萊

蘭花旋買，靈芝未採，藕葉初栽。壺中天地春常在，畫苑琴臺。望弱水涌茫茫大海，號幽居曰小小蓬萊。柴門外，雖無俗客，童子且休開。

樊氏素雲

櫻桃口脂，題君雅號，索我新詞。梨花夢裏同心事，雪比芳姿。迎皓月玲瓏玉枝，結穠香婀娜瓊芝。題卿字，光生繭紙，頭上黑雨催詩。

燕引雛

張氏玉卿

瑩無瑕，淡妝何必御鉛華。嬌姿映雪强如畫，素手琵琶，天仙第一家。荆山下，連城價。香欺瑶草，豔壓瓊花。

雪晴過揚子渡坐江風山月亭

雪晴初，金山頂上玉浮屠。題詩風月無邊處，身在冰壺，天然江剡圖①。西津渡，南歸路。茶香陸羽，梅隱林逋。

桐江即事

挂詩瓢，騎牛閑過問松梢。不知世上紅塵鬧，花掩雲巢，烏紗白紵袍。桐君藥，嚴陵釣。山椒暖翠，沙觜寒潮。

金字經

劉氏瑞蓮

種帶瑶池露，藕香玉井湫，曾向苕溪溪上遊。愁，結花成並頭。何時又，共登仙葉舟。

觀泉

靖節黄花徑，子猷蒼玉亭，千澗飛來六月冰。清，素琴無意聽。闌干静，白雲鐘一聲。

觀獵

雪點蒼鷹俊，玉花驄馬驕，廣利將軍猶近郊。袍，織成金翠毛。隨軍樂，繡旗雙皂鵰。

天淨沙

荷邊宿鷺

幽禽瘦聳雙肩，晚花香褪妝鈿，月淡煙寒水淺。遠江如練，夢歸西塞山前。

---

① 今校："江剡圖"，費解。天一閣本《小山樂府》作"泛剡圖"，似當從。

懷古疎翁命賦

翠芳園老樹寒鴉，朱雀橋野草閑花①，烏江岸將軍戰馬。百年之下，畫圖留落誰家。

清江引

張子堅席上

雲林隱居人未知，且把柴門閉。詩床竹雨涼，茶鼎松風細，遊仙夢成鶯喚起。

湖上

去年香梅花帶雪，賽到孤山社。酒從村店賒，船問鄰僧借，梅花又開忙去也。

春晚

平安信來剛半紙，幾對鴛鴦字。花開望遠行，玉減傷春事，東風草堂飛燕子。

凭闌人

衆遠樓上

畫棟飛飛簾外雲，仙袂飄飄天上人。釣船歸水村，雁行出海門。

白雲鍊師山居

丹氣溶溶生紫煙，石齒泠泠鳴玉泉。住山不記年，看雲即是仙。

天台山中

雙闕瓊臺□亂峰，千樹琪花香晚風。白頭雲外翁，紫潭波底龍。

海□道院

雨後松雲生紫巖，花外茶煙生翠嵐。袖詩出道庵，探梅來水南。

霜角

花屏春曉以下八首乃新安八景

初日滄涼，海霞摇曙光。幾摺好山如畫，晴藹藹，鬱蒼蒼。衆芳，雲

---

① 今校："雀橋"二字原缺，據天一閣本《小山樂府》補。

景香，道人眠石床。喚起南華夢蝶，鶯啼在，緑垂楊。

練溪晚渡

淡煙微隔，幾點投林翮。千古澄江秀句，空感慨，有誰索。拍拍，水光白，小舟爭過客。沽酒歸來樵叟，相隨到，許仙宅。

南山秋色

華蓋亭亭，向陽松桂榮。背立夜壇朝斗，直下看，老人星。地靈，風物清，衆峰環翠嬴。千古仙山道氣，誰高似，許宣平。

王陵夕照

暮蟬聲咽，幾樹白楊葉。細細看雲嵐舊隱，遺廟在，表忠烈。翌結，弓劍穴，苔花碑字滅。遠水殘陽西下，今人見，古時月。"翌結"待校。

水西煙雨

沙淺波平，孤舟長日横。淡墨瀟湘八景，誰移向，富山城。淨名，疎磬聲，暮歸何處僧。明日披雲風頂，呼太白，賞新晴。

漁梁送客

浪花飛雪，船閣蒼雲缺。一片鸕鶿西照，檣燕語，柳絲結。話别，情哽咽，酒邊歌未闋。他日寄書雙鯉，順流過，釣臺月。

黄山雪霽

雲開洞府，按罷瓊妃舞。三十六峰圖畫，張素錦，列冰柱。幾縷，翠煙聚，曉妝眉更嫵。一個山頭不白，人知是，煉丹處。

紫陽書聲

樓觀飛驚，好山環翠屏。誰向山中講授，朱夫子，魯先生。短檠，雪屋燈，琅琅終夜聲。傳得先儒道妙，百世下，以文鳴。

上小樓

九日山中

白雲與俱，青山無數。笑脱紗巾，臥品瓊簫，醉解金魚。盡一壺，酒再沽，不知歸路，惜黄花翠微深處。

茅山書事

蕉風半篭,藤花一架。劍氣穿雲,丹光漏月,飯顆蒸霞。棗似瓜,酒滿斝,仙翁留話,鶴飛歸隱居松下。

湖上

松風滿身,蓮花古寺。涼月嬋娟,翠羽參差,小屋茅茨。酒醒時,爭賦詩,西湖清思,訪孤山愛梅處士。

春思十五首　按末首是"夏日湖上",應別列。

屏山倦倚,眉尖蹙翠。怪煞書遲,盼得人回,又怕春歸。繡枕推,初睡起,憂心如醉,問西園海棠開未。

春光未歸,佳人沉醉。庭院深深,楊柳依依,燕子飛飛。玉漏遲遲,翠管吹吹,綠情紅意,月兒高海棠初睡。

荒園數畝,寒梅幾樹。廢沼鳴蛙①,疎籬吠犬,夜月啼烏。載乘輿,擿畫鼓,蘭舟何處,泣西風翠芳人去。

東風酒家,西施堪畫。打令續麻,擲拍分花,傍柳隨花。不上馬,手厮把,傳情羅帕,小紅樓斷橋直下。

寒潭玉龍,仙山幺鳳。春斷南枝,人在西樓,笛怨東風。曲未終,酒不空,羅浮仙夢,月黃昏暗香浮動。

離愁自解,芳心無奈。燕嚲金釵,翠冷羅鞋,鳳去瑶臺②。春又來,花自開,蘇娘何在,玉驄西湧金門外。

花開后土,鶴鳴仙柱。明月高樓,臨都老樹,落日平蕪。翠袖扶,醉老夫,金盤香露,教吹簫玉人何處。鈔本《北曲聯樂府》原作"花開後土",此從勞氏校本。

前程萬里,相思兩地。燕國天寒,吴江月冷,楚岫雲迷。繡幙圍,錦帳垂,朱門空閉,燕來也那人歸未。

湘皋二妃,瑶池相會。不御鉛華,盡解紅衣,半露冰肌。白鳳飛,翠蓋欹,玉簪斜墜,粉雲香一奩秋意。

---

① 今校:"沼"字原闕,據天一閣本《小山樂府》補。

② 今校:"去"字原闕,據天一閣本《小山樂府》補。

誰家豔姝，天然洛浦。秋水芙蕖，春風笑語，道様妝梳。爲交甫，解佩珠，花前相遇，紫雲深綵鸞先去。勞氏校本作"綵鸞飛去"。

寒食禁煙，尋芳人倦。仙墨銀箋，新詞羅扇，小袖金鞭。最可憐，信杳然，蒼苔庭院，想桃花去年人面。鈔本《北曲聯樂府》作"□墨銀箋"，勞氏校本作"□墨銀箋仙"，因改作此①。

陽關畫圖，高唐詞賦。水遠魚沉，郎去蝶愁，月冷鸞孤。盡酒壺，灑淚珠，長亭西路，鷓鴣啼夕陽紅樹。

雲萍蕩漾，楊花心性。半紙虚名，萬里修程，一様離情。搊錦箏，合鳳笙，無心閑聽，爲相思玉人成病。

雲屏幾宵，華胥一覺。翠管聲乾，青鸞信杳，玉蕊香銷。蘇小小，張好好，千金買笑，今何在玉容花貌。

西湖晚涼，凭闌凝望。人過蓮船，橋橫柳浪，酒捲荷觴。雲錦張，水鏡香，波光摇蕩，鷺絲兒釣魚磯上。

罵玉郎帶感皇恩採茶歌鈔本《北曲聯樂府》

原分三曲，首曲題作"富山元宵賞燈"，後二曲各作"前題"。

富山元宵賞燈

朱衣錦帶黄金韉，前後羽林兵，當空皓月懸秋鏡。蘭麝馨，簫鼓鳴，天街淨。　燈界珠繩，春藹花屏。御輦上翠逍遥，宫林傳金錯落，歌女□玉娉婷。賞良夜好景，聽樂府新聲。慶元正，□隊伍，樂昇平。　待天明，未收燈，寶箏前殿引長生。鐵甕千年富山城，西臺一點老人星。

---

① 今校：按天一閣本《小山樂府》作"醉墨銀箋"，當從。

小山樂府補集

元慶元張可久小山撰　江都任訥中敏編校

小令

水仙子

樂閑以下九首,見李輯《小令》。

吹簫按舞月當軒,載酒尋花雪滿船,題詩試墨雲生硯。樂清閑塵事遠,想當年利惹名牽。萬里天山箭,三冬冰窖氈,爭似林泉。

春情

柳芽箋小錦雲緘,蓬島書來紫鳳啣,梨花院靜青燈暗。相思情未減,不由人不瘦的岩岩。塵昏寶鑑,香銷玉簪,淚滿羅衫。黄鈔《小令》"紫鳳"作"錦鳳"。

凭闌人

江夜

江水澄澄江月明,江上何人搊玉箏。隔江和淚聽,滿江長歎聲。

落梅風

秋思

懷桃葉,憶柳枝,仲宣樓杜陵詩思。白雲中兩三個新雁兒,寫相思不成愁字。

梧葉兒

次韻《北詞廣正譜》歸徐再思。

鴛鴦浦,鸚鵡洲,竹葉小漁舟。煙中樹,山外樓,水邊鷗,扇面兒瀟湘暮秋。

金字經

樂閑二首

百年渾是醉，滿懷都是春，高臥東山一片雲。嗔，是非拂面塵。消磨盡，古今無限人。"渾是"疑是"渾似"之誤。

范蠡黄金像，謫仙白玉杯，不若淵明解印歸。誰，似他能見機。醺醺醉，免人談是非。

春閨

粉淡孤鸞鏡，夢迴雙鳳臺，滿院東風花正開。猜，玉奴何處來。闌干外，插花尋玉釵。

上小樓

題釣臺

亭臺土花，江山圖畫。遁迹煙霞，罷念榮華，間别官家。泥布襪，上御榻，龍身偃亞，不輕了故人足下。

得勝令

失題見殘元本《陽春白雪》。

銀燭照黄昏，金屋貯佳人。酒醉三更後，花融一夜春。恩情，怕有些兒困。親親，親得來不待親。

小梁州

失題三首　見《雍熙樂府》。

篷窗風急雨絲絲，笑撚吟髭。淮陽西望路何之，鱗鴻至，把酒問篙師。迎頭便説兵戈事，風流再莫追思。塌了酒樓，焚了茶肆，柳營花市，更呼甚燕子鶯兒。

秋風江上棹孤舟，煙水悠悠。傷心有事賦登樓，山容瘦，楓樹替人愁。樽前細把茱萸嗅，問相知幾個白頭。樂可酬，人非舊，黄花時候，枉負晉風流。

秋風江上棹孤航，煙水茫茫。白雲西去雁南翔，推篷望，情思滿滄浪。東籬誤約陶元亮，過了重陽。自感傷，何情況，黄花惆悵，空作去年香。

《雍熙樂府》有〔小涼州〕六首，前署小山。首曲“玉壺春水浸晴霞”，次曲“兩峰晴翠插波光”，三曲“冰壺光浸水精寒”，俱已見後集《蘇隄漁唱》，後三首録於此。

金字經

失題二首　疑是詠水仙，見《雍熙樂府》。

黄蕊呈金盞，素英展玉臺，一種奇香冒雪開。猜，只疑天上來。遊仙界，嫦娥下寶階。

霜壓瑶花瘦，雪侵翠葉殘，似聽仙娥玉珮環。珊，淩波羅襪寒。香風散，月明人倚闌。

《雍熙樂府》此調有二十二首，署小山作。其前九曲爲“惜花人何處”、“楊柳沙頭樹”、“信遠江南雁”、“玉手銀絲鱠”、“六月芭蕉雨”、“竹枕蘆花被”、“象管鴛鴦字”、“翠被夢中夢”、“寶鑑殘妝暈”，俱已見前集《今樂府》。餘十三首，本連貫而列，兹按其詞意，分作“失題”二首、七首、四首。

失題七首　見《雍熙樂府》。

楚臺雲歸去，都來三兩朝，閑殺東風碧玉簫。簫，寶釵金鳳翹。風流俏，把人憔悴了。

輕寒堆翠被，東風暖玉纖，香盡金猊月轉簾。添，蛾眉新淡尖。香消罷，倚窗愁未忺。

紫簫聲初散，玉爐香正濃，涼月溶溶小院中。從，别來衾枕空。遊仙夢，一簾梅雪風。

淚濺衣衫袖，不知心爲誰，芳草萋萋人未歸。期，一春魚雁稀。人憔悴，愁堆八字眉。

蛾眉能自惜，别離淚眼傾，休唱陽關第四聲。情，夜深愁未醒。人孤另，蕭蕭月二更。

金簾重曉日，碧風度小溪，香暖金爐酒滿杯。奇，夜來香透幃。人初睡，玉堂春夢回。

曉來春勻透，西園第一枝，香暖珠簾酒滿巵。思，休歌腸斷詞。關心事，夜闌人靜時。

失題四首　見《雍熙樂府》。

天上皇華使，來回三四番，便是巢由請下山。取索檀，略別華鵲山。無多慚，此心非爲官。

屈指歸來後，山中八九年，七見徵書下日邊。私自憐，又爲塵事纏。鶴休戀，行當還綽然。

累次徵書下，教人去住難，豈是無心作大官。君似看，蕭蕭雙鬢斑。休嗟歎，不如山水間。

説著功名事，滿懷都是愁，何似青山歸去休。休，從今身自由。誰能够，一蓑煙雨秋。

錦橙梅

失題見《太和正音譜》。

紅馥馥的臉襯霞，黑髭髭的鬢堆鴉。料應他，必是個中人，打扮的堪描畫。顫巍巍的插著翠花，寬綽綽的穿著輕紗。兀的不風韻煞人也嗏，是誰家，我不住了偷睛兒抹。

齊天樂過紅衫兒

失題見《太和正音譜》。

潛身且入無何，醉裏乾坤大。蹉跎，和，鄰友相合。就山家酒嫩魚活，當歌，百無拘逍遥，千自在快活。日日朝朝，落落跎跎。酒甕邊行，花叢裏過，沉醉後由他。　今日紅塵在，明日青春過。枉張羅，枉張羅，世事都參破。飲金波，飲金波，一任傍人笑我。按《太和正音譜》、《北詞廣正譜》，〔齊天樂〕“潛身”云云、〔紅衫兒〕“今日”云云，兩調相接，又屬一韻，證之《今樂府》内四首，此兩調自是一曲。

套數

〔南呂〕一枝花

湖上晚歸見《太平樂府》。《北宫詞紀》作"攜美人湖上歸"。

長天落綵霞，遠水涵秋鏡。花如人面紅，山似佛頭青。生色圍屏，翠冷松雲徑，嫣然眉黛横。但攜將旖旎濃香，何必賦横斜瘦影。《北宫詞紀》作"巧畫圍屏"，又作"何必賦横斜疎影"。

〔梁州〕挽玉手留連錦裀，據胡床指點銀瓶，素娥不嫁傷孤另。想當年小小，問何處卿卿。東坡才調，西子娉婷。總相宜千古留名，吾二人此地私行。六一泉亭上詩成，三五夜花前月明，十四絃指下風生。可憎，有情。捧紅牙合和伊川令，萬籟寂，四山静。幽咽泉流水下聲，鶴怨猿驚。《太平樂府》首句"裀"作"英"。黄鈔《小令》"可憎"作"可曾"。《北宫詞紀》作"挽玉手留連畫舫"，又"吾二人"句作"咱兩個慢相邀此地陶情"，又"有情"作"乘興"，又作"幽咽泉流石上聲"。

〔尾〕岩阿禪窟鳴金磬，波底龍宫漾水精。夜氣清，酒力醒，寶篆銷，玉漏鳴。笑歸來仿佛二更，煞强似踏雪尋梅灞橋冷。黄鈔《小令》"二更"作"三更"。《北宫詞紀》作"更那堪岩阿禪窟鳴金磬，波底龍宫漾水晶"，又作"笑歸來仿佛有鼓二更，煞强如踏雪尋梅灞橋冷"。

春景見《詞林摘豔》。

滚香綿柳絮輕，飄白雪梨花淡。怨東風墻杏色，醉曉日海棠酣。景物偏堪，車馬遊人覽，賞晴明三月三。緑苔撒點點青錢，碧草鋪茸茸翠毯。

〔梁州第七〕流水泛江湖暖浪，輕雲鎖山市晴嵐，恐無多光景疾相探。雕鞍奇轡，紗帽羅衫。珍饈滿桌，玉液盈罎。歌兒舞妓那堪，詩朋酒侶交談。喫的保生存華屋羊曇，興足竹林阮咸，醉居林甫曹參。放開，酒膽。恨狂風盡把花摇撼，歎陽和又虚賺。拚了醄醄飲興酣，於理何慚。

〔尾聲〕紫霜毫入硯深深蘸，吟幾首鶯花詩滿函，一望紅稀緑陰暗。正遊人不甘，奈僕童執驂，不由咱倦把驕驄轡頭兒攬。

夏景見《詞林摘豔》。

薔薇滿院香，菡萏雙池錦。海榴濃噴火，萱草淡堆金。暑氣難禁，天地炎蒸甚，閑行近緑陰。納清風臺榭開懷，傍流水亭軒賞心。

〔梁州第七〕摇羽扇納涼避暑，卸紗巾散髮披襟，冰山雪鑑忘懷飲。盤盛橄欖，水浸林檎。何愁盞大，不懼甌深。會佳賓酒陣詩林，設華筵竹影松陰。白蓮藕爽口香甜，錦鱗鱠著牙味深，水晶瓜薦齒寒侵。滿斟，醉吟。今朝酩酊明朝恁，不喫後待圖甚。日月無情戀古今，休負光陰。

〔尾聲〕傾殘竹葉千樽飲，摘下枇杷一樹金，深喜嫦娥見咱您。紗橱用心，安排下簟枕，專等歸來醉時寢。

秋景見《詞林摘豔》。

金風彫楊柳衰，玉露養芙蓉豔。竹輕摇蒼鳳尾，松密映老龍潛。殘暑淹淹，爽氣被樓臺占，稱情懷景色添。火龍鱗紅葉瀟瀟，金獸眼黄花冉冉。

〔梁州第七〕别南浦雲飛畫棟，到西山雨灑朱簾，小槽酒滴珍珠釅。銀盤饌滿，寶鼎香拈。黄橙味美，紫蟹肥甜。趁蒼空天似白縑，翫清光月擁銀蟾。不學那愁默默呆漢江淹，只學那興悠悠詩仙子瞻，樂醄醄醉客陶潛。意忺，意忺。千鍾到手誰曾厭，我待把醉鄉占。不管衣襟被酒渰，無事拘鉗。

〔尾聲〕賞心樂事休教欠，飲興吟懷似要添，醉倒樽前任君僭。將咱指點便嫌，勝似你紅塵路兒險。

冬景見《詞林摘豔》。

青山失翠微，白玉無瑕玷。梨花和雨舞，柳絮帶風撏。撥粉堆鹽，祥瑞天元欠，豐年氣象添。亂飄濕僧舍茶煙，密灑透歌樓酒帘。

〔梁州第七〕金盞酒羊羔滿泛，紅爐中獸炭頻添，蘭堂畫閣多妝點。錦茵繡榻，翠幕毡簾。鸞簫謾品，鼉鼓輕掂。唱清音餘韻淹淹，捧紅牙玉指纖纖。綺羅間盞到休推，寶鴨内香殘再拈，玉壺中酒盡重添。况兼，興忺。金波瀲灧霞光閃，接入手不辭厭。爲愛瓊瑶儘意瞻，賞玩休嫌。

〔尾聲〕玄冥不出權獨占，青女三白勢轉嚴，酩酊甘心醉軀欠。見冰錐滿簷，瓊珠滿簾，全不把塵埃半星兒染。

〔中吕〕粉蝶兒

春暮有懷見《北宫詞紀》。《詞林摘豔》作"春思"。

花落春歸，怨啼紅杜鵑聲脆，遍園林景物狼籍。草茸茸，花朵朵，柳摇深翠。開遍荼蘼，近清明困人天氣。《詞林摘豔》作"近清和困人天氣"。

〔醉春風〕粉暖倩蜂鬚，泥香銜燕嘴。遲遲月影上簾鈎，猶自未起，起。爲想别離，倦餘梳洗，暗生憔悴。《詞林摘豔》作"泥香沾燕嘴"。

〔迎仙客〕獸爐香篆息，鸞鏡暗塵迷，繡床幾番和悶倚。腕消金釧鬆，釵横翠鬢委，屈指歸期，不覺的粉臉流紅淚。《詞林摘豔》作"玉腕消金釧憁，釵横鬢翠委"。

〔紅繡鞋〕花開盡空閑鶯砌，日初長静掩朱扉，繫垂楊何處玉驄嘶。落誰家風月館，知那里燕鶯期，話叮嚀不記得。《詞林摘豔》起句作"花飛盡"。

〔十二月〕正交頸鴛鴦拆離，恰雙栖鸞鳳分飛。效比翼鶼鶼獨宿，樂于飛燕燕孤栖。傳芳信歸鴻杳杳，盼音書雙鯉遲遲。

〔堯民歌〕呀，因此上美甘甘風月久相違，冷清清雲雨杳無期。静巉巉燈火掩深閨，清耿耿離魂遶孤幃。傷悲傷悲，雕鞍去不歸，都只爲辜負韶華日。《詞林摘豔》"傷悲"兩字不疊，末句作"都只爲辜負了韶華日"。

〔耍孩兒〕自别來無一紙真消息，日近長安那里。倚危樓險化作望夫石，暮雲煙樹淒迷。把春心幾度憑歸雁，勞望眼終朝怨落暉。到此際愁無寐，昏秋水揉紅淚眼，淡春山蹙損了蛾眉。《詞林摘豔》作"倚危樓險化做望夫石，暮雲山煙樹淒迷"，又末句作"淡青山蹙了蛾眉"。

〔一煞〕想當初教吹簫月下歡，笑藏鬮花底杯，到如今花月成淹滯。月團圓緊把浮雲蔽，花燦爛頻遭驟雨催。落花殘月應何濟，花須開謝，月有盈虧。《詞林摘豔》作"花爛熳"。

〔尾聲〕歎春歸人未歸，盼佳期未有期。要相逢料得别無計，只除是一枕餘香夢兒裹。

〔仙吕〕點絳唇

翻歸去來辭見《詞林摘豔》。

歸去來兮，故鄉近日，田園内。蕪草荒迷，催把微官棄。

〔混江龍〕既心爲形役，何須惆悵自生悲。悟往之不諫，知來者堪追。昨日方知今日錯，今朝便覺夜來非。舟摇摇以輕颺，風飄飄而吹衣。問征夫以行路，恨晨光之熹微。乃瞻衡宇，適我閑中意，雖休官早，悔恨來遲。

〔油葫蘆〕荷月鋤田夜始歸，有歡迎僮僕隨，候門稚子笑牽衣。栽五株翠柳籠煙密，種一籬黄菊凝霜媚。三徑邊雖就荒，兩喬松喜不移，盼庭柯木葉交蒼翠，我只是常把笑顔怡。

〔天下樂〕雖設柴門鎮掩扉，無爲，交暫息，既世情人我心願遲。看山岫雲始歸，羨知還鳥倦飛，撫孤松心似水。

〔那吒令〕悦高朋故戚，共談玄講理。辦登山玩水，早休官棄職。遠紅塵是非，省藏頭露尾。深蒙雨露恩，自得鋤鉋力，問優遊此興誰知。

〔鵲踏枝〕與猿鶴久忘機，共琴書自相陪。纔過西郊，適興東籬。誰待要勞神費力，不能够展眼舒眉。

〔寄生草〕一任交秦灰冷，從教那晉鼎移。倚窗或樂琴書味，從情或棹孤舟濟，登山或念車輪意。美哉之志樂田園，浩然之氣冲天地。

〔幺〕農夫告，春將及。朝來雨一犁，新生禾葉層層密，長流泉水涓涓細，初開黄菊重重媚。有時矯首恣遊觀，策杖老者欣留意。

〔金盞兒〕來去兮，莫呆癡。寓形宇内能何已，委心不爲去留迷。嘻遑遑將到底，用怡怡欲潛歸。知帝鄉人不到，任富貴願皆遲。

〔尾聲〕喜攜杖自耕耘，歡自己忘憂會，翫賞東籬足矣。採菊浮杯穩坐榻，對南山山色稀奇。看山巍山色相催，山色悠悠能有幾。逍遥度日，優遊卒歲，樂天之命復奚疑。

〔南吕〕一枝花

春怨見《北宫詞紀》。

鶯穿殘楊柳枝，蟲蠹損薔薇刺。蝶搧乾芍藥粉，蜂蹙斷海棠絲。怕近花時，白日傷心事，清宵有夢思。間阻了洛浦神仙，没亂殺蘇州刺史。

〔梁州第七〕俏姻緣别來久矣，巧魂靈夢寢求之，一春多少傷心事。著情疼熱，痛口嗟咨。往來迢遞，終始參差。一簡書寫就了情詞，三般兒寄與嬌姿。麝臍薰五花瓣翠羽香鈿，猫眼嵌雙轉軸烏金戒指，獺髓調百和香紫蠟胭脂。念兹，在兹。愁和淚頻傳示，更囑咐兩三次。訴不盡心間無限思，倒羞了燕子鶯兒。

〔尾聲〕無心學寫鍾王字，遣興閑觀李杜詩，風月關情隨人志。酒不到半卮，飯不到半匙，瘦損了青春少年子。

附録一

諸家評紀

元鍾嗣成《録鬼簿》云:“張可久,字小山,慶元人。以路吏轉首領官。有樂府盛行於世,又有《吴鹽》、《蘇隄漁唱》等曲,編於隱語中。”

錢惟善《江月松風集·送張小山之桐廬典史》云:“君家樂府號《吴鹽》,況是風姿美笑談。公幹才名傾鄴下,子山詞賦擅江南。霜清萬木丹青變,雨暝千峰紫翠含。縣幕從容釣臺去,臨流應得漱餘酣。”

周德清《中原音韻》之正語作詞起例定格四十首内,載小山〔紅繡鞋〕《隱士》一首,本書題作“次崔雪竹韻”。與其前列〔朝天子〕一首,合共一評曰:“二詞對偶、音律、語句、平仄俱好。前詞務頭在‘人’字,後詞妙在‘口’字上聲,務頭在其上。知音傑作也。”按〔朝天子〕《詠廬山》云:“早霞,晚霞,妝點廬山畫。仙翁何處鍊丹砂,一縷白雲下。客去齋餘,人來茶罷,歎浮生指落花。楚家,漢家,做了漁樵話。”此詞《堯山堂外紀》謂周德清自己作,王驥德《曲律》但謂元人之作。愚意倘爲周氏己作,評語中豈有自詡爲“知音傑作”之理?周氏縱妄,應不至此。且四十首定格中,除此二首外,無不每詞分評者,則此二首之獨共一評,應非偶然,或二首皆小山之作也。待考。

又載〔滿庭芳〕《春晚》一首,本書題作“春晚梅友元帥席上”。評曰:“此一詞,但取其平仄,庶幾。若‘此’字是平聲,屬第二著。喜‘義’字屬陰,妙。可惜第四、第五句上下失粘。妙在‘紙’字上聲起音,‘扇’字去聲取務頭。若是‘紙’字平聲,屬第二著;‘扇’字上聲,止可作〔折桂令〕中一對。多了‘急管’二字,不成調,得一意結之方好。吁!今之樂府,難而又難,爲格之詞不多見也。”

又載〔醉太平〕《感懷》一首,即本書中《失題》“人皆嫌命窘”一首。評曰:“‘窘’字若平,屬第二著。平仄好。務頭在三對,末句收之。”

又載〔山坡羊〕《春睡》一首，評曰："意度、平仄俱好，止欠對耳。務頭在第七句至尾。"按此首起句原作"雲鬆羅髻，香温鴛被"，甚對。《中原音韻》"鴛被"作"鴛鴦被"，所以謂"欠對"耳。

明甯王權《太和正音譜》云："張小山如瑶天笙鶴[①]。其詞清而且麗，華而不豔，有不喫煙火食氣，真可謂不羈之材。若被太華之仙風，招蓬萊之海月，誠詞林之宗匠也。當以九方皐之眼相之。"

李開先《〈張小山小令〉序》云："《録鬼簿》謂人生斯世，但以已死爲鬼，而不知未死者亦鬼也，身後無聞，則又不若塊然之鬼爲猶愈。《太和正音譜》評小山詞如瑶天笙鶴，既清且新，華而不豔，有不食煙火氣味；又謂其如披太華之天風，招蓬萊之海月，若是可稱詞中仙才矣。李太白爲詩仙，非其同類耶？小山詞既爲仙，迄今殆死而不鬼矣。世雖慕之，未有見其全詞者。予爲之編選成帙，亦有一二删去者，存者皆如《録鬼》及《太和》二書所稱許。以其生平鮮套詞，因名之曰《小山小令》云。客有以《古劍歌》示予者，試猜爲何代何如人，予應以似宋元間人。客曰，是也，元人也。予曰，若是元人，絶似小山詞。客乃大笑，以爲不錯分毫。然亦有太白詩風骨，予謂其各有仙才，不信然耶？詩録於後，未知識者是否，姑記一時偶中之語如此。'將軍躍馬來南荒，腰間古劍白練光。鷺鵜塗香魑魅泣，寒芒熠熠勾陳蒼。龍髯高掛珠堂月，玉華曾拂樓蘭雪。爲君盡斫奸臣頭，天狗三更下舐血'，此雖短歌，然而句奇味長。客退，恐其誑予，因點檢《續文章正宗》及《文翰類選大成》，果是小山作。小山名可久，以路吏轉首領，即所謂民務官，如今之税課局大使。夫以是人而居卑秩，宜其歌曲多不平之鳴。"下略。

楊慎《詞品》云："張小山〔小桃紅〕詞云，詞略，即"春深一汀煙柳"一首'蔞蒿春雪動，楊柳索春饒'，山谷詩也，此詞用之，今刻本不知，改'饒'爲'愁'，不惟無韻，且無味矣。"

陳所聞《北宫詞紀》選〔南吕・一枝花〕《春怨》，載李開先評云："韻窄而字不重，句高而情更款，通首全對猶難。"

又選〔一枝花〕《湖上晚歸》，載李開先評云："小山此曲，古今絶唱。

---

① 今校：清影鈔明洪武本《太和正音譜》，"如瑶天笙鶴"前有"之詞"二字。

世獨重馬東籬〔夜行船〕，人生有幸有不幸耳。總較之，東籬蒼古，小山清勁，瘦至骨立，而血肉銷化俱盡，乃孫悟空鍊成萬轉金鐵軀矣。"①

蔣一葵《堯山堂外紀》云："張伯遠，字可久，號小山。"按《元音》有張伯遠《和祝直清》五古一首，不知即小山作否？

又云："張小山有《蘇隄漁唱》詞，一時膾炙人口。"

徐陽初《三家村老委談》云："北詞馬東籬、張小山，自應首冠。"

沈德符《顧曲雜言》云："若散套雖諸人皆有之，惟馬東籬'百歲光陰'、張小山'長天落彩霞'爲一時絶唱，其餘俱不及也。"

王驥德《曲律》云："李中麓開先序刻元喬夢符、張小山二家小令，以方唐之李、杜。夫李則實甫，杜則東籬，始當。喬、張蓋長吉、義山之流。然喬多凡語，似又不如小山更勝也。"

胡侍《真珠船》云："張小山首領官。"

趙琦美《脈望館書目》云："《張小山小令》一本。"

黄虞稷《千頃堂書目》云："張久可，《張小山小令》二卷，元時以路吏轉民務官。李中麓言，樂府之有喬、張，猶詩家之有李、杜。"按黄氏既見中麓所編《小令》，不知何以仍稱可久爲久可？

清朱彝尊《詞綜》及《御選歷代詩餘》"詞人姓氏"云：張可久，字伯遠，號小山，慶元人，以路吏轉首領，有《小山樂府》二卷。

朱彝尊《日下舊聞》云："武宗嘗於中秋夜，與諸嬪妃泛月禁苑太液池中。開宴張樂，令宫女披羅曳縠，前爲八展舞，歌可久〔一半兒〕詞云，詞略，即《秋日宫詞》一首。極歡而罷。"

席世臣《元詩選》癸集云："張首領可久，號小山，慶元人，以路吏轉首領。涵虚子謂若披太華仙風，招蓬萊海月，爲詞林宗匠。並録詩四首，《次韻酸齋君山行》云，'蜀江湘流合千里，中有蒼崖壓秋水。仙人金冠坐鐵船，反披紫裘初醉起。小龍二女相從遊，眉山低壓青黛羞。寄書不通雙淚流，三十六宫明月秋。花邊閑袖玉堂手，老來頓覺嫦娥醜。岳陽樓下唤開門，神仙幾年曾醉否。抉雲老鶴去不還，青青一點天涯山。'

---

①　今校：明萬曆刻本《新鐫古今大雅北宫詞紀》，"人生有幸有不幸耳"作"人生有幸不幸耳"。

又《天狗歌》'將軍躍馬來南荒'云云,已見前。又《早起口占寄玉山》云:'蟻槐樹下夢不成,抖擻白雲出帶星。沿籬切切候蟲語,循溪瀧瀧新潮鳴。自憐頭顱已脱髮,未了案牘猶勞形。黄塵汩汩高没人,何時解纓濯清泠。菖蒲潭上有松扃,玉山草堂睡未醒。'又《題顧仲瑛芝雲堂》云:'奇峰移自滴緑苑,盤盤囷囷玉連娟。煮而食之可延年,仙翁御氣飛上天。'"

《欽定四庫全書總目》"詞曲類存目"云:"《張小山小令》二卷,元張可久撰。可久字仲遠,號小山,慶元人。嘗仕爲路吏,轉首領,李開先謂如今税課局大使之職,蓋終於下僚者也。當時以詞曲擅場,其集久而失傳。明初,宋濂得其詞半册於禮賢館,後方孝孺又購得鈔本一帙以示濂,乃參互校正,分爲上下卷,鏤板行世。蓋僅就二人所見,編次成書,其實可久所作,不止於是也。"據此可知方、宋合本上下卷,較《小令》二卷尤少。

又云:"今觀所作,遣辭命意,實能脱其塵蹊。"

錢大昕《元史·藝文志》"子部小説家類"云:"張小山等《包羅天地》。"按鍾嗣成《録鬼簿》載朱凱所編《昇平樂府》及隱語《包羅天地》、《謎韻》等書,皆嗣成作序,所謂"包羅天地",不知與此是一書否?此云張小山等,則其書當非一人所編,或竟張、朱合編亦未可知。特小山既編有此書,而《鬼簿》於小山條下不應失載,錢氏所見,抑有誤歟?待考。

又"集部詞曲類"云:"張可久《小山小令》二卷。"當即指李開先所編本。

倪燦《補遼金元藝文志》"集部詞曲類"云:"張久可《小山小令》二卷,以路吏轉民務官。"

張宗橚《詞林紀事》云:"按《小山樂府》,余所見三本,家寒坪兄所藏,係汲古閣鈔本,小令三卷,外集一卷。含厂兄所藏,係近時鈔本。唯雨巖兄所藏,係吴興夏煜宁校選本,六卷,刊於康熙間。曩時曾取數本校勘,互有異同,覺汲古閣本稍勝。久欲手録一帙,緣中多曲調,因循未果。今採録〔人月圓〕一闋,鼎嘗一臠,未爲不知味。孰謂張小山不如晏小山耶?"

阮元序刻《天一閣書目》,詞曲類云:"《小山樂府》一册,鈔本,卷首延祐己未春北亭貫雲石序，卷後有劉致時中跋，又有海粟馮子振、曹鑑及至正丁亥不署名人跋。又末小字云，右，永樂初間書會陽舜民作《貧樂参》〔南吕·一枝花〕詞[①]，注云，'係象山人，此在兵部金尚書公席上索賦者。'"

焦循《易餘籥録》卷十五云："詞之體盡於南宋，而金元乃變爲曲，關漢卿、喬夢符、馬東籬、張小山等，爲一代鉅手，乃談者不取其曲，仍論其詩，失之矣。"

又卷十七云："《詞綜》選張可久〔風入松〕一首詠九日，首四句云，'哀箏一抹十三絃，飛雁隔秋煙。攜壺莫道登臨樂，雙雙燕爲我留連。'按《小山樂府》載此，作'雙雙爲我留連'，無'燕'字。'雙雙'即指上飛雁，雁與燕不當雜出，且九日不復有燕矣。蓋雁指箏上所有，'雙雙'即此雁也。中略。《小山樂府》世不多有，余適有之，按理堂所有，不知即《天一閣書目》所載之一種否？乃得較出增多'燕'字。又〔人月圓〕一首云'片時春夢，十年往事，一點詩愁'，彝尊改作'閑愁'。又'故人何在，前程那裏，心事誰同'，彝尊改作'前程莫問'。又'白家亭館，吴宫花草，長似坡詩。可人憐處，啼鳥夜月，猶怨西施'，彝尊改作'可似當時，最憐人處'。以音調推之，可謂削圓方竹杖矣。"

劉熙載《藝概》云："元張小山、喬夢符，爲曲家翹楚，李中麓謂猶唐之李、杜。中略。案小山極長於小令，夢符雖頗作雜劇散套，亦以小令爲最長。兩家固同一騷雅，不落俳語，惟張尤翛然獨遠耳。"

又云："曲以破有破空，爲至上之品。中麓謂小山詞瘦至骨立，血肉銷化俱盡，乃鍊成萬轉金鐵軀。破有也。又嘗謂其句高而情更款。破空也。"

許光治《江山風月譜·散曲自序》云："至元曲幾謂俚言誹語矣，然張小山、喬夢符散曲，猶有前人規矩，在儷辭追樂府之工，散句擷宋唐之秀。惟套曲則似涪翁俳詞，不足鼓吹風雅也。"

謝章鋌《賭棋山莊詞話》云："夫古人樂府，專重典雅，竹垞操選，以此爲準。試觀小山、夢符二家小令，抑何宛轉多風。"

---

① 今校：《貧樂参》應作《貧樂齋》，"陽舜民"應作"湯舜民"。

按《堯山堂外紀》謂小山名伯遠，《詞綜》及《歷代詩餘》因之，《四庫總目》又謂可久字仲遠，均不知何據。蔣氏、紀氏皆博洽，似不應爲鑿空之談也。《千頃堂目》稱可久爲久可，倪燦《藝文志》因之。曾見劉燕庭舊藏明鈔本《葉兒樂府》八册，乃就元、明選本摘録成書者，其中作者不下數十家，概不題名，但於卷端標曰“元張久可小山”，足見可久之作久可，各本並非偶誤，當亦有所本也。惟名可久而字小山，説者較衆，應亦較爲可信。可久，慶元人，以路吏轉首領官，又曾爲桐廬典史，其仕履可述者，如此而已。其人好遊，浙中名山水，足迹殆遍，西湖題詠，尤細膩贍詳，故有《蘇隄漁唱》之集。此外亦曾客金陵、維陽、吴門、吴淞，他如長沙洞庭、牛渚采石，亦偶至焉。其時代則難得其確。《北曲聯樂府》所載諸作，以《今樂府》最早，以《外集》最遲，其中如《湖上和踈齋學士》、《紅梅和踈齋學士》、《酸齋學士席上》、《次酸齋韻》等，與盧摯、貫雲石兩氏倡和者甚多。盧於成宗朝授集賢學士，貫於仁宗朝拜翰林侍讀學士，而《今樂府》内又有〔慶東原〕九篇《次馬致遠先輩韻》，即此二三端，已可見小山亦大德延祐間人物，僅較關、馬輩爲後耳。《録鬼簿》成於至順元年，列小山極後，是小山之卒，又大抵在泰定天歷之間，約民國以前六百年也。

《太和正音譜》所載樂府格勢，以東籬領袖羣英，其次即爲小山。小山並無劇曲，衹有散曲，丹丘之意，蓋以小山爲元人散曲之冠，固甚明矣。格勢之語中，謂“清而且麗，華而不豔”，又謂“若被太華仙風，招蓬萊海月”，李中麓乃以太白仙才擬之。仙者，意境超脱之謂耳。中麓又謂東籬蒼古，而小山清勁。夫有清華而無浮豔，可爲小山詞之定評，亦人人易於體會者。若曰清而且勁，則於一二首中，可以僅見，非概況也。中麓又有“骨立”、“肉化”、“孫悟空鍊成萬轉金鐵軀”等説，益爲踳駁可笑。雖有融齋“破空破有”之解，雖僅爲〔一枝花〕《湖上晚歸》一套而發，終非曉喻也。至於中麓之喬、張猶詩中李、杜之比，王伯良改爲李、杜乃實甫、東籬，喬、張特長吉、義山之流，一僅就散曲而言，一並合劇曲以觀，故相異若是。若李、杜狂狷之間，則張猶杜而喬猶李，方爲的當。蓋放肆之處，張不如喬甚，此有兩家之詞，實在可按，中麓“仙才”之擬，未足深信也。至於清人見解，則迥殊於明人，尤未允當。蓋《四庫總目》之謂“能脱塵蹊”,尚是泛語。自竹垞、樊榭,鼓吹小山之作,全爲其藴藉風麗,劉、許、謝等各家之説,遂無不以騷雅不落俳語爲歸。夫論曲之大體,取材貴在雅俗兼容,取徑獨開踈宕豪放。若祇繩以雅重,即離曲甚遠,而就詞反近。故明人於小山,賞其清華,賞其超脱,最當。賞其麗則,賞其瘦勁,不無可言。若清人僅以騷雅爲辭,直不知曲者之論。小山非不騷雅矣,特在曲中,此不能單獨爲義耳。更析言之,清華麗則乃小山曲之特長,超脱踈放乃曲體之特長,必在人之特長中,寓有體之特長者,方爲合作。若但私其人,而忘其體,非善識曲者,亦非善識小山之曲者也。瑣見所及,别詳於《曲諧》中。二北。

附録二

重編增校《張小山北曲聯樂府》弁言

張小山詞别集自元以來，刊本鈔本，可知者約有七種：

一　前集《今樂府》、後集《蘇隄漁唱》、續集《吴鹽》、别集《新樂府》。此四集在小山當時，前後分别刊行者。

二　《張小山北曲聯樂府》三卷，外集一卷。　　此種梓行較後，乃聯合前一種之四集爲一編，而另益以外集者。毛扆手録《汲古閣珍藏秘本書目》中有精鈔《張小山樂府》二本，即是此種。迨後季滄葦藏書目中，則作《張小山樂府》三卷一本，其亦爲此種無疑，惟不知何以僅稱三卷，而漏去外集不加著録？豈毛、季所藏，尚是初行本，外集仍未編入歟？

三　《小山樂府》，不分卷。　　此種有貫雲石序與劉時中等跋。《録鬼簿》謂胡正臣之子存善，嘗裒集《小山樂府》等書，編次有倫，盡於書坊刊行之。所稱"小山樂府"四字，與此吻合，不知當時果有其書，抑即淵源於此種者也？《詞綜》及《歷代詩餘》"詞人姓氏"中，皆云張可久有《小山樂府》二卷，亦與此名相同，但分卷數，又不知是一是二？觀《詞綜》所載張氏〔風入松〕及〔人月圓〕三首，題目文字，均與《北曲聯樂府》所載不盡同，是出於改削歟？抑所據確爲别本歟？吴縣許氏懷辛室藏黄丕烈舊藏鈔本，亦題《小山樂府》，但無貫序劉跋，又不知其異同如何也。范氏天一閣舊藏有之，爲明永樂初鈔本。

四　名目未詳。　　宋景濂、方孝孺於明初所編刻，分上下二卷。

五　《張小山小令》，上下二卷。　　明嘉靖間李開先編，有原刻大字本及清乾隆間厲鶚刻巾箱本。

六　吴興夏煜宁校選本，六卷。　　刊於康熙間。

七　《蘇隄漁唱》，一卷。　　清道光間錢塘丁丙刊。

七種之中，今日得見者，惟第二之鈔本與第五、第七之刻本而已。

第一種祇名目尚存於第二種中，第三種今日究存何處不可知，第四種惟《四庫總目》中曾及之，仁和勞平甫謂明中葉恐即不傳矣。而所得見之三種中，第五種雖刊本尚有流傳，但李氏編時，惜祇從數種選本中輯録而成，並未根據何種專集，且於張詞又有一二删節，所列猶較未廣。第六種説見張宗橚《詞林紀事》内，其書亦未寓目。第七種乃僅從第二種之各集中，摘録湖上之詞一類，益不足云全豹。故今日求覽張氏全詞，惟有《北曲聯樂府》一種可得，因此種尚有鈔本多部，存留人間，而且易於尋訪也。

曩寓南京圖書館時，見錢塘丁氏舊藏、絳雲樓振綺堂原藏，影元刊鈔本《北曲聯樂府》上中下三卷、外集一卷。又見别有一部鈔本，乃咸豐間勞平甫據元刊本過録者，多補遺一卷，即勞氏所輯，共十三首。勞氏且據《張小山小令》、《太平樂府》、《陽春白雪》三書，將全帙精校一過，似爲此書至善之本矣。顧檢《北宫詞紀》、《詞林摘豔》等書内，所載張詞，出前書所載之外，而勞氏並未補入，且勞氏所補，又殊不免舛誤失檢。所補十三首，見於《張小山小令》者十一首，其中〔天淨沙〕《探梅》一首在《小令》内，李氏已注明非小山作，而《太平樂府》又明明以之歸徐甜齋，當然不能補入。其餘見於《太平樂府》者一首，原作〔殿前歡〕，起句曰“間月地雲街”五字。查元刊《太平樂府》，則〔殿前歡〕調中並無此首，而〔折桂令〕後轉有孫周卿氏一首，起處曰“喜年年玉井蓮開，天上人間，月地雲階”云云，以下字句，與勞氏所補詞正同，是明爲孫氏之作，亦未容闌入張集也。《太平樂府》一書，雖絶無首尾精善之本，但勞氏所據，作者姓名迷亂，載詞字句割裂，一至於此，亦可怪矣。又勞氏所補，見於《太和正音譜》者一首，曰〔齊天樂〕，並注謂“振綺堂鈔本補”。查振綺所藏影元鈔本，卷尾並未補詞。勞氏所謂，或指振綺所藏此書之别本耳。然按之《正音譜》中，〔齊天樂〕之下一首爲〔紅衫兒〕，雖與前首分列，但其詞亦屬張作，且與〔齊天樂〕一首同韻，詞意亦復相屬。徵之《北曲聯樂府》下卷所載，〔齊天樂帶過紅衫兒〕三首體例，則譜中〔齊天樂〕與〔紅衫兒〕，其間亦係帶過，原爲一曲，應連帶補入，而勞氏又復失檢。且校定張詞，固以在《小令》、《太平》、《陽春》三書所得爲多，而此外選集譜本中，亦不無零星可據之處。統觀勞校，仍嫌未廣也。因思總覈張詞，悉裒所見，並詳按字句，備審異同，遂有此重編增校之舉。

重編所及，不過舉原書外集中各調，已見本集三卷内者，歸入本集所有之調後，而標明“外集”兩字，以與《今樂府》等四目並列。至本集中之各調，有因異名而前後複見者，則合而一之。按之原書體例，如此重編，正是其合編《今樂府》等四集，依調类詞，總爲一帙之本意。在當時獲得外集之詞，應必在本集梓成之後，所以未及分系諸調，同入本集，而後不得已始别爲一卷耳。至於今日則總據全書，彙詞並調，固優爲之矣。故雖曰重編，實仍承原編之旨，即仍謂之爲原編可也。且如此重編以後，通帙調不重見，詞不别列，在展讀者可以逐調看全，已多便利；而在校勘者於校勘全書之時，遇有增補，究竟已見未見，孰取孰捨，可以一望而知，檢定非難，不至有所迷惑矣。

所增除見《張小山小令》者十首小令九首、套曲一首外，見殘元本《陽春白雪》者一首，見《雍熙樂府》者十六首，見《太和正音譜》者一首，見《北詞廣正譜》者一首，皆小令；見《北宫詞紀》者二首，見《詞林摘豔》者五首，皆散套。《雍熙樂府》、《詞林摘豔》所見，雖詞前各題小山之號，應足徵信，然論詞則似不純一，且譌字甚多，每不能讀，證實修整，尚俟來日也。范氏所藏《樂府》一册，獨具貫序劉跋，或竟小山當時定本，矜貴自不待言。較此有無别出之詞，足供增補，殊不可知，乃終無從一見以取決，實大憾也。海内有知范藏所在者，就補兹編不足，務使前賢之作，終底完備，則萬幸矣。李氏輯《小令》所據之書，除《太平樂府》、《陽春白雪》、《樂府羣玉》外，尚有《百一選曲》、《詩酒餘音》、《仙音妙選》、《樂府羣珠》、《樂府新聲》諸選。就中知《樂府新聲》尚有元刊，留存於世，餘書且莫識存亡。張詞爲李氏所删者，雖僅云一二，而未知其究竟若干。今惟知《太平樂府》載張詞二十八調，三百零三首，李氏全録，惟〔天淨沙〕《收心》一首删去耳。苟非遍求諸選，細加考核，則李氏所失，將亦難於網獲周備也。《堯山堂外紀》載〔朝中措〕一首，和劉時中五月菊，“玉臺金盞”云云，見宋朱翌《灊山集詩餘》中，《耆舊續聞》亦載爲朱作，不足據《外紀》以增入。《外紀》且謂和劉作，不知何本？或者張氏確曾詠過此題，而原詞失傳耳？又《樂府羣玉》卷五所載《張小山樂府》，自〔人月圓〕以至〔紅繡鞋〕，共十二調，一百五十四首，俱爲《小令》所已收。

惟《羣玉》〔紅繡鞋〕後，又接有九首，調則大抵與前重見，而詞則無一複者，《小令》固未收，《北曲聯樂府》諸卷亦不載，似應據補也。但選《羣玉》者，雖不明爲元人明人，要其書後於楊氏兩選，九首如果係小山之詞，何以楊氏兩選一首未録？且李氏《小令》既從《羣玉》等書輯成，雖有刪削，豈有恰恰刪去後面聯貫九首之巧？可見李氏明知此九首不屬張氏耳。今所見之《羣玉》，乃舊鈔本，舛誤甚多，恐於張氏百餘首之後，此九首之前，中間脱略另一作者姓氏。不然，按《羣玉》全書體例，亦是依調彙詞，詞隨調盡，不應同一作者之詞中，諸調有重複再見情形也。九首爲〔水仙子〕《春日即事》、〔滿庭芳〕《春夜》、〔紅繡鞋〕《秋日湖上》又《棲雲弔貫酸齋》、〔天淨沙〕《過長春宫》、〔金字經〕《春日湖上》、〔迎仙客〕《戲題》、〔一半兒〕《手帕》又《閑書》，詞略不載。

校語祗注於每詞之後，不夾雜詞中，免礙讀者之吟諷。所注祗舉其異，而略其同。原書苟非費解，而他本又適較可通者，絶不改從他本。既改，仍以原書如何入注，以存其舊。丁刻《蘇隄漁唱》，因見勞氏之校本，往往同一篇中，此從原本，彼從校本，毫無定見。將謂擇善而從，則字句凡兩可通解者，與其僅據私意，衡量古人，致原本面目或因此損失，他人反無可考見者，不如仍其原文，而僅識其所異者爲是也。除已有校訂者外，編中尚多可疑待正、闕漏待補之處，都以無他本他書可據，概弗妄改，但注某某待校而已。無論原編所有，或重編所增，凡有原作數首一題，而於意實須分列另題者，於分列以後，概標“失題”二字，不妄製題。於原編所有，苟無他本可據者，且不爲分列，以存其舊觀，惟於題下注明所見耳。《張小山小令》凡較《北曲聯樂府》分題處，無不標以“次韻”二字，前後一律，毫無參差。是亦不無可疑，或兩字竟爲李氏所虚擬耳。校語中，於原書影鈔元刊本簡稱鈔本，於《張小山小令》簡稱《小令》。《小令》輯自《太平樂府》，字句多與之同，校語中則但稱《太平》不兼及《小令》。

原書本集三卷、外集一卷，共五十調，七百二十二首。勞氏校本卷末，録有汲古閣傳鈔元刊本内毛扆一跋，其中有謂“原分四集，今類一編，每調下仍以四集爲次，然其中仍有重複者，今皆刪而不録。較之李刻，恰多百餘首，可謂小山曲之大全矣”，云云。玆按絳雲振綺之原藏，既屬影鈔，行款自與元刊一致，其中首尾銜接，並無斷續移動之迹，則是鈔時並未如毛氏之舉，有所删汰也明矣。勞氏既見過毛本，果編中確有重複應删之詞，勞氏豈有不在自己鈔本中檢出，注明應删之理？今勞本所載五十調，七百二十二首，固與影鈔本同，而題跋中又絶未言及删複之事。再則細考此七百餘首中，又實無一首重複者，究竟毛氏所謂"仍有重複，删而不録"之詞，見在何處，誠屬疑問也。重編以後，删并十三調，增四調三十六首，計得四十一調，七百五十八首。《張小山小令》共三十三調，五百六十七首，勞氏校本注謂"《小令》較少一百五十二首"，實則較少八調一百五十五首，再除去據以增補之十首外，《小令》實較少一百四十五首也。

原書影鈔元刊本，半頁十二行，行二十四字。卷名頂格，調名上空四格。每調中，《今樂府》、《蘇隄漁唱》、《吴鹽》、《新樂府》四類順序以列，每易一類，詞始另行。每類中先標類名，次標題目，各加〔 〕記號以爲别。次載詞，皆在一行之内；一詞畢，同行内即接次題次詞。凡詞有幺篇或换頭，則空一格。凡一題數首者，第二首以下，各冠"又"字，亦加〔 〕以爲别。按之元代詞曲刊本常例，凡此處所謂類名題目與"又"字等，皆應作黑底白文，鈔本不便爲之，所以始改加〔 〕以爲别耳。本集卷上共十六頁，卷中二十一頁，卷下二十頁，外集六頁。

十一年秋日，江都任訥記於文選樓西之感紅室。

按重編增校《張小山北曲聯樂府》，乃對於小山散曲第一次之整理，所有弁言，於小山集之種類板本及曲之數目多寡，均言之甚詳，故附録於此，以資參考。當時所未及見者，惟許氏懷辛室藏《小山樂府》，及編此本，乃經借校，故此本最爲完密。他日倘獲天一閣舊藏，有貫序劉跋之《小山樂府》，則此本又當修正矣。二北。

酸甜樂府

提要

此就元明選本七種，輯貫雲石、徐再思二人之散曲，各爲一卷。貫號酸齋，徐號甜齋，當時曾並稱其作爲“酸甜樂府”，因即以爲名。酸作小令八十六首、套曲九首，甜作則祇小令百零四首而已。元人散曲，本樹有豪放、清麗兩派，豪放以馬致遠爲領袖，清麗以張可久爲領袖，酸則近於豪放，甜則近於清麗。而二人言情之作，尖透圓渾處，則莫辨酸甜，俱臻妙味，此當世所以並稱之歟？序跋兩篇，詳見品評與考訂。

酸甜樂府序

蔣一葵《堯山堂外紀》曰“貫雲石，畏吾人，阿里海涯孫也。父名貫只哥，遂以貫爲氏。名小雲石海涯，自號酸齋。時有徐甜齋①，失其名，並以樂府擅稱，世謂酸甜樂府”云云。此“酸甜樂府”之説所由來也。鄧子晉序《太平樂府》，謂“酸齋貫公與澹齋遊，曰‘我酸則子當澹’，遂以名之”，其説較之《外紀》，近似而有别。惟《外紀》六十八卷以後，論曲家軼聞頗多，於前代名篇、選本佚名者，往往能指出其人，其中雖間有知其譌謬者，而大體要有所本，特非後人所得考見耳。則當時“酸甜”並稱之説，今日雖無旁證，可信其非蔣氏杜撰也。酸齋詩文，久有專集，其人亦較著聞。甜齋行略，祇見《鬼簿》，一説名飴，揚州人，則未詳所本。酸齋序《陽春白雪》，論當時人作，以爲盧摯疎齋“媚嫵如仙女尋春，自然笑傲”，馮子振海粟“豪辣灝爛，不斷古今”，與疎齋“不可同舌共談”；關漢卿、庾天錫“造語妖嬌，適如少美臨杯，使人不忍對殢”。夫“不可同舌共談”者，惟豪辣灝爛與媚嫵妖嬌耳。若媚嫵之與妖嬌，其間固可以通矣。余嘗論元人散曲，不過豪放、端謹、清麗三派。端謹者少趣，而時失之庸；惟豪放與清麗二者，足以對抗詞壇。則與酸齋之旨，相去不遠也。酸、甜兩家之大體，亦正可分占豪、麗兩派，而興到之作，皆時見其兼至，不可逐詞以泥。且曲之爲體，捨豪爽無以成，與詞法不同。故酸齋於前書之序，首藉詞中蘇、辛以爲引，而末以“西山朝來爽氣”總評餘子，立義可謂既明且確矣。然則甜齋之作，雖清麗爲質，而實無背於曲之所以爲曲，不然，如〔蟾宫曲〕之《春情》、〔水仙子〕之《夜雨》，何以膾炙千古？而〔梧葉兒〕《春思》三首，鶯燕鳳凰之比興，頗璃螺黛之鋪陳，又何以别於温庭筠〔菩薩蠻〕諸篇耶？讀者於此，蓋尤不可以不察也。至於周德清專論音律，以酸齋〔塞鴻秋〕之多襯爲太過，以甜齋〔水仙子〕之上去爲未工，則又當别論者耳。二北詞人。

---

① 今校：明刻本《堯山堂外紀》“時有”作“同時有”。

酸甜樂府一目次

套曲

雙調醉春風 録《陽春白雪》

仙吕點絳唇

閨愁

雙調新水令

皇都元日

越調鬬鵪鶉

憶别 佳偶

大石調好觀音

怨恨 以上録《太平樂府》

南吕一枝花

麗情 録《詞林摘艷》

離悶 録《雍熙樂府》

中吕粉蝶兒

西湖遊賞 録《北宫詞紀》

以上共小令八十六首、套曲九首。

酸甜樂府一

元貫雲石酸齋撰　江都任訥中敏輯録

小令

蟾宫曲四首

竹風過雨新香，錦瑟朱絃，亂錯宫商。樵管驚秋，漁歌唱晚，淡月疎篁。准備了今宵樂章，惹行雲不住高唐。目外秋江，江外嵐光，環佩空歸，分付下淒涼。

相逢忘却余咱，夢隔行雲，盡好詩誇。江上人歸，宫中粉淡，明月無涯。從別却西湖酒家，遇逋翁便屬仙葩。襪重霜華，春色交加，夜半相思，香透窗紗。

問胸中誰有西湖，算詩酒東坡，清淡林逋。月枕冰痕，露凝荷淚，夢斷雲裾。桂子冷香仍月古，是嫦娥厭倦妝梳。春景扶疎，秋色模糊，若比西施，西子何如。

淩波晚步晴煙，太華雲高，天外無天。翠羽摇風，寒珠泣露，總解留連。明月冷亭亭玉蓮，蕩輕香散滿湖船。人已如仙，花正堪憐，酒滿金樽，詩滿鸞箋。

清江引三首

棄微名去來心快哉，一笑白雲外。知音三五人，痛飲何妨礙，醉袍袖舞嫌天地窄。《太和正音譜》末句無"袖"字。

競功名有如車下坡，驚險誰參破。昨日玉堂臣，今日遭連禍，爭如我避風波走在安樂窩。

避風波走入安樂窩，就裏乾坤大。醒了醉還醒，卧了重還坐，似這般得清閑的誰似我。

壽陽曲五首

擔春盎，問酒家，緑楊陰似開圖畫。下秋千玉容强似花，汗溶溶濕人羅帕。

松杉翠，茉莉香，步回廊老仙策杖。月明中晚風玉殿涼，玉池深藕花千丈。殘元本《陽春白雪》"玉殿"作"寶殿"。

魚吹浪，雁落沙，倚吴山翠屏高掛。看江潮鼓聲千萬家，捲朱簾玉人如畫。

新詩句，濁酒壺，野人閑不知春去。家童柳邊閑釣魚，趁殘紅滿江鷗鷺。

新秋至，人乍别，順長江水流殘月。悠悠畫船東去也，這思量起頭兒一夜。

醉高歌帶過殿前歡①

看别人鞍馬上胡顔，歎自己如塵世污眼。英雄誰識男兒漢，豈肯向人行訴難。　陽氣盛冰銷北岸，暮雲遮日落西山，四時天氣尚輪還。秦甘羅疾發禄，姜吕望晚登壇，遲和疾時運裏趲。次句待校。

金字經七首

曉來春雲透，西園第一枝，香暖朱簾酒滿巵。思，休歌腸斷詞。關心事，夜闌人静時。

金芽薰曉日，碧風度小溪，香暖金箋酒滿杯。奇，夜來香透幃。人初睡，玉堂春夢回。

蛾眉能自惜，别離淚似傾，休唱陽關第四聲。情，夜深愁寐醒。人孤另，蕭蕭月二更。

---

① 今校：此〔殿前歡〕實爲〔紅繡鞋〕誤題。

淚濺描金袖，不知心爲誰，芳草淒淒人未歸。期，一春魚雁稀。人憔悴，愁堆八字眉。

紫簫聲初散，玉爐香正濃，涼月溶溶小院中。從，别來衾枕空。遊仙夢，一簾梅雪風。

輕寒堆翠被，東風暖玉纖，香冷金猊月轉簾。添，蛾眉新淡尖。香收啖，倚窗愁未忺。

楚臺雲歸去，待都來三空朝，閑煞東風碧玉簫。簫，寶釵金鳳翹。風流俏，把人來憔悴了。次句待校。

紅繡鞋四首

東村醉西村依舊，今日醒來日扶頭，直喫得海枯石爛恁時休。將屠龍劍，釣鼇鉤，遇知音都去當酒。

泝舊約十年心事，動新愁半夜相思，常記得小窗人靜夜深時。正西風閑時水，秋興淺不禁詩，凋零了紅葉兒。第四句待校。

雪香蘭高侵雲鬢，玉靈芝斜捧烏雲，輪靨裹包藏著些粉霜痕。耳垂兒冰雪捏，小孔兒裹都是玉酥湮，只被這業環兒把他拖逗損。

挨著靠著雲窗同坐，偎著抱著月枕雙歌，聽著數著愁著怕著早四更過。四更過情未足，情未足夜如梭，天那，更閏一更兒妨甚麽。

殿前歡九首

暢幽哉，春風無處不樓臺。一時懷抱俱無奈，總對天開。就淵明歸去來，怕鶴怨山禽怪，問甚功名在。酸齋是我，我是酸齋。《雍熙樂府》作"爲甚不功名在"。

楚懷王，忠臣跳入汨羅江。離騷讀罷空惆悵，日月同光。傷心來笑一場，笑你個三閭强，爲甚不身心放。滄浪污你，你污滄浪。

覺來評，求名求利不多爭。西風吹起山林興，便了餘生。白雲邊創草亭，但留下尋芳徑，消日月，存天性。功名戲我，我戲功名。《雍熙》

“創”作“構”,“但”原作“便”,兹從《雍熙》。

怕西風,晚來吹上廣寒宫。玉臺不放香奩夢,正要情濃。此時心造物同,聽甚霓裳弄,酒後黄鶴送。山翁醉我,我醉山翁。《雍熙》“酒後”作“酒醒後”。

怕相逢,怕相逢歌罷酒樽空。醉歸來縱有陽臺夢,雲雨無蹤。樓心月,扇影風,情緣重,恨不似釵頭鳳。東陽瘦損,羞對青銅。

怕秋來,怕秋來秋緒感秋懷。掃空階落葉西風外,獨立蒼苔。看黄花謾自開,人安在,還不徹相思債。朝雲暮雨,都變了夢裏陽臺。

隔簾聽,幾番風送賣花聲。夜來微雨天階淨,小院閑庭。輕寒翠袖生,穿芳徑,十二闌干凭。杏花疎影,楊柳新情。

數歸期,緑苔墻劃損短金篦。裙刀兒刻得闌干碎,都爲别離。西樓上雁過稀,無消息,空滴盡相思淚。山長水遠,何日回歸。

夜啼烏,柳枝和月翠扶疎。繡鞋香染莓苔路,搔首踟躕。燈殘瘦影孤,花落流年度,春去佳期誤。離鸞有恨,過雁無書。

塞鴻秋

代人作二首

戰西風幾點賓鴻至,感起我南朝千古傷心事。展花箋欲寫幾句知心事,空教我停霜毫半晌無才思。往常得興時,一掃無瑕玼,今日個病懨懨剛寫下兩個相思字。

起初兒相見十分忺,心肝兒般敬重將他占。數年間來往何曾厭,這些時陡恁的恩情儉。推道是板脹柳青嚴,統鏝姨夫欠,只被這俏蘇卿抛閃煞窮雙漸。

殿前歡

懶雲窩

懶雲窩,陽臺誰與送巫娥。蟾光一任來穿破,遁迹由他。蔽一天星斗多,分半榻蒲團坐,儘萬里鵬程挫。向煙霞嘯傲,任世事蹉跎。

水仙子

田家

綠陰茅屋兩三間,院後溪流門外山,山桃野杏開無限。怕春光虛過眼,得浮生半日清閑。邀鄰翁爲伴,使家僮過盞,直喫的老瓦盆乾。

滿林紅葉亂翩翻,醉盡秋霜錦樹殘,蒼苔靜拂題詩看。酒微温石鼎寒,瓦盆深洗盡愁煩。衣寬解,事不關,直喫的老瓦盆乾。

田翁無夢到長安,婢織奴耕儘我閑,蠶收稻熟今秋辦。可無飢不受寒,樂豐年暢飲開顔。喚稚子篘新釀,靠蓬窗對客彈,直喫得老瓦盆乾。

布袍草履耐風寒,茅舍疎籬三兩間,榮華富貴皆虛幻。覷功名如等閑,任逍遥綠水青山。尋幾個知心伴,釀村醪飲數椀,直喫的老瓦盆乾。

清江引

詠梅四首

南枝夜來先破蘂,泄漏春消息。偏宜雪月交,不惹蜂蝶戲,有時節暗香來夢裏。

冰姿迥然天賦奇,獨占陽和地。未曾著子時,先釀調羹味,休教畫樓三弄笛。

芳心對人嬌欲説,不忍輕輕折。溪橋淡淡煙,茅舍澄澄月,包藏幾多春意也。

玉肌素潔香自生,休説精神瑩。風來小院時,月華人初靜,横窗好看清瘦影。

惜别

主人泣别聲漸杳,無語傷懷抱。寂寞武陵源,細雨連芳草,都被他帶將春去了。

知足四首

畫堂不如安樂窩,儘了吾儕坐。閑來偃仰歌,醉後蹲跧臥,儘教利名人笑我。

榮枯自天休覬圖，且進杯中物。莫言李白仙，醉説劉伶墓，酒不到他墳上土。

燒香掃地門半掩，幾册閑書卷。識破幻泡身，絶却功名念，高竿上再不看人弄險。

野花滿園春晝永，客來相陪奉。草堂書千卷，月下琴三弄，只落得這些兒閑受用。

惜别四首

窗間月娥風韻煞，良夜千金價。一掬可憐情，幾句臨明話，小書生這歇兒難立馬。

玉人泣别聲漸啞，久立涼生襪。無處託春心，背立秋千下，被梨花月兒掩逗煞。

湘雲楚雨歸路杳，總是傷懷抱。江聲掩暮濤，樹影留殘照，蘭舟把愁都載了。

若還與他相見時，道個真傳示。不是不修書，不是無才思，遶清江買不得天樣紙。

凭闌人

題情七首

花債縈牽酒病魔，誰唱相思腸斷歌。舊愁没奈何，更添新恨多。

昨日歡娱今日别，滿腹離愁何處説。一聲長歎嗟，凭闌人去也。

冷落桃花扇影歌，羞對青銅掃翠娥。風流情減多，未知是若何。

情淚新痕壓舊痕，心事相關誰共論。黄昏深閉門，被兒獨自温。

懶對菱花不欲拈，愁理晨妝不甚忺。玉纖春笋尖，倦將脂粉添。

夢裏相逢情倍加，夢斷香閨愁恨多。夢他憔悴他，爭如休夢他。

紅葉傳情著意拈，書遍相思若未忺。訴愁斑管尖，旋將心事添。

陽春曲

金蓮

金蓮早自些娘大，著意收拾越逞過。如今相識眼皮兒薄，休顯豁，越遮護著越情多。

醉高歌帶過喜春來

題情

自然體態温柔，可意龐兒耐羞。看時節偷眼將人溜，送與人些風流證候。　蜂媒蝶使空迤逗，燕子鶯兒不自由，恰便似一枝紅杏出墻頭。不能够折入手，空教人風雨替花愁。

上小樓

贈伶婦

覷作你十分豔姿，千年心事。若不就著青春，擇個良姻，更待何時。等個空伺，尋個挣四，成就了這翰林學士。

醉太平

長街上告人，破窑裏安身，捱的是一年春盡一年春，誰承望眷姻。紅鸞來照孤辰運，白身合有姻緣分，繡球落處便成親，因此上忍著疼撞門。

折桂令

送春

問東君何處天涯，落日啼鵑，流水桃花。淡淡遥山，萋萋芳草，隱隱殘霞。隨柳絮吹歸那答，趁遊絲惹在誰家。倦理琵琶，人倚秋千，照月窗紗。

贈曹繡蓮

薰風吹醒横塘，一派波光，掩映紅妝。嬌態盈盈，香風冉冉，翠蓋昂昂。一任遊人競賞，儘教鷗鷺埋藏。世態炎涼，只恐秋涼，冷落空房。

小梁州

四景

春風花草滿園香，馬繫在垂楊。桃紅柳緑映池塘，堪遊賞，沙暖睡鴛鴦。　宜晴宜雨宜陰陽，比西施淡抹濃妝。玉女彈，佳人唱，湖山堂上，直吃得醉何妨。《里子筆談》"陰陽"作"陰涼"。

畫船撑入柳陰涼，一派笙簧。採蓮人和採蓮腔，聲嘹亮，驚起宿鴛鴦。　佳人才子遊船上，醉醺醺笑飲瓊漿。歸棹晚，湖光蕩，一鈎新月，十里芰荷香。《筆談》次句之首有"聽"字，"醉醺醺笑飲"作"笑吟吟滿飲"，"湖光蕩"作"湖光漾"。

芙蓉映水菊花黄，滿目秋光。枯荷葉底鷺鷥藏，金風蕩，飄動桂枝香。　雷峰塔畔登高望，見錢塘一派長江。湖水清，江潮漾，天邊斜月，新雁兩三行。《筆談》"塔畔"作"塔上"，"江潮漾"作"江潮長"。

彤雲密布鎖高峰，凛冽寒風。銀河片片灑長空，梅梢凍，雪壓路難通。　六橋頃刻如銀洞，粉妝成九里寒松。酒滿斟，笙歌送，玉船銀棹，人在水晶宫。《筆談》"銀河"作"瓊花"。

清江引十二首

舞香塵小園風亂飄，滿地胭脂落。金疎楊柳枝，玉減梨花蕚，把春光等閑辜負了。

宿雕梁一雙巢燕慵，翠柳鶯眠重。蜂閑報曉衙，蝶倦遊春夢，小園中幾般都恨風。

狂風一春十占九，摇撼花枝瘦。沙摧杏臉愁，土蝕桃腮皺，闌珊了一株金綫柳。

薄情的風家十八姨，大逞狂心力。揪撏萬片紅，捽碎千條翠，斷送了好光陰都是你。以上四首詠風,意有所刺。

軟兀剌窄藤床甘菊枕,桃竹簟清涼甚。白石榴花朵新,紅海納枝柯蔭,小書窗晚來獨自寢。

些兒名利爭甚的,枉了著筋力。清風倘葉杯,明月蘆花被,乾坤靜中心似水。

靠蒲團坐觀今古書,賡和新詩句。濃煎鳳髓茶,細割羊頭肉,與江湖做些風月主。以上三首雜詠。

閑來唱會清江引,解放愁和悶。富貴在於天,生死由乎命,且開懷與知音談笑飲。

且開懷與知音談笑飲,一曲瑶琴弄。彈出許多聲,不與時人共,倚幃屏靜中心自省。

倚幃屏靜中心自省,萬事皆前定。窮通各有時,聚散非驕吝,立忠誠步步前程穩。

立忠誠步步前程穩,勉勵勤和慎。勸君且耐心,緩緩相隨順,好消息到頭端的準。以上四首連鎖體。

昭君路迷關塞雪,蔡琰胡笳月。往事惟心知,新恨憑誰說,只恐怕夢回春去也。

小梁州

朱顔緑鬢少年郎,都變做白髮蒼蒼。儘教花柳自芬芳,無心賞,不趁燕鶯忙。　東家醉了西家唱,唱一會再醉何妨。醉的强,醒的强,百年渾是,三萬六千場。

桃花如面柳如腰,他生的甚是妖嬈。醉闌乘興會今宵,低低道,無語眼兒瞧。　揣著羞臉娘行告,百般的撒逡妝幺。心下焦,空懒躁,姻緣簿上,前世暗勾消。"逡"字待校。

相偎相抱正情濃,爭忍西東。相逢爭似不相逢,愁添重,只怕畫樓空。　垂楊渡口人相送,拜深深暗逐東風。高掛帆,休吹動,只留一宿,天意肯相容。

晚妝窗下醉離觴，月色蒼蒼。來時雖暮去時忙，空惆悵，無計鎖鴛鴦。　殘雲剩雨陽臺上，空贏得兩袖餘香。春夜長，東風旺，桃花飄蕩，何處覓劉郎。

清江引

立春限金木水火土五字，冠於每句之首，句各用春字。

金釵影搖春燕斜，木杪生春葉。水塘春始波，火候春初熱，土牛兒載將春到也。

套曲

〔雙調〕醉春風

羞畫遠山眉，不忺宮樣妝。平白地招攬這場愁，枉了那舊日恩情，舊時風韻，直恁麼改模奪樣。《太和正音譜》第四句七字分作"枉了想，及那日恩情"兩句，《北詞廣正譜》同。《正音譜》末句無"直恁麼"三字。

〔間金四塊玉〕冤家早是没膽量，遭逢著狠毒爹娘。赤緊地家私十分怏，生扭做水遠山長。兩譜俱作"赤緊的"。"怏"字從《正音譜》、《廣正譜》，依《陽春白雪》作"快"。《正音譜》"狠毒"作"哏毒"。

〔減字木蘭花〕早是愁懷百倍傷，那更值秋光。逐朝倚定門兒望，怯昏黄，怕的是塞角韻悠揚。

〔高過金盞兒〕入蘭堂，斷人腸，塞鴻相和蛩吟響。燒殘沉麝，滅了銀缸。却欲待剛睡些，隔紗窗涼月兒轉迴廊。

〔賣花聲煞〕簌朱簾猛然離了繡幌，攜手相將入洞房。欲訴相思曉鷄唱，好夢驚回淚萬行，都滴在枕頭兒上。

〔仙吕〕點絳唇

閨愁

花落黄昏，暮雲將盡，專盼青鸞信。寶獸香焚，又到愁時分。

〔混江龍〕相思慰悶，繡屏斜倚正銷魂。帶圍寬盡，消減精神。翠被任薰終不暖，玉盃慵舉幾番温。鸞釵半亸鬆蟬鬢，長吁短歎，頻揾啼痕。

〔寄生草〕瓊簪折，寶鑑分。今春又惹前春恨，淚珠兒滴盡愁難盡，瘦龐兒不似當時俊。思量幾度甚時休，相思滿腹何年盡。

〔金盞兒〕風逼透繡羅衾，風刮散楚臺雲。簷間鐵馬風敲韻，風摇閑階翠竹不堪聞。風篩簾影動，風傳漏聲頻。風薰花氣爽，風弄月華昏。

〔後庭花〕獸爐中香倦焚，銀臺上燈漸昏。羅幃裏和衣睡，紗窗外曙色分。想情人，起來時分，蹀金蓮，搓玉笋。捱的到天明，却有誰俫問。

〔賺煞〕昨夜和衣睡，把羅裙皺損。一面殘妝空淚痕，日高也深院無人。掩重門，煩惱向誰論。獨對菱花整亂雲，恰待向瘦龐兒上傅粉。欲梳妝，却心困，氣長吁呵的鏡兒昏。

〔雙調〕新水令

皇都元日

鬱葱佳氣藹寰區，慶豐年太平時序。民有感，國無虞。瞻仰皇都，聖天子有百靈助。

〔攪箏琶〕江山富，天下總欣伏。忠孝寬仁，雄文壯武。功業振乾坤，軍盡歡娱，民亦安居。軍民都託賴著我皇洪福，同樂蓬壺。《北詞廣正譜》"我皇洪福"作"我天子福"。

〔殿前歡〕賽唐虞，大元至大古今無。架海梁對著擎天柱，玉帶金符。慶風雲，會龍虎，萬户侯，千鍾禄，播四海，光千古。三陽交泰，五穀時熟。

〔鴛鴦煞〕梅花枝上春光露，椒盤杯裏香風度。帳設鮫綃，簾捲蝦鬚。唱道天賜長生，人皆讚祝。道德巍巍，衆臣等蒙恩露，拜舞嵩呼，萬萬歲當今聖明主。

〔越調〕鬬鵪鶉

憶别

良友曾題，佳人所爲。嬝嬝婷婷，姿姿媚媚。體態温柔，心腸老實。件件習，事事知。妙舞偏宜，清歌更美。

〔紫花兒〕一頭相見，兩意相投，百步相隨。去秋同會，重午別離。傷悲，和淚和愁飲酒盃。後約何期，舉目長亭，執手臨岐。

〔金蕉葉〕一曲陽關未已，兩字功名去急。四海離愁去國，半霎兒難忘恩德。《詞林摘豔》末句“難”作“誰”。

〔調笑令〕柳七樂章集，把臂雙歌真先味。幽歡美愛成佳配，效連理鶼鶼比翼。雲窗共寢，聞子規，似繁華曉夢驚回。“先”字待校。

〔禿厮兒〕出郡城愁臨浙水，寓錢塘悶度朝夕。匆匆一鞭行色催，灑梨花雨霏霏寒食。

〔聖藥王〕風物熙，麗日遲，連天芳草正萋萋。客萬里，人九嶷，遥岑十二遠煙迷，生隔斷武陵溪。

〔尾〕玉人别後空相憶，古猶今之視昔。暮雨楚臺雲，桃花洞天水。

〔越調〕鬬鵪鶉

佳偶

國色天香，冰肌玉骨。燕語鶯吟，鸞歌鳳舞。夜月春風，朝雲暮雨。美眷愛，俏伴侶。葉落歸秋，花生滿路。

〔金蕉葉〕見他眉來眼去，俺早心滿願足。他道是拋磚引玉，俺却道因禍致福。

〔天淨沙〕雖然似水如魚，甚世曾少實多虛，更有閑言剩語。若將他辜負，待古裏不信神佛。

〔小桃紅〕志誠慧性壓其餘，無半米兒虧人處。覓便尋芳厮照覷，要歡娱，看時相見偷圓聚。知心可腹，牽腸割肚，不枉了用工夫。

〔尾〕錦文封寄情緣簿，羅帕留香信物。常想著相見時話兒甜，早忘了星前月下苦。

〔大石調〕好觀音

怨恨

先自相逢同歡偶，天妨礙燕侶鶯儔，並坐同看共攜手。恩情厚，夫婦般相看的好。《雍熙樂府》三句作“並同肩共攜手”。

〔幺篇〕打聽的新來迷歌酒，風聞的別染著個嬌羞，棄舊憐新自來有。鐵心腸全不想些兒舊。

〔尾〕薄倖虧人難禁受，想著那樽席上捻色風流，不良殺教人下不得咒。

〔南吕〕一枝花

麗情《雍熙樂府》作“秋思”。

銀杏葉凋零鴨脚黄，玉樹花冷淡鷄冠紫。紅荳蔻啄殘鸚鵡粒，碧梧桐棲老鳳凰枝。對景嗟咨，楚江風霜翦鴛鴦翅，渭城柳煙籠翡翠絲。綴黄金菊露瀼瀼，碎綠錦荷花瑟瑟。《雍熙》“對景嗟咨”作“對景傷時”，末句“碎”作“鋪”，“花”作“盤”。

〔梁州〕歎落落情懷不已，恨匆匆歲月何之。擁併也似一片閑愁，攛處出傷心故事。往常時花箋寫恨，紅葉題詩。都做了風中飛絮，水上浮萍，痛煞煞玉連環掂的瑕玼。磣可可錦迴文揉的參差，瘦廉纖對妝奩金粉慵施。愁荏苒繡房中拈針慵使，病懨漸錦箏搊雁柱慵支。念兹，對此。匆匆歲月三之二，恰初三，早初四。嚦嚦風前孤雁兒，感起我一弄兒嗟咨。《雍熙》三句“一片閑愁”作“一天愁”，四句作“攛斷出傷心事”，以下“花箋”作“花前”，“紅葉”作“葉上”，“掂的”作“掂得”，“揉的”作“到得”，“瘦廉纖”上襯“這些時”三字，“繡房中”作“繡帖内”，“拈針”作“金綫”，“搊”作“上”，“雁柱”作“金柱”，“對此”作“在兹”，“孤雁兒”作“聽雁兒”，末句無“兒”字。

〔黄鍾尾聲〕雁兒，你寫西風曲似蒼頡字，對南浦愁如宋玉詞。恰春歸，早秋至，多寒温，少傳示，惱人腸，聒人耳，碎人心，墮人志。雁兒，直被你攛掇出無限相思，偏怎生不寄俺有情分故人書半紙。《雍熙》“寫西風”上有“你那里”三字，“曲似”作“拙似”，“對南浦”作“叫南浦”，末二句中“雁兒”作“雁兒也”，“偏怎生”無“怎生”二字。

〔南吕〕一枝花

離悶

柳垂翡翠條，花落胭脂瓣。緑窗絨縷淡，粉臉淚珠彈。灑竹成斑，寶釧鬆冰腕，蛾眉淡遠山。常言道好事多慳，陡恁的千難萬難。

〔梁州〕卜龜卦銅腥玉笋，盼鴻書目斷雲山，别離情性誰曾慣。這些時銀箏懶按，錦瑟慵彈。玉簫倦品，寶鑑羞覷。病懨懨瘦損容顔，悶昏昏多少愁煩。花鈿墜懶貼香腮，衫袖濕鎮淹淚眼，玉簪斜倦整雲鬟。近間，坐間。用工夫修下封鴛鴦緘，無處倩魚雁。有萬種淒涼不可堪，何日回還。

〔罵玉郎〕楊花滿院東風散，恰纔這微雨過燕鶯閑，羅幃寂寞空長歎。春色昏，情意懶，芳心憚。

〔感皇恩〕呀，只我這春意闌珊，鶯老花殘。一簾風，三月雨，五更寒。閃的我鸞孤鳳單，枕剩衾寒。梨花院，採茶歌，凭闌干。《北詞廣正譜》無首四字，“鳳單”作“鳳隻”，“衾寒”作“衾單”，末三句作“楊柳樓，梨花院，寸心間”。

〔採茶歌〕望長安，盼雕鞍，夕陽花草樹遮山。疊翠堆嵐凝望眼，只我這薄情何處走雲山。

〔尾聲〕半簾紅日愁天晚，一盞孤燈照夜闌。全不似當時舊風範，繡床又倦攀，梳妝又意懶，瘦怯怯裙腰兒旋旋的趲。

〔中吕〕粉蝶兒

西湖遊賞

描不上小扇輕羅，你便是真蓬萊賽他不過，雖然是比不得百二山河。一壁厢嵌平堤連緑野端的有亭臺百座。暗想東坡,逋仙詩有誰酬和。《雍熙樂府》次句“你”字作“恰”。

〔南好事近〕謾説鳳凰坡,怎比繁華江左。無窮千古,真個是勝跡極多。煙籠霧鎖,遶六橋翠嶂如螺挫。青藹藹山抹柔藍,碧澄澄水泛金波。

〔北石榴花〕我只見採蓮人唱採蓮歌,端的是勝景勝其他,只他那遠峰倒影蘸著清波。晴嵐翠鎖,怪石嵯峨,我只見沙鷗數點湖光破,咿咿啞啞櫓聲摇過。我只見女嬌羞倚定雕闌坐,恰便似寶鑑對嫦娥。《雍熙》首句“唱”作“和”,三句“那”作“這”,“蘸”作“湛”。

〔南料峭東風〕緣何,樂事賞心多,詩朋酒侶吟哦。花濃酒豔,破除萬事無過。嬉遊玩賞,對清風明月安然坐。任春夏秋月冬天,適興四時皆可。《雍熙》次句“侶”作“友”,三句“豔”作“釃”。

〔北鬬鵪鶉〕鬧穰穰急管繁絃,齊臻臻蘭舟畫舸。嬌滴滴粉黛相連,顫巍巍翠雲萬朵。端的是洗古磨今錦繡窩,你不信試覷波。緑依依楊柳千株,紅馥馥芙蕖萬朵。《雍熙》末句“芙蕖”作“芙蓉”。

〔南撲燈蛾〕清風送蕙香,月穿岫雲破。清湛湛水光浮嵐碧,響璫璫曉鐘兒敲破。鳴咽咽猿啼古嶺,見對對鴛鴦戲著清波。迢迢似漁舟釣艇,碧澄澄滿船雨笠共煙蓑。《雍熙》四句作“響璫璫晚鐘敲破”。

〔北上小樓〕密匝匝那一窩,疎剌剌這幾夥。我這里對著青嵐,湛著清波。微雨初收,微煙初散,微風初過,却正是再休提淡妝濃抹。《雍熙》三、四、五句作“對著晴嵐,倚著青山,湛著清波”。

〔南撲燈蛾〕疊疊層樓畫閣,簇簇奇花異果。遠遠的緑莎茵,茸茸的芳草坡。忔蹬蹬馬蹄踏破,隱隱似長橋卧波。細裊裊緑柳金拖,迢迢似漁舟釣艇,碧澄澄滿船漁笠共煙蓑。《雍熙》末句“漁”作“雨”。

〔尾聲〕陰晴晝夜皆行樂,古往今來吟詠多,雪月風花事事可。《雍熙》首句“夜”作“永”。

酸甜樂府二目次

徐再思甜齋

小令

紅繡鞋

雪　半月泉　道院

滿庭芳

贈歌者

普天樂

吴江八景　垂虹夜月　太湖春波　龍廟甘泉　洞庭白雪　前村遠帆　雪灘晚釣　華嚴晚鐘　西山夕照

朝天子

西湖　手帕　常山江行　楊姬

閲金經

春　水亭開宴　閨情二首

梧葉兒

釣臺　革步　春思三首　即景

一半兒

病酒　落花　春情

人月圓

甘露懷古　蘭亭　以上録《太平樂府》

紅錦袍四首録《樂府羣玉》

以上共小令一百三首。

酸甜樂府二

元徐再思甜齋撰　江都任訥中敏輯録

小令

蟾宮曲

西湖

十年不到湖山，齊楚秦燕，皓首蒼顔。今日重來，鶯嫌花老，燕怪春慳。聽越女鸞簫象板，惱司空霧鬢雲鬟。道院禪關，酒會詩壇，萬古西湖，天上人間。

錢子雲赴都

賦河梁渺渺予懷，今日陽關，明日秦淮。鵬路風雲，龍門波浪，馬足塵埃。寬洗汕胸中四海，便飛騰天上三台。休等書齋，梅子花開，人在江南，先寄詩來。

江淹寺

紫霜毫是是非非，萬古虚名，一夢初回。失又何愁，得之何喜，悶也何爲。落日外蕭山翠微，小橋邊古寺殘碑。文藻珠璣，醉墨淋漓，何似班超，投却毛錐。

登太和樓

白雲中湧出蓬萊，俯視西湖，圖畫天開。暮雨珠簾，朝雲畫棟，夜月瑶臺。書籍會三千劍客，管絃聲十二金釵。對酒興懷，拊髀憐才，寄語玲瓏，王粲曾來。

竹夫人

湘妃應是前身，不記何年，封號封秦。萬古虚心，百年貞節，幾世故人。剖蒼壁寒凝淚痕，挽潛蛟巧結香紋。侍枕知恩，入夢無春，兩腋清風，滿枕行雲。《樂府羣玉》第六句作“一世良人”，八句首字作“攙”，末句首字作“一”。

姑蘇臺

荒臺誰唤姑蘇，兵渡西興，禍起東吴。切齒讐冤，捧心鈎餌，嘗膽權謀。三千尺侵雲糞土，十萬家泣血膏腴。日月居諸，臺殿丘墟，何似靈巖，山色如初。

贈名姬玉蓮

荆山一片玲瓏，分付馮夷，捧出波中。白羽香寒，瓊衣露重，粉面冰融。知造化私加密寵，爲風流洗盡嬌紅。月對芙蓉，人在簾櫳，太華朝雲，太液秋風。

春情

平生不會相思，才會相思，便害相思。身似浮雲，心如飛絮，氣若遊絲。空一縷餘香在此，盼千金遊子何之。證候來時，正是何時，燈半昏時，月半明時。

西湖尋春

清明春色三分，湖上行舟，陌上遊人。一片花陰，兩行柳影，十日莎裀。不要多骰排一品，休嫌少酒止三巡。處處開樽，步步尋春，花下歸來，帶月敲門。

送沙宰

宦遊人過錢塘，江水茫茫，山色蒼蒼。馬首西風，鷄聲殘月，雁影斜陽。男子志周流四方，循吏心恪守三章。岐麥林桑，渡虎驅蝗，人頌甘棠，春滿琴堂。

月

問青天呼酒重傾，幾度盈虧，幾度陰晴。夜冷魚沉，山空鶴唳，露滴烏驚。看楊柳樓心弄影，聽梨花樹底吹笙。雪與爭明，風與雙清，玉兔韜光，萬古長生。

贈粉英

温柔鄉裏娉婷，清比梅花，更有餘清。玉蕊含香，瓊蕤沁月，瑶萼裁冰。冠楊柳東風媚景，賦芙蓉夜月幽情。花下蘇卿，月下崔鶯，世上飛瓊，天上雙成。

西湖夏宴

捲荷篇翠袖生香，忙處投閑，静處尋凉。一片歌聲，四圍山色，十里湖光。只此是人間醉鄉，更休提天上天堂。老子疎狂，信手新詞，贈與秋娘。

紅梅

蕊珠宫内瓊姬，醉倚東風，誰與更衣。血淚痕深，茜裙香冷，粉面春回。桃杏色十分可喜，冰霜心一片難移。何處長笛，吹散胭脂，分付春歸。

殿前歡

釣臺

釣魚臺，便齊雲安穩似雲臺。故人同榻成何礙，太史瘦哉。三台宰相階，百兩黄金帶，萬丈風波海。爭如休去，勝似歸來。

楊總管

玉堂臣，金綸大展致其身。腰間斗大黄金印，志在新民。文章漢子雲，韜略吴公瑾，勳業商伊尹。一番桃李，兩字麒麟。

觀音山眠松

老蒼龍，避乖高臥此山中。歲寒心不肯爲梁棟，翠蜿蜒俯仰相從。秦皇舊日封，靖節何年種，丁固當時夢。半溪明月，一枕清風。

壽陽曲

梅影

枝横水，花未雪，鏡中春玉痕明滅。梨雲夢殘人瘦也，弄黄昏半窗明月。

手帕

香多處，情萬縷，織春愁一方柔玉。寄多才怕不知心内苦，漬胭脂淚痕將去。

春情三首

心疼事，腸斷詞，背秋千淚痕紅漬。剔春纖碎挼花瓣兒，就窗紗砌成愁字。

昨宵是，你自説，許著咱這般時節。到西廂等的人静也，又不成再推明夜。

閑情緒，深院宇，正東風滿簾飛絮。怕梨花不禁三月雨，是誰教燕銜春去。

醉姬

緋霞佩，金縷衣，枕東風美人深醉。便休將玉簫花下吹，怕驚回海棠春睡。

柳腰

連環玉，一搦酥，舞春風柳絲相妒。沈東陽帶紅香雙抱住，怕隨著彩雲飛去。

水仙子

夜雨

一聲梧葉一聲秋，一點芭蕉一點愁，三更歸夢三更後。落燈花棋未收，歎新豐孤館人留。枕上十年事，江南二老憂，都到心頭。

彈唱佳人

玉纖流恨出冰絲，瓠齒和春吐怨辭，秋波送巧傳心事。似鄰船初聽時，問江州司馬何之。青衫淚，錦字詩，總是相思。

紅指甲

落花飛上笋牙尖，宮葉猶將冰筯黏，抵牙關越顯得櫻唇豔。怕傷春不捲簾，捧菱花香印妝奩。雪藕絲霞十縷，鏤棗斑血半點，掐劉郎春在纖纖。

佳人釘履

金蓮脱瓣載雲輕，紅葉浮香帶雨行，漬春泥印在蒼苔徑。三寸中，數點星，玉玲瓏環珮交鳴。濺越女紅裙濕，沁湘妃羅襪冷，點寒波小小蜻蜓。

春情

九分恩愛九分憂，兩處相思兩處愁，十年迤逗十年受。幾遍成幾遍休，半點事半點慚羞。三秋恨三秋感舊，三春怨三春病酒，一世害一世風流。

青玉花筒

蜂房分蜜入烏雲，鶯嘴流金拂翠颦，鸞釵嵌玉浮紅暈。似蕊珠宫内人，虚心腹管束東君。兩朵兒瑶花弄色，半縷兒香綿沁粉，一泓兒碧露涵春。

重九

東籬重賦紫萸詩，北海深傾白玉巵，西風了却黄花事。是淵明酒醉時，笑人間名利孜孜。鑽醯甕，檢故紙，再誰提歸去來兮。

馬嵬坡

翠華香冷夢初醒，黄壤春深草自青，羽林兵拱聽將軍令。擁鸞輿蜀道行，妾雖亡天子還京。昭陽殿梨花月色，建章宫梧桐雨聲，馬嵬坡塵土虚名。

惠山泉

自天飛下九龍涎，走地流爲一股泉，帶風吹作千尋練。問山僧不記年，任松梢鶴避青煙。濕雲亭上，涵碧洞前，自採茶煎。

沉醉東風

息齋畫竹

葛陂裏神龍蜕形，丹山中彩鳳棲庭。風吹粉籜香，雨洗蒼苔冷，老仙翁筆底春生。明月闌干酒半醒，對一片兒瀟湘翠影。

春情二首

一自多才闊，幾時盼得成合。今日個猛見他門前過，待唤著怕人瞧科。我這里高唱當時水調歌，要識得聲音是我。

紅灼灼花明翠牖，翠絲絲柳拂青樓。錦谷春，銀瓶酒，玉天仙燕體鶯喉。不向樽前醉後休，枉笑煞花間四友。

賣花聲四首

雪兒嬌小歌金縷，老子婆娑倒玉壺，滿身花影倩人扶。昨宵不記，雕鞍歸去，問今朝酒醒何處。

碧桃紅杏桃源路，緑水青山水墨圖，杖頭挑著酒葫蘆。行行覷著，山童分付，問前村酒家何處。

紅羅佩吐獅頭玉，碧珥香啣鳳口珠，風流相遇恨須臾。梨花淡月，樓臺如故，教吹簫玉人何處。

雲深不見南來羽，水遠難尋北去魚，兩年不寄半行書。危樓目斷，雲山無數，望天涯故人何處。

清江引

苕溪

駝鳳兩橋分燕尾，人物風流地。白雲四面山，明月雙溪水，身在董元圖畫裏。

盤龍寺

山僧定回月半吐，咤叱神龍處。空廊舊爪痕，古殿新盤路，捲起講華臺下雨。

春夜

雲間玉簫三四聲，人倚闌干聽。風生翡翠檽，露滴梧桐井，明月半簾花弄影。

私歡

梧桐畫闌明月斜，酒散笙歌歇。梅香走將來，耳畔低低說，後堂中老夫人沉醉也。

笑靨兒

東風不知何處來，吹動胭脂色。旋成一點春，添上十分態，有千金俏人兒誰共買。

相思

相思有如少債的，每日相催逼。常挑著一擔愁，准不了三分利，這本錢見他時才算得。

凭闌人

香印

煙裊盤龍花上枝，火引冰蠶繭内絲。燒殘錦字詩，似人腸斷時。

春情

髻擁春雲鬆玉釵，眉淡秋山羞鏡臺。海棠開未開，粉郎來未來。

江行

鷗鷺江皋千萬灣，鷄犬人家三四間。逆流灘上灘，亂雲山外山。

春愁

前日春從愁裏得，今日春從愁裏歸。避愁愁不離，問春春不知。

清江

九殿春風鳷鵲樓，千里離宫龍鳳舟。始爲天下憂，後爲天下羞。

春怨

遥盼春來圖見春，及至春來還怨春。自憐多病身，爲他千里人。

天淨沙

探梅

昨朝深雪前村，今宵淡月黄昏，春到南枝幾分。水香冰暈，唤回逋老詩魂。

吕侯席上

素波笑淺流花，輕衫舞急飄霞，席上司空鬢華。酒闌歌罷，不知春在誰家。

别高峰

青山遠遠天台，白雲隱隱簫臺，回首江南倦客。西湖討債，梅花等我歸來。

春情

雙雙翠舞珠歌，卿卿酒病花魔，爲問風流玉蛾。海棠開過，牡丹消息如何。

漁父

忘形雨笠煙蓑，知心牧唱樵歌，明月清風共我。閑人三個，從他今古消磨。

秋江夜泊

斜陽萬點昏鴉，西風兩岸蘆花，船繫潯陽酒家。多情司馬，青衫夢裏琵琶。

題情

多才惹得多愁，多情便有多憂，不重不輕證候。甘心消受，誰教你會風流。

柳營曲

和聽雪

酒半醒，月三更，怪梅花唤回鶴夢驚。蠶葉縱横，龍甲琮琤，寒粟玉樓生。灞陵橋人有詩成，剡溪中誰駕舟行。光涵虚室明，寒撲小窗輕。柳絮冷無聲。

春情

投木桃，報瓊瑶，風流爲聽紫鳳簫。雲挽金翹，香沁鮫綃，春在兩眉梢。帶明月門扇低敲，近秋千花影輕摇。奶娘還問著，小玉會搬挑。教，推道把夜香燒。

小桃紅

花籃髲髻

東風攢簇一筐春，吹在秋蟬鬢。玉露凝香寶釵潤，綠無塵，同心雙挽蜂蝶陣。羣芳頂上，連環枝下，分斷楚山雲。“挽”疑是“綰”之訛，“環”疑是“理”之訛。

陽春曲

皇亭晚泊

水深水淺東西澗，雲去雲來遠近山，秋風征棹釣魚灘。煙樹晚，茅舍兩三間。

雙漸

蘇卿倦織回文錦，雙漸空懷買笑金，風流一點海棠心。不聽琴，只是不知音。

春情

桃花月淡胭脂冷，楊柳風微翡翠輕，玉人欹枕倚雲屏。酒未醒，腸斷紫簫聲。

閨怨

妾身悔作商人婦，妾命當逢薄倖夫，别時只説到東吴。三載餘，却得廣州書。

贈海棠

玉環夢斷風流事，銀燭歌成富貴詞，東風一樹玉胭脂。雙燕子，曾見正開時。

春思

酒醒眉記青鸞恨，春去香消紫燕塵，闌干掐遍月兒痕。深閉門，花落又黄昏。

紅繡鞋

雪

白鷺交飛溪脚，玉龍横臥山腰，滿乾坤無處不瓊瑶。因風吹柳絮，和月點梅梢，想孤山鶴睡了。

半月泉

鑿透林間山溜，平分天上中秋，菱花分破印寒流。沁梅疎影缺，攀桂片雲愁，待團圓掬在手。

道院

一榻白雲竹徑，半窗明月松聲，紅塵無處是蓬瀛。青猿藏火棗，黑虎聽黄庭，山人参内景。

滿庭芳

贈歌者

犀梳玉簪，歌裙翠淺，舞袖紅深。風流消得纏頭錦，一笑千金。痛飲時花前痛飲，知音人席上知音。春無禁，蜂蝶快尋，先到海棠心。

普天樂

吴江八景

垂虹夜月

玉華寒，冰壺凍。雲間玉兔，水面蒼龍。酒一樽，琴三弄。唤起淩波仙人夢，倚闌干滿面天風。樓臺遠近，乾坤表裏，江漢西東。

太湖春波

碧瓊紋，玻琉甃。離情汲汲，潭影悠悠。古渡頭，長橋右。一片青縠風吹皺，洗桃花昨夜新愁。浮沉錦鱗，高低紫燕，遠近白鷗。

龍廟甘泉

養萍實，分桃浪。源通虎趵，味勝蜂糖。可煮茶，堪供釀。第四橋邊冰輪上，浸一泓碧玉流香。香消酒容，芳腴齒牙，冷滲詩腸。

洞庭白雪

變陰晴，乘鸞鳳。西山暮色，東岳奇峰。可自怡，難持送。舒卷無心爲時用，慶風雷際會從龍。襄王夢裏，高僧屋内，彦敬圖中。

前村遠帆

遠村西，夕陽外。倒懸一片，瀑布飛來。萬里程，三州界。走羽流星迎風快，把湖光山色分開。飛鯨湧緑，檣烏點墨，江鳥逾白。

雪灘晚釣

水痕收，平沙凍。千山落日，一線西風。箬帽偏，冰蓑重。待遇當年飛熊夢，古溪邊老了漁翁。得魚貫柳，呼童换酒，醉倚孤篷。

華嚴晚鐘

斗杓低，潮音應。菩提玉杵，贔屭金聲。蝶夢驚，龍神聽。夜坐高僧回禪定，誦琅函九九殘經。譙樓鼓歇，蘭舟纜解，茅店鷄鳴。

西山夕照

晚雲收，夕陽掛。一川楓葉，兩岸蘆花。鷗鷺栖，牛羊下。萬頃波光天圖畫，水晶宫冷侵紅霞。凝煙暮景，轉暉老樹，背影昏鴉。

朝天子

西湖

裏湖，外湖，無處是無春處。真山真水真畫圖，一片玲瓏玉。宜酒宜詩，宜晴宜雨，銷金鍋，錦繡窟。老蘇，老逋，楊柳堤，梅花墓。

手帕

酒痕，淚痕，半帶著胭脂潤。鮫淵一片玉霄雲，縷縷東風恨。待寫回文，敷陳方寸，怕鶯花，説與春。使人，贈君，寄風月，平安信。

常山江行

遠山，近山，一片青無間。逆流泝上亂石灘，險似連雲棧。落日昏鴉，西風歸雁，歎崎嶇，途路難。得閑，且閑，何處無，魚羹飯。

楊姬

豔冶，唱徹，金縷歌全闋。秋娘身價有誰軼，曾奉黄金闕。歌扇生春，舞裙回雪，不風流，不醉也。舞者，唱者，一曲秦樓月。

閲金經

春

紫燕尋舊壘，翠鴛棲暖沙，一處處緑楊堪繫馬。他，問前春沽酒家①。秋千下，粉墻邊紅杏花。

水亭開宴

犀筯銀絲鱠，象盤冰蔗漿，池閣南風紅藕香。將，紫霞白玉觴。低低唱，唱著道今夜涼。

閨情二首

一點心間事，兩山眉上愁，拈起金針還又休。羞，見人推病酒。懨懨瘦，月明中空倚樓。

歌扇泥金縷，舞裙裁絳綃，一捻瘦香楊柳腰。嬌，美人來鬬草。貪歡笑，倒插了金步摇。

梧葉兒

釣臺

龍虎昭陽殿，冰霜函谷關，風月富春山。不受千鍾禄，重歸七里灘，贏得一身閑，高似他雲臺將壇。

---

① 今校：前春，《全元散曲》録《太平樂府》作“前村”，於文意當從。

革步"革"字待校。

山色投西去，羈情望北遊，湍水向東流。鷄犬三家店，陂塘五月秋，風雨一帆舟，聚車馬關津渡口。

春思三首

芳草思南浦，行雲夢楚陽，流水恨瀟湘。花底春鶯燕，釵頭金鳳凰，被面繡鴛鴦，是幾等兒眠思夢想。

鴉鬢春雲軃，象梳秋月欹，鸞鏡曉妝遲。香漬青螺黛，盒開紅水犀，釵點紫玻瓈，只等待風流畫眉。

風初定，月正明，人靜露初零。粉暖蜂蝶翅，春深鸞鳳情，香放燕鶯聲，都不管梨花夢冷。"放"字待校①。

即景

鴛鴦浦，鸚鵡洲，竹葉小漁舟。煙中樹，山外樓，水邊鷗，扇面兒瀟湘暮秋。

一半兒

病酒

昨宵中酒懶扶頭，今日看花惟袖手，害酒愁花人問羞。病根由，一半兒因花一半兒酒。

落花

河陽香散喚提壺，金谷魂消啼鷓鴣，隨苑春歸聞杜宇。片紅無，一半兒狂風一半兒雨。

春情

眉傳雨恨母先疑，眼送雲情人早知，口散風聲誰喚起。這別離，一

---

① 今校：按《全元散曲》云明大字本《太平樂府》作"香散"，意似長。

半兒因咱一半兒你。

人月圓
甘露懷古

江臯樓觀前朝寺,秋色入秦淮。敗垣芳草,空廊落葉,深砌蒼苔。遠人南去,夕陽西下,江水東來。木蘭花在,山僧試問,知爲誰開。

蘭亭

茂林修竹風流地,重到古山陰。壯懷感慨,醉眸俯仰,世事浮沉。惠風歸燕,團沙宿鷺,芳樹幽禽。山山水水,詩詩酒酒,古古今今。

紅錦袍四首

那老子愛清閑主意别,釣桐江江上雪,泛桐江江上月。君王想念者,宣到鳳凰闕。想著七里漁灘,將著一鈎香餌,望著富春山歸去也。

那老子陷身在虎狼穴,將夫差仇恨雪,進西施謀計拙。若不早去些,烏喙意兒别。駕著一葉扁舟,披著一蓑煙雨,望他五湖中歸去也。

那老子見高皇斬了蛇,助蕭何立大節,薦韓侯勞汗血。漁樵做話説,千古漢三傑。想著雲外青山,納了腰間金印,伴赤松子歸去也。

那老子覷功名如夢蝶,五斗米腰懶折,百里侯心便捨。十年事可嗟,九日酒須賒。種著三徑黄花,栽著五株楊柳,望東籬歸去也。

跋

以上就元明選本七種及《堯山堂外紀》、《里子筆談》，録酸、甜兩家樂府各一卷，異文訛字，並具校讐。甜作幾全在《太平樂府》一書内，且無套曲，所異於酸作者也。酸作之中，〔南吕・一枝花〕《離悶》一套，《雍熙樂府》並無明文屬貫氏，兹所據者，乃《北詞廣正譜》内〔南吕・感皇恩〕之所注也。《譜》或本於《樂府羣珠》，而《羣珠》則今不得見矣。〔中吕・粉蝶兒〕南北合套，據《北宫詞紀》録。南北合套創自元人沈和，見《録鬼簿》。但今日流傳之元曲中，從未見過一套，其事甚怪。獨《詞紀》載貫氏此作，不但不見於元選，且是否全屬貫氏，於他書亦無徵。疑套内北曲，乃貫氏作，而南曲則明人所插，藉收南北聲樂間調和之美者耳。至於兩家佚作，自必不少，見聞所囿，如此而已。偶檢明朱存理《珊瑚木難》，載有酸齋降筆作〔清江引〕一闋，贈鐵笛道人云："鐵笛一聲江月曉，催上長安道。金帶紫羅袍，象簡烏紗帽，誰不説玉堂春事好。"又汪砢《珊瑚網名畫題跋》，有德可徐再思和張炎〔清平樂〕云："西風吹斷，帆迴潯陽岸。水影碧涵天影漫，倒映片雲孤雁。　琵琶舊譜新成，舟中應有蘇卿。愁了不堪重聽，聲聲又復聲聲。"一則體合而非真，一則詞真而非體，皆未可入録，因附記於此，以博其趣云。十五年舊曆冬至夕，江都任訥書。

後 記

得明人輯《樂府羣珠》四册，皆小令，與《北詞廣正譜》之所謂“羣珠”異。所載貫、徐兩家曲，均已見於此集，惟略有異文，兹記之。

酸集〔金字經〕“楚臺雲”闋，次句“待都來三空朝”，《羣珠》作“三二朝”，比較可通；“風流他”作“風流俏”。〔紅繡鞋〕“東村醉”闋，“釣魚鈎”作“釣鰲鈎”，“做酒”作“當酒”。“返舊約”闋題“秋懷”，“返”作“近”，必爲“泝”之訛，均甚是，應據改。又“雪香蘭”闋，“掿”作“揑”。“挨著靠著”闋題“歡情”，“愁著怕著”作“怕著愁著”，末句“一更”作“一更兒”。〔陽春曲〕末句無“著”字。〔折桂令〕“問東君”闋，末句“月照”作“明月”。“薰風”闋，“妝態”作“嬌態”，均足參校。

甜集〔蟾宫曲〕“賦河梁”闋，“鵬翼”作“鵬路”。“湘妃”闋，“蒼壁”應改“蒼璧”。“荆山”闋，題應作“贈名姬玉蓮”。“宦遊”闋，“湯湯”作“茫茫”。〔閲金經〕“一點”闋，“眉上秋”作“眉上愁”。“歌扇”闋，“一捻”句作“一捻瘦香楊柳腰”，“殢人”句作“美人來鬬草”，均應分别校正。

十九年三月，中敏記。

散曲叢刊 中

任中敏 編著
曹明升 點校

任中敏文集

王小盾 陳文和 主編

鳳凰出版社

滸東樂府

提要

《沜東樂府》二卷，明康海所撰散曲。正德八年康氏手訂，其弟浩於嘉靖三年刻之。一卷小令，二卷套數，兹將二卷内所有帶過曲數枝移在一卷之後，以嚴體例。補遺一卷乃就陳所聞《南宮詞紀》内輯得者，全部並以《北宮詞紀》等書校過。原書正襯字分别大小，但按譜仍多未合，兹一之。康氏曲多用本色，爲元人之豪放，擺脱明初闐茸之習，有功於明代散曲作風不少。惟有時意氣褊急，篇幅繁冗，去元人之真樸渾厚，尚有一間耳。

汧東樂府序

世恒言詩情不似曲情多。非也。古曲與詩同,自樂府作,詩與曲始岐而二矣。其實詩之變也,宋元以來,益變益異,遂有南詞北曲之分。然南詞主激越,其變也爲流麗;北曲主慷慨,其變也爲朴實。惟朴實故聲有矩度而難借,惟流麗故唱得宛轉而易調,此二者詞曲之定分也。予自謝事山居,客有過余者,輒以酒殽聲妓隨之,往往因其聲以稽其譜,求能稍合作始之意益尠。蓋沿襲之久,調以傳訛,而其辭又多出於樂工市人之手,音節既乖,假借斯謬,茲予有深惜焉。由是興之所及,亦輒有作,歲月既久,簡帙遂繁,乃命僮子録之,以存篋笥,題曰《汧東樂府》。復稍述二家爲調之本於此,知音之士,寧無感乎。正德八年,歲在癸酉。冬十二月朔旦,汧東漁父自序。

沜東樂府目録

卷之一

北曲小令

祅神急

閱世

翠裙腰

九日

村裏迓鼓

春遊

點絳唇

賀壽　久雨作

中呂

粉蝶兒

書懷　閑遊　賀登科　賞杏花　題集翠樓　代友人宦邸書懷

黃鐘

醉花陰

壽日

越調

鬬鵪鶉

遊南山作　中秋　夏賞　北山先生席上作　送士子入試宴間有虹霓照座喜而賦此

商調

集賢賓

行樂

雙調

新水令

山中寫懷　東谷草堂宴集

大石調

驀山溪

元夜合調

青杏子

喜雨

南曲套數

雁過聲

春遊

一封歌

寄壽寶屏先生

補遺

南曲小令

月雲高

題情

浪淘沙

閑情二首

駐雲飛

閑情

四塊金

飲中漫興

北曲套數

仙吕點絳唇

歸田述喜

雙調新水令

自壽

黄鐘願成雙

述隱

南曲套數

雙調香羅帶

離思

沜東樂府卷之一

明武功康海德涵撰　江都任訥中敏校訂

北曲小令

〔正宫〕醉太平

南齋漫興

且隨時嘯歌，休信口開闔，光陰即漸已無多，好逍遥快活。白雲洞裏陳摶臥，紅梅影底林逋坐，碧紗窗外小鸞過，不風流怎麽。

翠嵬嵬柳條，香馥馥花梢，自歌自舞賞良宵，喜孜孜到曉。蝸名蠅利何須道，蜂屯蟻聚由他鬧，龍虎爭鬪怎生教，不瞧科便了。

結茅堂對山，坐水閣觀瀾，紅塵不到這其間，甚風流似俺。蕭蕭白髮金鍾滿，依依綺座香風散，盈盈緑蟻玉杯寒，趁光陰未晚。

唤雙娥唱者，邀北海頑些，鏡中白髮漸來踅，幾多時歲月。秦宫漢闕黄塵接，文謨武烈金蛇掣，燕臺梁苑暝雲遮，不受用是呆。

托乾坤至仁，沐雨露深恩，滿庭蘭玉近兒孫，似嵇山謝門。無非無是心頭順，無榮無辱情腸俊，無拘無繫意思新，賽羲皇上人。

列笙歌綺筵，出翡翠華軒，一觴一詠總堪憐，況鶯聲柳邊。粉胸繡臆芙蓉面，明眸皓齒桃花扇，嬌雲嫩水豔陽天，甚王維輞川。

坐珠簾小軒，歌白雪朱絃，呼兒展紙寫詩篇，媿才疎思淺。吟風弄月佳無限，行眠立盹情非倦，看山玩水興悠然，這清閑似仙。

江湖間養拙，風月裏隨邪，從他落魄與驕奢，一樁樁記者。明窗淨几讀書舍，輕歌妙舞看花榭，丹崖翠壁避塵穴，甚波吒敢惹。

楊信夫宅宴集

勸金杯玉卮，有翠袖蛾眉，葫蘆提醉了是便宜，假惺惺怎的。武陵源乾罷了漁夫柮，輞川莊寂寞了尚書砌，磻溪岸迷漫了伯牙磯，請先生再思。

看杯盤整齊，是慶喜筵席，六千三萬甚東西，醒時節再吃。香風馥馥羅珍味，庭闈靄靄團雲氣，金莖苒苒燦花枝，喜團圓到底。

滸西即事

許多時困苦，那里討歡娛，匆匆節序又春餘，恰歸來此廬。雛鶯遠遠啼深樹，修篁䨴䨴遮茅屋，重門款款歇肩輿，請漁翁坐語。

看千章夏木，映萬里平蕪，南城一望緑模糊，似王維畫圖。有山有水無拘束，宜歌宜舞無憂慮，不豐不儉好規模，請先生自覩。

翠嵬嵬碧山，緑渺渺柔瀾，半生唯有這其間，儘持杯换盞。遊絲萬縷垂楊岸，香風十里桃花澗，輕蓑一笛晚雲灣，這逍遥是罕。

醉時節放歌，醒已後評跛，百年身世漸無多，且隨時過活。澆花種竹閑功課，烹鷄漉酒權安樂，鋪眉扇眼强開闔，甚名韁利鎖。

塞鴻秋

漫興

木强人怎寄絲綸任，楚狂徒易犯森嚴禁。快直心難撒腌臢唔，着實行豈管嶢崎讖。貴賤百年身，榮辱須臾恁，不伏波有甚明珠譖。

元夜

風光喜值嘉平世，疎慵自愛漁樵計。今宵不減蘭亭記，多君況乃青雲器。樂轉鳳凰歌，燈轉芙蓉戲。剔團圞明月懸天際。

田家

行藏數尺黄花徑，生涯幾樹甜仁杏。勳庸一首滄浪詠，風流半曲天仙令。豐歉總由天，苦樂誰非命，蠅頭微利何須挣。

〔雙調〕沈醉東風

書懷

三萬日時間過了，十八班不必提着。抖擻起泛海心，撇罷了平蠻纛，緑陰中瓦盎村醪。倦倚青岑一曲簫，也做個山翁醉倒。

粹夫封事

五百載天生尚父,二十年人笑風胡。把經綸宇宙心,早斡轉乾坤疎,向丹墀剴切宣敷。聖主春回萬物蘇,怕甚麽淮西未撫。

答客

國史院咱曾視草,姦和正不必提着。文書上恁様來,條款裏偌般造,畫葫蘆難減分毫。但把丹心自繫牢,管甚麽零煎細炒。

寄北山

茅屋底微吟既可,瓦盆邊沈醉如何。太平時閑散人,疾溜中腌臢貨,是和非逝水驚波。布襖芒鞋且過活,倩萬縷山雲伴我。

對酒次韻

望翠巘頻移坐榻,愛微風半幘巾紗。呼僮將緑蟻斟,做伴把白雲迓,小槽空不用喧譁。但典春衣向酒家,這便是劉生大雅。

秋日即事

秋水共長天一色,澹雲和衰草齊回。闌珊了白苧思,歡賞盡黄花態,歎人生易似浮埃。昨日青春不再來,却怎的胡歪數載。

斗酒釃無勞再買,一花穠不必重開。聽遥岑過雁聲,起少日浮名怪,問王喬此際何哉。三疊秋風萬古哀,那里也乘桴泛海。

送別

折柳郵亭獨嶼,傷心雁影長途。千金合浦珠,萬户麟臺禄,怎愁的風雨郊墟。若到長安早寄書,者莫惹青樓伴侶。

有所思

今夜淒涼有幾,閑時笑語和誰。分明座裏親,陡殺行間背,望天涯有信難回。月冷菰蒲曙鳥飛,兀自把闌干悶倚。

效自君之出矣

掃萬里龍沙未返,怨深閨蛾尾空灣。泣相思柳未匀,待好會梅須綻,隔魂臺水水山山。也要尋君到玉關,路比天涯近遠。

水仙子

冬日作

凍雲催雪起山腰，衰草迎風苒兔毫，茅簷醉舞山妻笑。這光陰容易老，歎黄公空損清標。絶謝了蒲輪駕，結識上瓠子瓢，何限逍遥。

山居

一溪流水一重山，萬縷雲煙萬頃灘，四時花柳佳無限。許東君隨意揀，小蒲團不够三間。石鼎黄鷄饌，青籬紫芋欄，又何須畫戟朱轓。

小橋西岸野人家，十里垂楊數畝瓜，春來崢出王維畫。那般兒不俊殺，燦疎籬幾點桃花。門對青山下，園圍緑水涯，窗屯翠竹丹霞。

九日宴集

謝家昆弟總能詩，九日同來引玉巵，風流足滿千年事。又何論去路時，灑珠璣多少新詞。一字字形容着胸次，一行行包藏着意思，一篇篇摹寫着根枝。

百年三萬六千番，屈指年來半已删，功名倒底俱虚幻。歎光陰容易晚，好將息努力加餐。榮辱人間有，清風振古難，好追隨緑水青山。

懷友

舊時知己幾人存，此日飄零獨此身，西風又報黄花信。越思量越愴神，見如今玉碎花分。奏賦長楊殿，吟詩五柳村，怎生能尊酒論文。

再得直卿書作

秋風又遍故人書，讀了重增萬歎吁，平生氣魄人人懼。論文章我怎如，竄蠻夷誰訴公車。滇水相思處，空堂獨坐餘，淚雨如珠。

懷渼陂子

與君真是死生交，義氣才情世怎學，南山結屋無人到。那風流依舊好，載珠讒空自嘵嘵。李杜詩篇篇妙，鍾王書字字高，無福難消。

酌酒

論疎狂端的是我疎狂，論智量還誰如我智量，細尋思往事皆虚誑。險些兒落後我醉春風五柳莊，漢日英雄唐時豪傑問他每今在何方。好的歹的一個個盡攛入漁歌樵唱，强的弱的亂紛紛都埋在西郊北邙，歌的舞的受用者休負了水色山光。

中秋

碧空如洗晚雲消,素魄當秋桂影遥,瑶階沸耳笙歌鬧。喜今宵人更好,且休提氣爽天高。擁繡榻人如玉,映雕梁舞正嬌,坐銀床醉影酕醄。

折桂令

賞牡丹

喜重逢舜日堯年,民物熙熙,瑞應翩翩。園苑花開,煙霞客至,絃管聲嫣。瑪瑙寒金波放淺,胭脂濕朱露猶懸。花朵娟娟,人語諠諠。花壓闌干,人醉亭軒。

歎流年易似奔濤,殢酒看花,擊鼓鳴璈。休説秦宫,莫嗟漢闕,且對吴猱。酒醉時齁齁睡倒,花開也日日來着。且盡今宵,莫道明朝。誰是英雄,誰是漁樵。

問先生載酒何之,餘稼春天,醉酒花時。春色清和,酒波瀲灩,花影參差。數不盡姚黄魏紫,聽不了燕子鶯兒。醉撚吟髭,笑折花枝。醉舞婆娑,笑語逶迤。

得安閑便是神仙,數頃黄雲,一榻青氈。酒釃花穠,相逢不飲,老去空憐。白雪歌秦姬和阮,彩雲飛趙女留鈿。花似堆胭,酒似流泉。才了今年,又有明年。

落花

恨東風落盡紅蕤,賞未移時,早又如斯。可歎人生,謾看花朵,笑撚吟髭。歲月長行如快駛,酒杯濃暫息閑思。歌有新詞,舞有嬌姿。趁此良辰,受用便宜。

四月八日雷雨

小庭閑何處風雷,驀地推來,剗地翻回。想天公願與人違,麥已抽何勞水德,夏才初顧逞颼威。意緒摧頽,物理虚恢。斷送了萬頃黄雲,甚支吾萬盞新醅。

即事

歎流光易去難來,昨日春歸,今日花開。氣序侵淩,韶華荏苒,節物經該。楊柳岸春風不改,牡丹亭夜月何哉。睹事傷懷,感舊憐才。一曲秦箏,萬盞吴醅。

坐名園日日開尊,萬朵夭桃,一抹紅雲。又何須沽酒前村,吟詩别院,問柳閑門。食檑兒花邊放穩,玉人兒扇底歌新。這個乾坤,恁樣心神。愛煞劉伶,笑殺田文。

苦雨

坐南軒細雨如篩,倦引瑶觥,怎步蒼苔。看了他實丕丕,去了重來。雲黯淡青山失色,霧冥蒙好興先裁。意緒難捱,詩酒空開。萬里泥途,三徑何哉。

滸西别墅偶然作

喜新來萬事無干,屋遶蒼波,户面青山。未識朝昏,安知榮辱,豈論炎寒。有酒啊山甌細趲,無骰時園韭隨扳。不問尊翻,不計更闌。籍削麒麟,夢覺邯鄲。

結茅廬正對山尖,煙遶雲圍,翠擁紅粘。野叟山翁,雛鷄濁酒,木几毛襜。舞鶴鴂桑榆未晚,笑煙波組紱空淹。欸乃聲厭,蘆荻風恬。細倒青尊,謾對明蟾。

自歸來無惱無嫌,半幅煙蓑,滿架牙籤。白社詩清,蒼波鱠美,緑野尊甜。愛睡起柴門尚掩,喜行遊官籍難鉗。早也霑霑,晚也霑霑。受用足赤脚蓬頭,將息個皓首蒼髯。

憶蓬萊奏賦前年,不揣庸愚,豈係迍邅。髫首窮經,丹心奉日,白璧成愆。語句狂合遭罪譴,性情真索免擠掀。行止雖天,暗想終冤。本是個借劍君遊,浪做了依伾宗元。

田家

正春風布穀聲喧,雪霽東臯,潤足西田。稺子鞭牛,老妻牽索,犁斷寒煙。福分小蔓菁飯軟,意思甜盃水心便。豐稔隨天,勤苦當先。禾黍秋郊,金玉華軒。

青山

喜東風又送春來，翠滿蒼山，青滿平臺。嫩柳抽金，鳴泉噴玉，子笋分釵。霞彩明千峰弄色，雨雲消一帶如揩。不動風霾，不見塵埃。佳景無邊，好酒當開。

午坐

醉醾酥午夢初回，獨坐空堂，幾許清陪。汲水烹茶，呼兒課字，謝客停盃。晝景長光中玉晷，篆煙微香裊朱幃。舊草重批，往事閑追。意暢情怡，利寢名灰。

滸西小集

小桃開園苑閑遊，笑覩妖紅，滿引金甌。花落花開，人生人老，恰便似雲去雲留。只不如喚雙娥舞翠袖時來勸酒，遮莫且招逸客泛蘭舟興到狂謳。交錯觥籌，脱謝憂愁。夢境嬉嬉，心緒悠悠。

庚辰夏曉起臨鏡戲作

笑新來兩鬢生花，載酒看山，樂趣無涯。逐日價稚子牽衣，小姬押酒，老嫗烹茶。有的是雪案間慣相陪的壺觴尊斝，又無甚仕途中歪廝攘的恐懼波查。這樣歡洽，倒底堪誇。黑也由他，白也由他。

感時

歎流光易去難來，衣紫腰金，於我何哉。有酒須斟，有花須賞，有句須裁。者莫你究天人公車獻策，盡都是串皮膚左道胡歪。寄與英才，不索疑猜。好相陪濁酒黄鷄，道甚的閬苑蓬萊。

殿前歡

贈友

布衣交，二十年風雨舊漁樵。黄鷄濁酒蘆蓆幕，興遠心豪。家貧賣寶刀，事去辭彤誥，日晚收綸釣。重來故壘，再醉新醪。

落梅風

元夜

春雲淡，月色昏，坐空齋雪餘風潤。若嫦娥肯饒春幾分，向朱簾且收寒暈。

尊中酒,物外身,是和非向咱休論。三五月華埋凍雲,況區區幾莖衰鬢。

人情諳,世態知,是非場怎誇精細。往古豪華誰記的,都不如倚闌沉醉。

桑榆境,遲暮年,金谷園到今誰見。青娥勸杯休放淺,好消磨這回歌扇。

二月晦日同張舜卿

春雲暝,夜靄霏,燦銀燈管絃如沸。香醪滿斟人醉矣,任花前幕天席地。

年雖邁,興未闌,喚青娥淺杯輕泛。倩東風且休將花片殘,怕春歸又生悲歎。

鬢眉改,情性存,對青尊便生風韻。眼根前笑談都是春,有閑愁怎能親近。

端端舞,小小歌,照腔兒暗中填和。舊知音幸逢着君共我,不風流好時乾錯。

北山宅夜宴

今宵宴,勝去年,竇漿濃玉杯香濺。笙歌可人明月圓,遶朱闌翠鈿金串。

花前飲,柳外歌,放陽春彩雲飛過。風光這回誰似我,醉憑着玉肩歸臥。

懨懨醉,款款吟,愛中庭月明花蔭。酒杯到君須痛飲,半生過苦忙因甚。

新來看,鏡裏容,更添些脚高頭重。便嬴得位三公禄萬鍾,不風流要他何用。

見杏花作

香風細,素蕊團,小園中粉嬌胭暗。想東風要拚人好看,玉蝴蝶滿天撩亂。

歎世

田園富，門第高，好没生把人邏噪。木團衫後稍兒直掛了腦，這才是賞功勞錦衣花帽。

秋雨

微微灑，漸漸狂，助秋山萬溪波漲。兩三日米薪俱見妨，知他那别離人甚娘情況。

有感

蒹葭水，楊柳風，想人生好如秋夢。草離離遍遮秦漢宫，利和名算來何用。

張良智，范蠡謀，都不如賈生詞賦。響當當美傳千萬古，有姦諛怎生厮妒。

宴集

天光永，淑氣催，對清尊怎生不醉。按梁州低舞人未回，畫闌邊鳥聲如醉。

四時行樂詞

燒銀燭，泛紫霞，沉醉在海棠亭下。想人生好如亭下花，怎支吾雨狂風乍。

槐陰轉，枕簟涼，夢初回午風亭上。荷芰風過滿座香，厮湊出許多清況。

黄鷄嫩，紫蟹肥，可人的暮秋天氣。濁酒數巵人醉矣，怕黄花帶將秋去。

尖風至，玉雪飛，裊金爐紫檀香細。下朱簾酒酣人似泥，問何如灞橋驢背。

自酌

清秋景，白玉樓，雁聲還暑回涼又。嬌滴滴玉人兒來勸酒，共圓成好風晴晝。

生前恨，目底愁，告先生且都收後。清冷冷一尊兒桑落酒，受用些水明山秀。

清江引

四時次龍渠韻十六首

何處月明吹鳳管，飄渺春雲散。韋娘金縷衣，仙侶雕胡飯，舊日風流心較懶。

花柳滿天春自管，院宇香風散。閑呼小小歌，悶對鶯鶯飯，醉臥蒼苔人喚懶。

飛盡紅英春不管，花底鶯聲散。遊絲亂點衣，舞絮輕沾飯，柳外小車人去懶。

醉倚斜陽閑照管，柳뺗鸝黄散。纖歌動晚筵，細茗催昏飯，深院月來人睡懶。

小閣納涼紈扇管，雨灑荷珠散。敲冰飲蔗漿，切藕抄雲飯，簾捲薰風詩興懶。

槐影參差風細管，酷暑欣微散。香蒲泛玉盃，角黍團珍飯，坐對湖山眠去懶。

水殿虚簾明月管，寶瑟歌聲散。銀盤瑪瑙漿，玉椀青精飯，柳外綵舟歸棹懶。

檻外葵榴新恨管，枕簟涼雲散。徘徊笑倚闌，迤逦愁拈飯，午夢不成吟思懶。

雨過涼生荷墜管，滿座清風散。閑聽鶯囀林，笑覩魚吞飯，縱飲筩筒開卷懶。

月底轆轤樓外管，吹的炎蒸散。開簾納晚涼，洗盞麾餘飯，小簟雲屏清夢懶。

三徑黄花吾主管，瀟灑天香散。把酒對龍山，倚杖看蜂飯，笑倚東籬歸興懶。

萬頃霜華催弱管，極目彤雲散。雪煮竹爐茶，雲炊雕盤飯，坐擁貂裘乘興懶。

載酒登高横玉管，一派簫韶散。閑思落帽文，慢掩蒸沙飯，誰解參軍心數懶。

橋外六花驢背管，肯使吟情散。奚奴曉問梅，逆旅昏炊飯，笑撚吟髭歸去懶。

簷外酒旗風力管，滿地瓊花散。都拚党進杯，誰顧袁安飯，高臥南窗非是懶。

樓上落梅吹戍管，人自瑶池散。閑憑翡翠鬟，厭吃羊羔飯，暖對獸爐臨眺懶。

又次六首

自去自來誰顧管，笑覩蜂衙散。千金越女歌，一炊吴粳飯，醉臥東山歸去懶。

半世交遊慚鮑管，眼底皆星散。歌殘隴上吟，笑殺桑門飯，角里先生非是懶。

身外閑愁都不管，蟻陣由他散。常尋小快活，怕惹閑茶飯，夢覺南柯心更懶。

事到頭來誰照管，好把豪華散。數椽安樂窩，一飽家常飯，百尺竿頭心力懶。

世事紛紛休去管，生死雲屯散。昨宵燕市歌，今日鴻門飯，怪底巖陵垂釣懶。

錦里先生斑竹管，一掃煙雲散。堪抄梁父吟，怕領天廚飯，起草明光魂夢懶。

閨情六首

萬種春愁情繫管，好夢鳥啼散。三春郎未來，鎮日誰曾飯，悶倚妝樓梳掠懶。

一寸芳心春盡管，生怕花飛散。因追往日歡，減却新來飯，春自繁華君自懶。

兩葉眉兒離恨管，奈可難排散。金甌茉莉茶，碧椀荼蘼飯，對案不餐非是懶。

柳外佳人樓上管，過舞香風散。瓜切水晶盤，筯冷雲英飯，深夜不歸非醉懶。

舊日風流君自管，人去風流散。臨妝羞掩奩，閣筯慵拈飯，盡日緑窗針綫懶。

便坐危闌横鳳管，怎把閑愁散。難回徹骨思，怕嚥連針飯，口要罵郎心又懶。

宴集

怪殺鄰家鷄唱早,肯負知音妙。吟間玉盞催,簾外瓊花鬧,把一個老先生沉醉了。

月底篝燈歸未早,丰韻般般妙。傳杯笑語喧,破舞笙歌鬧,趄趨的東方明透了。

元宵

此夜月明雲蔽了,且遣笙歌鬧。雕盤篆影遲,綺座燈光照,開簾謳歌直到曉。

世爵堂前香霧繞,共喜天親到。殷懃三兩杯,迤邐千般妙,人世風流如此少。

花燈滿庭光照眼,莫恨歸來晚。常將慷慨心,永謝蹉跎宦,一日須傾三萬盞。

穉子階前爭戲火,老我當階座。婆娑看舞穠,悠雅聽傳樂,盛日風光真個闊。

酒酣作

滸西主人非是懶,世事都經慣。十年紫鳳城,一夢黄粱飯,快抽頭閉門還是晚。

滸西主人非是慵,世事如春夢。千金燕子樓,百尺華清棟,那里也都着狐兔冗。

滸西主人新夢醒,試語黄花聽。前年虎背遊,今日泉頭詠,何處費心何處省。

滸西主人非懵懂,富貴知無用。淮陰汗馬功,磐谷泉石詠,問你個那蝸兒没懼悚。

簡良弼

滸西主人親煮茗,爲請湯陰令。三秋春已過,莫負黄花興,滸西好來同眺騁。

連朝草堂人過少,寄語山翁道。風寒白藕花,露冷青蘿幕,撚指光陰都過了。

九日

今年又逢九月九，細把黄花嗅。黄花歲歲開，人老何曾幼，少日風流今在否。

流年算來三十七，折盡英雄氣。難收張禹頭，未就朱雲義，死林侵醉模糊因甚的。

田園漫興

山林間笑談誰是侶，釣叟並樵父。羞稱漢與秦，肯論榮和辱，興來時自歌還自舞。

歲序推移人易老，夢覺邯鄲道。花枝照眼紅，酒伴隨心約，何事憂煎何事惱。

〔中吕〕朝天子

遣興

結廬，掛車，尋個安身處。園中花果沼中魚，足滿山林趣。或酒或茶，無憂無慮，悶了吟詩句。吒迂，愛竽，不著已隨他去。

杖藜，步畦，不作功名計。青山緑水遶柴扉，日與兒曹戲。問柳尋花，談天説地，無一事縈胸臆。醜妻，布衣，自有天然味。

舊年，浪纏，崟自把時光騙。文章雖是中青錢，何似窮居善。薄利虚名，驚雷掣電，三千迴怎到晚。賴天，幸原，不受用空愚訕。

二毛，漸饒，始省歸來妙。功名富貴豈吾薄，多少嶢岐道。抱蔓拖枝，連真帶草，徯落了全凶暴。耍著，笑著，也效個蘇門嘯。

滿庭芳

自適

金波玉斗，既無拘繫，不飲何求。天長晝永佳時候，日暖風柔。舞鷓鴣寧嫌老醜，詠滄浪自覺風流。君知否，前程路陡，休去覓封侯。

遣興

栽花種柳，生涯如此，勞碌何羞。數年前曾待金門漏，膽顫心愁。

時運乖難消世口，路岐多偏惹閑尤。性格兒原紕繆，得休且休，怎負五湖遊。

華山

名山自好，三峰俱俊，四望都高。分明雲氣涵靈灝，瀑響簫韶。玉女池光摇大表，仙人掌翠捧丹霄。小可的如何到，十洲三島，望似酒杯鐃。

晴望

天空霧掃，雲恬雨散，水漲波潮。園林一帶青如掉，山色周遭。點玉池新荷乍小，照丹霄晴日初高。兩件兒休支調，鷄肥酒好，宜醉滸西郊。

賞花

紅深翠淺，荼蘼著葉，楊柳含煙。山光綽約如凝靛，堪賞堪憐。貰酒去前村未遠，抱琴來斜日猶懸。徐徐勸，吟詩和選，人似畫中仙。

行役

千山萬水，飢餐渴飲，力倦心悲。陰晴險阻誰拘忌，棄子抛妻。睡正酣鄰鷄唤起，步難移前路催擠。二字名和利，傷今念昔，恨殺子規啼。

贈人

冰清玉潔，人間志士，眼底英傑。能文能武能風月，不比其别。在陋巷簞瓢樂也，傲王侯列鼎誰邪。相逢夜，胸襟試寫，經史幾千車。

勸友

規模要廣，可因容易，看做尋常。些些小小休輕放，自有高强。雲雨晴終非玩賞，觀瞻係難恣疎狂。曾思想，南來北往，恐阻後途長。

浒東自飲作

君門謝寵，幽林卜築，茅舍潛蹤。牙章紫綬難陪奉，質本疎庸。界道泉金噴玉涌，當門岫翠裊煙濃。好鳥風前弄，看山杖筇，人在畫圖中。

西溪問圃，南山漫興，北海攜壺。無榮無辱閑人物，趣遠心疎。旋打魚呼僮旋煮，行成詩課子行書。醉了忘歸路，便便舞舞，不怕執金吾。

前村貰酒，烹鷄割韭，對景臨流。身體輕健誰能够，正好優遊。

開小池篝泉種藕，坐平沙博塞傳甌。時序清明後，花香客有，不醉又何求。

奔濤赴海，一間茅屋，萬點蒼苔。詩書未滿窮酸債，怎可胡歪。漫興詩耕餘細檢，粗豪氣去了還來。管甚麽黄虀菜，情舒意解，不説玳筵排。

普天樂

田家

雨初晴，雲還布。煙村隱顯，臯陸模糊。跨蹇驢，尋前路。畎畝縱横耕耘處，一樁樁怎許支吾。畦邊培土，灘頭晾罟，門外修渠。

元夜

賞元宵，開簾幙。花燈燦爛，星月婆娑。一派歌，千人和。玉斝金卮非常個，醉歸時扶有雙娥。衣羅笑脱，釵金謾裹，明日如何。

春思

草萋迷，人何個。妝慚金粉，興寢笙歌。燕子樓，蓮花幕。細雨殘燈愁難過，恨東君忒殺情薄。芙蓉露底，鶯花隊裏，甚處情多。

開尊

酒初熟，桃方破。呼朋唤友，命色徵歌。月有陰，花無那。淺淺輕輕休空過，興來時起舞皤皤。金門玉珂，蘭堂畫閣，便待如何。

病酒

忒踈狂，無辭遜。一時唯唯，終日昏昏。露半身，蓬雙鬢。浴水吞茶無遭頓，又何知飯軟羹新。蟬鳴耳根，天旋眼底，身坐車輪。

遣懷

笑新來，能舒肆。尋幽弔古，酌酒吟詩。梁棟材，經綸志。羽斷輪摧無一事，半床書結果家貲。陽山餓子，龍門太史，總是吾師。

美人

淡梳妝，天然俊。秋横眼角，人是天孫。翡翠巢，鶯花陣。一刻千金誰慳吝，賺多情不敢逡巡。筵開玉尊，絃調玉軫，唱遏行雲。

贈別

小橋邊,垂楊下。輕歌玉樹,輕撥琵琶。酒半酣,車初駕。鳳髓龍肝如嚼蠟,霎時間海角天涯。夕陽暮鴉,西風去馬,無限嗟呀。

宴集

露花寒,金波細。青山若洗,黄葉初飛。列綺筵,陳嘉會。品竹彈絲圍珠翠,不消閑老大空悲。秋光漸微,年華待委,暖律將回。

戊辰冬,予以憂歸,同遊諸君子每有贈慰於予。聞有旅寄殊方者,或涉中途相弔,交契既深,誼分並湌。暇日追惟其意,撰此曲十首,命曰"有懷十君子詞"。"湌"字待校。

北山

草堂深,人孤坐。同誰眺賞,且自吟哦。黄鳥來,青梅大。煙水晴嵐當門錯,恨經年未得相過。新來好麽,碧桃較可,康兆如何。

渼陂

數年來,賓朋散。紛紛心事,杳杳雲山。笑語疎,追遊憚。細雨西風情無限,坐黄昏淚點空彈。隆中興闌,城南事晚,汶上誰還。

空同

見來書,知心緒。風波尚險,將就何如。萬里途,千江路。孤影倏倏無依處,那些個待詔公車。春風舞雩,東華細雨,不索躊躇。

河賓

柳絲髩,芙蓉面。三春未接,一念長懸。步玉堂,朝金殿。並轡聯鑣情無倦,柰别來調改朱絃。青門灌園,南村跨蹇,異地同天。

谿田

聖賢徒,羲文緒。關西鳳羽,世上真儒。水遶門,山圍户。此是先生讀書處,二十年待價沽諸。驪龍抱珠,枯田望雨,試看何如。

柏齋

近才知,心如沸。于公豈有,在古堪悲。别駕亭,文明世。憂國憂民誰能契,聖民君竟想臯夔。龍岡那壁,磻溪這里,天意收拾。

涇野

思如泉，心如鍊。千人器宇，絶代豪賢。對御筵，陳清獻。義膽忠肝天應見，稱當年策士臨軒。西風信偃，東華路遠，常是淒然。

平泉

出羣才，風流個。人如美玉，思若長河。情性疎，襟懷大。富貴榮華浮雲過，不隄防又入風波。雌黄奈何，天涯歎我，夢境由他。

可泉

自别來，書頻寄。潼川刺史，金榜餘魁。病奈何，心空繫。漢水巴山如天際，幾千重煙遶雲迷。揚雄好奇，曹植賦七，眼底原稀。

白坡

少年人，文章士。千機瑞錦，萬首新詩。題柱心，淩雲思。便是相如還難似，數年來夢杳心咨。西堂醉時，南郊去始，無限相思。

紅繡鞋

隱者

識世味煙霞遁迹，曉人情山水藏機，半間茅屋遶疎籬。寬敞敞紅塵路，香馥馥紫羅衣，老先生不覷的。

秋碧

撲翠色秋山如靛，涌寒波秋水連天，西風黄葉滿秋川。秋唤起天邊雁，秋折盡水中蓮，秋添出階下蘚。

雨中

會蹭蹬樵夫前路，解淹留遊子歸途，三春花柳半支吾。芍藥闌邊醉，鶯燕個中娱，兩般兒都告阻。

道士

伏虎降龍人物，驅雷攝電功夫，白雲深處小蓬壺。掃徑燒松子，滴露點陰符，跨黄鶴朝玉府。

宴集

百歲韶華將半,數年心事都拚,興來時隨意列杯盤。門前山隱隱,溪上水漫漫,飲香醪俱要滿。

贈人

筆底文瀾如瀚,匣中寶劍光寒,十年流落草茅間。三月桃花浪,萬丈碧天關,取功名如掌反。

客次

細雨江村孤店,梅花紙帳茅簷,困來一枕睡何甜。絮叨叨寒蛩亂,清冷冷曉風纖,鬢邊霜容易染。

上小樓

盛興

東籬逝矣,南村誰繼。摘葉拈枝,尋花鬬草,總費心機。得意時,自有奇,天然一氣,對癡人怎生厮議。

閑情

金閨視草,蘇門獨嘯。自有風流,自存形迹,自占孤高。破布袍,缺齒鍬,新來知道,都不如葫蘆提倚闌一覺。

〔商調〕梧葉兒

雜曲

幾十日春常媚,不多時花再濃,粗布襖竹方笻。好共歹隨緣過,凶和暴耐志兒容,長嘯倚空同,那個是疾流退勇。

荷初細,柳正黄,深院坐胡床。青梅瘦,碧椀涼,水雲鄉,受用些蘭橈畫舫。

山如畫,柳勝煙,隨處總堪憐。攜壺坐,倚醉眠,思超然,閑快活蓬萊地仙。

千畦藥,半頃芝,四韻五言詩。麒麟殿,鸚鵡巵,憶當時,嵌不把先生謊死。

言志

得罷時連忙罷，得休時趁早休，逝水自東流。也不要直如綫，也不要曲似鈎，也不要傲王侯，有酒啊邀來便走。

得托齋書

淩雲思，霖雨才，何日下予懷。空相過，莫浪猜，寄書來，會有日尊傾北海。

懷蒲河

英雄士，撥襖人，共領杏園春。相如病，賈傅文，要相親，除有來生是准。

得序庵寄詩

知章韻，太白才，瑞錦爲誰裁。殷勤意，感慨懷，近年來，故舊何人似乃。

寄畝湖

千株柳，十里花，文字大方家。青蓮舫，玉貌娲，撥琵琶，單把先生醉傻。

初秋

金風細，暑氣微，高柳倦鶯啼。開冰簟，凭玉肌，睡如泥，夢魂兒直敢到羲皇那壁。

贈二士

連城玉，照乘珠，才調更誰如。登金榜，掛紫魚，但須臾，快不要拈雲鬭雨。

藍袍舊，白髮新，豪邁振千人。安邦志，報主身，待風雲，管取青霄步穩。

即事

鴛鴦被，玳瑁釵，堪趁可憎才。清秋夜，玉雪齋，少人來，受用足花香月色。

莊上

雙溪水，四面山，人勝畫中看。開新釀，舞翠鬟，到更殘，有甚麽名牽利綰。

千鍾禄，一品官，眉上幾曾寬。蒹葭月，苜蓿盤，兩三般，是多少心紓意款。

蒲團小，木几牢，睡字兒好輪著。春分酒，夏至桃，與誰學，趆趒把山翁醉了。

花闌密，草徑滑，池水奏鳴蛙。歌金縷，泛紫霞，正堪誇，又走向溪兒那答。

自述

年雖未，鬢已星，身事漸無成。經綸興，簪組情，也曾評，到底是蜃樓畫餅。

夏日田居

閑庭小，院宇深，花鳥共知音。桃如盞，柳似金，趁閑心，日日科頭恣飲。

閲世

非真懦，豈詐憨，世事故難諳。驚人論，詘座談，總虚攙，蹊落了心悲意慘。

〔越調〕寨兒令

小集

開小軒，列華筵，歌歌舞舞聊自憐。海水桑田，萬歲千年，都是脱空言。嗅春風芍藥闌邊，戲秋千翡翠亭前。名姬秦氏女，佳客漢陰賢。看，便是活神仙。

漫興

眼謾睃，事如何，失脚的古人先已多。趙竄廉頗，漢繫蕭何，薏苡病伏波。歪揣的儘會僂儸，英雄的反受蹉跎。子陵隨釣艇，甪里隱山阿。訶，怎生得平地裹惹風波。

乘蹇驢，眺延墟，青山映門水遶除。卸了金魚，遂却閑居，日日醉壺醑。想粗豪曾隘匡廬，見污名有似蝦蛆。便功勳留琰琬，索結果入桑榆。吁，辜負了養生書。

雖是窮，煞英雄，長嘯一聲天地空。禄享千鍾，位至三公，半霎過簷風。馬兒上纔會峥嶸，局兒裹早被牢籠。青山排户闥，緑樹遶垣墉。風，瀟灑月明中。

南畝田，北溪園，荷鋤帶蓑心自便。晚照晴原，翠竹鳴泉，隨處儘堪憐。喜山妻釀酒能甜，愛癡兒誦曲成篇。也何須紅袖舞，也不索大官筵。仙，快樂任年年。

步過滸西作

知己稀，鯿鱸肥，獨酌淺斟花塢裹。啜了紅梅，看了荼蘼，對景意遲遲。草堂低渭浦煙迷，柳絲長遠樹鶯啼。新詩酬和少，芳徑共行誰。呸，寂寞杖藜歸。

寄北山子

結小庵，北山南，鳴泉噴珠清遶巖。虎窟龍潭，煙樹晴嵐，詩酒個中參。論真誠曾鎮貪婪，道功名切陋安咸。布袍雖自窄，茅舍儘容咱。諳，不惹載珠讒。

閨情

秋雨頻，别離新，兩椿兒湊成多病身。縱對青尊，但搵羅巾，無語自傷神。繡幃中那日温存，畫闌邊此際黄昏。磣可可甘自保，密匝匝有誰分。嗔，錯認了薄情人。

〔仙吕〕寄生草

田居

秋風細，暑氣微。芒鞋竹杖溪邊憩，青松翠竹門前蔽，鳴鶯語燕林間戲。蒼波且釣錦鱗魚，紅塵休惹黄琮珮。

讀史有感

天應醉，地豈迷。青霄白日風雷厲，昌時盛世奸腴蔽，忠臣孝子難存立。朱雲未斬佞人頭，禰衡休使英雄氣。

千株柳，二頃田。疎狂果遂男兒願，功名怕入麒麟殿，糟糠且耐這窮酸面。披頭跣足有餘歡，吟風弄月情何倦。

隱者

嚴夫子，邵故侯。黄麻不向金門受，青山甘守窮閻竇，芒鞋竹笠閑將就。風雲任取笑談生，逍遥那許凡庸扣。

宴集

醅香糯，品玉簫。春風喜透芙蓉幕，仙歌更稱桃花貌，追遊不減蘭亭樂。千金一刻要人消，一呼百諾何足道。

莊上坐望

山居好，景物幽。竹籬茅舍新修構，柳絲花朵交迤逗，黄鷄濁酒權消受。閑時做作悶時謳，今朝快樂明朝又。

閨情

眉尖恨，眼角愁。前春未了今春又，黄昏漸到燈昏後，桃花更比梅花瘦。薄情單枕幾時温，香車寶馬長年謬。

南曲小令

醉羅歌

賞牡丹

牡丹牡丹初開放，佳會佳會又何妨。紅蕤緑葉散天香，玉斝扶瓊釀。無邊春色，隨人玩賞，十分美景，憑君主張。休教孤負名園上，蜂蝶攘，鶯燕忙，百年三萬六千場。《南宫詞記》"又何妨"作"不尋常"，"無邊"五句作"描春色新詩幾行，欲舒春興，瑶琴一張。大家沉醉名園上"。

牡丹牡丹初開綻，佳節佳節好張筵。深紅淺紫盡天然，玉液金壺鏇。催人春興，花枝謾撚，堪人春意，歌喉又囀。名園幾度能歡宴，輕輕瀉，慢慢傳，大家沉醉賞花天。

牡丹牡丹都開了，樂事樂事好須教。風光難值可憐宵，不飲花應笑。去年人醉，今年已老，今年花卸，明年又好。天時物理全難料，人如玉,酒更饒,萬花叢裏聽笙簫。

牡丹牡丹開仍卸,好酒好酒少還賒。春光無奈又將别,休剉了千金節。新詩幾首,煩君和些,朱絃一曲,煩君聽些。花前此日休輕歇,懨懨醉,細細説,任他歸去月兒斜。

宴集

豈如豈如今宵興,沉醉沉醉又還醒。高燒銀燭轉歌聲,樂事相催併。燕姬翠黛,秦娥玉箏,越兒白紵,吴娃繡領。管絃一弄行雲定,天親具,良夜永,銀河天外任攲横。

好懷好懷人難共,佳興佳興有誰同。春風淡蕩瑞煙濃,玉斝金波湧。浮雲富貴,何勞掛胸,光風和暢,依然未窮。兒孫滿眼丹山鳳,翩翩舞,淺淺鍾,十分春色晝堂中。

也學也學東山客,不是不是競豪奢。今春粗勝去年些,更骨肉團圓也。緩斟低唱,譙樓漏徹,微吟謾酌,金爐麝歇。肯教辜負千金節,醒還醉,乾又瀉,不妨終日醉乜斜。

且拚且拚今宵醉,休問休問幾時歸。玉漏沉沉斗杓迴,尚兀自清無寐。雪兒不至,更籌又催,檀槽杳撥,歌喉更美。前春怎比今春味,重燒燭,再舉杯,尊前一任玉山頹。

畫眉序

同東谷小酌

秋雨野花殘,怎料今宵興未闌。望長空雲翳,低壓闌干。雨淋漓戍鼓聲咽,星隱約銀缸光燦。歡歌此際佳無限,誰知露冷風寒。

溽暑近方殘,萬縷金風報夜闌。羨瓊漿玉液,醉倚闌干。倩東君暫謝袁安,邀北海聯同王粲。歡歌此際佳無限,誰知露冷風寒。

秋色漸摧殘,撫景無言倚畫闌。歎疎林斜月,掩映闌干。斟緑蟻醉舞蹁躚,對永夜蟾光輝燦。歡歌此際佳無限,誰知露冷風寒。

歸去已冬殘,笑語依依任歲闌。想麟標鳳羽,照我闌干。望天涯萬水千山,重聚首柳嬌花燦。歡歌此際佳無限,誰知露冷風寒。

山坡羊

四時行樂詞

日暖風柔時候，柳暗花明園陬，繁絃急管聲相逗。恣意遊，紅妝翠袖酬。前春怎想今春又，爲怕春歸常殢酒。重樓，韶光不可留。枝頭，桃花半已休。《南宫詞紀》"園陬"作"園囿"。

雨過庭槐生緑，風驟池荷欹玉，浮瓜沉李賓朋聚。選妙姝，良辰不可虚。紅牙白雪行雲住，恰又是柳舞鶯嬌花落餘。隨俗，郫筒滿自於。明珠，誰憐薏苡車。《詞紀》"隨俗"二句作"三閭，空沉楚澤魚"。

關情白雲零露，驚心落霞孤鶩，碧天暗裏秋光度。酒滿壺，年前興有無。黄花在眼猶堪賦，何似東籬元亮圃。狂圖，功名已自誣。江湖，從今好共娱。

瓊花天邊斜度，梅花枝頭微露，圍爐對酒寒難妒。翠袖扶，殷勤倒玉壺。年來年去空遲暮，不飲梅花也笑吾。肴蔬，槽蒲與鱠鱸。醅酥，杯空更去沽。

風入松

行樂

一聲鶯過草堂春，春色紛紛。東風又轉催花信，奈無端春興撩人。但遣奚奴載酒，何妨紅袖陪尊。

火雲天外聳奇峰，夏景方中。槐陰小坐微薰動，荷池上共飲郫筒。跣足披襟既好，流金爍石皆空。

碧空雲盡火星流，萬宇皆秋。炎蒸漸遠涼新透，心無事正好追遊。莫吝青蚨貰酒，還思白髮蒙頭。

天涯霜雪際寒霄，風力初驕。圍爐也學元龍傲，恰殘月半偃梅梢。稚子階前戲舞，玉人何處吹簫。

詠内丹鉛汞

修丹先造紫河車，方請鉛爺。鉛爺若返青娥舍，靈胎就詎有咨嗟。十月功成行滿，三途萬劫難奢。

自家基址既堅牢，道路何遥。乾坤各有生成竅，真誠是生死窠巢。

謹等一陽動起，那時吸盡江濤。

鉛爺閥閱在西江，性格狷狂。只因插在青龍上，氤氲出透體金光。待取胎完氣足，抽添始見純陽。

抽添既了虎精飛，龍德方熙。長生從此歸真諦，何須慮陵谷遷移。莫泥閨丹戰採，頑空吐納皆非。

詠外丹爐火

流珠伏火要真鉛，就裏玄玄。軀涎久煉陽光現，纔堪許姹女情緣。爐鼎乾坤止此，精微變轉須傳。

天機親向手中拿，臨做還差。青娥若把金公嫁，初相見怎敢紛譁。温養傳涵久久，貌同心似方佳。

丹成初子事何憂，嗣續方稠。依前煉養休差謬，經三轉任爾優遊。到此鉛華始盡，灶頭戟底皆侯。

鉛華净盡始孳生，立見雲仍。相生切忌丹爐冷，生生了遞有功能。九子威深汞怯，乾時但取星星。

兼帶

雁兒落帶過得勝令

自適

喚青衣款款歌，扣瓦盎齊齊和。笑彭澤不會狂，羨角里真能那。不是我自張羅，歲月有幾來多。三萬日都教醉，見而今老半科。隨和，淡酒兒權相賀。如何，悶坑兒莫躧著。

也何須弔五陵，也不要推三命。窮通枉自勞，榮辱皆前定。誰醉又誰醒，世事總難明。工拙千年算，輸贏一轉枰。多情，此曲真堪聽。冥冥，前程信步行。

懷敬夫

二十年老將壇，幾百載興亡歎。途窮笑阮郎，避盜悲王粲。名利故來難，長鋏豈須彈。一曲梁州序，千秋紫閣山。金丹，半碗胡麻飯。雕鞍，何時載汝還。

春思

春風桃李園,夜月秋千院。鳴絲合鳳笙,舞袖籠金釧。　綠酒轉瓊筵,翠柳拂華軒。人醉青樓側,春殷錦帳前。情牽,勝賞處追遊遍。醺然,常輸些貰酒錢。

軟絲絲楊柳風,深杳杳桃花洞。影氳氳寶鴨香,聲泠泠瑶琴弄。光閃閃蕊珠宫,青蓁蓁萬年松。嬌滴滴芙蓉面,磣可可錦繡叢。匆匆,記不得臨岐送。重重,望雲山一夢中。

宴集

危樓亘綵霄,畫棟開雲幕。瓊漿玉斝傳,絳蠟金荷照。　歌舞稱良宵,花萼間金貂。霧帳籠仙佩,銀箏叶鳳簫。閑度,遇景當行樂。休教,光陰虚度了。

飲中閑詠

典春衣向酒家,道處士新乘暇。喚雙娥淺淺斟,肯數盞輕輕罷。我本是會受用的老賢達,往常時甘趁閧些浪波查。今日個好景佳無限,明日個今朝再有麽。歌咱,快與我把銀箏架。從他,笑先生舊病兒發。

數年前也放狂,這幾日全無況。閑中件件思,暗裏般般量。　真個是不精不細醜行藏,怪不得没頭没腦受災殃。從今後花底朝朝醉,人間事事忘。剛方,傒落了膺和滂。荒唐,周全了籍與康。

小梁州帶過風入松

飲酒作

興來徙倚盼庭柯,擊壤高歌。醉時起舞影婆娑,誰相和,一榻紫雲窩。賓朋三兩常相過,喜孜孜落落陀陀。有笑談,無憂禍,名韁利鎖,爭肯被他魔。　好天良夜幾娘多,不飲如何。身逢暇日當行樂,休辜負妙舞嬌歌。醉裏乾坤在我,暗中檢點隨他。

人生七十古來稀,受用了便宜。爭名爭利枉呆癡,其中味,參透了自家知。窮通榮辱皆兒戲,勸英雄休自著迷。五柳莊,三家市,呼朋喚友,隨意寫新詩。　雖然不及少陵詞,點綴襟期。村醪社酒終朝醉,扶持有稚子山妻。女嫁男婚幸了,龍爭虎鬬那知。

百年三萬六千場，正好風光。有花有柳有壺觴，名園上，沉醉了又何妨。陽春白雪花奴唱，齊拚個地久天長。訪戴逵，尋元亮，知心兩兩，誰敢問行藏。　浮名休趁世人忙，空惹周張。眼前見放傍州樣，猶兀自法酒肥羊。似此丹崖翠壁，何如寶券牙章。

幾年無事傍江湖，多少歡娛。花蹊藥塢錦模糊，凝眸處，身在五陵圖。無榮無辱無憂慮，喜西崦村釀新蒭。瓦盎盛，椰瓢注，高歌一曲，沉醉倩人扶。　醒來依舊是吾廬，稚子爭趨。扶頭一盞溶溶注①，松陰下撥阮吹竽。渭北蹉跎暮景，真成錦繡東隅。

罵玉郎感皇恩採茶歌

丁卯即事

玉階昨夜妖星見，排正直，寵奸權，人人剥削誇劉宴。奏文宣，阿武偃，題封禪。　順水推船，揀空抛磚。假妝幺，胡捏鬼，大欺天。翻了舊典，弄出新圈。竄馮唐，囚李廣，薦韓嫣。　盡爭先，要調元，搬騰的赤眉銅馬遍中原。已往斯高須未遠，方來狐鼠要憂鸇。

平生正直存公道，翻落後，小兒曹，讒言浪語千般造。蕙成茅，真當草，恭爲傲。　任意嘵嘵，信口嗷嗷。子淵愚，無鹽美，鄧通高。芟了瑞草，護起蕪苗。恨填胸，冤徹骨，事慚學。　暗劃度，細評駁，多敢是天時人事有崎嶢。玉潔冰清終自保，虚名微利怕提著。

四塊玉罵玉郎感皇恩採茶歌

自酌

任意行，安心坐，叱吒風雲當甚麽，青春白日休空剉。燕燕彈，小小歌，鶯鶯和。　人生恰似秋風過，纔裊裊，早陀陀，英雄氣概何須大。杏纔舒，梅又顆，楓將落。　富貴如何，貧賤由他。小蒲團，低石几，且消磨。微吟既可，長嘯當合。對青山，沿碧岸，擢滄波。　趁年和，做莊活，村醪社鼓舞婆娑。緘口藏身煩惱少，識人多處是非多。

---

① 今校："一盞"原闕，據《飲虹簃所刻曲》補。

南紅繡鞋兼北紅繡鞋

席上作

望園林緑暗紅稀，列杯盤翠遶珠圍。歎年華似流水，對桑榆且銜盃，不消遣枉癡迷。　早覓取風流活計，快收拾仔細心機，愛便宜終久落便宜。榮枯三徑草，得失一枰棋，者休要厭甜桃尋醋李。

也何須海上求仙，也無勞歷下憂天。曲隨歌酒休淺，得意處便留篇，沉醉後任安眠。　陪伴著窮酸親眷，將息這衰蹇殘年，虎狼叢爭肯教口垂涎。淵明亭外柳，茂叔沼中蓮，受用足快襟懷風一翦。

刺庭軒翠袖奇峰，可喉嚨碧椀金鍾。這粗豪有誰共，觀秋水詠芙蓉，看涼月上梧桐。　大纛高牙何用，好天良夜休空，興亡成敗笑談中。眼前人白顛倒，身後事黑朦朧，鬢邊絲誰和哄。

潑生涯酒袋詩囊，小窠巢淨几明窗。尋幽勝縱情況，揀園苑恣徜徉，拌酩酊又何妨。　自笑我初年無狀，著迷向名利排場，曉風殘月爲誰忙。好光陰空偃蹇，歪行影亂傳揚，比著那鹿中蕉還較謊。

沜東樂府卷之二

明武功康海德涵撰　江都任訥中敏校訂

北曲套數

〔南吕〕一枝花

春賞

和風動碧天，淑氣回青嶠。長隄翻嫩柳，深澗點夭桃。暖律初交，已顯鴻鈞造，誰知大化饒。遍天涯芳草葱菁，滿園厢穠華窈窕。

〔梁州〕杜宇聲唤不住戀春光遊客金鞭，秋千影打不斷戲春情士女朱縧，春盤綵勝爭誇耀。纔歸南浦，又約東皋。方過竹塢，却入林坳。喜孜孜唤友呼朋，樂陶陶命色徵嬌。少酒時典春衣直覓向杏花谿牧羊兒笑指前村，有情啊泝春流直訪到楊柳岸釣魚翁行吟曲沼，醉來波倚春風斜卧在碧桃蹊玉人兒鬬草東郊。香醪，翠猱。兩般兒促擁出千般妙，更那堪長樂苑曲江道。處處朱樓映柳條，端的是難畫難描。《北宫詞紀》"唤友呼朋"作"把密友相邀"，"命色徵嬌"作"把豔色相招"，"牧羊兒"作"牧牛童"。

〔隔尾〕也待要護春園不許東風虐，怎禁他趕暮景頻將花片抛，綠暗紅稀百忙鬧。黄鶯聲恁嬌，綠楊煙恁好，剗過了如此春光兀的不可惜了。

夏賞

新荷點綠錢，濃柳團蒼蓋。朱櫻雲外摘，白鷺水邊來。芍藥方開，簾捲葵榴色，歌移鶯燕猜。望層臺灌木陰陰，看曲沼纖蒲藹藹。

〔梁州〕水亭幽宜歌宜舞，午風涼堪想堪懷，年來賸有追遊債。閑調金縷，笑引鸞釵。雄呑碧梡，醉舞蒼苔。亂紛紛戲踘藏鬮，密匝匝打馬鋪牌。有時節綠陰中坐輕莎謾轉屠蘇，有時節小橋邊趁清波微歌欸乃，有時節疎籬外藉涼陰俯視詼諧。歡來,再釃,從他酒病連朝害。者莫向紅樹底碧山外,顧不的避飲黄公肚量窄,都一般暢飲開懷。

〔隔尾〕雖不似流金鑠石三伏届,怎當他翠遶紅圍一字排,美景良辰好寧耐。有花香月色,有佳人俊才,似這等著緊光陰便有那萬兩黄金向誰買。

壽北山先生

丹霄彩鳳來,畫閣天仙到。南洲遺火棗,東海獻蟠桃。瑞氣飄飖,一派笙歌鬧,千聯羽節高。壽筵開壽酒如泉,仙母降仙音縹緲。

〔南大迓鼓〕仙姬列翠翹,金杯玉斝,畫棟朱箔。仙客皆奇妙,仙花仙果,仙酒仙餚,仙圃仙居難畫描。

〔北罵玉郎〕珠簾不許凡塵到,山隱隱,水迢迢,蒼松老檜周圍罩。有的是獻果猿,啣花鹿,燒丹竈。

〔南一江風〕醉酕醄,此意誰堪道,自有知音妙。儘今宵主勸賓酬,斗轉星移,始稱佳辰樂。歌聲聽轉嬌,歡悰看更好,有甚事縈懷抱。

〔北感皇恩〕呀,他本是天挺人豪,説甚麽丙魏蕭曹。想當日列都臺持使節靖天驕,今日個辭榮豸府,溷跡漁樵。真個是有來頭,能結果,會逍遥。

〔南東甌令〕多才藝,有問學,治亂安危咳唾間了。功名事業看來小,自喜元龍傲。觀山玩水樂淘淘,雲蕩漾,錦窩巢。

〔北採茶歌〕雲蕩漾錦窩巢,玉璘珣好根苗,端的是鳳凰池上鳳凰毛。壽比南山還草草,福如東海任朝朝。

〔南節節高〕錦箏玉笛,錦瑟鸞簫,纖羅霧縠相輝耀。般般妙,更綺筵,翻新調。恍如耳聽鈞天樂,分明身在蓬萊島。沽名釣譽怎生堪,雄才大器纔能到。

〔北隔尾〕看了這階榴滿把金杯照,徑竹輕將玉珮摇,水閣風來翠簾約。有鳴鸞舞鶴,有琪花異草,敢只是天上疑多世間少。

〔南餘音〕年年歲歲人長好,天長地久永堅牢,萬載千秋長不老。

秋興

波澄木葉飛,秋老山雲澹。小樓歸鳥度,高閣晚風鑱。緑橘黄柑,故把秋容嵌，還將秋興探。坐崇巒天闊煙微，臨曲沼荷枯芰減。

〔牧羊關〕輞川圖寂寞了茱萸沜，桂嶺記蕭條煞鈷鉧潭，把一葉採蓮舟漂泊的地北天南。促擁的江潮太狂，逼落的簷鐸煞慘。清輝流玉臂，涼霧濕春衫。對金尊拌一醉，撫瑶琴情萬感。

〔菩薩涼州〕傍谷依巖，把千山俯瞰。閑愁不沾，好棲遲一捺茅庵。白雲蒼岫恣貪婪，朱顔緑鬢無多暫，輕裘肥馬常傾陷。眼見的不遮暗，世態人情即漸諳，又甚麼管見高談。

〔玄鶴鳴〕思往事明如鑑，趁秋光且盡酣。衰容新蹇蹇，短髮漸鬖鬖。休直待秋色暮天昏地黯，且看籬邊黄菊，户外晴嵐。床頭寶劍，杖底長鑱。枉笑殺當年籍與咸，濁醪可醓，玉珮豈堪。

〔賀新郎〕一尊桂酒味清甘，只吃的夜盡更移，香銷燭暗。又不是大官茶飯愁糾勘，意到處湖山任覽，興濃時歌舞隨咱。雲鬟燕趙女，繡帶鳳凰簪，紅牙不妒芙蓉頷。肌穠荷未斂，語媚桂初含。

〔梧桐樹〕休誇德祖敏，且抱伯陽憨。者莫教貝錦譏，薏苡謗，麛裘訕，我只知沉醉在黄花檻。

〔紅芍藥〕我如今煙波獨許白鷗参，有甚叨貪。一年時序已過三，樂事空擔。和陶詩張白毯，得意後笑語湛湛。虚脾風月任君詀，□□似睜眼受拘監。

〔草池春〕怕拘監，愛淡恬。自返幽居，事事舒眉張膽，歷歷神怡心湛，常常意暢情耽，日日開尊設宴。漢陰抱甕豈慚，汶上荷鋤何憾。愁同季子聯驂，喜共長公浮艦。荆州介暨信讒，錢塘詩人亦闒。悲歌慷概匪鴿，坐起從容宜監。花無千日長醃，海豈一篙可探。口味怎齊淡鹹，目力易分青紺。想他每落魄湖南，遊戲江檐，散澹林嵐，嘯傲津潭，又何心皂蓋金銜。既隱秋巖，是非身喜應了漁樵讖。懸河辯，倚馬譚，到處人嫌。放情偃蹇，信意腌臢。

〔翠盤秋〕看時節移坐榻對明蟾，口把新詩占。捲起疎簾興更添，桂漿瑶瑟兩爭甜，不數石家豔。

〔玉交枝〕由他醲釅，隨時束檢。長安門裏多坑塹，古今來幾人諳。周公富不及仲子廉，楚襄愚可似曹瞞僭。盡都是書生冗談，甚力氣和他討探。不如咱閑袖手靜掀髯，逢暇日把杯探。心無一事牽，愁脱千斤擔。常訪鹿皮翁，永閉龍光劍，且將息不耐風霜自由的臉。

〔煞〕比似他高牙大纛有千人喊，怎及俺萬縷煙霞盡日酣。新詩吟罷不題函，便衫袖被酒淹，怎肯教情闌性減。這風流豈污濫，古往今來只二三，端的是敢陋安咸。

〔隔尾〕想當日名傳鳳苑真虚泛，身繫鵷班事可慚，薄劣愚庸近方諳。只好向山林中笑談，桑榆間眺覽，但想起驷馬高車就諕破我膽。

〔正宫〕端正好

秋興次渼陂先生韻

霜降水收痕，木落山緘緑，淡煙衰草横鋪。黄花爛熳梧桐塢，掩映著西巖路。《北宫詞紀》作"淡煙凝衰草横鋪"。

〔滚繡毬〕劃畦塍作沼渠，架桑麻蓋隱居，樂陶陶做一個傲羲皇人物，任天公怎生般加減乘除。興來啊旋去沽，睡濃啊誰敢呼，我把這世間情飽諳心目，也待要苦依依落魄隨俗。止爲這雙妻被底難伸脚，因此上七里灘頭只釣魚，撇罷了玉廪天廚。

〔叨叨令〕想著那列朱門排畫戟風雷度，怎如我飯雲根餐玉髓煙霞住，有時節望青山看緑水乘嘉樹，有時節伴漁樵歌窈窕盟鷗鷺。兀的不自在煞俺也麽哥，兀的不自在煞俺也麽哥，夢不向鳳池遊，座不許朱衣擁，身不要黄金鑄。

〔脱布衫〕愛的是小槽間榨滴珍珠，扳的是畫堂中舞映氍毹。喜的是曲檻邊鶯啼燕語，怕的是玳筵前酒停歌住。

〔小梁州〕憑著這廣種薄收百畝廬，有甚躊躇。但能够千杯緑醑潤腸沽，盈虧數，一迷裏做癡愚。

〔么〕常言道聰明反被聰明誤，悔當初硬捋龍鬚。覷了那軒冕叢，簪纓聚，恰便似蜃樓海市，越明白，越模糊。《北宫詞紀》"龍鬚"作"虎鬚"。

〔上小樓〕説甚麽貔貅侯府，金貂引路。止不過寢有餘姬，食有餘味，動有餘驅。鄭大夫，楚大夫，千憂百顧，只俺這醉中天幾人參悟。

〔么〕遮莫他人成市虎，我只要心隨汀鷺。況逢著萬國同文，三邊偃武，四海無虞。意轉輪，影未孤，他來我去，恰便似淡悠悠散雲閑鹿。

〔滿庭芳〕那里問柑甜橘苦，管甚麽磁甌瓦鉢，玉斝金壺。前程萬里昏如霧，那坨兒買笑追娱。客至也烹鷄宰羖，酒闌時閉户鍵閭。繁共省由咱做，常把這煙霞伴侣，何必問匡廬。

〔快活三〕流年電過速，富貴棒催駒。山妻稚子再無餘，何苦縈心慮。

〔朝天子〕拆這座矮屋，蓋一所敞屋，意更比陶朱富。吟詩泛酒日西晡，總是風流處。綺構雕闌，朱樓玉户，訪東君非舊主。有黄粱幾斛，守薄田數畝，肯更把虚名顧。

〔四邊静〕且看這秋風禾黍，未識隋宫，安知漢都。舊日名區，今日耕耘處。怪官胥里徒，俵寫入農桑簿。

〔耍孩兒〕爲甚麽安車恥向紅塵去，單效那不唧噹悲秋杜甫。便做到三公六位待何如，頭疼殺馬穰人呼。愛你個科頭跣足眠幽谷，因此上倒缶傾囊貰酒壺。閑議論誰曾顧，可正是山禽難飼，野馬難芻。《北宫詞紀》首句末作“紅塵路”。

〔五煞〕天空水自澄，心狂膽易粗，長門獻賦非無遇。林泉慣養嚴陵拙，毛骨愁開伯樂圖。意到處都成趣，消受了琴書散誕，怕甚麽世故荒蕪。

〔四煞〕阮郎途未窮，黄公計有餘，今生暫歇雲霄路。歡來漉酒溪頭飲，醉後呼僮馬上扶。也不索蘇門住，我看那鳴鸞佩玉，恰便似怖鴿驚駒。

〔三煞〕輕霜下遠天，清風蕩短裾，黄花又趲秋光去。比若你蒼鷹細犬愁呼子，怎似我破帽青衫穩跨驢。日暮也船横渡，休誇智巧，且信孱愚。

〔二煞〕斜暉倒浸波，長空亂點烏，行歌坐詠非遲暮。竹籬茅舍人來晚，峻嶺崇山月上初。試緩步臨流去，影摇深樹，興滿歸途。

〔一煞〕殘年喜尚饒，人情信所趨，飄風逝水勞君覷。常教瓦盎盈村酒，不必公車枉薦書。醉飽後别無慮，堪嗟楚信，可笑吴胥。

〔煞尾〕非關咱感廢興，但因情陶肺腑。是誰人勾引出蹺蹊路，直恁地穰穰勞勞亘今古。

賀南川生子

和氣滿門闌，瑞靄騰街巷，喜今朝慶集高堂。也只是祖宗培築根基壯，恰桂子迎秋放。

〔南普天樂〕菊花香，龍山賞，撫景增情況。又那知際此佳祥，熊羆兆正叶心想。玳筵簫鼓淵淵響，貴客佳賓翩翩訪。又仙鬟玉珮玎璫，唱新詞宫商韻爽。充閭之喜，世德之光。

〔北脱布衫〕充閭喜世德之光，箕裘事喬梓之芳。萬事足芝蘭乂盛，一身輕宦途何狀。

〔南傾盃序〕修篁，俯畫廊，映碧窗，舉目皆清賞。酒友詩朋，吟風弄月，這般胸次，甚樣行藏。薰蒸温養，流馨襲美，發秀傳芳。便有那謝家羣從定誰强。《北宫詞紀》"温養"作"長養"。

〔北小梁州〕聽了這一派啼聲出洞房，端的是擊玉鳴琅。徐卿二子世無雙，槐庭上，沉醉了又何妨。少不的鳳毛麟角般般像，堪承藉累世恩光。見如今世爵堂，回軒巷，玉觴金卺，奕葉焕生香。

〔南小桃紅〕是平生陰德廣，意到處人俱仰。接武承顔，眼見的非虚獎，于公竇父真堪想。丹心已被皇天亮，還應更有，儀儼成行。

〔餘音〕傳鸚鵡，引鳳凰，湯餅客填門溢巷，願保護靈椿百歲長。

〔仙吕〕八聲甘州

中秋

長空霧捲，碧落光圓，玉宇風嫣。西樓開宴，掀簾正對嬋娟。漫把金波酬此夜，喜見瑶華勝去年。舉酒問嫦娥，桂海蒼然。

〔南雁過聲〕誰把佳期殢謫仙，空悵望雲間清虚殿。便寒蟬玉兔人俱見，舞白鸞，燕星源，大都來凡俗非緣。含杯桂影邊，且消磨扇底芙蓉面，好遣嬌歌倚素絃。

〔北醉中天〕少室山頭竹，太華沼中蓮。影落佳人錦瑟前，萬里光如練。却憶南村去年，分明不見，偏怎生今夕依然。

〔南風淘沙〕圓缺陰晴各有緣，況天上與人間。流年，暗裏如驚電，對金杯休放淺。太湖石側，水晶簾畔。品鸞簫搊銀箏，半欹羅扇。乘風可憐鵬背遠，何如恣歡宴。　　雲母屏移光漸轉，一個個襟期敞，情興便。人似玉，酒如泉，良夜更休眠，也何須羡庾亮與張騫。

〔北金盞兒〕爇檀煙，撤冰絃。天孫故把玻璃碾，遥看貝闕俯高寒。

我可也但求花底醉，不望海中仙。若得個相逢開口笑，煞强如燈火伴愁眠。

〔南拗芝蔴〕涼風過小軒，吉丁當幾弄簷鐸意颯然。露華凝砌蘚，芙蓉簾幕，梧桐庭院。疑是蔚藍天，香霧暗雲鬟。更水調數聲，持酒聽也，誤落翠雲鈿。良宵皓月，嘉賓美酒，嬌歌華宴。幸喜心閑無繫，幽懷好遣。　　荳蔻梢頭，鸚鵡洲邊，又知今夕是何年。畫舸蘭橈，金勒玉鞭。一般瀟灑中，此景佳無限。瀲灩杯，妖冶勸，莫惜重留戀。白髮故人稀，紅顏明鏡變。好景中秋，最宜歡賞情何倦。

〔北雙雁子〕只俺這太平人是太平仙，少憂慮，多仰偃，樂事無窮古希見。歲豐和，人靦腆。朝蓬萊，暮閬苑。

〔醉扶歸〕眼見的戍鼓樓頭盡，槐影檻中偏，尚兀自一派笙歌徹九天。笑吟吟移坐榻，添新鏇。管甚麽柳外花梢水邊，光射處俱堪羨。

〔南一撮棹〕吟髭撚，促席喜成篇。天氣爽，放浪有誰愆。願得常常好，人月兩團圓。杯更洗，不覺興飄然。

〔南餘音〕歌聲轉，舞態娟，醉了閑憑玉肩，願歲歲年年慶此筵。

〔仙吕〕袄神急

閲世

富嫌千口少，貧恨一身多，但得行眠立盹糊突過。强如黄犬悲，勝似青衫叵。風清月朗閑過活，可不儘由咱落落酡酡。

〔六幺令〕虀鹽腸肚從來弱，肥甘豈慣，雅淡堪合。門無鎖鑰，居多詠歌。稚子牽衣，漁父投蓑，看一犁春雨漲煙波。《北宫詞紀》"豈慣"作"豈稱"，末四句作"居多薜蘿，常伴漁郎溪頭坐。披簑，一篙春雨漲煙波"。

〔元和令〕閑觀莊外禾，悶採洞中藥。倦時徙倚盼庭柯，小桃纔破萼。柳絲花朵夜來多，賽西京安樂窩。《詞紀》"洞中"作"洞前"。

〔後庭花煞〕韶華半已過，風流幸未訖。蔬食甜如蜜，軒車磣似戈。待如何，年年依樣，得高歌處且高歌。

〔仙吕〕翠裙腰

九日

黄花三徑如鋪繡，潦水漸將收。白衣不至空回首，解貂裘，前村有酒恰新篘。

〔六么令〕杯盤些少權將就，幕天席地，主勸賓酬。秦娥壓盞，燕姬放喉。迤逗秋山，横秀凝眸，一雙白鷺立沙洲。

〔寄生草〕心無繫，意豈憂。黄花在手時時嗅，金波在口徐徐漱，人情在眼紛紛謬。相逢好趁碧山遊，相看可似前年否。

〔上京馬〕幸有粗糧數斗，儘足秋來殢歌酒。但能够淺淺斟，怕甚麼醺醺又。

〔後庭花煞〕迎霜橘漸熟，登高景更搜。會想茱萸醉，心無萋菲愁。暫遲留，直吃的酒淹衫袖，蒙頭納被任齁齁。

〔仙吕〕村裏迓鼓

春遊

緑深紅暗，柳遮花映。逢時遇節，呼朋唤友，微吟閑詠。眺遠山，看極浦，循幽磴。浥翠嵐，漱碧淙，望蒼煙，扳繡嶺，取暇日尋芳對景。《北宫詞紀》無"循幽磴"句。

〔元和令〕風絲絲垂柳縈，水溶溶落花迸。過谿橋沿水口到空亭，喜融和春晝永。攜壺選伎奏新聲，似流鶯巘外鳴。

〔上馬嬌〕調愈精，聽轉清，歌情曲盡景中情。丹崖翠壁音相應，再也波聽，渾疑鼓瑟下湘靈。

〔遊四門〕閑花野草遍郊坰，千里瑞雲平。凝眸刺眼撩人興，何處更尋盟。賡，前席已詩成。

〔勝葫蘆〕笑殺山翁醉未醒，呼僮子問棋枰，勝負贏輸有甚爭。漢宫隋闕，何橋鄭谷，處處暮雲横。

〔后庭花〕歸輿夕照生，懸藤斜月明。步倚春風健，歌因鳥弄停。興宜乘，年年僥倖，常餘舒嘯情。

〔柳葉兒〕説甚鬧中習靜，爭教愛裏填憎，我□疑無憂無慮無傒倖。醒還醉，醉還醒，抵多少薄利虚名。《詞紀》"我□疑"作"我只待"。

〔仙吕〕點絳唇

賀壽

百歲陽秋，小春時候，輕霜晝。日暖風柔，絃管迎長壽。

〔混江龍〕簪纓華胄，兒孫滿眼盡儒流。一個個懷琛藴寶，接武承裘。文似銀河千丈寫，氣如温玉九天浮。論家聲未忝似漢平陵，言世德豈落後唐司寇。不枉了名公之裔，君子之儔。

〔油葫蘆〕俺也曾咳唾珠璣傲五侯，奈迍邅在鵾鶚秋，雖是他雄才大志未全酬。怎當他胸懷耿耿羅星斗，詞章隱隱追韓柳。今日個樂桑榆七十過，蟠龍虎三千就。只看這玳筵開一派仙音奏，端的是南極下丹丘。《北宫詞紀》起處"俺"作"他"。

〔天下樂〕説甚麽火棗交梨海外求，望閬苑瀛洲，彩雲飄天際頭，獻仙桃騎黄鶴下玉樓。遏行雲樂正喧，灩流霞酒更熟，一個個舞蹁躚身抖擻。

〔哪吒令〕紫金甌獻酬，嫩羊羔塾口。翠微堂宴遊，小奚奴帶手。紅牙板撒收，美嬌羞放喉。似雛鶯柳外流，比乳燕梁間溜，端的是按宫商撚打挑勾。

〔鵲踏枝〕月轉過翠雲樓，蠟燒殘絳花燭。直拚個甕盡杯乾，説甚麽波湧泉流。更有鬭羅綺纖纖玉手，都鬧鬨鬨交錯觥籌。

〔寄生草〕太平日人多壽，盛明時樂更優。喜孜孜畫堂中歌舞翻紅袖，樂陶陶繡簾前簫鼓鳴晴晝，笑吟吟戍樓頭刁斗移更漏。管甚麽參横日出又篝燈，直吃的香消篆冷重添獸。

〔賺煞〕長嘯海天秋，劇飲貂裘透，眼見的星移漢斗。尚兀自急管繁絃厮趁逐，更有那舞斑衣稚子搊搜。謾凝眸，畫戟霜騶，真個是仙客高朋盈户牖。願常常勸酬，儘年年祝壽，少不的遍人間甲子五千週。

久雨作

透幕侵箔，把人厮虐。何時了，徹夜滔滔，緑水人家遶。"箔"，《北宫詞紀》作"簾"。

〔混江龍〕不知昏曉，滴滴點點鬧寒蕉。愁心易感，業眼難交。阻攔岐路，蹭蹬漁樵。迷渡口黯林梢，崩岸谷漲波濤。喫緊的黄花寂寞東籬道，望不的三峰華岳，看不見萬頃秋郊。《北宫詞紀》“鬧寒蕉”作“鬬寒蕉”。

〔寄生草〕雲初淡，勢更驕。恍疑萬里長空淖，忽如萬井遥天倒，驀然萬鶩平林落。旅魂鄉夢怎生堪，閨人嫠婦如何較。

〔六么序〕呀，趑趄的封了山坳，忽剌的暗了市朝，便是廣堂中也兀良的鬼哭神號。怎生的借劍誅蛟，破甑焚鴞，執簡乘鶴，向天公細扣根苗。見如今干支死閉了晴暘兆，又不是潤春郊好雨如膏。良田一望皆池沼，家無四壁，悶徹三焦。

〔么篇〕一會家揮毫，劃度，笑語兒曹，細和離騷，自酌香醪，强對佳殽。且把這難打蕩的情腸按著，呀，驀然間又怎學，忽地雲消，剗地煙交，越越的奮撼咆哮。簷花萬點簾前瀑，便是個鐵石人也魄散魂消。莫不是馮夷故把東洋倒，逐日家紛紛靄靄，溜溜嘈嘈。

〔後庭花煞〕陰晴數所遭，虧盈無定約。焰爨家家閉，萍蕪處處漂。怎生教，封姨知道，霎時間層陰淨掃見層霄。

〔中吕〕粉蝶兒

書懷《北宫詞紀》作“秋日閑情”。

半百年華，鬢如絲興如嚼蠟，樂閑心恰會行踏。又被這雨兒催風兒刮，剗地早心驚膽怕。想平生閱盡浮誇，又怎肯向人行再伏低凹。

〔醉春風〕俺也曾玉殿首傳臚，金閨誇倚馬。到如今布袍濁酒野人家，暢好是雅，雅。有時節唤幾個撥阮的秦娃，彈箏的晉女，學一會遊山的阮大。

〔叫聲〕夢不上紫宸衙，任他，任他。我只待趁膏雨耘禾稼，跳足白雲窩，倚杖碧鷄峽。

〔山坡羊〕溪兒那搭，船兒輕拉，柳陰中説會漁樵話。過鄰家，看黄花，酒帘兒斜映疎籬掛，不飲的古人今在麽。杯，快傳咱。官，休論他。

〔快活三〕見如今四壁鬧蛩蛙，滿徑翳桑麻。風吹日炙您波查，再有甚間瞧抹。

〔鮑老兒〕他見咱拙魯厭奢華，敢又道櫝碔砆懸高價。咱見他倚颺賣撑達，恰便似臨巷陌燃殘蠟。眉來眼去，唇三口四，泥爛油滑。翻黄倒皂，呼風喚雨，掚霧摶沙。

〔古鮑老〕非是我心輸力乏，到頭來世情難按納。休道他顔和意洽，大古裏仕途多調發。爲甚麽漢嚴陵不見南陽駕，羊裘暖錦繡怎加，麥飯軟珍羞誰掛。呀，因此上潦倒在蒲團下。

〔紅芍藥〕一椀粗茶，半飽胡麻，閑時高臥飯牛窪，一任他名留翠華。爵五等，邑萬家，脚到處金卮玉斝，行起處繡帽宮花。我可也並不思他，他怎似我穩拍拍隴畝生涯。

〔剔銀燈〕者莫與野叟樵夫會茶，者莫與稚子山妻打話。比及到一篝燈火杯盤罷，他又早笑喳喳托背扶咱。尚自把濁醪勸，社鼓撾，險不把先生醉殺。

〔蔓菁菜〕不甫能塌伏在葫蘆架，又怎麽支楞的弄琵琶，竹籬兒那搭。一覓裏麾羽扇翫雲霞，似一幅不疾溜陶潛畫。

〔柳青娘〕非咱不達，死守定邵平瓜。瞧他恁家，怎做的子陽蛙。佩玉鳴鑾信豪華，但提起沈潛禮法，到咱行所事都差。因此上任疎狂離世俗，離世俗託煙霞。

〔道和〕託煙霞，託煙霞，迂庸情性怕喧譁，網漁蝦。呼兒沽酒野人家，邀鄰共飲茅階下，紅塵不到景清佳。插黄花，插黄花，蟹壯鷄肥，杯深椀大，還再把。可惜可惜日西下，朱顔不爲流年假，可惜可惜人華髪，春風恰透黄梅臘，却又早一泓秋水浸蒹葭。

〔啄木兒煞〕論風雲志本疎，説山林興未涯，百年渾醉無多暇。且看那秦强楚霸，一處處暮雲衰草噪昏鴉。

閑遊

力倦心慵，喜追遊柳穠花重，只被這耐夕陽碧岫朱峰。輭禁持，虚和哄，喫的來脚高頭巹，動不動手到杯空。趁賓朋，乘歲月，那塌兒不堪陪奉。《北宫詞紀》"夕陽"作"斜陽"。

〔醉春風〕剛坐向千尺碧桃谿，又走向萬株紅杏壠。飛泉瀑布下高春，漩花兒湧，湧。看了重看，覷了重覷，詠了重詠。

〔紅繡鞋〕聽一派笙簫風送，似千聯環珮雲中，桃花逐水遠溶溶。又不是劉晨阮肇，又無甚賈島盧仝，受用足翠芙蓉當面聳。

〔喜春來〕亂雲堆裏身如捧，霽靄岩前日似烘，渾疑兩腋欲生風。情思涌，又過碧潭東。

〔醉高歌〕吟來倚巘支筇，興到淩巔放踵。須臾小憩西巖峒，怪石奇花萬種。

〔哨遍〕那里討心煩意冗，浥清泉一漱形神縱。喚奚奴盪酒莫從容，趁良辰滿酌瑶鍾。山似擁，竹添森，爽瀨響琤琮，勝九奏簫韶弄。恨少長缸巨甕，喫緊的心慚鴻鵠，鬢改青銅。山林穩遂樂閑身，光景難饒宦遊容。舊日風流，新來瀟灑，甚般和哄。

〔麻婆子〕劇飲何需玉斝，長歌豈待彩鳳。明日事今朝暗，古時人近歲空。石門不負晉孫登，朱樓甘誤漢揚雄。翠筠亭虛布擺，白虎殿枉牢籠。

〔墻頭花〕蘧遊蕉夢，不必重追誦，幾杵催人野寺鐘。又誰知楚滅秦亡，又誰管周純晉冗。

〔瑶臺月〕吟肩謾聳，麗日初遲，佳興無窮。新詩題罷，自還羞未盡疎濃。閑悟懂，除却蓬萊，更誰您天璇地拱。又曲折，又清徹，又孤迥，又巃嵸。遊仙最可，舒情正中。

〔急曲子〕便文章似孟韓，任疎通如賈董。少不的貶潮陽，謫長沙，生愁恐。這堝兒無是無非，那搭兒前簇後擁。

〔耍孩兒〕我只待向雲山更撰浯溪頌，只他那盤谷歌怎樣包籠。我如今分明身在畫圖中，信意兒挑揀過從。且將這黄精緑蕨菖蒲酒，將息那跣足披襟田舍翁。也不必華陽洞，意中歡千金難買，身外事萬物皆空。

〔一煞〕山僧過小橋，幽禽囀密叢，樵夫牧子同遊泳。誰言陸海難舒臂，敢道山居不會窮。早晚是薰風動，便有那三旬酷暑，怎入這百丈蒼礲。

〔尾〕結茅廬隔渚花，架蓬窗倚澗松。儘今生再不許塵氛冗，是一個避世的先生不姓孔。

賀登科

學業通融，桂香飄省闈高中，少年時器宇誰同。驀地裏好音來，飛報至，舊門庭甚般增重。暢好是獨步秋風，意淩雲身湧霧起蛟騰鳳。

〔醉春風〕窗下幾年思，天邊雙翼聳。連根拔得桂枝來，真個是猛，猛。看了他錦繡胸懷，風雲氣色，不枉了神仙隨從。

〔紅繡鞋〕酬志了十年春夢，快心波萬里天風，聚螢囊正對著廣寒宫。説甚麽吴剛大斧，道甚的李白彎弓，但憑著出羣才心力勇。

〔滿庭芳〕不枉了心遊周孔，學通性理，識廣昆蟲。吟詩課賦般般中，秋水芙蓉。氣魄如南陽臥龍，精神似渭水飛熊。聽一派笙簫送，喧譁簇擁，身在彩雲中。

〔上小樓〕想著他塤箎賈董，衙官屈宋。今日早奪了青標，占了虎榜，出了樊籠。飲玉鍾，駕彩虹，山摇川動，只看那弩迎人甚般陪奉。

〔尾〕閑愁昨夜消，芳名今日永。棟梁材自有非常用，好保護萬歲千年大一統。

賞杏花

隨意杯盤，喜園林杏花初綻，歇肩輿暫憩幽軒。只見這玉模糊銀隱約斷攢成一片。恨列下齊撲撲雪嶺冰山，説甚麽水晶簾雲母洞玻璃庭院。

〔醉春風〕歎歲序苦相催，羨天公能綴翦。似這等堆霜砌粉滿林間，端的是罕，罕。托賴著雨露深仁，乾坤至德，儘由咱逍遥飽玩。

〔普天樂〕鼓琴歌，探花宴。清香上品，豔色頭員。埋光在桃李園，出色向蓬萊殿。暗柳羞梅誰知羨，午橋莊風景依然。真個是藍田玉煙，且休提河橋脆管，好追隨謝谷朱絃。

〔醉高歌〕仙姿不受鑽研，素體偏愁綽染。羞看燕子鶯兒面，但把春心自縮。

〔紅繡鞋〕潑眼風光無限，驚心節物多端，怎如他冰肌玉骨耐春寒。好丹青難描畫，惡風雨莫摧殘。暢好是趁芳辰當泛盞。

〔墻頭花〕黄昏清旦，者莫你岸幘掀簾看，横豎有琅玕百萬竿。明滴溜半掩秦臺，香噴薄平連漢苑。

〔煞尾〕唤奚奴拂彩箋，倚雕闌開醉眼。倩雙蛾謾把纖歌按，便喫到月轉花梢去心兒懶。

題集翠樓

明月西樓，玳筵開皓光如晝，望晴空簾捲金鈎。只見寶香浮清靄淡晚涼新透。緑沉沉酒泛瓊甌，鼓冰絃陳妙舞要人消受。

〔醉春風〕懶赴潁川衙，閑栽彭縣柳。溪山深處起朱樓，暢好是陡，陡。看了這過眼風雲，漫天氣色，真個是可人的清秀。

〔普天樂〕水如環，山如湊。四圍俱有，八面交浮。酒半甜，絃初奏。一霎金風情懷驟，掃烏絲更騁吟眸。與天親唱酬，倩山雲伴偶，共明月優遊。

〔紅繡鞋〕歎少日襟期難又，羡新來萬事都休，百年風月此登樓。籬邊元亮菊，柳外戴逵舟，説甚麽黄金印大似斗。

〔煞尾〕醉時節黑婁婁被捺著頭，醒時節美甘甘茶漱了口。把讕言長語權稍後，做一個自在神仙陸地上走。

題華巖三友亭

松竹梅花，小亭幽碧山如畫，歲寒時萬物消乏。只見竹堆蒼，松偃翠，梅瓊浮蠟。不枉了三友稱加，逐日家伴幽人雪窗清話。

〔醉春風〕有時節風送暗香來，月移疎影下。閑歌白雪按琵琶，暢好是雅，雅。驀然間萬壑濤生，千竿籟響，便見得九珠非價。

〔普天樂〕曲闌邊，重階下。這竹啊金搖翠節，這梅啊粉砌冰叉。這松啊奮虬龍頷下髯，這竹啊舞彩鳳雲間駕。這梅啊堪上生綃丹青畫，這松啊拄霧撐霞。又何必孤山那凹，淇園這搭，王屋西峽。

〔醉高歌〕不羡東門種瓜，但傍華巖荷鍤。逢人恥論功名話，單會青山放傻。

〔十二月〕都只爲觀風塞北，乾賺的遊子天涯。只不如身歸舊隱，抵多少隄築新沙。小亭內琴書藥裹，行廚中蕨笋茶芽。

〔堯民歌〕呀，□結識下竹籬茅舍野人家，躲離了金符玉節大官衙。自歌自舞自喧譁，不豐不歉不嗟呀。暢好是賢達，又何須拘禮法，趣自有偌來大。

〔煞尾〕要吟啊都拚與刺亭簷三伴侶慢慢的把平生志節詩，要飲啊索唤取解音聲小丫鬟徐徐的將新來清興發，要眠啊好追尋能幽寂軟蒲團鬆鬆的紵錦被蒙頭納。把一個識消長曉陰晴知止足的先生兀的不自在殺。

代友人宦邸書懷

退食官衙，坐秋窗一篝燈下，冷清清人遠天涯。平白地棄墳坵，辭親戚，那個是功名無價。見如今狼虎相持，眼睜睜許多愁怕。《北宮詞紀》"相持"作"相狎"。

〔醉春風〕不得官日日歎沉埋，恰得官時時防倒塌。那里有安車駟馬擁高牙，到煎聒的我儍，儍。喫緊的留也難留，去也難去，罷也難罷。"儍"字原不疊，兹從《詞紀》。

〔紅繡鞋〕轉眼間俄爲中夏，到官時尚未初臘，新催科舊拖欠亂如麻。磣可可窮百姓，惡狠狠甚刑法，你便是鐵心腸怎下的打。

〔滿庭芳〕到晚來纔能下榻，怎當他瀟瀟客枕，燦燦燈花。喫緊的無情雨打芭蕉衩，驚的我夢轉天涯。只俺這倚門娘褒封在那搭，乾教那望夫人虛度年華。淚點兒雙雙下，趄趄的晨鐘又發，眼睜睜紅影上窗紗。

〔上小樓〕少不的騎鞍壓馬，升堂僉畫。甫能的出幾紙批兒，勾幾個人兒，怎當他名是人差。問著他，口兀剌，虛驚詭怕，你便是炳靈神也千錯百差。

〔么〕想著那官家禮法，都被這姦豪厮詐。他結交的吏典滑熟，人情通透，上下歡洽。既不曾拿住他，又怎麼下重罰，他反鬬門到又把別人誆嚇，怪不的整年家事無捉拿。

〔十二月〕從今後周詢細察，那怕他利齒靈牙。他便會神藏鬼掩，也難逃畝履升查。自古道一夫一馬，怎能得千做千差。

〔堯民歌〕可不道官清法正自無譁，見如今流離逃竄未安插。家徵口斂百忙裏雜，女哭兒啼甚行踏。聽咱，愛民如愛花，休使風霜乍。

〔耍孩兒〕少年時豪氣天來大，動不動要做個英雄俊雅。到如今行步緊鉗拿，是多少海樣波查。指望待春風禁柳行驄馬，到做了落日庭槐數暮鴉。願的是風雨順收禾稼，落一個民安事妥，説甚麼紫綬黄麻。

〔尾〕論孤高須索向青門學種瓜，論讀書怎可似莊周言飄瓦。趁明時休負了平生價，覓一個循吏名兒兀的不可喜煞。

〔黄鐘〕醉花陰

壽日

柳豔荷香晝簾永，瑞氣氤氲寶鼎。調錦瑟，和鸞笙，選伎徵聲，翡翠光相映。開繡幙，列銀屏，有鳳炙麟炮金雀茗。

〔喜遷鶯〕比不得尋常相慶，老人星親下青冥。階庭，是多少靈芝玉英。一派仙音徹耳清，將衆神仙領。飲不盡瓊醪玉醴，看不盡許棗莒菱。《北宫詞紀》"衆神仙"作"羣仙"，"許棗莒菱"作"火棗交菱"。

〔出隊子〕樂天知命，老先生煞慣曾。覷的那掀天富貴似毫輕，敢更道唾手功名肯去爭，因此上聒耳笙歌聊自逞。《詞紀》"肯去爭"作"容易成"。

〔么〕本是段閑雲情性，榮和辱怎會驚。只待要吟風弄月盡平生，翫水看山遠世情，倚翠偎紅辭外眚。《詞紀》"會驚"作"去爭"，"辭外眚"作"延暮景"。

〔刮地風〕一會家竹徑桃蹊閑眺騁，是多少語燕流鶯，也何須高牙大纛相輝映。意暢神融，也是咱前生分定，不由的今生僥倖。散澹心慷慨志幾曾蹭蹬，古和今廢與興恰便似泣釜煬冰。等閑間摸不著無星秤，這光陰分外爭。

〔四門子〕咱如今漏聲不上東華聽，且相隨鷗鷺盟。者莫教雪藕削金鯉烹，翠荷筒鎮日渾未醒。怎肯教紫雁閑玉管停，冷落了濃歡麗景。《詞紀》"雪藕削"作"碧藕雪"。

〔古水仙子〕緑槐深涼自生，尚兀自銀燭高燒待月明。直喫的花陰下翠袖頻扶，直喫的玳筵前金杯不剩，直喫的畫樓頭轉了曉更，直喫的瑶天外紅日東生。説甚麽銀河已沉參已横，那時節尋思又向閑亭徑，敢直喫的四座酒如澠。

〔尾〕壽酒年年鎮相慶，壽筵開壽樂齊鳴，願的是壽比南山萬年永。

〔越調〕鬬鵪鶉

遊南山作

春晝山遊，高朋幸集。雪霽峰陰，雲歸袖裏。款擁籃輿，輕隨杖履。那從容，那迤逦。勝日尋芳，詞人對壘。

〔紫花兒序〕一處處峰巉浪激，一個個興遠才清，一樁樁意暢情怡。長松半偃，芳草初蕤，生意方熙。一派仙音遶翠微，管絃聲細，更那堪澗底波鳴，谷口鶯啼。

〔小桃紅〕淡煙微靄傍人飛，説不盡春遊意。聒耳山禽更如醉，一步一個畫圖隨，龍潭珠斗連天墜。銀河半欹，羅衣新試，醉淋漓含笑索烏絲。

〔調笑令〕説甚麽翠眉，映金杯，爭似這握手臨溪我共伊。便有個鶯鶯燕燕尊前立，怎如咱語話襟期。一任他笑殺山翁醉似泥，此境誰知。

〔尾〕從今後逢人好把名兒避，休將那不可口饅頭便喫。牢記取身世似浮雲，人生同逝水。

中秋

溽暑初銷，金風漸老。珠斗宮移，瑶空翳掃。雨歇丹霄，波涵翠沼。夜沉沉，人悄悄。宴集庭陰，月離海角。

〔紫花兒序〕比玉鏡横飛嶺口，似銀盤倒浸波心，若金輪斜偃松腰。光輝澄徹，魄象沉寥，氣骨森蕭。纔度疎林又小橋，是何綽約，堪賦堪題，難畫難描。

〔金蕉葉〕想著那玉樓中人吹碧簫，且權教玳筵前杯傳翠翹。若得個倚檻上詩成鳳毛，煞勝似碧海外仙遊閬島。《北宫詞紀》"倚檻"作"綺座"。

〔小桃紅〕金樽莫惜醉酕醄，且盡今宵樂。少日風流漸傒落，佳節幾經著，當歌況有如花貌。絃調六么，客逢雙妙，坐銀床任取桂香飄。

〔尾〕想當日袁宏牛渚情何躁，乾把個佳期剉了。從今後休泛斗牛槎，當學武昌老。《詞紀》"剉"作"錯"。

夏賞

園苑春歸，林巒夏初。乳燕相呼，雛鶯並語。遣興名藪，紓懷勝圃。馬東籬，商正叔。和選吟詩，傷今弔古。《北宫詞紀》"春歸"作"春徂"，"名藪"作"名姝"。

〔紫花兒序〕説甚麽何橋鄭谷，漢苑殷墟，謝館黄壚。逍遥散誕，灑落歡娛，繾綣舒徐。無數妖鬟列繡襦，遥映著渚禽郊鷺，何慮何憂，無繫無拘。

〔小桃紅〕千章夏木蔭扶疎，不減石家塢。細靄霏霏暗原麓，望模糊，三杯已勝千鐘禄。朱絃度曲，烏絲草賦，甚丹青畫得出武陵圖。《詞紀》“郊鶩”作“汀鷺”。

〔調笑令〕遥指，澗中凫，戲浴錦波迷緑蕪。徘徊撫景非遲暮，揺紈扇笑袒輕襦。喜同遊盡都是君子徒，因此上載酒攜壺。《詞紀》“遥指”作“沉浮”。

〔尾〕西崦斜日懸嘉樹，保重者煙霞伴侣。且看這遊賞處興頭兒甜，休提那崢嶸時味心兒苦。

北山先生席上作

晝錦生輝，年華未老。海屋籌添，芝房瑞遶。玉几瑶籤，丹書翠葆。淡氤氲，微縹緲。寶笈金函，交梨火棗。

〔紫花兒序〕翠森森梧桐院宇，緑依依楊柳溪橋，密匝匝雲錦窩巢。正值著佳辰勝節，柳蟬鶯嬌，玉鯉香醪。瑪瑙杯擎翡翠翹，一團歡笑，喜孜孜盛友嘉賓，韻悠悠畫鼓雲璈。

〔金蕉葉〕我只見香噴噴珍羞美殽，齊臻臻蘭堂畫閣。亂紛紛纖羅細腰，光閃閃靈芝瑞草。

〔小桃紅〕一年一度宴蟠桃，天外鸞鶴導。意度襟期貫晴昊，小可的怎量度，樽中無酒賓難樂。珍珠滴小槽，玉簫間花貌，霎時間四座盡酕醄。

〔尾〕管甚麽金鷄又報東方曉，更轉向崇巖曲沼。且休説穿綺座午風輕，直喫的透疎林山月小。

送士子入試宴間有虹霓照座，喜而賦此

萬丈虹霓，千機瑞錦。玳宴初排，祥光已淰。正對高堂，平迴下廩。影團圞，雲苒荏。氣亘長天，靈分帝寢。

〔紫花兒序〕今日乃雲霄之餞，盡都是學海之英，恰便似翰墨之林。憑著他高才絶足，繡腹文心，曠度虚襟。少不的平步龍門萬丈深，分明佳讖，覷了這相貌堂堂，端的有梁棟森森。

〔小桃紅〕香醪莫厭座前斟，怪不得歡娱甚。玉立珠聯陡成恁，何處覓知音，直喫的蟾光萬頃琉璃浸。庭槐影沉，檻葵香沁，便休提樓外下

河參。

〔天淨沙〕惟願牢珍重寶劍瑶琴，權收拾闊論豪吟，好將息藍袍布衿。博得個名揚楓禁，才知道書有黄金。

〔尾〕那時節雲霄直上承恩廕，平白裏紆朱曳錦，較著那賢傅説不爭多，比的那佞蘇秦分外磣。

〔商調〕集賢賓

行樂

萬花亭酒闌人醉也，烏帽側玉山斜。淡氳氳荼蘼香細，緑依依楊柳煙疊。恰才個縱閑遊散步龍谿，怎禁他勸香醪又囀鶯舌。酒和人兩樁兒厮湊者，興頭兒不待勾攝。漸漸的東山殘月吐，歸路晚雲遮。

〔逍遥樂〕説甚麽銅龍漏徹，畫燭光微，譙樓鼓歇。玉斝金蛇，恰逢著花影堆凸，無數鶯聲花外瞥，恰便似絃管相協。更那堪燕姬解舞，趙女能歌，羣客高潔。

〔金菊香〕恰便似彩雲屯住鳳凰穴，錦障籠巖風月堞，畫幀描成花卉闕。怪不的無了無歇，忒可喜，忒奇絶。

〔醋葫蘆〕這一個烏絲行未摺，那一個霜毫詩又寫。這一個淋漓衫袖醉扶者，那一個笑指落花看絮雪。這一個把花枝輕折，那一個倚繩床對景暗咨嗟。

〔么〕一個吟成喜自歌，一個盃空羞待説。一個亂紅堆裏睡些些，一個博局棋枰爭未歇。一個仰身巾趄，一個要逃席摇手抱琴俫。“抱”字待校。

〔梧葉兒〕數不盡春工媚，禁不住春興奢，隨看又隨别。金谷塢閑思石季，桃李園空懷李白，歲月有幾娘些，不飲的誰今在也。

〔後庭花〕盪新醅放暖者，撥銀箏且近些。我本是好酒的陶元亮，休猜做迷花的孫楚客，受用了是豪傑。且看這風亭月榭，翠扶疎嘉樹遮，緑蒙茸芳草踅。喜孜孜笑語叶，困騰騰春思結。

〔青歌兒〕呀，又何曾爐焚蘭麝，撲人衣暗香如擎，看了這柳鞞鶯嬌景共節。者莫你愁思堆疊，好興摧折，意緒虧竭，人事離缺，更有那山海樣憂煩，眼皮兒上貼，都消滅。《北宫詞紀》首二句內，“爐焚”、“暗香”均疊。"如拏"待校。

〔浪來裹煞〕咱人啊飄飄如花上蝶,倏倏似爐内雪,爭名爭利枉癡呆,向園林遍遊誰禁革。休直待花殘月缺,牢記取一年風景一年别。

〔雙調〕新水令

山中寫懷

暖風晴日好追遊,望夕陽晚峰爭秀。雲渺渺,水悠悠。振袂岡頭,這胸次幾能够。

〔落梅風〕人間事,袖裹鬮,便猜著也還差謬。想頭兒大都來難應口,總不如酒淹衫袖。

〔雁兒落〕我也曾覓詩仙上綵樓,載舞妓過名陬。風流意緒長,磊落情懷舊。

〔得勝令〕今日也撰杖步滄洲,結社友沙鷗。遠眺扳原樹,長歌倚釣舟。優遊,無福難消受。明眸,英雄白了頭。

〔歇拍煞〕亂雲堆裹嵐光溜,一回遊一回非舊。順陰晴變化推移,隨氣色濃澹沉浮。者莫你支笻雨後看,倚檻風前候,圖畫上椿椿兒盡有。雖不做翠羽洞中人,也强如紅塵路上走。

東谷草堂宴集

草堂春望曉山晴,翠芙蓉萬峰掩映。紫薇東道主,白髮少微星。謝政歸榮,歌窈窕有佳興。

〔駐馬聽〕檜碧松青,露滴茅階三徑冷。柳遮花映,風來綺座一絲輕。英雄笑煞世間名,風流稱却平生性。眼周圍都是景,你便有九還丹醫不了探奇病。

〔喬牌兒〕且看那近時人誰會醒,只恁這醉中天鎮常靜。榮枯毁譽皆前定,眼偷瞧心暗省。

〔沉醉東風〕止不過情受了香粳半升,又何勞拘束入愁圈千層。非無這醫國才,怎識那無星秤,黑模糊那會分明。因此上解紱歸來結社盟,單覓取安閑順境。

〔甜水令〕每日家博陸彈棋,尋花問柳,探幽揀勝,有甚麽惺惺惜惺惺。落的個愜處吟詩，忙時課圃，閑中習靜，便休提麟閣圖形。

〔折桂令〕只待要取溪山好處怡情，興當如華岳三峰，飲何需越酒千瓶。眼睜睜白髮新增，紅顏非故，那些個缺齒重生。信意行休打算無多夢境，安然過且追隨有限親朋。鼓瑟吹笙，撥阮搊箏，做一場怪怪奇奇，訪一回燕燕鶯鶯。

〔錦上花〕花底傳杯，綺羅輝瑩。月下張筵，語笑縱横。未老投閑，方知俊英。既醉高歌，煩君試聽。修篁拂座垂，皓魄當階映。東海蓬萊，知他怎生。北海尊罍，隨宜笑傾。磊落襟期，須人受請。

〔清江引〕春夢覺來心自警，往事般般應。愛殺陶淵明，笑殺胡安定，下梢頭大都來不見影。

〔雁兒落〕榮枯水上燈，寵辱床頭鏡。分明照的真，何苦癡相競。

〔得勝令〕呀，爭如這無煩無惱老先生，無拘無係會完成。論英雄總不在王陽下，論清狂還羞稱阮籍名。志節似冰清，守安恬隨分限無僥倖。心地又光明，會涵容不蹺蹊有信憑。

〔鴛鴦煞〕看了他汪洋雅度誰堪並，恢宏器宇人空掙。文彩星輝，才思天成。唱道撰杖東山，騎鯨北溟。放浪形骸，脚到處都成勝，似這等水碧山青，萬萬日登吟算不得永。

〔大石調〕驀山溪

元夜合調

和風應節，不覺元宵到。花燭遍樓臺，簫鼓動萬方歡樂。香氤寶鴨，春在太平宵。

〔南普天樂〕太平宵，風光好，到處金尊倒。滿堆著美饌佳殽，齊列下玉容花貌。燈毬火樹光明皎，畫棟雕闌香風遶。更那堪座擁金貂，正交錯觥籌未了。嚴更漸轉，午夜將交。

〔北驀山溪〕更漸稀，夜將交，聽劇管繁絃鬧。笑語喧喧遍六街，有華轂朱輪盈道。見士女與王孫，行過處翡翠光摇。

〔南雁過沙〕光摇，雲鬟鳳翹，似萬朵瑞煙繚繞。仙姝月姊都來到，彩雲飄，彩霞燒，千門燈火，萬井簫韶。明蟾天表，長空澄澈煙霾掃，恍疑人在蕊珠箔。

〔北喜秋風〕蕊珠箔，含香閣，十二重城，任萬斛明珠照。盡道是往年遊，總不似今年妙。屈指帝王都，能有幾人到。

〔南傾盃序〕難學，駕紫鶴，跨六鼇，此際知音少。帝德光輝，帝恩弘溥，帝心淵濊，帝道穹高。華夷奉朔，千邦納福，萬國來朝。因此上九重行樂動簫韶。

〔北好觀音〕□□□□□□□妙，天風暖絳節飄飖，宮殿氤氲宿靄消。響鳴鞘，齊奏鈞天樂。　不説繁華蓬萊島，五雲中嬴女吹簫，絶勝魚燈賜百寮。慶元宵，塞滿長安道。

〔南小桃紅〕喜相逢元宵好，戍鼓動星將落。只見這桂海蒼茫，影沉沉城頭閣。醉來踏月尋瑶草，樓臺絃管猶喧鬧，怕甚的業眼難交。閭閻鷄犬休囉唣，管甚的紅日東度。

〔北隨煞〕舜日堯年黎民樂，最難得百穀豐饒。四海無虞風雨調，齊祝願萬萬歲君王履黄道。

〔南餘音〕尊師保，任省曹，武靜文明世皞。從古來度越三王惟有我聖朝。

〔大石調〕青杏子

喜雨

膏雨潤如酥，望東皋煙樹模糊。崇朝已見西田足，千家賀喜，三農有望，百穀成熟。

〔歸塞北〕冠掛後，常閲養生書。不向蓬萊尋火棗，但從豐稔愛吾廬，瀟灑樂桑榆。

〔喜秋風〕無事也預修渠，有苗啊專待雨，窮家私大古裏别無路。若將薄田疇抵死乘時務，到收成也能富。

〔好觀音〕見如今炎暑方變秋光度，早難道穀挺雙莩，些許疎荫尚未鋤。勢將枯，時雨承天祚。《北宫詞紀》"方變"作"方衰"。

〔么〕稽首村翁歡聲騖，衣衫典辦謝神皃，擊鼓鳴簫酹酒醑。願無虞，幸可供遲暮。

〔隨煞〕四望蒙茸緑齊布，緑齊布非茭非蒲。自喜呼童貰酒壺，可勝似三品官銜萬鍾禄。

南套數

雁過聲

春遊

萬紫千紅總是春，愛名園處處香風噴，聽煙林隱隱鶯聲困。杏花村，玉樓人，相看處共飲芳樽。夕陽柳外門，墻頭半露芙蓉暈，並倚秋千語笑頻。

〔風淘沙〕遲日樓臺殢彩雲，羨歌舞，動梁塵。暖風吹的花如陣，勸東君杯重引。良辰美景，翠翹雲鬟。撫冰絃，宴流霞，好懷須趁。韶光，除却此春俱下品。遊賞事，幾逡巡。

〔前腔〕萬疊晴嵐罨翠新，端的是排畫戟，別繡闉。張雲幕，散清芬。來往煥香輪，也説甚麼拾翠語相聞。

〔一撮棹〕春光好，和氣鎮氤氳。春晝永，羅綺燦繽紛。只恐春歸早，無計可留春。拚酩酊，終日醉醺醺。

〔餘音〕江山麗，花鳥新，眼底春還幾分，莫厭傷多酒入脣。

一封歌

寄壽寶屏先生

〔一封書〕　金風動暑收，玉宇無塵巘翠浮。祥光映畫樓，聽歌聲天際流。閬苑黄鶴傳玉笈，海屋仙人獻壽籌。〔排歌〕　奉瑶觥，薦麟羞，共祝遐齡萬萬秋。英雄侣，經濟儔，恥將談笑覓封侯。《南宫詞紀》"黄鶴"作"青鸞"，"瑶觥"作"金甌"。

〔錦羅袍〕〔皂羅袍〕　豈是窮經白首，視人間榮辱，電轉星逐。乾坤千古一凝眸，風雲萬里三鉗口。杜陵佳句，閑中細抽。羲皇妙旨，兒時已搜。胸懷磊落誰能够。〔排歌〕　穿絇屨，駕小舟，興來常是訪丹丘。《詞紀》作"電轉星流"。

〔葫蘆歌〕〔勝葫蘆〕　玉樹枝榮子漸稠，登金榜，步瀛洲。一日聲名馳四海，才宏器遠，不把絃歌羨言遊。〔排歌〕　情何繫，酒又熟，屏山篆水好優遊。《詞紀》作"涉瀛洲"，又作"酒已蒭"。

〔安神歌〕〔樂安神〕　我生雖後，聞公謦欬，夢想神求。秦關蜀道隔金牛，清風大雅懸珠斗。此日當初度，仙客滿仙舟，文采照弓裘。〔排歌〕頻祝頌，遥拜手，公名公福兩悠悠。

〔尾〕壽庭幃，人康壽，兒孫濟濟壽無休，歲歲年年上壽酒。《詞紀》首句作"慶庭幃"，"兒孫"句作"長春度曲謾歌謳"。

右《樂府》二卷，家兄渼翁舊作也，好事者求録踵至，因刻之以傳焉。嘉靖甲申春三月丁卯，弟浩謹識。

沜東樂府補遺

明武功康海德涵撰　江都任訥中敏輯録

南曲小令

月雲高

題情

吞聲寧耐，欲説誰俫保。惹得旁人笑，招著他們怪。歡喜寃家，分定懨纏害。去不去心頭恨，了不了生前債。教我心上黄連苦自捱，却似鎖上門兒推不開。

浪淘沙

閑情

這福要人消，覷的休薄，英雄豪傑脚難牢。九十春光能幾度，省可胡抛。

一日一酕醄，怎保來朝，千思萬想爲誰勞。漢闕秦宫空罷了，誰是王喬。

駐雲飛

閑情

富貴如何，此日焉知與仲多。本是腌臢貨，怎入貂蟬座。嗏，興到且狂歌，不必張羅。歲月奔馳，有暇當行樂，笑殺驪駒白玉珂。

四塊金

飲中漫興

園亭可人，四面山如畫。雲霞散綺，一刻春無價。望清和氣轉加，想富貴如飄瓦。請休兀剌，且開札撒。恣歡洽，怎麽，却繁華不到越王臺下。

槐陰滿庭，午睡涼新較。荷香一霎，繡几花饒笑。窮通事枉自勞，瀟灑處因誰惱。酒聖詩豪，玉容花貌。可憐宵，耍著，看魏家又替漢家東道。

青雲致身，奈可長門妒。丹丘跨蹇，險被浮名誤。笑榮華似電逐，歎歲矢如絃促。酒滿瓊壺，興逾金谷。懶歡娛，恐踈，見西崦又度落霞孤鶩。

北曲套數

〔仙吕〕點絳唇

歸田述喜

少日踈狂，不知度量，誇豪宕。倚馬穿楊，好没事尋風浪。

〔混江龍〕自那日恩榮放榜，却纔知崢嶸發迹是尋常。玉堂金馬，錦服牙章。櫛風沐雨，冒雪淩霜。攘攘勞勞成底事，兢兢戰戰爲誰忙。覷金張許史鬬奢華，羡巢由下務贏高尚。正這里悽然有感，早那壁剗地謀殃。

〔油葫蘆〕得了個緑鬢酕醄入醉鄉，端的是天賜將，逐日價華堂開宴列紅妝。新醅飲盡奚童釀，新詞撰就花奴唱。與知音三兩人，對雲山四五觴，逍遥散誕情舒放，抵多少法酒大官羊。

〔天下樂〕險些不斷送頭皮在市場，思量，著甚娘，惡風雹乾捱他十數場。止不過胡謅了幾道文，貪叨了數斗糧，比似那夢中蕉還較謊。

〔鵲踏枝〕三十載離巖廊，一萬日美風光。既不曾惡紫奪朱，又甚的賣狗懸羊。賣文錢騰挪下數兩，但閑時恣意徜徉。

〔賺煞〕原不似廟堂才，却怎改虀鹽相。分限是綸巾鶴氅，詑不盡當年魚漏網，到如今又索甚提防。付行藏，酒斝詩囊，十萬八千有幾場。幸七九衰翁在堂，看四歲癡兒作様，也只是爇明香夜夜謝穹蒼。

〔雙調〕新水令

自壽

荷天公寧耐老來身，利名場遠辭勞頓。山川仍故國，風月滿閑門。雖道是鹿豕同羣，任瀟散無拘禁。

〔沉醉東風〕來日事陰晴未准，前人跡玉石俱焚。因此將圭組拋，且試把山林問，草堂中色色皆春。加減乘除各有因，識不破旁人暗哂。

〔雁兒落〕俺如今登山不問津，跨蹇方嫌駿。療飢幸有田，清假何須郡。

〔得勝令〕分福在鱸蓴，甚福到麒麟。睡足三竿日，耕殘萬頃雲。綸巾，無破綻堪籠鬢。磁盆，有馨香好入唇。

〔梅花酒〕呀，柴門對遠村，看滿院鷄豚，更遶逕蘭蓀，帶極目煙雲。似這等晝堂開緑野，抵多少皓首冒紅塵。榮枯事見已真，遮莫駕巾車訪幽人。歌白雪賞陽春，烹紫蟹薦金鱗。挾翠袖飲雲根，邀皓月挹清芬。

〔收江南〕呀，這便是消磨排遣那經綸，矜持拘斂又胡云，華堂歌舞又繽紛。齊來賀六旬，思量何以報天恩。

又

荷良朋送我上蓬萊，省多少利名場大驚小怪。山林原是福，萋菲詎爲災。逐日價放浪形骸，早五過六旬外。

〔駐馬聽〕勳業難策，多少英雄胡掙揣。韶華易邁，古今賢俊盡愚騃。蕭曹伊吕豈其儕，巢由嚴魏安能逮。途路側，是非成敗何須介。

〔雁兒落〕笑他每遨遊郭隗臺，潦倒韓侯寨。奔馳王謝堂，趨走金張陌。

〔得勝令〕怎如咱死守定紫筠齋，生怕上洛陽街。但得個曲枕逍遥臥，更道甚高軒迤邐來。勳階，抹見影頭疼的煞。金帛，積如山何用哉。

〔喬牌兒〕安樂窩好避乖，是非海怎寧耐。今年不似前春泰，老先生當自揣。

〔攪箏琶〕狂奴態，充不得謫仙才，殢酒看花，呼朋對客。任散髮與披襟，嘯傲詼諧，小園林喬布擺。有甚人猜。

〔鴛鴦煞〕放粗豪自覺乾坤隘，喜音聲口戀芙蓉額。月色如揩，竹影如篩。唱道雨過涼生，杯空再買。灑落歡娛，身恍在遥天外，雖然是六五初來，還再要歌舞昇平萬萬載。

〔黄鐘〕願成雙

述隱

煙霞島，翰墨場，四十年恣意疎狂。愧無伎倆佐虞唐，墮落在兒曹細黨。

〔么〕臥南窗，又道甚羲皇上，但因而過遣時光。飯牛蒔藥課田桑，萬事悠然忘想。

〔出隊子〕可又早六旬之上，把平生暗忖量。虛將恬退品行藏，每懼衰殘訪藥方，喜際昇平餘燕賞。

〔么〕滸西莊到處增情況，整年家也恁忙。醉時扶稚笑牽裳，飽後呼鄰坐納涼，脚步兒著實無賺謊。

〔尾聲〕今生自在承天貺，占場兒壽酒盈觴，醉時將少日周章做話講。

南曲套數

〔雙調〕香羅帶

離思

東風一夜冽，雲收雨歇，傷心怕見窗外月，歎嫦娥獨守廣寒闕也。爲我多愁處照離別，更長漏永燈半滅。合　便做挫折金針，也解不得我愁腸千萬結。

〔前腔〕愁腸千萬結，實難打迭，新愁舊恨都莫説，怎捱過今夜這時節也。只見雕床靜繡幃揭，無言怕聽窗外鐵。合前

〔醉扶歸〕鶯儔燕侶恩情絶，鸞交鳳友頓抛撇。本是韓憑塚上兩鴛鴦，番做了莊周夢裹雙蝴蝶。合　也曾和他繡帶結同心，反教我翠袖沾啼血。

〔前腔〕雲鬟散亂金釵折，腰肢瘦損絳裙褶。誰想燈花不準鵲聲空，再來不把金錢跌。合前

〔香柳娘〕歎陽關唱徹，歎陽關唱徹，井梧飄葉，把佳期望斷，梨花墜

雪。這深盟永訣，這深盟永訣，秦期晉約，都成吴越。合　要相思妥貼，直待黄河水竭，泰山崩裂。

〔又〕奈衡湘信絶，奈衡湘信絶，綢繆喜悦，如今博得，憂愁慘切。想香偷玉竊，想香偷玉竊，使人心似酒旗，臨風望月。合前

〔尾聲〕啼痕界破桃花頰，蛾眉蹙損遠山月，縱然蠟燭成灰心尚熱。

王西樓先生樂府

提　要

此乃明王磐之散曲專集。王高郵人，字鴻漸，號西樓。同時濟南有王田者，字舜耕，亦號西樓，亦工散曲，明人每每混二人爲一。此卷後有考證，判别甚明。此刊據嘉靖辛亥磐甥張守中校訂重刻本，題“郡人王應元一之父校”者，乃重刻時援初刻本之所有也。套數九，小令六十五，皆北曲。王氏之作，以精麗勝，頗能融元人喬、張二家之長，寫懷詠物，諷刺俳諧，俱稱能手，明人譽之者甚衆。其書曾入太學所存書目。此刊一仍張刻舊觀，惟《嘲轉五方》一套，原刻補於小令之後者，爲移歸前列各套之中，《賞牡丹》小令原刻作〔謁金門〕者，爲移並〔朝天子〕調中，並引《堯山堂外紀》等書，於詞後間具校語而已。

刊王西樓先生樂府序

往時外翁西樓先生所著樂府，先大夫嘗刻之郡齋，甲辰歲燬於火，識者咸惜之，謂翁之作不可以無傳也。不肖乃重爲校正，刻於家塾曰，夫聲音之道微矣哉，古者審聲以知音，審音以知樂，故樂府之作，其來尚矣。翁生富室，獨厭綺麗之習，雅好古文詞。家於城西，有樓三楹，日與名流，譚詠其間，風生泉湧，聽者心醉，脱略塵俗之故，以從所好。既而藝日精，家日窘，翁怡然不以爲意，逍遥乎宇宙，徜徉乎山水，出其金石之聲，寄興於煙雲水月之外，洋洋焉不知老之將至。此其襟度有過人者，故所作冲融曠達，類其人也。今觀其村居之作，甘恬退也；久雪之詞，刺陰邪也；元宵之章，樂昇平也；失鷄之曲，見雅度也；喇叭之詠，斥閹宦也；五方之嘲，悟愚俗也，大都非漫作者。翁妙達律吕，率意口占，皆合格調，每一傳誦，人爭慕之。儲文懿公、莊定山公，與翁交契獨深，見翁製作，無不歎服，謂其爲古摩詰之流也。翁琴弈詩畫咸精，不特長於詞學而已。

嘉靖辛亥重陽日，不肖甥張守中頓首拜書。

王西樓先生樂府目録原本無目

淩波仙二首

前題　題菊泉圖卷壽煮石

脱布衫過小梁州三首

賞花　張堯臣有柬問余秋夜何如歌此戲答　秋夜同陸秋水湖上泛舟

朝天子三首

賞牡丹　詠喇叭　瓶杏爲鼠所齧

以上套曲九套,小令六十五首。

王西樓先生樂府

明高郵王磐鴻漸父著 郡人王應元一之父校 江都任訥中敏重訂

〔南吕〕一枝花九套

村居

不登冰雪堂,不會風雲路。不干丞相府,不謁帝王都。樂矣村居,門巷都栽樹,池塘盡養魚。有心去與白鷺爲鄰,特意來與黄花做主。

〔梁州〕我是個不登科逃名進士,我是個不耕田識字農夫,我是個上天漏籍神仙户。清風不管,明月無拘。孤雲懶出,野鳥難呼。只俺這牛背上穩似他千里龍駒,只俺這花篷下近似他方丈蓬壺。興來時畫一幅煙雨耕圖,静來時著一部冰霜菊譜,閑來時撰一卷水旱農書。茶爐酒爐,杏花深處桃花塢。水遶著門,雲遮著屋。端的是隔斷紅塵一點無,那里有官吏催租。

〔尾聲〕我向這暖茸茸白雲被底閑伸足,我向這錦片片紅葉莊前醉坦腹,一任這流光眼前度。者麽您能飛的白鳥,快奔的烏兔,總不如俺慢慢騰騰傲今古。

久雪

亂飄來燕塞邊,密灑向程門外。恰飛還梁苑去,又舞過灞橋來。攘攘皚皚,顛倒把乾坤礙,分明將造化埋。盪磨的紅日無光,限逼的青山失色。

〔梁州〕凍的個寒江上魚沈雁杳,餓的個空林中虎嘯猿哀,不成祥瑞翻成害。侵傷隴麥,壓損庭槐。眩昏柳眼,勒綻梅腮。遮蔽了錦重重禁闕宫階,填塞了緑沉沉舞榭歌臺。把一個正直的韓退之擁住在藍關,將一個忠節的蘇子卿埋藏在北海,把一個廉潔的袁邵公餓倒在書齋。哀哉,苦哉。長安貧者愁無奈,猛驚猜,忒奇怪。這的是天上飛來的冷禍胎，遍地下生災。

〔尾聲〕有一日赫威威太陽真火當頭曬，有一日暖拍拍和氣春風滚地來，就有千萬座冰山一時壞。掃彤雲四開，現青天一塊，依舊晴光瑞煙靄。

元宵

四圍瑪瑙城，五色瑠璃洞。千尋雲母塔，萬座水晶宫。錦繡重重，影晃的乾坤動，光摇的世界紅。半空中火樹花開，平地上金蓮瓣湧。

〔梁州〕活潑潑金鰲出海，舞飄飄彩鳳騰空，更有那天時地利相扶從。千門璧月，萬户香風。六街迓鼓，九陌歌鐘。喜人間和氣融融，報天邊好事匆匆。彩樓中詞括盡萬古風流，畫橋邊謎打破千人懵懂，碧天邊燈照徹四海玲瓏。花容，月容，燈光月色相調弄。車馬迎，笙歌送。端的是徹夜連宵興不窮，管甚麽漏盡銅龍。

〔尾聲〕這壁厢贊吾皇聖德詩三頌，那壁厢寬百姓差徭詔一封，這的是盛世良宵景堪重。喜上元節逢，愛千金夜永，但願的歲歲年年荷天寵。

閏元宵

重開不夜天，再造長春境。復遊三市月，又看六街燈。連賀昇平，閏月今番盛，元宵兩度晴。錦模糊世界重修，光燦爛乾坤再整。"再整"，《堯山堂外紀》作"又整"。

〔梁州〕滄海上六鰲山重重出現，碧天邊雙鳳輦往往巡行，喜新年更遇新時令。猜空詩謎，踏遍歌聲。醉翻豪俠，走困娉婷。飲不竭春酒繩繩，扮不了社火層層。平添上錦重重五百座琥珀歌樓，再擁出紅灼灼三千年珊瑚寶井，又展開紫威威十萬里瑪瑙長城。前正，後正，一年兩度元宵勝。酒有情，詩添興。催逼的雪月風花不暫停，運轉豐登。《外紀》"擁出"作"湧出"，"威威"作"巍巍"。

〔尾聲〕那元宵盛張燈燎淡銀河影，這元宵連迓鼓敲殘玉漏聲，管倩取天上人間兩重慶。喜天清地寧，愛風輕月明，這的是太平年夜夜元宵四時景。

航隱號爲四川任鎮撫作

捲風雲八陣圖，收狼虎三年令。赴魚龍千載會，結鷗鷺五湖盟。一葉舟輕，載風月無邊興，適江湖萬里情。篷窗下掩藏著星斗文章，柁樓中埋没了麒麟畫影。

〔梁州〕將一段棟梁材託萍梗與乾坤浪跡，把一片虹霓志寄蜉蝣與天地忘形，正遇著當今四海風波靜。帆啊挂洞庭秋月，棹啊蕩剡曲寒冰。纜啊繫瀟湘夜雨，篙啊插鸚鵡春晴。端的是駕浮槎歷遍滄溟，只待要挾飛仙走上蓬瀛。只恁那筆床兒鋒利似短劍長槍，只恁那茶竈兒乾淨似三牲五鼎，只恁那釣絲兒輕快似錦絡珠纓。天清，地靈。秀人豪不肯居人境，野鶴形，孤雲性。常只是服氣飡霞水面上行，都道是航隱先生。

〔尾聲〕打聽的釣六鰲海上人同姓，又道是題駟馬橋邊客一城，者麽您丹鳳銜書幾徵聘。認不得客星，識不得將星，空教你訪遍了蘆花釣魚艇。

梅村

雲遮庾嶺遥，水遶孤山峻。騎驢空踏雪，拄杖謾尋春。笑指前村，一步步花成陣，一重重雪映門。不羨他東閣繁開，不讓他西湖舊隱。

〔梁州〕愛的是影横斜水痕清淺，愛的是暗香浮月色黄昏，端的是萬花深處人棲遯。枝横碎玉，夢冷梨雲。攀條思遠，對影開樽。付霜毫一寫天真，託瑶琴三弄精神。打熬出宋廣平鐵石心腸，塗抹就楊補之煙雲畫本，安排下孟浩然風雪乾坤。詩魂，酒魂。憐香惜玉常親近，雪半吞，霜半裍。也不知漏洩春光有幾分，試問東君。

〔尾聲〕躲離了鬧春風桃李諸豪俊，相伴著傲冰雪松筠兩故人，從今後驛使頻傳隴頭信。者麽恁調羹的策勳，畫龍的丰韻，總不如紙帳羅浮夢兒穩。

自詠西樓號分得楊字韻

乾坤老棟梁，雲霧開屏障。煙霞生几案，河漢逼軒窗。高據胡床，坐指坤元向，居臨太白方。門前列華岳三拳，屋後近瑶池一掌。

〔梁州〕右壁厢挂萬丈璇璣斗柄，左壁厢接萬里錦繡封疆，一重重直步到銀河上。琴横新月,劍倚斜陽。朱研曉露,筆掃秋霜。陪金母共住仙鄉,與白帝緊靠宮墻。我這里比南軒少了些雲日炎蒸,我這里比東坡避了些鶯花鬧攘,我這里比北海躲了些風雪飄揚。詩狂,酒狂。更壓著元龍豪氣三千丈,忒風流,忒踈放。愛的是高臥天風一枕凉,夢熟羲皇。

〔尾聲〕託賴著臯陶禹稷賢卿相,扶佐著虞舜唐堯聖帝王,因此上巢由得高尚。沐蒼冥寵光,吸清虚颯爽,遥望著萬里蓬萊慶雲長。

自壽

菊開九日前,月滿中秋後。山中逢甲子,林下慶西樓。抖擻著羊裘,忙撇下耕雲耨,急收回釣月鈎。拂蒼苔捻土焚香,望青天誠惶頓首。

〔梁州〕祝明君山呼萬歲,讚慈親海屋添籌,只俺這不才的臣子沾餘壽。怕的是魚龍混俗,喜的是鹿豕同遊。愛的是桑榆暮景,惱的是蒲柳先秋。將一個打魚船生扭做仙舟,把一個放牛場旋改做丹丘。來的是躲紅塵逃紫陌天地閑人,到的是砍青山釣緑水煙霞故友,會的是翦春冰裁臘雪風月交遊。款留,不周。荒村茅屋風霜舊,村酒薄,山鷄瘦。只落的一片兒秋光對客幽,且共綢繆。

〔尾聲〕都道我貌如松柏經霜茂,我道是髪似蓬蒿對鏡羞,但願的歲歲年年此時候。布黄雲滿疇,插黄花滿頭,我這里喜孜孜拜罷了南山慶重九。

嘲轉五方

大揚旛做道場,齊秉燭齋神像。亂敲鈸驚地府,鑾擂鼓震天堂。鬧動街坊,顯手段的唐三藏,逞風流轉五方。赤緊的行者能頑,又撞著東家好攘。《外紀》"震天堂"作"振天堂"。

〔梁州〕頭直上連聲鋩鋩,耳邊厢一片鏜鏜,撮擁著這夥能奔快跑喬和尚。他道是才走回東土,又趕到西方。立追翻羅漢,直碾上金剛。急波波似爺死娘亡,忙劫劫似救火奔喪。撞的個毗盧帽剩一道光箍,躧的雙寶公鞋止兩條滑顙,扯的領達摩衣只半片精襠。手慌,脚忙。旋風般旋的頭昏漲,轉不及,趕不上。跌一個海嘯朝天大放光,連叫收場。

〔尾聲〕一個道差三分兒撞著擷折了項,一個道再一會兒難熬掙斷我腸,一個道早是我生來腦皮壯。一個道也是我今生合當,一個道也是我前生業障,不轉上千遭骨頭癢。

沉醉東風二十首

蛙鼓

梅雨後千聲亂發,草塘中兩部頻撾。搯池邊鷗鷺驚,震水底魚龍怕,報豐年底是催花。一派村田樂可誇,春社裏農夫醉殺。

蝶拍

莊子夢輕輕按醒,謝公詩句句敲成。攛斷的燕舞嬌,供親的鶯歌應,俏知音千載韓憑。獨占了梨園板色名,怪不得滕王閣圖形畫影。

螢火

放數斗光飛御苑,聚一囊影射韋編。剛焚著宿燕巢,又撲散輕羅扇,比蘭膏有焰無煙。照秋水無痕上下天,却便是璇璣倒轉。

蜂衙

課蜜的成行隊擺,司花的兩部齊排。掌君臣號令嚴,禁出納威風大,似河陽花縣重開。一任春風大小差,將國色天香亂採。

蚊雷

青瑣闥爭三分震倒,碧紗廚差半點轟著。聒的個魯周公夢恍惚,驚的個蔡孝子心顛倒,您便是活陳摶也索難熬。者麼恁雨散雲收不定交,只吼到霜天罷了。

清明雜興

一陣陣鶯歌燕舞,一層層柳襯花鋪。安排的節令佳,妝點的江山富,拜松楸兒女相呼。端的是漢寢唐陵麥飯也無,只落得行人弔古。

掃雪烹茶

熬天上玲瓏玉髓,沁人間錦繡詩脾。結盧仝冷淡交,玩陶穀風流味,滌空腸神爽飛飛。駕兩腋天風萬里歸,倒吸盡金盤露水。

書懷

高枕聽芭蕉奏雨,倚篷看楊柳穿魚。樂唐虞快活年,占巢許清高處，嵌湖山一座樓居。與幾個活水源頭釣月徒，演一畫先天太古。

攜酒過石亭會友

頂半笠黄梅細雨，攜一籃紅蓼鮮魚。正青山酒熟時，逢緑水花開處，借樵夫紫翠山居。請幾個明月清風舊釣徒，談一會羲皇上古。

再題石亭風花雪月分得風字

敲晚節千竿翠響，遞春叢百和紅香。挽樵歌到耳旁，催釣艇歸湖上，助邯鄲一枕清涼。只俺這白石亭前大放狂，容不得紅塵片掌。

題平坡卷行住坐臥

香疊屑韶華滚滚，緑蒙茸景色紛紛。拖一條竹杖痕，踏幾個芒鞋印，助閑人春景三分。者麽恁寶馬香車碾翠雲，爭似俺平坡步穩。

吹不斷荷香滚滚，掃不開柳影紛紛。晚風生水簟痕，夜月浸冰壺印，助閑人夏景三分。者麽恁玉宇瓊樓避火雲，爭似俺平坡住穩。

飛柳岸蘆花滚滚，擁蒲團紅葉紛紛。霜箋皺碧浪痕，雁字排青天印，助閑人秋景三分。者麽恁採菊登高醉嶺雲，爭似俺平坡坐穩。

催暮景寒飈滚滚，報豐年臘雪紛紛。控一鈎水月痕，照幾點梅花印，助閑人冬景三分。者麽恁大帽騎驢遶凍雲，爭似俺平坡臥穩。

芙蓉帳

繡榻上晴霞亂擁，錦屏前秋水輕籠。鎖鴛鴦自在魂，開蝴蝶逍遥夢，笑梅花冷淡家風。只爲那暖逼春宵睡思濃，翻惹個妖鬟弄寵。

春遊

一處處鶯邀燕請，一村村柳送花迎。丢撇開兒女情，提掇起江山興，趁今朝日暖風輕。憑著這兩只芒鞋一瘦藤，收拾盡繁華萬頃。

千葉白桃花

玄都觀風霜易老，武陵溪冰雪難消。香飄茉莉魂，清奪荼蘼俏，喜重重疊疊瓊瑶。生怕胭脂點污著，傍流水橋邊臥倒。

元宵即事

鴛帳冷梅花夢悄，鴨爐寒柏子香銷。春來時病反覆，人去也愁顛倒，遇良宵轉覺無聊。喜的是雨横風狂雪又飄，齊打諢把元宵過了。

夏日即事

銷午夢清茶漱口，趁涼風玉手梳頭。寫芙蓉小畫成，題鸚鵡新詩就，愛青山懶下西樓。門外垂楊繫小舟，來問訊西湖釣叟。

過煮石翁

紅葉塢家家賣酒，白蓮塘處處橫舟。人情正喜歡，風景當時候，忍教人獨上江樓。閑挂詩瓢學許由，借問向傍人似否。

清江引十七首

閨中八詠

暖帽

玉釵冷來雲慢挑，按上昭君帽。窗前雪意濃，簾外風寒峭，嫩花頭要將春護了。“峭”原作“悄”，兹從《堯山堂外紀》。

寒裘

蒙茸紫貂籠瑞雪，暗把春光借。一團白玉温，兩朵桃花熱，透靈犀險些兒輕漏泄。

汗衫

輕衫短裁防過暑，堪可包香玉。秋千打罷時，歌舞收回處，濕浸浸似沾花上雨。

暑襪

淩波襪兒真個罕，不肯教人看。霜籠玉笋尖，水浸金蓮瓣，隔紗裙幾回偷抹眼。

浴裙

温泉起來權護體，帶濕雲拖地。翻嫌月色明，偷向花陰立，俏東風有心輕揭起。

睡鞋

猩紅軟鞋三寸整，不著地偏乾淨。燈前换晚妝，被底鈎春興，醉人兒幾回輕撥醒。《雪濤詩話》作“新紅染鞋不落地，能乾淨被裏”，末句作“幾番間把醉人兒蹬踢醒”。《花當閣叢談》“燈前”作“樽前”，“被底”作“燈下”，末句作“幾回把醉人兒輕撥醒”。

棕履"棕"原作"宗",從《堯山堂外紀》。

玲瓏結成雙翠繭,兜的弓鞋蒨。苔沾翡翠根,露滾珍珠面,下瑶臺不愁春醉軟。

蒲靴

銀絲細盤雙鳳腦,緊束淩波勒。青蓮兩瓣開,玉笋雙尖蹻,踏青去來天氣早。

清明日出遊

問西樓禁煙何處好,緑野晴天道。馬穿楊柳嘶,人倚秋千笑,探鶯花總教春醉倒。

月夜

呼童掃開庭下雪,轉上西樓月。梅花欲放時,臘酒初嘗夜,這其間怎教人病也。

詠菊名報秋黄

問花神此花何太早,欲把秋光報。昨朝陶令歸,明日重陽到,因此上一枝兒先放了。

賞花

紅牙一聲花外響,緑鬢嬌兒唱。行雲駐酒邊,白雪飛梁上,惹得個老西樓連夜賞。

耕

桃花水來如噴雪,鬧動村田舍。犁翻隴上雲,牛飲溪頭月,這其間祇堪圖畫也。

牧

東風掃開郊外雪,草色連村舍。鞭敲柳岸風,笛弄桃林月,這其間祇堪圖畫也。

漁

江湖老來頭似雪,釣艇爲家舍。武陵溪上雲,西塞山前月,這其間祇堪圖畫也。

樵

腰間斧磨光爛雪，山下白雲舍。滿身紅葉秋，一擔青松月，這其間祇堪圖畫也。

題花贈妓

西樓題花心暗惱，誰似花容貌。聞説古剎邊，又有斜陽照，那人兒比花還較好。

落梅風七首

雨耕

披蓑去，戴笠歸，濕浸浸滿空春意。短犁梢斡旋造化機，助豐年暗調元氣。

月牧

牛羊放，散不收，正平川夜晴如晝。向青天此宵權借宿，綠蓑衣鋪堆著星宿。

雪漁

銀蓑重，玉笠高，振空江一聲長嘯。坐冰壺不知天地老，怪魚龍不來吞釣。

雲樵

擔空翠，荷太虛，斧丁丁不知何處。望人間乍晴還乍雨，不觀棋浩歌歸去。

和石亭

花濃處，酒釅時，鬧烘烘一團春意。數聲鶯急將人喚起，柴門外白雲飛至。

春陰

鶯兒怨，燕子嗟，好光陰暗中消滅。未黄昏美人先睡也，怕梨花晚來無月。

過彦才賞梅

西湖静，東閣空，歎羅浮一場春夢。香拍拍鄰家雪滿叢，那答兒正堪吟弄。

滿庭芳二首

題石亭

石亭蔭涼，撑開竹影，放入山光。燕兒對舞鶯兒唱，天助詩狂。借林下煙霞一掌，躲人間萬事奔忙。襟懷放，對清風颯爽，歌窈窕兩三章。

失鷄

平生淡薄，鷄兒不見，童子休焦。家家都有閑鍋竈，任意烹炮。煮湯的貼他三枚火燒，穿炒的助他一把胡椒，到省了我開東道。免終朝報曉，直睡到日頭高。《雪濤詩話》所載，闕首句、四句、五句，次句“不見”作“失了”，七句以下作“那炊爨的好助他一把火燒，烹調的送他一握胡椒。乾乾淨淨的喫了，損却終朝報曉，直睡到日頭高”。

折桂令二首

燈謎

這闊兒無了無窮，一字安排，萬物包籠。蘇子筵前，曹娥碑上，六祖盤中。這壁廂摶沙弄鑛，那壁廂捉影拿風。一片虚空，一段機鋒，一會家癡聾，一會家玲瓏。

贈人

樂昇平兩個詩翁，一個胸次吞吴，一個眼界横空。他都是有掃風雨吟毫，釀風花酒甕，釣風月詩筒。正遇著河出圖洛出書皇家一統，又有那雲從龍風從虎命世羣雄。君也遭逢，臣也遭逢，江也無風，海也無風。

古蟾宫二首

清明

問西樓往歲清明，風也無情，雨也無情。問西樓今歲清明，山也多情，水也多情。船載著春遊，馬馱著春醉，車拽著春行。花一攢柳一簇妝點著秋千麗景，鶯一羣燕一陣調和著絃管新聲。有幾個白髮先生，白面書生，共賀文明，共樂昇平。

元宵

聽元宵往歲喧譁，歌也千家，舞也千家。聽元宵今歲嗟呀，愁也千家，怨也千家。那里有鬧紅塵香車寶馬，祇不過送黄昏古木寒鴉。詩也消乏，酒也消乏，冷落了春風，憔悴了梅花。

雁兒落[①]三首

新雁

淮南稻正黄，塞北霜先降。一聲漢月高，兩翼胡塵壯。初點破滄江，漸引入瀟湘。有信催寒令，無情送夕陽。堪傷，白髮三千丈。何妨，金釵十二行。

泛舟值雨

江湖許浪遊，風雨强拖逗。翠凋楊柳疎，紅濕芙蓉皺。佳興付東流，好事到西樓。月滿梧桐夜，風生桂子秋。輕裘，準備攜詩袖。扁舟，安排釣月鈎。

聽雨

閉門湖水涯，欹枕山窗下。連聲入户來，幾陣敲簷罷。又打到梨花，漸響入蒹葭。莫是風生樹，還應浪捲沙。誰家，翦韭春宵蠟。吾家，連床夜煮茶。

紅繡鞋一首

紙鳶

平地上白雲一片，駕東風飛上青天，任兒童牽引且隨緣。你道是閑游戲，我道是小登仙，有一日斷塵根歸閬苑。

---

① 今校：此調應是“雁兒落帶過得勝令”。

醉太平二首

清明

問西樓禁煙，有幾句良言，天時人事不能全，好光陰易轉。前年雨打梨花院，去年風捲桃花片，今年人醉杏花天，把襟懷大展。

秋雨晚霽

潑空來雨聲，滚地也雷鳴，須臾雲散晚天晴，看秋光倒影。斷虹斜插珊瑚柄，斜陽倒挂軒轅鏡，殘霞亂擺錦幃屏，助西樓畫景。

梧葉兒一首

接秋

探白帝來將近，望金天去不遥，將次也到西郊。緑水外頻相問，銀床邊遶數遭，猛可裏轉商飇，猛可裏轉商飇，頭直上梧葉兒墜了。

淩波仙二首

前題

碧梧桐一葉翠將凋，紅菡萏千枝錦亂摇，紫葡萄萬顆珠光落。遶銀床數百遭，望西來萬里商飇。西隴上歌謡牧豎，西村裏壺漿父老，西樓上詩酒英豪。

題菊泉圖卷壽煮石

千秋黄菊變靈苗，千歲清泉化玉膏，兩般兒總是長生藥。助先生壽算高，煮山中白石和調。菊傲的天荒地老，泉洗的風清月皎，抵多少海上蟠桃。

脱布衫過小梁州三首

賞花

牡丹開捻一嬌紅，倩黄鸝報與諸公。彩霞鋪西樓酒蓬，錦香堆暖雲仙洞。寄語風流老睡翁，石亭中唤起詩聾。殷勤囑咐與神童，也要把王侯動，來會小元龍。　天香國色相陪奉，助人間富貴家風。白玉觥，黄金甕，主賓情重，只吃到月兒横。

張堯臣有柬問余秋夜何如歌此戲答

你那里問西樓秋夜如何,我這里順天時保養天和。月明時開樽浩歌,露涼時枕琴高臥。愛月佳人捲翠箔,撲流螢小扇輕羅。簷前丹桂影婆娑,天香墮,咫尺對嫦娥。　一聲長笛穿雲破,振天風影動星河。酒量闊,詩懷大,笑他人虛過,貪睡夢南柯。

秋夜同陸秋水湖上泛舟

畫船兒滿載詩豪,問先生何處遊遨。水晶宫中聞品簫,廣寒鄉盡回頭棹。分付魚龍穩睡著,等閑間休放波濤。老夫今夜弄風騷,搜詩料,翻動水雲巢。　一天星斗都顛倒,愛銀蟾水底光摇。我這里用手撈,不覺的翻身落,也是俺形神俱妙,飛上紫金鰲。

朝天子三首

賞牡丹

詩仙,酒仙,齊擁向西樓宴。暖雲堆裏養花天,醞釀出春風面。粉膩香嬌,酒濃花蒨,沉醉也還留戀。誰道我老年,費錢,這的是白髮貴黄金賤。

詠喇叭

喇叭,鎖哪,曲兒小腔兒大。官船來往亂如麻,全仗你擡聲價。軍聽了軍愁,民聽了民怕,那里去辨甚麽真共假。眼見的吹翻了這家,吹傷了那家,只吹的水盡鵝飛罷。《堯山堂外紀》"全仗你"作"全仗您","水盡"作"水淨"。

瓶杏爲鼠所嚙

斜插,杏花,當一幅横披畫。毛詩中誰道鼠無牙,却怎生咬倒了金瓶架。水流向床頭,春拖在墻下,這情理寧甘罷。那里去告他,何處去訴他,也只索細數著貓兒罵。

蔣一葵《堯山堂外紀》云:"王磐,字鴻漸,高郵州人,儲柴墟、莊定山與善。"按儲巏字静夫,號柴墟,泰州人。九歲能屬文。母疾,刲股療之,卒不起。家貧,力營墓域,旦哭塚,夜讀書不輟。成化中,鄉、會試皆第一,授南京吏部主事,歷户部左侍郎,改吏部,卒官。淳行清修,介然自守,工詩文,好推引知名士,避遠非類,不惡而嚴。嘉靖初,賜謚文懿,有

《柴墟齋集》。莊杲字孔暘，成化進士，授翰林檢討，因疏諫内廷張燈，忤旨，謫桂陽州判官，尋改南京行人司副。以憂歸，卜居定山二十餘年，學者稱定山先生。弘治間，起爲南京吏部郎中，罷歸，卒，追謚文節。其學以主象爲主，爲詩語含興象，有《莊定山集》。

又云，"王磐生富室，獨厭綺麗之習，雅好古文詞。家於城西，有樓三楹，日與名流談詠其間，因號西樓。嘗分韻得'楊'字，自詠其號"，云云。詞略。

又云，"閏元宵無張燈者，故古詞云'依舊試燈何礙'。正德初，郵守好事，令再張燈，王西樓有曲"，云云。詞略。

又注云："是時高郵元宵最盛，好事者多攜佳燈美酒，即西樓爲樂。公製新詞，令叢歌之，此類曲子是也。至公老年，雖減囊心，而少年好事者猶然。公詩有云'是誰東道遺燈火，爲我西樓破寂寥'，又云'年光已屬諸年少，四座春風按六幺'。後經荒歲苛政，閭閻凋敝，良宵遂索然矣。及公謝世，愈不復覩盛世。張紘有詩云'年征歲役萬民凋，太守風流興盡消。火樹星球俱寂寞，惟餘明月作元宵'。又有懷公六言云'一自此翁去後，人心無復風流。燈火樓中夜話，鶯花寺裏春遊'。"①

又云，"王西樓平生不見喜愠之色，其家嘗走失鷄，公戲作〔滿庭芳〕"，云云。詞略。

又云，"太虛上人索題紙鳶，王西樓爲作〔紅繡鞋〕一闋"，云云。詞略。

又云，"正德間，閹寺當權，往來河下者無虛日。每到，輒吹號頭，齊丁夫，民不堪命。王西樓有《詠喇叭》〔朝天子〕一首"，云云。詞略。

又云，"佛事已無謂，轉五方尤可笑。王西樓作〔南吕・一枝花〕嘲之曰"，云云。詞略。

《(萬曆)揚州府志》云："王磐，字鴻漸，高郵人。有雋才，好讀書，灑落不凡，惡諸生之拘攣，棄之。縱情山水詩畫間，尤善音律，度曲清灑，每風月佳勝，則絲竹觴詠，徹夜忘倦。性好樓居，構樓於城西僻地，坐臥其中，幅巾藜杖，飄然若神仙。一時名重，海内多願與納交。所著有《西樓樂府》、《野菜譜》等集。"②

---

①　今校：明刻本《堯山堂外紀》"盛世"作"盛事"。

②　今校：明萬曆刻本《(萬曆)揚州府志》"縱情"後有"於"字，"《野菜譜》"後有"《西樓律詩》"。

徐𤊹《筆精》云："高郵王磐作《野菜譜》，并綴以詞，雅俗相雜，山家之公案也。"徐釚《詞苑叢談》曾引《筆精》語。

《(康熙)揚州府志》云："王磐，字鴻漸，高郵人。家富好學，襟期瀟灑，少爲諸生，厭其拘攣，棄之。構樓於城西僻地，坐臥其間。著《西樓樂府》，工題贈，善諧謔，與金陵陳大聲並爲南曲之冠。詩律流麗，有《西樓集》。嘉靖初，李夢陽就醫京口，故自矜重。元夕飲楊文襄一清宅，磐短衣下坐，夢陽傲不爲禮。磐分賦得老人燈，口占云，'形骸憔悴不堪描，還自心頭火未消。自分不知年老大，也隨兒女鬧元宵。'夢陽心知其嘲，嘿然而罷。能畫，長於寫意，評者謂爲天機獨到。"

王世貞《曲藻》云："王舜耕，高郵人，有《西樓樂府》，頗警健。工題贈，善調謔，而淺於風人之致。"

陳所聞《北宫詞紀》選〔一枝花〕諸套，謂王西樓諱磐，字舜耕，高郵人，復引《曲藻》之語以爲評。

方悟《廣青樓韻語》載〔清江引〕《題花贈妓》一首，亦署王舜耕。

張旭初《吴騷合編》有南曲〔念奴嬌序〕《閨思》一套，署王西樓。

王驥德《曲律》論詠物云："小令北調，王西樓最佳，如詠浴裙、睡鞋等曲，首首尖新。"

又論俳諧云："此體亦是西樓最佳，如《失鷄》、《轉五方》等曲，皆極當行。"

又雜論舉當世之爲北調者，謂"維陽則王山人西樓，濟南則王邑佐舜耕"，又謂"西樓工短調，翩翩都雅，舜耕多近人情，兼善諧謔"。

又云："客問今日詞人之冠，余曰於北詞得一人，曰高郵王西樓，俊豔工鍊，字字精琢，惜不見長篇。"

又云："今世所傳《西樓樂府》有二，一爲王磐，字鴻漸，高郵人；一爲王田，字舜耕，濟南人，二人俱號西樓。舜耕之詞，較鴻漸爲富，然大不如鴻漸精練。如《浴裙》、《睡鞋》、《閨元宵》、《轉五方》等曲，皆鴻漸作。弇州所謂'頗警健，工題贈'、'而淺於風人之致'者，蓋指舜耕，非鴻漸也。鴻漸樂府，曾見太學所存書籍亦列其目，爲時所重可知已。"

又云："一日席間，柳元穀舉王西樓《走失鷄》〔滿庭芳〕、詞略。《瓶中杏花爲鼠嚙倒》〔朝天子〕詞略二曲，以爲妙絶。余謂良然，然吾嘗欲爲此君更易數字。元穀曰何謂。余曰，前一曲穿炒而用‘胡椒’，毋太熱乎？欲更作花椒。後一曲插花瓶中，而曰‘當一幅横披畫’，毋太矮而闊乎？欲更作單條。下‘毛詩中誰道鼠無牙’，使村人聽之，不以爲茅司中杏花乎？是爲語病，欲更作‘笑詩人浪説鼠無牙’，乃妥耳。元穀鼓掌大笑曰，恨不令西樓聞之，定當頫首稱服。舉座爲之哄堂。”

江盈科《雪濤詩話》云：“王西樓者，武弁也，而以樂府擅名。余觀其所擬樂府，未嘗强摹《君馬黄》、《雉子斑》等篇，皆就眼前時事命題，特筆氣爽快，發揮可喜。如擬婦人騎馬云，‘露玉笋絲韁軟把，襯金蓮寶鐙輕踏。裙拖翡翠紗，扇掩泥金畫，似比昭君只少面琵琶。天寶年間若有他，却不把三郎愛殺。’擬睡鞋云，詞略。擬罵鷄云。詞略。然則此等著作，未免粗俗，而才料取諸眼前，句調得諸口頭，朗誦一過，殊足解頤。其視匠心學古，艱難苦澀者，真不啻啖哀家梨也。即此推之，詩可例矣。”①

徐復祚《花當閣叢談》云：“一日，取讀田子藝蘅《留青日札》，其詠雙行纏有句云‘非乏運花□，□□□芽縮②。知音美自然，絲竹不如肉’，不覺噴飯。此獠村鄙，煞風景若是。急取杜牧之詩及王磐詞讀之，始滌喉中之穢。”下略。按所謂詞，即指卷中〔清江引〕《睡鞋》一首。

按《曲律》辨明西樓名字里貫，不獨糾正弇州之誤，並於當時諸選本，如《北宫詞紀》等，皆指濟南王爲高郵王者，亦由是爽然知其訛謬矣。惟《吴騷》所載南詞，應確係舜耕之作，觀於此本内無一南曲，可以知也。此據嘉靖辛亥刊本，原半頁九行，行二十字。《曲律》謂太學書目所列，不知即此否？《雪濤詩話》所載“擬婦人騎馬”一首，詞極熟，惜一時不能指出作者，恐非西樓之詞也。兹一仍舊觀，未敢有所增損。惟《嘲轉五方》套，原列卷末，想係漏刻後補者，兹爲移於前八套之後；〔朝天子〕《賞牡丹》原作〔謁金門〕，兹爲移改，並據《外紀》、《詩話》，略注異文而已。校閲既竟，又雜寫諸書涉及西樓之人與詞者，粗事考訂如此。十年四月杪，中敏。

---

① 今校：民國鉛印本《雪濤詩評》“强摹”後有“如”字，“粗俗”作“俚俗”，“例矣”作“例已”。

② 今校：上海古籍出版社影印明刊《留青日札》卷二十“羼舄屐”條，此二句爲“非乏蓮花承，頗厭笋芽縮”。

唾窗絨

提要

《唾窗絨》曲集有二:一屬明遼王恩鑴,見《遼邸紀聞》;一屬明沈仕青門,即此所輯。前者久已無聞,後者清厲鶚樊榭集中曾有題跋,顧後世亦不傳其書。兹從選本七種内,輯得令七十四、套十二,雖他人就沈詞之改作,並雜其中,而確係沈作者,亦十之八九。香奩之體,詩詞中每不能肆爲之,至曲中乃一發而不可遏。惟至明人,面目又略變,沈氏其大宗也。惜所傳精品不多,蓋誤於萬曆以後選家之見解,頗受梁辰魚一派之影響,未能多傳前人真面耳。觀於沈德符謂"康、王、陳、沈所作,並爲化治之音,後所不及",可知沈作之重於當世,必不僅以香匳見長矣。

輯本唾窗絨序

曩知青門有《唾窗絨》一書，清雍正間，樊榭厲氏尚爲之題跋，乃距今才二百年，而其書已杳不可遇矣。間讀萬曆以後南曲選本，見青門之詞，諸家爭載，因愈覺全豹不窺，殊爲憾事。今秋閲沈氏颰民所輯《青門詩集》，意樂府一體，或在附編之列，且或有出於諸選之外者。詎知集内所收，僅〔新水令〕一套而已，他不及也。觀於沈氏所輯，有附録一卷，或評或紀，凡涉及青門之書，已搜羅殆遍，而《唾窗絨》之爲集，獨未得見。即其所録公私志、乘、紀、録之文中，於青門著作生平，一一論列甚詳，而《唾窗絨》之一名，亦並不多及，足見此集之晦，蓋已久矣。夫集中所載，原無非風月嘲弄之作，無關大要，樊榭且呵爲"筆墨勸淫"，足以委靡風氣，其弗傳者，豈即以此歟？惟書之愈足委靡風氣者，坊間愈不脛而走，此集沉淪既久，殆在無人過問之列，足證筆墨之勸，亦未必其然。若"幽期"諸篇，固沿元人之陋習，並非青門作俑。余嘗歎謂王實甫《西厢》之"竚立閑階"，乃古今曲家之厲階也；昔日風會爲然，非青門一人之過矣。余概論明代散曲，曾標青門爲崑腔以前四派之一。蓋詞章中不能免香奩一體，而詞章至曲，香奩之勢，乃愈不能遏。明人散曲爲香奩者，多以青門爲宗，然後覺《唾窗絨》一集之重要也。因據諸選，亟爲青門成此一卷，都小令七十四首、套曲十二首，樊榭一跋及東海迷花浪仙之名，並資卷頭裝點。明知鑊中之味，一臠無多，而小過屠門，亦朵頤聊快矣。諸家品藻與"録餘瑣志"，另見於後。十二年冬日，江都任訥書於文選樓西之感紅室。

諸家品藻

明梁辰魚《江東白苧》“雜詠・效沈青門唾窗絨體”引云:“青門沈山人者,錢塘菁英,武林翹楚。丹青冠於海上,詞翰遍於江南。任俠氣滿,跡類霸陵將軍;自傷情多,家本秦川公子。但峻志未就,每託迹於醉鄉;逸氣不伸,常游神於花陣。聯翩秀句,傾翠館之梁塵;旖旎芳詞,動青樓之扇影。不揣蕪陋,欲窺室堂,乃效苧蘿之顰,敢學邯鄲之步,庶金荃之句,使復見於當年,而香奩之篇,不獨稱於前代。”

徐陽初《三家村老委談》云:“若夫散詞小令,則家和璧而人隋珠,未易枚舉。試數其人,則周憲王、趙王、劉誠意、王威寧、楊邃菴、顧末齋、陳大聲、祝希哲、唐伯虎、張伯起、沈青門,中略。皆海岳英靈,文章巨擘,羽翌大雅,黼黻王猷。正業之外,游戲爲此,或滔滔大篇,或寥寥小令,含金跨元,真所謂種種殊别,新新無已矣。”

明沈德符《顧曲雜言》云:“沈青門、陳大聲輩,南詞宗匠,皆本朝化治間人。”

又云:“我朝填詞高手,如陳大聲、沈青門之屬,俱南北散套,不作傳奇。”

王驥德《曲律》云:“南則金陵陳大聲、金在衡,武林沈青門,吴門唐伯虎、祝希哲、梁伯龍,而陳、梁最著;唐、金、沈小令,並斐亹有致。”

又云:“余爲言小令,中略。陳秋碧、沈青門、梁少白、李日華、金白嶼,時有合作處,然較之元人,則彼以工勝,而此以趣合。”

吕天成《曲品》云:“沈仕青門,一字野筠,仁和人,列上品。”

張旭初《吴騷合編》云:“與伯龍相後先者,吾鄉之沈青門,峻志未就,託迹醉鄉,其辭冶豔出俗,韻致諧和,入南聲之奥室矣。”

施紹莘《花影集》〔南吕・香遍滿〕《幽期》跋云:“沈青門有‘寶欄干十二玉亭亭’之闋,適在泖上,客有酷稱其幽豔者。”

又〔中吕・駐雲飛〕《風情》,顧乃大跋云:“沈青門《唾窗絨》,率多此體。”

徐又陵《蝸亭雜訂》云："成弘間，沈青門、陳大聲輩，南詞宗匠。"

又云："填詞高手，如陳大聲、沈青門之屬，俱南北散套，不作傳奇。"

岳岱《今雨瑶華》云："青門山人沈仕，身本貴介，志則清真，野服山巾，江游海覽，新篇雅調，遠邇齊稱，信乎野鶴之在鷄羣，祥麟之遊郊外。"

録餘瑣志

南曲選本，近日所常見者，不過六種，兹所採擷，並《北宫詞紀》，七種而已。按其成書先後，總其所載詞數，並選家姓氏，具列如後。

《南詞韻選》 沈璟 萬曆間 小令五十九首 套曲一首

《北宫詞紀》 陳所聞 萬曆甲辰 套曲一首

《南宫詞紀》 陳所聞 萬曆乙巳 小令四十一首 套曲二首

《詞林逸響》 許宇 天啓癸亥 套曲七首

《太霞新奏》 顧曲散人 天啓丁卯 小令六首 套曲一首

《青樓韻語》 方悟 崇禎辛未 小令十首 套曲二首

《吴騷合編》 張旭初 崇禎丁丑 小令一首 套曲十一首

惟所見《南詞韻選》，闕鹽咸廉纖兩韻，全書所載青門詞數，必不止此。又《南宫詞紀》四卷，〔鎖南枝〕《三更後》一首以下，據目録尚應有〔鎖南枝〕四首、〔孝順歌〕五首、〔集賢賓〕四首，卷中頁數不差，而諸詞俱缺，其中難免不更有青門之作；兹列《詞紀》所見之數，恐亦不確也。《南詞韻選》多不載題目，題目多從他本；他本亦失載者，則標"失題"二字。就中一詞而數本俱見者，録第一本，而以餘本校核同異。

青門之詞，小令爲妙，五之四載在《南詞韻選》及《南宫詞紀》。二書於作者原文，又較肯存真，不妄改竄，故五十餘首小令，差可信爲青門原作。《唾窗絨》原本他日果得表見於世，則應與此相符，無多牴牾也。

套曲之中，自以〔新水令〕《秋怨》一套爲最精，亦較爲可信。他若〔懶畫眉〕《幽會》與《麗情》二套，詞亦不無雋永，惜傳本皆係梁氏改作，而青門原詞如何，則不得而知。爲瑕爲瑜，都出他人，兹雖假録，亟待正訂矣。

《逸響》、《吴騷》所載，套曲最多，而最不可靠。無論爲選家曾經改竄，或庸詞假託名流，都無足是；且時有韻乖意舛、顯屬紕謬、並不成套者，如商調〔二郎神〕《閨情》等是也。如此僞詞，並羅卷内，殊爲不安，特傳詞既少，抉擇未遑，考證改訂，猶俟異日耳。

《詞林逸響》花卷及《太霞新奏》卷十，均載有青門〔商調・集賢賓〕《秋怨》一套。《太霞》跋曰，“《吴騷》評云‘此曲前四闋，散見青門《唾窗絨》内，皆佳句也’。偶得《敲月軒詞稿》，見伯起先生此作，續而成套”云云。是《太霞》此套，乃轉録自《吴騷》者，並知後半乃張伯起詞，故於套前注明“張伯起改”。但《吴騷》之書，先有若干集陸續分出，後又總之，成爲《吴騷合編》四卷。兹檢《合編》卷三此套後，嶺樵附筆曰，“此曲前四闋，散見沈青門《唾窗絨》内。予兄楚叔，託名伯起，續而成套，誠如貫明月之珠，合苕華之璧矣”云云。是《吴騷》之首登此套，實出張旭初楚叔改筆，非張鳳翼伯起改也。所謂“前四闋者”，乃〔集賢賓〕“梧桐露冷生嫩黄”一首、“記别時話兒都是謊”一首，及〔黄鶯兒〕“金井露生涼”一首、“鶯懶罷調簧”一首是也。所謂“續而成套”者，乃上四闋後又繼以〔琥珀貓兒墜〕二首及尾聲一首也。按〔集賢賓〕第一首及〔黄鶯兒〕二首，今皆據《南詞韻選》載入本書，至於〔集賢賓〕第二首，查與馮惟敏《海浮山堂詞稿》卷三“擊節餘音”内所載“題怨”四首之末一首相同。馮氏詞稿，出於手訂，則此詞絶非青門之作明矣。《唾窗絨》原書内，亦未必即竄入他人僞作，割取馮詞，增改成套，託名伯起，種種欺人，全出張旭初一手；《逸響》、《太霞》因之，遂無是非可言矣。張氏之聯套，於〔黄鶯兒〕二首亦有改竄，兹既知其詞全僞，因並不入校文。

〔駐雲飛〕十首，見梁辰魚、施紹莘和詞，而青門原作，竟不獲覩，亦一憾也。

此外南曲選本，如《南音三籟》、《吴歈萃雅》、《遴奇振雅》、《詞林選勝》、《三徑詞選》等，概未寓目，他日有見，容爲續録。

唾窗絨目次

小令

仙吕

桂枝香

春閨怨　美姝　閨怨　春閨以上録《南詞韻選》　詠鏡録《南宫詞紀》

排歌

詠所見録《南詞韻選》

二犯傍妝臺

詠汗巾題情録《南宫詞紀》

正宫

玉芙蓉

公子夜歸　旅中懷舊　春夜題情　失題　秋日閨思　春怨　失題

中吕

榴花泣

春怨以上録《南詞韻選》

南吕

懶畫眉

旅思録《南宫詞紀》　春日閨中即事　春怨　臨書偶詠以上録《太霞新奏》　贈小姬　贈小妓彈箏以上録《青樓韻語廣集》

商調

黄鶯兒

春夜聽琴　暮春閨思　秋懷　春閨　美人睡起　秋夜有懷以上録《南詞韻選》　美人秉燭　美人隔窗　美人薦寢　閨情以上録《南宫詞紀》

集賢賓

春日閨情　秋夜閨怨　失題　惜春　失題　失題　春閨睡起以上録《南詞韻選》

雙調

玉胞肚

春夜聞笛　懷舊　詠公子　美人對鏡　美人浴裙　美人沐浴　寄人　夏日睡起　新衣　汗巾　宿妓家　見孤雁　失題　期人不至　春閨　秋閨　閨情　秋懷　客愁　秋夜　贈妓　池中鴛鴦　佳遇　繡鞋　春閨　春怨　春懷

鎖南枝

幽會　題所見　秋懷　閑情以上録《南詞韻選》　詠所見録《太霞新奏》　風情

六幺令犯

席間贈妓以上録《青樓韻語廣集》

大石調

催拍　偶見美妓　偶遇以上録《南詞韻選》

套數

北曲

雙調夜行船

爲妓白蓮賦録《吴騷合編》

南曲

仙吕

八聲甘州

託雁傳情録《詞林逸響》　擬閨人託雁寄情録《吴騷合編》

正宫

普天樂

思情録《南宫詞紀》

正宫

九迴腸

離思

中吕

好事近

怨别以上録《詞林逸響》

南吕

懶畫眉

幽會録《南詞韻選》　麗情録《青樓韻語廣集》

南吕

梁州新郎

月夜遊湖

商調

二郎神

閨情以上録《詞林逸響》

南北合套

雙調

新水令

秋怨録《北宫詞紀》　閨情録《吴騷合編》

以上共小令七十四首、套曲十二首。

唾窗絨

明東海迷花浪仙沈仕青門撰　江都任訥中敏校輯

小令

〔仙吕〕桂枝香

春閨怨

香銷蘭炷，衾寒蘆絮。那堪半壁燈昏，人在雨聲深處。把相思暗添，把相思暗添，教我怎生推去，漸成沉痼。較當初，瘦比東陽守，今來恐不如。

美姝

玉容梅襯，絳唇桃印。翠粘九暈輕鈿，緑映宫鴉雙鬢。偶回頭笑生，偶回頭笑生，更有百般丰韻，教我意狂身褪。暗消魂，他好似一片巫山外，東風雪後雲。《南宫詞紀》作"翠粘九暈花鈿，緑映雙鴉宫鬢"。

閨怨

碧桃花下，紫簫吹罷。驀然一點心驚，又把那人牽掛。向東風淚零，向東風淚零，不覺暗沾羅帕，恨來天大。這冤家，定是相思債，前生少欠他。

春閨

金梢拖柳，玉池波皺。不驚花外鶯翻，驀見滿枝紅溜。倚東風畫闌，倚東風畫闌，教人怎生消受，又是斷腸時候。漫夷猶，怕的是落日黄昏後，寒生翡翠樓。

詠鏡

愛你秋波如練，金聲嬌軟。既道是徹底澄清，却不合有人一面。我將他背兒磨弄，我將他背兒磨弄，他把面兒翻轉，硬心纔見。意難傳，你暗中不肯將人照，只怕你向後容光不似前。《太霞新奏》“嬌軟”作“閒遠”，五、六二句作“待將他刮磨，將他刮磨”。

排歌

詠所見

日暖樓臺，花香綺羅，隔簾偷覩嫦娥。多情一種是秋波，可意身材軟玉搓。臨朱檻，立翠莎，戲將桃瓣打鸚哥。眉輕縱，步懶挪，料應無計奈春何。

二犯傍妝臺

詠汗巾題情《青樓韻語廣集》作“對汗巾憶歡”。

賓錦樣綢繆，輕輕薄薄袖裏却温柔。終不料難成匹，空織就一方愁。當時共綰同心結，今日都將別淚收。花容易變，素質怎留，絲還未斷忍拚丟。《青樓韻語廣集》首句“樣”作“似”，次句無“袖裏”二字，末句“拚”作“教”。

〔正宫〕玉芙蓉

公子夜歸《南宫詞紀》作“公子讌歸”。

桃花玉面驄，柳帶金心鞚。解鸘裘笑買，歌底春風。紅香酒瀉玻璃甕，舞罷霓裳月未中。人歸去樓臺幾重，怕寒侵擁嬌娃屏護錦芙蓉。

旅中懷舊

燈前歲月容，雁外關河夢。向天涯萬里，愁共誰同。浮名瑣瑣成何用，赢得秋生緑鬢中。桃源路何時再通，不由人猛然間提起淚縱横。

春夜題情

煙籠杜宇魂，露養梨花粉。夜深沉，春靄樓臺絪緼。銀釭火爐收紅暈，帳底鴛鴦睡正温。應無限情迷意昏，怎禁他戀東風一片軟巫雲。

失題

垂楊隱暮鴉，水檻薔薇亞。漸空濛月色，輕鋪銀紗。金荷葉小燒燈罷，寂寞孤幃淚似麻。人何處貪花戀花，見他時任温存須把臉兒抓。

秋日閨思

風簾玉馬敲，月砌莎鷄鬧。冷清清繡閣，人孤難熬。無憑又是燈花爆，懶上牙床三四遭。姻緣事全無下梢，想應他卜金錢偏遇反吟爻。

春怨

簧凋學鳳笙，臺臥棲鸞鏡。擁閑衾剩枕，多少傷情。流鶯啼斷紅窗靜，翠冷金鵝六曲屏。因春病春愁未醒，怎禁他夢魂中偏送賣花聲。

失題

風清木葉秋，霜冷芙蓉瘦。響簾櫳翠帶，雙摇金鈎。牙情又是愁時候，添得相思淚暗流。空拋棄千休萬休，怎禁他話頭兒兜住在心頭。

〔中吕〕榴花泣

春怨

誰知薄倖，直恁太無情。從别後冷如冰，都將花下海山盟，翻做了春夢難憑。饒他夢靈，夢兒中也有個陽臺興。再休提絃續鸞膠，渾一似綫斷風箏。

〔南吕〕懶畫眉

旅思

危樓日暮彩雲生，十二闌干獨自凭，嘹嘹何處雁歸聲。驀然感起我扁舟興，不覺的心到江南杜若汀。

春日閨中即事

東風吹粉釀梨花，幾日相思悶轉加，偶聞人語隔窗紗。不覺猛地渾身乍，却原來是架上鸚哥不是他。

春怨

倚闌無語掐殘花，驀然間春色微烘上臉霞，相思薄倖那冤家。臨風不敢高聲罵，只教我指定名兒暗咬傷。

臨書偶詠

龍香調露染霜毫，我恰纔欲寫烏絲内暗焦，雖然是蠅頭小字不辭勞。只怕花箋有盡情無盡,别恨難銷墨易銷。

贈小姬

海棠花相並愧無香,笑臉盈盈罷曉妝,春風微動翠羅裳。分明一點芳心蕩,莫不是昨夜峰頭遇楚王。

贈小妓彈箏

紅牙小架臥瑶箏,冰柱輕移雁有聲,嬌歌宛轉韻同清。分明演出知秋令,教我就裏時牽宋玉情。

〔商調〕黄鶯兒

春夜聽琴

花影閉簾櫳,彈流蘇繡帳空,今宵更覺相思重。燈花玉蟲,香煙翠龍,愁來却把瑶琴弄。向東風,誰知調裏,奏出是離鴻。

暮春閨思

鶯懶罷調簧,柳成陰日漸長,春歸有個人惆悵。詩閑錦囊,針停繡床,相思暗把濃愁釀。最心傷,隨風數點,紅雨静敲窗。

秋懷

金井露生涼,染梧桐葉半黄,傷情羞覩芙蓉放。衣殘麝香,樓空畫梁,愁來暗覺如天樣。細思量,天猶較短,不比這愁長。

春閨

瓶漾紫珊瑚,繡幃攢金鷓鴣,玉籠鸚鵡嬌聲度。荼蘼綺疎,氍毹翠鋪,銀盆水滑薔薇露。曉妝初,輕鬟笑臉,生就美人圖。

美人睡起

推枕護鮫綃,離牙床日正高,滿庭花雨東風峭。簷鈴韻飄,爐香字銷,隔簾人語鸚哥報。嫩妝描,嬌癡萬種,閑把錦箏調。

秋夜有懷

翹首恨天高,訴衷情空自勞,千迴萬轉無音耗。雲横斗杓,河沈樹腰,細看賴有明蟾照。照今宵,鶯儔燕侶,兩下是誰抛。

美人秉燭

飲罷月朦朧，照郎歸繡户中，銀臺絳蠟含羞捧。露纖纖玉葱，映盈盈粉容，偷回笑臉嬌波瑩。怕東風，半途吹滅，佯把袖梢籠。

美人隔窗

俺只道秋水浸芙蓉，却原來透窗紗臉暈紅，朦朧相對渾如夢。又不是雲山幾重，怎説與離情萬種，只見緑楊煙裏花枝動。總相逢，淡雲籠月，人在廣寒宫。"總"亦作"縱"。

美人薦寢

小帳掛輕紗，玉肌膚無點瑕，牡丹心濃似胭脂畫。香馥馥可誇，露津津愛殺，耳邊厢細語低低罵。小冤家，顛狂忒恁，揉碎鬢邊花。《青樓韻語廣集》第六句無"厢"字。

閨情

默坐思無窮，抵牙兒罷女紅，指尖微按釵頭鳳。雲堆掌中，人凝意中，嬌柔翻怪春妝重。似芙蓉，花生冰筋，斜倚玉闌東。

集賢賓

春日閨情

荼蘼粉沁香露濃，日華輕透簾櫳。幾度流鶯嬌語呀，欹鳳枕春酣猶重。羅幃翠擁，關不住楚臺歸夢。愁思冗，頓減却麗情千種。

秋夜閨怨

梧桐露冷生嫩黄，半簷秋浸紗窗。玉馬無情頻鬬響，頓驚開夢裏鴛鴦。教人暗想，怨只怨西風狂蕩。空悒怏，怎能彀倩魂重往。

失題

窗前好花香旖旎，藕花深處亭池。碧玉闌干誰共倚，歎瞬息年華如水。光陰撚指，又早是破瓜年紀。鸞鏡裏，細看來十分憔悴。

惜春

春深小院飛細雨，杏花消息何如。報道東皇連夜去，須索要圈留他住。金杯滿舉，怎不念紅顔春樹。君看取，青塚上牛羊無主。

失題

紅樓畫閣天縹緲,玉人乘月吹簫。一曲梁州聲裊裊,到此際離愁多少。青鸞信杳,魂夢斷十洲三島。春色老,看滿地桐花風掃。

失題

良宵可惜辜負了,一大愁瑣眉梢。手抵牙兒閑自惱,罵您個薄情材料。虛脾弄巧,全不怕海神昭報。音信杳,把坐裏光陰空老。

春閨睡起

正朦朧隔紗窗鶯喚醒,寂寥何限傷情。蜂退晴衙花塢靜,誰伴取海棠春病。東風瘦影,羞起向闌干閑凭。空自省,怎捱出相思愁境。

〔雙調〕玉胞肚

春夜聞笛

驚回殘夢,月當庭簾陰幾重。是誰家玉笛聲飄,把梅花曲中三弄。不勝清怨滿東風,添得離人思轉濃。

懷舊

別離如夢,要相逢全無影蹤。雖然是會合終期,奈風流怎禁磨弄。只愁春至信難通,花自芳菲水自東。

詠公子《詞紀》作"贈公子"。

五陵豪貴,笑揩蒱千金一揮。玳筵開炙鳳炰龍,錦屏攢舞姨歌妓。紅羅纏項鬬鷄回,醉擁鸘裘馬上歸。

美人對鏡

鏡花浮翠,愛風流臺前更窺。分明是倒掛銀河,醮芙蓉影分雙蒂。相看莫作兩心疑,説盡衷腸只自知。

美人浴裙

輕綃低繫,出蘭湯權遮玉體。影絲絲薄霧籠花,氣津津濕雲拖地。正嫌明月悄斜窺,却被東風忽地吹。

美人沐浴

蘭湯初試，怕人窺重遮繡幃。露嬌肢懶玉生香，倚金盆牡丹斜綴。新紅一點透靈犀，未信東風囑付誰。

寄人

耳邊盟誓，自别來何曾敢違。一樁樁刻在心窩，一件件感恩無地。他時得遂效于飛，方信花開春未遲。

夏日睡起

清和時序，笋抽篁柔枝乍舒。漸池塘嫩緑成陰，水萍開蕩殘飛絮。閑庭一枕夢華胥，自愛簾垂寶篆餘。

新衣

新裁輕素，試穿來雲光淡鋪。雖不比鳳錦龍綃，煞强如敝裘粗布。風流隊裏護身符，只許脂痕酒暈污。

汗巾

汗巾留帶，暫時間何曾離開。染蘭香玉手曾拿，印桃花口脂猶在。只疑神女會陽臺，抓却巫雲一片來。

宿妓家

牡丹香褪，喜尊前梅花酒醇。又何須象板銀箏，擁紅妝意投心順。翠衾風月巧温存，占斷長安五夜春。

見孤雁

無投無奔，歎孤蹤寒迷亂雲。更非關失顧分行，料應來倦飛離陣。不知何處寄愁身，腸斷沙頭憶舊羣。

失題

緑雲堆鬢，臉生霞脂香淡勾。貼宫梅粉點初乾，染春山翠煙猶嫩。臨風一笑不勝春，疑是梨花月下魂。

期人不至

這般難見，不由人情縈意牽。畫灰兒畫盡殘灰，打時兒打教千遍。看看月透海棠煙，愁對雙星隔户懸。

春閨

畫樓初曉,日曈曈晴薰柳梢。趁東風何處啼鶯,驀忽地把人驚覺。玉臺塵鎖鏡花銷,愁入雙眉懶自描。

秋閨

井梧秋早,颺金風瀼瀼露飄。界長空大火西流,透紗幮夜涼初到。翠衾無伴麝蘭消,明月愁看對寂寥。

閨情

悶懷顛倒,繡床前鴛鴦懶描。是誰偷劄破窗紗,透東風一絲寒峭。翠籠閑倩小紅敲,唤醒鸚哥將詩句教。

秋懷

寒庭秋老,粉香愁芙蓉半凋。競西風脆翦霜紅,墮瑶階影翻殘照。題詩欲寄楚天遥,淚血空沾白玉毫。

客愁

四簷風鬧,月朦朧芭蕉影摇。被窩中客夢初醒,心坎上離愁重到。雙眉那更不曾饒,萬斛移來一寸梢。

秋夜

五更難到,許多般教人怎熬。窗櫺兒捉空風穿,鐵馬兒乘機聲鬧。衾寒厮湊雨瀟瀟,燈影偏能助寂寥。

贈妓《詞紀》作“美妓”。

難描難畫,美人圖何曾似他。囀雛鶯玳瑁筵前,舞嬌鸞水晶簾下。爭看粉臉媚生霞,妒殺春風一院花。

池中鴛鴦

緑池風凹,粉消黄低垂柳花。見雙鴛背宿斜陽,任殘紅幾回飄下。那知春色遍天涯,相唤相偎自一家。

佳遇

更闌人靜,喜匆匆相逢可憎。破桃花雲雨初成,吐丁香喘吁不定。相思風月錦前程,到此方知有四星。

繡鞋

舞裙低映，喜金蓮雙頭並生。步瑶階淺印香塵，款羅幃暗撩春興。慳慳半札正相停，可是擎來掌上輕。

春閨

嫩雲烘柳，粉香生梨花雨收。最傷情春色撩人，巧鴛鴦玉針難繡。翠簾閑彈控金鈎，鎮日含啼懶下樓。

春怨

無端消瘦，惱人腸千愁萬愁。正停針想繡鴛鴦，猛可裏一庭風驟。翠簾清響鬬金鈎，落盡殘紅滿樹頭。

春懷

東風楊柳，蕩餘寒斜陽畫樓。怪啼鶯喚却春歸，又早見緑肥紅瘦。相思無奈上心頭，一寸時添萬斛愁。

鎖南枝

幽會

爹娘睡，暫出來，不教那人虚久待。一見喜盈腮，芳心怎生耐。身驚顫，手亂揣，百忙裏解花了繡裙帶。

題所見

花陰密，竹徑昏，嬌娥見人歸去得緊。唐土兒却知音，留下他弓鞋印。我輕輕驗，細細輪，不差移，止三寸。《太霞新奏》"唐土"作"塘土"。

秋懷

三更後，燈半明，寒衾似鐵客夢醒。促織太無情，那管人孤另。啾啾地，只顧鳴，縱然是耐心兒也難聽。《詞紀》末句"縱"作"總"。

閑情

蘇秦印，范蠡舟，兩般兒算來都費手。不若且甘休，功名一甕酒。千年調，萬世謀，到頭來總虚謬。

詠所見《青樓韻語廣集》作"風情"。

雕闌畔,曲徑邊,相逢他猛然丟一眼。教我口兒不能言,腿兒撲地軟。他回身去,一道煙,謝得蠟梅枝把他來抓個轉。"蠟"原作"刺"。《青樓韻語廣集》三句無"他"字,"謝得"作"喜的是","梅"作"蘪"。

風情

摇釵鳳,疊髻鴉,身材嬝娜衣素雅。臉兒撲堆花,脚兒些娘大。他看我,我看他,急促的怎招架。

六幺令犯

席間贈妓

梨花淡妝,翠裙雙繡鴛鴦。玉龍約腕暗生香,笑捧紅牙象板,更憐春笋長。一曲清商,一曲清商,惱亂蘇州刺史腸。

〔大石調〕催拍

偶見美妓

金鎖帶玲瓏玉牌,翠珠摇芙蓉寶釵。喜孜孜走來,俏動猩唇,俊滿桃腮,疑是朝雲,偶下陽臺。全没有半點塵埃,只見花落處,印宫鞋。

偶遇《南宫詞紀》作前題之第二首,《青樓韻語廣集》作"歡遇"。

没包彈嬌容可誇,徹温柔性兒好拿。見風流俏家,擲果潘安,詠雪劉叉,兩意相投,錦上添花。交鸞鳳春事無涯,不覺香露滴,牡丹芽。

套數

北曲

〔雙調〕夜行船

爲妓白蓮賦

太乙峰頭玉井蓮,等閑移入梁園。繡幄遮藏,錦屏圍護,不許路人窺見。

〔風入松〕劉郎心性與花便，獨自掌花權。高燒銀燭重開宴，好風光壓盡桃源。煙靄輕籠婀娜，更月明冷浸嬋娟。

〔喬牌兒〕惜花人正少年，共花枝留戀。朱顏相對如花面，美姻緣，天下鮮。

〔雁兒落〕花香散舞筵，花影迷歌扇。花輸才子看，花許騷人羨。

〔得勝令〕人是惜花仙，不吝買花錢。痛飲花前醉，狂吟花底眠。天然，果遂前生願。堪憐，還應宿世緣。

〔鴛鴦煞〕名題月老合同券，情留張珙相思卷。山海盟深，膠漆心堅。暢道是緑嫩紅柔，香嬌玉軟。兩意相投，已謝却閑鶯燕。風月無邊，偕老芳聲播揚遠。

南曲

〔仙吕〕八聲甘州

託雁傳情

如醉如癡，這悶懷深似，滄海無底。煙波迢遞，青鳥斷絶消息。傷情最怕日傍晚，聽幽砌蛩吟苦韻悲。故人尚離，隔萬山千水。

〔前腔〕無奈遣芳心似織，把雨情雲態，何日重會。鴛衾鸞枕，一旦頓成抛棄。相思最苦成病也，料人在天涯猶未歸。此情仗誰人，傳與消息。

〔賺〕萬種葳蕤，一度思量一度悲。尋思起，多應别處戀著誰。老天知，你若虧心報應伊，我果忘恩天鑒之。天鑒之，焚香拜告天和地，悶懷不已。

〔解三酲〕幾曾受這般滋味，到黄昏轉添岑寂。燈兒照著形憔悴，奈隻影鎮相隨。謾自沉吟空歎息，直捱到燭爐香消入翠幃。朦朧睡，忽聽得雁聲兒叫過樓西。

〔孤飛雁〕南來雁兒聲嘹嚦，一個個聲聲，似傳怨憶。聽得心兒碎，教我悶懷堆積。

〔油核桃〕告得雁兒雁兒，略停雲翅。雁兒，奴家有封書寄。

〔解三酲〕此封書煩伊轉遞，相煩你帶將前去。見他道我多傳語，問他道幾時歸。當初共他如魚水，撇得我長夜如年無盡期。相煩你，把千言萬語，説向他知。

〔油核桃〕告得雁兒雁兒，這離情那人急知。雁兒，那樓兒上有個人人，似你無二。

〔解三酲〕此封書再説個詳細，切莫要與奴差寄。那人住在天涯際，門前有粉墻的。青山傍著一帶溪，正住在流水橋邊略轉西。相煩你，把千言萬語，説向他知。

〔尾聲〕離牙床，披衣起，相煩雁足寄音書。嚦嚦嘹嘹，却原來是失羣的雁兒。

〔仙吕〕八聲甘州

擬閨人託雁寄情

相思無底，這幾時教人，獨守香閨。從他别後，杳没數行書寄。多管是戀新忘舊好，因此上將人輕棄遺。心癡，何日裏得展愁眉。

〔前腔换頭〕情衷訴與誰，枉教奴暗數歸期。空庭徙倚，落得腸斷魂離。關山阻隔人又遠，瘦損香肌他怎知。淒其，挨不過月轉花移。

〔不是路〕默默傷悲，忽聽得南來一雁兒。聲嘹嚦，呀呀哀怨過樓西。夢驚回，慌忙推枕披衣起，囑咐靈禽莫浪飛。煩梢遞，半函都是燈前淚，許多愁味，許多愁味。

〔解三酲〕蓼花灘莫教濡滯，蘆荻岸擇伴相依。趁西風一翅翔天際，薄倖客早尋覓。總利名韁鎖身縈繫，難道春色全無隴上梅。相煩累，向那人傳示，切莫遲遲。

〔前腔〕聞他在漢南湘水，又道在渭北燕磯。又道在長安客裏曾留迹，又道在錦江湄。總天涯浪蕩無消息，望你逐處追尋他及早歸。相煩累，落得個上林佳信，不負逢伊。

〔尾聲〕枉叮嚀，空歡喜，驀地騰騰飛起，却是南柯一覺裏。

〔正宫〕普天樂

思情《吴騷合編》作"秋閨"。

建安才，河陽貌，從一去却怎無消耗。比及將淑景初交，驀又把芳時過了。三秋易到，可意人難到。觸處無端成煩惱，對瑶琴玉軫愁調。

向妝臺蛾眉怕掃，寄香囊繡字慵挑。《吴騷合編》三句無"却怎"二字，四句作"别時節淑景初交"，八句"煩惱"作"懊惱"。

〔雁過聲〕無聊況，復湊巧，風和雨縱横正飄。時間玉馬偏咶噪，砧聲喧，樹聲嚎，更漏聲將盡，譙鼓頻敲。鷄聲又早，寒蛩抵死在窗前哨，不由俺愁悶攢更直到曉。《吴騷合編》"玉馬"作"鐵馬"，"砧聲"二句作"夢難成，恨難熬"，"鷄聲"句作"鷄聲偏又早"，末句無"俺"字。

〔傾盃序〕蕭條，爽漸生，暑漸消，塞雁又呀呀叫。看滿徑黄花，滿林紅葉，滿地蒼苔，心轉焦。有誰憐瘦損，幾番夢醒，畫樓人老。怎生教不怨殺，暮暮更朝朝。《吴騷合編》"心轉焦"句作"教人心碎難熬"，"畫樓人老"作"畫眉人杳"，"怎生教"句作"不由人怨殺"。

〔玉芙蓉〕參差玉珮摇，恍惚銀瓶掉。好姻緣做了，有下無梢。峰頭夢斷難重到，洞口花開怎再邀。把些恩和愛，如鹽在浪裏淘，奈江深没底枉徒勞。

〔山桃犯〕寫罷了迴文稿，打疊起離鴻調。愁來待把菱花照，須知不是前春好，畫圖如寄應饒笑。傍丹青時復，擎管羞描。《南宫詞紀》首句原作"竟罷了"云云，此從《吴騷合編》。《合編》四句"是"作"似"，五句作"畫圖雖寄應難肖"。

〔尾聲〕孤辰限豈自招，于飛願天應爲保，且把香來著意燒。"爲保"，《吴騷》作"作保"。

〔正宫〕九迴腸

離思《吴騷合編》作"題情"，屬張鳳翼。

一從他春事牽掛，到如今多少嗟呀。秋波望斷藍橋下，鎖春山又阻巫峽。音書未託魚和雁，凶吉難憑鵲與鴉。成話靶，當時鏡裏花難把，更那堪塵掩菱花。佳人已屬沙吒利，義士今無古押衙。只索向無人處把鮫綃看，見盟言在，不覺淚如麻。

〔前腔〕一從他相逢月下，歎緣慳咫尺天涯。眉來眼去情傳話，攪春心一點如麻。恩情指望長厮守，風浪誰知啓衆譁。擔驚怕，想前生曾欠鴛鴦債，今世裏合受波查。到做了鏡中鸞影波中月，夢裏幽期霧裏花。誰知我意中愁心中想閑中客，獨坐小窗紗。

〔中吕〕好事近

怨别《吴騷合編》作“閨情”。

兜底上心來，教人難想難猜。同心羅帶，平白地兩下分開。傷懷，舊日香囊猶在，詩中意書寫得來明白。數歸期一年半載，算程途咫尺，音信全乖。

〔錦纏道〕托香腮，懶梳妝慵臨鏡臺。無語自裁劃，正芳年又不道色減容衰。怎知他把前言盡改，咱須是暫時寧耐。歲月好難挨，孤辰寡宿，時該命又該。不索長吁氣，負心人天自有安排。此調以下，皆借正宫。

〔普天樂〕畫闌前，湖山外，見月也深深拜。月圓時人未團圓，望蒼穹鑒察憐哀。郎心最歹，把些個温香軟玉，做了糞土塵埃。

〔古輪臺〕恨多才，萍蹤浪跡寄天涯，繡幃錦帳春猶在。自有許多恩愛，豈料如今，番做了破鏡分釵。剩雨殘雲，等閑消盡，是誰别壘楚陽臺。有傾城嬌態，把誓海盟山，做冰消瓦解。忘餐廢寢，魂勞夢斷，肌骨瘦如柴。懨懨害，四時花月總沉埋。

〔尾聲〕黄昏更是無聊賴，斜倚薰籠半側，羞見燈花一捻開。

〔南吕〕懶畫眉

幽會《南宫詞紀》注“梁伯龍改正”。按梁氏《江東白苧》不載此套。

十二闌干玉亭亭，月轉層臺香霧凝，嫦娥有約在初更。徘徊立遍蒼苔徑，驀被柳影風摇幾度驚。《詞林逸響》、《青樓韻語廣集》、《吴騷合編》均作“寶花闌十二玉亭亭”，《詞紀》則作“闌干十二玉亭亭”。《合編》次句“臺”作“樓”。

〔不是路〕悄悄冥冥，只見他轉過沉香六角亭。簾櫳映，依稀環佩夜無聲。乍逢迎，對籠雙袖梨花冷，寶釧金寒玉腕冰。嬌癡性，恰纔相迓還相倩，戰驚不定，戰驚不定。

〔皂角兒〕香枕挨銀泥翠屏，暖裀鋪紫藤花檠。解酥胸扣脱珍珠，吐丁香臉偎仙杏。怎禁他任狂蜂隨浪蝶側青鸞顛繡鳳喘吁不定。親親，氣命。低叫幾聲，悄一似東風未曉，月底聞鶯。《詞林逸響》、《青樓韻語廣集》、《吴騷合編》“側青鸞”作“倒青鸞”，“不定”作“厮應”。

〔尾聲〕分明人在神仙境，一段巫山夢未醒，明夜還來花下等。

〔南吕〕懶畫眉

麗情梁辰魚改作。

小名兒牽掛在心頭，總欲丢時怎便丢，渾如吞却綫和鈎。不疼不癢常拖逗，只落得一縷相思萬縷愁。

〔不是路〕無了無休，鎮日縈牽不自由。難窮究，只因幾度送雙眸。謾追求，假若他不應花前口，爲甚麽還將熱話兜。休相誘，有心待共鬆羅鈕，不如早些成就，早些成就。

〔調角兒〕任句差隨時應酬，趁埋冤總教承受。不爭差性命心肝，好一似爹娘骨肉。又何曾氣兒呵情兒拗話兒嘲龐兒訕一些相鬭。隨衙聽候，朝來暮休。但得個尤雲殢雨，勝是封侯。《吴騷合編》及《續江東白苧》次句“總教”作“總然”，五句“又何曾”作“又可曾”。

〔尾聲〕憑將風月都投首，不信冤家不轉頭，終有日飛上紅香燕子樓。

〔南吕〕梁州新郎

月夜遊湖

長空如洗，平波如掌，兩岸青山相向。畫船簫鼓，偏宜老去疎狂。只見青凝丹鏡，影徹冰壺，冷透鮫綃帳。乘風來去也，泝流光，碎擊空明桂棹長。銀海眩，碧波漾。看瓊樓玉宇高千丈，須縱飲，莫虚放。

〔前腔〕停杯相向，騎鯨欲往，脱落形骸豪宕。恩袍宫錦，曾依尺五清光。只見山河如舊，湖海飄零，風景添悽愴。廣寒何處是，舞霓裳，遥隔銀河一水長。銀海眩，碧波漾。看瓊樓玉宇高千丈，須縱飲，莫虚放。

〔前腔〕歎世情反掌，無常，又何必官居卿相。縱繁華今日，豈無興喪。只見吴宫花草，晉代衣冠，俯仰皆榛莽。清時難屢得，且徜徉，莫待愁添白髮長。銀海眩，碧波漾。看瓊樓玉宇高千丈，須縱飲，莫虚放。

〔前腔〕看横江白露瀼瀼，忽風來涼生仙掌。聽高樓何處，笛聲嘹喨。只見孤舟嫠婦，千里佳人，極目空惆悵。故園松菊也，已荒涼，一水牽愁萬里長。銀海眩，碧波漾。看瓊樓玉宇高千丈，須縱飲，莫虚放。

〔節節高〕深潭倒玉幢，倚蘭槳，賦詩横槊風雲狀。靈槎傍，牛斗旁，星河上。九天零露仙衣爽，紫雲玉樹何足尚。百歲人生幾何時，不必世途空勞攘。

〔前腔〕高歌窈窕章，倚新腔，光摇琥珀翻紅浪。開新釀，飛羽觴，休推讓。猛拚一飲千鍾量，醉摇環珮傳清響。凡事區區豈由人，富貴倘來從天降。

〔尾聲〕乾坤萬里空凝望，且開懷一醉何妨，斗轉参横夜未央。

〔商調〕二郎神

閨情

才郎去，緑鬢蓬鬆懶去梳，世上相思偏害我。分明打破，鶯儔燕侣鴛雛。滚滚波濤，淹斷藍橋路，好姻緣將人間阻。添凄楚，怕的是孤枕無眠，漏滴銅壺。

〔集賢賓〕臨行去時記得元宵十五，燈兒下再三囑咐。他約到楊柳含金二月初，到如今挨過清明夏又過。枉癡心終朝卜課，傍人勸我。且自開懷，不須眉鎖。

〔黄鶯兒〕提起便心孤，想他們不是薄倖徒，他將牡丹移過。奴把薔薇補，莫非他棄奴，莫非他有小蘇。莫非他枕邊别戀多嬌婦，事模糊，緣何日久，音信半行無。

〔香柳娘〕是深閨少年，是深閨少年，出門不慣，未曾舉步心先戰。過花邊柳邊，過花邊柳邊，月影透虚簾，雕梁獨棲燕。這風流在眼前，這風流在眼前，蘭房洞天，那人羞見。按此下三曲，皆叶别韻，疑非套中原文，待考。

〔黄鶯兒〕雙燕入簾櫳，見他們愁倍濃，幾番血淚如泉湧。秋波漲紅，春山減容，懨懨思病看看重。恨無窮，鴛衾久冷，何日得再相逢。

〔香柳娘〕想才郎未眠，想才郎未眠，孤燈爲伴，陽臺路杳何辭遠。過山前水前，過山前水前，明月樹頭懸，驚烏翅展轉。這風流在眼前，這風流在眼前，蘭房洞天，那人羞見。

〔貓兒墜〕偷將衫袖，輕把淚珠敷。驀聽得窗前將奴小字呼，不由人身子不麻酥。天付，好一似病得仙丹，旱逢甘露。

〔尾聲〕相逢謾把衷情訴，舊恨新愁説不盡苦，准備刮地風雲一海波。

南北合套

〔北雙調〕新水令

秋怨《吳騷合編》作"閨情"。

一聲孤雁送新愁，頓教人轉添憔瘦。暝煙楓葉晚，涼雨桂花秋。燕侶鶯儔，甚時節再成就。《吳騷合編》作"甚時得重完就"。

〔南步步嬌〕底事懨懨如中酒，鎮日眉兒皺。似此不回頭，著意沉吟，自也難窮究。欲訴恨無由，把相思就裏空僝僽。《吳騷合編》次句"兒"作"長"，三句"似此"作"浪子"。

〔北折桂令〕枉躭著閑悶閑愁，不在心頭，定在眉頭。只爲你蹤跡難憑，心腸忒狠，語話全浮。寄離情書何得有，待相逢夢也難求。著甚來由，曉夜無休，又不是魚水相懽，膠漆相投。《吳騷合編》無"蹤跡難憑"四字。

〔南江兒水〕有意花空待，無情水自流。看從前光景都非舊，怪西風吹起滄江皺，奈浮雲點破青山秀。觸處如何消受，淚顆無端，展轉亂垂顋斗。

〔北雁兒落帶得勝令〕空只恁霧鎖了金梯翡翠樓，塵蒙了錦被鴛鴦繡。絃絶了瑶琴鸞鳳音，篆燼了玉鼎狻猊獸。寂寞殺傳書白雁秋，冷淡殺流詩紅葉溝。辜負殺對影青鸞鏡，淒涼殺交歡碧玉甌。羞也麼羞，羞殺了入青瑣偷香手。愁也麼愁，愁殺了枉離魂倩女遊。

〔南僥僥令〕涼浸閑庭宿雨收，敗葉亂盈眸。悶把年光閑屈指，看重陽又過頭。《吳騷》末句疊。

〔北收江南〕呀，早知道這般樣情分啊，枉顛損玉搔頭，空復把翠綃封淚寄牢收，翻做了煙波江上一浮漚。細思量轉羞，不覺的西風吹老故園秋。《吳騷合編》首句作"哎早知道是這般"云云，三句但作"翻做了波上一浮鷗"，四句疊，末句無"的"字。

〔南園林好〕那再説鸞交鳳友，那再説鶯諧燕儔。信是虛躭生受，消盡了玉般柔，消盡了玉般柔。

〔北沽美酒帶太平令〕桃花溪，楊柳樓，荼蘼酒，鷓鴣謳，一任煙月空濛到處留。費盡了錦纏頭，只管誇乖俏，逞風流。全不念星前交厚，全不念燈前罰咒。我啊，到如今總丟，不休，雖然罪尤，似仇，見他時管取共歡如舊。《吳騷合編》末句"共歡"作"歡顔"。

〔清江引〕寃家再休情更扭，快補船兒漏。須教傍岸行，莫待臨淵救，姻緣分該終自有。《吴騷合編》作“姻緣分定終須有，只是眼下難消受。追想别離情，豈有成虚謬，免不得向人前問破了口”。

〔北雙調〕新水令

閨情

半窗殘月夢初醒，瘦岩岩怎當愁病。翠衾閑剩榻，碧焰冷踈燈。捱徹寒更，不由人淚珠迸。

〔南步步嬌〕展轉將伊重思省，底事心腸硬。看來鐵有情，鐵遇紅鑪，也自回柔性。那道負前盟，似風箏綫斷無蹤影。

〔北折桂令〕倚圍爐暗裏傷情，話也眉攢，説也心疼。受了些悶悶懨懨，孤孤另另，怨怨憎憎。冷落了獅頭翠鼎，寂寞了鳳嘴瑶笙。再休提並坐同行，共盞同傾，都做了亂紛紛蝶夢無憑。

〔南江兒水〕一自書來後，書來話又更。書來書去全無定，算從前盡是他薄倖，到如今只怨咱薄命。漫惹一身多病，枉自薄情，好一似搬鹽投井。

〔北雁兒落帶得勝令〕厮琅的金鬆了鎖鳳繩，撲騰的玉倒了牢籠井。砣砕的瑶分了别鶴琴，咭叮的碎剖了離鸞鏡。因此上羅帶緩又重增，因此上珠淚滴那曾經。因此上碧蝴蝶描難就，因此上錦鴛鴦夢不成。聽聽，又早是鐘初静。愁也麽生，怎禁他斷人腸杜宇聲。

〔南僥僥令〕星落花梢曙影生，淡日上踈櫺。且把愁容還臨鏡，空獨對明窗恨復增。

〔北收江南〕呀，都只爲寃家薄倖啊，撇得咱冷如冰。全不管倒枕捶床淚暗凝，一任教金錢瓦卜總無靈。這懨懨病成，這懨懨病成，折磨得離披瘦損，那計似人形。

〔南園林好〕這情由何須再省，料必是先前做成。莫須是天教月老，偏繫著斷頭繩，生做下苦伶仃。

〔北沽美酒帶太平令〕再自叩天罡問君平，爇寶鼎告蒼冥，百次千番恁至誠。空只自費勞承，那里是美前程。怎跳出淒涼厄境，成就了歡娱佳興。俺啊，把些個海山誓盟，兀的那愛情，呀，一笑間兩相質證。

〔南尾聲〕更從頭將心訂，朝歡暮樂儘平生，再不向花月庭前著意等。

唾窗絨跋

梁白龍《江東白苧》有效沈青門唾窗絨體〔駐雲飛〕十首①,此册蓋吾鄉沈青門山人仕作也。山人爲少司寇鋭之子,善花鳥,工詞曲,絶意仕進,有前賢曠達之風。卷中稱"東海迷花浪仙",蓋隱其名耳。所作多偎紅倚翠之語,未免以筆墨勸淫。昔山谷老人序晏叔原《小山詞》云,"妙年美士,近知酒色之娱;苦節臞儒,晚悟裙裾之樂。鼓之舞之,使晏安酖毒而不悔,是則叔原之罪也",吾於青門亦云。雍正癸丑四月浴佛後一日,南湖花隱厲鶚書於虎丘舟中。

---

① 今校:《四部叢刊》景清振綺堂本《樊榭山房集》,"白龍"作"伯龍"。

海浮山堂詞稿

提　要

《海浮山堂詞稿》四卷，明馮惟敏之散曲集也。一卷大令，即套曲，二卷歸田小令，三卷擊節餘音，亦小令，四卷附録，則又套曲。四卷後原附《玉殿傳臚》雜劇及《僧尼共犯》傳奇，兹削之。歸田小令内雜有《十自由》一套，兹移於四卷之末；而汪氏環翠堂選本較多〔錦堂月〕等三首，則補在三卷之後，並據汪氏選本，校勘一過。原書稱“本朝”處，多空格提行，兹概免去。馮氏散曲，最有生氣，最有魄力，爲明曲中僅有之豪放一派。王世貞、王驥德輩，以爲本色過多，北音太繁，多俠寡馴。不知馮氏長處與曲體之長處，正在本色與寡馴耳！

海浮山堂詞稿引

山人與老農語，或共野客遊，不復及文字，亦不説詩，乃間以近調自寓，取足目前意興而止。而好事者喜聞之，傳至名流鉅工，亦未始不粲然擊節之。壬戌春，余策款段出山中，遂浪迹風塵雲水間。每有知遇，尚論古文辭，亦或及此，輒徵稿不止，然稿不恒留。余弟往在秦州刻《詩紀》，以其羨刻《石門樂府》。余今刻《山堂輯稿》於潤州，既迄工，乃别輯此卷刻之，亦惜其羨耳。第不欲以序辱作者，漫筆是語於簡端。丙寅閏月，海浮山人題。

海浮山堂詞稿目録

卷一

大令

卷二

歸田小令

折桂令 咸姪家宴 **朝天子** 答陳李二君 **駐馬聽** 晚浴 **懶畫眉** 樂閑 **塞鴻秋** 喜雪 **仙桂引** 甲戌新春試筆 **仙桂引** 燈夕 **折桂朝天令** 咸姪會試 **黃鶯兒** 勉姪 **折桂令** 春陰 **折桂令** 焚柏子 **折桂令** 燒榾柮 **折桂令** 閱報除名 **朝天子** 喜客至 **朝天子** 候客不至 **朝天子** 拜客不答 **朝天子** 喜客相訪 **桂枝香** 雨後雪 **桂枝香** 雪晴 **胡十八** 刈麥有感 **折桂令** 刈穀有感 **小梁州** 飼蟻有感 **朝天子** 東村樓成 **朝天子** 自遣 **駐雲飛** 此景亭初秋小酌 **桂枝香** 贈人 **二犯傍妝臺** 此景亭觀雨共酌 **二犯傍妝臺** 世恩堂觀雨共酌 **二犯傍妝臺** 李奇坡會不果赴 **玉芙蓉** 喜雨 **玉芙蓉** 苦雨 **玉芙蓉** 苦風 **玉芙蓉** 喜晴 **玉江引** 農家樂 **玉江引** 農家苦 **傍妝臺** 憂復雨 **傍妝臺** 喜復晴 **朝天子** 四術 **寄生草** 四不全 **滿庭芳** 四憎 **滿庭芳** 藥蟲 **滿庭芳** 書蟲 **桂枝香** 冶源大十景 **黃鶯兒** 美人杯次韻 **折桂令** 送琦孫鄉試 **仙桂引** 詠詩匏 **仙桂引** 喜雪新春試筆 **仙桂引** 元宵喜雪夜分而止 **河西六娘子** 笑園六詠 **朝天子** 夜聞琦捷口占 **浪淘沙** 種樹 **黃鶯兒** 鞦韆 **醉太平** 家訓 **玉芙蓉** 笑園約會 **玉芙蓉** 嘲贈 **折桂令** 病憶山中 **鴻門奏凱歌** 喜雪 **鴻門奏凱歌** 岱翁餽問雪中賦謝 **鴻門奏凱歌** 奉謝諸宗枉駕 **鴻門奏凱歌** 謝諸公枉駕 **鴻門奏凱歌** 謝諸老枉顧 **鴻門奏凱歌** 謝會友枉顧 **鴻門奏凱歌** 子姪守歲 **清江引** 戊寅試筆 **鴻門奏凱歌** 復兒度遼省墓 **仙子步蟾宮** 解任後聞變有感 **朝天子** 解官至舍 **醉太平** 李中麓醉歸堂夜話戊午感事 **傍妝臺** 效中麓體 **黃鶯兒** 仙臺春酌 **折桂令** 環山別業 **對玉環帶清江引** 初夏 **雁兒落帶得勝令** 旋夕不眠 **雁兒落帶得勝令** 抗塵容 **雁兒落帶得勝令** 走俗狀 **朝天子** 感述 **仙桂引** 壽賈柳溪 **仙桂引** 思歸 **河西六娘子** 知止 **塞鴻秋** 乞休 **殿前歡** 歸興 **朝天子** 拔白 **朝天子** 烏鬚 **朝天子** 六友 **折桂令** 下第嘲友人乘獨輪車 **對玉環帶過清江引** 訪宋一川 **朝元歌** 春遊 **玉交枝** 閑適 **玉抱肚** 幽居 **玉芙蓉** 山居雜詠 **朝元歌** 山中客至 **駐雲飛** 秋日偶成 **沉醉東風** 繕室 **水仙子** 偶題 **柳摇金** 風情 **倚馬待風雲** 悼琴仙 **月兒高** 閨情 **醉太平** 庚午郡廳自壽

卷三

擊節餘音

二犯傍妝臺　旅況　**步步嬌**　寄情　**集賢賓**　閨思　**黄鶯兒**　勸色目人變俗　〔**南吕**〕**一枝花**　嘲友人試琴　〔**中吕**〕**粉蝶兒**　李爭冬有犯　〔**仙吕**〕**點絳唇**　僧尼共犯第一折　〔**雙調**〕**新水令**　十美人被杖　〔**黄鐘**〕**醉花陰**　翦髮嘲羅山甫　〔**黄鐘**〕**醉花陰**　清明南郊戲友人作　〔**商調**〕**集賢賓**　詠所見

雜曲

仙子步蟾宫　四誓　**仙子步蟾宫**　八美　**仙子步蟾宫**　十劣　**仙子步蟾宫**　大鼻妓　**倚馬待風雲**　悼妓琴仙　**集賢賓**　題怨　**蟾宫**　四景閨詞　**朝天子**　風情　**朝天子**　鞋杯　**朝天子**　嘲誚　**清江引**　閲世　**清江引**　閨思　**清江引**　省悟　**桂枝香**　春閨　**桂枝香**　贈妓桂香　**桂枝香**　贈竹　**桂枝香**　夜月小集　**桂枝香**　夢想　**黄鶯兒**　贈妓仙臺　**黄鶯兒**　曉霞　**黄鶯兒**　嘲妓葵仙　**黄鶯兒**　嘲妓蘭池　**黄鶯兒**　文卿　**黄鶯兒**　梅花　**黄鶯兒**　月季　**黄鶯兒**　弱仙　**黄鶯兒**　韶仙　**黄鶯兒**　翦髮　**黄鶯兒**　嘲僧　**鎖南枝**　盹妓　**玉芙蓉**　次韻贈妓少蘭　**朝天子**　贈田桂芳　**駐雲飛**　贈潤仙名玉塊　**玉抱肚**　贈牛月娥　**玉抱肚**　贈趙今燕　**玉抱肚**　贈小妓孫曉臺　**玉抱肚**　贈示潤仙　**玉抱肚**　題情　**集賢賓**　頂真敘情　**駐雲飛**　題贈小娥次韻　**水仙子折桂令**　嘲友　**錦堂月**　偶書　**醉太平**　戒工弟　**高陽臺**　落花有感

卷四

附録

〔**雙調**〕**新水令**　縣官賣酒　〔**南吕**〕**一枝花**　縣官賣柳　〔**正宫**〕**端正好**　吕純陽三界一覽　〔**般涉調**〕**耍孩兒**　骷髏訴冤　〔**般涉調**〕**耍孩兒**　財神訴冤　〔**般涉調**〕**耍孩兒**　十自由

海浮山堂詞稿卷一　大令

明臨朐馮惟敏海浮撰　江都任訥中敏校訂

〔仙吕〕點絳唇

李中麓歸田

書備五朝，簡贍可知，易更四聖，質文易覩。此非往牘少文，後聖寡要，推移不禦，惟世爲然。昔也盤庚話之愚民，曲禮行之鄉鄙，今也析句詁字，老儒困之，豈惟民哉！若夫文字之變，詩又甚焉，三百篇中，變居其二。既又變爲騷，爲五七言，爲律，爲今樂府。嗟乎，變極矣。詩由性出，存乎其人，聲與政通，繫諸其俗，古近遞降，如鱗次然。軒古輊今，不煩審辨，然而作者可以適性，聞者可以考俗，感發鬱陶，激昂偷靡，其用一也。間出淫慝，古亦有之，放之而已。操觚之士，鶩心爾雅，樂府有作，力究兩京，得其文逸其義，得其義亡其聲。要之，文固未通釋也。即文義酷肖，不協鐘律，不足以爲樂；即併得之，必令人弗聽也，亦何貴於導善滌邪者哉！夫楚音隕江東之涕，胡笳起漠北之思，易其地則不爲動。世葉邈絶，又何啻此？孔子删詩之後，被之管絃，要必審五方之音，各歸本調。後之誦者，一以江左聲協之，其能合乎？離騷多禮神之辭，漢魏皆絃歌之曲，音響節奏，自出一機，繩以今韻，然且不可。律體既盛，始嚴沈法，雖云格力非古，而李唐樂歌，即多近律，如太白清平調曲及郭氏諸所收集是也。唐律大法固在，然其聲之舒疾高下，不得而聞；且以渭城短律，婦人稚子，知誦其句。至使文士興歌，人自爲疊，琴師按譜，不一其聲，則他所依放，例可知也。宋曲見於今者，有辭無聲，其僅存者，一二而止。《漢志》曰，周衰，禮樂俱壞，樂尤微眇。後世之聲，既非盡美，又奚傳焉！嗟乎，聲音之道，不在雅頌，而在今樂。有識病之，其機緘變易，關乎人理，亦氣運然與。故每域於本朝，不相流襲，豈直聲音，文亦不逮。四言盡於《三百》，五言極於漢魏，唐律宋詞，各臻其工，模擬雖逼，定不及也。僕性嗜古，凡文章度數，遊心無礙，獨於正樂，有夙憾焉。移風無自，寄興靡依，一有感發，莫能遂歌，微吟不絶，姑託近調。嘗見鴻筆大家，顧或爲之，何也？予聞之，今之樂猶古之樂也。又云，古人之詩，如今之歌曲。往竊疑之。乃孔子有志三代之英，又曰"吾舍魯何適矣"，固亦有不得已者。吾鄉中麓李公，博學正誼，予心慕之。都中邂逅，彼此塵鞅，未緣請益。頃抗疎歸田，娱情述作，紹作大雅，討論秘文，雜興所及，時涉新譜，其亦游戲翰墨故邪，抑定樂之無繇也？僕因得而聽之，意真味婉，氣正聲平，借使達者屬耳，擊節賞音，里人聞之，亦足以發流通之妙，不在兹乎！秋夕共話，悉所未聞，偶論樂聲，深契予意。途次無聊，遂成俚闋如左。

瀚海洪流，岱宗神岫，英靈湊。淑氣充周，醖釀盡乾坤秀。

〔混江龍〕山河依舊，其中自古聖賢州。似您這天才傑出，真個是無愧前修。霎時間對客揮毫風雨響，世不曾閉門覓句鬼神愁。囊括了三墳五典，八索九丘。網羅了百家衆技，三教九流。席捲了兩漢六朝，千篇萬首。彈壓了三俊四傑，七步八斗。俺也曾夜到明明到夜聽不徹談天口，只爲他心窩兒包盡了前朝秘府，舌尖兒翻倒了近代書樓。

〔油葫蘆〕多少詞林翰府儔，只被他一筆勾，乾坤豪士眼中收。這其間能説會道堪居首，剛道個真材實料難禁受。説甚麽琴遇知音，再休提棋逢對手，每日價自歌自飲嫌孤陋，乞求的黄卷上結交遊。

〔天下樂〕千載名賢儘應酧，風流，意氣投，短檠長夜三更後。話高情曲一腔，賞雄篇酒滿甌，消繳些天長和地久。

〔那吒令〕掃鸞箋運肘，試錦心繡口。望龍顔拜手，犒金花玉酒。宴瓊林上首，折天街御柳。瑞煙開金馬門，香風娲銅龍漏，擺鵷行緩轡聲幽。

〔鵲踏枝〕論功業比伊周，論文學擬曹劉。憑着你柱石彤庭，黼黻皇猷。會談問把前賢考究，羡君家自古傳流。

〔後庭花〕你本是那佐唐虞賢聖胄，皋陶爲理，後世以李爲氏。有幾個正綱常清議友。膺劾治了背闕將軍罪，勉判倒了太平公主讐。元紘聖恩優，受用些酴醾賜酒，絳只吃的醉朝天拜玉樓。汝陽王璡中興功第一流。

光弼丹扆箴取次投，德裕避賢詩歸去休。適陳情表不自由，密北海尊任意酬，邕西崑體到處謳。商隱

〔青歌兒〕坐臥間牙籤牙籤萬軸，繁行動間錦囊錦囊千首。賀便做了三朝卿相也索意休，昉怎痴心寧耐，白首封侯。廣我只待鶴背雲頭，八極周遊，少君函谷騎牛，聃采石登舟，白烏鳥相投，白鹿爲儔，涉少室藏修，渤盤谷清幽。願可正是龍眠高隱百無憂，公麟無福也難消受。

〔寄生草〕漢文皇空拊髀，酎國志難罷手。牧你從來紗籠究裏埋名舊，藩投至得御樓側畔承恩厚，昉終有個淩煙上面圖形秀。靖你道是八磚學士懶朝參，程我道是十年宰相須承受。泌

〔賺尾〕四海覓知音，五嶽尋朋舊，赤緊的馮唐不偶。至如今手把陰符覽未休，歎韶華又早大火西流。氣横秋，笑看吴鈎，只待要向長安函送單于首。俺這裏帶斜陽倚樓，只落的伴黄花勸酒，約定了清風明月兩悠悠。是年北虜始寇邊。

〔南吕〕一枝花

謝少溪歸田①

少溪翁與先兄冶泉公同薦於鄉，意氣甚相得。既舉進士，爲侍御史，侃侃有聲稱；視學畿内，累官大中丞，晉司馬，督戎政，威名大顯。一旦上疏，求解兵權，歸休於繡水之上。余適過章丘，薄暮詣訪約，主賓野服相見，繾綣話契誼。酒數行，令余爲歌詞，以志高逸。余笑而謝曰："今之詞手，章丘人擅場矣。余於此蓋難乎爲詞哉。"

慵聽玉殿鞭，怕待金門漏。承恩雙鳳闕，拜表五龍樓。笑解歸舟，打疊起麟袍袖，收藏了寶帶鈎。閑時節尋一片繡水漁磯，悶時節訪幾個青山道友。

〔梁州〕人道是前朝王謝，俺道是當代伊周，生平事業都成就。對丹墀三千禮樂，擁畫戟百萬貔貅。網羅彀公門桃李，羽扇麾帥府諸侯。酬志了三十年廊廟分憂，准備着數千里湖海遨遊。也不戀大官羊列鼎鳴

① 今校：《北宫詞紀》題作"謝司馬少溪歸田"。

鐘，也不厭家常飯粗茶淡粥，也不嫌小村莊瓦鉢磁甌。書樓，筆疇。調停歲月閑消受，酒三杯，詩數首。有時節高臥東山不可留，念蒼生也索回頭。

〔尾〕者麽您惠連康樂爭馳驟，明月白雲共宴遊，樂事賞心隨處有。俺只待畫山光一丘，寫行樂一軸，唱一會歸去來辭開笑口。

〔雙調〕新水令

憶弟時在秦州

余弟在秦州，五年不得調。前此及今，浮沉五品秩凡七任，歷十有五年，五品以下不論也。余居山中，秋風四起，油然興懷。憐濡滯之迹，觸離隔之情，而不自知其身之濩落無當也。形神千里，意緒萬重，書所不盡，申之詞章。山中簡册不攜，韻或出入，弗計也。

金風飄杳隴雲寒，惜分飛兩行征雁。碧連芳草渡，紅綻蓼花灘。須有個北向南還，經幾度春老秋殘，只聽的失羣聲遍霄漢。

〔駐馬聽〕悶倚闌干，宿酒初醒月露寒。慵拈筆硯，新詩欲寄海天寬。紅塵迢遞鶺鴒原，黄昏冷落棠梨院。凝望眼，側身西塞情無限。

〔沉醉東風〕受盡了半生偃蹇，乞求的兩字平安。他那里爲我思，我這里因他盼，大丈夫撼海推山。憑着頂觸佞嫉邪獬豸冠，且不問眼皮上前程近遠。

〔雁兒落〕蕭颯颯風吹函谷關，淅零零雨洗連雲棧。暖溶溶煙封兩漢宫，明皎皎月滿三秦甸。

〔得勝令〕呀，爲甚麽懶把素書看，止不住常將寶刀彈。顯不得冰玉聲名響，跳不出金銀世界寬。自離了長安，一步步音書斷。才到了關山，一程程道路難。

〔沽美酒〕見如今坐不寧臥不安，衣不解飯不餐，只待要遠播天威蕩了塞垣。指日間生擒了可汗，平躪了吐西番。

〔太平令〕二十載風霜冷淡，數千里山水瀰漫。望君門空瞻霄漢，盼家音難憑魚雁。我啊，到如今意懸，夢牽，不由我淚彈。呀，生被這不做美的雲山離間。

〔川撥棹〕一會價謾俄延，可知我功名薄緣分淺。總不如袖手高閑，閉口無言，冷眼傍觀。那搭兒鶴長鳧短，且埋頭山水間。

〔七弟兄〕每日價竹邊，水邊，任盤桓，對芳尊數轉嬌鶯勸。插綸巾一朵野花鮮，採瑶芝幾個幽人伴。

〔梅花酒〕歎光陰撚指間，怕皓首蒼顔。恨遠水遥山，想鷺序鵷班。悔當初容易别，至如今見面難，望燕臺不可攀。有一日九天上舞青鸞，五雲裏捧花箋，萬里外促雕鞍，千官隊拜金鑾。

〔收江南〕呀，烽塵寂静玉門關，恩波蕩漾錦江山，滿天兵甲一齊閑。把干戈盡偃，邊臣歌舞入長安。

此詞作於嘉靖庚申之秋，筆未竟，不覺淚下。時舍弟方奔走障塞，得而覽之，復余曰：車中讀未竟，輒淚下。夫兩地之淚，豈以功名下哉！明年，弟稍遷河南參議。又明年，相見於京邸，余亦授官矣。自是南北分攜，往復相左者七年，始遇於郯，旅舍不寐，戀别無計，復分袂去。又二年，弟以入覲，便道求晤於保郡，而歸志遂由此定。從前感懷，可以消遣，是知天倫之樂，合并之趣，不在仕路，而在山中。

〔正宫〕端正好

徐我亭歸田

我亭徐子守霸郡，甫再朞，乃輒歸田間。先是道路宣言，徐守召遷京曹，吾弗聽也。輿望當遷，其如時事何！居無幾，又言徐守以論免，吾又弗聽也。即多口如公論何！已而守果東歸。匝一月，余始知之，囅然笑曰："公論竟不能與時抗哉。"郡故有名，而業已瘵敝，邇益敝甚矣。公私仰給者，循其名而責之備，持之日益急，歲且大侵，民弗堪命。守以"節用愛人"四字平其政，若之何勿論且免也。時余偃蹇臥茂林深巖中，聞徐子免官不足惜，獨惜其不能徑造山人，濯塵容於清泠之淵，而猶有依依兒女子情耳。然幸高堂重慶，方罄至歡，余又以苦熱，憚於獨往，即未知先發者誰，且恨無五尺童走相訊也。客有言及徐子者，輒作不平氣，或曰："二十年科名，博官二年耳，是古人什一之法。"或曰："節慎憂民，而坐此廢放歸，無以自謀，奚什一法也？"余則笑止之曰："客之爲徐子計，是不知徐子者；爲余言之，是不知余者。客且休矣，余將洗耳於清泠之淵。”客謝不敏去。余乃臨流沃穎，爲填此詞。後有知徐子者，必使歌之。

跳出了虎狼穴，脱離了刀鎗寨，天加護及早歸來。甫能撮湊到紅塵外，總是超三界。

〔滚繡毬〕磣可査荆棘排，活撲刺蛇蝎挨，打週遭擠成一塊，諕得俺脚難挪眉眼難開。一個虚圈套眼下丢，一個悶葫蘆腦後摔，躧着他轉關兒登時成敗，犯着他訣竅兒當日興衰。幾曾見持廉守法躲了冤業，都只爲愛國憂民成了禍胎，論甚麽清白。

〔叨叨令〕見了個官來客來，繫上條低留答剌的帶。又不是金階玉階，免不得批留鋪剌的拜。恰便似天差帝差，做了些希留乎剌的態。但沾着時乖運乖，落得他稽留聒剌的怪。兀的不磣殺人也麽哥，兀的不磣殺人也麽哥，單看你胡歪亂歪，妝一角伊留兀剌的外。

〔脱布衫〕謝天公特地安排，感吾生苦盡甘來。熱還了蠅頭利債，再不把文章零賣。

〔小梁州〕也是俺八字生時小運該，捱過了月值年災。等不得滿頭風雪却歸來，清江外，鷗鷺免相猜。

〔幺篇〕雲深三逕無邊界，急回頭滿地蒼苔。不負咱多寧耐，年年相待，松菊手親栽。汪本“不負”作“不須”。

〔上小樓〕風光未改，規模猶在。不由俺眼兒端相，口兒嗟咨，意兒裁劃。爲着那料不開，划不來，功名草芥，險把俺潑生涯丢搭在九霄雲外。

〔幺篇〕多虧承廉訪司，乾生受御史臺。倒惹的百姓攀留，妻子埋冤，鄰里疑猜。假若是弄不諧，這一排，大驚小怪，怎能够安樂窩通轟自在。

〔滿庭芳〕田連滄海，門垂五柳，院列三槐。從今不受人禁害，事事丢開。弄機權聽他喝采，隨本分看俺偷乖。垂堂戒，低頭自揣，再不説濟川才。

〔快活三〕帶清風兩袖來，喫緊的少金帛。雖然不得世人財，也省了花打算胡支派。

〔朝天子〕薅鋤了草萊，掃除了小齋，破漏處重苫蓋。軒窗窈窕忒幽哉，就裏無拘礙。儘俺妝酣，饒他作歹，笑呵呵佯不采。丢一個眼色，唱一會哈咳，雲去也青山在。

〔四邊静〕霎時間龍歸大海，蝦笑泥蟠，蚓笑塵埋。誰識俺放浪形骸，寄傲乾坤外。須不是閉户窮愁傻秀才，一納裏無聊賴。

〔耍孩兒〕浮生但得閑身在，一萬兩黄金難買。今日個月明千里故人來，抵多少位列三台。無官纔是神仙福，有道難爲將相才。爲甚麽跳出樊籠外，這的是急流勇退，須不是早發先衰。

〔十七煞〕追魂牒拜相麻，捨身崖拜將臺，未央宫慣把忠良害。粉蛾投火休言命，錦鯉吞鈎不是災，貪心所使非無奈。怎似這赤松伴道，也免得黄犬銜哀。

〔十六煞〕高名重似山，通途黑似海，鵬程反被蛛絲礙。無心出岫閑雲散，倦翼投林宿鳥來。悠悠世事皆身外，盡是些虚舟飄瓦，斷梗枯荄。

〔十五煞〕當初錯認真，而今且買獃，爲只爲到頭不把心田壞。鞭箠赤子情難忍，奔競朱門眼倦開，甘心兒不染炎涼態。自古道貧而無諂，義不存財。

〔十四煞〕見尊官陪小心，入公門怎放懷，烏紗緊按忙搊帶。竦身疾走還嫌慢，對面低頭不敢擡，壓簷石離不了雙膝蓋。那怕他淋漓風雨，也只索跪倒塵埃。

〔十三煞〕帶銅鈴馬上馳，提鐵繩部下來，城狐社鼠真無賴。一個道稽遲糧餉齎飛票，一個道緊急軍情奉火牌，閑言碎語須擔待。真心兒貪圖小利，謊話兒毆打公差。

〔十二煞〕官清氣不長，財多福自來，見如今顛倒觀成敗。奴顔婢膝終須貴，義膽忠肝反見猜，俺如今只落得丹心在。打疊起經綸手段，展放開風月情懷。

〔十一煞〕抱瑶琴彈袖低，插岩花壓帽歪，尋幽散步雲林外。攔迴緑水挑了坑塹，隔斷紅塵立了界牌，勿得相侵害。喜年年深耕淺種，願歲歲增福消災。

〔十煞〕迎神三上香，虔恭一字排，山童野老齊來拜。坌聲鑼鼓喧天響，美味村醪就地釃，當莊兒敬把牛王賽。俺這里隨班行禮，不强如納陛升階。

〔九煞〕蜂屯散晚衙，鴉羣放早牌，山鳴谷應威名大。閃開皂蓋蒲葵扇，換却朝靴芒草鞋，吕公絛緊淨似鎸花帶。人都道清閑刺史，瀟灑蘭臺。

〔八煞〕又無牌票追，又無官長來，又無節年號件多黏帶，又無獄囚干係擔驚怕，又無倉庫查盤費刮劃，又無凶荒水潦難徵派。俺不是承行接管，官史當該。汪本"干係"作"枉繫"。

〔七煞〕老太君近九十，老尊堂多半百，壽萱重茂光三代。祖孫空切陳情表，母子遥懸陟屺懷，到如今謝天謝地全恩愛。喜孜孜承顔旦夕，笑吟吟戲綵庭階。

〔六煞〕弟兄友愛情，親朋契闊懷，東鄰西舍相陪待。從今但説陰晴話，此後惟愁水旱災，再不提世路多毒害。盡都是一場瞎賬，滿口胡柴。"瞎賬"原作"杳賬"，兹從汪本。

〔五煞〕南州有故交，東君無俗客，時時下榻相親愛。常餘鷄黍供佳會，剩有鶯花破悶懷，小園旋摘時新菜。一茶一飯，閑往閑來。

〔四煞〕也不説胸藏萬丈虹，也不想腰懸三尺白，課耕教子功勞大。也不求世上千鍾禄，也不羡床頭萬貫財，但願年年歲歲人常在。受用些粗衣淡飯，准備些細米乾柴。

〔三煞〕唤青衣花滿簪，倩紅裙酒滿釃，剛纔破了官箴戒。時興麗曲傾心聽，適意新詩信口來，狂歌痛飲真豪邁。相伴著花仙酒聖，説甚麽閬苑蓬萊。

〔二煞〕清風到碧梧，斜陽下緑槐，千山列嶂煙横黛。幽窗正與雲門對，别業遥連地鏡開，寒流一縷拖裙帶。想前朝鴉盤寶髻，鳳插金釵。

〔一煞〕龍池百代清，牛山萬古哀，笑當時登覽心無柰。三千珠履英雄盡，十二山河霸業衰，龍爭虎鬬人何在。你看那王侯高塚，都做了蔓草荒臺。

〔尾〕山林識趣高，功名局面窄。放歌古調煙霞外，誰會把白雪陽春下注兒解。

〔正宫〕端正好

邑齋初度自述

余始試邑於涞，重以禄不逮親爲永憾。不攜家累，衹一童自隨。杪秋初度，壺漿奠獻之餘，舉觴致語，自祝心切；感慕不釋，命筆填詞，至三煞，潸然淚下不可止。童竊覘之，後傳於山中，只謂思鄉然耳。外人每歲物色余初度日，竟不能得，詞亦不以示人。

不圖名，非干祿，無心也待價而沽。只因趕上紅塵路，此地逢初度。

〔滚繡毬〕俺本是漢高陽舊酒徒，魯諸生小架局，逞粗豪風流人物，欠磨礱狂簡迂儒。幾曾誇俺德能，也難攀彼丈夫，更不出三門四户，單守着者也之乎。眼見的爭名奪利眉兒先皺，耳聽着受職爲官膽兒便虚，俺只當似有如無。

〔脱布衫〕想黄花三逕香鋪，望白雲千里光浮。遠迢迢家山何處，悶懨懨此情無據。

〔小梁州〕俺只索獨對秋燈賦索居，展轉躊躕。便做了三槐九棘待何如，無情緒，枉自受拘束。以下四曲汪本無。

〔幺篇〕上琴堂端坐如泥塑，下廳階尺步繩趨。倉庫經，循環簿，那里也知新温故，曉夜念文書。

〔上小樓〕酸甜辣苦，中心難訴。辦的是卷案招詳，錢穀刑名，笞杖流徒。親也無，朋也無，誰行扶助，斷送的這壁廂走投無路。

〔幺篇〕升早堂夜未闌，放午衙日已晡。酩子裏忘了生時，躭了歲月，錯了機謀。形也孤，影也孤，誰行看覷，却不道細思量有何緣故。

〔滿庭芳〕天涯間阻，秋光冷淡，夜色蕭疎。臥看牛渚空延佇，情景誰俱。撇下俺錦衕衕真仙洞府，玉闌干方丈蓬壺。空孤負，鶯歌燕舞，檀板繡氍毹。

〔朝天子〕水連天碧湖，草含煙緑蒲，家住在名山處。天然一幅輞川圖，滿眼皆詩句。畫舫移風，紅裙染露，翠波中聞笑語。紫霞觴滿浮，玉壺春有無，只喫到青山暮。

〔耍孩兒〕年年此日神仙聚，都來會煙霞洞主。相傳王母宴蟠桃，爭似俺竹裏行廚。來時共折瑶華贈，醉後還憑彩袖扶。獻一卷修真賦，琅函錦字，玉簡金書。

〔六煞〕往常時開壽筵，到如今入宦途，官箴謹守遵侯度。朝廷有道追呼少，門第無私來往疎，爲民爲國非干譽。赤緊的君恩未報，民命難蘇。

〔五煞〕省刑罰當放生，埋沉冤替念佛，丹心願受長生籙。排衙奏罷三通鼓，畫戟妝成五福圖，官僚左右相扶助。衣冠濟楚，禮度閑熟。

〔四煞〕公堂半載忙，私衙一事無，閉門猶恐人知悟。淒清單父琴三弄，酩酊彭澤酒一壺，也權充作樂陳樽俎。自釃啊自飲，誰勸也誰扶。

〔三煞〕愧不及跪乳羔，恨不如返哺烏，雙親永感悲風木。香飄寶篆無人見，酒滴茅沙有淚俱，紙灰飛起歸何處。擺列着三牲五鼎，止不住短歎長吁。

〔二煞〕念平生手足親，耐尋常骨肉疎，天南地北多歧路。長空萬里衡陽雁，尺素千金湘水魚，何時固結連枝樹。每逢佳節，遍插茱萸。

〔一煞〕俺那里霜前紫蟹肥，床頭白酒熟，正期着秋飽家家富。胡歌野叫村田樂，樵父漁翁慶壽圖，來來往往諸親故。到晚來安排燈火，和睦宗族。

〔煞尾〕康寧福自生，清閑樂有餘。俺如今江湖廊廟隨時遇，博得這兩字平安萬事足。

〔雙調〕新水令

訪沈青門乞畫

青門之名，余耳之舊矣。壬戌早春，歷城邂逅，西館燕嬉，時余猶書生也。余今以曠官赴調，復得周旋，談笑京邸間，因乞作畫，有感昔遊，情不能默。青門藝苑博雅，兼善北譜，故以投之。

數年前遊冶秀春樓，正花時綠肥紅瘦。新詞挑玉質，香醑瀉金甌。意氣相投，一見寸心透。

〔駐馬聽〕五岳遨遊，山水都歸摩詰手。兩都馳驟，文章直與馬班儔。向來三載客燕州，幾番曾憶東山否。尚兀自抱箜篌，花開花落人依舊。

〔雁兒落〕俺只怕胸填宋玉愁，料應他眉鎖西施皺。不承望衣憐范叔寒，只落的帶覺休文瘦。

〔得勝令〕呀，怎不上仲宣樓，也不駕剡溪舟。冷落殺顏回巷，蒙茸了原憲裘。望千里滄洲，笑南渡新學究。種五色瓜疇，羨東陵故國侯。

〔水仙子〕青門地接鳳凰樓，綠水波縈鸚鵡洲，朱英香泛麒麟囿。寫生綃紀勝遊，一行書鐵畫銀鈎。一聯詩郊寒島瘦，一度曲評花判柳，一腔春藴藉風流。

〔折桂令〕一腔春藴藉風流，不入山林，不事王侯。過一橋又一橋遠市離塵，訪一回又一回潛踪隱迹，遶一灣又一灣曲徑通幽。只今日倚玉樹步芳園齊開笑口，待何時上金山遊古寺共豁吟眸。雲樹綢繆，萍水飄流。渭北江東，楚尾吴頭。

〔離亭宴歇拍煞〕故園此日花如繡，蘭舟蕩漾閑春晝，憑君臥遊。抹一帶海浮山，染一溪滄浪水，蘸一點雲門岫。幽人不出村，抱膝因何瘦。按圖，寓眸，朗誦着北山文，乍醒了西堂夢，苦憶的東籬菊。繪松雪畫作屏，題沈謝詩引首，願騎鶴更上揚州。笑殺俺不知機待怎生，敢只是託芳名傳不朽。"畫作屏"原作"畫的屏"，"託芳名"原作"傳芳名"，兹從汪本。《北宫詞紀》"願騎鶴"下無"更"字。

〔仙吕〕點絳脣

改官謝恩

初解邑綬，臺章論以量才改邑。章下，天曹覆奏，謹按臣敏疎簡不堪臨民，文雅猶足訓士。制曰可。遂攝鎮江教事。昧爽陛謝，喜而製此。既抵任，列職惟五，獨臣館與孔氏鄰，他館次第堂門之外。孔氏弘申，宣聖六十一代孫也。先固不知其人，況其居哉。由此觀之，聖恩天命，通一無二，知非偶合。天下樂後句，實亦不知其然而然。

拜命天朝，敬敷五教，興學校。輔翊唐堯，立天德行王道。

〔混江龍〕欽承明詔，縣郎官新改郡文學。前程萬里，仕路千條。常言道今日不知明日事，俺怎肯這山望見那山高。脱離了簿書期會，穰穰勞勞。樂得些英才教育，擺擺摇摇。再休提徒流笞杖，閙閙抄抄。單守着詩書禮樂，寂寂寥寥。只今日沐恩波海闊從魚躍，也是俺癡人有癡福，小可的無福也難消。

〔油葫蘆〕俺也曾宰制專城壓勢豪，性兒又喬，一心待鋤奸剔蠹惜民膏。誰承望忘身許國非時調，奉公守法成虚套。没天兒惹了一場，平地裏閃了一交。淡呵呵冷被時人笑，堪笑這割鷄者用牛刀。

〔天下樂〕俺也曾手把絲綸掣六鰲，漁樵，氣韻高。俺也曾醉上蓬萊看八表，駕滄溟眼界空，登泰岳衆山小，緊靠着孔孟宅鄰舍好。

〔那吒令〕七八歲勉學，淡虀鹽一瓢。二千里枉勞，路途債九遭。四十年苦熬，冷板凳兩條。世不愁文運衰，生不怕窮星照，打精神再把書教。

〔鵲踏枝〕聖天子重英豪，四海内集時髦。只您這宰輔公卿，都是俺功績勳勞。雖是俺文章欠好，索强如立草爲標。

〔寄生草〕非是俺功名鈍，分福薄。盈虚消長天之道，榮華富貴人之好，清貧冷淡吾之樂。只俺這孤燈耿耿照書齋，一任他諸公衮衮登廊廟。

〔幺篇〕尊經閣淩雲漢，明倫堂跨赤霄。詩書子史窮玄奥，君臣父子全忠孝，齊家治國諳經略。蘇湖德業重真儒，唐虞聖化存吾道。

〔後庭花〕若不是那年時擔懊惱，怎博得這其間能湊巧。且休提夕貶潮陽路，只俺這謫黄州聲價好。恰上任立科條，幸遇着文衡文衡考校。舊題目撞了個着，老文章記的牢。唱名時取的高，賞呈文紙一刀，筆三枝五彩毫。半截紅纏滿腰，插雙花上馬嬌，共生徒擻了一遭。

〔青歌兒〕呀，方顯俺書生書生榮耀，不枉了平生平生才調。雖不得萬里封侯建羽旄，只俺這燕頷班超，食肉丰標，二八元宵，十月之交，鄉飲嘉殽，祭品盈庖，親友招邀，兒女支銷。又只怕清白門第富而驕，未若貧而樂。

〔賺尾〕謹保守舊家聲，便看做無價寶。赤緊的脚跟兒立地實著，世世清名答聖朝。甚的是富貴崇高，冷瀟瀟不染塵囂，儘有些暮史朝經道義交。再不讀律條，誓不追糧草，罄丹心迎官接詔睦同僚。

〔南吕〕一枝花

贈許石城①

丙寅春，余以移官京口，參謁留臺，過訪奉常許石翁，夜話亹亹，論及聲律。淩晨趨伺官府，卓午弗得見。卜肆借筆，爲填一闋，

① 今校：《北宫詞紀》題作“贈許奉常石城”。

草具求正。而翁業已先遣童子折簡索贈，不知余所往。翌日，復詣官府，又弗得見。即肆中題姚園十八景，付之秋澗，亦初稿也。概不是正，顧輕許可，何邪？

跡雖羈霄壤間，心直在羲皇上。客常來談藝圃，塵不到草玄堂。二十年晝錦還鄉，居帝里山河壯，荷皇圖氣運昌。且休提仰太山北斗齊名，單只看震春雷南宮放榜。

〔梁州〕想當時冠羣英賢科第一，到如今抱孤貞國士無雙，老山濤到底留清望。空自秉松筠節操，更不開桃李門墻。玩一會蜉蝣世界，笑一棚傀儡排場。起甲第休看做許史金張，論詞華並不數盧駱王楊。有時節千仞岡高整雲衣，有時節七里灘輕移雪舫，有時節百花叢痛飲霞觴。也不索比量，短長。閑忉騷不擱在咱心上，仰聖君託賢相。四海昇平振紀綱，醉也何妨。

〔尾〕望滄海萬頃瓊瑶漾，遶鍾阜千峰繡幙張，這佳水佳山足吟賞。任烏兔且忙，幸身軀儘康，看庭前春草年年長。“滄海”，汪本作“滄江”。

〔雙調〕新水令

題市隱園十八景①

始余客上京，得內交市隱主人。主人方致身清班，顧未嘗忘市隱園也。乃以湘帙標十八景，彙諸名家題詠數千百言，示余徵詞，以備一體。余笑而應之曰：“主人以十八景示余，余臥遊乎，余夢遊乎，余恐詞之支離而無當也。”主人既得請改南曹，廊廟江湖，一旦合并矣。乃余以謫至南徐，乘輿詣白門，輒馳入園中，歷撫十八景，從而賦詠，用償夙託，復請主人稍更其額曰“仕隱”。

彩鸞飛詔下丹霄，滿園中萬花歡笑。新恩辭北闕，舊隱改南曹。銜一味清高，占盡了世間樂。

〔駐馬聽〕露浥蘭皋，步惹幽香濕錦袍。風生芸閣，聲隨流水響金鑣。依然束帶立於朝，一般走馬長安道。這其間無限好，樂田園俯仰登廊廟。

---

①　今校：《北宮詞紀》題作“姚秋澗市隱園時姚改南容臺”。

〔雁兒落〕俺只見玉林抽鳳尾摇，茶泉煮龍團鬧。春雨畦歲歲收，海月樓年年照。

〔得勝令〕呀，俺只見串鶴逕午煙銷，翦鷗波晚風飄。閑揮灑鵝羣閣，慢行吟浮玉橋。歸雲洞新鑿，開頂上通天竅。洗硯磯清標，見池中有鳳毛。

〔水仙子〕中林堂美景一週遭，容與臺平臨四望遥，觀生處勘破千年調。柳浪堤春意好，芙蓉館絶勝江皋。借眠庵黑甜一覺，思玄室丹心未了，秋影亭黄葉飄飖。

〔折桂令〕有時節上吟壇滿座風騷，句句評駁，字字推敲。歌太平韶頀之音，聚耆英山川之秀，傲王侯湖海之豪。論才華也不亞金鑾視草，愛清閑又何妨玉珮趨朝。混迹漁樵，懶出城郊，際鍾陵萬代昌期，聽長江千里春濤。

〔離亭宴歇拍煞〕雲深怕近紅塵道，日高懶整烏紗帽。憶當時六朝，鬬富貴金谷園，弄詞藻華林宴，歎埋没銅駞草。爭似這座中小洞天，眼底真蓬島，又何須解嘲。也不勒北山文，也不攜東山妓，也不隱南山豹。浮沉金馬門，出入石渠閣，有時把溪上清言念幾條。謝皇恩史隱兼，慶仙園遭際好。原注：秋澗輯古人玉壺冰數種，彙爲一書，名曰《溪上清言》。　汪本"懶整"作"慵整"。

〔雙調〕新水令

留别邢雉山①

僕垂髫隨宦，皓首重來，慨舊識之無多，樂新知之畢聚。傾蓋言志，擊節賞音。華燈與雪月交輝，笑語共笙歌雜沸。於是督郵入郡，迅鞅載途，惟奔命之不遑，悵良宵之易曙。塵容俗狀，抑又甚焉。翹首寄聲，聊復爾爾。

憶金陵佳麗帝王州，四十年感時懷舊。看山光洩不盡天地靈，聽江聲流不斷古今愁。單只爲四海交遊，霎時間同氣相求，誰承望利名韁緊拖逗。

① 今校：《北宫詞紀》題作"金陵留别邢雉山太史"。

〔駐馬聽〕鳳舞麟遊，雙闕重城十二樓。龍爭虎鬬，六朝三國幾千秋。明時閑却濟川舟，良宵兜起談天口。全不減晉風流，賞心樂事般般有。

〔沉醉東風〕只今日伴漁樵青山緑藪，想當時侍君王紫閣彤樓。那其間常懸捧日心，這搭兒且褪拿雲手，趁清朝急早抽頭。白玉堂中第一流，權做個没是非清心道友。

〔雁兒落〕丞相啊不住的施毒手，學士啊蹬脱了牢籠彀。方顯的樂閑人有下梢，一任他使計的乾生受。

〔得勝令〕呀，准備着打魚舟，收拾了釣鰲鈎。邀夜月芙蓉帳，醉春風歌管樓。暢好是優游，再不待金門漏。也忒煞清幽，勝强如玉殿秋。

〔川撥棹〕俺這里恰凝眸，一萬縷秦淮橋畔柳。俺只見雲水悠悠，風竹颼颼，靜巉巉深巷景幽，躲過了長安官路口。

〔七弟兄〕識時的袖手，得便也掉頭。笑宦海等浮漚，只落的對人不把雙眉皺。放懷消盡一腔愁，可正是悟真直撞三關透。

〔梅花酒〕俺從來好遠遊，恰又到皇州。正日暖風柔，聽麗曲清謳。明晃晃花燈照綵樓，聲細細玉管間箜篌。客難留，席不收。您畫堂中儘消受，俺紅塵中枉馳驟。您三五輩探春遊，俺二千里抱官囚。您常只是傲王侯，俺不能够訪丹丘，咱這些兒不相投。

〔收江南〕呀，把似您功成名就，百無求，量俺這一官半職甚來由，枉費了玉堂學士好相留。望車塵疾走，俺可甚一心分破帝王憂。

〔尾聲〕靈臺早晚題章奏，德星今日躔奎宿。俺這里共春風滿樓，擅詞藻探花郎，慕清議登龍客，樂恬曠談玄友。恰報到四路諸侯，好共歹難喫受。謝學士把盞相酧，直不上半張紙的功名，諕的我心提在口。

〔黄鐘〕醉花陰

酬金白嶼

秋澗雅招，春園好會，得白嶼之老友，聆黄鐘之希聲。賓主罄歡，溪山改色。恨相知之既晚，計信宿之無繇。别路匆匆，睠言脈脈。兹者瑶函韜以南昌，清響偪乎東泠。無言弗酬，倡予和汝，即工拙不論也。

奎璧連珠現光彩，四下裏祥煙瑞藹。芸閣靜玳筵開，雪鬢霜髯，滿座上高談客。和氣動暖風來，這的是一刻千金何處買。

〔喜遷鶯〕自古道青春難再，喜相逢笑口齊開。英才，廝輳着五湖四海，也有那聖世衣冠，伴着草萊。醉披襟斜岸幘，一個個周情孔思，一個個道骨仙胎。

〔出隊子〕一個個英雄豪邁，縱風情滿壯懷。文光萬丈貫三台，氣岸孤高壓九垓，聲價千鈞重四海。

〔幺篇〕數算了金陵詞派，傲梨園蕭爽齋。清歌麗曲寫胸懷，識譜明腔稱體裁，換羽移宮諳韻格。

〔刮地風〕只聽的江左周郎大喝采，不由俺雙手兒齊拍。見了他一字字堪人愛，一聲聲音吕和諧，一句句六朝感慨，一篇篇千古興衰。慣評花閑判柳十里樓臺，問功名佯不睬，每日價放浪形骸。猛可的遇知音敢只是情無奈，他道俺乍相交何處來。

〔四門子〕他敢是早年間出落在紅塵外，做了個散誕仙風月客。撒一會奸，賣一會乖，覷高官大爵怎介懷。撒一會津，賣一會歆，見不上學鑾撇奤。

〔古水仙子〕他他他繡筵前没刬劃，俺俺俺見面生情暗裏猜。是是是筆陣裏馳名，敢敢敢吟壇上出色。想想想料應是楊子宅，個個個並着肩促膝相挨。談談談玄的玄白的白，悄悄悄俺心中生疑恠，呀呀呀見放着盛世翰林才。汪本無"心中"之"中"。

〔尾聲〕有一日拖着絛吕公拐，遊遍了雁蕩天台。滿拚着七日山中，抵浮生千萬載。

〔黄鐘〕醉花陰

仰高亭中自壽①

平生酷愛山水間，齊南有别墅二，皆名勝之區，每去城市，恒居其中。暨薄遊四方，亦得佳山水處，淶水抱西山之秀，京口擅金焦之美，出處之間，不可謂不遇也。草亭初成，欣然命酌，日精月華，

---

① 今校：《北宫詞紀》注云"亭在潤州學舍"。

金焦北固，諸峰羅列几席，自謂賢於食前方丈遠矣。遂歌黄鐘之宫，邀名山以自壽。

細雨輕風淡煙裊，又一帶山圍水遶。搬日月滚江濤，地闊天高，越顯的幽亭小。超北固跨金焦，便做道閬苑蓬萊，也只是山水好。

〔喜遷鶯〕正值着清秋天道，數重陽屈指非遥。登高，咫尺內青山翠島，見放著日月精華龍虎朝。轉頭來遊翫了，一壁廂丹山起鳳，一壁廂赤水騰蛟。

〔出隊子〕這的是幽居堪樂，冷齋邊山可樵。新苫小巧草團標，旋壘高低流水橋，消遣時光花共鳥。

〔刮地風〕把多少韶華攛斷了，俺只待撫景逍遥。想人生也有個千年調，怎做的方朔偷桃，笑神仙計拙心勞。是掏摸犯法違條，總不如守清真不染分毫。傲乾坤長壽考，行動處水米無交。爲甚麽懶參禪慵學道，敢只是老先生頓悟高。

〔四門子〕小亭中説不盡其中妙，喜的是氣韻清風致好。黄菊兒開，紅葉兒嬌，銜一味天香桂子飄。酒盞兒擎，詩句兒敲，獨自個稱觴頌禱。

〔古水仙子〕當當當雲板敲，是是是空外仙音奏九韶。謝謝謝天地三光，請請請文房四寶，來來來緊隨身齠齔交，看看看掃雲煙展紙揮毫。勸勸勸楮先生滿席都醉飽，慶慶慶遇良辰四友齊歡樂，年年年常伴著老風騷。

〔尾聲〕仰高亭無一點紅塵到，也不惹酒聖詩豪，只俺這筆硯琴書一壁廂申舊好。

〔中吕〕粉蝶兒

五嶽遊囊雜詠

往於燕市識五遊山人，既而不復恒見，蓋嘗慕其果於離塵絶俗者。邇登焦山，見山人行窩在焉。訊之僧，則曰頃向岱岳去，不久當還此。閲月，山人果還，輒過書齋，相與話塵外事，且得玩弄遊囊六物，及自題雜詠六絶句。余亦以六絶句和之。山人稱善，從而歌焉，弗諳於律。山人曰："子能轉爲新聲乎？"余曰唯唯，作中吕。郭山人名苐，字次甫，吴人也，亦號獨往生，善古詩。六物者，五岳真形圖、杖、衲、瓢、鋤、觚。

五嶽遨遊，滿乾坤一腔靈秀，擅江湖千古風流。覽恒山，連泰華，祝融神岫。不多時回到中州，早又是效嵩高望天祝壽。

〔醉春風〕萬萬歲再山呼，感皇恩三叩首。俺是個天朝作養一閑人，遥到處走，走。俺是個草莽之臣，煙霞之侣，神仙之胄。"遥"字待校。

〔紅繡鞋〕四海内漁樵爲偶，三教中道釋同流，這的是唐虞聖世有巢由。也没那高官勢，也没那小民憂，相伴着木石居，麋鹿友。

〔普天樂〕一江清，三山秀。白蘋渡口，紅蓼灘頭。深棲學卧龍，遠舉依靈鷲，漢焦光遁迹還如舊。道高一世，名垂萬古，洞隱千秋。

〔脱布衫〕煉丹臺彈壓江流，瘞鶴銘湮没滄洲。羅漢岩天長地久，桃花塢緑肥紅瘦。

〔小梁州〕見了些洗古磨今水上漚，抵多少飄瓦虚舟。分明世事等蜉蝣，閑窮究，人我海浪悠悠。

〔幺〕雙飛烏兔搬昏晝，手摩天欲挽難留。没事忙空迤逗，自鴻濛以後，日西下水東流。

〔上小樓〕想起那陰陽未剖，無聲無臭。俺只索妙契天機，静與天居，動與天遊。因此上覽九州，遍八陬，把興亡看透，端的是好山川古今依舊。

〔幺〕投至得遶葱嶺轉山腰，敢又早向桃源尋洞口。見了些雁蕩天台，碣石龍門，三島十洲。有時節泛槎遊，入斗牛，浮沉宇宙，抵多少利名場黄昏清晝。

〔滿庭芳〕做一個煙波釣叟，瀟瀟灑灑，蕩蕩悠悠。水清不怕魚兒瘦，俺只待樂以忘憂。也不羨嚴陵貴友，也不羨渭水封侯。醉把漁船扣，高歌送酒，響遏碧雲流。

〔耍孩兒〕天風飄起雙袍袖，結束了遊囊在手。腰纏跨鶴上揚州，爭似俺幾件兒清修。一元和氣懷中抱，五岳真形掌上收。漢皇再拜親承受，東方朔謹請，西王母傳留。

〔五煞〕杖啊，涉滄浪擔在肩，上青山拄過頭，穿雲步月多生受。一條寒玉扶攜便，九節枯藤摩弄熟，又只怕葛陂水底蛟龍鬭。百錢高掛，萬里閑遊。

〔四煞〕衲啊，也休誇奪錦袍，也休提集翠裘，粗針大綫天生舊。千山熬煉霜和雪，百歲消磨春復秋，夏涼冬暖迎風鬬。到晚來蒲團高臥，權當做布被蒙頭。

〔三煞〕瓢啊，太極分兩儀，空同涵萬有，從來濩落難求售。單守着門清似水居顏巷，休靠那樹大招風惱許由。歸來飽飯黄昏後，曲肱而枕，鼓腹而遊。

〔二煞〕鋤啊，明晃晃月上弦，曲彎彎玉作鈎，快生生百鍊鋼磨就。閑刨石髓和雲煮，細劚山精帶露收，藥籃兒挑起香風透。伴劉晨阮肇，訪閬苑蓬丘。

〔煞〕觚啊，形從三代前，名傳千載久，曾隨瑚璉陳籩豆。雖然不做模稜樣，却也難將圭角留，醉翁之意誰參透。賽金盃玉斝，勝瓦鉢瓷甌。

〔尾〕悠悠獨往生，年年方外走。閑看世事多非舊，只落的五岳遊囊件件兒有。

〔雙調〕新水令

壽馬南江

南江舊尹，蚤負才名。北海狂儒，晚承契執。適於七月登七秩之壽，猥以一言罄一日之歡。非詩非賦，居然几席少文；有聲有辭，莞爾絃歌在聽。調非寡和，坐有知音。

碧梧金井報新秋，正暑退涼生時候。筵招滄海月，杯引大江流。織女牽牛，共祝長生壽。

〔駐馬聽〕銀漢雲收，貝闕天開碧玉樓。琅璈樂奏，水晶簾控紫金鈎。羣仙隊隊下丹丘，青鸞白鹿驂前後。望虚空遥拜手，老人星現朝南斗。汪本"羣仙隊隊"作"安期子晉"。

〔雁兒落〕惜朱顏有去留，守丹竈無昏晝。銷磨了報國心，拂破了歸山袖。

〔得勝令〕富貴浪中舟，功名水上漚。才大難爲用，時來不自由。周流，歲月閑消受。交遊，英雄儘唱酬。

〔沉醉東風〕杏花村呼來美酒，桃葉渡棹入扁舟。人間快活仙，林下風狂叟，掛冠來不事王侯。踪跡難尋境最幽，單認着門前五柳。

〔折桂令〕細追尋六代風流，高興狂歌，雅志清修。字擬鍾王，詩宗陶謝，賦準曹劉。古稀年從容到手，太平世安穩藏頭。醉臥林丘，嘯傲滄洲，散誕逍遥，泮渙優游。

〔水仙子〕也曾對西風獨上仲宣樓，也曾乘皓月同登郭泰舟，也曾臥斜陽爛醉劉伶酒。也曾和騷人賦遠遊，也曾度函關穩跨青牛。也曾綰銅章三番結綬，也曾散朝班雙鳧回首，也曾事先皇百里封侯。

〔清江引〕暑往寒來春復秋，就裏閑窮究。幾見百年人，浪説千年壽，老詩翁端的到九十九。

〔雙調〕新水令

仰高亭自壽

三年謫宦，兩度稱觴。中間爲萬里之遊，居常談虎。畢竟挾五湖之興，慕在飛鴻。雖偃蹇於江城，亦優閑於林屋。安隨所遇，樂得其常，吾所以自壽每如此。

憶前年自壽仰高亭，歎滇雲去秋奔命。今朝沽酒處，依舊小山青。身外浮名，浪迹何時定。

〔駐馬聽〕白首窮經，官舍淒涼老客卿。青氈聽命，江天寂歷少微星。西風又起故園情，南樓忽動新詩興。拚酩酊，休將往事重思省。

〔雁兒落〕好回來萬里程，端的是三生幸。心不關杜甫愁，身不惹相如病。

〔得勝令〕無日不閑情，隨處是前程。詩得江山助，文兼吏隱名。昇平，際聖世朝綱正。長生，羨幽人道氣清。

〔川撥棹〕呀，俺這裏謾消停，到處裏安然尋聖境。俺可也性體虚靈，耳目聰明，心志精誠，節操堅貞，守定了黄庭内景，向崑崙頂上行。

〔七弟兄〕一會家細評，此生，也非輕，出風塵改不了煙霞性。在江湖毁不了鷺鷗盟，傲乾坤阻不了山林興。

〔梅花酒〕正江南秋色澄，恰丹桂流馨，又黄菊舒英，酒淋漓香不斷。花爛熳笑相迎，愛青山傍草亭，俺只索翦鮮蔬煮香羹。汲甘泉試茶經，依古調按元聲，換新詞祝遐齡。

〔收江南〕呀，謫仙人三載到江城，煉丹臺千里隔蓬瀛，笑蠅頭蝸角一身輕。對良辰美景，正秋來萬寶慶西成。

余以乙丑冬客潤州，丙寅作仰高亭於尊經閣之北，舊膳堂遺址也。雙柏蒼老，對植左右，不知幾何年矣。亭少東爲日精山，峙於周垣之内；其後爲北固山，郡堞倚以爲雄；近西爲月華山，亦峙城中，而日精特爲秀異，長松干雲，佳氣葱蒨。時一登眺，則金焦大江之勝，在目中矣。丙寅之秋，自壽於亭中。丁卯應滇闈之聘，其日方燕集黔國，亦歌鹿鳴之詩，余未之有述也。今秋初度，復坐此亭，頹然獨酌，忽憶畏途，爲之動容，并州故鄉之意，固所安心矣。若夫左扶桑，右泰岱，嵩沂角其前，渤海帶其後，藐然中處，則有此景亭在焉。他年自壽，不厭煩複者此也。

〔南吕〕一枝花

題丹元樓宗藩誠軒翁

外史氏曰，吾嘗語於人人，誠軒翁則賢孝君也。被服祖訓，性行麟慈，黼黻皇猷，文藻彪焕。曩事端惠王，備極愛慤，無間朝昏，亹亹翼翼，蓋無異於賢士大夫。厥惟終事，必成必信，情文交罄，據禮考俗，巨纖畢集；哀怛之容，悲慘之聲，觀者感動。匍匐稽顙，以謝臨客。客弗敢當，弗變也。即遠之日，環登城陴，擗踊奔號，攀籲無從。執紼之人，還望流涕者以千計。嗚呼，即古之賢士大夫，曷以過焉，而況於邦君者哉！既禫而冕，乃歷臺登樓，拜手稽首，跽祝萬壽。北面拱極，西向瞻雲，前依宗國，左埒頖宫，兹樓臺之大觀也。猥以譾劣，抽毫填詞，逖傳懿美，將使陳詩觀風者采述焉。

其詞曰：

常懸捧日心，少慰瞻雲憾。去天欣尺五，入洞喜函三。叢桂毵毵，裊瑞靄香風淡，沐恩光玉露湛。倚南山紫翠千重，俯北海煙波一覽。

〔梁州〕環眺望雕楹繡檻，荷帡幪珠履瓊簪，簷牙炳燿金珠紺。窗啣旭日，簾捲晴嵐。奇葩爛熳，怪石巉巖。幕亭臺四面蒼杉，染池塘半畝柔藍。喜修心兀坐端居，好藏書兼收並攬，愛寅賓闊論高談。忠肝，義膽。瞻天戀闕寧辭暫，仰精誠佩昭鑒。卓行芳名播斗南，寵賚瑶函。

〔尾〕旌賢賓善勤推勘，勅使觀風幾駐驂，指日傳宣聖恩湛。犒黄封味甘，宴丹元飲酣，賀當今大孝尊親萬民感。

〔南吕〕一枝花

送賈封君約翁南還

約庵翁來遊上谷郡，深居燕閑之室，不與物接，泊如也。居無何，遽命駕歸山中，恐人之知，秘其行色，無所於訊。余竊以微意偵得之，私念曰：翁之行不使人知，其自處得之矣。余辱通家後進，闕於言别，獨胡能爲情哉！迺拂紙吮毫，作長短句，託之近調。時天高風急，浩然放歌，聲迫霄漢，自謂頗壯行色，翁其與進否耶？

人間福德全，洛下耆英舊。丹心瞻上國，白首望中州。一雁横秋，雨洗燕山岫，霜清易水流。恰東籬勸插黄花，又南浦催斟緑酒。

〔梁州〕趁迤邐長亭官柳，儘逍遥短劍輕裘，離歌妙轉清商奏。征雲冉冉，歸馬悠悠。懸情伊闕，寄興嵩丘。老弟兄同氣相投，小兒孫奕世承休。笑談間引滿霞觴，峥嶸處踏開月窟，發達時撞破煙樓。不求，自由。百年晚景閑消受，慶團圓，喜成就。傲盡朱門萬户侯，泮涣優游。

〔尾〕一家獨擅乾坤秀，一世安然福禄優，笑向煙霞尋故友。竹林下宴遊，草堂中唱酬，覷了那利鎖名繮怕沾手。《北宫詞紀》"草堂"作"草亭"。

〔仙吕〕點絳唇

郡廳自壽

己巳菊月，余至保郡，越半年矣。每念桑梓在東齊，而余又西來，余弟治江南，而姪領北縣。或遠或近，均莫之聚也，恒切憶之。是歲燕趙齊楚，大水傷稼，而吾家僉有貢賦之職，不易報塞，更相念也。自筮仕壬戌歲初度皆有述，在郡無與偶者，乃賦此以自廣。

甲子將周，壯懷依舊，人長壽。知命無憂，五十今增九。

〔混江龍〕等待的黎明時候，俺只索鷄鳴而起早梳頭。可正是高秋屬序，朔旦焚修。投至得文廟行香先報本，瞻拜了城隍土地祝神休。衆官僚升堂公座，唱一聲擊鼓排衙，兩邊厢分班伺候。各衙裏人馬平安，只俺這黄堂佐職欽除授，統領着三州刺史，兼管着十七諸侯。

〔油葫蘆〕序立着官吏師生齊拜手，衆鄉耆謹叩頭。俺只索采民風詢民瘼解民憂，修德弭天災，黎庶無逃走。蠲税感皇恩，老幼長相守。只愁政不行，那怕歲不收。不移時德意溥仁風透，端的是和氣滿神州。

〔天下樂〕俺只見聖旨傳宣五鳳樓，漂流，百姓每愁，衆臣工急將德政修。盡安民一點心，釋官家萬里憂，喫緊的救幽燕十六州。

〔那吒令〕愛民心已周，遇荒年不愁。敬天心已投，致中和有由。報君心已酬，望神京稽首。答謝了聖主恩，祝贊了皇王壽，保山河萬載千秋。

〔鵲踏枝〕消繳了小民愁，分破了帝王憂。宰相每燮理陰陽，不枉了黼黻皇猷。方顯的功名不朽，這其間與國同休。

〔寄生草〕正值着三秋節，喜孜孜不自由。小臣深感天恩厚，短歌輕轉清商奏，老夫私祝喬松壽。自家悲喜自家知，尋常甘苦尋常受。

〔幺〕呀，悄無人相過訪，又無人共唱酬。天邊幾點丹霞秀，階前數朵黄花瘦，眼中千載青山舊。半床書史淨無塵，一簾風日閑清晝。

〔六幺序〕歎骨肉三千里，望雲山十二樓，那里也拜家園數畝松楸。念功名泛梗浮漚，覷人情飄瓦虚舟。那里也兄弟相求，子姪從遊，詩酒交酬，笑語綢繆。望不斷斜陽衰柳，掛離懷天際頭。

〔幺〕呀，四下裏凝眸，那搭兒消憂。恰便似宋玉悲秋，王粲登樓，司馬淹留，杜甫窮愁。望不見知心故友，這其間誰與儔。只落得鴻雁啾啾，風氣颼颼，歲月悠悠，良士休休，一弄兒冷淡清修。乞求的無榮無辱無卑陋，到大來不忝儒流，只願的平安兩字常相守。一壁厢天官賜福，一壁厢海屋添籌。

〔賺煞〕想吾生豈偶然，把今古閑窮究。到大來天長地久，看了些千載英雄冠九流。感明時夢見伊周，荷天休，上下交修，乞求的爲民爲國躋仁壽。望年年有秋，願家家好收，這的是微軀此外復何求。

〔雙調〕新水令

庚午春試筆

余生於正德辛未，今六十年矣。鳳曆初頒，恭閱一過，余歲侈然冠於干支之首，未嘗不廢册而歎也。自去秋出城，毒霧淫於五內，醫慎宣洩，遂嬰腦疾。雖勉慕微禄，時時强起，然風寒易薄，勤力不任，從此□矣。獻歲有將迎之役，返而伏枕，饔飧藥餌，自念無聊之甚，乃浩然憶山中也。呼兒近榻，索片紙試筆云。

從今花甲一周遭，可又早六旬來到。生辰非將相，賦質本漁樵。誤脱藍袍，换頭角改時調。

〔駐馬聽〕仰荷清朝，七載三遷歷郡曹。俯慚衰貌，一身千里困塵勞。染髭鬚蘸不上兩眉稍，怕風寒閉不了雙鼻竅。見如今難自保，待歸山便採長生藥。

〔沉醉東風〕走紅塵偏能易老，覷青山去也非遥。休勞七尺軀，妄想千年調，趁明時好做個開交。一任頭顱長二毛，再不把煤煙暗掃。

〔雁兒落〕再不把拾來的擔子挑，再不把不哭的孩兒抱。再不替别人家瞎頂缸，再不做現世的虚圈套。"缸"原作"鋼"，從汪本。

〔得勝令〕俺本是白屋下老文學，怎做的黄堂上好官僚。聽斷啊生只怕虧了情法，擬罪啊又只怕差了律條。旱潦了田苗，怎下的惡狠狠追糧料。重併了差徭，誰能够實丕丕戀土着。

〔沽美酒〕他他他生不聊，我我我怎貪饕，總不如兩袖清風歸去好。到山中落魄，拖竹杖住松巢。

〔太平令〕把世事通然丢竄，衠一味散誕逍遥。也不管青紅白皂，也不管高低强弱。我啊，還守俺草茅、土窑，一搭兒打熬。呀，説甚的江湖廊廟。

〔川撥棹〕非是俺覓苦李漾甜桃，也只是歎吾生不耐老。看俺這曲脊蝦腰，手顫頭摇，言語刁騷，衣履鏖糟。行動處東趄西倒，一步低一脚高。"不耐"原作"無耐"，兹從汪本。

〔七弟兄〕一會家待學，老陶，儘孤高，傍東籬倚杖閑舒嘯。謝彭澤斗米怕折腰，伴南村野老閑懷抱。

〔梅花酒〕頗狂歌託聖朝，恰過了元宵，又值着花朝，特地到芳郊。詩句向閑中得，酒價在杖頭挑。時雨過水平橋，香露滴藥生苗，龍潭淨海通潮，蟾影淡斗回杓。

〔收江南〕呀，試看了今年新曆好蹊蹺，把俺這元辰本命細裁度，司天臺太史蘸霜毫。標題的倒好，這的是從頭再數聖明朝。

〔中吕〕粉蝶兒

辭署縣印

郡齋後室，病臥暖榻，蘧然午夢未足，方在山中，曠若無營也。忽喧傳郡丞陳大夫到廳上，聲勢甚厲。余謝不任倒屣之罪，呼兒出捧茗碗授之。將命者反命云，善視印在也。余聞之，股木彊，肌鷄膚，慄慄若風雨之驟至。兒問余寒乎，亟析薪，噓燃之，納榻底。余乃喜，附暖熟眠，暮而醒，竟不問印所在。徐聽無人聲，印出矣。

庚午流年，看了會子平書有些兒窰變，打了個六壬時正撞着赤口留連。平白地一顆印，没來由丢在咱閑庭前院。只俺也曾被蛇纏，見了條爛井繩謊的我心驚肉顫。

〔醉東風〕那一個傷天理害人精，狠心腸幹這樣藺。這藺兒没頭没緒亂絲纏，快送的他遠，遠。謊的我魄散在雲端，魂飛在天外，怎隄防這場兒災變。

〔紅繡鞋〕我和你是通家的門面，你和我往日又無冤，如何把俺死牽連。心窩上跺了一脚，腦門頭楔了幾拳，倚着你手脚兒强，欺壓的軟。

〔幺〕俺本是山林中貧賤，伴不的臺閣上英賢，逃名躲利怕威權。芥子似心腸兒小，柳絨般氣力兒綿，掉着那筆尖兒可又早吁吁的喘。

〔滿庭芳〕俺可也學疎才淺，受了這一官半職，離不了斷簡殘編。雖然是管糧廳注定了天曹選，到頭來門第蕭然。午風微琴聲清遠，明月上鶴影蹁躚。取次銷前件，畢罷了簿書消遣，俺可也黄卷内對先賢。

〔小梁州〕移過那矮矮燈檠小榻前，良夜無眠。圖書舒捲玩先天，驅聞見，得意處每忘言。

〔幺〕雖不是太史編修院，起來時日轉花磚。案牘清，勾銷遍，縱有那行移粘卷，無經手的半文錢。

〔上小樓〕職業修須當黽勉，本分外何勞迷戀。你只待南去北來，後擁前遮，東扯西牽。把似你佐三邦，任貳府，還只待户封八縣，憑着這大才能你可也烈烘烘施逞了一遍。

〔幺〕俺不慣當攬頭，休把俺向家裏捻。捻的俺立地無存，片甲無歸，疾走無邊。直走到東海沿，冶水前，和俺那村莊家相見，感不盡老同僚好心兒方便。

〔幺〕便做道考察册開了逃，俺也是六十翁罷差遣。也不怕革職爲民，又不犯提問追贜，落得個晚節成全。正遇着羊馬年，廣種田，多收些絲絹，俺只待按四季納錢糧也不署那親臨的州縣。

〔鬬鵪鶉〕這印啊你誇他墨綬銅章，俺覷着是撾錘鞭鐧。逢着的肉綻腰折，撞着的身酥骨軟。諕的我躡足潛踪閃在一邊，悄没聲不敢言。他自有那硬漢來擔當，可憐見俺小家兒權時告免。

〔耍孩兒〕起初時也做了個喬知縣，只想把經綸大展。誰承望癡心枉使出頭船，顯不的快覷爭先。饒他飲的醺醺醉，倒説俺爲官索酒錢。爲嘴食難分辯，俺只索拂衣而去，至如今閉口無言。

〔幺〕俺也曾循行阡陌中，徘徊里巷邊，農桑種植身親勸。長安大道千株柳，野店荒村萬畝煙。春日暖和風扇，誰承望甘棠起謗，至如今喬木含冤。

〔幺〕不甫能赴天曹改職銜，掌文衡謝糾纏，没來由帶管丹徒縣。來來往往成了仇恨，唧唧噥噥垛了業冤。有幾起屈枉事行咱辯，開一夥江洋巨盜，盡都是本縣的生員。汪本末句無"的"字。

〔尾〕重來此郡中，安心守自然。從今再不去歪廝戰，你不將這印去啊，斷送我走上東山離的你遠。

〔黄鐘〕醉花陰

聽鐘有感

語云：鐘鳴漏盡，夜行不止。蓋古今通禁也。然往往有犯而不校者，無乃家給人足，外户不閉之時乎？春宵病臥東窗之下，月霽風恬，鐘聲清越，稍動天街散步之興，顧强起未能耳。命筆秉燭，漫填此詞，已復欹枕。默然省，惕然驚也，乃竟夕不成寐云。

短巷長街送車馬，黑鄧鄧飛塵亂撒。收晚景，歛殘霞，數盡歸鴉，轉眼夕陽下。人困也馬行乏，只聽得鐘送黄昏一下一下的打。

〔喜遷鶯〕景陽樓高掛，韻清圓聲不沙。堪誇，響動了人人驚怕，恨不的疾走慌忙奔到家。鎖心猿拴意馬，快做個抽身罷手，倒免得鬬口磨牙。

〔出隊子〕猛然聲岔，緊十八慢十八。街坊小户掩了籬笆，酒店茶房上了板搭，便是相府侯門早也拴閉殺。“板搭”原作“板達”，從汪本。

〔幺〕疎鐘纔罷，聽梆聲怕怕他。這壁廂提鈴喝號的磣油花，那壁廂剳鋪巡風喬坐衙，擺列着把路攔街尖哨兒馬。

〔刮地風〕那一個消停半時霎，動不動就當賊拿。猪毛繩丟在膞兒上掛，齊向那冷鋪裏拖拉。正當門牌樓一架，獸頭房規模不大。窮蓼花，醜土巴，絮聒聒有些閑話。他道你發罷擂撞罷鐘到處行踏，這的是御街頭不是你房廊下，笑你個不知時大傻瓜。

〔四門子〕老婆婆提着名兒罵，夜深沉不到家。耳朵兒聾眼睛兒花，問人啊討不的句真誠話。身子兒沉，手脚兒麻，一步兒剛挪的半扎。

〔古水仙子〕鼕鼕鼕鼓二撾，盼盼盼西望長安不見家。去去去有路兒難行，來來來是人兒須怕。悔悔悔悔從前意兒差，想想想想當初性兒撑達。聽聽聽定夜鐘一百單八下，休休休再休去打鼓弄琵琶。

〔尾〕來到南城見了個都兵馬，看了這老公公該免科罰，勸你早早回頭一坨兒受活煞。

〔南吕〕一枝花

月食救護

己巳秋，七月之望，月食不見。舊儀，日月入地食，及陰雲不見者，贊拜成禮以俟。是夕，文武方面官涉歷多者，僉以此質議，問於書生。書生漫應之。貿貿然救護無已期，長跪不堪者，手據地匍匐矣。數生者方更迭倚立，或掩口竊笑，又謬置木牌，亂其始終。然陰雲竟夜，迄無明驗云。

黑呼通陰霾半夜天，硬哥邦石砌當階地。軟烏刺腿丁骨存了血，磣柯查波羅蓋去了皮。隔重雲日月交食，打不破昏思謎，又不知進退機。可恨那傍觀者樂以忘憂，哄着俺領班的恭而無禮。

〔梁州〕有一個執牌的是不是先呈了食既，有一個上香的來不來又換上初虧，他把那生光食甚都顛置。不分南北，怎辨東西。豈知吞吐，那顯遲疾。一個慣死没騰苦眼鋪眉，一個慣瞎模糊藏頭露尾，一個慣呆答孩似醉如癡。其中，就裏。顛三倒四存何意，見了那扒的扒睡的睡。這的是苟且因循不整齊，反褻天威。

〔尾〕只教他在官人都要齊齊跪，免使他仰面妝憨似不知，他准備下分番倒替階前立。據他這所爲，全不守禮儀，問着他修省之心無半米。

〔南吕〕一枝花

日食救護

庚午正朔，日有食之。將届期，召書生問禮，無一至者。既就位，拜跪如禮。食二分弱而吐。日者以復圓牌樹案上，贊者相戒默默。移兩晷，班後人嘖嘖不平，私相語云，今非雲掩，日光已復，牌樹久而不贊拜，何也？已而有人報御史臺救護畢，生方狼顧徐走，作狐疑狀；又久之，始徹案。《魯論》曰：及其更也，人皆仰之。生獨不能仰者耶？元夕，月又食，余以病作在告，而僚吏各有所事，出郡城去，惟太守就位焉。

重逢羊馬年，又值雍熙運。早朝龍鳳輦，同賀聖明君。叵耐天文，舜日生纖暈，曦光減半分。衆官僚救護精虔，霎時間團圓證本。

〔梁州〕有幾個歪學究不知分寸，又打上瞎陰陽怎辨時辰，那廝每青天白日精胡混。站的站天生的心倴，看的看日射的睛昏。站的似把廟門兩邊獅子，看的似掉鬼臉一隻胡孫。跪一攢老師儒斷送了斯文，臥一簇衆生員歪戴着頭巾，盼一個報時人全無有定準。發昏，丢盹。復圓牌换上了多時分，烏影全蓋精褪。瞎賬虚頭戲弄人，呆裏妝呑。

〔尾〕只俺這第一班咫尺天光近，直跪的文章可立身，也是俺一點忠誠存敬慎。有幾個歹筋，故意弄廣文，他要看那一位先生膝蓋兒穩。

〔南吕〕一枝花

對驢彈琴

有人觀古詩，摘句之工者揭壁間，凡數聯。其友過，見壁上句，怒褫之，拂衣去。主人問故，謝焉。友忿然曰："汝何詬我之甚哉？"主人笑而解之："是何與君事也？"其人愈忿，不顧而去。然竟不知其躁妄。而摘句者亦不能自白，以至絶交。嘗以語余，資一捧腹。鄙諺之言，有類於此，是以君子慎所與也。

知音自古稀,感物非容易。名琴偏愛撫,大耳不曾習。思憶顔回,怎入驢肝肺,難通草肚皮。俺這里勾打吟猱,他那里前跑後踢。

〔梁州〕他支蒙着兩耳朵長勾一尺,俺摩弄着七條絃彈了三回,只見他仰天大叫喬聲氣。謊的宫商錯亂,聒的音律差池。忽的難調玉軫,兀的怎按金徽。張果老赴不的瑶池佳會,孟浩然顧不的踏雪尋梅。他也懂不的崔鶯鶯待月眠遲,他也省不的卓文君飛凰求匹,他也曉不的牧犢子晚景無妻。看伊,所爲。秋風灌耳空淘氣,不知音不達意。這的是世間能走不能飛,草券一張皮。

〔尾〕看了他粗愚癡蠢村沙勢,似不的禾黍秋風聽馬嘶,怎怪他不解其中無限意。不遇着子期,誰知道品題,俺索把三尺絲桐收拾起。

〔正宫〕端正好

六袠寫真

林山山人數年前以繪事謁余於淶水,今年至保州見余,謂余貌猶昔也。余笑而不答。山人工山水人物,筆意蕭散不俗,又善畫菊。因問之曰:“若能爲海翁畫像乎?”山人笑而諾焉。乃幀綃勻采,作畫二幅,其一則海浮山村圖云。山人石臻,行唐人。

野鶴姿,孤雲相,休看做濟楚軒昂。一生瀟灑偏豪放,拙質從天降。汪本次句作“孤雲像”。

〔滚繡毬〕巧丹青要主張,老先生不掩藏,你雖然畫葫蘆從來依樣,只俺這老官人你索仔細端相。眉梢有皺紋,懸針在印堂,染渲的十分停當,妝點出滿面風光。髭鬚不是天然黑,鬢髮還添數點蒼,便老也何妨。

〔脱布衫〕這的是戀功名却老仙方,霎時間一掃烏霜。且休提隨時混賬,只求個本來模樣。

〔小梁州〕俺雖然受職爲官佐大邦,四品黄堂。烏紗角帶有輝光,虚名望,俺只待君子道其常。

〔幺〕俺本是江湖舊隱山中相,又何須珮玉冠裳。總不如綸巾羽扇任清狂,青藜杖,得意儘徜徉。

〔滿庭芳〕曾魁乙榜,不登甲第,便買田莊。從來不顯公卿相,僅足衣糧。淡富貴天庭高廣，小榮華地閣圓方。銜一味莊家様，見今職掌，左右廣盈倉。郡城有廣盈左倉、廣盈右倉，凡二所。

〔朝天子〕米倉，草場，打算些莊頭賬。官閑睡到大天光，紅日高三丈。小可公衙，逍遥宦況，做歪詩没事忙。水荒，旱荒，硬把眉頭放。

〔耍孩兒〕峨冠博帶威儀壯，託賴着朝廷作養。崢嶸頭角豈尋常，不弱如衣錦腰黄。一官半職成何事，只爲傳神借寵光。老儒巾早離了咱頭上，人人瞻仰，世世傳揚。

〔二煞〕寫一幅行樂圖，高懸在五柳莊，清奇落魄山林相。田家正喜三秋飽，籬菊偏宜九月芳。把一枝描寫在輕綃上，膽瓶斜插，芸閣生香。

〔一煞〕龐兒畫的清，臉兒渲的光，三停五岳十分相。雖無紫袍玉帶功名顯，只有皓首龐眉歲月長。説甚的山東宰相山西將，不圖崇高富貴，博得福壽安康。

〔尾〕他道是吴小仙，又道是袁柳莊。他道俺官星還有十年旺，那時節另寫真容再相訪。

〔商調〕集賢賓

舍弟乞休

余弟少洲子，辛未自江省左轄入覲，尋朝萬壽節。既竣事，私念曰，竊惟承宣使者，還職十二，罷去十三，臣當罷，然幸留，是曠蕩之恩也。恐奉職無狀，乃請老。余聞之，忻然曰，是可以老矣。吾與爾同歸乎！蓋平日夙約如此云。自余攝玉川長，不習文墨者五閲月。邇劉廉訪念庵寄詞數種，余覽之心動，又聞弟將歸，乃述此以志喜。

五湖舡浩然歸范蠡，知止足討便宜。再不提爭名奪利，也休誇今是昨非。想當初高竿上貪進無功，只今日急流中勇退知機。荷天朝放臣還故里，成就了歸去來兮。感恩辭鳳闕，報德叩龍墀。

〔逍遥樂〕山呼萬歲，化比唐虞，聖邁軒羲。一統華夷，贊皇猷四相扶持，萬里乾坤拱帝畿，慶賀了明良際會。見如今八方寧靖，四海昇平，九有雍熙。

〔金菊香〕却怎生微臣謝病解朝衣，這的是老馬思鄉路不迷，算人生少年能有幾。事到臨岐，收傀儡散筵席。

〔醋葫蘆〕早抽身望岱宗，急回頭瞻斗極，這的是孤臣去國意徘徊，雖然是利名心到今無半米。怎忘了君臣之義，不由人淋漓雙淚似扒推。

〔幺〕到東山春興長，向西疇農事急，數十年重整舊柴扉，把象簡烏紗收拾起。打扮出村翁的風致，拜謝了當今聖主賜臣歸。

〔幺〕雖無多金與帛，却有些山共水，登山玩水景希奇，四面青山圖畫裏。碧澄澄水緣山勢，把一座小莊兒環遶了兩三圍。

〔幺〕同胞好弟兄，挨肩兒厮靠倚，我和你相將塞雁一行飛，看了他嘹嚦悲鳴天外起。怕的是無情矰弋，再不戀鵝湖山下稻粱肥①。汪本首句"弟兄"作"兄弟"。

〔幺〕當家問老農，知心尋舊識，村南村北共追隨，好友良朋誰到底。空自有黄金浮世，眼見的白髮故人稀。

〔幺〕清心讀道書，高談窮妙理，這其間早已悟玄機，那其間怎能將塵慮洗。這其間退藏於密，那其間你我兩着迷。

〔梧葉兒〕也休言人定天難定，文齊福不齊，只爭來早與來遲。想當初宦海翻鯨浪，如今春風信馬蹄，相伴着我和伊，直走到神仙洞裏。

〔後庭花〕俺那裏松窗倚翠微，茅庵依緑水，勝概連三島，危峰壓九嶷。塵世界不相離，又不在山南海北，闢荒田守舊基。課耕讀教子姪，戒兒孫躲是非，量功名值些甚的。

〔青歌兒〕呀，想着俺逃名逃名躲利，只爲您隨行隨行逐隊，送的俺半路離家往事違。塵土奔馳，枳棘卑栖，故國依依，望眼離離，海角天低，洞口雲迷。到今番攜手好同歸，結一夥煙霞會。

〔浪裏來煞〕春分酒剛半熟，清明節將近矣。趁韶華過眼共留題，有幾句詩詞聲韻美。喜遇着太平時世，祝吾皇福壽與天齊。

〔雙調〕新水令

送李閣老南歸

石鹿翁之乞罷也，前後章十數上。聖天子眷之，朝列重之，海

---

① 今校："肥"原作"把"，兹從《北宫詞紀》。

內士庶之衆，莫不望而惜之。翁陳乞愈懇不止，至是得請。余聞之，乃作而言曰：大哉聖人寵遇之仁，卓哉賢相奉身之道，古今君相，罕聞見者也。余始爲之歎息，歎息之不足，爲之擊節，擊節之不足，而不知歌之詠之，又一唱而三歎之，若不能以自已也。翁其謂余爲知音乎！

狀元歸去馬如飛，最喜是功成身退。避賢初罷相，樂聖且啣盃。無限光輝，受用足昇平世。

〔駐馬聽〕帝德巍巍，千載明良安社稷。臣工濟濟，兩朝元老鎮華夷。黄金鑄像甚希奇，赤松辟穀真玄祕。倣張良學范蠡，歸山便是歸湖計。"千載"原作"千里"，兹從汪本。

〔雁兒落〕幾番家上封章早見機，喫緊的奉温旨難回對。至如今表誠心有感通，因此上行孝道無拘繫。

〔德勝令〕呀，最喜是父母兩期頤，爲甚麽恩寵邁倫夷。堪羡也黼藻三公衮，權當啊斑斕五綵衣。盡忠孝無虧，論好事都全備。享福禄駢集，算人生實罕希。

〔川撥棹〕二十載鳳皇池，一路功名真個是美。自從御筆親題，便殿承值，每日間經筵講帷，這的是一條冰清似水。

〔七弟兄〕試賢科第一，論相業誰及，厭紛更尚執持，端的是太平宰相匡時器。老成人物清朝瑞，爲甚麽聖明天子難輕棄。《北宫詞紀》"相業"作"宰相"。

〔梅花酒〕甫能够謝龍墀，却又早宣勑，感不盡恩輝，仗銀瓜御路馳。欽給驛錦衣回，遣官僚左右隨，投至得碧雲湖緑楊堤。戧金船雪浪催，望東山訪漁磯，對南薰颭旌旗。

〔收江南〕成就了臣忠子孝兩無違，眼見的芝蘭累世競芳菲，好便似四時之序有前期。呀，老先生去國，方顯的元臣出處得其宜。

〔仙吕〕點絳脣

量移東歸述喜

是年春，余弟得旨東歸，余是以有雄州之會，相將同隱南山中。弟不可，曰："不告而去，非禮也。"余曰："告則不得去，余既屢告之矣，迄不得請，柰何？”弟曰：“姑徐之，或有擢也。”至是，擢魯士師，遂行。

用舍行藏，浮沉升降，咱心上。萬慮俱忘，一點無遮障。

〔混江龍〕皇恩曠蕩，青春作伴好還鄉。敝車羸馬，短劍空囊。佐的是千里邦畿頭一郡，輔的是九朝藩國上十王。也會説龔黄事業，也會念董賈文章。端的是長沙太傅江都相，朱門曳履，青史流芳。

〔油葫蘆〕自古來漢室東平姓字香，賢王，這的是地靈人傑演天潢，謹遵祖訓全忠亮。正靠着孔孟門，這便是鄒魯鄉，少甚麽詩書禮樂興仁讓，似這等封國豈尋常。

〔天下樂〕便不然匹馬蕭蕭返故鄉，參詳，五柳莊，這陀兒山水園林生意廣。要飽啊泊下田，要暖啊陌上桑，雖然是寒酸改不了窮模樣，這的是知足得安康。

〔那吒令〕到春來好忙，纔耕啊又耩。到夏來也忙，不鋤啊不長。到秋來狠忙，疾收啊緊搶。忙的忙没是非，搶的搶無遮擋，到冬來黍穀填倉。

〔鵲踏枝〕及早的納官糧，又不去上公堂。做一個聖世閑人，儘俺疎狂。但來的親朋過訪，笑談間賓主相忘。

〔寄生草〕也休論村和俏，也休言短共長。莊家不用虚名望，山人自有閑情況，安心怎受乾磨障。青春先到草堂中，白雲常鎖山溪上。

〔幺〕呀，正遲日江山麗，更春風花草香。高齋睡足梅花帳，輕風細滚桃花浪，清尊滿泛梨花釀。左圖右史有殘書，青松翠竹存幽尚。

〔後庭花〕許多時耳邊厢空妄想，誰承望好人言都是謊。也不看出馬三條路，只到了推車四堵墻。細平章，成就了幽人幽人長往。啓賢明一字王，感仁恩千歲昌。代陪臣上表章，賜山人歸故鄉。是非叢没兩厢，利名途不四行。

〔青歌兒〕呀，學不就新興新興時樣，改不了尋常尋常伎倆，一迷裏奔馳走四方。誰弱誰强，何短何長，難比難量，自作自當。只俺這平生意氣忒昂藏，甘疎放。

〔賺煞〕清福趁人來，好事從天降，儘着俺閑遊戲賞。這的是喫了筵席好散場，休貪戀剩酒殘湯。趁時光，勝日尋芳，離不了海浮山下龍灣上。臥明月滿床，駕清風一航，長受用地老共天荒。

〔雙調〕新水令

鳳渚公初尹清苑，晉擢廷評，衈刑南圻，出守長沙郡，惠政茂績，課天下治行第一。辛未春，上臨軒賜宴，寵數殊典，聖朝僅再見焉。既而來鎮易州，公舊遊也，吏民愛戴，日深一日，復恐遷去。《詩》云："鴻飛遵渚，公歸無所，于汝信處。"

九重宫殿聖人朝，普天下太平時道。綸音傳玉陛，仙樂奏雲璈。御筆親招，賢太守齊來到。

〔駐馬聽〕德邁唐堯，蕩蕩巍巍光四表。心同周召，雍雍濟濟肅千僚。聖君賢相重英豪，黎民百姓都安樂。那其間真個好，歡聲塞滿長沙道。

〔雁兒落〕一個個横攔着白玉橋，一個個緊扯定花藤轎。一個個攀轅的不放行，一個個臥轍的連聲叫。"横攔"原作"衡攔"，兹從汪本。

〔得勝令〕呀，只聽的滿路鬧吵吵，誰承望太守早歸朝。誰念俺賦重蒼生苦，誰念俺差繁赤子勞。忽聽的民謡，恰受用三年樂。只願你官高，任飛騰萬里遥。"吵吵"原作"訬訬"，汪本作"炒炒"。

〔水仙子〕賢聲欽奏紫宸朝，聖旨傳宣彩鳳毫，承恩犒賞烏翎鈔。御筵開都醉飽，受用些内酒仙肴。看卓異聲名振，把循良姓字標，不負了撫字心勞。

〔折桂令〕十餘年撫字心勞，到處仁聲，一味清操。月照吴江，雲離楚岫，春返燕郊。一處處邊塵盡掃，一家家民病都消。當日個小試牛刀，至如今大展龍韜。這的是熟路輕車，安穩逍遥。

〔離亭宴歇拍煞〕雲端已下旌賢詔，天曹又貼陞官報，俺民啊怎熬。不甫能盼得來，却又早陞將去，再怎生巴得到。這壁厢去後思，那壁厢來時笑，到處裏等着。只願的八方黎庶安，萬里烽煙息，四海村田樂，方顯得仁賢是寶。大丈夫志四方，保吾民都是好。

〔商調〕集賢賓

歸田自壽癸酉

自壬戌之秋，皆有自壽之詞。其爲郡縣，則恐吏民知之；爲博士，則恐生徒知之。其詞久而弗傳，故所至無與爲壽者。壬申歸田，方幸親姻弟姪，相與稱壽，而是歲吾弟不禄，吾服期年之制，廢祝壽之禮。今秋逸壽會友招余，即席叩余生辰。笑而不答。諸公笑相向曰，無乃是日乎？余默默無以應也。是會也，洞厓大夫爲雲門逸壽會記，余姪子咸叨鄉薦，亦於席上聞捷。是夕家宴，小大畢集，夜分乃罷。

黍登場釀成桑落酒，交九月入三秋。准備下山翁稱壽，穩情着海屋添籌。等閑間暑往寒來，平白地霧散雲收。到城中訪尋同會友，四十年故國交遊。只俺這生辰重慶祝，詩酒共綢繆。汪本"穩情着"作"穩情取"。

〔逍遥樂〕雲門依舊，世路更新，鄉情耐久，光景難留，到如今太半白頭。都不羨三公與五侯，出落的抽身撒手。俺只待怡情山水，寄傲乾坤，遁迹林丘。

〔醋葫蘆〕俺如今度韶華六十三，每年間閲秋光七八九，一時時一處處趁追遊，每日價打呵呵大家開笑口。也算做功成名就，喜孜孜不離了釣詩鈎。

〔幺〕俺只見大施爲有是非，細評論無好醜，至如今閑將冷眼覷時流，看了他覆雨翻雲難罷手。到頭來苗而不秀，總不如得合休處便合休。

〔幺〕俺這裏買山中百畝田，插門前五株柳，一納裏耕田鑿井度春秋，稚子山妻十數口。正值着收成時候，這的是微軀此外復何求。

〔幺〕恰纔個繞蝸居編菊籬，又報道步蟾宫折桂手，端的是前人種德後人收，倣效着北海開尊頻送酒。正對着南山爲壽，一家兒團圓賀喜自相酬。

〔梧葉兒〕聽靈鵲猶然噪，看燈花不斷頭，喜數世紹箕裘。衆子姪行排雁，小兒孫氣食牛，擎瓦鉢捧瓷甌，一個個齊斟壽酒。

〔後庭花〕常記的急煎煎塵内走，有時節氣昂昂街上搊。走的個喘吁吁無停脚，搊的個立欽欽不轉頭。暢好是没來由，頓忘了開尊開尊祝壽，潑家私一向丢。劣身軀不自由，十年間無事憂，到今日歸去休。

〔青歌兒〕呀，猛想起功名功名馳驟，總不如山林山林清秀。只俺這竹杖芒鞋獨木舟，任意遨遊，信口歌謳。百丈厓頭，七里灘頭，訪仙翁道侶慕玄修，閑窮究。

〔浪裏來煞〕有青蓮共唱酬，謝白衣來送酒。山中宰相儘清幽，到今年喜從心上有。又寫出新詞自壽，把閑言一筆盡都勾。

〔商調〕集賢賓

題長春園

北山翁寄余《長春園集》，余既覽之，從而詠歌之，又從而一唱三歎之。則雖未見其人，窺其園，即如接音容，翫奇勝，相與登熙臺，坐春風中也。古人嘗云，神交臥遊者，不空談矣。癸酉二月，余始晤山翁於園亭，傾蓋論心，歷境觀物，殆猶夙遇云。時邑中詞宗騷客畢集，是余嘗竊慕而心醉者，而是日又相與傾倒盡歡，盤桓花下，余乃大醉。詰朝始雨，東沙、后溪、信溪三翁，皆有志喜之作。主人授筆硯，余夙酒初醒，然心醉者未醒也。山翁余與爲世講兄弟，誼不得辭，勉成此調，附備一體焉爾。

海雲鄉望春天共遠，花有信景無邊。青靄靄千林芳甸，錦重重十畝名園。往常時迅掃了混沌江湖，至如今出落的散誕神仙。看桑田幾時經變遷，一任他日月流連。這搭兒舒遲消永晝，安穩度韶年。

〔逍遥樂〕東風拂面，北闕懸情，西疇在眼。好雨連綿，霎時間萬物澄鮮，正值着輕暖輕寒二月天，春遍滿河陽花縣。可正是賢侯製錦，聖主登極，良相調元。

〔金菊香〕從今後安排沽酒買花錢，爲甚麼白日無憂夜穩眠，興來時引杯休放淺。芳草如綿，醉倒處便安然。

〔醋葫蘆〕錦鳩兒屋上啼，黄鶯兒花外囀，聽聲聲一似向人言，紅杏枝頭春較淺。休只待芳菲零亂，唤遊人早來到看花園。

〔幺〕到春來碧桃開緑柳垂，到夏來海榴紅翠荷展，到秋來芙蓉亭畔菊籬邊，到冬來雪月風花細裁翦。落的個歲寒不變，總然是四時八節盡堪憐。

〔幺〕賞一春又一春，樂一年又一年，受用足春光如海酒如泉，仙苑春長何處顯。托賴着主人康健，草堂深不弱似小桃源。

〔幺〕晚風前醉月樓，水晶簾雲外捲，趁清光把盞對嬋娟，高駕冰輪天上碾。暢好是相酬相勸，滿拚着一千二百個月兒圓。

〔幺〕至誠心有感通，格仙亭神聖顯，靈文寶籙授真詮，一顆金桃丹九轉。准備着瑶池開宴，紫霞觴沉醉了大羅仙。

〔幺〕好弟兄宦業成，老夫妻福禄全，喜的是千金難買子孫賢，蓋世功名方貴顯。畢罷了南征北戰，便歸來知足扁吾軒。

〔幺〕荼蘼棚曲檻幽，牡丹臺國色妍，又輕風細雨養花天，萬紫千紅分近遠。單等待四時開遍，直到了暗香浮動老梅邊。

〔幺〕羣峰展畫屏，拳石傍几筵，擺列着清奇古怪貌峨然，九雙貞友瀛洲選。每日在山翁前面，都一般磨而不磷秉心堅。

〔梧葉兒〕結一夥北海奇英會，索强如西京獨樂園，喜綠野遶堂前。那里也藏金塢，廣開些種玉田，雖不是李平泉，一簇簇繁華照眼。

〔後庭花〕人居在小洞天，客追隨平地仙。曲奏陽春調，詩成白雪篇。聚高賢，一個個珠璣珠璣滿卷，蘸霜毫拂錦箋。按宫商叶管絃，選歌姬就舞筵，不知音不與傳。

〔青歌兒〕呀，正值着清明清明遊宴，人都在鞦韆鞦韆庭院。忽聽的墻外人聲越自憐，彩袖雙褰，寶髻斜偏，形影蹁躚，意態留連，汗浥花鈿，露濕金蓮。含情背立小桃邊，多留戀。“含情”原作“含無情”。

〔浪裏來煞〕愛煙霞地自偏，傲乾坤心更遠。論英雄何必老林泉，滿腹經綸須大展，休負了蒼生之願，那其間東山高臥聽朝宣。

〔雙調〕新水令

題劉伊坡壽域

劉伊坡，汴之陳留人，大學士文穆公之孫。博學能文詞，善書法，以世廕官中書，出相周、魯二王國，廉勤有聲稱。嘗謝病家居，作生壙，搆真寧亭、知息堂；築歸化臺、小瑕丘，於其上種花釀酒，時邀親厚，燕飲其中。諸名家記詠其事，刻之木石者甚富。余見而重之曰：達人哉，達人哉！諸家之詩文尚矣。余則爲作雙調十一章，爲燕飲樂歌云。

望中原佳氣鬱籠葱，出神仙小瑕丘洞。青龍瞻泰嶽，白虎鎮喬嵩。

朱雀奇峰，繞玄武大河控。

〔駐馬聽〕紫翠重封，萬疊層巒對祝融。雲霞簇擁，千年靈氣隱隆中。伊瀍汴洛共朝宗，夷門少室相陪奉。這的是長命塚，到其間衣冠遺世空傳頌。

〔雁兒落〕俺只道冷清清養老宫，却原來淨巉巉藏貞洞。栽培的顫巍巍錦片花，擺列的酷烈烈香醪甕。

〔得勝令〕呀，人都道拚死命逞英雄，俺只道尋活計覓從容。爲甚麽看日月如飛箭，這其間覷乾坤似轉蓬。心胸，好世界遊仙夢。疎慵，潑生涯過耳風。

〔川撥棹〕論閥閲有三公，論才華非一種。文擅雕龍，詩比宗工，詞苑稱雄，書法兼通。論事業當朝賈董，都分付黄土中。

〔七弟兄〕這的是勅封，壽宫。唤良朋，我共你三杯兩盞相傳送，你共我三言兩語敘情悰，索强如三番兩次空盤弄。

〔梅花酒〕自離了紫禁中，正周魯分封，恰相國優崇，受恩眷方隆。猛然思芍藥圃，驀地想木香棚，怕繁華取次空，寂寞了海棠叢。

〔收江南〕呀，真寧亭幾度領春風，知息堂無復憶坡翁，歸化臺千里月朦朧。這都是託空，却不道鼎湖弓劍有仙蹤。

〔沽美酒〕且休提學臥龍，也不必訪崆峒，聖帝賢王世道隆。到如今君臣義重，不枉了效吾忠。

〔太平令〕有一日天風吹送，直到了閬苑三峰。相伴的蓬萊仙衆，撇颭了小瑕丘洞。那其間駕空，御風，再不落轂中，這墳啊暢好是備而無用。

〔離亭宴歇拍煞〕中州遺却虚梁塚，神仙唤醒邯鄲夢，笑殺時人懵懂。欠分曉死生關，不明白忠孝字，怎識得王侯種。常聞葉底蟬，誰羨鷄羣鳳。試看坡仙壽壠，達者洞玄機，至人通造化，善士承天寵。俺只見青山展素屏，緑水修清供，一簇簇松梧翠聳。端的是知止足得身安，保真元歷年永。

海浮山堂詞稿卷二　歸田小令

明臨朐馮惟敏海浮撰　江都任訥中敏校訂

胡十八

辛未量移東歸四首

每日價説歸田，誰只待苦留戀，急回頭恰過年，有花有酒是神仙。弟兄每比肩，兒女在眼前，喜歡的無是處，一日醉兩三遍。

每日價説歸家，到如今省牽掛，息奔馳免波查，東鄰西舍慰安咱。打一個耳擦，使一個手法，行的去轉的來，拿的起放的下。

每日價説歸休，這其間剛罷手，已往事盡都勾，十年世路夢中遊。到深山裏頭，有薄田幾丘，儘自在儘安然，惜性命延吾壽。

每日價説歸湖，忘不了訪仙路，煙月艇水雲居，悠悠蕩蕩小蓬壺。載的來鱸姝，釣的來好魚，也會喫也會頑，人道俺儘豪富。

滿庭芳四首

天官賜福，地靈有待，人事相扶。循良已上功勞簿，名滿皇都。望吾鄉官遷東魯，尋勝境舟泛南湖。清閑趣，從前受苦，今日且歡娛。

急流退勇，兩畿奉職，三仕成功。白雲一片相隨送，對面東風。這便是前呵後擁，緊跟着去迹來蹤。清閑夢，從前俗冗，今日得從容。

中年知止，一官如寄，兩鬢成絲。當年無復飛揚志，老更何之。分明是山人樣子，怎會做仕路腔兒。清閑事，從前故紙，再不費神思。

陞官道好，酒雖有味，不飲爲高。從今不走長安道，也免塵勞。名利途何時是了，是非場其實難逃。清閑樂，從前懊惱，今日且逍遥。

朝天子

將歸得舍弟書二首

去春啊你回，今春啊俺歸，正與春風會。青山緑水有光輝，喜的幽人至。賢主佳賓，吾兄我弟，笑談多情意美。你回也不遲，我歸也不疾，遲和早都得計。

你去年入山，俺今年棄官，同氣長爲伴。浮名不到水雲間，從此無羈絆。日日相過，時時厮見，省傳書千里遠。看時文幾篇，和新詩幾聯，課子姪親筆硯。

清江引

八不用八首

烏紗帽滿京城日日搶，全不在賢愚上。新人换舊人，後浪催前浪，誰是誰非不用講。

紫羅襴披的破盧蘇，也非是值錢物。縫聯無掛搭，拆洗難重做，送與他故衣行不上數。

拖天帶繫的没顛倒，總是虚圈套。一條死牛皮，幾塊生牛角，拖拉的有上梢無下梢。

皂朝靴磨擦了半截底，也有個登開日。驢前馬後行，簷下階旁立，近新來丢剥了如敝屣。

擺頭搭一雙雙開路神，引入迷魂陣。翻回安樂窩，遠離京畿郡，俺如今是山中自在人。

三簷傘兒不用遮，仰看天心月。雪中戴斗蓬，雨裏擎荷葉，好向王維畫兒上寫。

花藤轎兒行的緊，遠路多勞頓。顛的心緒慌，摇的頭皮暈，總不如瘦驢兒騎的穩。汪本末作"騎上穩"。

黄堂上自來公座高，無福誰能到。夜闌人未歸，早起寒猶峭，總不如熱炕頭還是好。

東村作二十首

懶慢無堪病也宜，鎮日常貪睡。黑甜一覺中，萬事無縈繫，醒來時便有些閑是非。

一折一磨病也該，清福無邊界。不欠酒家錢，不少詩家債，受用的癢兒無處擱。

一片白雲常在山，忽被風吹散。風來雲不知，雲去山無伴，爲甚的從前出岫懶。

絮絮叨叨何處聲，攪亂幽人興。鶯兒嘴又尖，燕子舌偏佞，搬弄的好年華不暫停。

庭下雙槐枝葉齊，生長在清幽地。玄冬蔽冷風，朱夏遮炎日，冷暖相交都是你。

舊日親朋不甚多，静裏思量過。榮華固不長，貧賤都彫落，好相知再結交三四夥。

一月招邀一兩席，也喫個醺醺醉。柴桑處士家，洛社耆英會，歲歲年年稱壽杯。

彎曲律連皮柳木叉，搭一座葫蘆架。涼如避暑宫，廣似連雲厦，客來時坐石床清趣煞。

沽來青州酒一壺，浸入泉深處。勝似蜜林檎，賽過金盤露，不愛涼甜只愛苦。

土酥出畦白似霜，甘脆真堪尚。宜烹玉葉羹，善解梨花釀，自古道菜根滋味長。水蘿蔔

待不看書又看書，畢竟閑不住。難將紙上言，盡得其中趣，俺不看他誰是主。

待不作詩又作詩，改不了詩言志。閑時口内吟，静裏心間事，怕只怕索詩人來到此。

待不撰文又撰文，翰墨吾之分。姻親贈遠行，社友傳高論，不由人謾尋思睡不穩。

待不唱歌又唱歌，唱的是村田樂。年成減半收，家業安貧過，樂處尋來愁處躲。

大雨時行日日晴，荒旱天之命。難醫眼前瘡，又抱心頭病，爲均輸倒加糧二頃。

水旱相仍六七年，自昔誰曾見。田園没養活，糧草乾陪墊，窮鄉官近來無俸錢。

老龍王安心忒好閑，不管頻年旱。溪頭水脈乾，井底泉源斷，要一瓢水下鍋難上難。

去年七月初行雨，今歲歸何處。連宵有暴風，長夏無甘澍，懶龍眠到幾時天上取。

過今年向平婚嫁少，五嶽終須到。眼前有子孫，手內無錢鈔，趁閑時不遊山何日了。

出門自然兩脚輕，閑坐三分病。悶時渴睡多，樂地精神勝，總不如訪名山到處行。

黄鶯兒

病起二首

陋巷少人過，問先生病若何，經旬學得陳摶臥。新麥飯喫多，村薄酒飲多，這些兒醉飽消得過。敵詩魔，從今説破，休要苦吟哦。

抱膝水邊亭，避炎蒸遠市城，悠然物外山林興。此身啊已輕，此心啊更清，多因詩瘦非因病。勸先生，肥從口味，酒飯一齊行。汪本末二句作“從今强飯，高唱踏莎行”，《南宫詞紀》同。

午憩

庭樹影交加，掃蒼苔設小榻，頹然一枕消長夏。待觀書眼花，要題詩手麻，老妻閑説家常話。問莊家，麥收幾許，快沽酒賞葵花。

懷所知

墻外轆轤鳴，似轔轔車馬聲，高軒恍忽臨荒逕。試披衣起聽，待抽身出迎，多應是佳客乘詩興。憶交情，逢時對景，獨自立中庭。

黄羅歌

樹下留客

小隱在山林，客來時坐緑陰，團團芳樹垂清蔭。静悠悠趣深，冷颼颼氣森，解衣散髮無拘禁。共知音，狂歌痛飲，酒到莫停斟。堂高數仞，也索費心，食前方丈，也索費心，此身之外圖些甚。閑中過，樂處尋，一枝藜杖一床琴。由人笑，信口吟，佳山佳水遍登臨。汪本“颼颼”作“蕭蕭”，末句“遍”作“便”，《南宫詞紀》同。

示姪

高枕臥林間，衆賢姪來問安，睡魔即漸都消散。早來也喜歡，晚來也喜歡，不來必定多縈絆。克家難，耕讀勤幹，何必遠來看。各安生理，經書勉旃，及時耕耨，種豆滿山，麥秋減却多一半。天猶旱，地正乾，商霖何日遍人寰。田糧重，民力殫，常將辛苦濟時艱。

灌園

流水遶人家，灌田園開小閘，隨灣就曲增堤壩。罷河陽種花，效東陵賣瓜，行人笑俺擡高價。自矜誇，纍纍滿架，五色絢雲霞。充飢當飯，解渴當茶，客來款待，臨溪坐沙，謾條條共説無憂話。機心盡，樂意洽，漢陰抱甕舊生涯。秋葵葉，春韭芽，四時佳味度年華。“行人”上原有“路”字，《南宫詞紀》同，此從汪本。汪本及《詞紀》“無憂話”作“無生話”。

觀雨共酌椿林堂四首

小雨潤如酥，遠霏霏近却無，空濛斜向疎簾度。雲行太虚，風飄玉除，絲絲點點成甘露。荷沾濡，瀟然無暑，滿座笑歡呼。梁園詞客，高陽酒徒，詩成共賞，飲盡再沽，千金不賣長門賦。合勤學稼，慣種蔬，一蓑一笠一張鋤。天心轉，民命蘇，從今不悔作農夫。

多病故人疎，有誰來問索居，蕭條長夏東村路。田園半蕪，禾苗半枯，老農一望無情緒。命巾車，閑遊城府，談笑有鴻儒。相逢不飲，高情又孤，何須投轄，無勞曳裾，及時好雨留人住。合前

竹裏有行廚，煮新茶泛翠盂，清香嫩剖蓮薹肉。襟懷不俗，形骸不拘，擎杯對景聯詩句。問通儒，從今至古，不飲豈吾徒。劉伶五斗，阮籍百斛，相如滌器，文君倚壚，陶淵明種黍逢甘澍。合前

雨過洗平蕪，染南山列畫圖，雲門地鏡添膏沐。荷花錦鋪，榴英火簇，山翁醉倒在花深處。正歡娱，胡曾懷古，張翰憶蓴鱸。秋風將至，暑氣漸徂，興來不淺，陶然一壺，慶豐年共享天之禄。合前

朝元歌

述懷四首

長歌短歌，盡日逍遥樂，詩魔酒魔，到處盤桓坐。明月清風，同咱三

個,常把世情參破。萬慮消磨,清閑壘成安樂窩。奉勸傻哥哥,休爭少共多。合隨緣且過,權當做東山高臥。

心不戀三台八座,生來福相薄,勉强待如何。休想豪華,且耽寂寞,防備臨時失錯。難免張羅,會飛騰也將雙翅兒縛。宦海有風波,平生涉歷多。合前

到處裏追歡行樂,山童歌舞着,拍手笑呵呵。帽插岩花,酒斟江糯,慢把風騷酬和。信口開合,新詩小詞積漸多。烏兔走如梭,都將今古磨。合前

也不管花開花落,年年一短蓑,寒暑飽經過。順水推船,隨風倒舵,雲影天光攤破。碾碎銀河,煙村幾家趁碧波。喜聽採蓮歌,山花賽綺羅。合前　汪本"趁碧波"作"依碧波",《南宫詞紀》同。

玉江引

閲世汪本作"恬退"。　四首

我戀青春,青春不戀我。我怕蒼髯,蒼髯没處躲。富貴待如何,風流猶自可。有酒當喝,逢花插一朵。有曲當歌,知音合一夥。　家私雖然不甚多,權且糊塗過。平安路上行,穩便場中坐,再不惹名韁和利鎖。

一品高官,朝中待漏寒。萬里兵權,將軍夜過關。名利不如閑,奔忙爭似懶。誰會鑽天,休嫌胳膊短。誰好綿纏,休嫌膝蓋軟。　世路如同天樣遠,就裏多坑塹。曾將古人評,再把今人勘,一樁樁上心來重點檢。汪本此首屬下一題中。

論地談天,逢人説一篇。希聖希賢,空聽口内言。心迹總茫然,經綸方大展。妙旨通玄,教人打啞禪。外貌清廉,生來只愛錢。　好一似鷺鷥兒毛色鮮,素質無瑕玷。包藏吞噬心,兩脚忙如箭,零碎魚兒嗉兒裏攢。

世路悠悠,誰知短共修。歲月如流,忽然春復秋。肥遯且藏頭,功名且罷手。浪迹遨游,撑開范蠡舟。擺脱閑愁,休登王粲樓。　生涯只須詩共酒,莫自嫌卑陋。鶯花又换新,山水還依舊,這其間要追歡隨處有。

紀笑汪本作“悼世”。　四首

學問才華，看如大海沙。利口伶牙，聽如井底蛙。財旺主通達，妝窮都是傻。空自嗟呀，安排不到家。枉受波吒，休嗔我笑他。　我笑他恰便似臨崖馬，不早收韁罷。回又不敢回，下又不敢下，脚躧着賺人坑不是耍。

百口分跋，難參尖嘴佛。百計騰挪，難逃毒害哥。成敗是蕭何，英雄無結果。一折一磨，誰知死共活。一仰一合，休嗔我笑他。　我笑他恰便似撲燈蛾，自取焚身禍。雙眉化作煙，兩翅燒成末，眼睜睜飛將來不見火。

有眼無睛，何曾識好人。側耳聽聲，强將假當真。舉世見錢親，窮胎爲禍本。滿口胡云，休言清慎勤。一味貪嗔，休嗔我笑君。　我笑君貪財不顧身，晝夜無窮盡。更不辨蒼白，何處尋公論，把英雄折倒的沿地滚。

立定根基，出門多路岐。説甚相知，從來知我希。人面逐高低，迂儒不度己。今是昨非，誰能早見機。秉性難移，休嗔我笑伊。　我笑伊一文錢纏到底，算甚麽名和利。堪嗟枉費心，可惜乾淘氣，總不如望雲山歸故里。

醉太平

遂閑二首

誰説俺不平，俺原無宦情，秋收田地到春耕，從來是本等。懶驢愁治不了傳槽病，餵猫食救不的殘生命，使牛歌改不了舊音聲，急歸來笑聽。汪本“舊音聲”作“舊時聲”。

沉顛先擔子，軟兀刺身奇，擔驚受怕有差池，那裹是中喫的果兒。空教我喘吁吁濟不的星兒事，悶懨懨伸不的平生志，急煎煎捱不的那些時，喜今番到此。

天香引

送陳震南二首

送君行匹馬西風，别思綿綿，去路匆匆。塵鞅空囊，雲山逸興，宦海孤蹤。徘徊處寒花舊壠，指顧間斜日離宫。稽古桓榮，識字揚雄，金石文章，錦繡心胸。

足音稀空谷跫然，不是詩翁，便是神仙。氣味相投，風情迥别，議論通玄。感知遇綈袍戀戀，説行藏光景年年。瘦聳吟肩，小設離筵，遠客悲歌，野水寒煙。

謝張誠庵雙調之贈

解塵纓笑入詞林，最喜同聲，偏愛知音。水檻霜清，山堂月冷，竹塢雲深。裁麗曲工如蜀錦，按新腔價重南金。險韻侵尋，雙調沉吟，四海傳流，千古胸襟。

柬東沙呂僉憲

樹動名劍閣嵯峨，歸去雲山，笑入煙蘿。處處新詩，時時小酌，日日高歌。共知音天仙素娥，同得道月老黄婆。塵世消磨，春色融和，進步蓬萊，回首風波。

柬劉後溪

興飄然杖策何之，數首唐詩，幾曲元詞。關塞書懷，山川寫景，鄉國題思。玳筵上傳授與明腔雪兒，畫屏前准備下妙翰張芝。名起當時，紙貴京師，健羡清才①，珍重嬌姿。汪本"清才"作"仙才"。

柬童信溪

任逍遥洛下耆英，曾作鹽梅，爲國調羹。一脈家傳，三齊閥閲，累世簪纓。樂琴書心田坦平，愛山水眼界分明。地接蓬瀛，路出燕京，退隱漁樵，進取功名。

仙桂引

壽董北山七十一

鷗盟常共水雲親，鶴算偏宜海屋鄰，蝸軒更與蓬萊近。奉身安行步穩，古稀年再數重巡。享清福三齊耆俊，樂清閑十洲舊隱，遇清時萬曆

---

① 今校："健"，原作"建"，據鄭振鐸藏鈔本改。

長春。　遇清時萬曆長春，南極生輝，北海開尊。賢主嘉賓，金昆玉季，桂子蘭孫。論宦業調羹補衮，振家聲善武能文。麟閣功勳，鳳藻絲綸，與國同休，奕世承恩。

河西六娘子

癸酉新春試筆

獻歲山翁六十三，老馮唐懶去朝參，功名簿上閑磨勘。呀，袖手且妝憨，退步有何慚，世態炎涼已飽諳。

玉芙蓉

益姪家宴

千金一刻春，良夜三更近，滿華筵骨肉之親。海浮山下煙霞潤，椿桂堂中氣象新。清香醞，三巡五巡，一家兒老少醉醺醺。

桂枝香

臨姪家宴

踈星淡月，好天良夜。玳筵前兄弟排行，畫堂中兒孫羅列。把金杯滿些，把金杯滿些，合家歡悦。銀壺漏永玉繩斜，去歲人何在，今春景又别。

朝元歌

蒙姪家宴

條風谷風，春意花梢動。三鍾兩鍾，春滿筵前奉。銀燭高燒，湘簾不控，忽聽的歌聲輕送。皓月當空，良宵不眠興未窮。子姪笑相從，殷勤醉海翁。天倫情重，寂寞了西堂清夢。時舍弟逝矣。

折桂令

咸姪家宴

海雲收雪霽山青，旭日初長，文運方亨。五桂重芳，一椿未老，四葉傳經。開夜宴休離酩酊，聽春絃最喜輕清。伐木歌聲，行葦親情，樂意綢繆，笑語丁寧。

朝天子

答陳李二君二首

陳子昂古詩，李太白律詩，字字相傳示。錦心繡口冠當時，滿紙龍蛇字。掌筆騷壇，游情文事，海山間三數子。俺如今淺思，編幾句小詞，也當做詩言志。

一遭兒菊籬，輪莊兒酒席，老兒當常相會。淵明得意便銜杯，笑向花間醉。好景凝眸，深山屏跡，棄浮名如脱屣。唤奚囊自隨，遞詩筒再題，就裏多風味。洞厓、芝巘，悉示詩章。懶漫無堪，未能仰和。聊占小令，用謝高篇。媿鐘缶之殊音，將唱酬之無當也。　汪本三句作“共野老成高會”，又“奚囊”作“奚奴”，“就裏”作“林下”。

駐馬聽

晚浴二首

晚浴晴川，正是炎蒸六月天。葛巾斜掛，芒履雙拋，野服高懸。科頭跣足腹便便，柳陰深處涼無限。名利休纏，頂冠束帶，許多不便。

坐傍溪橋，一派清漣暑氣消。風生雙腋，爽透煩襟，淨滌塵囂。水邊難解紫羅袍，枝頭怎掛烏紗帽。散誕逍遥，如今喜得，林泉高蹈。

懶畫眉

樂閑二首

水邊林下一閑人，無慮無思自在神，功名富貴等浮雲。春光秋月無窮盡，日日看山日日新。

清風明月兩閑人，笑傲煙霞洗世塵，無邊光景滿乾坤。涼生暑退秋光近，日日吟詩日日新。

塞鴻秋

喜雪二首

雪花兒飛，風力兒催，隔窗兒凜慄透寒威。土炕蘆席，濁酒山妻，賽羊羔勝党姬。念窮民肚裏無食，歎寒儒身上無衣。高山成玉壘，平地起銀堆。嘻，看來歲得便宜。

雪填門，人斷魂，少柴無米怎温存。喜殺官人，盼殺黎民，撒梨花都是春。滿天街瑞氣氤氲，舞簾櫳玉屑繽紛。今冬難湊手，來歲好安身。貧，那有隔年陳。

仙桂引

甲戌新春試筆

大年初一好晴明，初二初三氣候清，迎春士女如雲盛。問勾芒仔細聽，願今年五穀豐登。願今年八方寧靜，願今年糧差輕省，願今年黎庶安生。　聽勾芒應答衆生，天有神靈，官又廉明。吏不違條，民不犯法，盜不縱横。四夷安齊輸款誠，三光正堆驗昇平。從今後歲歲收成，户户充盈，託賴着萬曆皇朝，倚仗着九棘公卿。

燈夕

元宵十五好晴天，十六十七景物妍，觀燈士女貪歡宴。喜孜孜笑語喧，幸遭逢盛世豐年。風不動芝蔴賤，月交輝百穀全，好燈光萬事安然。　謝朝中宰相調元，官不勞民，吏不貪錢。糧不重徵，差無偏累，銀不加添。感逃移心回意轉，恤貧窮復業歸田。左右無權，書算絶奸，喫緊的郡守廉明，委實的邑宰仁賢。

一江風

益姪家宴二首

入新年日日開春宴，幸得身强健。喜團圓，椿桂重芳，蘭蕙香風滿。新詩和幾聯，新詞和幾篇，堂前又覩奎光現。

入新春又值文明運，咫尺三台近。慶風雲，聖主臨軒，齊魯登賢俊。春光占幾分，春觴勸幾巡，耳邊厢忽聽的春雷震。

玉抱肚

臨姪家宴

一年嘉慶，北堂前芝蘭向榮。把金甌淺泛流霞，和春詞變入新聲。

歌喉響遏碧雲行，雪月風花滿郡城。

朝元歌

蒙姪家宴

花香酒香，且把愁顔放。風光月光，頓覺詩懷暢。笑語綢繆，篆煙飄蕩，春滿尊前席上。琴瑟高張，清歌一聲遶畫梁。昔日紫薇堂，今朝翠竹房。男兒志向，休負了前人名望。

折桂朝天令

咸姪會試二首

燦文星世世重輝，酉中秋闈，戌中春闈。看東華金榜名題，解却儒衣，换上朝衣。羨冲舉九苞鳳起，任扶摇萬里鵬飛。聖主登極，賢俊來儀，投至得捷報南宫，不枉了聲震東齊。　設席，舉杯，元旦成佳會。長行直到曲江池，方稱遊春意。桃浪千層，杏林十里，這風光真個美。對燈花此夕，步雲程有期，大家拚一個醺醺醉。

十年來一介書生，頗擅才名，也擅科名。五朝中累世簪纓，方顯文星，又顯官星。論黼藻堪稱國英，談道義克振家聲。纔入新正，即便登程，一步步足躡天梯，不移時身上瑶京。　此行，準成，金榜標名姓。出門相送弟和兄，勸酒多嘉慶。棠棣連枝，雁鴻接影，到京師趨華省。耳邊廂細聽，唱的是渭城，和一闋折桂朝天令。時履姪在駕部。

黄鶯兒

勉姪二首

掛一段狀元紅，占春光錦繡叢，書生仰荷君恩重。望金門鞠躬，近天顔改容，傳宣京尹排騶從。狀元紅，前遮後擁，攔不住五花驄。

簪一朵狀元花，這風流實可誇，長安走馬人如畫。金貂客手插，玉樓人眼瞰，杏園春色真無價。狀元花，來回顧影，不覺的側烏紗。

折桂令

春陰

寫春聯遍帖柴門，詩也宜春，酒也宜春。跨毛驢笑入煙村，風也撩人，雪也撩人。環海岱生意鼎新，滿乾坤和氣氤氳。行雨行雲，富國安民，准擬西成，多謝東君。

焚柏子

翠巍巍柏子浮煙，清似鷄舌，潤比龍涎。芸草窗中，芝蘭砌畔，椿桂堂前。遇道人偏宜講玄，對高僧最好談禪。案上丹鉛，坐下青氈，對此觀書，對此鳴絃。

燒榾柮

燒榾柮老瓦盆中，暖氣烘烘，樂意融融。煙透軒窗，寒銷院宇，春滿簾櫳。煨嫩芋紅爐謾擁，點清茶白雪新烹。冷淡家風，瀟灑山翁，受用無邊，熱酒三鍾。汪本末二句作“詩思千言，酒量千鍾”。

閱報除名四首

喜朝中一旦除名，俺纔是散誕仙人，自在先生。敝屣離身，扁舟抵岸，飄瓦忘形。苦奔波三萬里迢迢遠征，花打算四十年小小前程。蜀道難行，齊瑟誰聽，若不是忽剌八開豁的清白，怎能够生扢查倒斷的分明。

歎人情不繫之舟，隨水東西，蕩蕩悠悠。把似俺二意三心，總不如一刀兩斷，才是個萬了千休。信同僚苦勸着莫得要輕輕罷手，聽親戚攛斷的怎能够早早回頭。到底是賦性優柔，遇事遲留，止不過蝸角虛名，又不是都督王侯。汪本末二句作“只今日遠離風塵，落得個高臥林丘”。

笑吾生天地之間，半紙功名，六品王官。百樣參差，十分潦倒，一味孤寒。破砂鍋換蒜皮有何希罕，死鷄兒爊白菜枉受艱難。從今後雲水青山，竹杖黃冠，遠離了世路風塵，跳出了宦海波瀾。

看人情世態偏別，禍福無端，好惡隨邪。岐路亡羊，塞翁失馬，弓影成蛇。拾了個破包頭有何難捨，打了個昏斯謎費盡周折。雖不是豪傑，也不是癡呆，豈不知這樣兒清高，那樣兒巴竭。

朝天子

喜客至

喜羣英赴席,看五星聚奎,百里内賢人會。甕頭新釀帶糟皮,到手休辭醉。東省齊名,南宫高第,兩同年情更美。酧勸了幾杯,穿换了一迴,中不盡東君意。

候客不至

敬心兒往來,用意兒刮劃,爲只爲兩世通家愛。寒儒那有大安排,鷄黍相陪待。廚下休忙,東君莫怪,請着他佯不采。有酒兒自釃,有肉兒自嚷,頓忘了炎涼態。

拜客不答

遠迢迢出城,静悄悄到廳,再拜申微敬。覓人擡轎費經營,買柬兒通名姓。往而不來,皤然自省,敞着門終日等。俺如今已惺,也學的寡情,閉了門推乾淨。

喜客相訪

掩柴門不開,有高賢到來,又破了山人戒。斯文一氣便忘懷,笑傲煙霞外。雅意相投,誠心款待,酒瓶乾還去買。你也休揣歪,俺也休小哉,終有個朋情在。

桂枝香

雨後雪

小春將盡,寒風傳信。恰纔聽雨點無聲,又早見雪花成陣。静悄悄閉門,静悄悄閉門,新開香醖,自釃自飲。意欣欣,堂前十月汪汪水,不怕來年一日辛。

雪晴

一天飛絮,萬山堆玉。霎時間掃盡同雲,又添上無邊清趣。任幽人品題,任幽人品題,錦囊佳句,探梅歸去。意何如,消磨歲月詩千首,笑傲乾坤酒一壺。

胡十八

刈麥有感四首

八十歲老莊家，幾曾見今年麥，又無顆粒又無柴。三百日旱災，二千里放開。偏俺這臥牛城，四下裏忒毒害。

不甫能大開鐮，閃的個嘴着地，陪了人工陪飯食。似這般忒癡，真個是罕希。急安排種豆兒，再着本還圖利。

穿和喫不索愁，愁的是遭官棒，五月半間便開倉。里正哥過堂，花户每比糧。賣田宅無買的，典兒女陪不上。

往常時收麥年，麥罷了是一儉，今年無麥又無錢。哭哀哀告天，那搭兒叫冤。但撞着里正哥，一萬聲可憐見。

折桂令

刈穀有感二首

自歸來農圃優游，麥也無收，黍也無收。恰遭逢饑饉之秋，穀也不熟，菜也不熟。占花甲偏憎癸酉，看流行正到奎婁。官又憂愁，民又漂流。誰敢替百姓擔當，怎禁他一例誅求。

近新來百費俱損，官也無錢，民也無錢。遠鄉中一向顛連，村也無煙，市也無煙。貧又逃富又逃前催後趲，田也棄房也棄東走西遷。幸賴明賢，招撫言旋。毒收頭先要合封，狠催申又討加添。

小梁州

飼蟻有感二首

無千無萬聚庭階，犯險的惹禍招災。那年江省考遺才，人厮躧，多士最堪哀。

縱然吾意無毒害，脚到處衆命難捱。撒了把細麩皮引的他忙成塊，喜的是手疾眼快，齊入穴中來。

朝天子

東村樓成四首

小樓，地頭，不出户觀耕耨。曉來四面上簾鈎，一覽山川秀。瀟散琴棋，尋常詩酒，避塵囂辭俗友。到秋，頗收，具鷄黍邀親舊。

望家，看瓜，小可成間架。四圍禾稼間桑麻，只看到秋收罷。破二作三，少七没八，謾綳拽窮對搭。板笆，草榻，高臥無驚怕。

倚闌，玩山，平穩似連雲棧。門前七里釣魚灘，説甚的磻溪岸。陡展詩懷，高擡醉眼，性天寬心地坦。避煩，討閑，好受用窮鄉宦。

四方，八窗，高出松梢上。黑甜一枕到羲皇，傲煞陶元亮。長夏風清，新秋氣爽，好潛修堪靜養。坐忘，退藏，息念處消魔障。

自遣四首

海翁，命窮，百不會千無用。知書識字總成空，浮世乾和閧。笑俺奔波，從他盤弄，您乖猾俺懞懂。就中，不同，誰認的鷄和鳳。

海浮，命毒，方的俺無錢物。半床圖畫半床書，這便是安身處。論地談天，知今道古，一時人全不數。念吾，寡徒，有句話和誰訴。

汝行，此生，天賦與煙霞性。世間名利兩無成，落得山中靜。鳥徑禪關，龍溪釣艇，緑蓑衣披一領。子平，五星，不問卜知前定。

萬緣，聽天，不富貴安貧賤。老妻稚子種山田，骨肉相依戀。家世耕讀，時常過遣，又何須名姓顯。向前，有年，便足平生願。

駐雲飛

此景亭初秋小酌二首

時值新秋，一雨初晴暑氣收。翠滴山光瘦，紅濕荷香透。嗏，佳客任遨遊，買魚沽酒。醉後狂歌，舞破衣衫袖，不管人間萬種愁。

一段秋光，萬柳陰中納晚涼。風動鷗波滉，雨過龍溪漲。嗏，玉手送霞觴，逍遥亭上。洗耳開懷，試聽紅兒唱，一笑都將萬慮忘。

桂枝香

贈人二首

月中丹桂，天花香細。熬盡了萬紫千紅，占斷了奇花名卉。到清秋盛開，到清秋盛開，金風飄砌。嫦娥初會意徘徊，乞得千年藥，還攀萬丈梯。

冰輪高掛，花枝低亞。恰纔玉兔東升，又早銀蟾西下。折一朵桂花，折一朵桂花，千金無價。香風縹緲散天葩，分付登雲客，相將步月華。

二犯傍妝臺

此景亭觀雨共酌二首

流水遶孤村，藕花四面吐清芬。坐邀三益友，行樂百年身。輕雷忽送山前雨，暮靄遥連海上雲。解衣沽酒，促膝論文，一談一笑共相親。

七月火西流，湖光山色倍清幽。共拚河朔飲，散步習池遊。兒童莫笑山翁醉，麴米能消杜甫愁。碧筒縱飲，清商朗謳，海天一雨彩虹收。

世恩堂觀雨共酌二首

高會畫堂中，瑞煙裊裊雨濛濛。漸看花露重，莫放酒尊空。敲殘棋子消清晝，捲盡湘簾對遠峰。竹溪六逸，商山四翁，至今千載仰高風。

無事且銜杯，相邀一月兩三席。醉翁非爲酒，詩社共分題。德星喜兆賢人聚，膏雨初回造化機。太平有象，豐年可期，逢場作戲便追隨。

李奇坡會不果赴二首

三日出村行，青鸞早已報先聲。披衣看月色，欹枕盼窗明。未及赴飲天留客，纔待登車雨滿城。笑余掃興，孤君款情，秀才食肉犯梟星。

涼雨洗平沙，瓊樓對起鎖煙霞。清秋浮爽氣，勝事競繁華。佳山佳水東齊郡，難弟難兄北海家。綺筵候客，銀河泛槎，相看咫尺隔天涯。

玉芙蓉

喜雨二首

村城井水乾，遠近河流斷，近新來好雨連綿。田家接口薥秫飯，書館充腸苜蓿盤。年成變，歡顔，笑顔，到秋來納稼滿場園。

初添野水涯，細滴茅簷下，喜芃芃遍地桑麻。消災不數千金價，救苦重生八口家。都開罷，蕎花，豆花，眼見的葫蘆棚結了個赤金瓜。

苦雨二首

衝開七里灘，渰倒磻溪岸，釣臺沉何處投竿。三時不雨田苗旱，一雨無休水潦寬。民愁歎，號天，怨天，這其間方信道做天難。

恰纔慶雨澤，豈料爲民害，一時間旱潦齊來。墻傾屋塌千家壞，水浸風磨五穀災。多奇怪，時乖，命乖，歎吾生畢竟是老窮胎。汪本首二句作“顔纔得雨開，心轉憂霖害”。

苦風二首

難將風雨調，無計回天道，簸乾坤晝夜狂飈。核科折盡泥中倒，黍穀磨殘水上漂。哀哀告，千勞，萬勞，誰承望一年勤苦總無聊。汪本末三句作“將封姨告，三農最勞，休只管飛沙走石恁呼號”。

封家十八姨，毒害能爲祟，撞南墻猛雨如錐。摧殘禾稼饑難濟，壓倒房廊命有虧。民人何罪，天知，地知，願回心風調雨順霽嚴威。

玉芙蓉

喜晴二首

鳩來屋上鳴，雨霽偏靈應，這其間准擬收成。雖然天意人難定，到底民窮運轉亨。簷前聽，三聲，兩聲，誰想這小毛團倒好驗陰晴。

陰雲萬里無，積雨千山度，拯羣生脱離了泥塗。青天豈有絶人路，赤日還爲救命符。沽酒處，三壺，兩壺，眼見的樂陶陶醉倒了老農夫。

玉江引

農家樂次洞厓韻

喜得秋成，新炊乾飯飽。准備冬寒，純綿粗布襖。不怕社官喬，何妨書手狡。無慮無憂，先將官債了。無是無非，休嫌家當少。暖虚虚炕頭睡的好，安穩誰驚覺。消殘水旱愁，唱徹村田樂，若不是這年成何處跑。

農家苦次洞厓韻

倒了房宅，堪憐生計蹙。衝了田園，難將雙手扤。陸地水平鋪，秋禾風亂舞。水旱相仍，農家何日足。墻壁通連，窮年何處補。往常時不似今番苦，萬事由天做。又無餬口糧，那有遮身布，幾樁兒不由人不叫苦。

傍妝臺

憂復雨次洞厓韻四首

喜登山，閑看秋雨自憑闌。誰知巨洋深似海，平地水連天。漂流房屋傷禾稼，傾倒墻垣損藥欄。天難定，民不安，滿懷愁鎖兩眉間。

望雲開，忽驚東北雨聲來。百川齊泛濫，千里盡風霾。甫能六月愁乾旱，恰入三秋告水災。流行到，時運該，家家少米又無柴。

黑雲連，猶如天地尚函三。街前翻巨浪，城下起狂瀾。閭閻生計頻年病，市井謠言何日安。思前事，防未然，千愁萬苦訴蒼天。汪本第三句以下作"翻街惟巨浪，沉竈盡狂瀾。漂來萍藻侵禾稼，隱見魚龍泛藥欄。鳩啼屋，民籲天，不知何計慰閭閻"。

暮煙霏，村城四望見應稀。有塵生飯甑，無處覓漁磯。半灣轉過三尺水，一步行來兩脚泥。田園没，生計微，誰將荒政拯羣黎。

喜復晴次洞厓韻四首

舉頭瞧，披雲撥霧仰丹霄。開門看小圃，倚杖步荒郊。鳩聲喚徹千林曉，鶴駕飛來萬里遥。山容瘦，花瓣嬌，野人遊玩也清高。

舉頭看，三竿紅日上青天。且喜天睜眼，不怕水衝田。雖然南畝禾生耳，忽見東鄰竈有煙。詩懷暢，酒量寬，願同擊壤樂堯年。汪本"雖然"作"莫愁"，"忽見"作"且喜"，而前四句用下文"對青山"一首之四句。

喜輝煌，扶桑擁出太陽光。不愁泥曳履，猶恐露沾裳。墻傾旋插新籬障，屋倒權修破草房。看秋景，納晚涼，一時得意氣軒昂。

對青山，雲霞變幻片時間。清風良夜景，明月早秋天。酒杯到手休辭醉，竹杖隨身不記年。登臨樂，笑語歡，大家同會大羅仙。

朝天子

四術四首

醫

把腕兒綽勅,掐杖兒下針,無倒斷差分寸。處心醫富不醫貧,慣用巴霜信。利膈寬胸,單方吊引,幾文錢堪做本。瀉殺了好人,治活了歹人,趁我十年運。汪本"趁我"作"趁著我"。

卜

睜着眼莽謅,閉着眼瞎謅,那一個知休咎。流年月令費鑽求,就裏多虚謬。四課三傳,張八李九,一樁樁不應口。百中經枕頭,卦盒兒在手,花打算胡將就。

相

對着臉朗言,扯着手軟纏,論富貴分貧賤。今年不濟有來年,看氣色實難辨。廕子封妻,成家蕩産,細端相胡指點。憑着你臉涎,看的俺靦顔,正眼兒不待見。

巫

扇鼓兒狠敲,背膊兒磣摇,不住的梭梭跳。五更半夜睡不着,鄰舍家嫌聒噪。綽去了三魂,相衝着五道,鬼病兒難得好。買金銀紙燒,請師婆賽了,敬意把邪神報。

寄生草

四不全四首

缺唇兒

娘喫了兔兒肉,兒少了口唇皮。喝茶喝水空勞力,説長説短乾淘氣,吹燈吹火無巴臂。懷胎婦女再休饞,但見了兔兒須迴避。

點脚兒

一脚長一脚短,一步高一步低。東欹西倒街前醉,歪頭劣肚門傍立,伸腰曲膝床頭睡。買一條鐵拐早修行,功成插入神仙隊。

禿厮兒

少一綹青絲髮,有幾根喇哩毛。網兒頂綫無着落,梳兒篦兒都不要,蝨子蟣子無消耗。人人稱道是同知,幾時戴一頂烏紗帽。

瘦膊兒

看着你嗉兒裏有，每日家還要喫。喫的似尿胞裝着些膀胱氣，響的他吁吁喘喘難醫治，愁的是深深唱喏頭着地。連腮帶耳一般粗，做了些搧揚不睬胖張勢。

滿庭芳

四憎四首

蠅

蠅營半載，跟尋腥腐，變亂蒼白。雖然首尾無毒害，蹤跡胡歪。書案上搖搖擺擺，酒席間鬧鬧垓垓。鼻尖兒快，靜悄悄荒郊野外，人坐下一齊來。

蚊

些微形狀，聲如雷動，嘴似針芒。但沾着皮肉不斯放，頃刻成瘡。眼待合又疼又癢，睡不穩難忍難當。酥胸上，輕輕一掌，汝命早先亡。

蚤

行藏欠穩，尖心害物，利嘴傷人。忽然亂跳無音信，磚縫裏藏身。手摸着三魂早殞，口咬着一命難存。那時節無投奔，饒你跟頭亂滾，跳不出破皮褌。

蝨

窮生蟣虱，慣欺破襖，頻解高懷。你咬我我咬你都休怪，手到擒來。擒住你開呵喝采，放了你增福消災。從今後休相害，實指望富而生疥，又只怕癢難捱。

藥蟲

紅頭黑嘴，苦中作樂，甜處求食。何曾生冷傷脾胃，無病尋醫。咀嚼的口中最美，補養的身上難肥。秋陽內，攤開曬你，不死也去層皮。

書蟲

蠹魚雖小，咬文嚼字，有甚才學。綿纏紙裏書中耗，占定窩巢。俺看他一生怕了，你鑽他何日開交。聽吾道，輕身兒快跑，捻着你命難饒。汪本“魚”作“蟲”，“饒”作“逃”。

桂枝香

冶源大十景十首

乾坤清氣，林泉佳致。恍疑似方丈蓬壺，端的是洞天福地。暖溶溶玉池，暖溶溶玉池，源頭活水，珍珠亂撒，一片琉璃。海上三山秀，人間萬古奇。

浮山勝概，冶源煙靄。又不是香霧空濛，又不是輕雲靉靆。不移時閃開，不移時閃開，神仙世界，十州三島，閬苑蓬萊。天上黄金闕，壺中白玉臺。

白鷗輕漾，紅鴛翻浪。恰纔過捉馬潭邊，又早到小龍灣上。緑陰陰兩行，緑陰陰兩行，青絲飄蕩，千條弱柳，萬縷垂楊。好一似連環鎖，牽人入醉鄉。

山居幽靜，湖光相映。翠巍巍四面雲屏，碧澄澄一輪銀鏡。聽悠悠數聲，聽悠悠數聲，禪林清磬，動人詩興，信步閑行。雨過沙邊路，風來水上亭。汪本"相映"作"交映"，《南宫詞紀》同。

冶官遺廟，千山環抱。鑄劍池徹底澄清，飛雲閣半空縹緲。柳陰中小橋，柳陰中小橋，漁樵徑道，遊人登眺，盡日逍遥。上到摩天嶺，方知此處高。

堂開雲岫，泉分石竇。倒坐着水月觀音，生就的淨瓶楊柳。有前朝古槐，有前朝古槐，千年依舊，龍蛇技鬭，隱護靈湫。黑水洪洋峪，深藏景最幽。

扁舟一葉，金波摇拽。輕撥開翠藻青蒲，滿載着光風霽月。蕩星河影斜，蕩星河影斜，好天良夜，珠泉萬顆，雲錦千疊。鮮鯽銀絲鱠，年年受用些。

東山高臥，小亭清坐。結識上酒友詩朋，准備下及時行樂。滿池塘緑荷，滿池塘緑荷，紅蓮萬朵，開尊宴賞，信口吟哦。得喜高人至，盤桓安樂窩。

玉泉香院，金仙出現。十年古刹傳留，萬載皇圖永奠。自歸來閉關，自歸來閉關，空門依戀，靜聽清梵，醉愛逃禪。石鼎烹茶品，名山第一泉。

秋來春去，四時成趣。家住翠竹叢中，人在白雲深處。看天然畫圖，看天然畫圖，眼前詩句，水芹香稻，鮮酒活魚。見説江南好，江南恐不如。

黄鶯兒

美人杯二首

掌上醉楊妃，透春心露玉肌，瓊漿細瀉甜如蜜。鼻尖兒對直，舌頭兒聽題，熱突突滚下咽喉内。奉尊席，笑吟吟勸你，偏愛喫紫霞杯。

春意透酥胸，眼雙合睡夢中，嬌滴滴一點花心動。花心兒茜紅，花瓣兒粉紅，泛流霞誤入桃源洞。奉三鍾，喜清香細湧，似秋水出芙蓉。

懶畫眉

前題次韻二首

妖嬈人樣酒杯兒，仰面昏沉睡覺兒，纖腰半露那些兒。細看他這點花兒蕊，瀉出瓊漿一線兒。

瑶觴托在手心兒，暖酒輕沾口角兒，杯心正對舌尖兒。消停仔細嘗滋味，滿口香甜有趣兒。

折桂令

送琦孫鄉試

論干支應驗如何，子也登科，丁也登科。喬梓聯芳，祖孫繩盛，世沐恩波。准備就攀月桂當頭一朵，不枉了赴文場鏖戰三合。鵬舉溟渤，鳳起岩阿，佇望飛騰，勉自琢磨。

仙桂引

詠詩匏

靈匏聲價重鴟夷，盤古流傳混沌皮，團圞共結淄沂會。賽郫筒不摘離，叩清音唤醒詩脾。寫不盡風花記，吟不徹雪月題，但登臨滚滚相隨。

小壺天玉質冰肌，喜則喜空洞能容，爲則爲囊括無遺。錦重疊滿紙雲煙，光絢爛一天星斗，圓滴溜萬顆珠璣。俺只道混元形未分兩儀，誰鑿透通玄竅肇判三極。付奚童仔細收拾，倩高賢珍重留題，覽詩篇字字精工，詠詞章句句神奇。

喜雪新春試筆

大年初一雪花飄，瑞氣祥光貫九霄，從今已顯豐穰兆。喜三白遍四郊，託賴着臺省賢勞。扶助的朝廷有道，保安的黎民無擾，感召的雨順風調。　細繽紛密灑衡茅，海宇生輝，山岳增高。萬朵琪花，千枝玉樹，百尺銀橋。掃蕩了豺狼當道，簇擁着驄馬行軺。清擬冰條，貴比瓊瑶，滿齊城有脚陽春，恰都是柏府人豪。

元宵喜雪夜分而止①

元宵十五雪花飛，玉映天街火樹圍，從今再顯豐年瑞。萬民安二麥宜，壓遺蝗入地千尺。喜百穀蒙生意，慶三農更足食，拜謝了天地神祇。　草堂開小設筵席，雪裏燈竿，分外希奇。柳絮輕盈，梨花飄漾，梅蕊芳菲。笑談中詩詞並美，轉盼時燈月交輝。夜色何其，兔影沉西，有酒重斟，不醉無歸。

河西六娘子

笑園六詠六首

問道先生笑甚麽，笑的我一仰一合。時人不識余心樂，呀，兩脚跳梭梭，拍手笑呵呵，風月無邊好快活。

人世難逢笑口開，笑的我東倒西歪。平生不欠虧心債，呀，每日笑胎嗨，坦蕩放襟懷，笑傲乾坤好快哉。

閑看山人笑臉兒紅，笑時節雙眼兒朦朧。平白地笑入玄真洞，呀，也不辨雌雄，也不見西東，笑不醒風魔胡突蟲。

玉兔金烏趕的荒，我笑他不住的窮忙。今來古往如奔浪，呀，三萬六千場，日日笑何妨，俯仰乾坤一醉鄉。

笑倒了山翁老傻瓜，爲甚的大笑哈哈。功名不入漁樵話，呀，打鼓弄琵琶，睡着唱楊家，用盡你機關笑掉了我的牙。

名利機關没正經，笑的我肚兒裏生疼。浮沉勝敗何時定，呀，個個哄人精，處處賺人坑，只落得山翁笑了一生。

---

① 今校："元宵"原作"元霄"，逕改。

朝天子

夜聞琦捷口占二首

文運到丙丁,發迹在早齡,越顯的門風盛。神機妙出火牛城,一戰三齊定。耀後光前,連科決勝,赴瓊林拚酩酊。金榜上列名,玉堂中樹聲,又千里傳家慶。

恰辭了桂軒,又到了杏園,早遂却男兒願。連登及第邁前賢,您喬梓都堪羡。四世科名,五朝恩眷,荷天公垂庇遠。清白字祖傳,忠孝事勉旃,要振起咱門面。

浪淘沙

種樹四首

荒隴枕洋溪,萬木雲齊,堯山翠色兩相依。歲歲年年生意好,手自栽培。

甘雨正淋漓,萬物光輝,滿林紅杏鬬芳菲。寒食清明剛到也,煙草萋萋。

獨自踏青遊,七里灘頭,垂楊嬝娜弄新柔。遍插青枝臨曲水,一種風流。

日日掃閑愁,移近高樓,栽培不爲棟梁謀。我愛長條千萬縷,蕩蕩悠悠。

黄鶯兒

鞦韆

遥望肉飛仙,半虚空如綫牽,天風吹得團團轉。摇落了玉蟬,湯抹了翠鈿,粉香汗濕桃花面。興飄然,湘裙大展,現八瓣妙金蓮。

醉太平

家訓四首

勸哥哥學好,休捨命貪饕,聰明伶俐莫心高,只隨緣便了。抹了臉遮不盡傍人笑,腫了手拿不盡他人鈔,放倒身喫不盡小人敲,急回頭自保。

勸哥哥自想，要仔細商量，須知鳧短不能長，再休提勉强。别人肉帖不在腮頰上，愛便宜見放着傍州樣，怕年年醫不得眼前瘡，悔當時戳莽。

勸哥哥休歹，把兩眼睜開，一還一報一齊來，見如今天矮。人人心地藏毒害，家家事業多成敗，時時局面有興衰，到頭來怎解。

勸哥哥休狠，學性格温存，得饒人處且饒人，退步行最穩。循天理處安吾分，占便宜處甘吾笨，咬牙切齒反吾身，狠讀書爲本。

玉芙蓉

笑園約會二首

山人今又來，雅會猶然在，笑園中羅列羣才。主人駕出無拘礙，坐客淹留盡放懷。真豪邁，悠哉，快哉，一個家醉醺醺，齊倒在碧苔堦。

友山醉似泥，角藝難支對，老冰壺伏地哇之。洞厓早跑知迴避，望石留連躲是非。胡先輩，低壺，矢棋，勝不的醒山人，硬勸了掛紅杯。

會友望石，迎盛眷至宦邸，歡甚，同會慰勞之。有獻嘲者，但投壺對奕，略不爲動。所謂"笑而不答心自閑"者，非邪！

嘲贈二首

他鄉即故鄉，久旱甘霖降，喜團圓無限風光。東藏西躲牽羅帳，後擁前遮入洞房。還扎掙，男兒自强，打算的兩年閑併做了一冬忙。

春光滿繡幃，夜夜乾淘氣，一家兒衆口難齊。使不的吊虎離山計，當不得將軍八面威。腰肢瘦，憑誰替伊，這其間顯些兒斷送了光頭皮。

折桂令

病憶山中四首

數年間投老山村，閑也宜人，忙也宜人。近新來誤入城闉，行也勞神，坐也勞神。從今後再休想出山探親，准備下一衲頭懶處安身。隔斷紅塵，占斷白雲，高插荆籬，緊閉柴門。汪本"數年間"作"數年來"。

下山來逐日窮忙，窮也難當，忙也難當。到山中一味清狂，清也何妨，狂也何妨。怎寧耐勞勞攘攘，甘消受踽踽涼涼。雪嵌巖窗，月浸茅堂，四大安然，萬慮俱忘。

笑當年半紙功名，功也無成，名也無成。急抽身一意歸耕，歸也相應，耕也相應。藥欄兒徐徐理整，草庵兒小小經營。煙月尋盟，雲水關情，細挽湖波，痛濯塵纓。

掛崖龕雲樹叉枒，也有僧家，也有田家。抱山村澗水交加，也有漁槎，也有仙槎。碧雙灣浮沉月華，小八洞吞吐煙霞。不鍊丹砂，不養黃芽，風落枯藤，雪煮新茶。

鴻門奏凱歌

喜雪二首

荷當陽明聖君，喜燮理多賢俊。正四時風雨調，育萬物陰陽順。呀，淨大地絶纖塵，拍長空結片雲。碾世界千山玉，鑄乾坤一錠銀。來春，享富貴無窮盡。吾民，賴天恩有處分。

慶三白方朔誇，湊四幅王維畫。吟不就灞上詩，壓不倒袁安厦。呀，折一朵浩然花，啜一盞党姬茶。摇一把山陰棹，訪一回安道家。銀槎，緊緊繫浮山下。瑶華，飄飄在冶水涯。

岱翁餽問雪中賦謝

封題了梁苑詞，發付了梅花使。沾濡了鸞鳳箋，飛灑了龍蛇字。呀，鮮菱肉最甘肥，遠致自楚江湄。涼滲滲黄金橘，嫩生生白玉芝。珍奇，感子建殷勤賜。休辭，恰相如病渴時。

奉謝諸宗枉駕汪本"宗"作"宗候"。

街前多長者車，門外有賢王輅。忽驚傳梁孝來，又報道陳思顧。呀，踏破了小茅廬，荒張了老迂儒。有雪茗何曾獻，欠村醪不敢沽。潛夫，再休把書來著。相如，喜從今病已蘇。

謝諸公枉駕

邀的是試春遊張曲江，訪的是耽酒病陶元亮。行的是快吟詩唐翰林，坐的是會射策江都相。　呀，這的是白雲明月謝家莊，抵多少秋風野草鎮邊堂。您只待平開了西土標名字，俺只待高臥在東山入醉鄉。

周郎，耳聽着六律情偏暢。馮唐，身歷了三朝老更狂。

謝諸老枉顧

一個樂謳歌全盛時，一個慣領料長生會。一個輪莊兒獻壽觴，一個打夥兒閑遊戲。　呀，一個倚玉樹折花枝，一個扶翠袖當青藜。一個教二子雙攀桂，一個濟羣生三世醫。希奇，八老聚魔先退。芳菲，兩娥來春早回。

謝會友枉顧

又不曾費推敲將詩債擔，又不曾閑包攬把風情勘。止不過下山來將公事勾，進城去把高親探。　呀，單想着洞天福地紫雲庵，清風明月碧龍潭。但離了聖境多愁病，恰遇着遊人共笑談。意象兒虛涵，默坐處機心淡。魂夢兒沉酣，猛醒來世味諳。

子姪守歲

一個飭元戎冀北軍，一個修世業齊東郡。一個劍雙揮星斗光，一個筆横掃龍蛇陣。　呀，一個折丹桂抱經綸，一個劚藍田課耕耘。一個近日月承天眷，一個走關山望海雲。全不厭清貧，守歲錢賖一分。但款敘情親，交年杯换幾巡。

清江引

戊寅試筆十首

换歲交年百事吉，清曉天光霽。午風鼓太和，夜雪呈嘉瑞，唤書童掃文房閑試筆。

雪擁天街免拜年，閉閤開家宴。姪孫個個來，兒女團團勸，這便是滿堂春住世仙。

春水春山玉鏡臺，照徹神仙界。舟移島嶼中，人在雲霄外，這風光有黄金無處買。

緑水青山不用多，只容得人三個。閑隨牧竪歌，醉伴漁翁卧，每年間不暫離他共我。

明月清風何處無，全借山川助。高山更有情，流水都成趣，水山風月光萬古。

風月水山春色早，不近紅塵道。靜尋物外遊，遠避人間鬧，出脱的一身安無價寶。

雪月風花細裁翦，又喜年成變。三農到處安，五穀殊常賤，愁只愁折官糧難辦錢。

好年成一文錢一片金，不似今番甚。糶糧没去頭，變産無人賃，一條鞭不弱如十段錦。

穀賤傷農傳自古，並不分貧富。今年下下門，舊歲超超户，抛荒了好莊田千萬畝。

山縣從來民害民，虎一分狼一分。明加又暗加，法盡情無盡，好清官不覷簷下狠。

鴻門奏凱歌

復兒度遼省墓二首

覽雄風北鎮巔，蟠大地東洋甸。近扶桑曙氣通，映析木祥光絢。呀，仰廟貌鳳飛騫，瞻華表鶴翩躚。環瀚海三千里，抱醫閭百萬年。靈源，演世系徵文獻。龍仙，按圖經授祕傳。

歷三朝寵數優，傳四世文風舊。念焚修總是空，要祭掃乾生受。呀，長撇下萬千愁，冷落了四十秋。那里也鱗鴻秏，大拚着狐兔遊。承繼了箕裘，早共晚功名就。撞破了煙樓，遲和疾志願酬。龍山駱用卿，浙人，前戊辰榜先公同年友。善堪輿術，嘗按圖相先隴，每奇中。余戊戌東歸一展墓，逮今四十年，始遣子復，寄此勉之，必有濟也。

仙子步蟾宫

解任後聞變有感二首

無官方顯一身輕，有子須教萬事成，歸家便是三生幸。又何愁烹五鼎，豈不聞君子懷刑。可惜了淮陰命，空留下武穆名，因此上急回頭死裏逃生。　因此上急回頭死裏逃生，今日的一點英魂，昨日的萬里長城。劍擁兵圍，繩纏索綁，肉顫心驚。恨不能得便處投河跳井，悔不及起初時詐死埋名。口説無憑，眼見分明，再休提大爵高官，且安排淺種深耕。

邊聲初奏紫宸朝，戰血新沾壯士袍，風塵塞滿長安道。顯的俺退閑人有下梢，任他行攘攘勞勞。捨命的當前哨，貪功的赴市曹，俺如今散誕逍遥。　俺如今散誕逍遥，也不登城，也不挑壕。避難而行，奉身而退，有託而逃。總然是潑家私無多有少，也不愁舊根基積小成高。世路崎嶢，宦海波濤，險阻經過，平穩開交。

朝天子

解官至舍二十首

不着人眼空，不降錢手窮，故意把家緣弄。早年志氣藐三公，到底無實用。東海荒村，南山舊壠，説歸來非是哄。買三尺小童，學一世老農，悟往事真如夢。

苫兩間草堂，蓋幾個竹房，小則小合爻象。三冬生暖夏生涼，就裏消災障。水繞山圍，人間天上，遠塵纓遺世網。掛絲桐一張，釀村醪一缸，窮不殺陶元亮。汪本"合爻象"作"玄情瞏"。

得意處早辭，稱心事審思，進與退皆天賜。功名富貴要知時，勘千載英雄志。論罪西曹，行刑東市，有傍州新例子。題數首小詩，填幾個拙詞，歎古往今來事。

大牙爪虎威，小魆魎鬼皮，賭甚麽才和智。世間到處有危機，知足方爲貴。兔死狐悲，功成身退，覷通途漆似黑。謝朝簪拂衣，羡山人着棋，再不戀蠅頭利。

熱烘烘火爐，暖溶溶酒壺，虧不盡杯中物。半酣之後膽兒粗，打疊起憂和慮。濟濟官僚，潭潭帥府，犯邊的纔是苦。住半間草廬，披一身野服，過到老無榮辱。

暴醃肉冷嚷，新篘酒暖釃，風雪滿柴門外。塞翁豈有濟川才，論甚的成和敗。踢倒愁山，熬乾苦海，更何憂天地窄。寫新詞遣懷，笑時人揣歪，又恐怕兒曹怪。

也不學側文，也不慣使村，隨分量安時運。埋頭袖手掩蓬門，非便是耽孤悶。斗室天寬，匡床地穩，有丹方三數本。龍虎陣統軍，麒麟畫策勳，名與勢都休問。

共白雲在山，伴黄石閉關，浮世事成虚幻。翠微深處萬松寒，流水鳴空澗。險阻非遥，歸來未晚，葆天真一味懶。到如今退閑，笑當時耐煩，那搭兒無災難。

罷清貧一官，受艱辛百般，千里外音書斷。胡塵滾滾路漫漫，急回首無羈絆。灑泪新亭，甘心舊疃，不關情長共短。遶東流綠灣，看西山翠攢，覓幾個鷗爲伴。

老妖精愛錢，小猢猻弄權，不認的生人面。癡心莫使出頭船，風浪登時變。扭曲爲直，胡褒亂貶，望君門天樣遠。幸身名保全，竄山林苟延，守本分甘貧賤。

破炕頭暖燒，舊朋情款邀，親狎處多歡笑。衡門不許外人敲，小院宇冰花落。會面嫌遲，抽身要早，悔當初知見少。利名心免勞，是非場且饒，受用足村田樂。

一會家忖度，百般的怎麽，缺世界實難過。識人多處是非多，懶待起東山臥。明月當頭，清風入座，好相交他共我。拚性命死磨，有多少養活，眼底事都瞧破。

叫喳喳早鴉，鬧吵吵晚蛙，混不了漁樵話。溪山環遶兩三家，就裏乾坤大。草舍斜開，蒿籬亂插，有鄰翁同笑耍。煎柏葉當茶，燒蔓菁盪牙，喫不飽由他罷。

土孤堆蟻垤，泥疙疸蚓穴，些小處誇勳業。裝成傀儡像豪傑，越顯的功名劣。莫恨時窮，休嫌運拙，虎離山龍在野。占清溪一絶，斷江塵兩截，看不厭天心月。

燈挑着竹檠，酒斟酌瓦瓶，霜月小銀河淨。共君一夜話平生，説不盡江湖興。且放疎狂，常拚酩酊，醉了啊還自醒。笑吟吟緩聲，韻悠悠好聽，唱一闋隨心令。

得休處且休，待修來早修，心不足何時彀。是非場上莫貪求，一任龍蛇鬬。月朗風清，天長地久，忙裏無閑處有。種山田一丘，釣滄溟一鈎，養性命增年壽。

看炎涼滿眸，聽風聲點頭，人海内多虛謬。些兒蝸角也稱牛，真共假誰窮究。尺步繩趨，錦心繡口，苦清貧甘自守。富貴兼五侯，聰明通九流，兩下裏難厮湊。

淨巉巉遠岑，疎剌剌晚林，碧水内天光浸。一間草閣一床琴，從雅淡無些甚。野鳥如簧，巖花似錦，莫蹉跎孤負您。買香醪淺斟，想新詩苦吟，誰待把咱拘禁。

矮鋪他草庵，破盧蘇葛衫，銜一味捱清淡。萬山深處老龍潭，徹底青於藍。爽氣侵人，寒光照膽，有神靈多妙感。窮性分免貪，歹心腸少憨，再休把驪珠探。

趁光風捲簾，看斜陽轉簷，棲隱處雲來占。門垂五柳似陶潛，叢菊開芳豔。樂以忘憂，貧而無諂，到如今不犯險。悔當時出尖，没來由討嫌，急回首無瑕玷。

余以癸亥秋解官，自分優游山水，無意世事。邇於笥中，偶檢舊稿，爲之憮然者久之。

醉太平

李中麓醉歸堂夜話戊午事感十八首

笑山人懵懂，怪野性疎慵，緣何不與世情通，厭繁華俗冗。隱居占一口白雲洞，家私守一隻黄虀甕，奚囊欠一個孔方兄，下山來打哄。汪本"家私"作"生涯"。

茅庵無片瓦，石洞有殘霞，青山深處住成家，儘胸懷脱灑。飽嘗世味如嚼蠟，傍觀人海如看畫，閑評物理似摶沙，問山人不答。

比桃源深遠，倣栗里幽閑，侯門有鋏幾曾彈，玩圖書數卷。忘形自有煙霞伴，明時老却英雄漢，機心不到利名關，看白雲自捲。

望十洲霧斂，與三島雲連，海波曉日湧金盤，見桑田近遠。功名富貴非吾願，詩詞歌賦難興販，風花雪月不須錢，儘逍遥過遣。

二十年不足，三百里無餘，偶然又到子雲居，下山來有主。文章不數二都賦，忠誠不忘千秋録，精通不但五車書，老先生自許。

好光陰有幾，美心事難齊，定知早晚兆熊羆，聽兒童道喜。南山丹竈千年計，東窗紅日三竿睡，西堂白晝一枰棋，老先生自適。

有干雲書閣，伴詠月詩豪，從遊門下盡時髦，展山堂灑掃。天人造化窮玄妙，經書義理都精到，詞章字句細推敲，老先生自考。

喜完名全節，不降志隨邪，中年晝錦儘驕奢，看頑童戲者。高勳一點雲明滅，高官一朵花開謝，高歌一片月横斜，老先生笑也。

論功名小可，問道理如何，總然有志也蹉跎，欠明師指撥。願時間省幾個高軒過，在門墻打一月春風坐，問鄰翁借半壁懶雲窩，老先生教我。

儘紅塵眯眼，看紫陌摩肩，蠅頭蝸角鬬威權，亂紛紛貴顯。一棚傀儡千根綫，一條大路三重塹，一生事業半文錢，問前程近遠。

眼睜睜打盹，跳梭梭發昏，猶如混沌未全分，黑旋風亂滚。皮燈籠挑入迷魂陣，悶葫蘆藏在埋頭囤，渾泥漿插和面糊盆，不明白似您。

休涎眉瞪眼，怕赤手空拳，要從平地去鑽天，透靈犀一點。細丁星半壁金鋼鑽，團滴溜幾顆琉璃彈，滑禿盧滿把水晶丸，一條繩貫穿。

世不曾下廣，也不走蘇杭，不中販賣老文章，單看他掛榜。開行的有幾個梳兒匠，使錢的他道是唐三藏，打魚的正撞着斷橋樁，眼睜開撒網。

入嵩山深隱，向北海垂綸，粗衣淡飯守清貧，有殘書數本。搜山的正撞個精光棍，巡欄的也有個低時運，告饒的只戴頂破頭巾，血心腸自忖。

喬山神愛寶，老土地貪饕，往來君子把香燒，保前途大好。凡人留一貫鵶青鈔，神仙捨一粒靈丹藥，飛禽抽一撮絳紅毛，急回來再找。

享榮華富貴，遇盛世明時，幹成銅斗好家私，是一生利息。閑花野草田荒廢，抛妻撇子民逃避，拿刀弄仗盜乘機，老官人不理。

包龍圖任滿，于定國遷官，小民何處得伸冤，望金門路遠。嚴刑峻法鋤良善，甜言美語扶兇犯，死聲淘氣叫皇天，老天公不管。

休隨心作歹，莫倚勢胡歪，須知暑往有寒來，不多時便改。强梁自有强梁賽，聰明反被聰明害，後人又使後人哀，看斑斑史策。

傍妝臺

效中麓體六首

醉醺醺，滿懷風月一腔春。閑看烏兔如流水，身世等浮雲。有歌有舞東山妓，無是無非北海樽。休妝假，莫認真，得相親處且相親。

樂醄醄，人生何必苦煎熬。百歲如春夢，萬事似秋毫。重茵怎似春風坐，列鼎爭如陋巷瓢。甘吾拙，笑爾勞，得風騷處且風騷。

錦重重，四圍山色畫圖中。是處皆僊景，無日不春風。翠煙籠罩三家疃，緑水環流一畝宫。尋芳徑，曳瘦筇，得從容處且從容。

月溶溶，湖光映徹水晶宫。燦爛沉星斗，寂寞冷魚龍。山藏丹洞青蘿裊，石作琴臺翠蘚封。門常掩，路不通，得潛踪處且潛踪。

杳茫茫,周回十里水雲鄉。望日尋蓬島,乘月泛滄浪。追隨陶令白蓮社,嘯傲裴公緑野堂。三山帽,一葦航,得徜徉處且徜徉。

鬧訬訬,甜言美語枉徒勞。再休提空口説空話,虚套弄虚囂。生財那得唐劉晏,作論爭如晉魯褒。休扎掙,自忖度,得開交處且開交。

黄鶯兒

仙臺春酌四首

和氣暖天街,喜春風拂面來,東君笑擁嫦娥待。香馥馥滿腮,嬌滴滴滿懷,冰肌玉骨非凡態。問仙臺,日邊紅杏,誰去倚雲栽。

瑞色遶蓬萊,散陽和下九垓,風光高出雲霄外。蕊珠宫閃開,瑶池宴早排,逍遥極樂超三界。醉仙臺,蟠桃當酒,脱骨换凡胎。

攜手步瑶階,掃雲霞四面開,閑看人海情無耐。惜青春不來,歎紅塵苦埋,總不如放浪形骸外。訪仙臺,劉晨阮肇,相伴着到天台。

終日走塵埃,笑他行心性獃,眼睜睜多少成和敗。學時人揣歪,替别人守財,怎能够滿把花枝戴。上仙臺,吟風弄月,誰似俺好胸懷。

折桂令

環山别業

平泉莊千載稱奇,今也如斯,古也如斯。一登臨便索詩詞,山也堪題,水也堪題。對嵐光重重青紫,觀海市隊隊旌旗。淡菊疎籬,白酒黄鷄,醉也相宜,醒也相宜。

平白地樓閣千尋,天也無心,地也無心。兩三年萬柳垂陰,松也成林,竹也成林。村酒熟呼來便飲,新詩就醉後還吟。從此攜琴,幾度開襟,賓也知音,主也知音。

對玉環帶過清江引

初夏

萬柳千鶯,終朝不住鳴。一水孤清,通宵不斷聲。竹枕醉魔醒,松窗鶴夢驚。樓閣開明,疎簾透曉星。煙靄收晴,輕波漱晚汀。　池塘倒入樓臺影，玉宇風初定。一輪淡月孤，萬里遥天静，恍疑是蓬壺方丈景。汪本首四句作"柳岸千鶯，終朝晛睆鳴。漁浦揚舲，通宵欸乃聲"。

雁兒落帶得勝令

旅夕不眠二首

空階上雨兒零，破窗紙風兒勁。悲鴻不斷頭，促織相隨趁。　搗練女弄秋聲，深閨婦哭長城。鐵馬兒簷前響，金鷄兒架上鳴。難聽，喬嗓顆無乾淨。閑争，老姚婆鬧到明。汪本"隨趁"作"呼應"。

鼓搥兒發死敲，雲板兒連聲報。傳鑼的緊緊篩，喝號的哀哀叫。漏點兒絮叨叨，鐘聲兒鬧抄抄。破梆子無情打，響鈴當捨命摇。難熬，熓着耳心中躁。通宵，蒙着頭睡不着。汪本三、四兩句作"雨珠兒緊緊傾，雁陣兒哀哀叫"。

雁陣來即雁兒落帶得勝令

抗塵容

你休誇衣着新，俺不顯龐兒俊。灰培了兩道眉，土嵌了雙蓬鬢。積垢眼中昏，飛沙口内吞。面帶磚和色，形如泥塑人。望不斷煙雲，滿路迷魂陣。抖不盡埃塵，多年土地神。

走俗狀

鬆不開牛角絛，判不徹花闌票。踏穿了粉底靴，戴破了烏紗帽。恰纔個出西郊，又轉的上南橋。來往有三千遍，翻回够八百遭。好教俺心焦，走不斷長安道。看了這軀勞，成不的老道學。

朝天子

感述

老天，不言，能富貴能貧賤。饒君日日使威權，終有日天心變。行濁言清，機深見淺，到頭來難掙展。一年，兩年，根脚終須現。

鄙夫，利徒，今古無其數。青蠅白璧豈能汙，未免成躭誤。磊落英雄，清修人物，前怕狼後怕虎。設謀，使毒，只待把忠良妒。

矯情，撇清，心與口不相應。誰家猫犬怕聞腥，假意兒妝乾淨。掩耳偷鈴，踢天弄井，露面賊不自省。醜聲，貫盈，遲和早除邪佞。

誑邊，弄諠，左右將人騙。聲言不要一文錢，旬日有千來串。百計彌縫，萬般展轉，弄藏拽圖倖免。鬼纏，苟全，反把清名薦。

感君，寡恩，水皮上抽一棍。蒼蠅趕上賣柴人，到底無滋潤。平白地生嗔，没來由下狠，不隄防成禍本。您們，俺們，自有人評論。

爾曹，枉勞，恩怨何須較。疎疎天網不能逃，自有神明照。故舊之情通家之好，正歡娛成懊惱。忖度，禍苗，爲只爲鵶翎鈔。

海翁，老通，時運到官星動。黄堂左右有威風，越顯的君恩重。天地無私，文章有用，保山河大一統。效忠，奉公，莫虚耗堂食俸。

怪哉，又來，公道猶然在。輕車熟路走塵埃，依舊民安泰。齋馬清風，甘棠遺愛，鐵船兒再渡海。揣歪，使乖，枉自把心田壞。唐馮元淑歷浚儀、始平二縣，單騎赴職，未嘗以妻子隨。所乘馬不飼芻豆，民號爲齋馬云。閩賈郁性峭直，不容人吏過。爲仙遊令，及受代，一吏酣酒，郁曰："吾再典此邑，懲此輩。"吏揚言公欲再作縣令，猶造鐵船渡海也。後郁復典舊邑，時醉吏盜庫錢數萬具獄，郁批榜尾云："竊銅鑼以潤家，非因鼓鑄；造鐵船而渡海，不假鑪錘。"因決杖徒之。未幾移福清，召爲御史中丞去。

仙桂引即水仙子帶折桂令

壽賈柳溪

矮團標俯仰弄煙霞，閑世界從容數歲華，老場園美滿登禾稼。是柴桑處士家，傲霜枝菊有黄花。安樂處根基大，笑談間風韻雅，喜年年月映簷牙。　小陽春景物清嘉，一水縈迴，萬柳楂枒。直幹穿雲，清波遶砌，幽鳥眠沙。共鄰翁傳杯換斝，看稚子燒竹烹茶。洞裏丹沙，天上銀槎，放曠情懷，悠久生涯。柳溪者，太守賈近臯伯翁也。河南嵩縣人，隱居鳴臯山下，植柳以千數，因以自號。余嘗爲《柳溪翁小傳》。

思歸

想當年怕盤弄這條蛇，笑往事都看成一夢蝶，覷行蹤恰便似風中葉。好功名少了半截，早抽身省去巴竭。猛想起冷清清竹籬茅舍，翠巍巍青山緑野，静沉沉洞府岩穴。　静沉沉洞府岩穴，收拾起萬緒千頭，脱離了七嘴八舌。只俺這皓首南來，看了那黄河東去，急回頭紅日西斜。鬧攘攘閑是非誰人待惹，急煎煎惡思量那會周折。不看眉睫，不下鍬鐝，俺如今還待要順水推船，又只怕留不住下坂行車。

河西六娘子

知止十首

兩字功名過耳風，抵多少傀儡場中。從今纔醒了黄粱夢，呀，衰鬢已成翁，大運幾時通，還守俺天生的一世兒窮。

兩袖清風精利兒光，抵多少衣錦還鄉。長江後浪催前浪，呀，烏兔走的忙，兒女趕的荒，戀不的功名紙半張。

閑上仙臺弄玉簫，抵多少一品隨朝。從今聽不慣花胡哨，呀，一曲碧天高，幾朵彩雲飄，把世上紅塵冷眼兒瞧。

椿桂堂中歲月深，抵多少一刻千金。離鄉背井圖他些甚，呀，你把酒兒斟，我把曲兒吟，骨肉團圓也遂了心。

七里灘頭把釣竿，抵多少拜將登壇。嚴光不夢着韓侯患，呀，博得你身安，爭似俺心寬，事到頭來難上難。

水秀山明安樂窩，抵多少萬丈風波。忙時耕種閑時臥，呀，富貴待如何，朋輩已無多，相伴着漁樵唱一會兒歌。

海闊天空此景亭，抵多少樓觀飛驚。山光水色都承應，呀，也不論公卿，也不問白丁，酒興來時開一瓶。

畫閣摇光碧玉湖，抵多少閬苑蓬壺。洞天載在神仙籙，呀，洗盞泛香蒲，切鱠打活魚，載酒的船兒今有無。

恰坐的三人一葦航，抵多少錦纜牙檣。隨波下去隨風上，呀，明月映滄浪，清夢到瀟湘，只在俺門前楊柳塘。

也有青山也有泉，抵多少陸地神仙。南村北疃沿門兒蹍，呀，酌酒瓦盆邊，矮坐地爐前，醉的俺齁齁不怕天。

塞鴻秋

乞休二首

論形容合不着公卿相，看丰標也没有搊搜樣。量衙門又省了交盤賬,告尊官便准俺歸休狀。廣開方便門,大展包容量,换春衣直走到東山上。

坐時節顫巍巍高挑嚴陵釣,行時節咿呀呀遠泛山陰棹。悶時節韻悠悠忽聽的蘇門嘯,閑時節消停停遍採天台藥。石壇曬道書,童子看丹竈,那時節冷清清白没個人來到。

殿前歡

歸興二首

相歸來,十年奔走困塵埃。何如散步雲林外,笑傲詼諧。窮通命運該,山水平生愛,詩酒尋常債。情懷浩蕩,浩蕩情懷。

自評論,功名富貴似浮雲。從來世路多危峻,禍福無門。青山且負薪,緑水好垂綸,白屋堪肥遁。乾坤有我,我有乾坤。

朝天子

拔白四首

老儒,忒愚,白髮添憂慮。神仙自古有方術,擇日修將去。翦草除根,拔茅連茹,嘴兒光鬢兒秃。再鋤,越疎,濯濯似牛山木。

老君,教人,打扮的龐兒俊。編成吉日與良辰,弟子須尊信。返老還童,虔心有准,按仙方無走滚。一根,兩根,長的快拔不盡。

壽星,墨卿,白黑相攙並。就中檢點莫消停,强把額顱捙。下手猶難,端相不定,錯拔下三兩莖。猛驚,越疼,摔碎了青銅鏡。

細瞧,二毛,妝出商山皓。貴人頭上不曾饒,白髮惟公道。舊恨猶多,新愁不少,咬着牙撏不了。膚撓,目逃,硬死做重年少。

烏鬚四首

費工夫染鬚,老先生弄虚,也不是天然趣。若將人品辨賢愚,不在這些兒處。墨汁塗金,烏霜掃玉,姜太公應笑汝。日居,月諸,搬運的朱顔去。

六十歲老哥,抹調他怎麽,反被人瞧破。真方傳與世人學,倒有陰功大。倍子爲君,銅花爲佐,皂白礬等分和。會合,量着,少許硇砂末。

絹羅兒細篩，瓷鉢兒爛捱，手腕兒多寧耐。重湯慢煮鏡光開，火候勤看待。取次賢勞，佳人休怪，畫眉的尚往來。粉腮，瑩白，也爲你淡掃春山黛。

起一個五更，水洗够幾缾，洗殺也無乾淨。雖然染蘸似鴉翎，面貌又不厮稱。展轉嗟咨，來回顧影，對菱花深自省。此形，本清，不做作還真正。

六友六首

老張，�腔，豪氣三千丈。少年不住走科場，又早龍鍾樣。腿兒拖拉，腰兒慢仗，甚男兒當自强。面黄，鬢蒼，喫胙肉何曾胖。

老曹，氣豪，骯髒山林貌。麟經傳世好文學，使不慣宜時套。師道尊嚴，門墻清要，愛廬江風景好。勉學，苦熬，不負烏紗帽。

老周，好修，道理都參透。同門儒雅更風流，中歲方馳驟。冀北行臺，江南太守，論功名君占首。一丘，到頭，萬事方成就。

老鍾，古風，太朴今無用。文章道義總成空，枉兆丹山鳳。造物安排，時人搬弄，越尋思越懵懂。自從，廣宗，便做了南柯夢。

一川，命慳，筆力千人彦。天朝甲第有遺賢，宋玉多秋怨。北地蹉跎，南曹偃蹇，妙文章聲價遠。九泉，幾年，有子赴瓊林宴。

老徐，起予，有義氣多聲譽。弱齡同榜便齊驅，走不斷長安路。五馬勤勞，三鱣清苦，名不登丞相府。受誣，解符，恨塞滿石村墓。六友者，余兄弟束髮以來同門友也。書史筆硯無不同，小試科舉無不同。所不同者，余弟舉甲午科，登戊戌第，余與宋、徐三人，舉丁酉科，周舉癸卯科，登癸丑第，鍾舉丙午科。惟張、曹二子，屢舉不第，相繼應貢出身。張爲柘城邑博士，曹爲廬州郡博士。余之判保定也，張以汰冗補定興，來謁余，歎其不遇，而老將至也。因與坐而悉數諸友，皆彫喪矣。周爲御史，終於徽州太守。鍾爲廣宗令，徐爲霸州刺史，俱以忌者免官。宋爲博士，遷南曹司務，二年卒。四友者，或得志而失官，或不得志而失官，或不得志不失官而隕命。嗚呼，其數邪？其心有所不足邪？張、曹雖未得科第，而老於儒官，亦自幸矣。余兄弟浮沉南北，淹滯歲月，竊升斗之禄，感時念舊，異地而同心也。余與張對酌，而口占此詞。酌罷，筆之於簡。

折桂令以下原本標"補録"二字。

下第嘲友人乘獨輪車四首

問先生歸計如何,也不張旗,也不鳴鑼。小小車兒,低低篷子,款款折磨。踐的個腿偎腮軟癱做一朵,敦的個手搥胸世不得通活。怕待奔波,且謾騰挪,只落的兩眼迷離,四鬢婆娑。

問先生歸計何如,彈鋏長歌,莫歎無車。錯認高軒,若非皂蓋,定是肩輿。剛離了冷飯店淒涼無語,又撞着打頭風灌滿蘧廬。仰面嗟吁,搔手踟躇,一任他蓬轉天涯,怎能够席捲長驅。

問先生何計存身,束手無謀,舉目無親。何處攀轅,幾時攬轡,甚日埋輪。那壁廂睃不上丢不下殘書亂綑,這壁廂死不死活不活瘦骨嶙峋。纔待舒伸,又怕偏陳,受不過硬氣車夫,快不的冷眼家人。

問先生何處安歇,剛要寧帖,又上摇車。休説才華,莫談星命,總是饒舌。赤緊的狀元花狀元紅讓了人也,安排着將軍來將軍去怎肯虧折。未了的冤業,終有個結絶,投至得捲土重來,那其間再辨龍蛇。

對玉環帶過清江引

訪宋一川四首

今古名標,雲臺千丈高。社稷功勞,天門萬里遥。綵筆懶題橋,金鈎怕釣鰲。鳳髓龍膏,饑時喫不飽。豸繡麟袍,醉時臥不倒。　春來何處無芳草,日日堪行樂。纔下木蘭舟,又上花藤轎,唤遊人數聲林外鳥。

兩袖清風,生來眼界空。萬丈長虹,從來志氣雄。對面不相逢,寸心誰與同。學就屠龍,難成世上功。騎上飛鵬,難逃眼下窮。　饒君才學過晁董,且守着黄虀甕。高山結舊盟,流水牽清夢,愛煙霞常將路兒擁。

笑倚胡床,杯浮雲日光。醉枕奚囊,衣沾花草香。蝶夢繞黄粱,鶯聲下緑楊。儘我疎狂,乾坤戲一場。看你窮忙,功名紙半張。　柴門有客來相訪,銷繳些閑情況。揮毫王右軍,漉酒陶元亮,野花兒大開頭同玩賞。

饒你天才,青春挽不來。饒你仙胎,白頭撇不開。對景且忘懷,傳杯不住醨。聲價高擡,由他心性乖。蹤迹沉埋,由咱心性獃。　數椽茅屋簷兒矮，落得個閑身在。風花雪月間，利鈍窮通外，熬盡了繁華千萬載。

朝元歌

春遊八首

花枝柳枝，牢把春心繫。鶯兒燕兒，喚得遊人至。粉黛三千，樓臺十二，這的是洞天福地。玉女仙姬，天台武陵在那裏。受用是便宜，勞形待怎的。醒而復醉，才是俺安身活計。

花梢柳梢，豔冶章臺道。千嬌百嬌，嬝娜傾城貌。淡抹濃妝，輕嚬淺笑，迤逗殺五陵年少。忙解金貂，銀屏影遮絳蠟燒。夜夜鬧元宵，時時醉碧桃。百年長嘯，誰承望九重宣召。

花叢柳叢，處處相遮擁。詩朋酒朋，日日厮和哄。彩筆留題，金尊高捧，好把閑愁斷送。醉眼朦朧，蓬萊咫尺無路通。酒到飲千鍾，筵前一點紅。浮生如夢，勞碌了成何大用。汪本末四字作"竟成何用"，《南宮詞紀》同。

花英柳英，沾惹風流興。雲情雨情，慣便疎狂性。問俺不言，勸咱不省，怎下的虧心短行。孤負芳卿，别離的話兒不待聽。錦片好前程，如同火上冰。今宵歡慶，便是俺三生有幸。

花妍柳妍，嬌染春風面。人圓月圓，同赴瑶池宴。水陸俱陳，笙歌齊按，一會家參詳一遍。今古流傳，英雄豪傑都枉然①。花裏遇神仙，酒中樂聖賢。風光無限，都只在鞦韆庭院。

花遮柳遮，深院黄昏月。雲疊錦疊，暖閣青春夜。曲盡同乾，酒寒再熱，只吃的玉山趔趄。東倒西斜，紅裙手扶嬌又怯。世路下坡車，名韁纏腿蛇。閑中生業，再不想封侯功烈。原稿"西斜"作"西欹"，"生業"作"歎業"，此從汪本。

花陰柳陰，滿地鋪雲錦。更沉漏沉，良夜貪歡飲。耍笑如狂，流連未寢，一點香腮紅沁。越展胸襟，時人怎知方寸心。酒盡且重斟，春歸何處尋。無拘無禁，貪戀那功名做甚。

花街柳街，風月隨時賣。陽臺楚臺，雲雨連年債。愛重如山，情深似海，一刻千金難買。分付多才，青春一去不再來。且把錦心埋，常將

---

① 今校："英雄"，原誤作"萬雄"，據鄭振鐸藏鈔本改。

笑口開。榮枯利害,丢搭在九霄雲外。

玉交枝

閑適八首

春風秋月,送年華何曾斷絶。任飄颻休把紅塵惹,得團圓莫遣雲遮。花香輕颺竹影斜,柳絲摇曳湖光潔。斷閑人權靠後些,喜孜孜先生到也。

清風明月,伴幽人三個俊傑。喜相逢幾度中秋節,料陰晴費盡週折。紛紛敗葉滿地踅,迢迢良夜圓光缺。斷閑愁權靠那些,樂醄醄先生醉也。

光風霽月,好襟懷天然自别。對青山緑水甘疎拙,傲今古多少豪奢。饒他機巧三寸舌,難移一點心如鐵。斷紅塵權靠外些,淡呵呵先生笑也。

嘲風詠月,滿腔春無有個盡竭。儘開懷對景隨心寫,論甚麽筆底龍蛇。花枝低亞雲錦疊,海棠零落胭脂雪。唤紅裙權靠這些,困騰騰先生睡也。

風來月上,共徘徊勸咱舉觴。玩湖山陶寫閑情況,是不是塞滿詩囊。九秋飄墜桂子香,三春掀起桃花浪。問行藏江湖廟堂,費神思沉吟半晌。

風亭月館,惜年芳千金買歡。畫屏掩映芙蓉幔,龍涎香爇金盤。低回星斗夜色闌,高燒花燭春雲暖。錦重重紅圍翠攢,韵悠悠鸞簫鳳管。

風情月貌,管别離章臺柳條。落紅滿地無人掃,更那堪緑野煙銷。三湘雲盡雁影遥,五陵人困鶯花老。簌珠簾誰破寂寥,鎖瓊窗孤眠未曉。

風前月下,覓幽期何曾見他。黄鶯兒提着名兒罵,粉蝶兒飛過誰家。青春飄蕩楊柳花,黄昏冷落秋千架。業身軀爭些兒害殺,乾相思百無個治法。

玉抱肚

幽居四首

山青水緑,染生綃天然畫圖。占汀洲一段秋光,更白蘋紅蓼黄蘆。

浴鳧飛鷺蘸平湖，五色妝成錦繡鋪。

山明水秀，錦重重那有個盡頭。愛登臨獨步閑行，每日價蕩蕩悠悠。海邊縱放釣魚舟，不是金鰲不下鈎。

山圍水遶，抱村居遮護了一遭。看兩輪日月交輝，喜白雲翠靄飄飄。年年飽暖頌唐堯，歲歲疎狂託聖朝。

山村水舍，敞柴門紅塵斷絕。矮簷前平野相連，閑亭下魚鳥盤趄。機心已盡利名竭，相對浮鷗没話説。

玉芙蓉

山居雜詠四首

茅簷燕壘合，柳色鶯穿破，問山妻新投濁酒如何。疎籬半缺遊絲過，片月斜沉花影拖。新來瘦，詩魔酒魔，俺只待樂醄醄不離懶雲窩。

平疇麥浪匀，曲水荷風潤，慣疎慵閑掛羽扇綸巾。北窗高臥常蓬鬢，洞口尋幽不抱琴。盤桓處，松陰竹陰，俺只怕等閑間虛負紫芝心。汪本"尋幽"作"尋花"。

天空雁字懸，水落沙痕淺，過南鄰不覺醉了陶潛。黄鷄白酒家家勸，紫蟹金鱗日日鮮。柴門外，山田水田，俺只愛遠紅塵學作地行仙。

千山鳥道無，萬徑人蹤阻，滿乾坤惟有依舊平湖。神仙迷却三山路，煙月分開八景圖。團標内，茶爐酒爐，俺只道海波中現出小蓬壺。

朝元歌

山中客至四首

山光水光，寫出瀟湘樣。詩狂酒狂，演就江湖量。小小扁舟，與波下上，眼底乾坤蕩漾。星斗低昂，雙裾捲成風月囊。雨過輞川莊，雲生緑野堂。合高情相訪，休負了酒懷詩況。汪本次句作"隨波來往"，又"蕩漾"作"溶漾"，《南宫詞紀》同。

攜取隨身藜杖，行過芳草塘，步步惹花香。得句拈鬚，咨嗟歎賞，忽聽村童嘲唱。一曲滄浪，爭如爾曹信口腔。閃脱是非場，蹬開名利韁。合前　汪本"歎賞"作"欣賞"，"信口"作"隨口"，《詞紀》同。

收攬煙霞色相，危峰下夕陽，汀蓼纜孤航。醉伴鷗眠，夢驚漁唱，回首東山月上。千頃流光，神遊廣寒桂影涼。俯仰自成雙，徘徊再舉觴。合前　汪本"桂影"作"仙桂"，《詞紀》同。

睡穩梅花斗帳，醒來日半窗，身世兩相忘。旋釣河魚，新篘村釀，常把眉頭開放。散步徜徉，神仙已傳不老方。買斷水雲鄉，相鄰蓬島傍。合前　汪本"斗帳"作"孤帳"，《詞紀》同。

駐雲飛

秋日偶成四首

小小涼亭，高捲湘簾露氣清。遠水連天淨，片月當窗正。嗏，敗葉舞閑庭，一派秋聲。宿雨初收，幾點殘霞映。四面山光冷畫屏。

小小琴臺，松竹交陰鎖翠苔。緑綺依然在，白雪誰能解。嗏，不見子期來，空負幽懷。幾度攜樽，獨自無人待。坐對芙蓉水面開。《南宮詞紀》"空負"作"空自"。

小小漁船，只在煙波七里灘。潮落魚龍堰，霜老菰蒲岸。嗏，占斷水中天，儘日流連。飲罷香醪，再把魚兒换。遥指江村舉釣竿。

小小方塘，石榻花陰午夢涼。一幅羅紋漾，萬顆瓊珠上。嗏，水面奏絲簧，調轉清商。何處白衣，遠送葡萄釀。笑倩佳人洗玉觴。

沉醉東風

繕室四首

數十年遮風庇雨，兩三世閉户讀書。若不是墻堵欹，怎忘了藏修處，記尋常變化龍魚。燕子歸來覓舊居，還認着先生做主。

莊嶽間先開故里，環堵内再整新基。雖然是蝸殼軒，穩便似螭頭陛，行坐處戀土難移。子子孫孫永保之，這搭兒安然到底。

也不羨雕梁畫斗，也不羨紫閣朱樓。人都要所事强，俺只待胡將就，甚的是萬載千秋。仔細思量算到頭，單看您兒孫謹守。

矮簷楹無罣無礙，小庭除閑往閑來。雖無臺閣崇，却有胸襟大，喜相傳家世清白。椿桂堂前好種槐，滿院宇濃陰秀色。

水仙子

偶題四首

絭麻窩呼作賽朝鞋，土炕頭安如拜將臺，綿布袍暖似飛魚袋。是前生帶得來，小軒窗眼底蓬萊。雲結就香羅帶，雪妝成白玉階，非是俺巧立名色。

蒼松職掌大夫權，翠竹名標君子賢，寒梅要遂調羹願。鼎立在斗室邊，伴幽人自在安然。藏錦繡書千卷，吐珠璣詩百篇，也算做富貴雙全。

黄金臺下是非多，白玉堂中福分薄，青雲路上時辰錯。好前程有絆磕，急回頭十里煙波。相伴着漁翁坐，閑隨着牧豎歌，且權將歲月消磨。

會談天跳不出一空囊，會論地挨不開四堵墻，會騰雲闖不過千層網。總不如不會强，見如今世道非常。他不放來生賬，俺又無隔宿糧，老先生未卜行藏。

柳搖金

風情四首

風花雪月，破工夫要笑些，不受用是癡呆。歎光陰千里馬，想人生一夢蝶。好天良夜，休負了好天良夜。急回頭斗轉参斜，酒杯兒到手都休徹。醉了的時節，只落的耳輪兒常熱。

春花秋月，不多時景别，疾似下坡車。恰花朝香韻杳，又月夕清影斜。東風惡劣，花正好東風惡劣。月才圓忽被雲遮，最難消一刻千金夜。悶了的時節，唤紅梅把酒爐兒燒熱。

惜花愛月，芳心嬌又怯，兩件兒費周折。一春常起早，到晚來剛睡些。盈虧開謝，終有個盈虧開謝。忽剌八玉兔西斜，怕只怕御水流紅葉。困了的時節，你且把被窩兒温熱。

羞花閉月，天然風韻别，又何必羨驕奢。麗春園不掛眼，廣寒宫靠後些。閑評優劣，俺也曾閑評優劣。他比花添了些乜斜，月比他少欠了風流業。見了的時節，纔顯的知疼知熱。

倚馬待風雲

悼琴仙四首

想像仙娃，不與塵凡共一家。白雲古洞，明月清風，流水桃花。天台深處鎖煙霞，劉郎採藥迷歸駕。嫦娥閉月華，攔回銀漢槎①，再不見乘鸞下。嗏，何處覓仙娃。自嗟呀，萬恨千愁，病體難擎架，悔不當初不遇他。

想像仙姿，秋水芙蓉第一枝。天然標格，改樣風流，分外清奇。腰肢輕裊海棠絲，鬢鬟半嚲秋蟬翅。花開風亂吹，花落春又歸，揾不住看花淚。嗏，何處覷仙姿。自傷悲，盡日忘餐，長夜難成寐，一日相思十二時。

想像仙裳，繡帶悠揚錦瑟傍。一雙彩袖，六幅鮫綃，千縷霞光。步摇玉珮響玎璫，笑攜羅袂香飄蕩。餘香在洞房，悲風繞畫梁，冷落了梅花帳。嗏，何處挽仙裳。自思量，萬里江湖，一簇千層浪，不似悠悠此恨長。

想像仙音，素壁空懸緑綺琴。冰絃已斷，焦尾無聲，玉指難尋。高山流水暮雲深，碧桃紅杏荒苔蔭。文君病已沉，相如惱碎心，琴臺上空擲窨。嗏，何處聽仙音。自沉吟，瓶墜簪折，水把藍橋浸，夢斷高唐淚滿襟。

月兒高

閨情八首

小院香風過，疎簾淡煙鎖。舞倦垂楊線，飄盡梨花朵。懊惱今春，偏把俺折挫。腰肢瘦小瘦小些兒個，見了憔悴形骸，心疼殺可意哥。哥，喬樣兒託誰學。一似皓月難圓，減容光夜夜磨。《南宫詞紀》"懊惱"作"懊恨"。

紅粉多薄命，青春半殘景。人去瑶臺怨，花落胭脂冷。嬝娜腰圍，强把繡裙整。弓鞋淺印淺印殘紅徑，正當三月韶光，倚闌干無限情。

---

① 今校："攔回"二字原闕，據鄭振鐸藏鈔本補。

情，離別幾曾經。再來扯住衣衫，影兒般不離形。

歌罷桃花扇，妝殘翠雲鈿。恨壓春山重，淚滴秋波淺。寶鏡塵蒙，何曾覩顔面。知他那裏那裏貪歡宴，撇的我短歎長吁，聲聲祝願天。天，靈感鑒盟言。不記的耳畔叮嚀，枕頭兒作證見。

夜夜閑惆悵，時時細思想。才離心窩內，又到眉尖上。萬恨千愁，還不了冤業賬。多情自古自古多磨障，空有翠繞珠圍，總不如薄倖郎。郎，遊蕩在何方。縱有野草閑花，虛飄飄不四行。

月缺重門静，更殘五夜永。手托芙蓉面，背立梧桐影。瘦損伶仃，越端相越孤另。抽身轉入轉入房櫳冷，又一個畫影圖形，半明不滅燈。燈，花燭杳無憑。一似靈鵲兒虛噐，喜蛛兒不志誠。汪本次句作"香消漏聲永"，《南宫詞紀》同。《詞紀》"端相"作"覷"。

門外雕鞍邁，鏡中玉容改。扯碎合歡被，翦斷同心帶。鳳拆鸞分，端的是愁無奈。良人流落流落天涯外，悄没一紙書傳，空留下啞謎兒猜。猜，没亂殺女裙釵。但得個信息真實，來不來也放懷。

遠樹寒蟾下，長空凍雪撒。風動流蘇帳，冷透淩波韈。夢兒裏温存，熱突突都是假。醒來提着提着名兒駡，兜的俺惱亂柔腸，閃殺人只爲他。他，一迷的使虛花。想的他一脚兒回來，實心兒不到家。

玉宇明河浸，瓊窗朔風凜。展轉蝴蝶夢，寂寞鴛鴦錦。閣淚汪汪，長夜捱孤枕。從來不似不似今番甚，都因一片閑愁，生趷查惱碎心。心，害得死臨侵。欲待再不思量，急煎煎怎樣禁。

以上俚曲，《石門樂府》載之，乃山中舊作也。後數曲在郡作，將歸田矣。因附。

醉太平

庚午郡廳自壽八首

一千里故人，六十度生辰，天涯聚會慰情親，歎光陰滚滚。乍相逢幾度看衰鬢，自難别數載無音信，喜團圓今日倒清尊，不覺的夜分。

手接着壽巵，口念着新詞，今年還似去年時，笑依然在此。青雲已負平生志，黄花不管閑人事，滄洲長繫故鄉思，憶商山采芝。汪本"青雲"作"青春"。

新按院慶都，舊鹽院安肅，南來北往急奔趨，滿身間是土。兩頭恐犯尊官怒，一時顯把生辰誤，三盃又怕故人疎，夜深沉秉燭。

五更頭上堂，三廟裏行香，虔誠默祝訴衷腸，一心啊敬仰。聖人呀保佑俺文詞壯，城隍呀保佑俺家門旺，地靈呀保佑俺一身康，比年時更强。

傳來的羽檄，報到的聲息，分明打攪好筵席，全無些道理。緊催兵馬臨邊地，廣儲糧草隨營隊，笑談尊俎退强敵，仗朝廷德威。

正管着府廳，又署着滿城，忽然夜半報邊聲，自披衣點燈。飛星迅速傳軍令，嚴城倉卒修軍政，通宵誰敢誤軍情，壽筵啊且停。

能賦詩退虜，且閉閣修書，誰知文武有吾徒，論全才敢許。天公自有英雄録，朝廷也有功勞簿，書生還有護身符，常措身坦途。

幾番家告休，只固的攀留，又防水旱又防秋，怎能够撒手。慌裏忙裏延年壽，茶裏飯裏邀朋舊，風裏雨裏且低頭，得安閑便走。

海浮山堂詞稿卷三　擊節餘音

明臨朐馮惟敏海浮撰　江都任訥中敏校訂

散套

南二犯傍妝臺

旅況

恨匆匆，一鞭行色片時中。到今記不的臨行話，想不起别時容。影孤惟有青燈對，夢斷纔知翠被空。合穿窗月，透隙風，一般清冷各西東。

〔前腔〕恨重重，不知何處覓行踪。多應淚似三江水，愁鎖兩眉峰。香銷蘭麝金爐冷，玉減腰圍繡帶鬆。合前

〔不是路〕見面無從，廢寢忘餐百事慵。添悲痛，捱不過長夜如年盼曉鐘。眼朦朧，臥看巫山十二峰，望藍橋無路通。要相逢，枕邊少個風流種，錦衾誰共，錦衾誰共。末句原本不疊，此從汪本。

〔掉角兒〕聽不上凜冽悲風，聽不上嘹嚦哀鴻。聽不上畫角悠揚，聽不上簷鐵丁東。聽不上響當當驚好夢，冷清清和淚滴，銅壺聲送。合淒涼一弄，離愁萬重。望雲山天涯咫尺，此恨無窮。汪本"響當當"上無"聽不上"三字。

〔前腔〕盼不到倚翠偎紅，盼不到酒釅花穠。盼不到水月流光，盼不到煙霧空濛。盼不到碧紗窗青玉案，捲湘簾看楚岫，金鈎雙控。合前

〔尾〕幾回夢裏斷和閧，單等歸來兩對同，千里神交非是空。

南步步嬌

寄情

暮雨朝雲成虚幻，枉把佳期盼。高唐事杳然，夢斷襄王，鈎惹芳心亂。要寫錦花箋，耳邊厢留不住天邊雁。

〔鎖南枝〕離別苦,行路難,回頭阻隔千萬山。孤影有誰憐,清尊有誰勸,教我好難消遣。想的俺情牽,想的俺肝腸斷,想的俺心邪,想的俺神魂倦。衾也寒,枕也寒,窗又寒,燈也照孤寒。

〔香柳娘〕望迢迢路遠,望迢迢路遠,一聲長歎,離愁滿懷,如何不怨。急煎煎意懸,急煎煎意懸,拆散並頭蓮,分開交頸鴛。撲蔌蔌淚連,撲蔌蔌淚連,也是俺年災月限,緣薄分淺。

〔園林好〕忘不了花容月豔,忘不了酥胸粉面,忘不了拈香發願。忘不了耳邊言,忘不了醉中天。

〔江兒水〕想起他風流態有萬千,吹彈所事都靈便,解舞腰肢嬌又軟。怎當他不住秋波盼,誰似他言談舌辨。生爲多才,每日價不茶不飯。

〔僥僥令〕望眼爲誰穿,淚點爲誰彈。一霎兒作念千千遍,巴不的有情人到枕邊。難捱衾似鐵,怎遣夜如年。恨殺漏永更長聲不斷,好似滴壺銅海水添。

〔尾聲〕新詞權當音書轉,多囑付青鸞黄犬,是必的拜上花仙。

南集賢賓

閨思

離愁滿天没處躲,下香階權當騰挪。離了重幃還較可,見牛郎阻隔銀河。空耽寂寞,眼睁睁一邊一個。他和我,百般的離不了愁窩。

〔前腔〕青山淺描雙黛鎖,向天邊望斷秋波。遠樹寒空煙淡抹,畫眉郎那搭兒磨陀。青青擔閣,要相逢陽臺一樂。無結果,糊突夢當甚麼嘍囉。

〔黄鶯兒〕烏兔轉如梭,急煎煎把俺磨,一年好景都零落。風兒寒奈何,雁兒叫怎麽,雨絲兒哨的窗兒破。冷呵呵,香腮紅沁,只疑是醉顔酡。

〔前腔〕瘦影伴嫦娥,呆答孩怎動挪,幾樁兒慣把人折挫。疎剌剌帳羅,虚空空被窩,淒涼涼長夜捱不過。眼强合,難禁枕冷,又添上淚痕多。

〔猫兒墜〕雲鬢重整,宫様綰青螺。何日妝臺展翠蛾,幾時繡榻兩情和。因他，悄一似倩女離魂，病染沉痾。

〔前腔〕扁舟閑繫，盡日漾金波。水冷霜清舞敗荷，江湖滿地一漁蓑。蹉跎，却不道孤負幽期，對景吟哦。

〔尾聲〕四時光景堪行樂，百歲芳春有幾何，及早回還錦繡窩。

南黄鶯兒

勸色目人變俗

中國有戎狄，遡傳流自古昔，華夷一統承平世。喫的好食，穿的好衣，進門來一陣臊𤜶氣。細尋思，試虚心勸你，休發犬羊威。

〔前腔〕暇日會親識，狗西番坐上席，五湯三割全不覷。手托着蛋披，口嘶着蛋喫，蘸白鹽解不了鷄腸氣。有差池，對青天發誓，拍口喫猪脂。

〔不是路〕堪歎回回，生不惺惺死着迷。難存濟，不信陰陽不請醫。愛家私，顧不得衣衾不整齊，下場頭只自知。現放着有幫無底千家器，是何家禮。

〔掉角兒〕望西方天遥路迷，在中原看生見死。總不如隨鄉入鄉，早做個子孫之計。再休提塔不剌散不撒，答兒麻哈兒哇，腥膻滋味，清齋難記，徒勞受飢。最難熬千金一刻，星月圓時。

〔前腔〕讀的是孔聖之書，且收拾梵經胡語。穿的是靴帽羅襴，打疊起纏頭左髻。再休提猪爹爹狗奶奶，胡姑姑假姨姨，腥膻遺類，更名换字，用夏變夷。勸伊行還同中國，一樣行持。

〔十二時〕移風易俗非虚語，出谷遷喬爾自思，休把良言作戲詞。

〔南吕〕一枝花

嘲友人試琴

也曾將百體篆填滿龍鳳箋，也曾把一腔春點作昆蟲畫。也曾扳萬丈梯探月窟，也曾搦三寸斧砍天葩。高手名家，團弄的琴心怕，搬調的風韻滑。止不過古傳流一派僊音，又打上巧做作千般指法。

〔梁州〕你試將花閃閃的錦囊兒寬褪，俺索把玉纖纖的銀甲兒安插，不由俺一雙妙手齊齊下。一壁裏抹挑勾剔，一壁裏吟猱撞打。一壁裏往來綽注，一壁裏滚拂潑剌。只俺這手腕兒不識任受了波查，只俺這指頭兒不移時告了消乏。揑挪了雁足蜂腰妙相兒可誇，摩挲了蛇腹牛毛斷紋兒非假，打量了龍池鳳沼闊眼兒堪拿。枕他，抱他，怎下的一霎兒墻頭上掛。下手裏擰，上手裏掐。兜的個百樣聲音背不的咱，罷了也三弄梅花。

〔尾〕人都道攛行貨眼前新宜時所事堪擡價，俺只道傳世寶天生舊見廣經多自掩瑕。他是個古的兒怎與時俗品高下，者麽您撥弄的拍滑，丢答的手乏，使一個訪友携琴賣乖法。琴友郭茂才，納姬名梅花。揮之非愜，遣之弗果，因以琴嘲焉。郭善篆隸法畫草蟲。

〔中吕〕粉蝶兒

李爭冬有犯

錦繡叢中，隨葫蘆也曾打閧。俺也曾駕孤航湖海飄篷，也曾步瑶京擕玉手乘鸞跨鳳。也曾伴嫦娥身在蟾宫，也曾泛桃花誤入武陵仙洞。

〔醉春風〕但有個詩朋酒友共開尊，少不得倚玉偎香珠翠擁。他那裏倒身下拜笑相迎，我這裏也拱，拱。受用些花逕鶯歌，蘭堂燕舞，松窗鶴夢。

〔紅繡鞋〕怕的是村沙懵懂，喜的是剔透玲瓏。但遇着拿班做勢是相衝。使盡了氣力兒扭，也挾着膞項兒雄，只因俺好性兒使不的猛。

〔滿庭芳〕見了那行家不同，丰姿典雅，禮貌謙恭。把似你做喬腔怎得人知重，惹釁招風。又不是賽名花貂蟬愛寵，又不是鎖春風銅雀深宫。又不是襄王夢，巫山翠聳，人在最高峰。

〔耍孩兒〕只因他鬢邊半露雙釵鳳，鈎引的行人簇擁。春心飄蕩逐西東，原來是浪蝶狂蜂。顛狂體態如飛絮，浪蕩腰肢似轉篷，長街短巷鑽人空。騎着頭木驢兒戳磣，戴着個罨眼兒妝聾。

〔十五煞〕敗風俗情怎饒，壞綱常法不容，須不是平地干戈動。饒他海闊魚投網，一任天空鳥入籠，没來由倒往高枝送。俺只道雲泥間隔，誰承望魚水和同。

〔十四煞〕老鴉兒一樣黑，窩狗兒一攢風，蓮花盆打在荷花甕。自古道除了當行都是離，拿到當官也是空，一家兒怎着他人弄。謹按着九宫八卦，認定了六弟三兄。

〔十三煞〕乾人情面皮薄,冷衙門法度鬆,乾坤上下成何用。那廝每龍蛇不辨傷王化,這廝每猫鼠同眠玷士風,喬相識廝和閧。見面錢花銀十兩,答賀禮水酒三鍾。

〔十二煞〕又無升斗才,又無尺寸功,毛椽兒怎做雕梁棟。龜頭逞起心中大,鱉蓋掀開腹内空,料應走不出矬腰甕。等的你頭兒搐了,敲的你蓋兒生疼。

〔十一煞〕也不論短共長,又不知吉與凶,到晚來做了個瓜藿夢。床前拖下三魂喪,枕上揪來四鬢蓬,猪毛繩牽出花胡洞。赤緊的項圈兒怎解,紐扣兒難鬆。

〔十煞〕牽不上窟窿橋,剜不出混腦蟲,前呼後擁相隨從。兩行排列貔貅士,八字分開虎豹叢,一齊下手將人弄。那幾位好哥哥幫襯,看一眼小妹妹着疼。"幫襯"原作"幫寸"。

〔九煞〕拶指兩頭齊,批頭一片紅,兩般兒任意隨身用。筋連十指鑽心竅,血染雙臀入子宫,皮開肉裂花心動。這其間破了的誰補,綻了的誰縫。

〔八煞〕初來不詫生,嘗新不犯重,幾乎險把殘生送。説不的肉賤骨頭貴,避不的人生面不同,精皮膚到處人摩弄。戰兢兢聲如酒噤,跳梭梭手似茶風。

〔七煞〕黑洞洞門墻不見天,密匝匝荆棘不透風,枷杻吊鎖難移動。白日價傷心舉眼無親故,到晚來饒命連聲叫禁公,亂紛紛多少囚徒共。趁着個就地滚的官鋪,巴着個等飯喫的窟窿。

〔六煞〕叫一聲取口詞,畫十字填草供,滿堂人納喊如雷動。小牌子一十還較可,大牌子二十越覺疼,撒花蓋頂程程重。掙了個鯉魚跌脊,滚了個蝴蝶翻風。

〔五煞〕只爲你將磚要比天,是鬼刮陣風,稍螞蚍展作丹山鳳。賴蝦蟆出水金精獸,屎蜣蜋爬山鐵爪龍,麻蒼蠅也把神童弄。原來是三變化的白鮓,兩倒手蛆蟲。

〔四煞〕又不是嶺頭梅,又不是澗底松,又不是高岡修竹棲鳴鳳。怎似得歲寒三友人爭羨,晚節孤芳誰與同,毛條兒敢把輕薄弄。眼見的飛花隨水,幾曾有敗葉爭冬。

〔三煞〕謊花兒世不香，鬧枝兒似草蓬，蘖嗓兒苦李如何用。磣科兒那得好結果，歪根子全無豔冶容，生生的辱没殺桃源洞。也不是中喫的果子，原來是希爛的衕衖。

〔二煞〕又不是平頂黄，又不是雁過紅，似這般低種誰人種。成不的模樣實難賣，上不的擡盤總是空，眼兒酸蜇的牙根痛。你家有鑽核祕法，誰理論擲果淫風。

〔一煞〕我道你有眼不見機，無才只死充，那些兒知高知下知輕重。再休提見驚識怪人擡獎，全不想做小伏低自弄窮，爲甚麽扯着拉着人不動。下顧你似靴筩裏摸腿，攀援俺似食店裏回葱。

〔尾〕忍疼换曉妝，含羞整舊容。一尿胞打醒了胡都夢，從今後再休將大氣兒捅。

官妓李爭冬，恃姿容驕怠。嘗騎過市，遇縫掖不爲意。怒付之官，官不能理。士人聞於内，傳令杖之。自後此輩知謹畏云。

〔仙吕〕點絳唇

僧尼共犯第一折

苦海無涯，業根難化，空悲咤。無室無家，一點心牽掛。

〔混江龍〕都一般成人長大，俺也是爹生娘養好根芽。又不是不通人性，止不過自幼削髮。一會價按不住春心垂玉筯，一會價盼不成配偶咬銀牙。正諷經數聲歎息，剛頂禮幾度嗟呀。要求個善男信女擔驚怕，總不如空門淨土，當夥兒戀酒貪花。

〔油葫蘆〕自古道僧尼是一家低答，每日價撞頭磕額有根查。一個遮陽局斜倚回廊下，一個挑春情偷將禪杖打。按不住齷齪心，聽不上腌臢話，誰道俺頭陀每不光滑。

〔天下樂〕口念着救苦救難善菩薩，冤家可喜殺，發慈悲單等你和咱。開禪堂燒一炷香，入禪房遞一盞茶，上禪床結一段好緣法。

〔那吒令〕俺到了您家，人只説是他。您到了俺家，人只説是咱。混做了一家，半星兒不差。頂老兒一樣圓，撇道兒一般大，胡廝賴一迷裏虚花。

〔鵲踏枝〕分不出我和他，辨不的真共假。恰便似兩個尿胞，一對西瓜。蘑菇頭一弄兒齊磕打，精禿驢越顯的圓滑。

〔寄生草〕呀，一個念波羅密，一個念摩呵薩。鼓搥兒敲打的鼕鼕乍，鐃鈸兒拍打的光光乍，鉢魚兒抓打的膨膨乍。昏沉了半晌出陽神，這其間色膽天來大。

〔幺〕他他他纏着俺，俺俺俺纏着他。瓢頭兒比着葫蘆畫，光頭兒帶着葫蘆欞，枕頭兒做了葫蘆架。拜佛席權當了象牙床，偏衫袖也做的鮫綃帕。

〔六幺序〕呀，釋迦佛鋪苫着眼，當陽佛手指着咱，把一尊彌勒佛笑倒在他家。四天王火性齊發，八金剛怒髮查沙。搊起金甲，按住琵琶，捻轉鋼叉，切齒磨牙。挪着柄降魔杵神通大，只待把禿驢頭攤了還攤。羞的個達摩面壁東廊下，惱犯了伽藍護法，赤煦煦紅了腮頰。

〔幺〕哎，你個渾家，不要瞅他，銅鑄的菩薩，泥塑的那吒。鬼話的僧迦，瞎賬的佛法。並無爭差，儘着撑達，也當個春風一刮，兀的不受用殺。月浸曇花，燈照禪榻，不近諠譁，不受波查，儘通宵喜笑歡洽。不枉了閑過竹院逢僧話，索强如路柳墻花。説來的磨研碓搗都不怕，見放着輪迴千轉，也只索捨死捱他。

〔賺煞〕想人生夢一場，且不上西天罷。鎖不住心猿意馬，便做道見性成佛待甚麽。念甚的妙法，蓮華當袈裟，告了消乏。到頭來踢弄的風聲大，衆街坊識瞰，扣膊兒一拿，呀，法門中拴出一對耍娃娃。

〔雙調〕新水令

十美人被杖

買歡追笑遣流光，近新來一番惆悵。搜尋風月館，點檢翠紅鄉。博選羣芳，十樣錦真堪賞。

〔駐馬聽〕鶯燕雙雙，風送春心度畫墻。芙蓉兩兩，天然秀色映秋江。有誰搬遞是非場，無端牽扯平康巷。因被訪，低眉俯伏霜臺上。

〔雁兒落〕一個顫巍巍玉蕊着棍兒湯，一個嬌滴滴紅英着捧兒抹。一個香馥馥酥胸襯碧階，一個軟穠穠膩體捱牙杖。

〔得勝令〕呀，一個露春蔥解羅裳，一個韃烏雲卸殘妝。一個粉面皮如澆蠟，一個劣身軀似抖糠。當堂，一個紅繡鞋跟朝上。收場，一個醉扶歸不姓楊。汪本"蒠"作"笋"。

〔幺篇〕子弟每攔街立捧酒漿,姨夫每沿城走找藥方。老虔婆氣滿心跳八丈,醜撅丁手捶胸淚兩行。哭一聲親娘,五百劫冤業障。叫一聲情郎,八千人惱斷腸。原本"心滿"作"心瞞",此從汪本。

〔沉醉東風〕往常時牙印兒摩挲半晌,香盤兒恐怕成瘡。捏一捏骨肉酥,摟一摟心胸漲,沾抹着做勢拿腔。似這等凶神不可當,跳不出天羅地網。

〔水仙子〕又不曾做真賊偷了賈充香,又不曾放潑火燒了祆神像,又不曾駕虛詞遞了王魁狀。怎提備這禍殃,三般兒委實難當。合歡被輕翻紅浪,淩波韈高擎玉掌,小蠻腰妙舞霓裳。汪本"提備"作"提防"。

〔折桂令〕又不是乾相思鬼病羸尫,赤緊的閉閣垂簾,伏枕着床。俺只索款款依從,頻頻問候,悄悄商量。或是茶或是飯你隨心勉强,或是行或是臥俺着意扶將。禱告穹蒼,保祐安康,俺若是替得些兒,怎教你獨自禁當。

〔離亭宴歇拍煞〕俺只是笑吟吟走馬章臺巷,誰承望急煎煎累手煙花賬。因他這場,頭皮兒陣陣麻,指尖兒個個冷,心坎兒梭梭撞。眼皮兒睡不合,淚道兒揩不上。越加慘傷,憔悴了玉精神,清減了花體態,改變了嬌模樣。也只索枕兒上慢温存,被兒裏乾摩盪。不多時身安氣爽,那其間有恩的將好情兒酬,行孝的着甜話兒奬。

十年前暴虐扇禍,以訪捕爲一切之政。民無良賤,隸於法率無辜人。十美人一時受杖而出,觀者如堵,而爲之奔走前後,不知其幾也。走筆貽羅山甫,憐其翦髮者與焉。

〔黄鐘〕醉花陰

翦髮嘲羅山甫

矮髻盤鴉玉簪彈,黑鬒鬒香雲一朵。金鳳小,寶蟬薄,一抹紅羅,翠葳蕤珠絡索。描不就遠山螺,只爲這三綹兒青絲纏上了我。

〔喜遷鶯〕花間行過,粉蝶兒個個隨着。仙娥,真乃是一塵不涴,恰來的走馬章臺可意哥。見了這濃妝豔裹,不由人魂銷魄散,只落的喜笑吟哦。

〔出隊子〕却不道傍人瞧破，急穰穰怎奈何。香階眷戀一心着，花徑同行兩意合，繡榻交歡百事可。

〔刮地風〕不多時雨意雲情熱似火，便待要同死同活。滿承當一世隨緣過，他只將花翦兒偷挪。解烏雲四鬢婆娑，理青絲兩手分撥。耳邊廂猛聽的一下枝柯，呀，翠紛紛雲鬟零落，不由俺雨淚如梭。好教俺血淋淋心膽如刀剁，也比那死一遭爭不多。

〔四門子〕他道俺脚跟無線空躭擱，赤繩兒繫戀着我。淚點兒湮，指頂兒搓，茜紅絨固結重重裹。心坎兒揣，手掌兒托，好一條連環套鎖。《北宫詞紀》"繫戀"作"緊戀"。

〔古水仙子〕他他他志不奪，俺俺俺扯肚牽腸怎動挪。罷罷罷將意馬牢拴，准准准把心猿緊鎖，行行行纏腿賬難開脱。步步步絆脚索不離行窩，管管管提着心做事無失錯。懸懸懸吊着膽到底没災禍，睡睡睡將魂夢兒繞身縛。

〔尾〕收拾的日久年深非小可，相守到兩鬢如皤，到底團圓纔是好結果。

〔黄鐘〕醉花陰

清明南郊戲友人作

錦繡江山畫圖裹，端的是皇都第一。人旖旎，景芳菲，堪賞堪題，來往向花前立。心没亂眼迷離，見了些百媚千嬌真個是美。

〔喜遷鶯〕豔陽天氣，花朝過了又寒食。相携，齊蓁蓁成羣逐隊，恰便似萬紫千紅散緑堤。鬧垓垓人似蟻，管甚麽蜂喧蝶攘，暢好是翠遶珠圍。

〔出隊子〕天仙聚會，去一回來一回。雲霞縹緲暗香飛，花柳扶疎麗日遲，車馬倥傯樂事急。

〔刮地風〕一個價粉鼻兒馥郁聞芳蕊，一個價檀口兒銜盃。一個價手兒勤常怕金釵墜，一個價脚兒懶寸步輕移。一個價並香肩指東説西，一個價折回頭推整羅衣。一個價笑語嘻，一個價音律低。一個價喜孜孜幕天席地，一個價醉醺醺苫眼鋪眉。一個價轉秋波無奈挑人意，一個個引人魂三不歸。

〔四門子〕使不的調虎離山計，兩眼兒急上急。恰看了東，又誤了西，急煎煎四下裏難支對。才顧了南，又忘了北，眼面前悲歡得失。

〔古水仙子〕他他他他不痴，你你你你的中腸只自知。去去去去的無情，來來來來的不理，猜猜猜猜不破昏思謎。受受受受不過來往臨逼，休休休傻書生休得同兒戲。天天天天不從人意，看看看看的眼飽肚中饑。

〔尾〕我道你見面生情不度已，到晚來感歎傷悲，夢兒裏相逢拖逗煞你。

都下舊俗，清明日展墓。士女冶遊郊郭之外，而南郊爲尤盛。四方之人，雜然往觀，一國之人，皆若狂焉，殆類於此。

南集賢賓

詠所見

湖山那邊瞧見你，好教俺心下驚疑。何處神仙來這裏，又不是同赴瑶池。忽然相會，近前來越添標致。真個美，不由人軟了身奇。

〔前腔〕恰纔相見方懊悔，悔只悔會面猶遲。悔到其間還是喜，動人處淺淡妝飾。他有斯文風味，掩不盡千嬌百媚。今日裏，這場事委實希奇。

〔不是路〕玉質冰肌，蟬翼輕鬆四鬢齊。多清氣，釵梳不用金珠翠。步輕移，緊淨丢修可體衣。正當時，覷了他青春一捏嬌年紀，纔是妙齡之際。

〔調角兒序〕嫩超超百様嬌姿，細彎彎兩道蛾眉。窣生生三寸金蓮，瘦亭亭一捏腰肢。最相宜，雪窗前，書館内，擁紅爐，斟暖酒，良宵清會。這場心事，應無了期。没來由，不疼不癢，惹下相思。

〔前腔〕待和他月底吟詩，待和他燈下敲棋。待和他較量輸贏，待和他比並高低。待和他按金徽，調玉軫，譜新詞，依古調，傳情適意。知音交契，相逢有期。乍相識，心乎愛矣，何日忘之。

〔尾〕從來翫賞煙花地，南北東西任所之，不似今番念在兹。

雜曲

仙子步蟾宫

四誓

翦髮

整犀梳生怕齒兒抓，摘鳳髻常憂翅兒划，插金釵又恐尖兒岔。一絲絲疼殺咱，怎下的快翦兒髡肯平聲他。耳輪兒隄防着湯抹，音罵鬢脚兒休當做打耍，頭皮兒留下些根查。　頭皮兒留下些根查，赤緊的雲鬟鋪蟬，寶髻盤鴉。千里懸情，寸腸掛慮，一世結髮。珠絡索牢拴住心猿意馬，錦纏頭打疊起路柳墻花。你若情雜，休得留他，貨郎兒換兩個鋼針，打繩的當一綹青麻。《青樓韻語廣集》前曲次句"划"作"剗"，後曲次句"赤"作"喫"。

爇香

雪冰肌淺露紫葡萄，金寶釧斜連紅瑪瑙，麝蘭香正點花穴道，選良時真個燒。俊生生玉腕相交，齊臻臻香肩並靠，磣可可銀牙碎咬，亂紛紛珠淚齊抛。　亂紛紛珠淚齊抛，你也難禁，我也難熬。一個價腹熱腸荒，心驚膽戰，肉裂皮焦。瘡兒疼越疼越好，焙兒大越大越灼。休忌薑椒，留下根苗，香煙兒鑒察的明白，瘡盤兒封裹的堅牢。

刺臂

針尖兒挑繡紫霓裳，墨汁兒淋漓白玉堂，筆頭兒揮灑黄金榜。都盛在錦繡囊，三般兒各逞高强。筆描就同心花様，針刺的隨胸血潒，音倘墨妝成透體玄霜。　墨妝成透體玄霜，一様傳情，兩下成傷。刻骨銘心，書名畫字，數黑論黄。寫山盟指證着今來古往，設海誓滿拼着地久天長。那個遺忘，他便無常，雖不是露面黥卒，見放着貼骨疔瘡。

申盟

雲鬟半軃翦烏金，玉腕雙擎刺繡針，冰肌一點留香印。這恩情海様深，常言道十指連心。刀刃兒湯着就滲，針尖兒見了害磣，艾焙兒想起難禁。　艾焙兒想起難禁，休悔當初，不説如今。怕的是燒了還燒，翦了又翦，針了重針。添了些瘡上瘡却怎生共枕，受了些苦中苦也不忍同衾。不遇知音，少要痴心，虚攛脚雨意雲情，浮皮頭柳影花陰。

八美

鞋盃

高擎綵鳳一鈎香，嬌染紅羅三寸長，滿斟緑蟻十分量。窽生生小酒囊，蓮花瓣露瀉瓊漿。月兒牙彎環在腮上，錐兒欄團圞在手掌，笋兒尖簽破了鼻梁。　笋兒尖簽破了鼻梁，鈎亂春心，洗遍愁腸。孤轤轤滚下喉嚨，周流肺腑，直透膀胱。舉一杯恰便似小脚兒輕擡肩上，嗽一口好疑是妙人兒吸入胸膛。改樣風光，着意珍藏，是必休指甲兒掐損了雲頭，口角兒展涴了鞋幫。《青樓韻語廣集》"孤轤轤"作"骨碌碌"。

肩几

並頭蓮栽向碧窗紗，連理樹移來翠繡榻，比目魚寫上丹青畫。合和仙手兒搭，喜孜孜語笑歡洽。眉兒稍不離了腮頰，鬢兒邊打了個耳擦，舌兒尖遞了個香茶。　舌兒尖遞了個香茶，唇啓朱櫻，臉印紅霞。交頸綢繆，齊眉款曲，並體褻狎。燈兒前一雙俊雅，鏡兒裏兩個冤家。他也親咱，咱也親他，從今後俺不索悶倚欄干，你休得獨抱琵琶。

臂枕

錦重重繡被展紅鴛，嬌滴滴花容落翠鈿，暖溶溶素腕移金釧。白如霜軟似綿，儘多才一枕高眠。耳邊厢鳳釵斜嚲，懷兒裏鸞儔燕婉，夢魂中蝶翅蹁躚。　夢魂中蝶翅蹁躚，勝似行雲，真似遊仙。緊靠酥胸，仰擎纖手，醉倚香肩。粉汗津一團玉軟，腮痕印幾點紅嫣。珊枕高閑，寶髻斜偏，一任俺臂膀兒酸麻，生怕他頭頂兒虚懸。

手板

嬌紅新染鳳仙花，纖素輕抽玉笋牙，清香旋縮鮫綃帕。按宫商實可誇，體妖嬈國色仙娃。天魔舞幾回變化，霓裳曲數聲幽雅，雲陽板一點無差。　雲陽板一點無差，似這般掌上清音，索强如扇底紅牙。擊玉敲金，移宫换羽，高手名家。繞梁音自然瀟灑，流水板越見熟滑。聽不上金鼓諠譁，絲竹淫哇，總不如韵悠悠彩袖香飄，斯琅琅寶釧聲雜。"新染"，汪本作"新惹"。末句"斯"字，《青樓韻語廣集》作"撒"。

牙筯

篆香壺常把酒兒描，糯米牙輕將菜兒咬，櫻桃口微向人兒笑。舌尖兒相輳着，却留下半點兒根梢。這意兒誰人知道，這情兒何時是了，這滋味無福難消。　　這滋味無福難消，美似醍醐，貴比瓊瑶。玉液金波，香酥甘露，鳳髓龍膏。養身法神完病少，解酒方魄散魂消。咀嚼連朝，饜飫通宵，透春心一點靈犀，醉東風兩朵蟠桃。

肉屏

暖雲窩緊把兩邊遮，温香玉先將背後截，長春花正補當陽缺。矮屏風三四摺，任他行顛倒豪傑。紙兒糊怎如他温熱，㛹兒光不似您調貼，畫兒好少比俺乜斜。　　畫兒好少比俺乜斜，玉惜香憐，翠擁紅遮。四座陽春，一團和氣，百様驕奢。一個價意孜孜指尖兒輕捏，一個價笑吟吟眼角兒偷趄。使不的喉舌，妝不的痴呆，俺便是鐵石人也索温柔，虚怯症不怕風邪。"怎如他"，汪本作"怎比他"。

耳簪

馬蹄金造就耳剜兒，蟬翼鬢單鋪滿面絲，螺頭青細綰香雲髻。倒別着簪一枝，倩佳人央挽多時。擡貴手輕輕摘取，轉秋波低低窺視，啓朱唇款款斜吹。　　啓朱唇款款斜吹，須要經心，莫得離嘻。俺只索叉手躬身，交頭接耳，苫眼鋪眉。唬的俺不轉睛斜僉着坐地，儘着他不住手兩下裹施爲。好個消息，幾陣昏迷，俺已則心癢難撓，他還待手下偎隨。

帕箋

汗巾兒展作錦雲箋，淚點兒流成玉露盤，粉盒兒權當金星硯。滴將來一處研，寫封書訴不盡情言。一字字離愁閨怨，一句句緣慳分淺，一行行寡鵠孤鸞。　　一行行寡鵠孤鸞，千里相思，兩字平安。料應他離恨尤多，鄉心已碎，望眼將穿。我的淚你的淚湮成一點，你的心我的心結做一團。袖兒裹盤桓，手兒上綿纏，酬志了美滿功名，乞求得早晚團圓。

十劣

勒價

小丫鬟吹着盞短檠燈，老鴇兒瞪着雙黑眼睛，醜撅丁扶着杆無星秤。俊多嬌佯不聽，解行囊信意加增。一包兒無零無剩。一盤兒齊齊整整，一家兒喜笑花生。　　一家兒喜笑花生，不是爭差，非爲嫌輕。似這般俺也輸心，他也樂意，你也馳名。這兩點怕不是鼎，那一塊也欠十成。等待消停，都要煎傾，論親情不索疑猜，交財帛須要分明。

索債

酒大公站立俺門傍，油博士擔來這壁厢，肉擔兒掛在頭直上。欠王屠鈔幾張，姐夫每不索思量。陳酒債秤還三兩，清香油賒過幾缸，平肋肉割了多方。　　平肋肉割了多方，一總還錢，零碎爊湯。休怪絶情，何須戀己，莫得妝鎊。也不索三三兩兩，又何必掩掩藏藏。倒斷行囊，准折衣裳，你若是打發的清潔，俺還送半點兒乾糧。

清賑

俺也曾買綾羅裁了些可身衣，俺也曾换金寶打了些好首飾，俺也曾賣莊宅受了些腌臢氣。那些兒虧負你，你須索加減乘除。止不過一時半刻，又不曾通宵整宿，頓忘了昔日平時。　　頓忘了昔日平時，跌落了錦片前程，折蹬了銅斗家私。你只待累百爲千，逢三道五，見一成十。我和你一樁樁開除個端的，小九九打算個真實。除了穿吃，扣了春資，剩下買兩個猱兒，零頭兒取一個娼妓。

閉户

老虔婆准備下意兒歪，小大姐包藏着性兒乖，窮姨夫啜賺在門兒外。叫丫鬟世不開，可憐見放入門來。禱告了家親三代，拜辭了爺娘叔伯，囑付了俊俏喬才。　　囑付了俊俏喬才，您忒無情，俺也合該。赤緊的典了衣服，花了網帽，破了靴鞋。把似俺無半星也擺劃，還望您老兩口兒躭待。俺只待暗裏偷乖，夜去明來，打扮着點卯官身，扎挣着挑水擔柴。

問年

鬼胡尤打扮個俏冤家，歪扭捏妝成朵解語花，喬相識問了句衷腸話。猛低頭難對答，歷年來都是十八。未成人偷咊了幾下，已成人逃走了幾乏，不成人販弄了三家。　　不成人販弄了三家，一捏青春，半把年華。也索收心，不消現世，還待撑達。奶兒長低留答臘，孩兒多皮僫扒查。只等待眼兒昏花，腿兒塌撒，保佑你活到一百，終不成還是十八。

賀生

虔婆禱告拜神祇，子弟安排賀壽儀，嬌羞沐浴迎新歲。生辰密年紀希，袁天罡算了個端的。有一年三番壽日，把三年呼作一歲，每一歲九度生時。　每一歲九度生時，辦炷名香，擺列筵席。敬謝神明，虔邀宗祖，敦請親戚。遞一杯添兩件首飾，行一禮奉一套羅衣。今日佳期，來歲休移，俺也有本命元辰，單看你那日回席。

下橋

剛團圓一片月兒斜，正豔冶三秋樣兒別，恰芳菲幾朵花兒謝。順風船下坂車，舊人兒見了情絶。猱着頭姐兒的火者，眵着眼鴇兒的候缺，放倒身撅兒的幫貼。　放倒身撅兒的幫貼，再休提幼小風流，美滿驕奢。俺只索袖手埋頭，低聲下氣，做啞妝呆。他正是宜時的風花雪月，俺落得末脚兒感歎傷嗟。雨散雲歇，瓶墜簪折，若能够再到陽臺，除非是夢裏蝴蝶。

回爐

再來不值半文錢，昔去何須一溜煙，翻回不滿十年限。被人嗤惹俺嫌，生饅頭怎入籠嚴。做不的油頭粉面，乾出上涎眉瞪眼，只落個赤手空拳。　只落個赤手空拳，活是他人，死和他纏。俺如今這樣時光，又無接手，不比常年。雖然是答臘些殘湯剩飯，却不道盤繳的少米無鹽。姊妹行閑談，小大兒難言，鴇兒道死了倒是乾淨，子弟每見了不到根前。

留僧

俏姨夫換了個禿姨夫，舊施主做了個新施主，化緣簿改了個姻緣簿。倒陪錢當積福，花藤兒纏住了葫蘆。手問心道了個萬福，百衲衣打了個窩鋪，齋饅頭券了個胸脯。　齋饅頭券了個胸脯，鴇兒開言，行者鋪謀。俺只索早起腰胱，午間中袖，夜晚包袱。巧藏拽金面皮觀音老母，偷夾拿銅法身彌勒尊佛。總不如剃了頭顱，做個尼姑，這世裏配一對光頭，那世裏變兩個毛驢。

鑽龜

白綿單展做了黑泥條，紅繡鞋沾上些緑水毛，素羅衣印下對烏龜爪。正撞着這一遭，也不必屈打成招。天靈蓋生生揭了，搭撒頭緊緊搖着，麻種眼慢慢偷瞧。　麻種眼慢慢偷瞧，嚇殺多情，疼殺多嬌。我和他比蜜調油，如魚得水，似漆投膠。也只道爺兒們合家歡樂，止不過夥兒裏本分窩巢。誰承望官法難饒，一世耽囂，罵幾場似没嘴的葫蘆，打幾頓似没氣的尿胞。

大鼻妓

堂堂相貌土星高，一寸山根三掉腰，搽胭粉多使些錢和鈔。因此上淡梳妝懶畫描，費擎擡壓損妖嬈。竪一道擎天柱，搭兩孔駕海橋，怕只怕對臉兒支磽。　　怕只怕對臉兒支磽，不能够倚翠偎紅，恰便似水遠山遥。費口閣舌，歪頭側腦，自有方略。比鷹嘴微爭些大小，似羊頭少一對觭角。回子根苗，癩象軀牢，雖然是眼罩兒重遮，也只索遠遠的舒着。

清源妓名無瑕玉，獨擅時望，遠近傾慕，以一面爲快覩。嘗以地主拉至其家，將示衒耀之意。適暑，方浴，出稍遲，心鄙之。既出，見果尤物也。欲議之，無所摘，然準頗隆，遂占此詞，出而示人，頃刻傳以爲笑。自後見之者色萎矣。余再至，則已轉徙，不知所在。

南倚馬待風雲

悼妓琴僊四首

想像僊娃，不與塵凡共一家。白雲古洞，明月清風，流水桃花。天台深處鎖煙霞，劉郎採藥迷歸駕。嫦娥閉月華，攔回銀漢槎，再不見乘鸞下。嗏，何處覓仙娃。自嗟呀，萬恨千愁，病體難擎架，悔不當初不遇他。

想像仙姿，秋水芙蓉第一枝。天然標格，改樣風流，分外清奇。腰肢輕裊海棠絲，鬢鬟半嚲秋蟬翅。花開風亂吹，花落春又歸，揾不住看花淚。嗏，何處覩仙姿。自傷悲，盡日忘餐，長夜難成寐，一日相思十二時。

想像仙裳，繡帶悠揚錦瑟傍。一雙彩袖，六幅鮫綃，千縷霞光。步摇玉珮響玎璫，笑攜羅袂香飄蕩。餘香在洞房，悲風繞畫梁，冷落了梅花帳。嗏，何處挽仙裳。自思量，萬里江湖，一簇千層網，不似悠悠此恨長。

想像仙音，素壁空懸緑綺琴。冰絃已斷，焦尾無聲，玉指難尋。高山流水暮雲深，碧桃紅杏荒苔蔭。文君病已沉，相如惱碎心，琴臺上空擲窨。嗏，何處聽仙音。自沉吟，瓶墜簪折，水把藍橋浸，夢斷高唐淚滿襟。

南集賢賓

題怨六首

斜陽滿樓簾半捲，空教我望眼連天。千里雲山人共遠，望不斷衰草寒煙。危闌倚遍，忽聽的賓鴻哀怨。愁怎遣，怎不將一紙書傳。

孤幃幾時捱到曉，聽不上畫鼓頻敲。惱恨寒鷄啼不早，急睁睁業眼難交。心中焦燥，盼不到參横月落。如何是好，怕只怕夢斷魂勞。

百般苦情誰像我，閣不住淚似懸河。恨壓眉梢雙黛鎖，又不是病染沉痾。心如刀剁，誰降下這場災禍。如何是可，每日家難死强活。

思君不來何處耍，空教我數盡歸鴉。何處垂楊閑繫馬，貪戀着路柳墻花。君情忒寡，見放着鮫綃羅帕。真共假，誓盟言須有個監察。

這場屈情非小可，受不盡小性兒哥哥。冷語閑言尋趁我，平地上就起風波。是誰之過，不住的將人折挫。眉黛鎖，有話兒不敢分駁。

説來的話兒都是謊，好着人無處隄防。休信傍人將俺講，他那裏背後輪鎗。全無遮當，俺只有青天在上。君細訪，枉了人算甚麼高强。

南玉芙蓉

題怨四首

言合意不合，和你實難過，你分明特故的將俺揉搓。俺何曾敢把針兒錯，尺水番成一丈波。雜情貨，心多話多，聽不上絮叨叨常把嘴兒磨。

難將性兒拿，就裏多虚詐，料應他看承做敗柳殘花。幾曾有半句知心話，已只是十分虧負咱。登開罷，情差意差，儘着你戀别人另結好緣法。

喫他無限虧，滿眼傷情淚，這其間受不盡瑣碎參差。他一心要做虧恩事，全不想從前溺愛時。巴心誓，天知地知，只願的一樁樁報應謝神祇。

因他意兒别，把俺閑羅惹，進門來一迷裏打草驚蛇。在誰家調的情兒熱，臨到咱行冷似鐵。從今夜，恩絶愛絶，把一方汗巾兒裂做兩三截。

蟾宫

四景閨詞四首

正青春人在天涯，添一度年華，少一度年華。近黄昏數盡歸鴉，開一扇窗紗，掩一扇窗紗。雨絲絲風翦翦聚一堆落花，散一堆落花。悶無聊愁無奈唱一曲琵琶，撥一曲琵琶。業身軀無處安插，叫一句冤家，罵一句冤家。

小湖山分外清幽，飛一對沙鷗，宿一對沙鷗。怕斜陽偏照西樓，上一掛簾鈎，下一掛簾鈎。畫堂深清晝永坐一個無休，盼一個無休。晚妝殘雲鬢亂戴一隻搔頭，卸一隻搔頭。無倒斷情思悠悠，夢一段風流，想一段風流。汪本“清晝”作“春晝”。

洗炎蒸玉露金風，滴一葉梧桐，落一葉梧桐。意沉吟倦理針工，繡一朵芙蓉，撇一朵芙蓉。展香奩臨寶鏡看一番粉容，惜一番粉容。數歸期思往事屈一遍春葱，舒一遍春葱。望雲山音信難通，看一會歸鴻，送一會歸鴻。

雪花飛密灑瓊窗，助一派淒涼，又一派淒涼。更那堪簷鐵悠揚，緊一陣玎璫，慢一陣玎璫。瘦伶仃愁展轉温一邊象床，冷一邊象床。被兒閑枕兒剩東一個鴛鴦，西一個鴛鴦。盡頭來虚度韶光，牽一股柔腸，斷一股柔腸。

朝天子

風情二首

得頑，且頑，放不下風流擔。萬花深處小桃源，信步兒從頭串。笑臉乜斜，歌喉圓轉，撒紅牙三四板。不喫醋的眼酸，不喫酒的量寬，只爲他相迷戀。

得謅，且謅，舞破了春衫袖。月明纔上柳梢頭，把手兒湖山後。共結同心，齊開笑口，弄精神百事有。面軟的不羞，心窄的不愁，只爲他相拖逗。“春衫袖”原作“春風袖”，兹從汪本。汪本“共結”作“共話”。

鞋杯二首

環兒脚一彎，花兒瓣兩邊，做了個飛鍾勸。半新不舊軟如綿，少欠下風流願。手澤猶存，香塵不斷，細端相重檢點。擦破了的口圈，蹴損了的底尖，跌綻了的根兒綫。

熱突突酒傾，白溜溜水清，照見個人兒影。金蓮小巧掌中擎，到口無餘剩。苫眼鋪眉，參詳内景，口不言心自省。心坎兒裏踢蹬，肚囊兒裏款行，腸襀兒裏穿芳徑。

嘲誚二首

你説我艮支，我説你作鴟，誰的是誰不是。紐箍兒別棒費神思，道不出個真實字。使口兒傷人，挑牙兒斡剌，有的些歪樣子。叫你聲妮子，笑你個鬼屍，再休得胡行事。汪本"使口"二句中無"兒"字。

你嫌俺老成，俺嫌你寡情，性格兒天生定。黄毛兒黑尾鬼胡伶，口兒裏無乾淨。賣弄你乖覺，將咱來傒倖，轉灣兒没了影。叫着又不應，駡着又不聽，治不了傳槽病。

清江引

閱世四首

過一日少一日要上一日，省了些閑淘氣。一日十二時，倒在花前睡，及早的風流些便宜你。

過一春了一春要上一春，打疊起閑愁悶。一春九十日，日日胡厮混，去了青春啊盼望殺您。

過一年是一年要上一年，再不去歪厮戰。四時共八節，到處貪歡宴，歲月無情哄不了俺。

過一生只一生要上一生，休替别人挣。三萬六千場，醉倒煙花徑，每日價醒了醉醉了又醒。

閨思四首

手托香腮心兒裏想，淚滴闌干上。無情也有情，見不的喬模樣，靈鵲飛來撒一個兒謊。

枕上淚痕窗外雨，總是傷心處。淚點兒滴不乾，雨點兒聲不住，一點一聲愁萬縷。汪本"聲不住"作"流不住"。

起初只説相交好，枉惹傍人笑。與了個甜棗兒，丟下個虚圈套，恨上來常將香盤兒咬。

恰纔朦朧眼兒瞑,成就了合歡令。一雙彩鳳飛,兩朵紅蓮並,明知是夢兒中生怕醒。

省悟四首

明知煙花路兒上苦,有去路無來路。惡狠狠虎巴心,餓剌剌狼掏肚,俺如今前怕狼後怕虎。

一個家張眉多睃眼,單紿飄風漢。田産已盡絶,家業都零散,拿來大坑兒填不滿。

再不去掃雪填枯井,心兒裏明如鏡。摳了眼不嫌瞎,哄殺人不償命,豈不聞人的名兒樹的影。

再不去火上弄凍凍,霎時間没的弄。總是一場空,到底成何用,只落的兩隻手一個拿。

紅繡鞋

五閻王不嫌鬼瘦,二菩薩那管人愁,甜食内下一把倒鬚鈎。只憑着巴心咒,哄了些帽兒頭,俺如今醒了腔,只枉的空着手。

一家兒穿衣喫飯,要别人破産填還,門兒外樹一朵引魂旛。納命的齊來到,偷生鬼閃在一邊,現放着萬人坑填不滿。

又不是官糧科派,動不動折變田宅,翠紅鄉掌一面虎頭牌。火焰似追錢債,也須俺賣得來,生只怕傻村驢不肯買。

南桂枝香

春閨四首

容光消瘦,非因病酒。見不上燕子將雛,聽不上鶯兒求友。任飛鳴自由,任飛鳴自由,將人拖逗,黄昏清晝恨悠悠。蝴蝶三更夢,煙花萬種愁。

危樓倚偏,天涯人遠。望不斷嶺樹重遮,空自把湘簾高捲。又韶光一年,又韶光一年,鶯花爛熳,滿懷心事告人難。身外春如海,眉尖恨似山。

萬花開放,同誰歡賞。名園内緑暗紅稀,芳徑裏蜂喧蝶攘。亂紛紛過墻，亂紛紛過墻，春光飄蕩，千條弱柳綰柔腸。夢醒人何處，愁來夜未央。

瑶臺寂靜，銀河耿耿。長空碾萬里冰輪，深院鎖一簾花影。咨歎了幾聲，咨歎了幾聲，芳心不定，淩波露冷步閑庭。欹枕難成寐，憑闌無限情。汪本"耿耿"作"清耿"，"咨歎"作"咨嗟"，《南宫詞紀》同。

贈妓桂香二首

廣寒宫内，天香月桂。香飄蕩玉兔風清，影扶疎銀蟾光碎。問嫦娥愛誰，問嫦娥愛誰，清宵凝睇，今秋得意步雲梯。月中丹桂連根拔，不許傍人折半枝。

商颷初動，天香飄送。看今秋步月登雲，到春來騰蛟起鳳。喜身遊月宫，喜身遊月宫，香魂入夢，三分色相狀元紅。探花榜眼都成配，淺白深黄總不同。

贈行二首

君行保重，妾身陪奉。比目魚一躍成龍，交頸鳥雙飛化鳳。望雲山萬重，望雲山萬重，空勞魂夢，分開連理各西東。不愁我冷落深閨裏，只念你風塵遠路中。

長途勞頓，有誰偢問。拚着你萬里鵬程，撇下俺一腔春恨。漏沉沉夜分，漏沉沉夜分，金爐香盡，夢魂飛繞楚天雲。君如夢妾難留妾，妾夢君來不見君。《南宫詞紀》"飛繞"作"飛近"。

月夜小集二首

彩雲何在，銀蟾堪愛。恍疑是桂子飄香，猛見了嫦娥下界。喜秋光滿懷，喜秋光滿懷，無拘無礙，清歌勸酒手齊拍。一個個愁眉展，一雙雙笑口開。

高情訪舊，清宵如晝。一個個志氣軒昂，一個個功名成就。一個個女流，一個個女流，香飄紅袖，半輪斜月掛城頭。酒醉三更後，笑吟吟攜素手。

夢想二首

冤家心變，將人坑賺。半夜裏枕冷成冰，兩道兒淚痕如線。你成雙我單，你成雙我單，如何不怨，癡心妄想來到身邊。做一個團圓夢，也强如獨自眠。

喬才鬼詐，全無拘怕。起初時做小伏低，到如今心粗膽大。夢兒中等他，夢兒中等他，將他留下，陽臺雲雨會巫峽。雖然不是真歡慶，也當春風刮一刮。

南黄鶯兒

贈妓僊臺四首

和氣轉天街，喜春風拂面來，東君笑擁嫦娥待。紅馥馥兩腮，嬌滴滴滿懷，冰肌玉骨非凡態。問僊臺，日邊紅杏，誰去倚雲栽。《青樓韻語廣集》首句“轉”作“暖”，“兩腮”作“滿腮”。

瑞色繞蓬萊，散陽和下九垓，風光高出雲霄外。蕊珠宫閃開，瑶池宴早排，逍遥極樂超三界。醉仙臺，蟠桃釀酒，脱骨换凡胎。

攜手步瑶階，掃煙霞四面開，閑看人海愁無奈。惜青春不來，歎紅塵苦埋，總不如放浪形骸外。訪仙臺，劉晨阮肇，相伴着到天台。《青樓韻語廣集》“煙霞”作“雲霞”，“愁”作“情”。

終日走塵埃，笑他行心性獃，眼睁睁多少成和敗。學時人揣歪，替别人守財，怎能够滿把花枝戴。上仙臺，吟風弄月，誰似俺好情懷。

曉霞二首

一點曉霞紅，閃祥光映碧空，神仙早出扶桑洞。上蓬萊幾峰，飲蟠桃幾鍾，喜朝陽展翅丹山鳳。錦雲重，把金烏簇擁，高捧在九霄中。

一點曉霞嬌，赤煦煦暖似燒，東窗紅日相輝耀。抹胭脂怎調，染丹青怎描，巧天工妝出如花貌。細量度，陰晴先兆，雲雨在今宵。汪本次句作“閃祥光映碧霄”，《青樓韻語廣集》同。

嘲妓葵仙

猛見蜀葵花，隔墻頭賣弄他，風吹雨打全不怕。單開頭似喇叭，粗枝葉似檾麻，花心兒到有些娘大。忒拉搽，鬢邊怎插，折挫了好頭髮。

解嘲汪本作“葵僊解嘲”。

轉眼盼多情，表丹心向日傾，更無柳絮顛狂性。嬌滴滴紫英，顫巍巍碧莖，香肩常把雕闌並。耐炎蒸，開花結子，到底不凋零。

嘲妓蘭池

遥望一鋪籠,馬蓮墩更不同,亂紛紛茅塞成何用。莎草是祖宗,蒯草是老兒,假名託姓精胡弄。瓦盆中,連根兒倒出,真個是麥門冬。

解嘲汪本作"蘭池解嘲"。

清淺小池塘,潤幽蘭壓衆芳,天然一種非凡相。花兒異香,葉兒細長,香風翠帶齊飄蕩。傍瓊窗,歲寒三友,無此不成雙。

文卿二首

談笑有鴻儒,小桃源當隱居,書中有女顔如玉。性格兒出俗,美名兒不虚,不知人在花深處。漢相如,向文君笑語,要只要幾行書。

及第杏園春,掌書僊降紫雲,玉堂人物常親近。唱詞兒忒新,呼字兒忒真,多才比的俺無學問。卓文君,念相如正窘,愛只愛一張琴。

梅英

花裹有魁元,賞名園第一仙,南枝早把春風占。雪和成粉團,月籠着玉顔,風花雪月不厮辨。伴孤寒,喬松修竹,青眼笑相看。

月季

一月一芳菲,論花容不似你,千紅萬紫難匹配。花不歇枝,香無了時,四時八節皆春意。最嬌姿,自從初會,直與歲寒期。汪本次句"你"作"伊"。

弱仙

軟款妙人兒,顫巍巍花一枝,海棠睡起嬌無力。風兒柔怕吹,步兒輕懶移,藕絲兒牽的人兒至。細腰肢,春衫可體,尚自怯羅衣。汪本"妙人兒"作"似難支",《青樓韻語廣集》同。

韶仙

音律壓齊城,更妖嬈體態清,輕歌妙舞都相稱。奏簫韶九成,按絃歌幾聲,洋洋盈耳穿芳逕。午風輕,花枝弄影,莫不是鳳來庭。

翦髮

玉手解青絲,鳳頭釵初卸時,頂心一翦烏雲墜。黑鬒鬒似漆,長鬖鬖過膝,單根兒都是心肝繫。好收拾,紅絨兒辮起,每日看幾遭兒。

嘲僧

得意笑青天，把瑶琴對你彈，趙州平地神仙見。受用殺浩然，快活殺浪仙，耳邊厢不住秋風灌。四蹄攢，窟窿橋上，現世上刀山。

南鎖南枝

肫妓二首

打趣的客不起席，上眼皮欺負下眼皮，强打精神扎挣不的。懷抱着琵琶打了個前拾，唱了一曲如同睡語。那里有不散的筵席，半夜三更路兒又蹺蹊，東倒西歆顧不的行李。昏昏沉沉來到家中，睡裏夢裏陪了個相識，睡到了大明纔認的是你。

涎瞪了眼，答剌了頭，打一個呵欠大張着口。也不想軟款温柔，也不想丢可修留，也不想拿堂扭柳。眼皮兒怕待睁開，手背兒不住的搓揉。也不着人也不勸酒，請將來上不的臺盤，擡舉你扶不上墻頭，大家開交纔是了手。

玉芙蓉

次韻贈妓少蘭

花神送異香，飛到瑶堦上，喜秋蘭嫩蕊幽芳。千條翠縷隨風漾，一段清標帶月光。何須羡新紅海棠，這些時春花無主盡收藏。汪本無次首，而此首前三句作“蘭開大國香，曲奏瑶琴上，與知音百代流芳”，《青樓韻語廣集》從之。

幽蘭擅國香，曲奏瑶琴上，與知音千載流芳。滿斟緑蟻金波漾，掩映朱唇琥珀光。何須羡春風野棠，爭如這畫堂中盆景好珍藏。

朝天子

贈田桂芳八首

桂卿，麗情，所事兒堪咱敬。惺惺自古惜惺惺，愛的是人恬静。兩意相投，同聲相應，眼微朦心自省。細聽，幾更，怕不盡今宵興。

小田，妙年，月裏嫦娥面。瑶池宴會大羅仙，不許凡人見。玉斝高擎，檀槽輕捻，似鶯聲花外囀。向前，悄言，甚日尋方便。《青樓韻語廣集》"輕捻"作"輕撚"。

太真，出塵，畫兒上曾斯認。重重疊疊挽烏雲，薄設設鋪蟬鬢。曉月雙彎，秋波一瞬，窄金蓮尖玉笋。見人，便親，心繫兒擰成緊。

戀他，寸家，萬種情牽掛。霎時形影隔天涯，悔不盡輕沾抹。强打精神，丢開他罷，想殺人休當耍。笑咱，傻瓜，忘不了臨明話。

想他，爲何，頃刻貪歡樂。不明不暗便開豁，自是咱之過。意兒留連，心兒傒落，近别來一月多。盼着，念着，怎再得同衾卧。

這詞，好詞，口口相傳示。賞音幸遇妙人兒，滿座皆同志。盼盼風情，鶯鶯心事，雪兒歌難似此。念兹，在兹，只兩個相思字。汪本起作"花詞月詞"，又"幸遇妙人兒"作"多在半酣時"。

自别，似呆，還不了前生業。傍人笑俺忒隨邪，俺不比乾風月。那值殘春，難捱今夜，口無言書怎寫。這叶，那些，敢一樣腸兒熱。

桂芳，蕙芳，一對神仙降。秋花春草噴鼻香，喜得相親傍。月下風前，人間天上，説無雙也有雙。北腔，繞梁，慢掃着琵琶唱。

駐雲飛

贈潤仙名玉塊

美質良材，體似羊脂膩又白。碾就獅蠻帶，結就瓊瑶珮。嗏，琢就鳳凰釵，精神光彩。剔透玲瓏，所事堪人愛。軟玉温香抱滿懷。

贈麗江名金塊

百錬真金，麗水生來席上珍。富貴相親近，高價難評論。嗏，正遇着買金人，偏他識認。九紫十赤，成色銷鎔盡。細細絲兒�到心。汪本"真金"作"精金"，又三句作"重寶難親近"。

贈李沂仙

樂意陶然，勝日尋芳沂水邊。冠者閑遊衍，童子相陪伴。嗏，正遇暮春天，東風拂面。痛飲高歌，醉倚花嬌豔。將謂偷閑學少年。

贈劉一兒

一段風流，一點情牽兩意投。一曲銀箏奏，一股金釵溜。嗏，消遣

一春愁，一番花柳。一顧傾城，一笑天然秀。一度含情一上樓。

贈于少蘭次韻二首

緩步蹣跚，玳瑁筵前見少蘭。嫩蕊初分瓣，不許蜂蝶亂。嗏，莫惜好花殘，芳心一點。恍惚相逢，枉把東風怨。要上陽臺休怕晚。

緩步蹣跚，一段香風送楚蘭。口啓胭脂瓣，曲度行雲亂。嗏，酒到莫留殘，把閑愁檢點。醉伴花眠，懶賦長門怨。回首歸來還恨晚。

玉抱肚

贈牛月娥

月娥風韻，廣寒宫天生妙人。换鍾兒款敘幽情，奉詞兒宴樂嘉賓。相逢不飲負青春，洞口桃花也笑人。

花容月貌，白生生越添豔嬌。玉螳螂倒插烏雲，粉蝴蝶斜壓鮫綃。春葱款撥紫檀槽，側耳聽聲魂暗消。

贈趙今燕二首

趙家今燕，賽昭陽舊時管絃。聽悠悠音律清揚，喜飄飄舞袖翩躚。琵琶輕掃動人憐，須信行行出狀元。

南詞北唱，錦堂中清音繞梁。曲江池陪奉明公，秀春園占斷排場。高擎暖酒换新腔，不是情人也斷腸。

贈小妓孫曉臺二首

曉臺如畫，擁扶桑紅雲彩霞。麗春園姊妹馳名，平康巷歌舞傳家。暖風長養牡丹芽，玉露輕沾菡萏花。汪本“長養”作“生長”，《青樓韻語廣集》同。

妙齡之際，女孩兒天生世奇。嫩生生百樣妖嬈，細條條一捻腰肢。雲情雨意假推辭，燕約鶯期佯不知。

寄示潤仙四首

潤仙喬勢，誓盟言全然不依。甜話兒記在心頭，假意兒認做真實。行思坐想盼佳期，提起東來忘了西。

負心玉塊，兩三番不見你來。許着俺席上傳情，誰承望啞謎難猜。

東君試問女裙釵，誰是痴心誰賣乖。

走頭没路，買花錢分文又無。愛的是寶鈔金銀，用不着者也之乎。書生枉自費工夫，每日空勞定計謀。汪本“寶鈔”作“珠翠”，末句作“百計空勞捉日烏”。《南宫詞紀》三句首襯“他”字，“用不着”下有“你”字，餘同汪本。

難捱長夜，呆答孩白没話説。閃的人冷冷清清，哄的俺半半截截。煙花簿上有分別，自古及今不放賒。

題情十首

單身獨自，盼情郎盼到幾時。往常間强打精神，至如今學害相思。憑誰寄與斷腸詩，只怕翻成絶命詞。

冤家心變，這些時誰家鬼纏。打聽的有個真實，我和他兩命難全。神靈監察誓盟言，不叫冤家只叫天。

心中焦燥，好恩情全無下梢。俺這里受盡淒涼，你那里自在逍遥。更長漏永眼難交，枕冷衾寒睡不着。

喬才薄倖，枕邊言全然不聽。實指望長遠相交，怎下的這樣無情。狠將來駡了兩三聲，你到不疼我到疼。

多時不見，夢兒中到咱眼前。急慌忙扯入蘭房，雙手兒摟抱身邊。醒來知是假姻緣，落的安然一夜眠。

抽籤討卦，叩神靈都是哄咱。玉手兒扯斷蛛絲，寶釵兒打落燈花。簷前喜鵲叫喳喳，撒謊虚囂做一家。汪本“討”作“卜”，“都是”作“無非”，《南宫詞紀》同。《詞紀》“玉手”作“玉纖”。

饒人一命，告哥哥陪個下情。你若是意轉心回，俺纔得死裏逃生。但存陰騭有前程，洗却青樓薄倖名。

無聊無賴，眼乜斜自家死捱。捱的我情思昏昏，杳冥中雲雨陽臺。鷄聲三唱夢回來，棒打鴛鴦兩下開。

蛾眉雙皺，淚汪汪何曾斷流。倚遍了十二闌干，禁不的一段閑愁。三朝兩日懶梳頭，從到春來不下樓。汪本“十二”作“九曲”。

立心不善，把奴家閃在一邊。俺當初悔效文君，你如今狠似龐涓。琴心何日再偷傳，飛鳳求鸞續斷絃。

集賢賓

頂真敘情二首

寃家狠心將俺閃，閃的人叫苦連天。天道無私靈聖顯，顯着你負了盟言。言辭改變，變了心神明照監。監察俺，俺虧心性命難全。

虧恩負義全是你，你須當服罪知非。非是俺如今不懊悔，悔只悔一向着迷。迷人難治，治不的真心實意。意兒美，美姻緣再也休提。

駐雲飛

題贈小娥

燕舞鶯歌，弄月吟風錦繡窩。咿軋冰輪過，皎潔銀蟾墮。嗏，飛下小嫦娥，忽驚四座。謫降天仙，權遂人間樂。仙不風流圖甚麽，人不風流待怎麽。

玉質冰姿，又是蟾宫第一枝。小桂多風致，嫩蕊偏嬌媚。嗏，根自廣寒移，化生塵世。天上人間，一樣貪歡會。仙不貪歡圖甚的，人不貪歡待怎的。牛少娥者，月娥女也，初爲名妓，詞以嘉之。

朝天子

又贈

月娥，少娥，一輩兒傳一個。能彈能舞又能歌，品竹誰能過。妙手名家，知音在坐，擺筵席賀客多。伴明月養活，共白雲結夥，好挾上東山樂。兩娥來謝品題，果尤物也，再此答意。

水仙子帶折桂令

嘲友

青天白日打燈籠，照見南來小相公，涼衫大帽妝朝奉。搭連包肩後聳，倒垂蓮燭影摇紅。頂着氈是何威重，對着人全無禮容，光着腿怎打秋風。　　光着腿怎打秋風，步履郎當，舉止疎慵。豈是清修，雖然簡便，也欠温恭。入公門鞠躬時誠惶誠恐，在家中習禮處無影無踪。假若是越女吴童，月貌花容。一迷裹前後通行，不枉了邂逅相逢。

錦堂月以下三首，據汪本補。

偶書

山閣蕭條，花枝瘦損，難同舊時容貌。雨淚盈盈，空有寄來鮫綃。將萬縷蘭麝微熏，記一點櫻桃紅小。歸期早，看取月下花前，那時歡笑。

醉太平

戒子弟

眼睁睁打盹，跳梭梭發昏，猶如混沌未全分，黑旋風亂滚。皮燈籠挑入迷魂陣，悶葫蘆藏在埋頭囤，渾泥漿插和麪糊盆，不明白似您。

高陽臺

落花有感

半畝蒼苔，一番紅雨，韶光滿眼抛擲。立盡東風，可能容易收拾，狼籍。留他不住春歸也，問那人歸在何日。望天涯暮雲千里，杳無消息。

海浮山堂詞稿卷四　附録

明臨朐馮惟敏海浮撰　江都任訥中敏校訂

〔雙調〕新水令

余治邑核最，忌之者因而媒蘖必無之事，竟解官。聞之者爲之一笑，見之者未嘗不相對笑也。真定道中，行吟馬上，口占雙調一闋。或索所著作，遂書此以示。歌未竟，乃鼓掌大笑不可止。余曰："客何笑之甚哉？長者停車下邑，猝無以爲具，我有斗酒，藏之久矣，於此不以奉其上，不可謂忠且敬也。脱有民酬其直，拒而弗受，自立於峻絶危疑之地，亦太傷廉哉！其直誠儉，其事誠細，獨不聞劉寵一錢，相如滌器哉！然則爲之者非妄爲，議之者非浮議，聽之者非過聽，笑之者非真笑矣。以直道黜，不猶愈於失己，以微罪行，不猶賢於顯斥哉！"客乃斂容踧踖避席曰："先生之言良是也。"余既送之出户，客乃仰天而視，掩口而顧，捧腹踉蹌而歸。余爲之延佇目送者久之，亦逌然解頤曰："狂客之笑若是，是余之賣酒，信然哉，信然哉！"詞不可傳而事可傳，必能博天下後世同一笑云。

喜皇風醇美運熙洽，太平年釀成玄化。醉翁亭真快樂，酒泉郡儘繁華。生意堪誇，這店主設施大。

〔駐馬聽〕畫戟高牙，不比尋常賣酒家。香車駟馬，非同小可潑生涯。草刷兒斜向縣門插，布簾兒飄颯譙樓下。忒清高真秀雅，把廳堂淨掃新裝榨。

〔雁兒落〕一個酒大公將象簡拿，一個店小兒把金魚掛。一個打壺瓶使了錫鑞牌，一個盛碗盞占了文書架。

〔得勝令〕一個掌櫃的坐官衙，一個寫賬的判花押。一個承印吏知錢數，一個串房人曉算法。這一個獃瓜，不喫酒便要當堂駡。那一個油花，不還錢就將官棒打。

〔沉醉東風〕一個個攘賬的翻盆弄瓦，一個個少錢的帶鎖被枷。假若係良民且索休，是窮鬼饒他罷，賬難清屢次駁查。展轉那移下筆差，定問擬知情枉法。

〔水仙子〕也曾見漢相如水洗的手兒滑，也曾見畢吏部繩纏的腿兒麻，也曾見李翰林寵幸的心兒大。也曾見賀知章掉下馬，幾曾見這樣豪華。月臺上排銀甕，丹墀裏傳玉斝，琴堂中滿泛流霞。

〔折桂令〕琴堂中滿泛流霞，喜的是海量寬洪，愛的是民意和洽。醉漢升堂，糟頭畫卯，酒鬼排衙。五更籌雙雙雙一迷裏投壺打馬，三通擂鼕鼕鼕都做了擊鼓催花。鈔不科罰，價不爭差，只圖個脱貨求財，勝强如害衆成家。

〔離亭宴歇拍煞〕韻悠悠絃歌聲裏觀風化，樂醄醄醉鄉深處無驚謔。由他笑咱，過幾個快活年，行幾樁平穩事，説幾句安然話。壺中日月長，醉裏乾坤大。非咱，自誇，一不欠起存糧，二不欠京鎮草，三不欠丁夫價。除非人可憎，到了天不怕。勸飲啊休辭莫假，酩子裏好裝憨，葫蘆提不爲傻。

《楊龜山語録》云，設法賣酒，所在官吏遂張樂集伎，以來小民，此最爲害政。而必爲之辭曰"與民同樂"，豈不誣哉！按此事宋朝乃實有之，亦可笑甚矣。故龜山深疾之如此。

〔南吕〕一枝花

荒城小過活，僻邑胡將就。清官窮計策，瑣事細搜求。日用堪憂，俸少饑難救，民貧債不酬。每日價三曹案紙上栽桑，總不如一命官堂前賣柳。

〔梁州〕一個個銅錢扣手，一張張寶鈔當頭，青枝翠幹安排够。官與民兩平買賣，本和利加倍交收。土要厚根深條望，水要勤葉密陰稠。第一年嫩生生大似車軸，第二年圓混混粗如巴斗，第三年直立立好做梁頭。凝眸，倚樓。灞陵橋弄影篩清晝，馬嘶風鶯唤友。飛絮垂絲散客愁，嬝娜輕柔。

〔尾〕自古道河陽一縣花如繡，臺城十里煙如舊，爭似這召南萬載春常有。喜棠陰久留，樹芳名不休，也强如陶令門前五株柳。

是時撫臺李公，檄州縣各樹道路如法。六郡州縣，奉行未至，而余所課樹已暢茂矣,忌者因而中傷之。

右二詞是爲縣官賣酒賣柳而作也。縣官既行其政,而民心亦歸。使者以其異己,深忌之。又使者至,謂之曰:“爾福人也。”使者謝曰:“余胡爲乎福哉?”又使者曰:“至此邑,溝洫治,塗樹茂,他事稱是,百里改觀焉。吏之良也,非公之福哉?”使者默然不應,呼酒與之飲。執事者以金華進,惡其甘而叱之。邑小無他異酒,則以市醞進。使者怒,叱執執事者。主簿曰:“今京師一時尚黍釀,何不以青州從事進乎?”余曰:“是大不可,且懼無繼也。”簿曰:“事急矣,禍將及我公,獨不爲動邪!”力請鑰,跨馬去,致一罌而獻之。二使者欣然大釂,俄而竭。再釂,則非也。復怒,索黍釀益急。執事者慄慄,稽顙請罪。既得其實,促車而去,密遣人偵縣官過。久之,亡所得,遂以二事爲聯而緘請當事者,當事者拒弗信,而使者持之益力。反覆不得已,論調焉。或者歎曰:“此禍水邪?禍木邪?何以至是也。”

〔正宮〕端正好

吕純陽三界一覽

嘉靖丁酉春,一道士挾箕仙之術驗休咎。今中丞康川冀公,余弟觀察使,時尚未第,偕余往叩焉。道士戒以精舍齋沐,翊日乃可。祇事厥明,而道士至,題位焚香符呪,降神應禱,書事忽誤字。余曰:“焉有不識字鬼能書休咎哉?”余遂扶箕祝曰:“必真純陽公來也。”所書辰戌科第名數,後皆奇中。是歲秋,余果領鄉薦,竟不許甲第,亦既驗矣。迨戊午丁巳間,有酷吏按治齊魯,大獵民貲,以填溪壑,累歲無饜。人人自危,莫知所止,咸謀攝問箕仙,而不得道士所在。衆乃强余禱之,既降筆,但書“不可言不可言”六字而止。余曰:“神仙亦畏人哉?如果畏之,諛詞隱語,何不可也!”乃歷草二十一段,而大書以命之曰“三界一覽”。次而録之,正宮套詞也,亦不正言齊魯事。諺云“鬼怕惡人”,詎不信然?

恰離了玉皇前,早來到金門上,衆仙官列坐巖廊。有靈有聖無偏黨,總是忠良將。

〔滚繡毬〕作善的降百祥,作惡的降百殃,禍福司分毫不爽,免不的自作自當。有勢的休使威,無錢的休妄想,便休提東遮西攩,使不的口大舌長。雷門斷斷無虚斧,天網恢恢不漏網,立見存亡。

〔脱布衫〕遍天宫飛繞祥光,下塵寰歷覽封疆。垂衣的唐虞聖上,補袞的吕周賢相。

〔小梁州〕慶了這萬載隆平國祚昌，大振朝綱。諸司百職總循良，仁風蕩，德教被遐荒。

〔朝天子〕紙不罰半張，帕不受一方，便是一池水難形狀。官清吏瘦小民康，處處有傍州様。寬緩追徵，辨明寃枉，説虧人實是謊。掛靴的滿墻，竪碑的滿堂，一個個留名望。

〔四邊静〕霎時間咨嗟歎賞，踏住閑雲，倚遍斜陽。枕畔黄粱，一覽山河壯。知他森羅殿在那廂，索把雲頭降。

〔耍孩兒〕撥開地軸躬身望，黑洞洞沉吟半晌。出生入死判陰陽，總是些糊突行藏。邪神假仗靈神勢，小鬼妝成大鬼腔，胡厮混歪厮攘。坐不的金門寶殿，分不出地府天堂。

〔十三煞〕那吒每擺兩班，夜叉每列幾行，牛頭馬面狼牙棒。後宫收訖金銀錁，前殿交盤寶鈔箱，打路鬼來索賬。盡都是張牙餓虎，露爪貪狼。

〔十二煞〕爪撈兒十把鈎，筆尖兒一桿鎗，那判官舉筆擡頭望。金銀橋上休歡喜，刀劍林中慢慘傷，從頭細審聽明降。管教您行兇的壯膽，作福的着忙。

〔十一煞〕女孩兒枉訴寃，老將軍忒自强，這兩人休把金橋傍。鋼叉緊守銀瓶姐，套索牢拴武穆王，秦家兩口兒齊疎放。屈枉了南朝元宰，相府糟糠。

〔十煞〕埋兒的望得財，卧冰的待喫湯，這兩人怎在銀橋上。三年乳哺傷和氣，一片瓊瑶破碧江，免不的遭魔障。佯慈悲的郭巨，假孝順的王祥。

〔九煞〕鬧炒炒毆丈夫，淚漣漣怨始皇，古來列女虚名望。身投濁水秋胡婦，哭倒長城美孟姜，這潑頼難輕放。着落他疎通河道，找補邊墻。

〔八煞〕鷄黍邀好弟兄，金寶分欠忖量，誰知禍害從今降。范張閉口難分訴，管鮑低頭不省腔，唤左右忙供狀。這兩個同謀上盗，那兩個坐地分贜。

〔七煞〕趙瞎漢𥊍他爺，錢啞巴駡他娘，孫聾親聽的姪兒謗。李没牙咬下半邊耳，周秃厮髮拔一寸方，吴瘸兒踢折了將軍項。這一起干名犯義,那一起鬬毆成傷。

〔六煞〕王道人告出妻,高内官犯宿娼,閨門不整楊和尚。老鴇兒半身不遂胡行逕,小大兒兩腿風癱莽跳墻,這男女實淫蕩。依律還俗發遣,照例貨賣從良。汪本"王道人"作"王道士"。

〔五煞〕這賊情問的真,那囚徒謊的慌,當頭見放着真臟仗。饑寒憑盗爲活計,晝夜看財合謹防,誰是你看家將。開豁了强人復業,比較着失主追臟。

〔四煞〕這人命也不虚,那身屍實有傷,四鄰六證難欺誑。李三帽兒張三戴,張四名兒李四當,斷不倒無頭狀。少不的供明的擬罪,平白地招詳。汪本末句"地"亦作"的"。

〔三煞〕又一干放火情,牽連着衆地方,焦頭爛額都呈樣。却不合收拾不淨柴一垛,又不合准備不及水兩缸,各有力應折杖。上納了工食紙穀,追奪了核程房廊。

〔二煞〕有錢的快送來,無錢的且莫慌,尋條出路翻供狀。偷與我金銀橋上磚一塊,水火爐邊油兩缸,殘柴剩炭中燒炕。若無有這般打典,脱與我一件衣裳。

〔一煞〕這幾場對三曹,那兩邊列六房,能神惡鬼喬模樣。三番下雨三重濕,一遍求神一上香,腦後賬全不當。有幾個東洋大海,成不盡實犯真臟。

〔煞尾〕剛離了鬼府關,早看了天門榜。伏章奏請金階上,把這三界源流細細的講。

〔般涉調〕耍孩兒

骷髏訴冤

"三界一覽"既録,人爭傳誦,咸謂幽明之際可畏哉,繇是乞卜者紛紛矣。黄海岳至自歷下,館於書舍,竊慕其事,自謂可致也,閉室私攝焉,再三之而弗應。余叩門而入,因拉與共扶。余曰:"汝奚卜,奚不祝也?"曰:"願乞長生術耳。"已而箕運甚力,或間息焉。俟而録之,不詳其義。余叱曰:"汝何鬼,此何説也?"乃徐書"骷髏訴冤"四字。余嫚罵曰:"此何關於問答哉!急去毋留。必純陽師來,乃受教。”又祝而降，詞語大相似，自稱我東方財神也。余與黄子相視而愕，且惑其爲吾鄉財神也，不敢詆呵，而骷髏者亦必吾土冤鬼矣。事固可惻，姑併存之焉。

饒君使盡英雄漢，免不得輪迴一轉。雖然跳不出死生關，也省了些離合悲歡。三魂早上泉臺路，七魄先歸蒿里山，深埋遠葬塵緣斷。自古道蓋棺事定，入土爲安。

〔九煞〕猛聽的一片聲，撲鼕鼕振地喧，鋼鍬鐵钁團團轉。又不是山衝水破重遷葬，又不是吉日良辰再啓攢。原來是官差一夥喬公幹，霎時間黄泉曬底，白骨掀天。

〔八煞〕雠徒慣放刁，贓官莽要錢，鋪謀定計歪廝戰。非干人命伸冤枉，只要身屍作證間。山東六府都跑遍，少可有一千家發塚，八百處開棺。

〔七煞〕又不曾爭一言，又不曾交一拳，又不曾本家親屬來陳辯。子孫祭掃三兩輩，桑梓栽培數十年。没來由到處差官勘，耳邊廂神號鬼哭，眼見的地覆天翻。

〔六煞〕今日王家莊，明日李家園，南來北往迎知縣。坑中滿把乾柴熅，鍋内忙將滚水煎。亡靈何苦遭烹鍊，粉身碎骨，瀝膽披肝。

〔五煞〕無傷要有傷，非冤却報冤，富家郎免不的遭刑憲。這的是不見死屍不下淚，要了官司要使錢。清平世界登時變，説甚麽昭昭白日，湛湛青天。

〔四煞〕常言道錢出急家門，財與命相連，將錢買命非輕賤。王員外過付銀一萬，李大舍交收金一千。招詳改擬銷前件，執法司倒做了枉法，洗冤録却做了啣冤。

〔三煞〕千家墳做了七寶山，一張狀强如騙海船，金銀財寶齊興販。每日價廣搜故紙追贓杖，到晚來獨對孤燈打算盤。開了門偷睛看，抱狀的是招財童子，訪事的是利市仙官。

〔二煞〕生民有處逃，死屍無處鑽，陽人反把陰人陷。誰家冤孽將咱垛，你的窮坑着俺填。百骸九竅都零散，誰與俺修齋作福，枉受了萬苦千酸。

〔一煞〕一個道管送不管埋，一個道丢開不在官，一個道隄防後日還來驗。炎天露暴蠅蟲咬,淺土浮坧鴉雀餐。俺也曾替你挣了千千貫。他和你一併歸結,閃的俺兩不相干。

〔尾〕告知富家郎,少把金銀儹。大家都做個精窮漢,免使他圖財連累着俺。

〔般涉調〕耍孩兒

財神訴冤

三皇聖世傳堯舜,治國生財爲本。裝修萬里錦乾坤,全仗俺一位尊神。年年打算床頭賬,日日奔忙世上人,一心兒都要與俺相親近。掌管着金銀寶藏,看守定福禄財門。

〔九煞〕人人下苦求,個個忒認真,却不道財星拱照時和運。時來共喜石崇富,運去偏憎原憲貧。一家兒寫一本錢神論,誰不待黄金過了北斗,白璧降了西秦。

〔八煞〕自古道財多身有傷,身安不怕貧,怎當的濕肉熬乾棍。面前插水真成假,紙上栽桑假作真。一日一個迷昏陣,一個個哭天無淚,一個個入地無門。

〔七煞〕鐵掃箒便是掃地王,皮笊籬做了個聚寶盆,瞞天一綱都撈盡。蚰蜒穴内難逃命,狼虎唇邊怎脱身。狠心腸還道無滋潤,頭髮根兒裹數算,牙齒縫兒裹搜尋。

〔六煞〕不怕頭上有青天,只説書中有黄金,大家撞着梟神運。雲殘風捲三齊土,水淨鵝飛六郡民。還不捨心中恨,千人下淚,萬户傷心。

〔五煞〕一家掌着霜刃鍘,一家湊下雪練銀,兩家見了情兒順。十分足色傾成錠,一樣精絲趄到心。霎時間銷了心頭悶,他便是追魂使者,俺做了救苦天尊。

〔四煞〕俺本是尋常百姓家,怎伴的威嚴九棘臣,霜臺凜凜難投進。幾番家盤詰無夾帶,一迷裹交收有禍因。顯些兒犯了天條禁,怕的是妝污風憲,擅入公門。

〔三煞〕他教我星馳徑到家,火速取回音,千山萬水難尋問。中途又怕强人手,半夜還憂獨宿身。眼睁睁又犯了天條禁,各不合擅離信地,私渡關津。

〔二煞〕不多時到地頭，正遇着大開門，東鄰西舍來存問。一個道兩年過付全憑俺，一個道每日交通不避人。眼見的都一分，買命錢一時了事，護身符半紙迴文。

〔一煞〕財源向北流，財星直北奔，迢迢遠過漁陽郡。從今休想回來路，此去誰扶困苦民。低頭懶把蒼天問，坑的俺有家難奔，送的俺舉眼無親。

〔煞尾〕他來俺這裏做了官，俺去他那裏爲了神。離鄉背井都休論，終不道天綱恢恢尋不着您。

嘉靖丁巳戊午間，有墨吏某，每按郡縣，輒羅捕數百千人，囹圄充塞，重足而立，夕無卧處。計民産百金已上，必坐以法竭之。凡告人命，雖誣必以實論，有厚賂雖實必釋。由是誣告伺察之風盛興，而倚法强發民塚者不可勝計。塚主自陳無冤，則坐以私和，縣官勘報無傷，則論以枉法。有葬七十餘年者，塚巔之木合抱矣，子孫乞哀於縣官。縣官垂涕而掘之，不敢後。某自謂山東之民，易於殘虐，密請於故相，獨留二年，六郡之財，悉歸私室而後去。嗚呼！訴冤二詞，人所不敢言者，而仙言之，亦異矣哉！

〔般涉調〕耍孩兒

十自由

天官賜福宣章奏，遥望着金門稽首。欽尊聖旨莫遲留，把閑人一筆都勾。身心耳目都安泰，手足腰胱得自由，到今纔是閑時候。一個個從吾所好，一個個慎爾優游。

〔十煞〕身啊報君恩不憚勞，振家聲不外求，十餘年羸得龐兒瘦。一生勤苦消磨盡，兩字功名歸去休。流行坎止無差謬，遠離塵綱，高卧林丘。

〔九煞〕心啊意懸懸不自安，急煎煎無限愁，愁的是爲民爲國無昏晝。十分如意難爲福，少不應心便是讎。把心腸使碎了乾生受，俺如今何思何慮，無惱無憂。

〔八煞〕頭啊從來怕見風，虛眩不耐秋，爲甚麽到家中緊把衡門扣。再不去長安道上頻回首，也不向文武班中三叩頭。戴的是綸巾箬笠天然秀，把烏紗帽請起，將展翅兒權收。

〔七煞〕眼啊望君門天又高，盼家鄉淚暗流，看文書一夜一個三更後。看了那招詳輕重難服罪，覷了那人面高低懶待瞅。看不上參的透，把似那京塵迷目，爭如這野景凝眸。

〔六煞〕耳啊不平言懶待聽，耳不聽心不憂，勞勞攘攘龍蛇鬭。一個家喬聲顙氣情難忍，一個家美語甜言話不投。論理法難聽受，總不如妝聾塞耳，一任他呼馬呼牛。

〔五煞〕口啊濕津津皮裏纏，硬邦邦到處謅，每日間念條説款歪窮究。一會家噙唇左嘴喬妝碜，一會家張口巴舌不害羞。這些時打疊起閑聲嗽，一任他淘乾了氣顙，叫破了咽喉。

〔四煞〕鬚啊許多時白似霜，一時間黑似油，硇砂銅末安排就。事從忙裏尋刀鑷，狠上心來着手揪。疼不過精皮肉，近新來蒼顔有喜，白髮無愁。

〔三煞〕手啊檢行移無了期，弄刀筆不斷頭，指尖兒酸困了難禁受。一壁廂忙把文書判，一壁廂常將角帶搊。至如今高抄起雙袍袖，若要揎拳露掌，除非是把釣垂鈎。汪本"忙把"作"難把"。

〔二煞〕膝啊見官人軟似綿，到廳前曲似鈎，奴顔婢膝甘卑陋。擎拳曲跽精神長，做小伏低禮數周。俺如今出門兩脚還如舊，見了人平身免禮，大步搊搜。

〔一煞〕足啊任高情行處行，趁閑時走處走，脚跟兒蹬脱了牢籠扣。潛踪洞壑尋深隱，濯足滄浪揀上流。皂朝靴丢剥了權存後，再不向鵷班鵠立，穿一對草履雲遊。

〔尾〕閑居日月長，静觀天地久。閑中静裏安年壽，更一段清福綿綿詩共酒。

秋水庵花影集

提　要

《花影集》四卷，明施紹莘撰。原書崇禎刊五卷，末卷乃詩餘，兹略去。四卷之中，套數八十六，爲明人專集中套數最多者；小令七十二，在集中尚不滿一卷。全書乃施氏所手訂，不以宫調爲比，略以文字之時代爲序。曲前多有叙，曲後多有評跋，且間附詩文。兹將見於曲後者改爲小字，以清眉目。原書更有眉評及行間之評，兹皆省去。卷前有雜記十一則，於全書之評校譜韻等，略有説明。原刊訛字别體甚多，雖經校正，而未能盡。施氏散曲乃崑腔後一大家，明人散曲中之大成者。其病惟在韻雜，以是明代諸選竟不登一字。詞雖不盡通雅，而生動勁激，雖爲崑腔南曲，而獨不爲習氣所囿，且尤擅北曲，時得元人蒼莽之致，殊難能也。

秋水庵花影集叙

陳繼儒眉公撰

峰泖間久無閑人矣，自眉道人開徑東佘之陽，施子野從泖上築墓西佘之陰，簾櫳窈窕，花竹參差，遠近始有褰裳而遊者。余不設藩垣，聽人往來，如簷燕，如隙中野馬。而子野嚴扃鐍，以病辭，中酒辭，顧閣上嘈嘈，數聞絃索度曲聲，則子野所自製詞也。客唐突不得入，横折花枝，呵詈委道旁而去，而子野默默笑自如。子野好日出酣眠，而能讀書至夜半，未嘗作低迷欠伸態；好與人轟飲惡戰，而能數月持酒戒甚堅；好治經術，工古今文，而能旁通星緯輿地與二氏九流之書，掉弄而爲樂府詩餘，跌宕馳騁，於古今當行家，意崛彊未肯下。嘗謂余曰："子老矣，請時時過我，俯首拍掌而和之，暇則爲我題數行傳海内，海内故有天耳，人當爲施郎點頭耳。"夫曲者謂其曲盡人情也，詩人人可學，而詞曲非才子决不能。子野才太俊，情太痴，膽太大，手太辣，腸太柔，心太巧，舌太纖，抓搔痛癢，描寫笑啼，太逼真，太曲折。當其志敞意得，摇筆如風雨，强半爲旁人掣去，或寫素屏紈扇，或題郵壁旗亭，或流播於紅綃麗人、黄衣豪客之口，而猶未覩子野之大全也。今《花影集》一出，上至王公名士，下至馬卒牛童，以及鷄林象胥之屬，皆咄咄吁駭，想望子野何如人，購善本，换新聲，擲餅金，斛珠當，不吝惜，豈特爲《三夢》、《四聲猿》之畏友而已乎？昔山谷遇秀鐵面道人，訶其筆墨勸淫，恐墮犁舌，故其敘晏叔原集云，"妙年美士，近知酒色之娱，苦節臞儒，晚悟裙裾之樂，鼓之舞之，皆叔原罪也"，子野學道，請以山谷爲戒。子野曰："吾樂府詩餘，非平章風月，則約束鶯花，豔語麗情，十不得一，況謔浪俱是文章，演唱亦是説法，秀道人見之，即使木人歌，石兒舞可也。雖然，此集既行，願將風流罪過，向古佛發露，懺悔一番。敢問眉先生新創苕帚庵，其義云何？"余曰："有沙彌請法，佛教之誦'苕帚'二字。誦苕則失帚，誦帚則失苕，誦至三年，忽然上口，遂爾大悟。子野能捨無始來才子習氣，作苕帚庵三年鈍人乎，便不落綺語債矣。"子野稽首曰："懺悔竟。"

秋水庵花影集序

顧乃大彦容甫撰

吾友施子野氏，嫻雅絶倫，風流自賞，夙稱博物，兼負情癡。既篆蠹以時親，復雕蟲之旁涉。新聲驚座，佳製盈笥，爰繕芸箋，命名《花影》。蓋以綵分江令，雪壓巴人，非關墨妙筆精，獨出騷心賦手。比物連類，託興肖形。或醒塵勞，或傷遲暮。或千秋憑弔，臨水登山；或一室晤言，灸香煮茗。或訴長門有恨，或憐翠閣無聊。巾藻淋灕，芍藥贈佳人南國；管華燿燦，葡萄傾公子西園。況夫春水緑波，秋原紅樹，清商緩奏，酸拍停催。魂銷殘月曉風，夢斷黄蘆苦竹。三秋一日，能無采葛之賡；千里寸心，曷已離鴻之唱。腸疑繡簇，字比珠圓。教坊譜入瓊笙，樂府名題黄絹。其險邃似桃迷秦澗，桂被蜀碞，别搆奇觀，杳無俗狀。其娟秀似孤山萬樹，楚畹數叢，谷中弱態離披，溪畔冰痕清淺。其騈冶似平泉杏鬧，金谷草薰，鸚鵡珠簾，臙脂零亂，鴛鴦膩浦，香霧溟濛。銀燭高燒，忽共鞦韆遥送；瑶臺空掃，却因蟾魄重窺。其綿惋又似貞娘墓古，妃子亭荒，依然細碧交加，率爾老紅如雨。毿毿啼露，淡淡篩煙，倚殘照以無言，隨暮鴉而低墮。總之，非空非色，疑假疑真。擢月姊之精神，繪成殊豔；借天孫之杼柚，幻出靈葩。彤管玉臺，方斯蔑矣。金荃蘭畹，自謂過之。況大雅寖湮，元徽逾邈。塗膏乞馥，奚啻濫觴；襲豕承魚，仍慚本色。惟兹敷以蕙質，濬自紈襟，前無古而後無今，華於朝而秀於夕。塵飛葉落，緑珠巧叶鸞絲；徵嚼宫含，碧玉香生鶯舌。幾與《鬱輪袍》嗣響，堪爲鐵綽板解嘲。翩翩柳寵花嬌，冉冉月來雲破。聊附馬山人之逸事，不負張郎中之後身。咄哉歌苑功臣，允矣詞壇宗主。敢藉斯編而不朽，詎云所好以阿私。

秋水庵花影集序

顧胤光石萍子撰

夫詞，詩之餘也。前人謂工詩不必工詞，詩料不可入詞料，則詞固別有當行。而余嘗評覽宋元詞家，如蘇如柳，如王、董、關、馬諸君，各擒致標體，不傍門户，濃澹啼笑，無相優劣。而後人醜爭效顰，技同翦綵，摹形傷板，鏤情涉俚，偷字不掩其酸，填豔祇拾其唾，難哉脱邯鄲而出步也。吾友子野，弱冠好詞，即工詞，積十餘年而不靳，公諸同調，以“花影”名集，則命意遠矣。蓋詞不難填實，而難使虚，而花之弄影，妙香色之俱空；詞不難琢巧，而難寫生，而影之取花，妙即離之雙遣；詞不難繁音之噪耳，而難柔致之感物，而影暈花，花篩影，妙嫵媚之無骨，而參差之善隨。以子野詞，拈作花觀，兩字歡愁，皆嫣紅而慘緑也；百態離合，疑笑晴而泣雨也。以子野詞，拈作影觀，趣横景移，得意在精神之摹寫也；思微香寂，幽賞在澹漠之領會也。以子野詞，拈作花影觀，脂氣淨掃，冷韻逼人，杳焉作羅浮僊子想，則横水之一枝也；嬌癡欲絶，如雨後煙初，真堪一字一金屋，則臨鏡之睡醒也。當年鐵板誰唱，千秋絶調，則百尺松濤響秋月也；舊日纖腰齊褪，一時情語，則千條柳線摇春風也。若乃尋幽盟，詠孤芳，三徑高韻，素琴無絃，依稀東籬晚香之微有傲態，更或宜紅牙可雪兒，移刻度字，周郎微顧，彷彿藥欄烘日之爭含勝情。至如愁冷江臯，芙蓉池面，煙迷洛浦，水仙淩波。沉香微醉，調扶芳豔俱來；壽陽妝開，句並清揚共婉。暮雨梨魂，燈下題紈扇之無恩；日移春夢，紗窗譜高唐之有約。似此引類屬情，拈思取境，宛爾闘合，不禁萬斛才情，從花影逗露少許耶？子野有種情多，一切愁緣病緣，大半根花緣得。居平含宫嚼徵，引商刻羽，半生苦心此道，是能脱盡宋元來粉墨習氣，而獨自登壇，作飛將軍者。雨閣雲窗，膽瓶曲几，寫烏絲，付家樂部，興到命青衣添沉水，進小玉卮名酒，偕解人子夜徵歡。則“雲破月來”之句，不負自許張三影後身矣。

秋水庵花影集序

沈士麟德生甫撰

予奔走長安街，面土尺許，僅爭廣文一席，跋涉千里，悲哉予之愚也。乙丑之秋，又將掛孤篷，渡浙水而西。荻花蕭條，霜月慘澹，四顧童僕，依棲無色。子野將予水湄，予謂之曰："吾於世味已嚼蠟，幸爲我求隙地於東西佘間，行將與爾賦詠著述。何物五斗，能使人折腰耶？"子野戲曰："予冷人也，合受冷趣；爾熱人也，應受熱業。爾若飄然歸來，我當分草堂半榻，容汝四大，何必買山而隱耶？"予笑曰："子何居高而視下也。區區沈生，亦有心胸頭面者，斑衣捧檄，固知喜動顏色，乃山鬼移文，亦知愧入毛髮。此行予之不得已也。戊辰之役，倘拾得一第，則借一命娛兩親。不然，則袖書歸田，爲老農畢世耳。"子野曰："善。吾固知君非久於風塵者，吾將結茆花下以待。"已而閲予行裝，見予諸行卷，因曰："吾亦有數首，欲乞子一言，以行於世。"開緘出之，則《花影集》也。豔句淋灕，藻色飛動，予捧讀良久，心花皆開，拍案歎曰："嗟乎，予所行世，不過一時塵言，而子則千秋慧業，豈不仙凡霄壤，尚敢輕置一喙哉！"雖然，惟子野知我，亦惟我知子野。子野詞章高妙，人人所知，然予以爲正非子野本色也。子野外服儒風，内宗梵行，其於世間色相，一切放下。高棲山谷，眦睨今古，視富貴如浮雲，功名若苴土。即至山水煙霞，文章句字，亦如夢花泡影，過眼變滅。但其性靈穎慧，機鋒自然，不覺吐而爲詞，溢而爲曲，以故不雕琢而工，不磨滌而淨，不粉澤而豔，不穿鑿而奇，不拂拭而新，不揉摘而韻。蓋直出其緒餘，玩世弄物，彼其胸中寧有纖毫留滯者哉！即其命名"花影"，而其意固已遠矣。予之知子野者，殆得之文彩之外，章句之先。若區區語其藻豔而已，則名箋灑翰，路口成碑，俊舌歌鶯，青樓偷譜，誰不知之，而何取於問序於予？安見予之爲知子野也。予惟是速了熱業，轉受冷趣，他時分得子野草堂半榻，當以性靈爲師，梵貝爲課，賦詠著述，亦多休却。子野此時，靡詞綺語，亦請一切報罷，我正恐其機鋒四出，技不勝癢，指尖毛孔，皆蒸蒸然不得太平也。

秋水庵花影集序

峰泖浪仙自撰

峰泖浪仙行吟山谷，盤礴煙水，如槁木，如寒灰，我喪其我，不知我爲何等我也。一日，刺杖水涯，撥苔花，數游魚，藻開萍破，見耳目口鼻，浮浮然在水面焉。因自念言，此是我耶？抑是影耶？影肖我耶？我肖影耶？我之爲我，亦幻甚矣，何必多識字，日夜與柔管作緣。平生寡交遊，偏與毛氏之宗姓，世世結納，狎之曰“管城子”，尊之曰“穎君”，以之電掃横行，則署之曰“藏鋒都尉”。且愛之恤之，珍之祕之，不用之於名場呫嗶，而用之於韻事風流；不用之於詁語酸言，而用之於雄詞藻句；不用之於雌黄恩怨，而用之於嘯詠吟諧；不用之於政牘刑書，而用之於花評豔史；不用之於歌功佞德，而用之於惜粉憐紅；不用之於書算持籌，而用之於風人騷雅；不用之於北闕封章，而用之於東皐著述；不用之於青史編年，而用之於春衫記淚；不用之於諛辭表墓，而用之於豔句酬香；不用之於枉駕高軒，而用之於過溪枯衲，庶幾無負於柔管哉！宜其感恩思報，而辛苦隨我一生也。但綺語之業，日深月積，抑何不自愛至此矣？猶記十六七時，便喜吟詠，而詩餘樂府，於中爲尤多。十餘年來，費紙不知幾十萬，嘗貯之古錦囊，挑以筇竹杖，向桃花溪畔，杏樹村邊，黄葉丹楓，白雲青嶂，席地高歌一兩篇，雖不入譜律，亦復欣然自喜。山童騎黄犢，負夕陽而歸，亦令拍手和歌，喁于互答。因擇其聲之幽脆者，命歌工教以音律，於是花月下、香茗前、詩酒畔、風雪裏，以至茅茨草舍之酸寒，崇臺廣囿之弘侈，高山流水之雄奇，松龕石室之幽致，曲房金屋之妖妍，玉缸珠履之豪肆，銀箏寶瑟之縈魂，機錦砧衣之愴思，荒臺古路之傷心，南浦西樓之感喟，憐花尋夢之閑情，寄淚緘絲之逸事，分鞋破鏡之悲離，贈枕聯釵之好會，佳時令節之杯觴，感舊懷恩之涕淚，隨時隨地，莫不有刱譜新聲，稱宜迭唱。每聽雙鬟豎子，拍板一聲，則泬漻傳響，情境生動，可謂極風情之致，享文字之樂矣。但浮沉濁亂於此中，我正爲我身心性命憂耳。謂當傾篋中藏，吹杖頭火，向稻花風裏，舉蒲葵扇，呼嗚嗚而播之，我見其灰飛煙滅，而我之真面目始具矣。適有客至，倚杖與語。客曰："向聽爾詞，耳根快矣，獨不可使眼根亦受用乎？請授梨棗，使世間有眼人飽看一回也。"浪仙對曰："我寫不言之句，故將以手爲口；爾聽無聲之詞，乃欲以目易耳耶？我且不知爾之非我，我之非爾，爾猶執耳之非目，目之非耳耶？爾不見夫花影乎，花外之影，影即非花；影中之花，花即是影。然則何有何無，何彼何此，焉知珠聲絹字，非已飛之劫灰，而本無之幻相也哉！故爾若作句字觀，則些些綺語，永爲拔舌成案；若作花影觀，則滿紙胡言，隨口變滅，疎影稀微，已爲我向佛懺悔久矣。雖謂梓氏之刀，爲祖龍之火，可也。"客曰："命之矣。"乃私授剞劂，而即録浪仙之語爲之序，蓋序之變格也。

秋水庵花影集雜紀

一、點板

板者，曲之尺度也。雖一定不可易，然死腔活板，歌苑宗工，自有圓融脱化之妙。烏得以一人偶見，著爲定律？故不加點。

一、添字

詞林舊刻，每添字比正句減小以示别。兹刻不分異同，大小平等。蓋予雖不嫻歌，方屬句時，未嘗不按譜審腔，查板填句，縱有添字，亦多無礙歌喉。明於譜調者，自然一覽了然，不須參差刺人眼也。

一、校閲

予不妄交，未嘗攀援附會，校讎評閲，止吾相知幾人。常見世之梓刻，有交盡顯人，評滿天下者；兹刻自覺寒酸，然寧使爲予之寒酸矣。

一、訛字

近來剞劂日繁，亥豕魯魚，正復不少。兹刻一一細校，點畫無訛，只有“纔”字或作“才”，“拚”字或作“判”，乃古字本如此。試考六書，從無“拚”字、“纔”字，當以“判”、“才”爲正。

一、評語

集中樂府大套，俱已著評人姓字。其間小令詩餘，未經明注者，大約彦容、闇生、巨卿、冲如、德生爲多。蓋時常聚首，趁筆拈題，不覺其珠聯而貝合也。

一、徵歌

集中諸曲，已半付歌兒，管絃翻譜，屢屬名手，幸免鐵綽板之譏。詞壇解人不煩更費推敲，試一按板，自然入律。

一、流傳

予流連詞翰，多閲歲年，靡音麗語，每爲好事者所傳。但爾時少作，時復改竄，至有終篇一字不同者，亦有句字幾經更换者，觀者當以兹刻爲正。

一、僞竊

小詞雖極蕪陋，然自寫一得，亦頗自珍惜。奈每每爲人掩竊，曾於一歌姬扇頭，見〔夢江南〕十首，宛然予作，而已識他人姓字矣。如此者甚多，一一鶴聲飛上天，豈容假人耶！不敢不辨。

一、參譜

古人牌名，多有不雅馴者，予稍稍爲之更定。如"麻婆子"改"美娘兒"，"攤破地錦花"改"地錦攤花"；又如"紅繡鞋"改"雙乘鳳"，"尾聲"改"鳳毛兒"之類。蓋或因其本事，被之美名；又或因其本名，錫以新字。其音律自在，解人當自知之，舉一以例其餘可也。

一、犯調

古詞過曲，各分九宫，不可强爲配合。予詞皆一一按譜，未嘗以意出入，即間創新聲，如〔十一聲〕之類，亦必審宫辨律，摘句選聲。試一按歌，其音節頗諧，安知不有動於詞林乎？

一、用韻

嘗考北聲既濫，南音繼起，大都不過聲音相近爲韻耳。自數年前，《南詞韻選》出，始奉中原韻爲詞林宗律。夫詩有詩韻，詞亦應有詞韻，非受持束縛，不見此道之難。但廢四聲爲三聲，以仄韻爲平韻，以閉口爲開口，此豈可爲訓耶！且予集中多少作，《韻選》未出時，業已成帙，不能一一訂改以鴃舌從事也。三卷《夏景閨詞》後跋語，解人幸一參觀焉。

秋水庵花影集目録

卷一

套數

卷二

套數

卷三

套數

卷四

套數

小令

秋水庵花影集卷一

華亭峰泖浪仙施紹莘子野父撰　江都任訥中敏校訂

樂府

春遊述懷有序跋

秋去春來，愁縈病惱，自是傷心南浦，其如撲面東風。攜短筇於錦陣，命付花魂；漉破葛於玉缸，夢回酒國。蓋竊歎浮生之如寄，乃深悲去日之苦多。若舍現前之樂事，何與身心；倘圖没世之令名，空勞夢想。因兹挹秀於煙霞，聊且娱情於花月。封拜青州從事，不辭歌院乞兒。俯仰天地之寬，安適性情之便。爰趁春遊，遂成新什，行人生之樂耳，捐卿法之彼哉！令解人聞之會心，而下士聞之大笑云爾。

〔北正宫〕端正好

錦烘天，香鋪地，東風裏，緑柳橋西。亂芳遥襯前山翠，似董北苑先生筆。

〔滚繡毬〕不多時纔看得梅，霎時間又開到李，柳窺青漸蘇嬌睡，小夭桃打扮衣緋。菜花田獵獵低，紅花田蒴蒴齊，一陣價香風肥膩，慢騰騰淡日西飛。猛踏破落花堆裏，滑了鞋底，抓住了繁花刺兒，碎了繡衣，又過前溪。

〔叨叨令〕且尋一個頑的要的會知音風風流流的隊，拉了他們俊的俏的做一個清清雅雅的會，揀一片平的軟的襯花茵香香馥馥的地，擺列着奇的美的趁時景新新鮮鮮的味。兀的便醉殺了人也麼哥，兀的便醉殺了人也麼哥，任地上乾的濕的諢帳啊便昏昏沉沉的睡。

〔脱布衫〕忒撩人賣酒紅旗，映鞦韆在紅杏樓西。樓兒上那欄杆斜靠的血紅衣，見人迴避。

〔小梁州〕又見些隻隻弓鞋一捻的，時樣羅衣。知他是燒香的，還是上墳的，喬裝髻，掩扇漏蛾眉。

〔幺篇〕聰明人不合多伶俐，被他們酒泥花迷。杏花天，楊花地，和二三知己，睁醉眼看名姬。

〔上小樓〕垂楊院裏，朱門斜啓。且待俺陪個殷勤，借看園林，纔過花堤。怎知俺命兒裏冤家作對，驀撞的鬬草的十來個妓。

〔幺篇〕騎馬的葉葉衣，坐轎的呵呵睡。還有個酒壺兒斜矗，食壘兒分擕，妙人兒相偎。引得俺半日裏跟到黑，淒涼慚媿，怎當他半回頭，風遞過口脂香氣。

〔滿庭芳〕亂香堆裏，一灣流水，茆屋竹籬。恰正是寒食天，濁酒兒剛篘起。試新茶纔放槍旗，偏湊的笋鮮菜美，又撞的蜆肥芹膩。小飲藤花底，盤餐進枸杞，人醉了日頭直。

〔快活三〕是誰家笙歌沸，偷空裏笑微微，隔墻惟見柳巍巍。這便是洞天裏，神仙會。

〔朝天子〕只可憐塚壘壘土堆，白條條掛紙，費多少兒孫淚。眼前的酒飯兒不能彀喫，哭拜罷人歸矣。蝴蝶青錢，杜鵑紅淚，纔懊悔當初不醉死。生前事在這壁，死後事在那壁，短多少萬古英雄氣。

〔四邊静〕是誰知唐宗晉室，但當年墓碑，而今廢基。草樹狐狸，松柏寒山背。今宵却在雨裏，昏慘慘悲燐濕。

〔耍孩兒〕我如今決計疎狂矣，且隨喜花邊酒裏。一年春去又春回，好隄防白髮相欺。須搜尋直入煙花髓，更頑耍爭爲麯蘖魁。日日花間醉，惹得的桃花笑我，柳也開眉。

〔五煞〕看青山恰打圍，曲彎彎水接籬，羣花姊妹隨行隊。天偏生我爲男子，況春放閑人撒酒資。須直是風流死，切莫把花盟酒譜，半點差池。

〔四煞〕漸東君逐旋歸，好花枝怕一夜飛，曉來滿地胭脂碎。分明萬古英雄淚，應蹙盡人間閨秀眉。須快把杯兒喫，若放過了良辰美景，癡也真癡。

〔三煞〕好良朋近可擕，小花籃便可提，家家酒氣和花氣。閑來酒店逋新債，更密選花枝寄所私。狂甚如天使，願如此生涯老我，不省前非。

〔二煞〕不風流俗怎醫，會風流債怎推，好花好酒天生配。我酒中要强爲監史，花裏從教做伐媒。僉上了風流籍，休趕向紅塵隊裏，斷送頭皮。

〔一煞〕妖姬且自攜，新詞且自題，圍棋賭酒賢乎已。探花妒殺蜂磨腿，趁酒閑看蝶曬衣。頑童且莫催歸急，却不道小臣卜夜，秉燭傳杯。

〔煞尾〕置身峰泖間，避世詩酒裏。買一個載花船來往煙霞際，向這些美酒名花道聲生受你。

予雅好聲樂，每聞琵琶箏阮聲，便爲魂銷神舞。故邇來多作北宫，時教慧童，度以絃索，更以簫管叶予諸南詞，院本諸曲，一切休却。間有名曲，略譜其一二條。每遇佳時豔節、錦陣花營、美人韻事，則配以靡詞；若奇山異水、高衲羽流、感懷弔古，則副以激調。隨境寫聲，隨事命曲，管絃竹肉，稱宜間作，更以煙霞花月、酒茗詩棋襯貼其間。如此逍遥三十年，歸骨於先人之側，乃以片石立墓道曰"有明峰泖浪仙之墓"，則吾願足矣。頭上烏紗，腰間白璧，青史上官銜政蹟，件件讓與他人可也。自跋

南音多柔曼，北音多激壯，蓋亦五方風氣使然。子野此詞，有大江東去之雄風，復饒曉風殘月之佳致。故以銅將軍鐵綽板歌之，而不失之淩勁，即以十七八嬌女兒，挾錦瑟，按紅牙，唱於步絲帳下，而不失之纖弱。顧彦容

體制之弘，如垂天之雲；風情之逸，如穿花之蝶。兼之曲折排蕩，有堤草芊綿、春池瀲灩之意，真當行名篇也。沈德生

泖上新居有跋

〔南仙吕入雙調〕步步嬌

水際幽居疑浮島，結搆多精巧。垂楊隱畫橋，轉過灣兒，竹屋風花掃。門僻是誰敲，賣魚人帶雨提魚到。

〔醉扶歸〕淡茫茫水鏡推窗曉，點疎疎漁燈夜候潮。暗昏昏鳩雨過平皋，白微微鷺雪銷殘照。蓼汀秋水乍添篙，只覺的地浮天漲乾坤小。

〔皂羅袍〕閑則扳罾把釣，將魚籃一個，背月而挑。巨螯紫蟹帶生糟，晚潮壓酒賓堪召。圍棋賭勝，猜拳賽高。共聯白社，約會青苗。更有閑中交際山陰棹。

〔好姐姐〕種花兒不低不高，恰教他水流花照。芙蓉五色，夾過水西

橋，更荷花繞。每逢秋夏香難了，透着衣裾不可銷。

〔香柳娘〕更春風岸桃，更春風岸桃，水肥花少，癡肥恰是村妝貌。種籬邊野菜，種籬邊野菜，夜雨帶泥挑，滋味新鮮好。向池邊聯句，向池邊聯句，不用甚推敲，别是山林調。

〔尾文〕常常濁酒沉酣倒，高卧時聞拍枕潮，自起推窗正月上了。

予煙霞痼疾，出於性成。猶記五六歲時，便喜種植，以盆爲苑，以盎爲池，竟日徘徊，欣然如有所得。七歲就塾師，或遷延避學，無他嬉也，止遊戲於花草間耳。既壯，誘慕日增，時寄情於詩酒聲色，要以鋪襯林泉，未嘗忘本也。丙辰冬，始營西佘别業，遂爲先人卜宅，蓋便爲予歸骨地矣。己未秋，復移家圓泖濱，故予詞有"置身峰泖間，避世詩酒裏"之句。幽懷逸事，多散現於諸詞句字間，可考而得也。每春秋則居山，享桃梅桂菊之奉，覽煙雲月露之奇；冬夏則居水，長禾黍鷄豚之社，樂池潭風雪之觀。吾事不亦既濟矣乎！夫清福上帝所忌，自分福薄，何以堪此？但性有所近，天實賦之，違天不祥，拂性斯戾，惟願折功名富貴之緣，併於一途，庶幾當懺悔云爾。自跋

子野有宅一區，在城東偏，然性宜泉石，不樂廛市，因營先公菟裘於西佘，遂葺就麓新居。齋曰"三影"，亭曰"衆香"，庵曰"秋水"，樓曰"罨黛"，曰"妍隱"，軒曰"語花"，曰"聊復"。更有竹間水上、西清茗寮、一燈十笏諸勝，瑶草琪花，芊綿芬馥，板橋石磴，蜒蜿崚嶒。方其玉鱗寂寂，翠羽嘶嘶，淺水冰魂，黄昏微月，恍遊瓊圃，疑入羅浮。及夫桃舒小紅，杏破新粉，蓮抽並蒂，柳撲香綿，奚翅鳳巢僊姬，更進迭换；至若蓉塘初膩，桂叢乍發，嶺楓失青，籬菊始黄，最堪把酒拍浮，凭高長嘯。由此南折而上，爲霞外亭，檜柏蒙茸，松篁岑鬱；又折而上，則蘿蹊藤逕，盤旋委蛇，漸抵山之峻絶處。肯堂三楹，扁曰"春雨"，曰"詩境"，曰"太古齋"。九峰若拱，萬壑如縈，一鶴孤騫，片雲低宿，杳非復人間世矣。子野值春秋之季，必攜姬侍居焉。故比鄰陳眉公贈之詩云"人擁如花香國近，酒逢敵手醉鄉寬"，蓋實録也。迨冬夏乃憩泖上之精廬，中有醉吟堂、竹妙齋、且閑亭、今我堂、飛絮亭，皆枕平臯，俯巨浸。凡蓴芡菱芰、鱸鱖鯊魴之屬，靡不畢湊。規制大約如山莊，而宏敞過之。茶寮湯沸，竹屋火熒，可絃可歌，或釣或弋。復造一畫舫，命曰"隨庵"，每風月清美之辰，放浪於鷗沙鷺渚之際，攜六七童子，吹洞簫，拍象板，鼓檀絲，唱自製詞，直令湘靈和歌，馮夷起舞，望者訝爲神仙云。況其文心簇綺，墨海翻瀾，少出殘膏，便足拾紫，抑豈疾痼煙霞，作江湖長已耶？夫人欲樂者，未必能樂；能樂者，未必知樂。子野饒其具，仍解其趣，可謂有全福矣。甲子小春，

偶讀泖上新居曲，聊紀夫勝情如此，且以見金谷奢、平泉癡，反不若子野小小結構，致足樂也。彦容跋

山園自述有跋

〔南仙吕〕甘州歌

天容我懶，只勾管人間，一片青山。考槃在澗，葺個茆屋三間。忙他没用且了閑，把秀竹幽花隨意搬。花鋪地，竹礙冠，繞花依竹放欄杆。花畦潤，竹徑乾，趁花尋竹問平安。

〔前腔〕開軒近水灣，把雲根洗出，瘦骨蒼顔。梅花一片，正映着雪後前山。夭桃文杏兩更番，漸開遍梨花接牡丹。荷珠戲，桂露溥，芙蓉一夜報初寒。黄花瘦，橘柚圓，蠟梅和雪紙窗關。

〔解酲歌〕怕天公不饒閑漢，敢辭他種花煩難。况凡花易活非稀罕，任搬掘與扳扦。柴門客到，應門自有花侍鬟，待客去花仍送出山。亭臺小，位置偏，偏教放在百花間。遮花日，映柳煙，護花斜矗小紅旛。

〔前腔〕笑人間恩千讎萬，怎如我碩人之寬。花畦竹圃吾恒産，前頭事，任天瞞。今年多事，門前又開一塊山，更種竹搬花不得閑。花光護，竹翠攢，一家骨肉共團圞。花生子，竹放鞭，花天竹地儘盤桓。

〔皂羅歌〕不少布衣粗飯，勸功名兩字，饒我牽扳。假饒霖雨遍人寰，怕眼前三徑先荒旱。休貪他好，把自己拚，花愁竹怨你何安。且吞花片，更數笋斑，尋常隨分好消閑。

〔前腔〕把幾字題於門板，但休教折損，儘許人看。不迎不送恕癡頑，黑甜每日抽身晚。君無訝，我意安，大家平善兩無干。從君怪，只等閑，我方高枕把門關。

〔尾文〕醒來帶睡揩雙眼，上竹外高樓自看山，渾忘却今朝未啓關。

予别業在西佘之陰，荒陋深僻，聊以逃名避人，灌園畢世耳。邇來生聚漸繁，園林日侈，眉公先生爲開山初祖，諸名家亦漸次開闢。於是改新路而喪其本真，鑿頑山而破其渾沌，耳目頓易，使人神魂欲飛。春之花、秋之月，倩女如雲，繡弓窄窄，冶遊兒烏帽黄衫，擔花負酒。每至達旦酣歌，并日而醉，剥啄驚夢，不問可知矣。夫吾輩草木同腐，入山惟恐不深，何堪喧雜偪人如此。且予兩年多病，深居杜門，客來題鳳，至鞭及愚閽，而罪及病主；甚且戕花折柳，翠

殞紅殘，毀瓦踰垣，狂呼怒罵，能不視遊人若豺虎哉！倘能問竹平安，惜花薄命，則花之知己，即予之良朋，予且招致之不暇，忍使作門外漢乎！則要當以愛花爲自愛耳。乙丑首春，適闢治南山，種桃蒔竹，閱工石上，偶口占數語，自述人外之樂，而因爲後幅一條，以告遊者。自跋

子野丘壑幽姿，青霞傲骨，其徜徉塵外，睥睨寰中，要是天授耳。右詞自寫閑情，蕭疎高遠，如景星慶雲，可望不可致，夫豈樊籠中人也哉？沈竹田

侒花有跋

〔南仙吕入雙調〕鎖南枝

金鈴護，錦帳捱，封家大姨誰敢猜。妙選出塵埃，向名園如意買。高低種，曲折排，泛紅濤，翻繡海。

〔朝元歌〕鶯猜燕猜，忒作踐嗔他歹。蜂求蝶來，緊幫襯愁他採。待貼上金釵，繫將襟帶，忍教粉香塵土埋。就飄墜蒼苔，願盈盈踹將紅繡鞋。更修口懺花齋，願花緣常是諧。判個補填花債，受持花戒，那敢負恩分愛，負恩分愛。

〔香柳娘〕折將來近他，折將來近他，膽瓶安在，枕邊燈下屏山外。掃將來坐他，掃將來坐他，香錦簇新苔，鞋襪分餘彩。嚼將來咽他，嚼將來咽他，沁入肺腸來，毛骨泠然改。

〔前腔〕乞名詩詠他，乞名詩詠他，錦囊攜帶，一時聲價千金買。乞名工畫他，乞名工畫他，紙墨暈香腮，活現春常在。乞名姬繡他，乞名姬繡他，孕出美人胎，分外生光彩。

〔前腔〕願輕輕雨灑，願輕輕雨灑，洗妝抹黛，蕭然標韻風塵外。願微微風擺，願微微風擺，韻臉笑微開，波俏世無賽。願疎疎月曒，願疎疎月曒，清影逗香階，永伴佳人拜。

〔玉交枝〕傍人休怪，這花緣前生帶來。命中干犯真無奈，撒風情本分應該。因此上錦囊拾得盡詩材，紅裙贈與添情債。但花開是我時來運來，若花衰是我時乖運乖。

〔解三酲〕我把你珍珠般待，我把你姬妾般捱。我把你花王頂禮常朝拜，我把你品命分明次第排。我把你開時命酒歡呼快，我把你落處填詞弔唁哀。渾填債，多只爲花星照命，摟得癡騃。

〔尾文〕爲花常是躭禁害，就受用名花也合該，再做首豔句新詞答謝來。

一生與花作緣，無日不享供養，使無奇文麗句，納交獻媚，亦甚媿爲花神薄倖人矣。甲寅春有祝花小詞，甲子春稍稍更定，自謂差効微情，然猶覺花恩深重，未能報頌萬一。清明花下，復填右詞，譜調牛新，語意柔逸，深情委思，頗極其致。今人語諂媚之甚者謂之"肉麻"，是真可謂肉麻矣。第求免爲花神薄倖，鬚眉之氣，於此毫無所用也。本題初爲"歌花"，復改爲"佞花"，正道其實，且志我癡耳。甲子清暑齋日，納涼且閑亭偶記。自跋

佞花至此，萬種情癡，煙花主盟，豈容多讓？鄭君泰

花遇賞心，如佳人遇才子，自然供養奇擎。古人有爲之取涼，爲之畫眉者，要自是文波蕩漾耳。倘落村漢手，無論揉香剜玉，即狎昵留連，然而以蒿莽之氣，施之柳寵花嬌，此篇文字，殊覺疎庸草率。乃知"佞花"兩言，初非易事，豈容不識字人，妄稱花黨耶！右詞如此才情，自應判斷與花作配。夫花撰文章，依稀成字，筆拈芳豔，錯落生花。我不知其是一是二，宜乎其不媒而合也。陳眉公

丙寅初夏，集朱萼堂，獲聽子野此詞，兼得讀其副本。一時坐客，同聲歎美。予時病酒，燈下不能辨細書，不覺爲之眼明，快飲十蕉葉。張佘峰

賦月有跋

〔南商調〕梧桐樹

松間漸漸明，柳外微微映。探出花梢，忽與東樓近。低低與几平，淡淡分窗進。雲去雲來，磨洗千年鏡。照鞦韆院落人初靜。

〔東甌令〕山煙醒，柳煙晴，放出姮娥羞澁影。裝成人世風流境，摇幾樹西廂杏。浩然風露夜冥冥，細語没人聞。

〔大聖樂〕透疎簾照破黄昏，進鴛幃窺鳳枕。玉人何處瓊簫冷，心上事，夜香亭。多應是半輪慘淡相思鏡，還可是一段幽深弔古魂。梨花夢醒，早鵑啼恨血，草荒煙暝。

〔解三醒〕有多少欄杆露冷，有多少高燭花明。有多少南樓好句裁三影，有多少綵袖籠燈。有多少曉風楊柳紅牙板，有多少歌館樓臺義甲箏。歡無盡，多應是冰魂蕩漾，逼出風情。

〔前腔〕更多少空窗製錦，更多少小閣挑燈。更多少楓江面掩琶琶

冷，更多少茅店霜清。更多少悲笳曲罷關山静，更多少玉笛吹殘參斗橫。情何盡，多應是冰輪有意，照見銷魂。

〔尾文〕一些兒清光瑩，幻出人間萬古情。我别把冷眼閑心，向百花樓上飲。

曲譜“玉盤金餅”，詞之表表者也，但剿拾太繁，未免膩氣。甲子仲春之望，看月於就麓新居之罨黛樓。時宿雨初晴，碧空淨洗，四山如眉，一輪安鏡。欲徵新句，頗厭蕪詞，因抒短毫，爲填商調，將以紙痕墨氣，暈出冰魂。情耶，景耶，不覺其略盡於此矣。以方前詞，或者騈贍不足，然而風雅過之。花月之下，使以香喉俊舌，撩袂長歌；更以玉簫金管，尋腔暗度，當使耳根心瓣，生氣一新。“玉盤金餅”竟成謝事老翁，不得復向少年場爭座頭矣。自跋

古今詠月詩詞，已極文人之變。羅洪先詩云：“欲憑此影向天問，汝蟾何物能縱橫。頭尾藏縮止餘腹，中孕大地山河精。”此問月險語也。何大復云：“侯家臺榭光先滿，戚里笙歌影乍低。與君相思在二八，與君相期在三五。”此唫月致語也。范元卿詞云“銀葩星暈，點破琉璃碧”，又云“銀漢無聲，冰輪直上，桂濕扶疎影”。李漢老云：“滿天霜曉，叫雲吹斷橫玉。”此題月麗語也。曾覿云“玉手瑶笙，一時同色”，又云“何勞玉斧，金甌千古無缺”。周美成云：“眠。月影穿窗白玉錢。無人弄，移過枕函邊。”此歌月倩語也。然一粘色相，便落臼窠，少侈博綜，遂嫌餖飣。總未若子野是詞，如水中鹽味，非有非無，紙上花光，不離不即。試共南樓老子、北里佼人一傾耳焉，恍乎排紫清，入廣寒，聽霓裳三疊矣。顧彦容

中如“低低與几平，淡淡分窗進。雲去雲來，磨洗千年鏡”，又如“裝成人世風流境”等句，獨創新聲，雖關、馬再生，能道隻字否？彦容又評

句句是月，而使事用實，輕虚脱化，紙上幾無墨痕矣。殆化工筆也。吕鳴玉

吟雪有跋

〔南南吕〕梁州序

尖風一夜，彤雲千里，池面琉璃輕脆。六花騰舞，先春已奪花魁。只見穿簾似燕，入幕如賓，灑脱無拘泥。釵頭扶上也有情癡，就飛到爐煙心未灰，銷金帳，笙歌沸。纖纖玉手羊羔美，正開宴，豔羅綺。

〔前腔〕開簾疑月，開門無地，一幅米顛山水。江天釣艇，濛濛幾個

蓑衣。只見危橋驢瘦，老樹鴉寒，小犬柴門吠。梅邊竹上也故依依，更逗入松梢伴鶴棲，茅屋下，明窗裏。初煨榾柮青煙細，商茗事，儘幽致。

〔前腔〕乍飛來草榻無氈，更飄灑牛衣無被。問村荒店遠，酒沽來未。只見微晴漏日，忽暗藏天，恍惚寒山翠。誰家妝閣也火初圍，想脈脈心情上客衣，庭霰積，瓊瑶碎。狻猊裝揑兒童戲，成忽敗，小興廢。

〔前腔〕太輕盈似柳絮顛狂，爭縞素要梅花迴避。見窮途古棧，一人一騎。可有高朋夜棹，上客梁園，拾句蒼茫裏。詩成笑傲也興尤癡，待搥破前山白玉堆，填谿壑，滿堦砌。紅塵打滅渾無際，炎忽冷，笑人世。

〔節節高〕風燈動夜幃，更飛飛，窗敲碎玉聲偏細。寒酸味，煨芋魁，烘綿被。天明一覺呵呵睡，人間尚有鶉衣碎。幾處繩床赤脚眠，於中不要豐年瑞。

〔前腔〕空庖恰早炊，爨煙遲，瓊霙亂灑晨光碎。敲冰箸，瀹茗旗，園蔬脆。一杯麥飯粗歡喜，人間尚有瓶無米。幾處詩人得句時，貧家何限淒涼淚。

〔尾文〕願憑一瓣風吹起，遞入綺羅筵裏，好帶却陽和一線回。

風花雪月，總屬化工，然使乾坤別開生面，莫過於雪，尤天地間一奇境也。一切酸腐飣餖語，對此都有慚色。予昨歲有〔畫眉序〕一闋，已曾譜之竹肉，第恨調屬黄鐘，近於板實，且文情亦似枯寂。乃復製右詞，庶幾窮雪之變，而調亦俊快。每當微霰初零，殘霙未死，紙窗竹屋，茗戰香焦，勝友名姬，花温酒烈，更以尖喉脆笛，高調穿雲，此時神魂飛舞，當在孤山梅影中，灞橋驢背上矣。自跋

歌風有跋

〔南商調〕梧桐樹

青蘋葉勢平，春水波紋淨。動地撩天，把日脚高吹醒。飛花打翠屏，飄葉敲金井。移海吹山，直恁顛狂性。捲濤痕蠫破嫦娥影。

〔東甌令〕更低低颺，款款生，撩帳搴衣不至誠。温柔偏解偷幫襯，剛出浴冰肌瑩。就微微針竇也留情，一綫引香魂。

〔大聖樂〕做春寒遞入踈櫊，漾釵旛頭上冷。鬢花吹落香顋影，帶幾綫淚痕冰。多應是飄零恰似郎心性，可更是蕩漾還如妾夢魂。燈昏暈

死，正和花送雨，惱人春病。

〔解三醒〕吹不了愁香怨粉，吹不了瘦鐵窮砧。吹不了玉門關上秋鴻影，吹不了曉月津亭。吹不了夜深裾帶雙鴛冷，吹不了春暖弓鞋百草薰。淒涼景，吹不了柳綿如霧，古渡荒城。

〔前腔〕吹不了紙錢灰冷，吹不了野燒痕青。吹不了酒旗葉葉春江影，吹不了古戍煙横。吹不了人悲客路斜陽艇，吹不了鬼哭沙場夜雨燐。添悽哽，吹不了子規啼月，血遞微腥。

〔尾文〕任擷掀，從淒緊，翻覆猶如人世情。怎地把世上癡人吹他春夢醒。

予既賦月，因念風月平分，而古人不多見歌風之作。宋玉《風賦》，分别雄雌，未免困於莊語，恐於封家姨擷花弄月之致，隔去萬重。乃爰尋舊譜，更度新聲，摹出一段無情之情、境外之境，遂覺吼天作業，竟成柔怨風流。誰謂一寸霜毫，無功於風月哉？自跋

《賦月》、《歌風》，兩詞可稱雙絶，而《歌風》尤難，非當行名手，不能辦隻字矣。沈文夔

詞家詠物，如作八股小題，決非學究頭巾所能辦。此詞妍雅風流，有翩翩裘馬少年之致。彼作老婆語者，舌重如石，即令讀此篇，恐亦期期艾艾，不能成誦耳。張聖清

花生日祝花有跋

〔南商調〕黄鶯兒

把酒祝花神，願年年是好春，無風無雨清明信。狂生卧君，佳人戴君，主人好事憐君甚。製新聲，移春小檻，箏阮配簫笙。

〔前腔〕把酒祝花神，願開時對韻人，香爐茗椀常相近。高僧許尋，名詩許評，阿翁濟勝身無病。更園丁，時時捱襯，絨索護金鈴。

〔前腔〕把酒祝花神，願先生粗不貧，酒錢猶可支花信。新茶正新，醇醪正醇，藤花竹笋剛肥嫩。綺筵成，飛箋召客，珠履破花痕。

〔前腔〕把酒祝花神，願吾曹盡後生，花前個個堪癡興。或折來上瓶，或掃來做茵，或酒籌探得簪於鬢。總多情，就春酲未醒，夢裏也懺芳魂。

〔猫兒墜〕祝花纔了更低語問花神，誰似吾曹莽後生，花前生慣撒風情。惺惺，儘把我詩句褒彈，觴政經綸。

〔前腔〕祝花纔了更私語媚花神，你出落丰標越後生，生辰今日遇晴明。須慶，多應是天付風流，勑嫁東君。

〔前腔〕祝花纔了更笑語戲花神，不信伊家獨後生，我判百萬買娉婷。欺君，只怕你輸却風流，減却風情。

〔前腔〕祝花纔了更美語慰花神，畢竟輸君占後生，妙年標致恰初庚。韶亭，好一似絶世無雙，出閣佳人。

〔尾文〕酬風酹雨愁花損，似我於君獨有恩，我與你歲歲年年永定情。

仲春十二日，俗傳爲百花生日，考之古，亦謂之百花朝。甲寅春，予讀書泖上，是日拉村中少年，爲祝花之集，因祭風雨，乞爲護持。其文曰："惟神爲兩間勞臣，百昌施主。位隸巽隅，布離和而揚震德；神棲壁野，司畢宿而友箕星。春首一犁，頌恩澤者在農夫口中；太平十日，獻治徵者在天子殿上。若乃略灑芳林，園圃似錦；輕嘘膩圃，花氣如煙。妙致騷人，趁手拈成詩料；幽情韻女，臨妝拾得春心。此又風流主盟，吾輩屢蒙奇貺；且是吟壇供奉，詩緘每借尊銜。但至仁無窮，施則不匱；而大德猶憾，受或非宜。於是持公道者，謂神之澤奢；眷花顔者，謂神之心妒。此固不足信之人言，然亦不可訓之物議也。兹者仲春十有二日，俗人之譚，傳爲花之生日，吟士之口，强名天之花朝。故某等典衣沽酒，竊泛霞觴，錫號徵名，荐申華祝。因是殺鷄爲黍，於神酬功，共口啣辭，代花乞命。伏念花稟妍姿，未聞以柔媚取罪；神有大力，豈待以摧折爲威？苟留一點之芳豔，庶大塊之文章不刊；無傷百卉之幽妍，即名士之風流未死。殆大有造於天人，豈直加恩草木而已也。神其鑒歆，繹聽斯語。尚享。"祭畢，各飲福酒，歌吹右詞，且綴以綵繒，各贈名號：梅號素心居士，其有老韻者，特號和靖先生；竹號高節先生；芍藥號鄭校書；牡丹爲金屋瓊姬；白海棠一株爲夢梨居士；池上夭桃號緋衣少年；門旁古槐號緑衣閣；柚爲秋香亭執事；橘爲赤心學士；紫微爲玉京貴客；菊曰東籬長者；有楝出屋隅，謂屋角守望；桂爲廣寒花祖；山茶爲陽羨酡翁；傍籬木香爲雪衣荀令；薔薇號司香院使；石榴爲安大夫；水仙曰夢甄侍女；其號西方美人者，則蜀葵也。贈已，乃縱擊鼓，紙錢紛飛，亂紅低度。亭午舉酌，進五菜羹、梅花酒，洞開四窗，花氣來往，東風徐來，客衣微動。一時人氣踊躍，快活不可言。日下春，移席就花，月剛上，復出就月。夜深花霧冥濛，座客醉影，傾攲而散。予復浮十數杯，嚼梅花

數百朵而寢，時斜月在枕矣。此勝會不可不記也。自跋

乙丑百花生日記　自撰

予自甲寅，始爲祝花之集，以後歲歲爲常儀，而乙丑尤盛。蓋葺治就麓新居，於此已八年。亭臺花木，漸漸成章，百卉競秀，干霄蔽日，名花勝事，始兩相映發。先是五日，遍召吾友，招漢水、泱如、容卿、湛生、伯英、友夔於泖西；致巨卿、公選、存人於浦口；天馬凡六人，則竹里、鳴玉、瑞齡、鳴諧、伯明、茂林；城中凡七人，則眉公、伯瑞、彦容、東郊、子還、穉先、石公；方外兩人，則慧解、性白；山鄰止兩人，則陳壽卿、鄭君泰。是日先後繼至，有阻風不至者。初謂十二日，擬得十二人，已而止得十人。稍焉楚人李劍墟來訪，東郊攜一歌姬至，適如數焉。乃命酒洗爵，告奠風雨。金革間作，有聲無辭。凡以鼓吹天和，宣達陽氣。祭畢撤饌，始迎花神而致祝焉。予時有歌童六人，善三絃者曰停雲，善琵琶者曰響泉，善頭管及搊箏者曰秋聲，善簫及簫笛者曰永新，善阮咸吹鳳笙者曰松濤、霓裳。於是各奏其技，稱觴而前，每進一杯，歌小詞一解，而絲竹之音，從而和之。已而飲福，左右互勸，小童登場，快歌迭唱。於時紙錢紛飛，紅雨如霧，東風洋洋，羣鳥和鳴，萬樹懸繒，葉葉浮動，花神有知，當亦含哺而破顔矣。繼命庖丁，區處福物，山蔬野蔌，未免富貴風致。蓋茆簷之下，紅裙捧觴，青童典樂，山翁於此，亦似作繁華夢云。是年花信獨早，梅花未殘，桃萼已放，幽草閑花，望暖俱發。予乃滿貯古瓶，中堂置之，高及屋梁，光豔四出。而紛紛酒人，環坐其側，首則李劍墟，時年五十二，以楚人也，獨上坐焉。次陳眉公，時年六十八。次沈竹里，時年六十五。次張瑞齡，時年四十四。次吕鳴諧，時年三十五。次魏東郊，時年三十二。次張容卿，時年四十五。次張冲如，時年三十三。兩君以予戚也，坐獨居後。壽卿、君泰，以比鄰也，坐亦居後焉。壽卿四十五，君泰三十八。予時亦三十八，以主人居末坐。歌姬年十九，獨粉面蓮腮而北面坐焉。是日也，餚不甚豐，而小品俱出新意；酒不甚釀，而芳白可鑒眉目；令不甚苛，而敏妙靜治，酒糾闇闇然。至於臨池之月，快爽如秋，掀衣之風，猾淨如水，小童之歌，幽脆如鶯。坐客久談，如紛霏玉屑，至夜深不肯去。皆一時幽勝之可紀者也。嗟乎，人生韻事，能有幾何？一年豔節，能有幾日？倘眼底挫過，妄冀後期，正恐聚散閑忙，死生病健，有不可知者也。試讀《蘭亭序》，閲西園雅集圖，遺文具在，人事如何？未免有情，有不對之而涕淚也哉！則與其悵歎古人，何如消受今日之爲得也。予將歲歲舉焉。明年當更爲護花旛，括香幕，羢鈴索，以珍重之；拉名士十二人，各製新詞，更令名姬十二人，立時翻譜，以讚歎之。且仿此遺意，從而侫月，八月十五月夕之辰，亦將舉杯而酹姮老焉。庶幾花月同盟，良辰分享。更屬管城，

傳示信史,令千載之後,與《蘭亭序》、雅集圖,共發有心人一痕痛淚。則吾輩朽骨,生氣恒新,姓名事蹟,常與斯文俱隱顯也。是爲之記。

乙丑祭風雨文　自撰

方春時和,萬物條暢,山花向人,莞爾而笑,此五風十雨時也。乃兩月以來,神數見譴,狂霾怒號十日而九,病粉愁香,俯首聽命而已。獨念某等小人,既絶妄念於人間,聊寄閑情於花圃。門無二仲,則花我友也;室無豔釵,則花我姬侍也;闢硯田之荒蕪,答陽春之煙景,則花我文章也;燥濕辨其土宜,柔勁和其物性,則花我經濟也;貴近爭肥田,世易其主,野文安廢圃,歲享其愚,則花我恒産也;落材可以供炊,取實何妨换酒,則花我泉貨也;折奇葩以寄所私,浸芳醪而投密友,則花我應酬往還也;簪洒籌而緑鬢粘紅,襯香茵而黄衫蘸粉,則花我冠裳枕席也;嚼芳豔而齒頰生香,沁清芬而肺腸開悦,則花我神魂標韻也。以故一枝傷如一體折,一瓣飛如一淚零,真所謂連心之痛,同氣之吁,所仰德於神者,夫豈鮮哉。伏願自今以往,鑒情癡之無涯,憫香魂之易殞,加意護持,順時矜恤。施恩於望澤之時,霽怒於厲威之日,使幔亭徹而不張,錦帳設而不用,則大德殊恩,無量無邊矣。某等不勝竦息,虔禱之至。

乙丑祭花神文　自撰

惟此之日,神實降生,錦天渾沌,從此方開,香國文明,於焉載啓。某等敢不鋪張豔節,鼓吹良辰。用是并日夙戒,厥明將事。既酒烈而香温,復絃繁而管細。從事皆韻士,稱觴有美人。預防意外之杞憂,酬風酹雨;似戲膝前之萊綵,裂錦懸繒。凡以曲致其留連,或者無慚於盛舉。神其來思,共含怡而飲我酒也。

韶華九十,莫妙於百花朝。燈期纔過,風信未來,柳線搓金,梅妝綻玉,踏青陌上,紈扇初攜,鬬草閨中,綉弓纔試,春兮將半,樂也如何!過此則芳林爛漫,觸目可憐矣。子野每際斯辰,便具羔豚以賽之,擊羯鼓以催之,譜豔辭以媚之,招良朋以祝之。且邀靈青帝,乞澤雨師,千樣護持,百般欣賞。花神有知,其不待曉風吹可知也。由是桃紅李白,魏紫姚黄,更替競發,豈遂貽未到曉鐘之恨乎?故吾謂及時行樂,子野有焉。即古人修禊秉蕑,猶爲晚耳。甲子長至彦容識。

一團韻致,絶世風流,花營獨步,自應推戴。每讀一過,想見其人毛孔皆韻也。韓巨卿

惜花有跋

〔南商調〕二郎神

憐花病，見廢紫休紅點繡茵，輕又薄，香魂全瘦損。多情薄命，經二十四番風信。煙雨樓臺一曲笙，更紗窗夜寒燈暈。添人悶，寶欄杆外，欲謝難禁。

〔啄木兒〕含風笑，浥露顰，偏對淒涼掩淚人。乍飛粘錦字迴文，忽逗破繡床香印。春深小閣休文病，琴心近接蕭娘信，正獨自開箱檢繡裙。

〔三段子〕空中似塵，淡濛濛，是誰人夢魂。苔前似鱗，點疎疎，是誰人淚痕。平明一陣寒差甚，繡簾不捲風尤緊，正酒暈扶頭，倦妝時分。

〔前腔〕桃源杏村，灑香衫，風流後生。花棚繡裀，點青氈，詞壇俊英。儘教拾向奚囊錦，可憐一霎繁華影，知道明年，是誰相近。

〔滴溜子〕一片片，一片片，芳菲哄人。一點點，一點點，東君負心。作踐韶華直恁，子規啼一聲，撩亂古墳荒徑。幾回風雨，知多少藁葬芳魂。

〔尾文〕陌頭剩有弓鞋印，又付與花驄踏作塵，總件件教人憐惜恁。

吾輩惜花，當自有一種情味在。余嘗有詩曰："但能痛飲便名士，解得惜花真丈夫。"識此意者，花自可惜，宜乎此詞字字銷魂也。有客攜往金閶，爲歌樓所譜，云其聲大是幽怨。想當然耳。自跋

春江花月夜，最能愁殺人。況一旦粉憔脂冷，如虞姬起舞，綠珠墮樓，妃子葬馬嵬時，有不黯然悽斷者耶？倘於老紅紛飛，殘香銷歇處，撾羯鼓，唱子野詞，可以招月魄之不歸，弔芳魂之無主矣。眉公評

紅顔衰謝，千古傷心。讀此詞，令人情苗意瓣，纏綿無盡，想花神亦應淡然灑涕矣。單藥園評

昔人云"天若有情天亦老"，予謂芳園繡谷，春風扇和，嫩紫嫣紅，滿世界皆天公情譜也。韻士賞心，佳人動魄，其留連殢惜，亦何待重陰垂幕，落錦成茵時耶？雖然，造物亦必賴文人彩筆，爲寫怨摹顰，方成衆香國中一部花史。讀子野《惜花》詞，情深韻深，即封家十八姨爲柔腸繞指矣。董仁常評

善貌花者曰：似美人小影，夫殢雨迎風，以倩女醾面寫之，尚隔一重；何如即花寫影，非幻非真，更覺入妙。余從眉公齋，得晤子野，病骨瘦瘠，體不勝綺，而語花深至乃爾，不獨香豔如玉臺、西崑諸體而已也。高閬仙評

送春

〔南仙吕〕桂枝香

留春不住，勸春休去。無過柳眼花鬚，去也還歸何處。匆匆這回，歎匆匆這回，忙裏没些滋味，愁裏没些情緒。猛搴幃，花隨流水紅顔死，笋透窗紗粉淚垂。

〔前腔〕留春不住，怨春無語。爭抛麯院臺池，怎撇錦天羅綺。匆匆這回，歎匆匆這回，樓上滿簾紅雨，陌上滿空飛絮。怎支持，添些春恨眉間住，攪得春魂夢裏痴。

〔前腔〕留春不住，灑春無淚。年年薄倖東君，識得機關破矣。匆匆這回，歎匆匆這回，愁不共春歸去，春不共愁俱住。强支頤，杯中量減緣何事，病裏慵添爲甚的。

〔前腔〕留春不住，罵春無罪。東風忒恁無情，吹得老紅鋪地。匆匆這回，歎匆匆這回，處處斷腸之處，句句斷腸之句。弔芳菲，空餘杯酒堪懷古，剩有啼痕寄所私。

〔不是路〕猛自尋思，誰似鍾情吾輩癡。傷春意，留連何忍别春衣。暗傷悲，休他拾翠弓鞋底，冷落歌花小扇兒。窮生計，開窗風活關窗雨，暗燈孤炷，暗燈孤炷。

〔皂角兒〕亂紅飛，哭殺鵑兒，薄綿飄，啄殘鶯嘴。這多應眼底炎涼，恰便是世間興廢。眼見得葬妖姬，殉韻士，换前朝，移後代，一番兒戲。春今歸去，明年再回。怕的是芳菲不改，緑鬢添絲。

〔尾文〕一場春夢輕如此，一曲高歌春去，怎消得燕子鶯兒攪亂飛。

始而勸春，既而怨春，且繼之以泣，而終之以罵。何其低回宛轉如是耶！古人有言，“怨而不怒”，此可謂怨而怒矣。吾輩寧過情，毋不及情，不怒不可以爲怨也。顧闇生

此詞彦容首唱，吾輩同聲和之。初止〔桂枝〕單調，偶示歌師，謂其無餘音，似乎板實。乃補後幅兩條，不覺言之更爾酸怨。正如窮村怨女，夜泣已悲，更有熱心鄰嫗，從旁和之者耳。自記

綢繆宛轉，俯仰流連。或撫今懷古而烈士魂銷，或怨緑愁紅而美人命奪。紙上墨痕，已不堪多讀，況譜之鶯喉耶！恐聞之者掬淚浣面耳。張子還

意不盡言，言不盡意，無窮感慨，一往情深。汪子野

元宵

〔南南吕〕梁州序

千門花柳，九逵煙霧，結綵家家簾幙。騰騰火樹，星橋欲駕銀河。只聽南鄰敲鼓，北里吹簫，那個能閑坐。金吾不禁夜，放恩波，正萬井騰歡賜大酺。合春剛到，梅剛吐，況一輪皓月剛三五。不痛飲，待如何。

〔前腔〕春輕猶嫩，風温不大，燈滿雲衢月路。見嬌羞細語，櫻桃半顆無多可。奈花鈿低簇，金鳳輕挑，賣弄新妝裹。鞋兒弓字小，倩人扶，猛映着燈光豔綺羅。合前

〔前腔〕鬧元宵絃管笙歌，慶豐年士農商賈。喜燈光隨月，月光隨步。只見皤翁扶杖，小女牽衣，個個還添個。佳人歡笑也，隔簾波，只惱得行人没奈何。合前

〔前腔〕喜良辰偏遇春初，樂昇平風光無數。見彌天花豔，絶非酸腐。早是燈棚高架，燈樣新興，總把春妝塑。誰家夜半也，笑呵呵，尚兀是怕睡貪歡問紫姑。合前

〔節節高〕風流逸事多，把綺筵鋪，傳柑共剥黄金顆。彈箏坐，拍板歌，拈花舞。律催太簇翻新譜，歡呼驚落燈花朵。合怕不今宵醉如泥，月傾杯勸銀盤大。

〔前腔〕春煙散綺羅，泛紅螺，團頭明月清風我。與詞人坐，教名妓歌，把新詩做。一團歡笑圍簫鼓，畫堂人物盡風流個。合前

〔尾文〕儘判爛醉酬三五，不歡娱其如此夜何，把自製新詞得意歌。

施楓溪《野外元夕》云："休嫌冷落山家，山翁本厭繁華。試問蓮燈十炬，何如月上梅花。"詞頗清豔，然未脱措大酸氣。子野"千門花柳，九逵煙霧"，極麗矣。乃後段云"團頭明月清風我。與詞人坐，教名妓歌，把新詩做"，抑豈村漢賞燈耶！宋元來燈詞，定以此篇壓卷。陳壽卿

燈夕花朝，爲初春令節，子野每走尺一相招，留連觴詠，推之雪晨月夕，時具勝情。因録其柬於後，令覽者彷彿其人，自堪不朽耳。巨卿識

春初遠辱惠顧，得共商元宵韻事，樂何可言。别後忽忽若有所失，何足下之牽人懷一至此也。今歲花朝，擬集名姬韻士，爲花神譜曲稱觴，坐上豈可少足下，足下亦焉肯自外耶。初十邊，即望偕存人作計入山，恐至期或有風雨阻也。僕今春舊恙復作，雖旦晚即止，第如此長病，可知閻先生意欲云何。不如與花月結爲姻戚，令青州從事作媒，庶幾是現前享受。足下少年，當惡聞斯

言，然正欲作此頹語，激弟鋭氣耳。勝會難得，惟足下重念之。子野來柬

除夕有跋

〔南中吕〕好事近

簾外鵲聲高，喜報春光將到。揭天簫鼓，家家熱鬧多少。圍爐守歲，看佳人素手裁旙巧。共稱觴笑祝檀郎，願青鬢映奴花貌。

〔前腔〕明朝青帝早臨朝，可又是花事看看來了。風姨月姊，更於中妝點多少。燒燈巷陌，有紅裙隊隊盡弓鞋小。帶鴉鬟纔去尋梅，與鄰姬又約鬭草。

〔千秋歲〕近花朝，紅杏枝頭鬧，一點點點上芳草。草緑如煙，草緑如煙，遥襯着冶遊兒雕鞍藤轎。鞦韆架垂楊道，綺羅袖簪花帽。賣弄人年少，把花籃掛酒，竹杖高挑。

〔前腔〕醉紅桃，甫可是清明到，昨夜雨今日晴了。紫陌煙消，紫陌煙消，花容洗出十分波俏。朱橋外尋春棹，紫藤下烹茶灶。吟就新詩，好倩花鈿换酒，玉指吹簫。

〔越恁好〕荷錢纔出水，荷錢纔出水，潑紅潮甫秀蔞。木香棚那壁，酴醿架盡白了。挽榴花樹高，挽榴花樹高，見碧溜溜小釵兒掛在樹梢。紅簇簇紫薇，白玲瓏茉莉兒，分贈豔嬌。小池月，高閣風，是處蓬萊島。看佳人笑指，牛女高照。

〔前腔〕早秋來至，早秋來至，聽庭梧一葉飄。恰穿針過了，正月夕天氣好。沸鸞笙鳳簫，沸鸞笙鳳簫，採香馥馥木樨兒插傍玉搔。喫中秋餅兒，又重陽餻脯兒，捱到歲梢。菊未老，蓉又嬌，橘緑橙黄了。見煙汀雁落，簇簇紅蓼。

〔紅繡鞋〕擎一股紫蟹霜螯，霜螯，扯一腿黄鷄肥好，肥好。收新稻甫篘醪，扶紅袖寫鮫綃，人都道是詩豪。

〔前腔〕紙糊窗雪下鵝毛，鵝毛，一枝梅窗外偷瞧，偷瞧。妝閣裏有人道，羊羔熟須快倒，不然啊怕雪霽了。

〔尾文〕一年日日風光好，莫道今宵是下梢。殘年過也，又有明年春到了。

歲聿云暮，日月就除，農事已休，春耕未起。紙窗明暖，梅影蕭疎，雪月燈

熒,夜幃茶熟。此時一盆火,一瓶花,煨芋數頭,家人姬侍,相與守歲圍爐。燒棗焚木,檢點一年區處,花月幾何,逋欠詩酒債若干。更以文心之波,旁及聲律,令小童歌自製新詞一兩章,覺枯寂之氣,一時遣去,鬚眉毫髮,皆温温然有生意。此山翁極風致,極快樂事也。予舊歲有〔南北雙調〕一闋,已曾被之絃索,中有云"堪笑炎涼人情變,又共説元宵忘舊年",又云"若過望便千般未圓,若安分便於今十全",大率現前止足之語也。今年迫除,偶念春花秋月,正無了期,且東坡云:"好風涼月即中秋,菊花開即重陽,不須以日月爲斷。"因復綴是詞,將將來勝緣樂事,一一譜入,令歲寒村巷,仍有無窮之春,冷淡山家,亦有循環之樂。雖預道未然,似乎猶有過望,但風花雪月,本等受用,安見非現前止足也哉!彼奔馳於勢路名場,百年而爲萬年計者,於此猶堪伯仲否也。甲子臘八日記。自跋

調本齟軋,而詞極秀熨,風流逸宕,亦麗亦尖。麗猶可及,尖不可當也。張冲如

興致彌天,風流蓋世,將無限風情勝事,收入寸管。要是胸懷浩蕩,能吞若雲夢者八九耳。人有言,不讀萬卷書,不行萬里程,看不得杜詩。予謂不如是亦做不得杜詩。今於子野詞,當亦云。朱伯瑞

世間樂事無邊,只許閑人韻人,隨處領略。非子野不知此樂,非子野亦不能爲此言。沈渟碧

秋水庵花影集卷二

華亭峰泖浪仙施紹莘子野甫撰　江都任訥中敏校訂

樂府

金陵懷古有序

天生吾輩多情，常以今人弔古。覽江山之秀麗，恍乘海之升沉。無不觸目而感心，乃遂諧聲而按律。蓋愴興廢於前人，總成陳迹；而辨是非於後死，差有古心。如金陵者，誠古今佳麗之地，更國家根本之區。稽往事則六朝之遺蹟極多，已是死灰之不起；仰遺烈則聖祖之明威如在，豈無信史之可言？因兹搦管而陳詞，心花滲墨；當亦循文而見志，淚血成珠。嗟乎！文皇之嗣統，天也，時也；周官之輔政，才耶，德耶？不能無迂儒誤國之悲，寧自禁野老吞聲之哭。將閑心與春草俱青，而遺恨付江流無盡而已。

〔南仙吕入雙調〕夜行船

虎踞龍蟠，看江山妍秀，古今都會。人間事，日夜潮來潮去。興廢，楚楚衣冠，擾擾干戈，紛紛宅第。如沸，今做了草頭煙，尋得個斷碑無字。

〔前腔〕癡兒鑿破方山，笑區區人力，怎回天意。無多日，楚漢龍蛇並起。從兹，三世開基，五馬龍飛，六朝更替。慚媿，空費盡祖龍心，依舊有人稱帝。

〔鬭黑麻〕殘棋，賭罷輸贏，把楸枰剩在，再尋敵對。歎齊梁陳宋，總無長技。誰知，佛寺已劫灰，高臺是禍基。鳥空啼，只見如夢前朝，在淮水東邊月裏。

〔前腔〕堪嗤，天塹中分，儘長江設險，好圖機會。怎神州未復，楚囚流涕。吁嘻，清談豈事機，偏安豈帝基。總灰飛説甚砥柱中流，但揮麈風流而已。

〔錦衣香〕歎前朝真兒戲，到如今英雄淚。還笑幾許幺魔，要窺神器。誰知天命有攸歸，和陽一旅，日月重輝。笑談間萬里掃腥羶，羯胡北去。雪盡中原恥，替古今爭氣。鍾山呵護，别開天地。

〔漿水令〕竟誰知北平兵至，破金川天心暗移。腐儒當國等兒嬉，紛更是非，不合時宜。周官制，成何濟，成王已掛袈裟去。孤臣淚，孤臣淚，滔滔江水。年年化，年年化，杜鵑啼。

〔尾文〕漁樵話裏成興廢，歎今古暮三朝四，向糊塗帳裏大家癡睡。

金陵自齊梁以來，稱煙花洞天、金粉福地，昔賢題詠，奚啻累牘。有云"舊時王謝堂前燕，飛入尋常百姓家"，悼晉也；有云"商女不知亡國恨，隔江猶唱後庭花"，傷陳也；至"王濬樓船"一章，壓倒元、白，亦止敘破吴事耳。荆公〔桂枝香〕綿婉清新，膾炙人口，雖云本色當行，未必持風植紀。獨子野憑弔千秋，揚摧昭代，臚興亡之故案，蒐今古之前車，恨周官爲紛更，歎當軸爲兒戲。覺一段深情幽憤，隱現於珠歌絹字之中，直令斷碣殘碑，凜含生氣，喪師屋社，咎有攸歸，豈第作關、馬優孟，爭妍韻調已哉！王元美評《幽閨》云："無詞家大學問，一短也；既無風情，又無裨風教，二短也；歌演終場不能使人墮淚，三短也。"蓋必如子野此詞，纔免三短。噫！難言之矣。彦容評

此關係大文字，非目空四海、胸藏萬古，豈能雄渾如此！存人評

合鏡詞和闇生作有序

闇生有章臺人，得之甚艱，向日曾相與賦《問桃》、《瞥見》諸詞，何其悲淒怨慕。今以折桂手，作偷花漢，了不煩崑崙老奴、黄衣客之力，而殘燈側，小窗畔，竟有向人話舊矣。此時之樂，恍惚夢境，無怪乎闇生亟被之筦絃也。篷窗夜雨，仲藺屬和，聊識闇生一時盛事，且見吾輩亦有出頭日如此。

〔南商調〕金索掛梧桐

安排錦繡窩，修訂鴛鴦譜。莫話歡娱，且話當初苦。記尊前一諾初，轉秋波，却不道花命艱辛受折磨。郎奔馳京國東西路，妾死守空閨日月梭。從頭數，星星記得怎模糊。真個是怨處恩多，恨處情多，今證了恩情果。

〔前腔〕曾從愛裏過，也向愁中坐。越是分離，越把心腸鎖。沙家事若何，付南柯，不嫁三郎頭不梳。寧使做吞酸忍楚癡兒女，決不似拋冷趨炎歹丈夫。非閑可，歷遭情劫忒多魔。到如今歡處悲多，却又是悲處歡多，攪亂了相攙和。

〔前腔〕怎車乾恩愛河，推不動相思磨。祆廟燒完，漸近藍橋路。今朝出網羅，到鳳凰窠，爭氣潘郎成就奴。羞慚了搬唆誹謗銷金口，塗抹了長短方圓畫餅圖。從今啊，刀山變做軟衾窩。真個是悲處歡多，況更是歡處歡多，把歡字渾身裹。

〔前腔〕郎登折桂科，妾有奔琴路。就天樣高墻，怎隔得伊和我。滔天浪不波，渡銀河，眷屬團頭住大羅。從前苦楚將歡娛補，把此後歡娛做曲子歌。擎杯賀，人間花事等榮枯。我也曾歡處悲多，悲處歡多，可合撰悲歡譜。

言言真至，字字儆策。情根豔種，繡口錦心。何其幽微曲折如是也！沈德生

闇生此番情案，須作一傳，使後之觀者，知其辛苦萬狀，方知此詞字字信史。顧淡生

夢花詞有序跋

偶叩花房，忽成春夢。情知得鹿之非真，聊且書蕉而作記。蓋將鐫之巫雲片石，而藏諸南柯郡樓也。

〔南商調〕梧桐樹

屏山錦繡開，衾枕温香在。了却因緣，還却鴛鴦債。奇逢命裏該，也是娘拖帶。今夜燈前，心事纔明白。盟山一座填情海。

〔東甌令〕星前祝，月底猜，月底星前今半載。花顛柳横多魑魅，畢竟有前程在。臉邊情淚一時揩，竟穩取貼香腮。

〔大聖樂〕婚姻事天自安排，戰心兵今奏凱。非干色膽天來大，氤氲使，遣教來。好向奇花隊裏爭先採，只是分淺卑人怕未該。鴛鴦兩字，喜從來撩草，自今端楷。

〔解三酲〕從此後花灕月灑，從此後瑟靜琴諧。從此後藥爐經卷償花債，從此後給酒縫裳試慧才。從此後風幃雪案親描黛，從此後香几燈

窗看繡鞋。重思揣，恍一似當年驚喜，夢裏人來。

〔尾文〕貧無長物把風流買，但筆底奇葩將豔史裁，且將就休嫌嫁秀才。

予初非好色，直是多情，每爲憐花，時生癡夢。但柳絮隨風，從來未曾結果；而桃源問渡，於今忽地成仙。花譜初修，且喜名題繡榜；書仙下謫，多應天配詞人。水雲一旦化成膠，真稱遇合；山海千秋堅似鐵，無限高深。自知骨相煙霞，窮措大豈應有此；或云心腸錦繡，工句字焉可無言？乃翻蘭畹新聲，永鑄妝臺業鏡。雖然過眼成花，千紅萬紫；畢竟至人無夢，一覺三生。纔醒來脂粉叢中，已插入龍華會裏矣。自跋

從來文輯，借花事作文章，每每吹影鏤塵，而要非本色。如子野此詞，曲寫柔情，刺心入骨。及觀其序跋，夫豈流連惑溺者哉！人謂子野爲墮花業，予將謂子野爲證花果。眉公跋

予讀古人詞，雖名家如陳大聲、梁少白，亦不過明衍恬澹而已，未必字字刻畫、句句尖豔如子野者。每讀此篇，令人意中冉冉如風花之舞。存人評

園林初夏

〔南商調〕集賢賓

洗園林一番芒種雨，荷錢榆甲纔舒。故故穿簾新燕乳，恰山堂暴熱之餘。衣剛拆絮，算茶笋一年春課。鶯絮語，風刮地亂紅飛去。

〔前腔〕新篁恰將空地補，柳根芳藻藏魚。見輕鴨浮來隨意住，緑波波細草新蒲。水窗煙户，在楝樹亂花飄處。天欲雨，聽隔岸伏鳩呼婦。

〔黄鶯兒〕槐緑點茆廬，擁寒酸一腐儒，葛衣補到難縫處。譯山中鳥語，讀神仙異書，北窗自有羲皇古。網鮮鱸，西軒醉客，新月上簾初。

〔猫兒墜〕堦前百合，香泛夜窗虚。鼻觀心禪坐欲枯，偶然興到了詩逋。得句，覺風致嫣然，塵氣全無。

〔黄鶯兒〕村塢插秧初，聽蛙聲萬井蕪，晚晴脱帽科頭處。棗花兒漸疎，茭簪兒漸粗，嘗新蠶豆猶微苦。杖閑扶，看頑童好事，帶雨刻桃符。

〔猫兒墜〕落秧花發，茉莉買來初。種入房櫳深處所，摘花親手供姸姝。不俗，況更是解取新涼，何娩兒夫。

〔尾文〕園林儘自多幽趣，結夏端居好著書，人道先生越越迂。

眼前景物拈來便妙，而韻致遒逸，覺字字有仙氣。陳儀泰

神氣高閑，韻骨明秀，真可謂蕭然物外也。性夙評

舟居旅懷有跋

〔南仙吕入雙調〕惜奴嬌

飄泊寒塘，歎人生何苦，别離如是。鴛鴦字輕拆，好如兒戲。曾記，竇鴨同宵，竇瑟同朝，竇笙同醉。今日，獨自在蓼花汀，空想霧鬟雲佩。

〔前腔〕如癡，鎮日凭欄不曾離，一片雨山煙水。閑心計，數遍鴉凶鵲喜。傷悲，燈盞兒昏，香字兒温，風窗兒碎。判死，就做道鐵心腸，怕也難堪此矣。

〔鬬竇蟾〕當歸，蝸角蠅頭，把心花意蕊，等閑拴住。想樓前楊柳，濕煙鋪地。應是，香爐冷翠幃，腮珠濕繡衣。可憐伊，你敢是薄命佳人，我豈認薄情夫壻。

〔前腔〕無謂，捨玉抛香，把取涼休却，畫眉荒廢。問風流底事，一身客寄。迢遞，江岸遠望迷，清宵夢當歸。猛驚回，只有剩枕單衾，人隔際天煙水。

〔錦衣香〕别離愁，難迴避，别時言，心牢記。況有針綫親拈，巧裁新製。口脂猶是污征衣，怎教伴我草店寒鷄，啓窗兒一望大江西。平蕪如地，眼看人歸去。隻身偏滯，秋山似劍，割人腸碎。

〔漿水令〕上燈花渾如猜謎，酒消愁終難療醫。便宜討盡一雙眉，秋風透衣，宿雨沿堤。無滋味，增瞌睡，清清悶把牙兒抵。渾如在，渾如在煙中夢裏。爭飛出，爭飛出這愁圍。

〔尾文〕香羅一幅封回去，上寫斷腸詩句，四邊多是淚痕湮處。

予有釣舡曰“隨庵”。辛酉文戰，泝大江，抵金陵，遂舟居不復假館。每到山水勝處，便剌篙休焉。山有面背隱現，水有曲折平遠，兩涯煙柳，有高低疎密，乃船之去就斜横，可以隨緣選勝，詭遇徵奇。時天又陰晴不定，山雨欲來，風月如掃，朝霞夕照，水面通紅，新雁寒鴉，點散影没，更隨時觸目之奇觀也。獨伊人之思，有不能爲情之甚耳。因爲長歌以紀之，他日重遊，此情味當猶在江山煙雨間也。自跋

辛酉之役，予與子野盤桓於“隨庵”者十餘日。山水風月，相與領略，俱人生未有之樂。時見子野多作詩詞，絶不了試事。予戲曰：“此行何爲乎來哉？”

子野笑曰："子見昔年闈牘乎？如某某者，亦峩然進賢，則吾與爾正恐富貴來逼人耳。煙景召人，心氣皆旺。且撇却眼前花，料理千秋業，可乎？"已而與予皆鎩羽而歸。一番辛勞，竟成灰飛，而子野情言，至今猶然在牘，燈下較讎細閱，真堪字字不朽，乃知吾輩終不當以彼易此也。韓巨卿

言情婉轉綢繆，填詞蒼勁遒逸。情種詞仙，一人占斷矣。朱君深

桃花有跋

〔南正宫〕白練序

春如綺，正封拜花神近賜緋，渾得意，好似少年高第。花中豔獨癡，見一片紅濤瀲短蹊。烘遊騎，粘杯印屐，照天鋪地。

〔昇平樂〕佳麗，繁華夢裏，見陶家姊妹，秀骨丰肌。無情有思，鬬新妝豔奪春衣。憐伊，五更心事怨封姨。曾記得武陵微醉，芳心未死，任杯傳渡口，一線春輝。

〔素帶兒〕晴宜雨亦宜，紛紛柳堤，關心處怎消得蝶壻蜂媒。蕭郎舊姓崔，但詩句分明在左扉。多應是相思有種，仙藥難醫。

〔醉太平〕飛飛，殘香病粉，向春池鏡面，歌姬扇底。玄都無恙，早换却眼前興廢。誰知，有人高卧百花溪，但午夢客來驚吠。笑他人世，公門趁熱，到頭無謂。

〔尾文〕千年怎待瑶池會，歡聊且眼前隨喜，休負了緑水春添鱖正肥。

花事繁華，莫過於桃。予向有《問桃》、《感桃》兩詞，多入麗情，未嘗有《詠桃》之作。甲子秋盡，坐病竹妙齋。適新霜晝暖，窗日微明，妙穎剛銛，古研初滌。午夢之餘，文魔作祟，拈題不得，句若催人。乃乞靈武陵花祖，録用毛君，覺閑情冉冉，都從十指中出去。第苦詠物之作，太粘則學究之酸涎可憎；太空則又八寸頭巾，人人可戴。雖此雕蟲技倆，然亦字經爐錘，句屬工鍊者也。付之歌兒，喜其音節頗諧，更質之諸名家，或云使事脱化，俯仰情深。予不敢信以爲然，姑記之篇末，以俟知者。自跋

簇錦團花，細香柔豔。張子念

予禁足黄山十餘月，歸來孤山，正梅花如雪。比至雲間，則桃錦爛然矣。子野贈予詩，有"掃開一尺桃花雨，午夢纔醒恰見君。指上欲拈千個月，脚頭猶帶萬山雲"之句。掛錫秋水，廢十餘日，因得讀《桃花曲》。子野山居，桃花

之盛，山中無兩；而此詞之婉麗纏綿，亦從來絶唱，可謂合之雙美。予常怪桃源中人，鷄黍酒肉，了無文波。使子野作桃源漁長，當不知如何衍成一片大文字矣。巽玄師

風情逷美，譬之登山臨澤，峰峽迴繚，使人驚歎，如乍入武陵。韓子翰評

楊花有跋

〔南南吕〕梁州序

花明如綺，蕪平如地，點點輕篩空退。繅綿撚絮，騰騰碎撲簾衣。只有蜘蛛網内，池沼灣頭，野性方才死。相將鶴髮也共垂絲，歎白盡頭顱是春去時。留不住，推不去，有人枯坐空窗裏。扶酒病，算心期。

〔前腔〕天涯日暮，江頭春尾，漢苑隋堤休矣。模糊如夢，一痕驚破遊絲。偏向酒旗風底，畫舫欄邊，唐突無規矩。一從飄泊也不來歸，但林外聲聲哭子規。留不住，推不去，有人獨立斜陽裏。懷古淚，送春杯。

〔前腔〕乍飛來百子幃前，又悠揚秋千繩底。正池塘微漲，野花鋪薺。只見嫌紅細打，妒白輕敲，賺殺桃和李。陌頭新緑也與眉齊，歎滚滚風流趁馬蹄。留不住，推不去，有人妝罷高樓裏。懷遠夢，哭花詩。

〔前腔〕但啣將鶯嘴還粗，驀穿來蝦鬚偏細。更杯心鏡面，似停非住。況也如愁更亂，比淚還多，團做傷春句。偏生輕薄也遍天涯，況草緑花香滿路岐。留不住，推不去，有人掩淚篷窗裏。梳客鬢，曬征衣。

〔節節高〕萍生雪練堤，浪魚吹，畫船簫鼓江南樹。疎還密，東又西，迎如避。全無骨力隨紅雨，燕兒多少含糊語。可有長亭痛分離，一杯酒盡銷魂處。

〔前腔〕紛紛古釣磯，小橋西，半斜朱户春深閉。風將息，日漸低，人扶睡。打人有意人無思，自來自向墻東去。可有荒墳靄暮煙，紙錢鵑淚傷心處。

〔尾文〕一年一度春飛絮，惹多少有情人淚，將無數春心多付與。

春暮楊花落時，最能蕩人，一往深情，舉目無限。此詞或謂寫意摹神，已到八九，然正恐有寫不到處，慚媿香綿耳。憶戊午春盡日，天和雨晴，風緩絮定，與同社兩三人，登東城爲送春之飲。滿眼模糊，非雪非霧，一時坐客，各有心事，各不可向人道。此情味似未可以句字盡也。自跋

此詞可當《别賦》,《月下感懷詞》可當《恨賦》,直與江郎夢筆,爭豔千古矣。陸性夙

古人謂絲不如竹,竹不如肉,以爲漸近自然。袁中郎《虎丘記》云:比至夜深,簫板亦不復用,一夫登場,四坐屏息,音若細髮,響徹雲際,每度一字,幾盡一刻,飛鳥爲之徘徊,壯士聽而下淚矣。予謂子野《楊花》等詞,每於聲音句字外,別有神韻,正須付若輩歌之,區區排場伎倆,未足傳其妙致也。眉公評

詠物之作,若只如畫家粉本,圖寫形似,便未免文人酸氣,須得境中之情,言外之致,方爲摹神入化。閲子野詠物諸篇,從無一板實語,即至用故使事,亦如輕雲籠遠山,非有非無,似遠似近。運筆之化,立意之高,出語之韻,真少見其儔也。韓巨卿

贈石城董夜來有序跋

余落魄風塵,銷沉壯志。秋波浩蕩,感岸上之愁蘋;宿雨連綿,夢江南之芳芷。蓋悲哉之氣多感,而黯然之魂易驚。柔情縹緲,能無伊人之思;奇福難銷,孰是東家之子?偶尋花圃,忽覩仙妃,問姓則雙成是其前生,詢名則夜來乃其再世。年同碧玉,婷婷之致可知;骨抵輕雲,裊裊之容何限。有心人誰能堪此,多情種未免流連。乃寄豔於詞葩,聊紀情於夢蝶。

〔南仙吕〕月兒雲

花星偏照,前宵夢兒好。偶到花叢裏,瞥見如花貌。生怕人瞧,背燈兒覷着了。他不道兒夫至,俺不道寃家到。俺忍不住偷將冷眼挑,他羞臉微紅一線潮。

〔桂枝香〕逡巡戲調,剛才微笑。誰知事到其間,也暗地俏聲低叫。却教人怎生,却教人怎生,真個是柳慵花笑,抵不得酒容歌貌。俊多嬌,身輕女史應呼趙,有福檀郎豈姓蕭。

〔不是路〕幻出藍橋,共叶秦樓一曲簫。奇逢到,合歡頭上夜枝交。福難招,解開螺髻烏雲裊,半亸酥胸白玉銷。誰承料,鴛鴦牒掛姻緣號。怎生推調,怎生推調。

〔排歌〕繡户風情,金猊篆消,西窗隙月偷瞧。一雙蝴蝶綴花梢,一對鴛鴦浴暮潮。惺惺語,半是嘲,惱娘常是撒心焦。低低問,半是招,泥

娘常是撒春嬌。

〔皂羅袍〕如此掛人懷抱，把情根一瓣，種活心苗。梨魂已被杜鵑銷，楊花一任春風鬧。屏間燈燼，餘花自飄。枕邊茉莉，餘香亂抛，於中有事郎知道。

〔大聖樂〕映窗紗旭日初高，惜嬌眠嫌起早。碧欄杆外鸚哥叫，枕痕沁印紅桃。且喜玉臺此夜留温嶠，只是金屋何年貯阿嬌。情癡怎了，趁娘行睡着，揭帳偷瞧。

〔解三酲〕忘不得香沾片腦，忘不得汗漬鮫綃。忘不得破瓜年紀身材小，忘不得蝯客蛾眉韻味高。忘不得蓮花吐瓣尖尖舌，忘不得束素重封窄窄腰。千般好，忘不得千金一刻，刻刻良宵。

〔皂角兒〕歎酸丁天付情苗，向青樓姓名流落。誰承望性忒憐花，却隨處每逢花報。似伊家比花嬌，同柳寵，近今無、從古少也容囉皂。一言低告，伊家聽着，但從今花朝月夕，可是魂勞。

〔尾文〕揚州花夢癡難覺，夢逐西風到處飄，却被奇花又纏住了。

戊午文戰，予以首秋八日赴金陵，旅邸枯坐，蕭條若僧。適衝雨晚出，自鈔課街，循文德橋而西，卒飲於朱伯瑞寓。飲散，從子楚、安仲、禺中輩偕行。微雨如毛，酒力彌勁，忘其所之之迢遞也。乃邂逅董姬於燈影之下，視其年可十三，雙鬟初掠，眉目遒穎，細骨柔肌，如可搏掬，花心酒境，於此雙妙，遂定交焉。問其小名，曰“月哥”，乃以“夜來”字之，而贈之以詞。蓋原其名，且志其時其事也。自記

妙詞雋豔無比，直媿剩粉殘紅，不堪承當耳。已付蔣三哥玉簫度之，一夕旦便新聲盈耳矣。今夜惡雨，不敢復望高車。中秋月色定佳，正足下文戰凱旋時也。幸過擎杯聽新曲，兒且手撥琵琶以待。夜來柬中語

萬斛奇香，彌天花豔。古人麗情駢語，簡翰如山，求其如此才情，恐温、柳輩尚須羅拜床下耳。張子楚

予既薙髮，例不得讀綺語。偶過三影齋，子野出小詞示我，不覺神味灑灑。善哉參寥之言，譬如不事口腹人見江珧柱，能無一朵頤？蓋正不須作空花觀，其尖豔處皆其血性處，大可助人機鋒。予請以子野爲師，甘喫痛棒也。蓮儒師

予長子野十五年，猶記其兩髫垂垂，不謂筆鋒直咄咄逼人如此。歲戊午，薄遊金陵，與子野流連文酒者月餘，因得識夜來於燈月之下。枯禪老眼，訝爲

異人。初謂夜來當以綺句爲贈，已而見子野詞，歎曰："無庸吾輩局外人作隔靴搔癢語。"王禹中

閨詞有跋

〔南仙吕入雙調〕步步嬌

翠被香濃春寒夜，小閣燈花謝。窗紗月影斜，照着離人，曲曲欄杆下。驀地自嗟呀，早日長人去今宵也。

〔山坡羊〕急颼颼，隔簾風大，冷清清，隔窗花亞。瘦岩岩曾經病來，悶懨懨扭得身兒趄。半思他，三分又恨他。春光如許，如許春無價。怎地離家，抛人得下。思他，是真耶是假耶。恨他，是癡耶是夢耶。

〔解三酲〕思則思文人骨格皆風雅，思則思翰苑文章的大家。思則思風流略不喬聲價，思則思些事何曾肯使乖。思則思宵眠爲我煨金鴨，思則思睡起教他拾繡鞋。難抛下，思則思藏鬮鬬草，曾賭金釵。

〔前腔〕恨則恨良宵負了千金價，恨則恨春病緣誰逐日加。恨則恨書來舊套寒暄話，恨則恨要我通宵夢着他。恨則恨虚名也掛傍人口，恨則恨是我當初一念差。丢開罷，恨則恨傳來謊信，説便歸家。

〔皂角兒〕寄一股傳情玉釵，兼一幅搵啼羅帕。情知他未必思量，且胡亂試他心麽。若果是十分歪渾是歹，他既然我索性一勾都罷。伊家負我，非奴負他，偏是你甜言美語，花上生花。

〔尾文〕可憐虚度歡娱夜，那一夜燈前不歎嗟，將一幅新詞和淚寫。

字字新思，言言柔韻。古今情詞，不啻充棟，然非枯淡無味，則塵俗可憎。如此新韻，可以前無古人，抑亦難爲繼起者矣。陸五如

五如，予心友也。猶記此詞脱稿，適以原草裹藥。五如偶來，見之驚喜，散藥滿案，袖攜而去，遂爲好事者所傳，乃南及鴛湖，而北及金閶焉。今小詞行且付梓，而五如墓木拱矣。蕪詞之墨如新，心友之骨已朽。燈下偶閲評辭，不覺五内欲裂也。自記

夜雨

〔北雙調〕新水令

没人庭院種芭蕉，慘模糊隔窗煙草。引淒涼來枕畔，欺薄命上花

梢①。急打輕敲，亂灑斜飄，總送個愁來到。

〔駐馬聽〕燭影紅搖，翦翦風威寒正悄。茶煙青繞，騰騰篆字濕初飄。低楊直接水西橋，鳴蛙總在池邊草。一兜兒軒屋小，悶開窗可竟是無昏曉。

〔沉醉東風〕盼遠信雲昏雁杳，愴心期水漲天遥。一陣價孤燈罨盞昏，一陣價萬葉臨窗鬧，打梨花門掩墻高。柔櫓咿呀鶩外摇，煙霧裏垂楊畫閣。"鶩"字待校。

〔折桂令〕一聲聲空外瀟瀟，鷄也膠膠，漏也寥寥。竹也蕭蕭，樹也摇摇。怎消得簾衣裊裊，窗紙條條。扯淡的把香也燒燒，棋也敲敲，書也梟梟，燈也挑挑。

〔離亭宴帶歇拍煞〕簷頭鐵馬偏生鬧，懨懨殘夢才驚覺。這淒涼怎熬。地兒卑後近山，宅兒小斜通竹，窗兒矮前臨沼。但從教有淚垂，總只是無人到。白茫茫長暮潮，討得個風回門自關，霧濕絃初劣，火歇衣剛燥。准備着惜花起早，聽得人耳待聾，耍得人眉皺了。

石萍《雨景詞》云"芭蕉又發没人處"，子野則曰"没人庭院種芭蕉"，可謂青出於藍。夫芭蕉送雨顛風，最能挑人離索，故昔人有詞云"窗外芭蕉窗裏人，淚向心中滴"，比"隔個窗兒滴到明"更覺酸楚。又蔣捷云："流光容易把人抛，紅了櫻桃，緑了芭蕉。"又無名氏云："眉黛小山攢，芭蕉生暮寒。"又吕聖求云："誤了芳音，小窗斜日到芭蕉。"是不待夜雨蕭颯，乃添悽況矣。

此篇酷似貫酸齋。顧彦容

雨景易摹，雨情難寫，而情中之景，景中之情，尤是難寫。此詞可謂曲盡其美，直謂爲《雨賦》可也，豈直雕蟲伎倆哉！竹里評

昔有人令人作《江賦》，以千字爲限，而止得七百。其人恚然曰："何不以江之左右悉言之？"此文家三昧也。此詞頗窺是旨，自不須字字訓詁，而自然語語生動。子野曾於秋梧雨館，令小童以單箏度之，文既悽然，聲復哀怨，遂覺窗外瀟瀟，點點是淚。眉公跋

漁父有跋

〔南仙吕〕桂枝香

風頭雨急，船頭人立。穿肩自織蓑衣，戴頂新編箬笠。把綸絲下

① 今校："欺薄命上花梢"，原"命上"誤倒，據明末刊本乙正。

鈎，綸絲下鈎，雪浪滿江推白，遠岫帶雲堆黑。把船撑，煙裏雙枝槳，蘆根一點燈。此首除末韻外餘皆失粘，待校。

〔不是路〕四面山青，一隻船兒柳内横。趁潮平，呼兒抱女自扳罾。活魚烹，若非骨肉團頭會，也是鄰船熟面朋。傾磁甏，明朝捉得魚時分，再來酩酊，再來酩酊。

〔長拍〕渡口潮生，渡口潮生，風凉月静，横笛聲没腔成韻。五更夢覺，船艙中把脚伸伸，没事到伊心。不消計較生涯穩，惡浪灘頭高閣枕。任東西一片布帆輕，更誰知，生兒長大了也有天婚。

〔短拍〕富貴貧窮，富貴貧窮，從來没定，再不聞餓殺漁人。忘記姓和名，魚蝦裏蠢然性命。只靠着魚糧豐稔，幾曾愁米炭柴薪。

〔尾文〕綸竿頭上容漁穩，少風波處便安身，還笑那着甚羊裘嚴子陵。

"魚蝦裏蠢然性命"，此漁父頗是高遠。若果如子陵披羊裘，釣澤中，乃至足加帝腹，太史指爲客星而惡之，似大非釣魚本旨也。正恐魚蝦見而深入，終其身不獲一鳞耳。自跋

余嘗有題漁父詩，落句云："猶是有機心，一點竿頭餌。"此言更有入處，請子野再進一步。

《太平樂府》載白無咎〔鸚鵡曲〕云："儂家鸚鵡洲邊住，是個不識字漁父。浪花中一葉扁舟，睡煞江南煙雨。覺來時滿眼青山，抖擻緑蓑歸去。算從前錯怪天公，甚也有安排我處。"極形容釣叟之樂，然正恐機心猶在耳。子野云"魚蝦裏蠢然性命"，又云"還笑那着甚羊裘嚴子陵"，此漁隱大有眼孔，必曾問津桃源者。彦容跋

予草庵在申浦口，江水吐納，風煙萬狀。時見漁舟如鴨，翼比而泊，有一翁貌如五十許人，予童時即見之，二十餘年，容色不改。得魚即賣錢换酒，與鄰舟翁歡飲劇醉，未嘗見其空乏，亦未嘗見其有餘錢。人都忘其姓名，只以老翁呼之。去年八月，忽辭衆曰"因緣盡矣"，拱手揚帆而去，竟不知所之。乃知浮家泛宅中，多有得道者，當不過寓言於漁耳。子野此詞，曲盡漁人風味，但猶在綸竿頭上尋詩生活。若更轉一解，則可以終身垂綸不得魚矣。性自評

予少子野兩年，方爲兒嬉，即相得甚歡。未幾，同爲諸生。子野英英秀發，有鞭箠四方之志，予亦落落自負，潦倒十餘年，奔走名場，初無是處，而忽各鬑鬑有鬚矣。予且退休於長泖之上，萬水之中，茆屋如粟，僻遠荒凉，魚鳥爲政，予故自號"芥舟"，日逋漁。子野因寄予《漁父詞》，且繫以詩，有"釣竿終日税漁糧"之句。丁巳秋，子野造予廬，四壁蕭然，三徑蕪没，顧視圃中有蔬，

床頭無酒，謀之於婦，得一釵賣之。乃相與留連信宿，秉燭論心，話到不平，拔劍砍地。子野笑曰："此豈所謂'逋漁'者耶？"且笑且歎，攢眉者久之。嗟乎！吾輩心熱命寒，乃不得馳驅皇路，至托之江干雨笠，楓岸煙蓑，一何無聊至此哉！每披此詞，未嘗不神遊釣叟之樂，然爲此感歎者正不少矣。戊午秋初，秣陵舟中記。五如

五如深遠英特，用世士也，不幸蘭摧，可勝玉泣。右語自寫掀髯扼腕之致，真堪傳神。乃附之詞末，令百世之下，人人識吾五如，庶幾不死云爾。自記

問桃和闇生作有序

三郎夙負情癡，時生花夢。東城有曲水小橋，露桃斜照，曩時攜手江臯，花枝人面，所掩映多矣。一日蕭郎路人，能無依舊春風之感乎？因爲《問桃》一章，吾輩皆屬和焉。

〔南商調〕二郎神

春才好，正寒食東風柳外橋，一樹桃花和晚照。微微暈臉，分明是舊識丰標。却爲甚低頭微似惱，想不耐燕鶯囉唣。没分曉，可記否當年，花底魂銷。

〔集賢賓〕朱門繡閣深窈窕，一枝潛鏁春嬌。怕鏡裏公然憔悴了，渾不似舊時遺照。殘紅細草，知幾許雨帆煙棹。心下惱，不明白悶死夭桃。

〔黄鶯兒〕幽恨倩誰消，殢花枝，怨樹梢，緣何問你翻含笑。春江晚潮，春煙柳條，怕從今總是相思料。但花朝，酒盃詩句，於此一吹簫。

〔猫兒墜〕阮郎標韻，翻做沈郎腰。重到玄都無分了，殘花紅與淚珠飄。心焦，怎下得教人，今日明朝。

〔尾文〕花神似也回言道，道兩地相思人總老，直到天老依然緣未了。

妙在句句是問。"天老依然緣未了"，竟成詞讖矣。戴孺容

俊逸絶塵，眉宇高潔，而婉麗當行，更屬詞林能品。張漢水

文生於情，非情人決不能爲文人。多情如子野，自應咳唾九天，隨風珠玉也。友夔評

錢塘懷古有序跋

錢塘名勝，甲冠江南。吾輩情深，不居人後。過六橋而見桃李之空花，步孤山而趁鶴梅之幻影。緬念古人，遂成疇昔。風景不殊，終日畫舡簫鼓；淒涼何限，千年荒塚狐狸。兩岸青山，可是文人筆塚；一朝紅雨，依然粉面啼妝。干戈已歇，空餘草木之兵；陵墓無痕，只剩牛羊之笛。誰分誰是而誰非，孰辨孰興而孰廢。似分劫火於秦坑，燒空熱餤；爰賦文波於江管，寫盡閑心。敢云字字可憐，竊謂聲聲是恨云爾。

〔南仙吕入雙調〕曉行序

傳説錢塘，是鶯花山水，鬧天熱地。誰知是，千古有情人淚。愁睇，古路殘碑，廢井新田，斷橋荒寺。如此，知換却幾多人，可是影中裝戲。

〔前腔〕萋迷，白傅堤邊，草含羈不辨覓湖碑記。人煙聚，六井不淘荒廢。誰知，功在蒼生，也有而今，空勞心計。閑氣，還有個恨無邊，塔下千年慶忌。

〔黑麻亭〕堪疑，野老林逋，但妻梅子鶴，淡緣高寄。問玉簪端硯，此人何罪。淹淚，百歲有盡期，詩人也廢基。暗悲悽，只有薜合花深，彷彿斷橋名句。

〔前腔〕重題，坡老當年，儘風流太守，問花參偈。自黄州去後，六橋煙蔽。癡睡，琴操久不歸，朝雲甚處飛。惱人意，眼見蘇小墳頭，松柏盡枯無樹。

〔錦衣香〕問衣錦山誰榮貴，問翠微亭誰恬退。只可惜報國精忠，奉牌十二，十年心力一朝灰。千秋切齒，磔檜分屍。笑優游人在半閑堂，身謀家計。人國同兒戲，葬身無地，如今化作業風妖氣。

〔漿水令〕種冬青痕消迹廢，問遺民誰知是非。從來亡國總灰飛，傷心至斯，天道何知。桑麻地，煙花市，焉知不是藏龍處。真堪哭，真堪哭，蒼煙荒雨。公然見，公然見，竄狐狸。

〔尾文〕江流九曲疑成字，寫不盡古今興廢，可憐月送暮潮歸去。

癸亥三月，予坐雨湖上，亦成《弔古》一闋，然只寫趙家南渡而已。子野攬古綜今，舉一切幽踪祕跡，豔種愁端，盡譜之竹肉。嘗從耳熱後，按拍歌之，恍入六橋花月、兩山煙雨中。即以此七調當一部遊覽志可也。彦容評

西湖事蹟極多,此詞收括無遺,縫合無迹,殆化工手也。至筆意之老,墨氣之新,更須獨步詞家矣。徐彤父

武林城平直如几,兩高峰突兀如奩,而西湖一點圓明,正如青銅出匣,爲古今業鏡,凡興亡炎冷,總無遁形。譬之寶鏡臨妝,今朝之眉暈纔新,明旦之鬢鬟重换,妍媸好醜,自去自來,清光不改,止添蘚緑,然而照鏡美人,已不知换却幾多矣。此詞極言影花泡幻,頗似該核,而調笑悲啼,兩極其致。是使古今無遁形者,西湖也;使西湖無遁情者,此詞也。攢愁數恨,傳古人不死之心;畫地指天,聳今人欲豎之髮。蓋攧翻二十一史,散寄於天人之籟,使千秋血淚,化形爲聲,庶幾磅礴六虚,而風呼雨號,皆是物耳。嘗試於蘇公堤上,處士墳頭,山雨欲來,桃雲半死,以一紅牙、一頭管,曼聲唱之。當年綺豔,今日淒凉,總隨竹肉餘聲,零亂於煙花草蝶之際,而青山不語而含顰,黄鳥欲言而無字,爾時柳眼花鬚,無不慘慘欲淚,而何況吾輩也!猶記戊午初夏,薄遊江陰,偕沈德生、張曙台、夏子奇、周爾章,登君山絶頂,江流浩蕩,山色參差,懷古情深,憤悱欲發。適有漁歌一聲,隱起於蒼波浩渺之外,不覺大叫欲絶,相對泫然。蓋惟聲感人,正不須辭與境合;況此聲聲沉痛,將眼前興廢,挑人肺腸耶?宜乎其感愴之深矣。丙寅分龍日,峰泖浪仙重記於竹間水上。自跋

世間升沉萬狀,觸目可憐。屈指君山弔古,曾未十年,而德生已化爲異物,曙台諸君,亦迥絶天水,空有書來人遠,夢破人離耳。即此已足千古之恨,不須更向夕陽衰草,問斷碣殘碑也。《花影集》行,曙台諸君會應見之,當知酒徒無恙,老更情癡,蕪詞半幅,便可作塞暄書矣。獨恨松杉煙雨中,有一不可復作之德生,從此千秋萬歲,永爲羊牛樵牧之墟,但供有心人感懷寄恨之具,寧不痛哉,寧不痛哉!所當重譜一詞,爲前詞補遺可也。又自跋

余往遊湖,當山空霜滿之候,蛩淒猿怨之辰,水淺鷗明,松繁鐘碎,乃放小艇,歷孤山,出西泠,於寺,於橋,於曲樓遥樹,於斷岸,於殘村,無不極動息留連之致。爐沸高人之語,香參古樹之魂。攜子野右詞,放歌哀吟,飛鳥爲之徘徊,游魚聽而決驟。吴王臺上鷓鴣啼,越王宫中烏鵲飛,祇令人念鴟夷子。五湖誰載月明歸?歸與歸與,復令我遐想扁舟時也。沈與可評

聞子野先生,雅以張子野自命。予生也晚,不獲登堂奉教,唱"雲破月來"之句。時聽吾友巨卿、存人、敬安,誦説勝情,擒揚藻豔,彌深嚮往。適同遊西湖,巨卿攜此詞相示。摭事入化,懷古多情,令人欲歌欲泣,恍從江山煙靄中。晤對先生,當不復厪不見古人之恨矣。董子愛評

送春有跋

〔北南吕〕一枝花

香披錦帶亭，雪散酴醾架。燕巢忙壘絮，蜂蜜靜蒸花。柳拜新椏，怨春歸枝上黄鸝罵，感花謝窗中紅淚灑。喜疎鐘未動猶春怕，嫩暑輕添欲夏。

〔梁州〕又一度繁紅鬧緑，又一番乳燕鳴蛙，歎東君恁地無情煞。勾銷了白茫茫梨魂夜雪，收拾了俏夭夭桃面朝霞。趲上了緑陰陰鴉藏柳帶，作成了皺微微魚唼萍花。收藏了香噴噴箬甕新茶，准備了軟騰騰艾虎輕紗。羞慚了錦燦燦搜句奚囊，退後了曲彎彎踏青布襪，冷落了跎琤琤花底琵琶。把人，痛耍。似白頭吟守臨邛寡，歹東君應受罰。把酒殷勤問着他，下得拋咱。

〔罵玉郎〕怎使俺淒涼終日守閨闥，闞兩扇破窗紗，支持愁病無方法。粘不上落地花，説不出傷春話，遮不住臨頭雪。

〔感皇恩〕呀，且引如花，坐着繡榻。湧一湧臉潮霞，撥一撥銀義甲，拍一拍象紅牙。掩一掩青團竇篂，唱一唱陽春白雪。我只待留春住，怎留他。只落得句句愁似燕子説，字字淚似杜鵑血。

〔採茶歌〕只見那流水外兩三家，遮新緑灑殘花，一陣陣柳綿兒春思滿天涯。俺獨立斜陽之下，猛銷魂小橋西去路兒斜。

〔煞尾〕但茫茫荒煙野水無窮也，況悠悠錦字琴心没半些。這度傷春非當耍，真個是留春無計，送春又怕。只落得惜花飛怨風吹把酒兒和淚呷。

"送春"兩字，無限關心。已譜南宫，付之簫管；復綴是詞，并被絃索。淒涼悲壯，始各極其致。每歌此詞，大都在落紅飛絮中，一時情味已爲香綿病粉，攪亂攧翻，而絲愁竹怨之聲，復嫋嫋耳根。倘未免有情，敢問誰能不痛哭也。自記

情字爲骨，豔字爲肌，韻字爲神，如此北詞，恐未許元人夢見，且無論當代也。韓公選

中秋有序

中秋是第一可憐夕。對酒不飲，謂可憐人何？因綴小詞，徵

歌引滿,坐上名流,且攜孔子觚、劉伶斗、東坡金蕉葉,同歸醉鄉去來。

〔南商調〕臨江仙

明月清風真我友,人生此外何求。臨風觴月月當頭,正是有秋堪贈客,惟酒可忘憂。

〔金索掛梧桐〕早推開月面愁,放出秋容瘦。一點如錢,正在樓南首。簾衣半上鈎,颶輕柔,見隱現嬋娟似害羞。待高持冰鑑評詩酒,更别聘煙鬟嫁斗牛。高探手,廣寒堪折一枝秋。我這裏酒有花籌,曲有鶯喉,這消受真消受。

〔前腔〕南樓興未休,吾輩能詩酒。吸盡清光,月印粘於口。從來這晚頭,幾淹留,歎庾亮而今也廢丘。當初曾把秋消受,到今日他還有分否。須參透,這杯中緑蟻儘消愁。可憐這一度中秋,早剩得半夜中秋,漸漸又三更後。

〔前腔〕誰分一半秋,想天與人分有。這月底清歡,莫放傳杯手。還須叱怒虯,向廣寒遊,醉眼摩挲將桂子偷。把霓裳譜出鈞天奏,可不是絃管吹雲儘破愁。休慳酒,有羅衣堪當更何憂。須知有客路傷秋,還有個小院悲秋,又似得尊前否。

〔劉潑帽〕中秋風正涼時候,氅衣輕紗帽籠頭,流螢幾點翻羅袖。韻致遒,把酒政閑窮究。

〔前腔〕中秋月正明時候,桂花陰倒插人頭,紛紛坐客陪迂叟。賭酒籌,分險韻,催詩就。

〔前腔〕中秋人正閑時候,浸葡萄白酒新篘,飛箋召客無生友。莫去休,你去時定拽着衫兒袖。

〔尾文〕腰圍幸免休文瘦,鏡面全無潘鬢愁,且學個劉伶常害酒。

淒怨纏綿,風華蘊藉,達生之言,更饒情致之語。美人耶?道人耶?錢四如

此詞前段頗纏綿,後段頗夷爽,如初入迴欄曲逕,使人意思幽深,已而忽得大路,更使人神氣開展也。眉公評

渾身騷雅,隨口風流,一經其手,字字秀,句句韻矣。包稺先

懷舊

〔南黄鐘〕畫眉序

孤燈伴愁寂，院落沉沉雨花滴。更流螢冷淡，候蟲啾唧，今宵裏數恨三年，方寸内量愁千尺。合眼前無限心頭事，過去了怎生留得。

〔前腔〕當年正今夕，兩個團頭起和立。記燈光影子，一雙東壁，相攜手只惜從前，誰料得尚餘今日。合前

〔前腔〕從今與伊隔，彩鳳青鸞没消息。歎蕭郎真個，路旁行客，朱門老一段青春，人世過幾番寒食。合前

〔前腔〕燈前展書跡，小字蠅頭噴香墨。料從今之後，半行難得，花箋上日月時辰，應變做怨時愁刻。合前

〔滴溜子〕漫説道，從來兩心鐵石。更誰知，别後夢魂空憶。就哭得淚乾何益，今生要見他甚時日，浪信傳來怕多不的。

〔鮑老催〕追思那日，奇花一朵親手摘，春風被頭鴛鳳匹。是錦繡緣，繁華命，風流敵。巫雲柔軟嫌風急，柳線輕摇嫩無力，真個是相憐惜。

〔滴滴金〕花開並蒂花遭劈，線結同心線還拆，揚州夢有回來日。將海誓丢，山盟息。且把韓香返璧，從今一場春事畢。好歹來生，和你再相覓。

〔雙聲子〕黄昏立，黄昏立，細雨灑，尖風急。青燈側，青燈側，眠不穩，空勞憶。眼見得，眼見得，畫不出，畫不出。似亂花飛過，怎生邀勒。

〔尾文〕從今勾却風流筆，須把從來念頭息，只恐陡上心來消未得。

一聲一淚，一字一珠，蓋賦情之深，自能窮思之變，將從來相思套語，一切洗却，獨寫其意中之意，情外之情。如一幅新翻貝錦，自然文采焕然，不須更付染人也。顧闇生

月下感懷有序

眼底空花，憑您自開開謝謝；身中真果，培他要歲歲年年。休説功名富貴，無過白骨生涯；莫分好歹賢愚，總是黄粱公案。不識影中幻相，真性何存；但知個裏虚無，源頭便見。所以清虚禪教，全

非香味色聲;就是好事儒家,豈開富强禮樂!但解當前破幻,何須別處尋真。如行到山窮水盡,回思歸路纔般;似填得海竭河乾,不用慈航自渡。此命篇之意云,亦唤世之法也。

〔南大石〕念奴嬌序

陰晴,萬古這冰輪不改,憑人覆雨翻雲。欲向吴剛求利斧,劈開懵懂乾坤。休諢,一點山河,三千世界,人間萬事總虚影。合多管是清光夜夜,照不分明。

〔前腔〕癡甚,天公哄您,並没個好歹,賢愚忠佞同盡。萬里江邊沙上骨,這是隋唐秦晉。休逞,扯破衣冠,丢開禮樂,到頭畢竟認誰真。合前

〔前腔〕忒狠,將相功名,君王社稷,爭教一代一灰塵。早發掘壘壘,前朝荒墳。冰冷,笛暮牛羊,蛩秋煙雨,當年氣勢嚇誰人。合前

〔前腔〕重省,酷慕神仙,浪煎藥物,心長命短與誰爭。碑額上標題,隱士先生。傷情,狐戴頭顱,鴉翻皮肉,大丹畢竟甚時成。合前

〔古輪臺〕漫胡評,從來些個總無憑。功名富貴天之分,怎生徼倖。況到底空花眼前,豈伊畢竟。有事到垂成,被人作梗,有淩雲奇志,困青衫叫天不應。有高才短命身傾,有星霜白首垂涎,如斗一顆金印。成敗豈由人,今宵景,蒼煙荒野鬼無靈。

〔前腔〕須聽,還有專寵宫庭,也有獨守鴛幃,恨人薄倖。也有嫁得蕭郎,却有日路人相認。有恩愛夫妻,衾挨肩並。有夫壻恩榮,捧將來懸君誥命。有伶仃孤苦艱辛。高高下下,如今白骨,總成枯梗。天眼太昏昏,今宵景,一聲長笛曉風清。

〔尾文〕一輪月,萬古情,笑如此人間癡甚,但閑氣教伊莫要爭。

睥睨乾坤,揶揄今古,碧眼如炬,空花幻泡,覷破多矣。袁仲聞

説盡世態,自寫閑心。世人直如傀儡排場,子野但袖手旁觀,指非畫是云爾,何居之高而視之下哉?朗公師

但調笑而不慘怛,此鬚眉持世氣象也。若稍作兒女態,便酸氣嚱人矣。鳴玉評

予向聞子野,未識子野。適至眉先生齋,讀《花影集序》,始識子野爲如此子野。已而得讀《花影集》,獲觀此詞,乃更識子野爲如此子野。他時衹園坐

上,吾當以上首讓之。扈芷師

舟中端午有跋

〔南商調〕梧桐樹

歌長檀板温,酒剩蒲香冷。艾虎輕紗,穩稱端陽景。詞人共酒人,隊裏安紅粉。水沸龍腥,暴熱蒸癡興。歡呼似有靈均應。

〔東甌令〕龍舟上正潮平,浪噴微花人亂影。低回粉面腮微暈,把畫舫欄杆凭。似一枝擎水藕花新,映日轉盈盈。

〔大聖樂〕垂楊岸人立如屏,弄潮兒萍覆頂。朱旛冉冉中流影,連水面盡船栟。可正是熏天酒熱天應醉,貼水歌酣水忽渾。高懷自耿,怎銷得石榴裙上,這點花星。

〔解三酲〕喜今日簫聲俊泠,喜今日箏手圓明。喜今日抽箋紀事詞新警,喜今日俊舌歌鶯。喜今日客欹紗帽翻茶鼎,喜今日妓艷金釵劃酒經。繁華命,喜今日煙花隊裏,採得頭名。

〔尾文〕風微暑嫩衣衫醒,且趁此花緣治酒兵,休似那獨醒沉湘空寂寥江上冷。

名姬周綺生,才色兩絶,"酒剩蒲香冷",其鴛湖口占句也。辛亥午日,偶譜入小詞,庶令個中人殘唾遺珠,猶博人間幾疋絹耳。綺生予未曾識面,間聞之閽生,大約風流高韻人也,應是值得一死。乃《西樓記》成,而于鵑身黜名辱,殊色誠可憐,美才亦可惜。爲一婦人,身爲逐客,嗚呼悲夫!雖然,吾輩惟此一點情血,庶爲人間解穢。彼朝規而暮矩,左繩而右墨者,不知情字作何點畫。子夏曰:"焉能爲有,焉能爲亡。"吾謂此輩當亦云。今于鵑身隱,而《西樓記》傳矣。才名不朽,差可無憾。乃知天之眷才人,養情脈,未始不寬其途耳。自跋

"抽箋紀事詞新警",可稱實録。當即以此言爲定評。穉先

子野以俠士作柔情,風流文采,有雋遠之致。丙辰午日,邂逅清谿舟次,流連者累日,因得披看諸詞,不禁脈脈魂動。更命歌兒翻度右曲,予亦曼聲和之,覺柳風煙水,俱爲翻舞。而一時詞人酒人及兒輩脂粉之徒,皆爲詞中關目人矣。沈嫩兒

旅懷有跋

〔北仙吕入雙調〕二犯江兒水

相思滋味，嘗不了相思滋味，破題兒才做起。想前宵我你，今夜東西，忍教他在夢兒裏。俺燈下寫烏絲，他機中製錦詞。他冷落空閨，俺潦倒江隈，攪春魂眼睁睁多不要睡。無靠無依，這淒凉無靠無依。無頭無尾，這思量無頭無尾。只落得滿青衫冷熒熒多是淚兒。

〔前腔〕荒村自守，挨不過荒村自守，妙人兒在心上有。就甫離心上，也在眉頭，易沾身難放手。俺潘郎滿鬢秋，他蕭娘滿鏡愁。他花命判休，俺花債判酬，儘今宵恁淒凉多自受。玉嫩香柔，只爲你玉嫩香柔。天長地久，害得俺天長地久。兀似有實丕丕一塊兒咽不下喉。

〔沽美酒〕半開窗，半掩窗，燒短燭，照空床，只擁着衾窩爇好香。忒寂寞，好淒凉，衣單薄，淚悽惶。空廊外風吹葉響，荒村裏雨寒鷄唱。我啊自不合住在東墻，你啊又不合立在西厢。呀，却做出今宵這般悽愴。

〔前腔〕風兒急，夜又長，燈花結，咬銀釭，想前暮私情一兩樁。真堪憶，怎能忘，若忘記，有蒼蒼。衫袖上口脂猶亮，枕頭上淚光溶漾。我啊儘判個此心爲娘，你啊也索要好心待郎。呀，甘爲你受這般魔障。

〔清江引〕隨風近遠村鐘響，窗紙看看亮。孤身又曉行，柳色河橋颺，儘躭着這相思幾時和你講。

予結習不除，豔句日積。癸亥春末，始付小童歌之，花月之下，偶有新聲，亦復隨時换譜。右詞皆偶然口占，或止一章半折，因其語意相入，彙而成篇，乃詞家百衲琴也。自記

情文雙妙，詞林雋品。甲子桃花下，子野曾命小童，以大小忽雷，叶而歌之。其聲頗逸宕纏綿，至今耳根猶嫋嫋有生氣也。予家有小童曰紅兒、雪兒，亦善三絃提琴，但恨所譜不過院本諸舊曲。今俟《花影集》成，當令樂部盡譜之，滿床絃索，從此塵土一新矣。子念跋

吾松絃索幾絶統，近來諸名家，始稍稍起廢，然不久便散逸。樂天詩有曰"歌舞教成心力倦"，蓋此事亦大費心力，只宜付散人迂叟，以閑中日月，搜討逸事，庶幾有成耳。子野避地空山，絶跡城市，日撰新聲，令宗工名手，商搉翻度，差爲絃索興滅繼絶。時時率諸童過予頑仙廬，絲竹嘈嘈，隨風飄揚，村姑里叟，皆負子憑肩而聽，亦山林快事也。始予開徑東佘，得奇石，戲名曰絃索坪，每月底花下，有狎客攜紅裙，坐此吹洞簫，彈琵琶。適子野塹土西佘，得石

平直，小童六人，恰好盈坐。子野請於予，欲乞此名名之。予曰："子但遺我一鐵笛，我便當以此名爲贈。"蓋予有童善吹笛，而子野諸童善絃索，各得其所應有也。眉公跋

兒避跡西佘，與子野盤桓花月者四十餘日，幾有結茆松下之約。常聽慧童繁絃脆管，而就中尤酷愛此詞。子野每索飲十杯，命歌一解，不知爲却此詞醉幾回矣。薛翩翩

王元美謂北曲多詞情，南曲多聲情。子野以南詞韻語作北詞，且簫管絃索，合而翻度，宜其聲情詞情，灑灑傾聽也。丙寅季春夜，醉秋水庵，因題記。王季長

感梅有跋

〔南仙吕〕桂枝香

一堆雪裏，一燈夢裏。幾枝清瘦依然，又是去年憔悴。看疎籬近西，疎籬近西，正是臨橋有水，破窗無紙。奈何伊，自沾逋叟窮酸氣，竟永入人間措大詩。

〔前腔〕繞門幾樹，暗香鋪地。參横可有相思，昨夜幾多名句。歎年年殢伊，年年殢伊，愁在梅花心裏，花在愁人眼裏。守淒其，筐床斗帳貧生計，耐暖禁寒舊臉皮。

〔不是路〕世外仙姿，玉貌朱唇着雪衣。煙霞致，偏生肌骨瘦離披。更低回，驀穿針竇窗香細，直沁苔痕月影微。無言處，芳魂脈脈人憑几，淡然幽寄，淡然幽寄。

〔皂角兒〕瘦伶仃竹外斜時，白零星夜香深處。乍看來似個人兒，猛憶著故人今去。怎禁得老支離、清落莫、雪模糊，魂蕩漾總朦朧地。朱門又閉，西風又吹，猛可裏花飛似雨，人在樓西。

〔尾文〕空山玉笛横吹雨，尋問不知其處，偶然拾得斷魂詩句。

昔人謂梅花如三閭首陽，不受世俗煎沸；又謂煙姿玉骨，世外佳人，但恨無傾城笑耳。今有子野妙曲，當令孤嶼一枝，嫣然獨哂，羅浮萬樹，紛然發粲矣。彦容評

梅花清到徹骨，句字間倘有纖毫膩氣，便教媿死花神。此詞清疎高滌，已得梅花之髓，自不愁句字之不工也。壽卿評

遠神幽想，字字尖靈；詠物妙品，摹情神品。徐闇如

七夕有跋

〔南商調〕二郎神

秋風起，人在西堂西復西，見淡月鵝黄纔半縷。高樓笑語，共唤取穿針來去。恰好葡萄酒熟時，觴牛女，幕天席地。今宵裏，自一夜長生，做萬古佳期。

〔集賢賓〕銀箏换譜翻小詞，更簫管隨之。盤進蓴鱸秋味美，看詞人坐影參差。徵歡索醉，供奉妓月中更替。涼徹髓，但茉莉暗香鋪地。

〔黄鶯兒〕漸漸月西飛，料天孫鳳駕回，人間歡會還無已。靠庭梧放几，傍池荷鬬棋，一聲一刻鶯喉脆。可人的，新螢嫩火，舞袖點微微。

〔猫兒墜〕夜深瓜菓，一縷帶蛛絲。得巧偷分贈所私，抽箋紀事客題詩。風致，覺冉冉金風，泛泛羅衣。

〔尾文〕歡娱夜短判沉醉，此夜如今不負矣，須曉得天把新秋看顧你。

此詞譜係商調，於新秋律吕極洽，恨無善歌者，爲笥中塵久矣。癸亥長夏，始令小童尋聲歌之。七日之夕，偕韻人，進名酒，傍池荷，拜新月，循穿針染甲之故事，説長生夜半之風流。時有鶯喉一聲，如絲如珠，嫋嫋於井梧落葉之次，不自禁其神魂之欲飛舞也。自跋

新脆風逸，字字生香。董念原

閨恨有跋

〔南商調〕十二紅

〔山坡羊〕一團花看看消瘦，十分嬌看看非舊。傍妝臺痛跌菱花，没來由乾淨因他醜。〔五更轉〕想他們没進止無前後，分明看得人將就。你戀着何等煙花，不怕神前盟咒。〔園林好〕痛前生多應欠修，可真個燒香斷頭，竟半路遭他毒手。〔江兒水〕下得教人，一件件落人之後。〔玉交枝〕荒茶廢酒，好風光何曾去遊。生疎一向琵琶手，這幾日忘記梳頭。〔五供養〕癡心堅守，却做出酸疼，萬般症候。看花心膽怯，擡面向人羞，問爲着誰來，花性多收。〔好姐姐〕曾記搬唇弄口，有無數前頭後頭。虧心硬手，你如此做人忠厚。〔玉山頽〕思量真個，仔細追求，幾番兒跌綻繡鞋勾。〔鮑老催〕九分是休，恩人反教成敵頭，不尷不尬把我丢。〔川撥棹〕下實將他

咒，有蒼天在頭上頭。瞞不得照淚燈簷，瞞不得照淚燈簷。拚告你陰司，奴先死休。〔嘉慶子〕奴把誰來記上心頭，你把誰來放下心頭，奴苦苦相思你一筆勾。〔僥僥令〕般般聽你哄，件件罪根由。甚日歸來拿着手，不痛打承招不罷休。

〔尾聲〕恩情自比天長久，就恨你終須寬宥，只要你歸來多放手。

大抵情不深則恨不毒，閨詞至於恨，而無遁情矣。每見院本舊曲，從無閨恨，竊謂其情波有限。乃别譜新聲，攧翻恨字，纔覺相思於此痛人。他時閨思、閨怨等篇，正不及情語耳。自記

咬定恨字，無限波瀾；可稱能品，的是儁才。□□評

此直是海神廟一紙狀詞耳。誰爲刀筆，深文如是！闇生評

妾初度偶言有序跋

窮村僻遠，三徑成蒿，雨暮風朝還往，竟絶洞花幽草。時以翻經繡佛之暇，相與尋討煙霞，勾當香茗。此中幽趣，豈堪語忙人乎？乃因其初度，播之聲歌，而私命其篇爲北山迂叟房中之樂。

〔南中呂〕漁家傲

今日裏，把往事從頭作話題，不覺的日子三千，年頭又八，我你容顔俱蒼矣，各添年紀。俺守着輕卷丹爐，你只是荆釵布衣，但年年花謝花開，花開時進酒巵。

〔剔銀燈〕你姻緣事誰知在這裏，前生事便嫁窮酸也何愧。幾間屋正與翠巍巍前山對，幾個人只在豔騰騰羣花内。終年終日如此，桑海變，俺和伊兀是不知。

〔地錦攤花〕謝天公安頓，咱和你命福不低。樂田園案舉眉齊，醉月吟風，鬬茗圍棋。永相依，享用些太平日。

〔美娘兒〕折花折花來上壽，花香點繡衣。把酒把酒雙勸飲，紅潮臉上脂。檀郎豪俊會填詞，歌兒舌脆音律細。一簇一簇瓊簫沸，似月滿秦樓跨鳳時。

予山居在東西二佘之間，其地土肥水滑，宜花便木。丙辰冬，作半閑精舍在山腹；明年，作就麓新居在山足。不五六年，樹可蔭人而竹皆抱孫矣。更以亭臺庵閣，點綴其間，雖不事華飾，然自是幽微妍穩。春花發豔，秋木隕黄，屋角參參，出没於紅濤錦海之内。篇中"幾間屋正與翠巍巍前山對，幾個人只在

黜騰騰羣花内”，蓋實録也。夫吾輩進不能膏雨天下，若退又不能桔橰灌園，是真天地間一腐草，亦烏用此四大爲？予自分無洪福，不敢負淡緣，凡移花接果之方，開畦疎水之法，莫不悉心悉力爲之。今幸有小成，花木暢茂，禽留不去，山隱轉奇，橋柳臺松，古秀嫵媚。春深秋早，日美風恬，得與村翁漁叟，觴花問竹於其間，或令椎髻孟光，攜東閣中人，𧸖花紅，調竹粉，媒花鬬草以爲樂。蓋用志不分，天遣食報。予既易之以勞，復享之以淡，庶幾不取罪於彼蒼，而予之筋骸骨血，亦差不爲人間真棄物耳。予嘗有詩曰："蒼生久矣無霖雨，三徑何曾有旱荒。筋力未嘗無用處，要銷花福爲花忙。"蓋用以自勗，不敢甘自暴棄，孤負老天眷顧盛心也。自跋

扭聲色入煙霞，將風情用花月，趣淡彌真，境冷愈熱，子野可謂巧於享受矣。陳壽卿

星劍霞衣，仙風道骨，豈真脂粉中人耶。性夙評

清明有跋

〔南北仙吕入雙調〕新水令

軟風甜雨養花天，好韶光一番重换。過春分將穀雨，芳草地自生煙。紅紫爭妍，紅紫爭妍，多半是東君面。

〔步步嬌〕陌上低楊，細緑搓金線，攪碎桃花片。香風滚翠煙，掃過芳堤，薄熱蒸癡黜。眼見口難言，隔芳叢況被妖姬唤。

〔折桂令〕看遊人細馬香衫，幾個東來，幾個西還。滿團團雲山翠滴，溪水斜彎，謝東君分付與春光飽看。呀，雙肩挑一擔，食罍春盤。鋪個青氈，攤個蒲團，只見那花枝下呵酒猜拳。

〔江兒水〕調管鶯聲脆，貪花蝶舞妍。暖洋洋炙斷遊絲線，熱蒸蒸熏得遊人汗，碎紛紛細落花香片。無數舞裙歌扇，葉葉衣衫，個個是心閑身健。

〔雁兒落〕見幾個錦林梢酒旆懸，見幾個軟沙堤飛輕燕。見幾個荒墳上掛紙錢，見幾個拜墓道如花面。見幾個掉下了黄金釧，見幾個輕蹙着繡鞋尖。見幾個鬆解了羅裙帶，見幾個花插在鬢雲邊。妍，勾引得人春情釅，行一步堪憐。直恁是暗撩人有萬千，暗撩人有萬千。

〔僥僥令〕行到垂楊水廟前，玉手把香拈。惹得行人多回首，偏留下印香苔一瓣蓮，印香苔一瓣蓮。

〔收江南〕呀，更爲得一派笙歌别院啊，費多少杖頭錢。多則在桃花扇底杏花邊，木香亭畔海棠前。隔梨花短垣，磨東風繡旛，畫棟珠簾，空目斷碧雲天。

〔園林好〕擺蘭橈垂楊畫船，載名妓泥金繡衫。一片湖光如靛，遥浸着遠山煙，猛映着鬢花鈿。

〔沽美酒〕扇東風撲柳綿，斜日脚淡黄天。只見蝶浪蜂癡性子顛，來又去百花間，誰立在畫欄邊。支春困倦抛針綫，攜女伴鞦韆庭院。要啊亂霏香牡丹架前，褪鞋跟雕花砌磚。呀，猛聽得笑聲初斷。

〔清江引〕清明好春將過半，去也難留戀。怎的不負他，只是教排宴，向花前暖溶溶一杯休落盞。

豔陽光景，春海無邊，不譜新聲，憑何獻頌？辛亥清明，擬綴小詞，初得句調犯商角，謂其悲傷宛轉，情文未協。乃改填南北雙調，峻激流利，兼而有之，可令歌姬徐囀鶯喉，亦可令豪士下幾鐵板，或亦春遊一助也。自跋

滿紙鬧熱，無限風情。顧望子

與妓話舊感贈有序跋

蝶睡醒來，花心謝了。忽到趙家，重看合德。因逢虢國，轉憶太真。話舊事相與攢愁，笑癡心又來做夢。乃振詞壇旗鼓，驚開花陣心兵。

〔南仙吕入雙調〕步步嬌

未許芳心全灰死，想起前頭事。當初見你時，姊妹隨肩，記得排行次。自分會無期，却誰知夢裏重逢此。

〔江兒水〕燈下重偷覷，予心有所思。幾千番變到今朝地，措蕭郎又見蘇卿妹，兩嗟呀盡説相逢處，可有音書容寄。答道而今，就姊妹音書没紙。

〔園林好〕記當日你猶然未笄，驗身材早長於去時。笑我也添年紀，你换了舊容儀，我换了舊情癡。

〔玉交枝〕我今老矣，漸腮邊鬑鬑有鬚。當初花柳和雲雨，今日是筆硯琴書。心窩忘了定情詩，眼睛暈了鴛鴦字。笑當初癡耶忒癡，索性有今朝忘記。

〔人月圓〕忽忽想當初，妝前見你，姊妹梳頭爭學髻。到如今喬綰青絲，到如今喬綰青絲，畢竟有三分似得伊。記些些是與非，痛今生長別離。

〔僥僥令〕鴛鴦曾打結，識錦舊填詞。是你姐姐，月下花前般般事，倒付與我和伊作話題。

〔尾文〕從今爲你重提起，有便信須教遞與伊，只説檀郎忘了矣。

吾輩情之所鍾，每見遺粉殘膏，猶是銷魂欲死，況見其妹乎！當時唐玄、漢成，直於太真、飛燕，情種既深，遂覺蟵根柔蔓，綿引不已。從太真而虢國，從飛燕而昭儀，即至愛移於遠條。然使於飛燕淺，必不至於合德深也。故予嘗謂漢之成，更情深於唐之玄，此言亦甚似解人語耳。自跋

寫情傳恨，語語幽深，蓋身經是境，自是摹神。倘不悲而泣，正恐其淚不下耳。徐令明

宛如小窗對語，可與《幽閨記・拜星月》並傳。巨卿評

拚則而今拚了，忘則怎生便忘得？王元白

村居午日有跋

〔南南吕〕懶畫眉

膽瓶斜插蜀葵花，衫子新裁艾虎紗，汲泉初泡洞山茶。盤進黄魚鮓，更酒釀菖蒲泛紫芽。

〔不是路〕水上人家，漠漠池塘十里蛙。門臨壩，疎籬曲曲帶榴花。柳藏鵶，太平時世桑麻話，不用兵符佩絳紗。渾瀟灑，茭苗裹粽青堪把，艾人初掛，艾人初掛。

〔皂角兒〕白洋洋麥秀風斜，淡茫茫黄梅雨下。緑尖尖秧水才添，絮啾啾燕雛初大。我和你趁良辰、拈故事、道屈平長、説漁父短把古今閑話，高懷自賞，風流可誇。一會裏解衣科帽，戲插榴花。

〔前腔〕聽彈箏手法纔花，更捱簝聲情如話。玉簫兒度曲尋腔，寶瑟兒移宫换馬。我和你慶良時、團勝會、戴簪符、懸壽索共拈佳話，重煨晚笋，新嘗早瓜。看漸漸酒潮人面，映着紅霞。

〔尾文〕日斜猶是無休罷，癡興今朝十倍加，共擊鼓催花遞茉莉花。

予生長市廛，雖丘園洞壑，時發夢想，而繁華蟵麗，亦錮見聞。所著端午詞雖多，大抵鋪張綺羅盛事而已。癸丑有單調〔桂枝香〕四闋，稍入本色，然不過酒中勝緣，無關林下風致。蓋緣耳目之陋，夫豈心胸之蕪哉！丙辰冬，始别

築西佘之北;己未秋,更移家南泖之西。山棲水飲,夢寐才貼,於是野人疎散之致,往往溢于毫端。甲子午日,復填是闋,遂宛然村居之樂。東坡云"子見故我,未見今我",此詞亦謂爲今我可乎,要亦是故我本來如是耳。自跋

宛肖田家景色,依然名士風流。巨卿評

絃索詞

〔北南吕〕駡玉郎

手抱琵琶彈怨詞,把俺哀腸事愬與誰。天生我你配雄雌,有何疑,俺與你明白夫妻,怕旁人怎的,怕旁人怎的。怎不日夜相隨,倒抛人路岐,倒抛人路岐。我你豈鶯鶯君瑞,可只是哥哥妹妹。雖不曾合巹牽絲,雖不曾合巹牽絲,却也曾焚香設誓,天地皆知。俺聞之,那王魁負了心期,終有日捉將去海神相對。

〔前腔〕再把淒涼愬與伊,好和歹是你妻。怎瞞心昧己把奴欺,任施爲,覷得人似脚底黄泥,忍教人受虧,忍教人受虧。眼見得玉碎花飛,病岩岩怎醫,病岩岩怎醫。不記得一雙兒跪,不記得一頭兒睡。把許多繡帳温香,把許多繡帳温香,倒做了單衾血淚,飯醉茶癡。俺尋思,甚來由枉費心機。倒被他貼天飛,拿他不住。

〔前腔〕下實磨牙咒駡伊,就是你歸不得書也歸。看行行征雁帶愁飛,淚雙垂,可知俺玉體香肌,倒癡心待伊,倒癡心待伊。受用些月帳風幃,冷清清夢回,冷清清夢回。痛咬得鴛衾兒碎,推開了枕頭兒睡。却誰知業障冤魂,却誰知業障冤魂,悄悄的夢中來至,强做夫妻。恨冲天,那冤家還要無知。俺只是駡幾聲薄倖賊,拚與你斷恩絶義。

小窗兒女語,恩怨相爾汝。此中已自有琵琶聲,不須更付冰絃檀板,方知其妙也。眉公評

婦人言辭思路,自有　種幽沉憤懟之意。此詞摹擬曲盡,而措辭更質直真至,似近俚俗,正絃索詞妙處也。若稍被文彩,便非本色矣。填詞貴道地,信哉。友夔評

重陽恨有跋

〔南南吕〕香遍滿

重陽時候,籬邊看花愁不愁。借問花前人在否,伊心敢是休,咱心

怎便丢。猛凝花下眸，恍立在身前後。

〔懶畫眉〕當初記得在妝樓，正病起騰騰舉止羞，眉兒低蹙暮山愁。要引他開口，費多少心機在上頭。

〔梧桐樹〕同登翡翠樓，共飲茱萸酒。淡粉芙蓉，正是開時候。南枝曾折伊之手，這度開時，他竟在天南没盡頭。西風緑鬢依然否，若是相思，定比黄花的瘦。

〔浣紗溪〕把連理分，將鸞鏡剖，要知他信息無由。殷勤贈下同心扣，空錦袋熏香篋内收。離别久，儘寸寸肝腸兒被伊割，不然啊也蹙個眉頭。

〔劉潑帽〕滿城風雨初晴後，照離人月滿床頭。消愁聊且邀紅友，倒是愁，心上事多非舊。

〔秋夜月〕看看罷休，全不應伊之口。罪犯風流應難宥，些些撇下他安否。忍撇得許久，忒下得毒手。

〔東甌令〕千般恨，萬種愁，辜負重陽一段秋。黄花隊裏無紅袖，獨自登高後。見征鴻嘹嚦過南樓，帶得信來否。

〔金蓮子〕休怎休，花箋字跡伊親手，有一個伊名兒在上頭。只落得向燈前，一星星想出舊風流。

〔尾文〕今生未審重逢否，料十分中間難得九，空一度重陽一度愁。

城南戴氏居，有芙容一區，早發而茂。庚戌九日，曾就花前爲泛菊之飲，今且兩年於兹。人在天南，夢不可得，而芙容如面，籬菊宛然。清歎不足，繼之悲歌，不覺一字一淚也。壬子重陽記。自跋

不淚而啼，無聲而泣。深情密意，只於淡言平語中出之。若草草看過，寧知其爲無窮之慨也。性夙評

美秀温文，綢繆宛轉，而俯仰欷噓，不堪多讀。張瑞齡

七夕閨詞

〔南南吕〕梁州序

羅衣初試，新涼纔長，洽到穿針樓上①。一團歡笑，針鋒月色微茫。

① 今校：洽到，明末刊本作“恰到”，當從。

早是珠凝仙掌，風定梁塵，半縷庭煙漾。隔年牛女也也成雙，偏有個人間薄倖郎。如眉月，與眉相向，畫眉人遠空惆悵。心上事，到眉上。

〔前腔〕綺疎深掩，朱門閉上，一葉高寒初響。玉堦羅襪，新聽蟋蟀淒涼。早是絲牽連愛，膾饌同心，卍字縈蛛網。從教得巧也也悲傷，只巧織迴文封寄郎。郎飄蕩，把奴撇颺，空夢回殘月窺鴛帳。眼下淚，滿衾上。

〔前腔〕歎良辰今歲無雙，豈花容來年無恙。怕經秋瘦損，一似敗荷模樣。可是潘愁鬢老，沈賦魂銷，打扮無心想。深深深拜也炷心香，願莫染秋來鏡裏霜。香暗爇，心自想，心頭有話和誰講。口中話，在心上。

〔前腔〕賞芳辰姊妹飛觴，强梳妝十分時樣。怕匣中團扇，可能往日風光。生怪鴉鬟聒絮，不解人愁，染甲爭喧嚷。輕輕輕步也立西廂，見月照當年舊粉墻。傷往事，成悵惘，把蒼苔立遍誰偎傍。鞋底露，透幫上。

〔節節高〕金風透右厢，敞虚涼，流螢幾點粘羅幌。傾葡萄釀，浸茉莉香，掩芙蓉帳。剛才出浴衣輕爽，風吹薄翠釵頭響。何事檀郎愛分離，把良宵容易輕拋颺。

〔前腔〕當初話夜涼，靠西窗，把三郎故事閑論講。願連枝長，比翼雙，生人天上。而今眼下遭魔障，來生爭不成虚謊。想別有銀河在人間，無風咫尺生波浪。

〔尾文〕勾消不盡相思賬，一度穿針一斷腸，從此秋宵夜夜長。

閨詞作〔梁州序〕，如以淨脚扮旦，終是雄爽有餘，柔韻不足。右詞殊不宜清板隻簫，當爲歌場所廢，但中有雋語，似亦不可概棄也。自記

十年前曾讀此詞，句字小異。今一經竄定，遂楚楚花豔，足稱名篇。王石公

眼前故事，翻弄自新。而舉止妍和，自是大家風範。呂鳴諧

春思

〔南南吕〕楚江情

飛花打繡窗，零星滿床。枕邊檻外垂緑楊，偏生鶯語罵流光也，把心期自數，心香自裝。叫一聲知心着意俊俏娘，你下得風流，害俺春思蕩。害得俺閑時也是忙，閑時也是忙，慵時也是慌，熱沸在心肝上。

〔前腔〕淒涼立小廊，身單影雙。楊花滚滚人斷腸，柔魂一縷待離腔也，分明是俺，依稀是娘。只覺道嬌嬌滴滴脂粉香，把餓眼昏花，權當嬌模樣。且書兒寫幾行，書兒寫幾行，夢兒做幾場，總記入相思賬。

〔皂羅袍〕没事幾回癡想，待把他儀容畫了，頂禮燒香。衾窩獨自也叫娘，行就虚空也把魂靈傍。更把生辰八字，裝於繡囊，餘香剩粉，沾在繡床。娘，你可在我枕邊衾畔衣裾上。

子野老於情癡，花夢時作。予每每規之，不遺餘力。今觀此詞，風情逸興，殆出於性生，或亦花命使然乎？如此才情，自然隨處發越；拈花弄柳，總是錦心繡腸。不須以周、程、張、朱，困其藻豔也。伯瑞跋

骨韻玲瓏，致味遒逸，摹神入妙，刻畫深微，聖於詞者矣。徐長輿

村居九日

〔南仙吕入雙調〕步步嬌

滿地黄花秋容老，最是東籬好。丹楓翠半銷，緑柹黄橙，白蘋紅蓼。躡屐且登高，任西風冉冉吹烏帽。

〔醉扶歸〕地爐中煨芋茶堪炮，竹竿梢囊萸藥可挑。貢雙螯紫蟹帶霜烹，换村醪菱米論升糶。收來新稻好炊餻，恰拈將餻字添詩料。

〔皂羅袍〕水上芙容斜照，更半黄銀杏，低罩團瓢。荳棚籬落野花妖，紙窗燈火秋蛩叫。滿城風雨，詩腸儘豪。滿園橘柚，村翁儘饒。更山僧秋芥纔封到。

〔好姐姐〕柴門甫添夜潮，見新蟾半鈎垂釣。柳邊燈下，自把小罾挑。鱸魚跳，採蓴恰自南溪到，趁此良辰客可招。

〔香柳娘〕與鄰翁陪坐，與鄰翁陪坐，煮薑蒸棗，帶萁毛荳新鮮好。向籬邊席地，向籬邊席地，掛酒菊花梢，醉則和衣倒。半朦朧未醒，半朦朧未醒，卸葛换輕綃，骨節西風燥。

〔尾文〕從教醉裏乾坤小，不媿柴桑處士陶，渾忘却明朝是初十了。

甲子九日，子野在西佘精舍，招予看菊，併校新詞。予竟坐冗，不得踐題糕之約。後數日過小齋，命童子歌是詞以歆之，若有驕色，不知予已譜〔金衣公子〕一闋，爲山靈解嘲矣。其詞云："把酒憶山莊，正重陽野菊香，庵前緑水秋應漲。蓉銷晚塘，楓酣曉霜，無邊落木蕭蕭響。譜絲簧，新詞尖豔，誰與細

平章。"彦容記

古詩云:"人生不滿百,常懷千歲憂。日短苦夜長,何不秉燭遊。"元詞云:"一日一個淺斟低唱,一夜一個花燭洞房,能有得多少時光。"屠緯真詞云:"痛飲百萬觴,大唱三千套,無常到來猶恨少。"其爲歡不足,有如此者。不知惟躭花月之忙,故轉覺居諸之促。苟本地風流,隨緣欣賞,陶情歌舞而不受歌舞所牽,適志琴書而不受琴書所縛,若子野村居諸曲,刻刻良辰,朝朝令節,斯真善領略者矣。閑中日月,不既曠耶! 昔賢云:"無事此静坐,一日如兩日。"又云:"菊花開時乃重陽,涼天佳月即中秋。"頗合是旨。惜乎解者絶少。彦容又記

物外高懷,田家樂事,筆筆寫出,而瀟灑風流無粱肉氣,亦無蔬笋氣,真不喫煙火人也。張冲如

閨詞

〔南仙吕〕九迴腸

鬢兒邊黄花不戴,窗兒下鸞鏡慵揩。香爐茗椀無心擺,軟騰騰骨瘦如柴。才還又欠是相思債,有重無輕是花命災。誰拖帶,明明是你冤家害,再不干奴命安排。漂沉苦海撈難起,圍困心兵打不開。只索向銀缸畔把虧心罵,又心疼你不覺淚盈顋。

〔前腔〕鬆解了團花的帶,寬褪了弓字兒鞋。一床絃索空閑在,怪酸疼玉腕難擡。鮫綃帕上有盟言在,奈鴻雁雲中無便信來。伊心歹,奇花輕易容他採,却等閑認做應該。他癡心不顧三生願,我怨氣常修一口齋。只落得真心待,倩傍人去尋芳信,寄個小金釵。

秀豔纏綿,聲聲哀怨,尖新熨貼,兩極其妙。沈友夔

除夜有跋

〔南北仙吕入雙調〕新水令

滿堂華燭照殘年,沸笙歌合家歡忭。奉萱幃猶緑鬢,開繡閣盡紅顔。生計憑天,樂事疑仙,共團頭做歲除讌。

〔步步嬌〕分付頑童,把竹外梅花翦,與松柏同擎獻。願春風梅占先,壽域天開,比松柏長蒼健。更貼小春聯,祝新年筆底花生硯。

〔折桂令〕百忙中日月雙丸,過了今年,仍有明年。喜今宵寒隨臘

去，暖與春還①。貯椒花斟柏酒覺祥和冉冉，翦釵旛裁綵勝早春意翩翩。風致嫣然，心事安然，只安頓個南窗下拜佛蒲團。

〔江兒水〕洪福非吾願，清閑我所偏。喜風霜不改朱顔面，更風流濟勝身常健，儘風情逸事人多羨，不與流光同换。共守歲圍爐，覺情味蕭然自遠。

〔雁兒落〕我只願老慈親健靠天，我只願寒萊婦安貧賤。我只願小園中有供佛花，我只願草堂上有聯詩伴。我只願小童歌自製詞，我只願深閨貯春嬌面。我只願受幾樽徵文酒，我只願使幾個賣花錢。天，願一件件如心願，儘放我情顛。常常是似今年勝舊年，似今年勝舊年。

〔僥僥令〕爆竹聲中一歲完，我且與再盤桓。堪笑炎涼人情變，又共説元宵忘舊年，只共説元宵忘舊年。

〔收江南〕呀，我怎生再盤桓，今夜啊倩玉手把盃傳。滿焚商陸散微煙，剛翻大吕改新絃。且歡娱目前，更休貪未然，一刻殘冬也儘我留連。

〔園林好〕若過望便千般未圓，若安分便於今十全。且喜安閑强健，向這壁把酒盃拈，向那壁把鬢花安。

〔沽美酒〕是誰參造化權，我生計敢違天，天，付我茗椀香爐與硯田。藏名句有青山，洗俗耳有清泉。我只是不開口話誰恩怨，少交際怕誰機變。我啊，且安享樂志田園，幾曾貪造業銅錢。呀，管穩取年年歡忭。

〔清江引〕天公容我閑遊衍，知足何多羨。願麟兒早降生，若此外無他願，只受用滿堂人笑波波大家娱歲晚。

予自己未秋，僑居泖上，與世日遠。家庭之樂，自謂致味清真，林泉之奉，更謂王侯不與易也。癸亥除夕，見村中少年，鋪張豔麗，相與慶良辰，祝新福，極其願欲，不至腰纏十萬，跨鶴揚州不止。予自分窮面孔，亦無奢肺腸，倘得眼前現境，供養畢世，亦可謂地行仙矣，何必求多於天哉？乃寫之絃歌，聊以見志云爾。自跋

金爐裊柏，綵筆頌椒，骨肉團頭，管絃盈耳。樂哉除夕，想見於斯。韓昌黎云："和平之聲淡薄，愁思之聲要妙。歡愉之辭難工，窮苦之言易好。"子野和平矣，而聲仍要妙；歡愉矣，而辭益工好。蓋天予之佳境，又予之異才耶？

---

① 今校："與"，原作"興"，據明末刊本改。

余每當是夜，即撥盡寒灰，亦復蕭然自得。今更歌此詞，以破愁寂，勝千首送窮文矣。彦容評

先君百日感懷

〔南南吕〕懶畫眉

尖風微透漾銘旌，薄紙窗兒漏月明。中宵起坐泣孤燈，直恁窮酸命，做無弟無兄又無父人。

〔不是路〕遺像猶存，恍是高堂强健人。緣何病，醫方巫禱總無靈。竟如今，遺言在耳堪思忖，甘旨親供不可論。腮珠迸，兒之罪過爺之命。問天不應，叫天不應。

〔皂角兒〕空留下鄉邦令名，却受用一生貧病。我依然膝下孩兒，問我啊那些曾盡。我也曾紙錢焚、朝夕奠、懺慈王、資冥福總無憑信，些些没用，些些斷魂。做兒的只嬴得三年兩載，戴頂頭巾。

〔前腔〕天生我伶仃瘦形，奈家道連年貧梗。累先人替我支撑，却容我安閑香茗。到如今悔當初、真是悔、恨當初、真是恨不如勞頓，父兮生我，吾慚此生。竟做了高天厚地，負罪之人。

〔尾文〕明朝百日俄臨近，請僧來更誦經文，問如此虚文還做甚。

一字一淚，不忍多讀。王仲緋

骨肉間語，正所云至敬無文，大禮不讓。若露出文人伎倆，不特文字不工，且直可謂不孝不弟矣。此篇質直簡淡，字字可泣，方知感人之深，不關句雕字琢也。沈湛生

秋水庵花影集卷三

華亭峰泖浪仙施紹莘子野甫撰　江都任訥中敏校訂

樂府

送張冲如遊靖州有跋

〔南北仙吕入雙調〕新水令

江天風淡酒旗斜，慘驪歌恁將去也。好男兒應出衆，袖空手走天涯。辛苦擔些，磨難經些，料天公成就你英雄者。

〔步步嬌〕莫惜春風輕離別，口内猶餘舌。脚頭牢硬些，苦到甜時，似倒嚼嘗甘蔗。終久辨龍蛇，眼睛邊且拭英雄血。

〔折桂令〕向芳郊秣馬脂車，挑破頭巾，着綻皮靴。看君家寒酸，似此意氣豪俠。袖兒中提一尺青萍瘦鐵，吐虹霓高百丈浩氣横斜。到處爲家，不用咨嗟，掃乾坤只消你筆底殘花。

〔江兒水〕别路花剛謝，郵亭酒謾賒。坐班荆無奈離愁惹，兩牽衣仔細叮嚀者，告君家此去權聊且，尺水神龍堪借。待他日舒眉，共閑話那年時節。

〔雁兒落〕君此去望長江一線斜，君此去夢巫嶺雲千疊，君此去聽壺笙夜憶家，君此去弄愁笛秋悲月，君此去捫青蘿怯暮鴉，君此去經白社悽孤客，君此去换征衫裁蠻葛，君此去認離魂尋夢花。呀，小可是經年别，留不住征車，只願你好支持强飯些，好支持强飯些。

〔僥僥令〕此後新詩誰和咱，你得句向誰誇。隨分烏絲衷腸寫，你多應爲着咱，我多應爲着他。

〔收江南〕呀，我較長你春秋五歲啊比似你更窮徹，歎年來飄零書劍滿天涯，每到花時不在家。這多應命耶數耶。呀，我與你討便宜辛苦了幾雙鞋。

〔園林好〕笑株守似池魚井蛙，判遊蕩做浮萍浪花。萬里關山程涉，方是個放狂蹤俠士家，放狂蹤俠士家。

〔沽美酒〕好風吹，雨後花，隨馬足，襯堤沙，更自有勝水名山隨侍他。晃斜陽，隱暮霞，摇青旆，酒胡家，繫馬綠楊之下，擘名紙把囊中句寫。你啊儘瀟灑何須悶耶，儘快活何須歎耶。呀，我於此且高歌送君行也。

〔清江引〕并州客舍隨緣者，且了青氈債。明年折桂花，共對西湖月，那時節换皮毛洗將窮氣色。

靖州即古夜郎地，太白遺跡極多，白社山亦以太白得名。更檢《輿地志》云："其地有愁笛壺笙，更産夢花，凡夢者朝起看之，便能記憶。"此數條語甚韻，意其地必佳勝也。冲如去後，予簡之曰："凡到山水絶勝處，可爲我題名其間。"既而冲如歸，極言風土之惡，寒則極寒，暑則極暑，山水多頑鈍，菊花南中極多，而此地絶少。所云"愁笛"，如常笛，但加大耳；"壺笙"亦如常笙，但倍蠢劣，皆蠻丁羣聚嘯跳而吹之。予初屬冲如攜此兩物歸，當叶前詞唱之。及聞冲如言，爲之咋舌曰："吾詞何辜，乃幾遭不幸如此。"自跋

一靖州也，前有太白詩，今有子野詞，便令頑土化名壤矣。唐振伯

英氣勃勃，讀之可以壯人膽氣，堅人骨力。誰謂雕蟲小伎，非壯夫所爲也？子楚評

蒼勁如鐵，妍秀如花，風姿氣骨，兩臻其妙。韓巨卿

靖州荒陋，不似人境，然亦有一二文學，粗知翰墨。子野初以此詞書扇贈予行，後爲彼中一友人所匿。今予歸已三年，而此扇猶在彼。文明一綫，藉是不泯，在靖州爲破天荒，而在子野則爲勒口碑矣。鷄林賈人，亦知有白太傅耶？冲如記

梅花有跋

〔南南吕〕懶畫眉

一枝花發粉墻西，向雪洞風簾深見伊。瓊枝玉蒂一時肥，針竇窗香細，只見疎影中間獨鶴棲。

〔不是路〕秀骨冰肌，占斷江南第一枝。丹青意，天然標格瘦離披。伴人兒，和煙冷淡空園裏，伴月微茫淺水時。魂容與，春寒小閣迷香雨。茗爐詩句，茗爐詩句。

〔皂角兒〕冷春心寂寂和泥，蝶來遲要尋無計。閉朱門空老殘香，與樓頭那人憔悴。況更是壓溪橋、横古路、點官妝、粘驛信也總無情思，霜欺雪妒，風篩露啼。還有個清明細雨，酸子黄時。

〔尾文〕樽前一瓣風吹至，重向燈前瞧認你，原來是幻出林逋無字詩。

古人梅詩，或道其精神，或道其氣節，或道其風韻。此詞則更道其情致矣，可補逋仙、鐵老諸人所未及。至"針竇窗香細"一語，古今詞人俱未許夢見也。巨卿評

昔宋廣平以鐵石心，描花媚姿；吾子野以錦繡腸，寫花遠致。足稱千古合璧。闇生評

細骨柔肌，玲瓏秀逸。此江郎彩筆，天生帶來，若他人，恐未免開口俗耳。冲如評

村中夜懷有跋

〔南商調〕二郎神

和衣睡，這一段淒涼爲着誰，水國霜清寒徹髓。分明夢裏，醒來人在天涯。聽不得風吹窗上紙，方信道夜長如是。渾欲死，撇不下心頭，一個人兒。

〔集賢賓〕盈盈祇隔衣帶水，來時密約佳期。眼見得差池三日矣，況一紙音書難寄。般般爲你，知多少雨啼風涕。羅帕裏，請看取一行行淚。

〔黄鶯兒〕心病煞難醫，只當歸是妙藥兒，今宵症候難存濟。冷一陣是甚的，熱一陣又爲誰，更眼花錯唤名和字。鎮如癡，伊難負俺，難負俺恁相思。

〔猫兒墜〕一燈相伴，加被更添衣。守寡淒涼渾似此，枕頭香膩是誰的。憐伊，實實是前宵枕上人兒。

〔尾文〕幾番還自披衣起，茶冷香消寒似水，聽敗葉敲門疑是你。

是夜宿韓巨卿齋，偶有所懷，臥不成寢，乃起坐燈下，磨墨伸紙，凡得古詩三、律詩一、南北宫長調各一。已而天明，花日在窗，親故以予之至

也，少長並集。見諸綺語，爭録之而去，頃刻間遍布墟落。更歲餘，予復請巨卿，見其村中小兒《大學》序首空處，有遍書予詞者，亦大可笑矣。自記

喬夢符《寄遠》〔折桂令〕云："飯不沾匙，睡如翻餅，氣若遊絲。"曲寫相思模樣，可謂多情矣。乃子野則曰："冷一陣是甚的，熱一陣又爲誰。"又曰："守寡淒涼渾似此。"鍾情之甚，更覺過之。大凡情患不足，不患有餘，世間忠孝俠烈，總發乎情者耳。子野嘗有詩云"從來江海淚花成，自古乾坤情字裏"，的是名言。彦容評

子野生負風流，命饒花福，每逢奇麗，不禁縈牽。戊午冬日，過余村居，予爲設鷄黍，進尊罍，擬盡歡洽。乃微睨子野，意中惘惘若有所失。夜宿竹雲齋，臥而復起，挑燈吮毫，苦吟達曙。予蚤起見諸詩詞，曲寫悲悽景況，因爲和韻，有"好把新詞先寄與，相思滋味要伊憐"之句。子野笑曰："子誠知我哉。幸毋投轄，致令予負心期也。"至次夕，留詩案頭，中宵逸去。異哉，何情癡至此！雖然，予觀古來才人恒遇佳人，然當其分離阻隔，往往魂銷欲死，發諸詠歌。以子野之才之遇，而欲其含藻斂華，作無情鈍漢，此實難矣。蓋惟個中人諳個中味，如子野始可謂識得情字耳。能讀斯詞者，必天下深情人也，庶有知子野者哉？韓大進巨卿跋

摹情欲絶，是普天下相思領袖。夏澹生評

懷舊重和彦容作有跋

〔南黄鐘〕畫眉序

心頭轉淒惻，舊恨餘歡總堆積。歎一場花事，十分狼藉。他做下影裏恩情，我贏得畫中悲憶。合看看逐旋隨流水，過今日又還明日。

〔前腔〕曾經苦分拆，還有個相逢在他日。怕從今見你，就再生難必。曾記你絮語叨叨，畢竟也信音寂寂。合前

〔前腔〕花儔與月匹，難道心腸竟如墨。料重門深鎖，雁書無策。就做道今日辜恩，畢竟是當初難得。合前

〔前腔〕依稀有消息，聞道伊家尚相憶。就一些難信，也堪疑惑。眼皮上越有思量，心坎裏轉添鶻突。合前

〔滴溜子〕誰承望恩情兩下分劈，倒浪想來生和你相覓。幾個黄昏白日，教人挨不起這時刻。索取憂愁，報伊憐憶。

〔鮑老催〕重思細憶，些些好處郎知得，手托腮兒過時日。這幾時，行忘止，坐忘食。淹淹瘦損腰兒窄，鏡裏看看減顔色，爲着你真相直。

〔雙聲子〕真難得，真難得，寵柳意，嬌花格。真可惜，真可惜，輕閃下，都收拾。没計策，没計策，生死隔，生死隔。是一對冤家，兩辜心力。

〔尾文〕佳人才子風流籍，未許卑人多占得，該有今朝這分拆。

彦容曰："爾《懷舊詞》已極美妙，得無江郎才盡乎？"予曰："有情可摹，無才可盡。若云才盡，則尺幅立窮。若云摹情，則天大様花箋，願借一幅。"乃因其和作，復重和之，終恨句字有限，未寫得其萬一耳。自記

子野長於才，自深於情，才情二字，固是相生。嘗借唐之詩，方子野之詞，大抵如崔、賈之雄偉，而無館閣氣；如元、白之流利，而無俳偶氣；如錢、劉之清藻，而無佻率氣；如郊、島之澹遠，而無寒瘦氣；如崔鶯、薛濤之香豔，而無粉脂氣；如齊已、靈一之機警，而無蔬笋氣。其在初唐，則十二家也；其在盛唐，則李、杜也；下逮晚唐，雖句雕字選，間奏新聲，寧易闖其堂奥耶！彦容評

情波滚滚，隨地江河；尺幅之間，濤頭萬狀。張調卿

四景閨詞

〔北雙調〕八不就

恰收燈又近清明，只覺道花事凋零，又添些鬼病鬼病伶仃。冷落瑶琴，生疎錦瑟，打疊銀箏。今宵夢，前宵夢，全然没准。千遭信，萬遭信，看看半句無憑。恨咬牙根，痛翦香雲。痛的是挫過芳年，恨的是錯盼錯盼書生。

〔前腔〕看酴醿自占柔條，問屈指幾度春歸，何曾似這度這度魂銷。愁劈蓮心，驚看夜合，怯聽芭蕉。摇紈扇，悲紈扇，怕秋風又早。掩羅袖，恨羅袖，偏生粉淚痕交。指冷瓊簫，帳冷鮫綃。枕頭邊茉莉花香，你怎生的孤負孤負良宵。

〔前腔〕聽寒蛩聲滿床頭，這壁厢月在東窗，那壁厢雁過雁過南樓。獨杵砧敲，空床夢杳，親筆書修。生離别，死離别，堅心耐守。今生債，前生債，判個一例都酬。釵股誰收，匣鏡誰留。記當初夜夜良宵，到如今日日日日三秋。

〔前腔〕映窗紗雪間梅花，不覺的一味相思，消除了一歲一歲年華。

誰共圍爐，誰同寶鴨，誰聽琵琶。千不信，萬不信，終須被耍。千不是，萬不是，只是當初自差。我豈殘花，他認做閑茶。他既然現不思量，我怎生的恩愛恩愛常賒。

此等詞本被絃索，須帶肉麻，當在不文不俗之間，方入詞家三昧。右詞似亦夢見一斑者。每花月之下，令兩童以三絃簫管淒聲度之，宛然一燕趙佳人，攢眉酸涕矣。自記

和彥容重會西湖佟姬留別之作有跋

〔南南吕〕宜春令

春將盡，春意濃，陡春心雲期雨蹤。那人情重，當年綺席親陪奉。把恩情付與湖山，到今日枕頭春夢。情悰，忘他不得，再尋花洞。

〔太師引〕趁東風一片晴帆動，擺蘭橈平湖鏡中。看無盡青山如畫，況更是緑水啣空。詩筒茗椀和春甕，怎少得那人相共。心頭事今年去年，曾記得雙攜手在曲水橋東。

〔瑣窗寒〕到如今人去橋空，髣髴當初旖旎容。記紅鞋底印，半折如弓。衫裁小樣，六銖猶重。淡雙眸一泓波瑩，想儂，般般件件總朦朧，怎生問信尋踪。

〔三段子〕隔花轉東，過青樓深深幾重。兜的便逢，看花容如今轉穠。好似春風，到處花心動。花心開處蜂偷擁，眼口相依，這情深重。

〔東甌令〕分離後，没雁鴻，怎料今朝得再逢。輕輕窗下親摩弄，肩臂相捱擁。奈新歡舊恨積重重，如在夢魂中。

〔三換頭〕湖山翠籠，載伊情種。迷離笑也，春心忒濃。娘行恩寵，向衾窩款款，把温香軟情偷送。一覺鴛鴦夢，香肌兩下烘。這樣親偎，怕甚麼勒暖輕寒柳絮風。

〔劉潑帽〕冰輪一片松梢湧，候卿卿睡眼朦朧，枕邊溜却金釵鳳。莫放鬆，這良夜休輕送。

〔大聖樂〕奈些些幾夜情悰，業魂靈全被哄。多應别後相思重，因此上十分濃。正是人歸恰在花叢裏，春色偏生錦陣中。餘歡剩恐，只恐怕從今去後，雲雨無踪。

〔越恁好〕相攜手怎鬆，繾綣全何用。終久是分離，硬個心腸且去

也，看秦簫再弄。怨雙雙飛燕各西東，歎人生幾番多被離愁哄，臨歧泣別太匆匆。

〔尾文〕春風吹得離情重，楊柳堤邊一樣濃，何日樓頭香再擁。

古人詩讖，每以爲諱，予竊笑之，興到吮毫，未嘗有所避就也。右詞適在毗陵舟次，對客揮灑，疎率平淡，第粗成句字而已。歸來出示彦容，讀至“况是來時未必逢”，彦容拍案曰：“何作此不祥語！”予笑曰：“不意達人亦爲斯言。”明年春盡，彦容將赴心期，而姬訃忽至，偶然胡言，真欲成讖耶？嗟乎！佳人難再得，花夢不多作。每披此詞，想見當時朱欄畫舫中，胡然而天，胡然而帝，今日化爲東風亂蝶，夜雨哀燐。粉面香魂，儘付柳啼花哂，檀郎於此，能不動心？恨天寡緣而高高不可問，恨人負心而冥冥不復知，乃轉而咎予曰“詞讖”、“詞讖”，殆無聊之極思，而情深之致語也，予亦甘爲有心人受過矣。自跋

悼亡妓爲彦容作有序跋

佟姬乃西湖名姝也，彦容素與遊善，兩度遊湖，累有贈答。昨歲寄彦容詩，有“記否斷橋橋上月，爲郎揩淚爲郎歌”之句，風流蘊藉，於此可思。今歲清明，桃李正發，彦容將赴心期，出示《懷舊》四闋，予賞其婉麗久之，因許屬和。不兩日而姬訃至矣。適在泖上，作《清明感桃詞》未竟，使發，因寄語彦容，尋當相示也。彦容復曰：“兄作定佳，但恐挑人人面桃花之感耳。”予感斯言，因得“桃花人面春風”之句，而以“荳蔻郎心夜雨”儷之，聊以志彦容之感，且以當和作耳。嗟嗟彦容，世事轉眼，可悟空色，《清明感桃詞》，願以爲藥。壬子清明後十日記。

〔南仙吕〕桂枝香

時時心裹，看看夢裹。桃花人面春風，荳蔻郎心夜雨。記前春見伊，前春見伊，伊道你且今年歸去，我准明年待你。竟誰知，地下無消息，人間長別離。

〔前腔〕再逢何地，要逢何計。高樓歲歲春深，海燕年年胡語。問伊家怎的，伊家怎的，你曾寄斷橋詩句，郎也寄新詞與你。竟誰知，郎才柳絮沾泥日，妾是梨花魂斷時。

〔前腔〕意中人去,眼中人淚。傷心荒草新墳,腸斷亂鴉枯樹。想今番别離,今番别離,郎儘相思爲你,你便相思無據。竟誰知,燭灰眼下空含淚,蠶老心中枉掛絲。

〔前腔〕去年滋味,今年憔悴。當初誓海盟山,至此夢花兒戲。歎年年此時,年年此時,不見舊遊之侣,只到舊遊之處。竟誰知,一向同香閣,而今泣路歧。

子野云:"桃花人面春風,荳蔻郎心夜雨。"石萍云:"夕陽邊草緑郎心,銀缸畔鴛紅妾枕。"皆駢麗中情語。

年來花運百六,歌場板蕩。風流一綫,猶在斯人。古云"佳人難再得",亶其然乎? 子野填詞弔之,當使香魂豔魄,與西泠小小,俱不死矣。彦容評

佟姬葬孤山之麓,張九娘葬西泠橋畔。一抔荒塚,斷送風流,情煙意月之下,不知粉魅花魂,尚能作綺羅絃管、當年伎倆乎? 哀哉哀哉! 予嘗欲作小詞合弔之。或曰:"與子有何交涉,亦勞費筆墨乃爾?"予曰:"野草庭花,吾輩見之,亦有意思,此豈皆枕席間物哉!"予終當了是願,作《雙花薄命吟》。明歲遊西湖,當於寒雲荒莽中,揚杯以酹之。自記

贈嫩兒有跋

〔南南吕〕懶畫眉

葡萄花下閉門居,小小房櫳廝稱渠,眉兒淡掃略施朱。清俊龐兒素,真管領春風盡不如。

〔前腔〕偶然相見落花餘,衫子新裁紅杏初,温柔香軟骨如無。愛把眉兒鎖,淥老瞧人一寸波。

〔前腔〕温香脈脈遞衣裾,慚媿蕭郎是姐夫,前生緣分道如何。怎樣看承我,問取卑人折福無。

〔前腔〕暝煙初合落花多,潛遣青衣將小字呼,燈前密語一更初。片腦煨殘火,正窗外初三月似蛾。

〔前腔〕有人窗裏解流蘇,泥得檀郎不奈何,窮酸也得近冰膚。今夜休輕挫,知費了繾綣司中印幾顆。

〔前腔〕驀然分别兩情辜,郎上孤舟妾綺疎,懸懸望眼兩模糊。無數西江路,只哄得蕭娘裛淚珠。

〔前腔〕相思今夜破題初,獨向西厢月底哦。一場花夢又南柯,納悶支頤坐,驗瘦損腰圍一寸多。

〔前腔〕娘行且自强支吾,郎不是青樓薄倖徒。衷腸一段在春羅,須着意加留護,這是折證相思一紙符。

嫩兒姓沈氏,色不踰中人,然善歌,有雅則①。初見淡然,已而亦微微近人,而時露俠士風,無婦女氣。談話信宿,頗極歡得,匆匆别去,遂成各天。以後兩訪之,皆不得見。今且聞其從人矣,恐後晤無期,空有芙容面、楊柳眉耳。燈下偶閱舊詞,酷思其人,乃細書數語,爲他日半幅遺照也。自記

嫩兒從人時,曾以一緘寄予,浮沉兩年始達。雖或出倩代手,然不忘故人,封完舊物,情深義決,真可云俠。試反復書詞,其人可想,而其事可傳,因附記於此。其辭曰:"清江一别,遂易歲年。江南渭北,人遠心近。誰言雲水萍花,恐非個中人語也。别後浪游金、焦間,會有夙約,風絮便當沾泥矣。但古詩有云'生憎寶帶橋頭水,半入吴江半太湖',正不知誰淺誰深。春天雨枕,秋夜風幃,孤燈殘夢,此豈重門深鎖所能限也? 悠悠此情,未知何極。春羅一段,折證相思,向寶之秘之,異香熏之,古錦襲之,只令渠見淚痕耳,未嘗敢輕出示人。雖然,今日之事,情不可割,義不可留,謹繫同心,仍送左右,豈忍等秋雲哉! 但使足下謂兒爲薄倖人,以岐路視之,從此心花稍開,眉結稍熨,則委骨窮塵,所甘心矣。時移事改,生死離隔,灑淚書懷,封緘盡濕。千萬珍重,遠大爲期。膩粉柔香,不堪丈夫在意也。"又自記

此小聚散耳,遂成花史一段大關目。有此公案,恐子野他生,復受花業。玉妃有言,爲此一念,又不得居此,爲天爲人,必再相見。噫,可懼哉! 吾輩情根纏綿,不知何時税駕矣。請子野勇猛懺悔則個。眉公跋

菊花

〔南仙吕入雙調〕步步嬌

老圃先生閑心計,粗了黄花事。東籬插幾枝,老雨枯風,自然高寄。全不怕霜欺,變炎涼也只是無趨避。

〔江兒水〕可有幽深意,偏生古秀姿。比佳人較没胭脂膩,比詩人倒没寒酸氣,比仙人尚少雲霄志。但落莫田園居士,滿地黄金,依舊有寒

① 今校:"雅則",原作"此則",意費解,因據明末刊本改。

儒風致。

〔清江引〕甘心野蒿同腐死，豈有人間意。自從三徑栽，漸移入朱門裏，多應怪淵明老人多事矣。

蕭閑簡遠，不染一塵，非曠世高懷，落筆豈能如此！冲如評

詠物之難，難於灑脱。此詞正得之筆墨之外。沈伯英

夜窗話舊有跋

〔南仙吕〕八聲甘州

鴛鴦牒上，把雲英姐姐，配定裴航。談何容易，驀面便教相傍。勾消幾許相思賬，收拾無邊年少場，方纔有今宵細語空窗。

〔前腔〕記當日畫樓相訪，正朦朧睡起，半懶梳妝。兜的覷上，從此不教抛放。曾深談雨枕銷金帳，曾泣誓風燈蕭寺房，也曾守淒涼楓落吴江。

〔不是路〕不厭疎狂，許我真心學孟光。親供狀，就輪迴也願作鴛鴦。怎生忘，把池邊樹影做談心幌，將峰外松臺做拜月堂。相偎傍，一場花夢拚勞攘，儘他魔障，儘他魔障。

〔解三酲〕我也曾錦衾羅幌，我也曾路雨橋霜。我也曾把香心月夢潛來往，我也曾封寄啼痕十萬行。我也曾軟偎珠翠將花心養，我也曾抹殺鬚眉將浩氣藏。風流賬，爲風流兩字，摟得人慌。

〔前腔〕你如今繡房鴛帳，你如今琴几爐香。你如今舞裙歌扇抛塵網，你如今伴先生月句花觴①。你如今不愁心上鴛鴦曠，你如今冷看人間脂粉狂。休謙讓，真個是情因證果，花籍生光。

〔尾文〕空窗一夜閑論講，個裏悲歡有一萬場，把天比情還未是長。

"二十年前一夢空，依稀猶記夢花紅。而今短鬢侵尋白，閑話風流落照中"，此予乙丑春日花前感舊詩也。夫人生七十，謂之古稀，而初十年太少，後十年太老，中間止五十年，而坐困於塾師者幾十年，羈纏於病冗者幾十年，幽沉於風雨者幾十年，所存幾何哉？而粉債花魔，酒兵愁陣，又無日不煎熬熱沸，爲生亦良苦矣。幸有一字訣曰"忘"，庶以寡情得安樂法耳。奈何絆繫情

① 今校："月句"，明末刊本作"月勺"，與"花觴"對，似當從。

根，常在心口。當年童心，業已多事，又復爲之追思記憶，點算狂花，舊事縈纏，業緣增重，何時得解脱哉？右詞乃十年前舊案，《花影集》成，予擬删去。彦容曰："事不須憶，而詞則可傳。爾但作空花觀，聽天下着相人臨文感歎可也。"乃仍附之卷中，令如夕陽之在疎林，半明半滅云爾。自跋

清明感桃有序

吾友閣生，去年有《煙花夢》詞，予亦繼之有作。今歲清明，花下忽然想着，遂覺此花多有可憐處，因得"花如夢"句，譜之成章，當一哭耳。

〔南商調〕二郎神

花如夢，忽又傍清明發舊叢，酩子裏芳心嫌太冗。錦堤雪浪，一枝香倚晴空。是第一東君蒙愛寵，生就個情苗恩種。人面孔，好分付崔郎①，恁地東風。

〔集賢賓〕天台一遍人被哄，而今誰問仙踪。空蝶鹵蜂粗燕懵懂②，竟歲歲儘他調弄。胭脂忒重，伴煙柳濕雲如凍。荒廢塚，鶯叫破老紅癡夢。

〔黄鶯兒〕日曬紫酥融，近前池老鏡中，可憐猶是劉郎種。苔紋上紅，鞋幫上紅，高情已逐梨花夢。負東風，風流盡矣，隨分水流東。

〔猫兒墜〕傷春血淚，幾度賺人紅。畢竟花殘枝也空，玄都觀裏不禁風。没用，好笑幾處公門，賭甚英雄。

〔尾文〕花前歎息花如夢，又費新詞題詠，似夢醒人兒説夢中。

無限關心，語致吞吐，風情韻味，的的欲仙。陸五如

七夕後二日祝如姬初度

〔南中吕〕好事近

花種降瑶池，管領人間花事。偏生及此，天孫昨夜歡會。金風玉露，向高樓洗出秋如水。百日紅似有意拈花，並頭蓮可爲你成對。

---

① 今校："分付"，原誤作"分什"，據明末刊本改。

② 今校："燕懵懂"，原作"樵燕懂"，不成文，因據明末刊本改。

〔千秋歲〕翠紅圍，排比做神仙會，共獻祝酒映蛾眉。鱸鱠蓴絲，鱸鱠蓴絲，擺列着俺江南早秋風味。香翻袖花蒸氣，紅潮面人微醉。歡暢文園裹，俺煙霞地主，你羅綺花魁。

〔前腔〕兩相宜，可不是天婚配，百歲事今日纔起。月信花期，月信花期，待與你醉婆娑典珠沽翠。風流事俺生來會，繁華夢你休慚媿。但歲歲人相對，做雙星姊妹，配滿月夫妻。

〔越恁好〕綵毫佳句，綵毫佳句，俺文齊又福齊。喜卑人有福，有福把卑人配了你。桃花郎姓崔，瓊漿人嫁裴，把香馥馥一枝花待移入繡幃。嬌小小年紀兒，就從今白首兒寸步相隨。同心膾，連愛絲，咱兩個長歡會。向黄姑笑道，俺不輸你。

〔雙乘鳳〕願從今拋却歌衣，歌衣。願從今重修豔史，豔史。梁鴻婦，竇家妻。伸月誓，赴花期。草隨步，絮沾泥。

〔前腔〕願從今荆布釵衣，釵衣。願從今香茗琴棋，琴棋。常蝶幸，永花媒。風前句，月中杯。把生花筆，畫山眉。

〔鳳毛兒〕尊前獻祝團歡喜，這壽酒多應是合巹杯。風光甚美，可知道勝事良緣，又有個天公幫襯你。

子野情根引蔓，隨地下種。觀此詞則"香馥馥一枝花"，又將"移入繡幃"矣，獨不顧人間饞眼，憨妒欲死乎？雖然，如此好詞，香豔鮮美，千金一字，庶幾無慚。以當一斛珠，恐人間正少此買花錢，他人安得爭買也。包稺先

寄人檇李有跋

〔南商調〕金索掛梧桐

花間宿雨收，細疊花茵皺。雨雨晴晴，一個人孤守。歸期怎逗留，過中秋，又早看看二十頭。音書浪得傳人口，你在天涯何處樓。眉兒皺，將紛紛淚點，灑寄東流。問當初偎傍人否，問今宵夢見人否，空夢裹，人依舊。

〔前腔〕鴛鴦湖畔舟，西子臺前柳。一望天南，怒雨驚風驟。淒涼立小樓，見濤頭，銀屋翻空罨素秋。此時遥憶人安否，更添上眉峰兩點愁。空僝僽，這般般件件總難丟。要與君説個因由，問個因由，二十後歸來否。

〔前腔〕思量無斷頭，往事空回首。暮暮朝朝，漸漸添新瘦。金錢暗自投，淚雙流，看幾片青蚨個個愁。分明許下歸時候，怕人在天涯還逗留。揩衫袖，把淚珠收去，又蹙眉頭。想人生幾度中秋，早虚了一度中秋，況歸期未必中秋後。

〔前腔〕梁間隻燕愁，鏡裏雙鸞剖。書信重封，不盡還傳口。書憑征雁投，怎生留，惆悵臨封幾度抽。你看時料把眉兒皺，我倒怪修時忒恁愁。君知否，這書來之後，盼望回頭。須知道日日江樓，夜夜燈篝，好消息何時有。

此詞予既寄贈後，爲彦容潛録。適遊西湖，因口授一歌姬，纔一過，便能了了，再夕即歌之段家橋，風流俊逸，坐客銷魂者久之。夫一經美人之口，便傾動一時如此。予自分何緣，消此奇福。且花事已休，芳心灰冷，名傳樂部，空屬可憐耳。予曾有詩曰："夢破揚州事有無，近來只合叩維摩。誰知猶有空名在，却被人偷譜豔歌。"又曰："而今非復舊情癡，雖遣新聲似昔時。好比仙人天上去，人間傳得步虚詞。"蓋爲此而作。姬姓顔，行第一，聞是慧人，未得一覩，時爲惘然。自跋

開元中，高適、王涣之、王昌齡齊名，偶拈小詞，便爲教坊偷譜。一日小飲旗亭，諸姬所唱，皆昌齡絶句，而不及涣之。涣之爲之色動，因指諸姬中一最美者，謂兩人曰："姑稍俟之，倘我詞出此子口，則爾兩人當以我爲師。"俄而雙鬟撩袂長歌，聲絶雲漢，則涣之詞矣，涣之爲之大叫狂噱。顔姬事於此正相類。蓋詞出美人，即蕪詞亦有生氣，況綿婉清新，如子野此詞者哉！且冥契之符，莫知其然而然。子野之神韻，顔姬之慧心，當别有作其合者，又不真在聲音句字間也。彦容跋

平言淡語，只如白話，此詞家最上白描手，所貴乎本色者此也。蔡叔文

賀闇生新居有跋

〔南大石〕念奴嬌序

予家煙水，把山林城市，從公與汝平分。畢竟君多丘壑意，依然城市山林。齊整，撲地樓臺，圍天竹樹，花枝缺處放朱門。合真個是，深如洞府，高比層城。

〔前腔〕華甚，專城聚景，大多是畫棟雕梁，朱粉輝映。聘得名工神妙手，巧奪天人無並。奢逞，我寒素家風，清疎情味，每經一到一魂驚。

合前

〔前腔〕奇甚，礙日連雲，取涼藏暖，偶然一曲忽臺亭。擺列着擺列着周鼎商彝秦銘。雄雋，我懷古襟期，摩挲老眼，遍看款識不知名。合前

〔前腔〕幽甚，曲檻迴廊，小庵偏室，矮扉低屋紙窗楞。安頓着安頓着竹几蒲團龕燈。清韻，我世外閑心，宗門本色，堪於此處老餘生。合前

〔古輪臺〕集良朋，風花雪月此同評。每將車轄投之井，酒杯詩韻。更羽客高僧，參摧養生禪定。有劍借人看，字容人問，有圖書經典，更棋琴消閑養性。有花傭圃户園丁，有書床藥臼，茶鐺酒庫，水瓢花甑，儘足了閑身。神仙境，多應福分帶前生。

〔前腔〕須聽，還有金屋娉婷，與你雪館風燈，夜窗朝鏡。況得意仙郎，忒俊逸風流標韻。纔了刦琴心，醫痊花病，把話舊餘閑，折花枝問郎占孕，半低聲不許人聽。綺疎朱户，雕欄實砌，鶴閑花静，處處有風情。神仙境，多應福地照花星。

〔尾文〕我煙霞性，泉石盟，終道你城居未穩，一首移文草欲成。

閭生本宜置丘壑，竟以俗緣未斷，猶滯城闉，故予以此詞賀之，實規之也。未幾閭生闢園東郊，移家就焉，可謂從諫如流矣。《北山移文》何負於吾友哉！予嘗有《西佘山居記》，極言人外之樂，曾録一通寄閭生。竊自謂繁華夢短，冷淡情長，丹山白水，未可與空花熱焰同日語也。因附記於後。自記

西佘山居記　自撰

吾松水膚而山骨，而林木修美，更爲之衣裳毛羽焉。蓋分秀於天目得其骨，借潤於震澤得其膚，而氣趨東南，地暖宜水，且南接武林，北距金閶。賣花傭日載名卉，高檣大艑而至，宜其衣裳之日加麗，毛羽之日加豐也。以故九峰三泖間，處處有花木之勝，而東西二佘，尤爲山水結聚處，花木爲尤蕃。予山居在西佘之北、東佘之西。西佘峭聳而尊嚴，東佘委蛇而飛翔。予之飲食坐卧，皆在其空翠中。玉屏山矗其東北，勢若騰舞而至。更有一山，如魚背，如眉稜，半隱半現，意致羞澀，則鳳凰山之介出於東佘、玉屏間也。别有一點蒼翠，在平疇漠漠中，若醒若睡，不衫不履，則北簳山之離羣獨處，而踉蹌於煙草外也。揉藍縈帶，屈曲柔嫵，輕和淡蕩，似一雋人，則山涇之漲膩淪漣，而周遭於兩佘下也。此山水之大凡也。予山居則疎疎落落，而點次於山水間也。在山腹者曰"半閑精舍"，本爲先人墓地，於此供僧懺佛，故名。中堂曰"春雨"，其前平田遠水，一目千里。西偏曰"無夢庵"，卧處也。萬松在窗外，蒸雲鳴

雨,夜枕幽絶。東偏曰“詩境”,晏坐處也。窗外純竹,東佘作正緑色,在竹中間,探頭如戲。其前爲“散花臺”,出萬竹上,每於此飯鳥,鳥聞木魚磬聲則下。竹間有小徑,接“太古齋”。齋小如髻,他處猶聞樵斧人足聲,至此萬籟俱寂,惟聞鳥啼葉落;而閑鳥無求,聲不多作,盛夏草木怒生,葉亦不落,但竹風蕭蕭而已。每歲暑月,爲掛瓢晞髪之地。此山腹之大凡也。降及山腰,有亭翼然曰“霞外”。其背背松,其面面桃,上徑徑松,下徑徑桃,更有梅花三四十株,作一堆雪。當桃花盡處,桃徑凡三折,一折皆單瓣,開差早;一折皆千瓣,開差晚,兩桃繼發,豔可踰月;一折純種桐,桐盡復種桃。而鄰家松竹,更互相掩映,可稱緑天紅雨,繡幄香茵。每值春時,爲名姬閨秀,鬬草拾翠之地。此山腰之大凡也。漸近山足,爲“就麓新居”,初作屋山上,已又作屋山下,故名。闢兩板扉,有疎籬曲水,細柳平橋。水上夭桃,照天曜日,人行花間,頭面盡赤。入中門,榜曰“北山之北”,繁陰鬱然,下有曲徑,抵方池,渡斜橋,橋南北皆植梅。有老梅一株,是爲梅祖,狂枝覆地,輕梢翦雲,與池上垂楊,黄金白雪,相亞而出。有齋兩楹,面山臨池,曰“三影”。予字子野,好爲小詞,故眉公先生以此名之。每歲催梅觀荷於此,更爲花朝祝花之地。齋後疎竹高秀,朱欄拳然。啓其後户,達於小樓,曰“罨黛”。四山環之,翠色欲滴,陰晴改容,瞬息萬狀,雪朝月夜,於此最勝。此予坐臥處也。自樓而東,作軒三間,曰“語花”;有旁室,曰“蕉雨”。莫不花來鏡裏,樹入床頭,山眉霧鬢,緑生枕上。此朝雲通德雜處處也。三影齋之西偏,爲“西清茗寮”。窗外有古梅修竹,蓄木奴數頭,更種睡香一帶,接“衆香亭”。梅花開時,睡香助馥,氤氲酷烈,聞二里許。疎雲淡月之夜,薄醉微吟於此,令人恍恍有春思。亭前多桂,仰不見天,幽草閑花,總隸香國。每歲秋時,觴桂於此,更爲月夕酹月之地。徑折而南,啓小門,入疎竹,有屋臨水,扁曰“竹闌水上”。水月摇窗,風篁成韻,此留客止宿處也。中間爲“秋水庵”,庵下是水,水上是竹,竹外是山,山上是桃,花時萬斛紅濤,勢欲浮屋。庵前高梧數株,壁立聳翠,更作“香霞臺”,每歲錦茵繡幙,爲牡丹洗妝於此。水折而東,稍稍深闊,作軒其上,爲“聊復軒”。軒内作暖室,曰“一燈十笏”。中供如來,及純陽祖師像,每清齋禪誦於此。軒前爲“濯錦臺”,臺之東岸皆桃花,更有疎柳依依高出其上,而東佘煙翠,復襯其外。每歲柳綿飛時,送春於此。從軒而南有小橋,曰“濟勝”,朱欄雁齒,達於竹外;繞徑皆芙容,乃聊復軒東岸也。山展一足,插入短垣,就其高處,築一草閣,曰“妍穩”。軒中看桃已勝,而於此更爲奇觀。蓋憑高俯眺,萬錦畢集,紅白交加,深淺互出,正恐武陵無此奇豔。每歲攜妖姬韻士,問桃於此。閣不甚弘敞,然而據地獨高,頗得諸勝。登此,則三影齋之梅、西清茗寮之竹、罨黛樓之雪月、衆香亭之桂、秋水庵之水竹、聊復軒之桃柳、濟勝橋之芙容，以至霞外亭之桃梅、春雨堂之松竹，無不可坐而致也。此山足之大凡也。予蓋經始於丙辰之冬，迄於丙寅，首尾十載。初作春雨堂，次作霞外亭，次作三影齋，次作西清茗寮，次作罨黛樓，次作秋水庵、聊復軒，次作語花軒，次作妍穩閣。蓋貧翁不能頓辦，且花木漸次成章，乃因而補贅之。此則予營作之大凡也。予性苦城居，頗樂閑曠。己未冬，移家泖西，而每歲春秋，必來山中，或侵尋結夏，至十月而歸，而梅花時又遄至矣。居山中，雨不出，風不出，寒不出，暑不出；貴客不見，俗客不見，生客不見，意氣客不見，惟與高衲羽流相知十數人往還。有見訪者，殺鷄爲黍而食之，無珍饌，家常五品而已。凡四時風景，及山水花木之勝，皆譜撰小詞，教山童歌之。客至，出以侑酒，兼佐以簫管絃索。花影杯前，松風杖底，紅牙雋舌，歌聲入雲，亦甚足爲耳輪供養矣。更作一釣船曰"隨庵"，風日和美，一葉如萍，半載琴書，半攜花酒，紅裙草衲，名士隱流，或交舃並載。每歷九峰，泛三泖，遠不過西湖、太湖而止。所得新詞，隨付絃管，興盡而返，闔門高卧。有貴勢客强欲見者，令小童謝曰："頃方買花歸，兹復釣魚去矣。"此則予居山之大凡也。嗟夫！金谷繁華恐不祥，平泉癡拙恐不必。予惟是因山省挑築，因水省濬治，花木擇其易活者省培植，且擇其易辦者省物力，簡便而措之，平淡而享之。但覺山水花木，自來親人，而我無應接之煩，是乃可爲真享受矣。予且逍遥目前，安分知止，百歲之後，安知其不爲子孫賣，不爲勢家奪，不爲平田耕，不爲虎狼穴，不爲兵寇焚，不爲樵豎截？此事理之必然，無足訝者。予惟記之一片石，使蕪没之後，或有得斷碣者，知此地曾有室廬，有卉木，有人文采風流於此，今且鞠爲茂草，不復辨處。倘其人有心，當爲之撫膺一長歎耳。記凡刻三石，一沉三影齋池心，一藏散花臺下，一沉北山泉底。北山泉者，山居之井名也，清淳芳美，堪比慧泉，予曾有銘，記不及載。天啓六年，歲在丙寅，五月五日，峰泖浪仙施紹莘記。

文勢紆迴，文情閑曠，而曲折詳盡，覺亭臺橋道，歷歷可數。每澄心静觀，神與境會，直似芒鞋竹杖，緩步其間者。東坡題李龍眠畫云："如見所夢，如悟前世。"於此記當亦云然。韓巨卿評

子野高風逸致，或寄之山水，或發之文章，要歸自寫本色，傳示小像耳。經營山園垂十年，全以胸中丘壑，點次煙霞；兹復以筆底鉛華，圖寫神韻。快讀一過，不特卧遊其勝，抑且恍見其人，即以此當子野本傳可也，不應作文章山水觀矣。張漢水

一篇有大結束，一段有小結束，而高閑疎曠，舉止安和，更有無風自波，拈花獨笑之致。固知其人非塵埃中物也。倪子山

子野投予詞,故是作賦手。後寄予此文,更屬出世法。乃知人世間紅塵蔽天,仍有一隙冷境,可容閑人。予東郊有數椽,花木古秀,魚鳥靜樂,予將於此老我一生,與子野長作世外神交,分受林泉之樂,豈容子野獨享,且以此傲睨人也。顧闇生

相思

〔北雙調〕閨怨蟾宫

掩重門夜永沉沉,聽一派寒砧,怯一派寒砧。映窗楞月在庭心,篩一簇花陰,怕一簇花陰。抵牙兒慢思量是一個知音,第一個知音。記他們喜孜孜抽一隻鸞簪,贈一隻鸞簪。到如今有夢難尋,烘一會孤衾,擁一會孤衾。

〔前腔〕亂紛紛花撲窗紗,驚一樹棲鴉,定一樹棲鴉。悶懨懨倚得身斜,覺一陣寒些,更一陣寒些。托瑶琴寫意兒學一段梅花,彈一段梅花。聽雁兒飛過也這一隻呀呀,那一隻呀呀。擁衾兒叫聲天那,見一刻寃家,夢一刻寃家。

〔前腔〕果然的夢見伊人,驚一陣風聲,惱一陣風聲。夢回來重剔殘燈,又一瓣花生,更一瓣花生。淚痕交衾和枕這一片如冰,那一片如冰。俺知他他知俺總一種傷情,恁一種傷情。既伊家知俺傷情,判一個殘生,儘一個殘生。

〔前腔〕漸天明白發東窗,臥一半空床,剩一半空床。意昏迷眼誤心慌,叫一聲娘行,錯一聲娘行。惱心情抽身起顛一領衣裳,倒一領衣裳。眼睛前身分上那一件思量,這一件思量。怎能彀便見娘行,有一段淒涼,説一段淒涼。

〔煞尾〕淒涼淒涼忒淒涼,教俺和誰講。便教就見娘,也勾不盡相思賬,多應是相思慣兒今夜長。

宛轉之思,縷縷如訴。每讀一過,令人神魂徘徊。調卿評

爲顧寶雲作有跋

〔南中吕〕泣顔回

見面勝聞名,十郎一樣看承。郎之緣分,前生做下今生。花前月下

没包彈，一對人厮稱。覷冤家這樣銷魂，其間事怎得由人。

〔前腔〕鸞衾鴛枕有人温，端的是嬌花細柳，輕雨柔雲。孤燈背後，一絲瞀血微腥。幽期密訂，這雙心兩耳親盟證。論奇逢賽過雲英，論知音説甚文君。

〔普天樂〕任檀郎心腸硬，沾着手無乾淨。天生個天生個有福張生，偏招注有眼鶯鶯。真心至誠，多應是鴛鴦牒日下簽名。

〔古輪臺〕歎酸丁，幾人能够傍娉婷。尊前幸得偎紅袖，須教判命。一對蛾眉，已該應傾國傾城。況花韻鶯喉，香肌玉骨，微微眼角上頭情。怕的是回眸暗覷，險些兒勾攝人魂。便做道今生今世，來生來世，生生世世，也願永隨君。推郎命，從今一定犯花星。

〔尾文〕東風吹得楊花緊，意馬明朝報起程，待別却臨邛又入茂陵。

顧寶雲生性多情，沾泥又起，琴心甫貼，復訂花盟。此番情案，幾令小玉占夢矣。予因以小詞投之，雖極言其花福之奇，實規之也。幸而《白頭吟》賦，司馬車回，然亦岌岌乎成薄倖人哉。自跋

雋美不可言，新思尖語，波委雲集。詞壇老宿，有袖手眼熱而已。但謂予薄倖，予則何敢？予爲沾泥絮久矣，正恐子野作天涯芳草耳。彦容評

相思

〔南南吕〕懶畫眉

暗燈微雨小窗紗，隔個簾兒一樹花。猛然身子覺寒些，把錦被烘烘者，怎麽錦被温香不見他。

〔步步嬌〕筆硯如今多抛捨，顛倒朝和夜，慌張飯與茶。勉强支吾，畢竟都魖魓。若不早見伊家，怕僝軀怎更支吾也。

〔山坡羊〕一星星記伊頑耍，一樁樁記伊甜話，分明的人在天涯。捻空的浪把他摹寫，摹寫他。依希似得他，思量一遍，又是模糊者。幾度嗟呀，幾番驚詫。因他，眼睛兒常是花。爲他，唤人兒多半差。

〔江兒水〕恨殺風前馬，心驚月底鴉。算相逢應在芙容謝，到如今又早梅花大，怕差池更過清明届。轉眼芙容重謝。就此際相逢，怕憔悴，潘郎頭白。

〔玉交枝〕了緣填債，受冤家千般苦來，癡心信却書中話。浪驚疾鵲

噪燈花，不堪春草鬧池蛙，怎禁寒食梨花謝。向雙星安排咒他，擁單衾安排夢他。

〔園林好〕我記你曾投鳳釵，你怎忘了曾偷繡鞋。料得你繡鞋還在，你怎忍便丢開，你直恁做人歪。

〔僥僥令〕看看芳信假，點點淚痕加。海誓山盟渾當耍，怕有日神明計較他。

〔尾文〕相思滋味如何也，似芳草無邊着柳花，看衣帶今朝又瘦些。

摹寫難摹之情，恍恍若畫。正恐寫生家寫人皮毛，未能寫人肺腸耳。沈德生

贈薛小濤有序

夫豔魂不死，每幻秀於蛾眉；情種無根，忽敷榮於綵筆。所以文人手澤，遇韻事而生花；從來錦陣鉛華，借才情而流豔。小濤氏，天付柔香，人稱雋品。標韻鮮明，似濯錦中流之錦；襟期皎滌，如蛾眉半月之眉。依然名士風流，故是膽豪神雋；無媿美人本色，堪稱骨細肌丰。洗箏笛耳而學琴，解傳幽怨；以草書法而作畫，自寫春嬌。鶯喉象板，已絶唱於當筵；月韻花妖，直鍾奇於千古。蓋浣花溪畔有前因，偏生姓薛；想萬里橋邊曾寄跡，恰好名濤。雖則無雙，還堪作對云爾。乙丑春半，清明景和，偶攜歌扇扇桃花，豔驚人面；共舉霞觴觴夜月，醉死春魂。枕邊燈下，道人恐無此風情；眼際眉頭，吾輩終當爲情死。若非豔句填情，誰信文心有錦；用是短章寄意，永令花事傳疑。長曲歌成，而三生案定矣。

〔南商調〕長相思

殢風朝，悶雨宵，就不關情魂已勞，鏡中人面銷。怨花飄，尋夢遥，況見多嬌心轉焦，把一肩花擔挑。

〔二郎神〕聞人道，你曾住成都萬里橋，把千古風流多占了。嬌紅韻粉，分明是一朵夭桃。却解語佯羞含淺笑，添多少酒懷詩料。人世少，是天上飛來，花月之妖。

〔集賢賓〕清明前後春正好，煙花欲妒春嬌。倒形得煙花慚媿了，況花老輸人年少。鞋弓襪小，伴着俺短衫烏帽。嬌嬝嬝，全不管窮酸餓眼

偷瞧。

〔黄鶯兒〕象板叶鸞簫，臉霞生一綫潮，酒容歌貌天生妙。有緣怎逃，無福怎銷，想卑人花命該花報。雨雲朝，怕巫山夢裏，未必有這多嬌。

〔猫兒墜〕阮郎憔悴，早荒了舊情苗。歎滿眼狂花零亂了，而今重把黯魂招。人笑，人笑我花債多頭，老不相饒。

〔尾文〕惜花心性多縈惱，不供養奇擎不肯饒，怕這樣情癡就吾輩少。

絶世風流，心口雙韻。汪子念

贈别和彦容作

〔南正宫〕錦纏道

慘西風送行人蘋香水邊，一晌耐周旋。伴離觴些些野水荒煙，多只在三朝上就歸來也渾如幾年。怪的是順風兒緊扯伊船，臨别又把衣牽。這斑斑的是緣何淚漣，要伊家把眼看。須記得區區爲恁，這盈盈望眼甚時乾。

〔玉芙蓉〕相攜越可憐，頃刻人難見。歎明朝兩地，又還各天。前宵燈下看挑綫，今夜床頭裹薄綿。伊言道匆匆便還，願檀郎莫瘦了俊潘安。

〔山桃犯〕辜負了重陽宴，羞殺了黄花面，霎時離恨重重見。花鈿翠減留妝案，粉脂紅嫩餘香汗，破題兒今夜無眠。

〔尾文〕只因誤識春風面，恰是前生夙世緣，這度分離好掛牽。

予與子野，同受知駱沆翁老師。始幸識荆，讀一家言稿，苧城詩社，以子野爲慧業文人也。繼得讀諸詩詞，雋韻幽情，遺世獨立，令人歎服，以爲神仙中人。其傳諸宙合，壽之百禩，有必然而無疑者。區區以帖括名世，所以知子野者淺矣，敢拈出以質之同志！褚公永評

情言娓娓，悽愴纏綿，直欲刺人心，墮人淚。使關、馬再生，猶未知孰爲瑜、亮也。唐叔揚評

子野先生素與家君遊善，憶余垂髫時，猶得望見色笑。每讀新詞，輒知愛慕，繕寫數篇，袐爲帳中鴻寶。兹幸覯《花影》全編，如入五都市中，珍寶臚列，

令人心醉目眩，口不能言。擬以錦囊襲之，異香薰之，盥手凝神而後讀，庶不負予曩日愛慕初心云爾。唐迪畏跋

柔韻秀熨，是詞林作家手。子念評

端陽

〔南南吕〕懶畫眉

饒君痛飲謝端陽，怕老大仍無一百觴。人生三萬六千場，是日記風流賬，一度須教一度狂。

〔不是路〕火醉榴房，況葵錦蒲香酒色黄。金巵漾，一杯斟到莫籌量。飲的强，屈平獨醒空寃枉，漁父餔糟落得狂。高懷爽，一杯乾了重斟上，大家拊掌，大家拊掌。

〔皂角兒〕對平池一面輕凉，趁潮平龍舟初上。看湖心紅袖翻慵，聽薰風朱絃嘹喨。若不是罰三杯、傾幾盞、賭猜拳、行酷令成何模樣，疎狂十載，風流幾場。直須向煙波萬里，叫問端詳。

〔尾文〕不然一度端陽枉，枉了須知没法償，你不飲教吾心上癢。

達生之言，更爾豪逸，庶洗出骨髓中寒酸學究氣。五如評

夏景閨詞有跋

〔南仙吕入雙調〕步步嬌

夢破秦樓簫聲咽，簾外如珪月。雕欄卍字斜，茉莉初簪，點點堆堆雪。寶襪半痕遮，晚涼天一味兒渾嬌怯。

〔山坡羊〕度琵琶纔彈又歇，壓簫箏纔搊又劣，插犀梳纔拈又慵，照菱花纔架又瑘琤跌。趁流螢新篁小徑斜，齊紈戲撲，扯淡還聊且。百合花殘，並頭蓮謝。咨嗟，如何信没些。傷嗟，如何夢没些。

〔江兒水〕記得歡娱夜，涼堂浴罷者，掩青團共就荷亭月。那人兒親自低聲説，月盈虧我和你無圓缺。誰料寃家惡劣，月缺重圓，偏我你常常離別。

〔玉交枝〕尋思痛切，歹心腸方纔覺些。鮫綃曾把盟言寫，一行行字脚兒斜。你當初哄我十分呆，我如今判個千般拙。我何曾半點心邪，你枉人心成何豪傑。

〔解三酲〕不記得分疼襯熱，不記得翠擁紅遮。不記得紫薇花磴羅衣卸，不記得海神爺。下場頭看看没半些，本分的歡娱逐旋賒。好虧心者，怎不把鞋跟跕着，脱下空靴。

〔川撥棹〕偏是涼添夜，你醉平康競狹斜。枉教人短歎長嗟，枉教人短歎長嗟，慘斑斑腮邊淚血。儘包籠忍耐些，有蒼天知道些。

〔僥僥令〕這恨難分説，全然好似呆。就是你鐵打心腸真是鐵，怕見了我悽惶也多斷絶。

〔尾文〕風流過犯難容赦，奈前世緣牽又難放捨，只是等待歸來把他生痛決。

粤自胡元北聲不勁，南音遂歌，諸名家誠不用沈約韻，亦未曾用中原韻，不過以聲音相近爲韻耳。自後生厭常喜新，而好爲苟難，乃極詆沈韻，而必宗中原。夫沈之被駁，以虞元等韻也，一聲不諧，遺議千古。況中原韻廢四聲爲三聲，上去入顛倒錯亂至於如此，而猶可爲訓乎？五音出於五行，五行有金木水火，而土寄位焉，所以四時有春夏秋冬，而土季旺焉。然則五聲之爲四聲，自然之理也；廢而爲三，是爲何説乎？將四時亦缺一而可乎？且乎上去入，隨聲自叶，乃天籟之自然。如天、腆、抰、鐵，欲少一聲不得，欲多一聲亦不得。果如中原韻所云，將至抰字竟止矣，可乎，不可乎？甚矣中原韻之不韻也。要是胡元入主，北聲亂華，剛勁乖劣，幾不成響，周德清乃因其舛謬，著而爲書。今人知胡元某字，即中華某字，聲音雖有不同，而真是卒不可混。六經音義，由此終天不泯，此德清之苦心，當諒之聲響之外者也。安得不以意逆志，反以鴂舌爲師，而非毁先賢哉！故予嘗謂中原韻爲攘夷功臣，而亦爲賢智戎首。揭帖韻尤爲乖戾，予極恨其詭窒。右詞偶戲爲之，不過嚴於用韻，以苦難筆墨耳。敢不大伸正論，爲詞林護法也哉。自跋

揭帖韻極難工，此却灑然。至於人情深至，搆語秀特，尤見名士風流。子還評

癡憨嬌怯，宛爲佳人寫照。擬以姿韻，所謂意似近而既遠，若將來而復旋者耶。韓有一評

感亡妓和閭生作有序跋

張九娘名冠煙花，些些多罷；顧三郎筆揮珠玉，字字可憐。説淒涼則生前死後，惱心腸無可奈何；道徹悟則影外身中，這面目似

曾相識。十年痴夢，總是無何有鄉；滿眼狂花，畢竟非安頓處。古今是一紙休書，偕老的夫妻還假；人世乃千場戲本，裝成之脚色原非。閻王勾魂帖，來時躲在何處；太上陽生符，眼前活得甚人。今朝之愛種情苗，白日見鬼；後日之妖狐駭鹿①，青塚良朋。請看紅粉如花，到底恩情在否；好覷緑雲埋土，如今冤債填無。蓋惟其假合，所以真離；若要破機關，休開情竇。用是續調於詞仙，庶使破情於夢蝶。

〔南商調〕二郎神

煙花夢，到今日因緣一旦空，粉債花魔閑打哄。從今以後，春花夜月秋桐。那個是當年人面孔，空剩粉遺香荒塚。風流種，分付與春老啼鵑，一陣東風。

〔集賢賓〕排行姊妹悲遠送，須臾换白穿紅。但水次新添一個塚，早又被路人説動。描情畫寵，黄泥裹些些何用。真没用，一任那老鴉調弄。

〔黄鶯兒〕縈網破窗紅，舊穿衫衣架東，可憐猶是衣香重。容銷鏡銅，鞋空繡弓，梅花帳底人無夢。隔花叢，鸚哥唤你，不見你開籠。

〔猫兒墜〕千年長夜，春夢了殘鐘。桃李無言歲歲風，牛羊踐踏耍頑童。杉松，好一個膩粉濃香，斷送其中。

〔尾文〕可憐一覺煙花夢，仔細思量何用，休把你愛子情苗心上種。

闇生詞云："鸚哥不見，空架掛厢東。"予曰："鸚哥唤你，不見你開籠。"此語更使人悽然也。九娘朱顔皓齒，花韻鶯喉，種種可憐，予一見銷魂，頗有倚玉之意，而幽期一悮，竟不重來。不一月，已爲商人婦；更期月，而緑陰生子矣，且竟坐是死矣。紅顔薄命，可痛可惜，爲填誄詞，作他生緣耳。自記

花貌棘心，千古薄命。

闇生云："年來年去，白日老青銅。"子野云："千年長夜，春夢了殘鐘。"皆可憐句也。馬東籬"百歲光陰"，應謝不敏。彦容評

雪詞

〔南黄鐘〕畫眉序

水墨寫江天，繡閣紅爐尚寒淺。見梅梢綻玉，柳徑抛綿，遍人間淨

---

① 今校："駭鹿"，原作"硬鹿"，不詞，據明末刊本改。

掃紅塵，把世界別開生面。合眼前儘受瓊瑶供，戲答與豔歌珠串。

〔前腔〕薄暮北風顛，窗外羣峰晚宜遠。見蒼茫萬樹，恍惚遥天，但漁蓑幾點模糊，更雁字半沉哀怨。合前

〔前腔〕鸞鶴皓蹁躚，可是瑶池夜仙宴。忽燒銀遍野，種玉成田，白初粘草舍茆簷，紅不滅梵王宫殿。合前

〔前腔〕忽舞到筵前，瑞木花殘散零亂。向釵頭拂落，又上爐煙，付詞人選韻閑評，倩紅袖淺斟低勸。合前

〔滴溜子〕想幾處熏天，翠温珠暖。更誰人遠戍，衣單騎蹇。總入江天，一片高談抗冷氈，笑寒暖世間人面。且休分皂白，儘隨他冷淡因緣。

〔鮑老催〕人疑是仙，瓊宫瑶宇移眼前，幽情冷趣容我偏。把瓊霙翦，教玉手煎，同雙柑荐。圍爐一曲團歌扇，何慚兒輩羊羔宴，陡詩骨，逾雄健。

〔滴滴金〕紗窗夜掩寒尤顫，寶鴨香熏翠成篆，銀缸燼暗紅堪翦。只聽得似飛花凝碎玉鏖風夜戰，向梅邊竹外爭恩怨。我只把老衲閑心，和梅嚼嚥。

〔雙聲子〕描不了描不了，八萬里長天絹。填不斷填不斷，七千里長江線。凝雲片凝雲片，催風箭催風箭。眼見得炎炎塵世，打滅空煙。

〔尾文〕耐他徹骨寒如翦，空我安閑擁絮眠，怎消得煨芋清香草榻前。

前半摹擬形容，傳神入妙；後幅更以閑心冷眼，調笑世人。此當作警悟觀，不應以文字草草看過也。伯英評

風情和彦容作

〔南中吕〕駐雲飛

腼腆逡巡，慣向人前賣至誠。略把欄杆凭，留下弓鞋印。親，道你是逢迎，又未知心性，且按納痴心，花下潛身等。一陣風篩花露冷，幾陣衣衫風露冷。

〔前腔〕等個黄昏，躲在沉香六角亭。大膽捱身進，他並不來瞅問。親，你是俏人人，該做些身分，着實偎他，略略蒙回應。道偏是冤家慌得

緊，偏是酸丁饞得狠。

〔前腔〕夜半三更，人在衾窩喚小名。夢裏輕輕應，所事頻頻問。親，兩意軟而温，枕頭作證，鶯耐春酣，柳耐風兒緊。真是蕭娘心性穩，還是蕭郎心地忍。

〔前腔〕悄悄冥冥，偷啓南軒小角門。送出蒼苔徑，犬吠花兒影。親，低囑兩三聲，心期重訂，句值千金，白地容支領。莫道書生是薄福人，豈敢蒙恩做薄倖人。

沈青門《唾窗絨》率多此體。少白既已屬和，予復爲之效顰。今得子野作，如村姑里婦，見毛嬙西施，自覺掩袂無色，請一切抹殺。彦容評

摹寫曲盡，比《西厢》"月下佳期"折，似猶有未到處。五如評

贈人有跋

〔南仙吕入雙調〕步步嬌

一自匆匆相逢後，配定鴛鴦偶。霞箋燈下修，倩做媒人，略展偷花手。字字淚花浮，摺成方勝同心咒。

〔山坡羊〕盼藍橋瓊漿未簃，署河陽花星未偶，寡臨邛命抵楊花，病文園人比黄花瘦。要圖他鴛配共鸞儔，判教使盡，使盡機和彀。懶向茶前，愁添酒後。難休，似引綫風箏怎肯休。難丢，似上釣魚兒怎肯丢。

〔五更轉〕喜相逢朱明候，載卿卿一葉舟。相攜素手，素手當胸扣。只見清盼流波，輕颦低岫。一時間忙了心和口，幾回錯喚，錯喚名兒謬。當不起臂暈雙鬟，香沾羅袖。

〔園林好〕住蘭橈尋芳小洲，印弓鞋苔前半勾。早把香茵蹴皺，花落處露釵頭，花密處溜釵頭。

〔江兒水〕小步金蓮困，清歌玉版浮。軟嬌嬌楊柳和腰瘦，熱惺惺檀紐連心扣，淡睃睃秋水和眉皺，把俺骨髓春風熏透。兩袖雙籠，只覺臂環頻溜。

〔玉交枝〕秦樓楚岫，儘風流齊肩並頭。枕前親解芙蓉扣，猛撩人被底鞋勾。夢回窗外兔痕收，微微香噴金猊獸。喜今宵書生志酬，怕今生娘恩未酬。

〔玉胞肚〕佳期迤逗，恰相逢驪歌馬頭。鴛鴦湖瀏鶒孤飛，姑蘇臺雲

雨凝愁。只見遠山疊疊水悠悠，人在天涯無盡頭。

〔玉山頹〕分離未久，淚珠兒何曾暫休。好姻緣今在天涯，苦思量早向眉頭，般般僝僽，守幾個黄昏時候。白鷗飛抹處見伊舟，把離恨從前一筆勾。

〔三學士〕當日裏分飛渡頭，誰承望聚首樓頭。重將張敞眉親畫，手把韓家玉再偷。鴛枕夢回初月上，人俱在，小雲兜。

〔解三酲〕忘不得燈前命酒，忘不得花底藏鈎。忘不得枕邊字字同心咒，忘不得惜嫩憐柔。忘不得殷勤親把香囊繡，忘不得含笑頻回扇底眸。些些有，把些些恩愛，記在心頭。

〔川撥棹〕結得姻緣就，這門親直到頭。儘熬他别恨離愁，儘熬他别恨離愁，終有日蘭房畫樓。軟心腸分外柔，慢工夫着意守。

〔嘉慶子〕早見朵朵蓮花謝小洲，又見新筍成斑粉淚流。那人兒何處淹留，也應須粉怨紅愁，病染相思甚日瘳。一分兒眉上頭，十分兒心上頭。

〔僥僥令〕青鸞應有匹，丹鳳豈無儔。我你海誓山盟須着手，休笑那妒風流巧舌頭。

〔尾文〕從今耐着心兒守，直到成雙始罷休，不枉了一様心腸兩處有。

予幼有所感，相聞未見，便挑以小詞，不知作詞人爲何如面目也。越三日，始往訪焉，正如滎陽生墜策時，相對恍然。更十餘日，乃以一葉載之，往來東西二佘，及天馬、細林諸山中。未幾，隨有金閶、檇李之别。莫樂之新知，翻成莫悲之生别，情至文生，不能已已。因綜其事，以長言寫之，雖詞不甚工，然情案不可不存也。自記

此非綺語，當是慧業。

"軟嬌嬌楊柳和腰瘦"等句，正元詞所謂"通身旖旎，徹膽風流"也。比《西厢》"嚦嚦鶯聲花外囀"，更爲警策。彥容評

此予少作也，但媚中欠老耳。至其尖秀處，亦是不俗。又自記

集彥容舟中時蘇王二姬在坐有序

季春八日，風日和美。彥容乃折簡招賓，芳樽命妓。若蘇若王，皆松之冠也，彥容能使之來，且能使不去，其爲絃管尊罍生色多

矣。是時雨過燕忙，芹肥水香，乃放舟中流，隨潮上下。每過樹則緑不見天，逢花則紅欲妒面，兼之遠山如眉，岸草若帶，池春甫萍，小風微波，而浴鷗出没，如與人戲。此時之樂，不言可知也。未幾月上，詞客影亂，而琵琶按拍，猶未慵休，客有欲醒不能，辭醉不肯者。古稱佳人可以奪命，不已信乎。嗟夫！吾輩於白駒隙裏，偷取百年，如此勝會，自算有幾，若不紀以筆墨，恐又作夢中花耳。聊寫數言，情境微露，正如畫家粉本，略得其梗概也。癸丑季春十二日且閑亭識。

〔南商調〕金索掛梧桐

江潮雪賺堤，岸草煙鋪地。緑柳陰中，撑個船來至。詩筒和酒巵，更歌姬，浪用春光好似泥。好山留我從教住，啼鳥催人未許歸。春滋味，一觴飛罷一觴飛。只見酒暈蛾眉，酒污羅衣，真寵柳嬌花隊。

〔前腔〕郎情色眼饞，妾貌花心忌。一對尊前，默默團歡喜。清歌隔水西，日低時，見煙裏山光晚更奇。船爲歌舞攢排處，岸是煙花簇就的。歸還未，前村樹裏酒旗低。索要爛醉如泥，再典春衣，共料理春生計。

〔前腔〕船如一葉飛，人似雙花倚。自不由人，醒也渾如醉。春香透玉肌，撲微微，略嗅教人也是迷。支持郎眼千般媚，更襯起春光一倍奇。如何昵，除非沉醉可酬伊。須知道醉聽新詞，醉擁名姬，就醉死誰迴避。

〔前腔〕看看月上時，對港將船刺。再洗尊罍，供奉多能事。紛紛醉拂衣，鬬琴棋，楊柳梢頭月漸低。晚妝换了逾精細，酒韻生時半忸怩。迎如避，豔歌淺笑總相宜。只見客要辭歸，未肯辭歸，醉又到醒田地。

秀豔如花，新裁似錦，摹情寫景，宛轉入妙，可謂極文人之致矣。君泰評

送閻生北遊有跋

〔南中吕〕好事近

煙柳拂旗亭，悠然遠水遥村。送君於此，看君别我登程。須聽我有空言贈你，字字如金。非關是離愁譜引，非關是尋常謏語，活套叮嚀。

〔錦纏道〕問君今，可曾經覆雨翻雲，青眼竟何曾，趁今番教人認得吾們。你須是扳丹桂步蟾宫便雁塔題名，不然啊又何須萬里長征。我

與你戴頭巾着藍衫的可休依本分，要鵬摶九萬程，方見得書生使性，不容他兄嫂笑蘇秦。

〔錦庭樂〕料吾曹天生定，怎没有功名分。平空地，平空地宫錦垂身。宫花朵亂插斜簪，厮驚呆路人，恰纔知燈窗下有個書生。

〔古輪臺〕歎吾生，與君終歲學窮經。可堪潦倒紅塵裏，君才負屈，我命邅迍，儘人間貧病曾經。自此高飛，一齊鳴躍，忽然頭角兩峥嶸。纔顯得芸窗同志，略酬些筆底煙雲。可知道時來福湊，三千里路，三年辛苦，還你有分明。君今去，大家領取看題名。

〔尾文〕一鞭殘照東風緊，將一幅新詞權當贐，一字字慇懃説向您。

此予少年負氣時語也。是歲闇生登乙榜，予丁先子憂。歲戊午，闇生得儁，而予竟潦倒名場。垂十餘年，一事無成，二毛將變，雄心猛志化爲槁木寒灰。且邇年多病，高臥山村，學出世法，漸覺功名富貴，誠哉浮雲，即山水花木，猶然色相。故予嘗有詩曰："高人也是買山隱，自在山中不見山。"此語更在八尺竿頭矣。回思曩時，碌碌名場，是痴是夢，且作此壯語，怨天尤人，何卑陋至此！要是英氣未除，識解未圓耳。甲子長至，偶記於夕香晨照。自跋

蒼勁豪肆，鋭氣刺人。張曙台

予初薙髮，與彦容、闇生、子野爲詩友，會捨身檇李，不恒過松。或比年歸省，第一問阿翁起居，便過從三君，限香覓句。初見子野英英遒上，意謂宰官後身，功名富貴人也。更兩年重來，而子野異矣，殆又煙霞泉石人也。别去五六年，予奔親喪而歸，而子野更異矣。山園花陣如雲，而子野常不知開落，時作妙詞儁句，而脱稿便散逸，再誦不復得一字。乃知子野已在即離之間，殆直觀空超悟人也。嗚呼！一子野也，何前後敻絶如是？蓋性靈穎發，隨地認取，不待老而聞道耳。右詞殊非今日本色，如出二手。適赴闇生齋，披閲之次，不覺失笑，噴飯滿案。彌清師

秋閨

〔南商調〕二郎神

西風裏，這一對愁眉越慘悽，屈指光陰能有幾。與他别後，又早是木樨開矣。幾次曾將書寄伊，爲何的伊書不寄。朦朧地，可下得紅樓十里，有個人兒。

〔啄木兒〕非伊歹，我命低，嫁做風流蕩子妻。他只管賣弄青春，却

誰知我玉容憔悴。春山不似當時翠,秋波渾改前頭媚,怕這樣容光怎見伊。

〔三段子〕當初問伊,這芳春如何別離。他的性痴,説今年多應未歸。恩情似海無窮際,何能瞧得恁容易,帶上同心,也怎生忘記。

〔前腔〕王孫路迷,老蘼蕪天涯馬蹄。金風又淒,刺鸞針閨中授衣。看看又做冬生計,寒衣好倩誰人遞,把眼底思量,做夢中歡會。

〔滴溜子〕此日裏,此日裏愁伊恨伊。何日裏,何日裏憐伊惜伊。共在夜香深處,西窗密語時,指着花枝教覰。花開出去,怎直到花老纔歸。

〔尾文〕佳期未審何時是,日日江頭盼望伊,只怕花老依然人未歸。

怨而不怒,哀而不傷,其國風之遺乎。公選評

别石城羅采南和彦容作有序

彦容素豪俠,不善飲而喜看人飲酒,不好色而喜遊戲聲妓,然未免一二染指者。近歲好道,幾乎木鷄,今年予又善病,半載不相見,謂彦容真沾泥絮矣。適金陵歸,出小詞相示,是又何爲者,吾擬規之。但其詞麗婉絶倫,予既不忍不和,而使多作藥語,予又不得爲韻人,故依其聲和之,而寓吾意於末。或者檀板敲殘,兩耳熟聽,聽至卒章,忽進一步,一切色膽,其當下空花乎。雖然,規者百之一,順者十之九,未必無益,或正有損。人將曰:"抱薪救火火益熾。"吾將曰:"長君之惡其罪小。"

〔南商調〕字字錦

勾消宿世緣,撞見風流臉,如何不愛他,宫扇和羞掩。可憐人,曾見萬萬千千,千千個不似伊家可憐。誰知緣慳分淺,枕邊人兒水邊,方纔水邊,看看天際遠。把一對共巢鸞,做一對各天鴛。好個淒涼你俺,你還須念俺,你還須念俺。今宵那裏,山山水水,風風雨雨,況又是思思想想,愁愁悶悶,痴指望夢中相見。

〔不是路〕路遠天綿,漸不見人兒只見船。況船不見,他芳心一片在江南。是何年,翠幃香裏重酬願,錦繡叢中再插肩。君休看,滿江煙水

和離眼。怕倚欄一遍，憶人千遍。

〔鵲踏枝〕吾鄉遠日頭邊，吾鄉遠日頭邊，便有信也難傳，賓鴻也待明春轉。從今去從今去，一日兒三年，真個是要見他也難，要夢他也難。叵耐蒼天，不行方便，偏生的風順開船。

〔尾文〕郎才女貌人中選，配定前生夙世緣，只怕世上空花一斬眼。

宋元人填詞，每用疊字，乃祖《文選》諸賦體也。李易安〔聲聲慢〕云："尋尋覓覓，冷冷清清，悽悽慘慘戚戚。"《西厢記》云："悄悄冥冥，潛潛等等，等待那齊齊整整，嬝嬝停停，姐姐鶯鶯。"趙明道云："燕燕鶯鶯，花花草草，攘攘勞勞，多多少少，媚媚嬌嬌，亭亭嬝嬝。鸞鳳交，没下稍，空躭了些是是非非，受了些煩煩惱惱。"又云："他風風韻韻，豔豔妖妖，月月朝朝，雨雨雲雲。"喬夢符云："鶯鶯燕燕春春，花花柳柳真真，事事風風韻韻。嬌嬌嫩嫩，停停當當人人。"徐甜齋云："山山水水，詩詩酒酒，古古今今。"若此之類，不可盡述，然以填南曲更難。子野則云："今宵那裏，山山水水，風風雨雨，況又是思思想想，愁愁悶悶，痴指望夢中相見。"俊舌巧心，宛似神工鬼斧，正《貴耳集》所謂"公孫大娘舞劍手"矣。彦容評

春閨月夜

〔南商調〕集賢賓

珠簾半捲窺月明，照珠箔銀屏。冷浸樓臺高下影，鞦韆院宇沉沉。鴉棲不定，怕要睡花心難穩。人寂静，粉墻上一線痕生。

〔啄木兒〕登樓望，傍砌行，恰是疎鐘第一更。倚欄杆學曲秦箏，猛照出隻身孤另。記當年曾把雙肩並，正花梢墻角蟾生暈，笑拔下金釵賭雨晴。

〔黄鶯兒〕音信未分明，説來的欠個真，空教人向嫦娥問。問他幾聲，何曾應聲，多應合受淒涼運。笑痴心，嫦娥今夜，早也悔長生。

〔猫兒墜〕晚妝初罷，和月坐彈琴。舊曲《離鸞》入手生，淒淒楚楚一聲聲。薄倖，怎的負此良宵，一刻千金。

〔黄鶯兒〕小妹袖籠燈，唤燒香禱月明，沉煙一縷迷花徑。輕輕訴聲，欲言又停，隄防小妹乖心性。没心情，低頭無語，長歎兩三聲。

〔猫兒墜〕隔花深處，小犬逗金鈴。吠過沉香六角亭，秋波斜泥認誰人。何曾，無過柳影花陰，露滴三更。

〔尾文〕遠將舊事從頭省，曾在碧桃花下等，今夜花空篩月影。

春月如珪，殘花委霰，金缸微明，繡户半扃。當此淒其，能無悵惋。被詞仙一一譜出，宛似兒女語小窗中，幾令蘭畹不香，玉臺失豔，妙絶妙絶。彦容評

惜别和彦容作有序

彦容具吾輩眼力，其於水玉，眷戀可知，且水玉亦以茂陵屬彦容矣。不意爲有力者先得，彦容爲之動心，形於言色。予謂大凡情事，不可不合，又不可不離。譬如豚羊之屬，日在口頭，幾於嚼蠟，何如江珧熊掌，不可致之物，常使人得之想中，爲無窮味也。乃綴小詞，極道想中味，曰"請君消受"。

〔南仙吕入雙調〕步步嬌

眼際人兒分離了，這别如何好。恩情没下梢，恁樣前程，夢裏誰知道。放了又心焦，猛擡頭總是相思料。

〔醉扶歸〕生巴巴拆損姻緣號，眼睜睜攧翻彩鳳巢。情知你别後准思量，鎮爭如也不分離好。從今月夕與花朝，怕悲歡兩地空猜料。

〔皂羅袍〕多只爲伊花貌，俏章臺做了，恨種愁苗。蕭郎從此路人瞧，小名把做真真叫。楚天雲外，秦樓自高，檀郎身畔，餘香又消，看看就裏無消耗。

〔好姐姐〕當初也愁便抛，就分離分離忒早，一場花事頓做了水面瓢。痴心料，除非判死期祆廟，或者乘機守渭橋。

〔香柳娘〕記伊家去時，記伊家去時，簇花藤轎，粉腮珠淚紛紛掉。又牽衣幾遭，又牽衣幾遭，細語絮叨叨，定要郎知道。你從今去了，你從今去了，留下淚鮫綃，越看越煩惱。

〔尾文〕朱門一閉青春老，看是分離又兩宵，今日明朝怎麽好。

情幽微，語尖秀，墨氣雲流，隨處散彩。德生評

贈人有序

花夢覺來無夢，心禪了處皆禪。忽然遇着旖旎，花乃眼前花耳。偶爾賣弄文字，禪亦嘴頭禪乎。

〔南南吕〕懶畫眉

尊前瞧見那寃家，頭一個風流定數他，水晶簪子插梅花。忒煞撩人慣，斜刺裏剛剛覷着咱。

〔賺〕暈臉潮霞，就害死相思有甚差。温甜話，端詳句句綻心花。可憐他，妝非脂粉嬌難畫，韻做心腸性好拿。相逢乍，他佯羞不揣還相迓。掉他不下，閃他不下。

〔皂角兒〕穿一雙花幫繡鞋，簇一團着人温麝。把風流盡數收來，颼愁煩要人牽掛。我本是夢餘花、泥裏絮、病相如、慵内翰也有些軃□，銀河咫尺，何年泛槎。肯許我桃花渡口，飯否胡麻。

〔尾文〕道人也説風情話，豈是情痴未醒耶，便算做情痴題寄者。

道人也説風情話，正王辰玉所謂“豪傑簿上寫相思，神仙眼裏滴紅血”也。從來有根器人，每於粉黛叢中，認取本來面目，不知者便以爲火宅矣。眉公記

韻人作俊語，自然字字韶秀。若第强作解事，恐未免帶學究氣、文人氣耳。君深評

有寄有跋

〔南仙吕〕桂枝香

支頤獨坐，支筇獨步，不晴不雨時光，不癢不疼情緒。你文君寡居，俺相如著書，奈滿地落花飛絮，況滿眼暮雲春樹。寄雙魚，你肯償花債真予美，俺不負心期是丈夫。

〔賺〕也者之乎，難道中間一件無。且把癡人做，安排真正做兒夫。抱妍姝，繡幃錦帳重重護，解下香羅見白玉膚。親夫婦，揮毫自把催妝賦。俺此心纔足，此心纔足。

〔長拍〕曾向燈花，曾向燈花，傾心暗許，從此花枝有主。設盟設誓，寫心言親記圖書，並不厭寒儒。怎使俺這幾日相思受苦，似口嚼黄連没處吐，怕苦盡甘來還是虚。空教人打卦與占課，竟不知鴛鴦號牒裏，命福何如。

〔短拍〕俺是文魔，俺是文魔，伊真花祖。得成雙是美玉沽諸，何用更踟躇。第一個痴人是汝，第二個痴人是我，怎生的花事模糊。

〔尾聲〕媒人也不得閑張主，自把衷腸自説與，待他日成雙做折證符。

直如白話。自記

凡詞中用疊句,極不宜耳根。〔桂枝香〕本應用兩疊句,今予改爲二駢語,雖與舊譜似訛,然於音律實協,當不見訶於詞林也。卷中有祝如姬詞,〔越恁好〕疊句,亦已改去。大荒中有修月户,予便爲人世間修詞手,不亦可乎。自記

幽期有跋

〔南南吕〕香遍滿

蟾勾趄影花陰,悄然門已扃,把指彈彈渾不應。弓身潛自聽,輕輕嗽一聲。回頭怕有人,閃過荼蘼徑。

〔懶畫眉〕香風一陣觸人心,忽聽得東角門開猛一聲,看他剗襪下堦行。未敢高聲問,怕色眼昏花認錯人。

〔二犯梧桐樹〕嬌痴不肯行,蹩殺檀郎命。似朵仙花,到手還難近。殷勤陪笑深相倩,告訴娘行,可惜教人守二更。看他兩眼全迷暈,教道先行,怕前面人來不穩。

〔浣溪沙〕芭蕉做裀,書囊做枕,會風流一對知音。窮酸餓鬼貪春甚,把玉洞桃花味細尋。魂不定,只見那一雙兒花下影,看看髻亂釵横。

〔劉潑帽〕風情今夜纔親領,笑從來口説無憑。擨掀風裏楊花緊,口問心,莫不是神仙境。

〔秋夜月〕低低訴聲,是奴命應招恁。一自相逢憐奇俊,時時只怕無奴分,到今夜勾消方纔是意穩。

〔東甌令〕合拜跪,告卿卿,可是伊家没眼睛。花枝倒有卑人分,許我和香寢。安排一片至誠心,盡付海山盟。

〔金蓮子〕轉花陰,弓鞋小不支花徑。行不動郎心憐甚,直送到轉迴廊,又惺惺絮語進朱門。

〔尾文〕門閉了,仍孤另,空齋衾枕冷於冰,從教不睡到天明。

沈青門有"寶欄杆十二玉亭亭"之闋,適在泖上,客有酷稱其幽豔者,余不勝心熱,姑妄言之,不覺直欲奪沈之座。時座客十餘人,大聲呼妙,爭取予稿。予乃人書一通,猶是爭攘不已。有一友兼得四紙,有四人不得一焉。自記

麗情不難淫豔,而難於不俗。青門詞非不豔絶,而中間"親親氣命"等語,幾堪噦人矣。於此可知二詞優劣。公選評

摹寫曲盡,波瀾無窮。子野久已聞道,如此綺語,亦應懺悔。妙喻師

秋水庵花影集卷四

華亭峰泖浪仙施紹莘子野甫著　江都任訥中敏校訂

樂府

冬閨

〔南南吕〕十一聲

〔太師引〕蠟梅花正襯簾兒外，折將來偷簪鬢釵。怎瞞得臺前明鏡，偏生照色減容衰。〔瑣寒窗〕歎看看瘦損，爲着誰來。從頭細數，郎心最歹。〔三段子〕記梨花小院湖山外，名香滿爇深深拜。曾把八字庚年，繫君衣帶。〔東甌令〕怎眼看紅粉久沉埋，下得不歸來。〔三换頭〕薄倖冤家，你自去思量該不該。〔劉潑帽〕奴判儘受淒涼債。〔大聖樂〕只問你衾閑錦浪誰能守，忍教我淚凍紅冰黯自揩。〔解三酲〕真無奈。〔節節高〕和伊只有虚名在，你瞧人一似破芒鞋，敢夢魂不到雙鴛帶。〔三學士〕空要我夜燈朝鏡懨懨害，常常好似癡呆。擬將連愛絲搊斷，待把同心帶解開。〔大迓鼓〕索性丢他，休將記懷。

〔尾聲〕雖然眼下多魑魅，還只把真心癡待，待得他意轉心回他自來。

曲譜有〔十樣錦〕、〔十二紅〕，因創爲是譜，以補"十一"之缺。節雖短，然音調甚諧也。自記

子野能按譜，故能製調，風流跌宕，當代一人。昔涵虚子評元馬東籬詞如"朝陽鳴鳳"，貫酸齋如"天馬脱羈"，荆幹臣如"珠簾鸚鵡"，秦竹村如"孤雲野鶴"，子野兼之矣。

余再評子野如金盤瀣露，又如峭壁蒼藤；至若獨奏宫商，刱起意格，則更如空中樓閣。彦容評

半吞半吐，如泣如愬。每讀一過，令人牽夢縈魂，徘徊不定。汪子野

村中端午

〔南仙吕〕桂枝香

端陽時候，暖風纔透。衫裁艾虎輕紗，杯泛菖蒲嫩酒。正黄梅雨時，黄梅雨時，見新笋竿竿疎秀，新燕雙雙輕瘦。没些愁，拈將屈子翻詩案，問取榴花借酒籌。

〔前腔〕端陽時候，吾儕依舊。桃符胡亂簪些，葵面依稀記否。想今年越癡，今年越癡，嗜酒劉郎年幼，耐病潘郎不瘦。且清謳，村中遊冶齊誇口，座上皤翁也點頭。

〔前腔〕端陽時候，小筵初就。大都詞客狂夫，没個尊賓畏友。儘消除午時，消除午時，蒲酒人人在手，人影微微在酒。猛擡頭，依稀楚些傷心事，翻點綴吴儂結勝遊。

〔前腔〕端陽時候，偶然攜友。無猜無忌無愁，能曲能詩能酒。看一杯兩杯，一杯兩杯，生在伯倫之後，量在老坡之右。恣遨游，餔糟迂叟真吾友，獨醒癡人遜我儔。

秀句如珠，高懷如畫。公選評

舟次贈雲兒

〔南商調〕二郎神

春雲卷，看冉冉飛來逐水仙，曾記襄王宫裏見。輕盈膩滑最堪憐，似玉如綿。忽一陣輕風生暴暖，早添上暈霞如綫。情性軟，抵多少花間，嫩雨輕煙。

〔集賢賓〕珠簾不捲春夢遠，撩人燈下屏間。霧帳霞衣餘淚蘚，有多少暖恩柔怨。香添寶篆，早錦被浪花紅亂。重檢點，好記取八字庚年。

〔黄鶯兒〕端的是奇緣，謝娘行肯見憐，野蜂也得偷花片。怕的是今宵枕邊，明朝路邊，路傍人彷彿簾中面。就雁書傳，空題再拜，各自在遥天。

〔猫兒墜〕檀郎羅袖，親得藉香肩。常嗅餘香聊自遣，朝雲夢斷楚山前。人天，怕從此相思，天上人間。

〔尾文〕何因借得春風便，笑送春雲到枕邊，説與他委實相思難過遣。

醉死香魂，銷沉豔骨，風流藴藉，絶世無雙。君泰評

贈別冲如時予讀書泖上

〔南南吕〕梁州序

晚雲初霽，離樽初啓，與你班荆坐地。飛觴軟勸，願君痛飲三杯。須道三聲櫓裏，一片帆頭，隔了咱和你。明朝相憶也，各沾衣，縱夢裏相逢總是離。如此別，平地裏，忽然你在天涯際。恨殺是，帶如水。

〔前腔〕我爲伊今歲來兹，你抛吾又投何地。奈深情密款，一時將去。況也吟詩白社，把酒南樓，從此無賓主。男兒豈有淚，灑臨岐，但不爲伊家更爲誰。相去地，三二里，也如隔在天涯際。個中恨，怕提起。

〔節節高〕天教困腐儒，老征衣，阿兄着破頭巾矣。你從今去，努力些，休荒廢。終須有日騰雲起，那時纔認咱和你。但是從今若相思，要思量臨別叮嚀語。

〔尾文〕伊家且自揮鞭去，寒温茶飯要支持，待到端陽重會你。

淡而真，儉而老。鳴諧評

有懷

〔南商調〕黄鶯兒

獨坐小燈前，想人人在那邊，依希天遠人還遠。愁和病煎，雲和雨緣，隔墻閃個芙蓉面。暗情牽，丢他不下，心上與眉尖。

〔前腔〕只有影相憐，近三更人未眠，與他分得相思半。藍橋玉仙，巫山夢緣，終須捨賜些方便。夜如年，今宵過也，明夜又怎流連。

〔前腔〕再想一回看，那人人實可憐，些些是俺親瞧見。雙彎忒尖，雙鬟略偏，連嬌帶嫩和愁怨。告蒼天，如成就也，情願把命兒拚。

〔前腔〕想下萬千千，問伊家憐不憐，怕他們忒看相思賤。眉頭也攢，心頭也酸，當初悔識春風面。問蒼天，鴛鴦牒裏，端的有幾分緣。

秀逸不陳。瑞齡評

決絶詞有序跋

予舊有情緣，幾拚花命，不謂恩情，中道棄絶。深杳無垠，莫測

侯門之海；棲遲難再，誰回陌上之車。想鸚鵡之在雕籠，時常話舊；歎丁香之閨繡幄，歲結愁新。入夢相逢，誰知逢處是别；驚鴻待信，翻嗟信裏堪疑。一襟血淚，空留下黑心之符；十院燈魂，終無望黄衣之力。蓋歡隨事去，春與人歸。但臨風而歎奈何，空銷魂惟别而已。只應義命自裁，切莫更尋舊夢；縱有因緣爲祟，也須直待來生。雖負心薄倖，似非烈丈夫所爲；而守禮閑情，豈作兒女子之態？用是屬句瀾翻，竊欲命名“決絶”。殆莫可誰何而爲是言，亦不能無恨而托綺語也。

〔南正宫〕普天樂

我才名，伊風韻，天付與，休謙遜。只爲我柳苦花辛，拖帶你香愁玉隕。夫妻兩字兀是名不順，使俺一對鴛鴦無投奔。你非干負義忘恩，俺非干抛脂戀粉，却緣何劈雨分雲。

〔雁過聲〕當初你肯我肯，就生死終身願跟。誰知一語風霜緊，怨誰人，恨誰人，這其間長短，再也休論。俺從頭自忖，青樓薄倖誰甘認，且休埋怨别人，兒權自忍。

〔傾杯序〕傷神，吐甘甜，食苦辛，脈脈自心頭印。想初見如冰，逐旋添温，到熱沸如盆，你便心允。這其間可有你的恩情，俺的辛勤，到如今你的眼前身畔是何人。

〔玉芙蓉〕親他不可親，丢你心難忍。把前情想起，耳聾眼昏。幾番拚死是心頭忿，尚勉强偷生爲舊日恩。前生債，今生事，翻指望後世因，笑姻緣倒仗那癸靈神。

〔小桃紅〕收拾你殘脂粉，留下你金蓮寸。把花箋手蹟常描潤，向衣巾淚漬時瞧認，記生辰八字推花運，多祇是扯淡殷勤。

〔尾文〕告蒼天，須幫襯。但願你鴛鴦睡穩，我甘認蕭郎是路人。

吾人未免有情，誰能甘自菲薄？況誓海波乾，盟山石爛，彌天怨氣，亦復誰能堪此？雖然，發乎情，止乎禮義，此學究之言也，然於此可得補過法。緣至則合，緣盡則離，此因果之説也，然於此可得忍情法。豈應妄求無厭，爲風流罪人哉！予此番情案，悠悠成夢境矣。每一念至，氣盡魂離，而義命兩言，時舉爲藥，所不至於沉疴痼疾者，於此得力多也。小窗暇日，偶檢古詞，見《四時歡》一闋，乃按其譜律，特製右詞，誠思守禮閑情，竊欲因文見志云爾。後之

覽者，勿以予爲薄倖人，若云薄倖，則當有分任其咎者矣。庚申月夕，秋水庵重題。自跋

字字嘔心，當亦有心可嘔耳。子野信情種哉！彼云“守禮”，予曰“多情”；惟其情多，守禮益難。然則子野真可謂守禮君子矣。湛生評

樂府小令

〔南商調〕黄鶯兒

閨夜

燈影照流蘇，倚熏籠不奈何，良宵一個淒涼坐。香消篆爐，茶冰玉壺，小屏風上西江路。睡癡魔，從他去後，夜夜夢關河。

閨夢

春睡曉鐘殘，惱春鶯驚夢還，還將夢裏人低唤。從今見難，從今夢難，從今夢怕難於見。夢堪憐，如還夢也，判個日高眠。

佳人睡着

身子忒苗條，醒回來又睡去了，日高枝上鸚哥報。爐煙篆消，簾風韻高，嬌癡困得酣難覺。把人拋，翻身時節，雙手拆圍腰。

佳人睡醒

睡眼半朦朧，帳輕紗翡翠籠，眼前失却鴛鴦夢。微痕線紅，纖腰困慵，問郎今日寒輕重。纏鞋弓，雙雙立地，一朵醉芙蓉。

雨景和闇生作

嫩雨濕肥田，暗雲堆欲暮天，平迷四野聞人唤。西村斾懸，東天鬟懸，漁歌哏網垂楊岸。木橋邊，敲門聲裏，蓑笠遠歸船。

初夏

花事十分衰，莽鶯鶯被燕燕猜，薰風依舊來的快。蒲花未開，苔花正開，荼蘼倒架無聊賴。採桑來，誰家士女，隻隻繡紅鞋。

清明郊行

風雨弄清明，燕啣花人踏青，幾人判了春風命。花邊獨行，相逢面

生,歌聲漸漸前村近。近荒墳,紙灰飛處,風帶杜鵑腥。

記事

珊枕淚千行,不思郎是恨郎,當初人在心兒上。心頭幾樁,尊前又幾樁,銀河咫尺如天樣。悶歸房,今宵夢裏,怕飛不到伊傍。

即事

一朵病梨花,映芭蕉隔緑紗,時聞嚦嚦春鶯話。問年兒纔破瓜,靚妝兒兩髻丫,教人怎肯干休罷。眼巴巴,瞧他不着,生怪柳風遮。

春日花下憶石城董夜來

風雨替花愁,記如花在翠樓,怕而今可比花枝瘦。曾見他蹴花茵的繡鈎,拂花梢的鳳頭,曾與他話别在中秋後。算重遊,今年八月,真個是三秋。

其二

花也爲吾愁,亂花飛直上樓,蕭娘無信蕭郎瘦。端的有證盟言的月鈎,訴同心的話頭,敢他們下得無前後。憶同遊,三秋一别,日日是三秋。

夏夜

蟬弄一枝風,剔燈花一寸紅,鶴來窗下窺幽夢。乍解衣帶鬆,正散髮鬢蓬,覺衣衫茉莉香微動。月朦朧,有人窗外,潛步繡鞋弓。

〔南雙調〕清江引

荷花

嬌癡向人多靦腆,欲奪芙蓉面。尖尖舌暗舒,窄窄鞋偷薦,芳心未明還半卷。

其二

水仙可憐潮嫩臉,姊妹偷攜伴。牽絲意緒多,落瓣衣裳换,晚妝出來全帶軟。

其三

雙雙並頭情忒暖，又一似相埋怨。偏容比目遊，只許鴛鴦伴，露珠的團圞也碎的罕。

其四

仙妃化身生小苑，未了塵凡願。探頭欲語誰，障葉還羞面，横塘夜涼郎信遠。

别思

香兒半熏燈半滅，被冷和愁疊。情知夢裏逢，倒怕醒時别，只落得抵牙兒慢思量淚珠兒多是血。

其二

他跟來不得從教别，白地輕抛捨。功名值幾些，恩愛無終歇，早知道這分離不如不去者。

其三

軒車建牙高跨馬，抵不直相思價。折得廣寒花，閑却鴛鴦牒，就做道甚癡騃也不應如是也。

其四

恩情不教人當耍，這幾日何爲者。情知有歸去時，却現怕分離夜，且含着淚花兒把相思句兒胡亂寫。

〔南商調〕山坡羊

旅懷

意惺惺怕分離的相送，虚飄飄要相逢的癡夢，急煎煎算不定的歸期，淚斑斑看不得的衣衫縫。怯曉鐘，更教人惱暮鐘。燈花暗卜，却被燈花哄，歡喜誰同，凄涼誰共。朦朦，拾相思在雲樹中。匆匆，記相思在詩句中。

〔南商調〕玉胞肚

有懷

暖風輕扇，豔驚人紅芳萬千。猛思量人在天涯，到如今没紙鸞箋。當初曾記擁嬋娟，會向薔薇花下眠。

得信

傳來人信，算將來真耶未真。若伊家記得當初，却緣何做出如今。勸君憐取眼前人，莫又把新人做舊人。

小園

小亭低亞，眼前的詩耶畫耶。白梅花襯扇窗兒，淡垂楊帶個棲鴉。天公偏稱野人家，寒似前宵略峭些。

夏景

柳濃花顫，近亭軒涼嘶暮蟬。火燒頭雀啄榴房，水擎珠魚噴荷錢。開簾忽地見嬋娟，直放桐陰到枕邊。

贈楊姬和彦容作

全嬌絶嫩，一枝花胭脂淡勻。俊秋波簇着眉峰，俏櫻桃滲個牙痕。輕輕細語問郎君，開口能生滿坐春。

其二

問名和姓，莫非他是楊妃後身。看伊家這樣丰姿，該封做虢國夫人。今朝一會覷郎君，自此教郎難負恩。

夜泊懷人

情緣斷了，甘同陌路之蕭；信息傳來，又似章臺之柳。將信將疑，終須要信；半思半恨，畢竟堪思。孤舟風雨夜，隔岸有燈；殘夢睡醒間，半衾是淚。若無隻字言心，可乎？亟倩數行題悶，情也。

逢歡不喜，要消愁翻嫌酒巵。妙人兒掛在心頭，據人言你會相思。教人爭不越心癡，況風雨孤燈又不寐時。

訪妓不遇

桃源無路，歎鶯雛難投鳳窠。夢朝雲應在巫陽，坐當壚可向成都。

倩人寄信問如何，肯許梨花題句無。

〔南商調〕金索掛梧桐

夏懷

荷風蕩晚涼，新月如鈎樣。風月蕭疎，只是人惆悵。思量些個日久情長，總爲你風流縈斷腸。就閑經柳下聞蟬響，也忽想新妝入鬢傍。空悒快，記當初攜手共尋芳。那時節月在東廊，轉在西廊，猛照出雲鬟樣。

將秋

梧桐葉未飄，枕簟涼先報。雨淡風疎，要送秋來到。輕涼這兩朝，勝前朝，漸漸秋思上綈袍。從前秋被蟬偷早，可此後秋深月更饒。杯須倒，料天將好景，分付詩豪。聽連宵，那個吹簫，何處砧敲，多半是秋聲了。

〔南正宫〕玉芙蓉

梳頭

斜啣半月梳，挑得雙雲路，解紅絨巧綰時樣青螺。新興不甚高和大，妝罷教郎看若何。郎言好，如今絶無，看騰騰一時間歡喜上雙蛾。

美人贈鞋和彦容作

曾經玉手拈，曾踏瑶池宴，使心機把一隻兒偷傳。交枝夜合鞋頭綻，小字殷勤繡一邊。郎親驗，燈前細看，他教我口兒兜緊莫胡言。

〔南仙吕〕桂枝香

春曉閨詞

篝燈殘月，簷風曉鐵。遼西遠夢歸來，杜宇樓前啼血。漸花陰上窗，花陰上窗，窗裏梳頭時節，窗外飛花如雪。闇傷嗟，春又新辭樹，人還未到家。

悼紫簫

紫簫，予侍兒也。事先生辛勤有年矣，一旦魂斷，悲從中來。

紫簫聲斷，鳳樓人遠。魂隨南國花香，血染老鵑啼怨。記當初倩伊，記當初倩伊，檢點小窗杯卷，供奉夜香庭院。竟何冤，天上人歸去，人間更歲年。

暫别書情

幾曾分拆，今宵分拆。也銷江賦離魂，也瘦沈腰衣帶。把燈兒再挑，把燈兒再挑，天明將快，犁星還在。没安排，且去偎單枕，他應夢裏來。

其二

和衣而坐，夢兒不做。清清守着燈兒，我與影兒兩個。把西窗半開，把西窗半開，只見月來雲破，又聽鷄鳴三度。酒醒啊，醉也愁人煞，醒時可奈何。

〔南南吕〕六犯清音

夏閨

〔梁州序〕倦抛針綫，懶拈簫管，一味軟疼柔怨。雕梁燕子，偏生恁地多言。〔桂枝香〕低聲似説芳春去，絮語應嘲翠黛殘。〔排歌〕縈飛絮，哭老鵑，惱人心性脱綿天。〔傍妝臺〕怎消得黄梅雨在芭蕉上，只落得粉淚痕交枕簟間。〔皂羅袍〕茫茫遠信，雲邊樹邊。懨懨病骨，香前酒前。常常繡帶移新眼。〔黄鶯兒〕暗愁煎，綺琴偷弄，翻曲記奇緣。

〔南中吕〕駐雲飛

和梁少白《唾窗絨》十首

春恨

風捲楊花，點點飛來蘸緑紗。衣帶鬆來怕，得似前春麽。嗏，淚眼問東風，没些回話。教着鸚哥，也把東君罵。一半嗔他一半耍。

幽會

閬苑仙娃，俊眼偷斜性忒乖。不解將羞害，認定鞦韆外。諳，雙手捧將來，珍珠般待。替脱衫兒，急扯香羅帶。一半難鬆一半解。

邂逅

一向思來，誰道今朝驀地諧。轉過荼蘼架，他在欄杆外。猜，髮鬅是陽臺，堪憐堪愛。他買俺風流，還把風流賣。一半丟人一半采。

奇遇

庭院深沉，陡見人人花下行。推算桃花命，今夜方纔應。親，兩口貼朱唇，伊情直恁。花怕風顛，索性判花病。一半驚羞一半忍。

邀請

再不歸來，哄得人兒猜又猜。何處留歡愛，着我難躭待。乖，鸞鏡久塵埋，别來數載。寫下封書，細把伊心買。須要他一半疑心一半解。

寄遠

製得新詞，倩個乖兒捎去伊。教他莫向人前遞，燈下纔偷覷。癡，兔穎掃烏絲，星星兒是。又分付魚鴻，須見面多多致。一半人傳一半紙。

殘夢

梳樣兒蟾，恰照西窗火色簾。恍惚驚癡魘，胡把丫鬟唤。淹，轉輾兩三番，伊人不見。欲覺還迷，殘淚猶如線。一半沾衾一半臉。

密約

出得幽齋，抹過重重幾座臺。把那良宵價，去買煙花債。猜，猛聽唤聲來，看時何在。隔扇門兒，説與門兒外。一半聽來一半揣。

曉妝

睡到醒時，日弄門前墻外枝。洗下胭脂膩，添上花鈿翠。癡，故意問郎知，比花枝誆。郎却無言，竟折花枝比。一半嘲來一半喜。

沉醉

酒暈潮紅，一臉風流轉轉濃。共倒玻璃甕，驚醒梨花夢。朦，帶緩鬢鬅鬆，嬌癡猶重。輕薄兒夫，燈下深摩弄。一半偎他一半哄。

閨恨

短命冤家，道是思他又恨他。甜話將人掛，謊到天來大。嗏，倒是不歸來，索須干罷。若是歸來，休道尋常罵。須扯定冤家下實打。

風情

露水夫妻,夜去明來虧煞伊。潛在花棚底,閃到羅幃裏。癡,慌手摟腰肢,不言何事。我故意嗔他,他只顧嘻嘻地。自不由人不做喜。

其二

月在南枝,有個人人窗外時。潤破窗兒紙,通個名和字。癡,裏面那人兒,是他非是。怕不是他們,叫也還停止。的當將人盼望死。

丟開

索性丟開,再不將他記上懷。怕有神明在,嗔我心腸歹。呆,那裏有神來,丟開何害。只看他們,抛我如塵芥。畢竟神明欠明白。

有懷

地北天南,獨自空山風雨龕。欲見無從面,待寄信無人便。淹,病骨瘦岩岩,飯荒茶厭。藥餌全抛,也不開書卷。納悶荆扉終日掩。

〔南仙吕〕月雲高

秋閨恨

月上梧桐樹,風淒鴛鳳被。揾得衫兒濕,獨坐孤燈背。昨夜無眠,今夜幾時睡。暗地裏將他罵,也罰不盡風流罪。雖則是年少郎家性格癡,仔細思量忒恁癡。

〔南仙吕入雙調〕鎖南枝

簾中人

門兒内,簾子邊,嬌娥悄然藏嫩臉。小脚兩尖尖,烏雲自翦翦。低微笑,靦腆言,閃將來,又不見。

夜寒

鄰鷄叫,促織鳴,青燈一箐寒背枕。明月映人心,西風尖得緊。身孤另,綿被輕,半邊温,半邊冷。

宿村中有懷

風兒大,雨又狂,殘燈破壁薄紙窗。悶守過昏黄,一更更更漏響。

淒涼景，說話長，待相逢，慢慢講。

旅次相思

行行去，過一程，思君此時門已扃。獨自步空庭，徘徊數花影。占風順，憶遠行，又嗔風，忒催去緊。

其二

行行去，過一山，思君此時將理鬟。人去奈愁煩，般般多是懶。全無力，悶倚欄，不梳頭，到天晚。

其三

行行去，過一川，思君此時方晝眠。病骨未全痊，怎支筋力軟。況行人去，天水邊，瘦容顏，有誰看。

其四

行行去，過一村，思君此時愁日曛。紅日欲西淪，行人可安隱。君行後，妾掩犨，願今宵，夢兒准。

其五

行行去，過一城，思君此時將點燈。淚眼炫難明，焦心還自耿。空持酒，怕酒也冰，喚茶來，怕茶竟冷。

其六

看看是，第一更，思君此時看月明。茉莉暗香生，一枝作人影。慵休插，採帶莖，待郎歸，點香茗。

其七

看看是，二鼓天，思君此時猶未眠。幽恨寄冰絃，別愁還憑甚遣。歌郎曲，一兩篇，再沉吟，歌一遍。

其八

看看是，三個更，思君此時幽睡醒。斜月浸窗楞，枕頭半邊冷。人何處，方在城，怕我淒涼，他睡穩。

其九

看看是，四鼓餘，思君此時愁獨居。村寺曉鐘初，隔窗花上雨。分明是，夢見予，喚鴉鬟，猶是夢中語。

其十

看看是，五鼓交，思君此時憔悴倒。挨過此長宵，怕天明又怎生了。魂銷盡，無可銷，怎地向人言，只好向郎道。

〔南黃鐘〕畫眉序

幽會

涼庭簟鋪設，香軟騰騰兩肌貼。見枕痕一線，髻鬆堆角，相看認夢裏儀容，折證數個中謀略。牽衣無限鍾情淚，一點點要郎瞧着。

〔北雙調〕對玉環帶過清江引

自述

酒聖花顛，已是掄魁選。曲祖詞仙，未便容褫貶。飲酒好花邊，妙辭揮墨蘚。做得詩篇，醉吟聊自遣。拾得花鈿，酒空還自典。　花酒詩詞緣不淺，許下如來願。生生住酒泉，世世簽花縣，雪兒唱歌隨步輦。

其二

酒釅花濃，坐滿風流種。曲豔詞工，攙入名人詠。一曲一千鍾，醉教紅袖擁。酒寨花營，奪旗堪賈勇。曲派詞宗，寓言聊打哄。　花酒詩詞常作俑，罪過看看重。囊因麯蘖空，浪把文章用，惺惺的性兒難懞懂。

〔北黃鐘〕水仙子

幽居

天公還我好生涯，無是無非穩在家。看門前五柳看看大，掩柴扉推出繁華。屋三間書一榻，或寫字和臨畫。覷功名眼底花，趁閑時且喫杯茶。

其二

偷閑葺個小書齋,香茗團頭做一家。但時時詩酒添新債,忒清幽曲水籬笆。無絃琴水墨畫,秔秫計漁樵話。除此外總浮華,問先生换與他麽。

散曲叢刊（下）

任中敏 編著
曹明升 點校

⊙任中敏文集⊙
王小盾 陳文和 主編

鳳凰出版社

清人散曲選刊

提　要

《清人散曲選刊》五卷、附録一卷，乃就清人散曲之中，選擇數家，各刊其散曲之全部，并非清人散曲選本也。兹所刊者，爲朱彝尊、厲鶚、吴錫麒、許光治、趙慶熺五家散曲，而附以徐大椿之道情，共六種。前四種原集無專名，兹亦不加意造，即各以其集名名之。五家散曲中，三家專爲北曲小令，一家專爲南曲套數，一家則兼有南北與令套，兹分見提要如下。

朱彝尊《曝書亭集·葉兒樂府》一卷，乃就《曝書亭集》附録一卷與翁之潤所編《曝書亭詞·拾遺》卷下所見之散曲，合編以成。原集附録各詞，按照宫調爲序，惟小有錯亂，如〔正宫·叨叨令〕一首附在〔越調·小桃紅〕之後是也，兹爲改正。拾遺十六首，即插在附録各調之後；附録中原有洪昇等和作三首，兹删之，計得小令五十九首。字句中每有失粘者，必非原文，然不能悉正，付闕疑焉。《葉兒樂府》者，本於元燕南芝庵《唱論》，《唱論》曰："成文章曰'樂府'，有尾聲名'套數'，時行小令唤'葉兒'。"足見當時"樂府"與"葉兒"乃兩物，而朱氏强聯貫之，殊不妥也。朱氏散曲，擬元人張可久，以淵雅爲法，而亦時得瀟疎之致。

厲鶚《樊榭山房集·北樂府小令》一卷，即《樊榭山房集·續集》卷第十也。用厲氏所刻袖珍本《散曲合集》校過，於〔普天樂〕增一"繞"字；又袖珍本末首〔枳郎兒〕脱"新詞同唱合歡"六字，以此本爲準，其餘則兩本彼此悉同。原書附載金志章等和作三首，兹删去，得小令八十三首。厲氏之爲散曲，亦慕元人張可久，較之朱氏，法度尤爲嚴整，且深知喬吉《惺惺道人樂府》之奇俊，故意趣所到，不僅限於張氏之淵雅也。

吴錫麒《有正味齋集·南北曲》一卷，即《有正味齋别集》之一、二兩卷也。原書小令、套數各爲一卷，兹合之。其編次南北曲間出，與他集異。如〔梧桐樹〕等十二首題仕女圖十二幅者，聯章而異調，雖欲爲之分别宫調，與其他數種作一律體例，有所不能。兹用原集初刊本，譌字較少，而仍有未能點定者。吴氏多爲南曲與套數，已非朱、厲專取北曲小令，有志摹古者之面目。南曲既盛，必多用崑腔，而聲之爲用較著，此清代散曲先後不同之點也。即論文字，吴與朱、厲，雖同爲詞人之曲，而吴能精細，不能生動，剛勁較遜，是亦受南曲之影響耳。

許光治《江山風月譜散曲》一卷，乃就《江山風月譜》所載北曲小令五十二首編成者。原書不以宫調爲序，諸牌間出，各系宫調，頗病雜沓。兹以其全爲北曲小令，與朱、厲兩集爲近，故亦如朱、厲所有體例改編之，而附見原序於目録之後，以資考索。原集詞前附有小引，兹改爲自序，而另列之。許氏爲曲，專摹喬、張，於張尤得神髓，惟有時求雅太過，或刻畫太深，殊乏機趣耳。此據《别下齋叢書》本，頗精整。

趙慶熺《香消酒醒曲》一卷，即《香消酒醒詞》後所附之曲集也。套數十一、小令九，僅〔一半兒〕二首爲北調，〔仙吕入雙角〕爲南北合套，餘皆南曲也。趙氏以《詠月》套中〔江兒水〕一曲名於時。大概其作能融元人北曲之法入南曲，故雖爲南曲，而不病萎靡，有若明人施紹莘。曲之風格，必如此始完全投合，斯乃曲人之曲，不如以上四家之皆爲詞人之曲也。

徐大椿《洄溪道情》一卷，因其體與南北曲有别，故僅作附録。惟道情本出於散曲中黄冠一體，元、明人早已有之；而其句法修辭，又完全與曲體相同，音調則變自北曲〔仙吕入雙調〕，見徐氏自序中。蓋與曲之淵源極深，舍爲曲之附庸以外，别無可以位置矣。昔厲鶚刻元人小令，附見鄭燮之道情。鄭氏道情，不過道情中之一體而已，未若徐氏所作，陳義寬廣，爲不可廢也。兹用徐氏之孫培道光甲申刻本，而以鈔本及筆記中所見者略校之。惟全書三十八首中，賀弔酬應之篇已占其半，而自序謂“半爲警世之談，半寫閑遊之樂”，與此殊不相合。疑徐氏原集，并不如是，或已經散佚，或已被芟夷，所謂“警世之談”，多觸時忌，培之斯刻，殆出選輯，亦未可知也。餘説詳《曲諧》中。

清人散曲選刊—目次

曝書亭集葉兒樂府

清人散曲選刊一

曝書亭集葉兒樂府

清秀水朱彝尊錫鬯撰　江都任訥中敏編訂

〔正宮〕折桂令

鬧紅塵衮衮公侯，白璧黄金，肥馬輕裘。蟻陣蜂衙，鼠肝蟲臂，蝸角蠅頭。神仙侶淮王鷄狗，衣冠隊楚國獮猴。歸去來休，選個溪亭，作伴沙鷗。

故鄉人千里書投，漁弟樵兄，盼我回舟。老僕長鬚，侍兒赤脚，穉子蓬頭。趁新雨過時插柳，揀緑陰深處騎牛。歸去來休，二頃秫田，一簣糟丘。

掛輕帆潞水春流，夾路煙花，直下揚州。第二泉邊，第三船裏，第四橋頭。唤十五女青蛾對酒，點兩三條紅蠟藏鈎。歸去來休，老子尊前，最愛歌喉。

近南湖結個書樓，橋影前溪，塔火中流。梅蕊銜寒，荷香銷夏，楓葉鳴秋。松樹底一壺村酒，柳陰中幾隻漁舟。歸去來休，典我春衣，日日郊遊。

問先生老矣何求，一片西山，幾載勾留。獻賦長楊，掛冠神武，捐珮瀛洲。也曾簪筆跕螭坳右手，也曾移家住鼇禁東頭。歸去來休，閑把君恩，説與朋游。

天淨沙

一行白雁清秋，數聲漁笛蘆洲，幾點昏鴉斷柳。夕陽時候，曝衣人在高樓。

叨叨令

一年一夢空愁思，六張五角難成事，千呼萬喚無由至，辜負了燒春酒美文君市。悶殺人也麽哥，笑殺人也麽哥，相見了只勝常兩個消魂字。

烏巾斂了煩遮護，縞衣借了親分付，畫船檥了愁行路，有一日踏花鹿女花間步。行不得也麽哥，留不住也麽哥，算後會他生未卜今生誤。

〔雙調〕水仙子

黄鐘百八戍樓敲，旅夢三千鄉路饒，平頭六十今年老。算不如歸去好，得逍遥且自逍遥。閑摘朵山花簪帽，緊隨身村沽滿瓢，醉拖條竹杖過橋。

半湖山上采樵夫，百步橋邊垂釣徒，三家村裏耕田父。這生涯都不苦，要歸與只便歸與。錦屏風蒼厓紅樹，白雪灘金虀玉鱸，緑楊灣赤米青菰。

爲毛大可輓姬人曼殊，豐臺花匠女也

玉堂傳説小名兒，檀板能歌絶妙詞，銀鈎會寫相思字。記人扶拜客時，勝豐臺一捻花枝。留客住豪端染紙，想夫憐箏柱調絲，今日個長恨題詩。

其二

玉簫乍結再生緣，錦瑟何由續斷絃，張星罷向明河見。對著紙錢兒喚阿錢，算湘湖夢筆橋邊。紅躑躅花陰路，白楊梅山上田，卜個新阡。

沉醉東風

香茅屋青楓樹底，小蓬門紅板橋西。雖無蔗芋田，也有桑麻地，野薔薇結個笆籬。更添種山茶緑萼梅，這便是先生錦里。

題周編修漁隱圖

橛頭船茶壚酒盞，藕苗衣笋笠筠竿。撈鰕柳樹陰，放鴨蘆花岸，畫圖中儘自消閑。縱使君恩未許還，終不學鋪眉苫眼。

清江引

西風古寺攀楊柳，落日低銜岫。山行萬里程，水次雙江口，雁兒不來魚定有。

〔中吕〕普天樂

小樓前，疎林外。殳基丹井，顧況書臺。彎彎緑水深，點點青山矮。釣侣詩朋看都在，把封泥酒甕齊開。鶏頭竹胎，穀芽餅餤，油菜花薹。

到清秋，開家宴。生魚切玉，野雀披綿。村村籪蟹肥，日日湖菱賤。對竹千竿書千卷，閟來時劃個花船。白蓮寺前，青陽橋外，金粟山邊。

朝天子

送分虎南還

驢車，慢些，小住長亭者。疎林不隔遠山遮，幾點新黄葉。雲脚天斜，雁書横寫，趁歸人南去也。離别，漫嗟，只可惜中秋月。

魚標，稻苗，爭似南湖好。月寒沙柳夜蕭蕭，帆影卸三姑廟。暗水横橋，矮屋香茅，看黄花都放了。絲縧，布袍，再不想長安道。

送融谷宰來賓

箏絃，酒船，且緩坐紅亭勸。仙鳬飛度鷓鴣天，種柳濱江縣。木槲花邊，柑子堂前，算輕郵道六千。涼煙，暮蟬，話十里河橋遠。

花時，荔支，日日堆江市。石牙山翠雨絲絲，榕葉交廳事。萬里相思，六六魚兒，盼雙雙新燕子。清詩，小詞，帶幾個平安字。

落梅風

查山探梅

十里青苔路，三更翠羽啼，泛輕船太湖邊檥。等南枝北枝花放齊，也未必明朝風起。

細細香苞綻，泠泠淺水流，趁快雪乍晴時候。把短簫横笛催上樓，對七十二峰行酒。

金字經

憶辰娘作

蝴蝶難分隊,鴛鴦擬作雙,行近秋花六扇窗。剛,迴身避乳狵。新霜降,紅葉濕鞋幫。

碧浪湖邊樹,白蘋江上舟,風雨蕭蕭不耐秋。愁,歸帆郭外抽。從别後,無計再勾留。

集字

亭景微雲散,窗紗細草妍,倦理風琴三四絃。憐,早梅斜日天。疎簾卷,香濃紅袖邊。

山坡羊

雙林庵

涼雲池面,殘陽臺殿,緑槐不吐青蟲線。閘河淺,寺門偏,蹇驢斜背風中縴,可惜馬蹄歸路遠。船,橋那邊。蓮,紅一翦。

飲池上

昏鴉初定,涼蟬都靜,絲絲魚尾殘霞剩。渚煙冷,露華凝,香篙笑卷青荷柄,我醉欲眠君又醒。箏,簾内聲。燈,花外影。

醉太平

野狐涎笑口,蜜蜂尾甜頭,人生何苦鬬機謀,得抽身便抽。散文章敵不過時髦手,鈍舌根念不出摩登咒,窮骨相封不到富民侯,老先生去休。

瞎兒放馬,紙虎張牙,寒號蟲時到口吱喳,儘由他自誇。假詞章賺得長門價,老面皮寫入瀛洲畫,秃頭髮簪了上林花,被旁人笑殺。

〔商調〕一半兒

西溪

滿林殘雪碧山坳,人日春風金翦刀,孤棹野塘紅板橋。玉梅梢,一半兒開遲一半兒早。

靈隱

冷泉亭子面山崖，蕭九娘家沽酒牌，壚畔碧桃花亂開。到重來，一半兒依然一半兒改。

淨慈

冷雲山寺畫屏秋，斷塔雷封殘照留，孤汊酒村風幔收。載歸舟，一半兒蓮篷一半兒藕。

西湖

三潭新月浸魚天，十里長堤飛柳綿，尋到水仙王廟邊。裏湖船，一半兒剛來一半兒轉。

浙江

鯉魚風起鳳山根，白鷺潮來鱉子門，黃雀雨晴魚浦村。亂帆分，一半兒夭斜一半兒穩。

釣臺

渚蘋山木古祠秋，漁子罛師檥小舟，爭道客星天上留。契相投，一半兒君臣一半兒友。

長山瀧

鸕鷀灘冷渚風清，謝豹花繁春雨晴，烏桕樹翻秋葉鳴。挽船行，一半兒山腰一半兒嶺。

九峰

一峰低映一峰高，十里沙連十里橋，曾記小船迎晚潮。冷蕭蕭，一半兒蘆花一半兒草。

虎丘

生公臺上鬬茶巾，短簿祠前羅酒樽，真娘墓傍凝舞塵。款遊人，一半兒櫻桃一半兒笋。三句失粘，待校。

錫山

錫山泉近笋輿稀，竹火罏輕松葉肥，蘭草岸回花舫齊。恣攜歸，一半兒香醪一半兒水。

金山

城頭殘角戍樓開，天際征鴻丁字排，攜手試登山上臺。暮潮來，一半兒江聲一半兒海。

淮浦

行來沙際柳陰疎，望裹村邊酒幔孤，聽得渡頭人語無。遠模糊，一半兒吴音一半兒楚。

理安寺九溪十八澗

萬株松影壓平岡，幾處雲根護短墻，時有落花流水香。度飛梁，一半兒無聲一半兒響。

虎跑

閉門山寺轉松陰，欹枕風絃調玉琴，沙界虎跑流至今。恣舊尋，一半兒澆花一半兒飲。"舊"字失粘，待校。

雲棲寺

隔江峰影樹頭尖，過雨泉聲窗外添，風動刹竿花滿簷。繡幢黏，一半兒輕翻一半兒歛。

天竺

散花新雨上方尊，落葉疎鐘下界聞，穿石細泉中嶺分。望氤氳，一半兒香煙一半兒雲。

吴山

松門人影去來疎，香刹巖阿高下殊，苔磴樹根深淺鋪。梵鐘初，一半兒斜陽一半兒雨。

富陽

滿山紅葉灑船窗，幾幅霜帆卸渚墻，千頃碧流歌棹郎。富春江，一半兒潮回一半兒長。

嚴州

千峰樹古損危欄，七里瀧長流淺灘，雙塔寺遥臨斷山。古城灣，一半兒停舟一半兒趲。

太倉學山園

板橋新雨乍添泉,石笋穿林不記年,梅蕊滿山剛破煙。小亭偏,一半兒簾垂一半兒卷。

玉峰

小鶯煙柳織金梭,古塔風鈴響玉珂,流水畫橋鋪翠羅。酒邊歌,一半兒由人一半兒我。

京口竹林寺

杜鵑樓小淨浮嵐,白鶴林高斜倚巖,青鸞尾長低拂潭。雪花攙,一半兒旋銷一半兒糝。三句失粘,待校。

平山堂

平山欄檻至今留,太守文章在上頭,峰影隔江遥對樓。望中收,一半兒虚無一半兒有。“樓”原作“酒”。

東蒙

馬頭風引幾聲鐘,磵底泉流千樹松,窗外日斜無數松。翠重重,一半兒雲埋一半兒聳。“松”字重韻,待校。

泗源泉林

層林蕭寺雨餘天,斷嶺殘陽松際煙,平岸小橋沙上泉。漾淪漣,一半兒深深一半兒淺。

〔越調〕小桃紅

題王元章墨梅

斜飛蝴蝶撲枝圓,不怕游絲罥。疎影依然水清淺,嫩寒天,墨痕澹處珊瑚軟。似曾相見,稽山風霰,一樹小窗前。

送德尹還里

揚州樺子小於龕,粉額朱紅檻。一路垂楊繫船纜,水拖藍,初鴻幾點秋容澹。梅花酒酣,蘆花風糝,夢穩到江南。

前題

謝家兄弟舊田廬，好續春池句。兒女團圞紙窗户，儘歡娱，閑尋捍海塘邊去。村醪遠沽，罾船横渡，山似小葫蘆。

〔南曲〕黄鶯兒

碧玉小人家，兩眉彎雙髻丫，春風愛立疎簾下。佳期最佳，陽差不差，心知消息今年嫁。翦秋紗，紗裙合畫，畫取並頭花。

清人散曲選刊二目次

樊榭山房集北樂府小令

越調

小桃紅　題橫波畫蘭　吴江道中

柳營曲　尋秦淮舊院遺址　春夜泛湖　漁家　漫作效康滸東體　春思效張小山體

雙調

沉醉東風　春日西湖　紅橋水亭看荷

折桂令　金陵朝天宫秋寓　賦得客帳夢封侯　題殿畫乞巧圖　低髻　述懷　西湖次趙文寶韻　浩然巾　題徐安生畫　懷嶰谷效疊韻體　楊妃病齒

清江引　蘇堤春曉　花港觀魚　柳浪聞鶯　麴院風荷　兩峰插雲　平湖秋月　三潭印月　雷峰夕照　南屏晚鐘　斷橋殘雪　菜貴戲作

落梅風　題西溪卜居圖　孤山訪梅　得枕椒園山東書　鄰墻杏花　嶰谷送漳蘭

水仙子　虎丘書所見　竹下水仙　齊瓊臺雪中過訪　謝嶰谷惠人葠

殿前歡　秋思用張小山韻　春草

撥不斷　晚秋田家

枳郎兒　月夜過青棠館

清人散曲選刊二

樊榭山房集北樂府小令

清錢塘厲鶚太鴻撰　江都任訥中敏校訂

〔黄鐘宫〕人月圓

甘露寺懷古

夕陽江上吴朝寺，曾記昔留題。火焚松徑，塵埋蓮鑊，雨洗苔碑。樓空多景，鐘聲今古，帆影東西。花開花謝，潮生潮落，物是人非。

長安某氏廢園

行人指點城南路，往事半模糊。烏衣門巷，平泉樹石，金谷笙竽。當時深貯，娘名御史，妾號尚書。而今但有，空池飛燕，破瓦奔狐。

〔正宫〕叨叨令

碧浪湖感舊

月圓波静蘇灣暮，一船兩槳横塘渡。秋燈紅袖曾偷護，曉妝青鏡初回顧。憶殺人也麽哥，憶殺人也麽哥，重來都是傷心處。

醉太平

看梅宿西溪山莊

掩貧笆野橋，護莎砌田坳，梅花雪擁閣如巢，供吾儕睡飽。溪深溪淺隨春笑，窗明窗暗疑人到，鐘初鐘絶帶詩敲，剩香吟半瓢。

東郊小隱

小人哉學圃，諸生耳傭書，門前緑柳蔭清渠，東風菜吐。游仙枕外分朝暮，牽絲棚外看來去，選官圖外論赢輸，閑中樂乎。

題村學堂圖

村夫子面孔，渴睡漢形容，周遭三五劣兒童，正抛書興濃。探雛趁蝶受朋儕哄，參軍蒼鶻把先生弄，甘羅項橐笑古人聰，不樂如菜傭。

春雨

濕東風燕翦，灑芳樹秋千，掃晴娘拜惜花天，對珠簾暮捲。濛濛遮住宜春院，絲絲吹上傷春面，瀟瀟唱出送春筵，好春光去遠。

初夏園居

野茶蘼蓋瓦，水楊柳穿笆，翠畦深護小人家，看童兒戲要。種瓜不長東陵價，賜櫻不羨長安話，澆蔬不減漢陰佳，任東風過馬。

〔仙吕宫〕後庭花

冬日同江聲登吴山

仙山迴磴重，酒樓空翠中。霜落千門樹，風清十廟鐘。夕陽東，越王何在，鴉翻江上峰。

醉中天

張龍威送醉蟹

無復爬沙様，風味付厨娘。纖手紅椒擘繡筐，只合糟丘葬。春雨瀟瀟夜窗，背燈清況，畫眉人肯分將。原注：事見《張敞集》。

一半兒

金華寶婺觀

雲衣月面佩珊珊，夜駕天風下古壇，響入赤松山外山。篆煙殘，一半兒浮空一半兒散。

吴甌亭瓶花齋翦橙小集

移從夜雨記親栽，翦向西風入手纔，剖霧莫辭傾翠醅。輭金杯，一半兒詩成一半兒改。

上虞百官江口舜廟

重瞳此地有遺苗，野廟空江玉座銷，無復百官趨早朝。話漁樵，一半兒龍工一半兒鳥。

浮山禹廟和嶰谷

雲根不出廟庭隅，神怪當年豈盡誣，塑壁尚存山海圖。看模糊，一半兒蝸涎一半兒雨。

吴山伍公廟

青山遥對海門斜，時見靈旗濕浪花，夜夜夜潮驚萬家。閃棲鴉，一半兒聲回一半兒打。

鶴林寺米襄陽祠

仙花僧竹認松龕，遺像依稀海岳庵，野鼠有時鬚被銜。護伽藍，一半兒塵添一半兒減。

淮陰漂母祠

淮流日夜走青蘆，老屋煙煤一飯餘，亭長有妻曾媿無。漢規模，一半兒韓侯一半兒母。

松江超果寺一覽樓寫望

潮迴黄歇浦邊春，天界秦皇道上曛，山冷陸機茸内雲。畫難分，一半兒丹青一半兒粉。

題吴抱村閑居消夏圖

緑楊風裏掩茅茨，紅藕香中收釣絲，翠竹影邊吟小詩。日長時，一半兒横經一半兒史。

青歌兒

悼吴中歌者

花前偷回嬌盼，賞知音舞袖弓彎，何處秋墳唱夜闌。抛却青團扇兒閑，風流旦。原注：元夏雪蓑《青樓集》，李嬌兒人目爲風流旦。

〔南吕宫〕四塊玉

題大滌貝鍊師房

種藥鉏，分茶筅，蒼檜空堂隱臞仙，碧桃幽徑閑尋遍。一柱煙，五洞天，九鎖泉。

沈歸愚侍郎天台歸過訪

雪滿韡，塵侵馬，白首諸公戀東華，相逢愛説天台話。躡嶠霞，飯澗麻，吟瀑花。

閱金經

同吴可堂遊潮鳴寺

竹外青蓮座，水邊黄面僧，掃葉烹茶折脚鐺。迎，罷翻金字經。蒼苔徑，看碑廊下行。

澆藥井

抱甕忘機事，栽花消俗緣，中有桐君上品傳。泉，飛流當暑天。雲漿嗛，主人平地仙。

〔中吕宫〕朝天子

送樓于湘歸吴門

稻齊，鱠肥，久憶吴中味。乘秋帆影去如飛，嫋嫋菱歌起。鶴市誰依，鴻廡單棲，算歸時仍客裏。得歸，且歸，吟不了煙波意。

紅橋納涼

藕湖，柳渠，亭館風多處。十年隋苑舊詩逋，團扇招涼句。茉莉鬟酥，薔薇衣露，隔船窗聞笑語。不須，醉扶，月上紅橋去。

春煙

遠林，翠侵，熲處迷離甚。夜來輕抹畫廊深，和月梨花浸。裹上羅襟，飛上瑶簪，似幽期一縷心。再尋，至今，春有禁情難禁。

滿庭芳

殘秋湖上有懷月田、筠谷、穆門三君之歿

湖山宴娛，景留年去，社散人徂。畫橋煙艇風蒲路，極目愁予。夢已隔黄公酒壚，寫難窮白傅詩圖。秋光暮，碧雲紅樹，泉下得知無。

題王茨簷北郭移居圖二曲

生涯自遣，嫌居市井，喜近田園。酸寒東野唯詩卷，家具蕭然。鈍榜上高題狀元，醉鄉中舊署神仙。尋君便，林鶯乍囀，即此賀新遷。

鄰家大有，東屯鷄栅，北郭漁舟。鐺中煮字今能够，飽矣何求。羊角埂看花慢走，兔兒泉裹茗閑游。歸來候，遥山滿眸，紫翠一筇收。

辛未重午嶰谷、半查招集行庵分韻

籬閑六枳，階苔更掃，徑竹新孳。觴蒲有客過三四，荆楚佳時。王播去功名似此，孟嘗生富貴何之。開胸次，須行樂耳，不用讀騷辭。

紅繡鞋

正月十六日同江聲可堂龍泓遊吴山分得開字

三五夜將錢更買，第一樓有酒初開，士女燒香墜金釵。春潮和月上，暮靄送詩來，燈街人似海。

春晚

情黯黯花前側帽，路茫茫月底吹簫，花月江南憶新妖。詩匳吟芍藥，夢枕墜櫻桃，人隨春共老。

普天樂

題行庵爲馬嶰谷、半槎兩君觴詠，地在揚州北郭天寧寺西

碧蘿垣，蒼筤徑。簷花月明，庭樹秋聲。棋分謝墅幽，榻下蕭齋静。大小山名堪移贈，卜行窩招友經行。行廚醉醒，行衣露冷，行篋詩清。

春水

雪初消，波微溜。鵝肫蕩口，鶯脰湖頭。藍拖打槳人，緑染湔裙候。何事干卿吹頻皺，笑東風直恁風流。情如此柔，殘紅漾久，還繞妝樓。

“繞”字原脱，據小令本補。

喜春來

春柳

初過元夜新黄蘸，剛近清明嫩緑攙，小紅樓外拂毶毶。黏畫衫，飛絮滿江南。

山坡羊

秋雨初霽，嶰谷、半槎招同人集看山樓，填此曲，予以病不赴

瓷青天逗，綃紅霞漏，井梧缺處山新瘦。雨初收，酒新篘，鯉風試弄凭闌袖，自笑文園多病後。秋，懶上樓。愁，還獨謳。

春日郊行

春山如笑，春流堪照，桃花紅出疎籬靠。醉村醪，聽神簫，社公雨灑潮王廟，雲影弄晴歸尚早。橋，魚散苗。郊，燕定巢。

〔商調〕梧葉兒

春山

窗中岫，天外峰，雪淨遠連空。淡冶河陽重，浮嵐北苑工，暖翠井西同，遥念著眉梢更濃。

〔越調〕小桃紅

横波夫人畫蘭扇，敬身索賦

秦淮不見翠雙鬟，摺扇香痕潤。往事眉樓有誰問，墨花春，靈均舊怨都銷盡。南朝黦粉，才人風韻，題詠到湘裙。原注：龔宗伯有題畫蘭裙子〔如夢令〕，爲横波作也。

吴江道中

一篷風色一橈雲，詩有江湖分。第四泉邊緑陰襯，夏寒新，憑誰寄個松陵信。楊花浥褪，楝花飛近，金鴨暖梅魂。

柳營曲

尋秦淮舊院遺址

支瘦筇，訪城東，板橋夕陽依舊紅。名士詞工，狎客歌終，醉臥錦膔叢。閑愁埋向其中，温柔老却吴儂。香銷南國盡，花落後庭空。風，吹夢去無蹤。

春夜汎湖

停漏籤，展冰匳，春湖可人花月兼。蝶夢厭厭，柳影纖纖，山隔夜明簾。呼燈重問青帘，叩舷同唱烏鹽。泝流光三塔動，衝香霧六橋黏。尖，風起索衣添。

漁家

漁事多，柰漁何，漁心太平誰似我。春雨漁蓑，落日漁艖，漁舍水雲窩。約漁兄漁弟經過，聚漁兒漁女婆娑。漁竿連月浸，漁網帶煙拖。歌，漁笛定風波。

漫作效康沜東體

回敝車，守空廬，貧中自憐貧有餘。鳥識親疎，花驗榮枯，笑讀古人書。扁舟不逐陶朱，布衣空羨丹徒。英雄重俯仰，事業一欷歔。初，只合老樵漁。

春思效張小山體

紅漸稀，緑初肥，暖風一團香絮飛。春入長眉，春著單衣，無處問相宜。乍開簾芳草東西，倦凭闌粉蝶高低。鳥聽秦吉了，花發蜀當歸。伊，誤了牡丹期。

〔雙調〕沉醉東風

春日西湖

謁東閣平生未肯，典西湖此事休云。約酒朋，探芳信，賣餳天柳嬌花嫩。老作承平快活人，看鏡裏春山似哂。原注：元劉致中〔醉中天〕自注云，宋諺有“典賣西湖”之語，臺諫謂之“賣了西湖”，既賣則不可復，省院謂之“典了西湖”，猶可贖也。無官守，無言責，此古人所以輕視軒冕歟？

紅橋水亭看荷

移舫子雲陰半掩,倒闌干魚影深潛。池分九曲涼,花比重湖豔,看娉婷不隔湘簾。疎雨催詩意未忺,但葉上聲來數點。

折桂令

金陵朝天宫秋寓

笑平生詩卷生涯,偶寄雲房,似到仙家。鏡照山精,鐘敲夜斗,鼎鍊秋霞。申地園不留破瓦,卞公墳誰種殘花。莫羨豪華,六代興亡,衰柳啼鴉。

賦得客帳夢封侯

傍幽窗斗帳淒涼,何許儒冠,忽擁油幢。虎士趨風,蛾眉環坐,珠履成行。班祭酒須輕故鄉,李將軍得遇高皇。萬里名揚,萬户勳償,一枕邯鄲,總是荒唐。

題殿畫乞巧圖

剩前朝一幓丹青,長信昭陽,無限秋情。金盒藏蛛,綵橋度鵲,紈扇飛螢。聽玉漏遲遲五更,拜銀灣脈脈雙星。梧影閑庭,不卜他生,但祝今生。

低髻

理香絲樣減菱銅,緊綰螺尖,不放雅鬆。翠葉斜安,金釵短插,羅帕輕籠。行雲穩微微楚峰,墮花慳小小吴宫。傳遍城中,壓倒韋娘,見慣司空。

述懷

問先生底事窮愁,放浪形骸,笑傲王侯。不隱終南,不官彭澤,不訪丹丘。搔白髮三千丈在手,算明年六十歲平頭。天許奇游,弄月蛟門,看雨龍湫。

西湖次趙文寶韻

比西湖西子爭誇,西子看來,尚遜穠華。不盡雲山,無窮煙柳,可惜風花。斜陽在黄妃舊塔,醉鄉眠蘇小誰家。流水殘霞,新月如牙,油壁香車,歸去吴娃。

浩然巾

展鮫綃一幅裁雲，素頸遮寒，翠鬟藏春。踏雪風流，尋梅窈窕，照鏡温存。分明是江妃後塵，又猜疑孟浩前身。詩客知恩，剛近香肩，涑粟無痕。

題徐安生桂花湖石小幅爲丁龍泓作

是何人染出秋光，石擬聞蛩，樹訝懸香。纖手皴苔，柔毫暈碧，嬌額分黄。權當作如來供養，也應教才子收藏。腸斷吴閶，漂泊多情，老去徐娘。

懷嶰谷遊金陵效疊韻體

溯空行小艇風輕，萬頃潮平，清興堪乘。山迴雲生，林青雨映，一幢金陵。景陽井苔崩舊京，石頭城煙冷新亭。茶鼎禪燈，竹徑江聲。酒聖詩盟，少摒塵纓，緩定歸程。

楊妃病齒延清齋分賦

宴華清何限歡娱，底事朝來，粉悴香癯。柳葉微顰，瓠犀小冷，棠萼愁吁。没亂煞開天帝主，敕離支休進中廚。塞上思酥，突騎長驅，活玉巢中，且忍須臾。

清江引

蘇堤春曉

誰家總宜船玩景，落月長堤映。柳煙舒翠屏，花露揩明鏡，西施帳中春夢醒。

花港觀漁

東風倚闌花似雪，小汊分鱗鬣。魚將花吐吞，花逐魚明滅，人生不如魚樂也。

柳浪聞鶯

小鶯擲梭風柳靡，翠綫波痕細。雙柑酒便攜，兩豆塵休閉，百單八聲春去矣。

麯院風荷

風漪四圍深院宇，荷氣銷炎處。斜明柳外虹，亂颭萍間鷺，來看翠盤高下舞。

兩峰插雲

南北兩高青對聳,氣濕雲飛動。牛頭縹緲齊,馬耳冥濛共,僧歸雨來龍澋湧。

平湖秋月

月明滿湖剛著我,不攪魚龍臥。碧瀾寸寸秋,桂子紛紛墮,星河醉鷺都繞舸。

三潭印月

魚王國中看月上,三塔遥相望。浮珠白一丸,沈璧寒千丈,夜深老禪心一樣。

雷峰夕照

黄妃塔頹如醉叟,大好殘陽逗。渾疑劫燒餘,忽訝飛光候,漁村網收人喚酒。

南屏晚鐘

鯨鏗一聲山鳥駭,響徹青松外。雲遮五百間,月上三千界,歸舟幾聽頭漸白。

斷橋殘雪

水南數峰皴粉少,玉蝀澄餘照。鷗邊草欲蘇,驢背梅初笑,林逋宅荒猶未掃。

菜貴戲作

晚菘一筐堪適口,莫笑貧家陋。求添轉不能,問價高於舊,宜州老人空肚久。

落梅風

華秋岳爲予寫西溪卜居圖因題其上

横斜影,清淺溪,翠濛濛嫩寒山氣。梅花見招深處棲,草堂資故人誰寄。

孤山訪梅

蜂鬚朵，鶴膝枝，背湖陰杳無人至。逋仙墓前春若此，瘦吟肩聳成山字。

歲除得沈椒園山東書

琴工欠，藥券遲，逼殘年有臺難避。門前雁行誰解圍，沈三兄俸錢遥寄。原注：張説謂沈佺期曰"沈三兄詩須還他第一"，椒園行三，故云。

鄰墻杏花

高樓雨，深巷風，惜花人作詩無用。紅香笑窺墻角東，笑先生白頭非宋。

嶰谷送漳蘭

心占易，佩擬騷，兩三莖送秋先到。吐幽香暗將炎晝消，雪窗僧寫來難肖。

水仙子

虎丘書所見

王珣宅畔曉鐘催，朱勔花邊午店開，仇英畫裏春妝賽。趁清明冷食來，施山僧那惜金釵。低潤臉男兒拜，整新裙侍婢擡，恨無端落日船回。

竹下水仙

翠雲影掠玉鈿柔，蒼雪聲摇金琖流，天寒正倚佳人袖。是何年雅蒜收，傍琅玕鵝管花抽。墨胎子生來瘦，楚湘娥分外愁，合就清幽。

齊瓊臺侍郎雪中過訪

十年握手意偏深，千里言懷喜不禁，三公折臂君尤甚。臥天台琪樹陰，惹蒼生望到而今。剡雪淒清興，江雲縹緲心，有約聯吟。

謝馬嶰谷、半槎惠人葠

靈苗合在阮生家，香蕊應須溫尉誇，連根便是邊鸞畫。價兼金難賽他，起沈痾何必丹砂。秋寄逢江雨，晨煎汲井花，此意無涯。

殿前歡

秋思用張小山春思韻

寫秋思，芭蕉葉葉竹枝枝。南湖風雨涼何自，潘鬢成絲。蟲聲唱鬼詩，雁影排人字，鳳紙書仙事。餘香滅後，幽夢回時。

春草

燒痕春，無端喚起踏青人。青青有盡愁無盡，不入侯門。濃將落日薰，媚借飛花襯，色作羅裙認。小卿墓上，西子湖濱。

撥不斷

晚秋田家

倚霜根，望前村，西風漸掠歸鴉陣。稻熟租分斛面勻，菊香醉枕鉏頭穩。是非休問。

枳郎兒

月夜過吴梅查青棠館

趁微涼，訪書堂，淡月正昏黄。卍字闌干亞字墻，新詞同唱，合歡花影轉東廊。

清人散曲選刊三目次

有正味齋集南北曲

小令

窗清供　〔北越調〕小桃紅　遊鐵佛寺

套數

〔南中吕〕好事近　觀潮　〔南雙調〕步步嬌　題漁莊春霽圖　〔北仙吕〕點絳唇　觀盂蘭會　〔南中吕〕好事近　題十本梅花書屋圖　〔南中吕〕石榴花　題浮香樓圖　〔北雙調〕新水令　題靈芬館圖　〔南商調〕集賢賓　題陸晴厓聽香圖　〔北雙調〕新水令　喜洪稚存自塞外歸　〔南雙調〕步步嬌　遊石湖　〔北中吕〕粉蝶兒　送李味莊報最赴都　〔北黄鐘〕醉花陰　題梅夢圖　〔南南吕〕香遍滿　題劉松嵐小像　〔南仙吕〕八聲甘州　題袁擭庵小像

清人散曲選刊三

有正味齋集南北曲

清錢塘吴錫麒聖徵撰　江都任訥中敏校訂

小令

〔北雙調〕水仙子

歸興四首

槐廳自愧抗顔師，蓬苑曾叨問字知，余四與庶常分校。諸王亦荷分庭禮。凡侍掌尚書房者①，見諸侯惟一揖而已。只先生骨相奇，算青氈故物難離。請圖作村夫子，去教些牛舍兒，歸矣茅茨。

冬烘僅免主司憎，余兩分會試房考，而未得與典試。春夢先催學士醒，秋風今算歸人準。念君恩報未曾，顧頭顱雪樣堪驚。便許踐湖山訂，料難酬江水盟，陽羡休營。

孟宗筍已雪中萌，潘岳輿能花下從，茅容鷄慣田間供。喜高堂顔更童，報春暉此去從容。斶憂忿蘐堪種，乞平安竹正濃，此樂誰同。

笋鞋繫可逐樵夫，銅斗敲還聚釣徒，櫂歌唱亦招漁父。任相羊裏外湖，更知心結個林逋。伴明月梅花古，舞蒼苔鶴影癯，夢也仙乎。

〔北中吕〕喜春來

探梅

溪山明滅煙微惹，江路淒迷竹暗遮，風横雪密可來耶。花放也，今日較寒些。

---

① 今校："侍"原作"倖"，據《有正味齋集》改。

〔北雙調〕沉醉東風

春日湖上二首

乘油壁蘇娘宛在，賣魚羹宋嫂重尋。人爭殘醉扶，花免餘寒噤，引東風吹動遥林。芳草如煙畫不深，有夕照泥金暗滲。

天竺路催成香市，總宜船喚起遨頭。擡身釧響摇，照眼釵光溜，問幾人合住紅樓。淘盡銷金鍋裏愁，只换得繁華似舊。

〔南雙調〕玉胞肚

新柳

似煙凝悄，料纔禁春風翦刀。熨眉開陌上青描，引絲長波心黄醮。十三年紀女兒嬌，傳遞新愁過畫橋。

〔南南吕〕掉角兒

吴興道中觀插秧者

聽田謳水鄉最宜，鳴秧鼓梅天新霽。轉桑陰時看笠欹，立草泥不嫌脚膩。這邊抛，那邊接，井字排，針尖簇，緑混東西。風來暗長，雨來更肥。嬌兒比一般田穉，煞費栽培。

〔北越調〕小桃紅

松江

晚潮纔上客帆懸，月影飛如練。九點依稀髻鬟辨，共洄沿，販鮮船聚知魚賤。鱸炊者邊，蒓搴那面，歸計樂今年。

〔北雙調〕折桂令

上海南園

問老鶴何日歸來，水冷雲荒，滿地青苔。蟹雨秋繁，鵜潮夜咽，蜃霧晨開。拜石丈花間振袂，禮星壇磬外更衣。高閣凭看，明月中流，申浦帆飛。

〔北商角〕河西六娘子

何春渚琪所藏馬湘蘭硯屬題

俠骨横撑翰墨場，都洗了粉暈脂香。點池羞煞楊花樣。竹也寫瀟湘，蘭也寫瀟湘，記伴金陵馬四娘。

〔北雙調〕水仙子

題顧文媛燈下讀書圖

觀書合作小喬詩，問姓還猜眉子家，披圖賽得仇英畫。趁紗廚燭影斜，借青氈當了生涯。仗霜毫洗却煙花，莫認作喬妝聲價，只前身的粉蠹猜他。

〔北中吕〕滿庭芳

風雨自湖上歸

春心未闌，西風捲雨，吹出青山。條條水遶苔行慢，脚下生寒。乍落葉者邊相趲，更行雲那裏横欄。逢人罕，芒鞋破傘，候渡在前灣。

〔北黄鐘〕人月圓

偶見

月兒恁不和伊至，偏弄竹枝枝。影來能瘦，聲來更悄，閃入心兒。斜塘也住，迴塘也住，門徑依稀。明朝去也，花開花落，夢也東西。

〔北中吕〕普天樂

漁二首

占鱸鄉，衝萍路。喧喧滿湖，煙裏如圖。桃花沿渡訪，荷葉掉船逋。日逐煙波忘辛苦，到晚來明月尋吾。横橋泊初，疎簾篩處，幽火叉餘。

唱竹枝，拍銅斗。撁來撅頭，挐鷺提鷗。空灘經雪壓，窄港慣風兜。笑得人間浮雲走，但有魚換酒何愁。楓林醉休，蘆花被厚，一覺齁齁。

〔南南吕〕解三酲

寄心舟上人

没理會收回布袋，急奔波峭緊草鞋。禪門衣缽詩家派，廬嶽去，杼山來。白雲裹衲黏難脱，落葉隨笻撥即開。沙鍋在，料無多米汁，有甚安排。

〔南南吕〕梧桐樹

《梅村集》中有戲題仕女圖十二絶句，因用其題，各以南北曲譜之，并屬友人徐君蘭坡，仍繪其意，以傳於世。

一舸

西風吹白紵，歌罷人何處。莫道功成，肯逐鴟夷去。算回頭只有煙波路，吴苑千秋，花也愁無主。越客千絲，網也兜難住。剩相思石上苔無數。

〔南商調〕黄鶯兒

虞兮

萬帳楚歌俱，對青蛾意氣沮，罷鴻門走了烏江路。歌公莫舞，唱公無渡，酬知孰肯頭顱付。濺春蕪，名花千古，留當美人呼。

〔南中吕〕駐馬聽

出塞

國色誰知，何苦黄金賂畫師。蛾眉易老，玉關自遠，青塚長迷。琵琶彈出漢宫悲，蟾蜍照見胡沙淚。險被胭脂，勒名涸了燕然字。

〔南南吕〕一江風

歸國

贖青蛾，不惜黄金捨，高義原非假。恁還家，漢月重逢，慘慘悽悽，難對刀環話。胡笳已歇他，琵琶又换咱，翻愧了明妃嫁。

〔南南吕〕解三酲

當壚

著犢鼻風生一鬨，畫蛾眉翠隱雙峰。酒旗摇曳春星動，休誇是數錢工。賦成纔有千金賣，歸去依然四壁空。琴心送，只茂陵秋雨，累個愁儂。

〔南南吕〕駐雲飛

墮樓

結了珠胎，雙角山邊墮地來。笛倚春風待，花許蛾眉賽。嗏，綺宴小樓開，戰鼓休猜。一片花飛，還了齊奴債。金谷人來賞緑苔。

〔北中吕〕普天樂

奔拂

布衣豪，朱門寵。三生幸逢，一笑情通。窈窕堪憐子，隄防莫惱公。縱使金魚能合縫，已銀河閃出秋風。杖策來從，麝囊裍紫，麈尾留紅。

〔北中吕〕謁金門

盜綃

門遥，戟高，那許盟花到。君獒信不比臣獒，一夜苔陰悄。繡户如招，銀蠟猶燒，恰蟾蜍圓滿了。藍橋，鵲橋，喜不負郎君教。

〔北黄鐘〕人月圓

取盒

偏師竟仗紅顔赴，匕首不須汙。兵消外宅，具探内寢，寒矣頭顱。波荒臺遠，鐘鳴漏急，夜景先圖。月明歸也，撲空一葉，煙影模糊。

〔北南吕〕牧羊關

夢鞋

神仙眷，美麗娃，恁拋伊偏戀别家花。薄命應該，無情恁罷。黄衫空夢到，紫玉付煙嗟。枉留教癡心在，磕鞋兒占鬼卦。

〔南中吕〕滿庭芳

驪山

流雲忽逋，秋星兩點，照入花疎。隔花隱隱聞私語，天上歡娛。駭羯鼓漁陽響初，感琵琶天寶彈餘。招魂路，黄昏古驛，冷雨一鈴呼。

〔南中吕〕閲金經

蒲東

樂府相思曲，姻緣撮合山，夕陽人影看場還。完，夢醒草橋寒。雙文羨，兒女話鐙前。

〔南仙吕〕皂羅袍

杏花

燕喜憑伊來報，正嫩晴低襯，碎錦徐飄。狀元宫帽路人瞧，尚書詞筆春風鬧。餳簫吹過，新煙已消。酒帘招否，前村尚遥。只愛一肩香遞紅樓悄。

桃花

緑漲一番晴後，看夭紅倒影，春滿迴流。重門人面見還羞，仙源世外逢原偶。誰根誰葉，迎來莫愁。和脂和雪，團成阿侯。可比兒家潭水情深否。

〔北大石調〕青杏子

春盡日

怎地又闌珊，便斜陽欲挽都難，只爭半晌愁無萬。東風今夕，緑陰明日，一樣欄干。

〔南越調〕閲金經

句留處觀荷

紅洗花頭活，香浮葉氣深，尚嫌微暑隔簾侵。陰，夕陽沉半林。持箭飲，十分涼到心。

〔北仙吕〕一半兒

虎邱

綺羅香簇錦輿濃，時世妝爭兩鬢鬆，畫舫曾貪倩婢逢。羡吴儂，一半兒嬌嬈一半兒寵。

焦山

蒙頭蘿薜影毿毿，隱士雲深閟孰探，忽聽海潮音出庵。静中參，一半兒風松一半兒梵。

棲霞

碑殘捨宅澀苔生，鐘磬聲沉古水鳴，無復六朝僧有情。佛冥冥，一半兒禪鑽一半兒佞。"鑽"字待校。

秦淮

板橋記惜舊人稀，丁字簾無燕子歸，盒子會誰花榜題。剩青谿，一半兒斜陽一半兒水。

夏夜與萬廉山、陸祁生上海南園閑話

子虚烏有妄言之，聽到涼燈欲殺時，颯颯滿窗山葉飛。逞新奇，一半兒談狐一半兒鬼。

〔南正宫〕醉太平

湖上看芙蓉

沿流淥水悠悠，認淩波步到，尚帶紅羞。斜陽底事，爲伊半晌句留。迎眸，道者般清豔最宜秋，悔輕被老鷗消受。天涯回首，涉江人在，采采歸休。

〔北越調〕紫花兒序

野步

踏涉行芒鞋斜轉，摸魚兒竹斷横攔，醉花陰石徑怯眠寒。那不就青山一帶，先縛了黄篾三間。清閑，道商量畫稿絹曾礬，移居未晚，只要等踐約鷗來，作伴雲還。

〔北雙調〕折桂令

題畫蟹

攪迴塘半折寒葭，幾輩蕭蕭，歇了爬沙。鰲猶擁劍，爪都迷樹，眼候煎茶。笑饕餮先斟老瓦①，賸輪囷且快饞牙。公子休誇，一紙功名，黄甲誰家。

〔北正宫〕醉太平

移居東園

東皋生署號，村夫子移居，划來水竹便留吾，已新編煙户。放生社乞魚苗護，鳴機坊許燈光助，灌園人習菜傭呼，好衣冠漸疎。

〔北雙調〕折桂令

述懷

得歸來歇了朝車，隨意招呼，只在煙霞。芰製披寬，草鞋縛峭，箬帽籠斜。醉老瓦漁樵合局，席明蟾鷗鷺分沙。筏子誰划，一道波痕，去訪蒹葭。

〔南雙調〕沉醉東風

葺園

移老竹醉還欲卧，種垂楊舞亦常傞。藤穿壁縫强，花亞籬根妥，約萍開鏡影如磨。槭槭涼風振葉過，淬水面驚魚一個。

---

① 今校："先"，原作"之"，據《有正味齋集》改。

〔北正宫〕叨叨令

遣瘧

遷延爲謁三醫誤，禳除翻惹羣邪侮，陰陽渾似天公錯，炎涼直逼人情苦。炙殺人也麽哥，噤殺人也麽哥，恁不怕杜陵放出驚天句。

〔北雙調〕折桂令

徐菊莊先生爲康熙戊午大科前輩，其楓江漁父圖題者甚衆。中有竹垞翁詩，已刻入《曝書亭集》中，後附〔折桂令〕五闋，蓋竹翁自爲之，故集中不言題其圖也。辛未春，徐山民待詔過杭，訪余於東皐草堂，出此圖屬題，則竹翁作俱在焉。因即効其體爲之，以爲繼聲，則余不敢。

者分明前輩風流，脱了朝衫，卸下貂裘。野水沿洄，煙蓑落拓，釣竹幽修。且莫説寒墀待漏，再休聽深谷鳴騶。楓葉催秋，畫個紅衣，作伴閑鷗。

向垂虹橋畔優游，亭長頭銜，權當封侯。鷺拱凫趨，魚租菱税，竹葆松游。傾老瓦醉來白酒，臥蘆花穩過黄紬。老去温柔，本事詩成，譜入漁謳。

問紅塵擾擾何求，朱十詞來，也訂歸休。大布衣偕，小長蘆住，東洞庭游。纔博得五湖邂逅，又遮教半邏句留。煙水前頭，雨細風斜，兩個扁舟。

自鵷鸞多少朋儔，福命安排，似此難求。酒客江東，高人甫里，才子瀛洲。到今日神仙影留，羨當時富貴身抽。水冷雲收，笠屐相逢，一笑千秋。

念君恩只我難酬，垂老衰駘，竄跡林邱。床要撦龜，俸將割鶴，耕待租牛。也贏得魚竿傳授，好編成翰苑源流。荻汊蘆洲，一瓣靈香，爇在心頭。

〔北仙吕〕一半兒

題友人校書圖

蟲魚辛苦剔參差，落葉紛紛掃不辭，爇燭但愁麗豎疲。月斜移，一半兒塗黃一半兒墨。

西湖曉泛

回峰醉塔傍煙支，宋嫂魚羹出釜遲，西子曉妝臨鏡時。放船齊，一半兒湖南一半兒北。

楊花

簾旌毿毿失游紅，窗網迷迷綴玉蟲，雪様不寒雲様鬆。罥東風，一半兒離情一半兒夢。

晚鴉

斜陽隱隱鼓嚨胡，歸陣匆匆尾畢逋，潑墨滿天餘點粗。響空虛，一半兒潮來一半兒雨。

理安

溪流接筧岫盤雲，竹木參差另一村，衲子亦知生理勤。趁餘春，一半兒分茶一半兒笋。

梅雨

折釵股勁學殊難，落墨花肥拭不乾，壁氣染人苔様寒。面墻看，一半兒丹青一半兒款。

〔北仙吕〕油葫蘆

北郭外觀菜花

紅過桃花雪一場，驀吹來風更香，坐圍野榼隔溪望。布黄金界出衹園廣，涌黄雲顯得田屯旺。鵝兒殼蜕新，蜂兒翅搧忙，但酒波和著花光盪，渾不信，有斜陽。

〔北雙調〕沉醉東風

題楊妃春睡圖

鸚鵡舌罷教調弄，荔枝漿且莫傳宣。迷迷蝶夢尋，密密梨雲變，鹿銜花有誰曾見。便描得丰肌軟似綿，怕纏臂的黄金壓匾。

〔北正宮〕黑漆弩

曉過嘉興

杉青牐近船來繫，恰傍個慣落帆的亭子。一星星已蟹燈微，隔岸曉鐘催起。似愁他細雨飛寒，幾處紅樓深閉。怕鴛鴦也撇湖光，要去趁那人夢裏。"已"字待校。

〔南中吕〕駐馬聽

登金山

塔頂呼鈴，斷渡風來不得行。畫看小李，帶問東坡，泉品中泠。講經龍欲出波聽，護禪鴿亦棲簷定。晚閣誰凭，幾船紅板，看抽帆影。

浮山禹廟

雲氣模糊，恍見羣靈左右趨。蛟龍洞閟，橘柚天圍，山海圖摹。飛芻絡繹路通吴，傳巴縹緲歌沿楚。民不其魚，狂瀾永砥，功哉微禹。

平山堂

山眼青濃，隔渡曾看宴醉翁。分來明月，傳過荷花，留得清風。夕陽簫鼓白鷗叢，畫船煙水紅橋夢。去惜匆匆，泉斠蜀井，未叨僧供。

康山

如許繁華，一簣偏容此客誇。狀元名字，才子文章，豪士琵琶。至今花木又誰家，慣逢絲竹談前話。我正天涯，白頭被酒，恁堪歌罷。

木蘭院

一箸薺餐，判甚闍黎冷熱看。雲翻愈薄，花發徒濃，佛坐無言。鐘聲任打夕陽殘，紗籠幾被蛛絲换。香積煙寒，春消講樹，鳥啼人散。

〔南仙吕〕排歌

紅橋訪春

故燕偏遲，新鶯亂飛，租船去去湖西。一虹界處畫圖移，翠擁高頭紅接低。亭館合，樓閣離，金迷紙醉夢何之。歌吹繁，燈火起，衣香人影幾多時。

〔北雙調〕撥不斷

詠蝶

撲春痕，邉雲魂，荼蘼架底棲煙穩。緑草園中鬧日薰，菜花村裏揝風緊。粉圍香陣。

〔北雙調〕折桂令

竹西寺小集

只年來歌吹消沉，换了幽蛩，能助清吟。落葉行聽，青苔坐藉，明月閑尋。寺前有明月橋彌勒地僧寬酒禁，兜率天佛證詩心。簷蔔垂陰，淨洗繁華，好盍朋簪。

〔北雙調〕水仙子

友人餉蠟梅、水仙、山茶爲寒窗清供，譜此酬之

老禪裹凍衲衣廱，仙子淩波素襪能，女郎倚醉霞綃稱。歲寒交各自清，謝殷勤糾合同盟。擁磁斗的苔泥潤，灌銅瓶的井水盈，伴殘年雪豔窗明。

〔北越調〕小桃紅

遊鐵佛寺寺爲五代楊行密故宅

墨雲都已换棲鵶，誰問楊花雪。隱隱興亡塔鈴説，誤僧伽，殘灰指作英雄刧。冷雨沉沙，陰風吹霎，地剩一袈裟。

套數

〔南中吕〕好事近

八月十八日秋濤宫觀潮

斜照送登樓，拓開胸底清秋。千檣薺簇①，全教攏了沙洲。颼颼，閃

①今校："檣"原作"牆"，逕改。

過空江風色，墮涼雪先有飛鷗。霎時間天容變也，看青連大地，我亦如浮。

〔錦纏道〕者前頭，似銀潢從空倒流。斜界一條秋，倏靈蛇東奔西掣，接著難休。響碌碌雷車碾驟，高矗矗雪山飛陡，四面撼危樓。漸離却樟亭赤岸，一路的和沙折柳。更道憑仗鴟夷勢，水犀軍渾不怕婆留。

〔普天樂〕羽林槍前驅走，佽飛隊中權守。折波濤顛倒天吴，逐風雲上下陽候。青天濕透，惹烏啼兔泣，鼉憤龍愁。

〔榴花泣〕〔石榴花〕首至四一聲彈指重見涌瓊樓，湘女倚，虙妃游。神仙縹緲數螺浮，度匆匆羽葆霞斿。〔泣顔回〕五至末珠璣亂丢，雜冰涎噴出龍公口。猛淋侵帕漬鮫綃，忒模糊錦涴魚油。

〔古輪臺〕問根由，古來曾閲幾春秋。却煩壽酒今番酹，大江依舊。呼吸神通，過了天長地久。有甚難平，一番息後，但聽伊嗚咽過津頭。歎則歎茫茫世宙，也等閑消長如漚。殘山剩水，荷花桂子，故宫回首，寂寞付寒流。看來去，只銅駝無語鐵幢愁。

〔尾聲〕朝又夕，春復秋，能唱到風波定否。怪不得回轉嚴灘總白頭。

〔南雙調〕步步嬌

題劉笛樓司馬漁莊春霽圖

莽風沙遮斷江湖路，何處尋煙語。畫裏儘流連，一角漁莊，白鷗分與。厭了長官呼，把鱸鄉權當頭銜署。

〔醉扶歸〕者邊是嫩尖尖早笋蘆新吐，那邊是緑纚纚長條柳乍舒。響冰澌急溜放前沽，曬斜陽破網攔横浦。只認道桃花留住，釣人居，却費煞種花前度人辛苦。

〔皂羅袍〕長養就魚苗無數，趁源頭水暖，流出菰蒲。此中原有活民書，料功名不被天隨誤。行春來也，枯田要蘇。勸農去也，良苗要扶。捲煙波都化甘棠雨。

〔好姐姐〕歡呼，東風一路，簇擁着前歌後舞。問紅衣畫出，能識釣師無。但贏取，鳴榔聲裏傳衙鼓，縛荻燈邊理簿書。

〔尾聲〕閑身乞得先歸去，道蓑笠今番且讓吾，當一個候君前渡風標鷺。

〔北中吕〕點絳唇

中元夕觀盂蘭會

月影如波，竹枝旛彈，靈風過。撾鼓吹螺，送上毘盧座。

〔混江龍〕乍飄飄金蓮一朵，吹來頂上結枝柯。暗籠著香煙緑慘，燭餤紅矬。魆地裏窸窣寒聲摇木葉，一霎價離披黑影走風蘿。上頭是面燃鬼閃閃尸尸好一個慣發婆心豪薜荔，對坐的目蓮僧喃喃囒囒算一個修成苦行老頭陀。高掛起赦罪牌儘阿鼻獄跂脚蒙頭一齊放出，明貼上祀孤榜縱鬼門關披枷帶鎖普例容過。見者山望那山怪金銀氣塞滿天邊哄一家兒瞎鬧盲爭忘記了爺爺奶奶，因前隊牽後隊訝酒肉場開張地下趕半路上呼朋引類結識個弟弟哥哥。笑殺他逆祀行故鬼小新鬼大必踐其位，亦似那墦間祭東家來西家往又顧之他。臨臯亭變相圖開也難分地獄差别，閻浮殿幽冥主在能照見世界婆娑。無論他文者相武者將鑾坡侍麟閣登，但奉了攝魂符就和那馬磨牛醫一樣做劉伯倫土裏饅頭餡。任憑他飽得學使得才五車貯八斗量，自入了枉死籍倒不如癡兒騃女免得唤蘇玉局詩中春夢婆。也有的估舶征檣可憐見瘴江邊誰收爾骨，也有的粉白黛緑没奈何白楊下其歗也歌。也有的醫卜星相冠著述履著絇到盡頭時空博得史家方技傳，也有的漁樵耕牧風則蓑雨則笠問收稍處誰第上唐代隱淪科。還有的道謗僧僧謗道盼不著梯仙國選佛場饒你説法談禪那能彀塵彀外尋些生活，更有的貧又病病又貧送不去二豎災五窮虐熬得精銷髓竭只算在苦海裏打個盤渦。皮傀儡竿木逢場但有些真性情也生旦也淨末演得成忠孝節義，悶葫蘆滴水不漏若遇著大劫數爲蟲沙爲猿鶴逃不脱水火兵戈。做了場蕉鹿夢蝴蝶夢槐安夢邯鄲夢憑派在淨心經二十種眠擔怕擔驚誰唤醒醉魄癡魂皈正覺，數不盡黎邱鬼黄父鬼楓子鬼烏蠻鬼都拉進鐵圍山三十六報食香食氣怎提得罪花燋種出閻羅。模糊煞六道三塗渺渺茫茫人世但吟君不見，厮趁著疎星淡月來來往往今宵還問夜如何。莫愁是轉輪迴終受翳桑餓，請來赴無遮大會，要度盡如是恒河。

〔油葫蘆〕偏淨眼看來苦趣多，愍沉淪待救拔，只索得楊枝灑潤去沾他。他冷迷迷氣怯依螢火，軟丟丟衣敗飄蟬蛻。盼靈壇情怎通，聽酸文愁則那，猛鈴語郎當摇一個，蕩魂兒貼地白煙拖。

〔天下樂〕記當初險誑得阿難脱了窩，魔也麽魔。仗如來起願河，把妙味須陀煮一鍋。擾醍醐灌頂多，爇旃檀逆鼻過，便救了無量的瘺骷髏起刹那。

〔哪吒令〕送蓬蓬雲過霧過，寒陰一窩。雜啾啾風哦雨哦，度秋墳一歌。换場場人多哭多，擲流光一梭。香米山壓教饞啖矬，紙錢風吹到黄泉大，剛湊著半空兒雨散曼陀。

〔鵲踏枝〕結手印，降羣魔，宣神咒，徹支那，只見傘蓋威蕤，樓閣嵯峨。獻美膳的城開護世，進天樂的伎奏那羅。

〔寄生草〕苦苦憐飄墮，忙忙事羯磨。給資糧不惜將衣裹，撒香花生怕從風簸，奏頻伽也要隨聲和。直到了歎孤文幾首廣離騷，纔算得者場功德團圓大。

〔賺煞〕老蟾趖，銀河墮，聽了些前因後果。道成佛生天爭甚麽，那靈霄官府原多。那釋宫阿魔壞如何，倒不如守著者一縷靈光永不磨。聽泉吟竹和，任莎眠草坐，便歸去也早有個漆燈兒移亮慣迎他。

〔南中吕〕好事近

王少林太守嵩高**屬題令祖樓村先生十三本梅花書屋圖**

身世歎如泡，只千古吟魂不消。隔溪隱隱暗香招，一枕游仙來悄。

〔山花子〕翩然似有雲旗導，行行軟踏青瑶。趁虚空眉月已高，把逋仙活脱身描。看吹過春風畫橋，東邊冷豔脂析苞，西邊緑萼煙透梢。潑眼花光，遠近遮要。

〔馱環著〕乍相逢索笑，雪骨冰肌，月魄雲魂，幾生修到。第一東風占了，可似當年臚唱，五雲中狀頭呼早。論宿果前身應曉，説舊夢今番未杳。洛神仿，雁柱調，便一十三株，莫嫌花少。

〔縷縷金〕酥漉漉，粉纈纈，宜冬惟一，味勝瓊膏。休説充饑餅徒煩畫稿，寒香直沁到心苗。花陰鶴同飽，花陰鶴同飽。

〔越恁好〕幾時真個，幾時真個，鋤月種苔坳。仗扶春妙手，疎布影，密抽梢。圈花暈蕊兼點椒，望來齊縞。真耶，算停泊了孤山棹。幻耶，算圓合了羅浮覺。

〔駐馬聽〕無數賢豪，煞費登場健句鏖。風花過眼，雲水消痕，雪泥融爪。銀杯化去本難招，楚弓復得真難料。多謝迴飈，返魂香重爇到梅花窖。

〔撲燈蛾〕魂仍夢裏招，人來畫中叫。回首軟紅飛，認那番走東華道也。天上忙忙，前事都杳，賸餘酸一紙合還開，道孫枝纔補了春來稿。展香陰，便要將廣厦萬間包。

〔會河陽〕祖德相承，官聲自高，做黄堂辦到和羹料。賢勞，早樹滿春浮，堂開玉照，願厮守著梅花老。者是嫡派的清寒肖，莫將那世味的酸鹹較。

〔菊花新〕君不見白田風景久蕭條，便喬木人家不姓喬。經史課兒曹，幸不失青箱家教。

〔紅芍藥〕瞻前輩似斗與杓，交賢嗣勝漆和膠。倘石上三生湊緣巧，道仙壇落花甘掃。明朝湖口泊輕橈，拚書堂一尊醉倒。聽花間翠羽啾嘈，認先生杖藜來了。

〔駐雲飛〕廣樂重霄，不過人間夢一遭。唱過華胥調，領了希夷教。嗏，清福半生消，木天人老。但借梅花，印出花間照。那知道賢孫守護牢。

〔尾聲〕功名自古休誇耀，多少清門感寂寥，誰似者不斷生香玉萬條。

〔南中吕〕石榴花

題高惺泉浮香樓圖

松圍打拱無路許舟通，沿岸曲，掠磯東。逡巡有個舊鷗逢，導行行荻汊蘆叢。煙重水重，一條穿入溪雲縫。見疎疎幾葉漁篷，露蕭蕭幾座花宫。

〔前腔〕螢飄螙迸剩者小樓空，隨落日，候東風。巡簷略見數椒紅，記當時玉軟酥融。香濃酒濃，把詩人高向花頭擁。照欄干月也溶溶，掩窗紗霧也濛濛。

〔急板令〕恁銷磨吟翁醉翁，任流連樵童牧童。蒼苔暗封，過一番翠羽匆匆，捲連朝秋雪蓬蓬。只留下落葉裁箋，流水調桐。誰吹笛喚醒春風，重唱徹玉玲瓏。

〔好事近〕祖德述難窮，暖青山氣脈旋通。玉麟飛起，今朝要舞回風。從容，待設寒泉清供，好交代茅屋家風。還防是和羹借重，只修成高格，一味宜冬。

〔尾聲〕西溪近已無梅種，便圖畫也飄清夢，道難得者黄篾三間雪裏濃。

〔北雙調〕新水令

題郭頻伽麐靈芬館圖

水三分圍住屋清清，更修篁二分光景。墻頭蒙薜荔，户外插柴荆。畫上丹青，早换了白眉生舊三徑。

〔駐馬聽〕你料理林扃，分水湖邊移宅定。你安排釣艇，梅花寺口試篙輕。髻頭簇向樹梢明，紅衣换得楓人醒。煙波興，儘漁歌立在門前聽。

〔沉醉東風〕者一帶留客遥敲茶正清，那一帶看花蹊種石新成。者一帶糟邱臥畢卓瓶，那一帶畫叉掛燕家景，讓伊家受用今生。況有胸中萬卷撑，可不是神仙福命。

〔折桂令〕數當年先輩遺型，有一個白犢逍遥，來往前涇。也有那傳神的盛子昭，畫竹的吴元鎮，還有那要下馬的魏家塋。颭松光白雲飄影，移草脚野露流聲。但見鶴下虚坰，鷗在荒汀，可真個買了青山，可真個築了茅亭。

〔沽美酒〕歎蒙頭白髮生，悔覓食朱門冷，回腸轣轆饑人甑。者根由猛省，纔知道乞到草堂靈。

〔離亭宴帶歇拍煞〕尋詩合向煙霞訂，填詞要守宫商正。得閑時且敘閑情，酒錢付便了沽，鷄栅唤宗文樹，漁具待樵青整。漉香羹蓴絲雉尾縈，配左手蟹味團臍勝。料多情怎生忍俊，從今後也莫跨灞橋驢，也莫策東華馬，也莫棹青溪艇。胸非有萬間，志要營一頃。問誰人草堂貲寄了杜陵，道此間有個墊巾人，在者偌大的靈芸館中等。“便了沽”待校。

〔南商調〕集賢賓

題張晴厓聽香圖

氤氳滿簾何處尋，倏蟾蜍照入花深。伴個畫眉人未寢，儘霏霏鼻觀微侵。心頭暗沁，偏要待耳根詳審。關心甚，恰病風纖手，釧響摇金。"病風"待校。

〔猫兒墜〕當年盾鼻，磨過幾光陰。賸好句弓衣唱到今，重摹寶字畫雙心。沉吟，記得擣秋砧，催回夢枕。

〔尾聲〕梁衣合共天香品，問何日修書聽到漏聲沉，怕只怕半臂愁添寒夜恁。

〔北雙調〕新水令

喜洪稚存自塞外歸

驀金鷄放赦下銅樓，感皇恩莫名高厚。墨纔磨盾鼻，環已驗刀頭。萬里歸休，好重認茅茨舊。

〔駐馬聽〕昔日旃裘，雪打蒙茸寒欲透。今朝楊柳，風摇旖旎態逾柔。從軍來分戴吾頭，破荒去恁關渠口。壓還裝詩萬首，聲聲噤住秋笳奏。

〔喬牌兒〕憶當初貫索收，誰拚得萬叉救。殺之三幸賴堯能宥，荷戈去自抖擻。

〔沉醉東風〕問疎勒飛泉倒流，望祁連素氣空浮。雲摶太古濃，日陷奇寒瘦，莽書生窮塞也風流。只栩栩猜伊蝶夢遊，却不道雪片和身捲驟。

〔風入松〕尚觚棱盼着屢回頭，肝膽幾生酬。枉衣穿短後逡巡走，指望是挽天河淨洗兵休。隔著秦關蜀隴，不知戰骨如邱。

〔滴滴金〕只聽説鷹攫羝飛，風吹牛墮，雷和龍鬭，眼未見，筆先收。但神異經添，變相圖摹，諾臯志就，何曾放些兒喜懼在心頭。

〔雁兒落〕怕只是旌旗毳帳稠，笳鼓轅門驟。直壓得小林牙意氣低，越顯出大都護威風陡。

〔得勝令〕呀，負弩在前頭，跨馬幾時休。算年來身慣冰霜鍊，到者裏魂還湯火遊。名流，能驚魑魅蒼黄走。纍囚，安望將軍禮數優。

〔川撥棹〕驀地裏白烏頭，論時光葛替裘。端只爲赤旱災流，得邀蒙丹詔恩優。風送悠悠，雲助油油，願真個爲霖試手，得成就了大田秋。

〔七弟兄〕者邊的情話重留，那邊的新詩要酬，羨此去勝仙遊。召賈生竟脱長沙走，放謫仙得免夜郎流，送髯蘇恰就毘陵酒。

〔梅花酒〕兀的不淚滂流，折檻幾曾修，補牘還又留，只狂愚挫汝一丢丢。到生入玉關人似舊，況逢著烽煙消歇太平秋。罷輪輓，脱兜鍪，習魚釣，事耕疇。但聽那斜陽牧笛唱田謳，再休道騎馬勝騎牛。

〔收江南〕你文章已被外夷收，你遨遊直到海西休，你聲名更有汗青留。算如今許松楸厮守，纔無負了機聲燈影讀書樓。

〔尾聲〕君恩似此真希有，合丹青傳與千秋。只送行還有故人留，要添寫幾筆可憐關外柳。

〔南雙調〕步步嬌

重九前二日，味莊觀察邀遊石湖，索填此曲，以寫其勝

放新晴纔破青山笑，來唤沙鷗導。行行蕩畫橈，酒琖茶爐，配就詩中料。聽説是登高，早西風吹側烏紗帽。

〔醉扶歸〕最羨是賜煙波逃脱金鑾召，最樂是賦田園隨著白雲招。面楞伽聽唱竹間樵，轉横塘看理蘆中釣。林泉果要福能消，願今朝來領先生教。

〔皂羅袍〕呼作遨頭也好，且題糕故事①，預借今朝。脱紅衣免了畫圖描，引清尊避了箏琶鬧。丹黄小筆，千稍萬稍。玲瓏水調，長謡短謡。怕重來又是秋容老。

〔好姐姐〕儘盈盈金波盪摇，拌沉沉玉山摧倒。茱萸醉插，未肯放歸舠。斜陽早，濃遮紅葉樓三面，冷侵黄花徑一條。

〔尾聲〕長官如此情應少，只相約菰蒲句共敲，道不怕催租人到了。

---

① 今校："題糕"，原作"題高"，據《有正味齋集》改。

〔北中吕〕粉蝶兒

送李味莊觀察報最赴都

六載春風，覆茅檐甘棠陰重，驀今朝催趲花驄。曳旌旗，腰弓弩，前驅先動。白叟黄童，問歸期馬頭爭擁。

〔聽高歌〕喜則喜清秋恰報年豐，趁稻把堆埸香重。無煩笳吹喧高壠，聽一路的田歌相送。

〔紅繡鞋〕笑我者烏紗没用，拚今番漉酒追從，醉起黄花一帽風。衝開煙漠漠，趕上月瓏瓏，也續個軟紅香夢。

〔古鮑老〕算此去橋經玉蝀，定記得並轡斜陽看禁松。算此去樓過丹鳳，定記得同立清霜候苑鐘。到今日蓑袂短，笠簷歪，難陪奉。但相盼幕油明使節雄，早博得天顔喜動，展恩光照耀了江南歸鞚。

〔賣花聲〕煩寄語同朝鵷侣須珍重，好配合鹽梅一氣同，把蒼生提出火坑中。掃清巴蜀，干戈不用，便田間也願獻幾首太平歌頌。

〔啄木兒煞〕洗金罍，進玉鍾，要殘年重約消寒共。莫説是停風阻凍，直挨到蜜梅花放欠詩筒。

〔北黄鐘〕醉花陰

題趙渭川同年希璜梅夢圖

送上蟾蜍隔花彈，又暗被花枝掠破。環尚缺，鏡誰磨，著甚來由，等到黄昏過。檢一塊軟青苔，且尋個羅浮夢兒做。

〔喜遷鶯〕前頭村大，認酒帘三尺横拖。來麽，鬧穰穰壚頭請坐，只一霎沉醉春風面已酡。閃身上香陰瞥過，拚化作翩翩蝴蝶，厮趕上銀河。

〔出隊子〕虚空婀娜，訝天生者俊娥。喬妝得全身縞素雪般挼，出落得絶世丰姿玉樣磨，恁驀地和雲同撇躲。

〔刮地風〕莫不是仙洞衕城安置妥，莫不是神女峽故隔嵯峨。捉迷藏占了梅花課，須明白者段根着。他忍寂寞竹籬關鎖，他耐清寒紙帳延俄。到底來花非花，夢非夢，幾曾真個。空只是翠翹垂，羅袖曳，慣引教睡眼摩挲。笑幾生修道還如我，只雪滿花頭萬樹皤。

〔四門子〕好風光轉眼匆匆過，去還來，離又合。也走了邯鄲，也到了南柯，早一場喚醒春夢婆。禽兒也歸，蟾兒也趓，賸老鶴花陰同臥。

〔古水仙子〕憶憶憶舊薜蘿，念念念種花蹊三間老屋破。走走走跨上個踏雲騾，摇摇摇放一隻尋煙舸。閑閑閑仙人烏免得張羅，罷罷罷萬民碑一齊打破。和漁謳唱到定風波，學僧裝打了新包裹，甚畫中偏戀暗香窩。

〔尾聲〕一夢古今提不破，休説者姓趙的太風魔，道有個老師雄先替我。

〔南南吕〕香遍滿

題劉松嵐五十二歲小像

鬚眉依舊，燕臺别君春又秋，那料蕪城重聚首。牡丹紅起樓，楊花雪作毬，東風容易愁，莫放過韶光驟。

〔懶畫眉〕年華半百付波流，漸有雙華白上頭，正須行樂及時謀。縱然件件丹青湊，也要我者饒舌豐干説一周。

〔二犯梧桐樹〕那書啊〔梧桐樹〕曹倉萬卷搜，鄴架千編授。冷蠹前身，孔孔鑽能透。〔針綫箱〕算十年辛苦丹鉛手，只拄腹撐腸願待酬。〔五更轉〕喜今日春明，善本抄全有。落葉黄昏，判與個青燈厮守。

〔浣溪紗〕那美人啊綵袖拖，金釵溜，掛臣冠常自香留。吴娘軟語聽須又，陶令閑情懺又兜。珠幾斗，買他個心頭兒肯真實，不虚教月鏡懸樓。

〔劉潑帽〕那劍啊雨風聽作蛟龍吼，到朝來拂拭吴鈎，記曾在徐君墳上掛松楸。濕漉漉心血酬，直驚得白日沉，妖魑走。

〔秋夜月〕那酒啊糟一邱，哄動了流涎口。蓮臺米汁親傳授，長齋繡佛休孤負。聽呼伊紅友，莫化成烏有。

〔東甌令〕念君家邊關月，塞垣秋，算只有甘棠一種留。心中那管閑花柳，到者裏須消受。儘説伊蛟門三好擅風流，合輸與前度種花劉。

〔金蓮子〕憑逗遛，道東山女妓蒼生舊。只休把英雄氣收，救瘡痍要商量魯論熟從頭。

〔尾聲〕玉節馳，花驄走，此身原是濟川舟，早博得五十功名賽馬周。

〔南仙吕〕八聲甘州

袁籜庵名于令，字韞玉，以作《西樓傳奇》得名。嘗官荆州守，罷歸，梅村詩所稱"詞客開元擅盛名，蕭條鶴髮可憐生"者是也。今其小像在袁綬階處，屬題此曲。

飄然舊影，認烏巾朱舄，意態縱横。幾場歌酒，險把光陰送盡。要堅紅字綢繆約，爲洗青樓薄倖名。揚州夢，留伊杜牧三生。

〔不是路〕鐵甲霜清，誰逼輪蹄出塞行。添豪興，燭圍貂帳坐書生。檄揮成，激邊風吹起梁州笛，便賽了中原十萬兵。秋毫等，道眼光已注燕然頂。待留名姓，待留名姓。

〔解三酲〕醉燕市騰騰酒醒，盪湘波摺摺帆輕。回頭往事秦淮冷，誰唱到楚江情。章臺人去笙歌歇，夏口煙迷橘柚平。賸何處，琵琶送客，淚染衫青。

〔前腔〕曲當場烏紗句併，語傳嬌驢背伶仃。餘聲譜出風波定，漸白髮可憐生。天寶客逢聊共話，廣陵散絶孰重聽。只西樓，幾枝新柳，愁囀春鶯。

〔尾聲〕邗溝賸有潮堪聽，休便戀二分月子與同行，算落得畫裏荆州慰此生。

江山風月譜散曲自序

漢魏樂府降而六朝歌詞，情也；再降而三唐之詩、兩宋之詞，律也；至元曲，幾謂里言誹語矣。然張小山、喬夢符散曲，猶有前人規矩，在儷辭追樂府之工，散句擷宋唐之秀，惟套曲則似涪翁俳詞，不足鼓吹風雅也。予心好之，情之所宣，每爲邯鄲之步；然音律未嫻，其聲之高下，不入格者，當復不少，然第寄意云耳，於聲律固不計也。得數十首，遂彙而録之，並題其端云。

清人散曲選刊四目次

江山風月譜散曲

附原書次序各系曲文首二字以爲别

水仙子	綠羅	小桃紅	輕紅
柳營曲	宵漏	水仙子	淩波
醉太平	十二	紅繡鞋	石燕
滿庭芳	薔薇	清江引	松濤
折桂令	芭蕉	滿庭芳	綠陰
慶東原	雲低	梧葉兒	閑庭
碧玉簫	高樹	紅繡鞋	嫋嫋
殿前歡	橛頭	塞鴻秋	蜉蝣
閲金經	絳蠟	水仙子	紅綿
折桂令	瓚東	普天樂	雨聲
水仙子	堤邊	山坡羊	薔薇
落梅風	新涼	柳營曲	鵑水
閲金經	入定	落梅風	蕉窗
凭闌人	榆莢	折桂令	只桐
滿庭芳	珠泉	天淨沙	絲絲
小梁州	碧羅	人月圓	梅花
普天樂	雨意	折桂令	問芳
水仙子	不教	四塊玉	龍綃
折桂令	看湖	天淨沙	綠陰
沈醉東風	小閣	朝天子	夜闌
水仙子	岸邊	玉交枝	雪車
賞花時	蛾綠	水仙子	遏雲
撥不斷	朔風	賣花聲	鸜哥
落梅風	寒威	賣花聲	黄梅
水仙子	空江	上小樓	寒光
賞花時	脱絮	小桃紅	金猊

清人散曲選刊四

江山風月譜散曲

許光治撰　江都任訥中敏編訂

〔黄鐘〕人月圓

題胡心農列翠樓印譜

梅花香裏冬心淡，金鴨漏初中。一編把似，新題列翠，舊意飛鴻。雕鏤刻畫，翻新竹素，泥燦芝紅。長年笑我，未忘結習，辛苦雕蟲。

〔正宫〕醉太平

十二分煙月，百六日韶華，東風催趲一年花，問春光能幾家。紫綿深海棠梨暈纈，緑羅輕露芭蕉破摺，翠絲長水楊柳垂丫，索從頭看些。

〔塞鴻秋〕

題人采菊圖

蜉蝣衹作昏朝計，蟪蛄豈識春秋意。蟭螟局促人間世，蠹魚瑣屑書生事。龍頭翰墨場，燕頷功名志，笑東籬未必淵明是。

小梁州

碧羅團扇戀新秋，庭院清幽。空階時見一螢流，青如豆，風閃墮簾鈎。　月光淡醉鵝兒酒，轉花陰移上高樓。黑暗中，黄昏後，玉簪香透，誰與當搔頭。

〔仙吕〕賞花時

蛾緑山光横黛横，鴨緑湖波明鏡明。喜天色放新晴，奈碧雲紅樹，猶有鷓鴣聲。

又

脱絮迷漫垂柳梢,脱錦嬫斑叢竹苞。又庭院緑陰交,怪呢喃燕子,猶是定新巢。

〔南吕〕閲金經

燭花

絳蠟銀荷擁,翠盤金粟叢,一穗和煙暗綺櫳。紅,蘭心雙玉蟲。垂花重,繡幃佳氣濃。

題一清僧照

入定忙功課,出塵閑過活,不動如如學古佛。哦,無生参透麽。團瓢破,此時誰是我。

四塊玉

龍綃霧帳單,鸞綾繡被寒,燕語鶯啼夢初闌,蝶痴蜂懿春過半。向曉看,芍藥闌,紅未殘。

玉交枝

霧淞

雪車冰柱,問舊日吟情何處。寒梅本自無多樹,竟妝成千萬株。梁塵白閃銀溜鬚,簾旌粉點瓊飄絮。多做成瑶臺玉宇,更誰知茅檐蓬户。屑石敷,碾粉塗,曉色頓然殊。憶飯甕古諺辭,拈霧淞新詩句。碧釀暖斟曉寒,紅爐熾添宵炷,報豐年隔歲儲。

〔中吕〕紅繡鞋

雨後

石燕飛還緑野,黛螺洗出青山,暮靄鐘聲有無間。雄雷天鼓歇,雌霓帝弓彎,喜新晴剛到眼。

又

嫋嫋新篁乍展，陰陰高樹初齊，庭院深沉乳鴉啼。花光當檻動，香篆出簾低，午窗風又起。

滿庭芳

薔薇檻亞，荼蘼徑仄，芍藥闌斜。春紅都被東風嫁，細數韶華。梅雨波添釣槎，麥風晴送田家。村莊話，聽來不差，小滿動三車。

又

緑陰野港，黄雲隴畝，紅雨村莊。東風歸去春無恙，未了蠶忙。連日提籠採桑，幾時荷鍤栽秧。連耞響，田塍夕陽，打豆好時光。

下花種

珠泉瀉琲，銀花碾粉，翠竹書牌。三秋花事今朝在，一種親栽。祝小白長紅盡開，待輕黄淺碧齊胎。闌干外，香安豔排，端整好秋懷。

普天樂

雨聲中，韶光晚。餘香戀蝶，碎錦飛鴛。芳情寄日疎，好景隨春遠。落盡殘紅成秋苑，耿東風滿地無言。深深閉門，茶煙白晝，花霧黄昏。

題張墨林照

雨意闌，春情悄。詩吟白苧，字寫紅蕉。花叢見舞蝶，葉底閑歌鳥。更賞尚書新詞料，又東風紅杏花朝。還須畫着，珠排荆樹，翠茁蘭苕。

山坡羊

薔薇早卸，玫瑰又謝，春歸纔信春無價。紅雨歇，緑陰遮，東風冷落銀屏夜，燒燭有人憐歲華。蝶，猶戀花。蝸，空篆葉。

朝天子

夜闌，夢殘，又早是三更半。一枝花影轉闌干，明月臨窗畔。蠟淚紅乾，麝臍碧散，燭花攢香燼寒。大難，但看，來黠鼠翻書案。

賣花聲

鸚哥嘴露輕紅啅，鳳子腰爭膩白嬌，雀兒羽展嫩黄描。高樓畫閣曉，眼初覺，一聲聲唤將春到。

胡心農戲作影燈賦此

黄梅葉老金堪嵌，萊菔根肥玉試劖，䅶麻梗直璧爭銜。一燈鏡檻南，油光減，絶勝他碧紗籠淡。

上小樓

雪霽

寒光滿霧，晴暉載露。霽雪晶瑩，朝陽四注，不數蓬壺。岸旁榆，水邊椐，瓊瑶相屬，便妝成玉梅萬樹。

〔商調〕梧葉兒

聞鄰家吹琯

閑庭悄，夜氣清，何處發新聲。鳳軫移瓊瑟，鸞簧度玉笙，雁柱按瑶箏，渾不似風前細聽。

〔越調〕小桃紅

題畫

輕紅一樹小桃花，早把東風假。膩粉凝脂總無價，燕飛斜，呢喃共説春朝話。烏衣舊家，紅襟新社，相賞好韶華。

又

金猊小爇水沉檀，繡户香風散。睡起清涼自無汗，捲簾看，星河絡角天將旦。團花畫闌，流蘇香幔，珍重早秋寒。

柳營曲

宵漏闌，宿香殘，曉來有人凴畫欄。花霧紅乾，竹露蒼溥，陡地做春寒。廿四回芳信更番，九十天花事留難。絮遲堤柳卸，綿約海棠攤。

拚，一醉酒杯寬。

送費曉樓歸苕溪

鷗水涯，又分岐，此番未妨輕別離。桂子香吹，西子湖湄，相見訂秋期。已成陰送行楊柳煙絲，乍含胎繫情芍藥風枝。鳥聲催杜宇，芳事數當歸。到家遲，猶及牡丹時。

凭闌人

榆筴賒春驕貨泉，柳帶禁寒貪乞棉。沈郎私鑄錢，阮生新折綿。

天淨沙

絲絲柳未藏鴉，枝枝桃已蒸霞，一笠東風影下。老漁歸也，春來懶散生涯。

又

緑陰門巷停車，碧雲庭院棲鴉，柳絮剛剛飛罷。時光初夏，新棉又裹桐花。

〔雙調〕水仙子

緑羅雲捲芰荷煙，紅錦霞舒菡萏天，怪西風不到閑庭院。畫簾開清簟展，北窗誰買高眠。拚不棄班姬扇，怕重張河朔筵，問新涼知在誰邊。

生沐屬於十三行帖後寫水仙題此

淩波步襪玉生塵，翦水銖裳翠展春，臨風舞帶香留暈。好丰姿偏瘦損，是誰傳洛浦精神。石墨寫官奴韻，丹青摹子固真，對花枝强似仙人。

海棠

紅綿繡鳳撲華鉛，紅錦回鸞散舞錢，紅絲顫雀翹妝鈿。過清明百六天，畫墻低何處秋千。宿粉暈流霞炫，明姿洗垂露鮮，是花中第一神仙。

又

堤邊樹色辨陰晴，花外蟬聲管送迎，人來團扇風前影。相將偶出城，背夕陽湖上閑行。水翠涵明鏡，山螺列畫屏，問柳洲何處啼鶯。

木香煎酥

不教簪朵捧銀翹，不許瓶枝彈玉窰，香油菜子初收稻。記墻頭萬萬條，喜登盤遠勝題糕。咂粉學蜂兒鬧，噙香賽蝶子嬌，好風情齒頰難消。

又

岸邊細草碧瑶簪，溪上長松緑玉針，岩前瘦石青珊枕。畫船移波淰淰，釣絲長風力難禁。淡暮靄蒼茫嶺，宿溪煙白薄陰，似明湖湖墅園林。

壽雲騎尉安吉守備王雨樵母節孝謝太恭人

遏雲鞠部紫琅璈，泛雪椰樽碧玉醪，明霞芝蓋紅珠葆。奉安輿開畫閣，聽臚歡騎將弓刀。進棗尉安期棗，熟桃城方朔桃，羡春暉王謝門高。

壬子十二月初七夜聽雪

空江殘月蟹行沙，淺垤迴潮蟻散衙，平筐靜夜蠶食葉。小窗中人聽雪，折迴風滿地飄灑。嘆銀葉斑消鷓節，爇銅荷紅凝蠟華，早陡驚一分寒賒。

清江引

松濤不住閑庭午，颯颯風如雨。銅瓶泛淺花，玉盌浮輕乳，小窗一甌人避暑。

折桂令

芭蕉緑上窗紗，日日梅風，落盡餘花。且門鎖葳蕤，闌開緑曲，簾捲丫叉。深碧垂楊乳鴉，叢青芳草鳴蛙。又换韶華，煮繭香中，處處繅車。

又

趲東風已是清明，聽陌上吹簫，又賣春餳。早淺碧藏鴉，輕紅蹴燕，深緑啼鶯。人面寫桃花小影，客愁傳楊柳新聲。遊冶心情，寶馬銀鞍，翠轖珠軿。

題桐陰小影圖

只桐陰消受清華,煙雨簾旌,風露窗紗。在爨心情,孤生韻致,據稿生涯。但擡手邀明月清秋坐花,更科頭趁涼風溽暑評茶。小隱堪誇,富貴營蠅,名利爭蝸。

並蒂蘭

問芳華誰似同心,有比目文魚,比翼文禽。看貼跗娟娟,聯苞扣扣,儷葉深深。插花朵稱雙頭玉簪,繡花枝要連理金針。幽夢重尋,豔匹紅蕤,香侶黄沈。

湖上

看湖頭急雨瀟瀟,早煙冪林扃,雲布山椒。浪未銀翻,泉遲玉瀉,波已珠跳。遊女去香車翠軺,貨郎歸畫鼓餳簫。最是魂銷,無恙東風,楝子花梢。

慶東原

雲低宇,風滿廬,陰晴天氣商量雨。林鴉新乳,桑鳩剩語,梁燕剛雛。人困也日初長,花謝了春歸去。

碧玉簫

高樹亭臺,深碧好風來。淺草庭階,平緑斷煙開。小簾櫳一字排,曲闌干卍字迴。晴弄色,蕉影紗窗外。纔,春去也人無賴。

殿前歡

湖上

橛頭船,劃開雙槳鏡中煙。船唇弄水瓊珠濺,櫂轉渦旋。望天光四岸懸,看地勢孤城轉,指人影中流見。湖山圖畫,雲水因緣。

落梅風

新涼早,庭院虚,聽瀟瀟豆花疎雨。晚來絡絲蟲獨語,問西風又來何處。

又

蕉窗外，苔砌坳，錦斕斒粉濃香鬧。朝來嫩寒人未曉，廿一番柳花風到。

又

寒威重，朔氣加，莽長空墨雲重疊。曉來早驚風四野，繞柴門亂堆黄葉。

沉醉東風

小閣深深芙蓉幔遮，網户沉沉翡翠簾斜。鐘鳴曉色催，鼓歇寒燈灺，早千門日出啼鴉。頻夢到西湖處士家，小梅花昨宵開乍。

撥不斷

朔風賖，亂雲遮，平林落雁書重疊。古樹棲烏墨整斜，野田飢雀聲高下。釀來微雪。

清人散曲選刊五目次

香銷酒醒曲

套數

小令

清人散曲選刊五

香銷酒醒曲

仁和趙慶熺秋舲撰　江都任訥中敏校訂

套數

〔南南吕〕香遍滿

春曉

海棠風小，日映銀屏影亂摇。好個没人兒庭院悄，展紅綃。熏篝宿火消，金爐寶篆燒，約摸著辰牌了。

〔懶畫眉〕梨花夢醒粉痕銷，雙燕文梁自壘巢，水晶簾子一鉤挑。簾外鸚哥叫，他爲鎖雕籠駡絮叨。

〔二犯梧桐樹〕風簷鐵馬敲，水漏銅龍曉。人立妝臺，輕揭菱花套。這些時螺鬟門啓連環鉸，不多時鴛浪衾堆一尺潮。早聽得鬟兒瑣碎低聲報，説昨夜平階，有落花多少。

〔浣溪紗〕游絲裊，飛絮飄，嫩池塘彎環小橋。婀趦楊柳紅樓靠，摺疊闌干赤石雕。塵不到，却纔梳罷雲鬟出綺寮，好晴天今日花朝。

〔劉潑帽〕軟苔凹淺印鞋弓俏，薄羅衫兩袖輕飄，只見小花牖三尺倚墻高。斜剌裏露紅絲，有一架秋千吊。

〔秋夜月〕花影描，繡幅窗紗稾。清晨呵袖餘寒峭，漸風和日暖聽啼鳥。畫眉兒剛曉，畫眉人忒早。

〔東甌令〕泥金扇，玉腕摇，覷他胡蝶沿堦撲又逃。寶釵兒鬬罷南園草，纖手把荼蘼拗。更詩牌險韻賭分曹，姊妹一雙邀。

〔金蓮子〕酌蒲萄，滴珍珠卯酒玻璃倒。却似睡足，脂痕暈臉潮。驀地裏是誰家，隔花陰吹起一枝簫。

〔尾聲〕香車寶馬湖山鬧，惟有那綠窗人悄，小語春風弄翦刀。

〔南仙吕〕忒忒令

對月有感

熱紅塵無人解愁，冷黄昏有儂生受。團空月亮，照心兒剔透。把一個悶葫蘆，恨連環，呆思想，問誰知道否。

〔沈醉東風〕悶嫦娥青天上頭，憾書生下方搔首。雲影淨，露華流，中庭似晝，鬧蟲聲新涼時候。星河一周，光陰不留，銀橋碧漢，又人間盡秋。“搔首”原作“搔首”，據《詞餘叢話》改。

〔園林好〕想誰家珠簾玉鉤，問何人香衾錦裯。恁年少虚空孤負，無賴月，是揚州，無賴客，是杭州。

〔嘉慶子〕九迴腸生小多軟就，把萬種酸情徹底兜，空向西風談舊。搴杜若，採扶留，悲薄命，怨靈修。

〔尹令〕廿年前胡床抓手，十年前書齋回首，五年前華堂笑口。一樣銀河，今日無情做淚流。

〔品令〕浮生自思，多恨事難酬。花天酒地，還説甚風流。參辰卯酉，做了天星宿。江湖席帽，三載阻風中酒。只落得下九初三，月子彎弓照女牛。

〔豆葉黄〕清高玉宇，冷淡瓊樓。再休提霧鬢雲鬟，再休提霧鬢雲鬟，那裏是烏紗紅袖。生涯疎放，天涯浪遊。博得個花朝月夕，博得個花朝月夕，消受了夢魘情魔，酒困詩囚。

〔月上海棠〕歸去休，一齊放下誰能彀。算山河現影，石火波漚。哭青天淚眼三秋，懺青春香心一縷。蒲團叩，廣寒宫何處回頭。

〔玉交枝〕癡頑生就，鬫名場詞勾利勾。瑶臺一陣罡風陡，吹落下魂靈滴溜。寒簧仍在月宫留，吴剛不合凡塵走。一年年新秋暮秋，一年年新愁舊愁。

〔玉胞肚〕飛螢似豆，撲西風羅衫亂兜。看玉階景物清涼，話碧霄兒女綢繆。我吹笙却待倚紅樓，只怕仙山不是緱。

〔三月海棠〕銀匣重開，真難得團圓又。問何年怎樣，寶鏡飛丢。他愁，兔兒搗碎長生臼，蟾兒跳出清虚走。紅橋侶，鶴馭儔，有個人無賴把紫雲偷。

〔江兒水〕自古歡須盡，從來滿必收。我初三瞧你眉兒鬭，十三窺你妝兒就，廿三覷你龐兒瘦，都在今宵前後。何況人生，怎不西風敗柳。

〔川撥棹〕年華壽，但相逢杯在手。要今朝檀板金甌，要明朝檀板金甌，莽思量情魂怎收。悵良宵漏幾籌，剔銀缸夢裏求。

〔尾聲〕夢中萬一鈞天奏，舞霓裳仙風雙袖，我便跨上青鸞笑不休。

〔南商調〕梧桐樹

葬花

堆成粉黛塋，掘破胭脂井。檢塊青山，放下桃花櫬。名香爇至誠，薄酒先端整。兜起羅衫，一掬泥乾淨。這收場也算是羣芳幸。

〔東甌令〕更紅兒誄，碧玉銘，巧製泥金直綴旌。美人題着名和姓，描一幅離魂影。再旁邊築個小愁城，設座落花靈。

〔大聖樂〕我短鋤兒學荷劉伶，是清狂非薄倖。今生不合做司香令，黄土畔，叫卿卿。單只爲心腸不許隨儂硬，因此上風雨無端替你疼。一場夢醒，向衆香國裏，涅槃斯稱。

〔解三酲〕收拾起風流行徑，收拾起慧業聰明。收拾起水邊照你娉婷影，收拾起鏡裏空形。收拾起通身旖旎千般性，收拾起徹膽温和一片情。荒墳冷，只怕你枝頭子滿，誰奠清明。

〔前腔〕撇下了燕鶯孤另，撇下了蝴蝶伶仃。撇下了青衫紅淚人兒病，撇下了酒帳燈屏。撇下了蹄香馬踏黄金鐙，撇下了指冷鸞吹白玉笙。難呼應，就是那杜鵑哭煞，你也無靈。

〔尾聲〕向荒阡澆杯茗，替你打個圓場證果成，叮囑你地下輪迴莫依然薄命。

〔南商調〕黄鶯兒

拜月

悄悄正昏黄，閉紅紗六扇窗，月兒推出團圓樣。珊瑚寶裝，瓊瑶鏡光，剛剛照着晶簾上。滅銀釭，平頭髻子，人罷晚梳妝。

〔前腔〕小步出蘭房，拜嫦娥一炷香，没人庭院心兒放。周圍苑墻，高低畫廊，彎環卍字闌干擋。靠西厢，枝枝楊柳，矮罩小池塘。

〔前腔〕金鴨篆煙長，拜嫦娥兩炷香，玉釵兒輕撥爐灰颺。秋波兩眶，潮痕兩龐，把如山心事從頭講。小屏張，今朝十五，銀燭點雙行。

〔前腔〕緑袖振明璫，拜嫦娥三炷香，深深叩倒紅毹上。衫兒海棠，裙兒鳳凰，玉尖輕合蓮花掌。薄羅裳，北風衣帶，吹起兩鴛鴦。

〔琥珀貓兒墜〕夜深人静，小語驟呼娘。問恁的傳來竊藥方，長生何處擣瓊漿。迷藏，不信那奔月梯兒，萬丈多長。

〔前腔〕夜深人静，小語漫呼郎。縞袂憑肩白似霜，弓弓站立小鞋幫。提防，須識那伶俐鬟兒，竊聽迴廊。

〔前腔〕願儂月裏，作個小寒簧。管領仙班法曲商，紫雲一曲舞霓裳。商量，還要把蟾影無單，兔影成雙。

〔前腔〕願郎月裏，作個小吴剛。偷斫清虚桂樹香，手擎玉斧跨虹梁。推詳，還要似蟾戀瑶宫，兔戀銀釭。

〔尾聲〕銅壺漏箭丁冬響，早羅袖擡風玉指涼，兀自呆看那花影重重繡粉墻。

〔南商調〕梧桐樹

豔情

簾波映日紋，花雨紅成陣。人立妝臺，不語看調粉。金籠宿火熏，繡被餘寒困。廊下鸚哥，報道東風緊。鏡中人彩筆横三寸。

〔東甌令〕鵝屏展，獸銅温，小界烏闌寫洛神。碧紗窗裏天然韻，還小語憑肩問。柔音顫響叫真真，一幅海棠魂。

〔大聖樂〕我酌鷄缸兩盞微醺，理瑶絃，調玉軫。病相如細看文君鬢，留密誓，證花神。就是我身如沉水香煙燼，情願你手撥爐山日夕熏。小名細認，把連環篆刻，水晶雙印。

〔解三醒〕我看你眉兒峰暈，我看你臉際霞紋。我看你眼波秋水剛盈寸，我看你檀口脂痕。我看你葱枝翠袖雙鸞印，我看你藕覆紅鉤百蝶裙。如何近，便是我書生福厚，也折三分。

〔前腔〕我把你腸輪牽引，我把你心坎温存。我把你仙娥下界凡人認，我把你繡佛香焚。我把你無瑕碧玉胸前揾，我把你如意紅珠掌上擎。我心還恨，恨不似魚兒比目，生個雙鱗。

〔尾聲〕步花陰閑消悶，指池内鴛鴦是化身，笑煞那野水的鳧雛一般兒厮蠢。

〔南仙吕入雙調〕步步嬌

雜感

説甚聰明成何用，倒是傷心種。牢愁問碧翁，一片青天，也恁般懵懂。何處哭西風，小心窩醋味如潮湧。

〔山坡羊〕病伶俜休文弟兄，醉顛狂劉伶伯仲，死纏綿恨比江淹，淚模糊學個唐衢慟。青眼窮，岐途何處容。算浮生受過，受過諸磨弄，冷腦冬烘，熱腸春夢。悤悤，好年華晨鷄暮鐘。空空，舊前程飄萍斷蓬。

〔五更轉〕記韶年明珠捧，向書堆筆陣攻。韓家小鳳，小鳳懷邊寵。説甚麽挽印提戈，趨顔拜孔，把清高兩字名兒哄。辰窗子夜，子夜喃喃誦。忙不了漢史唐詩，魯書周頌。

〔園林好〕倦黄昏燈邊睡蟲，吸青尊詩邊酒龍。生小閑愁浪詠，泥壘燕紙攢蜂，歌小蚓叫秋鴻。

〔江兒水〕風月雙堤外，笙歌十里中。有孤山仙鶴梅花隴，有南朝杜宇冬青塚，有西陵油壁香車夢。正好把湖山受用，兀的瓦硯拋殘，禁得一番悲痛。

〔玉交枝〕珠圍翠擁，儘風流伊人不逢。相如早歲困臨邛，苦想煞黄衣入夢。誰家駿買鐵花驄，幾人癡跨瓊簫鳳。擁銅山軒昂鄧通，問葫蘆寒酸士龍。

〔玉胞肚〕山肩雙聳，舌尖兒狂噴彩虹。把玉壺醽醁斟乾，把金壺墨汁磨濃。只見一天酒色醉朦朧，咄咄飛蟠字寫空。

〔玉山頹〕空山雪凍，怨蘭花心兒悶紅。走天涯舟載沙棠，守孤貞裳集芙蓉。飄然鶴控，把一卷離騷親捧。早是桃花三月片帆風，湘水湘山千萬重。

〔三學士〕渾不是吹簫市中，却恁的抱璞湘中。憑將水驛風程苦，唱出銅琶鐵板工。酒醒夢回何處是，人正在，大江東。

〔解三醒〕弔不盡六朝丘壠，弔不盡三楚英雄。弔不盡金陵脂粉繁華夢，弔不盡赤壁刀弓。弔不盡洲邊鸚鵡才人塚，弔不盡江上琵琶故妓蹤。風波猛，早又是南來烏鵲，報道音凶。

〔川撥棹〕渾如夢，雪麻衣血淚濃。可憐人酒緑燈紅，可憐人酒緑燈紅，到頭來天邊斷鴻。寶釵兒碎玉蟲，小鸞臺鵲鏡封。

〔嘉慶子〕白衣冠長揖江上送，到做了壯士天寒易水風，重把蘭橈打動。歎田園家業窮，歎交遊文字窮。

〔僥僥令〕俠氣腸磨鐵，剛棱骨洗銅。我是如意敲殘王處仲，難道是天公竟啞聾。

〔尾聲〕一肩擔子挑愁重，把隻手支撑不放鬆，問何日鸚哥始出籠。

〔南南吕〕懶畫眉

寫愁

生來從不會魂銷，怎莽被情絲緊縛牢，天公待我忒蹊蹺。做就愁圈套，把瘦骨棱棱活打熬。

〔步步嬌〕合是聰明該煩惱，恨海憑空造。把風流一擔挑，八字兒安排，合爲情顛倒。我何處問根苗，只的是命宫磨蝎無人曉。

〔山坡羊〕冷冰冰性將人拗，好端端自將愁討。一年年越像癡魔，一天天寫個瘋顛照。神暗銷，相思禁幾遭。我當初早是，早是魂靈掉。不肯勾消，一場惱懊。無聊，濕衙香何處燒。空勞，碎簧笙何處調。

〔江兒水〕白晝簾雙押，黄昏燭一條。把紙牌兒打個鴛鴦笤，筆尖兒寫幅鴛鴦稿，夢魂兒化個鴛鴦鳥，不許蜂囉蝶唣。怎的宵來，偏是南柯潦草。

〔玉交枝〕没頭没腦，這章書模糊亂罾。愁城築得似天高，打不進轟天情礮。心酸好似醋梅澆，眼辛却被虀薑搗。要丢開心兒越撩，不丢開心兒越焦。

〔園林好〕恨知音他偏寂寥，恨閑人他偏絮叨。只算些兒胡鬧，波底月，鏡中潮，潮没信，月難撈。

〔僥僥令〕成團飛絮，攪作陣落花飄。我宛轉車輪腸寸絞，好比九曲三彎仄路抄。

〔尾聲〕閑愁怎樣難離掉，除非做一個連環結子絲，向那没情河丢下了。

〔南商調〕二郎神

書窗獨坐，微雨點滴，一鐙人影，四壁秋聲。此時萬緒千絲，割之不斷，非特難與人言，自亦殊難索解也。因思蘭臺才子，實悲秋之祖，僕何人斯，亦復爾爾。譜音得此，聊以排悶。

西風裏，這扯淡的芭蕉惹是非，作弄人兒渾當戲。接連幾陣，却剛剛隔著窗兒。那一個聽他能快意，生拉到恨愁田地。黄昏矣，猛可裹身子寒多，添上些衣。

〔集賢賓〕梧桐病信先驛遞，根根骨節支離。到此商量全没計，一任那通身伶俐。風鈴語囈，把舊事叨叨提起。須不理，却教我怎生迴避。

〔黄鶯兒〕偏不醉如泥，一更更漏鼓低，風尖鐙顫光兒細。見流螢暗飛，聽寒蛩碎啼，秋聲耳畔偏挨擠。悶難醫，怕聰明絶頂，頭一個難題。

〔琥珀貓兒墜〕時辰十二，暮鼓又晨鷄。一到秋來越慘悽，青山兩座皺雙眉。稀奇，把愁細思量，恁樣東西。

〔尾聲〕撥銅爐，熏翠被，淚眼乾枕上欹，還怕那不知趣的邯鄲他來纏擾你。

〔南仙吕入雙調〕步步嬌

泖湖訪舊圖

四面青山真如畫，好個江鄉也。生綃太短些，寫出湖光，欲買偏無價。何日再浮家，翦寒燈且説江南話。

〔醉扶歸〕一灣兒緑水分高下，一條兒紅橋自整斜。一天兒詩酒作生涯，一篷兒風月都瀟灑。乾坤何處有仙槎，舊遊人重把蒲帆卸。

〔皂羅袍〕最好水楊柳下，蓋三間茅屋，紫竹籬笆。沿溪雨過響漁叉，夕陽破網當門掛。遥天一抹，朝霞暮霞。遥山一煞，朝鴉暮鴉。更夜深蟹火有星兒大。

〔好姊姊〕澹疎疎秋蘆著花，小烏篷半横溪汊。船脣吹火，勺水自煎茶。鱸魚鮓，白酒提瓶沿路打，好不過漁弟漁兄是一家。

〔尾聲〕水天一部新奇話，笑指那鳳凰山下，忘不了舊夢尋來何處也。

〔南北仙吕入雙調〕合套

葛秋生横橋吟館圖

〔新水令〕莽天涯何處掛詩瓢，瘦書生鬢絲吟老。江湖尋舊夢，風雨感離巢。十載横橋，今日個纔畫出停雲稿。

〔步步嬌〕記當初載酒園亭同傾倒，問字師安道。時受業戴九橋先生，因九橋亦在許氏安硯也。金蘭簿訂交，硯北花南，一例兒排年少。顧影換青袍，翠生生都似春來草。

〔折桂令〕暢好是嫩年華過眼如潮，秋去春來，柳又千條。百忙中跳上征橈，兩處相思，紅豆燈挑。這壁厢風塵懊惱，那壁厢書札迢遥。故人兒幾個雲霄，幾個篷蒿。一霎時賭酒評花，倒做了雨散雲飄。

〔江兒水〕吴市空彈瑟，秦樓待引簫。念家山忽作思親操，束琴書試鼓迴波櫂，返鄉園好比投林鳥，一任那雪泥鴻爪。虧得杼下流黄，博得個萱花微笑。

〔雁兒落帶得勝令〕再休提躓名場劍氣消，説甚麽困寒氈心緒槁。你看有的是痛黄壚玉樹彫，有的是走京華花插帽。呀，但詩成且倚玉笙調，但酒來且索金尊倒。興來時齊向白雲嘲，悶來時共對青天嘯。花朝，放明湖雙槳好。寒宵，擁紅爐合座邀。

〔僥僥令〕重開新畫閣，再整舊書巢。喜叉手荷衣諸郎少，渾不是感離羣賦寂寥。

〔收江南〕呀，我也把十年前事話今朝，記風簷立雪訂深交。不多時桃花三月廣陵潮，歎生成蕙泣蘭啼料。向瀟湘走遭，向瀟湘走遭，苦煞我一燈秋雨續離騷。

〔園林好〕盼魚書長江路遥，憶朋儕離魂暗銷，依舊的南飛鵲噪。重把臂，飲醇醪，重識面，贈瓊瑶。

〔沽美酒帶太平令〕望横河水一條，望横河水一條，認橋邊許丁卯。他是裙屐風流甲第高，没些兒塵擾。王摩詰更相招，把悶愁懷毫端輕掃，離别恨畫裏勾銷。索舊雨題詩須早，倩新知補吟亦妙。你啊，擘名箋烏闌自鈔，爇名香銀爐自燒。呀，這畫圖兒須索自收藏好。

〔尾聲〕從今不恨知音少，拚個爛醉狂歌也意氣豪，你看那一樹藤花開泛了。

〔南商調〕二郎神

謝文節公遺琴

天風大，猛吹來琴聲入破，彈落的冬青花萬朵。愁宮怨羽，是當時鐵馬金戈。這瘦玉條條忠膽做，合配那麻衣淚裹。待摩挲，還只怕海潮，飛濺起紅波。

〔前腔換頭〕山河，君絃斷了問誰人擔荷，把浩劫紅羊愁裹過。燕雲去後，看看没處騰挪。聽塞鼓邊笳聲四合，冷照著僧房暗火。漫延俄，眼見得没黄沙荆棘銅駝。

〔集賢賓〕有多少宫車細馬結隊過，他斜抱雲和。似這短調凄涼何處可，算知音只有曹娥。餘生菜果，乾守定幾時清餓。真坎坷，料獨自囊琴悲卧。

〔黄鶯兒〕壯志已消磨，賸枯桐三尺多，松風一曲有人兒和。痛江山奈何，戀生涯怎麽，淚珠兒齊向冰絃墮。可憐他，一聲聲應是，應是采薇歌。

〔琥珀貓兒墜〕六陵火後，餘響振蛟鼉。回首厓山日易矬，瑶花死後葬雲窩。搜羅，虧得剔苔封款字無訛。

〔尾聲〕奇珍未許浮塵涴，算今日人琴證果，只是落葉商聲繞指多。

小令

一半兒

青梅

海棠花發燕來初，梅子青青小似珠，與我心腸兩不殊。你知無，一半兒含酸一半兒苦。

前腔

偶成

鵶雛年紀好韶華，碧玉生成是小家，挽個青絲插朵花。髾雙丫，一半兒矜嚴一半兒耍。

駐雲飛

沈醉

等得還家,澹月剛剛上碧紗。親手遞杯茶,軟語呼名罵。他,只自眼昏花,脚蹤兒亂躧。問著些兒,半晌無回話。偏生要靠住儂身似柳斜。

懶畫眉

漪園之右爲白雲庵,中設月下老人像,杭州問婚媾者皆卜焉,籤語拉雜不倫。同人秋日偶遊,晉竹語余,須以樂府小令譜之。余唯唯,暇時挑燈,填五六闋,僅記其三,附録於此。

問郎年紀可如何,要與兒家差不多,韶華生小怕蹉跎。休較儂年大,我便蓋上鴛鴦印一顆。

前腔

張張翻到總模糊,恁的鴛鴦兩字無,原來是我筆尖塗。不上氤氳簿,你快另造姻緣一紙符。

黄鶯兒

好好繫紅絲,不須求繾綣司,婚媾真個天公賜。寅時卯時,申時酉時,把筆尖兒端寫年庚字。莫相思,明年枕上,開著並頭枝。

桂枝香

連日病酒填此戒酒

劉伶不做,杜康不顧。改辭湯沐糟邱,休罷官銜麴部。再休提醉鄉,再休提醉鄉,一曲盟詞誓汝,抵死視同陌路。自今吾,醒眼看人醉,三閭楚大夫。

前腔

戒酒五日,同人咸勸余飲,遂復故態,作此解嘲

釀王國號,醉侯官誥。投還五日封章,新上一篇謝表。是微臣不

該，是微臣不該，不合平原姓趙，麴秀才名出了。且今朝，打個蓮花落，鋤兒照舊挑。

駐雲飛

冬日早起

曉起開窗，萬瓦濃揩一片霜。日影銅盆晃，一個圈兒亮。僵，十指嫩紅薑，一般模樣。籠袖輕呵，兀自翻書强。知多少軟玉衾窗夢正長。

洄溪道情自序

道情之唱,由來最古。其聲則飛馭天表,游覽太虚,俯視八紘,志在冲漠之上,寄傲宇宙之間,慨古感今,有樂道徜徉之情,故曰"道情"。其説相傳如此,乃曲體之至高至妙者也。迨今久失其傳,僅存時俗所唱之〔耍孩兒〕、〔清江引〕數曲,卑靡庸濁,全無超世出塵之響,其聲竟不可尋矣。癸亥之春,余作《樂府傳聲》將竣,凡諸音調,俱探本窮流,辨悉微奥,猶慨古人聲音之道,失傳者尚多,而道情之絶,爲尤可惜。尋其聲而不可得,即今所存〔耍孩兒〕諸曲,究其端倪,推其本初,沿其流派,似北曲〔仙吕入雙調〕之遺響。乃推廣其音,令開合弛張,顯微曲折,無所不暢,聲境一開,愈轉而愈不窮,實有移情易性之妙。但徒以工尺四上爲之譜,則有聲無辭,可餉知音,難以動衆,且不便於傳遠。因拈雜題數十首,半爲警世之談,半寫閑遊之樂,總不離於見道者之語。以聲布辭,以辭發聲,悉一心之神理,遥接古人已墜之緒。若古人果如此,則此音自我續之;若古人不如此,則此音自我創之。無論其續與創,要之律吕順,宫商協,絲竹和,可以適志,可以動人,即成曲調之一家。後世有考音者出,亦不得舍此不問,而别求所謂道情矣。洄溪主人自敍。

清人散曲選刊附録目次

洄溪道情

以上共三十八首

清人散曲選刊附録

洄溪道情

吴江徐大椿靈胎撰　江都任訥中敏校訂

勸孝歌

五倫中,孝最先。兩個爹娘,又是殘年。便百順千依,也容易周旋,爲甚不好好的隨他願。譬如你詐人的財物,到來生也要變豬變犬。你想身從何來,即使捐生報答,也只當欠債還錢,那裏能動不動向他變面。你道他作事糊塗,説話欹偏。要曉得老年人的性情,倒像了個嬰年,定然是顛顛倒倒,倒倒顛顛。想當初你也曾將哭作笑,將笑作哭,做爺娘的爲甚不把你輕抛輕賤。也只爲愛極生憐,到今朝换你個千埋百怨。想到其間,便鐵石肝腸,怕你不心回意轉。

勸葬親

生養親,死葬親。養親不是要功勳,葬親不是爲兒孫,只爲那腐爛的尸骸入土方安分。那裏有倒做了稀奇貨物,靠他發貴,靠他救貧。聽了那看風水的胡言,説道東邊的地掘藏弗真,西邊的地做官不尊。今年衝太歲,來歲犯將軍,直守到一生半世,到底葬不成你的雙親。這心術傳與後人,你的賢郎極肯遵家訓,兩代棺材,一同放在破屋半間,誰把你來瞅問。東邊火起火葬你的身,西邊水發水做你的墳。那時節仔望一品高官,十萬家私,是無是有,是假是真。何不把一塊閑田近地,早些葬了,也免得骸骨無存。何曾見看風水的盡享高官厚禄,只見他窮得來無投奔。勸世人,只須得省衣節食,早早的送你爹娘入土,這就是造福之門。

戒爭産“戒”原作“勸”。

爭田地，終日諠。錦江山，不要錢。人生何苦把家園戀，崑崙在右邊，滄海在左邊。那其間千村萬落，奇花異卉，舟車士女，無萬無千。你把輕舟掛了帆，駿馬加了鞭，便走到五載三年，也怕你遊他不遍。何苦將這破屋荒田，與旁人爭長論遠。你説道傳與子孫，只怕你的子孫敗得來身上無綿，手裏無錢。得了人幾串青蚨，幾片銀邊，把筆來寫得根根固固，杜杜絶絶，土無一寸，瓦無一片。那時節你在黄泉，方曉得枉抛了十萬倍錦繡乾坤，又保不住一角兒土缺墻圈。

讀書樂

要爲人，須讀書。諸般樂，總不如。識得聖賢的道理，曉得做人的規矩。看千古興亡成敗，盡如目見耳聞，考九州城郭山川，不必離家出户。兵農醫卜方書雜録，載得分明，奇事閑情小説稗官，講的有趣。讀得來滿腹文章，一身才具。收了心省得些妄念淫思，束了身斷絶那胡行邪路。這是讀書的樂，更説那不讀書的苦。記姓名寫不出趙李張王，登賬目纏不清一三四五。聽見人説故事，顛顛倒倒記了回來，聽見人論文章，急急忙忙跑將開去。更有那有錢的閑不過只得非嫖即賭，到後來敗了家私，遭了刑戮。我見他不但心情慘戚，又弄得體面全無。

戒酒歌

造酒的是魔君，把米麥高粱，爛做了這樣醃㸂醞。明明白白的人，只消得三杯落肚，眼目漸漸昏，神志漸漸渾，話不得的言談滿口難容忍。自古來酒後狂言，喪了多少英雄命。也有的家私日落，也有的疾病相循。白日青天，宛然做夢，出言作事，竟像亡魂。走近來滿身希臭，跑開去跌倒難蹲。敬親朋必灌死方爲快，爭意氣便醉殺也無論。有甚冤仇，這樣的懷深恨。勸世人戒得來真豪傑，熬不過也須是對花賞月，養老留賓，三杯五盞，禮讓逡巡。斷不可昏頭搭腦，終日醉醺醺。鈔本“方爲快”作“方體”二字。

戒賭博

昧良心，是賭錢。賊算計，鬼胡纏。不知誰造這坑人院。對强盜的真容幾幅，把蠻牛的朽骨一拳，自然也變了蠻牛的心肺，得了强盜的淵源。不論親朋骨肉，心心要圖他財帛，不論富貧良賤，念念要奪彼田園。誰知你會贏他五百，他倒要輸你一千。翻來覆去，只落得幫閑的捉頭的鼇鼇登串。即使淘千場，劫幾局，得的銀錢，斷不能享了幾世幾年。更堪憐，捉將官去，頭頸裹帶了兩具鎖，屁股上打了八根籤。爹娘氣得搥胸跌肚，妻子哭得叫地呼天。弄得來衣衫藍縷，垂頭喪氣，看看候選入卑田院。勸諸君，把你的聰明心計，急回頭也還得重整家園。

時光歎

歎人生，不久常。恨光陰，駿馬忙。百年幾度春風颺。才脱了兒童的形像，早做了爹娘的模樣。嘴上鬍鬚放得幾時已經半白，鬢邊頭髮長得幾日忽地皆蒼。多少的美貌紅顔，不多時盡變了個奇形怪狀。過新年菜花滿地，略轉眼新穀登場。一日時辰只好梳頭喫飯，終年算計無非覓食尋糧。更有那經官犯法自尋煩惱，又有那遭喪得病天與淒涼。只得幾年精力，反抛了一半時光。往常時百算千謀滿頭汗出，忽一日三長兩短兩脚冰涼。勸世人且快活幾時，饒人一步，不要等那鐘鳴漏盡，懊悔悽惶。

時文歎

讀書中，最不齊。爛時文，爛似泥。本來原爲求賢計，誰知變了欺人技。看了半部講章，記了三十擬題，狀元塞在荷包裹。等到那歲考日，鄉試期，房行墨卷汪汪念到三更際。也不曉得三通四史是何等的文章，也不曉得漢祖唐宗是那樣的皇帝。讀得來口角離奇，眼目眯萋，脚底下不曉得高低，大門外辨不出東西。更有兩個肩頭一聳一低，直頭喫了幾服迷魂劑。又不能穩中高魁，只落得昏沉一世，就是做得官時把甚麽施經濟。得趣的是衙役長隨，只有百姓門精遭晦氣。勸世人何不讀幾部有用經書，倘遇合有期，正好替朝廷出力。若遭逢不偶，也還爲學校增輝。按牛應之《雨窗消夏録》所載,與此略異:讀書人,最不濟。爛時文,爛如泥。國家本爲求才計,誰知道變作了欺人計。三句承題,兩句破題,擺尾搖頭,便是聖門高弟。可知道三通四史是何等文章,漢祖唐宗是那朝皇帝。案頭放高頭講章,店裏買新科利器。讀得來肩背高低,口角噓唏,甘蔗渣兒嚼了又嚼有何滋味。辜負光陰,白白昏迷一世,就教他騙得高官,也是百姓朝廷的晦氣。

行醫歎

歎無聊,便學醫。唉,人命關天,此事難知。救人心做不得謀生計。不讀方書半卷,只記藥味幾枚,無論膨膈風勞,傷寒瘧痢,一般的望聞問切,説是談非。要入世投機,只打聽近日時醫,慣用的是何方何味。試一試偶然得效,倒覺得希奇,試得不靈更弄得無主意。若醫死了只説道藥不錯病難醫。絶多少單男獨女,送多少高年父母,拆多少壯歲夫妻。不但分毫無罪,還要藥本酬儀。問你居心何忍,王法雖不及,天理實難欺。若果有救世真心,還望你讀書明理。做不來寧可改業營生,免得陰誅冥擊。

邱園樂

做閑人,身最安。無辱無榮,無惱無煩。朝來不怕晨鷄唤,直睡到紅日三竿。起來時籬邊草要芟,花邊土要翻。香蔬鮮果尋常饌,只聽得流水潺潺,鳥語關關。頑兒癡女跟隨慣,緑蓑青笠隨時扮。也有幾個好相知常來看看,掛一幅輕帆,直到我堂灣,帶幾句没要緊的閑談細細扳。買碎魚一碗,挑野菜幾般,暖出三壺白酒,喫到夜静更闌。

隱居樂時余寓野芳浜毛氏園旁。

避却紅塵,覓個幽棲。繩床鋪草,土壁塗泥。瓦盆貯酒,石甕藏虀。笋皮爲帽,荷葉裁衣。盛來麥飯滑,煮得菜根肥。想人生富貴繁華,誰能保得常相繫。就每日裏煮鳳烹龍,也該曉得窮滋味。莫笑我矯情飾智,做得希奇。我實怕周旋世故勞心血,並非是不合時宜滿肚皮。感造物,無私意,一樣遣清風入户,一樣教明月侵帷。興濃時鳴鷄報曉書還讀,心灰處紅日臨窗夢未回。有個頑童囑付你牢牢記,倘有客尋踪跡,只説先生採藥去,去到西山西復西。

泛舟樂

駕扁舟，水上飛。活神仙，不讓伊。東西來往無拘繫。琴書實玩憑咱寄，衣裝飲饌諸般備。到春來緑柳環堤，紅桃映水，錦帳千層逐處迷。到夏來萍花隨槳，荷香撲鼻，滿天凉雨掛虹霓。到秋來菰蒲藏雁，蘆花映月，遠浦漁歌繞釣磯。到冬來千山霽雪，披裘小酌，玉樹瓊林兩岸垂。樓臺城郭朝朝異，名山巨壑隨時憩。更希奇，百里家鄉，一望雲迷。只半夜輕風，兩幅征帆，一枕黄粱未已。朦朧地，聽説道老子歸來，似稚兒口氣，推篷看，已到我草堂西。

遊山樂

到山中，便是仙。萬樹松風，百道飛泉。更有那野鳥呼人，引我到僧房竹院。異草幽花香入骨，奇峰怪石峭鄰天。一步一回頭，景象時時變。越走得路崎嶇，越騙得精神健。到了那山窮水轉，又是個别有洞天。清風吹我塵心斷，不知今夕是何年。遥望着牧豎樵夫，洗足清泉。與他言，竟不曉得唐宋明元。直説到日落虞淵，借宿在草閣茅軒。雨前茶澆一椀青晶飯，擡頭看，只見藤蘿月却掛在萬峰尖。

田家樂

一頃良田，十畮桑園。兩隻耕牛，一對農船。柳杏桃梅，籬間岸間。鷄犬豬羊，欄邊樹邊。看了蠶收起絲綿，穿得來花樣鮮，渾身軟。過了黄梅把青苗插遍，到得那稻花香日，又正是明月團圓。收成好滿場米穀，柴草接連天。手擁着爐，背負着暄，抱女呼男，擦背挨肩。宰一隻鷄肥，捉幾個魚鮮，白米飯如霜似雪，喫得來喜地歡天。完糧日到城中買一面逢逢社鼓，只等賀新年。

贈陳聖泉先生名法，號聖泉，貴州安平人。學問氣節，推重一時。由翰林出爲副使。

戴德半中原，卉服芒鞋謁大賢。少傅榕門陳公宏謀，歷撫七省，復駐節江蘇，因得晉謁。見蒼髯鶴鬢，步出屏間。先生與少傅公同宗相契，迎留署中。

一别京華四十年，誰料此地重逢見。雍正二年，余遊都門，因武水許鸖湖閣學，得交於先生，遂結心知。憶當時學問文章，領袖鳳池閬苑，到後來清節仁風，流頌冀青淮甸。今日把經綸事業，付與嗣賢，纔得做逍遥散仙。令子名慶升，官居給事中。我曾爲娱我衰親，譜得周樂唐詩入管絃。先慈年高目瞽，無以爲歡，因將《關雎》、《鹿鳴》等篇，及唐人名句，按宫定譜，令童吹唱，以娱晚境。今遇知音慢把芳樽勸，教兒曹唱一曲皎皎白駒篇。先生招同許閣學枉顧洄溪草堂，即以古樂唐詩侑酒。更相期把洞府龍庭遊遍，也不枉萬水千山來路遠。先生久聞洞庭林屋龍渚之奇，相訂同游，因暑雨不果。醉相看，形雖老，精神健。他年定得重相見，尚有三生未了緣。送先生後，至來春，少傅公果復迎先生至署，竟成讖語。

題翁霽堂三十三山堂圖名照，江陰人。

何處卜居良，三十三山有草堂。坐個先生，春風面目，白雪肝腸。萬卷藏書圍枕簟，一篷春雨載詩章。這詩章做出來曉得你揉腸刮肚，傳開去動得人眠思夢想。公卿屢聘頻移席，爲督撫記室三十年。天子曾呼懶出場。舉鴻博辭不就。只把同學知交，後生小子，個個相推獎。這一片度世深情，佛也甘心讓。到如今年登七十，時露出孩提模樣，總是赤子天懷全未忘。有日住家鄉，只看兒童笑，婦女歌，到處家家畫霽堂。

贈曹慈山名棟，字楷人，嘉善人。

萬樹梅花，一曲溪灣。遇個篷舟，坐着慈山。説道十年契闊，曾款柴關。追尋到此，載酒同還。時余從鄧尉探梅歸，道遇慈山，言訪余至此，遂同返半松山舍。你原是王謝諸郎，光華璀璨，到中年竟領袖詞壇。今日更皓首窮經，探微索隱，若著《孔子逸語》、《婚禮通考》、《筮法正誤》等書，皆補裨經典之學。教人從何處躋攀。算今朝故舊凋零盡，新知契合難。願你乘興常來看藥欄，但你學業隨年進，我頑皮老更頑。相對何顔，莫笑我逍遥閑散。也只爲百歲光陰有限，你不要鋤熟了亡經佚史，抛荒了越水吴山。

題席士俊小照洞庭山耆士

震澤中間，擺座仙山。有個先生，鶴髮朱顔。他最愛清幽境，棲身別有天。澗底青桐高百尺，檐前修竹舞千竿。掃幾握松毛，拾幾枚橡斗，把嚇煞新茶慢慢煎。洞庭碧螺峰，有茶曰碧螺春，又名嚇煞人，形容其味之奇妙也。忽聽得兩個黄鶯，宛轉間關，便拖條竹杖，步到湖邊。見風帆一幅，在柳煙桃浪之間。想是洄溪道者，又到東山。令童子高聲呼唤，説與來船。教道人莫往他峰去，此地清閑，昨夜窗前，新開了幾朵素心蘭。先生善養素心蘭。

贈方又將名庚，號西疇，揚州詩人。

一片清光，隔斷了紅塵千丈。瀟灑襟懷，清新詩句，流出真如相。先生身列商籍，儒雅超倫。正是碩果猶存，點綴這淮海維揚。更兼你忠誠孝友，培植綱常。無職無官，把民溺民飢，攬在心兒上。因此上終年碌碌，多是爲他人作嫁衣裳。如今要遁跡林泉，陶情詩酒，只怕無人肯放。還要供你在蓮臺之上，當做個真身菩薩，朝暮一爐香。

題唐悔生寒林行嘯圖名思，揚州人，改堂先生第三子，豪邁工詩，兼通武藝。

天淡霜濃，葉落林空。一溪寒水，滿徑枯蓬。猨猱上下，狼虎西東。樵夫牧豎都驚恐，他穿芒帶笠，不怕崎嶇路不通。長嘯一聲，宛如鸞鳳，高出雲中。一腔浩氣凌霄漢，數片殘霞掛碧峰。只怕良材不許終無用，工師急欲求梁棟。待得花明柳媚，看雕鞍駿馬，又去踏春風。五年之後，果作令雲南。

壽韓開雲先生九十名孝基，號祖昭，長洲慕廬先生次子。

天與地商量，吴郡名邦，原是文章節義鄉。當須鑄個人兒樣，不要全重了風流跌宕，忘却了忠厚敦龐。想先公崇經復古，創一種盛世文章。從此家學相仍，世有宗工碩匠。先生更篤誠明允，玉質金相，略展聲華，已珥筆彤墀之上。只因志澹神清，胸開目曠，一身拂袖歸林壑，子姓都敦佐廟廊。先生入詞林，未幾即假歸。經書啓後進，禮義勗家邦。行來朗月生虚室，坐處春風布滿堂。壽躋期頤，精神彌旺。問先生何處得養生方。先生道，此理極平常，不必有金丹辟穀，何須求玉液充漿，只不忘慈仁恭敬，人盡壽而康。

壽沈歸愚先生八十名德潛，字確士，長洲人。

遇合豈無憑，學脩行成。聖朝那肯埋明鏡，試看茂苑一書生。説禮敦詩，久困科名，自分閉却蓬茅，退老躬耕。先生年六十外，纔登鄉會榜。誰知天子坐明廷，深歎息寂寞揚雄今難得，那曉得活跳一個相如出茂陵。一朝脱却牛頭褌，十載虞廷侍拜賡。遂令天下耆儒宿學，個個私相幸，竟做了千古奇逢話柄。到得引年歸政，許返家邦作典型。爲君恩深厚，不敢向青山攜杖，還復自皓首窮經。先生告歸後，掌紫陽書院教。諸生個個私評論，説道這不是都門送出閑疎廣，却是黄閣歸來老伏生。

壽何寓庸名堂，字子未，長洲人。

懶極定忘機，精華老不疲。讀書不爲功名計，只咀嚼閑滋味。不衫不履學幾種唐詩晉筆，不尷不尬擺幾件夏鼎商彝。自家貪睡朝慵起，倒要拉煞鄰家報曉鷄。風骨自清奇，潛身見面稀。燈光淡沱書帷裏，欲向南園化蝶飛。依稀敲户聲無力，童子披衣欲問誰。何須問，畢竟是陳家兄弟，踏月款柴扉。君寡交，惟陳禾叔光岳，常相往來。

壽沈井南名□，字超亭，吴縣牧瀆鎮人。

自余廣道情之體，一切詩文，悉以道情代之。然搆此頗不易，必情境音詞，處處動人，方有道氣，故非知音不作。余與井南交三十年，井南知余，余亦自以爲知井南。今井南甲子初周，以道情壽之。

四面青山，一水彎環。三椽茅屋，數畮沙田。有個先生，樂道其間。他氣豪性爽由天性，論文稽古得師傳。井南爲義門先生入室弟子。向學老彌篤，敦倫貧更難。硯田糧收取無多石，賣文錢討得幾何千。撫門庭孤寡，同飢同飽，同燠同寒。只把肥甘輕暖，奉慈庭博取歡顔。良朋相對談今古，高呼狂笑，清夜孤眠。謀釜甑力盡心酸，憔悴憑誰愬，相憐獨有天。只看九旬壽母身逾健，三載麟兒角崭然。定爺書讀遍，早把門閭焕，纔得你身閑。我與你百花開處常攜酒，萬柳深中共繫船，樂境無邊。

壽丁三母舅五十名鏜，字聲宏，隱居吉水港。

遥望見煙水和融，桑竹陰濃。樓閣當中，有個仙翁。那仙翁温文雅静，孝友謙恭。閑愁不管，樂境難窮。門前緑柳停輕舫，簾外閑花颺晚風。棋局常敲響，清樽也不空。他有個癡甥，學道崆峒。值仙翁壽筵初啓，客滿堂中。帶幾個綽約仙童，唱幾曲杳渺高宫。引得那仙翁狂笑，兩頰都紅。

壽蔣貪山五十名元泰，吴縣人。

一對書生，一樣聰明。一個是玉堂金馬，令兄時庵先生。一個是短笠長檠。都説道文章有命，造物無情，那知是天意憐君，特把清閑贈。時際清平，地據名城，石湖月朗，虎阜花明，携朋載酒，檀板紗鐙。歌詠三唐逸韻，臨摹兩晉遺型。君詩才書法絶工。更生個俊偉佳兒，頌老夫詩句縱横，心樂身輕，不必羨風塵勞競。想當年君家兄弟正髫齡，同我看潮海寧。我逐潮不及，倒地難撑，君家兄弟拍手笑狂生。轉眼幾時白髮將窺鏡。光陰如此迅，須得要及時尋樂，休忘了壯歲豪英。

壽吴復一表兄六十名起元。

復一自稱草草居士，嘗與余論詞曲，以琵琶爲古今第一。因仿琵琶體，作道情爲壽。

我的姨娘，是你親娘。我的親娘，是你姨娘。姊妹雙雙，單生着你和我兩個兒郎。你今日六十捧瑶觴，要我一句知心話講。你從來瀟灑襟懷，不曉得慕勢趨榮，問舍求田伎倆。注幾卷僻奥經書，作幾首古淡文章。常只是少米無柴，境遇郎當。你全不露窮愁情狀，終日笑嘻嘻只向親知索酒嘗，不論黄白燒刀，千杯百盞無推讓。憶當年外祖父母在江鄉，與你隨母拜高堂，寄讀在母舅書房，千家詩百家姓齊呼迭唱。轉眼光陰，俱是白頭相向。從今後願歲歲年年，同你對秋月春花醉幾場。見你時如見我姨娘，轉念我親娘。

六十自壽

倏忽光陰，花甲已齊。回念生平，約略重提。想當年束髮從師，志薄風雷。也曾窮經辨史，也曾談玄講理，也曾嗜癖探奇。原指望少博微名，倖叨半職，些微展布蒼生計。誰料得嚴君見背，諸弟連摧，只剩得單親獨子，形影相依。朝持兩槳辭娘出，暮倚柴門望子歸。只得譜幾調高宫細羽，聊代斑衣戲。賣幾片陳皮甘草，權當負米回。待守到風木悲餘，我的年華老矣，分明是黄粱一夢，只不曾顯榮富貴，單受盡離别悲淒。如今是秋深露冷蟬將蜕，春老花殘蝶倦飛。只願得天公憐我，放我在閑田地，享用些閑滋味。直閑到東溟水淺，西山石爛，南極星移。

弔何小山先生名煌，字星友，義門先生弟，吴縣人。

凡哀死祭弔之作，自《離騷》四言而外，一切詩詞歌曲，無體不全，而獨無道情。自余追考其音而譜之，先生尤擊節賞歎。今先生卒矣，即以先生之所賞者弔先生。

蕭瑟秋風，木落寒江。典型云謝，非爲私傷。想先生博雅胸腸，炯炯目光，把亡經僻史，疑文奇字，考究精詳。不論夏鼎商彝，唐碑宋畫，真與贋難逃鑒賞。普天下文人，那一個不問小山無恙。到今朝耆舊云亡，空了襄陽。許大一座蘇州，又少個人相撑仗。想生前也有怕他説短論長，也有怪他罵李呵張。從今後倘有那年少猖狂，銅臭鴟張，有誰人再管這精閑賬。今日裏鴉叫枯楊，月照空梁，只有半部校殘書攤在塵筵上。如此淒涼，任你曠達襟懷，也不禁淚灑千行。況我半世相隨，一朝永訣，落落狂生，向誰人更覓知音賞。思量，只得譜一首商調道情詞，代做招魂榜。望先生來格來臨，嗚呼尚饗。

祭潘文虎先生名其炳，震澤爛溪人。

戊辰正月，余以《樂府傳聲》質之先生。先生曰："是可傳。而子所作道情，有别趣。前年我七十，辭一切獻壽之言，子盍補作道情壽我?"余應諾，而鹿鹿未就。乃先生忽焉捐世，因即以道情祭先生，以鳴感惻，亦許劍之義也。

一片清霜，凋我高桐。典型其盡，溪流不東。先生居爛溪之濱。想當年先祖壽筵中，我赤脚垂髫，向氍毹學個參軍弄。先生説此童定不是凡庸種，誰料白髮已鬅鬆，樗散成何用，辜負先生獎誘功。又想我先君寡合鮮同，獨與先生，情好如昆仲。先生父稼堂先生，與先祖同舉博學鴻詞。因此侍先生如侍我先公，到今朝三世交情，併成一慟。先生文章行誼，兩邑人宗。爲人如爲己隆敦古道，執身如執玉恪守家風。只看今年整飭先賢祠址，百年存血食，徐俟齋先生祠屋久廢，竭蹶整理。剖析青烏奥訣，千古識真龍。先生作《地理書》未竟，易簣前强起續成，投筆而逝。心願俱終，便投筆返長空。憶春宵燈下教歌童，先生開笑容。要索一首道情詞，補祝嘏稱觴頌。蹉跎久掛胸，誰知翻做了輓誄哀辭用。欲待唱一回哭一回，寫出人琴之痛。又怕人笑我狂蹤，只得向靈前默誦，灑淚滿西風。

哭蔣迪甫先生名恭棐，字惟御，長洲人。乾隆十八年應運使之招，爲揚州梅花書院山長。卒於書院。

二十年中，三哭西原。先生所居有西原草堂。一哭其長君晦之，再哭其太翁淡存先生，今哭先生。想人生樂少哀多，念及公家倍黯然。先生冲幼岐嶷，少有神童之目。名播高軒，爲才多遭忌，翻令兩赴瓊林宴。乙未得第，以誣被黜。後登辛丑科進士，入詞林。只是品望清隆，文辭典雅，又惹人嫌怨。因此閑住林泉已十年，常相見，不説閑談野語，不説酒板歌筵，只歎息經學荒蕪，文體卑靡，全失了先民型典。幸今年，知己遠招，整理維揚書院，教諸生學古通經，欲令士風丕變。那知道騎鶴揚州，一徑歸天，皇路庵前，丹旐翩翩，共送文星入九泉。喪舟自揚歸，受弔於皇路庵。從今後，寒山寺外，烏啼月落，先生所居近寺。更覺冷露淒風滿客船。

祭大司寇秦味經先生名蕙田，無錫人。

葉落秋庭，公書適至。説道旌旆遄歸，命我在石湖相俟。先生面奏乞歸，就靈胎醫治，故先有書來訂。誰料得玉柱摧殘，竟不及華堂隨侍。博得個九重震悼，四海謳思。憶當年淮海萍逢，敘述先公世好，因而誼篤壎篪。公祖對岩先生與先祖同舉宏博。不多時，公展翅雲霄，遂做了文章領袖，禮樂宗師。公以尚書兼樂部大臣，纂修三禮，平昔著述極富。惟帝曰咨，謂敬刑成德，惟卿足恃。公一腔惻隱全民命，十載勤勞答主知。遂令天下稱平，羣工勗志。獨念我樗材散棄，特奏彤墀，又憐其老病，乞天恩復返耘耔。二十六年，上訪天下名醫於諸大臣，公以靈胎名對。後以老病乞歸，實出自聖恩。公亦曾爲代奏天庭。因此築室在白雲深處，日夕拜恩施。其地在吴山之畫眉泉，祝頌聖恩，並以頌公。那曉得斯民無幸，遽返天庭與世辭。公是嶽瀆降神，這精靈還做了江流山峙，擁護聖明時。今日裏一束生芻一酒巵，悲痛不勝持，也只是半爲蒼生半爲私，公其來格來思。

哭沈竇硯先生名巖，字穎谷，長洲人。

人生如寄，七旬有八知何戀，哭先生乃是爲世惜賢。隆學問明經稽古，正文體醇雅清淵，篤行誼讓廉孝友，接朋黨温厚恭虔。師資盡宗工碩德，楊文端先生、何義門先生。交遊必俊乂英賢。白璧黄金都不羨，案頭羅列精奇硯。非清玩，要比他堅貞融潤，歷盡磨礱永不穿。先生酷嗜古硯，所蓄不下數十方，俱精奇無比，不惜重價，寧忍飢以得之。硯依然，竇硯的人兒已遠。他年重整《姑蘇志》，把斯人斯德，畢竟在《耆舊傳》中傳。我與先生相知四十年，輩行在師友之間，名儒宿學凋零盡，只此追隨杖履邊。真是一朝不見三秋隔，誰知十日相違已九泉。老淚潺湲，痛傷心那堪重過胥江面，除非是迂道横塘别放船。先生所居，在胥江日暉橋内。余從吴江至郡，必經其門，故得時相過從。後余築室石湖之滸，石湖至郡，不經胥江，竟成讖語。

哭沈果堂名彤，字冠雲。

總角知交，歲歲摧殘，到先生更復增悲歎。試把一生甘苦，説與旁人亦淚彈。憶當初生計維艱，行竈雖存，先生貧無竈，以行竈炊爨，自有《行竈記》。無米難成飯，賴慈親豆莢燒來當一餐。一日絶糧，其母夫人摘羊眼豆，以供晚食。遺經逸史，讀到月落更闌。訪名師，謂何義門先生。求益友，傳將名字上文壇。博學通經，動得公卿薦幾番。少宗伯晚楓吴公，以博學宏詞薦，大司寇立恒阿公薦入《一統志》館，少宗伯望溪方公薦纂三禮。爲志高年邁，自問折腰難，《一統志》成，議敘，以主簿用，不就。飄然便作歸與歎。向寒齋經籍重翻，把人身骨節，稱量辨别，先生有《釋骨》一卷。將周官田禄，較對增删。先生有《周官禄田考》一册。力瘁精疲不憚，只愁得無人能看。他一生憂慮，只替古人擔。到臨危猶把文章重整，欲得留傳在世間，因此枯竭心肝。賤軀多過失，感先生深規切諫，從今後更有何人肯絮煩。我便似野馬亡繮絆，只恐宿草縈墳淚未乾。

弔馬秋玉名曰琯，號嶰谷，揚州人，能文，豪士。

苦雨連旬，傳説江淮合併流。有客款柴門，正值黄昏時候。報道先生歸去休，魄駭魂驚，倍覺淒風驟。這不是失了衣冠領袖，恰是減了江山文秀。他慈祥誠篤，寬大和平，天生仁厚。清文妙筆，丰神氣宇，絶代風流。半世精神，收藏這玉軸片籤，商尊周鼎，依然在山館書樓。君收藏書畫法帖，爲江左第一。何義門手披之書，以重價購藏，十歸七八。竟飄然抛却，向何處遨遊。明明是厭棄紅塵，不肯共詩卷長留。憶我甲子初週，乞先生一言爲壽。倣我作道情一首，不但意綣情綢，格調宫商，絲絲入扣。今日人琴俱亡，這流水高山，向誰同奏。從今後邗江渡口，多少公卿耆舊，騷人墨叟，一聲聲哭過揚州。君好客樂施，凡一長一藝，無不周旋。懷思感德，幾遍士林。

祭顧碧筠名捷，字肇聲，長洲人。

同林四鳥，飲啄相招。三鳥云逝，哀鳴嗷嗷。想當年未識君時，有何家兄弟，是我舊同袍。與君相遇在虹橋，碧筠爲虹橋何子懷、子未兩兄妹壻，因得遇於何氏，四人遂爲密友。握手訂新交。君賦性端凝，篤誠謹慤，我天生頑魯，狂放粗豪。性别形殊，一冰一炭，情投誼合，如漆如膠。從此登山必並屐，渡水每同舠。到後來懷才欲試經綸手，捧檄何辭道里遥。遂兩宰巖疆，謳歌載道。先浦城，後蒲城，俱有慈明之頌。誰知廉吏難爲，保全了數個冤民，幾致一官不保。算不如拂衣歸去，還我舊書巢。宰蒲城時，以昭雪冤民，拂上臺意，毅然假歸。奇文祕籍搜羅盡，漢帖唐碑校勘勞。家法閫儀，儼如廊廟，明經勵行，訓迪兒曹。更睦族敦親，矜孤恤寡，事事把先民傚。事詳碧筠自敘中。真乃是克儉克勤，惟忠惟孝。我與君情比同胞，更欲重結婚媾，永綿世好。碧筠欲與我聯姻，而年無相稱者，余因以幼女許其第四孫。我年過古稀，君還未老，定能待我女于歸，親陳栗棗。誰知棟折山頹，音容遽杳。今日裏秋景蕭條，木落天高。我將這幾點傷心淚，滴入婁江，碧筠居婁門之内。直流到海盡天窮恨未消。

題何師之採藥圖名垣，長洲人。

師之病中，屬題採藥圖，未即應命，而師之卒。因題其遺照，即以爲弔。

窮也不希奇，最傷心才高藝絶，偏要顛沛流離。一家寄食三千里，更没個兒郎啼苦飢。寄居山東内家馮氏，無子。詩冷欲侵肌，一枝湘管筆，畫出曾唐風氣。不僅向家庭討鉢衣，謂義門先生。提籃採藥非他意，只爲無糧代采薇。但我又生疑，紫芝白菊，種種是長生味，爲甚麽迷入雲霞竟不歸。親識慢悲欷，人生百歲終如寄，惟有清名不易，只看衡山京兆，一脈精英終古垂。

哭亡三子熼

山河同泡影，身世等浮萍。方曉得蕩蕩乾坤，原來是一片無情境。古今來佳兒令子，多少殀生短命，爲父母的敢誰怨誰爭。人道你堅辭婚娶，不近人情。從幼不願有室，雖性極和平，惟談及姻事，則必發聲徵色以拒之。誰料你先覺先知，恐怕留下寡妻弱子，遺累匪輕。何不連你也不來下顧，更覺得乾乾淨淨。你嗜好全無，喜怒不形，樸儉真誠，謙和寧靜。到臨回志氣清明，總無一語，眷戀叮嚀。竟似久客思歸，瀟灑登程。想前春歎古樂淪亡，我與你相參訂，推究黄鐘大吕，譜出《關雎》、《鹿鳴》。將《關雎》、《鹿鳴》及唐人《清平調》等章，皆循宫準律，填工尺以入管絃。余倚聲成調，熼按笛歸宫，遂續千古絶響。從今後再不聞侵晨笛飄韻，再不聽半夜讀書聲。只遺下文章百首詩三卷，傳示旁人俱淚零。我熟誦老莊經，難道肯爲你傷情滅性。恨只恨又失了一個青年道友，教誰人伴我度殘生。

題山莊耕讀圖三代六人，悉列此圖。督耕課讀，俗所名合家歡也。

祖父兒孫，聚首一堂。免不得做一首道情詞，教爾曹都來聽講。我是個樸魯寒儒，有甚麽相依傍。除非是奮志勤脩，方能像個人兒樣。因此口不厭粗糲糟糠，身不恥敝垢衣裳。打起精神，廣求博訪。有時敦詩説禮，有時尋蓍採藥，有時徵宫考律，有時舞劍輪鎗。終日遑遑，總没有一時閑蕩。嚴冬雪夜，擁被駝綿，直讀到鷄聲三唱。到夏月蚊多，還要隔帳停燈映末光。只今日目暗神衰，還不肯把筆兒輕放。難道我對爾曹説謊。今日裏置個山莊，造座書堂，雇幾個赤脚長鬚，種植些米麥高粱。你若是喫飽飯東遊西蕩，定做些敗壞身家的勾當。所其無逸，稼穡艱難，這兩句載在《尚書》上，怎麽不思量。斷不可矜才炫智，也不望身顯名揚。只要你謙恭忠厚人皆敬，節儉辛勤家自昌。才守得這幾畝稻田，數間茅舍，年年歲歲，徐姓完糧。

洄溪道情跋

先王父洄溪公《道情》一册，辭近旨遠，最爲雅俗共賞，其間有裨世教之言尤多。蓋以元人之詞，説宋儒之理，遂覺體格創新，情詞斐亹，感人易易，良有由也。培不才，無以推闡先人遺藴，然絃而歌之，涵養性天，私幸三十年來，立身行己，亦藉是得稍免大雅謗議焉。板行既久，漫漶寖多，因將原刻，重付劂氏。庶幾傳者益廣，俾世道人心，感孚日衆，是則先王父之志也，亦培重刻之心也。道光甲申夏六月，孫培謹識於奉新官廨。

作詞十法疏證

提　要

此書名曰“作詞十法”，實乃“作曲十法”。因古人詞以言文，曲以言聲，詞即曲之詞，曲即詞之曲，二者分别，不如後世之專。故元人周德清於《中原音韻》後，論作曲之十法，即名曰“作詞十法”也。元人論作曲法，傳世者極罕。周氏此篇，頗具條貫，末又選聲文並美之例四十調，精加評判，示學者以楷則，尤爲難得。惟原文措辭甚簡，又義有未盡，兹輯元明以來諸家論説，詳爲疎證，如“務頭”等，具説甚賅。於四十首定格則尤加意考訂，用康海刻《太和正音譜》本、陸貽典鈔本等校過。卷末復鉤稽全書要旨，列爲條例十五則。於是此寥寥之十法，乃成爲一簡要之曲論，而兼爲一簡要之曲選與曲譜矣。其説詳見序文中。

序

兹所以疎證《中原音韻》“作詞十法”者，取其爲元人之説元曲也。宋之詞、元之曲，都屬創始，而又專精。事之創始而又專精者，對於其事之見解，乃能正確無所蔽，而後人可以信從。詞曲又何獨不然？元人論曲，成篇者極少，傳世者愈希，燕南芝庵論唱，而周氏兹篇論作，蓋爲絶無僅有者矣。周氏此論，僅限於散曲作法，頗合初步習曲者之所需，故兹綴拾後來諸家之説，爲之疎證。明王文璧有《增注〈中原音韻〉》一書，以余所見刻本，其所注者僅限於諸部韻字而已，餘非所及。是此所疎證，又適足以彌前人之所缺憾，益不爲無故也。按周氏原書體裁，本爲曲韻，而卷末附此十法，則以曲韻而兼曲論矣。十法之末，又俱定格。定格云者，乃譜式也。詞曲之在宋元，猶亂彈俚唱之在今日，習之者多，善之者衆，出口成法，屬耳爲師，孰不憚煩而爲之譜者？故自來不聞詞書中有宋律，曲書中有元譜也。其事雖不悉由於此，此要其主因矣。夫譜雖不必需於元人，而實需於後世，乃周氏當元際不應需譜之時，竟有切需於後世之譜之製。是有此一譜，於元人或爲難掩之羞，於今人則爲幸得之惠也。其書既以曲韻而兼曲論，又以曲論而兼曲譜，今之人亦既享兹意外之惠，顧可以不省其詳歟？又按其所列四十首定格，多聲文並美者，不同後人之譜，僅顧韻律，不顧文律也。則周氏兹作，蓋以一書而兼有曲韻、曲論、曲譜、曲選四種作用，覽者更未可以淺量之矣。特原篇所述，文有艱乖，元明相傳，字多舛失，兹加疎證，亦尚未能一一精盡。要崇其爲元人之論元曲，翼而播之，是所旨耳。十三年冬日，江都任訥書於上海寓次。

中原音韻作詞十法目次

一、知韻　二、造語　三、用事　四、用字　五、入聲作平聲　六、陰陽　七、務頭　八、對偶　九、末句　十、定格

小令

仙吕六首

寄生草飲　醉中天　醉扶歸禿指甲　雁兒　一半兒春妝　金盞兒岳陽樓

中吕九首

迎仙客登樓　朝天子廬山　紅繡鞋隱士　普天樂別友　喜春來春思　滿庭芳春晚　十二月堯民歌別情　四邊静西厢　醉高歌感懷

南吕二首

四塊玉　罵玉郎感皇恩採茶歌得書

正宫二首

醉太平感懷　塞鴻秋春怨

商調二首

山坡羊春睡　梧葉兒別情

越調四首

天浄沙秋思　小桃紅情　凭闌人章臺行　寨兒令漁夫

雙調十一首

沉醉東風漁父　落梅風切鱠　撥不斷隱居　水仙子夜雨　慶東原奇遇　雁兒落得勝令指甲　殿前歡醉歸　慶宣和五柳莊　賣花聲香茶　清江引九日　折桂令金山寺

套數

雙調夜行船秋思

按周氏原書無目，此據十法之内容列之。周氏稱定格四十首，應連合小令與套數兩種而言，如〔十二月堯民歌〕等帶過之曲，祇各算一首。小令内七宫調共有三十六首，《秋思》一套内連〔煞〕共七首,除〔慶宣和〕、〔落梅風〕、〔撥不斷〕三調已見於小令者外,尚餘四首,合之小令之三十六首,恰得四十首。若帶過曲分調計算,則全例共列調四十四種。

中原音韻作詞十法疏證

元高安周德清挺齋撰　江都任訥中敏疏證

凡作樂府，古人云："有文章者謂之樂府。"如無文飾者，謂之俚歌，不可與樂府共論也。又云："作樂府，切忌有傷於音律。"且如女真風流體等樂章，皆以女真人音聲歌之，雖字有舛訛，不傷於音律者，不爲害也。大抵先要明腔，後要識譜，審其音而作之，庶無劣調之失。而知韻、造語、用事、用字之法，名人詞調可爲式者，並列於後。

按此乃十法之小引，從周氏全書中摘取十法，不能遺此一段。

"有文章"云云，指燕南芝庵《唱論》中語，詳下文第二法造語内"構肆語"條下。"作樂府"云云，用意見於古人言論者甚多，詞句則未詳所屬。

"風流體"乃雙調曲名，句法九九六六，四韻。

名曰"十法"，細按之，所論僅有四點：知韻、造語、用事、用字是也。第五法入作平，第六法陰陽，第七法務頭，第九法末句，同爲四聲之關係，皆可歸入第四法知韻。第八法對偶，則次法造語中之一種也。惟第十法定格内評語所評，有涉及用意者，是在聲韻字句四項之外耳。此十法之大概也。

明康海刻《太和正音譜》，卷端附載十法，乃將五法入作平、六法陰陽，歸并於第四法中，但又删去定格，而逕曰"作詞七法"，已嫌湮没古人面目。至於王世貞《曲藻》内，附載十法大義，僅立九目，删去知韻與入作平，而增去上一條，則益爲割裂竄亂，毫無足取矣。

一　知韻　無入聲，止有平、上、去三聲。

平聲　有陰，有陽；入聲作平聲俱屬陽。

上聲　無陽，無陰；入聲作上聲亦然。

去聲　無陰,無陽;入聲作去聲亦然。

按《中原音韻》周氏《自序》云:"夫聲分平仄者,謂無入聲,以入聲派入平上去三聲也。中略派入三聲者,廣其韻耳,若有才者則本韻自足矣。"又曰:"字别陰陽者,陰陽字平聲有之,上去俱無。上去各止一聲,平聲獨有二聲:有上平聲,有下平聲。中略平聲俱有上平、下平之分,但有有音無字之别。中略且上去二聲,施於句中,施於韻脚,無用陰陽,惟慢詞中僅可曳其聲耳,此自然之理也。"又原書"起例"曰:"入聲派入平上去三聲者,以廣其押韻,爲作詞而設耳,然呼吸言語之間,還有入聲之别。"凡此周氏所言,意屬一貫。蓋聲衹分平仄,平獨分陰陽;入派三聲,以廣押韻,言語之間,還有入聲,與此處知韻一節所言,意義作用,俱極相合。惟北曲創自金元之北人,北人發音無入聲,故韻亦因之。入派三聲,雖爲廣韻,亦北音本有之事實,而後始可。周氏所謂"言語之間還有入聲"者,蓋就朔南大體而立言耳。

清戈載《詞林正韻》云:"周德清《中原音韻》列東鍾江陽等十九部,入聲則以之配隸三聲,例曰'廣其押韻,爲作詞而設'。以予推之,入爲啞音,欲調曼聲,必諧三聲,故凡入聲之正次清音轉上聲,正濁作平,次濁作去,隨音轉協,始有所歸耳。高安雖未明言其理,而予測其大略如此。"是亦疏證周氏之意者也。

明王驥德《曲律》及范善溱《中州全韻》内,除用周氏平分陰陽外,去入亦皆分陰陽。至清周昂重訂《中州全韻》,沈乘麐編《韻學驪珠》,則上聲亦分陰陽,於是平上去入四聲,倍而爲八聲矣。又王氏《曲律》於上聲有陰陽通用之一例,周、沈諸書均因之。王氏且力詆周德清陰陽僅及平聲之非,又或謂元時曲家,去上未嘗不分陰陽,周氏特畏難省之耳。竊意元曲唱法,究竟如何,王驥德時,即已不傳,王氏等所論者,均就當時崑腔情形立言。崑腔之南北曲中,上去雖必分陰陽,但難以繩元時元曲之歌唱亦復如是也。周氏在當時乃精於音律之人,於此處明謂無陰無陽、無陽無陰,自序與起例之中,亦一再言之不已;觀於後文評論定格四十首内,又絶無一語涉及上去之陰陽者，是絶非畏難苟安，或含糊囫圇之辭明矣。疑上去入之析陰陽，在元時北曲之歌樂中，必用不到，故周氏此處專論當時曲樂者，乃謂上去不分陰陽，未必周氏不知其有陰有陽也。猶之四聲之入，北曲中無之，故周氏曰無入聲，非周氏不知聲之有入也。王氏之詆，正可不必。近人王季烈《螾廬曲談》論度曲，謂北音本無陰陽，故陰陽在北曲中，不必分别。其所言去元時北曲之情况益遠，更不可一概論也。

二　造語

可作樂府語、經史語、天下通語。

未造其語，先立其意，語、意俱高爲上。短章辭既簡，意欲盡；長篇要腰腹飽滿，首尾相救。造語必俊，用字必熟。太文則迂，不文則俗；文而不文，俗而不俗。要聳觀，又聳聽，格調高，音律好，襯字無，平仄穩。

按以上乃可作之語三種。樂府語指文雅之語，義詳下文"构肆語"條。

王氏《曲律》中有"曲禁"四十則，經史語其一也。王氏之所禁，而爲周氏之所尚，於此亦可見元明曲境變遷之一斑矣。蓋元曲恣肆奇詭，無所不至，經史百家，俱供驅遣；明以後曲，境地愈趨愈窄，同一經史語，一尚之而一禁之者，此也。又所謂經史語，可作兩解：一指經史成語，即下文所謂"全句語"，曲中不妨引用；一指經史句法，則曲中無模仿餘地。黄周星《製曲枝語》云："曲之體無他，不過八字盡之，曰'少引聖籍，多發天然'而已。"其意蓋謂曲中須少用文言，多用語體。"聖籍"云者，不應指經史成語，特指經史中之句法與材料耳。

天下通語，指當時天下通行之語言。原書周氏自序中贊關、鄭、白、馬之作云"韻共守自然之音，字能通天下之語"，即謂此也。王氏《曲律》云："北曲方言時用，而南曲不得用者，以北語所被者廣，大略相通，而南則土音各省郡不同，入曲則不能通曉故也。"其説並足爲證。

"辭既簡，意欲盡"，"盡"乃詳盡之意，謂辭既已簡，意則不可以不詳備周至；非謂窮盡，可以一洩無餘也。

"腰腹飽滿"即元喬吉所謂"鳳頭、猪肚、豹尾"之"猪肚"也。"首尾相救"即王氏《曲律》論句法中所謂"上下引帶"之説也。至清人劉熙載《藝概》，則易首尾與腰腹爲始、中、終，謂"始要含蓄有度，中要縱横盡變，終要優遊不竭"。"縱横盡變"即寓於飽滿之中。

"文而不文，俗而不俗"，是曲之自然態度。蓋詞經解放而爲曲，原以能俗爲主，但曲爲合樂之韻文，曲調之句法又釐然有定，若一味求俗，至於純用語體，則又勢難處處合調，雖有襯字辦法，終不足以救濟，有非雜以文言不可者。於是曲中以俗爲主，又須以文爲輔，一種不文不俗，亦文亦俗，文而不文，俗而不俗之情形，乃一定而不可移易矣。周氏謂"太文則迂，不文則俗"，猶非探源之説。

"音律和"，明陳所聞《北宫詞紀》所引作"音律好"。《詞紀》卷端列《古今品詞大旨》一篇，即轉載十法之大概也。

不可作俗語、蠻語、謔語、嗑語、市語。

按自"俗語"以下，共列不可作之語十三種。俗語、謔語二禁，徵之元人之作，或周氏已作，皆不合，不必禁也。下文既有"构肆語"一條，則此處之俗語更可省。蠻語指粗蠢狠戾之語，嗑語指嘮叨瑣屑之語。

方語：各處鄉談也。

按周氏主張作天下通語，而不主張作市語與方語，爲其易時易地，人多不解也。王氏《曲律》"雜論"云："世有不可解之詩，而不可令有不可解之曲。曲之不可解，非入方言，則用僻事之故也。"又王氏"曲禁"之中，亦有"方言他方人不曉"一條。此雖與元曲情形多所不合，但用意實至正且當。黄周星《製曲枝語》云曲有三易："可用襯字襯語，一也；一折之中韻可重押，二也；方言俚語皆可驅使，三也。”可見曲家自來不禁方言。元曲之中,又嚮以詞料豐富、文質雜揉爲貴者,方言當愈非其所禁也。然語言雖極應入曲,而所入者爲天下通語,則天下盡通,後世易曉;若爲市語方言,則雖便捷一時,稱快一地,要無以明於天下後世,是自限其文字之作用矣,可乎? 今日展玩元曲,每苦於所有當時方言,不能盡解,因而減興。可見曲家用語,宜通宜方,孰利孰害矣。説者或指元曲當行,乃全賴當時方言,且勗今人製曲者,必以元方言入曲,謂不如此不足以入元人之室。斯真固蔽之論也。夫曲之所以爲曲,乃在以語易文,平添親切曉暢、疎落俊爽之趣耳。元曲之所以爲元曲,固在體魄之雄深豪邁,氣機之浩蕩激越,豈專恃乎當時一二方言歟? 今人爲曲,若入今時方言,猶可説也;若專以掇拾元語爲貴,而他無所有,即謂已得元音者,是還珠而藏櫝也,其終不能入元人之室矣。

書生語:書之紙上,詳解方曉;歌則莫知所云。

按書生語指典重晦澀之言,即王氏“曲禁”中之“太文語”與“太晦語”兩條也。“曲禁”中另有“書生語”一條,則指語有八股氣者,蓋别一義。

康刻《太和正音譜》於此節末句“歌則”二字作“遽則”,未是。

譏誚語:諷刺,古有之。不可直述,託一景,託一物可也。

按譏誚語指措辭刻薄、局度褊狹之語。元曲託景物以作諷刺之用者,能舉之例,惟曹明善〔岷江緑〕《賦長門柳》二首,所以刺丞相伯顔者也。明曲中除雜劇、傳奇不計外,散曲如王磐之〔朝天子〕,以詠喇叭刺當時權閹,亦是其例。然而散曲之中,雖在明人,此等作亦不多見。蓋曲尚顯豁疎放,大抵以嬉笑怒駡出之,盡情直述而已,不暇掩飾,亦毋庸避忌。詩教之中,詞多得比興,而曲多得賦,固爲不可掩之迹也。

全句語：短章樂府，務頭上不可多用全句，還是自立一家言語爲上；全句語者，惟傳奇中務頭上用此法耳。

按"全句語"指引用成語而整鈔全句，不加翦裁者也。務頭之説詳下文。

构肆語：不必要上紙，但只要好聽，俗語、謔語、市語皆可。前輩云，"街市小令，唱尖新茜意"、"成文章曰樂府"是也。樂府、小令兩途，樂府語可入小令，小令語不可入樂府。

按"构肆"猶勾欄之謂，扮演雜劇，游戲娱樂之所。构肆語謂构肆中通行之曲中鬮語也。"要上紙"即上文要聳觀之説，上紙所以觀耳。《北宫詞紀》載《品詞大旨》注构肆語云："可聽不可上紙。"

"前輩云"以下，見燕南芝庵之《唱論》中，原文曰："成文章曰'樂府'，有尾聲名'套數'，時行小令唤'葉兒'。套數當有樂府氣味，樂府不可似套數。街市小令，唱尖新倩意。"此《唱論》數語，如《陽春白雪》、《輟耕録》、《太和正音譜》、《北宫詞紀》諸書皆載之，惟字句各本有異：《輟耕録》删去"街市"至"倩意"十一字；《正音譜》從十卷本《陽春白雪》，"尖新"作"尖歌"；《北宫詞紀》所載，於"成文章"上有"元趙子昂云"五字，是周氏所謂"前輩"，即指趙孟頫也。周氏作"茜意"，餘本作"倩意"，"茜"與"倩"，曲中每通用，《陽春白雪》載劉秉忠〔乾荷葉〕末句，"直恁風流倩"，《雍熙樂府》即作"茜"，是其證也。揣文意，應謂樂府斷不可似套數與街市小令，因二者衹取歌唱尖新，足以樂意，而不顧詞句如何也。蓋既曰"成文章曰'樂府'"，即謂樂府之文字，必經過文學上之陶冶。彼成套之長詞，與街頭之俚唱，但取聲音蕩人，多無文理，樂府顧能似之哉！此處所謂"小令"，專指市井小曲而言，非普通詞曲中之所謂小令也。故王驥德《曲律》卷三論小令曰："周氏謂'樂府、小令兩途，樂府語可入小令，小令語不可入樂府'，未必其然。渠所謂小令，蓋市井所唱小曲也。"康刻《太和正音譜》於周氏"樂府語可入小令"兩句改作一句曰:“樂府語可作樂府。”蓋未明此處小令之所謂,故改原文成囫圇語也。

據此,周氏所謂好曲子者,其詞必成文章,必爲成文章者始許其當樂府之稱。彼街市小令,固無文章,即素與單詞並行之套數,亦鮮有文章可言,故亦將其與樂府分開説。觀下文第四法用字内,有“套數中可摘爲樂府者能幾”一語,乃益知周氏之旨,頗重單詞之小令,指普通所謂小令。而下文四十首定格,決非貿貿然選定者矣。

張打油語:吉安龍泉縣水淹米倉,有于志能號無心者,欲縣官利塞其口,作〔水仙子〕示人,自謂得意,末句云:“早難道水米無交。”觀其全集,自名之曰樂府,作者當以爲戒①。

按曲之爲曲,遣辭既容語體,取材又極廣袤,作者不慎,動易流於俗惡粗鄙一途。賴有前此二戒,乃應知質朴放曠之中,仍以意趣爲重,便避去許多邪魔惡道矣。

雙聲疊韻語:如“故國觀光君未歸”是也。夫樂府貴在音律瀏亮,何乃反入艱難之鄉? 此體不可無,亦不可專意作而歌之,但可枸肆中白念耳。

按“故國觀光君未歸”乃當時曲中語,嫌其疊用雙聲疊韻之字面,讀之難聽也。此類之尤甚者,如元梨園黑老五作〔粉蝶兒〕套,全集《中州音韻》而成,“從東朧風動松呼,聽叮嚀定睛睜覷,望蒼茫壙廣黄蘆”云云,見《詞林摘豔》等書,蓋俳體而又惡道者矣。

康刻《太和正音譜》中,“君未歸”作“君倦歸”。非。末二句作“亦不可專意作,姑備一家之體,只好於枸肆中念耳”。

---

① 今校:文淵閣四庫全書本《中原音韻》,“自名之曰樂府”後原有“悉皆類此。士大夫評之曰‘此乃張打油乞化出門語也,敢曰樂府’”數語。

六字三韻語：前輩《周公攝政》傳奇〔太平令〕云“口來豁開兩腮”，《西厢記》〔麻郎么〕云“忽聽一聲猛驚”、“本宫始終不同”，韻脚俱用平聲；若雜一上聲，更屬第二著。皆於務頭上使。近有〔折桂令〕，皆二字一韻，不分務頭，亦不喝采，全淳則已；若不淳則句句急口令矣，所謂畫虎不成反類犬也。殊不知前輩止於全篇中務頭上使，以别精粗，如衆星中顯一月之孤明也。可與識者道。

按陸貽典鈔本於“若雜一上聲”句之“雜”字下多一“出”字。原書周氏自序云：“其難則有六字三韻，‘忽聽一聲猛驚’是也。”又羅宗信序云：“有四字二韻、六字三韻者，皆位置有定，不可倒置而逆施。”又按鄭光祖有《輔成王周公攝政》雜劇，見《古今雜劇三十種》内，末一折〔太平令〕原句云：“將口來豁開至兩腮。”王實甫《西厢記》第一本第三折〔麻郎兒〕么篇原文云：“忽聽一聲猛驚，原來是撲刺刺宿鳥飛騰。”第二本第四折前調原文云：“與本宫始終不同，又不是清夜聞鐘，又不是黄鶴醉翁，又不是泣麟悲鳳。”元陶九成《輟耕録》載虞集於宴席上聞歌兒唱一句兩韻之〔折桂令〕，“博山銅細裊香風”云云，愛其新奇，時席上適談三國蜀漢事，乃賦〔折桂令〕云：“鸞輿三顧茅廬，漢祚難扶，日暮桑榆。深渡南瀘，長驅西蜀，力拒東吴。美乎周瑜妙術，悲夫關羽云殂。天數盈虚，造物乘除。問汝何如，笑賦歸歟。”皆二字一韻，謂之短柱體。

明沈德符《顧曲雜言》云：“元人周德清評《西厢》云六字中三用韻，如‘玉宇無塵’内‘忽聽一聲猛驚’，及‘玉驄嬌馬’内‘自古相女配夫’，此皆三韻爲難。予謂古、女仄聲，夫字平聲，未爲奇也，不如‘雲斂晴空’内‘本宫始終不同’，俱平聲，乃佳耳。然此類凡元人皆能之，不獨《西厢》爲然。如春景時曲云‘柳綿滿天舞旋’，冬景云‘臂中緊封守宫’，又云‘醉烘玉容微紅’，重會時曲云‘女郎兩相對當’，私情時曲云‘玉娘粉妝生香’，《㑳梅香》雜劇云‘不妨莫慌我當’，《兩世姻緣》云‘怎麽性大便駡’，《歌舞麗春堂》云‘四方八荒萬邦’，俱六字三韻，穩貼圓美，他尚未易枚舉。蓋勝國詞家，高處自有在，此持其剩技耳。我朝周憲王《牡丹仙》雜劇云‘意專向前謝天'等句，亦元人之亞。"①

清謝章鋌《賭棋山莊詞話》云："上略《輟耕録》邵庵〔折桂令〕詠蜀漢事，通體二字三聲互叶，趙雲松翼以爲前人所未有，且引老子'知足不辱，知止不殆'、《史記》'甌窶滿溝，汙邪滿車'，以爲此體之先聲。見趙氏著《陔餘叢考》。然《毛詩》'吁嗟乎騶虞'，乎與虞，則已二字即韻矣。"下略

又方成培《詞麈》卷三謂"周氏以六字三韻爲難，此亦何難之有"云云。不知周氏所謂難者，韻脚全平，一也；務頭上使，二也；文字全淳，三也。

語病：如"達不著主母機"，有答之曰："燒公鴨亦可。"似此之類，切忌。

按"達不著主母機"句，應是雜劇中語。凡曲詞不僅觀賞文字，吟玩紙上而已，且須離開文字，而吐音喉際，聽拍歌中，故有時類此聲音混同，誤會可笑之處，都不免禁忌也。明王磐〔滿庭芳〕小令有《毛詩》中"誰道鼠無牙"句，王驥德以爲使村人聽之，將以爲茅厠中云云，特爲改作"笑詩人浪説鼠無牙"，亦是此意。又曲之致用在廣，在普遍，邀賞於學士大夫之前，同時亦邀賞於厮傭走卒之前。王氏意欲曲家下筆，時時顧全村人之了解，措詞固不容有絲毫典重晦澀之義，亦不容有觸耳難聽，易生岐誤之音，於旨實甚通達也。然則周氏此忌，又何可廢哉！乃《詞麈》卷三謂"周氏以'主母機'可對'燒公鴨'爲語病，尤非確論"云云，蓋未深思曲之所以致用也。

康刻《太和正音譜》中，"燒公鴨"下無"亦可"二字。

語澀：句生硬而平仄不好。

---

① 今校：文淵閣四庫全書本《顧曲雜言》，"便罵"作"便殺"，"穩貼"作"穩帖"，"此持"作"此特"，"我朝"作"本朝"。

按《品詞大旨》中,“平仄不好”作“平仄不和”。

詞之字句間有時以澀爲是,若曲則深忌之,其故可以思也。平仄不好,在王氏“曲禁”中有五則:上上或去去疊用,一也;上去去上倒用,二也;疊用三四聲,三也;一聲四用,四也;韻脚以入代平,五也。又“曲禁”中有蹇澀不順溜、沾唇不脱口、拗嗓平仄不順三則,亦同此語澀一義。

語粗:無細膩俊美之言。

按《品詞大旨》“無細膩俊美之言”作“不俊膩”三字。

粗語即上文蠻語之次者耳,王氏“曲禁”中亦有粗鄙不細膩一則。

語嫩:謂其言太弱,既庸且腐,又不切當,鄙猥小家,而無大氣象也。

按《品詞大旨》此條省作“庸弱而無大氣象”一語。其實弱、庸腐、不切當、鄙猥,應分作四層看,弱固是語病,但爲初作所難免者,餘弊則兼在意,不僅在語矣。王氏“曲禁”中亦有陳腐不新采與蹈襲舊曲語意兩則。

三　用事

明事隱使,隱事明使。

按此層原與詩詞無别,若就曲一方面詳言之,則仍可引王氏《曲律》之語。《曲律》論用事亦曰:“明事暗使,隱事顯使。”又曰:“有一等事,用在句中,令人不覺,如禪家所謂撮鹽水中,飲水乃知鹹味,方是妙手。”此可作明事隱使一層注解。又曰:“務使唱去人人都曉,不須解説。”此可作隱事明使一層注解。凡歌詞看去人人都曉者,唱去未必人人都曉。此處當着重“唱去”二字。韻文降而至曲,所以重用白話,而大爲解放者,無非爲唱與人人都曉二事耳,亦即上文所謂"曲之致用在廣,在普遍"之意也。清馮班《鈍吟文稿》云:"曲子以聲爲主,其詞不離本色。場上之曲,與科介相應,優兒敷粉墨而歌,欲得俚童野老,哭怍不禁,斯爲能事。若三人不解,則工而無所施矣。"其言正與此合。

四　用字

切不可用生硬字、太文字、太俗字。

按字與句一例,此三種猶之上文澀語、書生語、俗語也。

襯墊字:套數中可摘爲樂府者能幾?每調多則無十二三句,每句七字而止,却用襯字加倍,則刺眼矣;倘有人作出協音俊語,無此節病,我不及矣。緊戒勿言。妄亂板行,〔塞鴻秋〕末句本七字,有云"今日個病懨懨剛寫下兩個相思字",却十四字矣。此何等句法,而又託名於時賢,没興遭此誚謗,無爲雪冤者,已辨於序。

按《品詞大旨》此節省作三句曰:"若襯墊字多於本文,不獨刺眼,亦且難唱。"

此處樂府指小令言。"套數中可摘爲樂府能幾"者,謂套數文理粗,襯字多,樂府則文字謹嚴,襯字少,倘欲從套數中摘取精警之調,以充樂府,則所得者能有幾何?極言套數之文難佳,而樂府中襯字不可有耳。襯墊字通稱襯字。《青樓韻語廣集》凡例有所謂"搷唱字眼"者,"搷"即"墊",通作"墊"。

"妄亂板行",謂書坊中妄事編纂之曲集也。原書起例中有曰:"詞之法度全不知,妄亂編集板行,其不恥者如是,作者緊戒。"惟此節語氣未順,王氏曲集"論韻"一節,譏周氏文理不通,當即指此等處。

〔塞鴻秋〕詞,乃貫雲石代人作,載《太平樂府》,原詞二首,此其一:"戰西風幾點賓鴻至,感起我南朝千古傷心事。展花箋欲寫幾句知心事,空教我停霜毫半晌無才思。往常得興時,一掃無瑕疵，今日個病懨懨剛寫下兩個相思字。"調中所有之"戰"、"感起我"、"展"、"幾句"、"空教我停"、"今日個病"、"剛"、"兩個"，皆襯字也。此調襯字雖多，而氣勢頗盛，從上文一路傾瀉而來，末句似非如此作十四字收束不住。至若《九宫大成譜》所載〔雁兒落帶得勝令〕小令，正格五字一句者，襯字多至二十一二字，通首正格不過五十四字，而襯字則有二百四十四字，而文字復毫無是處，真不足爲訓矣。

"没興"猶言無端。原書周氏自序有曰："有板行逢雙不對，襯字尤多，文律俱謬，而指時賢作者。"又曰："彼之能遵音調，而有協音俊語，可與前輩頡頏，所謂'成文章曰樂府'也；不遵而增襯字，名樂府者，自名之也。"又曰："以板行謬語，而指時賢作者，皆自爲之詞，將正其己之是，影其己之非，務取媚於市井之徒，不求知於高明之士，能不受其惑者幾人哉！使真時賢所作，亦不足爲法。取之者之罪，非公器也。"凡此數則，皆上文所謂"已辨於序"者。

周氏此篇，可謂專爲小令即所謂樂府者是而作，故力戒用襯。至在雜劇套數中，則襯字殊不能免，且北曲死腔活板，板視襯字之多寡以定，雖襯無妨也。即所謂死腔者，亦每因襯字之多寡有異，能死而不死，愈增美聽。至於元代作家，慣以襯字多而逞能顯才者，益不知凡幾矣。惟王氏《曲律》論南曲曰，"細調板緩，多用二三字尚不妨，緊調板急，若用多字，便躲閃不迭"云云，亦自是度曲時實情。故襯字不能無，要不宜過多也。再則北曲襯字，尚可虛實並用，若南曲則不宜用實字矣。劉熙載謂"曲於句中多用襯字，固嫌喧客奪主，然亦有自昔相傳用襯字處，不用則反不靈活者。"按襯字之用，以使句法靈活爲準甚是，無所謂自昔相傳，必須用襯之處也。

以上造語、用字兩法中，所懸戒者種種，經後來王驥德伯良加以擴充，定爲"曲禁"四十則，載王氏《曲律》中。除上文已零星引用其語，分證各條外，兹再録四十則全文於此，以資參校。

一重韻　一字二三押。長套及戲曲不拘。

二借韻　雜押旁韻，如押支思，又押齊微類。

三犯韻　有正犯，句中字不得與押韻同音，如東犯冬類；有旁犯，句中即上去聲亦不得與平聲相犯，如董凍犯東類①。

四犯聲　即非韻脚。凡句中字同聲，俱不得犯，如上例。

五平頭　第二句第一字，不得與第一句第一字同音。

六合脚　第二句末一字，不得與第一句末一字同音。

七上上疊用　上去字須間用，不得用兩上、兩去。

八上去、去上倒用　宜上去，不得用去上；宜去上，不得用上去。

九入聲三用　疊用三入聲。

十一聲四用　不論平上去入，不得疊用四字。

十一陰陽錯用　宜陰用陽字，宜陽用陰字。

十二閉口疊用　凡閉口字，只許單用。如用侵，不得又用尋，或又用監咸廉纖等字。雙字如深深毿毿懨懨類，不禁。

十三韻脚多以入代平　此類不免，但不許多用，如純用入聲韻，及用在句中者，俱不禁。

十四疊用雙聲　字母相同，如玲瓏皎潔類，止許用二字，不許連用至四字。

十五疊用疊韻　二字同韻，如逍遥燦爛，亦止許用二字，不許連用至四字。

十六開閉口韻同押　凡閉口如侵尋等韻，不許與開口韻同押。

按以上十六則皆關於聲韻者。

十七陳腐　不新采。

十八生造　不現成。

十九俚俗　不文雅。

二十蹇澀　不順溜。

二十一粗鄙　不細膩。

二十二錯亂　無次序。

二十三蹈襲　忌用舊曲語意。若成語，不妨。

二十四沾唇　不脱口。

---

①　今校：明天啓五年毛以遂刻本《曲律》，“東犯冬”作“冬犯東”，無“亦”字。

二十五拗嗓　平仄不順。

二十六方言　他方人不曉。

二十七語病　聲不雅，如《中原音韻》所謂“達不著主母機”，或曰“燒公鴨亦可”類。

二十八請客　如詠春而及夏，題柳而及花類。

二十九太文語　不當行。

三十太晦語　費解説。

三十一經史語　如《西厢》“靡不有初，鮮克有終”類。

三十二學究語　頭巾氣。

三十三書生語　時文氣。

三十四重字多　不論全套單隻，凡重字俱用檢去。

三十五襯字多　襯至五六字。

三十六堆積學問

三十七錯用故事

三十八宫調亂用

三十九緊慢失次

四十對偶不整

按以上廿四則中，三十八、三十九乃關於音律者，其餘廿二則，皆關於字句之修辭者。

五　入聲作平聲　施於句中，不可不謹。皆不能正其音。

按“正其音”之“正”字，意乖，或爲“亂”字、“失”字之訛也。康刻《太和正音譜》“皆不”作“言不”，亦未見其是。原書周氏自序云：“以入聲派入平上去三聲也。作平者最爲緊切，施之句中，不可不謹。”又云：“入聲於句中不能歌者，不知入聲作平聲也。”

澤國江山入戰圖　第一，“澤”字，無害。

紅白花開煙雨中　第二，“白”字。

按於第一句説明“無害”,此下皆無説明,是謂此下皆“有害”也。“有害”云者,謂亂其句中平仄之常軌耳。大約七字句中,第二、第四、第六三個字,必正其爲平爲仄,不可通假,其餘之四字中,要勿與上下二字,連成三平或三仄,否則即爲有害也。如第一句中“國”作上,並不作平,而“澤”作平,首四字爲平仄平平,並無三平三仄之相連,故無害。第二句中“白”字,不但因位次第二爲不能亂,倘作平則“紅白花開煙”,且五平相連矣,故有害。

瘦馬獨行真可哀　第三,“獨”字,若施於仄仄平平仄仄平之句則可,施於他調皆不可。

按各本《中原音韻》此處原文皆作仄仄平平仄仄平平,末衍一平字,兹删去。此句“獨”字如作平,則“獨行真”成爲三平相連矣,故有害。若“真”字屬仄,遂無妨,故謂施於仄仄平平仄仄平之句則可也。今“真可哀”三字爲平仄平,非仄仄平,故不可。

人生七十古來稀　第四,“十”字。
點溪荷葉疊青錢　第五,“疊”字。
劉項元來不讀書　第六,“讀”字。
鳳凰不共鷄爭食　第七,“食”字。

按“十”字、“讀”字,位次第四、第六,倘作平則亂其常軌,故有害。“疊”字、“食”字倘作平,則與上面下面之二字,各成三平相連,故亦有害。

六　陰陽

用陰字法

〔點絳脣〕首句,韻脚必用陰字,試以“天地玄黄”爲句歌之,則歌“黄”字爲“荒”字,非也;若以“宇宙洪荒”爲句,協矣。蓋“荒”字屬陰,“黄”字屬陽也。

按〔點絳唇〕之句法爲四七四五，與詩餘同。如董《西厢》云："百媚鶯鶯，見人無語空低首。淚盈巾袖，兩葉眉兒皺。"詞中"鶯"字屬陰，正協。

用陽字法

〔寄生草〕末句七字内，第五字必用陽字，以"歸來飽飯黄昏後"歌之，協矣；若以"昏黄後"歌之，則歌"昏"字爲"渾"字，非也。蓋"黄"字屬陽，"昏"字屬陰也①。

按〔寄生草〕句法，詳於後文定格中。

此處標題爲陰陽，而所論僅爲平聲之陰陽，餘三聲不及焉。宋張炎《詞源》論音律中所及陰陽者，但舉〔惜花春〕《起早》一調之"鎖窗深"句，以爲"深"字不協，改爲"幽"字；"幽"字不協，改爲"明"字，然後乃協。是所論者，亦僅及平聲而已，他不及也。大概往昔音律，陰陽僅僅及平，而爲聲衹有五，不如後世之有七有八，宋、元兩代，情形固相同也。再周氏此處，不過於曲調中平聲字用陰用陽者各舉一例而已，並未説出何法。

七　務頭　要知某調、某句、某字是務頭，可施俊語於其上，後注於定格内②。

按務頭之説，周氏首先標之，後人皆沿襲其大意，而實不知其究竟也。至王驥德始釋之曰："凡曲遇揭起其音，而宛轉其調，如俗之所謂'做腔處'，每調或一句，或二三句，或二三字，即是務頭③。"清李漁繼釋之曰："凡一曲中，最易動聽之處是爲務頭。"據此，可知務頭者，初則純爲音調中事，並非文字中事也。《曲律》又曰："是調

① 今校：文淵閣四庫全書本《中原音韻》，"歸來飽飯黄昏後"後有"爲句"二字。
② 今校：文淵閣四庫全書本《中原音韻》，"定格"後有"各調"二字。
③ 今校：明天啓五年毛以遂刻本《曲律》，"或二三字"前有"每句或一字"五字。

中最緊要句字。”又曰:“古人凡遇務頭,輒施俊語,或古人成語一句其上,否則詆爲不分務頭,非曲所貴。”明寧王權號涵虚子,有《務頭集韻》三卷,全摘古人好語以輯成者,惜已不傳。據此又可知務頭一物,繼由音調之事,寖假而爲文字之事矣。周氏言“可施俊語其上”者,謂音調之美與文字之美,必令湊合而相得益彰,勿使參差而兩俱減色也。而方以智《通雅》中論務頭,謂指“爲施俊語,亦非。蓋謂其發聲處當用陰陽字之類”。方氏原語近日長洲吴瞿安先生《顧曲麈談》中論例此事,乃專主三聲與陰陽之説,其詞曰:

務頭者,曲中平上去三音聯串之處也。如七字句,則第三、第四、第五之三字,不可用同一之音。大抵陽去與陰上相連,陰上與陽平相連,或陰去與陽上相連,陽上與陰平相連,亦可。每一曲中,必須有三音相連之一二語,或二音或去上,或去平,或上平,看牌名以定之相連之一二語,此即爲務頭處。中略周氏謂“要知某調、某句、某字是務頭”者,蓋填詞家宜知某調、某句、某字是務頭也;换言之,謂當先自定以某句、某字爲務頭,而爲之定去上,析陰陽也。又譜中謂“可施俊語於其上”者,蓋務頭上須用俊語實之,不可拘牽四聲陰陽之故,遂至文理不順也。下略

據此,學者倘一時不辨何處爲務頭者,但看曲譜中某調注明某某字必當去上、去平、上平、去上平等等,不可移易者,即知是該調聲音美聽之處;填詞時若嚴守之,而文字又務求精警,務令聲文合美,則雖不悉中爲務頭之處,要亦相去不遠矣。且此等處文字縱或不能精警,至少亦必力全文理與文意,萬勿因其陰陽平仄之拘牽,而遂文理不順,反令聲文兩事,成一妍媸錯配情形,是宜切戒者也。

除上列王、李、方、吴四家之説外,如明人楊慎、王世貞,清人黄甌、謝章鋌、劉熙載、楊恩壽,近人王季烈、童斐等,俱各有説。惟王、童兩家贊助吴説,餘均不知究竟。兹並王、李餘意,羅列如次,以廣參校。

王世貞《曲藻》曰:“楊用修乃謂‘務頭是部頭’,可發一笑。”按楊氏原語待考。《通雅》云:“教坊有部頭,有色長。升庵曰‘周德清誤呼部頭爲務頭’,可笑也。”是楊氏笑人者,因疎於考訂,又復爲人

所笑矣。

王驥德《曲律》論務頭第九曰：

務頭之説，《中原音韻》於北曲臚列甚詳，南曲則絶無人語及之者。然南北一法，係是調中最緊要句字。中略，已見上文《墨娥小録》載務頭調侃曰“喝采”。又詞隱先生嘗爲余言，吴中有“唱了這高務”語，意可想矣。舊傳〔黄鶯兒〕第一七字句是務頭，以此類推，餘可想見。古人凡遇務頭輒施俊語，或古人成語一句其上，否則詆爲不分務頭，非曲所貴，周氏所謂“如衆星中顯一月之孤明”也。涵虚子有《務頭集韻》三卷，全摘古人好語，輯以成之者。弇州嗤楊用修謂務頭爲部頭，蓋其時已絶此法。余嘗謂詞隱《南譜》中不斟酌此一項事，故是缺典。今大略令善歌者取人間合律腔好曲，反覆歌唱，諦其曲折，以詳定其句字，此取務頭一法也。

按此種取務頭法，乃完全以音爲準，不顧文字，於義尚乖，“衆星中一月孤明”之語見下文定格中。

李漁《閑情偶寄》詞曲部音律第三曰：

填詞者必講務頭，然務頭二字，千古難明。《嘯餘譜》中載務頭一卷，前後臚列，豈止萬言，究竟務頭二字，未經説明，不知何物。止於卷尾開列諸舊曲，以爲體樣，言某曲中第幾句是務頭，其間陰陽不可混用，去上、上去等字不可混施。若跡此求之，則除却此句之外，其平仄、陰陽，皆可混用混施而不論矣。又云某句是務頭，可施俊語於其上。若是，則一曲之中，止該用一俊語，其餘字句皆可潦草塗鴉，而不必計其工拙矣。中略予謂務頭二字，既然不得其解，只當以不解解之。曲中有務頭，猶棋中有眼，有此則活，無此則死。進不可戰，退不可守者，無眼之棋，死棋也；看不動情，唱不發調者，無務頭之曲，死曲也。一曲有一曲之務頭，一句有一句之務頭，字不聱牙，音不泛調，一曲中得此一句即使全曲皆靈，一句中得此一二字即使全句皆健者，務頭也。下略

按李氏所述，徒然費辭，全不切實，明知祇當以不解解之，而仍作種種曲解者，何哉？

謝章鋌《賭棋山莊詞話》曰：

康熙中，閩縣黄御卜名甌著《數馬堂問答》，中略中亦有論詞一則①，略云，“余與友人拈韻作詞，因論詞要務頭上用韻嘹亮，學者苦不知務頭爲何物，亦從無有分明指出者。李笠翁乃以爲詞之有務頭，猶棋之有眼，有此則活，無此則死。信如此言，則務頭原無定位，惟佳句之所在便是務頭矣，非也。竊謂務頭乃詞中頓歇之處，千里來龍，聚於環抱之地。蓋於務頭上用字嘹亮，則餘韻悠揚，不致板煞，而有聯絡貫串之妙”。余按謝氏語此説尤非。務頭言聲，非言辭也。如李之説，是詞中之緊句；如黄之説，是詞中之主意。均於務頭名義不合。南海梁章冉廷枏《曲話》云：“《中原音韻》於北曲之務頭，臚列甚詳，而南曲絶無道及。《嘯餘譜》載務頭一卷，究未析明。笠翁謂‘既不得其解，當以不解解之’，‘不得爲謎語欺人者所惑’，此説良當。”②然余謂謝氏語《九宫譜定》云“凡曲遇揭起其音，而宛轉其調，如俗之所謂做腔處，即是務頭”，其論雖創而實確也。君徵《度曲須知》内有“字頭辨解”一篇，字頭即務頭，所謂“字端一點鋒芒，見乎隱、顯乎微也”。又云：“善唱則口角輕圓，而字頭爲功不少；不善唱則吐音龐雜，字疵著累偏多。”

按黄氏謂務頭乃詞中頓歇之處，謝氏謂務頭乃字頭，言聲不言辭，均非。《嘯餘譜》所載，即本書之定格四十首，前人不察，皆若以爲《嘯餘》所載一卷，又出周書之外者，實謬。《九宫譜定》所云，實引王氏《曲律》之語。《度曲須知》所謂字頭，乃指度曲時每字發音之始，與務頭何涉？

劉熙載《藝概》曰：

辨小令之當行與否，尤在辨其務頭。蓋腔之高低，節之遲速，此爲關鎖。故但看其務頭深穩瀏亮者，必作家也。俗手不問本調務頭在何句、何字，只管平塌填去，關鎖之地既差，全闋爲之減色矣。

---

① 今校：《詞話叢編》本《賭棋山莊詞話》，“論詞一則”作“一則論詞”。

② 今校：清藤花亭十七種本梁廷枏所撰《曲話》，“絶無道及”前有“務頭”二字；“嘯餘譜”前有“又按”二字；“究未析明”前有“然於務頭二字”一語。“笠翁”作“李笠翁”；“謂”後有“二字”二字。

按劉氏以務頭爲腔之高低、節之遲速之關鎖，似是而非。

楊恩壽《詞餘叢話》曰："入聲派入三聲，即《中原韻》務頭也。"按此語全然不根，乃楊氏信筆妄書之處。其《續話》又曰：

務頭二字，千古難明，《嘯餘譜》辨論萬言，都爲一卷，非不詳晰，究竟莫定指歸。尾卷援引舊曲，言某曲中第幾句、第幾字是務頭，其間陰陽不可混用，上去、去上不可亂施，似乎是一定之體矣；而或同此曲也，亦有不必盡然者，豈施於此套中則此句第幾字爲務頭，施於彼套中則此句第幾字即非務頭耶？誠然，則有定仍無定也。笠翁謂曲中有務頭猶棋中有眼，此論最確。有眼則活，無眼則死，稍知布子者無不知之。然必拘拘何著是眼，當下子之初，雖國手不知也。必待數著數十著，不必有心作眼，而自然有眼矣。填詞者非不知"看不動情、唱不發調"，無務頭之死曲亦猶無眼之死棋，使必欲於某句安務頭，其去甫下子即定何著是眼者幾希。須知一曲有一曲之務頭，一句有一句之務頭。一曲中得此一句使全曲皆活者，即一曲之務頭也；一句中得此數字使一句皆活者，即一句之務頭也。由是推之，不獨曲有務頭，凡詩詞歌賦以及時文古文，莫不有務頭，可意會不可言傳也。余嘗謂曲之定格，人籟也；曲之務頭，天籟也。陶令不求甚解，神於解矣。

按楊氏至此方知務頭不是入派三聲，但誤於李説，所知者終不過是棋眼難下、天籟神解，種種浮詞而已，真所謂"莫定指歸"者矣。再《嘯餘譜》並無於務頭辨論萬言都爲一卷之事，後人此誤，亦都本於李氏，而絶不一察虛實，真不可解。

王季烈《螾廬曲談》曰：

南北曲有所謂務頭者，余初見之於《北宫詞紀》凡例，引周德清論云"要知某調某句某字是務頭，可施俊語於其上"，注云：如小令〔寄生草〕"長醉後"一闋内，"虹霓志"、"陶潛是"是務頭，中略〔紅繡鞋〕"歎孔子"一闋内，"功名不掛口"是務頭①。嗣見《桃花扇》"傳

① 今校：明萬曆刻本《新鐫古今大雅北宫詞紀》，此段文字當出於卷首"古今品詞大旨"，而非"凡例"。"孔子"後原有"嘗聞俎豆"四字。

歌"折賓白,旦唱"雨絲風片",淨云:"又不是了,'絲'字是務頭,要在嗓子内唱。"既又見《閑情偶寄》云:"凡一曲中最易動聽之處,是爲務頭。"①將數説尋繹再四,迄不得務頭二字之解。遍詢度曲家,亦無知者。及見吾友吴瞿庵,始謂務頭者即平上去三音相聯而陰陽不同之處,如陽去陰上相連,或陽上陰去相連,或陽平陰上相連,或陰平陽上相連,皆是務頭。準此説,則〔寄生草〕末句"但知音盡説陶潛是","盡説陶"三字爲陽去陰上陽平相連,〔紅繡鞋〕之"功名不掛口"句,"名""不"二字爲陽平陰上相連,〔皂羅袍〕之"雨絲風片"句,"雨""絲"二字爲陽上陰平相連,故皆爲務頭。至周氏云"要知某調某句某字是務頭,可施俊語"者,謂每一調中,必須有某句某字是務頭,並當施以俊語。蓋務頭大都在調之末句,或其中間吃緊之處,於此必須用俊語,不可輕率。"可施"之"可"字,當作"宜"字解。至"雨絲風片"之"絲"字,隸支時韻,唱時聲宜從齒縫出,不可張口出聲,故云要在嗓子内唱,實與務頭無涉。孔氏不解務頭二字之義,而將"雨絲"爲務頭,與"絲"字不可出聲唱,二事誤併作一事,遂使學者益滋疑惑。余謂《北詞廣正譜》所注上去不可移易之處,與《南曲譜》所注某某二字上去妙、某某二字去上妙,凡此皆宜用務頭之處。於此施以俊語,則詞采音節,兼擅其長,誦之是佳句,唱之亦是妙音,李氏所謂"最易動聽"者此也。

童伯章先生《中樂尋源》下曰:

曲調之聲情,常與文情相配合,其最勝妙處,名曰"務頭"。《中原音韻》云:"要知某調某句某字是務頭,可施俊語於其上。"《桃花扇》"傳歌"折,香君唱〔皂羅袍〕之"雨絲風片",崑生云"錯了,'絲'字是務頭"。務頭之説,今度曲家尟有言之者,吴瞿庵先生云:"凡務頭字於兩字或三字相聯,其平仄不同,陰陽不同,如陽去陰上相聯,或陽上陰去相聯,或陽平陰上相聯,或陰平陽上相聯,皆是務頭。"準其説以驗古曲,如《中原音韻》之〔寄生草〕曲末句云"但知音

---

①　今校:據清康熙刻本《閑情偶寄》,無此句,只有"看不動情,唱不發調者,無務頭之曲"云云。

盡説陶潛是”，注明“陶”字是務頭。按“盡”字陽上聲，“説”字入作去，屬陰去聲，“陶”字陽平聲，此陽平與陰去相聯也。《牡丹亭》之〔皂羅袍〕曲“雨絲風片”，“絲”字是務頭。“雨”字陽上聲，“絲”字陰平聲，此陰平與陽上相聯也。瞿安之説，可謂獨發其祕。顧吾謂務頭之必取平仄陰陽不同者，中實有故。文字而用之於歌唱，其情趣大半在延長之餘音中，此延長之餘音，字頭已屬過去之迹，惟字腹現前，而字腹衹有韻與陰陽之分，兩字相聯，四聲陰陽不同，唱者聽者，皆極分明，於此而用俊語，可以顯出其俊。沈約四聲，自詡爲入神之作，所以分四聲者，爲如此則抑揚有節，文詞可誦也。瞿庵之論務頭，於四聲之中，又分陰陽，爲如此而抗墜自然，文詞可歌也。其説較休文更進一步矣。《中原音韻》謂“要知某調某句某字是務頭，可施俊語於其上”，此指曲調音節之務頭，欲作曲者以俊語配之也。瞿庵謂“字之四聲陰陽不同是務頭”，此指作曲者文字之務頭，必如此而後可與曲調之務頭相配也。《閑情偶寄》云：“凡一曲中最易動聽之處是爲務頭。”蓋勝妙之聲情，配以勝妙之文情，宜乎其動聽也。顧一曲之中，不能字字皆務頭，何也？曰：衆山環抱，秀出一峰，緑葉扶持，豔標一蕊，惟以其少，愈顯其妙，數見反不鮮矣。賈誼《過秦論》上前半平叙，後半千迴百折，至結末乃出“仁義不施，而攻守之勢異也”一語，令人猛省，此亦文章中之務頭也，解此可以言文情矣。

按務頭爲曲中聲文並美之處，其説至王、童兩家乃益著。前人之疑爲部頭、字頭，以爲最緊要之句字，詞中頓歇之處、關鎖之地，喻爲棋眼、天籟，衆説紛紜，俱可以此説一舉而廓清之矣。“陶潛是”三字，兩家所認上去不同，按之《中原音韻》，王是童非。

八　對偶　逢雙必對，自然之理，人皆知之。

按王氏《曲律》曰：“凡曲遇有對偶處，得對方見整齊，方見富麗。”其實曲之文字，第一妝點尚飽滿，第二形容須盡致，第三氣欲盛，第四語貴諧，則對偶排比之處，不得不多矣。尚非所謂“自然之理"與夫"整齊"、"富麗"等語所能盡其故也。

扇面對

按扇面對即長短句之隔句對,文字别饒韻味,詩詞所不常見,而曲中獨盛也。

調笑令　第四句對第六句,第五句對第七句。

按〔調笑令〕一名〔含笑花〕,越調曲。清李玉《北詞廣正譜》選散曲爲式云:"得寬,且盤桓,袖著手誰彈貢禹冠。興亡盡入漁樵斷,第四句把將軍素書休玩。第五句春秋慢將王霸纂,第六句請先生史筆休援第七句。"正是四對六,五對七也。

駐馬聽　起四句是也。

按〔駐馬聽〕乃雙調曲,如李好古散套云:"小小亭軒,燕子來時簾未捲。深深庭院,杜鵑啼處月空圓。金釵撥盡玉爐煙,香塵漬滿琵琶面。誰共言,何時枕匾黄金釧。"起四句中,一對三,二對四。

重疊對

按此種對法,完全做作,文律上毫無意味,不足依也。

鬼三臺　第一句對第二句,第四句對第五句;第一、第二、第三句却對第四、第五、第六句是也。

按〔鬼三臺〕有二,中吕調之〔鬼三臺〕三字一句,共十四句;此指越調〔鬼三臺〕也,一名〔三臺印〕,各家所作,體例不一。周氏所作之套曲中,有〔鬼三臺〕一首,除去襯字,前六句之對法,正與此合，且餘四句亦復兩兩相對。玆録之如下：

兩家局安營地，施智謀，似挑軍對壘。等破綻，用心機，色兒似飛沙走石。漢高皇對敵楚項籍，諸葛亮要擒司馬懿。那兩個地割鴻溝，這兩個兵屯渭水。

救尾對

按救尾對乃三句對之一種，所以補救文勢散弱者，極有意義。

紅繡鞋　第四句、第五句、第六句爲三對。

按〔紅繡鞋〕於後文定格中有張可久《隱士》一首，但對法不合；他如張氏《尋真》云："白草磯頭獨釣，青衣孺子相招，尋真不怕路迢遥。閑雲迷洞口，殘雪老墻腰，夕陽紅樹杪。"對仗工整，可以爲例。

寨兒令　第九句、第十句、第十一句爲三對。

按〔寨兒令〕於後文定格中亦有查德卿《漁父》一首，但對法亦與此不合。此調普通作法，大抵九、十兩句相對，間一個一字句，而末句總承。惟張可久一首云："你見麽，我愁他，青門幾年不種瓜。世味嚼蠟，塵世摶沙，聚散樹頭鴉。自休官清煞陶家，爲調羹俗了梅花。領一杯金谷酒，分七碗玉川茶，嗏，不强如坐三日縣官衙。"末四句中，除去襯字與"嗏"一字句外，正屬相對。

對式名目，以《太和正音譜》所載者爲最備，玆録之以資參考：

合璧對　兩句對者是；

連璧對　四句對者是；

鼎足對　三句對者是，俗呼爲三鎗；

聯珠對　句多相對者是；

隔句對　長短句對者是；

鸞鳳和鳴對　首尾相對，如〔叨叨令〕所對者是也；

燕逐飛花對　三句對作一句者是。

而對偶之種類，則以王氏《曲律》所論者爲最詳：有兩句對、三句對如救尾對、四句對、隔句對如扇面對、疊對如前舉周氏〔鬼三臺〕，實爲三層疊對、兩韻對兩句既對而且叶韻、隔調對同調兩首並列者，其中同位置之句相對。又曰："當對不對謂之草率，不當對而對謂之矯强。對句須要字字的確，斤兩相稱方好。上句工寧下句工，一句好一句不好，謂之偏枯，須棄了另尋。借對得天成妙語方好，不然反見才窘，不可用也。"凡此諸説，皆足補周氏所未備。

九　末句　詩頭曲尾是也。如得好句，其句意盡，可爲末句。前輩已有"某調末句是平煞，某調末句是上煞，某調末句是去煞"。照依後項用之。夫平仄者，平者平聲，仄者上、去聲也。後云"上"者，必要上；"去"者，必要去；"上去"者，必要上去；"去上"者，必要去上；"仄仄"者，上去、去上皆可，上上、去去，若得迴避尤妙，若是古句且熟，亦無害。

按"'去上'者，必要去上"句，原書各本皆作"'去上上'者，必要去上"，多一"上"字，兹删去。"若是古句且熟"，元刻本"古"作"造"，兹從陸鈔本。

曲尾最要緊，因音節較美，每每即務頭所在，故文字必緊，而平仄必嚴也。末句固重，而末字尤重，去聲則必去聲也。觀後文定格内所論，便知末字寧多用去，勿多用上。特譜式有定，而作者爲求下筆便利，每不依從，是不獨後人爲然，元人且然矣。學者要不宜藉口於彼，而鹵莽滅裂，抹殺此定格也。兹於以下所舉各調名，凡調見後文定格中而平仄又完全相合者，著圈以别之；凡定格内所有而平仄不盡相合者，著點以别之，而另舉相合之例；凡未見後文定格者，無圈無點，亦各就元曲中舉末句以爲例。

去上　去平屬第二著，切不可上平。

按"第二著"原書各本皆作"第三著"，未知何故。

·慶宣和

按此調作者極少，如張可久之用“瘦損”、“報喜”、“聽雨”、“爲我”等，皆合。

仄平平

○雁兒　漢東山

按“雁兒”原書作“雁兒落”。〔雁兒落〕煞處大抵爲平平仄，恰與此反；而〔雁兒〕之煞則正合，故原書之“落”字乃衍文。

〔漢東山〕調名不在《中原音韻》上文所列樂府三百三十五章之中，《北詞廣正譜》屬正宫，《九宫大成譜》屬高宫，作者亦極少。如張可久之用“釣魚蓑”、“假風魔”、“採蓮歌”、“馬嵬坡”等，皆合。

平去平　平去上屬第二著。

·山坡羊　四塊玉

按〔山坡羊〕末句前人作平去上者爲多，但如馬九皋作“如畫圖”，張養浩作“天地差”，宋方壺作“誰問他”，張可久作“金鳳釵”等，則皆平去平也。

〔四塊玉〕如馬致遠作“歸去來”，關漢卿作“爭甚麽”，張可久作“書半行”、“紅杏村”，皆合。

仄仄平平

○折桂令　·水仙子　·殿前歡　○喬木查　·普天樂

按〔水仙子〕如貫雲石作“老瓦盆乾”，徐再思作“總是相思”，馬謙齋作“碎影篩金”，宋方壺作“我却如何”。

〔殿前歡〕如阿里西瑛作“不樂如何”，盧摯作“瘦損何郎”，馬九皋作“我傲西山”，劉致作“夜雨枯荷”。

〔普天樂〕如張可久作“渺渺哀絃”、“剩柳殘花”，徐再思作“醉倚孤篷”，查德卿作“滿院東風”。

平平去上

〇醉太平

仄仄仄平平

〇金盞兒　賀新郎　·喜春來　·滿庭芳　〇小桃紅　·寨兒令　小梁州　賞花時

按〔賀新郎〕屬南吕套曲，與詩餘及南曲〔賀新郎衮〕皆不同。如鍾嗣成自序套曲作"死後不留題"，馬致遠《岳陽樓》劇次折作"十二玉闌干"，楊文奎《兒女團圓》劇次折作"趙杲送曾哀"，關漢卿《蝴蝶夢》劇次折作"六耳不通謀"。

〔喜春來〕如元好問作"且唱喜春來"，白樸作"悶倚翠屏風"，周德卿作"眉葉不禁秋"，李德載作"唤醒睡希夷"。

〔滿庭芳〕如姚燧作"不待老僧招"，張可久作"醉上釣魚船"，趙顯宏作"一品待如何"，任昱作"怕聽杜鵑啼"。

〔寨兒令〕如任昱作"斗帳恨孤眠"，趙文寶作"又早二三分"，周文質作"扯做紙條兒"，馬謙齋作"活計老生涯"。

〔小梁州〕屬正宫套曲。《北詞廣正譜》謂末句應作平仄仄平平，如張國賓《合汗衫》劇三折作"住在馬行街"，關漢卿《救風塵》劇三折作"打殺俏紅裙"，武漢臣《老生兒》劇次折作"笑裏暗藏刀"，岳百川《鐵拐李》劇次折作"守的幾多年"，皆與此合。

〔賞花時〕屬仙吕，亦入商調，雜劇中楔子多用之，亦入套曲。如馬致遠《長江風送客》套作"伴著短檠燈"，喬吉《風情》套作"不許外人瞧"，楊果套作"月底共星前"，馬致遠《漢宫秋》劇楔子作"屬俺帝王家"。

平平上去平　仄平平去平亦可。

呆古朵　牧羊關　〇德勝令

按平平上去平與仄平平去平既然皆可，是所爭者惟最後二字必去平耳；第一字可平可仄，第三字可平可上，在此範圍内者皆可謂合也。

"呆古朵"三字音保孤都，調屬正宫套曲，亦入中吕，一名〔靈壽杖〕，一作〔靈壽歌〕。如鄧學可《樂道》套作"打輪馬半州"，是仄平上去平也；無名氏《殺狗勸夫》劇次折作"酒淹衫袖濕"，入作平是仄平平去平也；又《合同文字》劇次折作"知恩不入作上報恩"，是平平上去平也；王子一《誤入桃源》劇次折作"巫山十入作平二峰"，是平平平去平也。

〔牧羊關〕屬南吕宫套曲，亦入高平調。如關漢卿《蝴蝶夢》劇次折作"賢達作平魯義姑"，武漢臣《生金閣》劇三折作"從他酒價高"，皆平平上去平也；戴善夫《風光好》劇次折作"月明燒夜香"，無名氏《神奴兒》劇次折作"悄聲門外聽"，皆仄平平去平也。

仄平平去平
喬牌兒

按〔喬牌兒〕屬雙調套曲。如元好問套作"斷腸和淚封"，王實甫《西厢記》劇四折作"法聰金磬敲"，尚與此合；他如高文秀《遇上皇》劇四折作"趙元酒性淹"，王仲文《救孝子》劇四折作"孩兒將命償"等，都不能盡合，此外則合者更少矣。

上平平去平
·凭闌人

按〔凭闌人〕末句，如徐再思作"粉郎來未來"，吴西逸作"曉窗香夢隨"，喬吉作"與人添鬢華"，張可久作"小花金步摇"，皆合。

仄平平去上
·紅繡鞋　黄鐘尾

按〔紅繡鞋〕末句以平平起者居多，但如貫雲石作“把他拖逗損”，喬吉作“滿身窺豹管”，張可久作“倚闌人困酒”、“嫩茶舒鳳爪”，則與此合。

〔黄鐘尾〕亦入正宫與南吕，周氏謂其“句字不拘，可以增損”。末句如曾瑞套作“到慳多半指”、“那人何處也”，關漢卿套作“小卿成病也”、“豫章城下等”。

仄仄平平去　上聲屬第二著。

○醉扶歸　○迎仙客　○朝天子　快活三　四换頭　○慶東原　笑和尚　白鶴子　○堯民歌　碧玉簫　端正好　步步嬌

按〔快活三〕屬中吕宫。如馬謙齋帶過曲作“燕子啣春去”、“萬物皆秋意”，無名氏帶過曲作“又是愁時分”，白樸《梧桐雨》劇次折作“結束宜妝扮”。

〔四换頭〕亦屬中吕，亦入正宫與仙吕宫。如無名氏帶過曲作“唤取春歸去”、“寄取平安信”，《雍熙樂府》所載小令作“醉裏乾坤大”、“望斷遥天暮”。

〔笑和尚〕一名〔笑歌賞〕，屬正宫套曲，一入中吕宫。如白樸《梧桐雨》劇四折作“玉馬簷間鬧”，關漢卿《蝴蝶夢》劇三折作“一口口剛剛嚥”，李好古《張生煮海》劇三折作“宿在銷金帳”，無名氏《鴛鴦被》劇次折作“把不住心頭怕”。

〔白鶴子〕亦屬正宫。如關漢卿作“灼灼花如繡”，喬吉《金錢記》劇三折作“芍藥薔薇後”，谷子敬《城南柳》劇次折作“不悟三生夢”，無名氏《馬陵道》劇次折作“磣可可的言盟咒”。

〔碧玉簫〕屬雙調。如關漢卿作“暗暗添憔悴”、“漏斷人初静”，王實甫《西廂記》劇四折作“不奪人之好”，張國賓《合汗衫》劇四折作“閃在悲天院”。

〔端正好〕屬正宫套曲。如鄧學可《樂道》套作“日月搬昏晝”，無名氏套作“寫在幃屏面”，劉致套作“做本詞兒唱”，王實甫《西廂記》劇四本三折作"總是離人淚"。

〔步步嬌〕屬雙調，一名〔潘妃曲〕。如商挺作"有信憑誰寄"、"少下相思債"，馬致遠《青衫淚》劇三折作"喚做鴛鴦被"，白樸《梧桐雨》劇三折作"半句知心話"。

仄仄仄平去

按原書各本皆作仄仄仄平平，兹爲改正。一因下文所舉二調之末二字多作平去，少作平平；再因仄仄仄平平一種，上文已經有過，斷無爲此二調又複列之理。

新水令　胡十八

按〔新水令〕屬雙調套曲。末句如王實甫《西廂記》劇次本三折作"壓著繡衾臥"，喬吉《金錢記》劇四折作"誰請受五花誥"，關漢卿《救風塵》劇四折作"到有九千句"，李文蔚《燕青博魚》劇四折作"背後喊聲鬧"，皆作仄仄仄平去；即他詞末句，間有以平起者，但絶少以平結者。

〔胡十八〕亦屬雙調，作者甚少。如《雍熙樂府》所載小令作"彷佛玉人瘦"、"各自取方便"、"縱的斗來大"，《九宫大成譜》載散曲作"也有富時分"。

平平去平上

越調尾　·離亭宴歇指鴛鴦煞

按"離亭宴"下原文雙行夾注五小字，用意不明。查《中原音韻》所列樂府三百三十五章名目内，雙調有〔鴛鴦煞〕，有〔離亭宴帶歇指煞〕，有〔離亭宴煞〕，並無"離亭宴"三字之名目。惟三煞句法，雖各不同，而其末句爲平平去平上則一也。或者本有"離亭宴"調名，因用於套中，概當煞尾，乃加一煞字以爲名；而所謂"帶歇指煞"

與"鴛鴦煞"者，其末句適與相同，故周氏既舉"離亭宴"原名，復於其下附注二煞歟？

〔越調尾〕如吴仁卿套作"盤龍亢金椅"，王伯成套作"丹青畫圖裏"，貫雲石套作"桃花洞天水"，宋方壺套作"離愁半江雨"。

〔離亭宴〕見於下文定格内馬致遠套煞尾，微有不合。〔離亭宴煞〕之作平平去平上者，如趙明遠《寄羅帕》套之"慌籠在袖兒裏"，李好古《閨怨》套之"陽臺路兒遠"，商政叔《憶别》套之"蒼梧戰秋雨"，無名氏套之"心疼煞志誠俺"。至於〔離亭宴帶歇指煞〕，用者較少，馬致遠套作"休開是非口"，曾瑞《閨怨》套作"香熏被兒暖"。〔鴛鴦煞〕用者較多，貫雲石套作"當今聖明主"，蕭德潤《秋懷》套作"芭蕉晝欄雨"，皆與〔離亭宴煞〕同也。

平平仄仄平平

·天淨沙　○醉中天　調笑令　○風入松　祅神急

按〔天淨沙〕如白樸作"飛來就我題紅"，嚴忠濟作"田文養客三千"，張可久作"漁歌唱入蘆花"，徐再思作"梅花等我歸來"。

〔調笑令〕調名已見上文第八對偶法内。如貫雲石《憶别》套作"繁華曉夢驚回"，宋方壺《送别》套作"依依古岸黄蘆"，周德清《贈小玉帶》套作"都無半點瑕疵"，李邦基《寄别》套作"消疎了月枕雙謳"。

〔祅神急〕一調，《中原音韻》於雙調及仙吕宫内兩有其名；《北詞廣正譜》入雙調，而於仙吕内列〔祅神兒〕；《九宫大成譜》始明二者句法完全相同，因併屬仙吕。然〔祅神急〕末句實作四字，即《廣正譜》所舉小令例，作"不覺的又過了中秋"，仍祇有"過了中秋"四字爲正格，餘皆襯字，一望可知。惟此四字必爲仄仄平平，則各家一律，如朱庭玉作"日月消磨"、"豈在人爲"、"柳陌花街"，白賁作"暢會桃栽"，《雍熙樂府》所載作"素練難鬆"、"表裏無瑕"等，皆是。

仄平平仄平平去

○落梅風　上小樓　·夜行船　·撥不斷　○賣花聲

按〔上小樓〕屬中吕套曲，亦入正宫。如大都行院王氏《寄情人》套作“愛隨他販茶船去”，孫季昌《怨别》套作“感情懷物傷人意”，馬致遠《漢宫秋》劇四折作“潑毛團耳根清淨”，無名氏《雲窗夢》劇三折作“怎生熬畫堂人靜”。

〔夜行船〕末句有作六字者，有作七字者。其作七字者如劉庭信《青樓詠妓》套云“罪名兒雨囚雲禁”，蕭德潤《秋懷》套云“舊歡娱等閑辜負”，無名氏套云“病懨懨粉憔煙淡”，與此正合，餘鮮盡合者。

〔撥不斷〕末句，元曲大都四字，惟馬致遠小令有作七字者，内有襯字也，如“再不復海棠庭院”、“一日一個渭城客舍”、“慢慢的淺斟低唱”、“你莫不子猷訪戴”等。末四字正格，作仄平平去，合，上三字乃襯字，故不合。

平仄仄平平平去
太平令

按〔太平令〕屬雙調，一入正宫，已見上文第二法造語内六字三韻語條。如張國賓《合汗衫》劇四折作“張孝友孩兒追薦”，王實甫《麗春堂》劇四折作“齊仰賀當今皇上”，無名氏《硃砂擔》劇四折作“白作平佔了家緣家計”。又小令作“歡喜煞唐朝皇帝”，能與此合；此外作者雖多，與此盡合爲難。

平仄仄平平去上　去平屬第二著。
村裏迓鼓　·醉高歌　○梧葉兒　○沉醉東風　願成雙　金蕉葉

按〔村裏迓鼓〕屬仙吕套曲，一入商調。如宫天挺《范張鷄黍》劇三折作“神恍惚提心在口”，無名氏《十面埋伏》劇首折作“先立起英雄霸主”，無名氏《爭報恩》劇首折作“穿著這香綿衲作去襖”。

〔醉高歌〕末句，元曲大抵作六字，有作七字者，如顧德潤之"人憔悴雲林又晚"、"縱金勒王孫笑引"，固皆與此處懸格不盡合，且第一字亦分明屬襯，餘仍作平仄平平去上六字也。

〔願成雙〕屬黄鐘套曲。如曾瑞《贈苦妓》套作"零落了千紅萬紫"，無名氏套作"殘粉淚香消玉減"、"思往事離愁越作去感"，又《楊妃乞罪》套作"剛打疊愁眉淚眼"。

〔金蕉葉〕屬越調套曲。如喬吉《兩世姻緣》劇三折作"燈影下孜孜覷咱"，紀君祥《趙氏孤兒》劇三折作"知背反朝庭信息作上"，無名氏《讚武功》套作"雄糾糾呼風喚雨"，又《起用》套作"風蕩得荷花似舞"。

平平仄仄仄平平

賺煞尾聲　·採茶歌

按〔賺煞尾聲〕屬仙吕宫。如馬致遠《掬水月在手》套作"分明掌上見嫦娥"，又《薦福碑》劇首折作"常何一紙薦賢書"，王實甫《西廂記》劇次本首折作"筆尖兒横掃五千人"，無名氏《小尉遲》劇首折作"單鞭奪槊尉遲恭"。

〔採茶歌〕如曾瑞作"聲兒對俺那人啼"，鍾嗣成作"春風滿座綺羅香"、"封妻蔭子品資該"，顧德潤作"年來放我且婆娑"。

平平仄平平去平

攪箏琶

按〔攪箏琶〕屬雙調套曲，末句僅四字，周氏於下文定格〔清江引〕評内亦謂〔攪箏琶〕末句是四字。查此調末句之前一句乃七字，且句法正與此合，此應指該句而言也。如喬吉《别情》套作"情人必然來夢間"，又《閨麗》套作"普陀山幾時曾到他"，又《兩世姻緣》劇四折作"窗前喚回春夢來"。

平去仄平平去上
・江兒水

按〔江兒水〕末句，如貫雲石作“袍袖舞嫌天地窄作上”，張可久作“籬外玉梅三四朵”，徐再思作“身在董元圖畫裏”，宋方壺作“天下有情都似你”，皆與此合，惟起二字他詞多作平平。

陸鈔本此處校云：“遵王本缺一頁，計十八行。求赤本接下刻去。”按原書此處如果真缺一頁，則所列之格益多矣，觀上下文殊不類有缺頁者。

平平仄仄平平去　上聲屬第二著。
○寄生草　○塞鴻秋　駐馬聽

按〔駐馬聽〕已見上文第八對偶法内。如馬致遠《漢宫秋》劇四折作“一天愁撮在琵琶上”，鄭廷玉《楚昭公》劇四折作“倚蕭墻七日英雄淚”，曾瑞《留鞋記》劇四折作“當初悔不休相見”，無名氏《梧桐葉》劇四折作“玄霜玉杵成何用”。

仄仄平平去平上
正宫、中吕、雙調尾聲

按〔正宫・尾聲〕如孫季昌《詠情》套作“寄與敲才自思省”，無名氏《春遊》套作“萬紫千紅畫圖裏”；〔中吕・尾聲〕如王仲元《題情》套作“踏遍臺前寄生草”，張可久《春思》套作“一枕餘香夢兒裏”；〔雙調・尾聲〕如鮑吉甫《秦少遊》劇作“夢遶黄泉路兒走”，李取進《欒巴噀酒》劇作“不下巒峰華山隱”。

以上共列末句平仄之格二十二種，舉調六十有九。正宫、中吕、雙調〔尾聲〕作三調。其中見於後文定格者三十八調，合者二十調，不盡合者十八調。

十　定格　四十首

仙吕

〔寄生草〕飲

長醉後方何礙，不醒時有甚思。糟醃兩個功名字，醅渰千古興亡事，麯埋萬丈虹霓志。不達時皆笑屈原非，但知音盡説陶潛是。

評曰：命意、造語、下字，俱好。最是"陶"字屬陽，協音；若以"淵明"字，則"淵"字唱作"元"字，蓋"淵"字屬陰。"有甚"二字上去聲，"盡説"二字去上聲，更妙。"虹霓志"、"陶潛是"，務頭也。

按〔寄生草〕亦入雙調，句法爲三三、七七七、七七，共七句，五韻。據第九法，末句應平平仄仄平平去，此正合。

此詞《堯山堂外紀》以爲白樸撰，清李調元《雨村曲話》歸馬致遠，未知何據。李氏於四十首定格内凡周氏評語未經説明何人所撰者，多歸之馬致遠。十九出於臆定，殊不足據。

明王世貞《曲藻》評"糟醃"以下五句曰："諢中奇語也。"

近人論散曲者，每好舉下文馬致遠越調〔天淨沙〕一首爲小令之表率，實則〔天淨沙〕用意平常，造語凝重，絶少踈放之致，尚不足以表見元曲大部分之精神。周氏於定格四十首中，首標此詞，按其氣韻格律，則恰可爲元曲令詞之表率焉。蓋此詞協音之妙，已如周氏所云，若論其餘長處，尚有可述者五：元曲由元時一班潦倒之才人所造成，亦即由一班才人之潦倒所造成，此詞絶非諢語，其間憤世嫉俗、遯世逃情之意味，極爲濃烈，足以表見元曲之成因，一也；元曲以豪放不羈、趣高氣勁爲尚，此詞軒昂磊落，不同凡響，烈士壯心，寓懷言外，足以表見元曲之精神，二也；元曲以鳳頭猪肚豹尾爲法，其説不刊，此詞首二句俊快，腹聯三句豐滿，末二句響亮，允合步驟，足以表見元曲之法度，三也；元曲取材，貴廣而雜，經史百家，俱供驅遣，而别有蹊徑，此詞用典使事，揮灑自若，絶不墮詩詞窠臼，足以表見元曲之文學手腕，四也；襯字有而不多，又逢雙皆對，而極自然，應有盡有，而恰如其分，足以表見元曲之體製，五也。綜此文字之五長，又益以聲音之諧協，以當令詞之表率，可謂無遺憾矣。

〔醉中天〕

疑是楊妃在，怎脱馬嵬災。曾與明皇捧硯來，美臉風流殺。叵奈揮毫李白，覷著嬌態，灑松煙點破桃腮。

評曰：體詠最難，音律調暢。“捧硯”、“點破”，俱是上去聲，妙。第四句、末句是務頭。

按〔醉中天〕亦入越調與雙調，句法五五、七五、六四六，共七句，七韻。第六句有僅作二字者。“殺”應叶去，“白”應叶上。據第九法，末句應作平平仄仄平平，此正合。諸譜於末句或作四字，或作七字，皆非。

《太平樂府》載此詞，屬杜遵禮，但字句多異。《堯山堂外紀》屬白樸，又注云“或以爲杜遵禮”，則據《太平》而言也。《太平》所載曰：“好似楊妃在，逃脱馬嵬災。曾向宫中捧硯臺，堪伴詩書客。叵耐無情的李白，醉拈斑管，灑松煙點破桃腮。”《外紀》“怎脱”亦作“逃脱”。

體詠貴得神，在曲尤須饒有機趣，推陳出新，不但在辭意，直須在法。若此詞之無中生有，烘託盡致，可謂曲中詠物方法之最高者。此周氏“最難”之語所以獨評此詞，而不評下文〔醉扶歸〕、〔賣花聲〕等調也。

〔醉扶歸〕秃指甲

十指如枯笋，和袖捧金樽。搊殺銀箏字不真，揉癢天生鈍。縱有相思淚痕，索把拳頭揾。

評曰：“笋”字若得去聲字，好。“字不”二字去上聲，便不及前詞音律。餘無疵。第四句、末句是務頭。

按〔醉扶歸〕亦入越調與雙調，句法五五、七五、六五，共六句，六韻。有别體。據第九法，末句應作仄仄平平去，此正合。評謂“不及前詞音律”者，謂“字不”二字乃去上，不及前詞“曾與明皇捧硯來”，同爲七字句中之五六二字，而“捧硯”作上去，音律較諧也。

《堯山堂外紀》載此詞屬關漢卿，"揉癢"作"搔癢"。《詞林摘豔》屬無名氏。

《曲藻》評後四句云："諢中巧語也。"甚切當。後世慣拈曲調作嘲謔，尤甚者如南曲中之〔黄鶯兒〕，徒以刻畫爲能，僅博諧笑而已，取題都村俗，文法又不高，其端則開於漢卿此作。

〔雁兒〕

你有出世超凡神仙分。一抹絛，九陽巾。君，敢做個真人。

評曰：此調極罕，伯牙琴也。妙在"君"字屬陰。

按〔雁兒〕乃仙吕套曲，一名〔醉雁兒〕，句法爲七、三三、一三，共五句，四韻。首句有僅作六字者。據第九法，末句應作仄平平，此正合。此詞見馬致遠《黄粱夢》劇第一折内。《太和正音譜》於二、三兩句作"若繫條一抹絛，戴一頂九陽巾"，如此襯一"若"字，然後末句之"敢"字口氣乃顯。臧晉叔《元曲選》作"你有那出世超凡神仙分。繫一條一抹絛，帶一頂九陽巾。君，敢著你做真人"，不如《正音譜》。

〔一半兒〕春妝

自將楊柳品題人，笑撚花枝比較春，輸與海棠三四分。再偷勾，一半兒胭脂一半兒粉。

評曰：一樣八首，臨川陳克明所作，俊詞也。此調作者雖衆，音律獨先。

按〔一半兒〕與詞調之〔憶王孫〕同，惟末句必作兩個"一半兒"云云，且末句叶上，是定格。句法七七、七、三九，共五句，五韻。諸譜多認"兒"字作襯，失却調名之由來矣。第三句宜作平仄仄平平去平，《北詞廣正譜》、《九宫大成譜》所改皆謬。

元人陳克明，事跡未詳，《曲藻》列明初十六曲家，有陳克明。明涵虚子《樂府格勢》評國初陳克明之詞如"九畹芳蘭"，豈即周氏之所指歟？《太平樂府》載此詞則屬查德卿，未知孰是。題爲“擬美人八詠”，此乃第三首，餘七首如下：

梨花雲繞錦香亭，蝴蝶春融軟玉屏，花外鳥啼三四聲。夢初驚，一半兒昏迷一半兒醒。春夢

鎖窗人靜日初曛，寶鼎香消火尚温，斜倚繡床深閉門。眼昏昏，一半兒微開一半兒盹。春困

厭聽野鵲語雕簷，怕見楊花撲繡簾，拈起繡針還到拈。兩眉尖，一半兒微舒一半兒斂。春愁

海棠紅暈潤初妍，楊柳纖腰舞自偏，笑倚玉奴嬌欲眠。粉郎前，一半兒支吾一半兒軟。春醉

緑窗時有垂絨粘，銀甲頻將綵綫撏，繡到鳳凰心自嫌。按春纖，一半兒端相一半兒掩。春繡

柳綿撲檻晚風輕，花影横窗淡月明，翠被麝蘭熏夢醒。最關情，一半兒温温一半兒冷。春夜

自調花露染霜毫，一種春心無處託，欲寫寫殘三四遭。絮叨叨，一半兒連真一半兒草。春情

《曲藻》評“笑撚花枝”以下曰：“情中冶語也。”《顧曲麈談》評曰：“恰能道出美人風韻，所以可貴。”克明於元人中不甚著稱，而詞之佳妙若此，亦足見元人於此道用力之深也。

曲中不禁一切俳體，且播詠極盛，何論香奩！香奩原以尖穎新俊爲尚，但有時取材太褻，則窮形盡相，終傷雅道。克明八篇，雖不出奇馳騁，作曲中本色，但於委婉蕴藉中，仍是竭情盡致，未曾闌入詩餘之含蓄境地，終是好曲子；且細膩貼切，俊而能雅，亦爲香奩中極不可少之一體也。

〔**金盞兒**〕岳陽樓

據胡床，對瀟湘。黄鶴送酒仙人唱，主人無量醉何妨。若捲簾邀皓月，勝開宴出紅妝。但一尊留墨客，是兩處夢黄粱。

評曰：此是《岳陽樓》頭摺中詞也。妙在七字“黄鶴送酒仙人唱”，俊語也，況“酒”字上聲以轉其音，務頭在其上。有不識文義，以送爲齎送之義，

言“黄鶴豈能送酒乎”,改爲“對舞”。殊不知黄鶴事——仙人用榴皮畫鶴一隻,以報酒家,客飲,撫掌,則所畫黄鶴舞以送酒。初無雙鶴,豈能對舞?且失飲酒之意。送者,如吴姬壓酒之謂。甚矣,俗士不可醫也!

按〔金盞兒〕一名〔醉金盞〕,與雙調〔金盞子〕不同。句法爲三三、七七、五五、五五,共八句,六韻。别體有〔高過金盞兒〕與〔低過金盞兒〕兩種。據第九法,末句應作仄仄仄平平,此正合。

《岳陽樓》頭搯指馬致遠作《岳陽樓》雜劇第一折。《元曲選》作“我這裏據胡床,望三湘。有黄鶴對舞仙童唱,主人家寬洪海量醉何妨。直吃的捲簾邀皓月,再誰想開宴出紅妝。但得一尊留墨客,我困了也,我可是兩處夢黄粱”。三句“送酒”作“對舞”,周氏所譏,而適爲臧氏所本也。

“榴皮畫鶴”乃吕巖事。相傳謂吕嘗客黄鶴樓近處酒家,日飲酒數壺,累至數百,而不償值,復索飲,主人供給無倦色。吕善之,適啖榴,遂以榴皮畫一黄鶴於壁上;吕又教酒家童子唱道詞,自敲板爲節,已而唱時鶴輒從壁間飛下,婆娑翔舞,觀玩飲酒者日數千人。凡閲數月,酒家得錢數百萬,驟富,以錢酬吕,吕不受,遂構樓志感,故名黄鶴云。榴皮亦説瓜皮,要爲小説家荒唐之言耳。詞中作“送酒”,作“對舞”,皆無不可,而周氏硜硜爲争,又以太白詩之“壓酒”爲“送酒”,殊可哂也。

中吕

〔迎仙客〕登樓

雕簷紅日低,畫棟綵雲飛,十二玉闌天外倚。望中原,思故國,感慨傷悲,一片鄉心碎。

評曰:妙在“倚”字上聲起音,一篇之中,唱此一字,況務頭在其上。“原”、“思”字屬陰,“感慨”上去,尤妙。〔迎仙客〕累百無此調也。美哉,德輝之才,名不虚傳!

按〔迎仙客〕亦入正宫,亦入南曲中吕,句法三三七、三三、四五，共七句，六韻。據第九法，末句應作仄仄平平去，此正合。

此詞見鄭光祖作《王粲登樓》雜劇三折。《元曲選》云："雕簷外紅日低，畫棟畔彩雲飛，十二闌干闌干在天外倚。我這裏望中原，思故里，不由我感歎酸嘶，越攪的我這一片鄉心碎。"

元鍾嗣成《録鬼簿》"鄭光祖"條云："光祖字德輝，平陽襄陵人。以儒補杭州路吏。爲人方直，不妄與人交，故諸公多鄙之，久則見其情厚，而他人莫之及也。病卒，火葬於西湖之靈隱寺。諸弔客各有詩文。公之所作，不待備述。名香天下，聲振閨閣，伶倫輩稱'鄭老先生'，皆知其爲德輝也。惜乎所作貪於俳諧，未免多於斧鑿，此又别論焉。"①又著録其所作雜劇名目十九種，今傳者爲《㑳梅香》、《王粲登樓》、《倩女離魂》、《周公攝政》四種而已。

《曲藻》評"十二玉闌"以下曰："情中快語也。"未見其確，周氏亦僅贊其音律工而已。

〔朝天子〕廬山

早霞，晚霞，妝點廬山畫。仙翁何處煉丹砂，一縷白雲下。客去齋餘，人來茶罷，歎浮生指落花。楚家，漢家，做了漁樵話。

按〔朝天子〕一入正宫，一入雙調，一名〔謁金門〕，句法二二五、七五、四四五、二二五，共十一句，十韻。據第九法，末句應作仄仄平平去，此正合。

王驥德《曲律》云："詞隱論北詞，謂〔朝天子〕一調自《龍泉記》出，而此曲失真。《浣紗》'往江干水鄉'盛行，而此曲盡晦。却取《太和正音譜》所收張小山'瘦杯玉醅'一首爲譜。其詞'飽似伯夷'一句係失調，不如《中原音韻》所收'早霞晚霞'一首爲確。"按《龍泉》、《浣沙》所作，不過任意加襯而已，若剔去襯字，仍合本調，王氏

① 今校：天一閣藏鈔本《録鬼簿》此條作："鄭德輝，名光祖，平陽人。以儒補杭州路吏。爲人方直，不妄與人交，名聞天下，聲徹閨閣，伶倫輩稱先生者皆知爲德輝也。"

未免辭費矣。

此詞《詞林摘豔》屬無名氏，《堯山堂外紀》謂"周德清過廬山賦〔朝天子〕"，王氏《曲律》謂"元人題廬山〔朝天子〕"。按下一首〔紅繡鞋〕爲張可久作，而與此首共一評語，此乃四十首定格中所僅見者，疑兩首爲張氏一人之作，但《張小山北曲聯樂府》中又不載此詞。倘出諸周氏，則評語中"知音傑作"豈非成爲自詡之詞？周氏縱妄，似尚不至此也。

《曲藻》評"仙翁"以下曰："意中爽語也。"亦不甚切。"客去"二句尚嫌意未顯豁，結語似屬元人散曲中濫套。

〔紅繡鞋〕隱士

歎孔子嘗聞俎豆，羨嚴陵不事王侯。百尺雲帆洞庭秋。醉呼元亮酒，懶上仲宣樓，功名不掛口。

評曰：二詞對偶、音律、語句、平仄俱好。前詞務頭在"人"字。後詞妙在"口"字上聲，務頭在其上。知音傑作也。

按〔紅繡鞋〕一名〔朱履曲〕，明施紹莘《花影集》中改名〔雙乘鳳〕，則南調也。句法六六、七、三三、五，共六句，六韻。此詞"酒"韻可以不叶。另有别體。據第九法，末句應作仄平平去上，"功"字與"不"字未合。"不"字入作上。

此詞據張可久《北曲聯樂府》爲張可久撰，"歎"作"學"，"羨"作"喜"。意境雖亦常有，却説得痛快斬截。

〔普天樂〕别友

浙江秋，吴山夜，愁隨潮去，恨與山疊。鴻雁來，芙蓉謝，冷雨青燈讀書舍，怕離别可早離别。今朝醉也，明朝去也，留戀些些。

評曰：妙在"芙"字屬陽，取務頭。造語、音律、對偶、平仄皆好。看他用"疊"字與"别"字，俱是入聲作平聲字，下得妥貼可敬。"冷雨"二字去上爲上，平上、上上、上去次之，去去屬下著。"讀書舍"，方是别友也。又第八句是務頭。"也"字上聲，妙。

按〔普天樂〕即正宫之〔黄梅雨〕,與《九宫大成譜》高大石角内〔北普天樂〕、正宫内〔南普天樂〕皆不相同。句法三三四四、三三七七、四四四,共十一句,八韻。此詞第二"也"字韻可不叶,第八句上三下四。有别體。據第九法,末句應作仄仄平平,此未盡合。

此詞《陽春白雪》屬姚燧,惟調名誤爲〔滿庭芳〕,"鴻雁"作"塞雁","怕離别"句作"待離别怎忍離别","今朝"作"今宵","留戀"作"寧耐"。《詞林摘豔》屬無名氏作。夫僅賴"讀書舍"三字明其爲"别友",則其通首多屬尋常離别之詞,可以知矣。

〔喜春來〕春思

閑花醖釀蜂兒蜜,細雨調和燕子泥,緑窗蝶夢覺來遲。誰喚起,簾外曉鶯啼。

評曰:"調"字、"遲"字俱屬陽,妙。"蜜"字去聲,好,切不可上聲。但要"喚"字去聲。"起"字平、上皆可。

按〔喜春來〕亦入正宫,一名〔陽春曲〕,喬吉《文湖州集詞》一名〔惜芳春〕,句法七七七、三五,共五句,五韻。《大成譜》另有增句格,名〔攤破喜春來〕。又如"細雨"、"喚起"、"外曉"皆宜作去上。據第九法,末句應作仄仄仄平平,此未盡合。

此詞《太平樂府》屬胡衹遹撰,"蝶夢"作"春睡","簾外"作"窗外",語亦平常。

〔滿庭芳〕春晚

知音到此,舞雩點也,修禊羲之。海棠春已無多事,雨洗胭脂。誰感慨蘭亭古紙,自沉吟桃扇新詞。急管催銀字,哀絃玉指,忙過賞花時。

評曰:此一詞,但取其平仄,庶幾。若"此"字是平聲,屬第二著。喜"羲"字屬陰,妙。可惜第四、第五句上下失粘。妙在"紙"字上聲起音,"扇"字去聲取務頭。若是"紙"字平聲,屬第二著;"扇"字上聲,止可作〔折桂令〕中一對。多了"急管"二字,不成調,得一意結之方好。吁!今之樂府難而又難,爲格之詞不多見也。

按〔滿庭芳〕亦入正宫，亦入仙吕，與詩餘不同。句法四四四、七四、七七、三四五，共十句，九韻。據第九法，末句應作仄仄仄平平，此未盡合。第四、第五兩句平仄，歷驗元人之作，皆係如此，惟雨字可平。周氏謂其"上下失粘"，未知何説？第九句有作平平去平者，六七兩句應上三下四。

此詞據《張小山北曲聯樂府》爲張可久作，"古紙"作"故紙"，"桃扇"作"羅扇"，對偶甚工，使事恰如曲之分；"海棠"二句以外，詞甚緊凑，而周氏祇取其平仄，怪矣。"急管"句周氏厭其襯三作五，故謂之"不成調"、"一意結之"云云，未解何説。

〔十二月堯民歌〕别情

自别後遥山隱隱，更那堪遠水粼粼。見楊柳飛綿滚滚，對桃花醉臉醺醺。透内閣香風陣陣，掩重門暮雨紛紛。　怕黄昏忽地又黄昏，不銷魂怎地不銷魂。新啼痕壓舊啼痕，斷腸人憶斷腸人。今春，香肌瘦幾分，摟帶寬三寸。

評曰：對偶、音律、平仄、語句皆妙。務頭在後詞起句。

按北曲中在同一宫調内，音律又適銜接者，兩調三調，連合而作一調，謂之某調帶過某調。"帶過"二字，或任用一字，或稱某調兼某調，或全略去，祇連寫二調之名，如此處之式。帶過曲調爲前人已用者，共不過三十餘種，其不能任意配合可知。

〔十二月〕亦入正宫，句法四四四四、七七，共六句，五韻。《九宫大成譜》云："〔十二月〕本四字六句，二十四正字，二十四拍，因其字少拍多，或減一二板亦可。末二句亦有增三字，作七字句者，是爲近體。"吴瞿盦先生《南北詞簡譜》謂是調爲通體四字句法，末二句各譜皆作上三下四句法，雖唱時無礙，而論格則不合；此與下曲〔堯民歌〕皆快唱曲，可接〔快活三〕，再接〔朝天子〕，則緊慢有序，爲中吕曲中最勝處也。

〔堯民歌〕亦入正宫，句法七七七七、二五五，共七句，七韻。《大成譜》取一襯字極多之例，立名曰〔百字堯民歌〕。據第九法，末句應作仄仄平平去,此正合。"今春"句可加"也波"或"也麼"等字,亦可作疊句。

此詞據《堯山堂外紀》乃王實甫撰,"忽地"作"不覺"。《曲藻》評〔堯民歌〕首四句曰:"情中悄語也。"按通首極浩爛之致,此四句内,各賴一二字令情意渾厚,使筆極高,豈但"悄語"而已哉!

〔四邊靜〕西厢

今宵歡慶,軟弱鶯鶯可曾慣經。款款輕輕,燈下交鴛頸。端詳著可憎,好殺無乾淨。

評曰:務頭在第二句及尾。"可憎",俊語也。

按〔四邊靜〕亦入正宫,亦入雙調,句法爲四七、四五、四五,共六句,六韻。第四句有作四字者,第五句有破作兩字二句者。

此詞見王實甫《西厢記》次本次折。王驥德校注本作"若是今宵歡慶,俺那軟弱的鶯鶯可曾慣經。索款款輕輕,燈下交鴛頸。端詳著可憎,好煞人無乾淨"。王氏注曰:"'無乾淨',無盡極也。《陳摶高卧》劇'但卧時一年半載無乾淨',《黑旋風》劇'這一場雪冤報恨無乾淨',中略可證。"①"可憎"乃反辭也。

〔醉高歌〕感懷

十年燕市歌聲,幾點吴霜鬢影。西風吹老鱸魚興,晚節桑榆暮景。

評曰:妙在"點"、"節"二字上聲起音。務頭在第二句及尾。

按〔醉高歌〕一名〔最高樓〕,句法爲六六、七六,共四句,四韻。據第九法,末句應作平仄仄平平去上,但此作六字,並不謬,已詳第九法内。

① 今校:明萬曆四十一年香雪居刻本《新校注古本西厢記》,王驥德此處注曰:無乾淨,□好之甚無盡極也。《陳摶高卧》劇"但卧呵一年半載無乾淨",《黑旋風》劇"這一場雪冤報恨無乾淨"……可證。

此詞據《太平樂府》乃姚燧撰，次句"燕市"作"燕月"，末句"晚節"作"已在"。調嫌板促，詞復沉悶。

南吕

〔四塊玉〕

買笑金，纏頭錦，得遇知音可人心，怕逢狂客天生沁。紐死鶴，劈碎琴，不害磣。

評曰："纏"字屬陽，妙。對偶、音調俱好，詞也可宗。務頭在第二句及尾。

按〔四塊玉〕句法爲三三、七七、三三三，共七句，六韻。别體甚多。據第九法，末句應作平去平，如作平去上，屬第二著，此處"磣"字上聲。《北詞廣正譜》謂末句必平去上，方别於〔罵玉郎〕之平平去、〔感皇恩〕之去平平。

此詞原作者未詳，此乃已經西域人鎖非復初改易者。《中原音韻·後序》云：

泰定甲子秋，予既作《中原音韻》并"起例"，以遺蕭存存，未幾，訪西域友人鎖非復初，讀書是邦，同志羅宗信見餉，攜東山之妓，開北海之樽，英才若雲，文筆如槊。復初舉杯，謳者歌樂府〔四塊玉〕，至"彩扇歌，青樓飲"，宗信止其音，而謂予曰："'彩'字對'青'字，而歌'青'字爲'晴'。吾揣其音，此字合用平聲，必欲揚其音，而'青'字乃抑之，非也。"中略語未訖，復初前驅紅袖，而白同調歌曰："'買笑金，纏頭錦'，則是矣。"①

《樂府新聲》載馬致遠撰〔四塊玉〕云："彩扇歌，青樓飲，自是知音惜知音，桂英你怨王魁甚。但見一個傅粉郎，早救了買笑金，知

① 今校：文淵閣四庫全書本《中原音韻》，"蕭存存"前有"青原"二字，"鎖非"作"瑣非"，"英才"前有"於時"二字，"舉杯"作"舉觴"，"謳者"前有"命"字，"合用平聲"作"合用平字聲"，"語未訖"至"則是矣"數句作"復初前驅紅袖，而自用調歌曰'買笑金，纏頭錦'，以證其非"。

他是誰負心。”或即爲原詞也。復初所改,通首似屬歌妓自道。“沁”字義未詳。“不害磣”,有不害羞之意,《兒女團圓》劇正末云“虧你不害口磣,説出這等話來”。

〔**罵玉郎感皇恩採茶歌**〕得書

長江有盡思無盡,空目斷楚天雲。人來得紙真實信。親手開,在意讀,從頭認。　織錦迴文,帶草連真。意誠實,心想念,話殷勤。佳期未準,愁黛長顰。怨青春,捱白晝,拍黄昏。　敘寒温,問緣因,斷腸人憶斷腸人。錦字香粘新淚粉,彩箋紅漬舊啼痕。

評曰:音律、對偶、平仄俱好,妙在“長”字屬陽。“紙”字上聲起音,務頭在上,及〔感皇恩〕起句至“斷腸”句上。

按〔罵玉郎〕又名〔瑶華令〕,《大成譜》小石調内另有一體。句法爲七五、七、三三三,共六句,四韻。有别體。〔感皇恩〕與詩餘不同,句法爲四四、三三三、四四、三三三,共十句,六韻。有别體。〔採茶歌〕一名〔楚江秋〕,句法三三七、七七,共五句,五韻。《大成譜》另立〔攤破採茶歌〕一體。據第九法,〔採茶歌〕末句應作平平仄仄仄平平,此未盡合。

此詞據《太平樂府》乃鍾嗣成撰,首句“思”作“愁”,“愁黛”句“長”作“常”,“斷腸人憶”作“斷腸人寄”,“香粘”作“香沾”。

“務頭在上”,指在紙字上。“至‘斷腸’句上”,始疑乃“至‘斷腸’句止”之訛;既思若自〔感皇恩〕起句至“斷腸”句皆務頭,務頭毋乃太長?疑“至”字乃“與”字之訛,三調中務頭各一句也。

《曲藻》評“怨青春”三句曰:“情中悄語也。”按〔罵玉郎〕是盼書得書,〔感皇恩〕是書之形體與詞意,〔採茶歌〕乃唱歎其事,序次甚好,所謂“悄語”三句,極現成。

正宫

〔**醉太平**〕感懷

人皆嫌命窘,誰不見錢親,水晶丸入麪糊盆,纔粘拈便滚。文章糊了盛錢囤，門庭改做迷魂陣，清廉貶入睡餛飩，葫蘆提倒穩。

評曰："窘"字若平，屬第二著。平仄好。務頭在三對，末句收之。

按〔醉太平〕亦入仙吕，亦入中吕，一名〔淩波曲〕，與詩餘不同。句法爲四四、七四、七七七、四，共八句，八韻。有别體。據第九法，末句應作平平去上，此正合。

此詞據《張小山北曲聯樂府》爲張可久撰，"丸"作"環"，"粘拈"作"沾粘"。元曲之號爲當行者，有時取材極瑣，遣辭極質，但融裁必新，刻畫務盡，所謂俗能涉趣，駁中寓純也。張氏詞以淵雅稱，但如此作，亦復悉排典語，獨鑄俚詞，而痛憤之深，嘲駡之烈，得未曾有。固知此種文字，惟元曲乃擅長，而亦曲體之正也。

〔塞鴻秋〕春怨

腕冰消鬆却黄金釧，粉脂殘淡了芙蓉面。紫霜毫蘸濕端溪硯，斷腸詞寫在桃花扇。風清柳絮天，月冷梨花院。恨鴛鴦不鎖黄金殿。

評曰：音律瀏亮，貴在"却"、"濕"二字上聲，音從上轉，取務頭也。韻脚若用上聲，屬下著，切不可以傳奇中全句比之。若得"天"字屬陽，更妙；"在"字上聲，尤佳。

按〔塞鴻秋〕亦入仙吕，亦入中吕。《大成譜》中高大石調内復有此名，但較之此調，則與南曲正宫所有者同一微似而已。句法七七七七、五五、七，共七句，七韻。"天"韻可以不叶，與〔叨叨令〕之調同，惟五、六兩對句在〔叨叨令〕爲"某某也麽哥"疊句。《大成譜》於此調之襯字最多者别名曰〔百字塞鴻秋〕。據第九法，末句應作平平仄仄平平去，此正合。評中所謂"傳奇"，即指雜劇而言。"全句"二字恐是"全套"之訛。此詞作者未詳。《樂府新聲》首句"冰"作"肌"，"却"作"了"，三句"蘸濕"作"點遍"，四句作"斷腸詩懶寫春羅扇"，五句作"柳絮香滚綿"，六句作"花落閑庭院"，迥不及此。全詞極有氣勢，因一起作聯珠對之故；末句"恨"字襯得極好，摇曳生姿，勢足以收煞上文而有餘。

商調

〔山坡羊〕春睡

雲鬆螺髻，香温鴛被，掩春閨一覺傷春睡。柳花飛，小瓊姬，一片聲雪下呈祥瑞，把團圓夢兒生喚起。誰，不做美。呸，却是你。

評曰：意度、平仄俱好，止欠對耳。務頭在第七句至尾。

按〔山坡羊〕一名〔蘇武持節〕，一稱〔山坡裏羊〕，本中吕調曲，借入商調耳，亦入黄鐘宫。南曲商調内亦有此牌，與此大同小異。句法四四七、三三七、七、一三、一三，共十一句，十一韻。據第九法，末句應作平去平，末字作上聲，屬第二著。

《南北詞簡譜》此調曰："細按句調，〔山坡羊〕與南詞實同，但南詞較多幾字而已。中略自《琵琶》'亂荒荒'一曲多用襯字，於是以'學取劉伶'一支爲〔山坡裏羊〕，'亂荒荒'一支爲〔山坡羊〕，實是妄爲分析，無當詞學也。"

此詞據《張小山北曲聯樂府》屬張可久作；《堯山堂外紀》歸王實甫，未知何據。《中原音韻》次句原作"香温鴛鴦被"，多一"鴦"字，此從張集刪去；陸鈔本亦校謂無"鴦"字。評謂"欠對"者，衹能指四、五兩句言。又張集題作《閨思》，第六句無"片"字，七句無"把"字。《曲藻》評"把團圓"以下數句，亦屬在"情中悄語"之列。所寫頗覺情事生動，口角逼真。

〔梧葉兒〕别情

别離易，相見難，何處鎖雕鞍。春將去，人未還，這其間，映及殺愁眉淚眼。

評曰：如此方是樂府。音如破竹，語盡意盡，冠絶諸詞，妙在"這其間"三字，承上接下，了無瑕玼。"映及殺"三字，俊哉語也！有言"六句俱對"，非調也，殊不知第六句止用三字，歌至此，音促急，欲過聲以聽末句，不可加也。兼三字是務頭，字有顯對展才之調。"眼"字上聲，尤妙，平聲屬第二著。

按〔梧葉兒〕亦入仙吕，一名〔知秋令〕，喬吉《文湖州集詞》則作〔碧梧秋〕。句法三三五、三三、三七，共七句，五韻。有别體。其襯字極多者名〔百字知秋令〕。據第九法，末句應作平仄仄平平去上，末字作平屬第二著。評内"有言六句俱對"至"字有顯對展才之調"數語，意晦不明，"字"疑是"豈"之訛。兹揣其意，改述如下，是否周氏之原意，尚難定耳：

有謂第六句"這其間"下宜加一句作對，與一二兩句、四五兩句共成三對六句者，殊不知如此則非本調矣。本調第六句止用三字，歌至此，音促急，即欲過聲，以唱末句，其間絲毫不容延緩，何可再加别句乎？况"這其間"三字又是務頭，若於其下再加别句，將或損其音之美矣。作詞衹當斂才就調，豈有顯對展才，而妄改原調之理哉！

此詞據《堯山堂外紀》爲關漢卿撰。《曲藻》評後四句亦爲"情中俏語"。全詞甚淡，惟著意在"映及殺"三字而已。

越調

〔天淨沙〕秋思

枯藤老樹昏鴉，小橋流水人家，古道西風瘦馬。夕陽西下，斷腸人在天涯。

評曰：前三對。更"瘦馬"二字去上，極妙。秋思之祖也。

按〔天淨沙〕一名〔塞上秋〕，句法六六六、四六，共五句，五韻。據第九法，末句應作平平仄仄平平，此未盡合。此調在套曲中多列爲前數段，作散板曲唱。

此詞據《堯山堂外紀》爲馬致遠撰，他書皆屬無名氏。《歷代詩餘》"人家"作"平沙"，蓋避去"人"字之複，且在鼎足對中，字面亦較工整也。又《詩餘》"西風"作"淒風"，則未是。

《曲藻》指通首是"景中雅語"。《顧曲麈談》謂"明人最喜摹倣此曲，而終無如此自然，不可及者在此。"①二説皆是。王國維《人間詞話》謂"寥寥數語，深得唐人絶句妙境，有元一代詞家皆不能辦此也。"王氏《宋元戲曲史》中並推爲元曲小令之表率，則太過矣。按此詞前三句以九事設境，全屬靜詞，末二句亦是含蓄幽遠之趣，詞境多而曲境少也。惟論其吐屬色澤，固望而知爲元人北方之篇叶。如《歷代詩餘》等書，兼收元人之令詞者，此其無上妙選矣。曲中非無其位置，特未容過推此種靜雅者，致喧賓奪主耳。

〔**小桃紅**〕情

斷腸人寄斷腸詞，詞寫心間事。事到頭來不由自。自尋思，思量往日真誠志。志誠是有，有情誰似，似俺那人兒。

評曰：頂真妙，且音律諧和。

按〔小桃紅〕一名〔武陵春〕、〔採蓮曲〕，又名〔絳桃春〕、〔平湖樂〕，則見王惲《秋澗樂府》。句法爲七五、七、三七、四四五，共八句，七韻。據第九法，末句應作仄仄仄平平，此正合。《南北詞簡譜》云："王實甫《西厢》聯吟折首云'人間看波'，是賓白，非曲。《廣正譜》别作一體，實是不當。〔小桃紅〕從無四字句開端也。"

此詞作者未詳。元人口才遊戲中有所謂"頂真續麻"、"拆白道字"者，此即頂真之一種也。一稱聯珠格，喬吉嘗作之，見《樂府羣玉》。此詞末三句甚妙，三句中首句説自己，而次句及人，作問辭，蓋不敢遽信也，末句方説實，暗中之色喜心慰，蓋可知矣。李開先評喬吉詞，謂"風流調笑，包含藴藉"，此殆類之。

〔**凭闌人**〕章臺行

花陣贏輸隨鏝生，桃扇炎涼逐世情。雙郎空藏瓶，小卿一塊冰。

評曰：陣有贏輸，扇有炎涼，俊語也。妙在"小"字上聲，務頭在上。

---

①　今校：商務印書館刊1916年本《顧曲麈談》，第三句作："故余以爲不可及者此也。"

“鏝”、“世”二字去聲，皆妙。

按〔凭闌人〕與屬道宫者不同，與南曲越調引子則同。句法爲七七、五五，共四句，四韻。據第九法，末句應作仄平平去平，此未盡合。“一”字不能作平。且考諸他作，“藏”字宜仄聲。

此詞作者未詳。“鏝”，錢鈔也。小説演雙漸娶妓蘇卿，爲茶商馮魁所奪，其事曲中各體皆有播詠，並常用雙漸代情場失意之脚色，此其例也。

〔寨兒令〕漁夫

煙艇閑，雨蓑乾，漁翁醉醒江上還。啼鳥關關，流水潺潺，樂似富春山。數聲柔櫓江灣，一鈎香餌波寒。回頭觀兔魄，失意放魚竿。看，流下蓼花灘。

評曰：緊要在“兔魄”二字，去上取音；且“看”字屬陰，妙。“還”字平聲，好；若上聲，紐，屬下下著。

按〔寨兒令〕一名〔柳營曲〕，與屬黄鐘宫者不同。句法三三七、四四五、六六、五五、一五，共十二句，十一韻。一字句有用“嗏”字、“呀”字者，似爲格，但作者多隨韻轉换，則非格矣。據第九法，末句應作仄仄仄平平，此未盡合。《南北詞簡譜》云：“次句須作仄平仄平平仄平。”

此詞據《太平樂府》爲查德卿撰，“還”作“晚”，“觀”作“貪”，皆非。惟“憶”作“意”較是。文字是詞中之〔漁歌子〕，對偶自然，意境閑淡。

雙調

〔沉醉東風〕漁父

黄蘆岸白蘋渡口，緑楊堤紅蓼灘頭。雖無刎頸交，却有忘機友。點秋江白鷺沙鷗。傲殺人間萬户侯，不識字煙波釣叟。

評曰：妙在“楊”字屬陽，以起其音，取務頭；“殺”字上聲，以轉其音；

至下"户"字去聲,以承其音。緊在此一句,承上接下,末句收之。"刎頸"二字,若得上去聲,尤妙;"萬"字若得上聲,更好。

按〔沉醉東風〕與南曲仙吕宫所有者不同,句法爲六六、三三、七、七七,共七句,六韻。首二句作七字者多,尚另有别體。據第九法,末句應作平仄仄平平去上,此正合。七字句或上三下四,或上四下三,應分别從之。此詞《堯山堂外紀》作白樸撰,但《詞林摘豔》所載趙明道《范蠡歸湖》雜劇第四折内亦有之。《曲藻》評爲"意中爽語"。較之前詞,意氣不若其恬静,而文字之豪放則過之。

〔**落梅風**〕切鱠

金刀利,錦鯉肥,更那堪玉葱纖細。若得醋來風韻美,試嘗著這生滋味。

評曰:第三句承上二句,第四句承上三句,生末句,緊要。"美"字上聲爲妙,以起其音,切不可平聲。"錦鯉"二字,若得上去聲,尤妙。

按〔落梅風〕一名〔壽陽曲〕,與南曲小石調引子〔落梅風〕異。句法三三七、七七,共五句,五韻。首句可不叶。另有增字别體。據第九法,末句應作仄平平仄平平去,此處"著"字作平,正合。參看下文〔慶東原〕評。

此詞據《陽春白雪》爲李壽卿撰,"若得"作"添得","著這"作"道甚",末句乃上三下四句法。

〔**撥不斷**〕隱居

利名竭,是非絶。紅塵不向門前惹,緑樹偏宜屋角遮,青山正補墻頭缺。竹籬茅舍。

評曰:務頭在三對,急以尾收之。

按〔撥不斷〕一名〔續斷絃〕,喬吉《文湖州集詞》作〔錢絲泫〕。句法爲三三、七七七、四,共六句,六韻。有别體。據第九法,末句應作仄平平仄平平去，但元人之作，大抵四字。

此詞乃馬致遠〔夜行船〕《秋思》套中之一調，詳見下文。一本“墻頭”作“墻東”。《樂府新聲》末句襯“更那堪”三字。

〔水仙子〕夜雨

一聲梧葉一聲秋，一點芭蕉一點愁，三更歸夢三更後。落燈花棋未收，歎新豐孤館淹留。枕上十年事，江南二老憂，都到心頭。

評曰：賦者甚多，但第二句第五字、第六字及“棋未”二字，并“二老”二字，但得上去爲上，平去次之，平上下下著。惜哉！此詞語好而平仄不稱也。

按〔水仙子〕亦入中吕宫與南吕宫，一名〔湘妃怨〕，一名〔淩波仙〕，一名〔馮夷曲〕。句法七七七、六七、五五四，共八句，七韻。有别體。又另有商調〔水仙子〕，與黄鐘調内〔古水仙子〕皆與此異。南曲大石調引子内亦有此調名，其句法則與此相似。據第九法，末句應作仄仄平平，此未盡合。

此詞據《太平樂府》乃徐再思撰，“淹留”作“人留”。《曲藻》評起三句曰：“情中緊語也。”通首情韻刁騷，令人感發不盡。妥溜、尖新、豪辣、灝爛，乃曲之四境，此詞蓋已入灝爛矣。

〔慶東原〕奇遇

參旗動，斗柄挪，爲多情攬下風流禍。眉攢翠蛾，裙拖絳羅，襪冷淩波。耽驚怕萬千般，得受用些兒個。

評曰：“冷”字上聲，妙，務頭在上，轉急以對收。“斗柄”二字上去，妙。〔落梅風〕得此起二句平仄，尤妙。

按〔慶東原〕一名〔鄆城春〕，見喬吉《文湖州集詞》，“原”一作“園”。句法三三七、四四四、五五，共八句，六韻。四、五二句可叶仄。有别體。據第九法，末句應作仄仄平平去，此正合。

此詞作者未詳。《曲藻》評通首爲“情中悄語”。元曲中情詞，爲作者自道者固多，而如劇曲之代人立言者亦不少，若以旁觀態度，調侃口吻出之，似代言而非代言者，亦常有之，此首其一例也。

〔**雁兒落　德勝令**〕指甲摘

宜將鬬草尋，宜把花枝浸，宜將繡綫勻，宜把金針紝。　宜操七絃琴，宜結兩同心。宜托腮邊玉，宜圈鞋上金。難禁，得一掐通身沁。知音，治相思十個針。

評曰：俊詞也。平仄、對偶、音律，皆妙。務頭在〔德勝令〕起句，頭字要屬陽，及在中一對後，必要扇面對方好。

按元本"勻"亦作"尋"，兹從陸鈔本。兩調既屬雙調，亦入商調。〔雁兒落〕一名〔平沙落雁〕，明人亦稱〔鴻歸浦〕，句法五五五五，共四句，三韻。〔德勝令〕本作〔得勝令〕，一名〔凱歌回〕，一名〔陣陣贏〕，句法爲五五、五五、二五、二五，共八句，七韻，調極俊整，較之〔雁兒落〕多後四句耳。有於起處增一"呀"字格者，亦足增文情。據第九法，末句應作平平上去平，此正合。此詞題目旁贅一"摘"字，未知何意。按上文第四法"用字"内"襯墊字"條下，謂"套數中可摘爲樂府者能幾"，此詞或即從套數中摘出者，故贅一"摘"字於題旁以示别也。但上文之〔雁兒〕、〔金盞兒〕、〔迎仙客〕皆各從劇套中摘出者，何以又不注此字？當另求舊本以校定之。

評謂"頭字要屬陽"，指"宜操"句之"宜"字也。"中一對後"，應指"宜托腮邊玉"兩句之後，即結處之扇面對也。

此詞作者未詳，《堯山堂外紀》謂元人作；又謂"豔爽之極，又出王、關上矣，非舜耕《詠睡鞋》可比"。按"豔爽"二字，的是此曲定評。前面不過鋪排，入後扇面對方著意，深刻雋露，出奇致勝，真元人之能事也。

〔**殿前歡**〕醉歸

醉歸來，入門下馬笑盈腮。笙歌接至朱簾外，夜宴重開。十年前一秀才，黄虀菜，打熬做文章伯。江湖氣慨，風月情懷。

評曰:妙在"馬"字上聲,"笑"字去聲,"一"字上聲,"秀"字去聲。歌至"才"字,音促,"黄"字急接,且要陽字,好。"氣慨"二字,若得去上尤妙。三對者,非也,自有三對之調。"伯"字若得去聲,尤妙。

按〔殿前歡〕一名〔鳳將雛〕、〔鳳引雛〕、〔燕引雛〕此名見《樂府羣玉》、〔小婦孩兒〕,句法爲三七、七四、五三五、四四,共九句,九韻。第八句可不叶。另有别體。據第九法,末句應作仄仄平平,此未盡合。

評謂"三對者,非也",謂作者有將"黄虀菜"句亦改作五字或六字,與上下兩句聯成三對,則殊非〔殿前歡〕本調也。如貫雲石《賦懶雲窩》云:"懶雲窩,陽臺誰與送巫娥。蟾光一任來穿破,遁迹由他。蔽一天星斗多,分半榻蒲團坐,儘萬里鵬程挫。向煙霞嘯傲,任世事蹉跎。""蔽一天"以下三句,正作三對,周氏之所以爲非者也。

此詞據殘元本《陽春白雪》爲馬九皋作,《詞林摘豔》屬無名氏。《陽春白雪》次句作"袖春風下馬笑腮腮",三句"至"作"到",四句"夜"作"客",七句"做"亦作"到",結二句作"抖擻出風月情,施展出江湖慨"。《摘豔》七句"做"亦作"到"。

馬九皋曲絶類東籬,故嚮有"二馬"之稱。此詞疎狂豪放,儼然東籬謦欬。

〔慶宣和〕五柳莊

五柳莊前陶令宅,大似彭澤。無限黄花有誰戴,去來,去來。

評曰:妙在"彭"字屬陽。僅二十二字,愈字少,愈難作,五字絶句法也。佳詞,與〔雁兒〕同意。

按〔雁兒〕一調,已見上文。〔慶宣和〕句法爲七四、七二二,共五句,五韻。"宅"字、"澤"字皆入作平。另有别體。據第九法,末句應作去上,去平屬第二著。此詞作者未詳。見《樂府新聲》同樣有十一首,調雖短促,而意致疎淡生動,不弊板滯,斯合曲境,不止所謂"五言絶句法"而已也。

〔**賣花聲**〕香茶

細研片腦梅花粉，新剥真珠豆蔻仁，依方修合鳳團春。醉魂清爽，舌尖香嫩，這孩兒那些風韻。

評曰：俊詞也。務頭在對起及尾。

按〔賣花聲〕與詩餘不同。本中吕調，借入雙調，一名〔昇平樂〕，亦用作〔煞〕，則稱〔賣花聲煞〕；喬氏《文湖州集詞》又稱〔秋雲冷〕或〔秋雲冷孩兒〕。句法七七七、四四七，共六句，五韻。據第九法，末句應作仄平平仄平平去，此正合。

此詞據《樂府羣玉》、《太平樂府》，爲喬吉作。《羣玉》"那些"作"那道"。《太平》"真珠"作"珍珠"。末句在可解不可解間，蓋將茶與製茶之人融合爲一也。

〔**清江引**〕九日

蕭蕭五株門外柳，屈指重陽又。霜清紫蟹肥，露冷黄花瘦。白衣不來琴當酒。

評曰："柳"、"酒"二字上聲，極是，切不可作平聲。曾有人用"拍拍滿懷都是春"，語固俊矣，然歌爲"都是蠢"，甚遭譏誚。若用之於〔攪箏琶〕，以四字承之，有何不可。第三句切不可作仄仄平平，屬下著。

按〔清江引〕一名〔江兒水〕，南曲同此。句法爲七五、五五、七，共五句，四韻。據第九法，末句應作平去仄平平去上，此未盡合。

〔攪箏琶〕已詳於第九法中。評謂"第三句切不可作仄仄平平，屬下著"，二語殊費解。因第三句五字，從無作四字者，平仄又相去甚遠，疑有錯字。此詞作者未詳，《雨村曲話》不論何詞統歸之馬致遠，顢頇可笑。文字頗近上文〔慶宣和〕，結意殊超妙。

〔**折桂令**〕金山寺

長江浩浩西來，水面雲山，山上樓臺。山水相連，樓臺上下，天地安排。詩句就雲山失色，酒杯寬天地忘懷。醉眼睜開，回首蓬萊。一半雲遮,一半煙埋。

評曰:此詞稱賞者衆,妙在"色"字上聲,以起其音[①],平聲便屬第二著。平聲若是陽字,僅可;若是陰字,愈無用矣。歌者每歌"天地安排"爲"天巧安排","失色"字爲"用色",取其便於音而好唱也,改此平仄,極是。然前引"雲山"、"天地",後説"雲山失色"、"天地忘懷",若此則損其意,失其對矣。"安排"上"天地"二字,若得去上爲上,上去次之,餘無用矣,蓋務頭在上。"失色"字若得去上爲上,餘者風斯下矣。若全句是平平上上,歌者不能改矣。嗚呼,前輩尚有此失,後學可不究乎?

按〔折桂令〕别名有七:〔折桂回〕見《張小山北曲聯樂府》、〔蟾宫曲〕、〔蟾宫引〕、〔步蟾宫〕、〔廣寒秋〕、〔秋風第一枝〕、〔天香第一枝〕。句法可以增損,多者或至十七句。白賁作一體十二句者,連襯墊共有百字,遂名〔百字折桂令〕。《北詞廣正譜》將〔蟾宫曲〕之名專屬某種别體,在元人實與〔折桂令〕一名混用也。此爲普通十二句八韻之一體,句法爲六四四、四四四、七七、四四、四四。據第九法,末句應作仄仄平平,此正合。

此詞據《陽春白雪》乃趙祐撰,"相連"作"相輝","上下"作"相映","天地安排"作"天與安排","失色"作"動色","寬"作"傾","回首"作"遥望","雲遮"作"煙遮","煙埋"作"雲埋"。《雍熙樂府》"長江"上襯"泛"字,"上下"作"相對","就"作"成","雲山失色"作"風煙動色","寬"作"傾","回首"作"遥見",末二句作"一半兒雨隔雲遮,一半兒風蔽煙埋"。評語謂歌者改"天巧",而此改"天與",當亦取其爲上聲也。評語謂歌者改"用色",而此改"動色",按"用色"費解,"用"或即"動"之訛也。

《曲藻》評"水面"至"安排"曰:"景中壯語也。"通體多寫景,後五句略抒情,都融入景内,意趣幽遠。

---

① 今校:文淵閣四庫全書本《中原音韻》,"以起其音"作"以起其意",中國古典戲曲論著集成本《中原音韻》亦作"以起其意",然出校記曰"'意'字,似應作'音'"。故仍照任氏所録,不作改動。

套數

〔雙調夜行船〕秋思

百歲光陰如夢蝶，重回首往事堪嗟。昨日春來，今朝花謝，急罰盞、夜筵燈滅。

按〔夜行船〕或用作起調，或用在套中，南曲仙吕調引與此同。句法爲七七、四四七，共五句，四韻。據第九法，末句應作仄平平仄平平去，此未盡合。

《樂府新聲》"如夢"作"一夢"，"昨日"作"今日"，"今朝"作"明朝"，"夜筵"作"夜闌"。《詞林摘豔》等書多與之同。

此首先述全套之主旨，末句謂行樂當及時。"急罰盞"，促飲也；"夜筵燈滅"，謂燈便要滅，筵便要散耳。

〔喬木查〕

秦宫漢闕，做衰草牛羊野。不恁漁樵無話説。縱荒墳橫斷碑，不辨龍蛇。

按〔喬木查〕一名〔銀漢浮槎〕，句法爲四五、七、五四，共五句，四韻。《大成譜》謂〔銀漢浮槎〕有兩體，後體實前體之幺篇换頭，一調而有前後闋者也。元人通常用後一體，即此調是。據第九法，末句應作仄仄平平，此正合。《新聲》與《摘豔》"秦宫"作"想秦宫"，"做"作"都做了"，"恁"作"恁麽"，"無"作"没"；《北宫詞紀》同，惟"不恁"作"一恁"。

此首説帝王，次句較常意又進一步，《詞紀》作"一恁"，未妥。

〔慶宣和〕

投至狐踪與兔穴，多少豪傑。鼎足三分半腰折，魏耶，晉耶。

按〔慶宣和〕調已見前。《新聲》、《摘豔》"三分"作"雖堅"。《新聲》"半腰"作"半腰裏"。《詞紀》於四句前襯"知他是"。此首説輔佐帝王之豪傑。"投至"猶"及至"。

〔**落梅風**〕

天教富,不待奢,無多時好天良夜。看錢奴硬將心似鐵,空辜負錦堂風月。

按〔落梅風〕調已見前。《新聲》首句作"天教你富","不待"作"莫太","無"作"不",三句作"富家兒更做道你心似鐵",末句"空辜負"作"爭辜負了"。《摘豔》、《詞紀》"無"作"没"。《詞紀》"錢"作"財"。

前兩首説貴,此首説富。"不待奢"費解。

〔**風入松**〕

眼前紅日又西斜,疾似下坡車。曉來清鏡添白雪,上床和鞋履相别。莫笑鳩巢計拙,葫蘆提一就裝呆。

按〔風入松〕與詩餘同,惟次句多作五字。亦有别體,且祇用前闋,不加後疊。據第九法,末句應作平平仄仄平平,此正合。

《樂府新聲》三句作"不爭鏡裏添白雪","和"作"與","莫"作"休","就"作"向"。《摘豔》"就"作"樣"。

以上皆歎世,此首起説到自己,此先説自己處世。

〔**撥不斷**〕

利名竭,是非絶。紅塵不向門外惹,緑樹偏宜屋角遮,青山正補墻頭缺。竹籬茅舍。

按此調與詞,俱已見上文。此首説自己之行藏。

〔**離亭宴歇**〕指雙鴛鴦殺尾聲

蛩吟一覺纔寧貼,鷄鳴萬事無休歇。　爭名利何年是徹,密匝匝蟻排兵,亂紛紛蜂釀蜜,鬧穰穰蠅爭血。裴公緑野堂,陶令白蓮社。愛秋來那些,和露摘黄花,帶霜烹紫蟹,煮酒燒紅葉。人生有限杯,幾個登高節。囑咐俺頑童記者,便北海探吾來,道東籬醉了也。

按〔離亭宴〕已見第九法内,此處作"離亭宴歇"四字,而又贅七個小字,原文如此,殊不可解,更無從爲之訂正。因"歇"字雖不能與上三字相連,固明知其誤,但與下文"指"字則可相連。若遽改"歇"爲"煞",未見其妥;若改作"〔離亭宴〕歇指雙鴛鴦殺尾聲"或者尚不失原意,因第九法中,原文亦是"離亭宴"三字獨立也。據《北詞廣正譜》,此實〔離亭宴帶歇指煞〕,即將〔離亭宴〕五句拆開,作爲上二下三兩段,七七、六五五而中間將〔歇指煞〕通首插入也。〔歇指煞〕十二句,實爲四三三三三三,同樣六句之兩截相聯而成者。全首共十七句,十韻。貼歇徹血社些葉節者也。據第九法,末句應作平平去平上,此未盡合。

"蛩吟",他本皆作"蛩吟罷"。《樂府新聲》"鷄鳴"作"鷄鳴時",無"爭名利"三字,"鬧"作"急","愛秋來那些"作"愛秋來時那些個","烹"作"分","人生"作"想人生","幾個"作"渾幾個","登高"作"重陽","囑咐俺"作"人問我"。《摘豔》"爭血"作"競血","愛秋來"作"到秋來","幾個"作"能幾個","便北海"作"恐北海",餘同《新聲》。《詞紀》前六句同《摘豔》,惟仍有"爭名利"三字。《太和正音譜》作"鷄唱時","密匝匝"上襯"看"字,又"亂紛紛"作"鬧炒炒",下一句同《摘豔》,又作"其實愛秋來"。他本"一覺"作"一夢","鷄鳴"作"鷄鳴後","爭名利"作"算名利","囑咐俺"作"囑咐與"。此首前半又重歎世人,後半又重説自己,因以作結。

評曰:此詞乃東籬馬致遠先生所作也。此方是樂府,不重韻,無襯字,韻險,語俊。諺曰:"百中無一。"余曰:"萬中無一。"看他用"蝶"、"穴"、"傑"、"别"、"竭"、"絶"字,是入聲作平聲;"闕"、"説"、"鐵"、"雪"、"拙"、"缺"、"貼"、"歇"、"徹"、"血"、"節"字,是入聲作上聲;"滅"、"月"、"葉",是入聲作去聲。無一字不妥,後輩學法。

按《録鬼簿》曰："馬致遠，大都人，號東籬。任江浙行省務官。"①《太和正音譜》云："馬東籬之詞如朝陽鳴鳳。其詞典雅清麗，可與《靈光》、《景福》而相頡頏。有振鬣長鳴，萬馬皆瘖之意。又若神鳳飛鳴於九霄，豈可與凡鳥共語哉？宜列羣英之上"所著雜劇十六種。《録鬼簿》、《正音譜》共見十四種，《元曲選》别見《任瘋子》一種，《曲品》"牧羊記"條下見《牧羊記》一種。流傳者七種：《漢宫秋》、《薦福碑》、《岳陽樓》、《青衫淚》、《黄粱夢》之第一折，五種見《元曲選》；《陳摶高臥》、《任瘋子》二種見《元曲選》，亦見《古今雜劇三十種》。馬氏與關漢卿、白樸、鄭光祖共四家，並稱爲元初四家，故《中原音韻》周氏序中有"自關、鄭、白、馬一新製作"云云。馬氏散曲，有小令一百四首、套數十七首，見《東籬樂府》。

《曲藻》云："馬致遠'百歲光陰'，放逸宏麗，而不離本色，押韻尤妙。長句如'紅塵不向門前惹，緑樹偏宜屋角遮，青山正補墻東缺'，又如'和露摘黄花，帶霜烹紫蟹，煮酒燒紅葉'，俱入妙境。小語如'上床與鞋履相别'，大是名言。結尤疎俊可詠。元人稱爲第一，真不虚也。"按周氏評謂"無襯字"，不確。王氏謂"放逸宏麗"，殊中肯。章次條理井然，如前所疏，尤是套曲可法之處。明人如段炳、茅溱等，清人如許寶善等，和作甚多。葉懷庭《納書楹曲譜》内載有此套音譜。

以上定格四十首内，〔撥不斷〕詞與套數中複見，帶過曲之三種，各調可分别計之，實爲小令三十五調、套曲一套，就中作者不能考明者有小令十首。

兹將十法内所有要義，摘爲條例十五則如後，以便學者省覽：

一散曲應經過文學藝術之陶冶，而後成立，要與俚歌有别；

二曲爲合樂之文學，作曲應先明樂腔，再識樂譜，審音而作，以無傷於音律爲原則；

三北曲無入聲，凡入聲皆分作平上去三聲讀，凡在句中之入聲

---

① 今校：天一閣藏鈔本《録鬼簿》此條爲："馬致遠，大都人，號東籬老，江浙省務提舉。"

字，如須作平聲者，應注意毋亂其全句平仄之本來規律；

四元時北曲，祇平聲分陰陽，上去不分，入聲作平俱屬陽；

五曲之文學，其構成也，用語言爲主，用文言爲輔；

六曲中語言，以天下通語即今所謂國語。爲主；

七曲以語、意俱高爲上，短篇之辭簡，則意尤欲至；

八長篇要腰腹飽滿，首尾相濟；

九曲語忌蠻狠、猥瑣、險刻、卑污、油滑、生澀、庸腐；

十曲之語句，要能讀去看去，人人都曉，唱時聽去，亦人人都曉，此數方面俱宜顧全，俱無所礙；

十一散曲務少用襯字；

十二作曲宜留心每調務頭何在，務頭所在皆音美之處，文字務宜謹慎下筆，能令聲文並美最好，不能亦要勿因文字之陋，而傷及聲音之美，若不省務頭何在，但遇調中調尾，曲譜内注明平上去一定不可移易之處，無不恪遵謹守之，則務頭亦十九在其中矣；

十三曲中遇句法成雙之處，或數句句法相同者，皆宜作對偶；

十四曲中末句最要緊，不但平仄不能苟且，意思亦須精警；

十五散曲小令，不能重韻。

散曲概論

提　要

《散曲概論》二卷，任訥撰，乃於全部散曲，求得一概觀也。一卷六節，除序説外，皆爲考據；二卷四節，皆爲議論。其中見散曲之形式者，有名稱、體段、用調三節；見散曲之精神者，有作法、内容、派别三節。書録與作家兩節，雖不涉散曲之本身，但爲散曲之所寄託與所由生。名稱與體段兩節所訂者，甚多創獲之處。作法一節，則專論散曲之作法，並不泛及劇曲。内容一節，借詩餘爲比較，闡發甚詳，並附列散曲俳體二十五種。派别一節，有論有例，可以作簡要之散曲史觀。餘論所及，乃散曲之音樂與歌唱，及散曲在我國文學上之地位，並其前途如何等。蓋全書大體，重在條理。材料有與《曲諧》相同者，意見或有出入，則以此書爲準。

散曲概論目次

卷一

卷二

散曲概論卷一

江都任訥中敏

序説第一

曲始自元季，而源於宋詞。較其各調體段之長短，則詞有單調、雙疊、三疊、四疊之分，而曲則單調居多，雙疊已少，三疊四疊更無論焉。南北套中，雖有幺篇换頭，與前腔换頭之曲，但既爲换頭，即不啻另成一調，可以舍幺篇前腔而獨用，與詞之换頭必與上闋連續一首中者不同也。亦略有例外，如南曲之四换頭等調，特極少耳。换言之，即曲牌體段，視詞爲短，大抵當詞中之引近而已。蓋詞至南宋，慢曲之外，又有所謂四片即四疊之序子，見張炎《詞源》，〔鶯啼序〕是其例。已極盡長調之變；易爲曲體，遽反短製，正是物極而復耳。

曲之單調名小令，合單調若干成套爲套數，一套或四五套而插以科與白者爲雜劇，如此再益至四五套以上則爲傳奇。此僅就形式長短而言。處今日而言曲，尋常多知有傳奇，知雜劇者已較少，知套數者乃益少，知小令者則更少。即知套數、小令者，亦多目爲曲中餘事，而絶不重視之也。即就後世曲家之著作統計之，亦以傳奇爲多，而雜劇以下則遞減。有清一代之曲，傳奇固汗牛充棟，以數千計，而雜劇則其半猶不及焉。晨風閣本《曲録》所載，清人雜劇粗具，傳奇脱略尚多，未足據以爲定數也。至於套數小令之專集，誠不數覯矣。

其實曲中套數、小令之體段長短，正可謂與詩詞相埒。蓋一首小令，猶一首絶句律詩也，亦猶一首短調中調之詞也。作者緣調填詞，既寫一首，倘意有未盡，則同調不妨連拈二三首、四五首乃至七八首，隨意增附，明人謂之重頭，或不願取同調爲重頭者，則竟選宫調，成套數。其格局長短，仍可聽人取舍，絶無一定，要不過與詩中之聯章、詞中三四疊之長調相當而已。

故吾人果沿曲之流，盡曲之變，方爲雜劇，爲傳奇。若探曲之本，溯曲之源，則轉爲小令，爲套數也。世有好曲體之活潑生動、俊爽風流而亟欲染指其間，藉以陶寫情性者乎？則幸勿因傳奇之板重、雜劇之骨董，遂駭而斂手。須知用此種文字，衹要輕描淡寫，而即能得個中風趣者。固有小令與套數在，正不妨相從一試也。

套數、小令，總名曰散曲。揚搉其篇章之類别，鈎稽其體調之因宜，務令學者知所謂曲苑者，其中境界，亦正有與詩壇詞林恰好相當者。既不以卑靡而鄙遠曲，亦勿因繁重而厭棄曲。是述兹篇之大旨也。

書録第二

散曲書籍，自來冷僻，購藏固覺爲難，閲讀亦鮮其處。兹所勉爲著録者，一乃曾經考見部分，列在前，凡選著之人、卷數、刊本、年代，悉詳備焉；一乃粗識名目部分，列在後，選著之人各項，不能備具，因未曾寓目，但知舊有此書耳。淺陋疎略，誠不能免。特以自來專門彙録此等書名者尚未有人，姑從草創，徐圖補正也。

甲 選集

元

《陽春白雪》十卷 楊朝英 至正初刊

《太平樂府》九卷 前人 至正十一年刊

《樂府羣玉》五卷 無名氏 明鈔本

《樂府新聲》三卷 無名氏 舊鈔本

《江湖清思集》 錢霖

《南北宫詞》十八卷 南詞六卷，北詞六卷，北詞别集六卷。以下見錢大昕《補元史藝文志》

《中州元氣》十册

《仙音妙選》

《曲海》

《百一選曲》

《樂府羣珠》

《自然集》一卷

《天機餘錦》　見胡侍《真珠船》

《天機碎錦》　以下見《千頃堂書目》

《片玉珠璣》

《詩酒餘音》　與下列曾瑞之別集同名，見李開先《喬夢符小令序》

明

《盛世新聲》　北九宮九卷，南曲一卷。無名氏　正德十二年刊

《萬花集》一卷　附《盛世新聲》後

《詞林摘豔》十卷　張禄　嘉靖四年刊

《雍熙樂府》二十卷　郭勛　嘉靖十九年刊

《南詞韻選》十九卷　沈璟　萬曆刊

《北宮詞紀》六卷　陳所聞　萬曆三十二年刊

《南宮詞紀》六卷　同上

《詞林逸響》四卷　許宇　天啓三年刊

《太霞新奏》十四卷　顧曲散人　天啓七年刊

《青樓韻語廣集》八卷　方悟　崇禎四年刊

《吴騷合編》四卷　張旭初　崇禎十年刊

《北雅》三卷　寧獻王權　以下見《曹楝亭書目》

《彩筆情詞》　張栩序

《諸家宴燕詞》三十册　以下見《菉竹堂書目》

《風月錦囊》一册

《選唱賺詞》一册

《十英曲會》二册

《名賢珠玉集》一册

《南北詞廣韻選》十九卷　以下見《也是園書目》

《南北宮詞紀年》一卷

《套數選詞》一本　以下見《脈望館書目》

《精選樂府》　與下文別集之《月香詞》合訂一本

《九宮詞》一本

《歇指調古今詞》一卷　李開先　以下見《千頃堂書目》

《金元詞餘》十卷

《清遠齋樂府》十卷

《雅音彙編》十二卷　見《季滄葦藏書目》

《詞林選勝》三本　以下見《六如居士集》

《三徑詞選》

《詞腴》　以下見《度曲須知》

《吴歈萃雅》

《遴奇振雅》　見《吴騷合編》

《停雲館袖珍樂府》　見《太霞新奏》

《中和樂章》　見《太和正音譜》

《明朝樂章》　見《南詞定律》

以上元十六種、明三十五種，皆專門曲選。如明人《情籟》等書，詞與曲兼選者，尚不與焉。惟未經考見之本，是否純爲曲選，純爲散曲選本，亦多未敢言定。所列之中，殘元本《陽春白雪》現存者祇二卷，全書若干卷失考。然即此二卷中，已有一百十一首曲爲十卷本所無者。則二種雖名目同，選者同，似亦未能認爲一書，故分列之也。《樂府羣玉》、《樂府羣珠》疑皆爲胡存善所編，因《録鬼簿》之敘存善有曰，“至於《羣玉》、《羣珠》①，裒集諸公所作，編次有倫”，此數語不無線索也。《中州元氣》内兼有古樂府，見萬曆三十三年《内閣書目》。《詞林逸響》有風、花、雪、月四卷，惟風、花二卷爲散曲，餘非。又《南北宫詞》十八卷，錢、倪兩家《元史藝文志》皆列之。但南曲雖始於元末，而南北分宫，並立對峙，則自明始，此書疑仍爲明人所纂。《南北宫詞紀年》一卷，疑即《南宫詞紀》、《北宫詞紀》各六卷，“年一”兩字乃“十二”兩字之訛，因南北詞中，實無紀年體裁之可用也。又《脈望》、《千頃》兩書目所列，凡有在選集、别集疑似之間者，兹概列入下文之别集中。

---

① 今校：天一閣藏鈔本《録鬼簿》“羣珠”作“叢珠”。

乙 別集

元

《喬夢符小令》一卷 喬吉 明李開先輯 隆慶元年刊
《文湖州集詞》一卷 喬吉 鈔本
《張小山北曲聯樂府》三卷《外集》一卷 張可久 影寫元刊本
《蘇隄漁唱》一卷《附録》一卷 前人 清道光刊
《詩酒餘音》 曾瑞 以下見《録鬼簿》
《本道齋樂府小稿》 吴本世
《金縷新聲》 吴仁卿
《醉邊餘興》 錢霖
《九山樂府》 顧德潤
《昇平樂府》 朱凱
《月湖今樂府》 周月湖 以下見《楊鐵崖文集》
《沈氏今樂府》 沈子厚
《雙溪醉隱樂府》十二册 耶律鑄 見《内閣書目》
《雲莊休居自適小樂府》一卷 張養浩 以下見《千頃堂書目》
《小隱餘音》一卷 汪元亨
《雲林清賞》一卷 前人
《睢景臣詞》一卷 睢景臣 見《揚州府志》
《樂府》一卷 馮華 以下見金門詔《補遼金元三史藝文志》
《浹漈餘聲樂府》一卷 鄭杓次

明

《誠齋樂府》二卷 周憲王有燉 宣德九年刊
《寫情集》二卷 常倫 正德刊
《沜東樂府》二卷 康海 嘉靖三年刊
《碧山樂府》一卷 王九思 嘉靖十二年刊
《王西樓先生樂府》一卷 王磐 嘉靖三十年刊
《陶情樂府》四卷 楊慎 嘉靖三十年刊
《楊升庵夫人詞曲》五卷 楊慎妻黄氏 徐渭編訂本 嘉靖刊

《柏齋何先生樂府》一卷　何瑭　嘉靖三十年刊
《南曲次韻》一卷　李開先王九思　嘉靖三十年刊
《江東白苧》四卷　梁辰魚　嘉靖刊
《海浮山堂詞稿》四卷　馮惟敏　嘉靖四十五年刊
《詞臠》一卷　劉效祖　康熙九年刊
《蕭爽齋樂府》一卷　金鑾　萬曆刊
《鞠通樂府》三卷　沈自晉　明刊本
《花影集》五卷　施紹莘　崇禎刊
《步雪初聲》一卷　張瘦郎　鈔本
《淮海新聲》等一卷　朱應辰等　清末刊
《萬古愁》　歸莊　趙氏又滿樓新刊本
《秋碧軒詞稿》　陳鐸　有新輯本
《唾窗絨》　沈仕　有新輯本
《方諸館樂府》　王驥德　有新輯本
《齒雪餘香》　史槃　以下見《太霞新奏》
《敲月軒詞稿》　張鳳翼
《宛轉歌》　馮夢龍
《新機錦》　祝允明　見徐渭《南詞敘録》。或係傳奇，待考
《情癡寱語》一卷　沈璟　以下見《曲律》
《詞隱新詞》一卷　沈璟
《曲海青冰》二卷　沈璟
《息柯餘韻》　陳鶴
《欸乃篇》　王澹翁
《南峰樂府》一卷　楊循吉　見王聞遠《孝慈堂書目》
《鷗園新曲》　夏言　見《歷代詞人姓氏録》
《林石逸興》十卷　薛論道　見《蒓鱟詞話》
《藍關道曲》一本　見《曲海目》
《博南新聲》　楊慎　見《陶情樂府序》
《清明曲》一卷　陳繼儒　以下見《楝亭書目》
《清江漁譜》一册

《義山樂府》一卷　以下見《也是園書目》

《清溪樂府》一卷

《缶歌》一卷

《閑情雜擬》一卷

《御製樂府》一卷　宣宗　以下見《千頃堂書目》

《蓮詞》二卷　遼簡王植

《和樂餘音》十卷　徽莊王見沛

《秋江詞》　唐恭王彌鉺

《樂府》　承休王彌鋠

《三徑詞》一卷　樊山王載埁

《夢玩仙閣》一卷

《神覽滄溟》一卷　以上二種新樂王載璽　或係劇曲，待考

《唾窗絨》　遼王恩鑇　見錢希言《遼邸紀聞》

《崇雅堂樂府》一卷　顧應祥　以下見《千頃堂書目》

《貽拙堂樂府》二卷　盛鸞

《空中語》一卷

《短柱效顰》一卷

《閑中一笑》一卷

《裁冰翦雪》一卷

《都邑繁華》一卷

《蓮步新聲》一卷

《良辰樂事》一卷

《混俗陶情》一卷　以上八種劉效祖

《笑詞》一卷　屠本畯

《歸田詞》一卷　王衡

《近體樂府》一卷　俞彦

《陌花軒小詞》一卷　黄方蔭

《溪上閑情》一卷　張四維

《蚓竅清娱》一卷

《閶簷□笑》一卷　以上二種陶輔

《梨雲寄傲》一卷
《滑稽餘音》二卷　以上二種陳鐸
《王雪齋稿》　王雪齋
《月香亭稿》一卷
《松林暢懷詞》二卷　郭豸
《龍廣山人小令》　司馬泰
《東村樂府》二卷　謝九睿
《西野老人樂府》　袁崇冕
《李中麓樂府》□卷
《中麓小令》　以上二種李開先
《王舜耕詞》二卷　王田
《小隱樂農集》　南溪散人
《喬龍溪詞》　喬龍溪
《醉鄉小稿》　高筆峰
《煙霞小稿》　蘇雪蓑
《梧院填詞》一卷　陳元朋
《濠上齋樂府》一卷
《蘿月齋樂府》一卷
《泰然亭樂府》　李先芳
《三餘樂事》二本　以下見《脈望館書目》
《三餘樂事摘錦》一本　或爲選集，待考
《海底眼》一本
《審齋樂府》一本
《歸田南北小令》一本
《苑洛餘音》一本　韓邦奇
《吟囊覽》一本
《金縷集》等一本
《可雪遺稿》一本
《聽雨齋小詞》一本
《填詞》一本

《月香小詞》　與上文選集之《精選樂府》合訂一本

《擬樂府》二本　皇甫百泉

《詅癡符》一本

《樂府餘音》一本　楊慎

《睹墅餘音》　沈自晉　見《鞠通樂府序》

清

《自怡軒樂府》四卷　許寶善　乾隆癸丑刊

《紅豆曲》一卷　王維新　新刊本

《香消酒醒曲》一卷　趙慶熺　道光刊

《養默山房散套》一卷　謝元淮　道光刊

《櫻桃花下銀簫譜》　沈清瑞　刊本

以上元十九種，明一百零二種，清五種，大抵專門曲集，或與詩詞集合刻，並非詩詞卷中之附載也。至於詩詞卷中附載之曲，如元人李齊賢《益齋亂稿》之詞曲、沈禧《竹窗詞》之樂府、明人蜀成王讓栩《長春競辰餘稿》之擬元人樂府、李禎《僑庵詩餘》之北樂府、瞿吉《樂府遺音》之北曲、俞琬倫《自娱集》之詞餘、王與端《栩齋集》之詞曲、魏荔彤《懷舫集》之雜曲等，皆不與焉。清人散曲，則專集特少，而爲詩文詞集後之附載者居多。如沈謙《東江別集》之南北曲、朱彝尊《曝書亭集》之葉兒樂府、陳維嵋《亦山草堂集》之南曲、厲鶚《樊榭山房集》之北樂府、吴綺《林蕙堂集》之填詞、尤侗《西堂雜俎》之百末詞餘、蔣士銓《忠雅堂集》之南北曲、吴錫麒《有正味齋集》之南北曲、劉熙載《昨非集》之附曲、許光治《江山風月譜》之散曲、楊恩壽《坦園叢書》之詞餘等，殆難備舉。曩曾有清人散曲雜鈔數册，已羅致者四十餘家，不過其什一耳。

元人專集，散佚最多。如喬吉詠西湖〔梧葉兒〕百首、李顯卿作〔賺煞〕四百篇等，見《録鬼簿》；其尤著者，即馬致遠東籬、徐再思甜齋、貫雲石酸齋等人之作，今散見於諸選本者，尚各近百首。則當時諸家未必無彙稿，有彙稿未必僅此數。可以想見，曩輯元初四家散曲關白馬鄭、《酸甜樂府》等帙，雖有意綴拾叢殘，顯揚幽晦，而涉獵未廣，蒐採無多，終未足以盡酬所志也。

明人專集，上文所列已多，足見明人於此業之勤。此外尚有心知其書而難舉其名，無從列入者，如《曲律》載葉憲祖翻古樂府各篇爲今樂府，吕天成曾梓行之，而不知原書之名，目中遂無從列出，是其例也。再《千頃》《脈望》兩家書目詞曲部所列，雖曲多詞少，而詞曲諸書，實混雜一起，未加分别。兹於集名、人名中，明白易辨，確實是詞而非曲者，當然剔除不列；其餘凡在疑似之間者，則已一並列入。其中難保無純粹詞集之誤收，或詞曲合集之混雜，尚待考證删除也。但如《千頃》目内有林廷玉《南澗詩餘》，既曰"詩餘"，應從擯却；而林氏頗有小曲，見於《堯山堂外紀》等書内，或並附見於此所謂"詩餘"之卷中，亦未可知。足見祇憑名目，臆斷内容，每每進退失據，難於盡確耳。又《脈望》目内有《勾欄》一本，或係記述一時勾欄演劇情形之書，或係劇曲脚本之總集，不類散曲集名，故未列入。

至於專門評論散曲之書，自來無之。元周德清《中原音韻》後附有"作詞十法"，乃專爲北曲之散曲而發者。餘則前人曲論、曲話之中，間或及之，無專名可舉也。

名稱第三

"散曲"兩字，自來對劇曲而言。惟普通以爲凡演故事者謂之劇曲，雜劇、傳奇皆是也；凡不演故事者即爲散曲。以余所知，則此種解釋殊非。蓋凡所謂事者，不過包含言與動兩層，而散曲中紀言者有之，紀動者亦有之，紀言兼紀動者亦有之。詳下節體段。倘謂内容演故事者即非散曲，斷乎不可矣。特散曲所紀之言、動，畢竟爲零碎片段者，且無科白。科白者，散文也；曲，韻文也。若純以韻文紀事，而又必其有首有尾，於勢實難。劇曲紀事，必具首尾，故不能離科白。散曲紀事之所謂"紀"，終屬描寫居多，而敘述有限，故亦不須科白也。然則欲爲散曲下一定義，或者曰，凡不須有科白之曲謂之散曲，當較爲妥貼矣。至於本爲雜劇中有科白之套曲，而選者削其科白，僅登曲文，如《詞林摘豔》、《雍熙樂府》等書所載者，當然不能誤認也。

據此所列定義，統屬於散曲之下者有散套與小令兩種。"散套"兩字，對劇曲中不散之套而言；“小令”兩字，對套曲體製較大者而言。散曲爲總名，散套及小令爲分别之名，此原則也。惟明周憲王有燉著《誠齋樂府》二卷，後卷題曰套數，前卷題曰散曲；而按其内容，則前、後卷皆普通所謂散曲，前卷所載，小令而已。是乃又以散曲二字與套數相對而稱，不成套之謂散，蓋例外也。且此處“套數”二字，亦是借稱，本來應稱散套，特此項借稱，已極習慣，套數不啻即爲散套之别名矣。

散曲名稱之可述者，原不過如此而已。乃元燕南芝庵論曲有曰：“成文章者曰‘樂府’①，有尾聲名‘套數’，時行小令唤‘葉兒’。套數當有樂府氣味，樂府不可似套數。此“套數”二字乃衍文，當删。街市小令，唱尖新倩意。”“倩”一作“茜”，俱未明其用意。或者因街市小令衹取聲調尖新，足令俗耳美聽，故曰“倩意”也。作“茜”者或誤。周德清《中原音韻》又繼之曰：“樂府、小令兩途，樂府語可入小令，小令語不可入樂府。”明王驥德《曲律》論“小令”一節，又釋周氏之語曰：“周氏謂樂府、小令兩途，樂府語可入小令，小令語不可入樂府。未必其然。渠所謂小令，蓋市井所唱小曲也。”徐充《暖姝由筆》又曰：“有白有唱者名‘雜劇’，用絃索者名‘套數’，扮演戲文，跳而不唱者名‘院本’。”張旭初《吴騷合編》凡例又曰：“《南詞韻選》及《遴奇振雅》諸俗刻所載清曲，大略雷同。中略。清曲中圖像，自《吴騷》始下略。”觀於以上五家所言，是於前列散曲之四名以外，又添樂府、葉兒、清曲三名。而所謂套數者，其意義範圍，又與前不同；所謂小令者，本意之外，又有别意。皆不可不一辨也。兹爲賅括簡明起見，將各種名目，一一條訂如下：

一　散曲　甲本意，乃無科白相聯貫之謂散，對有科白之劇曲而言，分散套與小令兩種。乙别意，即小令也，不聯絡成套之謂散，對套曲而言。

二　樂府　原爲一切詩歌之叶樂者，在曲則無論劇曲、散曲，皆包含在内。但元明以後論曲者多用以指散曲，表示其曲曾經文學上之陶冶而後始成者，所以能入樂府，充一代雅樂之辭，與尋常街市中之俚歌不同也。

---

①　今校：楊朝英《陽春白雪》附載本《唱論》無“者”字。

三　清曲　爲散曲之别名。因唱散曲合用清唱之法，故名。清唱之清，乃不用鑼鼓之謂；清曲之清，乃合用清唱而又無賓白之謂。

四　散套　爲散曲之一種。各套獨立而不聯貫之謂散，對於劇曲中有聯絡之套而言。

五　套數　甲本意，乃多曲相聯，而有首有尾者。兼包劇曲之套與散曲之套。因必以套計數，曰一套兩套等，故名。乙别意，即散套。

六　大令　即散套。此名惟馮惟敏《海浮山堂詞稿》内用之。

七　小令　甲本意，乃散曲之一種，體製較爲短小，對於成套之曲而言，與詞中所謂五十字以内之小令不同。乙别意，乃街市俚歌，雖亦合樂可唱，但其辭未經文學上之陶冶。

八　葉兒　即小令。小令中在元時風行之調，又别名葉兒。其稱"葉兒樂府"者，始於清朱彝尊，實不妥。

據此八種名義，然後知芝庵論曲中所謂"套數"，皆指其本意也；所謂"時行小令"之"小令"，亦本意也；所謂"街市小令"之"小令"，則别意也。《中原音韻》所謂"小令"，亦别意也。《中原音韻》評于志能曲曰："此乃張打油乞化出門語也，敢曰樂府？"是可證明樂府確係與俚歌對立之名稱也。王驥德《曲律》論套數曰："套數之曲，元人謂之樂府。"《九宫譜定總論》曾引其語。將"樂府"兩字範圍看得太小，殊非。

明魏良輔《曲律》曰："清唱，俗語謂之'冷板凳'，不比戲場藉鑼鼓之勢，全要閑雅整肅，清俊温潤下略。"清李斗《揚州畫舫録》亦曰："清唱以笙笛、鼓板、三絃爲場面。"又曰："清唱鼓板與戲曲異。戲曲緊，清唱緩；戲曲以打身段下金鑼爲難，清唱無是苦，而有生熟口之别。"據此，清唱之意，原爲唱而不演，不用鑼鼓，場面清静也。至於其所唱者，仍爲有賓白之劇曲，特唱時或者省去賓白耳。按之散曲，本無場面可言，笛與鼓板已足，本無須乎鑼鼓，正合充清唱之資料。故自來清唱所唱，雖不必其爲散曲，而唱散曲者固無不用清唱也。於是由清唱之名，乃遞生清曲之名。而所謂"清"者，亦遞變爲無賓白之意矣。

《暖姝由筆》所謂"套數"，乃别意也。其所訂之三名，於義實爲互見。曰"用絃索者"，乃謂單唱曲文，既無説白，又無扮演也。因説白與表演身段時，皆無須乎絃索。此其義實兼含清唱之所謂"清"，與清曲之所謂“清”。結果乃定明所謂套數者即散套也。

總之,前人書中稱散套處,固必爲散曲。即稱葉兒,稱清曲處,亦無不爲散曲也。稱樂府,稱套數處,僅有時爲散曲。而稱小令處,於最少機會,且並非曲,爲俚歌。更無論散曲矣。

體段第四

散曲雖大别爲散套與小令兩類,而體段由短至長,形式性情,種種不一。兹先表列其名類,而後一一略予説明。

- 散曲
  - 小令
    - 不演故事者
      - 尋常小令
      - 摘調……………………………猶詞中摘遍
      - 帶過曲……………北曲爲盛
        - 北帶北
        - 南帶南
        - 南北兼帶
      - 集曲……………………………南曲爲盛
      - 重頭……………………………兩首以上
    - 演故事者
      - 同調重頭………………………多至百首
      - 異調間列………………………問答體
  - 散套
    - 有尾聲者
      - 尋常散套
        - 南北分套
        - 南北合套
      - 重頭加尾聲
    - 無尾聲者
      - 尋常散套無尾聲
      - 重頭無尾聲

一　散套與小令之分　芝庵論曲所謂“有尾聲名‘套數’”,乃通常之情形也。元曲散套,已多無尾聲者;詳下文十。明時散套,更不待言矣。夫套曲之普通情形,本來有三:甲,至少二首以上同宫調之曲牌相聯;乙,有尾聲;丙,首尾一韻。詳下文九。此三點中,自小令有重頭之一體,而後無論南北。所謂甲,已不必散套爲然矣;而乙又無論南北,都往往不然;是所餘南北套曲之規模,始終不渝者,惟有丙耳。故散套與小令間,若嚴爲剖别,其異處並不在一大一小,一短一長,一單一複,一有尾而一無尾。惟論小令，則無論單複，都可以首各爲韻；帶過曲之數調相連，衹算一首。論散套，則無論短長，全套要必叶一韻。斯乃二者顛撲不破之分别也。故檢古人之作，前後數曲若用韻偶同者，雖不必其爲一套，但前後數曲若叶韻既已不同，則絶無再認爲套曲之理矣。此種《雍熙樂府》卷十六内甚多。如《吴騷合編》等書，又慣將前人四首或六首小令之題旨彷彿者，强爲聯成一套，而分别注明其用韻，混亂體例，割裂成文，毫無足取。

二　尋常小令　此指單闋之曲而言，爲散曲中之至簡者，亦即曲中之至簡者。其體段與詩之一首、詞之一闋相當，而其體制則尤較爲簡。蓋曲中小令，一首中一韻到底，不若詩詞之常常换韻，且曲經换頭，大抵便可分離另立矣。既屬至簡，即認此一體爲曲中之單位，亦無不可。

三　摘調　此指套曲中之一二調精粹者，從全套内摘出，作爲小令，本來非小令也。自來套曲文字，多敷泛之詞，其精粹部分，每每僅在尾聲。顧尾聲非可單獨摘出，以供傳唱者，選家雖欲割而取之，實不可能。然精粹部分倘並不在尾聲，且所在之調又可單獨傳唱，作爲小令者，則讀者爲愛惜文字計，乃不妨刊落其餘，獨存此調矣。此種事實，在前人選本中必甚多，惜因未曾注明某首小令摘自某套，便覺難於考見。但吾人尋常在小令中，如發現有用調奇特，非一般小令所慣用，而在普通套曲内反極常見者，則十九必爲此種摘調之體也。更如《中原音韻》之“作詞十法”後，附有定格四十首，其中有〔雁兒落帶得勝令〕詠指甲者，周氏於題下注一“摘”字，其意云何？即謂此首本非小令，是從一套曲内摘出者耳。此套全文待考。又“作詞十法”中第四法“用字”條有曰：“套數中可摘爲樂府者能幾？”此語又可證明王驥德以爲套數之曲元人謂之“樂府”實誤。據此，所謂摘調一種辦法，元人固確有之，特不甚著耳。按詞中大曲，多者有二十餘遍，體段之長，超過曲中長套。宋時爲便於歌唱起見，對於此種冗長之大曲，久有摘遍之辦法。即就大曲之若干遍中，摘取其聲音美聽，且可單獨傳唱，起結無礙之一遍，作爲慢曲，如〔泛清波摘遍〕、〔熙州摘遍〕等是也。夫詞中摘大曲之遍而爲慢曲，曲中則摘套曲之調而爲小令。二者固情勢相當而意趣相類。兹於散曲中别立此摘調之一體，實非無知妄作，或自我作古也。

四　帶過曲　帶過曲初僅北曲小令中有之，後來南曲内與南北合套内亦偶爾仿用。即作者填一調畢，意猶未盡，再續拈一他調，而此兩調之間，音律又適能銜接也。倘兩調尤嫌不足，可以三之，但到三調爲止，不能再增，若再欲有增，則進而改作套曲可。如明康海《沜東樂府》内有四曲兼帶者，殊非元人之制矣。此體前人竟有不了解者。以《九宫大成譜》之博，而編者亦不知散曲中有此一體，見該譜六十五卷〔雁兒落帶得勝令〕注文中。怪矣。

"帶過"二字，或連用，或任用其一，或用兼字，或稱兼帶。有北帶過北者，有南帶過南者，有南北兼帶者。其調皆詳見下文"用"調一節中。

又北曲中如劉伯亨散套，有雙調〔沙子兒攤破清江引〕、〔農樂歌兼破雁兒落〕、〔二犯白苧歌〕等，祇取材於二三調中，但並非二三全調之相聯，仿佛南曲中之集曲，是帶過曲之類似集曲者，又一種也。

五　集曲　集曲猶詞中之犯與攤破，專屬於南，可與北之帶過曲相當，而内容絶異。蓋帶過曲乃許多整個之調相連續，其名亦即用各調原名相連；集曲，則擷取各調之零碎句法相連續而另爲定一新名。如《雍熙樂府》所載〔集賢賓〕〔太平年〕云云之南北合套中，有〔北元和令〕〔上馬嬌〕〔勝葫蘆〕三調相帶過，而别立新名曰〔元和上馬勝〕，儼然南集曲之情形；但又各調全用，絶非集曲，此實爲自來北曲中或南北合套中所絶無而僅有者，不足爲據。且此種亦並不能與前述劉伯亨散套中帶過曲之類集曲者作同例看也。自南曲由元音而漸至崑腔，傳奇家於全部傳奇之數十齣中，不欲複用同調，始稱當行，於是此等集曲乃盛行。梁辰魚或竟爲首創之人，《江東白苧》集中所載〔九疑山〕、〔巫山十二峰〕等，視其名似仍爲一單調，而實則有九調十二調之句法，參雜其中也。集曲最長者莫如三十腔，乃於三十枝不同之調中，擷取句法，連綴而成。且其取調有時並及尾聲，或竟用尾聲全部以爲殿，則更覺非套非令，非驢非馬。元人體製，至此蕩然，無一毫留存矣。夫論聲音，集曲多細腔贈板，自足闡發崑腔妙處；若論體格，則完全出於捏湊。因而其文字亦大抵餖飣，讀之但見陳言泛語，味同嚼蠟者居多。若豪情勝概，固難以言；即首尾一貫，不支不複者，亦鮮見也。吾每謂，曲中轉變至於崑腔之集曲，不能聲文並茂、詞樂兼諧，實爲大憾。在傳奇中，有情節、賓白及前後部分，互相襯搭，猶不嫌其如此；若散曲中，詳考前人製作、文章方面，集曲直無立足餘地。《江東白苧》一書，自來矜爲此中典重，至張旭初於《吴騷合編》中，且推爲曲中之聖，無乃太過歟。

《江東白苧》中有中吕入雙調〔楚江情帶金字經〕一調。按〔楚江情〕乃集〔香羅帶〕〔皂羅袍〕〔一江風〕三調中各數句而成者，初名〔羅江怨〕，後名〔楚江情〕。今以〔楚江情〕帶〔金字經〕，是以集曲帶尋常小令也，較之二三調尋常小令之互帶者，又複雜一層矣。

六　重頭　重頭者，頭尾悉同之調一再重複用之之謂也。曲中應用此名，始見於徐渭所編之《楊升庵夫人詞曲》内。而其體則元人自來即有之，有類詩詞中之聯章，並不奇也。晏殊詞有“重頭歌韻響琤琮”之句。《中山詩話》但云：“重頭入破，皆絃管家語。”而其説不詳，大約詞中前後闋完全相同者謂之重頭，起頭數句前後不相同者謂之换頭。曲中於前後數首重同一調者，亦稱重頭，蓋借用耳。此名甚古，則可斷言，惟未暇詳考。重頭重複之次數多寡，全無一定，至少兩首，漸加而四首、六首、八首、十首，都無不可；即成單數，作三首、五首等，亦從來無禁文也。重頭之至多者，莫如李開先之百闋〔傍妝臺〕，王九思和之，各重至一百首。兩種合刻，名《南曲次韻》。他如下文所引之《摘翠百詠》，亦〔小桃紅〕之百首重頭也。重頭與帶過曲較，形式不同者有二：一，帶過曲至多三調相帶過，重頭多寡無定，至多有百闋者；二，帶過曲乃異調各一首相帶過，重頭則同調若干首相重複也。至於性質不同者亦有二：帶過曲數調帶過即當認爲一闋，重頭之一調多闋重複，每闋仍各算一首。前者既爲一首，故一韻，後者既爲多首，故可首各一韻也；再則每首帶過曲僅一題，而重頭可以每闋一題。如元張可久〔賣花聲〕四首重頭，總題爲“四時行樂”，而各首分題則爲春、夏、秋、冬，且春叶歡桓，夏叶江陽，秋叶庚亭，冬叶支時，闋各一韻，亦闋各一詠也。然二者性質，亦有一大處相同者：則皆爲尋常小令與散套之過渡體也。故南曲中兩調或四調之重頭，即可成爲一套。詳下文十一、十二兩節。此種套曲中重頭，與尋常小令中重頭之分别，即在一韻與不一韻耳。

七　同調重頭演故事之小令　據上文，重頭無不同調者，兹曰同調云云者，對下一種異調間列者而言也。既欲演故事，則故事必有情節，往往非一調所能盡，其必借重重頭，本無待言。如《雍熙樂府》十九卷所載西厢十詠，以十首〔滿庭芳〕分詠張生、鶯鶯、紅娘、夫人、法聰、杜確、鄭恒、孫虎及《西厢記》作者關漢卿、王實甫，共十人，並不紀事，是不過爲尋常之重頭耳。尚非此一種也，至同卷又載《摘翠百詠小春秋》，用〔小桃紅〕一百首，從張生離洛陽敘起，直至崔張團圓，一同赴官爲止。倘謂之劇曲，則無科白；倘謂之散套，則又調各爲韻，且爲北曲，而無尾聲；倘謂之尋常重頭，則内容敘演故事。故不得不爲别立名目，曰"同調重頭演故事"者也。原文每首皆有標題，如"生離洛陽"、"鶯和生詩"、"夫人許親"、"惠明發怒"等等，但此又與尋常重頭之分題，不容作一例觀，亦正以其内容爲敘演故事者。兹摘錄百首之八，以概其餘。

摘翠百詠小春秋此七字爲《雍熙樂府》目録内所標。以下所録，概依卷内原式。

小桃紅　西厢百詠此爲卷内百首之前所標。

五十九　事聞夫人

清白相國重當朝，這妮子先不肖。潑賤奴才聽他調，往來挑，誰知養下家生哨。把咱氣倒，等他來到，粗棍打折腰。

六十　紅行鶯囑

若還你到母親前，見責休埋怨。款裹慢把良言勸，問根源，覷些喜怒承機變。望姐姐可憐，替説些方便，善爲我辭焉。

六十一　夫人詰紅

叮嚀行坐守閨房，誰料你將心放。夜静更深没攔當，小花娘，勾引小姐同胡創。有何勾當，因甚狂蕩，實與我説行藏。

六十二　紅娘受責

家翻宅亂鬧啾啾，諕的我難開口。惱犯尊顔怎收救，没來由，自家攬得愁來受。雨點似棍抽，火急般追究，做媒的下場頭。

六十三　紅答夫人

既然奶奶問根苗，只索從頭道。當日寺中解危鬧，那功勞，至今一向何曾報。俺姐姐意好，怕哥哥心惱，因此效鳳鸞交。

六十四　鶯鶯自念

這場煩惱怎周折，老母尋枝節。暗箭連珠把人射，枉咨嗟，兢兢戰戰心喬怯。臉兒羞怎遮，懷兒愁怎卸，有甚話兒説。

六十五　紅勸夫人

尊前敢掉巧舌頭，有事當窮究。看了張生那清秀，本風流，胸中志氣沖牛斗。與姐姐既有，望奶奶將就，結末了燕鶯儔。

六十六　夫人允諾

養女從來氣不長，惱得我魂飛蕩。家醜不可外談揚，這一場，吞聲忍氣難和他講①。沉吟了半晌，你説的言當，何必再商量。

通體以詞紀言，以題紀事；通體遂有脈絡，遂成穿插。其格頗爲新奇。姚華《菉猗室曲話》曾引全詞，謂〔小桃紅〕亦南詞。絶非。又謂其製題頗開《南西厢》之先。實則其全篇内四字題目，别有作用耳。夫同一崔張事迹，趙令畤先以十首〔蝶戀花〕詞檃括之，此繼以百首〔小桃紅〕曲檃括之。雖二者之爲詞曲異，爲十百異，所以檃括之法異；而爲聯單調以演故事，固二者之所同也。且在詞爲大曲聯套之緒餘，在曲爲雜劇省白之别調，亦足資詞曲間之參互比較矣。

"摘翠"乃摘取精粹之意，"小春秋"猶謂小西厢也。宫天挺《范張鷄黍》劇内演王仲略云："小生不曾讀《春秋》，敢是《西厢記》。"此白若非臧懋循所增，則元人已以《西厢》爲《春秋》矣。明單宇《菊坡叢話》云："《西厢記》人稱爲《春秋》。或云曲衹有春秋，而無冬夏，故名②。"如張羽之序董《西厢》，其中稱關漢卿續本即曰"關氏春秋"，可見《西厢》本有"春秋"之稱。所謂"小春秋"者，其用意固甚明也。姚華論其文字，謂"用韻遣辭，可斷爲元曲"，大概可信。所惜者舍此以外，此體便别無他例足資參證耳。

八　異調間列演故事之小令　元鍾嗣成《録鬼簿》曰："王曄，字日華，杭州人。體豐肥而善滑稽，能詞章樂府。臨風對月之際，所製工巧。有與朱士凱題《雙漸小青問答》，人多稱賞。"此所謂《雙漸小青問答》者，嚮不知爲何體，及見《樂府羣玉》，載《問答》全部，乃知亦散曲中小令之

① 今校：嘉靖四十五年刻本《雍熙樂府》，"講"作"强"。

② 今校：此語不見於明成化刻本《菊坡叢話》，而見於明萬曆刻本李詡撰《戒庵老人漫筆》。

别體耳。《羣玉》一書，通本皆選小令，無一套曲，是不獨爲元人選本中所絶無僅有，即有明一代，號爲鼓吹風雅，冗編濫選，充實一時者，亦未見有獨張小令之書也。夫《羣玉》體例既彰明如此，今《問答》全部悉載其中，其爲小令而非他體，應無疑矣。明鈔本《羣玉》卷二所載之最後一家即爲《王日華樂府》，又小字注曰"錢塘南齋"，蓋王氏號南齋也。其次一行題〔慶東原〕，小字注曰："《風月所舉問汝陽記》，自黄肇退狀至議擬，凡計一十六首。"此所謂《風月所舉問汝陽記》者，必爲一雜劇名目。歷考元明以來紀劇之書，皆無載此名者，可據以補前書之遺也。而兹十六首問答之辭，即檃括劇中所有自退狀至擬議之一段情節也。十六首之調名、題目與用韻，具録如下：

慶東原　黄肇退狀天田　天香引　問蘇卿庚亭　答真文

鳳引雛　再問庚亭　答天田　淩波仙　駁天田　招天田

天香引　問馮魁江陽　淩波仙　答蕭豪

天香引　問雙漸江陽　淩波仙　答庚亭

天香引　問黄肇姑模　淩波仙　答家麻

天香引　問蘇媽媽天田　淩波仙　答蕭豪　議擬庚亭

據上所列，十六首既無尾聲，又不同韻，則不得謂之套曲。既用〔慶東原〕、〔天香引〕、〔鳳引雛〕、〔淩波仙〕四調，則不得謂之同調重頭。四調之於十六首，占數既不均匀，排列又甚錯綜，故此處謂之異調間列。十六首中，除一起一結外，餘則七問七答而已，故又謂之問答體也。所謂"舉問"者，即舉發審問之意；"退狀"者，即原告撤回訴狀；"議擬"者，即判決也。"雙漸小青"事，元曲中播詠甚盛，僅亞於崔張而已。王曄之文字亦不惡，兹摘録六首，以明其體制。

〔鳳引雛〕再問　此調即〔殿前歡〕

小蘇卿，言詞道不實誠。江茶詩句相兼併，那件著情。休葫蘆提面面應，相傒倖，端的接誰紅定。休教勘問，便索招承。

又答

滿懷冤，被馮魁掩撲了麗春園。江茶萬引誰情願，聽妾明言。多情小解元，休埋怨，俺違不過親娘面。一時間不是，誤走上茶船。

中略

〔天香引〕問馮魁

馮魁嗏你自尋思,這樣嬌姿,效了琴瑟。不用紅娘,只留紅定,便繫紅絲。量你啊是甚麽風流浪子,怎消得多情的俊俏猱兒。供吐實詞,説了緣由,辨個妍媸。

〔淩波仙〕答

黄金鑄就劈閑刀,茶引糊成剗怪鍬,廬山鳳髓三千號。倍酥油儘力攪,雙通叔你自才學。我揣與娘通行鈔,他接了咱傳世寶,看誰能够鳳友鸞交。中略

〔天香引〕問蘇媽媽

蘇婆婆常只是熬煎,臨逼得孩兒,一迷地胡掮。使會虚脾,著些甜唾,引起頑涎。用力的從教氣喘,著昏的一任頭旋。只爲貪錢,將個嬋娟,賣上茶船。

〔淩波仙〕答

有錢問甚紙糊鍬,没鈔由他古定刀,是誰俊俏誰村拗。俺老人家不性索,馮員外將響鈔遞著。雙生啊休乾鬧,黄肇啊且莫焦,價高的俺便成交。下略

異調間列之例,亦惟見有此組。其體既重在問答,可以謂之紀言者。前一種同調重頭,則言語、動作兼紀者。觀於此,演故事之不僅於劇曲,散曲中亦有之,更無疑矣。又尋常小令中如孫周卿〔蟾宫曲〕《題琵琶亭》云:

到潯陽夜泊星槎,送客江頭,忽聽琵琶。下馬維舟,迴燈借問,何處人家。妾本是京師館娃,嫁商人淪落天涯。再轉龍牙,細撥輕爬,聲裂檀槽,月滿蘆花。

見樂天細問根芽,襟搭鮫綃,玉笋籠紗。家住長安,十三學樂,髻綰雙鴉。今老却朝雲暮霞,再休提秋月春花。自歎咱家,兩鬢霜華,有錦難纏,淚濕琵琶。

言語、動作,亦復兼紀,亦可謂爲演故事者。故散曲之演故事,實甚平常,且不僅以上所述兩種體制而已,是亦不可不省耳。

九　南北分套

南北分套,本無此名,此特對下列一種南北合套而言,假設如此耳。

兹分别論之。

甲　套曲普通情形　套曲之組成，普通有三種情形。

一，至少二首同宫調之曲牌相聯，若宫調雖異，而管色相同者，亦可互借入套。但北曲中小令之專用牌調，詳下文“用調”一章。及南曲中特殊數調，如仙吕中〔美中美〕、〔油核桃〕之與〔醉羅歌〕、〔醉花雲〕，越調中〔下山虎〕、〔五韻美〕之與〔包子令〕、〔撲頭錢〕等則雖宫調、管色俱同，亦不能聯套也。最長之套，如元劉致上高監司〔正宫·端正好〕套，有三十四調之多。

二，有尾聲，以示全套之樂已闋。

三，全套首尾一韻，此層最緊要。

乙　南北套之異同

四，北散套應發生在北劇套之前，二者無大區别，惟劇套體製較之散套，進而稍繁耳。南散套應發生於南劇套之後，因傳奇齣數較多，所謂排場，各種不一，其曲套情形，亦遂繁夥，而與散曲之套多異矣。

五，南套全部分爲引子、過曲、尾聲三部分，甚顯著；北套於尾聲以外，無可分劃。又南有賺曲一種，以調節或聯絡前後調之板拍；北雖間亦有之，而不顯著。

六，北套借宫之風極盛，有全套連尾不過五六調，而借他宫之調多至四五闋者；南套不然。間有如楊慎《陶情樂府》内〔正宫·錦纏道〕《春月懷蕭楚雲》套，全套除引子與尾外，祇餘三調，乃兩借南吕，一借仙吕，借宫之多，正與北曲情形無異，但極少見。

七，北套尾聲，繁簡長短不一，每與他調混合爲一體，如〔後庭花煞〕、〔好觀音煞〕等是。且其煞尾之部分，有非常之長，非一調所能盡，乃分若干段以盡之者，如〔十三煞〕、〔十煞〕、〔七煞〕等。無論劇套、散套中，皆數見不鮮者也。南尾聲則極簡單，句法平仄，雖隨宫調而異，詳沈璟《南曲譜》。但大抵十二板，故尾聲又名〔十二時〕。又北尾聲亦稱煞、尾、煞尾、收尾、結音、慶餘，南尾聲亦稱餘音、餘文、意不盡、情不斷、十二拍尾。施紹莘《花影集》中，又有改稱尾聲爲“鳳毛兒”者。

八，南套聯法未失傳，變化更動，作者倘爲知音，猶可自主；若北套中，首尾數曲，雖似一定，而中間各曲，則聯法不詳，作者惟有遵守前人程式而已。

丙南曲情形

此就一般南套略述之。若劇套之排場配搭，具詳近人許之衡《曲律易知》及王季烈《螾廬曲談》等書内。

九，引子不論宫調，每牌亦不必全填，與過曲不同。唱時只點鼓板，不和絃管。散曲更可以不用引子，入手便填過曲。至於過曲之各調相聯，或以其性質爲準，如有贈板細唱者在前，無贈板粗唱者在後，乃最顯著者；或以向來之習慣爲準，在劇套中有排場關係，習慣尤多。

十，南套成因，各種不同。宫調之選定，悲喜剛柔，必按合文字内情，此通例也。此外有因題定套者，如詠八景則成八調之套，詠四時則成四調之套。有自南北合套中抽去北曲而成者，例如《南詞韻選》所載〔中吕·泣顔回〕《薄倖忒情雜》一套，即是抽去北詞者。有集同韻之小令數首而成者。例如《白雪齋集》合李日華、金鑾、沈仕、張鳳翼四人之〔玉芙蓉〕各一首，爲《四時閨思》一套。此外特殊情形尚多，一時難以備舉。

十　南北合套　元鍾嗣成《録鬼簿》云："沈和字和甫，杭州人。能詞翰，善談謔。天性風流，兼明音律，以南北調合腔，自和甫始。"①下略是南北合套由來甚早，有南曲未久之時，元人即創行之矣。蓋北曲每套限一人唱，歌者久以爲苦，南北聲音又各有所偏，宜相調和，二者融合成套，則各捄其弊，得中和之美矣。此種在劇曲與散曲中並行不廢。《曲律易知》舉合套式之七，又謂通行者衹有四。殊不然。查《九宫大成譜》中，仙吕以下十一宫調，各舉南北合套二式，末仙吕入雙調一調内，所舉尤多，凡十二套，合共三十四套。其他各選本中所列，出此三十四式之外者，粗粗計之，尚不下十餘式。是自來合套，究有若干，雖未得其確

① 今校：天一閣藏鈔本《録鬼簿》，"杭州"作"錢塘"，"詞翰"作"辭翰"，"南北調"作"南北詞調"。

數，必在五十以上，而必不止七與四之數，則可斷言者也。

合套規律，要在南北兩調之聲音恰能銜接而和美。在知音者原不妨按律配合，多出新巧；若不知音者則惟有遵從前人常用之成式，不容妄事連綴，多出笑柄也。考以上所云數十式中，普通情形，固是一南一北，相間不亂，其開始或以南起，或以北起，皆可。但有少數亦不盡然者。大抵所用北調中，如有帶過曲在，則雖將二曲相帶過，亦祇作一曲計算，南北合套中所有北曲，用三曲之相帶過者，未見其例。實際上亦已成兩北一南之偏勢矣。此種於《大成譜》所載仙吕入雙調之合套中最多。又如《雍熙樂府》所載〔越調・南繡停針北小桃紅〕一套中，一北之後，繼以二南，又繼以三北。並非帶過曲。《北曲拾遺》所載〔雙調・北錦上花南銷金帳〕一套中，一南之後，繼以二北，又繼以二南，又繼以四北。於此可見合套之中，各調相連，祇要音律和美諧應，亦不必守定一南一北相間之成例也。

十一　重頭加尾聲之套　用一調重頭以成套，南曲中始有之。至簡之北套，有僅一調一煞者，稍長則爲一調、一幺篇、一煞。此一調一幺而加以一煞之局格，不啻即南套中重頭加尾聲之濫觴矣。套中重頭，與小令中之重頭不同。凡調之能爲小令者，即無不可爲小令重頭；至於調之可以聯套者，則不必其皆可重頭加尾而成套也。觀許氏《曲律易知》於“配搭”一節之類别諸調中，有“宜疊用”與“勿疊用”兩種，可以知矣。蓋“宜疊用”者，方可以屢用前腔，加尾成套；“勿疊用”者，必不能如是也。綜許氏所列各宫調曲之宜疊用者，不過四十有六；仙吕五、羽調一、正宫三、大石一、中吕七、南吕五、黄鐘二、越調四、商調四、雙調九、仙吕入雙調五。許氏又謂疊用至六枝成套，在前人所已用者，不過〔鎖南枝〕、〔香柳娘〕、〔懶畫眉〕、〔桂枝香〕數調。此其所述，雖不無脱略，然大概要不過如是也。

重頭成套，本以不加尾聲爲原則，詳下文所以加尾聲者，多因文意方面，必須有幾句結束之語耳。其重頭之數，爲二，爲四，爲六，皆成雙。間有如〔三仙橋〕，用者多作三枝，是特殊者也。

十二　尋常無尾聲之套　套數在元人，輕易無無尾聲者。其無尾聲者，大抵有下列三種情形。甲，所用曲調有特别情形者不用尾。如無名氏《貨郎擔》雜劇，南吕一套〔一枝花〕後，用〔九轉貨郎兒〕，九轉既完，樂遂闋，不用尾，因〔九轉貨郎兒〕爲特製之曲也。乙，用帶過曲作結者則省尾。如喬吉南吕《雜情》套，〔一枝花〕、〔梁州〕之後，用〔駡玉郎感皇恩採茶歌〕之帶過曲，則不用尾。張酷貧《汗衫記》劇，〔雙調・新水令〕套之末，用〔雁兒落得勝令〕之帶過曲，則亦不用尾。丙，所用之末調，可以代替尾聲者，則不再用尾。如商調套曲以〔浪來裹〕結，雙調套曲以〔清江引〕結者，均不用尾。此例甚多。此外劇套中亦有無尾而不得其故者，如無名氏〔罟罟旦〕劇中有〔中吕・粉蝶兒〕套，以〔古竹馬〕結，張國寶〔羅李郎〕劇中有〔雙調・新水令〕套，以〔水仙子〕結等是。又有原文本屬有尾，而傳本脱誤者，如《詞林摘豔》所載白樸《箭射雙鵰》劇，〔中吕・粉蝶兒〕一套無尾，實則有尾而《摘豔》脱之耳。又《北詞廣正譜》雙調載白氏〔喬木查〕套無尾，實亦有尾，而《譜》脱之也。

至於南曲尋常無尾者，在散曲中極少，有之則下列所謂“重頭無尾”者也。

十三　重頭無尾聲之套　重頭無尾聲，惟南曲中有之。沈璟《南曲譜》曰：“一個牌名做二曲，或四曲、六曲、八曲，及兩個牌名各止一二曲者，俱不用尾聲。”此重頭無尾聲立説最早者也。沈氏所云種種，於《曲律易知》等書中得其例皆甚易。惟所謂“兩個牌名各止一曲”者，既非重頭，其形又酷似北曲之帶過曲，其例頗不多見。如梁辰魚《續江東白苧》内所載，中吕入雙調〔攤破金字令〕與〔夜雨打梧桐〕《遇張一兒》①、商調〔黄鶯兒〕與〔簇御林〕《幽蘭》②等是也。

一牌做兩曲、四曲等等，與兩牌各做二曲以成一套者，固可無尾聲；即三牌或四牌各做二曲、四曲不等以成一套者，亦可無尾聲。此三牌四牌之前加用引子者亦有之，是皆在重頭無尾聲之列也。又兩牌之重頭有相間以列者，惟其每牌不止一首，而爲重頭，故亦可無尾聲。其式如引：〔白練序〕〔醉太平〕〔白練序〕〔醉太平〕〔白練序〕〔醉太平〕。除引以外，兩牌各重作三首，而相間以列，並無尾聲，亦遂成套矣。

---

①　今校：此套題作“庚午孟夏望夕遇虞山月客張一兒於虎丘殿堦作”。

②　今校：此套題作“題幽蘭”。

總之，既以一調或諸調重頭以組套，則引與尾之有無，皆可任意焉；特尾聲之無，益爲注目耳。

用調第五

劇套用調甚多，而又不欲重複，故有時搜及冷僻；散套欲便於歌唱，習於句讀，故冷僻不用。南北分套如此，合套亦如此。合套定式，詳於《九宫大成譜》，重頭套用調，詳於《曲律易知》，已如前所言，兹概從略。至於小令之用調，則普通所見，似乎層出不窮，而實際按之，亦無幾也。顧自來未有統計及之者，因於此詳之。

小令用調，大抵以聲音美聽，可以單獨歌唱，不病割裂者爲標準。惟元曲唱法，今已失傳，北曲諸調，在今崑腔中，雖亦有譜可唱，但適成其爲崑腔而已，每調中原腔幸而尚存者，不知究剩幾分之幾。自明初南曲盛行，北調即漸成絶響矣，何論後世。觀何良俊《四友齋叢説》、沈德符《顧曲雜言》等書所紀，可以知之。所用爲小令之諸調，究竟在當時歌唱，如何美聽，除周德清《中原音韻》之"作詞十法"中所言各調平仄陰陽如何爲妙，如何爲尤妙以外，他書無所及也。在南曲中，則習爲小令之諸調，大抵爲腔細婉而板繁密者；即有贈板之曲。尾聲、引子固不能填作小令，即過曲之粗急直率者，小令中亦從來無人援用也。兹分别南北，著録其牌名如次。

一　北曲小令　北曲小令用調，又應分作三種。

甲　小令專用者　此一類見清李玉《北詞廣正譜》各卷目録後，兹彙録之，得五十調，皆不能與他調相連而入套者也。

黄鐘　晝夜樂　人月圓　紅衲襖　賀聖朝

正宫　黑漆弩　甘草子　漢東山

仙吕　錦橙梅　太常引　三番玉樓人

南吕　乾荷葉

中吕　山坡羊　喬捉蛇　鶻打兔　攤破喜春來

大石　百字令　喜梧桐　初生月兒　陽關三疊

小石　青杏兒　天上謡

高平　木蘭花　于飛樂　青玉案

商調　秦樓月　桃花浪　滿堂紅　芭蕉延壽

越調　凭闌人　糖多令

雙調　新時令　十棒鼓　秋江送　大德樂　大德歌　祆神急　楚天遥　青玉案與詩餘同　殿前喜　皂旗兒　枳郎兒　華嚴讚　得勝樂　山丹花　掃晴娘　魚遊春水　驟雨打新荷　河西水仙子　河西六娘子　百字折桂令

以上五十調中，〔太常引〕與〔初生月兒〕二調，李氏《譜》原未列入小令，兹按兩調在套曲中從未用過，故爲補入。〔掃晴娘〕調，李《譜》且未收，兹援〔天上謡〕例兩調同爲明人創作補入。又李《譜》所列，本來尚有南吕之〔金字經〕、商調之〔商調水仙子〕及〔蝶戀花〕、越調之〔小絡絲娘〕、雙調之〔播海令〕〔蟾宫曲〕諸調。兹按〔金字經〕有時借入雙調之套曲中；〔水〕、〔播〕兩調在《譜》中所引之例，已明爲套數中作。〔蝶戀花〕在《譜》中，商調則僅有其名，並無曲文，其名當指詩餘中之〔蝶戀花〕也；雙調所列，則又是套曲，並非小令。〔蟾宫曲〕在元人皆以爲即〔折桂令〕，李氏據一二首字句之小異者，便别爲一調，其實正可不必。〔小絡絲娘〕實即〔絡絲娘〕之末兩句，斷不能獨自成調。而況《譜》中所引之例爲《西厢記》，《西厢記》中又明標爲〔絡絲娘煞尾〕，從來固已無人用作小令；即論其句法，亦絶不成爲小令之調也。凡此種種不合者，兹爲一概删去。再譜中中吕尚有〔齊天樂過紅衫兒〕一調，因明明爲帶過曲，已劃入下文丙種内。

此五十調雖爲小令專用者，乃通常並不習用，習用者惟〔山坡羊〕、〔凭闌人〕、〔大德歌〕三調而已，其次爲〔河西六娘子〕、〔百字折桂令〕，餘外皆屬冷僻。如商調中〔桃花浪〕以下三調，惟賈仲明《金童玉女》雜劇中曾用作附唱之小令，除此直未見有人用過也。

乙　小令套曲兼用者　共六十九調。兹擇其實際習用者三十二調，著圈以别之。

黄鐘　刮地風　出隊子

正宫　塞鴻秋　叨叨令　醉太平　小梁州　六幺遍　白鶴子

仙吕　後庭花　醉扶歸　遊四門　寄生草　醉中天　節節高　金

盞兒　一半兒　憶王孫　賞花時

南吕　金字經　四塊玉　玉交枝　梁州

中吕　滿庭芳　喜春來　醉高歌　紅繡鞋　普天樂　朝天子　上小樓　迎仙客　四邊靜　四换頭　掛枝兒

般涉　耍孩兒

商調　梧葉兒　涼亭樂　醋葫蘆

越調　天淨沙　小桃紅　寨兒令　黄薔薇　雪裏梅

雙調　折桂令　水仙子　慶東原　駐馬聽　撥不斷　清江引　落梅風　沉醉東風　步步嬌　碧玉簫　沽美酒　殿前歡　阿納忽　慶宣和　賣花聲　得勝令　春閨怨　風入松　胡十八　月上海棠　快活年　牡丹春

待考　豐年樂　時新樂　霜角　阿姑令　雙疊翠

丙　帶過曲調式　帶過之曲,前人習用者爲格不多。兹彙録之,僅得三十四調,亦擇其習用者六調,著圈以别之。

正宫　脱布衫帶小涼州　小涼州帶風入松

仙吕　後庭花帶青哥兒　那吒令帶鵲踏枝寄生草

南吕　罵玉郎帶採茶歌　罵玉郎帶感皇恩採茶歌

中吕　十二月帶堯民歌　醉高歌帶喜春來　醉高歌帶攤破喜春來　醉高歌帶紅繡鞋　快活三帶朝天子　快活三帶朝天子四换頭　快活三帶朝天子四邊靜　齊天樂帶紅衫兒

越調　黄薔薇帶慶元貞

雙調　水仙子帶折桂令　雁兒落帶得勝令　雁兒落帶清江引　雁兒落帶清江引碧玉簫　一錠銀帶大德樂　沽美酒帶太平令　沽美酒帶快活年　對玉環帶清江引　楚天遥帶清江引　梅花酒帶七弟兄　竹枝歌帶側磚兒　江兒水帶碧玉簫　錦上花帶清江引碧玉簫

中吕帶雙調　醉高歌帶殿前歡　滿庭芳帶清江引

正宫帶雙調　叨叨令帶折桂令

南帶過曲　朝元歌帶朝元令

南北兼帶　南楚江情帶北金字經　南紅繡鞋帶北紅繡鞋

以上皆小令中之帶過曲。其有在南套中偶見,而小令中從未見過者，如〔風入松帶急三鎗〕等，玆概未列。又《樂府羣玉》載曹明善有〔三棒鼓聲頻〕一調，分明是三調相帶過者，則當查明補入。又帶過曲有用別名者，如〔鴻門奏凱歌〕即〔雁兒落帶得勝令〕，〔湘妃遊月宮帶折桂令〕即〔水仙子帶折桂令〕等，不再混列。

以上北曲小令用調三種，共一百五十三調，約當北調全數據《北詞廣正譜》爲四百四十七調之三分之一强，而普通習用者，總不過四十餘調耳。

二　南曲小令　南曲小令用調，可別爲原調與集曲兩種。原調對集曲而言，即南九宮十三調中原有之調，並非如集曲之用許多曲句，聯綴集合而成者也。

仙吕

原調　皂羅袍　桂枝香　排歌　浪淘沙　月兒高　傍妝臺　月中花　解三酲　西河柳　春從天上來

集曲　醉羅歌　月雲高　甘州歌　解袍歌　一封書　解酲歌　醉花雲　香轉南枝　月照山　鬧十八　九迴腸　十二紅　醉歸花月渡　二犯桂枝香　二犯月兒高　二犯傍妝臺

正宫

原調　玉芙蓉　錦纏道

集曲　錦亭樂

大石

原調　催拍　兩頭南　兩頭蠻　紅葉兒

中吕

原調　泣顔回　駐雲飛　普天樂　駐馬聽　石榴花　永團圓　番馬舞秋風

集曲　榴花泣　倚馬待風雲

南吕

原調　一江風　懶畫眉　梁州序　大勝樂　賀新郎　宜春令　銷金帳　香羅帶

集曲　羅江怨　三學士　七犯玲瓏　六犯清音　梁州新郎　梁沙潑大香　浣溪劉月蓮　六犯碧桃花　七賢過關　巫山十二峰　九疑山

八寶妝　仙桂引　仙子步蟾宫

黄鐘

原調　侍香金童　傳言玉女　啄木兒　畫眉序

越調

原調　綿搭絮

商調

原調　黄鶯兒　集賢賓　山坡羊　高陽臺　水紅花

集曲　金絡索　黄羅歌　鶯花皂　山羊五更轉　梧蓼金羅　黄鶯學畫眉

小石

原調　驟雨打新荷　象牙床

羽調

原調　馬鞍兒

集曲　勝如花　四季盆花燈

雙調

原調　玉胞肚　鎖南枝　風入松　四塊金　玉交枝　柳摇金　朝天歌　江兒水　孝順歌　步步嬌　淘金令　轉調淘金令　錦法經　四朝元

集曲　二犯江兒水　嬌鶯兒　江頭金桂　孝南歌　二犯柳摇金　孝南枝　玉枝供　六幺令犯　落韻鎖南枝　攤破金字令　折桂朝天令　錦堂月　玉江引

待考　征胡兵　彌陀僧　對美人　美櫻桃

以上南曲小令用調，原調五十八，集曲五十四，待考四，共一百十六調，約當南調全數據《南詞定律》爲一千三百四十二調十分之一弱，而普通習見者，不過十餘調而已。

以上南北小令用調各百餘，乃就選本、專集中所得見者彙列之。料想元明時作小令傳唱之調，必不止此。如永樂間所梓行之《諸佛名歌》，其編排分别南北，歌以調從，一調或數十歌或數歌不等，絶無所謂聯套情形，是亦當歸入小令一類者；乃其所用之調，不但不見於以上所列者甚多，即自來各譜書内，亦每每未曾收採。於此可見小令之中，自來多佚調矣。

作家第六

曲家大抵爲潦倒文人，既鮮知遇於當時，復少顯揚於後世。作劇曲者然，作散曲者又何獨不然！且散曲篇幅簡短，更易於遺佚，而作者興到弄筆，往往隨作隨歌，隨歌隨棄，不甚愛惜，蓋初不欲藉此以沽名也。於是履貫既多模糊，姓字亦漸湮没。篇章零落，人物消沉，歷覽詞場，莫此爲甚。其實論曲家所業，亦未嘗不承風雅之遺，而小道鄭聲，横施鄙棄，從來已覺非分。若千載以後，並作者一姓一字之亦不復傳，得毋過歟！緣就各書，彙集其名，聊存鴻爪。仕履不詳，難同繼先之《鬼簿》；品藻未備，亦殊涵虚之《評林》。並名字之分歧，時代之顛倒，有時亦所不免，蓋蒐採尚嫌未廣，考訂益復不遑矣。

元

喬吉　張可久　曾瑞　吴本世　吴仁卿克齋　錢霖子雲　顧德潤　朱凱　周月湖　沈子厚　耶律鑄　張養浩　汪元亨　睢景臣　鄭杓次　馮華　李齊賢　沈禧

以上十八人，有專集或詩文詞後附集，已見書録第一者。

王修甫　白賁無咎　彭壽之　張子益　京幹臣　石子章　閻仲章　王嘉甫　元好問　蒲察善長　王鼎　鮮于樞伯機　吕元禮　劉秉忠　商政叔　徐琰子方容齋　芝庵　盧摯疎齋　胡祗遹紫山　姚燧牧庵　貫雲石酸齋　劉致逋齋時中　崔彧　李秋谷　奥敦周卿　嚴實忠濟　庾天錫吉甫　馬九皋　阿魯威　阿里耀卿　史知州　馬謙齋　仇州判　馮子振　陸子友　盍志學　侯正卿　吴正卿　關漢卿　白樸　馬致遠　王伯成　左敬之　鄭光祖德輝　鄭廷玉　杜仁傑善夫　亢文苑　吕止庵　趙文一　高文秀　李茂之　紀君祥　楊君擇　冀子奇　孫叔順　王仲誠　不忽麻　李邦基　高安道　董君瑞　陳子厚　趙明道　景元啓　李壽卿　楊朝英

以上六十五人，據殘元本《陽春白雪》姓氏表增。京幹臣，“京”一作“荆”。

商挺左山　吕止軒　吕侍中　楊果西庵　趙天錫　薛昂夫

以上六人，據十卷本《陽春白雪》增。

呂濟民　周德清　鄧玉賓　查德卿　吴西逸　孫周卿　武林隱　王元鼎　阿里西瑛　衛立中　李伯瞻　趙顯宏　唐毅夫　高栻　李愛山　宋方壺　王愛山　朱庭玉　盍西村　李伯瑜　程景初　鍾嗣成　趙彦輝　杜遵禮　孫季昌　秦竹村　周文質仲彬　李致遠　童童　沙正卿　王仲元　高明道　曾褐夫　孛羅　吕天用　陸登善　任昱則明　姚守中　楊立齋　趙瑩　王氏　珠簾秀

以上四十二人，據《太平樂府》增。趙瑩一人，獨見於何夢華舊藏鈔本，他本不載。末二人乃女子。

趙善慶文寶　曹明善　王曄　陳德和　張子堅　丘士元　高克禮

以上七人，據《樂府羣玉》增。

陳草庵　張彦文

以上二人，據《樂府新聲》增。

范居中　趙良弼　廖毅　李顯卿　王思順　蘇彦文　李用之　黄公望　蕭德祥　高可通

以上十人，據《録鬼簿》增，皆確言有散曲者。

方伯成　李邦祐　李文蔚　李好古　李子昌　沈和　吴昌齡　胡用和　范康　張鳴善　張碧山　貫石屏　黑老五　楊景華　王廷秀　劉庭信　蘭楚芳

以上十七人，據《詞林摘豔》增。黑老五乃梨園中人，與劉廷信稱“黑劉五”者，應是二人。蘭楚芳或屬明人，“蘭”一作“藍”。

虞集

以上一人，據《雍熙樂府》增。

于伯淵　孔文卿　李泂溉之　李子中　狄君厚　施惠　馬彦良　班惟志彦功　康進之　薩都剌　闞志學　王仲文　史九敬先　石君寶　沈拱　張壽卿　曹元用　曹唐臣　彭伯威　金仁傑　武漢臣　秦簡夫　孫子羽　宫天挺　倪瓚　楊顯之　賈伯堅　趙公輔　蕭德理　顧仲清

以上三十人，據《北宫詞紀》增。自王仲文以下十九人，見初印本《北宫詞紀》姓氏表。本書有名無詞，除倪瓚、賈伯堅外，究竟諸人有無散曲，尚待考。

柴野愚

以上一人，據《太和正音譜》增。

滕賓　鄧學可　鮮于必仁去矜　陳克明　季子安　張子益　劉燕哥　劉伯亨

以上八人，據《北詞廣正譜》增。劉燕哥與一作"劉燕兒"者，不知是一人否？

王一山　王士熙　化成甫　史楚甫　朱經　白玉真人　李正則　伯顔　周誥　孟昉　邵元長　胡致居　耿子春　陳在山　盧彦威　崔雪竹　聶鏞　劉婆惜　張天香　張怡雲

以上二十人，據《曲家姓字小典》增。末三人女子。

以上元人著有散曲者，共二百二十七人。

明

周憲王有燉　常倫　康海　王九思　王磐　楊慎　楊夫人　何瑭　李開先　梁辰魚　馮惟敏　金鑾　沈自晉　施紹莘　劉效祖　朱應辰　歸莊　陳鐸　沈仕　王驥德　史磐　張鳳翼　馮夢龍　張瘦郎　席閬仙　祝允明　沈璟　陳鶴　王澹翁　楊循吉　夏言　薛論道　陳繼儒　宣宗　遼簡王植　唐恭王彌鉺　承休王彌鋠　新樂王載壐　遼王恩鑴　顧應祥　盛鸞　屠本畯　王衡　俞彦　黄方蔭　張四維　陶輔　王雪齋　郭豸　司馬泰　謝九睿　袁崇冕　王田　南溪散人　喬龍溪　高筆峰　蘇雪蓑　陳元朋　李先芳　韓邦奇　皇甫百泉　蜀成王讓栩　李禎　瞿吉　俞琬倫　王與端　魏荔彤　林廷玉

以上六十八人，有專集或詩文詞後附集，已見書録第一者。

王越　王子一　王子安　王子章　王文峰　包應龍　丘汝晦　丘汝成　史直夫　吕景儒　谷子敬　寧齋　胡以正　恒軒　侯正夫　段顯之　徐知府　唐以初　耿子良　陳克明　張善夫　張禄　張氏　崔子一　曹孟修　寧憲王權　湯式　楊彦華　楊景言　賈仲明　臧允中　劉東生　曹氏

以上三十三人，據《詞林摘豔》增。内陳克明與元人陳克明恐係一人。曹氏乃女子。

徐霖子仁　王春泉　胡賓竹

以上三人，據《雍熙樂府》增。

顧夢生　劉龍田　李日華　虞竹西　張文臺　周秋汀　陸之裘　陶陶區　秦時雍　曹大章含齋　吴嶔　殷都　唐寅

以上十三人，據《南詞韻選》增。《曲品》有陶具區，未知即陶陶區否？

王文昌　王寅　史沐　杜大成　吕涇野　李子昌　汪道昆　茅溱　高濂　倪民悦　孫湛　陳所聞　陳沂石亭　康漳川　張伯純　張鍊　盛敏耕　黄祖儒　雲夢山人　趙南星　簡紹芳　王世貞　毛雙峰　牟清溪　陸采　陸弼　陳全　陳素庵　陳横崖　康浚川　屠隆　花綸　施幼平　胡文焕　弭少庵　徐遵晦　倪少虹　劉函山　鄭若庸　鄭墟泉　潘子素　穆仲義　蘇復之　顧衡宇

以上四十四人，據《北宫詞紀》增。王世貞以下二十三人，據初印本《北宫詞紀》姓氏表增。本書有名無詞，他書亦多未見其散曲，待考。

馮二酉　王寵　王守仁　王問　方洗馬　文徵明　史槃　皮元素　朱長卿　李如真　汪廷訥　沐石岡　周履靖梅墟　邵寶二泉　武陵外史　兩峰主人　邢雉三　胡汝嘉　胡文焕　范晶山　高明　高石樓　晏振之　徐惺予　孫幼如　孫百川　蘇子文　莫是龍　許然明　張茅亭　張月塢　黄參鳳　湯三江　湯東野　費勝之　程中權　喬臥泉　楊立齋　趙晉峰　顧仲芳

以上四十人，據《南宫詞紀》增。内楊立齋與元人楊立齋不同。“程中權”一作“程仲權”。

錢福鶴灘　吴無咎　羅欽順　顧木齋　吴載伯　杜圻山　燕仲義　薛常吉　周君建　毛蓮石　顧大典　張孺彝　李復初　梅鼎祚

以上十四人，據《詞林逸響》增。

卜世臣　王異　王厚之　方氏　沈則平　沈瓚　沈君善　沈自徵　沈彦博　袁晉于令　淩濛初　陸治包山　張少谷　馮延年　賀五良　董斯張　顧應里　戴九齡　徐小淑范夫人　劉氏　蘄州妓

以上二十一人，據《太霞新奏》增。末三人女子。

宛瑜子　朱鏡如　張叔周　楊德芳　王敬夫　顧起元　張解元　張景巖　馬孟河　孫子京　朱長卿　張含　沐希甫　王玉陽　王元和　沈清狂　馬綬

以上十七人，據《青樓韻語廣集》增。内王玉陽疑即王驥德。馬綬乃女子。

王穉登　文彭　李文瀾　沈嵊　李東陽　何西成　周幼海　秦冰澳　張伯瑜　張旭初　張熙伯　陳石坡　許彦輔　虞交俞　駱永叔　關九思

以上十六人，據《吴騷合編》增。

虞味蔗　洗塵　景世珍　湖西主人

以上四人，據《北曲拾遺》增。

李唐賓　黄良用　楊文奎　楊景輝

以上四人，據《北詞廣正譜》增。

趙王　王騏　王廷相　王廷陳　王世貞　王宗正　包郎郎　甘瑩　李夢陽　鎖懋堅　谷繼宗　何太華　楊一清邃庵　楊斗望　何景明　范甫　段炳　夏完淳　陸九疇　鄭思笠　戴梅川　許少華　楊君謙　楊維楨　董中峰　謝溱　高珩　鐵布政　徐頤　劉基　張重　陸廣明　劉時達　顧未齋　周逸民　顧闇生　袁崇冕　徐復祚　彭孫貽　顧乃大　姚小涞　扶遥　佘壬公　伍灌夫　張葦如　沈端蕙　景翩翩　鄭雲璈　董如瑛　董貞貞　薛素素　顧長芬　呼文如

以上五十三人，據《曲家姓字小典》增。最後八人乃女子。

以上明人著有散曲者，共三百三十人。

以上元明散曲作家，共著録五百六十六人，雖搜羅未備，要亦得其十之七八矣。大約兩代作者姓字今日可考者，總在六百左右，是則可斷言者。此已録五百餘人中，凡知其名者概用其名，字甚顯而名甚僻者則注其字於名之下。惟就中尚難免將一人之名與字分列爲二者，是猶待精密考訂者耳。

清代散曲家之著作，既無選本，亦無紀載之專書，彙集其人頗難，須從詩文詞集後面，及筆記雜書中廣爲尋檢。非若輯元明兩代作者，憑少數選本譜録、評論雜書，即能得其大概者也。兹姑以清人散曲雜鈔及

《曲家姓字小典》中所見者移録於此。明知掛一漏萬，不足一盼，要爲他日詳備之著録引其端緒而已。

許寶善　王維新　趙慶熺　謝元淮　沈起鳳　沈謙　朱彝尊　陳維嵋　厲鶚　吴綺　尤侗　蔣士銓　吴錫麒　劉熙載　許光治　楊恩壽

以上十六人，有專集或詩文詞後附集，已見上文第一書録中者。

湯傳楹　洪昇　徐善　龔翔麟　淩霄　陳棟　張景祁　詹應甲　韓朝衡　孔尚任　陳子龍　秦雲膚　秦膚雨　周閑　魏熙元　張應昌　沈卓　毛瑩　石韞玉　左輔　張九鉞　金志章　馬曰璐　馬曰琯　陳章　汪次顔　徐逢吉　趙瑜　陳鍾祥　趙對澂　孔廣森　仲振履　沈曰霖　沈玉亮　汪掄秀　何承燕　沈逢吉　張維屏　曹斯棟　許成杰　黄鈞宰　徐大椿　楊小坡　鄒樞　鄒必顯　裘雨香　廖景文　鄭方坤　諸聯　謝春溶　繆艮　顧家相　雪樵居士　顧貞立　吴藻　吴綃　吴逸香　孫雲鳳

以上五十八人，據《曲家姓字小典》增。最後五人爲女子。合前共七十四人。

散曲概論卷二

江都任訥中敏

作法第七

散曲作法，較劇曲易，爲其體段較簡，作者直抒胸臆，無情節、排場、賓白、科介爲累也。然惟其體段簡短，無可襯搭躲閃，文字之工拙乃亦無從苟且。且曲體繁簡，自小令以至傳奇，雖種種殊，若其根本則端在散曲，是作法之根本，當亦端在散曲，學者未容忽略也。

曲之根本作法於何處見之？曰：見之於作成之後，確實是曲，而非詞、非詩，且並非其他一切之長短句也。徐渭《南詞敘録》謂："填詞如作唐詩，文既不可，俗又不可，自有一種妙處，要在人領解妙悟，未可言傳。名士中有作者，爲予誦之，予曰'齊梁長短句詩，非曲子'。何也？其詞麗而晦。"徐氏此言，與李清照譏宋初人詞爲"句讀不葺之詩"，張炎譏辛、劉豪氣詞爲"長短句之詩"，固同一轍也。特謂作曲者誤入"齊梁長短句"，乃就極疎者而言。若普通之誤，大都誤入兩宋長短句者爲多，即與詩餘之詞不能判別也。曲家第一若能盡脱詞法，則所作雖不中亦不遠矣。沈雄《柳塘詞話》曰："前人有以詞而作曲者，斷不可以曲而作詞。"其意若謂以曲作詞斷不可，以詞作曲則並非不可，並非斷不可也。殆亦知其一不知其二耳。彼元曲何以謂當行？蓋奔騰馳驟，一毫不受詞法之拘束也。崑腔以後之曲又何以弊？即曲體本應流動者，梁辰魚輩復返之於凝靜，而與詞爲鄰也。兹欲明散曲之作法，第一步先嚴詞曲之判，分形式與精神兩方面略論之。

長短句由詞變而爲曲，其進化之處，端在長長短短，極盡長短變化之能。譬如一字之句，在詞中除冷僻之調，〔十六字令〕之起拍與〔哨遍〕之换頭所有者外，其他不見也；在曲中則〔寨兒令〕、〔山坡羊〕、〔醉春風〕、〔駐雲飛〕、〔月兒高〕等慣用之調中，固常見之也。二字之句，在詞中短調，如〔河傳〕所有，半闋之内，凡三四用之，且與三字句四字句相鄰接，頗嫌破碎；在長調如〔鎖窗寒〕、〔暗香〕、〔蘭陵王〕、〔沁園春〕等换頭處所有者，又單獨用之，二字之意，截然而止，復嫌板重。若在曲中，與五字句或七字句參互以見，則以上所述詞中之兩嫌，皆蠲免矣。又曲之長短，重在多用單數字之句，三言、五言、七言，至如〔喜春來〕七七七三五、〔塞鴻秋〕七七七七五五七、〔寄生草〕三三七七七七七、〔落梅風〕三三七七七等，通體且不用一雙數字之句也。於許多單數字之句中，間插一二雙數字之句，再益以對句、排句、疊句，則通首句調，陡覺起落振蕩，抑揚頓挫，極盡摇曳生動之趣矣。更因襯字之辦法，在詞爲偶見，在曲則爲常有，於是本來雙數字句，於必要時可以單之，本來單數字句，於必要時亦可以雙之。要仍不失其本來之句法與音節，而行文之間，虚處既得轉折貫串之施，實處又得提挈點醒之用。牌調譜式之限制，至是雖嚴而亦寬，拘束之中，曠然有伸縮回旋之餘地。而作者乃有意無不達，而出語無不安矣。觀於此，金元長短句之樂府，雖於平仄四聲之外，又首創陰陽清濁，而爲格律極嚴之韻文，但其句法之極盡長短變化之能，實迥非齊梁唐宋諸代長短句樂府所可擬。其極嚴之外，别有極寬之徑，作者固未可因其格律之太嚴而拒之也。至於散曲之中，襯字雖不能多，要不可廢，能應有盡有，既得句法中活潑流利之用，又無譜律上偭規越矩之嫌，最爲合法。

曲調中之叶韻，較他種長短句爲密。通體句句叶韻之調，不一而足。又其韻無不平上去三聲互叶者，非若詞中平韻則全調皆平，仄韻則全調皆仄，其有平仄互叶者，又必已换韻也。惟每一首曲或每一套曲之中，不能换韻，東同則東同到底，江陽則江陽到底。夫不换韻途逕雖窄，而平上去互叶則開展實多。且所謂曲韻者，既不如詩之拘牽，又不如詞之泛濫，悉擯古音，較諧俗口，而又無乖於音部。至於一韻到底，又自有其蓬勃充沛之善，不可以爲難而廢之也。惟北曲中有以入聲作平上去三聲之一法，竊以爲不能通合於南北人之口。今後學者視爲歷史上過去之陳蹟，不再沿襲，但仿照詞法，凡入聲韻單叶可也。

顧句法極盡長短變化之能一事，與韻脚平上去三聲互叶一事，二者之於曲，果有何種利益與成效可言乎？曰：有之，則如此方得以接近語調，而便用語料也。孔穎達《詩正義》謂“風雅頌有一二字爲句，及至八九字爲句者，所以和以人聲而無不協也”①。足見人聲實爲長長短短之句，文章句法能極盡長短變化之能，自於人聲無不協矣。人但知元曲之高，在不尚文言之藻彩，而重用白話，於方言俗語之中，多鑄繪聲繪影之新詞，以形成其文章之妙；而不知果欲如此，必先有接近語調之曲調發生，然後調中方便於盡量採用語材。倘金元樂府仍舊承用南宋慢詞之長短句法，整而不化，凝而不疎，静而不動者，則雖鑄就甚多語料之新詞在，亦格格不得入也。董《西厢》所用之調，名稱與形式，指前後兩疊而言。雖多因襲於詞中之長調，但其各調之句法實變幻莫測，初非詞調之本來，而後其文章乃能恣肆，此其證也。故南宋慢詞之長短句法不近語調者，乃天生運用文言材料之長短句；金元曲調之長短句法接近語調者，乃天生運用語言材料之長短句。各具特性，未可苟同。作者若必欲抉破藩籬，易地而爲之，亦何嘗不能成篇，特終非其本色耳。要當各適其性，因利乘便，以發展其本體之所長。作曲者則必曲折盡情，委婉如話，斯判别於詞，而得作曲之根本之法也。至於凡百韻語，一經平上去互叶，讀之便覺低昂婉轉，十分曲合語吻，亦即十分曲達語情，此亦爲他種長短句所不可及，而獨讓之與金元之曲者。而且曲中亦非如此不足以逼真口氣，成所謂“代言”之制；更非如此不能於一切語料作活潑之運用也。此實吾國韻文方法上之一大進展，曲家誠不可以不謹守之矣。

詞中短調，五七言爲多，不如慢詞之板重，晏叔原《小山詞自敘》中有所謂“試讀南部諸賢餘緒②，作五七字語”是也。故南唐北宋之小令，尚多用語體之可能，且有高絶者。至於慢詞中用語體，若黄庭堅之一味俳俚，固毫無韻美之可言，即李清照之力主本色，所成就者亦祇一人數詞而已，他更無人矣。是非關作者之不努力，實因慢詞之韻調音節，與語言不合，終難以白描爲本色耳。顧黄、李猶皆北宋詞家也，至於雙白二窗，則更無主持本色之議論。而南宋諸家所撰詞調，機局何似，能否融

① 今校：此數言轉引自王昶《國朝詞綜序》中所引孔氏疏文，而昶所引與《詩正義》原文不協。《正義》見《詩·關雎》疏文之末。

② 今校：汲古閣本《小山詞》，“讀”作“續”。

洽白話，固人所共悉，不待辨矣。故謂南宋慢詞乃天生合用文言之長短句法，當不爲過也。近人選白話詞，亦每及長調之慢，然所得者多爲淺近文言之作，非真正完全語體也。至若李漁之作，全以曲手爲之，乃深中明詞之極壞習氣者，而近人每每愛其白話之工，真所謂盲人道黑白矣。

以上就形式方面言也。若曲之判别於詞者，固不僅僅於句法韻脚中，材料之一則如話，一不如話也，同一話也，詞與曲之所以説者，其途逕與態度亦各異。曲以説得急切透闢、極情盡致爲尚，不但不寬弛，不含蓄，且多衝口而出，若不能待者，用意則全然暴露於詞面；用比興者，並所比所興，亦説明無隱。此其態度爲迫切，爲坦率，可謂恰與詩餘相反也。惟唐五代北宋詞之態度，猶多與曲相同者。如張耒之敘賀鑄《東山詞》有曰："是所謂滿心而發，肆口而成，雖欲已言而不得者。"所謂"肆口而成"、"欲已不得"，曲正如此。爲欲極情盡致之故，乃或將所寫情致，引爲自己所有，現身説法，如其人之口吻以描摹之；或明爲他人之情致，則自己退居旁觀地位，以唱歎出之，以調侃出之，此其途逕爲代言，爲批評，亦皆詩餘中所不有者也。作曲者既已運用句法韻脚，多採語料，倘又循是以得曲中説話之途逕與態度，則所作者判别於詞，而得曲之根本也必矣。

總之，詞靜而曲動，詞斂而曲放，詞縱而曲横，詞深而曲廣，詞内旋而曲外旋，詞陰柔而曲陽剛。詞以婉約爲主，别體則爲豪放；曲以豪放爲主，别體則爲婉約。詞尚意内言外，曲竟爲言外而意亦外。詞曲之精神如此，作曲者有以顯其精神，斯爲合法也。

爲便於彼此比較，益爲著明起見，嘗就學作詞曲之進程上，畫分爲四層步驟。初步妥溜，文理以外，句法、四聲、叶韻，俱能妥貼順溜之謂。詞與曲雖各妥溜，其所妥溜，有所不同，而首先必求此妥溜則一也。次步在詞爲清新，在曲則爲尖新。"新"亦二者之所同，惟詞之託體於渾穆，"尖"非其所宜，曲之感人在敏鋭，"尖"正得其所也。三步在詞爲沉鬱，在曲爲豪辣。沉鬱者，情之所發，鬱勃而不能盡忍，鬱積而不能盡宣，語之所出，重不知其所負，深不知其所止，而詞既已成矣。豪辣者，尖新而能入於大方，情之熱烈，可以炙手，詞之所鞭策，痕坼立見，而曲既已成矣。四步於詞爲可以入亦可以出者,有所爲亦不必有所爲者,其語觸著多而做作少者,難以名之,權曰空靈;於曲則爲灝爛,蓋由險而趨平,由奇而入正,虚涵渾化,而超出於象外者,曲之高境也。此所比較,僅限於詩餘與曲文,其他附屬曲文之科介、賓白,皆不與焉。蓋專爲曲之基本説法,亦即可當散曲之作法觀也。曲取"尖新",見王驥德《曲律》。"豪辣"、"灝爛",皆貫雲石《陽春白雪序》中語。

又爲簡易淺明計,嘗就詞曲之名稱立説,以見其精神與作法。雜劇則其精神端在内容之雜;傳奇則其精神端在情節之奇,或得奇之反義而爲不奇;至於散曲,則逕曰曲之精神在散,而曲之作法亦全在散也。蓋上文所謂動也、放也、横也、廣也、外旋也,皆適符放散之義。作者須放開眼取材,得元人之光怪陸離;撒開手下筆,得元人之奔放恣肆。若一狃於尋常詞章之故態,或存雅俗之見,或懸純駁之標,則是有所拘執而不能放也、散也,去作曲之法遠矣。然則問散曲之作法如何者,可以一言以蔽之曰:散耳。

至於諧聲協律,造句謀篇,種種瑣屑之義,則有前人成説可稽。兹於元明兩代,各舉兩家之説以取則焉。

甲　鳳頭、猪肚、豹尾説　陶宗儀《輟耕録》卷八有曰:"喬夢符吉,博學多能,以樂府稱。嘗云,'作樂府亦有法,曰鳳頭、猪肚、豹尾六字是也。大概起要美麗,中要浩蕩,結要響亮,尤貴在首尾貫穿,意思清新。苟能若是,斯可以言樂府矣。'此所謂樂府,乃今樂府,如〔折桂令〕〔水仙子〕之類。"按此説非專限於曲中某一體言者,短之爲一首小令,長之爲一本雜劇,無不如此,殆爲元曲中大小體製所同具之不二章法也。鳳頭美麗,所以擒控題旨,引人入勝;猪肚浩蕩,所以發揮題藴,極盡鋪排;豹尾響亮,所以題外傳神,機趣遥遠。豹尾最緊要,必不可少;猪肚次之,每爲一篇中便於逞才,發舒筆力之處,故作者亦必不肯忽;惟鳳頭一層,注意者較鮮耳。清劉熙載《藝概》曰:"一宫之内,無論牌名如何,其篇法不出始、中、終三停。始要含蓄有度,中要縱横盡變,終要優遊不竭。"即剽喬氏之説也。

散曲之中,其於豹尾也,除文字機趣遥遠之外,尤須四聲緊嚴,一字不苟。一調之末句,與一套之尾聲,其應緊嚴也同;尾聲之末句,末句之末字，尤要之要焉。其於猪肚也，於文字極盡鋪排之中，凡遇對句兩句合璧對，三句鼎足對，四句聯璧對，多句聯珠對，隔句扇面對及短韻，一字句之叶韻、兩字句之叶韻。務各還其程式，而對句尤緊要，蓋曲之裝點飽滿，排奡馳騁，對句之爲助實多也。至若鳳頭之美麗，則全屬文字之事，其道不一，無待舉矣。

乙　作詞十法　元周德清《中原音韻》內，有所謂"作詞起例"者，又題爲"作詞十法"。所謂"起例"，即十法之末一法也。此乃專就散曲言作法者，與燕南芝庵《唱論》之論唱法，同爲元人曲論中，今日僅傳之篇，殊可貴也。十法者：一知韻，二造語，三用事，四用字，五入聲作平聲，六陰陽，七務頭，八對偶，九末句，十定格也。定格既爲以上九法之起例，則十法者，實僅九法耳。周氏又總括九法爲四事：第一知音，四、五、六、七、九法皆屬之；第二造語，二、八兩法屬之；餘爲第三用事，第四用字。其原文簡約，且有晦澀處，嘗輯元以後諸家之説，爲之疏證，並擷其要義，成條例十五則。兹録如後，以見其概焉。

一，散曲必經過文學藝術之陶冶，而後成立，要與俚歌有别。

二，曲爲合樂之韻文，學作曲者應先明樂腔，再識樂譜，審音而作，以無傷於音律爲原則。

三，北曲無入聲，凡入聲皆分作平上去三聲讀，凡在句中之入聲字如須作平聲者，應注意毋亂其全句平仄之本來規律。

四，元時北曲，祇平聲分陰陽，上去不分，入聲作平俱屬陽。

五，曲之文體，其構成也，用語言爲主，用文言爲輔。

六，曲中語言，以天下通語今所謂"國語"爲主。

七，曲以語、意俱高爲上，短篇之詞簡，則意尤欲至。

八，長篇要腰腹飽滿，首尾相濟，即喬氏"猪肚"之説。

九，曲語忌蠻狠、猥瑣、險刻、卑污、油滑、生澀、庸腐。

十，曲之語句，要能讀去看去人人都曉，唱時聽去亦人人都曉，各方面均宜顧到，俱無所礙，方算合作。

十一，散曲務少用襯字。

十二，作曲宜留心每調務頭所在。務頭所在，皆音美之處，文字務宜謹慎，下筆能令聲文並美最好；不能，亦要勿因文字之陋，而傷及聲音之美。若不辨務頭何在，則凡遇調中調尾，曲譜内注明平上去三聲一定不可移易之處，無不恪遵而謹守之，則務頭亦十九在其中矣。

十三，曲中遇句法成雙之處，或數句句法相同者，皆宜作對偶。

十四，曲中末句最要緊，不但平仄不能苟且，意思亦宜精警，即喬氏"豹尾"之説。

十五，散曲内每首小令不能重韻。

就中如十一之論襯字，周氏原文本來主張絶對不用，即下文所引王驥德語亦如此，不但與一般元曲事實不符，且亦大背曲之體製，萬不可從。故此處條文中易"不用"爲"少用"。十五之不能重韻是普通情形，間亦有以重韻爲美者，所謂文無定法，神而明之，存乎其人也。如元高克禮〔黄薔薇帶慶元貞〕《詠天寶遺事》有曰："斷送他瀟瀟鞍馬出咸陽，只因你重重恩愛在昭陽，引惹得紛紛戈戟鬧漁陽。"陽字韻一再叶之，正覺文字警策也。

丙　小令套數論　明王驥德《曲律》内，有小令、套數、章法、雜論各節，其中所論散曲作法，大抵爲南曲而發，然北曲亦足資借鏡也。兹摘録數條於後。

《曲律》曰："作小令與五七言絶句同法，要醖藉，要無襯字，要言簡而趣味無窮。昔人謂五言律詩如四十個賢人，著一個屠沽不得。小令亦須字字看得精細，著一戾句不得，著一草率字不得。弇州論詞，所謂宛轉綿麗，淺至儇俏，正作小令至語下略。"此一節中，於小令文字之所尚與所忌，説來甚爲明顯，亦甚切實。就中"淺至"一層，尤爲緊要。曲要深入而淺出，淺出之謂淺，深入之謂至，不然，則所有之藴藉與綿麗，必皆失之沉晦或軟弱，而所謂趣味者，屬於詞而不屬於曲矣。

又曰："套數之曲，元人謂之'樂府'，按此語實誤，已見上文論名稱。與古之辭賦、今之時義，同一機軸。有起，有止，有開，有闔。須先定下間架，立下主意，排下曲調，然後遣句，然後成章。切忌湊插，切忌將就。務如常山之蛇，首尾相應；又如鮫人之錦，不著一絲紕纇。意新語俊，字響調圓，增減一調不得，顛倒一調不得，有規有矩，有色有聲，衆美具矣。而其妙處正不在聲調之中，而在句字之外。又須煙波渺漫，姿態横逸，攬之不得，挹之不盡。摹歡則令人神蕩，寫怨則令人斷腸，不在快人，而在動人。此所謂‘風神’，所謂‘標韻’，所謂‘動吾天機’。不知所以然而然，方是神品，方是絶技。即求之古人，亦不易得。中略大略作長套曲，只是打成一片，將各調臚列，待他來湊我機軸；不可做了一調，又尋一調意思。”又曰：“作曲猶造宫室者然。工師之作室也，必先定規式，自前門而廳、而堂、而樓，或三進、或五進、或七進，又自兩厢而及軒寮，以至廪庾、庖湢、藩垣、苑榭之類，前後左右，高低遠近，尺寸無不了然胸中，而後可施斤斵。作曲者亦必先分段數，以何意起，何意接，何意作中段敷衍，何意作後段收煞，整整在目，而後可施結撰。此法從古之爲文、爲辭賦、爲歌詩者皆然；於曲，則在劇戲，其事頭原有步驟。作套數曲，遂絶不聞有知此竅者，只漫然隨調，逐句湊拍，掇拾爲之，非不間得一二好語，顛倒零碎，終是不成格局下略。”此二節論套數須有機軸，有間架，有主意，不可節節增附，自屬切實。至於姿態、風神、標韻之説，似較蹈虚，且謂“求之古人，亦不易得”，是其説在昔人製作之中，亦從未實現，幾類空想矣。然所謂“機軸”等等，尋常各體文字，莫不皆然，何待爲散曲特别言之？王氏之所以硜硜爲言者，蓋因前人所作套數，太爲蕪亂，太無章法，甚者且出乎常情之外，有不得不申此戒者耳。若論其言，則甚淺也。倘文章必欲成就曲之所以爲曲者，則姿態等等，原不容缺；至於致之之道，要仍爲先得上文之所謂根本作法，其他則與一般文字固無多異也。王氏説之前一段内，“不在快人，而在動人”二語殊支離。“快人”乃“動人”之一種，既“快人”矣，豈尚有未“動人”者乎？

丁　填詞訓　填詞訓者，吴人張旭初附刻於《吴騷合編》之卷端者也。《合編》内所有例言評與論，文字俱陋，而此數篇附刻者獨較雅訓。同時附刻者另有三篇，有人輯爲一卷，總名之曰《衡曲麈談》，今有董氏《讀曲叢刊》本。所論句句中肯，且有條貫，兹節録之。曰：“且子亦知夫曲之道乎？心之精微，人不可知，靈竅隱深，忽忽欲動，名曰心曲。曲也者，達其心而爲言者也。思致貴於綿渺，辭語貴於迫切。長門之詠，宜於官樣而帶岑寂；香閨之語，宜於閙藏而饒綺麗。倚門嚬笑之聲，務求纖媚而顧盼生姿；學士騷人之賦，須期慷慨而嘯歌不俗。故詠春花勿牽秋月，吟朝雨莫溷夜潮。瑶臺玉砌，要知雪部之套詞；芳草輕煙，總是郊原之泛句。又如命題雜詠，而直道本色，則何取乎寓言；觸物興懷，而雜景揣摹，則安在其即事。甚且士女之吻無辨，睽合之意多乖，文情斷續而忽入俚言，筆致拗違而生吞成語，又曲之最病者也。乃若傳奇之曲，與散套異。傳奇有答白，可以轉換，而清曲則一線到底。傳奇有介頭，可以變調，而清曲則一韻到底。人第知傳奇中有嬉笑怒罵，而不知散曲中亦有離合悲歡。古傷逝惜別之詞，一披詠之，愀然欲淚者，其情真也。故曲不貴摭實，而貴流麗；不貴尖酸，而貴博雅；不貴剽襲，而貴冶創；不貴熟爛，而貴新生；不貴文飾，而貴真率肖吻；不貴平敷，而貴選句走險。有作者起，必首肯吾言矣下略。"此一節中，"思致綿渺"、"辭語迫切"兩語，最得曲之大體。"迫切"兩字，尤下得妙。以下謂必情切其人、景即於事，方不泛不濫。陳義允當。至於口氣之不明，頭緒之雜亂，俚言成語之用不得宜，亦無一不深中自來散套之弊也。又所謂"流麗"者，上文"妥溜"之說有之；所謂"冶創"，所謂"新生"者，上文"尖新"之說有之；"不貴尖酸而貴博雅"者，上文所謂"尖新而能入大方"，乃臻於"豪辣"也；所謂"選句走險"者，亦上文"豪辣"之方也。

以上四說，甲、乙皆出元人，可作北曲之法觀；丙、丁皆出明人，可作南曲之法觀。然大義則無不通，初不因南北而有所歧異也。至於清人之論，鮮得明通。如馮班《鈍吟文稿》云："套數之體，當使西園公子、南國佳人，坐綺筵而聽之。苟雜以鄙詞，恐辱我象板鸞簫也。小令務在調笑陶寫，施於斜行小字，嘌唱曼聲，但得俊語相參，收拾出衆，便爲佳手。"①此其所言局面之狹，望而知非真知曲境者。蓋所見囿於崑腔以後之南曲，所論亦即以此爲限，固無足怪。謝章鋌曾譏馮氏論詞，謂爲"目未覩前輩典型"，實則馮氏於曲，亦何嘗不如此。清人曲論，惟魏際瑞"南北曲校語"一節爲新切可觀，因非專爲散曲立論者，玆不泛引。近人如吴瞿盦先生《顧曲麈談》論清曲作法：第一少借宫，第二少重韻，第三少襯字；又謂詞藻中能避去淫褻語最妙。則爲上文所已及或未及者，並皆要義，不可忽略，附及於此。

---

① 今校：此段文字出自《鈍吟樂府自序》，見清康熙陸貽典等刻《鈍吟全集》本。

内容第八

如前節所論，詞曲間精神之比較，爲詞斂而曲放，詞深而曲廣；若論二者之内容，當然爲詞純而曲雜，詞精而曲博矣。夫我國一切韻文之内容，其駁雜廣大，殆無逾於曲者。劇曲不論，衹就散曲以觀，上而時會盛衰、政事興廢，詠史懷古之篇、歌功頌德之作，自來各體文字多有，曲亦爲然，無待舉也。至如元劉致上高監司〔端正好〕兩套，一敘洪都某年大饑之狀，賴有監司濟邺以時，民得復安其居；一陳當時庫藏積弊，吏役弄奸情狀，並詳舉改革辦法。直以套曲之體代説帖，代條陳，最爲新異；其有關於一代政俗，亦最爲顯著。其他人情風俗、政教治蹟，散見於各家散曲中者，亦多有之，不勝舉也。下而里巷瑣故、幃闥祕聞，其間形形式式，或議或敘，舉無不可於此體中發揮之者。冠冕則極其冠冕，淫鄙則極其淫鄙，而都不失其爲當行也。以言人物，則公卿士夫、騷人墨客，固足以寫，販賈走卒、娼女弄人，亦足以寫；且在作者意中，初不以與公卿士夫、騷人墨客，有所岐視也。大而天日山河，細而米鹽棗栗，美而名姝勝境，醜而惡疾畸形，殆無不足以寫。而細者、醜者，初亦不與大者、美者，有所岐視也。要之，衡其作品之大多數量，雖爲風雲月露、遊戲譏嘲，而意境所到，材料所收，固古今上下，文質雅俗，恢恢乎從不知有所限，從不辨孰者爲可能，而孰者爲不可能，孰者爲能容，而孰者爲不能容也。其涵蓋之廣，固詩文之所不及。而時代體裁，又恰與詩餘爲鄰，由詩餘繼承而來者，相形之餘，一寬一窄，乃益覺其各趨極端。暗中若有誰使爲然者？世人但知詞曲二事，向來並稱，其間必相去不遠，而不知細按之，由詞遞曲，其變遷之驟，趨向之反，實較其他任何兩種文體爲尤甚也。

何以言詞曲之内容，各極其寬窄也？曰：約之可舉四點。

一　詞僅可以抒情寫景，而不可以記事，曲則記敘、抒寫皆可，作用極廣也。夫情景之描摹，終限於自己心目中一時所及者而已，何如人事之變幻，古今遠近，繁複無窮乎？尋常詞中，不能敘事，斯所削之材料多矣。蓋詞之敘事者，輒覺義止於事，有傷淺直，雖特殊之工者，其言外之意，亦終不如融情化景者之厚也。詞不但不能敘事，並議論亦不能多發，多發則易流於野放，而不見婉約沉鬱之致。方之詩文，其所容者，自慚偪仄矣。惟曲不然，重頭多首之小令，與一般之套曲中，固有演故事者，即尋常小令之中，亦有演故事者，已詳上文“體段”一章中矣。據其所舉之例以觀，即可知題目而外，散曲並不須有科白如劇曲所有或詩文如秦觀〔調笑〕、趙令畤〔蝶戀花〕等所有以爲引帶，但曲文本身，儘可紀言敘動，初無害於其文字之工也。蓋曲之宗旨，原不必每篇一定具有何等大道理、大作用，即隨便説幾句話，敘一段事，亦自足成趣。惟其可深可淺，可濃可淡，可理想，可事實，而後所容者乃自廣矣。

二　詞僅宜於悲，而不宜於喜，曲則悲喜兼至，情致極放也。韻文之内容，莫大於抒情，顧詞之爲詞，非意内而言外不爲工，而歡樂之情，每每言外即無他意可屬矣。朱彝尊作《紫雲詞序》有曰“‘歡愉之言難工，愁苦之言易好’，昌黎亦善言詩矣。至於詞或不然，大都歡愉之辭，工者十九，而言愁苦者十一焉耳”云云，不知何所見而云然也？謝章鋌《賭棋山莊詞話》駁之已詳。大概詞中一爲情意欣喜之篇、頌禱揄揚之作，輒覺不耐咀嚼與尋繹，勉强爲之，不礙體韻即傷氣格，此所以大雅之詞集中必不多存壽詞，不僅以其爲酬應之作而少之也。至於曲則不然，得機趣者即爲工。玩味曲者亦絶無待於咀嚼尋繹，機趣相投，一觸而得，愁固隨以蹙額顰眉，歡亦從而手舞足蹈。惟其言歡誌喜，亦初無害於文字之工，慶祝頌贊乃亦成曲家可以有爲之事，而曲之内容，又以寬矣。故陳所聞南北兩《詞紀》中，均特立“祝賀”一門，論者固未可執衡詞之道以非之也。再元代曲家，志趣大抵樂天，視俗人之營營功利者固太陋，視彼爲情志所縛，鬱鬱而不伸者亦覺太癡。故如屈大夫之爲人，動遭調侃，而淵明歸來嫌遲，希夷不醒爲是，是若輩之人生志趣也。因而文字之中，雖極頹唐、極危苦之境，亦必以極放曠、極興會之語出之，滿紙豪情萬丈，令人神旺，否則亦熙熙皡皡，生機無限，從無陰冷鬱塞之象，令人望而氣沮者。斯亦讀元曲者之一快也。彼推崇詞體者，猶可以藉源本風騷爲辭；若推崇曲體者，則獨不可以此爲附會。蓋曲之内容，實有一種絶對樂天之旨趣在其中也。

三　詞僅可以雅而不可以俗，可以純而不可以雜，曲則雅俗俱可，無所不容，意志極闊也。孫麟趾謂“牛鬼蛇神詩中不忌，詞則大忌”，吾謂此在曲中，則大不忌。袁枚見人詩集中題目皆“雁字”、“夾竹桃”之類，以爲此種題目，大家集内非不可存，而“終不可開卷便見”，“此是文章局面”云云①。夫文章之不講局面者，殆莫過於曲矣。作者於其所作，初無所存心於抗今希古，與於著作之林，亦不專爲文章而作文章，但取其能入樂傳唱，遣興一時，即已了事矣。興之所至，隨遇而可，雅固可，俗亦何不可？要局面何用？劉熙載《藝概》於《魏書·胡叟傳》語“既善爲興雅之詞，又工爲鄙俗之句”，變换之以論曲曰：“其妙在借俗寫雅，面子疑於放倒，骨子彌復認真。”余謂持劉氏之語以論曲，猶有遺憾，當復變换其言曰“面子確實放倒，骨子自然認真”，然後方妥也。蓋面子之放倒，並非“疑於”，“疑於”是終未放倒也；骨子之“認真”，亦勿庸“彌復”，“彌復”有時即不免矜持，所認反覺太過而不真矣。曲惟動機方法與作用等，都純任自然，故不問局面，雅俗並包，而内容遂爾闊大。天下事惟不講局面者，其局面乃真大耳。詞則不然，一切以雅爲歸，即不啻以雅爲局面。借雅寫俗之詞有之，借俗寫雅之詞未聞。故曲係自然化，而詞則雅化也。即以題目而論，詞集中若有春景、夏景、閨情、送别等題，則鮮不爲後來作家笑者，意此類字面，實淺俗不成題目，惟坊賈所編之《草堂詩餘》内始用之；必也如南宋姜夔等於撰詞之外，並刻意撰題，字斟句酌，成一種清腴峭拔之小品文字者方合。然而在曲則滿眼所見者，不但春景、閨情等俱是題目，即如王大姐浴房中吃打、長毛小狗、右手三指、大桌上睡覺、穿破靴等，亦俱綴於調名之下爲題，毫不爲怪也。噫，有南宋詞家於題目限得極嚴，擇得極雅，做得極工，即有元時曲家之放得極寬，取得極俗，寫得極粗。曲家豈皆未見宋詞之所業耶？而乃一毫不受其影響，且若故意與之徑庭者，不亦異乎！觀於此，曲能容俗，昔人薄之在此，而實則内容因此而闊，今人尚之，亦正在此也。

四　詞僅宜於莊而不宜於諧，曲則莊諧雜出，態度極活也。合前兩條之悲喜兼至與雅俗俱工，當然即得此一條之莊諧雜出，本無待言也。惟散曲之重俳體，出於異常，而非尋常，有不得不詳細另舉之者。曲家於俳體與非俳體，心目中毫無軒輊，且俳體之格勢極多，製作不窮，幾占

① 今校：見袁枚《隨園詩話》卷六，清乾隆十四年刻本。

全部著述之半。推其所以致此者，蓋曲之初創，本屬一種遊戲文字，填實民間已傳之音調，茶餘酒後，以資笑樂者耳。初非同於廟堂之樂章，亦無所謂風詩之比興也。及關、馬、喬、張之輩繼出，胡侍所謂皆終其身沉抑下僚、鬱鬱不得志者，激而憤世，放而玩世，乃利用此不關緊要之曲體，以供其喜笑怒罵，嘲譏戲謔，固無足怪，亦不足責矣。自後因音樂傳播之廣，作者興起之雜，雖梨園行院，亦復有緑巾之詞，其他可想矣。有才者始則激而爲此，放而爲此，不才者繼乃惟此是好，惟此能仿，此風乃愈煽而愈張，文字乃有是而有不是矣。詞之初興，亦同是一種遊戲小文，惟創導者之時會，承襲者之人才，有别於曲，遂終形成其端謹嚴密之體；就中情態之弛至〔調笑〕爲已甚，若再進而嘲謔，則大非分矣。然因是而擯斥愈嚴，刊落愈多，以論内容之廣，當然迥不如曲耳。散曲中俳體二十五種，附見於後。

綜此四點，藉詞爲比較，然後散曲之内容，自然明白，且可知其所以包羅之廣，涵孕之雜者，或關體裁上之解放，或關歷史上之成因，初非偶然，亦非無故也。至前人之論著，涉及散曲内容者，兹亦略舉一二，見義如次。

明寧王權《太和正音譜》之上卷，先列樂府十五體，繼列雜劇十二科。十二科乃雜劇内容之分類，無涉於散曲。至於十五體，則含意未純，有涉文章之派别者，有涉文字之内容者。樂府一名，義本兼包散曲、劇曲兩種，詳上文"名稱"一章。兹既謂樂府十五體，而不曰雜劇十五體，可見其所涉及文章派别者，當然不專指劇曲而言也。其中可認爲散曲内容之分類者八體，兹録其原文，並各爲舉例如次。餘七體均涉派别，則見於下一章内。

一，黄冠體　神遊廣漠，寄情太虚，有餐霞服日之思，名曰道情。按道情内容有兩種：一乃超脱凡塵，一乃警醒頑俗。兹舉二例以見之。

水仙子樂清簫臺　元喬吉

枕蒼龍雲臥品青簫，跨白鶴春酣醉碧桃，唤青猿夜拆燒丹竈。二千年瓊樹老，飛來海上仙鶴。紗巾岸天風細，玉笙吹山月高，誰識王喬。

叨叨令道情　元鄧玉賓

一個空皮囊包裹著千重氣，一個乾骷髏頂戴著十分罪，爲兒女使盡些拖刀計,爲家私費盡些擔山力。您省的也麽哥,您省的也麽哥,這一個長生道理何人會。

二,承安體　華觀偉麗,過於佚樂。承安,金章宗正朔。按承安體中,包含"慶賞祝賀"與"及時行樂"等作。

一枝花慶賞　摘自套曲　明周憲王

玳筵排翡翠屏,香篆裊狻猊獸。捲珠簾迎五福,開寶殿慶千秋。瑞靄輕浮,日色遲宫漏,歡聲滿鳳樓。喜孜孜仙女擎杯,嬌滴滴仙娥勸酒。

三,玉堂體　公平正大。按此體與下列之草堂體相對待,大概對於在位者歌頌功德之作皆屬之。惟流傳之元明散曲中,内容專屬此種而不雜他義者,實在不多。

呆骨朵上太師　摘自套曲　明丘汝成

凡書鐵券金花誥,撫華夷四海名標。旌旗影款動龍蛇,金鼓響驚飛燕雀。出落著威武飛熊兆,調鼎鼐,理陰陽,居廊廟。普天下賀太平壽域開,宰臣每整乾坤安定了。

四,草堂體　志在泉石。按"歸田樂道"諸詞,俱屬此體,製作極多。

水仙子閑樂　元張可久

竿頭爭把錦標奪,石上閑將寶劍磨,朝中熬得羅襴破。不歸來等甚麽,問閑中樂事如何。嵩山樵唱,武夷棹歌,湘水漁簑。

五,楚江體　屈抑不伸,攄衷訴志。按曲中作草堂體之放曠語者居多,雖極頹唐,亦多以興會出之,已如上文所論。故此種自伸屈抑,攄其衷曲者實際甚少也。惟所謂"攄衷訴志",若指尋常感喟思慕、一切言情之作而言,則所繫屬者多矣。

普天樂秋懷　元張可久

爲誰忙,莫非命。西風驛馬,落月書燈。青天蜀道難,紅葉吴江冷。兩字功名頻看鏡,不饒人白髮星星。釣魚子陵,思蓴季鷹,笑我漂零。

六,香奩體　裙裾脂粉。按一切言情之篇,多分屬於此下三體中。屬於此者多從正面説話,體亦較正;屬騷人體者,每以旁觀態度,作調侃口吻;屬俳優體者,則詭異淫褻,無所不至。

一半兒春醉　元陳克明

海棠紅暈潤初妍，楊柳纖腰舞自偏，笑倚玉奴嬌欲眠。粉郎前，一半兒支吾一半兒軟。

七，騷人體　嘲譏戲謔。按此體名目欠妥，因其實際與楚江體絶異，而名目則甚相混也；此體中之著作，已多屬於俳體者。再"嘲譏"與"譏刺"不同。元人散曲，態度大抵光明磊落，要罵人便明白罵，絶少暗中隱射者。明人劇曲，動多譏刺，用作尋仇洩恨之具，識者早已非之。其褊狹之度，曖昧之情，散曲中幸而不染。究其故，則元曲首先之直率亢爽，實有以成其風氣也。

醉中天佳人黑痣　元杜遵禮

疑是楊妃在，怎脱馬嵬災。曾與明皇捧硯來，美臉風流殺。叵奈揮毫李白，覷著嬌態，灑松煙點破桃腮。

八，俳優體　詭喻淫虐，即淫詞。按"詭喻"乃曲中行文之常法，未必皆淫詞。此謂"即淫詞"者，蓋指詭喻而又淫虐者也。下文所附列之俳體，其義甚廣，此所謂淫詞，乃其中之一種，此外非淫詞之俳體尚多也。故此所謂俳優體，乃狹義之俳體耳。

撥不斷胖夫妻　元王鼎

一個胖雙郎，就了個胖蘇娘，兩口兒都是熊模樣。成就了風流喘豫章，繡幃中一對兒鴛鴦象。交肚皮厮撞。

此八體所訂，雖未足以盡賅前人一切之作，而大概已具。明陳所聞選《南北宫詞紀》十二卷，《北紀》立門類八：讌賞、祝賀、棲逸兼歸田、送别、旅懷附悼亡、詠物、宫室、閨情；《南紀》立門類十三：美麗、閨怨、讌賞、祝賀、題贈、寄慰、送别、寫懷、傷逝、隱逸、遊覽、詠物、嘲笑。若衡之以涵虚所列八體，則讌賞、祝賀者，承安、玉堂二體也；棲逸歸田、隱逸者，黄冠、草堂二體也；送别、旅懷悼亡、題贈、寄慰、寫懷、傷逝、遊覽者，楚江爲多，而黄冠、草堂亦兼寓其中也；宫室者，亦玉堂、草堂也；詠物則騷人爲多；閨情則香奩爲多，而俳優、草堂有時亦寓焉；嘲笑則騷人、俳優二體也。散曲選本中分門别類，取材較廣者，惟陳氏一書。兹涵虚八體，既已足以賅之，餘可概見矣。

此外選集，有專門輯録一體者，别集則尤甚；觀其所專何體，即可知此體著作之多，占散曲内容部分之大矣。如《自然集》專門爲道曲，《青樓韻語廣集》專門爲題贈青樓、眷戀坊曲之作，《吴騷合編》專門爲麗情歡會、傷離惜别之詞，皆其著者。别集之中，各體幾無不有專書，而以歸田、樂農、休居、小隱諸集爲尤夥，是足以瞻歷來散曲家之生活志趣大概如何，亦即歷來散曲内容之大概如何也。

附散曲俳體二十五種。

此所謂俳體者，指廣義而言，凡一切就形式上、材料上翻新出奇，逞才弄巧，或意境上調笑譏嘲，遊戲娱樂之作，一概屬之。王驥德《曲律》列巧體於俳諧之外，蓋視所謂俳諧之義甚狹也。兹就管見所及，分爲七項：曰關於韻者、關於字者、關於句者、關於聯章者、關於材料者、關於意者、待考者。七項之内，共列廣義俳體之格二十五種，各爲舉例如次；至於各體創自何人，記載何書，源於詩詞者情形如何，則不暇一一詳及矣。

甲　關於韻者二種。

一，短柱體　通篇每句兩韻，或兩字一韻，元人所謂"六字三韻語"也。

折桂令　元虞集

鸞輿三顧茅廬，漢祚難扶，日暮桑榆。深渡南瀘，長驅西蜀，力拒東吴。美乎周瑜妙術，悲夫關羽云殂。天數盈虚，造物乘除。問汝何如，笑賦歸歟。

二，獨木橋體　通篇叶同一字韻。

塞鴻秋　元張養浩

春來時香雪梨花會，夏來時雲錦荷花會。秋來時霜露黄花會，冬來時風月梅花會。春夏與秋冬，四季皆佳會，主人此意誰能會。

乙　關於字者五種。

三，疊韻體　每句中除韻脚外，都用疊韻之字，各句所疊之韻不必同。

粉蝶兒摘自套曲　元梨園黑老五

從東隴風動松呼，聽叮嚀定睛爭覷，望蒼茫壙廣黄蘆。恰樵夫遇漁父，遞知機攜物。便盤旋千轉前湖，看寒山晚關灘渡。按此曲第四句内"恰樵"二字出格矣。

四，犯韻體　每句首字犯本句末字之韻。

桂枝香　明無名氏

嬌娃低叫，蕭郎含笑。映窗紗體態輕盈，描不就形容奇妙。想牽情這厢，想鍾情那厢，撩人猜料，朝來心照。巧推敲，原非紫玉藏春院，盜取紅綃賫夜逃。

五，頂真體　後一句首字即用前一句末字，亦謂聯珠格。

小桃紅　元無名氏

斷腸人寄斷腸詞，詞寫心間事。事到頭來不由自，自尋思，思量往日真誠志。志誠是有，有情誰似，似俺那人兒。

六，疊字體　通篇用疊字。

天淨沙　元喬吉

鶯鶯燕燕春春，花花柳柳真真，事事風風韻韻。嬌嬌嫩嫩，停停當當人人。

七，嵌字體　嵌五行，嵌數目，散曲中有之；若嵌五色、五聲、八景，嵌數目而一至十順去逆回等，劇曲中如《牡丹亭》等有之，散曲中未見也。

清江引立春限句内分嵌五行及春字　元貫雲石

金釵影摇春燕斜，木杪生春葉。水塘春始波，火候春初熱，土牛兒載將春到也。

丙　關於句者三種。

八，反覆體　每句中之字面，顛倒重複，反覆言之。

水仙子　元無名氏

恨重疊重疊恨恨綿綿恨滿晚妝樓，愁積聚積聚愁愁切切愁斟碧玉甌，懶梳妝梳妝懶懶設設懶爇黄金獸。淚珠彈彈珠淚淚汪汪汪汪不住流，病身軀身軀病病懨懨病在我心頭。花見我我見花花應消瘦，月對咱咱對月月更害羞，與天説説與天天也應愁。

九，回文體　此體曲中極少見，元瑣非復初序《中原音韻》，謂周德清所作樂府有回文體，並舉“畫家名有數家嗔，人門閉却時來問”二句，謂皆往復二意。今省其句，不盡可解。《楊夫人詞曲》内有下列一調，殆亦此體，惟其調與尋常〔雁兒落〕作五言四句者不同，順讀其詞，爲六六五五五六，共六句五韻，倒讀其詞，若仍用原句法，則第三、四、五句皆甚勉强。舍此更無他例，姑録於此以俟考。

捲簾雁兒落　明楊慎妻

難離别情萬千，眠孤枕愁人伴。閑庭小院深，關河傳信遠。魚和雁天南，看明月中腸斷。倒讀如下：斷腸中月明看，南天雁和魚遠。信傳河關深，院小庭閑伴。人愁枕孤眠，千萬情别離難。

十，重句體　一篇中多同樣口氣之句，小曲中仿此式者甚多。

折桂令　明湯式

冷清清人在西厢，叫一聲張郎，駡一聲張郎。亂紛紛花落東墻，問一會紅娘，絮一會紅娘。枕兒餘，衾兒剩，温一半繡床，閑一半繡床。月兒斜，風兒細，開一扇紗窗，掩一扇紗窗。蕩悠悠夢繞高唐，縈一寸柔腸，斷一寸柔腸。

丁　關於聯章者一種。

十一，連環體　次章首句，即用前章末句之辭意，共作四首重頭者居多。

清江引　元貫雲石

上略且開懷與知音談笑飲。

且開懷與知音談笑飲，一曲瑶琴弄。彈出許多聲，不與時人共，倚幃屏静中心自省。

倚幃屏静中心自省。下略

戊　關於材料者八種。

十二，足古體　通篇用成句爲主，其不能合調處，另爲語或加襯以足之。體名見《楊夫人詞曲》。

塞鴻秋　元妓

到春來梨花院落溶溶月，到夏來舞低楊柳樓心月。到秋來金鈴犬吠梧桐月，到冬來清香暗渡梅梢月。呀，好也麽月，總不如俺尋常一樣窗前月。按此曲乃足古體又兼用獨木橋體。

十三，集古體　集唐詩者居多。

懶畫眉　明高石樓

露華清冷蓼花愁，風物淒淒宿雨收，杖藜徐步立芳洲。長溪南路當羣岫，閑看橋西一片秋。

十四,集諺體　集諺語。

鎖南枝　明金鑾

閑言來嗑,野話兒劖,偷嘴的貓兒分外饞。只管裏嚇鬼瞞神,喫的明喫不的暗。搭上了他,瞞定了俺,七個頭,八個膽。

十五,集劇名體　集雜劇或傳奇名。

端正好摘自套曲　元孫季昌

鴛鴦被半床閑,蝴蝶夢孤幃静,常只是哭香囊兩淚盈盈。若是這姻緣簿上合該定,有一日雙駕車把香肩並。

十六,集調名體　集詞曲調名。

醉春風摘自套曲　元王仲元

我一半兒情感玉花秋,一半兒憶王孫歸塞北。我這應天長撥不斷怨别離,對秋風怨憶,憶。折倒的風流體尫羸,紅衫兒寬褪,翠裙腰難繫。

十七,集藥名體　别有集花名者,散曲中例不多見。

折桂令　明無名氏

想當歸一字成親,誰想檳榔,没子無成。躭觸的半夏三多,無影無形,獨活兜零。害的我骨柴柴死禁,想的我黄芩芩儀容。恨塞川芎,埋怨砂仁,你自待官桂茴香,閃的我羌活伏苓。

十八,檃括體　檃括前人詩文以成。

混江龍檃括《歸去來辭》摘自套曲　元張可久

既心爲形役,何須惆悵自生悲。悟往之不諫,知來者堪追。明日方知今日錯,今朝便覺夜來非。舟摇摇以輕颺,風飄飄而吹衣。問征夫以行路,恨晨光之熹微。乃瞻衡宇,適我閑中意。雖休官早,獨恨來遲。

十九,翻譜體　與前一體相仿,惟此之所翻,用意尤在聲譜,大抵取材於古樂府及詩餘。又明清人翻北曲爲南曲者尤多,亦屬此類。

一封書譜詩餘長相思　明王驥德

紗窗外鳥啼,惜芳菲紅作堆。雕闌畔蝶飛,恨葱蘢緑漸肥。宿雨懨懨初睡起,不覺庭前花影移。憶歸期,數歸期,夢見雖多相見稀。

己　關於意者四種。

二十，諷刺體　託詠物以暗中諷刺，極少見。

清江引詠柳刺伯顏擅權　元曹明善

長門柳絲千萬縷，總是傷心處。行人折柔條，燕子銜芳絮，都不由鳳城春做主。

二十一，嘲笑體　或託詠物，或託詠事，明作嘲笑，極多見。例同上文涵虚八體中“騷人”所舉。

二十二，風流體　專門嘲笑風流，警戒漂蕩子弟者。體名見《誠齋樂府》。

寨兒令　元劉庭信

没算當，不斟量，舒著樂心鑽套項。今日東墻，明日西厢，著你當不過他的連珠箭急三鎗。鼻凹裏抹上些砂糖，舌尖上送與些丁香。假若你便銅脊梁，者莫你是鐵肩膀，也擦磨成風月擔兒瘡。

二十三，淫虐體　謔浪穢褻，無所不至。例同上文涵虚八體中俳優體所舉。

庚　待考者二種。

二十四，簡梅體

二十五，雪花體　以上二種，見瑣非復初《中原音韻序》中，謂：“吾友中略周德清中略所作樂府，回文、集句、連環、簡梅、雪花諸體，皆作今人之所不能作者。”簡梅疑與五數有關，雪花疑與六數有關，均未得其詳，待考。

派别第九

涵虚子所定樂府十五體，除前節已引之八體外，尚有關於文章派别者七體如下。

一　丹丘體　豪放不羈。

二　宗匠體　詞林老作之詞。

三　盛元體　快然有雍熙之治，字句皆無忌憚。

四　江東體　端謹嚴密。

五 西江體 文采焕然，風流儒雅。

六 東吴體 清麗華巧，浮而且豔。

七 淮南體 氣勁趣高。

此七體中之盛元體，似與前章所列之承安體頗爲相近，惟其解語中，實重在"字句皆無忌憚"一句，故仍屬之此處派别方面。此七體中，細按之仍有重複不切實處，僅丹丘體之豪放不羈、江東體之端謹嚴密、東吴體之清麗華巧，可以鼎峙而立，成爲三派。若盛元之字句皆無忌憚、淮南之氣勁趣高，其義皆可於丹丘體之"豪放不羈"四字中見之。西江之文采焕然、風流儒雅，可以附見於東吴體之清麗華巧内。若宗匠之詞林老作，不過指作者筆下老練而言，是於各派之中皆有之，若其本身，終不能自成爲文章之一派也。

僅列豪放、端謹、清麗三派，事實上已可以廣包一切。蓋元曲之文章，本以用意、遣辭，兩俱豪放不羈者爲主，其餘種種，雖概目之爲别調可也。惟曲之爲事，境界廣闊，而方法放任，初不故步自封，畫成任何褊狹之畦町，以自限而復限人，故一面儘管以豪放爲主，而一面於變换豪放者，亦一一聽其自然發展。倘用意方面，較豪放爲平實，爲和易近人，而不作恣肆放誕，且遣辭又多用循循規矩之文言者，則聽其爲端謹嚴密之一派。倘遣辭方面，較豪放爲渲染，爲焕然成采，前一種雖多用文言，但不必即焕然成采；此種焕然成采，但不必即用文言。而不俚質白描，且用意仍清疎瀟灑者，則聽其爲清麗華巧之一派。三派鼎立，分别在詞意之收放與文質之間。僅言豪放、端謹、清麗，於意已足以表見其各派之特色；若又贅以不羈、嚴密、華巧者，則皆爲進一步之説耳。惟三者之中，不羈、華巧，皆無間言，而端謹進一步之嚴密，獨有所不可。蓋曲之工全恃機趣，端謹者其趣已鮮；所謂嚴密，若於機趣中見之自佳，若已鮮機趣之端謹，而復嚴密其組織，豈不蹈冷静沉滯之弊乎？故實際上一首散曲，既端謹而復嚴密，而仍不失其爲好曲子妙曲子者，其例殊不多見也。再所謂豪放者，既屬辭、意雙方之事，而不僅屬於意，則有時如言情之作，其意境無所謂放，亦無所謂不放者，但其遣辭若甚本色，則仍屬豪放一派，若遣辭不尚本色而尚藻采，則是清麗矣。因此三派之中，豪放與清麗尤易辨認，亦尤爲要緊；惟端謹者有時不甚顯著，其詞遂亦在可有可無之間矣。吾人尋常看散曲，若覺其既非豪放，又非清麗者，即可歸之於端謹。故端謹一派，内容甚雜，有善有不善，善者不過爲穩成，爲大方，終非第一流好曲子；不善者則爲平庸，爲板滯，爲枯澀，全無足道矣。因此端謹之稱，若易爲“平穩”二字，而視爲曲之品藻中消極方面一派，則尤爲妥貼也。元人散曲之中，豪放最多，清麗次之，端謹較少；明人散曲，大抵與之相反，多者少之，而少者多之，若清麗則仍屬居中。然在明人之心目中，端謹者不以爲端謹，而正以爲清麗，實則其詞麗而不清者居多，有時且非曲之麗，而實爲詩詞之麗，又甚瑣屑餖飣，一切迥非元曲比，前之所謂三派，於此已不適用矣。崑腔以後之南曲，此種情形乃大著特著。崑腔以前尚去元人之矩矱不遠，下文當詳論之。兹就元明人散曲中，先各舉三例，以見三體之確然不同，而確可認爲文章之三派也。

折桂令　元盧摯

想人生七十猶稀，百歲光陰，先短了三十。七十年間，十載頑童，十載尫羸。五十歲除分晝黑，剛分得一半兒百日。風雨相催，兔走烏飛，仔細沉吟，都不如快活了便宜。

又　元庾天錫

環滁秀列諸峰，山有名泉，瀉出其中。泉上危亭，神仙好事，締構成功。四景朝暮不同，宴酣之樂無窮。酒飲千鍾，能醉能文，太守歐翁。

又　元張可久

對青山强整烏紗，歸雁横秋，倦客思家。翠袖殷勤，金杯錯落，玉手琵琶。人老去西風白髮，蝶愁來明日黄花。回首天涯，一抹斜陽，數點寒鴉。

以上三首皆北曲，皆見於散曲之第一部選本《陽春白雪》第一個曲調〔折桂令〕中，並非從各處選擇而來者，可以見元曲中隨在能用此三派以分别其文章也。就中盧詞全用白話，意固曠達，辭亦亢爽，當然屬豪放一派；庾詞意亦不俗，衹通篇脱胎於古文，比較前後兩首，則顯覺平穩，而機趣爲遜也；張詞除却“回首天涯”四字外，其餘句中句外，句中如“青山”與“烏紗”，句外如二三兩句、四五六三句、七八兩句、十與十一兩句。皆成對仗，而意趣瀟灑，不因藻翰而傷縟，則分明爲清麗一派也。

朝元歌　明馮惟敏

花街柳街，風月時時賣。陽臺楚臺，雲雨連年債。愛重如山，情深似海，一刻千金難買。分付多才，青春一去不再來。且把錦心埋，常將笑口開。榮枯利害，丟搭在九霄雲外。

懶畫眉　明陳所聞

滄洲何幸結比鄰，文雅還憐意氣真，溪頭明月照開尊。酒酣脱帽支雙鬢，白眼看他世上人。

一封書　明金鑾

青溪畔小園，任荒蕪種幾年。黄庭畔小箋，任生疎寫半篇。分來紅葉春前好，摘去青葵雨後鮮。又不顛，又不仙，拾得榆錢當酒錢。

以上三首皆南曲，同見《南宫詞紀》末卷内。用調雖異，而同屬隱逸一類，其内容固相去不遠，顧所謂豪放、清麗者，前後兩首，望而可辨，而中間一首之爲端謹，亦易由比較而得也。

以上因涵虚之樂府十五體，約爲豪放、端謹、清麗三派之説。前人之論散曲派别，與此説相接近而足爲参證者，略引一二如次。

元貫雲石《陽春白雪序》曰："蓋士嘗云，東坡之後，便到稼軒。兹評甚矣。然而北來徐子方滑雅，楊西庵平熟，已有知者。近代疎齋媚嫵如仙女尋春，自然笑傲。馮海粟豪辣灝爛，不斷古今，心事又與疎翁不可同舌共談。關漢卿、庾吉甫造語妖嬌，適如少美臨杯，使人不能對殢。中略客有審僕曰，適先生所評，未盡選中，謂他士何？僕曰，西山朝來有爽氣下略。"①按《陽春白雪》既爲散曲中第一部選本，則此序所論，宜可注意。吾覺元人對於當時散曲所分派别，確可於此一序中見之。蓋所謂"東坡之後，便到稼軒"者，乃借詞中豪放一派，以規撫曲之大體也。雖"兹評甚矣"一語，詞意含糊，但貫氏實謂曲之文章，正應類於蘇辛之詞派，而不可同於周、秦、姜、張婉約一流，故序中劈頭始有此語，其宗旨固甚彰明較著也。此可爲曲以豪放爲主之第一證。序末之品評選本中

① 今校：元刻本《樂府新編陽春白雪》，"徐子方"作"徐子芳"。

其餘諸人，概以“西山朝來爽氣”喻之，夫所謂“爽氣”者，正爲不沉晦、不沾滯、不塗飾、不拘束等之意也。諸人詞品，既皆如是，足見元代散曲之一般風派矣。此可爲曲以豪放爲主之第二證。序中謂“不可同舌共談”者，乃指豪辣灝爛之與嫵媚妖嬌二者而言也。至於嫵媚與妖嬌之間，固無甚區别，貫氏雖兩分之，實則正所謂“可以同舌共談”者耳。顧嫵媚妖嬌之意，恰與清麗相拍合；而序中上文所謂“滑雅”、“平熟”者，又正與端謹相接近。貫氏之於滑雅、平熟，乃獨不以與下文數派相提並論，此又足證元曲之中，雖連端謹共有三派，而實惟豪放、清麗兩派乃永久對峙者耳。他如《太平清活》謂：“元士大夫以樂府名者，奇巧莫如關漢卿、庾吉甫、楊淡齋、盧疎齋，豪爽則有馮海粟、滕玉霄，蘊藉則有貫酸齋、馬昂夫。”①所言實以貫序爲本，而故爲增飾者耳；“奇巧”、“蘊藉”，含義皆不中肯，不如貫説之可注意矣。

涵虚子有“羣英格勢”九十餘條，後之論曲品者每依據之，實則其於每人作四言一語者，皆隨筆拈綴，模糊影響，令人無從捉摸，王驥德譏之宜也。劉氏《藝概》中約九十餘條爲三品：一曰清深，如吴仁卿之山間明月；二曰豪曠，如貫酸齋之天馬脱羈；三曰婉麗，如湯舜民之錦屏春風。亦僅就涵虚之語，以爲歸納，並非從三家之作，實地體會而得者。且豪、麗兩派之外，多一清深，清深爲義不穩洽，遠不如端謹矣。

以上爲散曲派别之概論。以下剔去端謹，專取豪放、清麗兩派論元人。

豪放一派，元人雖許馮子振、滕玉霄兩人，而兩人今日流傳之曲不多。馮僅小令四十二首，滕僅十四首。據其所傳者以觀，實無以十分著明豪放之義，吾人未可盲從，當斷以馬致遠爲此派之代表也。馬作見於新輯《東籬樂府》本，有令百四首、套十七首。除喬吉、張可久外，元人散曲之篇幅，此爲最富矣。《秋思》一套，自元周德清以來，即評爲散曲中第一，其〔煞尾〕云：

蛩吟罷一覺纔寧貼，鷄鳴時萬事無休歇。何年是徹，看密匝匝

---

① 今校：明萬曆繡水沈氏刻寶顔堂祕笈本《太平清話》，“名”作“鳴”，“豪爽則有”作“豪爽則有如”，“蘊藉”作“醖藉”。

蟻排兵,亂紛紛蜂釀蜜,鬧穰穰蠅爭血。裴公緑野堂,陶令白蓮社。愛秋來那些,和露摘黄花,帶霜分紫蟹,煮酒燒紅葉。想人生有限杯,渾幾個重陽節。人問我頑童記者,便北海探吾來,道東籬醉了也。字句從《樂府新聲》。

若問此曲何以成其爲豪放,則無人不知其爲意境超逸,實使之然,文字不過適足以其意境副耳。然重賴意境之超逸以造成豪放,乃豪放之第一義也。此外更有他義,如馬氏〔撥不斷〕小令云:

菊花開,正歸來,伴虎溪僧鶴林友龍山客。似杜工部陶淵明李太白,有洞庭柑東陽酒西湖蟹。哎,楚三閭休怪。

意境自與前曲完全相同,而意境之外,修辭亦大可注意,則全曲之中,用人名、地名、物名以表象者,聯貫成串,其多實出於尋常也。第三句之連舉三地,有如地理誌;第四句與末句之連舉四古人,有如點鬼簿;第五句又羅致諸品名,如市廛之陳百貨。此種修辭法,在尋常之詩詞中要皆不宜,所謂"羈"是也;而在曲中用之,乃特放異彩,所謂"不羈"是也。故此曲之所以形成豪放不羈者,端由修辭法之特殊,不僅倚賴意境,此乃豪放之第二義也。更如馬氏〔壽陽曲〕曰:

心間事,説與他,動不動早言兩罷。罷字兒磣可可你道是耍,我心裏怕那不怕。

此曲所寫之情,乃人之明明於我薄倖者,而我始終原諒之,祇認以爲耍,不認爲真,自己則矢志堅貞,以待他人之挽回於萬一,絶無怨恨之意,可謂深得風人温柔敦厚之旨矣。顧其文全用白描,無論雅俗之材料,都不借重妝點,此恰與清麗一派相反,故亦認爲豪放,乃完全脱離意境之豪放而豪放者,豪放之第三義也。馬氏以外,如白樸、貫雲石、劉致、馮子振、汪元亨、馬九皋等,皆豪放之尤者。蓋凡屬元代曲家,無人不有此派之作,特多寡之間,各家不同耳。

清麗一派,若依貫氏前序,舉盧、關爲代表,則不如舉喬、張者爲妥也。蓋所謂麗者,其材料或雅或俗,都無不可,而喬多用俗,張多用雅,二人既自來並稱,合之又適可表見此派之全義也。以俗爲麗者,詩詞中不常見,而實爲曲中本色,人因其不常見也,每目之曰"奇麗"。以雅爲麗者,沿詩詞中之所已有,而新之變之,穎俊精緻,人人所好,人人能賞,可即以“雅麗”二字别其派。無論奇與雅，其爲麗也，機趣要不能板，而腠理要不能滯，此所以又統在清麗範圍之内也。

喬有《喬夢符小令》一卷，雅俗兼該，融洽無間，最爲當行，清厲鶚評其曲，以爲“出奇而不失之於怪，用俗而不失之爲文，殊得奥窔”。後人之爲曲，不難於雅麗，亦不難於豪放，而獨難於此奇麗。如清初朱彝尊、厲鶚輩，提倡喬、張兩家散曲，其所摹擬者，衹能及張，而終未嘗及喬。蓋笙鶴翁喬之别號之絶技，凡筆端衹能雅而不能俗者，一概無從問津矣。如〔水仙子〕《情詞》及《詠雪》曰：

眼前花怎得接連枝，眉上鎖新教配鑰匙，描筆兒鈎銷了傷春事。悶葫蘆咬斷綫兒，錦鴛鴦别對了個雄雌。野蜂兒難尋覓，蠍虎兒甘害死，蠶蛹兒别罷了相思。

冷無香柳絮撲將來，凍成片梨花撥不開，大灰泥漫不了三千界。銀稜了東大海，探梅的心噤難捱。麪甕兒裏袁安舍，鹽罐兒裏党尉宅，粉缸兒裏舞榭歌臺。

此等曲除上文所謂“詭喻”以外，别無嫵媚。讀者每以爲奇則有之，麗未必然，蓋看慣以雅爲麗者，狃於所習耳。喬氏以外，關漢卿、查德卿等散曲内，亦常有奇麗之作。關氏《不伏老》一套〔煞尾〕爲尤著，云：

我却是蒸不爛煮不熟搥不匾炒不爆響噹噹一粒銅豌豆，子弟每誰教您鑽入他鋤不斷斫不下解不開頓不脱慢騰騰千層錦套頭。我玩的是梁園月，飲的是東京酒，賞的是洛陽花，扳的是章臺柳。我也會吟詩，會篆籀，會彈絲，會品竹。我也會唱鷓鴣，舞垂手，會打圍，會蹴踘，會圍棋，會雙陸。你便是落了我牙，歪了我口，瘸了我腿，折了我手，天與我這幾般兒歹症候，尚兀自不肯休。只除是閻王親令唤，神鬼自來鈎，三魂歸地府，七魄喪冥幽，那其間纔不向這煙花路兒上走。

張有《張小山北曲聯樂府》三卷、外集一卷，共七百餘首，爲元人散曲中流傳最多者；此外且無一劇曲，故張氏可謂散曲之專家也。其曲十之八九爲雅麗一派，餘亦有豪放與奇麗者，特少數耳。張氏當時受何影響而致成此派？惜其平生事跡不彰，無從追考。要其所成者實僅十之四五恰到好處，其餘雖不儕於端謹，總嫌參用詞法過多，並非論曲者所宜提倡也。清人不善學之，有一種詞人之曲，即張氏此派之末流矣。如下列〔一半兒〕及〔水仙子〕云：

花邊嬌月靜妝樓，葉底滄波冷翠溝，池上好風閑御舟。可憐秋，一半兒芙蓉一半兒柳。

金鞭裊翠動花梢，翠袖揎香贈柳條，玉波流暖迎蘭棹。西湖春事好，相逢酒聖詩豪。醉墨灑龍香劑，新絃調鳳尾槽，草色裙腰。

兩曲俱屬雅麗，與前舉喬作以俗爲麗者顯然不同。然如次首中，末句之蓄意，與"裊翠"、"揎香"、"流暖"等措辭，全是詞法，以較前一闋之蕭疎，豈不嫌此太過乎？清麗一派，作家甚多，如張氏之至者固少，如張氏之失者亦不多，徐再思、任昱、李致遠、曹明善等皆其流。如徐之〔梧葉兒〕曰：

芳草思南浦，行雲夢楚陽，流水恨瀟湘。花底春鶯燕，釵頭金鳳凰，被面繡鴛鴦，是幾等兒眠思夢想。

雖用比興，却連所比所興者亦於末句明白説出，大别於詩詞之法，斯最得體也。

世間事既有兩極端者，亦必有中和者。豪與麗雖分明兩派，而以一人兼有之，或以一詞兼有之，皆尋常事。近人有因蘇、辛詞集中未嘗無一二婉約之作，周、秦詞集中亦未嘗無一二豪放之作，遂謂放與約不足爲詞之兩派。實則分詞曲之派别，應以詞曲爲單位，曰此詞約、彼曲放則可，不應以詞人曲人爲單位也。即論斷各家之派别，舉其著作之多數者如何，方足爲據，不應因其少數之作相反，而遂全部抹殺也。譬如馬與喬、張，雖各明其派如上文，而派外之作，與兩派融會之作，固無人無之，要不足以動摇其大體矣。兹舉馬之〔小桃紅〕、張之〔殿前歡〕，以爲豪、麗兼用者例：

畫堂春暖繡幃重，寶篆香微動。此外虚名要何用，醉鄉中，東風唤醒梨花夢。主人愛客，尋常迎送，鸚鵡在金籠。

望長安，前程渺渺鬢斑斑。南來北往隨征雁，行路艱難。青泥小劍關，紅葉湓江岸，白草連雲棧。功名半紙，風雪千山。

以上論元人散曲之派别，以下分崑腔流行前後兩時期以論明人。明代未有崑曲以前，北曲爲盛。涵虚子所列明初十六家中，惟湯式一人之傳作有五十餘套，餘皆二三篇，未足言派。湯之套數簡短，不病拖沓，惟多贈答酬應之作，端謹之餘，與一二小令，皆豪、麗參用。十六家外，士大夫染翰此業者甚多，亦都零星無足數者，惟周憲王有燉之《誠齋樂府》，裒然成帙，足稱一家。而論其文字，乃十九端謹，且庸濫居多，豪、麗兩面，均鮮至處。由是以觀，明初散曲，大致殆偏於端謹矣。自後則康海爲一派，馮惟敏爲一派，王磐爲一派，沈仕爲一派，皆各有面目，未見雷同。而康、馮之爲豪，王、沈之爲麗，則又其大概之一致者耳。兹各見論例如次。

康海有《沜東樂府》，用本色爲豪放，擺脱明初闒茸之習，力爲振拔，有功於明代散曲之作風不少。惟貪多務博，殊欠翦裁，是其一失；用俗之處往往爲俗所累，元人衣鉢，未盡真傳，是其二失；其中極熱極怨，而表面以解脱之語蓋之，時覺捉襟露肘，展其全集以觀，無非憤世、樂閑兩類之作，而志趣並非真正恬淡，根本有異於元賢，是其三失。此三失雖不必獨集於康氏一身，而康氏實啓此派之始，王九思、李開先輩，則應分任其咎者也。明人之論調，多抑康而袒王，真所不解。兹舉康之〔雁兒落帶得勝令〕及王之〔水仙子〕：

數年前也放狂，這幾日全無況。閑中件件思，暗裏般般量。真個是不精不細醜行藏，怪不得没頭没腦受災殃。從今後花底朝朝醉，人間事事忘。剛方，傒落了膺和滂。荒唐，周全了籍與康。

一拳打脱鳳凰籠，兩脚蹬開虎豹叢，單身撞出麒麟洞。望東華人亂擁，紫羅襴老盡英雄。參詳破邯鄲一夢，歎息殺商山四翁，思量起華嶽三峰。

馮惟敏《海浮山堂詞稿》四卷，生龍活虎，猶詞中之有辛棄疾。有明一代，此爲最有生氣，最有魄力之作矣。王世貞、王驥德輩之品評，皆嫌馮氏本色過多，北音太繁，多俠寡馴，時爲紕纇。蓋皆崑腔發生以後，南詞盛行時之議論，殊不足據也。馮氏之長處，正在本色與寡馴，惟其如此，乃能豪辣。若論其失，有因恣肆之極，傷於獷悍者；有因任情率性之極，詞意近於頽唐，不能凡百興會者。至於全集之中，豪辣者多，而進一步渾涵於灝爛之境者猶少，是亦其成就上之缺憾。惟諸家之中，獨馮氏斯足責也。馮之意志，亦極怨憤，所異於康、王者，在怨憤便索性將全部怨憤痛快出之以示人，較少做作，而才氣之横溢，筆鋒之犀利，無往而不淹蓋披靡，篇幅雖多，各能自舉，不覺其濫，亦非康、王一派之所及也。馮氏此派，後無來者，唐寅小令，間有與之相會處，其前有一常倫，亦微近之，而才氣皆遠不及。《曲律》謂"陳沂、胡汝嘉，爽而放"。按陳僅傳《雪》詞，爽則有之，豪未必也；胡僅傳《夏》詞，堆垛而已。玆舉馮氏之〔塞鴻秋〕《乞休》以見豪辣，〔雁兒落帶得勝令〕《謝友枉駕》以見灝爛：

論形容合不著公卿相，看丰標也没個搊搜樣。量衙門又省了交盤賬，告尊官便准俺歸休狀。廣開方便門，大展包容量，换春衣直走到東山上。

邀的是試春遊張曲江，訪的是耽酒病陶元亮。行的是快吟詩唐翰林，坐的是會射策江都相。呀，這的是白雲明月謝家莊，抵多少秋風野草鎮邊堂。你衹待平開了西土標名字，俺衹待高臥在東山入醉鄉。周郎，耳聽著六律情偏暢。馮唐，身歷了三朝老更狂。

王磐《王西樓先生樂府》一卷，善爲清麗，王驥德頗能賞之，於元人之中，兼得喬、張之趣。其麗也，不僅工雅兼能出奇；其清也，瀟疎放逸，且好爲遊戲俳諧之作，而不用康、馮兩派之粗豪，一以精細出之。明人之中，惟金鑾一人是其一派。玆舉王之〔沉醉東風〕《蝶拍》及金之〔河西六娘子〕《閨情》：

莊子夢輕輕按醒，謝公詩句句敲成。竄斷的燕舞嬌，供親的鶯歌應，俏知音千載韓憑。獨占了梨園板色名，難怪那滕王閣圖形畫影。

海棠陰輕閃過鳳頭釵，没人處款款行來。好風兒不住的吹羅帶。猜也麽猜，待説口難開，待動手難擡，淚點兒和衣暗暗的揩。

沈仕《唾窗絨》一卷，亦爲清麗，而以香奩體著聞，於元人頗得王鼎之趣，冶豔之中，生動新切。其失在偶摹元人淫褻之作，而後人踵之者又變本加厲，皆標其題曰"效沈青門體"，沈氏遂受謗無窮矣。沈德符盛推康、王、陳、沈，自成爲化治之音，後所不及。沈氏之作，或者不止於香奩而已也，惜《唾窗絨》原本佚而不傳，而顧名思義，與諸選本之所載者，實香奩居多耳。玆舉〔懶畫眉〕兩首：

倚門無語掐殘花，驀然間春色微烘上臉霞，相思薄倖那冤家。

臨風不敢高聲罵，只教我指定名兒暗咬牙。

東風吹粉釀梨花，幾日相思悶轉加，偶聞人語隔窗紗。不覺猛地渾身乍，却原來是架上鸚哥不是他。

以上四派中，王、金之筆，最爲整飭，可云無弊，餘皆有得有失。他如楊慎夫婦，合處有西樓、白嶼金之精，而冗雜亦復如康、王。陳鐸所作，套數尤多，穩稱頗類明初湯式，小令則不出王與沈；明人皆謂其詞與梁辰魚相伯仲，實則陳之文字，絶未入《江東白苧》圈套也。陳所聞雖在崑腔大行以後，而其著作品格，與湯式、陳鐸最爲相近，若納之下文梁、沈兩派中，殊爲不妥，故亦附及於此。

崑腔以後，衹有南曲，而北曲亡矣；南曲又多參詞法以爲之，形成所謂南詞，而曲亡矣。崑腔創始於魏良輔。一時新曲，首先採用者，厥爲梁辰魚之所製，在劇曲爲《浣紗記》，在散曲則爲《江東白苧》一集，張鳳翼序之，謂"擲地可作金聲"，張旭初於《吴騷合編》内至推爲"曲中之聖"焉。自有崑腔，南曲之宫調、音韻，一切準繩俱定，傳奇之法愈密，犯調集曲，日盛一日。沈璟爲《南曲譜》及《南詞韻選》二書，楷模大著，學者翕然宗之。龍子猶於《太霞新奏》中對沈氏有"詞家開山祖師"之稱焉。起嘉、隆間，以迄明末，將近百年，主持詞餘壇坫者，文章必推梁氏爲極軌，韻律必推沈氏爲極軌，此爲崑腔以後之兩大派。一時詞林，雖濟濟多士，要不出兩派之轂中也。其文章獨不從梁，而韻律獨不從沈者，劇曲則有湯顯祖之"四夢"，散曲則有施紹莘之《花影集》。夫文章之不從梁，兩家乃戛戛獨造，千古不朽矣；若韻律之不從沈，適爲兩家之病，亦百世而不易者也。得失之間，炯然不侔有如此者。兹論崑腔以後散曲之派别，不能不分舉梁、沈、施三家。

梁辰魚之曲派，爲文雅藴藉、細膩妥貼，完全表現南方人之性格與長處，去北曲之蒜酪遺風、亢爽激越者，千萬里矣。惟此種陰柔之美，實宜於詞之收斂性格之文學，而不宜於曲之放散性格之文學。故其取材取徑，於不知不覺之間，無一不與宋詞相接近，而與元曲相背馳者，結果乃得一種詞不成詞、曲不成曲之物。吾嘗論此派之末流，以爲意境迂拘，而色彩揉雜，硜硜於字句之煊染，又衹有枯脂燥粉，敷衍堆嵌，拆碎固不成片段，併合亦難象樓臺。臣妾宋詞，宋詞不屑；伯仲元曲，元曲奇恥。天下依違於兩可之間,欲兼擅其勝,而卒至進退失據,成共棄之物者,崑腔以後,"江東白苧"派之散曲是其一也。此所言爲欲闡揚元人之絶藝,保存曲體之本源,不無過激之處,然實從體會比較而得,非徒託空言。所謂樂府之選集,與所謂南詞之選集,其書今日俱在,是非究竟,可以實按也。元人多稱曲爲樂府。崑腔以前,選集、别集皆以樂府名,其以詞名者亦必不分南北,蓋作者不專門作南曲也。崑腔以後,盛行南北詞之名,如《南詞韻選》、《南北宫詞紀》等,皆曰詞而不曰曲,或特創名目,曰新奏,曰吴騷,而獨鮮用前人習用之樂府二字者,風氣使然,亦一奇也。其文字既多用詞法,其名稱遂直用詞字,蓋非偶然矣。幔亭歌者袁于令曰:"詞才不同,梁伯龍以豪爽,張伯起以纖媚,沈伯英以圓美,龍子猶以輕俊,至於秀麗,不得不推王伯良。"夫如伯龍者,倘猶推爲豪爽,則如元人馬東籬之振鬣長鳴、白仁甫之奮翮高舉,豈不皆成獷悍頑野、不可嚮邇之怪物耶?歌者與龍子猶接近,龍乃明末梁派之中堅,選《太霞新奏》之顧曲散人,疑即龍氏。沉溺此中,既深且久,道黑爲白,指鹿爲馬,固無足怪矣。惟此派之弊,尤在套數與集曲,若單隻或重頭之小令中,猶間有生動之作也。兹録梁集第一套内《詠輕雲》之〔長拍〕及小令〔山坡羊〕,以略見其得失:

舞按霓裳,舞按霓裳,歌停金縷,送月來被人間留住。這是蕊宫仙馭,鬢半偏遊戲天衢,盡駕絳綃輿。引飛瓊控兩兩彩鸞歸去,幾見瑶池傳曲遠,誰還念黄鶴樓中千載虚。問仙姬何事,冒雨濕羅襦。又不知春山淡淡鎖,何日還舒。

病奄奄難醫療的模樣,軟怯怯難存坐的形狀,急煎煎難擺劃的寸腸,虚飄飄難按納的情和況。空自忙,全然没主張。盟山誓海都成謊,輾轉思來,更無的當。淒涼,爲甚更長似歲長。蕭郎,莫認他鄉是故鄉。

沈璟之曲派,乃一面文字受梁氏之影響,而一面自己又專求律正與韻嚴。沈氏好翻北曲爲南曲,《曲海青冰》二卷皆是也,目的專在使一時歌場繁衍南聲,故材料剪取前人之現成者亦可,不必由己出也。其文既爲聲而發者多,爲文而發者少,則其受韻律之拘牽,而生氣剥奪,尚何待言乎!沈氏於所翻諸曲,雖自命名曰"青冰",實則去藍、水猶遠甚,直是點金成鐵，活文字則死之，新意境則腐之耳。原其初意，蓋欲納北曲文字之美者，入於南曲聲音之美中，以收聲文並美之效；而實則櫽括體、詞翻曲、北翻南、集曲，種種辦法，同一有補於聲音者鮮，而爲害於文字者多，得不償失耳。自來惟李調元《雨村曲話》中灼見梁、沈文字之弊，以爲"生硬稚率，鄙俚可笑"，實不爲過。此外論者則絶少指謫，怪矣！同沈氏一派，而才具較長者，爲王驥德。王氏能賞識元曲，且極知南曲與南散曲之弊，以此中無傑出人才，足舉其業，與元人抗，時致深慨焉。其集獨以"樂府"名，《方諸館樂府》。而衡其造就，仍未跳出梁、沈窠臼，風氣囿人，一至於此哉。沈氏以《中原音韻》爲主，選《南詞韻選》一書，韻嚴律正者爲上上，韻嚴而律稍舛者爲次上；王氏則另創《南詞正韻》，專爲南曲而設，分出姜光、堅涓、居蘧、機奇等新韻部，又新製集曲三十三調。集曲在散曲中文字方面之弊，已見上文體段一章，兹不復贅。惟王氏小令，亦多奇俊之作，其故詳下文論小曲一派内。兹舉沈氏翻元曲及元曲原文，及王氏自製之曲，見例如次：

八聲甘州集雜劇名，翻元人吴昌齡北詞　　明沈璟

因緣簿冷，歎鴛鴦被捲，枉怨銀箏。秦樓月影，蝴蝶夢中孤另。曾留汗衫餘馥在，漫哭香囊兩淚盈。柳眉蹙雙峰，爲才子留情。

春宵多月亭，記曲江池上，麗日初晴。藍橋仙路，裴航恰遇雲英。萬花堂畔言誓盟，玉鏡臺前作證誠。他負心幾曾，教魚雁傳情。

滚繡毬集雜劇名，詠情　　元孫季昌

常記的曲江池麗日晴，正對著春風細柳營，初相逢在麗春園遣興，便和他謁漿的崔護留情。曾和他在萬花堂講志誠，錦香堂設誓盟，誰承望下場頭半星兒不應，殃及殺調風月燕燕鶯鶯。只被這西厢待月張君瑞，送了這花月東墻董秀英，盼殺君卿。按此套即沈氏前詞之所翻，《太平樂府》屬孫季昌。首曲〔端正好〕已見上文俳體第十五，並資參照。

二郎試畫眉集〔二郎神〕〔畫眉序〕二調　　明王驥德

長安遠，望迢迢蔽浮雲不見，過眼流光一翦。記年時選勝，六街長驟金韉。酒侣詩朋多繾綣，問甚麽花深柳淺。狹斜到處成留

戀,從拋綵筆如椽①。

施紹莘之曲派,乃融元人之豪放與清麗,而以綿整出之,時代微後於沈璟之選《南詞韻選》,其人亦工音律,自蓄歌童,所作無不製譜付拍者。《花影》一集,南北令套共四卷,令六十餘、套八十餘,不爲不富矣。乃今日流傳之明人選本六七種内,無及施氏一字者,其故可以思也。蓋所謂選本六七種者,皆梁、沈之派,録詞標準,首整韻律,而施氏所長,則首異梁、沈,施氏所短,又首傷韻雜,斯無怪二者之格格不相入矣。有明一代散曲文字,實惟馮、施兩集爲真不可少。陳繼儒曰:"子野才太俊,情太癡,膽太大,手太辣,腸太柔,舌太纖,抓搔痛癢,描寫笑啼,太逼真,太曲折。"②此其贊施氏者,不爲過分,一方面且不啻爲曲家立一明訓,蓋所言實語語中肯,凡爲曲者莫不應然也。他姑勿論,衹"辣手"一層,即梁、沈之派所特乏,而馮、施之派所特具者,尤爲明著矣。沈德生又曰:"子野外服儒風,内宗梵行,其於世間色相,一切放下。中略其性靈穎慧,機鋒自然,不覺吐而爲詞,溢而爲曲,以故不雕琢而工,不磨滌而淨,不粉澤而豔,不穿鑿而奇,不拂拭而新,不揉摛而韻。"按所謂"放下色相",原以論人,實亦可以論詞。其所言之反面,詞意泥於色相,及專於雕琢、磨滌、穿鑿、拂拭、揉摛中討生活者,正不啻即爲梁、沈兩家寫照也。施派以後,亦無繼者,惟清人趙慶熺差近之。兹録施氏《春遊述懷》套内〔叨叨令〕及《合鏡詞》套内〔金索掛梧桐〕:

且尋一個頑的耍的真知音風風流流的隊,拉了他們俊的俏的做一個清清雅雅的會,揀一片平的軟的襯花茵香香馥馥的地,擺列著奇的美的趁時景新新鮮鮮的味。兀的便醉殺了人也麽哥,兀的便醉殺了人也麽哥,任地上乾的濕的混賬啊便昏昏沉沉的睡。

怎車乾恩愛河,推不動相思磨。祆廟燒完,漸近藍橋路。今朝出網羅,到鳳凰窠,爭氣潘郎成就奴。羞慚了搬唆誹謗銷金口,塗

① 今校:此首乃王氏《寄都門同好》套之首曲,謝伯陽《全明散曲》"過眼流光一翦"作"過眼流光風一翦"。

② 今校:此數語出自陳繼儒《秋水庵花影集敘》,見《秋水庵花影集》卷首。明末刻本中,"腸太柔"與"舌太纖"間有"心太巧"三字。

抹了長短方圓畫餅圖。從今啊刀山變做了軟衾窩，真個是悲處歡多。況更是歡處歡多，把歡字渾身裹。

以上明人散曲派别，崑腔前後，共列康、馮、王、沈、梁、沈、施七家。此外當時有所謂"才士之曲"者，如王世貞、汪道昆、屠隆等之散曲皆在内，則全非當行，王驥德已闢之，無足論矣。惟尚有小曲一派，爲不可不述者。小曲之音調，兼源於南北曲，而文字則得於北曲者獨多。其聲所及，崑腔以後之各家小令，無一不受其影響者，即康、馮輩之小令中，亦每存小曲面目也。陳宏緒《寒夜録》紀卓珂月之言曰："我明詩讓唐，詞讓宋，曲讓元，庶幾吴歌〔掛枝兒〕、〔羅江怨〕、〔打棗竿〕、〔銀鉸絲〕之類，爲我明一絶耳。"①此言大有識見。就散曲言，梁、沈之所謂南詞，固絶不足與元人北曲對峙，即馮、施之業，亦承元人餘緒，未足以云分庭抗禮也。若明人獨創之藝，爲前人所無者，祇此小曲耳。王驥德《曲律》云："小曲〔掛枝兒〕即〔打棗竿〕，是北人長技，南人每不能及。昨毛允遂貽我吴中新刻一帙，中如噴嚏、枕頭等曲，皆吴人所擬，即韻稍出入，然措意俊妙，雖北人無以加之，故知人情原不相遠也。"可見小曲精神，雖因緣北地而來，而南人固亦優爲之，甚至所以優爲之者，不僅在小曲本身，且侵入南北小令之中矣。此前人所未言及者，玆爲别出，並舉例以明之。

月雲高　康海

呑聲寧耐，欲説誰瞅睬。惹得旁人笑，招著他們怪。歡喜冤家，分定懨纏害。去不去心頭恨，了不了前生債。教我心上黄連苦自捱，却似鎖上門兒推不開。

玉胞肚　馮惟敏

冤家心變，這些時誰家鬼纏。打聽得有個真實，我和他兩命難全。神靈鑒察誓盟言，不叫冤家只叫天。

風入松　陳鐸

想才郎一去幾多時，誰知他節外生枝。書來止説功名事，不道着思情兩字。本待要尋活覓死，怕落下歹名兒。

---

①　今校：清鈔本《寒夜録》，"曲讓元"作"曲又讓元"。

鎖南枝　沈仕

雕闌畔，曲徑邊，相逢他猛然丢一眼。教我口兒不能言，腿兒撲地軟。他回身去，一道煙。謝得臘梅枝，把他來抓個轉。

駐雲飛　梁辰魚

小小寃家，拖逗得人來憔悴殺。雅淡堪描畫，舉止多瀟灑。咱，曾記折梨花，在荼蘼東架。忙詢佳期，倒答著閑中話。一半囂人一半耍。

鎖南枝　王驥德

才郎至，喜倒顛，匆匆出迎羞不前。含笑拜嫣然，秋波謾偷轉。你把歸期誤，辦取摑打先。誰道見郎時，都做一團軟。

駐雲飛　施紹莘

索性丢開，再不將他記上懷。怕有神明在，嗔我心腸歹。呆，那裹有神來，丢開何害。只看他們，拋我如塵芥。畢竟神明欠明白。

江兒水　龍子猶

郎莫開船者，西風又大了些。不如依舊還奴舍，郎要東西和奴説，郎身若冷奴身熱。且受用而今這一夜，明日風和，便去也奴心安帖。

諸調之中，如〔鎖南枝〕、〔駐雲飛〕，猶可謂之本爲小曲用調，若其餘者，固皆南曲也。然諸家之文字，則一例化於小曲矣。

前人之論明代散曲者，有王世貞之《曲藻》、徐復祚之《三家村老委談》、沈德符之《顧曲雜言》、王驥德之《曲律》、張旭初之《衡曲麈談》等①。諸家當時所見散曲之集，今日不能盡見；今日於數百年後，以旁觀地位，覺得極其明瞭者，諸家當局，反而昧昧不察。故以諸家議論，衡兹篇之所主張，多見其鑿枘矣。

至於清代散曲，約可分爲四派。第一南曲派，承明末梁、沈之餘風，

① 今校：《衡曲麈談》一般作《衡曲麈譚》，附載於《吴騷合編》卷首，原不題作者姓名。《吴騷合編》爲明人張楚叔、張旭初所編。楚叔名琦，《吴騷》前三集爲其所編，故列於全書卷首之《衡曲麈譚》或爲張琦（楚叔）所作。

好爲南曲，如沈謙、吴綺、陳維嵋、蔣士銓、吴錫麒等皆是。沈謙集中，於集曲、翻譜等事，亦多爲之，乃梁、沈之嫡傳。若兩吴集中之合作，間如明之王磐、金鑾，絶非梁、沈所能限矣。第二騷雅派，倡喬、張之清麗，而一味賞其騷雅，好爲北曲，如朱彝尊、厲鶚及後來之劉熙載、許光治等皆是。劉氏説主喬、張之騷雅，而所作因求被諸聲歌，故俯就南曲，以用其崑腔。其實元人北曲，在崑腔内亦自有譜可唱。餘人集中，則絶少南曲，與第一派異也。朱、厲等一味崇雅，雖未得元人真味，要得雅之真味，成所謂詞人之曲，又非明人梁、沈輩之參用詞法，或所謂南詞者所可同舌共談矣。第三道情派，此派乃徐大椿所創成，處於元明南北曲及小曲之外。小曲内容，大抵男女情詞，徐氏之道情，則黄冠體中之警醒頑俗也。徐氏自謂“構此頗不易，必情、景、音、詞，處處動人，方有所謂道氣。”①見陸以湉之《冷廬雜識》。其前鄭燮之道情，自與之爲一派，特鄭氏之作，所警醒頑俗者不過勿貪富貴功名而已，道家之套語也。若徐氏所警者，乃世情積弊、人事惡習，敢言他文所未嘗言、他人所不敢言者，乃於世道人心，頗有感化作用之文字，非等閑俚唱可比，自足另成一派，與其餘者並列也。第四爲趙慶熺派，清代散曲之有趙，猶明代之有施，雖局面較狹，而文字多恰到曲之好處，非此不足以存曲體之真價矣。如騷雅派，則曲爲詞之附庸而已，南曲派亦曲之尾閭而已，道情派與小曲，又同爲曲之旁枝而已，惟趙氏一派，自有其自己一時代之面目，並不貌襲元人，而實本元人之法，可以列於曲之正統之中也。

小桃紅贈蘇崑生　摘自套曲　　吴綺

枉濕了潯江袖，還剩得蘭陵酒。儘紅牙拍斷紅珠溜，放青鞋踏遍青山瘦，把黄冠撇却黄金臭。管甚麽蛟龍爭鬭無休。

梧桐樹西施　　吴錫麒

西風吹白紵，歌罷人何處。莫道功成，肯逐鴟夷去。算回頭只有煙波路，吴苑千秋，花也愁無主。越客千絲，網也兜難住。剩相思石上苔無數。

---

① 今校：清咸豐六年刻本《冷廬雜識》，“情景”作“情境”；無“所謂”二字。

水仙子　朱彝尊

半湖山上採樵夫,百步橋邊垂釣徒,三家村裏耕田父。這生涯都不苦,要歸歟只便歸歟。錦屏風蒼崖紅樹,白雪灘金齏玉鱸,緑楊灣赤米青菰。

殿前歡秋思,用張小山《春思》韻　厲鶚

寫秋思,芭蕉葉葉竹枝枝。南湖風雨涼何自,潘鬢成絲。蟲聲唱鬼詩,雁影排人字,鳳紙書仙事。餘香滅後,幽夢回時。

水仙子海棠　許光治

紅綿繡鳳撲華鉛,紅錦回鸞散舞錢,紅絲顫雀翹妝鈿。過清明百六天,畫墻低何處秋千。宿粉暈流霞炫,明脂洗垂露鮮,是花中第一神仙。

道情刺時文　徐大椿

讀書人,最不濟。爛時文,爛如泥。國家本爲求才計,誰知道變作了欺人計。三句承題,兩句破題,擺尾搖頭,便是聖門高弟。可知道三通四史是何等文章,漢祖唐宗是那朝皇帝。案頭放高頭講章,店裏買新科利器。讀得來肩背高低,口角嘘唏,甘蔗渣兒嚼了又嚼有何滋味。辜負光陰,白白昏迷一世。就教他騙得高官,也是百姓朝庭的晦氣。

江兒水詠月　摘自套曲　趙慶熺

自古歡須盡,從來滿必收。我初三瞧你眉兒鬬,十三窺你妝兒就,廿三覷你龐兒瘦。都在今宵前後,何況人生,怎不西風敗柳。

以上論三朝散曲派别,各家粗見得失,未曾詳盡,舉例亦不能備,瑣屑之處,參看《曲譜》,其説間有出入者,則以此篇所見爲準。

餘論第十

散曲之形式與精神、用調與作家等,據以上九章所敘論者,已可得其大概而有餘矣。顧猶有未及之義,而甚爲緊要者,如散曲之音樂與歌唱如何,散曲之前途如何,於今後文學上之地位如何,有志作散曲者今後之任務如何等皆是也,兹再約略見之。

觀於上文用調一節，知北曲十七宮調，而散曲用其九；南曲十三宮調，而散曲用其十一。南北曲之音樂，今所僅傳者，祇有崑腔，却非元人之原唱。元人之南北曲樂，均用絃索，即明人之唱南曲，在崑腔以前者，亦以能上絃索爲準，觀於何良俊《四友齋叢説》等書所紀可知，非若崑腔之以管笛爲主器也。然元曲之腔譜唱法，今日已與宋詞同一不傳，深可歎惜。吴瞿盦先生謂曾見用乙、凡二音之南曲古譜，恐即崑腔以前元明人之唱法矣，惜未收之，不知其書終落何所。惟全部崑腔，亦非憑空結撰者，元明舊腔有一部分尚留存於崑腔之内，固意中事，特無從確實證明之耳。曲樂普通情形，兹不多及，擇其尤關散曲者，爲紀述如次。

元楊朝英選《陽春白雪》、《太平樂府》二書，所流傳之元人散曲獨多，乃楊氏於第一書前，附刻芝庵《唱論》，於第二書前附刻卓從之《北腔韻類》，足見此二篇文字，於元人多數之散曲皆甚有關也。芝庵之姓名歷略不可考，楊氏稱爲燕南芝庵先生，並依據其《唱論》中某條所訂，分《陽春白雪》之内容爲大樂、小令、套數三類。所謂大樂者，宋金兩朝蘇軾、吴彦高等之詞十首也，足見宋詞唱法，當時所流傳者，尚有十首，而小令、套數之唱法，必與此十詞之唱法相鄰近。且《唱論》中所謂敦拖打揞、停聲、待拍、起末、過度、取氣、换氣、慢、衮、序、引、三臺、破子、小唱等，張炎《詞源》内論詞之唱法亦皆有之，是亦宋詞元曲唱法相去不遠之一證也。惟周德清作《中原音韻》，序中首先指摘楊氏之《陽春白雪》，以爲其中陰陽去上不合律度，難於歌唱者甚多。周氏所主張者爲平分陰陽、入派三聲，嘗於席間聞歌〔四塊玉〕起句者曰“彩扇歌，青樓飲”，周氏之友羅宗信非之，而瑣非復初爲改作“買笑金，纏頭錦”，周氏乃皆與賞識，以爲知音①。蓋〔四塊玉〕次句首字應用陽平聲，作“青”則必唱爲“晴”矣，不若“纏”字正屬陽平，唱來可得本音也。周書又著明每調中務頭所在，以收聲文兼美之效，此層亦涉於當時散曲之唱法者。以上乃元人散曲唱法之略可考見者也。

元時南曲，發生甚早，但終元之世，未見有一首南調之散曲。南北合套爲元人沈和所創，著在《録鬼簿》，鑿鑿可據，但終元之世，不但雜劇

---

① 今校：事見周德清《中原音韻後序》。

中無之，即散曲内亦未見合套之文字，殊可怪也。《北宫詞紀》所載元貫雲石南北合套一首，不見於元選，其所有南詞，恐出明人僞託。散曲中之南曲，最早者殆爲明初周憲王《誠齋樂府》内所有，其腔譜唱法如何，應無改於元音。沈德符謂"嘉隆間度曲知音，推松江何良俊"①，而何氏《叢説》有曰，"老頓云，南曲中如'雨歇梅天'、《吕蒙正》内'紅妝豔質'、《王祥》内'夏日炎炎'、《殺狗》内'千紅百翠'，此等謂之慢詞，教坊不隸琵琶箏色，乃歌章色所肄習者。南都教坊，歌章色久無人，此曲都不傳矣"云云②。所謂"雨歇梅天"，當係散曲，乃與《吕蒙正》等劇曲所有，同爲慢詞。此所謂慢詞，疑與南宋慢詞之唱法更近，而與北曲及一般南曲較爲促拍快唱者則有别，故得其名也。其唱法當時雖不傳於一般人，或獨得於魏氏，而氏之崑腔，或即以此種慢詞爲本，亦未可知耳。至於北曲中如康海之精於琵琶、王九思之未曾填詞先慕國工按譜等，其所以彈所以唱者，當亦元人之舊也。以上乃崑腔以前，明人散曲唱法之略可考見者。

崑腔以後，散曲之唱法乃較爲明白矣。顧起元《客座贅語》曰："萬曆以前，公侯與縉紳及富家，凡有燕會小集，多用散樂，或三四人，或多人，唱大套北曲。中略若大席則用教坊打院本，乃北曲大四套者。"沈德符《顧曲雜言》曰："老樂工云，凡學唱從絃索入者，遇清唱則字窒而喉劣。"又本書上文名稱一節内論清曲，曾引魏良輔《曲律》及李斗《揚州畫舫録》之言，顧氏之所謂散樂，應即沈、魏、李三氏之所謂清唱。蓋唱而不演之謂清，不用金鑼喧鬧之謂清。至於其所唱者，約有兩種：一則仍爲劇曲有賓白者，唱時或開白或否；一則爲散曲無賓白引子者。散曲本無場面可言，絃管鼓板已足；本無須乎金鑼，正合充清唱之資料。故清唱者乃散曲惟一之唱法。清唱所唱不必盡爲散曲，若唱散曲則無不爲清唱，上文名稱一節内亦既言之矣。然此種情形，即如《客座贅語》所言，崑腔以前，亦何嘗不如此，何以獨屬之於崑腔以後？曰：因崑腔以後，散曲忽然另有一别名曰清曲，清曲清唱，至此制度乃格外確定之故

---

① 今校：文淵閣四庫全書本《顧曲雜言》，此句作"嘉隆間度曲知音者有松江何元朗"。

② 今校：明萬曆七年張仲頤刻本《四友齋叢説》，"南都"作"南京"。

也。“清曲”一名，何時發生？無考。前人書中所見較早者爲沈寵綏《度曲須知》，然尚非其始也。嘉隆間有崑腔後，魏、沈諸人既説起“清唱”二字，清曲之名，此時恐亦隨之而有矣。夫言散樂則所唱爲散曲，言清唱則所唱爲清曲，二者固一轍也。又清唱之中，所以清之程度，深淺不同。極清之時，雖絃管鼓板亦被清去不用，專以顯明肉音，《顧曲雜言》之所云，正是此意。袁宏道《虎丘記》曰：“比至夜深，簫板亦不復用，一夫登場，四座屏息，音若細髮，響徹雲際。”①亦可以爲證。以上又崑腔以後明清人散曲唱法之大略也。

散曲之全盛時代，祇在元、明兩朝，至清即已大衰。若問散曲今後之前途如何，當先了解散曲至清代何以大衰，何以遠不如其劇曲之所成就。今知元明雜劇共約一千餘種，清僅約二百餘種；但元明傳奇共約七百餘種，而清傳奇則竟在一千、兩千之間。至於散曲，觀於上文書録、作家兩章所列，元明作家共約五百五十人，專集共約一百四十種，而清則作家僅約七十人，專集不足十種，選集一種並無也。夫詞與散曲，同爲樂府，二者之文章，至明之季世，同淪於卑靡。惟論音樂，則散曲猶有崑腔可唱，與詞樂之全亡者不同，何以清人於詞業反盛，於散曲反衰？凡一代樂府，其文字之盛衰，應隨其音樂以爲變遷，音盛文亦盛，音衰文亦衰，此乃原則。惟此原則，自上古以來，歷代無不合；至於清，獨不合。清代自己無創體之樂府，於清代所作之樂府文字中，自漢魏六朝以至唐宋，其樂皆亡，而其文皆盛，獨於近古元明之樂府，其樂未亡，而其文反衰。音樂之力量，至此竟不足以維繫其文字，豈非有背於一般之原則乎？然於元明樂府中，清人並非全棄之也，若於雜劇傳奇之樂與文，固爲之一如其他樂府，所棄者獨散曲耳。故散曲至清，論體格之尊，即令不如詞矣，何至於亦不如劇曲？論音樂之全，即令不如劇曲矣，何至於亦不如詞？此一問題，似乎難得圓滿之解答也。然細思之，則亦有可通之理在。清代散曲所以不如詞者，蓋因清人於一切學問、藝術之思想，較元明人爲謹飭。元人高尚之散曲，因明人散曲之弊，久已不聞於世；

① 今校：明萬曆三十七年袁叔度書種堂刻本《錦帆集》卷二《虎丘》，原文作“比至夜深，月影橫斜，荇藻淩亂，則簫板亦不復用，一夫登場……”

即聞之，清人亦多嫌其體過肆。至若明末卑靡之散曲，則又本不足以動人，而他方面宋詞託體較爲雅静純謹，其書又較傳，於是適投所好也。清代散曲所以不如劇曲者，蓋因戲劇爲任何時代所不可少之物。清初之時，以傳奇體之歌舞劇最爲進化，而最爲完美，故劇曲文字，雖同一較詞爲放肆，而清初亦既接踵明代以繼盛，若散詞散曲，究竟非戲劇可比。元明兩代既可取散曲而置散詞，則清代亦何嘗不可取散詞而置散曲乎？至崑腔之樂，既已有之於劇曲，則亦不必再有於散曲矣。此清代詞與劇曲都盛，而散曲獨衰之故，大概可言者也。

至於今後之情勢，則應大不然矣。蓋對於一切學問、藝術之思想，今人已較清代爲解放而自由。若將元人高尚之散曲，從模糊錯誤之板本中，整理而清順之，公之於世，必無因其粗俗放肆而唾棄之者。一方面今後之戲劇格外進化，格外完美，以言興觀羣怨、娱樂感化，斷非元明傳奇體之歌舞劇所能勝任而愉快。且崑劇之造成，其事實異常繁重，一部新傳奇，由案頭而登諸場上，談何容易！填詞而外，首爲訂譜，然後選脚色，配排場、唱詞、念白，演身段，製砌末，蓋非數十人之力，數年之久，千萬金之費，不易致也。所勞苦消費者如此，而既成以後，終不能收得相當之效果，則其事如何可通行乎？故元明之劇曲，今而後實無繼長不息，一如清初之餘地矣。夫劇曲既無再盛之可能，散曲反得優容之餘地，則今後致力於曲之文章者，應即完全傾向於散曲；而今後散曲之前途，準情酌理，審時度勢，其地位至少固當較優於清代耳。

興言及此，乃覺散曲之前途，固别具阻礙，又有不可不明之兩義在。第一，曲乃聲律極嚴之文體，在彼專論劇曲之律者，對於散曲，一嚮以爲輕簡，甚至無律可言；而在今日一般文人，一聞其爲體調句法、四聲陰陽、叶韻協樂皆釐然有定者，將無不掩耳而疾走，以爲似此重重束縛，處處荆棘，何從自由發表情感與意志。至於曲之内容如何寬博，精神如何解放，機趣如何清新，而聲韻如何諧美，則皆不暇計及，概予埋没矣。對於此種難其律而廢其事者，吾當告之曰：曲在元代，實爲平民文學，並非資才超絶者方能爲，雖優伶娼妓，尚有緑巾之詞，其他可想，豈今之文人，其才具乃元代優伶娼妓之不若乎？又無論詞調曲調，皆有一種吟諷與歌唱兩兼其美者，凡一曲牌，既祇隨口吟諷亦覺其美者，則其句調必與語調相合。如此曲詞雖有一定,句法又安見其不自然?亦在作者選擇而用耳。至於四聲陰陽,乃時時刻刻實現於吾人言語聲音間之事實,辨之即得。苟爲同文同語之國人,則辨别言語聲音間之四聲陰陽一事,殊不足以難之也。曲亦文藝耳,藝非習不成,若不欲習而祇欲成,世無其事,何況藝乎!此律難一層,似足爲散曲前途礙,而實則不成問題也。第二,曲爲樂府,乃合樂之韻文,是所優於其他之無樂可合者。欲散曲之行於今後,必使其樂府之資格先得保持勿失,不然,作散曲者聲律既已考究,徒供吟諷,無以歌唱,是所成者爲啞曲,啞曲先失樂府之本,徵之往迹,必難遠播矣。然歌唱散曲,固然借重崑腔,猶必有人善於製譜。四聲陰陽,雖曰有定,亦何嘗一調之中字字全定?此不定之部分,同是一調,便各首不同,欲被聲歌,必有人於主腔之外,善於按其逐字之四聲陰陽,連貫其主腔,以成逐板逐眼之細腔,而成此首一定不易之譜,爲他首所不能通假者。詞曲所以講四聲陰陽者,非無故也,目的即在形成各首之專譜,非若皮黄亂彈,風琴唱歌。一譜美聽,萬詞爭用,歌詞則儘管其一其二,乃至其百其千,而聲譜仍一成不變也。彼曲家於所製之曲後注明用《牡丹亭》某齣譜,或《長生殿》某齣譜者,皆門外漢事;不然即爲文章時,四聲陰陽,逐字從人者,亦笨伯耳。顧今日能唱前人舊詞崑腔者尚不乏人,若能就南北曲新詞,製崑腔新譜者,舉國之中,有幾人耶?不製新譜,則難唱新詞,新詞不皆唱,則難望其皆作。世乏崑腔製譜之人,實爲散曲今後前途之一大障礙,言之不勝爲散曲懼矣。

夫各種文學與音樂,皆自有其時代,時代一過,自無復其最初盛況之理,提倡者固不可不識分際。如崑腔乃我國僅傳之古樂,散曲乃我國僅傳之活樂府,國人今後於此二者,流行之自不必期,保存之要不可忽。顧二者實互有保存之能力作用與機會在,亦惟二者互相保存,方能真正俱存,舍此别無更善之法,此不可不爲一般有志保存崑腔者正言而告也。蓋保存音樂,與保存文字者不同。文無成法,有成文即可以見法,有《元曲選》等書,而元人劇曲已成之文及成文之法,盡在是矣;但有《九宫大成譜》與《納書楹曲譜》等書,崑腔已成之腔雖在此,若所以構成之法,則不盡在此也。譬如欲保存喫飯之事者,僅囤積已成之米粒已足乎?僅少數之人,時出其積穀,試喫一番已足乎,抑並須昌明米穀耕種之法乎？近人保存崑腔者，祇知翻印《大成譜》，增訂《納書楹譜》，創設崑曲傳習所而已，而不知凡此皆所以著録、傳唱崑腔已成之定譜，未嘗傳習實行製造崑腔之活法也。雖曰保存，其效未充，而其事未至矣，必也！有新詞可託，有新譜可成，時得其應用，並不求普遍，但求極盡其能事。猶之欲保存喫飯者，能傳稼穡之方，時爲實行，而有所新獲，使天下之饑者，雖别有所飽，而時亦得此新獲之物，以助饜其欲，助果其腹，然後穀之種始真不絶，而穀食之事始果然存也。顧寄託崑腔之新詞，其體裁究將何屬乎？元明劇曲，於戲劇方面既去時代太遠，其構造也又難成而難用。則劇曲以外，又將何屬乎？斯不待言，惟有散曲耳。託崑腔於散曲，散曲乃可繁可簡之體，祇要一面昌明譜法，即可以隨作隨譜，隨譜隨歌，事輕而易舉，能盡而效至。無論廟堂典禮、燕會清娱、黌舍絃歌、閭閻嘌唱，無往而不可用散曲，亦無往而不可用崑腔，散曲於以真傳，而崑腔亦於以真在矣。因此保存崑腔，乃今後散曲惟一之責任。散曲祇憑其文字，誠亦足以自表，然有崑腔爲之聲，則羽翼更豐，而輪轅益固也。慨自有崑腔以來，散曲之文字，於以大壞，崑腔實深負散曲，若今後二者果能相依而立，相得益彰，則散曲終不負崑腔耳。

故今後之曲家，與其刻意爲雜劇傳奇，又明知其無登場搬演之望者，則毋寧掉其筆鋒，改爲有希望之散曲。今後之崑曲家，與其竭全力於傳習元明舊劇之定譜者，毋寧分其力之大半，以昌明製譜之法，選擇新製之散曲，努力爲之成譜，以延崑腔之真生命。而爲散曲者，當然取法於元人之豪放、清麗，借鏡於明之馮、施，清之徐、趙，以元人之藝術，入今日之社會，不拘拘於面目，而極盡其作用與能事。合散曲與崑腔而並用之，於不成優美文學之皮黄亂彈之詞，與不按我國文字聲韻之西樂歌詞，及尋常流行之小調歌詞以外，别張一種詞樂，以試當一代之樂府。瞻其效果，究竟如何，且即寓保存散曲與保存崑腔之目的於其中，是述兹篇者一最大之建議也。

曲譜

提　要

《曲諧》四卷,任訥撰,乃曲話也。卷端有小引,略謂曲中多雋永奇妙之作,録爲瑣談。詞既諧婉,調復諧和,又足供人諧笑,因曰"曲諧"云。惟四卷之中,並不盡爲品藻,考據、議論亦多有之,是未嘗限於"諧"之一義也。其書原無條理,隨手拈綴者,而目録則歸納全部材料爲十類:曲選、元曲、明曲、清曲、劇曲、小曲、考據、議論、類纂、雜俎,每目並注明卷數、頁數,以便檢查。特所分十目,亦得其大略而已,往往一條之中,品藻、考據、議論三項,雜揉一起,難於判別。全書引據頗博,取材間或過濫,然如一卷之冤家才郎,二卷之揚州〔一半兒〕,三卷之彭仲山詞餘偶録、贈沙才〔一半兒〕、朱四芬度曲事,四卷之陶金鈴事等條,俱極珍奇詭異,意趣濃郁,爲向來曲話所未有。即其他考據、議論、見解、主張,亦多新穎俊發,不落窠臼。全書十之七八俱論散曲,故以爲《散曲叢刊》殿焉。

《曲諧》目録

每題下所繫數字，乃卷數，
如殘元本《陽春白雪》見一卷①。

一、曲選

二、元曲

三、明曲

四、清曲

---

① 今校：1931年上海中華書局聚珍仿宋版《散曲叢刊》，於《曲諧》分四卷四册，本於目録每條下標出卷數與頁數。此次整理，併四册於一册内，故將其本來頁數删去，只存卷數。

香銷酒醒曲二二　東江別集二　西堂散曲二　忠雅堂散曲二　洪昉思散套三　林蕙堂集散曲三　湘中草曲三　櫻桃花下銀簫譜三　坦園詞餘三　小羅浮館雜曲三　昨非集附曲二

五、劇曲

金錢記三　芙蓉亭三　燕青博魚四　舒鐵雲樂府四　以上雜劇　三婦合評還魂記三　牡丹亭注本三　昭代簫韶三　千金笑三　揚州夢三　虎囊彈四　太平圖論道之曲四　十二紅十四鹽十醋記四　蝶歸樓三　以上傳奇

六、小曲

在園雜志論小曲三　南方小曲四　小曲掛枝兒一　圈兒曲三　納書楹譜散曲四　紅樓夢内小曲一　以上小曲　萬古愁三　冬心自度曲三　道情四　以上雜曲

七、考據

元代並無以雜劇科士之制四　元曲中方言四　妙曲八引四　集曲爲詞三　諸佛名歌四　幺篇四　劉時中上高監司套曲三　元人博戲四　用西廂語四　用琵琶語四　王驥德傳略三　沈紉芳曲三

八、議論

舊蘿曲語二　彭仲山論曲書三　今後曲樂之流傳三　爲樂府勿庸摹古四　南北曲之分二　子猶論南詞三　南詞之弊四　崑腔之衰四　詞曲之律二

九、類纂度曲、演劇、感事、傷時、女士、青樓、俳體、《西厢》、揚州曲話、筆記雜書所見。

清唱四　度曲佳話三　朱四芬度曲事三　宸垣識餘所載度曲事三　以上度曲　演劇評語四　其次致曲四　顧威明演牡丹亭四　陶金鈴事四　銅伶之演唱四　以上演劇　司官歎三　司官慰四　京官樂三

教官曲四　候補曲四　詹鄉亭闈中望月曲三　鄉試黄鶯兒四　以上感事　海警散套三　紀吴淞之陷三　新萬古愁三　嘲放假三　沙基死難烈士弔詞三　滬上有感寄生草四　以上傷時　女曲家一　顧貞立女士曲三　香南雪北曲三　吴冰仙女士曲四　吴逸香女士曲四　以上女士　青樓之作一　贈妓之作一　贈沙才一半兒三　呼文如曲四　李蓮三　以上青樓　曲中俳體一　短柱體三　詠物小題一　以上俳體　《西厢》散曲一　崔鶯鶯舊詞三　以上《西厢》　揚州曲話二　揚州一半兒二　鹽商與曲三　以上揚州曲話　堯山堂外紀所紀曲一　堅瓠集内所載曲一　新解人頤所載曲三　録鬼簿三　扶風傳信録四　以上筆記雜書所見

十、雜俎

元曲中奇穢一　冤家才郎一　折桂令别詞一　朝天子情詞三　相思曲三　爇香曲三　紅香仙子乩作四　相憐對影詞四　可人曲四　楊小坡題蘭花卷子曲三　眉子硯拓本題曲四　楊靖絶命詞三　陸廣明自壽曲四　一半兒一　雪樵居士一半兒四　裘雨香豔體一半兒四　新嫁娘一半兒三　賀新婚曲語三　張南山村居黄鶯兒四　陳鍾祥下灘曲三　王和卿詠蝴蝶四　林廷玉詠酒四　趙瑜弔桃花曲三　桃花醋四　看戲説四

曲諧卷一

江都任訥中敏

文字至曲，昔人鄙爲體格卑降，其實體格愈所謂卑者，每每愈得自然之趣。曲中不禁俳體，斯降之又降矣。然就中儘多雋永奇妙之作，讀之令人忍俊不禁者，暇輒好而録之，並綴成瑣談，以暢其趣。蓋皆無關大旨，而詞既諧婉，調復諧和，又足供人諧笑者也，因曰《曲諧》。

〔折桂令〕别詞

元劉庭信有〔折桂令〕《别情》十餘首，見《詞林摘豔》。其一曰："想人生最苦離别，唱到陽關，休唱三疊。意遲遲抹淚揩眸，急煎煎揉腮抓耳，呆答孩閉口藏舌。情兒分兒你心裏記者，病兒痛兒我身上添些。家兒活兒既是抛撇，書兒信兒是必休絶。花兒草兒打聽的風聲，車兒馬兒我親自來也。"寫尋常夫婦話别，可謂生動新切，結語描摹潑醋婦人之恫嚇其夫，尤堪發噱。《西厢》傷離齣一曲〔叨叨令〕已先有此種語調，然而妙不及此也。

香銷酒醒曲一

曲中用"兒"字，每有别趣，非他種文字所能及者，前劉庭信詞中，已可概見。清人趙秋舲有《香銷酒醒曲》，以〔江兒水〕《詠月》一首最爲人所傳誦："自古歡須盡，從來滿必收。我初三瞧你眉兒鬭，十三窺你妝兒就，廿三覷你龐兒瘦。都在今宵前後，何况人生，怎不西風敗柳。"中幅三句，人人競賞，固以其設意精奇，耐人尋玩，而造句鬆動脱溜，摇曳生姿，亦自感人不少，則"兒"字不爲無助矣。

秋舲諸曲，美不勝收，何止《對月》、《葬花》、《寫愁》數套，即小令嘲弄遊戲之作，亦復輕圓流利，不必襲元人面目，而自具元曲之俳諧放浪。如〔駐雲飛〕《沈醉》云："等得還家，澹月剛剛上碧紗。親手遞杯茶，軟語呼名罵。他,只管眼昏花,脚跟兒亂躧。問著些兒,半晌無回話。偏生要靠住儂身似柳斜。"寫醉漢佯狂憊賴之態,於淋漓盡致中,猶具藴藉之趣。

一半兒

〔一半兒〕一調,末句中"一半兒"云云,已成定格,且末字必叶上聲,叶平叶去皆非。古今填此調者,風趣無邊,一時未能盡選,然《堯山堂外紀》首標陳克明《美人八詠》,《太平樂府》歸查德卿。允爲絶唱;此外《外紀》所載,關漢卿兩首、王和卿一首,都屬上乘。元人精粹,亦不過如此矣。餘如《樂府羣玉》所載,無名氏《手帕》云:"藕絲纖膩織春愁,粉線輕盈惹暮秋,銀葉拭殘香臉羞。玉温柔,一半兒啼痕一半兒酒。"則以色澤勝耳。明人〔駐雲飛〕一調,末句亦喜作"一半"云云,大都蹈襲舊文,殊乏新旨,且句調較長,韻味各别,不如元詞馳騁中寓有藴藉矣。趙秋舲《偶成》云:"鴉雛年紀好韶華,碧玉生成是小家,挽綹青絲插朵花。髫雙丫,一半兒矜嚴一半兒耍。"頗有關、王之韻。又《青梅》云:"海棠花發燕來初,梅子青青小似珠,與我心腸兩不殊。你知無,一半兒含酸一半兒苦。"機杼别運,亦饒雅趣。曩者羈寓京華,春郊拾翠,每有所遇,輒與同遊口占此調爲戲,頗有尖穎之作,惜無存稿,久而不憶,書簏偶録一首云:"輕莎貼地露猶沾,惹得春泥格外黏,俏倚娘肩驗玉纖。濕痕添,一半兒鞋根一半兒尖。"一時無賴,有如此者。

元曲中奇穢

元人作曲,完全以嬉笑怒駡出之,蓋純以文字供遊戲也。惟其爲遊戲,故選題措語,無往不可,絶無從來文人一切顧忌,宏大可也,瑣屑亦可也,淵雅可也,猥鄙亦可也。故詠物如佳人黑痣、禿指甲等,皆是好題目,了不覺其纖小。所描摹者,下至傭走粗愚、娼優淫爛,皆所弗禁,而設想污穢之處,有時絶非尋常意念所能及者。兹舉一例,殘元本《陽春白雪》載有無名氏〔紅繡鞋〕十一首,所寫全是厮婢間奸情醜態,而開章明義云:"老夫人寬洪海量,去筵席留下梅香,不甫能今朝恰停當。款款的分開羅帳,慢慢的脱了衣裳,呸,却原來紙條兒封了褲襠。"閲盡能不爲之啞然掩口乎？此物入文，而如此直率，應是古今文人匪夷所思者。楊朝英氏乃卓然一代選曲名家，遇此奇穢，竟爲拔登簡册，忝不爲怪，斯真可見元時曲家之風氣矣。

殘元本陽春白雪

上述無名氏〔紅繡鞋〕中，别有雋妙可意之作，如第三首云："背地裏些兒歡笑，手梢兒何曾湯著，聽得擦擦鞋鳴早來到。又站著挨窗兒聽，倚門兒瞧，把我一個敢心兒都諕了。"第七首云："款款的分開羅帳，輕輕的擦下牙床，栗子皮踏著不提防。驚的膽喪，諕的魂揚，便是震天雷也不恁地響。"第十首云："背地裏些兒歡愛，對人前怎敢明白，狠情性的夫人又早撞將來。攔著粉頸，落香腮，終喫取他幾下紅繡鞋。"諸詞都足資一粲，以其傳情寫態，俱能刻畫入裏也。

殘元本《陽春白雪》一書，爲黄復翁舊藏，今在江南圖書館中，蓋爲天下孤本，盡復翁一生，未能補足者也。其書較通行《陽春白雪》本，多百餘首，且大抵爲他書所未複見者，深可珍貴。近聞圖書館小逢回禄，不知此書抑有損否？百餘首中，余最喜貫酸齋〔紅繡鞋〕《别情》，云："挨著靠著雲窗同坐，看著笑著月枕雙歌，聽著數著怕著愁著早四更過。四更過情未足，情未足夜如梭，天哪，更閏一更妨甚麽。"結語聲情淒楚，沁人心脾。

酸甜樂府

貫酸齋與徐甜齋善作散曲，後人有所謂"酸甜樂府"者，命名極趣，而惜無成書。余暇嘗輯二人之作爲一册，即標以此名。甜作無套曲，而小令高出酸上；酸作略有套曲，亦不見佳。酸作中要以前舉〔紅繡鞋〕爲最雋，另有《别情》二首，亦允稱佳構。其一代人作〔塞鴻秋〕云："戰西風遥天幾點賓鴻至，感起我南朝千古興亡事。展花箋欲寫幾句知心事，空教我停霜毫半晌無才思。往常得興時，一掃無瑕玼，今日個病懨懨剛寫下兩個相思字。"此詞鋪排轉折，神理氣勢，無不兼至，周德清力詆其襯字太多，末句至倍有原格字數，在散曲中誠屬不宜，但論氣勢，則末句有非十四字收煞不住者也。余謂此詞之病，襯字多猶可諒，所不快者，事字韻重押，無法補救耳。其一〔壽陽曲〕云："新秋至，人乍别，順長江水流殘月。悠悠畫船東去也，這思量起頭兒一夜。"著墨不多，而風趣無盡，不愧名手矣。

甜作全見《太平樂府》，此外惟《樂府羣玉》别有〔紅錦袍〕四首，却非傑構也。《太平樂府》載甜齋小令九十九首之多，英華歷落，不勝掇拾。《堯山堂外紀》所舉，〔蟾宫曲〕《春情》、〔水仙子〕《夜雨》與《紅指甲》，確已拔其精萃，惟兹不容不重引者，厥惟《春情》之詞曰："平生不會相思，才會相思，便害相思。身似浮雲，心如飛絮，氣若遊絲。空一縷餘香在此，盼千金遊子何之。證候來時，正是何時，燈半昏時，月半明時。"首尾各以數語同押一韻，全屬自然聲籟，何可多得！末四句僅各四字，而唱歎轉折，能一一盡其情致，真是神來之筆。

甜齋别有〔清江引〕《相思》，語質而喻工，亦復散詞上乘："相思有如少債的，每日相催逼。常挑著一擔愁，準不了三分利，這本錢見他時才算得。"此等曲讀來但覺其爲説話，並不知其爲韻文，而且有對仗於其間也。以放債喻相思，亦元人沿用之意，特以此詞爲著耳。憶關漢卿〔沈醉東風〕曰："伴夜月銀箏鳳閑，暖東風繡被鴛慳。信沉了魚，書絶了雁，盼雕鞍萬水千山。本利對相思若不還，只告與那能索債的愁眉淚眼。"此於前喻之外，又使愁與淚爲索債之人，靈思幻想，層出不窮也。

唾窗絨一

南曲與北曲，情殊勢異，論風趣亦北直率而真切，南柔婉而浮誇。南詞宗匠，向推陳、沈。陳大聲《秋碧軒詞稿》、沈青門《唾窗絨》，今世皆不見有傳本，但就諸選集所録者，已覺可觀焉。《唾窗絨》顧名思義，即可知其以香奩之作爲多。後來如梁伯龍、施子野等散曲中，多效《唾窗絨》之體，是其詞在明季，一時風行，爲人所慕，又可知也。大抵沈作輕脱流利，令人朗朗上口，絶無留滯，如〔黄鶯兒〕《佳人秉燭》云："飲罷月朦朧，照郎歸繡户中，銀臺絳蠟含羞捧。露纖纖玉葱，映盈盈粉容，偷回笑臉嬌波送。怕東風，半途吹滅，佯把袖梢籠。"寫得活潑生動之至，可作一幅畫圖看也。

青門香奩，真有他人不可及者，縱令道學家讀之，當亦同爲忍俊，而不忍遽加呵斥也。如〔懶畫眉〕《春怨》曰:“倚闌無語掐殘花,驀然間春色微烘上臉霞,相思薄倖那冤家。臨風不敢高聲罵,只教我指定名兒暗咬牙。”又《春閨即事》云:“東風吹粉釀梨花,幾日相思悶轉加,偶聞人語隔窗紗。不覺猛地渾身乍,却原來是架上鸚哥不是他。”又《贈小姬》云:“海棠花相並愧無香,笑臉兒盈盈罷曉妝,春風微動翠羅裳。分明一點芳心蕩,莫不是昨夜峰頭遇楚王。”無不神采奕奕,撲人眉宇,開卷微吟,即有欲罷不能之勢也。

方諸館小令

《秋碧軒詞稿》既不見於當世,余曾據萬曆以來各家譜、選十二種,輯得散套六十三、小令一百,自來裒録元明各家散曲,所得無如此之富者,正以陳氏爲散曲專家也。筆墨多懶,繕寫未盡,不能通體比勘,擷其精英,兹姑略而弗論,論王驥德之《方諸館樂府》。王氏號方諸生,生萬曆間,當時曲家泰斗如沈詞隱、湯若士,皆與納交,而致傾倒。所著《曲律》,確爲此道津梁。余嘗謂明代曲家,最不可少者,爲魏良輔與王氏兩人:無良輔則今日無崑曲,即謂今日無雅樂可也;無驥德則譜律之精微、品藻之宏達,皆無以見,即謂今日無曲學可也。顧言之了了者,行之未必佳,乃天下事常有之弊,而驥德之於曲,似亦未能免也。傳奇、雜劇且勿論,南曲散套,驥德深病前人庸腐,以其不足與元人北曲抗衡爲憾,但《方諸館樂府》中所見,亦正復爾爾,無所振拔也。以王氏之識,掩蓋藝林,而才情未能副之,爲南曲一補缺憾,斯真可憾已。特數其令詞,則尖新妥溜,允足繼響青門,差强人意,蓋在此矣。《見月》〔一江風〕云:“月華明,偏管人孤另,後會茫無定。信難憑,兩處思量,今夜私相訂。天邊見月生,低低叫小名。我低低叫也,你索頻頻應。”對月呼名,異方索應,是何光景,是何情致!其中寫出一片孤心苦詣,顒望無窮,正不獨活畫出一妙人,癡絶而復憨絶也。〔鎖南枝〕《待歸》曰:“燈花綻,蟢子飛,心心盼他郎馬歸。早起畫蛾眉,紅樓鎮空倚,紗窗暝,日又西。多管是今宵,尚欠幾行淚。”所謂哀而不傷、怨而不怒者,非耶?結語照格是兩句,而讀者均恨不得作一句讀,在“多管是”三字微頓,下面作一氣,愈得纏綿之致也。至於富麗凝重一派,吾最喜誦方諸之〔玉胞肚〕,曰:“蕭蕭郎馬，怎教人不提他念他。俏龐兒怕吹破春風，瘦身軀愁觸損桃花。不知今夜宿誰家，燈火章臺處處紗。”風神灑落，情韻翛然，必如此工緻，然後方許集唐也。“俏龐兒”一聯，雅似杜詩中“紅豆啄殘”、“碧梧棲老”之倒裝句法，然而在曲中更屬偶然，無庸稱道，一稱道便易成流弊矣。

海浮山堂詞稿

王氏有〔玉芙蓉〕《青樓八韻》，序謂山東馮海浮先有北詞之作，嫌其選題猥俗，不稱爲韻；然王氏所選題中，竟有乳爐、腹褥、膝凳、足架之類，居然自命爲韻，真令人作三日嘔。明人之所謂是非，不但靠不住，甚且荒唐如此，詞曲雖小道，亦可概見矣。海浮山東人，故所作粗豪之氣，咄咄逼人，是大宜於北曲者，以之爲南曲，乃嫌叫囂矣。馮氏手訂有《海浮山堂詞稿》，分大令、小令等，最備。近於海上見有坐隱先生選本，汪氏環翠堂槧，而書坊没去一字，簽曰《浮山堂詞》，不禁爲之掩口葫蘆。海浮曲全是一團拴縛不住的豪氣，然排奡而能妥貼，詞中之辛稼軒、陳迦陵也。王弇州《曲藻》謂其“板眼、務頭、攛搶、緊緩，無不曲盡，而才氣亦足以發之”，實爲知言。〔朝天子〕《自遣》曰：“海翁，命窮，百不會，千無用。知書識字總成空，浮世乾和閧。笑俺奔波，從他搬弄，您乖猾，俺懞懂。就中，不同，誰認的鷄知鳳。”只此一詞，便可想見其人與其文矣。

海浮曲於放浪中寓滑稽，愈令人不可不作快讀者，其爲〔河西六娘子〕《笑園五詠》乎。“問道先生笑甚麽，笑的我一仰一合，時人不識余心樂。呀，兩脚跳梭梭，拍手笑呵呵，風月無邊好快活。”“人世難逢笑口開，笑的我東倒西歪，平生不欠虧心債。呀，每日笑胎嗨，坦蕩放襟懷，笑傲乾坤好快哉。”“閑看山人笑臉兒紅，笑時節雙眼兒朦朧，平白地笑入玄真洞。呀，也不辨雌雄，也不見西東，笑不醒風魔胡突蟲。”“笑倒了山翁老傻瓜，爲甚的大笑哈哈，功名不入漁樵話。呀，打鼓弄琵琶，睡著唱楊家，用盡你機關笑掉了我牙。”“名利機關没正經，笑的我肚子裹生疼，浮沉勝敗何時定。呀，個個哄人精，處處陷人坑，只落得山翁笑了一生。”此公下筆，無論爲丹丘體豪放不羈，爲淮南體趣高氣勁，爲草堂體山林泉石，爲香奩體脂粉釵裾，都異樣寫得出，説得透，不僅此騷人一體，嘲譏戲謔者，顛狂欲絶也。

海浮曲有硬語盤空，呼叱而出者，如〔醉太平〕《遂閑》云："誰説俺不平，俺原無宦情，秋收田地到春耕，從來是本等。懶驢愁治不了傳槽病，餵猫食救不的殘生命，放牛歌改不了舊聲音，急歸來笑聽。"然尚嫌曠達之中，多憤激之氣，文字亦覺過於急迫，乏安雅之致。如〔塞鴻秋〕《乞休》云："論形容合不著公卿相，看丰標也没個搊搜様。量衙門又省了交盤賬，告尊官便准俺歸休狀。廣開方便門，大展包容量，换春衣直走到東山上。"則較爲閑静，不病乖張，且結語緊得剛好，有風起雲從、水流花逐之概也。

以曲爲家訓，海浮之創作也，論其詞尚警切清新，不同腐俗。〔醉太平〕兩首云："勸哥哥學好，休捨命貪饕，聰明伶俐莫心高，只隨緣便了。抹了臉遮不盡傍人笑，腫了手拿不盡他人鈔，放倒身吃不盡小人敲，急回頭自保。""勸哥哥休歹，把兩眼睁開，一還一報一齊來，見如今天矮。人人心地藏毒害，家家事業多成敗，時時局面有興衰，到頭來怎解。"噫，是何言之至也，豈但家訓而已哉！

論才情横溢，氣象萬千，明曲中真罕有敵海浮者，吾所以屢舉其詞，而不以爲煩也。北曲〔鴻門奏凱歌〕《謝諸公枉駕》曰："邀的是試春遊張曲江，訪的是耽酒病陶元亮。行的是快吟詩唐翰林，坐的是會射策江都相。呀，這的是白雲明月謝家莊，抵多少秋風野草鎮邊堂。你衹待平開了西土標名字，俺衹待高臥在東山入醉鄉。周郎，耳聽著六律情偏暢。馮唐，身歷了三朝老更狂。"前調《謝會友枉顧》云："又不曾費推敲將詩債擔，又不曾閑包攬把風情勘。止不過下山來將公事勾，進城去把高親探。呀，單想著洞天福地紫雲庵，清風明月碧龍潭。但離了聖境多愁病，恰遇著遊人共笑談。意象兒虚涵，默坐處機心淡。魂夢兒沉酣，猛醒來世味諳。"高趣涵空，英姿颯爽，又純以跌宕風流、淵雅沉穆勝；而本來踔厲蹈揚之面目，則收拾淨盡，一毫不露，才人之筆，直無往而不可也。

海浮情詞，具本來面目者，如〔玉胞肚〕云："冤家心變，這些時誰家鬼纏。打聽的有個真實，我和他兩命難全。神靈鑒察誓盟言，不叫冤家只叫天。"其較爲蘊藉者，如〔倚馬待風雲〕《悼琴仙》前半云："想像仙姿，秋水芙蓉第一枝。天然標格，改様風流，分外清奇。腰枝輕裊海棠絲，鬟鬢半嚲秋蟬翅。花開風亂吹，花落春又歸，揾不住看花淚。”“花開”三句，悽惋無限，在南詞柔蒨一派中，的是當行。乃諸家南詞選本，同録其〔駐雲飛〕《贈劉一兒》云：“一段風流，一點情牽兩意投。一曲銀箏奏，一股金釵溜。嗏，消遣一春愁，一番花柳。一顧傾城，一笑天然秀。一度含情一上樓。”蓋賞其風趣耳。余獨以爲海浮〔月兒高〕《閨情》云：“月缺重門静，更殘五夜永。手托芙蓉面，背立梧桐影。瘦損伶仃，越端相越孤另。抽身轉入，轉入房櫳冷。又一個畫影圖形，半明不滅燈。燈，花燭杳無憑，一似靈鵲兒虛囂，喜蛛兒不志誠。”雖是南詞，而確傳元人敷粉作色、鈎勒點染之祕，斯不可多得也。

西厢散曲

崔、張事迹，自元微之《會真》一詩一記後，文人播詠，幾乎無體不備。宋人詞有秦觀〔調笑〕、毛滂續〔調笑〕、趙令畤〔蝶戀花〕，宋人雜劇有《鶯鶯六幺》，金人諸宫調有《董西厢》，元人雜劇有王、關之《西厢》、睢景臣之《鶯鶯牡丹記》，元人傳奇有《鶯鶯西厢記》，明人傳奇有李景雲之《崔鶯鶯西厢記》，崔時佩、李日華之《南西厢》，陸采之《南西厢》，盱江韻客之《昇仙記》，清人傳奇有卓珂月之《新西厢》、周坦綸之《竟西厢》，清人雜劇有查伊璜之《續西厢》、碧蕉軒主之《不了緣》，其餘不著聞者，殆難盡舉，而近人又有翻其情節爲章回小説者。自唐文以至近體小説，可謂有一種文體，即有一種《西厢》矣。崔、張事迹，固感發人心，一至於此也，可畏哉！雖然，賦崔、張事，引起後人興味，最爲濃烈而最爲普遍者，蓋莫過於曲。曲之中，人但知有董、王、關之《西厢》與前所列舉之諸傳奇耳，而不知曲中長短體格甚多，亦復是有一種曲體，即有一種《西厢》也。曲中小令詠《西厢》者極多，其風極盛，甚至於不必實詠崔、張之事者，凡屬情詞，亦大抵喜用《西厢》中人物，作男女代表，若似乎天下有情人，僅此一對，而詞中不用作比擬，即不足以見其所寫之情爲至者也。吾最喜明初湯舜民〔蟾宫曲〕，曰：“冷清清人在西厢，叫一聲張郎，駡一聲張郎。亂紛紛花落東墻，問一會紅娘，絮一會紅娘。枕兒餘，衾兒剩，温一半繡床，閑一半繡床。月兒斜，風兒細，開一扇紗窗，掩一扇紗窗。蕩悠悠夢遶高唐，縈一寸柔腸，斷一寸柔腸。”音調别致，而情韻天然，蓋爲重句格,俳體之一種也。施子野集有此格,特名其調曰〔閨怨蟾宫〕;《海浮詞稿》中,有《四景閨詞》,亦是此格。録其《夏景》一首云:"小湖山分外清幽,飛一對沙鷗,宿一對沙鷗。怕斜陽偏照西樓,上一掛簾鉤,下一掛簾鉤。晝堂深,清晝永,坐一個無休,盼一個無休。晚妝殘,雲鬢亂,戴一隻搔頭,卸一隻搔頭。無倒斷情思悠悠,夢一段風流,想一段風流。"詞近鋪排,意尚嫌薄,似不及湯詞。後來小曲中,仿此作者極衆,蔚爲一派矣。

散曲中體段稍長而詠《西厢》者,如《雍熙樂府》所載〔滿庭芳〕《西厢十詠》、〔小桃紅〕《西厢百詠》皆是也。《百詠》者全體百首,祇用一調,每首以四字爲題,謂之"摘翠百詠小春秋"。"摘翠"意謂摘取全部之精粹,"小春秋"謂小《西厢》耳。其體甚僻,世人知者絶少。夫趙令時先以十首〔蝶戀花〕詞櫽括《西厢》,元明人後以百首〔小桃紅〕曲櫽括《西厢》,體格正相當也,皆聯單調以演故事者,在詞爲大曲聯套之緒餘,在曲爲雜劇省白之别調,研究宋元劇曲史者,不可以不及之矣。"摘翠"文字,有時絶佳,逸趣酣情,耐人玩味;通體不著一句白,但靠四字題目,帶出綱領,而抒情叙事,全要翦裁入調,猶應舒展貫穿,不嫌局促。論其作法,亦自不易也。崔、張既合,事聞夫人,倩人唤紅,紅將行,崔囑之曰:"若還你到母親前,見責休埋怨。款把良言輕輕勸,問根源,覷些喜怒承機變。望姐姐可憐,替説些方便,善爲我辭焉。"①雙文之急,紅娘之刁,俱已溢於言表。焉字韻,運用成語,拈來即是,自屬元人長技。紅娘受責云:"家翻宅亂鬧啾啾,諕的我難開口。惱犯尊顔怎收救,没來由,自家攬得愁來受。雨點似棍抽,火急般追究,做媒的下場頭。"代人受過,説破正復可笑。紅答夫人云:"既然奶奶問根苗,只索從頭道。當日寺中解危鬧,那功勞,至今一向何曾報?俺姐姐意好,怕哥哥心惱,因此效鳳鸞交。""當日"三句,批郤導窾,正爲夫人之糊塗,迎頭痛喝也。詞固老辣而爽切,可以省却聖歎評語之無限辭費矣。紅又勸夫人云:"尊前敢掉巧舌頭,有事當窮究。看了張生那清秀,本風流,胸中志氣冲牛斗。

---

①　今校:明嘉靖四十五年刻本《雍熙樂府》,"款把良言輕輕勸"作"款裹慢把良言勸"。

與姐姐既有，望奶奶將就，結末了燕鶯儔。”“與姐姐”兩句，妙不可階，語低意軟，如聞其聲，而深見其心，得魯仲連如此，雙文尚復何患？論解圍之功，此兩語固勝過書生《致白馬將軍》一書。乃其人猶以筆尖兒横掃自詡，試問此時夫人之前，筆鋒雖利，顧能一毫爲力耶？鰍生伎倆，原屬有限，終是因人成事耳。觀下文紅奉命唤生，生對紅云：“小生雖看幾行書，今日相遭遇。若見尊堂問緣故，怎支吾，聲聲只索教息怒。俺心頭窨附，使手足無措，急殺漢相如。”①固活畫出無用人臨事倉皇景象也。紅又唤崔，崔羞不行云：“低頭無語嘴孤椰，手搭心頭想。好事從來有魔障，意慌張，恰如小鹿心頭撞。羞的臉慌，像甚模樣，怎見老尊堂。”則又還她個小姐身分耳。《百詠》中此一段頗勝，故多引之，餘亦不盡庸率，如張生應試已中，鶯鶯於得書之前，在家自念云：“忽聞喜鵲噪林梢，昨夜燈花爆。必有佳音敢來到，好蹊蹺，眼皮兒不住睃睃跳。自家窨約，是些先兆，單只看今朝。”行文流走，用意靈活。而百首中辭意又大都前後相生，藉成連鎖，如此首下面，乃接敘今朝之得書矣。舉此以概其餘。

曲中俳體

論曲中俳體，真不一而足。丹丘先生於《太和正音譜》中定樂府十五體，俳優體其末也，但注曰：“詭喻淫虐，即淫詞。”是俳體之狹義也。廣義則舉凡一切翻新出奇，逞才弄巧，遊戲嘲笑之體皆是也。王驥德《曲律》列巧體於俳諧之外，所見猶未廣耳。以余所知，約有二十餘種，已詳之於《散曲概論》之中。揆元曲中所以俳體極盛，而文人操筆，彼此效尤，不以爲嫌者，固因此一時代，理學不振，俗尚通脱，文人輕薄，相扇成風，而實在仍以異族秉政，中土之人不用，才學之士，大都沉抑下僚，鬱勃之氣，久久不伸，乃激而入於憤世之途，作出玩世之文耳。誠以管不著天下正經事，遂不問天下有無正經事；管不著天下要緊事，遂亦不知天下有無要緊事。看得人事全是兒戲，人生但當行樂，所以文字亦未必正經，更有何要緊，同一供我遊戲行樂耳。有才學者激而爲此，曲在當時，可算得爲極平民之文學，於是平民之無學者，又效而爲此，而此風

① 今校：明嘉靖四十五年刻本《雍熙樂府》，“急殺”作“悶煞”。

乃愈扇而愈張，文字乃有是而有不是矣。謂余不信，試觀《詞林摘豔》中載有梨園黑老五所作〔中吕·粉蝶兒〕一套，全集《中原音韻》而成，首曲有"從東隴風動松呼，聽叮嚀定睛睁覷，望蒼茫壙廣黄蘆"云云，通套都是如此，所謂疊韻體是，如詩中之有"後牖有朽柳"、"偏眠船舷邊"等句也。論其文字，則不但毫無意味，且亦毫無文理，而當時梨園中人，摇筆亦能爲此，文字佳與不佳，聲律早已譜就，而且傳唱名都，刊登選册矣。此其風固可以抑，而其體焉得不多耶？知時論世者，於此亦可以思矣。兹於諸體之中，略舉一二，聊當笑談，亦所謂"不爲無益之事，何以遣有涯之生"耳，豈真於此有篤好哉，而多費此筆墨也。

頂真體者，後句首字，即用前句末字，亦謂之連珠格。元人口才遊戲中，有所謂"頂真續麻"、"拆白道字"者，此其一也。如周德清《中原音韻·作詞十法》"定格"中，載無名氏〔小桃紅〕曰："斷腸人寄斷腸詞，詞寫心間事。事到頭來不由自，自尋思，思量往日真誠志。志誠是有，有情誰似，似俺那人兒。"周氏評曰："頂真妙，且音律諧和。"按喬夢符亦有效聯珠格〔小桃紅〕，見《樂府羣玉》，詞不及此，略之；鄭德輝《㑳梅香》劇，首折〔賺煞〕亦用此格。

疊字體者，通首皆用疊字也，作者甚少，而通首無玼者則更少。如向來傳誦之喬夢符〔天淨沙〕"鶯鶯燕燕春春，花花柳柳真真，事事風風韻韻。嬌嬌嫩嫩，停停當當人人"，祇結處三句一氣貫注，儇巧絶倫耳；至於首二句中，"春春"之疊，已屬生造，"真真"之疊，於意亦復牽强，從知此體之不易作矣。陸以湉《冷廬雜識》、陳廷焯《白雨齋詞話》皆謂喬氏效李易安〔聲聲慢〕詞之起首疊字而作；陳氏並詆爲"醜態百出"，而謂"嬌嬌嫩嫩"四字，"尤爲不堪"。噫，斯真不知曲者之言矣！夫曲中俳體，層出不窮，區區疊字，有何足奇？〔天淨沙〕自是曲調，喬氏此作，尚何必遠效宋詞？"嬌嬌嫩嫩"字面，雖俗而韻，雖質而切。陳氏目此作爲詞，詞境原至狹，詞材欲極純，自然覺得鑿枘。如在曲，固以本色而當行，正是古人尤堪之處，而枉爲尤不堪，傎矣。夫不知有鹿，而又指鹿爲馬，詆其有角，嘵嘵然爭焉，不令識者齒冷耶！余嘗謂詞則意内而言外，曲則意曲而辭直；詞尚比興，曲尚賦；詞是深的，曲是廣的；詞是縱的，曲是横的；詞是内旋的，曲是外旋的；詞是束縛的，曲是解放的；詞是貴族的,曲是平民的。二者雖因同爲近古兩代合樂之文,彼此有承續無間之關係,與纏結不解之因緣,但論其造詣性質,則幾乎絶端相反,要不能混和視之也。

《冷廬雜識》謂曲中疊字體,源出於《爾雅》釋訓,自"明明"至"秩秩",疊字凡一百四十四,而"殷殷惸惸"一段,連疊十字,爲千古創格、絶世奇文云云①。其實彼爲意思不相連貫之疊字,與此何涉？即明顧彦容謂此體以《文選》諸賦爲祖,亦屬牽强耳。偶見近人筆記,亦襲陳《白雨》詆喬之説,並謂舊時煙間有聯云"曲曲彎彎,處處尋尋覓覓;雙雙對對,停停吸吸呼呼",將煙間情景,全行攝入,蓋見李詞、喬曲,有觸而得者也。又楊昇庵夫人詞中亦有此體之曲數首,皆不佳。

嘲謔體大抵是詠物、詠事耳,王和卿《大蝴蝶》、關漢卿《禿指甲》、白樸《佳人黑痣》,前人久經稱道,無待復贅。明人之作,王氏《曲律》獨許王西樓,以爲《浴裙》、《睡鞋》,首首尖新;徐陽初《花當閣叢談》内,亦傾倒王氏《睡鞋》之曲備至。余謂兩題著意,先涉穢褻,詞縱尖新,亦令人不快。王氏詞原爲《閨中八詠》,兹録其《棕履》一首〔清江引〕云:"玲瓏結成雙翠繭,兜的弓鞋蒨。苔沾翡翠根,露滚珍珠面,下瑶臺不愁春醉軟。"雅静明麗,雖爲遊戲之作,而無傷大雅也。此爲詠物者。詠事之例如王氏〔滿庭芳〕《失鷄》云:"平生淡薄,鷄兒不見,童子休焦。家家都有閑鍋竈,任意烹炰。煮湯的貼他三枚火燒,穿炒的助他一撮胡椒。倒省了我開東道,免終朝報曉,睡到日頭高。"又《瓶中杏花爲鼠所囓》〔朝天子〕云:"斜插,杏花,當一幅横披畫。毛詩中誰道鼠無牙,却怎生咬倒了金瓶架。水流向床頭,春拖在墻下,這情理寧甘罷。那里去告他,何處去訴他,也只索細數著貓兒駡。"兩詞在明季頗著聞,細玩次作,似别有所諷。

前舉《棕履》之作,雖爲詠物,而嘲謔之意味不濃;詠物而一味嘲謔

① 今校:清咸豐六年刻本《冷廬雜識》卷五"疊字"條原文爲:"李易安《聲聲慢》詞'尋尋覓覓冷冷清清悽悽慘慘戚戚',連疊七字,昔人稱其造句新警。其源蓋出於《爾雅》釋訓篇,篇中自'明明'至'秩秩',疊字凡一百四十四,'殷殷惸惸'一段,連疊十字,此千古創格,亦絶世奇文也。"

者,明人好拈〔黄鶯兒〕一調。尋常筆談笑林中,〔黄鶯兒〕詠矮子、詠黑子者,載不一載,蓋爲漢卿《禿指甲》、仁甫《佳人黑痣》之遺風也。其詞人人慣知者不必舉,兹舉較生者數首,以博一粲。孫百川〔黄鶯兒〕《嘲麻妓》云:"繡閣俏嬋娟,恨朝朝害粉錢,龐兒亂撲梨花片。千圈萬圈,不方不圓,水漚滿泛清波面。貼花鈿,繁星拱月,點破鏡中天。"詠物貴脱體而寫用,麻無所用也,看他一天星月之喻,旁處著筆,雖仍是寫體,然而空靈矣。此見《南宫詞紀》,《堅瓠集》則謂馮猶龍作,未知何據。又《嘲眇妓》云:"美盼恨多虧,倚門兒半掩扉,生來隻眼常如睡。這一邊是伊,那一邊是誰,盈盈秋水渾無對。憶人歸,五更珊枕,清淚一行垂。""這一邊"兩句,以拙爲巧,"倚門兒"句,可謂得眇之神矣。至於通體傳神、毫不著象者,其爲《嘲老妓》乎:"婀娜半佯羞,萬千呼始上樓,潘郎玉貌猶嫌醜。低歌一謳,斜顰兩眸,當筵十度更羅袖。意難投,行雲易變,心事曲如鈎。"此詞若掩去題目,乍讀之,每不知其是嘲老妓,再三讀之,必有疑矣,若示以題,更一回按,當無不稱妙也。嘲眇妓作,金白嶼有北曲〔沉醉東風〕,亦饒風趣,附録之云:"這些時逢人就躲,袖梢兒斜掩定秋波。見一行情淚流,界半頰胭脂破,悶懨懨懶畫雙蛾。還打平康舊路過,眼挫裏何曾抹我。"

至於詠物而有寓意,且以滑稽態度出之者,莫如白嶼〔落梅風〕《詠蠅》,云:"從交夏,攘到秋,纏定了不離左右。饒你滿身都是口,嘗得出那些香臭。"又《詠蚊》云:"明明的去,暗暗的來,怎當他毒如蜂蠆。死到頭上還不睬,天生的嘴尖舌快。""嘴尖舌快"四字,正可移作兩詞評語,蓋不有此"嘴尖舌快",又何以警天下之嘴尖舌快歟?

集諺語體,妙文甚多,正以曲中重用白話,諺語深合曲中句法也。此體作者,亦要推白嶼爲巨擘。白嶼《蕭爽齋樂府》中,有〔北沉醉東風〕四首、〔胡十八〕十首、〔南鎖南枝〕八首,皆集諺語以作風情嘲戲者也。其尤合者,如〔沉醉東風〕云:"人面前瞞神嚇鬼,我跟前口是心非。只將那冷話兒劖,常把個血心來昧,閃的人寸步難移。便立刻拆開船頭來待怎的,誰和你一篙子到底。"〔胡十八〕云:"脚跟兒委實勤,舌尖兒果然溜,甜如蜜,滑如油,全憑軟款與温柔。才留下個想頭,又尋了個歹頭,眼睁睁盼不的來,血滴滴捨不得咒。"又云:"好漢錢只待去還,涎頭債不住的要，藏頭蝎，笑中刀，茶裏不著飯裏著。長擔子短挑，慢鍋兒緊燒，咬著肉不覺疼，忍著氣轉陪笑。"諸詞妙在拆開來未必語語爲風情而設，而一經聯綴，則不但俱是風情，且語語有深味焉。

至於諸首〔鎖南枝〕，則彼此迴護照應，儼成套曲，不同單詞矣。首云："閑言來嗑，野話兒剷，偷嘴的猫兒分外饞。只管裏嚇鬼瞞神，喫的明喫不的暗，搭上了他，瞞定了俺，七個頭，八個膽。"描摹個中人之口角，可謂惟妙惟肖，而結處兩句，聲色俱厲，尤是神來之筆，聞者當爲氣懾矣。顧下一首猫兒猶自辯護曰："心腸兒窄，性氣兒粗，聽的風來就是雨。尚兀自撥火挑燈，一密裏又添鹽加醋，前怕狼，後怕虎，篩破的鑼，擂破的鼓。"則口吻亦復不弱，足以應付前辭。乃彼方繼曰："撒甚麽呑，賣甚麽乖，三尺門兒難自開。把我那一擔恩情，都漾做黄虀菜，説著不聽，駡著不睬，山不移，性不改。"辭色雖仍未霽，而語氣已由盛而餒，漸有懷而柔之之概，不似前此深拒固絶，蓋已墮黠者術中矣。黠者於是乘間又進曰："麪不是麪，油不是油，鴨蛋裏會去尋骨頭。瘦殺的羔兒，你終是塊真羊肉，見面的情，背地裏口，不聽升，只聽斗。"經此一番操縱，而後一天雲霧，漸漸消散，故末曰："長三丈，闊八尺，説來的話兒葫蘆提。每日家帶醉佯醒，没氣的也要尋氣，假若你瞞了心，昧了己，一尺天，一尺地。"以詈語作結，勁峭有致，蓋雖一時相諒，而餘怒猶未盡捐也。讀此詞，正如坐圍幔以外，聽名家口技，其妙亦不過如此。

王西樓樂府

王西樓一名，明季有兩人焉：一王磐，字鴻漸，高郵人；一王田，字舜耕，濟南人。二王俱號西樓，俱以散曲名家。明人記録，惟《曲律》首辨及此，他如王世貞之《曲藻》及陳所聞之《北宮詞紀》、方悟之《青樓韻語廣集》諸曲選，皆誤濟南王爲高郵王，殊失真矣。《曲律》謂舜耕散曲，較鴻漸爲富，然大不如鴻漸精練。《曲藻》所詆爲"淺於風人之致"者，指舜耕也。鴻漸樂府，當時太學所存書目曾列其名，爲世所重可知也。余按萬曆、康熙列朝《揚州府志》，於鴻漸爲人，俱紀述甚詳，嘗據以録於嘉靖本《王西樓先生樂府》後，後人之於西樓，轉較西樓同時之人爲諳熟，亦可異已。西樓樂府，以精麗見長，試以兩詞證之。〔沉醉東風〕《詠蝶拍》

云："莊子夢輕輕按醒，謝公詩句句敲成。攛斷的燕舞嬌，供親的鶯歌應，俏知音千載韓憑。獨占了梨園板色名，難怪那滕王閣圖形畫影。"就中"輕輕按醒"、"句句敲成"八字，亦正可移作本詞之評也；同樣有《蛙鼓》、《螢火》、《蜂衙》、《蚊雷》四首，而工緻則莫過於此。又同調《賦芙蓉帳》云："繡榻上晴霞亂擁，錦屏前秋水輕籠。鎖鴛鴦自在魂，開蝴蝶逍遥夢，笑梅花冷淡家風。只爲那暖逼春宵睡思濃，翻惹這妖鬟弄寵。"每句之中，不離了帳，亦不離了芙蓉，所以王驥德極道其能詠物。惟末句中之"妖鬟"，仍是影射芙蓉，謂帳色正如花光，説花光又以人面爲喻耳，乃覺轉折太多，用意嫌晦，讀者將誤妖鬟爲帳中之人矣。

蔣一葵《堯山堂外紀》曰："王磐生富室，獨厭綺麗之習，雅好古文詞。家於城西，有樓三楹，日與名流談詠其間，因號西樓。"《揚州府志》亦謂其"性好樓居，構樓於城西僻地，坐臥其中，幅巾藜杖，飄然若神仙，一時名重，海内多願與交納"①。又稱道其能畫，曰長於寫意，評者謂爲天機獨到。又稱道其能詩，載其《老人燈嘲李夢陽》作。茲欲於西樓散令中，證實以上諸事，乃得〔沉醉東風〕《夏日即事》曰："銷午夢清茶漱口，趁涼風玉手梳頭。寫芙蓉小畫成，題鸚鵡新詩就，愛青山懶下西樓。門外垂楊繫小舟，來問訊的是西湖釣叟。"此老風趣，自可想見也。惟另有〔脱布衫過小梁州〕作，則於西樓樂天知命、遊戲塵寰之人生，表見尤切。余以吾鄉詞家，工此道者極少，前人之中，亟欲藉西樓以彰之，故言之不覺其倦也。《秋夜同陸秋水湖上泛舟》云："畫船兒滿載詩豪，問先生何處遊遨。水晶宫中聞品簫，廣寒鄉盡回頭棹。分付魚龍穩睡著，等閑間休放波濤。老夫今夜放風騷，搜詩料，翻動水雲巢。一天星斗都顛倒，愛銀蟾水底光摇。我這里用手撈，不覺的翻身落，也是俺形神俱妙，飛上紫金鰲。"涵虚評元人費唐臣詞，謂"放則驚濤拍天，斂則山河倒影"。夫"山河倒影"，精麗可知，若此得毋又"驚濤拍天"者耶？

蕭爽齋樂府

白嶼爲人，詳《列朝詩集》，其樂府爲環翠堂《四詞宗合刻》之一。凡

---

① 今校：明萬曆刻本萬曆《揚州府志》，"與交納"作"與内交"。

讀《蕭爽齋樂府》者，必不能遺白嶼之〔河西六娘子〕《閨情》也，其首曲曰："海棠陰輕閃過鳳頭釵，没人處款款行來，好風兒不住的吹羅帶。猜也麽猜，待説口難開，待動手難擡，淚點兒和衣暗暗的揩。"風、物、人、情，四件寫得無一不美，無一不真，而文字於嫵媚中猶令人覺朗暢；合之涵虚評林，則吴西逸之空谷流泉、張雲莊之臨風玉樹，彷彿似之，有不僅楊西庵之芳妍花柳、吕止庵之結綺晴霞矣①。故《蕭爽樂府》即可以"蕭爽"二字爲評也。原作《閨情》八首，此其最，必欲再有所舉，則曰："碧紗廚低映月兒明，我這裏好夢將成，隔窗兒誰送過相思令。聽也麽聽，分明兩地情，翻成一樣聲，淚點兒如珠暗暗的傾。"幽曠之思，令人體會不盡。

白嶼有南曲〔一封書〕《閑適》四首，余最好之，開始皆作"青溪畔"云云，而扇面對中，皆寓兩個"小"字，聲情跌蕩，體調天成。録兩首曰："青溪畔小堂，四壁雖空書滿床。碧岩下小窗，半世雖貧酒滿缸。好山有意常當户，明月多情遠過墻。伴詩狂，與酒狂，唾向西風枕簟香。""青溪畔小園，任荒蕪種幾年。黄庭畔小箋，任生疎寫半篇。分來紅藥春前好，摘去青葵雨後鮮。又不顛，又不仙，拾得榆錢當酒錢。"憶昔都門旅學，與召甫汪君，嬌絃同斷，每夕過從，互傾悽悒，一燈對影，喁喁忘睡，曾效白嶼之體，哀吟達旦，聊當鼓盆，嗚咽之聲，原與白嶼蕭疎之韵不類，特因格律相侔，乃蟬聯而及耳。然而舊夢重尋，餘酸入鼻，刺刺正復難遣也，録後兩首曰："雙燈畔小珠，曾扣鞋尖入畫廚。雙珠畔小鬟，曾顫裙香出繡輿。當時未惜簾前覿，到此纔珍枕畔儲。物何殊，志全虚，事事燈花卜到輸。""雙燈畔小文，淚搓成稿欲焚。雙桐畔小魂，隔窗紗欲近人。待憑孤漏催情斷，越把相思刻骨真。葉紛紛，亂打門，瘦雨零零不忍聞。"

白嶼〔水仙子〕《廣陵夜泊》云："城邊燈火幾家樓，江上風波一葉舟，月中簫鼓三更後。聽誰家猶喚酒，正煙花二月揚州。人已去錦窗鴛甃，物猶存青蒲細柳，怨難平舞態歌喉。"雅潔細緻，如古蕃錦，酷似元人張小山作。

---

① 今校：清影鈔明洪武本《太和正音譜》，"臨風玉樹"作"玉樹臨風"，"芳妍花柳"作"花柳芳妍"，"結綺晴霞"作"晴霞結綺"。

海浮有〔醉太平〕《李中麓醉歸堂夜話》十八首，一例激越感憤，痛快淋漓，其中有云："笑山人懵懂，怪野性疎慵，緣何不與世情通，厭繁華俗冗。隱居占一口白雲洞，家私守一隻黄虀瓮，奚囊欠一個孔方兄，下山來打哄。"又云："茅庵無片瓦，石洞有殘霞，青山深處住成家，儘胸懷灑灑。飽嘗世味如嚼蠟，傍觀人海如看畫，閑評物理似摶沙，問山人不答。"乃自道清貧之樂與達觀世情者也。而白嶼亦有〔醉太平〕《漫興》曰："深深的草萊，小小的亭臺，多山多水少塵埃，任流光過客。好人兒留得百年在，好酒兒落得千家賣，好花兒常得四時開，大家來合采。"夫"打哄"可當"合采"，"茅庵"即是"草萊"，但一則厭人，一則容人，一則頹唐，一則興會，一則刻露，一則渾涵，蓋海浮才氣雖盛，而心志實絀矣。君子立言養器，固不當如白嶼之寬柔博茂歟？

又如白嶼〔黄鶯兒〕《詠燕》云："花落燕飛來，棄高梁過小齋，當時故主今還在。門兒半開，簾兒半擡，聲聲只向茅檐外。莫疑猜，緑楊滿院，還是去年栽。"而海浮〔沉醉東風〕《繕室》有云："數十年遮風庇雨，兩三世閉户讀書。若不是墻堵欹，怎看出藏修處，記尋常變化龍魚。燕子歸來覓舊居，還認著先生做主。"一則謂雛楊漸長、燕子休疑，一則謂舊屋翻新、以人爲記，言外都有幾分寓意，然而就物説者，終較就人説者爲襟懷沖淡、物我忘機，此中消息，固甚微耳。海浮《繕室》次首，尤突兀可喜，附及之云："也不羡雕梁畫斗，也不羡紫閣朱樓。人都要所事强，俺衹待胡將就，甚的是萬載千秋。仔細思量算到頭，單看你兒孫謹守。"警戒癡頑，自非海浮如此之辣筆不可矣。

所謂《四詞宗合刻》者，即西樓、白嶼兩樂府與梁伯龍之《江東白苧》，而冠以元人馮子振之集也。以三明人從一元人，編纂殊覺不倫，且子振集並不知爲何名。子振號海粟，與海浮不同者僅一字，或傳者竟誤馮海浮爲馮海粟？由海粟乃曰子振，亦未可知耳。余因未見《合刻》之原書，未敢妄斷，當世藏其書者應尚有人，不妨一明其究竟也①。

---

① 今校：據國家圖書館出版社 2010 年影印國圖所藏明萬曆間汪氏環翠堂刻本《四詞宗合刻》，其中有《坐隱先生精訂馮海浮山堂詞稿》二卷，而無馮子振曲集。

江東白苧

南曲散詞中，一種甜俗紅腐之習，闒茸委靡之風，雖不必即由《江東白苧》一集創，而集中如〔九疑山〕、〔巫山十二峰〕等集曲，體段極長，不套不令，聲律成崑腔之始，雖有相當之可貴，而文字則一味鋪排，滿紙娘行多嬌，讀之令人昏昏欲睡，迥非王、沈、金、馮比者，實使之然也。王、沈、金、馮時之南曲，想來猶是元人所創南曲唱法，自良輔業成，伯龍派立，而元音從此永閟矣。故從聲音、文字兩方面平衡看來，曲之運終由是而衰不得謂之，由是而振亦不得謂，此時猶無所升降也。論良輔猶在功魁禍首之間，若伯龍則實無以善位之矣。或謂此説過於佞元，余一笑而已。

憶初讀《江東白苧》後，最不能忘情，而時時好爲吟諷者，厥爲〔懶畫眉〕《情詞》，曰："小名兒牽掛在心頭，總欲丢時怎便丢，渾如吞却綫和鈎。不疼不癢常拖逗，只落得一縷相思萬縷愁。"可謂陳言務去，戛戛獨造矣。吞鈎之喻，由起至結，一氣貫注，無一字不妥貼，無一字可更易；論用意固尤精於元人之藉喻放債，論遣辭直是南令情詞中不可多得之作。詎料通篇竟不必爲伯龍手筆，亦並非小令，乃南吕一套之首曲，伯龍改訂青門之作也。青門原詞如何，因《唾窗絨》久佚，不可得見。要之，伯龍所訂，其音律耳，若就詞論詞，則鮮嫩如倡條冶葉，渾圓如明月驪珠；出於青門，固其宜也，出於伯龍，殆偶然矣。

吾嘗謂詩詞曲間，有一事必爲研究文學變遷時所不可忽者，則詞中全句，多不可移用於曲，即偶有移用者，亦終不見精，而絶詩中之全句，則每有爲曲家借用，裝配自然，驅遣入化，幾乎不能索還者。如伯龍〔玉胞肚〕《吴宫詞》云："雙雙蘭槳，採蓮歸重催晚妝。看西施舞罷纖腰，半含嬌笑倚東床。芙蓉帳小夜添香，楊柳風多水殿涼。"又《送人左遷楚中》云："陽關休唱，望南雲不須感傷。看九疑竹樹還青，更三湘蘭芷猶香。雁飛直欲到衡陽，你莫厭迢遥一水長。"又《聞春至有感》云："年華夢裏，臥文園匆匆未知。嘆紅顔日日霜彫，奈芳郊歲歲春回。東風昨夜到隋堤，楊柳千條盡向西。"又《春郊邂逅》云："爲貪閑耍，向西郊常尋歲華。霎時間遇著個喬才，想今年命合桃花。邀郎同上七香車，遥指紅樓是妾家。"此等句，是曲是詩，孰能爲之分剖？因知輕脱踈快，倜儻風流，曲中小令與詩中絶句,原是一例,正可相通也。

伯龍有〔駐雲飛〕十首《雜詠》,效青門《唾窗絨》體,序云,"青門沈山人者,錢塘菁英,武林翹楚。丹青冠於海上,詞翰遍於江南。任俠氣滿,跡類霸陵將軍;自傷情多,家本秦川公子。但峻志未就,每託跡於醉鄉;逸氣不伸,常遊神於花陣。聯翩秀句,傾翠館之梁塵;旖旎芳詞,動青樓之扇影。不揣蕪陋,欲窺室堂,乃效苧蘿之顰,敢學邯鄲之步,庶金荃之句,使復見於當年,而香奩之篇,不獨稱於前代"云云。於青門之爲人遭際,頗多表見,乃於青門〔駐雲飛〕原詞,未曾著録,不知是何妙文,令人想像不著,不無可惜也。吾見沈君颰民輯刊《青門詩集》,而樂府一體,僅有〔新水令〕一套,且附録一卷中。凡涉及青門之書,搜摘殆遍,而《唾窗絨》之爲集,終未引及,因疑《唾窗絨》一書,或竟絶迹人世歟? 爰據諸家選本,肆意探求,寫爲一册,亦終不過令七十四、套十二而已。而〔駐雲飛〕十首,竟不獲覩,諸選家意見,乃無一與梁、施同者,殊可異也。至於伯龍和作,造語多蹈襲元人,全没精神,其略有新意者,當爲《邂逅》一首:"小小冤家,拖逗得人來憔悴煞。雅淡堪描畫,舉止多瀟灑。咱,曾記折梨花,在荼蘼東架。忙訊佳期,到答著閑中話。一半嚚人一半耍。"施子野《花影集》中,所和十首,亦不見佳,惟《春恨》云:"風捲楊花,點點飛來蘸緑紗。衣帶鬆來怕,得似前春嗎。嗏,淚眼問東風,没些回話。教著鸚哥,也把東君駡。一半嗔他一半耍。"較可人意,其餘都是淫詞耳。

《白苧》全集,尚有一篇,不負伯龍能詞之清望者,乃〔山坡羊〕《代劉季招寄申椒居士》,云:"病淹淹難醫療的模樣,軟怯怯難存坐的形狀,急煎煎難擺劃的寸腸,虚飄飄難按納的情和況。空自忙,全然没主張。盟山誓海,誓海都成謊,輾轉思來,更無的當。淒涼,爲甚更長似歲長。蕭郎,莫認他鄉是故鄉。"意雖尋常,話獨圓俊。

花影集小令

子野《花影集》,最以散套擅場,瞿盦先生久已推爲明代一人。其書並不難覯,乃有人得一鈔本,題曰《瑶台片玉》,蓋讀《花影》者選録之册也,僅有原書之一部分,故曰《片玉》,以爲新奇;復更名《情詞》,分行標點，招摇過市，自命爲獨得之祕，甚可笑也。余於子野散套，别著論之，兹論其小令。若小令之後所附詩餘一卷，則全是明詞之纖瑣俗惡，不足道也。

子野小令中，以雅潔精緻勝者，蓋莫過於〔清江引〕《詠荷》四首，兹全録之："嬌癡向人多腼腆，欲奪芙蓉面。尖尖舌暗舒，窄窄鞋偷薦，芳心未明還半卷。""尖尖"兩句，取材猥而未穩，惟結語淡婉，此乃四首中較次者。"水仙可憐潮嫩臉，姊妹偷攜伴。牽絲意緒多，落瓣衣裳换，晚妝出來全帶軟。"風裳水佩，全寓於一"軟"字中，儀態愈覺萬方，是善於寫物狀者。"雙雙並頭情忒暖，又一似相埋怨。偏容比目游，只許鴛鴦伴，露珠的團圞也碎的罕。"濃情忒暖，薄怨成歡，真是仙鄉境界，花間不待留，而人自欲住矣。"仙妃化身生小苑，未了塵凡願。探頭欲語誰，障葉還羞面，横塘夜涼郎信遠。"有此處"探頭"兩句，憨柔頑豔，愈見上文"舌舒"、"鞋薦"之俗。結語風神摇漾，娟蒨絶塵，花光詞品，已覺融成一片，視白石老仙〔念奴嬌〕詞"情人不見，爭忍淩波去"等句，直是泥汙耳。四首在明人詠物之中，自是化境，較之元人，最近張小山。且吐屬雖然凝靜，似乎深而不廣，但尚在不脱不黏，亦淺亦顯之列，畢竟合於曲之分際，若效之不善，則易越入詞境矣。此間消息頗微，學者蓋不可以不慎。

子野《情詞》套曲，白描工夫最高，學元人而能化之，並不拘於面目，以爲小令，則游刃有餘矣。如〔駐雲飛〕《丢開》云："索性丢開，再不將他記上懷。怕有神明在，嗔我心腸歹。呔，那里有神來，丢開何害。只看他們，抛我如塵芥。畢竟神明欠明白。"蹊徑獨闢，真樸無上。又如《閨恨》云："短命冤家，道是思他又恨他。甜話將人掛，謊到天來大。嗏，倒是不歸來，索須干罷。若是歸來，休道尋常罵。須扯定冤家下實打。"則所寫猶不免是搽旦身分，海浮、伯良都優爲之，不必其爲子野矣。有在子野集不過中選，若移屬他人，定推上乘者，如〔清江引〕《别思》云："恩情不教人當耍，這幾日何爲者。情知有歸去時，却現怕分離夜，且含著淚花兒把相思句兒胡亂寫。"結語與元人酸齋之〔塞鴻秋〕絶類，不但用意之好處同，造句之毛病亦同，則襯字太多也。〔黄鶯兒〕《睡醒》云："睡眼半朦朧，帳輕紗翡翠籠，眼前失却鴛鴦夢。微痕線紅，纖腰困慵，問郎今日寒輕重。趿鞋弓，盈盈立地，一朵醉芙蓉。"筆姿生動，堪與前録青門《秉燭》之詞匹敵。〔山坡羊〕《旅懷》云："意惺惺怕分離的相送，虚飄飄要相逢的癡夢，急煎煎算不定的歸期，淚斑斑看不得的衣衫縫。怯曉鐘，更教人惱暮鐘。燈花暗卜，却被燈花哄，歡喜誰同，淒涼誰共。朦朦，拾相思在雲樹中。匆匆，記相思在詩句中。"方之伯龍《寄申椒》之作，有過之無不及。

子野生平，享盡山林文字聲色之樂，觀集中《賀闇生新居》〔念奴嬌序〕一套後，所附《西佘山居記》，可以得其大概。而放誕之極，流於淫佚，自所不免，故全集十九爲綺語之債，且深玩其人，似乎多情而濫者也。在小令中，可舉《夜泊懷人》〔玉胞肚〕一首，以略見其端倪。序中有曰，"情緣斷了，甘同陌路之蕭；信息傳來，又似章臺之柳。將信將疑，終須要信；半思半恨，畢竟堪思。孤舟風雨夜，隔岸有燈；殘夢睡醒間，半衾是淚"云云，蓋所詠固實有其人，實有其事者也。詞曰："逢歡不喜，要消愁翻嫌酒巵。妙人兒掛在心頭，據人言你會相思。教人爭不越心癡，況風雨孤燈又不寐時。"情境融會，最饒跌蕩之致。

子野寫景，一味輕靈鬆蒨，而情味自厚，小令中賴有前調《小園》一首，可以窺見一斑："小亭低亞，眼前的詩耶畫耶。白梅花襯扇窗兒，淡垂楊帶個棲鴉。天公偏稱野人家，寒似前宵略峭些。"

集曲長調之佳者，散詞中絶少，如子野集中之〔六犯清音〕，尚有一貫之氣足以舉之者，即差强人意，不可多得矣。〔六犯清音〕者，犯〔梁州序〕、〔桂枝香〕、〔排歌〕、〔傍妝臺〕、〔皂羅袍〕、〔黄鶯兒〕六調，即集六調中各數句，連綴而成者也。詞詠夏閨曰："倦拋針綫，懶拈簫管，一味軟疼柔怨。雕梁燕子，偏生恁地多言。低聲似説芳春去，絮語應嘲翠黛殘。縈飛絮，哭老鵑，惱人心性脱綿天。怎消得黄梅雨在芭蕉上，只落得粉淚痕交枕簟間。茫茫遠信，雲邊樹邊。懨懨病骨，香前酒前。常常繡帶移新眼。暗愁煎，綺琴偷弄，翻曲記奇緣。"夫集曲之製，南詞獨盛，長者如詩餘之犯調，而又變本加厲，割裂衆調，有多至三十首者，所謂"三十腔"是也。較之北曲中帶過曲，則又絶不相侔，蓋一則撏撦零星，一則聯續完整也。撏撦零星者，别具匠心，音律或偶臻新穎，而文字則大抵亦枝枝節節以成，生氣索然而已。《江東白苧》以後，此風大作，甯庵、伯良實播之也。演至《九宫大成譜》中，則每宫集曲之數，動輒超過原曲，可謂盛矣。夫調多乃拈用無盡，先後不複，傳奇家似乎便之，然原調既未有增，則左右變化，仍在環中，音律句調，無非大同小異耳。案頭、場上，皆何取乎此等不複之複耶？乃曲牌體段，則愈演而愈長，文字精神，則愈鋪而愈散。元人北曲中，一團亢爽激越之氣，一番奇情壯采之文，乃一柔靡之於南曲，再柔靡之於崑腔，曲至此，雖仍戴曲之名，實早離曲之本矣。吾每謂宋自南都，去北地遠，慢詞攤衍至二百餘字，而詞之原真乃盡漓。嘉、隆以降，曲學全入江南人手，集曲有長如三十腔者，而曲之原真亦盡漓。故元曲固較近北宋短章，而南曲亦較近南宋慢調，推其所以，誠然種族地理、政治氣運，都有關合，自然趨勢，有非一二人力所能抗者。但吾於集曲之製，得之於音者少，而失之於文者多，終覺不滿，深嘆爲曲之衰徵，而必不敢頌爲曲之盛況也。

堯山堂外紀所紀曲

《堯山堂外紀》所載元明曲家遺聞軼事，零章斷句，大抵採自當時所見之諸家專書、筆記，如周德清《中原音韻》、陶宗儀《輟耕録》、王世貞《藝苑卮言》、何良俊《四友齋叢説》等，乃顯而易見者；就中不能指明出處之條，尚非常之多，固因識見譾陋，讀書不廣之故，而古書爲蔣氏當時所見，今日已不得見者，必亦不少，不能盡怪涉獵之未至也。如《中原音韻》所載定格四十首中，常有元人曲選歸甲，而蔣氏《外紀》歸乙，元人曲選歸無名氏，而蔣氏《外紀》歸某某，言之鑿鑿者，在蔣氏必有所據，惜書中不明言之，而其所據，後人又不得見也。所紀重要曲家若干人，瞿師《顧曲麈談》中已羅致殆盡，其餘雖較爲瑣屑，而足供噱談者，亦尚有一二。余以其書今世已不常見，故樂爲轉録於此。

《外紀》曰，"伯顔丞相與張九元帥，席上各作一〔喜春來〕詞，伯顔詞云：'金魚玉帶羅襴扣，皂蓋朱幡列五侯，山河判斷在俺筆尖頭。得意秋，分破帝王憂。'[①]張九詞云：'金裝寶劍藏龍口，玉帶紅絨掛虎頭，緑楊影裏驟驊騮。得志秋，名滿鳳凰樓。'師才相量，各言其志"云云。余按兩詞，並未能佳，而次詞尤板。且自好事者以競傳名公巨卿之軼事爲

① 今校：明刻本《堯山堂外紀》，"襴"作"欄"。

快，而後造作之談，乃往往而有，徵之今人，更多如此，則亦何能盡信二詞果爲顔、張之筆歟？

《外紀》載宋末人多戲作古曲詞之經義破題，如"看看月上蒲萄架，那人應是不來也。最苦是一雙鳳枕，閑在繡幃下"，則破云：時至人未至，君子不能無疑心；物偶人未偶，君子不能無感心。又如小曲"媽媽只要光光鏝，我的苦何曾管。雪下去送官，賣風流輪番，幾曾得免。怎容懶，有客教奴伴"，則破云：吾親徇利而忘義，既不能以憂人之憂；吾身徇公而忘私，又强欲以樂人之樂。余謂首曲頗雅馴，而惜非完璧；次曲全是俚調，已爲當時所尚，則所謂"宋末"者，直是元初耳。此一則原見祝枝山《猥談》。

趙孟頫因置妾調管夫人詞，與夫人之答詞，《外紀》亦載之。余按《南宮詞紀》有《汴省時曲》一首，與夫人答詞，大同小異，雖較爲村俗，而真樸醇厚，並不多讓。惟《詞紀》列爲南調〔鎖南枝〕，則似乎不確，蓋詞實北人口吻也。沈德符《野獲編》列當時小曲之名，有所謂《泥捏人》者，得毋即此耶？"傻俊角，我的哥，和塊黄泥兒捏咱兩個。捏一個兒你，捏一個兒我，捏的來一似活托，捏的來同床上歇臥。將泥人兒摔碎，著水兒重和過，再捏一個你，再捏一個我。哥哥身上，也有妹妹，妹妹身上，也有哥哥。"管夫人詞，附録於此，以資比較："你儂我儂，忒煞情多，情多處熱似火。把一塊泥，撚一個你，塑一個我。將咱兩個一齊打破，用水調和，再撚一個你，再塑一個我。我泥中有你，你泥中有我。與你生同一個衾，死同一個槨。"

張明善《譏時》〔水仙子〕，《外紀》乃轉録自陶氏《輟耕録》者，詞曰："鋪眉苫眼早三公，裸袖揎拳享萬鍾，胡言亂語成時用。大剛來都是哄，説英雄誰是英雄。五眼鷄岐山鳴鳳，兩頭蛇南陽臥龍，三脚猫渭水飛熊。"夫罷牛騰駕，騏驥自然垂耳；沐猴多冠，明哲孰不保身。惟真才不明於世，真才乃益用自晦，豈舉世果無真才歟？此爲元時文人通有之騷情憤慨，而嬉笑怒駡之元曲文章，亦即由此中激發而出者也。

《外紀》又曰，"張士誠據蘇時，其弟士德，攘奪民地，以廣園囿，侈肆宴樂，席間無張明善則弗樂。一日，雪大作，士德設盛宴，張女樂，邀明善詠雪，明善倚筆題云：'漫天墜，撲地飛，白占了許多田地。凍殺萬民都是你，難道是國家祥瑞。'書畢，士德大愧，卒亦莫敢誰何"云云。余按此詞，鋒利無匹，足令奸邪寒膽，自是快事，尤好在詠雪甚工，無一語蹈空也。《庶齋老學庵筆記》所載陳藏一雪詞譏賈似道者①，正與此爲一類。《録鬼簿》所載揚州張鳴善，有《煙花鬼》、《瑶琴怨》兩雜劇，時代較早，當與明善無關。

《外紀》載洪武時修撰花綸，有題《楊太真畫圖》〔水仙子〕一闋云："海棠風梧桐月荔枝塵，霓裳舞翠盤嬌繡嶺春，錦褓嬉金釵信香囊恨。癡三郎泥太真，馬嵬坡血污游魂。楊柳眉輕鬘黛損，芙蓉面零脂落粉，牡丹芽翦草除根。"余謂此詞雖是詠畫圖，而一味妝點得熱鬧，並無精意存於其間，則似乎七寶樓臺，曾經拆碎矣。譬如元人甜齋之作，同是此題，同是此調，而曰："翠華香冷夢初醒，黄壤春深草自青，羽林兵拱聽將軍令。擁鸞輿蜀道行，妾雖亡天子還京。昭陽殿梨花月色，建章宫梧桐雨聲，馬嵬坡塵土虚名。"則遠而興亡治亂，近而薄倖癡情，一例含孕於筆端，聲情既美，唱歎尤工，所有色澤，俱覺點染入微，毫不爲累。喬夢符説作曲之法，當"鳳頭、猪肚、豹尾"，論者以爲切喻，余謂"猪肚"原是裝點飽滿之意，但詞雖飽滿，若義猶不足以舉之，則裝點儘管飽滿，亦適成其爲猪肚而已，何足尚乎！

《外紀》曰，"大明律有官吏挾妓飲酒之條，然宣德間三楊公指楊士奇文貞、楊榮文敏、楊溥文定。猶及用之，嘗與一兵官會飲，文定倡爲酒令，各誦詩一句，以'月'字在下，而分四時。令畢，文定指席中侍妓曰：'不可謂秦無人。'一妓遽成小詞，捧琵琶歌曰：'到春來梨花院落溶溶月，到夏來舞低楊柳樓心月，到秋來金鈴犬吠梧桐月，到冬來清香暗渡梅梢月。呀，好也麽月，總不如俺尋常一樣窗前月。'諸公劇飲，霑醉而去"云云。事頗風趣，他書皆未見載，其調比〔塞鴻秋〕少一句。《樂府新聲》有云："愛他時似愛初生月，喜他時似喜梅梢月，想他時道幾首西江月，盼他時似盼辰鈎月。當初意兒别，今日相抛撇，要相逢似水底撈明月。"同爲"月"字獨木橋體，亦復取譬有情。

《外紀》載林廷玉《醉中戲作》〔清江引〕四首，意在歎世，録其二云：

---

① 今校：此處應爲《庶齋老學叢談》，事見卷三，有知不足齋叢書本。

"没嘴葫蘆就地滚,好歹休胡問。花妝扮戲棚,紙做盛錢囤,陳搏華山閑打盹。""勝水名山和我好,每日家相頑笑。人情下苑花,世事襄陽砲,霎時間虚飘飘都過了。"言下慨然,頗爲警切。又載韓邦靖由山西參政養病回里,書驛壁〔山坡羊〕云:"肯排山南山北偃,肯倒海東海西翻,我如今心兒裹不緊意兒裹有些懶。如今一個個平步上青天,一個個日日近龍顔,青山緑水且讓我閑遊玩,明月清風你要忙時我要閑。嚴潭,你會釣魚誰不會把竿。陳搏,你會睡時誰不會眠。"此詞好處,在落筆於有意無意之間,蓋以冷雋勝者也。此類樂閑兼諷世之作,原以海浮爲最擅長,惟海浮詞有時嫌鋒芒過露,火潑潑地,反不如此首較爲平易近人也。林字粹夫,號南澗,侯官人,《千頃堂書目》載有《南澗詩餘》,散曲或即附見其中。韓字汝慶,其兄邦奇,號苑洛,《脈望館書目》有《苑洛餘音》一卷,乃其散曲之集,惜不傳。

《外紀》所載康對山〔山坡羊〕與〔沉醉東風〕兩曲,詼詭荒唐之至,余所見正德八年本《沜東樂府》不載也。《外紀》曰,"康狀元被廢,肆意詞曲,雖俚語遭其檃括,亦自可喜,有〔山坡羊〕曰:'我和尚發了善離了庵觀,我和尚發了誓再不去看經向善,這寺裹出家的儘有,成佛的也不曾見。七大八小許多僧禪,論成佛輪不著你和俺。倒不如還了俗罷了手,佛也不與我衆生爲怨,娶一個美貌佳人也,錦帳羅幃受用上幾年。成就了我的姻緣,我把那阿彌陀佛拾得過來撩的他遠,成就了我的姻緣,那怕他碓搗磨碾去上過兒刀山。'"

又〔沉醉東風〕曰:"裝幾車兒羊毛筆管,載幾車兒各樣花箋。鳳陽墨三兩房,天來大三台硯,請孔門弟子三千。一夜離情寫半年,添硯水盡都是離情淚點。"前首詞意,似不僅在勸和尚還俗,而此公用意,究竟何在,又未容妄揣。次詞初讀前數句,直亦不知所云,必待結語點明,而後通篇乃覺緊凑,亦另是一種章法,如元人馬致遠〔落梅風〕云,"薔薇露,荷葉雨,菊花霜冷香庭户。梅梢月斜人影孤,恨薄情四時辜負",正是此格,對山非無本也。惟孔門弟子之盛,乃適足以遣赴情場,盡鈔胥速寫之役,真匪夷所思矣。造意運典,浪漫如此,豈非詼詭荒唐之至哉!

《外紀》又載陳全江浦人,患瘧疾,製〔叨叨令〕云:"冷來時冷的在冰凌上卧,熱來時熱的在蒸籠裹坐,疼時節疼的天靈破,顫時節顫的牙關挫。只被你害殺人也麽哥，直被你害殺人也麽哥，真個是寒來暑往人難過。”蘇祐《逌旃璅言》所載，與此略同，惟不著撰人，並謂“其意在末句，曲有務頭如此”。余謂此詞結語雙關，尚足發一笑。他如王越見村婦道旁便旋，亦作〔塞鴻秋〕以形容之，無論落筆猥穢不取，即文字亦未能工，更無轉録之必要矣。

女曲家

如詞中之李清照、朱淑真者，曲中竟難得其人，殊爲憾事，不得已而如楊升庵夫人黄氏，雖亦稍稍揚譽詞林，而所作疎宕明快有餘，婉約柔麗不足也。憶癸亥歲暮，讀曲瞿庵師奢摩他室中，得覩原刊《徐文長重訂楊升庵夫人詞曲》四卷、拾遺一卷，頗用欣快。求假歸里，録一副本，並與升庵《陶情樂府》四卷，細勘一過，知兩書編次，固大抵相侔，而兩書内容，亦十同六七，複見之作，竟多至八十餘篇，則孰爲夫倡，孰爲婦隨，後人正不必强爲分畫，兩書蓋可合作一書看矣。兹照勘後之本，就夫人卷中所獨有者，略爲稱引如次。

夫人黄氏，遂安人，尚書珂之女，爲升庵繼室，隨戍滇南，後升庵奔父喪返，乃獨留於蜀，以寄外詩見知當世。其詞曲中體裁最奇者，蓋莫過於〔罵玉郎帶過感皇恩採茶歌〕《詠仕女圖》一首矣。通曲二十三句，即用二十三個“一個”云云，寫二十三個人，别無一字費辭，是爲散文記敘體中所必不能有者，乃於韻語中備之，詞雖不必盡工，而格局殊爲新峭矣。前人套曲中偶有一二如此者，但必有他調前後陪襯，故此無之，獨異也。“一個摘薔薇刺挽金釵落，一個拾翠羽撚鮫綃，一個畫屏側畔身斜靠。一個竹影遮，一個柳色潛，一個槐陰罩。一個緑寫芭蕉，一個紅摘櫻桃。一個背湖山，一個臨盆沼，一個步亭臯。一個管吹鳳簫，一個絃撫鸞膠。一個近闌凭，一個登樓眺，一個隔簾瞧。一個愁眉霧鎖，一個醉臉霞嬌。一個映水勾紅粉，一個偃花整翠翹。一個弄青梅攀折短墻梢，一個蹴起秋千出林杪，一個招羅袖把做扇兒摇。”倘所記皆係實境，則亦無多别趣，好在爲畫圖寫照，便覺人物歷歷生動，恍在目前也。古文家初不必好詞曲，不然，必曰：退之《畫記》，乃亦於此中傳家法耶？余謂明人《蘭亭觴詠圖記》等篇之好處，却亦不過爾爾。《雍熙樂府》内有《四十個仕女遊春》一套，内〔梁州〕、〔罵玉郎〕二曲，即多因襲於此。

夫人集中，有〔駐雲飛〕〔凭闌人〕足古詩多首，其體在他處不甚標著明顯。足古較集古爲易，行文亦較自然，余前述俳體忘及之，《堯山堂外紀》所載秦妓所唱《四時月詞》正是此體。兹再録夫人〔駐雲飛〕一首以爲例："暗想嬌羞，往事牽情不自由。帳薄燈光透，寒峭花枝瘦。休，一日比三秋，人在心頭。兩字相思，鎖定眉兒皺。殘夢關心懶下樓。"

夫人有〔一半兒〕四首，蕪而稚，惟第三首較可誦："水邊楊柳路邊花，也拂汚泥也墮沙，合著風流一夥家。罵情雜，一半兒妝聾一半兒啞。"明人塡此調或〔駐雲飛〕，末句每直襲元人語，而不以爲嫌，賢如伯龍，亦何曾免。不知兩調精意，全要在末句，末句既然攘揄，則通篇可廢矣。此首幸而免焉。

曲中情詞，有兩種態度：一種是局外人之旁觀與揣度，有時用調侃口吻出之，大有一面替人寫愁，一面供自己取笑情況，如前舉關漢卿之〔沉醉東風〕末云"本利對相思若不還，則告與那能索債的愁眉淚眼"，可以爲例也；一種是自抒款曲，態度端莊，而思致綿密，譬如黄夫人《寄外》〔羅江怨〕四首是也。夫女子較男子爲工愁，而筆墨又不如男子之濫，既有情詞，想來必屬之第二種爲多矣，乃實際上有時竟有不然者，如前舉夫人集中之〔一半兒〕與〔紅繡鞋〕等作者是也。〔紅繡鞋〕曰："實指望花甜蜜就，誰承望雨散雲收，因他俊俏我風流。鼻凹兒裏砂糖水，心窩兒裏酥合油，餂不著空把人拖逗。"又曰："你不慣誰曾慣，人可瞞天可瞞，夢兒裏槐花要緑襖兒穿。嘴孤都看一看，滑即溜難上難，你無緣休把人來怨。"材料雖亦多取借元人，而組織工夫，直爾老練，固斵輪射雕之手也。然所寫個中情事，倘謂爲夫人自道，則近於誣衊，應無此理；倘根本爲之剖辨，謂其詞並非夫人所作，而皆出之升庵，則亦正可不必。蓋文人藉詞章爲遊戲，至元時而極，莊諧雅俗，無所不可，一時相染成風，雖鄙若伶倫，幽如閨秀，亦莫不被其影響。《録鬼簿》"鄭光祖"條曰，"公之所作，不待備述，名聞天下，聲振閨閣，伶倫輩稱鄭老先生，皆知其爲德輝也。惜乎所作貪於俳諧，未免多所斧鑿"云云，可以爲證也。至明而遺風猶作，積習未除，若夫人者，既然染翰爲曲，即全蹈曲家步驟，全具曲家面目，雖身爲名媛，而下筆屬詞，遂亦無多顧忌，蓋風氣爲然，初不必有關於其人之貞與淫也。明朱孟震《玉笥詩談》曰："升庵楊先生夫人黄氏，遂寧黄簡肅公女，博通經史，能詩文，善書札，嫻於女道，性復嚴整，閨門肅然，雖先生亦敬憚之。"是又可以爲證矣。於此乃憶及淑真〔生查子〕詞，在升庵疑爲作者自道私情，固然悠謬，即在清人力爲辨誣，盈篇累牘而不止，亦覺所見不廣。蓋既爲文人，即必弊於淫，固無可逃者，既可以作詞，即不能禁其作〔生查子〕，既許其爲詞人，即不能禁其不淫，此亦文人之常情也，而又何分乎男女？故必欲表彰淑真之貞者，僅僅辨誣於〔生查子〕一詞，終不徹底，除非辨淑真並無《斷腸》全集也，然而此又爲辨者之所極不願矣。蓋揆若輩之旨，似乎詞壇韻事，固深喜有《斷腸》一篇，若名教罪人，乃絶不忍累才女一字耳。换言之，即初於淑真無與，全在評者自己，如風雅爲懷，則欲其有，如冬烘見解，則欲其無，顧天下乃常有此等圓滿之事耶！且余覺最不可解者，"月在柳梢頭，人約黄昏後"，所約之人，則必其爲男子？所約之事，則必其爲淫奔？一人誤解，萬世不易，正不知其證究何在，而其心究何居也！清人惟梁應來謂〔生查子〕闋，"亦未見定是淫奔之詞"，宋翔鳳謂"緣情綺靡之作，必欲附會穢事，則凡在詞人，皆無全行"，實先獲我心耳。夫讀詞者倘自己先存一番淫心，而後古人之作，淫與不淫，必一概無幸矣。嗚呼，誣淑真者，固何止升庵之流而已耶？淑真有知，於若輩之嘵嘵置辨者，真欲哭笑不得矣！觀於此區區一篇小詞，學究對之，直不知所以措置之道，歸之於淑真女子，則以爲萬萬不可，乃移而與歐陽文忠，意公固男子，不妨作淫詞，亦不妨擔口過也；既而又覺公亦畢竟非常人，文章道德，彪炳千古，歸以淫詞，仍有未安，復移而與無名氏，而後意始稍稍寧焉。噫，庸人自擾，一至於此，亦何其可笑也耶！其實心地果厚，眼界果寬，則其詞文忠作可，淑真作亦何嘗不可？乃升庵但覺淑真詞之不檢，詆之曰"豈良人家婦所宜"，而並不覺其夫人曲之不檢而有所詆譏也，又何其不悟也！天下事進去看看，猶當出來看看，方易得其真象，不然，鮮不爲其事所固蔽者矣。詞曲猶其小焉者也！

既知曲中情詞，爲元明兩代風氣使然，大都調侃遊戲之作，無論男女，初不必關於其作者之貞與淫也，而後於夫人之情詞，雖多舉亦不妨矣。〔落梅風〕曰："因他俏，把咱迷，眼睁睁指甚爲題。害相思只怕日平西,合著眼先推昏睡。”雖不及甜齋〔蟾宫曲〕結語之渾,而意境直是一個,癡憨熱烈,尤不讓焉。又曰:“樓頭小,風味佳,峭寒生雨初風乍。知不知對春思念他,背立在海棠花下。”則一味以生動流利勝,個中眉嫵,呼之欲出,抑招之得轉歟?〔折桂令〕曰:“記風流窈窕知心,花底垂頭,石上磨簪。花朵兒龐嬌,月牙兒眉細,柳眼兒情深。竹枝兒扭斷了誰憐瘦損,桃瓤兒擘破了人在中心。鸞鳳離林,鵶雀相侵,不爭他蝶鬧蜂喧,都只因雁落魚沈。”種種物喻,並非盡拾牙後之慧,且凡此精腴,皆《陶情樂府》全集中所不得見者,亦可異矣。

夫人有四首〔風入松〕,其三云:“繡羅紅嫩抹酥胸,此夕重逢。妒雲恨雨腰肢重,暈眉心獺髓分紅。蠟燭寒籠翡翠,麝香暖度芙蓉。”〔風入松〕一調,詞與曲本相同,而此作尤其類詞。蓋豔而淫者,非必冬烘學究,而後始對之不滿也。噫,“人約黄昏”,乃謂“非良家之婦”,“眉分紅暈”,豈獨爲貞女之詞耶?吾非必欲揭人之過,以相抵制,而後爲快,要於升庵之曲於責人,而昧於省己,殊覺慊然也。至於就淫詞而論淫詞,則此種濃妝豔飾者,爲忌尤深,而爲惡尤甚。蓋天下事遮遮掩掩者,總不如坦坦白白者之爲愈,與其僞君子,不如真小人矣。詞曲之弊,雖同多淫邪,而要亦有别焉,大抵詞與南曲中之重藻采者相近,其淫也遮遮掩掩,令人多所涉想,所謂“壞人心術,杳無窮盡”者也;元曲之淫,每猶不失爲坦坦白白,雖粗蠢刺目,而語盡意止,讀者涉想無多,故二者原皆不足爲訓,而在佞元者觀之,則仍覺元人可恕耳。夫詞陰柔而曲陽剛,人人所共知也,二者美各在此,而亦弊各在此,倘本不免於陽剛之弊者,乃又兼具陰柔之弊,真所謂“百弊叢集”者矣,尚可爲耶?故曲之體未嘗降,寫淫之曲斯降,寫淫倘又拋棄其本體之長,而勦襲詞之面目,裝潢扭捏,以幸附於吐屬風雅之列,則是濫斯下矣,唾棄又何足惜哉!

《太霞新奏》載陸少谷妾方氏套曲,未見佳;又載范夫人徐氏〔錦搭絮〕《春日書懷》四首,措詞一味雅馴,反失曲中真意,蓋已深中南曲柔靡之習矣。如首闋曰:“薄寒輕悄,紅雨染春條。翠襯香芸,一片煙絲軟蝶嬌。杏花梢,啼鴂聲高。閑殺秋千院落,睡損鮫綃。擔害得悶對芳辰,結思空拈白玉毫。”《新奏》評云:“首二句正調祇七字一句,第三、四句正調祇六字一句,此仿《浣紗記》近體。”余謂此曲仿《浣紗》處,又豈但體調而已哉？除却"擔害得"三字，餘直與慢詞無異。夫類曲之詞非好詞，類詞之曲，又豈獨爲好曲耶？夫人有集曰《絡緯吟》，詩較工。《新奏》又載楚人劉氏〔浪淘沙〕二首，則明明是詞，選者誤認爲曲耳。閨秀中此道才慳，一至於此。

青樓之作

元曲作家，及今事迹可考者無幾，余輯《曲家姓字小典》，凡屬元人，所得者大抵姓字而已。顧若輩生平既少顯揚，而品類復極龐雜，涵虚子品藻，於羣英之外，别列娼夫一類，則所謂"羣英"者，要不過有别於娼夫耳。觀於此，論元曲爲平民文學，蓋可無疑義矣。涵虚轉録趙子昂語，謂娼夫詞曰《緑巾詞》，作者有趙明鏡、張酷貧、紅字李二、花李郎輩，皆所謂"娼家之夫"，尚非娼也。《太平樂府》載大都行院王氏、珠簾秀，《青樓韻語》載劉婆惜等，則是娼矣。所作之佳者，已經前人徵引，兹不複列。

明妓之能曲者，《韻語》所載，有顧長芬、鄭雲璬、馬綬、董如瑛、董貞貞、薛素素、景翩翩數人，所作要能入調而已，未足云工。惟景翩翩〔七犯玲瓏〕《詠鞋贈别》，尚饒思致，詞亦疎宕大方："誰將軟玉纏，半遮湘綺邊。香塵幾度嬌還顫，端的可人憐。何事雲同翦，偏誇月上絃。記從前脚跟無綫，把文綦利屣，穩趁别離船。學王喬飛舄傍君旋，做昭陽弱羽隨風轉。踏歌垂手，當年繡筵，行雲駐足，何時錦氈。夜色寒羅襪，春心託杜鵑。情蹤遠，色界懸，空教緑漾與紅傳，不若步中蓮。"

《太霞新奏》載蘄州妓作〔黄鶯兒〕《詠風月擔兒》，語頗徹悟，而殊不類若輩之口吻也，《雍熙樂府》則不著作者爲何人："風月擔兒拴，上肩時難上難，挑得的便是真鐵漢。壓得人腿酸，喘得人口乾，半途中還恐怕繩兒斷。耐些煩，一場辛苦，脱卸了不相干。"

青樓韻語廣集

張夢徵等《青樓韻語》一書，除彙古今才妓詩詞等作外，復綴以《嫖經》及《經解》，自謂剖析個中機變幻妄，以爲涉世者戒，而實則勸百諷一耳。至於文字惡劣之甚，不堪寓目，直是明人困於制藝者之半通不通筆墨，習氣之壞，猶其餘事也。後來方悟輯《青樓韻語廣集》，專彙元明人對於青樓題詠贈答之曲，而詩詞不與焉。即所登諸曲，亦並非青樓之自作，其書雖名爲“某某廣集”，實則與原書體例迥殊也。惟此選諸家書目都未著録，即他書中亦鮮徵引。壬戌端陽，偶在吾鄉北郭香影廊茶社中，得崇禎辛未原槧，圖精卷闊，頗可把玩，時售者但求得一石米價，因即欣然付之。其中殊多俊令，爲他選所不見者，而尤以元人無名氏作爲横放傑出，極見精采，如五卷〔醉太平〕“學老更狂樂府”四首中，《醉睡》兩闋曰：“恰珠樓宴徹，把玉液斟竭，困懵騰嬌眼半睁者，綻桃花嫩頰。步香塵立不穩金蓮趄，啓朱唇語不定雛鶯咽，彈烏雲扶不起緑鬟斜，醉了麽姐姐。”“恰香殘漏歇，覺意懶情賒，甚魔兒眼睫上忽來踅，困花枝重也。映夭桃腮斗兒氤氲熱，蹙春山眉黛兒低排列，閉秋波星眼兒放刁斜，睡了麽姐姐。”鋪張之餘，以一問語結束，輕靈婉約，煞有餘韻。明周憲王《誠齋樂府》中亦載之，惟《樂府》通體庸濫者居多，未必能有此，此當爲元人作也。“老更狂”或係曲集之名，惜失考。

更如四卷所載〔紅繡鞋〕曰：“花撲撲蟬開玉翅，顫巍巍蕊散金絲，實妝成翠葉簇花枝。年紀兒纔二八，嬌滴滴正當時，我怎肯别尋芳辜負你。”又曰：“手腕兒白似鵝翅，指頭兒嫩似葱枝，玉臺盤捧定水晶巵。話兒甜儘哄勸，意兒勤怎推辭，把一個賈長沙險醉死。”“二八當時”、“葱枝鵝翅”等語，著色掞藻，在在爲元人獨有之面目，一望可辨也。又如：“黑鬒鬒高堆雲髻，曲彎彎黛掃蛾眉，綻櫻桃微露玉粳齊。十分的嬌體態，一捻兒小年紀，也消得靠鴛屏捱鳳體。”較第一首似尤新蒨，特結語微傷冶豔，未免蕩而忘返耳。他如〔四换頭〕云：“堪描堪畫，鬟綰烏鴉臉襯霞。燈兒直下，揪住了麽，可喜的我兒，説一句真實話。”則狂情惡態，寫來適足以啓後人《唾窗絨》等儇薄之風，非所尚矣。

《曲律》曰“作情曲而多及景語，吾知其窘矣。此在高手，持一‘情’字，摸索洗發，方挹之不盡，寫之不窮，淋漓渺漫，自有餘力，何暇及眼前與我相判之花鳥煙雲，俾掩我真性，而混我寸管哉。世之曲，詠情者强半，持此律之，品力可以立見矣”①云云，此雖不能作一概論，而要爲個中

① 今校：明天啓五年毛以遂刻本《曲律》，“作情曲”作“作閨情曲”，“相判”作“相二”，“而混我寸管”作“混我寸管”，“可以立見”作“可立見”。

有閱歷語，讀《韻語廣集》所載諸元人令詞，乃益覺其有見地也。〔紅繡鞋〕兩首，俱叶有字韻，曰："祅廟火燒著皮肉，藍橋水淹過咽喉，緊按捺風聲滿南州。畢罷了終是痕迹，成合了倒算風流，不恁麼啊人也道有。""談笑間機鋒巧鬭，舉止處空便搜求，好一會忽又歹一籌。閑啼哭爲個題目，惡糾纏正好開頭，明無情暗兒裏有。"〔梧葉兒〕曰："解不開同心扣，摘不脱倒鬚鈎，糖和蜜攪酥油。活擺布千條計，死安排一處休，您兩個盡場頭，死共活都莫放手。"所謂"淋漓渺漫，自有餘力"者非歟！

《廣集》所選，元曲以外，大聲、升庵之作爲多；其人較僻而詞較精，殊覺不可隱没者，有唐以初之〔水仙子〕："藍橋驛一步步鬼門關，陽臺路一層層刀劍山，桃源洞一處處連雲棧。有情人難上難，姻緣簿扯做了引魂幡。波浪起尾生心碎，雲雨散襄王夢殘，桃花謝劉阮情慳。"王世貞《曲藻》列以初於明初十六家之中，而以初之曲絶少見，此闋吐辭涉事，雅得元音。又有兩峰主人者，南曲〔鎖南枝〕曰："千般念，萬種愁，今宵把來都盡勾。涼月侵青樓，温香滿紅袖。燈兒下，波暗流。玉纖纖，先在手。"詞則幽柔愉豔，頗似王西樓，惜其人則在不可知之數也。

北曲拾遺

又客臘余得范氏天一閣明鈔《北曲拾遺》一册，紙墨行款與所見范氏舊藏明鈔《樂府羣玉》本同，故知其亦確爲明鈔也。册中作者皆明人，署名者惟景世珍、虞味蔗、洗塵、湖西主人、王舜耕、楊南峰六人而已，舍舜耕、南峰外，餘皆未詳履貫。而所謂"拾遺"者，又不知所拾何書之遺也。就中惟有三曲，覺爲穎出，於此記之。〔阿姑令〕曰："石竹花兒正開，有情人梢的書來。金鎞兒把書來拆開，撲簌簌掉下兩行淚來。"開、來韻各兩叶，在有意無意之間，真樸如古謡諺。〔阿姑令〕調，自來譜書未收。〔水仙子〕曰："子牙守定釣魚臺，買臣當初曾賣柴，偷瓜的倒做了韓元帥。吕蒙正鐘後齋，不得時權且胡捱。桃花三月放，菊花九月開，那一般不等待時來。"此不得志者强自慰藉之語也，處境既需自慰，必悶苦已甚，故結處設喻雖淺，而言外已告人其致慨深矣。〔雁兒落帶得勝令〕曰："有錢的畫堂中春自生，無錢的紙帳内長孤另。有錢的强成連理枝，無錢的硬破菱花鏡。有錢的舞燕共啼鶯，無錢的鸞鳳各飛騰。有錢的雲雨内陽臺夢，無錢的藍橋下波浪聲。有錢的便有恩情，行坐裏相隨定。無錢的趕出門庭，只落得長吁三四聲。”愛情每繫於黄金，美人豈盡能免俗？古今固一轍也。此詞憤懣不平，慨乎言之，作者殆深有所感矣。

詠物小題

元曲既爲平民文學，而作者又大抵無心爲文，文事中細情末節，從不講究，猥鄙處則極猥鄙，呆板處則極呆板，故吾人一面儘管激賞其文字天真逸趣，而一面終不免笑其思想稚陋粗蠢。按之題目，則春夏秋冬、風花雪月、鶯燕蜂蝶四友、酒色財氣、吹彈歌舞、漁樵耕牧、悲歡離合四情、富貴福壽四福，連篇成套，絶少變換。鍾嗣成最好拈此等題。而景必瀟湘八幅、金臺四時，情必君瑞雙文、小卿雙漸，子弟必悟迷收心，士夫必歸隱入道，亦在在見其拘泥不化也。一入嘲諢，則更無繩墨可言，其尤可怪笑者曰：王大姐浴房中喫打、長毛小狗、牛訴冤、右手三指、僧犯奸得馬表人名背救、劉黑鑾母通孫黑麻、大桌上睡覺、穿破靴、孫十一禿頭宿娼，諸如此類，不一而足。天下事蓋莫不有極端相反者：有南宋詞人於題目限得極嚴，擇得極雅，做得極工，則有元時曲家於題目放得極寬，取得極俗，寫得極蠢。乃二者時代又直接相繼，而其中轉變，竟如此之驟，豈偶然耶，抑亦物極之必復歟？

元人小曲中，風行之纖瑣題目，亦有甚風趣者，喬夢符集中最多，如釘鞋兒、花筒兒、笑靨兒、竹涼衫、鐵馬兒、紙雁兒、花籃髻、點鞋杖、香柈之類皆是，而香囊、手帕、指鐲等尋常習見者，猶不與焉。又有紅指甲者尤元人所好之題，諸作中當然以徐再思甜齋〔水仙子〕爲絶唱，或者亦即此題之首唱也：“落花飛上笋牙尖，宫葉猶將冰筯粘，抵牙關越顯得櫻唇豔。怕傷春不捲簾，捧菱花香印妝奩。雪藕絲霞十縷，鏤棗斑血半點，掐劉郎春在纖纖。”“抵牙關”句與末句，俱能抉出題髓，詞林傳誦，非無故矣。自後作者，大抵不能脱此詞窠臼，惟周仲彬所作三首之一云：“柔荑春笋蘸丹砂，膩骨凝脂貼絳紗，多應泣血淹羅帕。灑箕箒楨素甲，抹臙脂誤染冰楂。横象管跳紅玉，理箏絃點落花，輕掐碎殘霞。”跳玉點花，取譬新切，確非徐氏所曾及也。餘即小令專家，如喬夢符、張小山輩，雖亦各有所詠，而新意絶少矣。

詠笑靨兒者，都用〔清江引〕調，徐氏首唱曰："東風不知何處來，吹動胭脂色。旋成一點春，添上十分態，有千金俏人兒誰共買。"首二句乃逼出一"旋"字，末一句纔扣到一"笑"字，雖亦貼切，而稍寬費力，且意境未舒，不如喬夢符曰："鳳酥不將腮斗兒勻，巧倩含嬌俊。紅鐫玉有痕，暖嵌花生暈，旋窩兒裏粉香都是春。"明説旋窩，不暗烘託，乃省出許多地步，可供别種描寫；提出"鐫"、"痕"二字，旋窩之形，已呈露盡至，再有"暖暈粉香"云云，則並在神光離合之外，有不僅僅目力所能體會得全者矣，此所以謂工也。周仲彬此題曰："一窩粉香堪愛惜，近眼花將墜。添他百媚生，動我千金費，春風小桃初破蕊。"精采不多，而一二語尚能道著。夢符作原有四首，第四首結句亦云"有千金這窩兒裏銷盡了"，"千金"之意，諸詞一致，而以此語尤爲深切。銷金鍋外，又復有銷金窩，然乎否乎，個中人當能辨之。

此外尚有花籃髻與花筩兒，亦元人慣爲題詠之物。花籃髻是女子髻盤如籃，而又插花滿之也，故徐氏〔小桃紅〕曰："東風攢簇一筐春，吹在秋蟬鬢。玉露凝香寶釵潤，緑無塵，同心雙綰蜂蝶陣。羣芳頂上，連理枝下，分斷楚山雲。"就中惟"緑無塵"句不甚可解，以花不盡緑也？"緑"字或係傳本之訛。夢符輩作，大意亦不過爾爾。花筩兒乃女子頭上簪戴之物，管狀，以玉類爲之，長不過寸許，中空，可以貯綿，而先浸以水或蜜，插花其中久不枯，此種飾物，不但今人不用，即前人筆記雜書中，似亦皆未見過記載。玆録徐、喬兩氏所作〔水仙子〕於此，以資考證，非必賞其詞也。徐詠青玉花筩曰："蜂房分蜜入烏雲，鶯嘴流金拂翠鬟，鸞釵嵌玉浮紅暈。似蕊珠宫内人，虚心腹管束東君。兩朵兒瑶花弄色，半縷兒香綿沁粉，一泓兒碧露涵春。"喬詠花筩兒曰："玲瓏高插楚雲岑，輕巧全勝碧玉簪，紅綿水暖春香沁。是惜花人一寸心，淨瓶兒般手撚著沉吟。滴點點薔薇露，裊絲絲楊柳金，是個畫出來的觀音。"喬詞後半謂美人撚花筩於手中，則如觀音之有淨瓶，不賦之於頭上，而詠之於手中，蓋意窮而詞近敷衍矣。

贈妓之作

元人小令中，贈妓之作最盛，大都切其名而詠之。妓之命名，亦一時有一時風尚，古今不必强同。元妓中疊字爲名者極多，如香香、花花、茶茶、娃娃、要要等，皆可藉曲中贈詞見之。《樂府羣玉》載劉時中〔紅繡鞋〕《贈娃娃》，詞極不堪，而題曰"吴人以美女爲娃，北俗小兒不論男女，皆以娃呼之。有名娃娃者，戲贈"云云，此於題中，雖未明言贈妓，而其詞實贈妓者也。此外有名小玉帶者，有名小園春者，有名觀音奴者，有名喜温柔者，有名順時秀者，亦較爲别致。《樂府羣玉》所見，又有姓常名稱心者，尤足一粲；更有張五兒，與前舉海浮贈詞之劉一兒爲一類，當亦如今日滬妓之有老二老三之稱耶？《贈五兒》〔清江引〕，見《雍熙樂府》，結語頗雋："細膩膩外樣兒雖是好，就裏粗生料。一生有人憐，五世傳家樂，但拈著指頭兒的都軟了。"

贈妓小令佳者，當然以胡祗遹《贈珠簾秀》〔沉醉東風〕爲最早，詞曰："錦織江邊翠竹，絨穿海上明珠。月淡時，風清處，都隔斷落紅塵土。一片閑情任捲舒，掛盡了朝雲暮雨。"珠簾秀與盧摯疎齋學士，有〔落梅風〕《别情》之酬和，當時傳爲美談，《輟耕録》紀其事，《太平樂府》亦載其詞，其人自非俗惡比也。此詞好處，亦即在寫得其人品格不尋常耳。他如元人贈妓名鶯兒者〔清江引〕云："遷喬便尋同志友，處處啼春晝。攛花錦杼鳴，擲柳金梭鬪，彈丸兒那一個先下手。"不但人與物融會之處，用意新巧，且覺語態盈盈，含笑而發，别饒情味。

歌者楚雲，當爲元代名妓，以贈詞者獨多也，吕濟民之〔折桂令〕，孫周卿、趙顯宏之〔殿前歡〕，同載《太平樂府》，爲最易見者。濟民曰："寄襄王雁字安排，出岫無心，蔽月多才。目極瀟湘，家迷秦嶺，夢到天台。浮碧漢陰晴體態，逐西風聚散情懷。卷又還開，去又還來，雨罷巫山，飛下陽臺。"顯宏詞意，亦大抵如此，人物雙關而已。而周卿之作，則有"楚雲高"、"楚雲纖"、"楚雲收"、"楚雲空"四首，不但描寫贍詳，且若似乎兼其人之一生，加以歎詠者，就中"雲收"曰："楚雲收，月波冷侵晚妝樓。腰肢倒比花枝瘦，花瘦無愁。比花枝我自羞，花雖瘦，花不會把眉兒皺。紅消翠減，心上眉頭。"其言頗纏綿有致，詞中方且以花喻人，則又不泥其命名而設意矣。又如濟民《贈妓玉香》〔折桂令〕，用獨木橋體云："可人兒暖玉生香，弄玉團香，惜玉憐香。畫蛾眉玉鑑描香，伴才郎玉枕留香，捧酒卮玉容噴香。摘花枝玉指偷香，問玉何香。料玉多香，見玉思香，買玉尋香。”則完全就題打滚，當歸入前舉俳體之嵌字格中。吕、孫、趙三人，事迹皆無考，但知趙號學村，孫爲古邠人耳。

吕止庵有〔天淨沙〕四首《爲董針姑作》，針與人，鬭合非易也，而詞則真能無中生有。首末二首云：“夜深時獨繡羅鞋，不言語忽倒在人懷，先做意兒將人不睬。問因何作怪，繡針兒簽著敲才。”“敲才”，詈語也，猶今人之謂打坯殺坯。“冷清清獨守蘭房，悶懨懨倚定紗窗，呆答孩搭伏定繡床。一會家神魂飄蕩，繡針兒簽這梅香。”文字生動，而情事逼真，讀竟能無解頤乎？“神魂飄蕩”，情思也，不必淫思，簽梅香者，恨無處洩也。

明人贈妓風氣，不如元盛，傳誦之作亦無多，海浮稿中，除前舉《贈劉一兒》詞外，尚有《贈弱仙》〔黄鶯兒〕，亦復極盡形容能事：“軟款似難支，顫巍巍花一枝，海棠睡起嬌無力。風兒柔怕吹，步兒輕懶移，藕絲兒牽得人兒至。細腰肢，禁持不起，第一是羅衣。”又《贈田桂芳》〔朝天子〕，並不詠名云：“太真，出塵，畫兒上曾厮認。重重疊疊挽烏雲，薄設設鋪蟬鬢。曉月雙彎，秋波一瞬，窄金蓮尖玉笋。教人，覷真，心繫兒擰成緊。”則以結語新奇，自來無人道過，爲不可没也。王鳳洲評元曲，有“情中快語”、“情中峭語”、“情中緊語”之别，似此末句，又當何屬耶？

冤家才郎

《亦巢偶記》云，“俗呼薰猪兒爲‘俏冤家’，不知何所取義，里巷至今傳之。一日，予同一二友人至虎丘遊行，久之，思飲甚切，然所攜杖頭極菲，因思薰猪兒價輕，令僮買之佐酒，久久不至，一友忽唱云：‘俏冤家何事還不到？’衆大噱”云云。《夜航船》載潘雅奏小樓詩云：“小樓簾子滚楊花，要喫梅酸齲齒牙。三日懨懨愁病裏，堆盤怕見俏冤家。”“俏冤家”即猪頭肉，吴門陸稿荐家所製甚佳，一名“馬面”云云。焦循《劇説》謂“冤家”猶奴家、咱家，方言如是，非有義理可尋。蔣津《葦航紀談》載《煙花記》疎冤家之説有六：如情深意濃，彼此牽縈，寧死無二，一也；兩情相繫，阻隔萬端，心想魂飛，寢食俱廢，二也，等等。亦大抵就男女之間，顛倒癡迷景況，敷衍成説耳，非於辭意果有所詮釋也。其實即如常解，“冤”爲冤孽之義可已，何必另求深僻，反不得當。惟是曲家往往開口

“冤家”，閉口“冤家”，亦復可笑。《長安客話》謂陳大聲嘲北地曲巷有云：“開口便唱‘冤家’的，歪腔。那里有春風一曲杜韋娘？”兩字爲曲中慣用者，於此已可概見矣。如前舉馮海浮〔玉胞肚〕、施子野〔駐雲飛〕都於一首之中，複見此二字不一。而明人〔山坡羊〕有云：“一密裹腸牽肚掛，死撞著冤家害怕，這些時老躺在我心頭，有何人會下手的便與我摘開罷。怎按捺，不拖殺須累殺。天長日久，那一刻丢得下，便教勉强拈針，怎奈一針針都刺到他。冤家，望得我百樣昏迷兩眼花。冤家，害得我冷汗渾身著誰打發。”詞固跳脱熱烈，而寫冤家之冤，尤覺酣暢盡致。憶舊日曾有戲作云：“夙世裏安排定，來生又締結牢。莽冤家一處處親投到，狠冤家一個個丢圈套，蠢冤家一對對成虚耗。咒冤家都道個命難長，想冤家又只記得冤家俏。”蓋北〔寄生草〕也。夫人世乘除，禍福倚伏，大而干戈啓釁，流血伏尸，小而睚眦尋仇，殺人亡命，此天難共，狹路多逢，亦何一非冤家相遇之爲祟乎？是此兩字所涵孕者，亦至覺形形式式，離奇杳渺，詞固未足以盡洩之也。諺云“冤家宜解不宜結”，世人懵懂，並此淺義，亦何嘗悉能體會耶！

才郎、奴家、兒夫、娘行等名詞，望之令人意傷，讀之益令人毛戴。元人所謂“街市小令，唱尖新倩意”者有之，而南曲中偏好綴拾，習之既久，且不覺其猥陋，曲弊鄙野，又豈盡在蒜酪遺風之難期雅馴哉？彼南曲者，固出之三吴兩浙人手也，惟有時詞意儘妙，不容因此等微眚而掩者。如陳大聲〔風入松〕八首，起句皆作“想才郎”云云，而王伯良愛而和之，亦復作“想才郎”云云，足見一時文人好尚，此等處固全不介意也。王氏和作，迥不及陳氏原唱，原唱首闋云：“想才郎心性似楊花，虚飄飄難按難拿。秋千院落荼蘼架，到處裏隨風落下。沾不穩銀屏繡榻，又一片入誰家。”除首句外，固亦訓詞爾雅也。至於五闋、六闋曰：“想才郎一去杳無憑，早忘了海誓山盟。説來的話兒全不應，誰似你辜恩薄倖。對神前提著小名，纔駡了又心疼。”“想才郎一去幾多時，誰知他節外生枝。書來止説功名事，全不著心頭一字。本待要尋活覓死，怕落下歹名兒。”則真語斡旋，浮詞刊落，是曲中本色矣。而六闋傳寫癡情，尤臻妙諦，雖屬遊戲之作，畢竟個中心理，亦煞費體貼也。

紅樓夢内小曲

《紅樓夢》小説中，詩間有可誦者，詞絶不佳，而小曲數枝，直與兹所論列者，前後同一準則，作者於此道，信解人也。余最喜誦怡紅公子所唱，曰："滴不盡相思血淚抛紅豆，開不完春柳春花滿畫樓。睡不穩紗窗風雨黄昏後，忘不了新愁與舊愁。咽不下玉粒金波噎滿喉，照不盡菱花鏡裏形容瘦。展不開的眉頭，捱不明的更漏。呀，恰便似遮不住的青山隱隱，流不斷的緑水悠悠。"氣舉淩雲，聲鏗擲地，風飛水湧，蕩漾無窮，真百誦而不厭也。余每謂曲境有四：初步妥溜，與詞一也；次步尖新，尖乃詞中所忌，而新亦同爲所尚；三步豪辣，在詞爲變體，在曲則爲尖新而能入大方者，尋常已不多覯矣；四爲灝爛，蓋又由險趨平，由奇趨正，一味虚涵渾化，而超於象外者也。此闋工夫，直爾到此，方之詞中，乃似入而沉鬱之極，語語凝重，而又出而清靈之極，不著痕迹者，顧易言哉，顧易言哉！此調似〔仙吕·解三酲〕而非，極跌宕迴環之致，玲瓏其聲，乃得金玉其質，信乎！

外翁友庚公捐館舍後，曾遺悼紅軒原本此書一部，余什襲寶之，時一展玩，偶於其中發見一砑紅小箋，端楷寫〔抛紅豆〕一曲，讀之，蓋即譜前調也。作者大約亦未能查訂前調爲南九宫内何名，所以即拈原唱起句中之三字名之，顧已甚雅稱矣。其詞曰："説甚麽親親熱熱都甘罷，且做個妹妹哥哥像一家。誰承望姑娘人大心還大，陡怪我心中有著了他。只如今偏共旁人閑磕牙，倒對我三朝四日無回話。你苦的没了親媽，我恨的有個狠耶。唉，忍教我白費了一番牽掛，有冤枉向何處嗟呀。"初讀之，亦但喜其文字沈着纏綿而已，尚不知有他也；乃吟諷一二過後，頗覺詞内境況，與本書中人物情事，似乎相仿；再爲一一細按，則全詞宛然爲寶、黛立言者，而"有著了他"之"他"，則指釵也。且"誰承望"句，於本書中似又爲習見者，因窮力檢之，忽恍然有得，蓋全闋即概括書中二十八回埋香塚後、怡紅院前，寶訴黛語一段也。〔抛紅豆〕等曲，亦即在此一回内，馮紫英席上所歌，此闋爲概括書中原語，蓋無可疑矣。夫南曲之概括詩餘，極多極腐，讀之有如嚼蠟，正以擺脱掉詞，方纔有曲，倘又驅詞入曲，反曲概詞，亦難怪其情勢格格不入，入而全僵，了無生氣也。然亦未得概括之道耳，若此處以曲概括白話中纏綿情語，二者機杼雖異，而"臭味"正投，一經能手鈞陶，又何患其不交融水乳耶？故〔抛紅豆〕調，"滴不盡"詞，與此種詞餘概括小説之體，蓋皆爲曲苑新裁、藝林雅製，而必不可廢者矣。

書中蔣玉函所唱，亦允推上選："可喜你天生成百媚嬌，恰便似活神仙離碧霄。度青春年正小，配鸞凰真也巧。呀，看天河正高，聽譙樓鼓敲，剔銀燈同入鴛幃悄。"境地似亦尋常，只一經鎔裁入調，便覺情韻騷騷，令人感發不盡。"呀"字格，尤輕靈穩俏，不可多得也。余曩於詞曲牌名中，偏好"剔銀燈"三字，以爲既雅俊，又瀏亮，再則人世上無限銷魂蕩魄、愜心稱意之事，每每從此三字中從容做出，乃益饒韻致。看美人，讀奇書，賞名花，醉醇酒，倘都在珠籠翠蓋、燁燁華燈之畔，不愈覺神光滿足、逸興遄飛歟？每欲拈其調而弄之，而惜其長短句法，未臻圓暢，及讀此詞結語，殊獲我心。苟非顧忌調名淆亂，於事無當者，直欲移"剔銀燈"三字，以名此詞矣。猶憶其時友人適有道新婚之事者，曾譜此調以調之云："這世上論知心個個非，這早晚别爹娘事事違。遠丢丢千萬里，算親親惟有你。呀，看天邊月肥，照顋邊笑微，剔銀燈權領略這親滋味。"但仿前例，以〔百媚嬌〕名其調，猶若有餘憾焉。

再次當爲馮紫英所唱："你是個可人，你是個多情，你是個刁鑽古怪鬼靈精，你只有一樁兒不算靈。我説的話兒你全不信，只叫你去背地裏打聽，才知道我疼你不疼。""你只有"句，依藏本之改筆如此，確較原文爲勝，原文作"你是個神仙也不靈"。按全首之中，到此句意思大轉，原文仍用上面口吻，一氣貫下，則意思遞换不來，反覺沈晦也。改筆與紅箋上書法一致，絶非外翁手澤，究不知出何人耳。此調類〔集賢賓〕而亦非，當即以"可人"二字名之。馮海浮有〔集賢賓〕，意境與此仿佛，用意特一反一正："説來的話兒都是謊，好著人無處提防。休信傍人將俺講，他那里背後輪鎗。全無遮當，俺只有青天在上。君細訪，枉了人算甚麽高强。"論入口甘芳，過喉無滯，則此曲似猶當讓前闋一籌。他如雲兒所唱"豆蔻花開"，不過以尖新涉趣，而"兩個冤家"一首，直是妥溜而已。

其他説部附曲，絶少佳者，如《金瓶梅》内所見，何慮百首，乃大抵援用前人舊作，如張小山詞，見採尤多。此書説者謂出諸王鳳洲，未必可信。鳳洲生隆、萬間，散曲作家如青門、白嶼輩，播風正盛，才如王氏，未必不能，且《巵言》所論，亦有到處，豈有所撰書中既需此一體爲點綴，乃不可以自出心裁，而必假手古人耶？

偶見崇禎時人所撰《醉醒石》小説，附有〔黄鶯兒〕數首，内詠公子前陪堂云："肩聳泰山高，落湯蝦慣曲腰，人言未聽先呼妙。助清歌扇敲，獻殷勤步勞，低言似恐人知道。煞心焦，聲聲大叔，怕的管家喬。"描摹此輩脅肩諂笑醜態，可云盡致。撰書者自署爲"東魯古狂生"云。

小曲掛枝兒

王伯良《曲律》云："小曲〔掛枝兒〕，即〔打棗竿〕，是北人長技。"又曰，"北人尚餘天巧，今所流傳〔打棗竿〕諸小曲，有妙入神品者，南人苦學之，決不能入。蓋北之〔打棗竿〕，與吴人之山歌，不必文士，皆北里之俠，或閨閫之秀，以無意得之，猶《詩》鄭、衛諸風，修大雅者反不能作也"云云。按南曲中中吕有〔打棗兒〕，南吕有〔掛真兒〕，俱見《九宫大成譜》。但〔掛真兒〕爲引子，一名〔藍橋仙〕，句法過於整齊，絶非北人小曲之〔打棗竿〕，可斷言也。惟〔打棗兒〕爲正曲，句法與相傳之〔打棗竿〕調相近。又據沈景倩《野獲編》曰"〔打棗竿〕、〔掛枝兒〕二曲，其腔調約略相似，不問南北，不問老幼良賤，人人習之，亦人人喜聽之，以至刊布成帙，舉世傳誦，沁人心腑。其譜不知從何來，真可駭嘆"云云，此明曰"二曲"，又明曰"約略相似"，是〔掛枝兒〕與〔打棗竿〕並非一調矣。余初以未見〔掛枝兒〕本調，故不能辨王、沈兩説，孰非孰是；後見明人劉效祖撰散曲之節本名《詞臠》者，其中有〔掛枝兒〕八首，句法腔調，明明與〔打棗竿〕、〔打棗兒〕皆相合，然後知景倩之言爲不足信也。兹列三調如次，以資參較。"送情人直送到丹陽路，你也哭我也哭趕脚兒的也來哭。趕脚兒的你哭是因何故。去的不肯去，哭的只管哭。你們兩下裏調情也我的驢兒受了苦。"此〔打棗竿〕也。"盼情人直盼到清明後，病懨懨終日裏不梳頭。淚珠兒滴滿了紅衫袖。眼前人不見，何處戀風流。待得他來時多罰他一杯酒。"此〔打棗兒〕也。"我教你叫我一聲兒你只是不應，其實你不等説就叫我纔是真情。背地裏只有你共我還推甚麽佯羞佯性。你口兒裏不肯叫，想是心兒裏未必疼。你若是有我的在心兒裏也爲甚麽開口難得緊。"此〔掛枝兒〕也。前後二首，襯字太多，似與中一首異，其實通首皆六句五韻,兩平三仄,固顯而易見也。據《大成譜》,〔打棗兒〕調首句"到"字襯,次句"裏"字襯,三句"兒"字、"了"字襯,末句"得"字及第二"他"字襯。然則〔打棗竿〕、〔掛枝兒〕、〔打棗兒〕,實爲一調異名,而其句法,固宜同爲八八皆上三下五七上四下三五五皆上二下三九上四下五,並不參差也。

以上三闋,若論文字,則〔打棗竿〕於詼諧中見真情,余前謂曲中情詞,有一種態度是屬局外人之旁觀,往往用調侃口吻出之者,於此乃益信也。〔掛枝兒〕於瑣屑中見膩情,風格較下,而遣辭於白描中極盡馳騁,亦甚可喜。〔打棗兒〕詞,雖較老實,但結語詞意,亦何蘊藉乃爾,夫輕輕罰酒一鍾,何以戒儇佻而懲薄倖,豈不罰輕於罪?令人不平。然情之真摯,入温厚一流,而後雅正,必如沈青門所云"指定名兒暗咬牙"、施子野所云"須扯定冤家下實打",則終未得情之正,亦不僅潑辣行徑之大殺風景,搽旦身分之惡劣可厭也。

〔打棗兒〕詞,見《題紅記》傳奇中。《題紅記》一名,以余所知,有三本,皆明人撰,而皆未寓目。王伯良之大父王爐峰撰《紅葉記》,伯良弱歲病中,稍更其語,别爲一書,即《題紅記》也,梓本有屠緯真序。祝長生金粟亦有《紅葉記》,而亦作《題紅記》,譜韓夫人事。再則陳濟之利川亦有《題紅記》。三本要以王書傳播爲廣,萬曆以來諸南譜,多引《題紅記》三四調,但皆未注明作者,想來以屬王作爲多,則前舉〔打棗兒〕詞,或者亦竟出王氏也。

詞臠

《詞臠》一書,有明末刊及康熙庚戌、甲戌兩刊,余見者瞿盦師藏甲戌刊耳。作者劉效祖,嘉靖間官至按察使,所爲北詞,盛傳一時,至聞禁掖。所著原有《短柱效顰》、《蓮步新聲》、《都邑繁華》、《閑中一笑》、《混俗陶情》、《裁冰翦雪》、《良辰樂事》、《空中語》等集,雖經鏤板,旋復散佚,後人搜輯其僅存者,故題曰《詞臠》。所作雖不盡中繩墨,而亢爽之氣,盎然滿紙,〔掛枝兒〕仍可舉一首云:"日初長柳絲綻黄金模樣,雨纔過桃杏花撲面清香。賣花人一聲聲唤起懷春情況。蝴蝶兒爭新緑,雙燕兒鬧雕梁。打點出那小扇輕羅也還要去流水橋邊賞。"亦輕脱可誦,惟襯字愈加愈多，將一句填成兩句，破壞格調，不足爲訓耳。集中香奩與閑情之外，亦好爲警世之語，如〔沉醉東風〕云："破衲襖真能袖手，矮屋簷儘可低頭。且由他熱裏忙，落得我閑中受，那里得可口的饅頭。這滋味從來看得熟，怎肯去將無作有。"所述雖不及海浮之豪辣，想亦是及身閱歷之言，不同門面語也。

劉氏《良辰樂事》中有拜年詞，讀之頗堪噱噱，〔上小樓〕云："剛送出張世英，又接進李彦實。只見他叉手躬身，假意虚情，遜讓謙推。一個說多生受累起動重賴光輝，一個說到府遲未蒙見罪。"〔堯民歌〕云："呀，一個正慌忙扒起走如飛，一個忙扯衣牽袖定教回。一個說現成熱酒飲三杯，一個說看經吃素剛初一。他兩個强了一會，終得吃幾杯纔能够唱喏抽身退。"所寫鄉情俗例，幾百年來，社會上正未有殊也。明陸容《菽園雜記》云："京師元日後，上自朝官，下至庶人，往來交錯道路者連日，謂之拜年。中略不問識與不識，望門投刺，有不下馬，或不至其門，令人投刺者。"①可見當時此風之盛，劉詞正是寫實耳。

小隱餘音

《詞臠》中又有〔雁兒落帶得勝令〕等調，和元學士汪雲林一百首者。余曩見錢、倪諸家補《元史·藝文志》，詞曲類中都列汪元亨《小隱餘音》、《雲林清賞》各一卷，蓋本自《千頃堂書目》也。又見《雍熙樂府》内載元亨詞甚多，彙爲一編，果得百首，因即冠以"餘音"之名，以備元曲别集之一家。顧未知所輯較之原書，究仍有闕否耳，元人曲集，久經湮阨，網羅不易，乃至於此，亦可憾矣。汪氏作大抵以歸隱爲題，《小隱餘音》之名，非無因也。歸隱諸調中，以〔醉太平〕爲最工，幾乎美不勝收，立意從一番真實感遇中來，措辭則重在抒寫自己之憂傷恐懼，而不一味嘲駡，刻毒及人，别於海浮處，亦即優於海浮處也。如開端兩闋云："辭龍樓鳳闕，納象簡烏靴，棟梁材取次盡摧折，況竹頭木屑。結知心朋友著疼熱，遇忘懷詩酒追歡悦，見傷情光景放癡呆，老先生醉也。"雖有憤慨，

① 今校：文淵閣四庫全書本《菽園雜記》卷五，"庶人"作"市人"，"不至其門"作"不過其門"，"令人投刺者"作"令人送名帖者"。

而委婉出之,“棟梁材”兩語,大可玩味。“憎蒼蠅競血,惡黑蟻爭穴,急流中勇退是豪傑,不因循苟且。嘆烏衣一旦非王謝,怕青山兩岸分吴越,厭紅塵萬丈混龍蛇,老先生去也。”論世既覺盡情,屬語亦見工緻。尋常謂古人文字好處,每曰“光景常新”,其實並非過去之文字真能常新也,乃未來之人事大都仍舊耳。昔日青山兩岸,吴越屢分,昔人因有此詞;今日兩岸青山,屢分吴越,固未嘗與昔異,則讀昔人此詞,時同此艱,心同此感,顧有不覺其光景常新者乎?此詞原無所謂光景也,特著語警切,古今之情無異,令人具兹同感耳。

曲中三句相對,謂之鼎足對,俗呼爲“三鎗”,見《太和正音譜》,如在〔水仙子〕、〔寄生草〕、〔醉太平〕等調中,其尤著者也。三句以上之相對,惟曲中有之,曲尚妝點飽滿,遇此等對法,則作者愈不肯輕易放過,必極情盡致而後已。拈其調者,大抵意中先有三對句,既已安詳妥洽以後,再裝頭尾而足之,而全首精神,則舍此莫屬也。雲林之〔醉太平〕,以三句對勝者,更如:“源流頭俊傑,骨髓裏嬌奢,折垂楊幾度贈離別,少年心未歇。吞繡鞋撑的咽喉裂,擲金錢趄的身軀趄,騙粉墻掂的腿脡折,老先生害也。”少日疎狂,老來回味,竟作如許感嘆,詞爲警世而作,誠不虚矣。“吞繡鞋”指鞋杯,“騙墻”猶騙馬,元人語,謂急躍而上也。“度流光電掣,轉浮世風車,不歸來到大是癡呆,添鏡中白雪。天時涼撚指天時熱,花枝開回首花枝謝,日頭高眨眼日頭斜,老先生悟也。”話極平常,而説來極緊切。“裹烏紗帽短,罩白苧袍寬,喜無拘無束舊衣冠,步前村後疃。看七貧七富從他换,料一生一死由天斷,且半真半假被人瞞,老先生不管。”是真得逍遥睥睨之趣者矣。

雲林〔沉醉東風〕曰:“糴陳稻新舂細米,採生蔬熟做酸虀。鳳栖殺凰莫飛,龍臥死虎休起,不爲官那場伶俐。槿樹花攢繡短籬,倒勝似門排畫戟。”鳳凰龍虎之喻,所以補前詞竹頭木屑不足之意。蓋庸比拷蒲,固難當抵柱,即靈爲龍鳳,亦豈得翱翔?世人雖好爲自負者,誠何以自信乎!〔折桂令〕曰:“二十年塵土征衫,鐵馬金戈,火鼠冰蠶。心不狂謀,言無妄發,事已多諳。黑似漆前程黯黯,白如霜衰鬢鬖鬖。氣化難參,譎詐難甘,冷笑淵明,高訪圖南。”骯髒之氣,氤氲滿紙,又不似前此諸詞之平馴矣,然在《小隱餘音》中類此者並不多也。

雍熙樂府

《雍熙樂府》一書，乃散曲中山海之觀，包舉既洪，糅雜自然難免，是尚不足爲病。惟其書最不快人意者，乃削去作者名字，令人無從捉摸，雖間有及之者，才百一耳。如雲林〔醉太平〕後，繼有同調和作《自警》八首，即不知出何人，末首有“感唐堯帝王”句，而“唐堯”字樣提行，疑是明人之作。乃詞之精警，不讓雲林，而渾圓似尤過之，英雄無名，曲家大抵如此矣，明人猶其次也。第五首曰：“看白雲萬丈，映翠竹千竿，賦歸來飽飯兩三餐，晃韶光過眼。怕行舟遠使追張翰，儘登樓爛醉思王粲，緊關門高臥效袁安，老先生意懶。”使事甚覺平常，而只以一二字著勁，便脱却陳腐矣。第七首曰：“不經商販茶，莫在縣栽花，就安排村裏做莊家，要尋常淡雅。向東皐冒雨扶犁耙，去西坡帶露鋤苗稼，對南山映日看桑麻，老先生傲煞。”處世之機心全淡，文字之機心亦盡消，老實行徑，便老實説來，惜賞其文字者老實之人未必多耳。

《雍熙》所載元、明人無名氏作，有極尖新者，有極灝爛者，不可以不誌也。先及尖新，以博其趣，《馬上美人》〔沉醉東風〕云：“舒玉笋絲韁款把，蹙金蓮寶鐙斜踏。裙拖著翡翠紗，扇掩著泥金畫，比昭君少面琵琶。天寶年間若有了他，那輪著楊妃上馬。”用楊妃事如此襯跌文意者，原不止此一首，而要以此首最爲圓潤。《堅瓠集》以爲王西樓作，不知何據，抑未知所指爲孰一西樓，王磐《西樓樂府》内則不載也。〔寄生草〕云：“恰纔個讀書罷，窗兒外誰唤咱。原來是那人兒獨立在花陰下，敢莫要露蒼苔濕透了淩波襪，急忙的靠前來笑説句知心話。我與你金杯打就鳳凰釵，你與我銀絲撚做香羅帕。”又云：“將我這桃花面，生爲他憔悴損。不因個惜花愛月傷春恨，但因個今春不減前春恨，常只是淚珠兒煎藥治相思症。恨的是繡幃空暖面生寒，恨的是書房人遠天涯近。”語調則圓轉如環，詞意則癡迷欲絶，謂之尖新刺人，誰曰不可？又有〔胡十八〕一首，亦此一類：“天生下俏臉兒，所事的都相稱，道傾國，又傾城，腰枝嬝娜步輕盈。半晌家定睛，越教人動情，模樣兒都記的，悔不曾問姓名。”涉想原不奇，衹是説得出耳。

小曲中癡情幻想，真可謂層出不窮，兹録《雍熙》内〔紅繡鞋〕四首之二以爲例，其甚者每每過於傷雅，所以不樂多爲傳寫也。“裁翦下才郎名諱，端詳了展轉傷悲，把兩個字兒燈焰上燎成灰。或搽在雙雲鬢，或搽在兩蛾眉，只要我眼根前常見你。”“裁翦下才郎名號，五色綫合就花條，用心兒結做個紐子好蹊蹺。或綴在兜羅帶，或綴在錦束腰，只問我胸懷兒裹要你不要。”

灝爛云者，不必波瀾翻滚也，只意遥詞渾，一時捉摸不盡即是矣。〔沉醉東風〕曰：“垂柳外低低粉墻，燭花前小小銀床。鎮春寒翡翠屏，藏夜月芙蓉帳，幾般兒不比尋常。回首桃源路渺茫，手抵著牙兒慢想。”此種章法，前述《堯山堂外紀》已經道及；此種詞境，顯與尖新者有别，一望而知，無待分剖也。余尤好〔胡十八〕曰：“眼皮兒怕待合，好夢兒難成就。聽更鼓，數更籌，青鸞無信入紅樓。新月兒半鈎，印紗窗上頭，沉沉梅影兒彷佛似玉人瘦。”造境固然幽蒨，遣句特爲清純，曲中一切粗獷喧囂、鄙野猥瑣之氣，至此都絶，乍讀之幾疑不是曲，而又絶不能指出非曲之處也。南北兩派之弊，固一掃而空，而南北兩派之尋常好處，亦未嘗苟同，有此一闋，而後曲中多一準則矣。

至於寫景之作，尤愜心意者，〔胡十八〕曰：“自隱居，謝塵俗，雲共煙，總堪娱，萬山青遶一茆廬。恰便似畫圖中安著老夫，生對著這樣的風光，怎下的爲官去。”畫圖之喻，原屬常談，但他作抑有似此説得鮮活靈動者否？又有作〔十二月帶堯民歌〕者，題爲《遂閑堂即事》、《寒食道中》等，亦不知爲何人。《寒食道中》曰：“清明禁煙，兩過郊原。三四株溪邊杏桃，一兩處墻内秋千。隱隱的如聞管絃，原來是流水濺濺。人家渾似武陵源，煙靄濛濛淡春天。遊人馬上裊金鞭，野老田間話豐年。山川，都來杖屨邊，稱了平生願。”雖不若前闋緊凑，而濺濺絃管、濛濛淡春，亦異樣情景，未容埋没也。

以上於《雍熙》所載，元、明人無名氏作，徵引已多，乃尚有〔山坡羊〕三首，不能不舉者。《媚酒詞》曰：“愁眉緊皺，仙方可救，劉伶對面親傳授。滿懷憂，一時愁，錦封未拆香先透，物換不如人世有。朝，也媚酒。暮，也媚酒。”開端三語，只是將尋常話頭，加重寫出，便覺得不尋常矣。《自由詞》曰：“生涯雖舊，衣食足够，區區只要尋生受。一身憂，一心愁，身心常在他人後，天道若能隨分守。身，也自由。心，也自由。”《賢愚詞》曰：“淵明圖醉，陳摶貪睡，此時人不解當時意。志相違，事難隨，由他醉也由他睡，今朝世態非昨日。賢，也任你。愚，也任你。"身心落後，謂落後便享不到自由也，此一義頗警切。兩闋極意感歎，極意勸諷，惟世人終於不醒，乃覺文字終於無靈耳。

《雍熙樂府》一書，郭勛輯，二十卷，四庫所收爲不全本，有嘉靖庚子刊、丙寅刊、棉紙本、竹紙本等。十餘年前，市價纔二十金，五六年前在都城琉璃廠，已索價二百金；二三年前在海上，略有闕損者，亦不過七八十金，而今則海上書賈於此書，非出二三百金者不樂與周旋論價也。矜奇羨異，至於如此，能不令措大興嗟，而寒酸斂手歟！

堅瓠集内所載曲

自來筆記中，好録嘲謔小曲，以解人頤，而徵引最博者，要莫過於清初褚稼軒之《堅瓠集》。惟就中粗陋者居多，甚且字句失粘、讀不上口，至於意境入妙者，則益鮮矣。兹經抉擇以後，録若干條如次，攤飯之餘，聊以佐趣，或不至嫌拙澀耳。其原見蔣氏《外紀》，前已具列者不複。

明末名妓李三，以姿容詞曲擅名，而色甚黑，善一廣陵富賈，亦以黑著。郭丸封調〔黄鶯兒〕嘲之曰："木墨李三娘，黑旋風兄妹行，張飛昔日同鴛帳。纔别霸王，又接周倉，鍾馗也在門前闖。尉遲幫，温將軍賣俏，勾搭了竈君王。"此詞雖出遊戲，使事頗合法度，近日坊間笑書，亦曾載之，當又録自《堅瓠》者。

《雪濤集》載西安一廣文，性介，善謔，罷官家居，賴門徒舉火，乃自作〔清江引〕《謔詞》曰："夜半三更睡不著，惱得我心焦燥。跎蹬的響一聲，猛可裏嚇一跳，原來把一股脊梁筋窮斷了。"秦藩中貴聞之，轉聞於王，王喜，召見，賜之百金。按此詞有怪惡氣，百金之贐，毋乃便宜此公。

崇禎壬午，南畿榜發，物議沸騰，有告廟文，四六精工，哄傳一時，又改《琵琶記》〔太師引〕云："費金錢穩取圖甘旨，又落得誇兒耀妻。終不見范丹寒賤，有一個應舉及第。須知功名富貴錢所與，錢若與不求而至。謍生是，乃本將利取，天須鑒我秀才不富的情罪。"《琵琶》"逼試"原詞云："太公他意兒只要供甘旨，又何曾貪歡戀妻。自古道曾參純孝，何曾去應舉及第。功名富貴天付與，天若與不求而至。娘言是，望爹行聽取，天須鑒蔡邕不孝的情罪。"别有〔繡帶兒〕一枝，及徐樹丕《識小録》所載《擬鳴鳳記》二曲、〔沁園春〕一詞，同爲此事而發，而皆不如此引之妙。順治丁酉，方猷、錢開宗二人主試江南，首題爲“貧而無諂”章。榜發後，亦有〔黄鶯兒〕云：“命意在題中，賤貧兒重富翁，詩云子曰全無用。切磋未通，琢磨欠功，其斯之謂方能中。告諸公，多財子貢，貨殖是家風。”按《闕名筆記》云，清初書肆有刻傳奇名《萬金記》者，不知何人所作，大意以“方”字去點爲“萬”，“錢”字去戔爲“金”，蓋隱指是年主考方猷、錢開宗之姓，備極行賄通賄狀，一時流布禁中，遂興大獄，方、錢並房考等，俱戮於市，皆此記一言所致也。此所謂〔黄鶯兒〕者，不知即記中所有否？

《珂雪齋隨筆》載其兄袁伯修宗道爲諸生時，“夢身邊懸一牙牌，上書‘洗馬’二字，後書‘顔回’二字，年二十七，舉南宫第一，官翰林。至三十二，頗疑懼，明年，以宫詹告歸，生朝作〔水仙子帶折桂令〕小曲以自壽云：‘秋風高掛洞庭帆，夏雨深耕石浦田，春窗飽吃南平飯。笑冬烘歸忒晚，明朝已是三三。雕蟲啊懶拈象管，野鹿啊難聯鷺班，隙駒啊且養龜年。嫩柳成園，修竹圍庵，講甚麽道非道夢中的老聃，説甚麽空非空紙上的瞿曇。只消過了，尋常甲子，萬萬千千。’又八年，官至掌坊，卒於京”。褚氏又謂伯修於詞曲號當家，又有“付阿誰楊柳蠻腰，知何處桃花人面”之句。按袁詞果然當行。《堅瓠》原載其調名爲〔一枝花帶折桂令〕，絶非。帶過曲中從無此二調相帶者，以一屬南吕，一屬雙調也，兹爲改正。即前一則改《琵琶曲》，原書所載調名亦誤，亦爲改正矣。

元人有〔叨叨令帶風入松〕詞云：“罷罷，耍耍，茫茫世界儘寬大。五斗米折不得彭澤腰，一碗飯受不得淮陰胯。種幾畝邵平瓜，賣幾文君平卦。哈哈，快活殺心坎上無牽掛，耳邊厢没嘈雜。哈哈，世上人勞勞堪訝。你看那秦代長城替别人打，漢朝陵寢被偷兒挖，魏時銅雀臺到如今没片瓦。哈哈，名利場最兜搭。班定遠玉門關枉白了青絲髮，馬新息銅柱標抵不得明珠價。哈哈，却更有一般堪詫。動不動説甚麽玉堂金馬，虚費了文園筆札。只恐怕渴死了漢相如，空落下文君再寡。”“罷罷，耍耍，到頭來都是假。憑你事業伊周，文章董賈，少不得北邙山下。俺歸去也身不關陶唐虞夏，夢不想爭王定霸。容膝的竹籬茅舍，忙手的琴棋書畫，忘機的鷗魚鳧鴨，適口的淡飯粗茶。檻外薔薇高架，庭前蘭蕙初卸。俺也不聾不啞，誰肯把韶光虚謝。閑時節從負郭問桑麻，遇鄰翁數花甲。哈哈,鐵笛兒在牛角上掛,酒瓢兒在漁竿上插,詩囊兒在驢背上跨。眼底事拋却了萬萬千千,杯中物直飲到七七八八,醉中日月真無價。哈哈,要罷就罷,濃睡在十里松陰下,一任黄鸝罵。”按兩闋詞頗馳騁,謂出元人,或不盡虚,但調則絶非〔叨叨令帶風入松〕。帶過曲中,亦從無此兩調相帶者,而兩首句法句數,且先不一致,其詞確爲帶過曲,特不知究是何調相帶,尚待考核耳。《納書楹曲譜》載此,字句小異,且分作五段,未知孰是。

明宋海翁登春,詩有天趣,兼善小詞,作〔清江引〕云:“糯米酒兒鮮魚鮓,還喜生薑辣。秋天不肯明,只把鷄兒罵,呼童兒點燈來花下耍。”此闋似亦於他書見過,而一時未能指出也。

蔣氏《外紀》載宣德間三楊公作《四時月酒詞》,前已録之,以爲他書中所未見;據《堅瓠》所輯,則明人筆記中,有别紀其事者,且較贍詳,特詞則終不如《外紀》所有爲雅潔耳。其辭略曰,“齊亞秀者,京師名娼,嘗侍長陵宴,出語人曰:‘知音天子也,每唱到關目處,即爲舉巵。’晚年有目疾,女曰江斗奴,以色藝擅聲。宣德間海内清謐,上下皆以聲伎自娱,英公張輔,尤奢泰,嘗延三楊飲,命斗奴佐觴。二楊頗降詞色,西楊儼然,南陽乃舉令,各取古詩句有‘月’字在下者,自云‘梨花院落溶溶月’,東楊云‘舞低楊柳樓心月’,西楊云‘金鈴犬吠梧桐月’。斗奴跪而請曰:‘妾亦得句,敢言乎?’英公曰:‘汝當歌,毋徒誦也。’斗奴乃歌曰:‘梨花院落光如雪,犬吠梧桐夜。佳人楊柳腰,舞罷銀蟾滅,者春月者夏月者秋月總不如俺尋常一樣窗前月。’諸公稱賞,明日各以緋羅贈之。西楊曰:‘吾輩老矣,猶爲尤物所動,況少年乎?’即奏禁百官,宿娼者除名”云。按所歌之調,乃〔清江引〕也。

《水南翰記》云:“常熟楊夢羽儀,有〔撥不斷〕詞云‘菊苗肥,菖蒲瘦,生涯此外吾何有。竹影閑侵枕畔書,花香自入杯中酒。玉樓春晝’,‘心無縈,眉無皺,今朝過也明朝又。屋外青山是主賓,窗前烏兔從飛走。青氈依舊’。”按前一闋景物點綴,亦何工緻乃爾。

《閑居筆記》有歌云:“水花兒聚了還散,蛛網兒到處去牽,錦纜兒與你暫時牽絆。風箏兒綫斷了來不及攀,匾擔兒擔不起你不要擔。正月半的花燈也亮不上三五晚,同心帶結就了割做兩段。雙飛燕遭彈打怎得成雙，並頭蓮纔開放被風兒吹斷。青鸞音信杳，紅葉御溝乾，交頸的鴛鴦也被釣魚人來趕。”按此歌頗有致語，非詩非詞，爲曲無疑，特未詳其調耳。

吴復庵詠歲考生童〔駐雲飛〕十首，《一等》云：“志氣軒昂，忽聽呼名直上堂。行走真舒暢，答應偏清亮。嗏，花朵白銀妝，紅綾飄漾。鼓樂喧天，皂隸都稱獎，童僕跟隨也有光。”《童生》云：“到底成空，枉却鑽謀囑托功。貴的書爭送，富的銀爭用。嗏，兩考興匆匆，一場春夢。説嘴揮拳，前日何其勇，今日裏洩尾垂頭不見踪。”按此兩首尤覺傳神阿堵，餘亦極盡刻畫能事。吴江沈曰霖紉芳，有《晋人麈》，壬申開科，借歲試作科舉，紉芳不録，憤懣無聊，作《等第》〔黄鶯兒〕自娱，自謂較之前人〔駐雲飛〕等曲，或不多讓。然余視其作，殊不如吴復庵〔駐雲飛〕，惟末一闋云“六等一身輕，出黌門做白丁，毫無掛欠真乾淨。脱除破巾，丟開本經，下回歲考無須悶。寫銘旌，皇清待贈，原任邑庠生”，則挖苦殊刻，此所寫者，已清初情形矣。若顧公燮《消夏閑記》云，明季歲考綦嚴，四等者用朴作教，五等罰爲吏，翦去巾飄帶，六等挑紅糞桶出署，褫去衣衿，謂之歸農。夫紅糞桶著肩，殆難以如沈氏所言“一身輕”矣。雖資笑噱，亦可見兩代制度之遷變也。

《一夕話》云，有《題〈崑崙奴傳〉》〔桂枝香〕詞，每句首尾，譜平仄二聲，大有思致，其詞曰：“嬌娃低叫，蕭郎含笑。映窗紗體態輕盈，描不就形容奇妙。想牽情這廂，想鍾情那廂，撩人猜料，朝來心照。巧推敲，原非紫玉藏春院，盗取紅綃夤夜逃。”按此種巧韻，頗不嫌怪惡，余前紀俳體，所未及也。

四明倪君奭，臨終時賦〔夜行船〕云：“年少疎狂今已老，筵席散雜劇纔了。生向空來，死從空去，有何喜有何煩惱。説與無常二鬼道，福不作禍亦不造。地獄閻王，天堂玉帝，看你去那里押到。”按〔夜行船〕乃雙調套曲，元明以來，罕有填作小令者，此或者亦是一套之歌頭也。

涇陽趙念堂先生，有《初夏》小曲云：“豆角兒香，麥索兒長，響嘶嘶繭車風外揚。青杏兒纔黄，小鴨兒成雙，雛燕話雕梁。紅石榴花滿西窗，黄蜀葵葉掃東墻。泥金團扇面，香玉紫紗囊。將，佳節慶端陽。”按此乃北曲〔寨兒令〕也。“將”字一字句，且叶韻，尋常讀之者多未省此。

詞特秀蒨動人，但王九思《碧山樂府》中亦載之，則又不知何故矣。

《蒓𤢕詞話》曰，“宛平劉副使仲修效祖，以才見抑，罷歸，寄情詞曲，小令可入元人之室。如〔沉醉東風〕云，‘東華路塵沙滚滚，玉河橋車馬紛紛。官高休羨榮，命蹇需安分，靠青山緊閉柴門。閑把英雄細討論，能幾個到頭安穩。’又一闋云，‘門巷外旋栽楊柳，池塘中新浴沙鷗。半灣水遶村，幾朵雲生岫，愛村居景致風流。閑啜盧仝茗一甌，醉翁意何須在酒。’中略入小山樂府中，不能辨也”云云。金淮生《粟香室隨筆》中，又以與鄭板橋道情並舉，以爲皆富貴場中一服清涼散也。按此兩闋，《詞彙》所不載，要當以佚詞存之。《詞話》又録〔朝天子〕二首，《詞彙》所有，愈嫌平淡，而謂“入小山樂府不能辨”，直是阿其所好耳。

《蒓𤢕詞話》又云，“燕人薛論道，有《林石逸興》十卷，皆雜曲也。其〔玉抱肚〕云‘神仙無分，且藏身煙村水村。看白鷗撞破殘霞，靠青山界斷紅塵。清風明月共三人，去住悠悠一片雲’，又一闋云‘淒涼時候，聽征鴻蕭蕭過樓。映疎簾明月盈盈，走空階落葉颼颼。教人腸斷淚交流，屈指歸期又半秋’。律以元音，亦稱合作。惜歲久失傳，蔑有知其姓氏者”云云。按《林石逸興》一書，他處未見道及，失傳容或不免。首闋瀟灑，金白嶼之流亞，然尚未必能及，元音何有焉？

江都李聖許有月字謎云：“俏冤家切莫做小人行徑，許佳期其實未曾。我若肯時也不止在如今肯，空爲我腰肢減一半，鎮日裏無主恨青春，待明朝日落時辰，再休要閑去門前等。”别有作墨謎者云：“記當初剔銀燈重把眉兒掃，那其間似漆投膠。可憐自落煙花套，這磨頭多應是儂命裏招。全軀恐難保，香肌越消耗。看看捱得今年，捱不過明年了。寄語兒曹，好把芳魂紙上描。”按集中所載謎曲甚多，此兩闋略較工穩，前闋詞意尤峭，非集中他作所能望也。

傳奇中有〔清江引〕云：“一個姐兒十六七，見一對蝴蝶戲。雙肩靠粉墻，春笋彈珠淚，唤梅香趕他去别處飛。”“轉過雕闌正見他，斜倚定荼蘼架。佯羞整鳳釵，不説昨宵話，笑吟吟掐將花片兒打。”按此二首都以雋語作結，雖祇尖新，斯仿佛有元音之遺也。

以上諸則，詞皆《堅瓠》原有者。《堅瓠》又曰，“吴士召乩仙，署曰黄花女兒，問其氏族，曰：‘金閶王氏，生時與黄生歡好。一生愛插黄花，人呼黄花女兒。'問卿是夭逝耶,曰:'年十五而殞。'問黄生安在,曰:'相繼亡矣。今與同處,若人間伉儷也。'衆乞詩,遂題數語云:'忘不了對攏雙袖,忘不了佳期月下偷。忘不了柳遮花映黄昏後,忘不了羅帳綢繆。忘不了紗窗風雨清明候,忘不了多病心情懶下樓。'風流藴藉,字有餘香"云云。按數語錯落不成調,意亦淩雜無序。吾友琴生,見而笑曰,是可以足成〔拋紅豆〕一調者也,乃援筆點綴曰:"忘不了紗窗風雨清明候,忘不了邂逅金閶一段羞。忘不了柳遮花映黄昏後,忘不了佳期月下偷。忘不了多病心情懶下樓,忘不了羅幃相對攏雙袖。忘不了的綢繆,忘不了的盟咒。呀,忘不了翻蛺蝶的黄花朵朵,忘不了覆鴛鴦的黄土悠悠。"聲情頗見圓暢,用意亦免淩雜,曼吟一過,以爲可喜,因附録之。

唐六如曲

《堅瓠》又録唐六如〔黄鶯兒〕二首,其一云:"細雨濕薔薇,畫梁間燕子歸,春愁如海深無底。天涯馬蹄,孤燈翠眉,馬前芳草燈前淚。夢魂飛,雲山萬里,不辨路東西。"尚有致語,以藴藉勝。另一首則泛辭益多,不足録矣。六如曲附全集後。王驥德論散曲首曰:"小令如唐六如、祝枝山輩,皆小有致。"意蓋謂如唐、祝者,已難得矣。而鳳洲《曲藻》亦曰"伯虎小詞,翩翩有致",是明人於唐氏小令,多推許也。余檢《六如居士全集》,覺令詞中,妥溜有餘,豪宕不足,且玭累甚多,罕有完璧。如〔黄鶯兒〕《美人出浴》云:"衣褪半含羞,似芙蓉怯素秋,重重濕作胭脂透。桃花在渡頭,紅葉在御溝,風流一段誰消受。粉痕流,烏雲半嚲,撩亂倩郎收。"舍結語清雋以外,"桃花"、"紅葉"等句,亦復濁爛可厭也。《青樓韻語廣集》載此詞,作周秋汀。

六如有〔山坡羊〕九首,一例香奩,亦多以泛語湊調,其較完整者,當爲下兩首。"纖手尋常相挽,親口曾教放膽,塔尖兒上,却把人來賺。咫尺間,難猜對面山。風雲氣色,多少濃和淡,鐵打心腸也弄酸。無端,無端惹這般。休瞞,休瞞到没干。""嫩緑芭蕉庭院,新繡鴛鴦羅扇,天時乍暖,乍暖渾身倦。整金蓮,秋千畫板前。幾回欲上,欲上羞人見,走入紗廚假欲眠。芳年,芳年正可憐。其間,其間不敢言。"都能姿態横生,情意濃郁,惟"到没干"三字究成何語,抑傳本之有誤歟?

六如小曲，除香奩以外，亦好作放曠語，其自遣者有〔集賢賓〕曰："春深小院飛細雨，杏花消息何如。報道東君連夜去，須索要圈留他住。金杯滿舉，怎不念紅顔春樹。君看取，青塚上牛羊無主。"前半工緻絶倫。余嚮據《南宫詞紀》，以歸青門《唾窗絨》，而何大成編六如曲集，據《三徑詞選》收入，《三徑詞選》不知是何書也。又有〔山坡羊〕曰："數過清明春老，花到荼蘼事了，光陰估價，估價錢多少。望酒標，先拚典翠袍。三更尚道，尚道歸家早，花壓重門待月敲。滔滔，滔滔醉一宵。蕭蕭，蕭蕭已二毛。"①於放浪中，頗得真趣，行止與文字，原一例也。

其警世者，有〔對玉環帶清江引〕四首，深切明著，極似過來人親自體會之語，蔣氏《外紀》與全集載之，而選書都不登録，未知何故。二、三兩首曰："極品隨朝，疑是倪宫保。百萬纏腰，誰是姚三老。富貴不堅牢，達人須自曉。蘭蕙蓬蒿，看來都是草。鸞鳳鴟梟，算來都是鳥。北邙路兒人怎逃。及早尋歡樂。痛飲百萬觴，大唱三千套，無常到來猶恨少。""禮拜彌陀，也難憑信他。懼怕閻羅，也難迴避他。枉自苦奔波，回頭纔是可。口似懸河，也須牢閉啊。手似揮戈，也須牢袖啊。越不聰明越快活，省了些閑災禍。家私那用多，官爵何須大，我笑别人人笑我。"按所謂"姚三老"者，曾以賤價買人别墅，王大癡戒以設法，勿令子孫復以賤值賣去，見徐復祚《花當閣叢談》。又《珊瑚網書録》載六如此曲手跡，另有四首，及王錫爵荆石和作十二首，皆不逮此也。

何大成所編六如曲集，未知究題何名，全集中收之，而編者亦不綴一詞。何氏跋語有曰，"曲十三套，見《詞林選勝》。《詞林選勝》一編，乃魏良輔點板，所載六如曲富甚，特備録之。其微詞祕旨，種種不傳，纖妍雖具，妙義全乖。因捐資貿工，亟爲繕寫，更以諸本刊語，附列如左"云云。按《選勝》一書，《脈望館書目》著録三本，既屬魏氏點板，其必全用崑腔無疑，何以至今習崑腔者不傳其書，抑傳而甚僻耶？至謂唐氏之曲有何微詞妙義於其間，是亦不知從何處體會得來者，欺人不淺也。

---

① 今校：曲牌原作〔集賢賓〕，按律當爲〔山坡羊〕，逕改。

曲諧卷二

江都任訥中敏

舊蘿曲語

琴生所居曰舊蘿書屋，著《舊蘿曲語》，好議論古今，而能多中窾竅，不甚擷取成作，以充篇幅，視余書迥異，兹擇其尤洽余意者，轉録數則，可以見其議論之一斑也。

《舊蘿曲語》曰：詩之六義，詞得其風雅比興，而曲獨得其賦頌。夫曲無比興，人或疑之，不知曲之名義，僅指諧聲立意而言。諧聲立意確以曲曲折折、層出不窮爲貴；若措詞，則適當用其反義，非直不可，非盡不可也。曲之妙處，便在個説得痛快，韻味儘管雋永不盡，而意旨必顯豁呈露，雖弗必一洩無餘，要不當吞吐滯澀。故詞尚意内言外，曲竟是意外言外；詞尚沉鬱頓挫，尤重立意，曲尚豪辣浩爛，尤重遣詞。詞静而曲動，詞縱而曲横，詞内旋而曲外旋，詞收斂而曲解放。詞之措詞，比較上不免扭揑做作之處，若曲則適如時下新語，所謂"赤裸裸的"是也。凡此若求其所以然，則皆以詞之用在深，而曲之用在廣耳。按琴生有此説，余書前此亦同有此説，蓋二人平日之言論，常常相契如此也。

《曲語》又曰：倘拈著"廣"字，則更易了然於曲矣。何則？老嫗都解，在詩猶不免弊淺，在曲則當行之至；有井水處皆歌，在詞傳爲佳話，在曲則無足奇也。無他，曲之致用在廣，在普遍。其求人之了解也，不獨於寫在紙上，讀在口中，並須於歌在喉際；若捧其詞看得懂，讀其詞聽得懂，唱其詞便聽不懂，其詞便猶有缺憾。故王驥德《曲律》有言曰"務使唱去人人都曉，不須解説"，是真爲個中搔著癢處語也。又王磐作〔滿庭芳〕，有"毛詩中浪説鼠無牙"句，王驥德謂使村人聽之，將以爲茅厠中云云，特爲改作"笑詩人浪説鼠無牙"。夫曲家下筆，時時顧全村人之了解，則措詞中尚容有絲毫典重晦澀之處乎？蓋非明白曉暢，極情盡致，不足以醒癡頑而砭錮習，度蠢衆而化蚩氓矣。夫曲之本義，原如此也。

故元人之作，無論雜劇、散詞，皆取材極廣，陳義不高，方言俗語，盈篇累牘，而不以爲陋。自南曲《浣紗》、《玉玦》諸記，開穠儷駢綺之習，曲旨斯盡喪矣。故論曲之大體，南迴不如北；論藝之精微，更必推極元人，且不必以其時代之先，實因其體格之正耳。倘以今日論文學者判別詞曲，則詞爲貴族文學，而曲實平民文學也。

《曲語》又曰：曲既盡情直述者多，而不尚比興，故有嘲駡而無諷刺。周德清"作詞十法"曰，"不可作譏誚語。諷刺，古有之。不可直述，託一景託一物可也"。然按諸元曲，託景物而隱規箴者絶少，如昔人所傳，曹明善〔岷江緑〕譏伯顔等詞，極其少見，周氏之説，不足見信。蓋此一體中，不必如許妝模做樣，正要有話説話，假面具當盡揭去也。故以人喻詞曲，曲固具北人直樸豪邁、亢爽風流之概，而詞竟是南人深沉婉曲、温柔爾雅耳；詞是潛機内運之工心計人，而曲直是莽男子耳。曲至明人，運用有别，習氣最壞者，莫如藉作尋仇洩恨之資。王九思之《遊春記》，明報西涯放廢之仇；屠長卿之《曇花記》，大洩顯卿告訐之恨；王辰玉之《長安街》，指建言諸公；湯顯祖之《紫簫記》，道秉國首揆。《瑞玉》描寫魏璫私人，《寶劍》指謫分宜父子，《白練裙》訕馬湘蘭，《中山狼》詈李天賜，類此荒唐，何勝僂指。大者文禍一旦而興，小者疑案百年不決，（如《琵琶》説譏王四，《荆釵》謂彈十朋，後人聚訟，終不能結也）以致傳奇之作，端人正士戒爲畏途，而從此清明坦蕩之文章，一墮而入邪魔惡道，元人之天機一片，嫵媚爛漫之姿，真切淳摯之志，至是乃戕斲殆盡，而曲乃於斯大敝矣。讀李笠翁之《曲部誓詞》，至於"瀝血鳴神，剖心告世"，以明其所作傳奇，不含任何諷刺，藉息一時蜚語，不可慨歟！夫製曲乃文人快事，而無端荆棘横生，機械百出，一至於此，是苦惱之不遑，尚何快樂可説？觀於此乃令人嚮往東籬振鬣長鳴之風，仁甫奮翮高騫之概而不置矣。按元之北曲，與北宋之詩餘，皆恰到詞曲好處，前此者較之，則覺尚未成熟，後此者較之，則又覺泛濫過度。余之號"二北"者，蓋亦私識其所嗜好耳。琴生此論，與尋常泛泛崇元而抑明者，似又不同也。

《曲語》又曰：詞用比興暗説者，曲則用賦明説，可舉一例，飛卿〔菩薩蠻〕十四章中，有"新貼繡羅襦，雙雙金鷓鴣"、"暖香惹夢鴛鴦錦"、"翠釵金作股，釵上蝶雙舞"、"翠翹金縷雙鸂鶒"、"鳳凰相對盤金縷"、"人遠淚闌干，燕飛香又殘”、“金雁一雙飛，淚痕霑繡衣”，所舉鸂鵡、鴛鴦、蝴蝶、瀏鶒、鳳凰、燕雁，皆以物之成雙，興人之孤獨，敘物之精好工緻，盼人之歸來享用耳。此詞人之法也。甜齋〔梧葉兒〕《春思》曰，“芳草思南浦，行雲夢楚陽，流水恨瀟湘。花底春鶯燕，釵頭金鳳凰，被面繡鴛鴦，是幾等兒眠思夢想”，“鴉鬢春雲彈，象梳秋月欹，鸞鏡曉妝遲。香漬青螺黛，盒開紅水犀，釵點紫玻璃，只等待風流畫眉”，將人物間之觀感，明明白白說出，此曲家之法也。徐氏二曲，可作温氏十四詞之的解與雅疎，乃張惠言謂“新貼繡羅襦，雙雙金鷓鴣”是《離騷》初服之意，蓋必欲附會温詞爲感士不遇也，奈之何哉？按常州詞派，爲矯正陳、朱末流之失，乃一味以風騷比興論詞，藉事推崇，惟《詞選》所疎諸語，祇顧自圓其比興之説，遂穿鑿附會，厚誣古人不少，且其説終亦無以自圓。余每謂後人視詞，不失之輕慢，即失之矜持，輕慢者固不及，矜持者亦太過，其爲失真則一也。周止庵知皋文但求深入之弊，故創有寄託以入、無寄託以出之説變之，必如此而後常州詞説，始能穩健。但世俗震於皋文風騷比興之説堂皇，羣焉慴服，而不知其末流之實坐一僞字之弊。但看詞工於宋，而宋人並未力倡風騷比興有如清人者，則知宋人之不倡，乃得詞之自然，清人之力倡，初乃有激而發，繼則門面話耳。琴生玆説，獨借鏡曲境，以明詞弊，殊覺新穎。

《曲語》又曰：元曲嚮來推關、白、馬、鄭，蓋謂雜劇也；若散曲則鄭不足數焉，而關、馬仍不愧爲大家。但論散曲者，必欲舉一首小令以表見其餘，則阿吾所好，其爲白氏之〔寄生草〕《賦飲》乎？其詞曰：“長醉後方何礙，不醒時有甚思。糟醃兩個功名字，醅渰千古興亡事，麴埋萬丈虹霓志。不達時皆笑屈原非，但知音盡説陶潛是。”此首協音之妙，周德清久有的評，毋庸不知音者更强爲增飾。若論其他，則尚多可爲元人小令表率者：元曲由元時一班潦倒之才人所造成，亦即由一班才人之潦倒所造成，此詞憤世嫉俗、遯世逃情之意味，極爲濃烈，足以表見元曲之成因，一也；元曲以豪放不羈、趣高氣勁爲尚，此詞軒昂磊落，不同凡響，烈士壯心，寓懷言外，足以表見元曲之精神，二也；元曲以鳳頭、猪肚、豹尾爲法，其説不刊，此詞首二句俊快，腹聯三句豐滿，末二句響亮，允合步驟，足以表見元曲之法度，三也；元曲取材，貴廣而雜，經史百家，俱供驅遣，此詞運典使事，如風行空，不著痕迹，足以表見元曲之文學手腕，四也；曲興襯字，而在小令不可多，又逢雙必對，三句聯對，謂之“三槍”，尤曲中所獨有，此闋中，“不”字、“但”字，襯也，通體皆對，而絶自然，應有盡有，而恰如其分，足以表見元曲之體製，五也。雖然，阿吾所好，言之如此耳，安能强人盡同吾意哉？按近人説曲者，好舉馬致遠“枯藤老樹昏鴉”之〔天淨沙〕爲小令例，以爲空羣之驥，捨此莫屬，不知此首造語，過於凝重，全無曲中疎宕之美，何足以爲準則？是仍不知曲者之非見也。得琴生此論，而後曲之爲曲，乃光明矣。惟吾意，白氏前作，首句尚欠流暢，斯爲小憾。

揚州一半兒

曩於冷攤上獲一舊鈔本，題曰《揚州一半兒》，檢之，通體皆用〔一半兒〕調，賦揚州風物人情，蓋於董氏《竹枝詞》、費氏《夢香詞》外，又别樹一幟者也。遣詞儇巧尖新者有之，雅麗明俊者亦有之，而俚薄冶蕩者，實占大半，似非出於一手，更非成於一時。紙黯而墨新，亦無題名圖記，並不省何人何時所爲也。所尤惜者，存紙三十餘葉，而其後顯有扯脱之痕，原稿不止於此可知矣。余持問鄉先輩，亦罕詳悉之者，但爭求録副而已。兹摘記數首於此，聊資傳笑。

全本中最爲雅麗而與他作嘲弄遊戲有别者，當推《平山别墅》四首之一：“杏花林子起樓東，不到溪橋不斷紅，只有山桃著意慵。軟東風，一半兒搓揉一半兒哄。”是真有小山、夢符之工，而又無後人學小山、夢符者之强裝門面語也。平山别墅，今日固然不聞，即志乘、《畫舫録》等書中，亦從未見有道及者，甚異。

原書所詠雖廣，而排列淩雜無序，有《美人雜詠》若干，前後散見，似屬多人倡和，陸續收入者。録兩首曰：“小紅橋接小紅樓，十里珠簾漸上鈎，衾壓曉寒奩驗羞。美人頭，一半兒才梳一半兒兜。”“冶春天氣索春饒，小扇輕羅障臉潮，蝴蝶害人三五遭。美人腰，一半兒支持一半兒裊。”著意輕微，措語鬆倩，似亦不讓陳克明《春閨八詠》也。紅橋勝迹，人人盡知，自漁洋修禊，〔浣溪沙〕《懷古》倡和以後，詞人益無不省揚州有紅橋者。冶春亦乾嘉舊日吟社，其遺址在今北郊徐氏園中，里人曾勒石嵌壁，以識其處。

卷中有十餘首皆以“幾生修到住揚州”作起句，然文字多瑕瑜互見，其較精純者數闋曰：“幾生修到住揚州，緑滿城闉絮滿樓，小巷鶯聲滑似油。殢人留，一半兒煙花一半兒酒。”“幾生修到住揚州，越瘦西湖越浪遊，畫舫珠娘豔迹幽。小風流，一半兒荒唐一半兒有。”“幾生修到住揚州，賤買春蔬到北疇，小雨如酥入夜稠。翦新頭，一半兒茼蒿一半兒韭。”“幾生修到住揚州，小憩河房索潤喉，親手美人碧玉甌。嫩排秋，一半兒鮮菱一半兒藕。”比事屬物，都孜媚動人，足以傳玩一時，亦何嘗不足以爲奕千載！惜乎不令真州李二見之，爲平湖畫舫早添一段佳話也。

其極見鄉風，親切可喜者有曰：“小窗攤飯到黄昏，挾件羅衫步出門，有約不來茶自斟。碧蘿春，一半兒消閑一半兒等。”“九如分座小安排，燒賣頻呼要就來，滴醋絲薑入碗纔。小籠開，一半兒蟀螆一半兒蟹。”描繪之工，殆無以過。吾鄉品茶風盛，歷來已久，耗財固矣，費時尤爲可惜，大好韶光，都向茶盌花枝中擲去，老廢藉兹娱遣，而少壯亦沈溺忘歸，頹敗之情，忝不自覺，論者每引爲深慨也。前闋寫其閑，不知何爲而閑，後闋寫其忙，亦不知何爲而忙，真得此輩行徑。而“滴醋絲薑”云云，俗能入雅，老饕未曾讀竟，直欲涎暈滿紙矣。

船娘之詠，不僅見諸前闋，他有極謔浪者曰：“撩人爭説我和他，不解嫌疑意轉加，纔出北門一把抓。要船嗎，一半兒殷勤一半兒耍。”雖微傷粗暴，而殊有生動之趣。又有極婉約者曰：“生成姊妹總温和，玉臂青篙小折磨，撐到雷塘路又多。累人麽，一半兒哥哥一半兒我。”分明嬌囀，如聞其聲，末句有此，斯真不負此調。

卷中多褻詞，此録兩首，以見一斑，非敢揚之也，聊存其書之概耳：“靠紅衫子嫩兜兜，醉後顛狂不自由，佯説東西被你偷。小搜求，一半兒鬆開一半兒鈕。”“相攜同入紫雲兜，狹坐何從障臉羞，只願路長莫到頭。小綢繆，一半兒香腮一半兒手。”羅襦解襟，薌澤微聞，狂肆亦不到此。且揚州肩輿，並無男女共坐之風，此何所見而云云，不可知也。

雜詠中尚有極新采者，雖不多，只一二合作，輒覺難得：“今朝纔入小鶯巢，畫板秋千掛得高，攜手後園遶一遭。吃櫻桃，一半兒微酸一半兒好。”情事則閑豔絶倫，文字亦何其活潑乃爾。

因憶竹垞《葉兒樂府》中《平山堂》此調云："平山欄檻至今留，太守文章在上頭，峰影隔江遥對樓。望中收，一半兒虚無一半兒有。"雖爲偶爾拈詠，而已開"揚州一半兒"之先矣。

揚州曲話

《樊榭集·北樂府》中，頗多揚州題詠。《畫舫録》謂樊榭由杭來揚州，主馬氏家，"工詩詞及元人散曲"，當指此矣。《紅橋納涼》〔朝天子〕云："藕湖，柳渠，亭館風多處。十年隋苑舊詩逋，團扇招涼句。茉莉鬟酥，薔薇衣露，隔船窗聞笑語。不須，醉扶，月上紅橋去。"〔沈醉東風〕《紅橋水亭看荷》云："移舫子雲陰半掩，倒闌干魚影深潛。池分九曲涼，花比重湖豔，看娉婷不隔湘簾。疎雨催詩意未饜，但葉上聲來數點。"疎雅處真不愧宗小山者。

馬嶰谷、半槎兄弟有觴詠地，名行庵，在揚州北郭天甯寺西，樊榭〔普天樂〕詠之云："碧蘿垣，蒼筤徑。簷花月明，庭樹秋聲。棋分謝墅幽，榻下蕭齋静。大小山名堪移贈，卜行窩招友經行。行廚醉醒，行衣露泠，行篋詩清。"又辛未重午，嶰谷、半查招集行庵，分韻〔滿庭芳〕云："籬閑六枳，階苔更掃，徑竹新孳。觴蒲有客過三四，荆楚佳時。王播去功名似此，孟嘗生富貴何之。開胸次，須行樂耳，不用讀騷辭。"按《畫舫録》所紀，行庵，馬主政家庵也，在枝上村西偏，而枝上村乃天甯寺西園下院也。有葉震者，曾作《行庵文讌圖》，久已無存。馬主政曰琯，號嶰谷，祁門諸生，居揚州新城東關街，好學博古，考校文藝，評騭史傳，旁逮金石文字，所與遊皆當世名家，四方之士過之，適館授餐，終身無倦色；刻書甚多，時謂"馬板"。弟曰璐，號半查，工詩，與兄齊名，稱揚州二馬，有《南齋集》，尤精長短句。所居别墅，有街南書屋、小玲瓏山館、看山樓、紅藥階、透風透月兩明軒、七峰草堂、清響閣、藤花書屋、叢書樓、覓句廊、澆藥井、梅寮諸勝云。樊榭〔山坡羊〕《秋雨初霽，嶰谷、半槎招同人集看山樓，以病不赴》曰："瓷青天逗，綃紅霞漏，井梧缺處山新瘦。雨初收，酒新篘，鯉風試弄凭闌袖，自笑文園多病後。秋，懶上樓。愁，還獨謳。"〔閱金經〕《澆藥井》曰："抱甕忘機事，栽花消俗緣，中有桐君上品傳。泉，飛流當暑天。雲漿嚥，主人平地仙。"當年景物，前輩風流，俱足想見。

馬半查〔朝天子〕《送樓於湘歸吴門》云："擬行，未行，猛賦得歸期定。木犀香裏晚雲晴，盼殺臯橋影。秋五湖清，月二分明，寫相思兩地情。酒城，鴨城，莫忘了盟鷗等。"樊榭同作云："稻齊，鱖肥，久憶吴中味。乘秋帆穩去如飛，嫋嫋菱歌起。鶴市誰依，鴻廡單棲，算歸時仍客裏。得歸，且歸，吟不了煙波意。"意度遥遠，兩闋同妙。又半查有〔落梅風〕《詠漳蘭》云："清風灑，涼露滋，瘦亭亭自憐幽致。伴同心玉琴調七絲，小窗中略添秋思。"余所見半查小曲，除樊榭《迎鑾新曲》題詞〔水仙子〕外，祗此兩首，因附録之。

吴穀人《紅橋訪春》〔排歌〕云："故燕偏遲，新鶯亂飛，租船去去湖西。一虹界處畫圖移，翠擁高頭紅接低。亭館合，樓閣離，金迷紙醉夢何之。歌吹繁，燈火起，衣香人影幾多時。"有鋪排而欠精細。《平山堂》〔駐馬聽〕曰："山眼青濃，隔渡曾看宴醉翁。分來明月，傳過荷花，留得清風。夕陽簫鼓白鷗叢，畫船煙水紅橋夢。去惜匆匆，泉斟蜀井，未叨僧供。"大體雖亦疎淺，而"夕陽"一聯，幽蒨沉穆，足當一部《畫舫録》讀也。清人散曲之揚州題詠，可述者要不過如此，因拉雜記之。

張小山之散曲，爲有曲以來，第一專家，元明人知崇之，而無能繼響者。清初朱、厲輩起，至道咸間許光治止，皆好小山騷雅，以爲曲中可爲者僅此而已，其見解甚爲可笑，後當另及。兹先掇小山《維揚》數詞，以竟此節。小山作，以《張小山北曲聯樂府》一書爲最備，内分《今樂府》、《蘇隄漁唱》、《吴鹽》、《新樂府》四部分。其書傳者今皆爲鈔本，甚難遘，惟《蘇隄漁唱》全屬湖上詠歌者，錢塘丁氏曾彙刻之，甚易得也。《新樂府》〔水仙子〕《維揚遇雪》曰："蘆汀淅淅蟹行沙，梅月昏昏鶴到家，梨雲冉冉蝶初化。透朱簾敲翠瓦，莫吹簫不必烹茶。玉蓑衣人堪畫，金盤露酒旋打，預賞瓊花。"一起三句，狀物甚細，取譬亦靈。〔折桂令〕《小金山》云："拂闌干仙袂飄飄，堂占波心，纜解松腰。露滿螺杯，風香翠袖，月冷鸞簫。比江上金山小小，望天邊銀海迢迢。醉倚紅橋，休説江南，西子妖嬈。"詞特平妥而已。今日山前之湖上草堂，清波四圍，好風三面，遥望蜀岡，旁睨法海，攬景最勝。詞曰"堂占波心"，良有以也。《吴鹽》〔沉醉東風〕《客維揚》云："第五泉邊試茶，無雙亭上看花。鳳錦箋，鮫綃帕，金盤露玉手琵琶。雪滿長街未到家，翠兒唱宜歌且把。”“宜歌且把”，乃當時流行散曲之開首字句也。今日第五泉相傳如故，而無雙亭則寂然無聞，書册亦尠載矣。録此聊供他日考證之用。

丁巳以後，客都四載，邗上風光，年年都辜負春事。庚申清明前後，遽理歸裝，歡悰不盡，曾有〔解三酲〕若干之詠，摘記數首云：“正值我東華人倦，怎當他南國春妍。鄉心汩汩偏難嗛，撩客緒，亂如煙。這夢魂啊俏隨草脚連蕪苑，半搭雲肩落故園。書囊捲，長揖向京塵十丈，多謝年年。”“一抹裹水雲鬆蒨，早趕到古渡頭邊。輕帆兒牽亂了風箏線，真好個，到家天。那郊迎柳葉都成串，我笑脱征衫正是棉。萱堂健，趁蘭膏絮别，廚笋留鮮。”“窺探了帶香藤院，猛踐著剗地桃氈。小簾鈎放出迎頭燕，錯認做，客寒暄。楊花也怪撲到生人面，退傍籬頭不敢言。私猜遍，春陰小徑，幾年來那見他前。”“從此後選樓花片，從此後柳巷珠鈿。從此後緑楊環郭人隨輦，從此後，竹西邊。從此後踏青遮亂紅橋扇，從此後拾翠吟殘紫塞鞭。平山遠，好趁著瘦湖妝靚，喧笑燈船。”“準備的春情初獻，欠下的春債徐填。賣花聲輕向樓頭顫，越把個，夢魂顛。我飄零性格剛纔遣，你旖旎煙花仔細妍。安排善，便與你頻年醉裹，緩緩糾纏。”揚州舊城，東止柳巷，巷西已近阮太傅街，文選樓在太傅祠後，昭明選樓遺址旌忠寺又在祠南。吾家與太傅樓相望，距昭明樓亦纔百十步耳，故詞有“從此後”云云。

昔年上巳，與琴生、淑悲諸人，挈榼長堤春柳，小步至蓮性寺。途中有玉人聯轡而過，琴生平視有頃曰：“斯真合夢符疊字句‘嬌嬌嫩嫩、停停當當人人’也。”因約各撰疊字〔天淨沙〕一首，並不限題，至蓮性寺大門石階之頂級成誦。顧調雖短而格至窄，難得通首自然，諸人咸以爲苦，競作小步緩行，牽延時刻。將到寺前，淑悲且側首癡立不動矣，衆皆大笑。既升階，遞誦所成，皆不免玼累，較之，竟以淑悲一闋爲渾脱，雖意思尋常，尚不足爲病也：“朝朝暮暮看看，衾衾枕枕斑斑，頓頓餐餐懶懶。焦焦盼盼，迢迢水水山山。”其次賀亭曰：“形形影影連連，恩恩義義綿綿，世世生生願願。依依戀戀，常常蝶蝶鶼鶼。”一時遊戲中，作出如許福澤語，賀亭信可賀也。餘人不約而同，皆爲香奩，要以琴生所構多風趣：“孜孜媚媚盈盈，羞羞答答迎迎，緩緩行行定定。恭恭敬敬，哥哥字字輕輕。”然首二句終是捏湊。青心云：“彎彎細細長長，盈盈翦翦汪汪，件件清清亮亮。尢尢樣樣，般般大大方方。”病在首二句與下文不連貫。“尢尢樣樣”，乃揚州方言，意爲姿態玲瓏也。杏芬、鈍甫作，皆涉嘲謔，杏芬云：“眉眉眼眼真真，飄飄蕩蕩魂魂，陣陣香香噴噴。鬆鬆緊緊，輕輕悄悄跟跟。”鈍甫荒唐人，幾於終日在沉醉中，語語顛頭播腦而出，羣以小説中打麵缸之四老爺調之。琴生曰：“四老爺又將作何讕言？”鈍甫微笑曰：“讕殊甚，君試聽之。‘歪歪亂亂邪邪，藏藏掩掩遮遮，暗暗拉拉扯扯。哥哥姐姐，親親熱熱些些’。”衆一笑而罷，連袂入寺，而嚮見玉人，又適款步出，回顧雙鬟，固遥繫緑楊陰下也。杏芬笑曰：“吾輩不啻向他人尋踪而來，吾之所詠，直爲一時寫照，語非虚設矣。”綜諸人作，多神情飛越，惟余曰：“風風雨雨晴晴，沈沈杳杳冥冥，黯黯思思省省。愁愁病病，生生負負人人。”意境可與淑悲言匹，其實亦空中語，搪塞一時耳。蓮性寺舊名法海，有銅頂錐塔，仿北京萬歲山所有，行旅遊覽者，皆指以計路遠近。其下昔有得樹廳、銀杏山房諸勝，殿前叢柏，龕内塑像，皆甚著於一時，洪、楊前後，傾敗幾成墟里，近始稍稍修建耳。是日出蓮性後，返至對湖漁莊晚酌。夕陽未盡，琴生復乘醉訪其所契，餘人必欲隨尾，一時待遇頗不惡。淑悲以〔黄鶯兒〕紀之云：“客至動鶯喉，聽丁丁下小樓，迎人遇著个難時候。佯羞未羞，不留已留，端茶遞過拈花手。小綢繆，分明别後，心事總難丢。”

葉兒樂府内一半兒

竹垞集《葉兒樂府》内，〔一半兒〕甚多，清新俊爽，收不勝收。如《靈隱》云：“冷泉亭子面山崖，蕭九娘家沽酒牌，壚畔碧桃花亂開。到重來，一半兒依然一半兒改。”《虎丘》云：“生公臺上鬭茶巾，短簿祠前羅酒樽，真娘墓傍凝舞塵。此句失粘。款遊人，一半兒櫻桃一半兒笋。”《淮浦》云：“行來沙際柳陰疎，望裏村邊酒幔孤，聽得渡頭人語無。遠模糊，一半兒吴音一半兒楚。”皆緣情措語，不背清疎者。而《九峰》云：“一峰低映一峰高，十里沙連十里橋，曾記小船迎晚潮。冷蕭蕭，一半兒蘆花一半兒草。”《淨慈》云：“冷雲山寺畫屏秋，斷塔雷峰殘照留，孤汊酒村風幔收。載歸舟，一半兒蓮蓬一半兒藕。”雖一樸一華，各異其貌，而尤得自然之趣，則所同也。其刻意小山者，如《西溪》云："滿林殘雪碧山坳，人日春風金翦刀，孤棹野塘紅板橋。玉梅梢，一半兒開遲一半兒早。"《浙江》云："鯉魚風起鳳山根，白鷺潮來鱉子門，黄雀雨晴魚浦村。亂帆分，一半兒夭斜一半兒穩。"此調在元人罕作三鎗句法者。"鯉魚"云云，以作〔水仙子〕起三句者作之，雖易成麗采，而調中轉折靈動之格，則比較少見矣。

虞山翁之潤澤之，輯有《曝書亭詞拾遺》三卷，下卷之末，又附《葉兒樂府》十六首，而〔一半兒〕占十三焉，竹垞翁信於此調有殊嗜也。《理安寺九溪十八澗》云："萬株松影壓平岡，幾處雲根護短墻，時有落花流水香。度飛梁，一半兒無聲一半兒響。"《吴山》云："松門人影去來疎，香刹巖阿高下殊，苔磴雲根深淺鋪。梵鐘初，一半兒斜陽一半兒雨。"《玉峰》云："小鶯煙柳織金梭，古塔風鈴響玉珂，流水畫橋鋪翠蘿。酒邊歌，一半兒由人一半兒我。"皆清疎淡雅，恰到好處。此調勝處，似僅限在結語兩句，前面有意無意寫來，爲下文張本最妙，一經著意，凝鍊對仗出之，甚者傷擁塞矣。

以上皆寫景者，末句云云，拈取兩物，尚覺易爲；竹垞有《釣臺》云，"渚蘋山木古祠秋，漁子罛師艤小舟，爭道客星天上留。契相投，一半兒君臣一半兒友"，乃從一樣情事中，翻出兩樣，最饒思致。

張小山

張小山，人皆知爲元曲作家中巨擘，而其生平仕履，則自來罕詳之者，即以名字而論，且傳説不一。説最衆者，爲名可久，字小山，而《堯山堂外紀》則曰張伯遠，字可久，號小山，《詞綜》及《歷代詩餘》皆從之，《四庫總目》則又謂可久字仲遠，號小山。伯遠、仲遠，均不知何據，蔣氏、紀氏皆博洽，似不應爲鑿空之談也。余近見劉燕庭藏明鈔本《葉兒樂府》八册，乃就元明選本，摘録成書者。其中作者不下數十家，而概不題名，但於卷端標曰"元張久可小山"，復誤"可久"爲"久可"。《千頃堂書目》首有此誤。是元明以來，知與不知，凡有纂輯，皆欲依附小山，以炫世俗，小山詞名之振，於此可想，而傳小山者，自來有誤，亦於此可見也。小山，慶元人，以路吏轉首領官，李中麓云，即所謂"民務官"，如今之税課局大使。小山仕履可述者如此而已。其人好遊，浙中名山水，足迹殆徧，西湖題詠，尤細膩贍詳，故有《蘇隄漁唱》之集。此外亦曾客金陵、維揚、吴門、吴淞，他如長沙洞庭、牛渚采石，亦偶至焉。其時代頗難得其確，《北曲聯樂府》中所載，以《今樂府》最早，以《外集》最遲，其中如《湖上和疎齋學士》、《紅梅和疎齋學士》、《酸齋學士席上》、《次酸齋韻》等，與盧、貫兩氏倡和者甚多。盧摯字處道，號疎齋，成宗朝授集賢學士，（近人治曲學者，典贍如貴筑姚氏，曲話中尚謂疎齋名亦不傳，是雖氏之偶爾未考，而亦見曲家掌故，自來隱晦湮沈，可久、久可之訛，伯遠、仲遠之異，爲不足怪矣。）貫雲石，號酸齋，仁宗朝拜翰林侍讀學士，而《今樂府》又有〔慶東元〕九篇《次馬致遠先輩韻》，即此二三端，已可見小山亦大德、延祐間人物，僅較關、馬輩爲後耳。《録鬼簿》成於至順元年，列小山極後，是小山之卒，又大抵在泰定、天曆之間也。

小山曲集，余嘗考之，自元迄今，約有八種：一《今樂府》、《蘇隄漁唱》、《吴鹽》、《新樂府》，四集先後分别刊行之本；二《北曲聯樂府》三卷，外集一卷，合刻之本；三《小山樂府》，不分卷之本，以上皆元本；四宋景濂、方孝孺編刻，上下二卷之本；五李開先編《張小山小令》，上下二卷之本，以上皆明本；六厲鶚翻刻《小令》本；七夏煜所選六卷本；八丁丙摘刻《蘇隄漁唱》本。就中二、五、六、八，今日皆得見，而以二最博，三最精。三有酸齋之序、劉致時中之跋，恐係小山手訂之書，有永樂初鈔本，見《天一閣藏書目》，今惜不傳也。《北曲聯樂府》載五十調，七百二十二首，余嘗就之重編增補删并校訂一過，得四十一調，七百五十八首，當爲小山集今日至備之本矣。因重小山散曲之業古今一人，而其人其書，世多不詳，故約略附見於此。

自來評小山曲者，《正音譜》首謂如瑶天笙鶴，清而且麗，華而不豔，有不食煙火氣，可謂不羈之才，若被太華仙風，招蓬萊海月，詞林之宗匠也。於是李中麓乃以太白仙才稱之。仙者，意境超脱之謂耳。中麓又謂東籬蒼古，而小山清勁，瘦至骨立，而血肉銷化俱盡，乃孫悟空之鍊成萬轉金鐵軀。其説頗踳駁可笑。劉融齋申其義謂“破空破有”，亦難索解。且清而且華，麗而不豔，可謂小山詞定評，亦人人易於體會者。必曰清而且勁，則一二首中，尚可得見，若骨立肉化、萬轉金鐵，果從何處省出？直是誑辭。雖就〔一枝花〕《湖上晚歸》一套而言，亦無以立也。原評爲此套而發。後來王伯良又有辨曰："李中麓序刻喬夢符、張小山二家小令，以方唐之李、杜。夫李則實甫，杜則東籬，始當。喬、張蓋長吉、義山之流"云云①。其實中麓專就散曲而言，故獨推尊張、喬爲李、杜；伯良合雜劇觀之，自然應爲東籬地步矣。至清人見解，則迥殊於明人，《四庫總目》謂其"遣詞命意，能脱塵蹊"，尚是泛詞；若融齋《藝概》謂張、李"同一騷雅，不落俳語，惟張尤翛然獨遠"，許光治《江山風月譜》謂二人散曲"猶有前人規矩，在儷辭追樂府之工，散句擷宋唐之秀"云云，適承朱、厲之音徽，非復元明之月旦矣。夫論曲之大體，有便有在一"俗"字，好便好在一"俗"字，一繩以雅，即離曲遠甚，而就詞反近。故明人賞其清華，最當；賞其麗則，賞其超脱，亦當；賞其瘦勁，難言。若清人僅以騷雅爲辭，直不知曲者，小山非不騷雅矣，特在曲中，此不能單獨爲言耳。更晰言之，清華麗則，乃小山曲之特長，超脱乃曲體之特長，（超脱改爲"流宕豪放"四字，較爲明確）必在體之特長中，寓有人之特長者，方爲合作；若但私其人，而有背於體，非知曲者，亦非知小山曲者。

小山〔梧葉兒〕《次韻》曰："鴛鴦浦，鸚鵡洲，竹葉小漁舟。煙中樹，山外樓，水邊鷗，扇面兒瀟湘暮秋。"《太平樂府》歸徐甜齋。通體全是靜字，無一動詞，雅則雅矣，乃過於含而不吐，可算全無曲之妙處。即《春日書所見》曰："薔薇徑，芍藥欄，鶯燕語間關。小雨紅芳綻，新晴紫陌乾，長日繡窗閑，人立秋千畫板。"雖較前闋疎動，而仍覺凝靜，稍爲鉤勒，便成一詞，脱除曲境甚易也。更如〔凭闌人〕《湖上醉餘》曰："屏外氤氲蘭麝飄，簾底惺忪鸚鵡嬌。暖香繡玉腰，小花金步摇。"分明温、韋〔菩薩蠻〕中語，當在《花間》、《尊前》中占一席地矣。凡此皆可謂界於詞曲之間，曲之初初由詞蜕化者，倘即目爲好曲子，未免誣矣。

小山〔殿前歡〕《離思》曰："月籠沙，十年心事賦琵琶。相思懶看幃屏畫，人在天涯。春殘荳蔻花，情寄鴛鴦帕，香冷荼蘼架。舊遊臺榭，曉夢窗紗。"〔水仙子〕《湖上》曰："金鞭裊醉動花梢，翠袖揎香贈柳條，玉波流暖迎蘭棹。西湖春事好，相逢酒聖詩豪。醉墨灑龍香劑，新絃調鳳尾

---

① 今校：明天啓五年毛以遂刻本《曲律》，"序刻喬夢符"作"序刻元喬夢符"。

槽,草色裙腰。"乃雅麗中之渾成者,較前舉數闋,爲一氣流貫,而仍有過鍊之處,如"草色裙腰",即牛希濟〔生查子〕"記得緑羅裙,處處憐芳草"之意,但在詞中,尚演成十字兩句,轉折分明,乃在曲中,反鍊成四字,豈不可異?又如〔紅繡鞋〕《甯元帥席上》云:"嗚玉珮淩煙圖畫,樂雲村投老生涯,少年誰識故侯家。青蛇昏寶劍,團錦碎袍花,飛龍閑廄馬。"〔梧葉兒〕《夜坐》云:"湖山外,楊柳邊,歌舞鏡中天。雲髴横珠鳳,花寒怯繡鴛,露冷濕金蟬,愛月佳人未眠。"乃雅麗中之專門鍊字琢句者,著力之道,詞曲間幾乎一致矣。此二種皆清人目爲雅正,而願爲鼓吹繼響者,許光治之所謂"儷辭追樂府之工,散句擷宋唐之秀"也。

以上兩類,皆不脱詞境,若清疎意味,再稍稍增,如〔凭闌人〕《暮春即事》曰:"小玉闌干月半掐,嫩緑池塘春幾家。鳥啼芳樹丫,燕嗡黄柳花。"〔迎仙客〕《括山道中》曰:"雲冉冉,草纖纖,誰家隱居山半崦。水煙寒,溪路險,半幅青帘,五里桃花店。"方覺是有話説話,意思全露,不事含蓄,斯入曲境矣。

再進一步,乃到小山一人造境,亦散曲中清華一派之所由立也。過此以往,則又由清疎而入豪放,小山亦能爲之,要非小山一人之本色,乃元曲大體之本色矣。〔落梅風〕《春晚》云:"東風景,西子湖,濕冥冥柳煙花霧。黄鶯亂啼蝴蝶舞,幾秋千打將春去。"〔清江引〕《春思》云:"黄鶯亂啼門外柳,細雨清明後。能消幾日春,又是相思瘦,梨花小窗人病酒。"〔紅繡鞋〕《湖上》云:"無是無非心事,不寒不暖花時,妝點西湖似西施。控青絲玉面馬,歌金縷粉團兒,信人生行樂耳。"〔一半兒〕《秋日宫詞》云:"花邊嬌月靜妝樓,葉底滄波冷翠溝,池上好風閑御舟。可憐秋,一半兒芙蓉一半兒柳。"〔水仙子〕《歸興》云:"淡文章不到紫薇郎,小根脚難登白玉堂,遠功名却怕黄茅瘴。老來也思故鄉,想途中夢感魂傷。雲莽莽馮公嶺,浪淘淘揚子江,水遠山長。"此首末句又嫌含蓄。祟小山,學小山,似宜細選集中此一類作爲之,方得曲之妙,亦方得小山曲之妙。明人中惟王西樓一人偶有此境,清人惟竹垞曾於數題體會而摹擬之,餘人皆賞小山曲之類詞者,並不知小山曲之爲曲,傎矣。

至於逸情遠慨,躍躍紙上,得豪放一派之正,而並足以見作者胸襟境地者,則有〔殿前歡〕《次酸齋韻》數首,兹録兩首曰:"釣魚臺,十年不上野鷗猜。白雲來往青山在，對酒開懷。欠伊周濟世才，犯劉阮貪杯戒，還李杜吟詩債。酸齋笑我，我笑酸齋。”“喚歸來，西湖山上野猿哀。二十年多少風流怪，花落花開。望雲霄拜將臺，袖星斗安邦策，破煙月迷魂寨。酸齋笑我，我笑酸齋。”此兩詞惟《北曲聯樂府》與殘元本《陽春白雪》載之，他書内皆不見也。

元曲之號爲當行本色者，取材有時極瑣，遣辭有時極質，而融裁必新，刻畫務盡，並所謂俗能涉趣、駁中寓純者，淵雅如小山，自與殊路；但集中亦偶有一二作，悉排典語，獨鑄俚辭，而能極盡其妙，渾然元人風度者，於以知爲真作者，固無所不可也。如〔醉太平〕《感懷》曰："人皆嫌命窘，誰不見錢親，水晶丸入麪糊盆，纔沾黏便滚。文章糊了盛錢囤，門庭改做迷魂陣，清廉貶入睡餛飩，葫蘆提倒穩。”痛憤之深，嘲罵之烈，得未曾有，在全集中，直是別調矣。

張宗橚《詞林紀事》曰，“按小山樂府，余所見三本，家寒坪兄所藏，係汲古閣鈔本，小令三卷、外集一卷；含厂兄所藏，係近時鈔本；唯雨巖兄所藏，係吴興夏煜宁枚選本，六卷，刊於康熙年間。曩時曾取數本校勘，互有異同，覺汲古閣本稍勝。久欲手録一帙，緣中多曲調，因循未果。今採録〔人月圓〕一闋，鼎嘗一臠，未爲不知味，孰謂張小山不如晏小山耶”云云。張氏所舉近時鈔本，未知何指；夏氏選本，亦未見過，不但未見其書，且他處亦未見其名。余前謂清人皆賞小山曲之類詞者，並不知小山曲之爲曲，覩張氏此論，益覺未誣。夫體之爲詞爲曲且未辨，而猶自詡知味，所知蓋何味歟！《北曲聯樂府》中，除〔人月圓〕十五首、〔秦樓月〕二首外，絶無第三詞調，豈全集之味，盡此十七首中歟？張氏猶幸曾校勘全集者也，而得解如此，亦殊可怪！吾鄉理堂先生《易餘籥録》曰："詞之體盡於南宋，而金元乃變爲曲，關漢卿、喬夢符、馬東籬、張小山等，爲一代鉅手，乃談者不取其曲，仍論其詩，失之矣。”余謂雖取其曲，而仍取其曲之近詞者，其失也不亦等乎！

張小山詩，見《元詩選》癸集，又別有《包羅天地》一書，見錢大昕《元史·藝文志》小説家類，謂張小山等撰。按《録鬼簿》載朱凱有《包羅天地》，豈此書即小山與朱凱合撰者歟？“包羅天地”，隱語，此類之書，元人多有之，而皆未識其究竟，倘屬遊戲小品文字，則涉於曲者必多，安得博雅一剖此疑哉。

喬夢符

夢符曲集,世人但知有李中麓輯《小令》一種,而不知猶另有所謂《文湖州集詞》者也。此一段考證,言之亦尚不枯燥,因略及之。錢塘丁氏舊藏,有何夢華原藏《文湖州集詞》一卷,卷端題"文林郎雙門吟隱拜校",後有厲樊榭記,謂此本較李輯少數十闋,作文湖州,不知何故。余按李輯《小令》,二十調,百八十八首,《文湖州集詞》僅五十八首,較少百餘,何止數十,厲氏蓋未詳核耳。惟五十八首中,爲李輯所無者,有十六首之多,《樂府羣玉》所有,李輯失載者,尚有四首,故夢符令曲,今日傳世者,余知有二百八首,益以套曲十、詞一,較之小山,三之一猶不足。特夢符有雜劇十一種,傳者三,黄文暘《曲目》又載其有《金縢記》傳奇一種,則恐係假託矣。而調名别致者,尤足記述:〔賣花聲〕曲調非詞調作〔秋雲冷〕或〔秋雲冷孩兒〕,〔山坡羊〕作〔芳草多情〕,〔小桃紅〕作〔採蓮曲〕,〔凭闌人〕作〔萬里心〕,〔喜春來〕作〔惜芳春〕,〔慶東原〕作〔郾城春〕,〔撥不斷〕作〔錢絲泫〕,此名恐有譌字。皆自來譜録所不載,不知是否創自夢符之手耳?《文湖州集詞》名稱之誤,自不待言,惟此五十八首,又何人所輯,據之何書,可惜失考矣。

夫喬詞"文湖州集"一名,固然費解,即張詞"北曲聯樂府"一名,亦不甚得解。此書爲小山當時坊賈所編,故元鈔本於總目之後,有四行題識曰,"本堂今求到時賢張小山樂府前集、後集、續集、别集"云云。元分四集,今類一編,與衆本不同,俟有所作,隨類增添梓行之,知音之士,幸垂眼目,外集近間所作,謹白。書由坊賈所編,名亦必由坊賈所訂,究竟北曲何所指,而樂府又何所指,殊費尋索。南北分標,在元人製作中甚少,然南曲創始甚早,此之"北曲",即謂對南曲而言,猶可説也。惟是"樂府"兩字,在曲中僅含有彬彬有文之意,小令套數固包含在内,有時即劇曲亦在内,兹曰"北曲聯樂府",是擯北曲於樂府之外矣。又全書皆小令,末後略具套數,豈北曲之謂小令,樂府之謂套數耶?亦絶不成話也!懷惑不解,於兹已久,賞小山曲,而不得解於其書之名,豈不可笑。因述喬集名稱之訛,連類並識於此,以俟宏達之教焉。

《鬼簿》記夢符號笙鶴翁，又號惺惺道人，錢氏《藝文志》乃有《惺惺老人樂府》一卷，《歷代詩餘》等書中，“老人”作“道人”，其爲一卷則同也。此一卷當是喬曲最古之本，何從得見？《羣玉》載小山詞，乃引其《今樂府》全集，有百許首之多，其所載喬作，亦百許首，豈亦引《惺惺道人樂府》之全集耶？又《鬼簿》謂夢符居杭州太乙宮前，有《題西湖》〔梧葉兒〕百篇，名公爲之序，胥踈江湖間四十年，欲刊行而未果。按小山有《蘇隄漁唱》，夢符則有〔梧葉兒〕百篇，皆湖上之作，是又兩家之相似者，而當時一及刊，一不及刊，傳不傳由於此，幸不幸亦遂判於此矣。

評夢符曲者，李中麓語最詳，謂涵虚子但賞其“雄健”，要未能盡，“蘊藉包含，風流調笑；種種出奇，而不失之怪；多多益善，而不失之繁；句句用俗，而不失其爲文”。余謂“蘊藉”八字確，“出奇不怪”亦確，“多而不繁”是陪襯話，“句句用俗”不盡確。樊榭謂“尤好其小令，灑落俊生，如遇翁之風韻於紅牙錦瑟間”，是乃有體會語也。前人選喬詞者，《太平樂府》不及《樂府羣玉》，《羣玉》所録百三十六首，已空其羣。

所謂“蘊藉包含，風流調笑”者，余謂集中莫過於〔小桃紅〕《曉妝》：“紺雲分翠攏香絲，玉線界宮雅翅。露冷薔薇曉初試，淡勻脂，金篦膩點蘭煙紙。含嬌意思，殢人須是，親手畫眉兒。”自攏髮至於插花，種種皆自爲之，而畫眉一事，必留以殢人親手，信得美人嬌韻無限。曉妝之詠，曲中難以過此。同調《贈朱阿嬌》曰：“鬱金香染海棠絲，雲膩宮雅翅。翠靨眉兒畫心字，喜孜孜，司空休作尋常事。尊前但得，身邊伏侍，誰敢想那些兒。”此固屬風流調笑，而亦何嘗不灑落俊生耶！小山並不道學，但多高趣，此等調笑語則少見。喬、張之品，亦於此微判。特在曲體，喬並不爲害，且反較當行矣。

“種種出奇而不嫌怪”者，其例甚多，兹舉兩首。〔水仙子〕《展轉秋思京門賦》云：“瑣窗風雨古今情，夢遶雲山十二層，香銷燭暗人初定。酒醒時愁未醒，三般兒捱不到天明。巉地羅幃静，森地鴛被冷，忽地心疼。”奇在末一句。〔水仙子〕《詠雪》曰：“冷無香柳絮撲將來，凍成片梨花拂不開，大灰泥漫不了三千界。銀稜了東大海，探梅的心噤難捱。麪甕兒裹袁安舍，鹽罐兒裹党尉宅，粉缸兒裹舞榭歌臺。”灰泥、銀粉、鹽麪等皆不奇，奇在漫與稜、甕與缸罐之屬耳。元曲於極熟之題，亦務必求新，取材不能新，則說法務求新，若一味拾詩詞牙慧，有所不屑，此曲之所以爲曲歟！

論夢符曲之勝處，大抵爲"風流調笑"與"出奇不俗"兩種，已如上所云，而餘義瑣屑，並可附見者，尚有數端。喬、張兩集，兼會詞中高趣者，夢符固不如小山之純，而允稱曲内俊裁者，小山要不如夢符之當，王伯良謂"喬多凡語，不如小山更勝"，恐係於讀竟小山集後，一時爲其淵雅所歆，不知不覺中忘却曲之爲曲耳。夫凡語在曲，正易當行，高語則常覺格格不入。有夢符俊爽之筆，鎔鑄凡語，凡語正得其所；凡語而嫌於夢符，凡語將無所立足於曲，而曲反貧矣。細檢喬集，全運俚辭者甚多，如〔水仙子〕曰："眼前花怎得接連枝，眉上瑣新教配鑰匙，描筆兒鈎銷了傷春事。悶葫蘆咬斷線兒，錦鴛鴦别對了個雄雌。野蜂兒難尋覓，蠍虎兒甘害死，蠶蛹兒别罷了相思。"取譬蟲物，俱有新趣，蠍虎兒則謂守宫也。同調《嘲少年》曰："紙糊鍬輕吉列枉折尖，肉膘膠乾支刺有甚粘，醋葫蘆嘴古邦佯裝欠。接梢兒雖是諂，抱粗腿只怕傷廉。性兒神羊也似善，口兒蜜鉢也似甜，火塊兒也似情忺。"又《爲友人作》曰："滿腔子苦恨病相兼，一肚皮離情沉點點，豫章城開了座相思店。悶勾肆兒逐日添，愁行貨頓塌在眉尖。税錢比茶船上欠，斤兩去戥秤上掂，喫緊的歷册般拘箝。"此據《羣玉》，李輯《小令》本首二句異。俗則擅奇，陳則翻新，常語則增重，良足玩味。賞者必拘拘於牝牡驪黄，而後九方臯爲不易得矣。

夢符之出奇，有奇在麗采中者，有奇在本色中者，前舉"瑣窗風雨"與"冷無香"兩首已大概可别。而奇在麗采一種，尤爲好夢符者所不可忽，如《羣玉》所見〔春閨怨〕曰："黑海春愁，渾無處躲，嫩香膩玉漸消磨。瘦啊也不似今春個。無奈何，自畫雙蛾，越添得愁多。"起二句何其蒼莽驚人，豈慣常語可擬耶！又如〔折桂令〕《贈崔秀卿》句曰"水灑不著的春妝整整，風吹得倒的玉立亭亭"，〔水仙子〕《嘲楚儀》句云"順毛兒撲散翠鸞雛，暖水兒温存比目魚，碎磚兒壘就陽臺路"，皆奇麗兼至，所不經見者。

夢符於詠物題贈，都一味鮮豔，是其騁才顯處，自來人人賞識者，詠物應無過於〔水仙子〕《楚儀所贈香囊》:"玉絲寒皺雪紗囊,金翦裁成冰笋涼,梅魂不許春摇蕩。和清愁一處裝,芳心偷付檀郎。懷兒裏放,枕袋裏藏,夢繞龍香。"題贈應無過於前調《贈江雲》:"白蘋吹練洗閑愁,粉絮成衣怯素秋,高情不管青山瘦。伴潯陽一派流,寄相思日暮東州。有意能收放,無心儘去留,梨花夢湘水悠悠。"至於蔣氏《外紀》所舉《詠香花》、《詠竹衫》等作,亦工麗有致,特視此似猶後焉。《外紀》見徐甜齋之〔水仙子〕《釘鞋》,而未見夢符同作,余前述元人纖瑣題目之曲,亦忘及之,詞曰:"底兒攢訂紫丁香,幫側微粘蜜臘黄,宜行雲行雨陽臺上。步蒼苔磚甃兒響,襯淩波羅襪生涼。驚回銜泥乳燕,濺濕穿花鳳凰,羞煞戲水鴛鴦。"體用兼至,遊戲中俊品,並不讓甜齋作也。甜齋作附見於此:"金蓮脱瓣載雲輕,紅葉浮香帶雨行,漬春泥印在蒼苔徑。三寸中數點星,玉玲瓏環珮交鳴。濺越女紅裙濕,沁湘妃羅襪冷,點寒波小小蜻蜓。"夢符另有《詠睡鞋》套曲,尤工。

至於凝鍊過度,甚且類五代北宋令詞者,夢符亦所不免,如〔凭闌人〕《香柈》曰:"暖蜕龍團香骨塵,細裊雲衣古篆文。寶奩餘燼温,小池明月昏。"曲中有此,決是變格,未容提倡。或疑末句既謂"明月",又何以曰"昏"?更與"香柈"何涉?解之者曰:昏乃黄昏,寶奩餘燼之時也。又曰:雖爲餘燼,亦復氤氲如雲,低籠池面,明月墮影,所以亦昏耳。次解曲折可喜,然曲意煞費解釋如此,其爲曲也當行與否,亦概可知矣。夫曲字爲義,當在意而不能在辭,曲折之意,即當以坦白之辭見之,若意既深曲,辭又隱曲,曲曲相乘,愈曲愈晦,轉去曲愈遠矣。

夢符於調笑風情、遊戲之作以外,亦有草堂、楚江諸體,余好其〔水仙子〕《題李仁仲懶慢齋》云:"鬧排場經過樂一回閑,勤政堂辭别撒一會懶,急喉嚨倒唤學些兒慢。掇梯兒休上竿,夢魂中識破邯鄲。昨日强如今日,這番險似那番,君不見鳥倦知還。"此種意趣,亦復清空遥遠。而〔山坡羊〕兩首曰:"鵬摶九萬,腰纏十萬,揚州鶴背騎來慣。事間關,景闌珊,黄金不富英雄漢,一片世情天地間。白,也是眼。青,也是眼。"一"黄"一"青"一"白"三字,便羅盡一切世情人欲。"冬寒前後,雪晴時候,誰人相伴梅花瘦。釣鰲舟,纜汀洲,緑蓑不耐風霜透,投至有魚來上鈎。風,吹破頭。霜,皴破手。"世人遇事,必待魚來上鈎,方肯罷手,卒也亦多見其手皴而頭破矣。直鈎之風,胡不作耶!

喬氏曲中多用“喫喜”二字,如〔折桂令〕《紅蕉》曰“妝點湖山,喫喜窗紗”,〔水仙子〕《傷春》曰“那些兒喫喜人”,《紅指甲》曰“剖吴橙喫喜煞”,〔一枝花〕有“風流這生,喫戲可憎”,〔新水令〕有“你個喫戲冤家”。按“喫”亦作“忔”,兩字乃美愛之意,宋人久有其語,如趙長卿〔探春令〕後段云“幡兒勝兒都姑婔,戴得更忔戲”,〔有有令〕換頭云“準擬恩情忔戲”。董《西厢》内用此二字處亦甚多,如云“吃喜的冤家怎生安穩”等,意皆一致。《雨村曲話》衹謂此二字是“市語”,未詳究竟。

朱竹垞

喬、張大體,如上云云,清初朱、厲輩,有意喬、張者,可於此處便及之。竹垞〔水仙子〕曰:“半湖山上采樵夫,百步橋邊垂釣徒,三家村裏耕田父。這生涯都不苦,要歸歟只便歸歟。錦屏風蒼厓紅樹,白雪灘金虀玉鱸,緑楊灣赤米青菰。”〔朝天子〕云:“魚標,稻苗,爭似南湖好。月寒沙柳夜蕭蕭,帆影卸三姑廟。暗水横橋,矮屋香茅,看黄花都放了。絲絛,布袍,再不想長安道。”意度閑雅,色澤清麗,允合小山。〔沉醉東風〕云:“香茅屋青楓樹底,小蓬門紅板橋西。雖無蔗芋田,也有桑麻地,野薔薇結個笆籬。更添種山茶緑萼梅,這便是先生錦里。”〔普天樂〕云:“到清秋,開家宴。生魚切玉,野雀披綿。村村蘄蟹肥,日日菱湖賤。對竹千竿書千卷,悶來時划個花船。白蓮寺前,青楊橋外,金粟山邊。”翛然遠趣,允合慶元遺響,至於抒辭是否小山,則不敢强斷,或誣古人矣。小山曲中,雖用襯字,而句調必極圓轉整齊,令人讀去,不知是襯。如此處〔沉醉東風〕内,“更添種”之“更”字,似非小山所有,斯雖細處,亦見流派也。

竹垞有〔醉太平〕曰:“野狐涎笑口,蜜蜂尾甜頭,人生何苦鬭機謀,得抽身便抽。散文章敵不過時髦手,鈍舌根念不出摩登咒,窮骨相封不到富民侯,老先生去休。”擬之小山〔水仙子〕《歸興》,則微質,擬之夢符《怨情》、《嘲少年》,則質猶不足,當是汪雲林《小隱餘音》也。

竹垞〔天淨沙〕曰:“一行白雁清秋,數聲漁笛蘋洲,幾點昏鴉斷柳。夕陽時候,曝衣人在高樓。”自東籬有“枯藤老樹”之章,説者以爲元季屬和雖多，且難繼響，後人勿論矣；然如此闋，亦何神飛意動，深得東籬之法耶！屬和東籬者仍抱定邊聲塞況，描寫秋思，所以終不及東籬也，不如竹垞之得間矣。

詞曲之律

竹垞〔落梅風〕云："細細香苞綻，泠泠淺水流，趁快雪乍晴時候。把短簫横笛吹上樓，對七十二峰行酒。"襯字之拗捩，句法之破壞，平仄之失粘，全非本調矣。本調在元人，樓韻應上聲，淺水應上去，雪字應平，末句應上三下四，作仄平平仄平平去，周德清訂之甚詳。夫曲至清人，未嘗不能唱，雅如竹垞，乃亦不嚴格律如此；而詞至清人，已不能唱，顧詞律之説，反大成焉，世間事抑何顛倒謬亂者多耶？詞在唐與北宋，除法曲、大曲以外，皆屬小唱，供人玩弄之文字也，原不足奇，亦不甚尊，是詞之真也。其樂雖不得聞，而其句調（指令、引、近）則至今讀之，除〔河傳〕等短句太多者外，猶覺精圓流利，無所謂拗句也，無所謂澀腔也，作者循聲，祇要一心諧婉，自無不合矣。及南宋慢詞稱盛，新腔犯調，層出不窮，聲音大改，平仄有異趣，而上去多殊位，在當時美成爲手創之人，玉田猶謂其音律不能盡合，何況他人，何況後世音律之已亡！蓋有非照譜不能填詞，非據宋人原唱，不能自信者矣。此今日所謂詞律之學，於南宋慢詞，硜硜爲甚，於令近短章，並無多可言者也。然而曲中小令，雖同是短章，却不與詞中令近短章悉同，其言律也，必硜硜爲甚，反而有若慢詞長調者，世人亦曾省之否耶？論曲律，原至繁，聯調成套，有成套之律，聯套成劇，有成劇之律，而其始也，聯字成句，聯句成調，其爲律也，又何殊於詞家之於長調？套律嚮見譜録，劇律今詳於許守白先生《曲律易知》一書，至於字句之律，惟《中原音韻》"作詞十法"之定格四十首中，見其精嚴耳。

關於詞曲之律，余有微意，附見於此。律者，音律也，非文律也；音者，合樂歌唱之音也，非隨口吟哦之音也。吟哦雖諧，歌唱未必合，此詞曲中所以有拗句澀腔；必遵守不渝，而後方謂之合律也。故能合樂歌唱，而後硜硜於律，方有所用，方有所得。不然，詞成以後，僅能吟哦，不能歌唱，雖拗矣，澀矣，徒見其煩耳，苦耳，畢竟所爲何來，能無憾乎！近人填詞，四聲陰陽，不規撫宋人原唱不爲當，不爲工。然而詞之與樂，久已判離，雖極意宫商，殫心律吕，至於銖黍悉稱，毫釐不爽，亦終於紙上談兵而已，曾不能引吭吐一聲，合樂成一闋也。鄭氏叔問有《詞源斠律》之書，若已洞明宋詞之樂，可以舉而復古於今日者，小紅吹簫，念奴鬲指，儼然白石道人再生後世，確以宋樂歌宋詞，不同許、謝兩家，《自怡》、《碎金》兩譜，强以崑曲之屨，納詩餘之足者矣。然而鄭氏既殁，其説不詳，即鄭同時詞家，亦絶無傳習其唱法，昌言其奥旨者，何耶？使宋詞之樂，果然重明於後世，則豈非驚人之盛業？當斷不至聽其明於鄭氏一身，旋復昧於鄭氏一死也。然則宋詞之樂，其終未明於後世耳。夫無樂而言律，且言之硜硜焉，譬著履不能步行，而製履精嚴，不稍寬假也。履之求其適足者，爲利於行，非必爲雅觀耳，今刻意成宋人之履，而衹能高拱端坐，或俯視歎玩，至於跬步，曾不能舉，履之爲履，果如是乎！試爲回想，能不啞然耶！然而有足之人，雖好爲古履，實重在履中之足，至於末流，則不免削足適履，甚且無足，而空寶其履之爲二窗針綫、雙白翦裁也。弊之甚矣！余意非欲魯莽滅裂於詞律而後爲快也，蓋深痛詞樂既淪，萬世不復，令後人空有守律之苦心，終不獲合律之真趣，至爲可憾耳。再回顧曲中，崑腔既作，元音固等於詞樂之淪，譜法不昌，新曲詎易得管絃之被，唱崑腔者，亦人人能唱前人舊曲耳。若自己興會所到，筆墨淋漓，即能援拍而成譜，横管而成腔，發喉而成響，或慷慨激昂，或纏綿旖旎，一曲既終，胸中骯髒塊壘，盡洩無遺，斯文字、聲樂，二者兼得其趣者，顧舉世有幾人乎？必能如此，而後刻意於陰陽清濁之律，方覺有爲；不能如此，亦終是裹足端坐，而徒然窮履之工也。夫韻文而不能自由於音樂中有所活動，即難以言合樂二字。不合樂，即難以言詞曲，因詞曲之别於他種韻文者，端在合樂之一事耳。有辭而無聲，詩賦皆然，何必詞曲？曲之譜法既不昌，衹能唱舊曲，不能譜新詞，是文字於音樂間，雖具活動，而甚有限制者也。乃曰詞樂則亡，而曲樂則未亡，亦似乎孟浪未深思矣。瞿盦先生常言，海内今日明崑曲譜法之人，稔熟所知者並先生不過二三輩。危矣，殆矣！今之治曲者，倘不知努力傳習譜法，豈好如詞家以昌言亡樂之律爲快耶！

厲樊榭

樊榭之學小山，以〔殿前歡〕《秋思用小山春思韻》一首爲著："寫秋思，芭蕉葉葉竹枝枝。南湖風雨涼何自，潘鬢成絲。蟲聲唱鬼詩，雁影排人字，鳳紙書仙事。餘香滅後，幽夢回時。"清疎之氣，翛然滿紙，最難得。小山原唱云："話相思，曉鶯啼在緑楊枝。起來搔首人獨自，漫寫烏絲。和梨園樂府詩，代錦帕回文字，訴玉女傷心事。劉郎去後，燕子來時。"頗敷泛，不知樊榭何以獨和之？又樊榭雖能賞夢符詞，而集中不能彷彿其妙處，吾於是信小山淵雅近詞，易學，夢符奇俊，曲中當行，難學。

樊榭曲有自具風趣，不必摹擬前人者，〔醉太平〕《看梅宿西溪山莊》云："掩篔笆野橋，護莎砌田拗，梅花雪擁閣如巢，供吾儕睡飽。溪深溪淺隨春笑，窗明窗暗疑人到，鐘初鐘絶帶詩敲，剩香吟半瓢。"〔普天樂〕《春水》云："雪初消，波微溜。鵝肫蕩口，鶯脰湖頭。藍拖打槳人，緑染湔裙候。何事干卿吹頻皺，笑東風直恁風流。情如此柔，殘紅漾久，還繞妝樓。"取意静而細，是詞家之曲，較之元人大刀闊斧，氣格終異。

樊榭頗有遊戲之作，亦好爲俳體，此兩層尚是曲家本色。《題村學堂圖》〔醉太平〕云："村夫子面孔，濁睡漢形容，週遭三五劣兒童，正抛書興濃。探雛趁蝶受朋儕哄，參軍蒼鶻把先生弄，甘羅項槖笑古人聰，不樂如菜傭。"末句意不暢，病也。〔柳營曲〕《漁家》云："漁事多，奈漁何，漁心太平誰似我。春雨漁蓑，落日漁艖，漁舍水雲窩。約漁兄漁弟經過，聚漁兒漁女婆娑。漁竿連月侵，漁網帶煙拖。歌，漁笛定風波。"亦復淋漓盡致。

樊榭〔沉醉東風〕《春日西湖》一首有曰"典西湖此事休云"，並引元人劉時中〔醉中天〕之注語以爲注。余檢劉詞並注，惟《樂府羣玉》載之，他書未見焉。而注究出劉氏，抑出《羣玉》選手，不可知也。"典西湖"語，頗有深致，不僅爲曲家掌故之可言者。劉詞云："花木相思樹，禽鳥折枝圖。水底雙雙比目魚，岸上鴛鴦户。一步步金厢翠鋪，世間好處，休没尋思典賣了西湖。"注曰，"宋諺有'典賣西湖'之語，臺諫謂之'賣了西湖'，既賣則不可復；省院謂之'典了西湖'，典猶可贖也。無官守言責，則無往不可。此古人所以輕視軒冕者歟"云云。蓋謂有官守則不能暢林泉之樂，特舉西湖爲林泉之至者以見例耳。意固超潔，説亦何其雋永耶！余從吴門許氏，得覩《羣玉》，以爲生平之幸。樊榭引《羣玉》語，並不記明出處，豈爾時《羣玉》爲習見之書歟？前人博洽，亦正因緣眼福厚，斯嚮往而不能及者也。

江山風月譜

朱、厲以外，清人宗喬、張者，惟許光治《江山風月譜》散曲足述，然亦偏至小山之雅，終未及夢符之俊也。《譜》中令曲五十二首，其弊在一言曰：欠生動。然如〔塞鴻秋〕《題友人采菊圖》曰："蜉蝣衹作昏朝計，蟪蛄豈識春秋意。蟭螟局促人間世，蠹魚瑣屑書生事。龍頭翰墨場，燕頷功名志，笑東籬未必淵明是。"歎慨之餘，亦居然盛氣，乃通卷之翹楚矣。此原以調中句法多排偶，但能成篇者，都不容委靡短氣也。然作者下筆，能低昂稱調，亦自可貴矣。更如〔殿前歡〕《湖上》曰："橛頭船，劃開雙槳鏡中煙。船脣弄水瓊珠濺，櫂轉渦漩。望天光四岸懸，看地勢孤城轉，指人影中流見。湖山圖畫，雲水因緣。"〔水仙子〕曰："堤邊樹色辨陰晴，花外蟬聲管送迎，人來團扇風前影。相將步出城，背夕陽湖上閑行。水翠涵明鏡，山螺列畫屏，問柳洲何處啼鶯。"皆秀雅中尚具有氣概者。

許作擬小山，色采、氣韻都能入彀者，其爲〔水仙子〕《海棠》乎？"紅綿繡鳳撲華船，紅錦回鸞散舞錢，紅絲顫雀翹妝鈿。過清明百六天，畫墻低何處秋千。宿粉暈流霞炫，明脂洗垂露鮮，是花中第一神仙。"他如《壬子十二月初七夜聽雪》曰："空江殘月蟹行沙，淺垤迴潮蟻散衙，平筐靜夜蠶食葉。小窗中人聽雪，折迴風滿地飄灑。啰銀葉斑消鷓節，爇銅荷紅凝蠟華，早陡驚一分寒賒。"乃覺有懈可擊，非完作矣。"早陡驚"句，應與上文成救尾對，然元人非名家且不盡講究，又何能以之非難許氏乎！

許令越入詞境，似前人作愈覺變本加厲者，如〔柳營曲〕云："宵漏闌，宿香殘，曉來有人憑畫欄。花霧紅乾，竹露蒼溥，陡地做春寒。廿四回芳信更番，九十天花事留難。絮遲堤柳卸，綿約海棠攤。拚，一醉酒杯寬。""絮遲"一聯，可作〔臨江仙〕押閿語，曲云乎哉？

《江山風月譜》中，自有清新之韻，所謂詞家之曲，尚異於前一種曲中之詞者。〔小梁州〕曰："碧羅團扇戀新秋，庭院清幽。空階時見一螢流，青如豆，風閃墮簾鈎。月光淡醉鵝兒酒，轉花陰移上高樓。黑暗中，黄昏後，玉簪香透，誰與當搔頭。”絶不矜持，而幽蒨獨至，以較〔醉太平〕云：“十二分煙月，百六日韶華，東風催攢一年花，問春光能幾家。紫綿深海棠梨暈纈，緑羅輕露芭蕉破摺，翠絲長水楊柳垂丫，索重頭看些。”雖刻意元人，而反嫌堆垛者，則前詞較勝矣。惟“碧羅團扇”云云，通體皆是南音，〔小梁州〕乃北調，陰柔陽剛，尚未投分，知音者或同此見也。

《譜》中多寫時序天氣之作，間涉農事，尤有風趣。〔滿庭芳〕云：“緑陰野港，黄雲隴畝，紅雨村莊。東風歸去春無恙，未了蠶忙。連日提籠採桑，幾時荷鍤栽秧。連耞響，田塍夕陽，打豆好時光。”最閑婉有致。又如〔天淨沙〕云：“緑陰門巷停車，碧雲庭院棲鴉，柳絮剛剛飛罷。時光初夏，新棉又裹桐花。”又〔落梅風〕云：“新凉早，庭院虚，聽瀟瀟豆花疎雨。晚來絡絲蟲獨語，問西風又來何處。”情致一疎一鬱，而皆其音載好也。

《譜》中有〔水仙子〕《詠木香煎酥》，其物頗韻，而詞則油然同物之味也：“不教簪朵捧銀翹，不許瓶枝彈玉窑，香油菜子初溲稻。記墻頭千萬條，喜登盤遠勝題糕。咂粉學蜂兒鬧，噙香賽蝶子嬌，好風情齒頰難消。”余前謂許令偏至小山之雅，未及夢符之俊，然於此闋，獨不然矣。春尾壓寒，樓居感疾，抑塞中見盂内玫瑰，覼然如相慰藉，遂拈〔黄鶯兒〕云：“小病越無聊，猛擡頭一朵嬌，金盂供養剛剛好。斜陽蕊彫，輕風瓣摇，尖香兒細細攢來妙。到明朝，和酥點蜜，銀勺小窗挑。”一時遣意而已。

昨非集曲

劉熙載《曲概》，雖能言小山騷雅，但劉氏自己作曲並不爲之也。檢《昨非集》之曲，僅四令、一套而已，雖不庸，而實偶然之作，並非此中當家。學者將疑融齋之無藝不概，實則概在説，而未必能概在作也。惟其四令乃因客有幽憂之疾而作，譜詞以廣意，便能按歌以佐酒，而客之幽憂遂解。其一套乃隱括楚騷《山鬼》之辭，能寫古意入今聲，擬東坡〔哨遍〕之於《歸去來辭》，是皆得曲之用者也。雖爲偶然之作，如此偶然，適足多矣。作一曲便盡一曲之用，融齋畢竟是探得曲旨者，又何可訾其能説而不能作耶！視他人之篇什雖繁，徒然壓載卷中，始終無一被絃管者，則僅僅四令、一套，又何嫌哉？録〔對玉環帶清江引〕二首云："對酒當歌，光陰休放過。睡魅愁魔，工夫剩幾多。任你説蹉跎，勝他聾與跛。官似甘羅，那宜衰朽做。封似蕭何，怕來賓客賀。有人問我何功課，我也渾忘我。樵憑爛斧柯，釣豈需船舵，大半逍遥因懶惰。""歸去來兮，問有誰阻伊。復駕言兮，又有誰勸伊。便有上天梯，不如踹平地。楊柳横欹，要探春信息。籬菊開齊，好諳秋意味。陶公傲許當年寄，只不受官場氣。煙霞療我飢，車馬從人意，彼此代謀無善計。""代謀不善"，謂人皆當自謀也。或翻騰，或爽切，兩首中兼有其筆。

清人散曲概況

在主張騷雅一系以外者，清人散曲尚多，嚮有雜鈔數册，凡數十家，兹隨意論列一二，不求備也。

凡慕元曲之體，而又以騷雅爲歸者，大都不爲南曲。融齋之立説乃慕元音而主騷雅者，但其所作，務求應用崑腔中南曲爲主，彼時崑腔未衰，故融齋隱括《山鬼》，用〔南步步嬌〕套，而四令之中，兩首〔山坡羊〕亦南腔。融齋之作與説，不盡一事，蓋又當别論者矣。此外樊榭所作，且題曰《北樂府》；《曝書亭集》中，南調又僅三首附後；《江山風月譜》中則無一南調，其旨趣皆可見。此外如沈謙之《東江别集》、吴綺之《林蕙堂集》、陳維嵋之《亦山草堂集》、吴錫麒之《有正味齋集》等等，皆偏重於南，或南北兼備。前者大有復古之趣，後者則沿明季遺風，時尚爲爾也。復古者注意文字，而無聲音，適時者聲樂極崑腔之盛，而文字實不足觀矣。此説雖不能盡符，要得其大概，討論曲史之變遷流派者，當能詳之也。

南北曲之分

沈謙之《東江别集》，卷四北曲，卷五南曲，南曲多翻新腔，即所謂集曲。詞復多翻自詩餘與北曲。蓋彼時人人需唱崑腔，厭舊調之習聞，遂翻新譜，一時腔多詞少，供不應求，一一創作，又不勝其勞，而回視古人舊作，固詞多且佳，特腔異耳，遂於翻譜之餘，復翻文字，頗覺其事輕易，兼得聲文之美也。然而一經翻製，雖極精之詞，亦同糟粕，蓋生氣索然矣，聲文兼美，殆妄想耳。夫南北曲胎息氣味，各有程限，宫調之間，尚且異趣，富貴綿纏者，不宜感歎傷悲，飄逸清幽者，不宜惆悵雄壯，元人析之甚明，於勢不容假借，聲情使然，並非臆説也。乃謂南北界限之大，古人已定之趣，而可以由我牽而混之，仍求不失原美，其事爲可能乎？詞翻曲，北翻南，乃沈伯英、王伯良之殊好，東江殆有所祖。沈、王精於音，嚴於律，苛於論文，而獨開此雜糅混亂、因循苟且之翻曲習氣，頗令人深思而不得解也。前人分析南北之論，何元朗《四友齋叢説》、王世貞《藝苑卮言》，皆鑿鑿焉；而清初魏伯子論文中，有"南北曲較語"一段，尤精湛絶倫，爲從來曲家所未道。因其説知之者不多，附見於此，以證詞曲南北，彼此翻製，實爲不可而又無謂之事焉。

南曲如抽絲，北曲如輪槍；南曲如南風，北曲如北風；南曲如酒，北曲如水；南曲如六朝，北曲如漢魏。南曲自然者，如美人淡妝素服，文士羽扇綸巾，北曲自然者，如老僧世情物價，老農晴雨桑麻。南曲情聯，北曲勢斷；南曲圓滑，北曲勁澀；南曲柳顫花摇，北曲水落石出；南曲如珠落玉盤，北曲如金戈鐵馬。若貴堅重，賤輕浮，尚精緊，卑流蕩，好乾淨，厭煩碎，愛老成，黜柔弱，取大方，棄鄙小，求藴藉，忌粗率，則南北所同也。北曲步步橋高，南曲層層轉落；北曲枯折見媚，南曲宛轉歸正；北曲似粗而深厚，南曲似柔而筋節。北白似生似呆，南白貴温貴雅；北白或過文，或眼目，或案斷，南白有穿插，有挑撥，有埋伏；北白冗則極冗，簡則極簡，南白停匀而已。作詩題難於詩，作曲白難於曲。伯子又曰：識得呆裏撒奸意，可作樂府。亦妙論而且確論也。

東江别集

東江小令，間有警句，而完璧絶少，且甚刻意之作，而仍欠融洽者。如〔北寄生草〕《閨情》云："花慵戴，粉倦搽。也曾傍雕闌受了丫鬟謔，也曾濕羅鞋受了夫人罵，也曾寄瑶箋受了先生詐。活羞殺幾宵兒只竊斷頭香，怪道是一春來慣卜遊魂卦。"襯字處觚稜觸手，不甚流走。如〔南黄鶯兒〕《春恨》云："臨鏡强寒温，怪鸚哥鬼混人，晚妝簾底東風緊。一回待嗔，一回又顰，畫闌斜靠頭兒暈。豈傷春，寬衣緩帶，不稱小腰身。"

結處率不可耐。余特好其“鸚哥混人”之語耳。

東江令曲,除明言翻某人詩餘、某人北曲外,尚多剽竊之作,可舉一闋爲例,〔落梅風〕《閨憶》云:“從分散,整痛嗟,冷清清鳥啼花謝。提名兒駡他心是鐵,料伊家耳輪常熱。”馬東籬詞曰:“從别後,音信絶,薄情種害殺人也。逢一個見一個因話説,不信你耳輪兒不熱。”彼之出此,殆屬顯然,而二者造語之一巧一拙,亦不待分判矣。沈氏既見東籬有此作,則己詞不亦可以已耶!東籬慣拈此調作情語,元氣淋漓,俱是高絶,附見數首云:“心間事,説與他,動不動早言兩罷。罷字兒磣可可你道是要,我心裏怕那不怕。”温厚之旨,溯溢言外,風人之度,於兹爲著。魏伯子所謂“北曲似粗而深厚”者,中矣。“因他害,染病疾,相識每勸咱是好意。相識每若知咱究裏,和相識也一般憔悴。”宋詞原有“和天消瘦”之語,然天是憑空想著者,此云“相識”,乃眼前人物情事,真切之處,殆猶過之。此正情語中伯子所謂“晴雨桑麻”也。“實心兒待,休做謊話兒猜,不信道爲伊曾害。害時節有誰曾見來,瞞不過主腰羅帶。”即僅以屬辭造語之手腕而論,較之東江〔黄鶯兒〕内“寬衣緩帶,不稱小腰身”句,曲直深淺,可以道里計耶?固知清初元初,曲之造詣,本不容相提並論也。王伯良《曲律》“雜論”節内,謂東籬“一遇麗情,便傷雄勁”,然觀此數曲,果如何哉?

西堂曲

尤西堂曲好嬉笑,前人筆記中每録其〔黄鶯兒〕《詠懼内》等闋,余覺尚鮮機趣,不得已如《美人醋》曰:“新釀醋葫蘆,翦金屏仕女圖,夢中不許高唐賦。嗔青溪小姑,駡黄鬚老奴,津頭波浪公無渡。笑兒夫,窮酸措大,風味略如吾。”思致乃較活耳。

西堂〔駐雲飛〕《十空曲》,當年傳唱頗盛,遣辭確能沉著痛快,如《功名一空》有曰“白首戀鳴鐘,青山木拱。華表銘旌,斷送黄粱夢”,《聲音一空》有曰“轉盼白楊風,挽歌相送。子弟梨園,同入鈞天夢”,《飲食一空》有曰“殺氣滿喉嚨”,《文章一空》有曰“何處哭秋風,淒涼文塚。一部《南華》,不過莊周夢”,皆警策動人。而通首嗚咽,唾壺欲碎者,殆無過於《松風一夢》矣:“豎子英雄,觸鬭蠻爭蝸角中。一飯丘山重,睚眦刀兵痛。嗏，世路石尤風，移山何用。飄瓦虚舟，不礙松風夢。君看爾我恩仇總是空。"聲情並茂，於此足當。序謂"慕蓮池大師之七筆勾而作"，"七筆勾"不知亦是曲否？頗以未見爲憾。又明人已有〔羅江怨〕《四夢八空》之曲，見《詞林摘豔》，當即西堂之所本也。

因讀西堂田園之第四空，憶及元人鄧學可作，終覺元曲手腕，實非後世所曾及。學可〔端正好〕套中〔倘秀才〕曰："有一等造園苑磨磚砌甃，蓋亭館雕梁畫斗，費盡工夫得成就。今日是張家地，明日是李家樓，大剛來只是翻手合手。"〔滚繡球〕曰："剗荆棘鑿地做沼池，去蓬蒿廣栽榆柳，四時間如開錦繡，主人翁能得幾遍價來往追遊。亭臺即漸摧，花木取次休，荆棘又還依舊，使行人嗟歎源流。往常間奇葩異卉千般秀，今日個野草閑花滿地愁，葉落歸秋。"前闋之妙，便在"水落石出"四字，後闋轉折如議論，如演説，跌宕而出，寄慨自覺痛切；視西堂云"北苑南宫，萬户千門擬九重。金屋阿房衖，金谷天台洞。嗏，臺榭土花封，牛羊丘壠。綺閣迷樓，也等華胥夢。君看甲第田園總是空"，幾覺無一句搔著癢處矣。學可仕履未詳，《元詩選》載張雨詩，有《寄鄧學可留穀城》者，想其人即與張氏同時也，所作亦僅此套，見《太平樂府》。

西堂自跋中，謂"高邑趙儕鶴冢宰，一代正人也，於梁宗伯處，見其所填歌曲，乃雜取村謡里諺，耍弄打諢，以洩其骯髒不平之氣，近則高念東侍郎，亦復爲之"①如此。其意蓋謂小曲並不見棄於端人正士，正不容十分鄙薄耳。按趙指南星夢白，泰昌間進吏部尚書，方嚴疾惡，與鄒元標、顧憲成，海内擬之三君。高名珩，字葱佩，崇禎進士，入清官刑部侍郎，有《棲雲閣集》。兩公散曲，皆不著聞，趙有散套見《北宫詞紀》，高曲並未寓目，識此以俟博訪。西堂有〔北耍孩兒〕《和高侍郎席上作》二首，録其一略存鴻爪，云："漫乾坤百丈塵，趲春秋萬斛愁。黄鷄白日寧長久，俺只見鴛鴦樓上飛蝴蝶，虎豹關前走馬牛，猛思量，空消受。搬故事黄粱夢裏，弄前程傀儡場頭。"

---

①　今校：清康熙刻本《西堂詩集》中《百末詞餘》，"於梁宗伯"作"予於梁宗伯"。

忠雅堂曲

蔣心餘《忠雅堂集》，附南曲十套、北曲一套，除第一套《中秋對月》以外，餘皆題圖之作。文字使事屬辭，全傷板重，按諸伯子所云，既無淡妝素服之姿，又少柳顫花摇之趣，更乏珠落玉盤之響。心餘以《藏園九種》示袁簡齋，簡齋曰：别無佳句，止《空谷香》中，"儘由他恁地聰明，也猜不透天情性"二語，差可人意。心餘大笑曰：子真詩人耳，曲之所長，不在此也。夫曲之所長，《九種》中誠具之，若十套内則難言矣，無他，失機趣耳。且心餘於散曲體格，亦多未究，十套南曲中，成套者實衹半耳。如題小李將軍樓閣卷、題黄樓、雪堂、白鶴峰、載酒堂四幀，皆同韻者兩調而已，亦無尾聲，雖南曲中亦無如此短套也。核之前人之作，《江東白苧》中有之，衹可算作南曲中之帶過曲，仍在小令範圍内，絶不是套也。其《題黄州旅居圖》，以不同韻之四支〔金落索〕，帶一尾聲而成套，則更覺可笑。余近定散曲體格，套無南北，必叶一韻；令無南北，皆有尋常者、帶過者、重頭者三種。南重頭可以謂令，亦可以謂套，因南套不必有尾聲也。帶過本限在北，自《江東白苧》好用不同之集曲兩調，詠一題而又叶一韻，謂之套則太短，謂之尋常兩令，則又分拆不開，惟有仿北曲例，亦以帶過目之耳。

事事不可成習氣，成習氣則其事不敝也不遠矣。吾嘗怪張叔夏《詞源》，通體十餘節中，許多緊要話未及，而將詠物、節序、賦情、離情四個題目，先分占四節，得毋瑣屑不得大體乎？實則四種題目，在當時詞人，朝夕拈詠，已成習氣，張氏之特意分别立論者，爲適時耳。使張氏生五代北宋時説詞，著意之處，必不爾爾矣。套曲在元季，悟迷收心，歸隱樂道，是其習氣；入明則多用以頌祝，真可厭也；而清人用套曲以題圖，亦成習氣，且至今未輟，其不類於酬應文字者幾希耳！心餘散曲，十九題圖，想見當時風會，惟不隸事不成闋，亦得毋勞絀之餘，而後出此，聊以濟窮乎？偶見王靜庵先生《詞話》云："人能於詩詞中不爲美刺投贈之篇，不使隸事之句，不用粉飾之字，則於此道已過半矣。"余謂詩詞固然，曲尤然。

有正味齋曲

吴穀人曲，亦多題圖，不僅套數，小令且然矣。其有關考據者，有

〔折桂令〕五枝，序曰“徐菊莊先生爲康熙戊午大科前輩，其楓江漁父圖，題者甚衆，中有竹垞翁詩，已刻入《曝書亭集》中，後附〔折桂令〕五闋，蓋竹翁自爲之，故集中不言題其圖也。辛未春，徐山民待詔過杭，訪余於東皐草堂，出此圖屬題，則竹翁作俱在焉，因即效其體爲之”云云。按《葉兒樂府》以五闋爲冠冕，無題，得此而後意有所歸，詞則都不必録也。

縠人集有《題仕女圖》十二首，首各一題一調，則頗别致，而文字亦有足賞者。序曰，“《梅村集》中，有《戲題仕女圖》十二絶句，因用其題，各以南北曲譜之，並屬友人徐君蘭坡，仍繪其意以傳”云云。十二題爲一舸（用杜牧詩句）、虞兮、出塞、歸國、當鑪、墮樓、奔拂、盜綃、取盒、夢鞋、驪山、蒲東。是全詞乃先詠事而後作圖者，非尋常之所謂題圖矣。就中當以《一舸》〔南梧桐樹〕爲最精：“西風吹白紵，歌罷人何處。莫道功成，肯逐鴟夷去。算回頭只有煙波路，吴苑千秋花也愁無主。越客千絲，網也兜難住。剩相思石上苔無數。”中幅詠歎固工，一結意趣尤遠。而《出塞》〔駐馬聽〕云：“國色誰知，何苦黄金賂畫師。蛾眉易老，玉關自遠，青塚長迷。琵琶彈出漢宫悲，蟾蜍照見胡沙淚。險被胭脂，勒名兒溷了燕然字。”聲情何等慷慨淒緊。又如《當鑪》〔解三酲〕云：“著犢鼻風生一闋，畫蛾眉翠隱雙峰。酒旗摇曳春星，動休誇是數錢工。賦成纔有千金賣，歸去依然四壁空。琴心送，只茂陵秋雨，累個愁儂。”乃覺有句無章。餘則更無足數矣。另有〔沉醉東風〕《題楊妃春睡圖》者，可謂與前十二題一例，語亦小有致：“鸚鵡舌罷教調弄，荔枝漿且莫傳宣。迷迷蝶夢尋，密密梨雲變，鹿銜花有誰曾見。便描得豐肌軟似綿，怕纏臂的黄金壓匾。”寫玉環之肥如此，殊不令人喜。

縠人令曲，余最喜誦“畫船煙水紅橋夢”句，如前所紀矣。别有〔玉胞肚〕《詠新柳》者，意亦尋常而風致頗楚楚：“似煙凝悄，料纔禁春風翦刀。熨眉開陌上青描，引絲長波心黄醮。十三年紀女兒嬌，傳遞新愁過畫橋。”音吐亦復瀏亮也。又〔駐馬聽〕《登金山》曰：“塔頂呼鈴，斷渡風來不得行。畫看小李，帶問東坡，泉品中泠。講經龍欲出波聽，護禪鴿亦棲簷定。晚閣誰憑，幾船紅板，看抽帆影。”〔醉太平〕《移居東園》曰：“東皐生署號，村夫子移居，劃來水竹便留吾，已新編煙户。放生社乞魚苗護,鳴機坊許燈光助,灌園人習菜傭呼,好衣冠漸疎。"在餘作踳駁之中,此已算穩洽矣。〔醉太平〕尤具脩遠之趣;〔駐馬聽〕結語,應作四、七兩句方得調,散成四字三句,則凝澀類詞矣,傳奇中用之有此體,散令中不宜有。

有句無章之作,余雅不好割裂舉之,乃於穀人令,有不能已者。〔沉醉東風〕《春日湖上》有云"芳草如煙畫不深,有夕照泥金暗滲",〔皂羅袍〕《杏花》有云"餳簫吹過,新煙已消。酒帘招否,前村尚遥。只愛那一肩香遞紅樓悄",〔醉太平〕《湖上看芙蓉》有云"者般清豔最宜秋,悔輕被老鷗消受",〔油葫蘆〕《觀菜花》有云"鵝兒殼蜕新,蜂兒翅搧忙。但酒波和著花光盪,渾不信有斜陽"。芳草則緑滲泥金,杏花則紅樓悄没,芙蓉則悔讓白鷗消受,菜花則落照因之模糊,而與杯裹酒光,同爲盪漾,寫來皆呈異樣新麗,雖語尚在可詞可曲之間,要各具精采矣。

香消酒醒曲

辛酉春,寓金陵盋山精舍西,讀八千卷樓舊藏正樂,而忽嬰傷寒,卒卒不得復原,醫戒耗神,悉屏卷帙,而私藏席底,藉遣長晝,必不能已者,則二趙之藝事——秋舲《香消酒醒曲》與悲盦二金蝶堂印也。二者以爲余所同好,乃覺其韻味之醇醇醉人,竟多相類。秋舲曲,在前人惟吴幼樵《塵夢醒談》及楊坦庵《詞餘續話》内,曾一稱引,而坦庵僅許以清雋工緻而已。融齋《藝概》論曲之妙有曰"在借俗寫雅,面子疑於放倒,骨子彌復認真",此三語深可玩味。惟余覺融齋畢竟狃於"騷雅"二字成見,必欲扣定"雅"字,以增重曲體,所述尚覺未至。蓋曲固有借俗寫雅,亦正有借雅寫俗,無論詞意兩面,俗不容於詩詞,乃詩詞之短,獨容於曲,乃曲之所以大也。必曰好曲所以寫雖俗,而所寫必雅,是仍俗見耳。至於後二句,宜曰"面子必須放倒,骨子自然認真"。蓋"放倒"並非"疑於",疑於是終未放倒也;"認真"不必"彌復",彌復則嫌矜持,所認有時反太過而不真矣。惟放倒之法,亦不必盡用方言俗語,詞中應有一種輕靈鬆蒨、新鮮活潑,句間則需極合語調,流走多而停竚少,自來好曲,本無不然。若欲舉一易見之例,其爲《香消酒醒曲》乎!《香消酒醒曲》恰恰如話,不同朱、厲輩,亦絶不借重元人方言以爲本色,又不同沈東江輩。較之元人，雖不過得一體，但爲果然放倒，而自然認真者，峰泖浪仙明施紹莘以後，散曲中一人而已，清人散曲，真不可少者，惟秋舲也。

坦庵怪梁應來《隨筆》中，僅録秋舲《詠月》全套内一枝〔江兒水〕，爲斷鳧截鴨。余兹不欲多引套曲，而又不可無以見例，秋舲小令又不多，乃不得不稍稍摘調於套矣。

《雨窗獨坐》〔二郎神〕云："西風裏，這扯淡的芭蕉惹是非，作弄人來當兒戲。接連幾陣，却剛剛隔著窗兒。那一個聽他能快意，生拉到恨田愁地。黄昏矣，猛可裏身上寒多，添著些衣。"《題泖湖訪舊圖》〔步步嬌·皂羅袍〕云："最好是水楊柳下，蓋三間茅屋，紫竹籬笆。沿溪雨過響漁叉，夕陽破網當門掛。遥天一抹，朝霞暮霞。遥山一煞，朝鴉暮鴉。更夜深蟹火有星兒大。"《題葛秋生横橋吟館圖》〔沽美酒帶太平令〕云："望横河水一條，望横河水一條，認橋邊許丁卯。他是裙屐風流甲第高，没些兒塵擾。王摩詰更相招，把悶愁懷毫端輕掃。離别恨畫裏勾消，索舊雨題詩須早，倩新知補吟亦妙。你啊，擘名箋烏闌自鈔，爇名香銀爐自燒。呀，你這畫圖兒須索自收藏好。"皆只聞有口舌音響，而不知有筆墨文字，題圖之作，衹就一圖字發揮，已得輕靈鮮活如此，心餘輩所能望耶？

《醒談》與《詞餘續話》所載，秋舲《對月》、《葬花》、《寫愁》三套，梁應來舉〔江兒水〕一首，以爲乃《對月》套中最工者，誠然。兹倣其例，於其餘兩套，亦各舉一調，以概其餘。《葬花》套首章〔梧桐樹〕云："堆成粉黛塋，掘破胭脂井。揀塊青山，放下桃花櫬。名香爇至誠，薄酒先端整。兜起羅衫，一角泥乾淨。這收場也算是羣芳幸。"結語意歸沉痛，通套亦直是沉痛過人；而設色之鮮明，則於"青山桃櫬"四字，亦既得之矣。《寫愁》套四章〔玉交枝〕云："没頭没腦，這章書模糊亂嘈。愁城築得似天高，打不進轟天情砲。心酸好似醋梅澆，眼辛却被虀薑搗。要丢開心兒越摇，不丢開心兒越焦。""轟天情砲"，允爲不經人道語。秋舲别有《拜月》、《豔情》、《雜感》諸套，並可各拈一闋爲例。《拜月》〔黄鶯兒〕云："緑袖振明璫，拜嫦娥三炷香，深深叩倒紅氍上。衫兒海棠，裙兒鳳凰，玉尖兒輕合蓮花掌。翠魚雙，北風衣帶，吹起兩鴛鴦。"通首多鋪敘服御之精，不言拜月心事，而心事自見，此曲家之比興也，不僅在"吹起鴛鴦"一句矣。《豔情》〔梧桐樹〕引子云:"簾波映日紋,花影紅成陣。人立妝臺,不語看調粉。金籠宿火燻,繡被餘寒困。廊下鸚哥,報道東風緊。鏡中人彩筆橫三寸。"但於設境中寫著豔字,若情字則全蓄在玉人對鏡、橫管沉吟之中,遣意何等靈妙!三章〔三聖樂〕有句云"就是我身如沉水香煙燼,情願你手撥爐山日夕熏",亦是刻骨情語,不多見者。《雜感》〔步步嬌〕引子云:"説到聰明成何用,倒是傷心種。牢愁問碧翁,一片青青,也恁般懵懂。何處哭西風,小心窩醋味如潮湧。"不待卒讀下文,而欷歔鬱邑之情,已覺傾瀉滿紙,是真得引子之用者也。《對月》套〔嘉慶子〕有句云"九迴腸生小多軟就,把萬種酸情徹底兜,空向西風談舊",意則同此,而健捷激裊之概(《中原音韻》定雙調聲情之語),則遠遜此矣。

秋舲有〔懶畫眉〕等籤詞三枝,序云:"漪園之右,爲白雲庵,中設月下老人像,杭州問婚姻者皆卜焉,籤語拉雜不倫。同人秋日偶遊,晉竹語余,須以樂府小令譜之。余唯唯,暇時挑燈,填五六闋,記其三"云云。題頗新趣,而詞未盡稱,爲記其一於此:"問郎年紀究如何,要與兒家差不多,韶華生小怕蹉跎。不比儂年大,儂便蓋上鴛鴦印一顆。"口角雖妙,心理實差,且其詞亦不類籤詞也。

輯清人散曲,吴門王君佩琤,與余有同好,他日當彙所得,勒爲專書,續加評校,此則不能備矣。

元人詞集中之曲

彊村先生彙刻宋元人詞,校讎精審,幾歎觀止。竊覺元人詞中,每雜曲調,尚宜爲别出,以純體裁。最著者如王惲《秋澗樂府》三、四卷中之〔黑漆弩〕、〔平湖樂〕、〔絳桃春〕、〔樂府合歡曲〕等,皆北六宫十一調中物也。元人散曲,佚者至夥,今欲從事網羅,則元以後詩詞筆記,在在需加剔抉。混在詞集者,以同爲長短句,同爲合樂之調,猶未足怪;尚有混入詩集者,直可異矣。偶見《元詩選》癸集辛上,載孟昉《十二月樂詞》,乃越調〔天淨沙〕也,頗笑席氏之書,體例未純。及展明周憲王《誠齋樂府》,〔白鶴子〕五章引曰,"國朝集雅頌正音,中以曲子〔天淨沙〕數闋,編入名公詩列,可謂達理之見矣。體格雖與古之不同,其若可興可觀,可羣可怨,其言志之述,未嘗不同也"云云,是明初詩選,已有意羼入曲調,誠齋且許爲"達理"。席氏書原多採摭元明選本者,兹入孟氏鼓詞,亦必有所本,更何可議歟。且曲已散佚,而詩選爲之偶存一二,使網羅遺曲者,得之如同吉光裘羽,不亦善乎?

〔黑漆弩〕即正宫之〔鸚鵡曲〕,燕南芝庵《唱論》所謂"陝西唱〔陽關三疊〕〔黑漆弩〕"是也。楊澹齋《太平樂府》首登之,鄧子晉序中有曰,"是編首采海粟和白仁甫〔黑漆弩〕爲之始,蓋嘉其句按四聲,字字不苟,辭壯而麗,不淫不傷",亦即謂此。惟此曲首唱,出白賁無咎,乃一轉頁間,鄧氏即誤爲仁甫,真疎忽也。調名原爲"黑漆弩",命意不可考,而由來已久,絶非創自白氏也。顧人人皆嫌其名之不雅,馮海粟因白詞,於序中稱〔鸚鵡曲〕,王秋澗又因白詞,於序中欲改稱〔江南煙雨〕,而《北詞廣正譜》謂又名〔學士吟〕,大約亦同一因緣於白氏之作也,惜未言其見於何書耳。其調五十許字,雙疊换頭,似類詞中小令,但四聲有定,去上甚嚴,則又絶非詞中短調情形矣。白詞云:"儂家鸚鵡洲邊住,是個不識字漁父。浪花中一葉扁舟,睡煞江南煙雨。覺來時滿眼青山,抖擻緑蓑歸去。算從前錯怨天公,甚也有安排我處。"旨趣亦是張志和〔漁歌子〕詞,而措語豪放盡情,質樸不鍊,則迥然不侔矣。於此亦可見詞曲之界也。歇拍二句,宫天挺《七里灘》劇中曾用之。

馮海粟此詞序曰,壬寅歲留上京,有北京伶婦御園秀之屬,相從風雪中,恨白氏之曲無續之者,且謂前後多親炙士大夫,皆拘於韻度,而不能和。如第一個"父"字,便難下語;又"甚也有安排我處"句,"甚"字必需去聲,"我"字必須上聲,音律始諧,不然,不可歌也。諸公舉酒索馮和之,馮乃以汴吴上都天京風景,續成數十首,而楊氏二選,録其三十九闋焉。就中余最好《感事》一首云:"江湖難比山林住,種果父勝刺船父。看春花又看秋花,不管顛狂風雨。盡人間白浪滔天,我自醉歌眠去。到中流手脚忙時,只靠著柴扉深處。"蓋以一詞而寫兩種生活,一安一危,而處危既異於尋常,且能及時轉安,示人處世,始則不必求安,既而最須乖巧,作者之意,即在此歟?惟"只"字、"深"字,並非去上,海粟又作何解説耶?又《題四皓屏》云:"張良更姓圯橋住,夜待旦遇個師父。一篇書不爲封留,字字咸陽膏雨。借箸籌滅項興劉,到底學神仙去。待商家四皓還山,再不忍人間險處。"但寫留侯,不説四皓,似嫌借題别用,惟有末二句，則四皓之爲四皓，亦可想見矣。《雍熙樂府》改筆直是點金成鐵。至於字句格律，則此首最爲吻合無偭矣。繼海粟而和者，尚有吕濟民二首，而《雍熙樂府》所登此調八首，全歸馮海粟，殊不足信。其前四首，乃轉録自《陽春白雪》者，並無咎原唱，亦屬馮氏，其疎略可知。後四首中，有三首楊氏二選所不載，其來源如何，待考。詞亦未能佳。

《秋澗樂府》〔黑漆弩〕《遊金山寺》序曰，"鄰曲子嚴伯昌，嘗以〔黑漆弩〕侑酒。省郎仲先謂予曰：'詞雖佳，曲名似未雅。若就以〔江南煙雨〕目之，何如？'予曰：'昔東坡作〔念奴〕曲，後人愛之，易其名曰〔酹江月〕，其誰曰不然？'仲先因請予效顰，遂追賦《金山寺》一闋，倚其聲而歌之。昔漢儒家畜聲妓，唐人例有音學，而今之樂府，用力多而難爲工，縱使有成，未免筆墨勸淫爲狹耳。渠輩年少氣鋭，淵源正學，不致費日力於此可也"①云云。按曲在當時，泛濫已甚，故論其弊有筆墨勸淫之狹。而王氏以爲"用力多而難爲工"，已鄭重其事，是元人曲論中，不可多得之語也。"渠輩年少"，豈即指子嚴、伯昌、仲先歟？其詞曰："蒼波萬頃孤岑矗，是一片水面上天竺。金鼇頭滿嚥三杯，吸盡江山濃緑。蛟龍慮恐下燃犀，風起浪翻如屋。任夕陽歸棹縱横，待償我平生不足。"放曠之語，亦頗入彀，惟視馮、白，則尚嫌少開展耳。

劉敏中端甫《中庵詩餘》内，亦有《村居遣興》〔黑漆弩〕二首，且屬步武馮、白，在楊選、《雍熙》之外者，殊難得矣。其次首較佳："吾廬却近江鷗住，更幾個好事農父。對青山枕上詩成，一陣沙頭風雨。酒旗只隔横塘，自過小橋沽去。儘疎狂不怕人嫌，是我生平喜處。"凡應去上處，此首皆合，餘一首亦合。

〔平湖樂〕、〔絳桃春〕皆越調〔小桃紅〕之别名，此調並〔武陵春〕乃有三别名矣。句法爲七五、七三七、四四五，共八句，而音節實作三停，總爲一闋，既非若詞之雙疊，又絶無曲調之换頭也。乃《秋澗樂府》將八句分作兩半，列如詞調中之雙疊，謬之甚矣。此謬固先在元刊大全集，編集者詞曲不辨不足責，不識其調而强事割裂，致損文意，豈忠於秋澗者耶？〔平湖樂〕之名，大約即由秋澗有"平湖雲錦碧蓮秋"句自定之。〔絳

---

① 今校：四部叢刊景明弘治本《秋澗集》卷七十六，"於此可也"作"於此也"。

桃春〕名，乃爲壽詞而設，以爲較〔小桃紅〕爲冠冕，其始則不可考矣。秋澗〔平湖樂〕有曰："平陽好處是汾西，水秀山挼翠。誰道微官澹無味，錦障泥，路人爭笑山翁醉。西山殘照，關卿何事，險忙殺暮鴉啼。"語意沉摯，言外有旨。蓋踪跡則以山翁而味微官，懷抱則同暮鴉之忙殘照，即此一曲，已可見秋澗之生平爲人矣。

〔樂府合歡曲〕應即正宫之〔雙鴛鴦〕，其句法爲三三七七七，詞調中如〔搗練子〕、〔赤棗子〕、〔桂殿秋〕、〔解紅〕，皆如此，但諸調之兩個三字句，一仄一平，平叶，仄不叶，此則兩句皆平，且皆叶，故知其非。詞中有〔瀟湘神〕者，句法亦同，而首二句亦皆平且叶，但必爲疊句，而此則非疊句，且第三句平仄復異，故又知其非。夫以前詞中既無其調，而王氏又屬元人，則其爲曲調也必矣。考之北譜，同此句法者有二，一爲南吕〔採茶歌〕，一即〔雙鴛鴦〕也，不但句法合，且首兩句又皆平聲，皆叶，足見三字兩句式，在詞則多一平一仄，而在曲則多兩平，爲截然不同也。惟第三句句法，〔採茶歌〕亦同詞中之〔瀟湘神〕，與〔合歡曲〕不合；所與合者，惟〔雙鴛鴦〕耳，且命名之用意，似亦以〔雙鴛鴦〕與〔合歡曲〕爲較近，故余謂〔合歡曲〕應即〔雙鴛鴦〕也。所猶疑者，〔雙鴛鴦〕第四句末二字多作平仄，而〔合歡曲〕則必作仄仄，音節未能盡合，且〔雙鴛鴦〕又罕作小令者，二調究竟是一體否，尚待考。秋澗《柳圈詞》此調有曰："問春工，二分空，流水桃花颺曉風。欲送春愁何處去，一環清影到湘東。"又曰："秉蘭芳，俯銀塘，迎致新祥祓舊殃。不似漢皋空解佩，歸時襟袖有餘香。"春暮折柳爲圈，投之水際，以祓除不祥。詞中並有"説與琵琶紅袖客，好將新事曲中傳"句，是可知其事則新，其曲猶未必新也。兹附見荆幹臣套曲中〔雙鴛鴦〕於此，以資參證："玉簫哀，立閑階，彩鳳人歸更不來。隱隱遥山行雲礙，萋萋芳草遠煙埋。""雲"字作平，與《柳圈詞》不合，餘則無異耳。

吴鎮仲圭《梅花道人詞》，末有一調，名曰〔梅邊〕，實則北南吕〔閲金經〕也。詞家固絶無知者，而〔閲金經〕之在元人有别名〔梅邊〕者，曲家又何嘗夢見耶？其詞云："雪冷松邊路，月寒湖上村，縹緲梨花入夢雲。巡，小檐芳樹春。江梅信，翠禽啼向人。"兹録東籬〔閲金經〕感憤之作以爲證："絮飛飄白雪，鮓香荷葉風，且向江頭作釣翁。窮，男兒未濟中。

風波夢，一場幻化中。”此調一字句爲難下，有加襯字混過者，襯字之弊也。

白樸《天籟集》内有〔小桃紅〕，張天雨伯雨《貞居詞》内亦有〔殿前歡〕、〔梧葉兒〕、〔喜春來〕諸曲，梁寅《石門詞》内有〔折桂令〕曲，舒頔《貞素齋詞》内有〔折桂令〕、〔朝天子〕等曲，張弘範仲疇《淮陽樂府》此四印齋所刻内亦有〔喜春來〕、〔殿前歡〕、〔天淨沙〕諸曲，元詞中所混散令，於此可見一斑矣。仲疇〔殿前歡〕《詠襄陽戰》云：“鬼門關，朝中宰相五更寒。錦衣繡襖兵十萬，枝劍摇環。定輸贏此陣間，無辭憚，捨性命爭功汗。將軍戰敵，宰相清閑。”語中有刺，蓋亦不滿於當道歟。

北詞廣正譜内所引諸家曲

明清間，李玄玉就徐于室原稿，更定《北詞廣正譜》一書，舉《太和正音》之偏謬脱漏者，一一繩而是之，引證之富，研覈之精，得未曾有。《欽定》、《大成》諸譜，於北詞之部，借重而已，不能益也，名曰“廣正”，不爲浮誇矣。就中所引之雜劇、傳奇、選本，爲今日不得見者甚多，而據以爲例之套詞隻令，不能詳其出處者，尤比比是。即以令詞而論，有極新采奇宕者，他書皆未得見，前舉湯舜民重句格之〔蟾宫曲〕，即是譜中獨見之作。以外妙詞，並爲一一抉擇，移録於此，以示難得，非《廣正譜》一書今日之難得也。乃尋常之視譜詞，都以爲輕文重律，難有佳篇，而不知諸篇之佳，不遇於選本，轉見於譜書，斯爲難得耳。

湯式，字舜民，號菊莊，寧波人，明初曲家十六家之一。雜劇有《嬌紅記》、《瑞仙亭》二種，散曲則《北宫詞紀》、《青樓韻語廣集》等書皆載其套曲，而不及一令。其令之得見者，惟《廣正譜》所載商調〔望遠行〕、雙調〔蟾宫曲〕二首耳。〔望遠行〕亦真樸渾厚，在明人絶非嘉、隆以後所能辦矣。“杏花風習習暖透窗紗，眼巴巴顒望他，不覺的月兒明鐘兒敲鼓兒撾。梅香，你與我點上銀臺蠟，將枕被鋪排下。他若是來時節，那一會坐衙，玉纖手忙將這俏冤家耳朵兒掐。嗏，實實的那里行踏。喬才，你須索吐一句兒真實話。”玄玉云，多“他若是來時節”句，四曲類然。按一臠之嘗，已覺餘味不盡，況有四曲乎？《菊莊樂府》不傳，惜矣！餘三曲見《九宫大成譜》。

盧摯疎齋散曲，有令無套，令凡四十九首，見楊氏二選，而《廣正譜》乃別見〔梧葉兒〕、〔小桃紅〕各一首，必録自元明古選本也。〔梧葉兒〕云："低攀話，嬌唱歌，韻遠更情多。筵席上，疑怪他，怎生啊，眼搓裏頻頻覷我。"傳神蘊藉，全在"怎生啊"三字。疎翁生平，出而持憲，入而承旨，應爲方正不阿，而嘲弄風情、機趣若此，信不腐矣。楊選載〔蟾宫曲〕曰："想人生七十猶稀，百歲光陰，先扣了三十。七十年間，十歲頑童，十載尫羸。五十歲除分晝黑，剛分得一半兒白日。風雨相催，兔走烏飛。仔細沉吟，都不如快活了便宜。"此一篇賬，世人肯早早算清楚者甚少，而公乃結以"快活便宜"四字，果然值得一結也。施子野《花影集》内，亦有與疎齋同樣主張，又曰："沙三伴哥採茶，兩腿青泥，只爲撈蝦。太公莊上，楊柳陰中，磕破西瓜。小二哥昔涎剌搭，碌軸上掩著個琵琶。看蕎麥開花，緑豆生芽。無是無非，快活殺莊家。"寫混沌未鑿之莊家人物，直爾嫵媚有致，而元曲取材之廣與真，亦於此可見也。姚守中《牛訴冤》套，有"爲伍的是伴哥王留"之句，"是伴哥"者，牧童厮養之流耳。《薛仁貴》雜劇三折以正末扮伴哥，正合。又公之曲好描寫醉態，〔沉醉東風〕曰："恰離了緑水青山那搭，乍平早來到竹籬茅舍人家。野花路畔開，村酒槽頭榨，直吃的欠欠答答。醉了山童不勸咱，白髮上黄花亂插。"夫衰老自傷，必待沉醉，而後能於暫忘。乃得亂插黄花，片時稱意，看去是樂，實則至苦之境也。愈强作歡笑，愈見其心境之不容歡笑矣。又〔殿前歡〕曰："酒杯濃，一葫蘆春色醉疎翁。一葫蘆酒壓花梢重，隨我奚童。葫蘆乾興不窮，誰人共，一帶青山送。乘風列子，列子乘風。"先藉青山侑酒，已而便覺青山摇動相送，飄飄然有乘風之樂，寫醉趣何其至歟！

張文忠養浩，字希孟，號雲莊，濟南人，官至禮部尚書，《元史》有傳。爲御史時，曾疎時政被忌，變姓名遁去，其爲人風格，略可想見。原有《雲莊休居自適小樂府》一卷，見《千頃堂書目》。小令三十五首，套曲二首，分見《太平》、《雍熙》兩樂府及《青樓韻語廣集》。乃《廣正譜》載〔金字經〕、〔堯民歌〕、〔慶東原〕、〔梅花酒〕四首，皆別見者也，豈不可貴！就中〔慶東原〕僅見一句，猶不免憾焉。〔堯民歌〕曰："見斜川鷄犬樂昇平，繞屋桑麻翠煙生。杖藜無處不堪行，滿目雲山畫難成。泉聲，響時仔細聽，轉覺柴門静。"此中以閙爲静，非真得林泉逸趣者，不能道也。惟〔堯民歌〕不與〔十二月〕相帶過，而單獨爲令者，極少見，疑尚有〔十二月〕上文，爲玄玉略去矣。檢《雍熙》末卷，果然。惟《雍熙》無作者名姓。

雲莊曲，余最好其《警世》〔紅繡鞋〕曰："纔上馬齊聲兒喝道，只這的便是那送了人的根苗，直引到深坑裏恰心焦。禍來也何處躲，天怒也怎生饒，把舊來時威風不見了。"玩其意致，感遇必深，不然，似乎體會不至此也。而詞又特爲直質，乃益覺言下凛然，信威福之不容擅作矣。此録《太平》，與《雍熙》所載小異，原有四章，餘作之一云："正膠漆當思勇退，到參商纔説歸期，只恐范蠡張良笑人癡。腆著胸登要路，睁著眼履危機，直到那其間誰救你。"要路腆胸，傲而妄也，睁眼履危，是明知故犯也，皆死有餘辜矣。又〔山坡羊〕《潼關懷古》云："峰巒如聚，波濤如怒，山河表裏潼關路。望西都，意踟躕，傷心秦漢經行處，宫闕萬間都做了土。興，百姓苦。亡，百姓苦。"以透闢沉著勝，此與前兩闋文字，固屬一例，擬之涵虚評林，宜爲孫仲章之"秋風鐵笛"，或李致遠之"玉匣昆吾"，差爲近似。而涵虚獨曰雲莊之詞"如玉樹臨風"，毋乃搔不著癢，抑涵虚於雲莊曲，别有所見歟？雲莊〔慶東原〕曰："鶴立花邊玉，鶯鳴樹杪絃，喜沙鷗也解相留戀。一個衝開錦川，一個啼殘翠煙，一個飛上青天。詩句欲成時，滿地雲撩亂。"乃捨激昂而入閑婉者也，特所謂玉樹風姿者，即於此首中，亦未能顯著耳。

余輯元初四家散曲，所得於東籬者最富，令百零二、套十七，末於《正音譜》又見一令〔青哥兒〕，已以爲難得，而於《廣正譜》復得一〔撥不斷〕，爲元明以來十餘選所不及，且詞復高拔，不落凡庸，信是東籬原製，豈非幸遇乎！其詞云："立峰巒，脱簪冠，夕陽倒映松陰亂。太液澄虚月影寬，海風汗漫雲霞斷。醉眠時小童休唤。"設景造境，都超絶寰宇，曲中之青蓮也。涵虚評東籬"若神鳳飛鳴於九霄"，又有"振鬣長鳴，萬馬皆瘖"之概，當於此等詞得之也。惟如此元音，有名選本皆不登，而玄玉見之何書？其書又不著，豈非憾事。《樂府羣玉》此詞歸李致遠。

雜劇推元四家，余謂散曲，必獨推東籬。小山雖亦散曲專家，終是别調耳。餘人則皆非專家。既然散、劇兼長，則古今羣英，以東籬爲領袖，可謂至當矣。東籬令曲，足見其生平處境與夫志趣感慨者。如〔撥不斷〕曰:"歎寒儒,慢讀書,讀書須索題橋柱。題柱雖乘駟馬車,乘車誰買長門賦。且看了長安回去。"又曰:"酒杯深,故人心,相逢且莫推辭飲。君若歌時我慢斟,屈原清死由他恁。醉和醒爭甚。"又曰:"子房鞋,買臣柴,屠沽乞食爲僚宰。版築躬耕有將才,古人尚自把天時待。只不如且酩子裏胡捱。"〔金字經〕曰:"夜來西風裏,九天鵰鶚飛,困煞中原一布衣。悲,故人知未知。登樓意,恨無上天梯。"别一首《感憤》已前見。〔四塊玉〕曰:"酒旋沽,魚新買,滿眼雲山畫圖開,清風明月還詩債。本是個懶散人,又無甚經濟才,歸去來。"類此者甚多,不能備舉。雖是感士不遇,而亦放曠灑落,善自排遣,騷人而復達人也。至於吐屬之佳,舍〔金字經〕外,皆以冷雋勝,風神秀徹,尤爲高致。

東籬閑適之詞,意境最妙者,如〔清江引〕《野興》云:"西村日長人事少,一個新蟬噪。恰待葵花開,又早蜂兒鬧,青枕上夢隨蝶去了。"〔撥不斷〕云:"菊花開,正歸來,伴虎溪僧、鶴林友、龍山客。似杜工部、陶淵明、李太白,有洞庭柑、東陽酒、西湖蟹。哎,楚三閭休怪。"似此屬辭比事,或含或吐,皆臻曲境上乘,無一毫非分。世人但以凝重猶近詩餘之〔天淨沙〕爭爲推舉,而遺此等清疎奇宕之篇,余終謂爲不知音矣。

《廣正譜》載無名氏小令,多緣《正音譜》,而皆有致。其尤佳者,黄鍾有〔紅衲襖〕云:"那老子彭澤縣懶坐衙,倦將文卷押,數十日不上馬。柴門掩上,咱籬下看黄花。愛的是緑水青山,見一個白衣人來報,來報五柳莊幽靜煞。"將淵明歸隱一事,在古今來贊歎播詠,都成陳言濫套之中,却能異樣寫得活潑生動,蓋欲如此,有非用此詞餘一體不辦者矣。其下一首〔賀聖朝〕云:"春夏間,遍郊原桃杏繁,用盡丹青圖畫難。道童將驢備上鞍,忍不住只恁般頑,將一個酒葫蘆楊柳上拴。"頗饒自然之趣,亦是"忍不住只恁般"説耳。徐再思有〔紅衲襖〕四首,起句皆"那老子"云云,此詞非徐作,即和徐之作。若〔賀聖朝〕小令,則可見之篇,惟此一首而已。

中吕無名氏〔玉嬌枝〕云:"休爭閑氣,都只是南柯夢裏。想功名到底成何濟,總虚華幾人知。百般乖不如一就癡,十分醒爭似三分醉。只這的是人生落得,不受用圖個甚的。"亦説得痛快可喜。《正音》於結處又誤接他調,《廣正》削之。他如雙調無名氏〔殿前喜〕云:"謫仙醉眼何曾開，春眠花市側。伯倫笑口尋常開，荷鍤埋。妨何礙，糟丘高壘葬殘骸，先生也快哉。"〔十棒鼓〕云："將茅庵蓋了，獨木爲橋。攜一壺好酒，閑妨漁樵。洞門半掩，半掩無鎖鑰，白雲籠罩，香風不動松花老。平生冷笑，青松影裏，影裏沉醉倒。唱山聲野調，衲被蒙頭直到曉，有甚煩惱。"〔秋江送〕云："財和氣，酒共色，四般兒很利害。成與敗，興又衰，斷送得利名人兩鬢白。將名繮自解，利鎖頓開。不索置田宅，何須攢金帛，只不如打稽首急忙歸去來。人老了也，可不的北邙山下丘土裏埋。"諸曲亦同一臭味，而皆能以簡捷明白，使人感發者也。

元曲中有通體淺語、全類兒歌者，而天真所寄，畢竟不同率俗，如《正音》、《廣正》所載無名氏小令雙調〔山丹花〕云："昨朝滿樹花正開，蝴蝶來，蝴蝶來。今朝花落委蒼苔，不見蝴蝶來，蝴蝶來。"論此等曲，正不必謂作者有盛衰炎涼之慨，但以赤子之心，賞其太羹之味可矣。

樂府羣珠

《廣正譜》所引選書，最令人留意者，厥爲《樂府羣珠》。按李開先輯《張小山小令》跋中，謂當時所據之書，除楊氏二選及《百一選曲》、《詩酒餘香》、《仙音妙選》、《樂府新聲》外，尚有《樂府羣玉》與《樂府羣珠》兩種，是在明季，《珠》《玉》猶並行於世也。《廣正譜》中，引《珠》而不引《玉》，豈明清之際，《珠》存而《玉》隱歟？然自天一舊藏，傳流至今，《玉》猶粗具卷帙，而《珠》反韜光晦迹，不知所在，所得藉以考見者，惟《廣正譜》中零星數十條而已，豈不可惜。《珠》中所藴，有劇套，有散套，有令詞，體例大約猶《雍熙樂府》、《詞林摘豔》等書，然篇幅恐無二書富也。瞽者劉伯亨套曲，玄玉據《羣珠》入譜，而據《雍熙》增一二字，蓋《羣珠》猶在《雍熙》前也。再據《譜》所言，《羣珠》所載《西厢記》、《漢宫秋》等劇，字句皆較坊本有異，是亦足見《羣珠》成書之早矣。又《譜》自《羣珠》取〔河西六娘子〕、〔枳郎兒〕等式，其作者爲柴也愚。按明初涵虚列古今羣英數百人姓名，乃採自各選本者，如《羣玉》所登諸人，並在羅致之中，而獨無柴也愚其名，豈《羣珠》之行，獨在涵虚以後歟？

樂府羣玉

《羣玉》一書，爲元人所選無疑，全登小令，而不及一套。如此成書，自元以來，曾無兩本焉。書分五卷，而詞僅二十三家，其中錢子雲、高敬臣、曹明善、張子堅、王日華、陳德和、丘士元七家，則爲此書所獨載，他選本絶不見也，兹約略敘之。

錢子雲名霖，松江人，棄俗爲黄冠，更名抱素，號素庵。多遊名公卿間，善詩與曲，有集曰《醉邊餘興》，當時行於世；又類集當時諸公所作，曰《江湖清思集》，見《録鬼簿》與《輟耕録》。按徐再思〔蟾宫曲〕有《錢子雲赴都》一首，兩人應同時也。《醉邊餘興》今日既不得見，《羣玉》卷三所載《素庵令》，惜亦僅〔清江引〕四首而已。《鬼簿》謂《醉邊餘興》"詞語極工巧"，按之四首，尚未能見。如末一首云："恩情已隨紈扇歇，攢到愁時節。梧桐一葉秋，砧杵千家月，多的是幾聲兒簷外鐵。"不過雅馴而已。

若《輟耕録》所載素庵〔哨遍〕套曲，則以巉刻勝，又非工巧二字所能該也。《輟耕》略曰，"某人以善經濟，積貲至鉅萬計，而既鄙且嗇。中略其尊行錢素庵，逸士也。中略某嘗以富貴驕之，故作今樂府一闋以譏。中略雖曰爲某而作，亦可爲世勸"①云云，其寫財奴之聚斂也。〔哨遍〕有句曰"忍包羞，油鐺插手，血海舒拳，肯落他人後。曉夜尋思機彀，緣情鈎距，巧取旁搜"，已極儆禄求多之致。而〔九煞〕曰："有心待拜五侯，教人唤甚半州，忍飢寒攢得家私厚。待壘做錢山兒、倩軍士喝號提鈴守，怕化做錢龍兒、請法官行罡布氣留。半炊兒八遍把牙關叩，只願得無支有管，少出多收。"則尤曲盡錢癖心事。其寫盛衰聚散也，〔四煞〕有曰"有一日大小運併在命宫，死囚限纏在卯酉。甚的散得疾，衹爲你聚得來驟"，〔三煞〕有曰"窗槅每都颩颩的飛，椅桌每都出出的走"，説得直爾可驚可駭，而文字亦躍躍紙上，並覺飛走矣。

高敬臣，《録鬼簿》中無此名，《鬼簿》但有"高克禮，字敬德，號秋泉，見任縣尹。小曲樂府，極爲工巧，人所不及"云云。余檢《元詩選》癸集有曰，"高克禮，字敬臣，河間人。蔭官至慶元禮官，治政以清淨爲務，不

---

① 今校：元刊本《南村輟耕録》，"尊行錢素庵"作"尊行錢素庵者抱素"，"富貴"作"貴富"，"以譏"作"以譏警焉"，"亦可爲"作"然亦可以爲"。

爲苛刻,以簡淡自處,工古今樂府,有名於時"云云。二者所紀,雖不盡一致,而所指同爲一人,則可斷言也。《羣玉》五卷,以敬臣之四令爲殿,鍾氏所謂"工巧",於敬臣斯得其當矣。〔雁兒落帶過得勝令〕之次首曰:"尋致爭不致爭,既言定先言定。論至誠俺至誠,你薄倖誰薄倖。豈不聞三尺有神明,忘義多應當罪名。海神廟見有他爲證,似王魁負桂英。磣可可海誓山盟,繡帶裏難逃命。裙刀上更自刑,活取了你個年少書生。"一起四句,咄咄逼人,已足褫書生之膽。以下條明例簡,而又刑械森嚴,斧鉞之威,要不過是也。文人遊戲,而瑣屑入情如此,非元曲何以辦! 觀於下文〔黄薔薇帶慶元貞〕二首,乃益信然。"燕燕别無甚孝順,哥哥行在意殷勤。玉納子藤箱兒問肯,便待要錦帳羅幃就親。諕得我驚急列蓦出繡房門,他措支刺扯住我皂羅裙,我軟兀刺好話兒倒温存。一來怕夫人情性狠,二來怕誤妾百年身。"别無長處,衹生動委婉,便不可及。以前舉殘元本《陽春白雪》中無名氏諸首〔紅繡鞋〕較此,則生動有之,委婉不及也。又《詠天寶遺事》曰:"又不曾看生見長,便這般割肚牽腸。唤妳妳酩子裏賜賞,撮醋醋孩兒恁弄璋。斷送他瀟瀟鞍馬出咸陽,只因他重重恩愛在昭陽,引惹得紛紛戈戟鬧漁陽。哎,三郎睡海棠,都只爲一曲舞霓裳。"用意惟三陽韻顯,其餘皆須尋玩,於是通首頗得藴藉之趣。又《鬼簿》"工巧"之評,於三陽韻,似爲尤著。

曹明善以《賦長門柳》二曲刺伯顔著名,其事與詞,俱載《堯山堂外記》。《鬼簿》謂其官衢州路吏,而《外紀》稱以山東憲使。《羣玉》卷一所載,除《長門柳》〔清江引〕二首外,另有十六首。《鬼簿》之評爲"華麗自然,不在小山之下",兹可舉〔喜春來〕《和任則明》二首以證之。"春雲巧似山翁帽,古柳横爲獨木橋,風微塵軟落紅飄。沙岸好,草色上裙腰。""春來南國花如繡,雨過西湖水似油,小瀛洲外小紅樓。人病酒,料應下簾鈎。"

張子堅履貫未詳,張小山有《張子堅運判席上》〔清江引〕三首,即其人也。《羣玉》卷三載子堅〔德勝令〕一首,未見佳。

王日華,名曄,杭州人。《鬼簿》云:"體豐肥而善滑稽,能詞章樂府。臨風對月之際,所製工巧。有與朱士凱《題雙漸小卿問答》,人多稱賞。"又紀其所作雜劇三種曰《臥龍岡》、《雙賣花》、《破陰陽八卦桃花女》。按所謂《題雙漸小卿問答》，余始不知其體裁，以爲必雜劇一流，久在元劇亡佚之數，不可復見。及覩《羣玉》卷二，則所謂問答體者，赫然在也。顧《羣玉》乃專登小令之書，通卷不但不及劇套，且不及散套，然後知此一體問答，應歸小令範圍内也。常人於散曲劇曲之分，每以演故事與否爲衡，以爲一演故事，便非散曲。余自見小令中重頭一體，有《摘翠百詠小春秋》，以百闋〔小桃紅〕演全部《西厢》故事後，已知前説之所以分劇曲散曲者殊非。今復見此問答一體，乃益信散曲中有紀動者，如《小春秋》，有紀言者，如此問答體。既然言、動兼紀，則散曲之亦演故事，業已彰明較著，不待多辨，曲中散劇之分，必不在演故事與否矣。余於是定散曲體裁，分演故事與不演故事兩類；而演故事一類中，又有同調重頭與異調間列兩種，即一指《小春秋》，而一指此問答體也。曷曰異調間列？蓋此體前後，大概爲一問一答相間，問多用〔天香引〕調，答多用〔淩波仙〕調，調既異，而又相間排列，故對同調重頭一種言，遂曰異調間列也。

《羣玉》於王日華樂府一條下注曰“南齋，錢塘”，是可知王氏之號爲南齋也。但並無明文謂此所題問答爲王、朱兩氏之合作，斯與《鬼簿》所紀略爲不符耳。《羣玉》又於首調〔慶東原〕下注曰，“《風月所舉問汝陽記》自‘黄肇退狀’至‘議擬’，凡計一十六首”云云。按所謂“汝陽記”者，必爲一雜劇名，即演雙漸小卿故事者。王氏就此劇中情節，擷取諸人言詞，以一十六首小令檃括之，故曰《題雙漸小卿問答》也。余檢古今紀元劇書，都不得《汝陽記》一名，是可以補諸書之遺矣。所謂“退狀”，恐即撤消訴狀，“議擬”猶判决，“舉問”則舉發審問耳。

自元以來，曲中播詠最盛者，有三大情史：一爲普救西厢，一爲天寶馬嵬，一則爲豫章茶船也。“西厢”極於王、關，“馬嵬”盛於稗畦，人所共知，“茶船”則其事其文，都不顯著。然諸宫調則有五牛張、商正叔之《雙漸小青》，北雜劇則有庾天錫之《蘇小青麗春園》、王實甫之《蘇小卿月夜販茶船》、紀天祥之《信安王斷復販茶船》，南雜劇則有《蘇小卿月下販茶船》，不知南北則有《風月所舉問汝陽記》，傳奇則有明王玉峰之《三生記》，萬曆間無名氏之《千里舟》、《趕蘇卿》等。散套則自周文質〔鬬鵪鶉〕一套《詠小卿》以後，載在《太平》、《雍熙》者，不下二三十套；小令則既有王氏此種問答體，其餘零星拈詠者，亦可以不計矣。所謂三大情史者，在散曲中，篇幅以“馬嵬”最多，而體格之新，則“西厢”有《摘翠百詠》，“茶船”有茲篇問答，皆極爲名貴者也。他如《明妃出塞》、《王魁負心》、《元和乞化》，在南北詞中亦各有相當篇什，但劇體既未遍有，散體亦鮮新裁，余所以不以與三大情史並立耳。

《羣玉》難見，過於《雍熙》。問答十六首，不如《百詠》之冗，既爲問答，則前後章連而難斷，故茲引王氏全文，以便省覽。

〔慶東原〕黄肇退狀曰：“于飛燕，並蒂蓮，有心也待成姻眷。喫不過雙生强嚪，當不過馮魁闘騙，甘不過蘇氏胡搧。且交割麗春園，免打入卑田院。”“黄肇”，所謂姨夫也。自知非馮雙之敵，故甘退讓如此，涉訟亦徒利他人，所以撤消訴狀耳。

〔天香引〕問蘇卿曰：“俏排場慣見曾經，自古惺惺，愛惜惺惺。燕友鶯朋，花陰柳影，海誓山盟。那一個堅心志誠，那一個薄倖雜情。只問蘇卿，是愛馮魁，是愛雙生。”答曰：“平生恨落風塵，虚度年華，減盡精神。月枕雲窗，錦衣繡褥，柳户花門。一個將百十引江茶問肯，一個將數十聯詩句求親。心事紛紜，待嫁了茶商，怕誤了詩人。”案中癥結，固全在此問此答，而所答仍是一己之爲難心事，未曾有著實語，此所以不免下文再問。然體貼事情，確應有如此層次，不僅爲文字鋪排而已也。〔天香引〕即〔折桂令〕。

〔鳳引雛〕再問曰：“小蘇卿，言詞道不實誠。江茶詩句相兼併，那件著情。休葫蘆提二面應，相傒倖，端的接誰紅定。休教勘問，便索招承。”答曰：“滿懷冤，被馮魁掩撲了麗春園。江茶萬引誰情願，聽妾明言。多情小解元，休埋怨，俺違不過親娘面。一時間不是，誤走上茶船。”不有此問，不足以平書生之憤，所答既推親意難違，則又何來一時不是？支吾若此，人皆欲駁也。〔鳳引雛〕即〔殿前歡〕。

〔淩波仙〕駁曰：“明明的退佃了麗春園，暗暗的開除了雙解元，磣可可説下了神仙願。却原來都是騙，再誰聽甜句兒留連。同他行坐，和他過遣，怎做的誤走上茶船。”招曰：“書生俊俏却無錢，茶客村虔倒有緣，孔方兄教得俺心窰變。葫蘆提過遣，如今是走上茶船。拜辭了呆黄肇，上覆那雙解元，休怪咱不赴臨川。”斷“騙”字辭鋒夭矯，饒有餘力，雖點者更無以置喙。駁“誤走”二字，何其勁厲，然書生聞之，其酸必不可言喻，一時感發，或竟至於涕零也。孔方兄之令世人竄變，其誤走也，又何止上一區區茶船？乃既遭駁斥，既不曰“誤走”，而逕曰“走”矣，亦有爽致。〔淩波仙〕即〔水仙子〕。

〔天香引〕問馮魁曰：“馮魁嗏你自尋思，這樣嬌姿，効了琴瑟。不用紅娘，只留紅定，便繫紅絲。量你啊有甚麽風流浪子，怎消得這多情俊俏婇兒。供吐實詞，説了緣由，辨個妍媸。”〔淩波仙〕答曰：“黄金鑄就劈閑刀，茶引糊成剗怪鍬，廬山鳳髓三千號。倍酥油儘力攪，雙通叔你自才學。我揣與娘通行鈔，他掂了咱傳世寶，看誰能够鳳友鸞交。”三紅字語，殊尖穎有致。馮魁所答，踞傲不可一世，特一味銅臭，當前者乃俱爲薰倒矣。文字則高渾圓俊，在十六首中，精力最覺彌滿。自此以下，四問四答，調式一致。

問雙漸曰：“小蘇卿竄變了心腸，改抹了因緣，倒换了排場。强拆鴛鴦，輕分鶯燕，失配鸞凰。實丕丕兜籠了富商，虚飄飄蹬脱了才郎。你試思量，不害相思，也受淒涼。”答曰：“陽臺雲雨暫教晴，金斗風波且慢行，小蘇卿是接了馮魁定。俏書生便噤聲，没來由閑戰閑爭。非干是咱薄倖，既然是他淺情，我著甚乾害心疼。”所問非問也，爲抱不平耳，容易噤聲，不甘乾害，寫得書生既不勇，又不癡，皆非深於情者。此非作者欠斟酌，特不滿其人耳。

問黄肇曰：“麗春園黄肇姨夫，人道你聰明，我道你胡突。蘇氏掂倈，雙生搠搶，你剗地妝孤。怕不你身上知心可腹，爭知他跟前似水如魚。休强支吾，這樣恩情，便好開除。”答曰：“風流雙漸慣輪鍘，爛浪蘇卿能跳塔，小機關背地裏商量下。把咱做皮燈籠看待咱，從來道水性難拿。從他趄過，由他演撒，終只是個路柳墻花。”問黄肇此語，乃向老實人調侃耳。“皮燈籠”語頗妙，世有非路柳墻花者，而亦甘爲皮燈籠不置，則又何以自解歟？“胡突”同糊塗。“掂倈”疑猶結客，“倈兒”在元劇中本指後生少年也，“掂”字於馮魁答語中意已著。“搠搶”未詳。“妝孤”應與“妝幺”同，《南詞敘録》謂“妝幺”即“妝模做樣”，此當是妝聾推啞之意。“跳塔”與跳槽意仿佛，喬吉〔新水令〕套中亦有謂“唱道成時節准備著小意兒妝蝦，屈服求好之意。不成時怎肯呆心兒跳塔”。“趄過”

猶“逃走”。“演撒”猶“胡做”，觀《西厢》十九折，鄭恒謂紅娘語，“這妮子擬定都和那酸丁演撒”，究竟如何胡做，於意甚顯，不待明言矣。

問蘇媽媽曰：“蘇婆婆常只是熬煎，臨逼得孩兒，一謎地胡掮。使會虚脾，著些甜涶，引起頑涎。用力的從教氣喘，著昏的一任頭旋。只爲貪錢，將個嬋娟，賣上茶船。”答曰：“有錢問甚紙胡鍬，没鈔由他古定刀，是誰俊俏誰村拗。俺老人家不信索，馮員外將響鈔遞著。雙生咷休乾鬧，黄肇嗏且莫焦，價高的俺便成交。”此亦非問，不過數而責之耳。虔婆狡獪，盡在“虚脾”三語中。所答亦極亢爽之致，馮魁一答以外，當許此闋豪辣。通體人物甚多，獨於兩丑脚所言，特爲精工，視常例側重生旦者爲别致矣。

〔淩波仙〕議擬曰：“雙生好去覓前程，黄肇休來戀寡情，馮魁銃鏝剛婚聘。老虔婆指證明，小蘇卿既已招承。風月所成文案，鶯花寨擬罪名，麗春園依例施行。”“剛”字恐係訛字。“施行依例”，例究云何？惜不得聞也。惟一場脣舌，而終許駔儈伸眉，令人如何能平！此《信安王斷復》雜劇，所以復將蘇斷與雙耳。

陳德和、丘士元，皆不詳其履貫。涵虚羣英格勢一篇中，以二人爲元人殿，此外則二人之名，絶不見於他書也。惟《羣玉》卷三首列陳氏十詞，卷四末列丘氏八詞。丘詞庸而陳詞否。十首乃〔落梅風〕《雪中十事》也，信筆所之，似率而實淡。如《浩然騎驢》云：“窮東野，忒好奇，凍得來戰欽欽地。待吟詩滿前都是題，偏這麼灞橋驢背。”《泛剡王猷》云：“乘雪夜，訪故人，剡溪冷短篷難進。凍歸來怕人胡議論，强支吾道興來還盡。”非務尖新，只偶爾涉想如此，便隨意涉筆如此耳。又如《袁安高卧》云：“身貧暴，志趣高，羡袁安那時清操。縱如今閉門僵睡著，道是儘教他忍寒乾傲。”因在上者不必賢，遂爲今日之如邵公者危，感慨多矣。

以上七人外，又有任則明、周仲彬、李致遠者，亦皆散曲家，諸書雖分見其套曲，而小令則惟《羣玉》有之，且多者至五十餘首焉。則明名昱，少年狎遊平康，以小樂章流布裙釵，晚乃鋭志讀書。亦見《元詩選》癸集。張小山、曹明善，皆與同時，每有唱酬，雅乎蘭臭，如〔紅繡鞋〕《春情》曰：“暗朱箔雨寒風峭，試羅衣玉減香銷，落花時節怨良宵。銀臺燈影淡，繡枕淚痕交，團圓春夢少。”使樊榭輩得之，必不勝驚喜矣。

仲彬名文質，與鍾醜齋莫逆，故《鬼簿》紀其生平較詳。《羣玉》列仲彬小令四十四首，余最好其〔落梅風〕《情詞》兩闋，曰："眉間恨，心上苦，口難言把脚根兒分付。烏靴上半痕鞋下土，忍輕將袖梢兒揩去。"鞋語傳情，泥痕珍重，癡迷無賴，兩極其妙。"鸞鳳配，鶯燕約，感蕭娘肯憐才貌。除琴劍又別無珍共寶，只一片至誠心要也不要。"掬出肺肝，炙手騰躍，抒情之作，真厚如是，蔑以加矣。醜齋以"新奇"許仲彬，猶未能盡也。

李致遠仕履未詳，有《還牢末》一劇，見《元曲選》。楊選諸套，光采未暘，《羣玉》令詞廿六闋，則頗輕圓朗潤。涵虚謂如"玉匣昆吾"，似乎有其精采，而無其寒威也。如〔天淨沙〕《春閨》云："畫樓徙倚闌干，粉雲吹做修鬟，璧月低懸玉彎。落花懶慢，羅衣特地輕寒。"〔小桃紅〕《碧桃》云："穠華不喜污天真，玉瘦東風困。漢闕佳人足風韻，唾成痕，翠裙翦翦瓊肌嫩。高情厭春，玉容含恨，不嫌武陵人。"擬以張雲莊之"玉樹臨風"反無愧色，則涵虚評林，張冠李戴，顛亂未稱，有如此者矣。

有趙文寶者，雜劇家也。《鬼簿》云，善慶字文賢，又別作趙文寶，名孟慶，"饒州樂平人，善卜術，任陰陽學正"。涵虚許其詞如"藍田美玉"。其人雖非《羣玉》所專有，而其散曲則今日捨《羣玉》外，亦別無見處。有〔沉醉東風〕《秋日湘陰道中》曰："山對面藍堆翠岫，草齊腰緑染沙洲。傲霜橘柚青，濯雨蒹葭秀，隔滄波隱隱紅樓。點破瀟湘萬頃秋，是幾葉兒傳黄敗柳。"必如是饒蕭疎之韻，然後始當曲林正選。此等處乃則明、致遠之所短也。

鍾嗣成，字繼先，號醜齋，大梁人，累試不第，視從吏不屑爲。至順元年，成《録鬼簿》一書，評紀有元一代之曲家。自著雜劇七種，小令見《太平》、《鬼簿》諸書，益以《羣玉》之二十首，乃得五十九闋。若數奇俊，必推《羣玉》〔醉太平〕三首之二："俺是悲田院下司，俺是劉九兒宗枝，鄭元和俺當日拜爲師，傳留下蓮花落稿子。搠竹杖遶遍鶯花市，提灰筆寫就鴛鴦字，打爻槌唱會鷓鴣詞，窮不了俺風流敬思。"寫此輩下場，全用其自家掌故，亦嘲亦諷，頗資噱噱。又曰："風流貧最好，村沙富難交，拾灰泥補砌了舊磚窰，開一個教乞兒市學。裹一頂半新不舊烏紗帽，穿一領半長不短黄麻罩，繫一條半連不斷皂環縧，做一個窮風月訓導。"風月嘲弄,元曲中極盡詼詭。祇一金盡窮途,亦爲作種種設想,推波助瀾若是,其餘亦可想見矣。

《鬼簿》所登〔淩波曲〕《挽詞》,大抵典雅沉摯,是令曲中別具格調者,可以諧亦可以莊,斯曲體之所以廣大也。兹舉《弔陳以仁作》以見一斑:"錢塘風物盡飄零,賴有斯人尚老成,爲朝元恐負虚皇命。鳳簫寒鶴夢驚,駕天風直上蓬瀛。芝堂靜,蕙帳清,照虚梁落月空明。"

《羣玉》首登劉時中樂府,時中名致,號逋齋,洪都人,一謂石州甯鄉人。任永新州判,歷翰林待制,出爲浙江行省都事,而卒也竟貧無以葬。其散曲楊選登十六令、三套,而《羣玉》登五十一令之多,其中同見者,不過五首而已。時中詞派近東籬,而亦能爲小山之雅。楊選所擷,不若《羣玉》精審,如〔朝天子〕云:"瘦瓢,帶糟,將甕裏浮蛆舀。氤氳雙頰絳雲潮,春色添多少。稚子牽衣,山妻迎笑,急投床脚健倒醉了。睡好,醉鄉大,人間小。"〔山坡羊〕《與邸明谷孤山遊飲》邸字恐誤云:"詩狂悲壯,杯深豪放,恍然醉眼千峰上。意悠揚,氣軒昂,天風鶴背三千丈,浮生大都空自忙。功,也是謊。名,也是謊。"《燕城述懷》云:"雲山有意,軒裳無計,被西風吹斷功名淚。去來兮,便休提,青山儘解招人醉,得失到頭皆物理。得,他命裹。失,咱命裹。"《西湖醉歌次郭振卿韻》云:"朝朝瓊樹,家家朱户,驕嘶過沽酒樓前路。貴何如,賤何如,六橋都是經行處,花落水流深院宇。閑,天定許。忙,人自取。"皆儼然東籬之疎放浩渺,而皆見於《羣玉》者也。

總之,舍喬、張二家各百餘首外,《羣玉》同於楊氏二選者,僅有東籬、時中等詞六七首,其餘三百二十餘首中,儘多深刻奇俊之作。數百年來,端賴此書以傳,謂非藝林之鴻寶歟! 瞿盦先生近有《奢摩他室曲叢》之印行,祕本大抵入選,而兹編獨不與,憾矣。

曲諧卷三

江都任訥中敏

關漢卿與施子野

關漢卿爲元初四大家之一，人但賞其《西厢記》、《玉鏡臺》等劇曲，而不知其散曲之高，固豪辣灝爛，宜乎韓文靖作其弟行狀，以與司馬子長同列也。漢卿有《不伏老》〔南吕·一枝花〕套數，奇情異彩，元代無兩，而後人絶少稱道者，余甚惜之。其〔黄鐘·煞〕一調，有以二十許字作一句讀者，真奇文也。"我却是蒸不爛煮不熟搥不匾炒不爆響噹噹一粒銅豌豆，誰教您子弟們鑽入他鋤不斷砍不下解不開頓不脱慢騰騰千層錦套頭。我玩的是梁園月，飲的是東京酒，賞的是洛陽花，扳的是章臺柳。我也會吟詩，會篆籀，會彈絲，會品竹，我也會唱鷓鴣，舞垂手，會打圍，會蹴踘，會圍棋，會雙陸。你便是落了我牙，歪了我口，瘸了我腿，折了我手，天與我這幾般兒歹症候，尚兀自不肯休。只除是閻王親令唤，神鬼自來勾，三魂歸地府，七魄喪冥幽，那其間纔不向這煙花路兒上走。"説得極情盡致，自是曲家擅場境地。余謂後人具漢卿此種手段者，惟明之施紹莘子野。子野《花影集》《春遊述懷》套〔叨叨令〕曰："且尋一個頑的耍的真知音風風流流的隊，拉了他們俊的俏的做一個清清雅雅的會，揀一片平的軟的襯花茵香香馥馥的地，擺列著奇的美的趁時景新新鮮鮮的味。兀的便醉殺了人也麽哥，兀的便醉殺了人也麽哥，任地上乾的濕的混賬啊便昏昏沉沉的睡。"學《西厢·傷離》一齣，而瀟灑之姿，顛狂之致，活躍紙上。或問曲之爲曲，當作何等様文字？余輒好連舉關、施二詞以對，問者無不爽然。

賀新婚曲語

友人新婚，攤紙索句爲賀，急切不得稱意者，隨手展案頭元劇，乃書曰："體態是二十年挑剔就的温柔，姻緣是五百載該撥下的配偶，臉兒有一千般説不盡的風流。”蓋馬東籬《漢宫秋》劇〔梁州第七〕,元帝讚明妃語也。友人閲盡,狂喜持去。

金錢記

余以《文湖州集詞》增校李開先輯《喬夢符小令》訖,因兼覽夢符劇曲一過,得《金錢記》次折〔煞尾〕之詞,不勝驚喜。《金錢記》演唐韓翊遇王府尹之女柳眉兒,柳故遺金錢於途,韓乃拾錢尾之,直入王家,爲府尹所執,窮事拷問,幸韓之友賀知章至,爲韓緩頰。王因知韓之博學,轉欲延入門館,韓慨然諾之,賀猶期期以爲不妥。韓背謂賀曰“哥哥,你那裏知道”,接唱〔煞尾〕云:“我本是花一攢錦一簇芙蓉亭有情有義的雙飛燕,却做了山一帶水一派竹林寺無影無形的並蒂蓮。愁如絲,淚如泉,心忙殺,眼望穿。只願的花有重開月再圓,山也有相逢石也有穿。須覓鸞膠續斷絃,對撫瑶琴寫幽怨。閑傍妝臺整鬢蟬,同品鸞簫並玉肩,學畫蛾眉點麝煙。幾時得春日尋芳鬬草軒,夏藤簟紗廚枕臂眠,秋乞巧穿針會玉仙,冬賞雪觀梅到玳筵。指淡月踈星銀漢邊,説海誓山盟曲檻前。唾手也似前程結姻眷,綰角兒夫妻稱心願。藕絲兒將咱腸肚牽,石碑丕將咱腑肺鎸。笋條兒也似長安美少年,不能够花朵兒似春風玉人面。乾賺得相如走的偌遠,著我趕上文君也只落的這一聲喘。”蓋首謂僕本多情,誰能遣此,繼敘美人眷屬,行樂及時,猶從泛泛説來,末乃謂以我之與柳,驚采絶豔,而追隨眷戀之情,又如此其切且至,乃終無成就,已效相如之苦逐文君,而所博得者,僅一聲喘息而已乎?意境之妙,飛越毫顛,只此一曲文字,不但於本劇爲精湛絶倫,並爲元詞中放一異彩也。友人琴生,綺年不偶,居恒鬱鬱,得此劇,頻諷“笋條兒也似長安美少年,不能够花朵兒似春風玉人面”,輒蹀躞屋中,愀然不樂,蓋兩句感人甚深也。

朝天子情詞

書肆中得毛大可本《西厢記》,背葉記一曲云:“瞞昧著母親,隄防著外人,把一個肯字兒將咱釁。常記得酒闌人散那時分,誰先肯,誰先順。三般話兒説來最準,到如今難親近。須記得舌尖兒上唾津,手背兒上掐痕，靴臉兒上鞋兒印。”揣知是元明人作，檢《青樓韻語廣集》，屬楊升庵之〔朝天子〕，但楊氏《陶情樂府》中無之。升庵多蓄古本，每割裂舊詞歸己有，此則又不知何似矣。

爇香曲

昔時女子示愛，有翦髮，爇香，刺臂，種種舉動。梅縣郭君初讀《金瓶梅》，不知爇香是何用意，逢人輒問，人多笑之。余示以馮海浮《青樓四誓曲》，始稍稍悟。《爇香》〔水仙子〕尚可誦：“雪冰肌淺露紫葡萄，金寶釧斜連紅瑪瑙，麝蘭香正點花穴道。選良時真個燒，俊生生玉腕相交。齊臻臻香肩並靠，磣可可銀牙碎咬，亂紛紛珠淚同拋。”

嘲放假

入粵三月，好爲人師，但諸生多事，絃誦常虚，無一週無假，無一週課滿者。同人不耐閑散，致多怨詞，每預測來週假日多寡，戲賭東道，以資杯酌爲歡。則計日寡者無不輸，計日多者無不赢，曠廢之風，於兹可想矣。與中州馮君共以〔醉太平〕嘲之云：“查户口曾經十日，賣捐章又是三朝，别人家國慶我遊遨，没來由好笑。這一週歡迎慶祝拋荒掉，那一週遊行開會成虚耗，下一週有無意外不能包，一學期快了。”蓋清查户口，學子與警吏同責。東江蕩平，犒勞將士，藉售捐章以醵資，復非學子不能勝沿門托缽、攔路求人之任。而新俄開國之日，吾人亦同叨休業之恩，作普天同慶，其意味尤覺雋永矣。

沙基死難烈士弔詞

十四年十月三日，沙基死難五十三烈士，國葬於廣州大寶岡，青旗白日，風馬雲車，極盡聲容悲壯之致。余有〔寄生草〕《弔詞》云：“靈耿耿千年恨，血滴滴一片沙。誓盟啊從今切齒心頭掛，責任啊吾儕後死寧寬假，主義啊饒他帝國何須怕。説甚麽推翻打倒總非難，只我這空拳赤手如何下。”末語云云，非氣餒也，蓋亦以自警耳。

海警散套

謝章鋌《賭棋山莊詞話》云,"曩者逆夷肆亂,生民塗炭,而有心人感事憤時之作,更僕難終。有自京師歸者,傳《海警散曲》一套,不知出於誰何。然言者無罪,聞者足鑒,真減偷家庀史之篇也"云云。其曲蓋爲鴉片戰爭,英人陷乍浦、鎮海之役而作,欷歔以道,痛憤填膺。顧八九十年來,國人之不長進也猶昔,横暴之相侵也乃變本加厲,又誠何足怪!則環誦兹詞,愈不勝今昔之慨矣。其敍鶯粟之流毒也有曰:"甚春工作孽,放出米囊花。是誰人暗解羅衣偷栽罷,羞答答殢雨尤雲,默向東風嫁。煎熬的迷魂仙藥,呼吸的奪命丹砂,迷溺中原百萬家。"其敍厦門之堅守也有曰:"這厦門集將領,團鄉社,經業虚將手段誇,風流妄許管簫亞。譙樓啊擊鼓,城角啊吹笳,寇至曾無一矢加。脱身策出檀公下,督師的妄抽了公弼刀,死綏的空餧了房謨馬。勾引了封豕長蛇,辱没了大纛高牙。便有個辭漢仙人,也應淚如鉛瀉。"其敍鎮海之失陷也有曰:"説起來嗟呀,想起來驚怕,那鎮海飛禍天來大。我這里軍起蒼頭,他那里賊連黄帕。大星夜落海氛驕,一腔熱血萇宏灑。平白地把一座縣城讓與他,冤慘慘父老焚香,連骨如麻,遺鏃沈沙。真個是百年征戰盡,往往見魚蝦。"其譏當道之失策也有曰:"算從來作事須明達,敗事率虚誇。濟巨川要用著萬頃淩波舟,行長途要策著千里追風駕。寸壤怎補黄河罅,他本是横海鯨,汝覷作井底蛙。一霎時錦繡香街,轉眼見頹垣斷瓦。"蓋當時對外,失在自大而輕敵。今日則折衝尊俎者,一味顧忌怯懦,爲後盾者,又喧囂而已,羌無實力。以當日之軍備財力視今日,今日又焉得無赤手空拳之歎哉!

司官歎

李調元《雨村曲話》記韓朝衡開雲《詠京官曲》兩調,謂韓曲不多見,惟此最傳,惜其餘已忘云。按韓曲全套,見吴翌鳳《鐙窗叢録》,渲染盡致,刻畫入微,可發一大噱,亦可興一長歎。比來京中部曹學校,停薪動累年月,個中人苦況,又不知劇增幾許,惟乏好事者爲之曲曲傳寫耳。兹迻録全套於此。《叢録》曰,仁和韓朝衡舉進士,浮沈郎署,貧苦特甚,嘗作《司官歎》云:"漫道司官,地位清高,文章收拾簿書勞。上衙門走遭,笑當年指望京官好,到於今低心下氣空愁惱。要解得個中辛苦耐人敖,聽從頭説曉。　幾曾見傘扇旗鑼紅黑帽,叫名官從來不坐轎,只一輛破車兒代腿跑。賸有個跟班的夾墊馱包,傍天明將贏套。再休提遊翰苑三載清標,只落得進司門一聲短道。　辦事費推敲,手不停披目昏眊,那案情律意,都用把心操。還有滑經承弄筆蹊蹺,與那瘦貼寫行文顛倒,細商量坐把精神耗。　纔約伴回堂畫稿,大人的聰明洞曉。相公的肚量容包,單只爲一字寬嚴須計較,小司官對答周旋敢挫撓。從今那復容高傲,少不得改稿時要顛頭簸腦,上堂時要垂手呵腰。　西院路非遥,候堂官偏難湊巧。東垣事更饒,鈔案件常防欠早。受用些汗流浹背的秋陽照,沙飛撲面的冬風暴,那顧得手顫心摇,腸枯舌燥。　百忙中錯誤真難保,暗地裏隻眼先瞧,只望乞面去呆須臉燥。那知道乞雷回嚇得魂銷。若是例難逃,律不饒,忙檢舉也半邊焦。只怕詿誤因公幾降調,幸得霹靂聲過雨點小,趕辦過平安暫保。　公堂事了,拜客去西頭須先到,約債去東頭須親造。急歸來栅閉溝開沿路遶。淡飯兒纔一飽,破被兒待一覺。奈有個人兒,恰把家常道。　道則道,非絮叨,你清俸無多用度饒。房主的租銀促早,家人的工錢怪少。這一隻空鍋兒等米淘,那一座寒鑪兒待炭燒。且莫管小兒索食傍門號,怎當得啞巴牲口没麩草。況明朝,幾家分子,典當没絲毫。　空煩擾空煩擾,五旬外,頭顱老。休嗟悼休嗟悼,千里外家山渺。無文貌,没機巧,怪不得辦事徒勞,陞官尚早。　回頭顧影真堪笑,把平生壯氣,半向近年消。這便是,做司官的行樂圖兒信手描。"徐大椿《洄溪道情》謂開雲名孝基,號祖昭,長洲韓慕廬之次子。

京官樂

許寳善穆堂有《自怡軒樂府》,皆散套,有雙調〔新水令〕《京官樂》全闋,序云:"考功韓君《司官歎》,已極騷人之致矣。余借其言而反之,惜詞筆不工,有慚續貂耳。"穆堂蓋繼開雲而作,其言爲甘,其實又何嘗甘?故杜草亭評曰:"牢騷之氣,以灑落出之,故不歎而樂。究之樂原是歎。吾竊怪天下之樂者,正以彰其歎也。"穆堂詞筆圓穩,惟多敷衍語,兹套與韓詞,一歎一樂,俱爲社會寫實之作,先後映襯,亦饒奇趣,因並登其首尾。"十年衮衮廁官僚,近皇居瑞煙籠罩。珠簾垂粉署,彩筆重仙曹。散誕消遥,説一會京官樂。　月淡星高,拜手瑶階香篆裊。柳眠花笑,曳裾珂里珮聲遥。插牙籤數軸已恣風騷,説清風兩袖也非虚冒。小窗紗却自好,試旗槍自把新泉泡。　從不要急煎煎參堂跪道,又何妨笑吟吟曲脊蝦腰。官曹喜接聯,稿案無多少。樂清貧切莫要攀高,一任虀鹽難打熬,幾曾見官兒餓倒。　做紅人果然矯矯,安素分也自陶陶。堂期運氣通,扣稿今番少。喜堂翁把款語相嘲,就使憎嫌没下梢,也不過眼皮兒冷落。　請堂示似應聲的鼓板敲,查例案是依樣的葫蘆套。幾曾見將雙關的鐵鎖開,無非把不哭的孩兒抱。　呀,最喜是兩俸戥頭高,出入酌分毫。典衣啊按季挨新討,轉票也依時算息交。冷著,火坑兒和衣烤。熱著,冷漿兒論碗澆。　他他他文獨豪,你你你運偏高。博得個兩試分房和主考,便精神灑落,收贄禮,索門包。　更有日福星高照,典學去頃刻雲霄。安排著旗鑼鼓砲,伺候些人夫車轎。霎時間人豪氣豪,禁不住擺摇,呀,傲煞他威風司道。　挨著俸,陞道長,轉科曹,穩坐著小車兒平地好。一任俺茗椀詩瓢,脆板紅幺,寒食花朝,美酒羊羔。直吃到月轉星落,舞一回,睡一覺。　那會兒興高,膽豪,儘風騷,做新詩錦字箋兒套。插瓶花紅藥態兒嬌,聽京腔白定官兒好。　還有那古窰臺咫尺高,亭上任酕醄,廠内聽招邀,廟裏趁遊遨。拉幾個新相識,約幾個舊同袍。拖苦李,吃甜桃,翻酒令,揭花標。縱道是口頭交,閑打哄,且通宵。　呀,正是金尊銀燭按紅幺,霎時間又蟾魄上花梢。好春風吹不轉鬢邊毛,開懷些罷了,笑殺他江湖千尺漲風濤。　美名兒郎官列宿標,逋欠無多少。中秋已過來,年節由他到,且莫把錦元宵虚度了。"就中〔七弟兄〕"那會兒興高"一調,最爲人所傳誦。

三婦合評還魂記

《還魂記》板本甚多,如玉茗原本,怡府刻本,清暉閣本,冰絲館本,臧晉叔本,墨憨齋本,汲古閣本,鈕少雅、葉懷庭、馮雲章諸譜本,此外尚有吴吴山三婦合評本,曾經傳誦一時。瞿盦先生謂三婦所評,僅文律上有中肯語,於曲律毫無關涉。冰絲館本中,以此遂時加譏諷。余按三婦合評一書,其事殊韻,足資談助。而三婦之文,即觀其卷端題詞,已覺清靈幽窈，自具一種陰柔之美，爲不可及。至於前後事夫之賢，三人相望之厚，深情淑德，尤足多焉。遂並其事其詞，略記於此，以當詞林嘉話云。

三婦者，吴人舒鳧未婚之婦陳同，繼婚之婦談則，再婚之婦錢宜也。吴人評本自序有云，初聘黄山陳氏女同，將婚而没，有邵媪者，同之乳媪也，來述同於病中猶好觀覽書籍，終夜不寢，母憂其茶也，悉索篋書燒之，僅遺枕函一册，媪匿去，爲小兒女夾花樣本，今尚存也。人許一金相購，媪忻然攜至，是同所評點《還魂記》上卷，密行細字，塗改略多，紙光冏冏，若有淚迹。評語亦癡亦黠，亦玄亦禪，即其神解，可自爲書，不必作者之意果然也。惜下卷不存，對之便生於邑。此一婦也。

吴序又云，已取清溪譚氏女則，雅耽文墨，鏡奩之側，必安書簏。見同所評，愛玩不能釋，人試令背誦，都不差一字。暇日倣同意補評下卷，其杪芒微會，若出一手，弗辨誰同誰則。則既評完，鈔寫成帙，不欲以閨閣名聞於外間，以示其姊之女沈歸陳者，謬言是人所評。沈方延老生徐丈野君談經，徐丈見之，謂果人評也，按前後所謂"人"者，皆其夫之名，非他人之意。作序貽人，於時遠近聞者，轉相傳訪，皆云《吴吴山評牡丹亭》。此所敘蓋又一婦也。

序又云，則又没十餘年，人繼取古蕩錢氏女宜，初僅識《毛詩》字，不大曉文義，人令從崑山李氏妹學。妹教以《文選》、《古樂苑》、《漢魏六朝詩乘》、《唐詩品彙》、《草堂詩餘》諸書，三年而卒業。啓篋得同、則評本，怡然解會，如則見同本時。夜分燈灺，嘗倚枕把讀，一日，忽忽不懌，請於人曰："宜昔聞小青者，有《牡丹亭》評跋，後人不得見。見"冷雨幽窗"詩，淒其欲絶。今陳阿姊評，已逸其半，談阿姊續之，以夫子故掩其名久矣。苟不表而傳之，夜臺有知，得無秋水燕泥之感！宜願賣金釧爲鍥板資。"意甚切也。人不能拂，因序刻之。此又一婦也。錢題詞有云，"予偶有質疑，間注數語，稱錢曰，不欲蕭艾云云，亂二姊之蕙心蘭語也"。蓋上下二卷，陳、談分評，錢則合二卷而參評其間也。

陳同題詞兩則，其一云："坊刻《牡丹亭還魂記》，標'玉茗堂原本'者，予初見四册，皆有訛字，及曲白互異之句，而評語率多俚陋可笑。又見删本三册，唯山陰王本有序，頗雋永，而無評語。又吕、臧、沈、馮改本四册，則臨川所譏‘割蕉加梅，冬則冬矣，非王摩詰冬景’也。後從嫂氏趙家得一本，無評點，而字句增損，與俗刻迥殊，斯殆玉茗定本矣。爽然對玩，不能離手，偶有意會，輒濡毫疎注數言，冬釭夏簟，聊遣餘閑，非必求合古人也。”按此則於考證《還魂》板本，頗資藉助，故録之。所謂吕、沈改本，應指吕天成、沈自晉所改，然其書今皆未得見也。若山陰王本，不知何指，豈王驥德有一本乎？

談則題兩則云：“右二段，陳阿姊細書臨川敘後空格七行内，自述評注之意，共二百四十字，碎金斷玉，對之黯然。談則書。”又云：“向見《牡丹亭》諸刻本，詰病一折，無落場詩，獨陳阿姊評本有之，而他折字句，亦多異同，靡不工者，洵屬善本。每以下卷闕佚，無從購求爲怏怏，適夫子遊苕霅間，攜歸一本，與阿姊評本出一板所摹，予素不能飲酒，是日喜極，連傾八九瓷杯，不覺大醉，自晡時睡至次日，日射帳鈎猶未醒。鬬花賭茗，夫子嘗舉此爲笑噱。於時南樓多暇，倣阿姊意，評注一二，悉綴貼小籤，弗敢自信。積之累月，紙墨遂多，夫子許可與姊評等埒，因合鈔入苕溪所得本内，重加裝潢，循環展覽。笑與忭會，率爾題此，談則又書。”按“予素不能飲酒”云云，風致獨絶，想見歡融芸卷，春艀花枝，無限酣情，都緣風雅中出，抑何清豔乃爾。

吴人又記一則云：“同語二段，則手鈔之，復自題二段於後。後以評本示女甥，去此二頁，摺疊他書中，予弗知也。没後檢點不得，思之輒增悵惘。今七夕曬書，忽從《庾子山集》第三本翻出，楮墨猶新，盎然獨笑。又念同孤冢蘊香，奄冉十三寒暑，而則眡身女手之卷，亦已三度秋期矣。悵望星河，臨風重讀，不禁淚潸潸下也。吴山人記。”錢宜又繼此題一則云：“此夫子丁巳七月所題，計予是時才七齡耳，今相距十五稔。二姊墓樹成圍，不審泉路相思，光陰何似。若夫青草春悲，白楊秋恨，人間離别，無古無今。兹晨風雨淒然，墻角緑萼梅一株，昨日始花，不禁憐惜，因向花前酹酒，呼陳姊、談姊魂魄，亦能識梅邊錢某，同是斷腸人否也。細雨積花蕊上，點滴如淚，既落復生，盈盈照眼，感而書此。壬申晦日，錢宜記。”縹緲興懷，淒涼入骨，讀此一則，錢姊恐亦非厚福之人。而文字清淡雋逸，直是小品中上乘，不可没也。綜全事以觀，亦婉曲可傳，倘摹玉茗之筆，譜爲院本，藝林定爭快覩。陳字次令，談字守中，錢字在中，吴人曾有《三婦合評〈牡丹亭〉雜記》一書，刻《昭代叢書》中。清涼道人《聽雨軒筆記》獨以爲前後評本，皆出吴山一人，假託三婦耳。事或有然，惟尚無佐證。又引"從來婦言不出閫"之禮，謂其書總以不傳爲是，則腐之甚矣！

崔鶯鶯舊詞

《太古傳宗》乃琵琶曲譜，編《九宫大成譜》之徐興華、朱廷鏐所編。正譜四卷爲《西厢記》及諸散套，散套中有就《盛世新聲》等舊選中録來者，惜文字無甚精妙；附譜二卷，絃索調時劇譜也。内載有《崔鶯鶯舊詞》〔山坡羊〕一首，體調既不類南北〔山坡羊〕，文格亦視尋常小令爲異，顧甚奇特，録之以俟考證。"崔鶯鶯怨天恨啊呀地，衆賓朋請坐下聽奴家訴一番的情緒。咱父親也曾在當朝爲相國，也曾在翰林院内爲學士。昔日有一個關漢卿他來應舉，只因他才疎學淺，咱父親不曾把他名題。誰想那奸賊將没作有，把奴家編成了一本什麽《西厢記》。幾曾有寄棺槨在普救寺裏，幾曾有孫飛虎興兵來掠娶。幾曾有白馬將軍把半萬賊兵翦除，幾曾有老夫人使紅娘請君瑞來結爲兄妹。幾曾在太湖石畔去聽琴，幾曾與他暗裏偷情寄柬書。幾曾有送張生在十里長亭而來也，幾曾爲他鬆了金釧，減了玉肌。聽知啊呀，就是我這里害了相思病，啊呀天嗄，他那里曉得。聽知啊呀，枉口白舌，自有天知。"設想之幻，撰詞之新，得未曾有。於此俱見元人之於曲，直是遊戲三昧，變化莫測也。又有〔掛真兒〕一首，用意與此一致，可見當時人固好作如此議論耳。"一家兒埋怨著這一本《西厢記》，恨只恨關漢卿狠心的賊，將没作有編成戲。張生乃是讀書客，紅娘怎敢亂傳書。奴是崔相國家鶯鶯也，怎敢辱没了先君的體。"

常樓居寫情集

湘鄉成樹伯君，爲余鈔詞曲最多，以影寫余淡心《玉琴齋詞》最精，其次則爲明常倫《寫情集》。樹伯辭世兩年矣，寓齋兀坐，挑燈把《寫情集》自遣，不覺感念故人，悽然神往也。常樓居散曲負盛名，放肆豪快處，雅近馮海浮。弇州《曲藻》謂"雖詞氣豪逸，亦未當家"，未知何指也。

集中余最好〔山坡羊〕第四首，云：“悶葫蘆一摔一個粉碎，臭皮囊一挫一個蟬蜕，雅兒守定兔窠中睡。曲江邊混一回，鵲橋邊撞一回，來來往往無酒也三分醉，空攢下個銅斗兒家緣也，單買那明珠大似椎。恢恢，試問青天我是誰。飛飛，上的青霄咱讓誰。”亦憤慨，亦解脱，若顛若狂，的是樓居一生行徑也。

俞君宣自娱集

俞君宣《自娱集》附曲，强作風流，習氣太壞。顧曲散人謂“《自娱》所刻，多出韻落調”，蓋猶在其次。惟卷末〔黄鶯兒〕尚清潔入格，則山人所謂“偶獲全璧，亦異事”者也。“鐵馬鬬簷低，趁餘香薰舊衣，一行陌草籠煙翠。斑簾半垂，鑲屏半圍，金衣對語雙聲脆。碧巍巍，晚雲來去，人在畫樓西。”

龍子猶宛轉歌

龍子猶姓馮，龍氏，名夢龍，一字耳猶，一字猶龍，吴人，别號姑蘇詞奴。崇禎間官壽寧縣，未幾即歸，值乙酉之變，殉焉。所居曰墨憨齋，曾取古今傳奇佳者，删改彙刻之，名《墨憨齋定本十四種》，自作者有《墨憨齋傳奇》四種，散曲集名《宛轉歌》。〔江兒水〕《留客》云：“郎莫開船者，西風又大了些，不如依舊還儂舍。郎要東西和儂説，郎身若冷儂身熱。且消受今朝這一夜，明日風和，便去也儂心安帖。”語既樸質，情亦真摯。其〔玉胞肚〕《贈書》云：“頻頻書寄，止不過敘寒温别無甚奇。你便一日間千遍郵來，我心中也不嫌聒絮。書啊，你原非要緊的好東西，爲甚你一日遲來我便淚垂。”癡語亦可人意。

子猶論南詞

余觀子猶定本内有《雙雄記》一種，其自序之文，痛憤當時南詞之荒濫，慨乎言之，足徵曲體之興衰，而亦可作詞家之針砭也。龍氏曰：“詞家於今日，僉謂南音盛，北音衰，蓋時尚則然。余獨以爲不不。北音幸而衰，南音不幸而盛也。夫北詞暢於金元，雜劇本勾欄之戲，後稍推廣爲傳奇，而南詞代興，天下便之。《荆》《劉》《蔡》《殺》而後，坊本彗出，日益濫荒。高者濃染牡丹之色，遺却精神；卑者學畫葫蘆之樣，不尋根本。甚至村學究手摭一二椿故事，思漫筆以消閑；老優施腹爛數十種傳奇，亦效顰而奏技。《中州韻》不問，但取口内連羅；《九宫譜》何知，只用本頭活套。作者逾亂，歌者逾輕。調罔别乎宫商，惟憑口授；音不分乎清濁，只取耳盈。或因句長而板妄增，或認調差而腔並失。弄聲隨意，平上去入之不精；識字未真，唇舌齒喉之無辨。語云'童而習之，白首不解'，南詞之謂歟！而世多耳食，謬謂南詞易，北詞難。嗚呼，南詞豈獨易哉！時尚在南，而爲南者多，時尚不在北，而爲北者少。爲南者多則易之，爲北者少則難之。易南而南之法已壞，難北而北之體猶存。由此言之，南非盛，北非衰也。孰幸孰不幸，亦可知也已"云云。余謂文字之行藏，亦猶人焉，舍用之間，必不可强，行也不足喜，藏也不足憂。行而能進益者，其行或可喜，若因行而易，因易而壞者，則爲文計，毋寧藏之，足以保其真，奚必以行於此一時，方足爲文榮哉？榮之不足，壞之有餘，猶硜硜爲文爭行藏於世俗之中，文而有知，不哭亦當笑，又豈但南北曲間之消長爲然哉！惟所謂南詞者，在散曲中成績極壞，子猶此論，固明於責人，而亦另有昧於責己之處矣。

芙蓉亭

《西厢記·幽會》〔點絳唇〕"竚立閑階"一齣，明人對之多不滿之詞。"蘸著些兒麻上來"，王伯良以爲大傷蘊藉；"胸前著肉揣"三語，又以爲有涉猥俗。徐士範則從何元朗語，誚以"濃鹽赤醬"。伯良注本謂王實甫此折雖傷莽率，而另有《絲竹芙蓉亭》劇、仙吕同調"天霽雲開"一套，則風流綺麗，堪稱妙絶。余按王氏所謂"天霽雲開"一套，何元朗《四友齋叢説》亦推崇備至，《雍熙樂府》載之，而題爲《麗情》。讀者既不知爲劇曲，並不知爲元詞，向以元明間人之散套目之。《詞林摘豔》所載，則作者與題目，俱從省略，益不知所謂矣。賴有元朗、伯良指明，然後元劇又多一折流傳人間也。《西厢》一折由生唱述，而此折則由旦唱述，蘊藉莽率，其間自然有别矣。所惜者《芙蓉亭》全劇不見，賓白又闕，無以詳其情節耳。兹録數曲，以存梗概。〔油葫蘆〕云："我著這瘦聳聳香肩將門扇兒挨，你試猜，止不過月明千里故人來。只我這後園中晚謁文章伯，你不肯秦樓夜訪金釵客。外面兒模樣乖，究裏的事最歹，我不比你窮酸餓醋教人怪，爲甚麽不放參緊閉定讀書齋。"〔勝葫蘆〕云："枉教我倚定門兒手托腮，休將那不覩事的話兒揣，女孩兒們天生酒量窄。害的我篤速速的眼跳，氤氳氳的耳熱，驀忽忽的暈雙腮。"〔幺篇〕云："你見我兩朵桃花上臉來，只怕你後悔也俏多才。哎，你個秉燭的顔叔自鑒戒。兀的般月斜風細，更闌人静，可不是天與巧安排。"〔後庭花〕云："保親的論孟白，主婚的唐宋策，送嫁的霜豪筆，守親的石硯臺。你既怕女裙釵，無心擔待，枉將伊厮定害。王子高不好色，周瓊姬忒分外，當真麽卓文君事不諧。"玩其詞意，分明多露沾裳，而深遭拒却。小鬼頭春心已動，乃託辭酒量淺窄，以自況容態，支吾得甚是可笑也。

方諸館套曲

王伯良所作套曲，動摹豔情，其中確有藴藉之作，非明人俗濫淫詞可擬者。如〔步步嬌〕《憶虞氏小姬》套，余最喜誦其〔皂羅袍〕云："曾記桃花窗牖，正金屏人悄，偷結綢繆。朱唇一點殢人羞，紅羅三寸拈鞋瘦。燈明燈暗，匆匆畫樓。春深春淺，纖纖蕊頭。許千金不惜神前咒。"中幅四語，的是摇精動魄之作。即引子〔步步嬌〕，亦婉約可誦："小小鴛鴦思珍偶，未許春風逗。花枝一捻柔，嬝嬝婷婷，十三嬌幼。羞澀怕回頭，可憐正是愁時候。"

王驥德傳略

伯良《曲律》一書，爲自來評曲論曲之最完備者；沈璟之《譜》、《韻》、吕天成之《品藻》，王氏皆能得其精微，其人實明代曲家中最不可少者也。顧其生平事迹，略而不傳，曩從王氏數種著述中，撮其所紀，編爲傳略，並録原紀之文，條作疏證，冠於所輯《方諸館樂府》之前。惟據書太少，取材未豐，不足以表彰前人，博雅之士，廣而正之，是所樂聞耳。王氏傳略曰：王驥德，字伯良，號方諸生，一署秦樓外史，明萬曆間會稽文學。大父爐峰公，嘗作《紅葉記》傳奇。驥德時，家藏元劇數百種，又自幼性嗜歌樂，遂精研詞曲，至壯不衰，以散曲負盛名於當時。始師同里徐渭，即以知音互賞；繼與吴江沈璟討論音律，最爲沈氏所推服。與孫鎮、孫如法、吕天成，並爲詞友，而以吕氏相交最早，尤稱莫逆。一時曲家相善者，尚有顧大典、史槃、王澹翁、葉憲祖輩，並湯顯祖亦在知好之列。嘗設席山陰署中，與毛以燧研討詞曲；又嘗入都門，同好集於米氏湛園，邀往講習《西厢記》，賦詩以傳，一時目爲奇事。天啓癸亥甲子間卒。著有傳奇《題紅記》一種，雜劇《男后記》及《離魂》、《救友》、《雙鬟》、《招魂》共五種，散曲《方諸館樂府》二卷，《曲律》四卷，《南詞正韻》若干卷，校注《西厢記》、《琵琶記》二種。又補沈璟所著《墜釵記》傳奇内又二十七折一折，新製南詞過曲三十三章，及聲韻分合之圖一種。又擬譜唐玉濳、林景曦事，爲《義陵記》傳奇，並籍記當時劇曲與所傳散套，以存一代典型，均未果，衹贊可吕大成撰《曲品》，加以參閲而已。詩文有《方諸館集》。

林蕙堂集套曲

吴綺《林蕙堂全集》，末附散套八闋，重頭四首，以〔尾犯序〕套《贈蘇崑生》最佳，就中〔玉芙蓉〕云："滄桑一轉眸，雲雨雙翻手，到如今蕭蕭霜鬢如秋。那些個五侯池館爭相候，只落得六代鶯花葬不收。抛紅豆，嘆知音冷落，向齊廷彈瑟好誰投。"〔小桃紅〕云："枉濕了潯江袖，還剩得蘭陵酒。儘紅牙拍斷紅珠溜，放青鞋踏遍青山瘦，把黄冠撇却黄金臭。管甚麽蛟龍爭鬬無休。"極能道著崑老身世感慨，筆致遒俊，亦不讓云亭。惟大體凝静，本是南曲短處，入清初人手，則參詞筆愈多，如此套〔尾犯序〕中，有"鄉思驚梅"、"客心催柳"等語，豈不離曲甚遠？特亦未能專責薗茨耳。

林蕙《蘇臺懷古》〔古輪臺〕起句云"歎茫茫，無端霸業水雲荒，勾銷不盡英雄賬"，尚是尋常壯語；若《且歌》一套〔粉蝶兒〕後半云"破青衫將血淚隨風揩抹，爲蒼生打動嗟呀，何曾有別般牽掛"，則其語甚大。

相思曲

在舊本小説中，見過小曲一首云："相思人本自雙，人未必雙思想。兩下裏難憑，這相字兒渾無當。諒他情有盡頭，衹俺意終難放。這獨自個牽思，説單字才非謊，這單相思分明另是個相思樣。"一時覺其筆端繚繞,頗饒意趣,遂録之日記端。及覩顧曲散人《太霞新奏》,方知沈自晉伯明有〔金梧桐〕《詠相思》一套,此即首曲,特字句已多竄改,較原文爲顯豁流利也。至所據録之小説,反忘其名矣。

昭代簫韶

元人雜劇一事大抵四折,《西厢》分一事爲五本,每本仍是四折;金聖歎合爲一大本二十折,後人不知,乃以二十折之元劇目《西厢》矣。傳奇之初,如《琵琶》、《幽閨》等,由元劇之四折,一變而爲三四十齣,自後傳奇遂分上下二本,動輒五十齣以上,篇幅已長。但如清初殿本傳奇《勸善金科》、《昭代簫韶》等,皆有十本,每本二十四齣,通體共二百四十齣,則可謂吾國劇本之最長者矣。乾隆初,以海内昇平,命張文敏等撰諸院本進呈,以備樂部演習,凡各節令,皆奏演之。其時如屈子競渡、子安題閣諸事,無不譜入,謂之"月令承應";其於内庭諸慶事,奏演祥徵瑞應者,謂之"法宫雅奏";其於萬壽令節前後,奏演羣仙神道,添籌錫禧,以及黄童白叟、含哺鼓腹者,謂之"九九大慶"。又演目蓮尊者救母事,析爲十本,謂之《勸善金科》,於歲暮奏之,以其鬼魅雜出,以代古人儺祓之意。演唐玄奘西域取經事,謂之《昇平寶閥》,於上元前後日奏之。其曲文皆文敏親製,詞藻奇麗,引用内典經卷,大爲超妙。其後又命莊恪親王譜蜀漢《三國志》典故,謂之《鼎峙春秋》。又譜宋政和間梁山諸盜,及宋金交兵、徽欽北狩諸事,謂之《忠義璇圖》。其詞皆出日華遊客之手,惟能敷衍成章。以上敘殿本傳奇七種歷略,見《嘯亭續録》,而獨未及《昭代簫韶》,蓋《簫韶》乃嘉慶十八年虞山王廷章朝炳所纂,演楊令公父子事,依《北宋傳》爲注脚,略增正史爲綱領。余見其槧本之精,殆與《勸善金科》等一致,不獨宫調南北,字句正襯、聲韻平仄,一一標明,即各種脚色登場時之穿戴,出入場門之規律,亦詳細注明。考我國戲劇制度,此種瑣屑記載,見諸明文者極少,研究資料,殆非取給於諸殿本傳奇不可矣。《勸善金科》凡例謂從來演劇,惟有上下二場門,大概從上場門上,下場門下,然亦有應從上場門下,下場門上者,又有從下場門上,仍應從下場門下者。人鬼神仙,天堂地獄,正路旁門,出入有别。《昭代簫韶》中,則有福臺、禄臺、壽臺、仙樓、天井、地井種種名目。當時並無布景機捩，而砌末之繁，排場之細，有如此者，是清初殿本諸傳奇，允爲吾國戲劇中搬演最精之脚本，猶不僅以二百四十齣體段之長見勝也。

顧貞立女士曲

徐積餘氏刻《小檀欒室百家閨秀詞》，内有顧貞立《栖香閣詞鈔》，附〔步步嬌〕、〔殿前歡〕、〔新水令〕、〔駐馬聽〕四曲。韻雖一致，體式殊乖，似套而非套也。記其〔駐馬聽〕云："宿雨朝煙，露浥胭脂紅數點。閑庭小院，惜花人起夢猶淹。傍妝臺幾度懶臨鸞，整淩波款步青苔蘚。笑嫣然，看朝陽一朵春光綻。"筆姿秀蒨，宜出女子之手。

彭仲山詞餘偶録

長洲彭仲山，香山老人之曾孫也。老人於清雍、乾間，畫山水名振一時，而仲山則工花卉，少好弄，自負天姿，於醫卜星相、陰陽禽遁諸書，頗多涉獵，但旋事旋棄，未嘗專功。獨於曲，嗜之彌深，歷久不厭，所習不下三四百種。余於奢摩他室見其手寫《詞餘偶鈔》兩册，皆平日讀書，意有所會，藉資摹揣者，其精警自不待言。惟大抵皆選自傳奇，雜曲極少，其中有四首，按其用韻與意旨，實爲兩截，蓋亦摘自套曲中者，並非小令。〔羅江怨〕與〔二犯滴滴金〕兩調，穎俊不亞"竚立閑階"、"天霽雲開"諸折，而雜曲中絶未見及，殆亦傳奇中之作耳。一時不知究竟所出，録之於此，既備考訂遺亡，亦博興餘一粲也。〔羅江怨〕云："怎知你偷趁高唐雨不收，審分明誰把這情緣叩。恁癡魂先引起幻中由，怕柔腸乾惹下相思臼。還愁你嫩蕊嬌香早跌倒在巫山岫，虧殺你盼書生臉兒怎羞，許情郎身兒怎投，可也破瓜時一霎兒難禁受。"〔二犯滴滴金〕云："閑拖逗，睡魂中委實風流，雖則是空裏綢繆。問蜂黄而今在否，還不曾有交親比目和同，誰信這没指證的鴛鴦交媾。只問你枕花陰怎不把金釵溜，臥蒼苔怎不把湘裙皺。摟腰肢褪不下芙蓉袖，揣酥胸擺不脱丁香扣。任眠花藉草把雨雲羞，還嗔鶯怪燕怕風情漏。有一日燭影摇紅照好逑，你少不的慢凝眸，看可是夢兒中那人依舊。"仲山評云：喁喁兒女語，情態畢肖。按其詞意，殆亦如《牡丹亭》之有驚夢事實在内。"虧煞你"、"只問你"云云，詞振而清新，料想對面聽者，必難於置答，想係璇閨秘謔,出之手帕膩友,而非若書生者所答唐突也。清人輯《纏頭百練》一書,分禮、樂、射、御、書、數六集,其禮集所載,即首爲"幽期寫照"。此四字原書所標。如《西厢赴約》、《紅梨佳期》、《水滸野合》、《青瑣贈香》等齣,皆桑濮之音,極越禮之文字,偏被以禮集之標目,編者豈有心玩世歟?亦至荒唐可笑矣。惟諸齣分見於各書,已覺一爲已甚,玆乃裒而貫之,使淫情累篇,邪思盈卷,人心動摇,而口孽無盡,泥犁之墮,編集者當又在諸齣作者之上,是深足爲詞曲累者,其事大可以已也。但若仲山之興會所到,手筆偶存者,用心殆又非此可比矣。此二曲余好之至,暇輒諷詠,人以爲癡。

彭仲山論曲書

仲山《與人論曲書》,見《無近名齋文稿》,語多可採,有曰:

來示畏其法繁而苛,且謂僕"勞心於小道,無所師承,安知其是與否"。此足下淺涉之言也,敢爲足下陳之。自詩降而詞,詞降而曲,皆有自然之節奏,天籟與人籟參焉者也;皆本乎性情,而假物以鳴,各得其性之所近。所以一往而深,近於詩則詩,近於詞則詞,近於曲則曲,豈有異理哉?大匠必以規矩,而射必以彀,何事不然,乃獨於曲而難之?足下特以詩分平仄,而此則陰陽平上去入不可混淆;詞限字數,而此則宫調有南有北,牌名有犯有攤破,拍板有頭有腰有底,不得其綱領,則紛然雜亂,觸手皆錯,宜其一步不可行也。能於自然之節奏有所會心,則某某處一定而不可易,某某處可以變化從心,而後知此中有樂境,非特因難見巧而已也。欲於自然之節奏有所會心,無他,在乎多讀舊曲,自可神而明之耳。中略若者宜疾,若者宜緩,若者宜板,若者宜絃,工夫至此,自有文成法立之妙,尚何繁苛之足畏乎?昔臨川自言不顧拗盡天下人嗓子,今其詞具在,宫調頗雜,腔板頗亂,藉非後人曲爲遷就,幾幾乎不可唱矣。然與其爲笠翁之油濫,無寧爲臨川之生澀。僕於二者,知所趨避,雖無師承,而謹守前人矩矱,頗可自信也。至於詞藻,則取詩詞中最新最豔者,否則取人人意中所有者,而翻案用之,旁面著筆、反面著筆,都不如對面著筆,更能新豔,無他巧妙也。然其佳處,全在白描,白描能手,其輕倩處,不著一字,盡得風流;其渾厚處,沉鬱蒼涼,淋漓歌泣,是非寖饋於元人者不能。初學填曲，且勿深求詞藻，取其新豔，而筆墨務求娟潔。若填北曲，於入聲字加意考覈焉。云云。

此於曲非小道、曲律不難與致力之由、修詞之法，皆言之娓娓，都中肯綮。余以《無近名齋集》不常見，而曲論之零璣碎玉，易致湮微，故擇其要者存之。

蝶歸樓

《蝶歸樓》傳奇"樓誓"折，首曲〔山坡羊〕上半曰"蹙秋波擦生生的眉黛，蒻春羅軟迷迷的身態。屑雲香自禁窄的鳳頭鞋，裊情絲没打結的鴛鴦帶"，只此四語，雖讀臨川詞，亦無此快。蓋臨川精處，説者以爲多融元曲，然以本非元人，而强效北方俚吻，其拗澀處，都欠自然。此詞則圓融於今人之口，而沉著於元人之法，字字寫貌，即字字寫情，貌至處，即情濃處。雲香已自禁裁，而情絲又復無結，能於顯豁中使人體會不盡。此曲之高處，有時同於詞之高處也。此書舊鈔有夢樓印章，粤中許守白君遂疑出王夢樓手，確否猶俟考證。今其稿已影入《奢摩他室曲叢》矣。

紀吴淞之陷

余前記壬寅英軍陷乍浦之海警散套，而忘及謝元淮默卿是年蹭蹬宦途，往來江上，目覩吴淞再陷，亦有曲記當時情況，與前作可謂沆瀣一氣、言以致用，散曲中此爲可貴也。默卿用〔九轉貨郎兒〕調，〔六轉〕云："我只見密密層層、官軍防堵，每日裹畢畢剥剥、操兵整伍。忽見那黑黑白白、奇奇怪怪鬼酋奴，早只是大大小小齊驚遽。又只見忙忙碌碌、來來去去、兵兵將將、吁吁喘喘，守吴淞門户。驀地裹閃閃爍爍、砲聲轟怒。可憐那高高下下的塘、凸凸凹凹的路，男男女女、啼啼哭哭，躲避奔逋。一霎時騰騰燄燄、村村舍舍盡成焦土。好一個忠勇軍門，烈烈轟轟，爲國捐軀殉海隅。"此雖措詞有意規仿元人《貨郎旦》劇，而一時外兵殘暴、清兵怯弱、地方塗炭，所寫者要仍不過萬一耳。其〔七轉〕云："猛喝斷横江鐵鎖，揻金焦倒翻雪波，鐵甕城堅竟摧破。金陵還報那妖氛惡，索兵費他賊不空過。納錢帛我死中覓活，碼頭憑賣西洋貨，顧眼前權救燃眉火。從古來馭荒遠的窮夷，不與他較甚曲直，要息爭端終貴和。”其〔八轉〕云:“感皇恩推仁解網,投戈後寬其既往。浙蘇閩粵許通商,把冤仇兩忘兩忘。浦江頭城外蓋洋房,耶穌經漸看流傳廣。遠梯航也麼哥,盡來王也麼哥,鬧熱煞五港,善後規模緊緊兒防。要平時預講預講,拜客迎賓應酬兒忙,抵多少定國功勞賬。望忠良也麼哥,靖封疆也麼哥,靖封疆撫御機謀賴久長。”含譏帶諷,語語有骨。夫乞和猶謂“解網推恩”,善後衹是“迎賓拜客”,上下顢頇,一至於此,書生摇筆,惟有作長嘆而已矣。使今日局勢,與默卿知之,又不知作若何驚慨。而今人視八十年前人之憂患,既已爾爾,則感痛又當如何歟?默卿《海天秋角詞》内有〔驀山溪〕《陰雨》、〔念奴嬌〕《自序》等作,合與此曲同看。

在園雜志論小曲

劉廷璣《在園雜志》云,“小曲者,别於崑弋大曲也。在南則始於〔掛枝兒〕,中略一變爲〔劈破玉〕,再變爲〔陳垂調〕,再變爲〔黄鸝調〕,始而字少句短,今則累數百字矣。在北則始於〔邊關調〕,蓋因明時遠戍西邊之人所唱,其辭雄邁,其調悲壯,本〔涼州〕、〔伊州〕之意。如云:‘斗大黄金印,天高白玉堂。大丈夫豪氣三千丈,百萬雄兵腹内藏。要與皇家做個棟梁,男兒當自强,四海把名揚,姓名兒定標在淩煙閣上。’明詩云‘三絃緊撥配邊關’是也。今則盡兒女之私,靡靡之音矣。於變爲〔呀呀優〕。〔呀呀優〕者,〔夜夜遊〕也,或亦聲之餘韻。他如〔倒板槳〕、〔靛花開〕、〔跌落金錢〕,不一其類。又有〔節節高〕一種,〔節節高〕本曲牌名,取‘接接高’之意,自宋時有之,《武林舊事》所載元宵節‘乘肩小女’是也。今則小童立大人肩上,唱各種小曲,做連像;所馱之人,以下應上,當旋即旋,當轉即轉,時其緩急而節奏之”[①]云云。按近人有就《霓裳續譜》等書,研究北方小曲者,《雜志》所紀,多爲《續譜》所未及,足資參證也。

圈兒曲

小曲中本有〔寄生草〕云:“欲寫情書我可不識字,煩個人兒使不的,

---

① 今校:清康熙五十四年刻本《在園雜志》,“聲之餘韻”作“聲之餘韻呀呀喲”,“他如〔倒板槳〕”作“如〔倒板槳〕”,“節奏之”作“節凑之”。

無奈何畫幾個圈兒爲表記。此封書惟有情人知此意，單圈是奴家，雙圈是你。訴不盡的苦，一溜圈兒圈下去，一溜圈兒圈下去。"此蓋坊曲俚詞，未經文人潤飾者。有爲之設説者曰：寄情人書，不著一字，但先畫一圈，再畫一套圈，再連畫數圈，再又畫一圈，再畫兩圈，再畫一整圈，再畫一破圈，而繼以無數小圈。並爲作詞云："相思欲寄從何寄，畫個圈兒替。話在圈兒外，心在圈兒裏。我密密加圈，你須密密知儂意。單圈兒是我，雙圈兒是你。整圈兒是團圓，破圈兒是别離。還有那説不盡的相思一路圈兒圈到底。"則揣情摹態，妙緒環生，成爲精美圓俊之曲矣。周德清曰："古人云，'有文章者謂之樂府'。如無文飾者謂之俚歌，不可與樂府共論也。"此殆一絶好例子。至於以圈點扣曲詞爲戲者，早有《〈西厢〉摘句骰譜》開其先例，明李卓吾評本《西厢記》後載之，謂爲湯臨川所輯，未知信否耳。全譜摘董、王、李、陸四家南北《西厢》句，合以骰色。如六幺成串，每幺作一圈。則射日華句曰"美恩情團圓到底"；六二成串，則射實甫句曰"便做到巫山十二峰"；五幺殿以一五，則射天池句曰"雙頭好花生扯做片片"；五三殿以一六，則射解元句曰"楚天外亂峰千疊"。蓋亦當時一種遊戲，玩《西厢》者翻新花様也。後來徐秋濤《牡丹亭骰譜》及其他牌謎曲文，殆亦類是。特骰譜由曲製譜，牌謎則因牌製曲耳。

櫻桃花下銀簫譜

吴枚庵《東齋脞録》云："沈桐威起鳳，工傳奇，梨園所演，如《報恩猿》、《才人福》諸劇，足繼李笠翁、萬紅友，無異辭矣。間爲葉兒散套，亦復工雅絶倫。嘗泥其室人張湘人靈，以金釵作贄，拜爲閨塾師，桐威譜北曲一套示之。今録於此。中略未幾，彩雲飛去，桐威遂賦悼亡，踪跡多在倡樓角場上矣。"①按桐威所撰傳奇，除枚庵所舉兩種外，尚有《伏虎韜》、《文星榜》、《千金笑》、《泥金帶》、《黄金屋》五本。王國維《曲録》中，且未收其人。其散曲集名《櫻桃花下銀簫譜》。吴門獨學老人序桐威傳奇有曰，"桐威號薲漁，工於詞，自號紅心詞客，少以名家子博學工文章。

① 今校：道光本《昭代叢書》庚集埤編，《東齋脞録》作《東齋脞語》。

乾隆戊子科舉於鄉，年才二十有八。累赴春官不第，抑鬱無聊，輒以感憤牢愁之思，寄諸詞曲，所製不下三四十種。當其時風行於大江南北，梨園子弟登其門而求者踵相接。庚子甲辰，高廟南巡，凡揚州鹽政、蘇杭織造，所備迎鑾供御大戲，皆出自先生手筆。顧生平著作，不自收拾，晚年以選人客死都門，叢殘遺草，悉化灰燼"云云。又戴藥坪《摶沙録》亦謂蕢漁所著諸劇，傳播歌場，時伶爲之增價，里中菊部師直欲範金示之。據此《脞録》所載〔新水令〕散套，豈不彌可珍惜！顧其詞其事，復風流俊逸，令人絶倒，誦後口角留芬，想中餘韻，應三日不絶。因不憚繁複，再移《脞録》所録者於此："水精簾捲晝堂高，燕呢喃春風四繞。金猊香氣散，銀燭影紅摇。一翦蘭翹，有一個俏門生贄禮到。　環珮聲飄，一捻風吹楊柳孃。氍毹拜倒，幾絲雨壓海棠嬌。一天風韻總難描，三章約法從容告。從容告，打頭先改卿卿叫。　翡翠林書林恰好，芙蓉帳絳帳還高。從此後戒癡情莫折花，懲閑玩休尋草。便朝來點綴眉梢，彩筆何須畫百遭，破工夫應在臨書屬稿。　每日價日上花梢，抛殘繡譜，捲上鮫綃。字臨衛女，詩吟蘇蕙，史續班昭。喜清課賣花聲杳，催好句心字香燒。紅了櫻桃，緑了芭蕉。一任那舊園亭鶯喧蝶鬧，要收心拘禁了浪遊遨。　便盼到冷惺鬆花月宵，傍春臺燈並挑。且説個春燈謎子伊知道，夾雜些美人名號，也一一費推敲。　那不是掛龍樓鳳榜蹊蹺，這的是繡閣規條。買幾個俊婢垂髫，鎮伴你添香拂稿。一種種花嬌柳嬌，儘意兒繕教，連那小鸚哥也聽來熟了。　秀才學問誰曾飽，書生不櫛從來少。他日個鳳閣名標，替著俺寫韻箋，替著俺謄書草，替著俺題清照。這温家玉鏡臺，俺曾把臯比靠。休只要放頑皮將師嚇倒，笑煞那荀家兒背熨焦，張家兒眉亂描，怎如俺踏著風流竅。你做陸家卿，俺做寒山趙，考槃詩勝拾了泥金捷報。且謅隻洞房歌，搭和著白頭吟唱到老。"桐威《諧鐸》云：張靈字湘人，年十八歸予，甫結褵，以金釵作贄，奉予爲閨塾師，請閨約，度北曲一套，黟令施蒙泉載入《詞壇叢話》。《叢話》書余惜未見，觀於此可知桐威閨房别有雅趣，其人必善調琴瑟，優容婦人者。乃其《伏虎韜》傳奇解題云："《伏虎韜》，警惡俗也，婦人以順爲正，乃有淩虐其夫者，此陰盛陽衰之象，有關世道人心。此劇寓扶陽抑陰之意，亦以明婦人妒者必淫，淫者必悍，丈夫溺愛，甚無謂也。真唤醒癡人不少”云云。則心腸面目，俱覺腐俗之甚，視所以作前曲者，柔暴竟判若兩人，亦可笑已。然而彩雲一斷，桐威輒放浪終身，甘爲情殉。湘靈夫人之順，殆爲不可及歟。《伏虎韜》情節，本於《新齊諧》之“醫妒”一則，見《劇説》。

千金笑

桐威《諧鐸》云，“磬兒，珠市梁四家女伶也。梁四婦本吴倡，善琵琶，及歸梁，買雛姬，教梨園爲活。磬兒意不屑，輒逃塾。假母日加箠楚，諸姊妹競勸之。磬兒曰：‘若欲我從，須以旦脚改淨色，中略猶可借英雄面目，一洩胸中塊壘耳。’由是《千金記》演韓信事諸劇，磬兒獨冠場。孝廉詹湘亭待詔白門，偕友寓梁四家，夜演《千金記》，至别姬諸折，衆皆意屬虞姬，而湘亭獨以楚重瞳爲嫵媚。羣起譁笑之。及卸裝，視老霸王姿容，果高出帳下美人，人遂歎服。明日，張筵海棠樹下，青衫紅粉，團圍錯坐。磬兒本歙産，湘亭亦婺源籍，兩人各操土音，以道其傾慕。而座上諸友，相對微笑，竟不解剌剌作何語。已而中略中翰諸友盡返棹，而湘亭束裝未發，蓋不忘磬兒也。思欲買桃槳，載以俱歸，而梁家方居爲奇貨，且欲留壓部頭，有百萬纏頭，不能摇奪者。相對泫然，焦思無計，磬兒曰：‘君何計之拙也，彼所以居奇不售者，以我爲錢樹耳。君去，妾必不生，留駿骨而埋之，定不須千金值矣。’湘亭大悲，乃不得已珍重而别。歸未兩月，聞磬兒病且死。湘亭曰：‘花前信同抱柱矣，卿不負我，我豈負卿哉！’急赴金陵，以三百金買柩而回，葬於桐涇橋北。王夫人曹墨亭誌其墓，諸名士挽以詩詞。予譜《千金笑》傳奇，付諸樂部”①云云。余覺老霸王姿容，高出虞美人上，其語其事，亦復嫵媚可人。今之譽揚伶藝者，謂之捧角，顧有以捧虞姬者捧楚霸王之人乎？然後覺磬兒湘亭之志趣識見，皆爲不可及也。《續板橋雜記》云：“長洲詹孝廉湘亭，

---

①　今校：清乾隆五十七年刊本《諧鐸》，“日加箠楚”作“日箠楚”，“若欲我從”作“若從我”，“諸劇”作“諸雜劇”，“桃槳”作“桃葉槳”，“磬兒曰”作“磬兒忽私語曰”，“錢樹”作“錢樹子”，“埋之”作“買之”，“花前信同”作“花前一諾信同”，“我豈負卿”作“我豈敢負卿”。

於今春應試白門，暱梁四養女罄兒，有扇底新詩六十首誌其事。其友王鐵夫賦誌夢詩五十章和焉。罄故吴人，謀歸吴以事詹，志未諧而卒。詹哀之，以三百金市其柩歸，葬於虎阜再來亭之西隅。祁昌司鐸沈蕢漁爲譜《千金笑》傳奇付樂部。中略惜余後至，未獲一覩爲憾。"按《千金笑》今日亦未見傳本，不知有幾許妙文。清高奕亦有傳奇一本，與此同名，見《新傳奇品》，則更不知傳否矣。

詹湘亭闈中望月曲

湘亭名應甲，亦工葉兒散套，有《中秋闈中望月》，雙調〔新水令〕、〔駐馬聽〕、〔沉醉東風〕、〔折桂令〕、〔沽美酒〕、〔太平令〕、〔離亭宴帶歇拍煞〕，描繪盡致，感喟無窮，不獨爲數百年科場瑣況，留存鴻爪，亦代曩日千萬讀書人一吐塊壘。觀於歇拍之詞，應知天下英雄，當日又何曾甘於入彀哉？原詞云："瞭高臺上月輪高，悄無聲酸風滿號。碧油簾不捲，紅蠟燭停燒。銀漢迢迢，空隔著土泥墻望不到。　木板三條，覆鹿藏蕉何處找。策題五道，塗雅滿卷未曾交。珠光劍氣已全消，青天碧海勞相照。誰喧笑，隔墻老卒聲聲叫。　猛聽錯華燈遊龍夾道，汲新泉渴馬騰槽。號官兒意氣消，號軍兒語言妙。檢筠籃冷炙殘膏，我輩三年共此宵，博一個團圞醉飽。　憶秋閨獨坐深宵，瓜果中庭，燭燼香燒。有花氣濛濛，釵光裊裊，簾影蕭蕭。盼雲階蘭芳信杳，臥風簷棘院人遥。望斷紅綃，夢斷藍橋，只落得數更籌至公堂静，聽鼓吹明遠樓高。　俺想那跨山塘花市遥，泛秦淮燈船早，竹西歌吹千家鬧。同盼上瓊樓瑶島，爭一刻，是今宵。　堪笑的譜霓裳擲杖成橋，駕星槎折木爲瓢。莫須有月斧親操，想當然玄霜空搗。一種種雲翹翠翹，被罡風吹掉，都散做花枝壓帽。　素娥掩面何須笑，朱衣點首何曾惱。君不見世上兒曹，有多少玉樓文，有多少金鑾草，有多少孫山康了。洗愁腸一尊緑澆，粲花心三條紅照。脱不盡書魔舊套，若不是廣寒梯跌了脚，蓬瀛路迷了道，鬱輪袍走了調。因甚價年年矮屋中，唤不醒才子英雄覺。擔誤著青衫易老，謅一套棘闈秋，要和那吹角聲寒唱到曉。"此曲若示之過來人，殆無不慨然興嘆者。余生也晚，未嘗就風簷寸晷，較一日短長。乙丑中秋，尸位南雍，適黌舍爲粤東貢院舊址。若也瞭高臺，若也至公堂，若也明遠樓，都於一輪香滿之中，一一湧現眼底。與二三友人，彳亍其間，憶湘亭之詞，不覺神往當年情況，無異身歷其境矣。

新解人頤所載曲

《闕名筆記》有曰"新解人頤"者，内俳體詞甚多，曲則完整成調者甚少，且亦未必解頤。佳者數首，余多爲之查明出處。如南曲〔香轉南枝〕曰："更深静悄，把被兒熏了。看看的月上花梢，静悄悄全無音耗，敲殘了更鼓兒他便才來到。見我這臉色兒不妙，忙跪在身前告。我假意兒焦，他偷眼兒瞧，甫能咬定牙兒，其實忍不住笑。"則見《太霞新奏》，特字句微異。北曲〔水仙子〕云："娘心裏煩惱您兒知，搭伏在床前忙跪膝，是昨宵飲得十分醉。一時錯如今悔已遲，由奶奶法外淩遲。打時節留些兒游氣，駡時節存些兒面皮，可憐見俺兒倆終是兒女夫妻。"則見《樂府新聲》，猶元人作也。北曲〔四塊玉〕云："我事事村，他般般醜，醜則醜村則村意相投。只爲他醜心兒真，博得我村情兒厚，似這般醜眷屬村配偶，只除天上有。"則見《詞林摘豔》。諸詞雖以俚俗遊戲出之，乃所寫者情熱而憨，態褻而謔，所以解人頤者此歟？

詞林摘豔

明人曲選中，要以《詞林摘豔》一書，最古而且豐，又多奇俊之作，他本所不及。有嘉靖乙酉張禄竹友山人小字原刻，及辛亥徽藩月軒道人大字重刻兩種。蓋先於正德丁丑間，有編《盛世新聲》者，選套四百餘，令五百餘，張氏嫌其猶有未當，從而增損之，乃成《摘豔》。其卷端列〔清平樂〕、〔阮郎歸〕各二首，想必當時兩調詞樂，猶未失傳，猶之楊澹齋《陽春白雪》卷端列〔念奴嬌〕等十調爲大樂也。所列令曲，約三百首，别裁異體，不一而足。前曾舉其所載劉庭信〔折桂令〕《别詞》，不過一斑而已。兹擇其尤有新趣者，補誌一二。

無名氏〔雁兒落得勝令〕云："一年老一年，一日没一日。一秋又一秋，一輩催一輩。一聚一别離，一喜一傷悲。一榻一身臥，一生一夢裏。尋一夥相識，他一會咱一會。都一般相知，吹一回唱一回。"元人之樂天曠達，於此一曲中，可全得之。亦疎脱，亦藴藉，行文甚妙。别有〔醉太平〕,與此蓋一類,而豐滿較遜:"喫了些無憂愁酒食,過了些有程限年紀,醉鄉中不飲是呆癡,醒時節再吃。得一日過一日無一日,笑一會耍一會頑一會,舉一杯圓一杯换一杯,不吃啊圖一個甚的。"

曲中回文雖不多見,但顛倒字句一體,則常有之。前舉各種俳體,亦復遺漏,如《摘豔》所載〔水仙子〕云:"恨重疊重疊恨恨綿綿恨滿晚妝樓,愁積聚積聚愁愁切切愁斟碧玉甌,懶梳妝梳妝懶懶設設懶爇黄金獸。淚珠彈彈珠淚淚汪汪汪汪不住流,病身軀身軀病病懨懨病在我心頭。花見我我見花花應消瘦,月對咱咱對月月更害羞,與天説説與天天也應愁。"蓋亦動於中,形於言,言之不足,展轉反覆,以爲詠嘆,而後乃成其體耳。

嘲戲風流、警戒漂蕩之詞,元明人謂之風流體。明周憲王《誠齋樂府》云"嘗觀昔人劉庭信有風流體樂府,皆豪放不羈,乃酒席中戲漂蕩子弟之語",蓋謂此也。周德清《中原音韻》云"如女真風流體等樂章,皆以女真人聲音歌之",所謂"風流體",或亦此意。北曲雙調中有牌名曰風流體。前書舉蘄州妓所作〔黄鶯兒〕《詠風月擔兒》即其例,因劉庭信所撰末句,皆以"風月擔兒"爲辭也。庭信所撰,見於《摘豔》者十首,如曰"没算當,不斟量,舒著樂心鑽套項。今日東墻,明日西廂,著你當不過他的連珠箭急三鎗。鼻凹裏抹上些砂糖,舌尖上送與些丁香。假若你便銅脊梁,者莫你是鐵肩膀,也擦磨成風月擔兒瘡",殊警策。"者莫"即遮莫,猶儘管也。又《雍熙樂府》另載二十三首,同爲〔寨兒令〕調,雖未題名,當亦出之庭信。《堯山堂外紀》云,庭信乃南臺御史劉廷翰之族弟,俗呼曰黑劉五;《摘豔》又另載梨園黑老五曲,黑老五與黑劉五,應是兩人也。

庭信〔折桂令〕,第一句皆作"想人生最苦離别"者,有十餘首,蓋緣《西厢》"草橋入夢"一折内實甫之詞而作,而筆致則仿董解元,故其中妙文儘多,不止前之所舉也。如曰:"想人生最苦離别,三個字細細分開,淒淒涼涼無了無歇。别字兒是半晌癡呆,離字兒是終年疾病,苦字兒只管兩下裏堆疊。他那裏鞍兒馬兒身子兒劣怯,我這里眉兒眼兒臉腦兒乜斜。側著頭叫一聲行者,擱著淚説一句聽者,得官時早報個期程,準備你丢丢抹抹遠遠的來迎接。"官是何物,值得如此?猶以一旦遠來迎接爲慰望，益爲無聊可笑。又曰："想人生最苦離别，雁杳魚沉，信斷音絶。嬌模樣儘管丢抹，好時光誰曾受用，窮家活逐日繃拽。過了一百五日上墳的日月，早來到二十四夜祭竈的時節。寂寂寞寞終歲巴結，孤孤另另徹夜咨嗟，歡歡喜喜盼的他回來，淒淒涼涼老了人也。"則覺前人陌頭柳色之思，鏡裏朱顔之詠，一切美人遲暮之作，都無此説得老實痛快。

明初十六家内有王子一，王子一之外又有崔子一者，有〔錦法經〕小令四首，見《詞林摘豔》。歇拍皆叶紅字，又皆以"一星星血淚"爲上文，如曰："身已慵，心待慵，因何不放鬆。繡枕羅衾一邊捧。芳情冗冗，閑緒濛濛，猛添上剌秋波兩眼兒春光重。疊斷眉峰，將一星星血淚，都迸的我臉兒紅。"沉恨細思，濃懷烈感，寫來傷慘無限。

〔兩頭蠻〕一調，一作〔兩頭南〕，始見於《摘豔》，絶似後來小曲。因知小曲之體，由來已久，在元明兩季，直與南北曲爲一事也。如曰："堪憐堪愛，倚定門兒手托這個腮。好傷這個懷，一自那日行了他，不見這個來，盼多這個才。萬紫千紅明媚色，桃花一剛開，杏花一剛開，教我無心戴。也是我命該，也是我命乖，也是我前生少欠他相思債。"《九宫大成譜》載此詞，而删去"這個"字樣，失却原調音節，殊非。惟所謂〔兩頭南〕者，句法並不盡同，故《大成譜》另列之。"冠兒不戴懶梳妝，髻挽青絲雲鬢光，短金釵斜插在烏雲上。我這里唤梅香，開櫳箱，揀一套兒縞素衣裳，打扮的似西施模樣。西施模樣，出繡房，梅香，你與我捲起簾兒，我燒一炷兒夜香。"既是打扮的"西施模樣"，何以起拍又曰"懶梳妝"？元明人曲，於尋常文理，每不經心，成套大詞，或名家手筆，此等處都不能免，何況無名氏小曲之體，益無足責矣。因憶近人評論小説，謂《西厢記》"借厢"齣内，〔小梁州〕讚美紅娘云"可喜龐兒淺淡妝，穿一套縞素衣裳"，金聖歎批云，"縞素衣裳"四字粘細，是扶喪服也。及後文〔耍孩兒〕〔三煞〕，追憶雙文之美云"下邊是翠裙鴛繡金蓮小，上邊是紅袖鸞綃玉笋長"，豈扶喪時，紅娘既縞素衣裳，雙文獨可翠裙紅袖耶？雖然，無金氏之批，則其病轉不如是之著也。余按此全是聖歎多事，妄作聰明。"縞素衣裳"四字，實父下筆，絶無喪服之意，不過如尋常之謂其"雅淡"耳。觀於〔兩頭南〕小令便知，"夜香服素"，不必亦爲扶喪也。

王越世昌，有"囉哩囉"〔黄鶯兒〕，後來效顰之人，有作"哈哈吽"、

“哈哈晦”、“囉哩連”、“哩囉哩”者。嚮日音調中纏聲之類，玆皆用作調中正字，是未嘗非古今樂變遷之一端也。又後世小曲中，如《在園雜志》所紀之“呀呀優”等，則又還居纏聲地位。而獨南北曲中，有此“囉哩囉”等，纏聲用作正字之一種，是亦可異矣。王曲亦始見於《摘豔》，曰：“唱一回囉哩囉，論清閑誰似我，清風明月咱三個。清風是大哥，明月是二哥，論三哥我也做的過。囉哩囉，清閑快活，不喫啊待如何。”此僅就東坡詞句，解釋一過，而平添粗豪爽利之趣，令人讀之軒然。故王弇州謂“只是諢語，然頗佳”也。夫詞主婉約，而曲主豪放，此中藩籬，必不容抉破。或疑豪放之詞，又何以别於曲？則請視東坡之詞，與世昌此曲，自得之矣。世昌因滅威甯海子，封威甯伯，謚襄敏。《堯山堂外紀》謂其廷試時，大風捲試卷，飛揚空中，不知所之，竟以内閣别紙賜寫。蓋本於楊循吉《篷窗紀事軒筆記》。《筆記》載此事，尤爲繪聲繪影。其人雖登顯要，綰兵符，而意志恬淡處極恬淡，前曲已足見風懷。又有〔沉醉東風〕《樂閑》云：“穿一領粗粗布袍，繫一條縵縵麻絛。釣竿上風月多，酒甕裏功名小，對溪山蓋一座團標。我將這矮矮柴門閉的牢，又恐怕雲來占了。”“雲來占了”，是所願也，而故作遺憾之辭，其意味彌永。又有〔朝天子〕一首，見《堯山堂外紀》，曰：“燒蘿蔔下茶，宰鴛鴦剁鮓，到惹得旁人駡。人人駡我是個老莊家，我就裏乾坤大。萬古千秋，一場閑話，説英雄都是假。你就笑我刺麻，你休説我哈沓，我做個没用的神仙罷。”與上二曲同一襟抱。

前紀《雍熙樂府》中汪元亨等歸隱詞〔醉太平〕，末句皆作“老先生”云云，體頗風趣。顧《摘豔》所載，無一與《雍熙》同者，而閲世深沉，出言雋永，令人一讀一歎，則不獨前所紀者爲爾也。如曰：“急烹翻蒯徹，險餓死靈輒，今人全與古人别，漸學些個轉折。避黄蜂忙亂踏著毒蠍，釣鯨鰲不上惹來黿鼉，弋鯤鵬無計撲個蝴蝶，老先生手拙。”愈學轉折，愈不討好，天生難與此世周旋者，只索藏拙耳。雖有雙手，却何處用？其敘逋客生涯，則覺靈機朗徹，天地皆寬，我輩不必求此境，但讀其詞，自足滌除煩襟，脱略而无悶矣。“南華經看徹，東晉帖觀絶，西涼州美醖一壺竭，臘紅燈照者。木棉雪被春初熱，缶爐泥鴨香慵爇，梅花斗帳月兒斜，老先生睡也。”“利名場事冗，林泉下心空，小柴門畫戟古城東，隔風波數重。華山雲不到陽臺夢，磻溪水不接桃源洞，洛陽塵不到武夷峰，老先生睡濃。”“近三叉道北，傍獨木橋西，鑿開數畝養魚池，編一遭槿籬。蜂兒值早衙催釀就殘花蜜，鶯兒啼曙光移夢遶蘆花被，燕兒飛矮簾低啣入落花泥，老先生未起。”世事雖冗，不禁老先生今日睡濃，明日未起，便毫没有事矣，況一切付與蜂兒鶯兒燕兒已足乎。

《摘豔》載不知名〔醉太平〕《詠春雨》曰：“阻鶯儔燕侶，漬蝶翅蜂鬚，東風簾幙冷珍珠，寒生院宇。響琮琤滴碎瑶階玉，細溟濛潤透紗窗緑，濕模糊洗淡畫闌硃，這的是梨花暮雨。”文字輕酥婉膩，潤入肌膚，得毋亦梨花暮雨乎？此調平仄遞叶，駢散參差，未入絃歌，已聞雅奏，所以好詞獨多。

元人雜劇，今日得見者，百十八本而已。百十八本者，臧晉叔選百種之九十四，黄蕘圃舊藏三十種之十七，明選殘本之二——羅本《風雲會》、楊梓《豫讓吞炭》，及《西厢記》五本是也。此後書林若無所新見，則元劇正本，僅限此數而止。惟元明曲選之中，劇曲散曲，每每兼取，最古者如《樂府羣珠》，所登劇曲甚夥，惜其書罕遇，難悉詳盡。其次如《摘豔》所載，王實甫之《販茶船》，白樸之《箭射雙鵰》、《流紅葉》，石子章之《竹窗雨》，李取進之《欒巴噀酒》，高文秀之《謁魯肅》，趙明遠之《范蠡歸湖》，鮑天祐之《秦少游》，戴善甫之《玩江樓》，周文質之《蘇武還鄉》，朱經之《鴛鴦塚》等，或一折，或二折，或三折，若並《雍熙樂府》等書所載，比合校勘，容得一二種四折俱全之完璧，於百十八種以外，另成鼎臠，未非藝林快事，是在考據家之勤於致力耳。如仁甫《流紅葉》〔叨叨令〕云：“帕兒湮我淚搵濕衫兒袖，冰的我這襪兒涼浸的我鞋兒透，逗的我意兒新感起我情兒舊，哭的我心兒酸結的我眉兒皺。玉英，咱兩個去來也波哥，照的我影兒孤越顯的我身子兒瘦。”吉甫《秦少游》〔駐馬聽〕云：“一嚮淹留，一紙書來一紙愁。一從别後，一番花落一番羞。聽一聲杜宇倦凝眸，趁一鞭行色慵回首。生把我玉蕊嬌香一捻柔，折倒的一枝粉淡梨花瘦。”文秀《謁魯肅》〔梁州〕云：“那里也舉賢才漢朝蕭相，那里也養窮民齊國田文。胸懷四海三江悶，陋巷中消磨日月，破窗下守待風雲。詩句裏包含天地，書卷内費用光陰，酒杯中浸潤乾坤，自古來不辨清渾。宰社處豈重陳平，乞食時誰憐韓信，今日個得官也才識蘇秦。滿衣土塵，東吴人誰省得周公瑾。直待得發時分，有日登壇受主恩，那其間自然啊車馬迎門。”或綿邈清新，或激昂奮厲，要皆結響不凡，含趣無盡。賞音元曲者，莫謂晉叔一選，冀北之羣已空，而餘均下駟，不足驂勒也。又蕘圃舊藏三十種，近雖影印坊本甚多，乃元刊闕誤無窮，益以別字省寫，讀之不能盡頁，輒欲掩卷而罷。余久欲據《古名家雜劇選》、《陽春奏》等殘本，及《摘豔》、《雍熙》等書，校録一過，務令朗淨能讀，則人事卒卒，至今未果也。

洪昉思散套

毛西河《長生殿序》謂“洪君昉思好爲詞，以四門弟子遨遊京師。初爲《西蜀吟》，既而爲大晟樂府，按仿周美成等所作令近引慢之詞，即謂爲大晟樂府，其名殊當，而人罕用之者。又既而爲金元間人曲子，自散套雜劇，以至院本，每用作長安往來歌詠酬贈之具”①云云。據此，稗畦居士散曲甚多，乃常見者獨鮮，何歟？稗畦嘗作〔新水令〕散套，檃括王羲之《蘭亭序》，命門人書於扇頭，貽楊友敬，並爲校勘所編白樸《天籟集》。楊乃將扇曲登諸《天籟集》端，既以示景仰，亦以稗畦所撰《長生殿》，乃沿白氏《梧桐雨》劇而作，不無關係也。余向惡檃括諸體，以其矯揉原作，精采全傷，歌樂雖得成腔，文字斷難見勝。稗畦所作，抑何能免？兹以其散曲罕覯，姑附見兩調於此。〔沽美酒〕云：“當其遂所遇，欣然心自怡，忘老至暫時快於己。投至得興倦情隨事暫移，猛回頭念起，不覺的感慨係之矣。”〔太平令〕云：“俯仰間皆爲陳迹，不由人興懷不已。況修短百年無幾，隨物化總歸遷逝。古今來生兮死兮，這根由大矣。呀，怎不教痛心悲欷。”蓋非古人名篇，則必不肯加以檃括，既屬名篇，則其原文無不辭旨雙暢者，而檃括之作，不僅用原意，且須用原詞，於是翦裁取韻之間，都將本來已成之自然語句，重行改造，另作口氣，十九失其本來之自然矣。即或不然，有原篇在，讀檃括文終不如讀原篇者快也。賀裳黄公《詞筌》有曰：“東坡檃括《歸去來辭》，山谷檃括《醉翁亭記》，皆

---

① 今校：文淵閣四庫全書本《西河集》中《長生殿院本序》，“每用作”作“每用之作”。

墮惡趣，天下事爲名人所壞者，正自不少。”信然。或曰，此等文字，本求便當時合樂去唱，未嘗教後世離樂去讀。此論亦是。惜吾人於此等文字，不聞其聲，衹見其文，欲唱無由耳。稗畦另有《題迦陵填詞圖》等曲，亦酬應之作而已。又其少時不得事父母，嘗作《天涯淚》劇，以寓思親之旨，見西河前序，靜庵《曲録》失載。

坦園詞餘

長沙楊恩壽，有《坦園詞餘》，其《題鍾馗擁妾踞坐小鬼唱曲圖》〔新水令〕一套，至堪發噱，兹亦選〔沽美酒〕、〔太平令〕兩調。“這清福要人消，這清福要鬼消，那熱中的徒然熱惱。衹看我燐火青青螢火燒，渾忘了昏曉，博得個興頭高。”“把玉盞醇醪且倒，試紅腔宫商細調。趁涼月歌來最好，向秋墳唱來亦妙。馗啊，賞新聲胡床自敲，蹻赤脚皂靴暫抛，這腐進士的俊風懷却一些兒不老。”題目先趣，文字不同進士之腐，而有風懷之俊，無怪矣。

坦園有正宫〔戀芳春〕散套，其間〔漁燈兒〕四首，頗饒新趣，惟“選”字猶欠工穩，戲爲點訂一二，終有未諧耳。“思量著明明的上歌樓舞樓，思量著依依的傍花柔柳柔，思量著輕輕的吐珠喉玉喉。思量著在風亭月藪，乍相逢便詩籌酒籌。”“應記得雙雙的坐蓮舟釣舟，應記得頻頻的遞茶甌酒甌，應記得深深的訴新愁舊愁。應記得並肩攜手，證分明心頭口頭。”“難忘你豔豔的花羞蕊羞，難忘你滴滴的嗔眸笑眸，難忘你淡淡的蘭幽蕙幽。難忘你看承偏厚，莽天涯把情兜義兜。”“怎知我呆呆的似窮鳩拙鳩，怎知我兀兀的似纍囚楚囚，怎知我刻刻的把魂遊夢遊。怎知我支離消瘦，到頭來空悟個浮漚幻漚。”其下接〔錦漁燈〕云：“斜陽渡隔斷了西風衰柳，櫻桃巷寂寞了明月簾鈎。甚因由，便萬派情波兩處流。不教那銀河水漲，好泛木蘭舟。”亦復婉麗警動。坦園餘曲尚多，則難以稱是矣。

牡丹亭注本

《牡丹亭》有三婦評本，如前所紀，又有兩種注本，其一亦出女子手，則俞三娘是。三娘麗人也，幼婉慧，體弱常不勝衣，迎風輒欲顛頓。十三，困於脅疽，既愈，愈弱，而婉媚之容，愈不可逼視。年十七夭。當在床褥時，好觀文史，父憐而授之，且讀且疏，多父所未解。一日與以《還魂記》，凝睇良久，情色黯然，曰："書以達意，古來作者，多不盡意而出。如'生不可死，死不可生，皆非情之至'，若斯者真達意之作矣。"乃飽研丹砂，密圈旁注，往往自寫所見，出人意表。如《感夢》一齣注云："吾每喜睡，睡必有夢，夢則耳目未經涉者，皆能及之。杜女固先我著鞭耶。"如斯俊語，絡繹連篇。字跡則尤遒媚可喜云。語在張元長《梅花草堂筆談》中。焦氏《劇說》作"俞二娘"，以爲即《臨川夢》内所演。元長於俞没後曾録其書副本，爲謝耳伯持去，願寄與湯若士，不果，遂失不傳。瞿盦師跋《牡丹亭》，謂此劇大得閨闥賞音，小青"冷雨幽窗"一詩，最傳人口，《療妒羹》演之，婁江俞氏酷嗜此詞，腸斷而死，《臨川夢》演之，杭州女子爲之溺死，見西堂《艮齋雜説》，女伶商小玲爲之歌死，見焦氏《劇説》。余按吴山三婦之評，陳與談既皆早死，錢之所跋，情詞悽愴，以斷腸人自命，殆亦非厚福之人。乃俞三娘之評注，復見早夭，其書信多閨闥賞音，但閨闥賞之者，皆短命不祥如此，先後如出一轍，則又何耶？其别一注本，出江寧談泰星符，恐亦在不傳之列。泰乾隆丙午舉人，深於音律，生平愛《牡丹亭》，詳爲注釋，嘗謂《冥判》齣中用胡判官，因釋典中八月判官姓胡，而杜小姐乃八月死故也。亦見焦氏《劇説》。信如所言，愈見若士下筆不苟矣。前有俞二姑，又有俞三娘，兹有談則，又有談泰，可謂無獨有偶。惟泰非女子，所以亦不聞其因賞此書而不幸短命也，可發一笑。商小玲事，亦附録於此。《磵房蛾術堂閑筆》云："杭有女伶商小玲者，以色藝稱，於《還魂記》尤擅場。嘗有所屬意，而勢不得通，遂鬱鬱成病。每作杜麗娘《尋夢》、《鬧殤》諸劇，真若身涉其事者，纏綿淒惋，淚痕盈目。一日，演《尋夢》，唱至'待打併香魂一片，陰雨梅天，守得個梅根相見'，盈盈界面，隨聲倚地，春香上視之，已氣絶矣。"按此節鮑倚雲《退餘叢話》謂見於《玉几詩話》。

湘中草曲

湯傳楹卿謀《湘中草》内，有〔懶畫眉〕《秋夜》一套，乃閨中清課。尤西堂評云："似此淒淒切切，同病相憐，一往傷心，能無薄命？"蓋卿謀早死，而伉儷至篤也。〔懶畫眉〕内有“金鈎掛夢縑衣冷”句，只七字，已寫著秋夜不少。次曲〔尹令〕云：“暢好是夜涼人靜，猛聽得墮梧飄井。恰好與個人同病，絲兒小魂，怎當他叫月棲烏閃一驚。”清宵依戀，涼月模糊，分明是兩人相守情況。乃〔江兒水〕曰：“熱揾珍珠淚，低呼小玉名。香魂一縷香初定，花身一捻花還隱，鶯喉一囀鶯難佞。月下端詳小詠，澁澁閑行，手勒芭蕉持贈。”則是憂是恨，都不分明，衹覺情事悽迷，沁人心骨耳。秋聲之中，有此一縷小詠幽喉，聞之直欲銷魂蕩魄，況值風淒斗轉，月暗烏啼，澁澁閑行之際乎！余每覺一人之離愁别緒，心有所系，畢竟易於過遣，若兩人固屬相守，不當有愁，而愁不知所自來，不當興悲，而悲忽悄然以至，此境最難領受。既非緣於樂極，亦無種乎遠因；兆非關於不祥，情難制其妄動。其故實無從參透也。卿謀所著《閑餘筆話》中，有一則曰，“夜坐閲《牡丹亭》，因憶比來所傳‘世上演《牡丹亭》一本，若士在地下受苦一日’，未知人語鬼語，意甚不平。竊謂才如臨川，自當修文地府，縱不能遇花神保護，亦何至摧殘慧業文人，令受無量怖苦。豈冥途亦妒奇才耶？内子從旁語曰：‘當由臨川不幸，遇著杜太守、陳教授一班人作冥判耳。’予笑頷之，徐曰：‘令我作判官，定須覓一位杜小姐，判送氤氲司矣’”云云。卿謀所謂，猶是尋常想念，若夫人之語，轉成雅謔，可爲解頤也。卿謀美丰姿，夫人丁氏，亦才色並麗。所居曰荒荒齋，日焚香談詩其中，晏如也。甲申三月，同殉國變。卿謀嘗曰：“人生不可不儲三副眼淚，一副哭天下大事不可爲，一副哭文章不遇識者，一副哭從來淪落不偶佳人。”

冬心自度曲

《冬心先生自度曲》若干闋，境界在詞曲之間，每闋换頭轉韻，却是詞調，但文字直樸淡遠，亦參用元人小令之法。惜先生未定調名，後人亦未便妄擬，不然必有人續朱紫鶴之《新聲譜》矣。兹録兩闋於此。《吴興道場山中漫吟》，計九句四十字：“松陰路轉，便有好山滿眼，日千變，青青難辨。僧扉午後開，池荒水浸苔。梅花下，無鶴隨行，只我一個人來。”《初夏》，計十句五十字：“今年初夏，小小晴光，且看池陰苔館，石罅萱房。新竹嘲風纔過墻，舊鄰我是捕漁郎，江湖夢却清涼。再遲一月，浮艇去，笑著短衣裳。”此等長短句，信口謳歌，不入尋常詞曲之宫調腔板，其句法卓異處，亦誠非尋常詞曲所能囿。

贈沙才一半兒

吴江鄒樞貫衡《十美詞紀》云，“沙才者，金陵歌院伎，家桃葉渡，風致淡雅，工詩。余赴南闈，曾至其室，見其小軒中位置花石，几上有評唐詩及《花間集》，丹黄雜采，不忍釋手。後徙至蘇，寓虎丘山塘，常以閶門雲母箋，裁斗方，吟小令，作蠅頭楷，贈余索和。余取宣德紙，以碎硃研粉砑光，賦詞〔一半兒〕十首答之。喜甚，藏之金陵紫檀鈿盒中。每見，出以示余，吟詠不置。余家每有小飲，必招之，彼必辭他客而來。後金陵院樂中，有侵其舊居者，姥載女，歸故曲，遂不復至蘇矣”云云。原詞〔一半兒〕不載。友人程賀亭得舊家散出《昭代叢書》初印殘卷，《十美詞紀》此節後，有小字書〔一半兒〕十首，不知是傳録貫衡原作，抑好事者因《詞紀》語而補撰也。諸詞聯章，雖不免拉雜，亦頗有風趣，特假賀亭書，依原序録之。“碧羅衫子碧羅花，碧樹門前碧玉家，小婢書囊負碧紗。碧油車，一半兒風流一半兒雅。”“閶門雲母小箋香，秀句裁成索和忙，款款依人問短長。細推詳，一半兒吟哦一半兒想。”“燭明香暗被池烘，隱語撩人意未通，斜展秋波一笑濃。假裝聾，一半兒糊塗一半兒懂。”“水晶簾底看真真，戲把烏雲問一聲，可否親裁贈與人。笑回君，一半兒心疼一半兒肯。”“小名兒題的不爭差，準擬前生就像他，衹問因何却姓沙。怪姆媽，一半兒嬌嗔一半兒耍。”“一拳文石一盆松，一架芳屏一座籠，一卷花間月旦工。粉硃濃，一半兒矜嚴一半兒寵。”“小心兒一顆似櫻桃，小肉兒鮮紅小柄兒高，小核兒當中暗暗的包。剖開瞧，一半兒玲瓏一半兒皎。”“山塘涼月照人多，一自卿來似著魔，夜夜清光不肯矬。眼頻睃，一半兒迎人一半兒躲。”“秦淮水膩櫓聲遲，記得河房掠過時，隱約回眸一笑孜。透相思，一半兒窗紗一半兒紙。”“筵前苦爲我辭樽，衹道身軀弱不勝，若謝看承分轉生。俏恩情，一半兒推辭一半兒領。”張端義評易安詞，謂“以尋常語度入音律爲不可及”，又謂“鍊句精巧易，平淡入調難”。彭孫遹亦謂易安“用淺俗之語，發清新之思”。論易安長處，確在真切而本色，字句儘管流利，而意趣仍極婉約，固非蘇辛，亦非周秦，後主而後，一人而已。余謂易安詞境，有許多適可爲詞曲境界通轉之處，蓋如令曲〔一半兒〕等調，短小軟媚，不合於奇情壯采，則用淺俗之語，發清新之思，少著俳體，最爲當行，足與唐人絶句、宋人小詞，同入化境。兹録十首，尚未能臻於此也。

李蓮

貫衡《詞紀》又云，"李蓮，吴門妓也，姿色纖麗，少有渴病。年十九，以患熱不出見客。常以小札，招吕湘煙及余至其家，蓮靚妝豔服，迎坐小軒，設肴饌精美，行酒政，遞花催板，竟夜無倦容。撥弦索唱《西厢·草橋驚夢》，歌徹首尾，宛轉瀏亮。嫣憐惜，不使之畢，而蓮不顧也。是歲秋，復招我二人，見其面龐消減，香腮印紅，仍具酒，垂泣而言曰：'我病已久，向之與君盡歡者，勉力以報知心，故不覺其憊也。今則不能矣。今請一訣，幸毋悲切。'於是取絃索歌〔新水令〕闋，氣短而止，持袂嗚咽不勝，逾數日逝矣。予作《招商曲》以挽之"云云。所寫蓮之爲人，豪爽嫵媚可愛。《招商曲》如何，恨不得讀也。

沈紉芳曲

錢塘汪惟憲子宜之《積山雜記》，載沈玉亮字瑶岑，亦字亦村，武康諸生，於詩古文外，兼長譜曲，與錢塘洪昉思齊名。洪傳而沈不傳，蓋有幸有不幸矣。沈屢困場屋，有《鍾馗嚇鬼》曲子，末云："不然俺家在終南，怎不曉得那徑兒捷。"子宜以爲此語"巧妙自然"，然不紀其全曲，不得與坦園題圖之作，一較長短，殊令人悵悶也。按《四庫總目》集部《鳳池集》條，略謂集乃沈玉亮、吴陳琰同編，"本朝應制詩之分體纂輯"也，而末附雜劇一折，甚怪。可見沈氏於曲，確有所撰，惜《鳳池集》所附，亦不得一讀耳。

情籟

明人有號騎蝶軒者，選《情籟》兩卷，一詞一曲，不出姚小淶、余壬公、伍灌夫、張葦如等六七人之作。同一弊在抉穿詞曲界限，而混和出之，終也詞不成詞，曲不成曲，在曲則更嫌其滯塞晦昧，毫無疎宕馳驟之趣。六七人中，張葦如作爲較警策，有《哀蛩吟》〔二犯桂枝香〕四首，《寒蟬》云："頹楊秋貢，餘炎煞總。不消幾撥絲桐，驚散書香清供。彎弓，心機使盡枯殼空，疎狂反罣羅網中，又誰分啞與聾。聲名已破，何須捕風。輪轅頗勁，何堪臂攻。絶續西陽下，加餐白露濃。"所謂"秋貢"、"煞總"，非晦昧而何？"聲名"四句，在本詞爲凝鍊，若視曲中本色之奔騰放逸者，又非滯塞而何？葦如更有〔黄鶯兒〕《寒食雨中六景》，《杏花》云："簾色上花妖，鬧春心燕子腰，彎描淺掠多般俏。要蕭郎路口招，趕吴娼馬上抄，酒魂旙飛出相思表。雨繅繅，懨懨脂粉，和淚翦兒曹。"亦不脱習氣。然此二調，雖無章，尚有句，餘則益難以言矣，故録而别之。《情籟》一書，嚮未見著録，如《脈望館》、《千頃堂》、《也是園》諸目，均列曲本甚多者，亦闕然無名。殆以其書陋，當時即不能行歟？

度曲佳話

黄梨洲《思舊録》内，有度曲佳話兩則，附記於此。其一爲馮家禎事。馮字吉人，長於度曲，喪亂之際，結爲歌社。時慈人陳謨，以無賴委署寧紹道，好作聲勢，恐嚇鄉里。吉人演劇，登場賓白曰："黄和尚有成親日，豈可人無得意時？莫羨陳謨今日貴，他年情事有誰知？"謨聞之，大怒，以他事搆吉人下獄。獄吏待之頗慢，吉人即高唱《西樓記》中"怪相逢款待疎"一套，曼聲按拍，聞者無不絶倒，唱者亦初不知其身在囹圄患難中也。然其人每一與梨洲對晤，殆無非新亭之淚云。其一爲錢美恭事，見董守諭次公條。美恭父士驌，仕滇中，不返。美恭演《尋親記》，哀動場外路人。次公指謂梨洲云，其父固與劇中相類，顧忍而爲此歟？後美公有感，決志入滇尋父，而身無一錢，乃懷鼓板一副，一路於市鎮中度曲，得錢以往，卒迎父柩而還。想其一路所度，當亦不免昔時哀動路人之《尋親記》中曲，則身處劇中之境，即唱劇中之曲，以竟劇中之志。觀於此，度曲一事，豈止嬉娱已哉！全榭山《鮚埼亭續集》載美恭事甚詳，但説與此小異。

齒雪餘香

《思舊録》云，"史槃，字叔考，徐文長之門人。其書畫刻畫文長，即文長亦不能辨其非己作也。長於填詞，如《鶼釵》、《合紗》、《金丸》、《夢磊》諸院本，皆盛行於世。余十四歲時，於黄泥橋諸氏園中見之，鬚鬢皓然，年蓋九十餘矣”云云。按叔考所撰傳奇，知者有十三種，除梨洲所舉外，尚有《櫻桃》、《雙鴛》、《攣甌》、《瓊花》、《青蟬》、《雙梅》、《檀扇》、《梵書》、《冬青》九記。又《墨憨齋訂本傳奇》内，有史槃《雙丸記》一種，兹梨洲作《金丸》，《金丸》乃明姚茂良撰，演抱裝盒事，恐梨洲誤也。王氏《曲録》列叔考傳奇僅二種。散曲集名《齒雪餘香》，亦所不載。《餘香》書罕覯，文字有清利俊爽，允稱集名者，迥非《情籟》中諸公之晦澀比也。如〔醉羅歌〕曰：“難道難道丢開罷，提起提起淚如麻。欲訴相思抱琵琶，手軟彈不下一腔恩愛，秋潮捲沙，百年夫婦春風落花。耳邊厢枉説盡了從良話，他人難靠，我見已差，虎狼也狠不過這冤家。”蓋此一體文字，非如此一摑見痕，一鞭見血，傾筐倒篋而出不可。若吞吞吐吐，讀之令人沉悶，則何有於曲？故當行曲家，下筆總須具有辣手。

李中麓樂府

《脈望館》、《千頃堂》兩書目内，載元明人曲選曲集名目，多爲他處所不得見者，其書則更無論矣。元選如《天機碎錦》、《片玉珠璣》，明選如《萬花集》、《套數選詞》、《吟囊覽》、《金元詞餘》、《清遠齋樂府》、《三餘樂事》等，皆可確其非詩餘。後三種篇幅尤廣，或有十卷，或原書外另有摘錦。至於一家之别集，其名目尤新者，如陶輔之《蚓竅清娱》二卷，七一居士之《滑稽餘音》二卷，劉效祖之《短柱效顰》、《蓮步新聲》，陳鐸之《梨雲寄傲》，張四維之《溪上閑情》等，更有李開先、王九思諸人之集。兹擇其可考者，略論一二。

李開先伯華，曾輯元人喬、張兩家小令，刊行於世，又輯《歇指調古今詞》一卷，見《千頃目》。夫專取一宫調之詞，古今選家所未有也。〔歇指調〕聲情急併虚歇，李氏何所取而專録之，誠不可解。至於李氏所撰，被王弇州、王伯良詆訶備至。弇州謂“北人自王、康後，推山東李伯華。伯華以百闋〔傍妝臺〕爲德涵所賞。今其辭尚存，不足道也”。伯良《曲律》亦謂爲德涵所賞，購讀之，盡傖父語，一字不足採。按王九思敬夫《碧山樂府》後，附《南曲次韻》，即李氏撰〔傍妝臺〕百闋與王氏和作百闋也。王氏序謂李作"感憤激烈,有正有譃,洋洋盈耳",是賞玆百闋者爲王敬夫,而非康德涵,弇州、伯良何以同有此誤歟?李作意則感憤,辭殊泛常,多集諺語,而無妝點翦裁,塵氣滿紙,又冗長拖沓,弇州之譏,毫不爲過。特百闋之中,亦不無一二可誦者,如曰:"醉醺醺,甕中乾了玉壺春。勸君莫做千年調,苦了百年身。唾津咽却心頭火,淚點休湮枕上痕。拳頭硬,肐膊村,得饒人處且饒人。""雨絲絲,衝風躍馬欲何之。閑遊正喜風吹袂,況有雨催詩。休圖雲裏裁紅杏,好向山中覓紫芝。磨而不磷,涅而不緇,得隨時處且隨時。"俱稱穩洽。又曰:"曲參參,一輪殘月照邊關。恨來口汲盡黄河水,拳打碎賀蘭山。鐵衣披雪渾身濕,寶劍飛霜撲面寒。驅兵去,破虜還,得偷閑處再偷閑。"亦頗慷慨奮發,不盡因歸田感憤,遂一味頹唐也。《千頃目》載有《中麓樂府》與《中麓小令》兩種,樂府殆指套數而言,今日舍前述之百闋以外,他處未見李作。

王碧山樂府

敬夫和伯華作時,已年七十八,目昏不克自檢,令其孫捧李作朗誦,識而和之,雖多沖淡之志,殊鮮俊逸之詞。《碧山樂府》中所撰,亦多如此,其故總在泛濫,若嚴於下筆,慎於出手,則何至於是?然而"謹嚴"兩字,固難以言於康、王之一派也。弇州謂敬夫"秀麗雄爽",一時評者,以爲不在關、馬之下,王伯良以爲乃過情之論,信矣。弇州又因其《歸興》套中,〔駐馬聽〕一起四句"暗想東華,五夜清霜寒駐馬。尋思别駕,一天風雪曉排衙",特爲軒爽,而"暗想"、"尋思"四字不稱,乃歎完璧之難。夫題目既屬歸田,則於舊日宦情,作尋思暗想,本是常態,有何不稱?若易作其他實字,反嫌質塞,而無呼喚。詞曲固一理,弇州此論,未爲允當也。轉是"完璧難見"一語,於敬夫之作,殆爲定評。蓋敬夫之"秀麗",乃有句而無章;敬夫之"雄爽",又每呈外强中乾景況。《碧山新稿》、《續稿》,雖遞出甚多,若精整機趣之篇,則寥寥無幾耳。〔水仙子〕云:"紫泥封不要淡文章,白糯酒偏宜小肚腸,碧山翁有甚高名望。也只是樂昇平不妄想,聽濯纓一曲滄浪。瞻北闕心還壯,對南山興轉狂,地久天長。"恬静如張小山之"淡文章不到紫薇郎"一首,余頗喜誦之。又云:"一拳打脱鳳凰籠,兩脚蹬開虎豹叢,單身撞出麒麟洞。望東華人亂擁,紫羅欄老盡英雄。參詳破邯鄲一夢，歎息殺商山四翁，思量起華嶽三峰。”較之前章，則微傷做作。“望東華”兩句，即弇州所指爲名語者也；一起三語，即弇州之所謂“雄爽”處，敬夫頗優爲之。余意元人之豪放，並非“一拳打脱”、“兩脚蹬開”等一味粗獷之語所能盡，學者蓋亦不可不省矣。《千頃目》所載，有《新稿》、《續稿》、《詩餘》等，乃嘉靖辛亥城武宋廷琦所刻本也。

康沜東樂府

弇州、伯良皆謂康不如王，殆未必然。對山《答客》〔沉醉東風〕云：“國史院咱曾視草，姦和正不必提著。文書上恁樣來，條款裏偌般造，畫葫蘆難減分毫。但把丹心自繫牢，管甚麽零煎細炒。”《讀史》〔寄生草〕云：“天應醉，地豈迷。青霄白日風雷厲，昌時盛世奸諛蔽，忠臣孝子難存立。朱雲未斬佞人頭，禰衡休使英雄氣。”乃憤世之作也。《田家》〔塞鴻秋〕云：“行藏數尺黄花徑，生涯幾樹甜仁杏。勳庸一首滄浪詠，風流半曲天仙令。豐歉總由天，苦樂誰非命，蠅頭微利何須掙。”《莊上》〔梧葉兒〕云：“蒲團小，木几牢，睡字兒好輪著。春分酒，夏至桃，與誰學，趔趄把山翁醉了。”乃樂閑之作也。康、王全集，無非此兩種文字。若兹所舉，或精整，或機趣，似皆非王集所能見也。《千頃目》載《沜東樂府》二卷，係正德八年刊，大字本，顧陳氏《詞紀》所選，尚多出此兩卷之外者。他如《曲律》、《劇説》論對山者甚詳，兹不複具。

陳秋碧樂府

陳秋碧小令，曾見上文所引〔風入松〕數首。《脈望館目》有《梨雲寄傲》一本，不具名；《千頃堂目》《秋碧樂府》二卷後，又附《梨雪寄傲》詞一卷，“雪”乃“雲”之誤。梁伯龍《江東白苧》所謂“白下陳公，南都俠客，凝情於《可雪》，寄傲於《梨雲》”是也。余録秋碧小令百餘首，其中香奩之作居多，如〔駐雲飛〕云：“杏臉桃腮，展轉思量不下懷。新月疑眉黛，春草傷裙帶。嗏，獨坐小書齋，自入春來，欲待看花，反被花禁害。情思昏昏眼倦開。”一氣呵就，不著波折，而情韻自然濃厚。〔胡十八〕云：“天生下俏臉兒，所事的又相稱，道傾國，是傾城，腰肢嬝娜步輕盈。半晌家定睛，越教人動情，模樣兒都記得，悔不曾問姓名。"又云："才説些好話兒，烘的早臉兒變，道不本分使閑錢，伏低做小索從權。跪在他面前，曲膝似軟綿，所事兒不敢説，一千個可憐見。"著意之處，都迥不猶人，是青門山人之流亞也。秋碧别號七一居士。《千頃目》載《滑稽餘音》二卷，爲秋碧已作，抑爲選本，殆不可知矣。

短柱體

《千頃目》所載劉效祖念庵《短柱效顰》一卷，不傳。短柱一體，或爲一句兩韻，或爲二字一韻，即前人所謂六字三韻語也。周挺齋以爲應在務頭上使，以别精粗，如衆星中顯一月之孤明；又須全叶平聲，若雜以仄韻者落下乘。如《西廂》之"忽聽，一聲，猛驚"、"本宫，始終，不同"，《麗春堂》之"四方，八荒，萬邦"，散曲之"柳綿，滿天，舞旋"、"臂中，緊封，守宫"、"醉烘，玉容，微紅"等，沈德符《顧曲雜言》内，俱許爲"穩貼圓美"。若一曲通體如此，二字一韻，平仄互叶者，挺齋以爲不分務頭，詞意一有不洽，則句句急口令，所謂畫虎不成反類犬矣。《輟耕録》載虞伯生在翰苑時，宴散散學士家，有歌兒順時秀者，唱〔折桂令〕云："博山銅細裊香風，兩道紗籠，燭影摇紅。翠袖殷勤，來捧玉鍾，半露春葱。唱好是會受用文章巨公，綺羅叢醉眼朦朧。漏轉銅龍，夜宴將終，十二簾櫳，月上梧桐。"此詞《陽春白雪》屬姚燧牧庵，字句小異。伯生愛其新奇可喜，時席上偶談三國蜀漢事，因命紙筆，亦賦一曲曰："鑾輿三顧茅廬，漢祚難扶，日暮桑榆。深渡南瀘，長驅西蜀，力拒東吴。美乎周瑜妙術，悲夫關羽云殂。天數盈虚，造物乘除，問汝何如，笑賦歸歟。"余謂此詞不獨短柱妙造自然，即敘次議論，亦復有條不紊，當然無急口令之誚。此外張小山《湖上即事》同調一首："錦江頭一掬清愁，回首盟鷗，楊柳汀洲。俊友吴鈎，清秋楚岫，退叟齊丘。賦遠遊黄州竹樓，泛中流翠袖蘭舟。檀口歌謳，玉手藏鬮，詩酒觥籌，邂逅綢繆，醉後相留。"自後徐文長《翠鄉夢》劇，末一曲〔收江南〕，曾一仿作。彭孫貽《茗齋詩餘》中有《秋懷》〔折桂令〕云："舊遊烏桕西洲，紅藕風柔，纖手箜篌。惟酒忘憂，今秋重九，依舊南樓。報仇純鈎匕首，封侯皓首丹丘。蟻鬬嬴劉，腐朽伊周，曾否回頭，芻狗浮漚。"與另首《怨情》，同爲此體，雅能議論，而不爲體所限。厲樊榭《懷嶰谷遊金陵》亦效此體："溯空行小艇風輕，萬頃潮平，清興堪乘。山迴雲生，林青雨映，一幔金陵。景陽井苔崩舊京，石頭城煙冷新亭。茶鼎禪燈，竹徑江聲，酒聖詩盟，少摒塵纓，緩定歸程。"見《樊榭續集》。近瞿盦先生《題真州謝平原讀書圖》，同體同調云："横塘一望空涼，夢向尊鄉，無恙漁莊。畫舫琴堂，文窗書幌，俯仰羲皇。話滄浪龍岡門巷，臥滄江元亮柴桑。絳帳笙簧，金榜文章，怎樣思量，一晌都忘。"見所著《顧曲塵談》内，不獨不借用入聲之派三聲，格嚴於伯生所作，且如先生之篇，虛實兼至，頓挫委婉，又不僅景倩所言"穩貼圓美"而已也。趙雲松《陔餘叢話》引老子"知足不辱，知止不殆"，《史記》"甌窶滿溝，汙邪滿車"，以爲此體之先聲。謝章鋌《賭棋山莊詞話》則謂《毛詩》"吁嗟乎騶虞"，"乎"與"虞"皆叶，已屬二字一韻矣。余按吴漢槎《拜經樓詩話》所引史書中之七字謡，亦此體之先聲也。如《漢書·霍光傳》之"焦頭爛額爲上客"，《後漢書·戴良傳》之"關中大豪戴子高"，皆其例。吴氏謂此體盛於東京，沿及兩晉六朝，至隋唐以後，不多見也。而不知元明以後，復盛見於曲。此體前人考訂者多，足見向爲藝林所同好。乃念庵效颦，凡平聲每韻，各賦一首，裒然成帙，而世無一傳，惜矣。最妄者雲松祇見虞伯生作，輒作斷然之言曰"古來通首二言詩，惟此一首"，余故備舉眼前所見諸作，爲之考畧如此。

小羅浮館雜曲

道光間，合肥趙對澂野航，有《小羅浮館詞》四卷。丁紹儀《聽秋聲館詞話》論之，頗致不滿。詞後附雜曲數頁。余覺鬆蒨入彀，詞曲信不必同工也。《沙河感舊》〔雙玉供〕云："東風吹透，杏花兒開遍墻頭。撲征衫細落輕塵，理吟箋碎碾新愁。乍是清明時候，又節次閑情拖逗。亂紅無語上簾鈎，釵影誰家動畫樓。"頗似明人王伯良。《馬上遣興》〔金絡索〕云："春從别後抛，人在天涯老。滿路黄沙，不住的鵂鶹叫。斜陽上樹梢，晚風號，攪亂情懷千萬條。説甚麽十年夢斷邯鄲道，只今日老大愁經豫讓橋。情絲套，幾時碎却倩鋼刀。儘著他曲唱紅幺，淚滴青袍，我啊祇自按伊涼調。"亦復情韻刁騷，不落凡響。余曩見野航《題瓜步峭帆圖》〔畫眉序〕尤工，云："十載住揚州，贏得紅橋一杯酒。對青溪幾曲，個人居處淹留，準來生結上根由，把一縷魂兒銷透。如今啊，扁舟來往淒涼候，看江帆面面懸愁。"今全詞則散見集内《出揚子江》〔出隊子〕一套中，未知何故。

新萬古愁

清末有號藐廬者，未詳其名姓，作《新萬古愁曲》，刊《小説月報》，於歸玄恭原唱諸調，未曾全用，蓋未見足本也。其才氣雖視玄恭爲遜，聲韻雖未能諧毖，而憤慨淋漓處，以所寫爲晚近世變，愈令讀者懔慄汗下。起調初拍有云"世事糊糟，問那個主張人道。甚麼五洲國都染的是血和膏，甚麽萬國史都塗的是肝和腦"，出語沉痛，氣勢亦足以籠蓋全篇。以下五調，分敘歐美諸邦立國興業之史。〔鈞天樂〕敘德與美曰："更有那小普王没來由把虬髯膠，赫然一怒如虎虓，便擁了三十六聯邦稱帝號。當日將相俾毛，鐵血雄驍。到如今留得陸軍榮譽，殺人利器克虜伯砲。更有那莽農夫倡獨立把花旗招，八年血戰邦興造，便脱了英吉利羈絆義聲昭。可憐林肯放奴宣義憤，只落得南北兵連慘禍一身遭。更説甚麽門羅主義無侵暴，到如今也不免佔取個斐律賓檀香島。眼看他巴拿馬運河成功了，一手把太平洋裏的霸權操。指望那中美邦交締結牢，還在你把華工禁約勾銷早。"以下變拍云："廿世紀，風雲攪，强凌弱，大侮小。你看他攻守同盟，縱横形勢連鷄好。那其間更有乍合忽離的瑞和腦，異種聯邦的匈和奥，急流猛進的班和葡，乘時脱縛的羅和保，賣淫狐媚的矮僬僥。革命蠻殺的苦華僑，都趁著那歐風美雨，混亂逐波濤，那顧他黑奴紅種没處找窠巢。波蘭呀埃及呀還不了亡國債，印度呀猶太呀穩做個奴才料。安南緬甸呀，琉球朝鮮呀，永踹做了吴宫沼。此起彼仆龍蛇擾，弱肉强食虎狼抄。那管得他們的興和亡，也記不得這許多名和號。"文字前半敘諸小邦，煞費翦裁，後半敘諸亡國，亦各如其分，結語雖襲原唱，尚能穩稱。繼以〔飛龍索〕、〔龍尾吟〕兩調，回敘我中華，本摯愛之忱，述傷痛之事，汩汩紙上，俱成血淚，殆已入全篇精粹部分矣。"惟有我神州古國炎黄造，開化文明早。驅夷狄逐蠻苗，迄今開國五千年，擁有同胞四百兆。你看那長城巍巍，萬里連綿限胡哨。你看那長江滾滾，千脈朝宗入海潮。唐與虞，周和漢，文物聲名冠幾朝。堯與舜，孔和老，道德文章軼三教。原注云：指耶、釋、回。還有那穆滿嬴政，漢祖唐宗，武功赫耀照鑾徼。真個是南衝瘴海標銅柱，北碎冰崖試寶刀。”“誰知道，滄桑變，風波鬧，赤帝子，夷臺皂，碧眼兒，逞天驕。鴉片一戰便送掉了南陲隩，尼布一約更失却了東隅早。圓明一炬燒，烽火三邊擾。那倭人兒也割取我臺灣島，那捲鬚兒更横奪我膠和澳。拳禍興，教堂燒，賠款動盈數百兆，到如今只贏得滿地染腥臊。”〔蛟龍泣〕訴一時朝野昏瞶愚昧，爲渲染最勝之處：“痛痛痛痛只痛數千年的神明胄裔都失陷在泥犁淖，痛痛痛痛只痛數萬里的神皋沃壤淪做了供獻料。痛痛痛只痛那没心兒依然是處堂燕雀安淫樂，痛痛痛痛只痛那賣國奴没知道那覆巢完卵終難保。招狐羣樹狗黨黑夜裏胡揪，吹牛皮拍馬屁白日裏招摇。醉心的是金錢鷹爪，眩眼的是紅纓狗帽。便見了一般太監們也值得把他做個親爹叫，更對著一般洋人們都大家没計較，霎時心膽摇。更有那一般趨時識勢的趁著了這風潮，鈔幾句憲法的熟套，掌著那大法螺聒聒兒向人前噪。獻不迭門金門包，刮不盡民脂民膏。應廷試似螞蟻兒爬熱竈，謁權門似走狗兒鑽籬落。説改革好比盲人鬧，談自治好像羣兒吵。真個是上下相蒙，大家都把一個假面罩。”此曲即謂爲今日寫照，仍無不可，祇須易去“太監們”三字耳。濫權誤國，代有奸慝，惟舉國之人知有慴伏，而不知有制裁，長養其威，甘聽宰割，奴性一若天成，百世不見其易，真堪痛矣。〔大拍遍〕煞尾云：“老天醉，癡人笑，社鬼謀，國魂叫。歎風漂雨漂，沙淘浪淘，聽人號鬼號，枉文豪詩豪。悶來時誦幾句蒙莊楚騷，興到時要竊比英莎俄託，效顰學步君休笑，倚聲拍曲誇才調。仿這幾句前人的老套，且把這世界重重的黑幕搗。”作者自負雖高，竊恐黑幕重重，與世俱進，終不勝其搗破，且僅僅搗破，亦仍無濟於事耳。

萬古愁

玄恭《萬古愁曲》，近有趙氏又滿樓刊，用長洲黄鈞校訂本，篇幅最爲完整。但所據各本中，初拍放拍之類，名目雖各具，而詞則互異，〔鈞天樂〕、〔飛龍索〕等名目，且不一致。全曲套式牌名，界乎唐宋大曲、金元套曲之間，究竟玄恭有所本，抑出於自創？其樂是否在南北九宫範圍内？沈荃繹堂謂清世祖見此曲，大加稱賞，命樂工歌以侑食。當時樂工又究竟如何製樂？誠一疑問也。明末徐樹丕《識小録》亦載其詞，不及黄氏訂本，但字句詳略互見，〔大拍遍〕竟較多中幅六句，而首四句《識小録》又闕。兹記其詞如次："春水生，桃花笑，黄鸝鳴，竹影交。涼風吹纖纖月色照寒袍，彤雲布花飛綽約點霜毫。倚梅梢柳梢，玩花飄月飄，臥僧寮佛寮，步山椒麓椒，看日高月高，掛詩瓢酒瓢，對松濤海濤。任意逍遥，物外遊遨，勘破塵勞，跳脱煩囂。到頭來無些兒半愁半惱，真個是大海龍淩空鳥，翻身兒直透出碧雲霄。倘便有銀青作餌，金紫爲綸，恢恢天布網，密密地張羅釣。呸呸呸，我朱先生擺尾摇頭再不來了。"此曲作者，衆説紛紜，莫衷壹是，大約以玄恭爲較可信也。

朱四芬度曲事

《闕名筆記》載女伶朱四芬度曲事，頗妍媚，雖不如前録馮吉人、錢美恭事之諷時濟難，有關世道，但亦資聲樂家之考鏡。蓋樂之至者，罔不動人之情，既動人之情，則樂中必先自具有一種至情，而且必寫露盡致，故至情之表見，聲容二者，自然相應相會，雖欲强制其一端，亦有所不能。尋常歌而不演，或演不應歌者，殆所歌之中，未必有真情，或有而未必至，或情至而所以寫露之者不盡致耳。《筆記》曰，《癸辛雜識》續集載高疎寮守括日，有籍妓洪渠者，慧黠過人。一日，歌〔真珠簾〕詞，至"病酒情懷猶困懶"，使之演其聲爲"病酒而困懶"者，疎寮極稱賞之。適有客云："卿自用卿法。"高因視洪云："吾亦愛吾渠。"遂與脱籍而去。道光時，都中有蘇旦朱四芬者，年十四，與徽旦中至美者劉愛紅，並稱第一花，因劉長一歲，人又呼朱爲亞紅。有倪姓者，入都應京兆試，狎之。一日，開筵宴客，會朱佐觴，柔情綽態，四座盡眙，命之歌《藏舟》劇〔山坡羊〕一曲。此曲本哀感者，起句即曰："淚盈盈做了江干花片。"朱慮聽者不歡，櫻喉乍啓，一笑嫣然。客有褒周郎癖者，乃口占一絶調之曰："看花燈下愛花明，花爲人看花有情。粉面春風年十四，樽前笑唱淚盈盈。"朱曰："殆謂歌此曲不應笑耶？"因又唱《跌包》劇〔紅衫兒〕一曲，嫩喉淒涼，神色慘至，合座傾聽，不覺泣下。倪至挽其頸勿令再唱，而前客亦傾倒備至矣。聲色惑人，真無所不至哉。按〔山坡羊〕屬朱佐朝《漁家樂》

傳奇中，漁女鄔飛霞以父死孤零所唱，其前半云："苦吓，淚盈盈做了江干的花片，慘悽悽做了天邊的孤雁，哭哀哀做了石砌中的亂蛩，虚飄飄做了陌上的楊花捲。"前腔前半云："戰兢兢做了失巢的乳燕，孤另另做了風鳶的飛綫，哭啼啼做了無父的孩兒，苦伶伶做了籬下的號更犬。"語語確能道出至情，無怪四芬用心入微，恐歌動愁生，而預以色笑爲解也。

宸垣識餘所載度曲事

仁和吴長元太初，輯《宸垣識餘》，各條不詳出處。有曰，至治間，燕人史驃兒，善琵琶，蒙上愛幸。上使酒，無敢諫者。一日，御紫檀殿飲，驃兒歌〔殿前歡〕曲，有"酒神仙"之句。上怒，叱左右殺之。後悔曰："驃兒以酒諷我也。"此事乃元人以歌曲諷其上而遭禍者，殊罕見，足與靜庵《優語録》所紀並傳。然而驃兒之遇，亦可悲矣。

《識餘》又曰，張怡雲，大都名妓也，居海子上，能詩詞，善諧笑，名重京師。趙松雪、商正叔、高房山爲寫怡雲圖以贈。姚牧庵、閻靜軒每於其家小酌，嘗佐貴人行酒，姚偶言"暮秋時"三字，閻命怡雲續而歌之，張應聲作〔小婦孩兒〕，且歌且笑曰："暮秋時，菊殘猶有傲霜枝，西風了却黄花事。"貴人曰且止，遂不成章。又有《寄姚征衣詞》云："欲寄君衣君不還，不寄君衣君又寒。寄與不寄間，妾心千萬難。"人多傳之。按怡雲歌〔小婦孩兒〕事，《堯山堂外紀》亦曾紀之，不如此之詳。〔小婦孩兒〕即〔殿前歡〕，别又有〔鳳將雛〕、〔鳳引雛〕、〔燕引雛〕等名。松雪、正叔、牧庵俱有散曲傳後世，正叔之作，見《樂府新聲》者尤多。惟房山、靜軒，不詳其人。《寄征衣詞》調名〔凭闌人〕，《太平樂府》即屬牧庵，並非怡雲所寄也。

《識餘》又云，兔兒山，即旋磨臺，天啓乙丑重陽，車駕臨幸，鐘鼓司邱印執板唱《洛陽橋記》"攢眉黛鎖不開"一闋。次年復如之。宫人相顧，以其近不祥也。陳悰詩："美人眉黛月同彎，侍駕登高薄暮還。共訝洛陽橋下曲，年年聲繞兔兒山。"此事秦徵蘭《天啓宫詞》自注亦曾及之。《洛陽橋記》，未詳其本，清李玉别有《洛陽橋傳奇》。以上三事，皆度曲之掌故也。

劉時中上高監司套曲

春初與諸生講習，曾輯《詞曲備體》一編，内於北曲套式最長者，舉劉時中正宫〔端正好〕《上高監司》一套爲例。蓋通體有三十四調之多，自來所見套式，無論劇曲散曲，實未有過於此者也。此套不但以體段最長稱，且内容歷數當時吏役弄奸、庫藏積弊情形，並條陳改革辦法，議論縱横，而慨歎深致，蓋一篇愷切詳明之説帖，乃以宫調譜韻出之，其體格可謂新而且奇矣。散曲中有如此關係政俗之文，然後益信元曲致用之廣，内容之大，不僅僅風雲月露，陶寫嘲謔而已也。惜曲中所用當時名物、制度，今多不解，而傳刻之《陽春白雪》本，又舛謬百出，不能盡著原意，不無遺憾耳。元人取名字，有一時風行，以爲雅尚者，羣然從之，不病雷同，即以曲家之名論，漢卿、吉甫、天錫、鳴善、致遠、簡夫等，一時皆各有數人，其他可想矣。時中此套内，於市井駔儈之妄攀風雅，而名士大夫之名者，深予痛惡，特在今人讀其詞，又殊覺時中爲迂拘可笑矣。〔倘秀才〕云："堪笑這没見識街市匹夫，好打那好頑劣江湖伴侣，旋將表德官名相體呼。聲音多厮稱，字樣不尋俗，聽我一個個細數。"〔滚繡球〕云："糶米的唤子良，賣肉的呼仲甫，做皮的是仲才邦輔，唤清之必定開沽。賣油的唤仲明，賣鹽的稱士魯，號從簡是采帛行鋪，字敬先是魚鮓之徒。開張賣飯的呼君寶，磨麪登羅底叫得夫，何足云乎。"元制，庶民無職不許取名。糶米賣肉，當時以爲賤業，非職也，而表德甚盛，故劉氏憤慨如此耳。所列諸名，在曲家之中，亦有賈仲明、史九敬先、石君寶三人可證，足見諸名於當時，確爲習用者也。套中〔呆骨朵〕又曰："這賊每也有誰堪處，怎禁他强盗每追逐。要飯錢排日支持，索賫發無時横取。奈表裏通同做，有上下交征去。真乃是源清流亦清，從今後人除弊不除。"言之鞭劈入裏，乃覺古今同慨。全套議論，舉此略見一斑。

楊小坡題蘭花卷子曲

《金夷霞綺》篇，載楊小坡爲王某題秦淮女史吴瑞雲《蘭花卷子》〔端正好〕一套，以爲借題感興，不減玉茗風韻。此言雖不無阿好，特楊作流宕綿整，確異凡筆。如〔滚繡球〕曰："想當初十二闌干簾影疎，三五中秋月影孤，看樓外垂楊一樹，把長橋遮得模糊。甚文章大小蘇，甚神人大小姑，喬珠娘煙花寨主，俊玉郎曠代才無。那管他桃花竟日隨流水，端的是寒雨連江夜入湖，對畫闌媚影親摹。”〔耍孩兒〕曰：“王郎啊，你當年箏笛鳴秋浦，剷一片蘆花舞絮。抽刀殺賊竟何如，破青衫依舊寒儒。留得個一叢香草三生石，最傷心滿地灰飛萬卷書。吃緊的相思譜，雖則是無人可賞，却怎生有口難餬。”〔一煞〕曰：“俺勸你謝風情多讀書，覓生涯且濫竽，黄金杜牧人爭鑄。只爲你深深香霧迷蝴蝶，因此上苦苦春風叫鷓鴣。一唱君當悟，似這般情苗恨蕊，倒不如永斷根株。”雖不無借情事裝點，而吐屬嘹亮，又未曾去題，所以可取。

集曲爲詞

亭亭山人陳鍾祥，有《集牡丹亭詞》，咸豐壬子楚江舟次跋云：“玉茗堂四夢傳奇，膾炙人口，《牡丹亭》尤極幽豔。舟中無事，偶檢原曲句，依譜集成慢詞八闋。雖遊戲之作，而一時興到，或亦偶得之耶。”按慢詞音調柔婉，文字鋪排，雖較近於南曲，若各極其工，各守其正，則詞曲之界，又何從泯滅？自來傳奇中副末開場，所唱家門慢詞，籠括全書情節者，有可登《絶妙好詞》者乎？山人此作，原衹遊戲而已，特自來用詞語入曲者有，用曲語入詞者無，兹復通體集曲句爲詞，真别開生面矣。爲録一首以見例。〔風入松〕云：“世間何物似情濃，幾點落花風。含情自把春容畫，甚西風吹夢無踪。骨冷怕成秋夢，匆匆爲著誰儂。霧和煙雨不玲瓏，風翦玉芙蓉。情根一點無生債，不分明再不惺忪。影隨形風沈露，多嬌多病愁中。”“影隨形”云云，已成三字兩句，未入調；餘作則益乖，雖曰依譜，實未嘗依矣。且〔風入松〕亦不能算慢詞。

陳鍾祥下灘曲

山人有《下灘曲》〔江兒水〕云：“刮耳風濤長，牽情水石狂。怒轟轟似鐵騎刀鎗響，淅瀝瀝似風雨船頭撞，亂滔滔似潮上廣陵江。不是十八灘頭上水忙，蕭瑟篷窗，有多少淒涼概況。”又《高青書太守珠海歸帆曲》〔金落索〕云：“煙塵境宇清，澳嶼巡防警。小隊隨行，郡守嚴妝整。三山一片青，海波澄，遥指暹羅萬里程。虎門戈戟團花錦，鮫市珊瑚耀水精。珠簾映，十三行外判夷情。看番奴蒲伏恭聽，記取分明，嘉慶年間政。”

自敘敘人,俱覺躊躇滿志。

趙瑜弔桃花曲

《積山雜記》謂沈玉亮善譜曲,與昉思齊名。徐逢吉《清波小志》謂趙瑜善填詞,有《青霞錦》、《翠微樓》傳奇數種,亦與昉思齊名。康乾間信多詞手,一時風會如此,後世所不及也。趙字瑾叔,錢塘人,入籍武康,補博士弟子員。少時雅善填詞,中年善作釋氏裝,自稱繡衲頭陀,不飲酒食肉,又不言釋氏之學,不肯俯仰於人,雖貧泊如也。《小志》曰,"康熙庚辰三月夜,大風雨。至黎明,聞扣門聲甚急,啓視之,則趙也,著屐而來,云:'天公如此,桃花摧殘可知矣。吾欲往六橋弔之,君能偕我行乎?'予適小疾畏風,辭之,瑾叔遂獨行。抵暮,仍過我,急索筆,寫《弔桃花曲》五闋見示,音調悽惋,真有情人也,予亦倚其聲而和之。"按《小志》中未登和作,祇載原唱,首闋〔山坡羊〕云:"誰繪就河陽圖畫,却向這西湖懸掛,怪宵來狂風不休,看紛紛紅雨漫天下。假若是攀折他,被催花御史拿。到而今禁不住鸚哥,只把東風罵,何事天公見識差。波查,葬西施向水涯。煙沙,嫁王嬙不返家。"次闋〔皂羅袍〕云:"十里紅橋緊跨,總抛開旖旎,掃盡繁華。長堤那得錦屏遮,穠香一路由人踏。珠零玉碎,蘭舟慢划。紅愁紫怨,春醪慢賒。淚蘇蘇怎禁得千行下。"穎發俊露,後來之趙秋舲也。

新嫁娘一半兒

通州馮雲鵬《紅雪詞》後,有《詠新嫁娘》〔一半兒〕十六首,較佳者云:"兒家家住鳳橋西,門外垂楊水拍堤,屈指歸寧三日期。兩難離,一半兒爹娘一半兒你。"餘則略無新意,亦乏秀辭。

香南雪北曲

仁和吳藻蘋香女士,於《香南雪北詞》後附曲數套。時有陳雲伯爲小青、菊香、雲友三女士修墓於西泠,遍徵題詠,彙刻爲《蘭因集》,蘋香題仙吕入雙調一套,内〔皂羅袍〕云:"日日畫船簫鼓,問湖邊豔迹,説也模糊。桃花三尺小墳孤,棠梨一樹殘碑古。春煙楊柳,秋風荻蘆。粉痕蛺蝶，紅腔鷓鴣。玉鈎斜誰把這招魂賦。”足見韶秀之一斑。蘋香有《飲酒讀騷圖》散套，又著兩字題目曰“喬影”，若劇曲中之有齣目然。託名謝絮才，恨爲女子身，自描一男妝小影，名曰《飲酒讀騷圖》，對之讀騷痛飲，歌哭一番，略見平生意氣。詞頗亢爽，始亦不復作兒女子態矣。

今後曲樂之流傳

瞿安先生《蠡言》曰：“金陵度曲者，以仇君淶之爲最，余曾訪之。竹籬茅舍，雅有布置。淶之唱《渡江》、《彈詞》二折，口齒雖不如吴人，而轉調唤氣，尚餘廣陵先正之規。與余話秦淮舊迹，不禁有舉目山河之異。余贈以北詞〔折桂令〕云，‘記秦淮載酒曾過，畫舸迴燈，水榭聽歌。歡事無多，河橋依舊，花月消磨。走青樓捺不住新亭烽火，渡青溪填不平故國風波。回首蹉跎，十載如梭。說甚麽金粉南朝，倒變做春夢東坡。’即席訂譜，倩笛師正之。翌日泛舟北湖，即歌此曲，同遊者皆惘惘不樂，蓋自兵燹以來，久無此樂矣。”按即席訂譜，笛師正過，新詞慷慨，旋成雅奏悠揚。手不襲古人陳言，喉復不襲古人定譜，此樂殆非盡人所能得。且訂譜之學，傳者絶少，恐爲時不待兵燹之再來，而世間或已不復有此樂，亦即不復有此樂矣。余每謂曲至今日，實已在可存可廢、可傳可絶之數。崑劇搬演繁重，一部新傳奇，由案頭而全登場上，談何容易！文字而外，首爲訂譜，然後選脚色、配排場、唱詞、念白、演身段、製砌末，蓋非數十人之力、數年之久、數千金之費，不易致也。若僅工案頭，不登場上，則有詞無聲，先失樂府之本，徵之往迹，其詞亦必難遠播。傳奇家未曾動筆之先，若明知其書萬無搬演之望者，譬如農夫明知其所種之穀，雖收穫甚豐，而終不能熟於釜甑、果人之腹也，能毋憾乎？況描寫大段之政俗人情，愈得真切而明暢者，今日文字，别有其體，登場動作，娱耳目而激心情，愈覺簡易而深刻者！今日戲劇，又别有其製，要皆非崑劇之所能競，故劇曲之藝，無論文字聲樂，其存與傳，但藉前人製作之精者存而傳之，能於歷久而不中斷，亦既足矣，無待乎今人再有新製也。轉是散曲之隨作隨譜，隨譜隨歌，事簡而易舉，又確傳崑腔之法，間接即所以傳元明兩代之藝者，爲不可不加倡導也。蓋詞能按歌，歌有法度，方足稱樂府而無愧。以散曲爲樂府，固足以正彼風琴歌詞，隨譜作句，全不講四聲五音，出字收韻者之鄙陋；即於詞樂之淪亡，今人徒工文字，不成聲音者，亦補憾不少也。然則崑腔訂譜之法，有心者可不就散曲以昌明之，而乃聽其淪廢歟？

孔東塘《桃花扇》成，而桃源洞主田舜年已教家姬合演，餘如《西堂樂府》、《湖中傳奇》，莫不朝成稿本，夕布管絃，皆文人之幸遇也。洪昉思之《長生殿》，則山西亢氏爲置衣飾器用之費，至輸鏹五十萬兩，始得歌喉一囀，座客稱善。同時江淮某大吏，亦演此劇，其門客項生，爲之布置，所費亦數十萬，見《樊榭山房集》。此際清初盛世，民有富裕，士大夫聲樂文字之樂，惟有此一端，而戲院之製未興，家樂非巨室不能有，然後文人果有佳篇，始邀幸遇。自乾嘉以後，此風即不復作，況今而後乎！此余所以謂今後之新本傳奇，既難得搬演，則曲樂流傳，必舍此而別謀所託矣。

鹽商與曲

友人集齋頭，偶作《揚州鹽商逸話》，或狀其豪，或形其慳，或數其陋。余謂前人筆記所載，道光中陶文毅改票法後，揚商已較窮困，然總商黄瀠泰家，尚有梨園全部，殆二三百人，衹戲箱已值二三十萬，四季裘葛遞更，如《浣紗》之"吴王採蓮"、《琵琶》之"狀元賞荷"，則滿場皆紗縠也，後來所不能矣。乾隆設局，修改曲劇，而奉旨者爲揚州巡鹽御史，觀總校黄文暘所成《曲海》二十卷之目，已歎爲空前盛舉。近數百年中，元明劇本之流傳，此舉殆爲一絶大之關鍵也。顧當時何以巡鹽御史獨奉此旨？想因鹺業之富，方足以任此羅致修繕、傳刻搬演之費者，亦有之也。更觀《畫舫録》所紀，乾隆南巡，揚州梨園迎鑾供奉之盛，内班行頭之精，老徐班全本《琵琶記》，"請郎"、"花燭"則用紅全堂，"風木餘恨"則用白全堂，備極其盛。大張班《長生殿》用黄全堂；小程班《三國志》用綠蟲全堂；小張班"十二月花神"衣價至萬金；百福班一齣《北餞》，十一條通天犀玉帶；小洪班燈戲點三層牌樓，二十四燈戲箱，各極其盛。大洪、春臺兩班，則具衆美而大備。孰非出於鹽商者，是鹽商之於曲於劇，業殊厚矣。余復檢示《雍熙樂府》所載元明人嘲鹽商曲，座中都爲軒渠，寫其貌也，則〔寄生草〕曰"棋盤領三寸闊，弓袋袖四尺長。戴一頂窄簷高頂京油樣，披一件揪頭刺褶新時樣，穿一雙捲尖疊腦興齋樣。粗絲條勒在胯骨邊，細包巾裹在額顱上”；寫其侈也，則〔那吒令〕曰“黑漆匣退光，紗羅衣滿箱。白綾被噴香，玉磚階錦妝。茜紅氈苫床，美人圖滿房。到晚來著處偎，白日裏沿門串，無拘束放蕩行藏”；寫其妄也，則〔混江龍〕曰“一個個做模打樣，豈不聞有麝自然香。矜驕傲慢，聲勢虛張。通不到一千三百引，響翻了二十九鹽場。父親是尚書舅舅，母親是少保姨娘。動不動結交官長，來不來送酒牽羊，去不去鳴鑼擊鼓，行不行號帶旗槍。南門李，運司張，謁劉舅，探新王。尋幾個歪皂隸立在店門前，覓幾個假軍牢擺在船頭上。聽不得撇虛擣杌，覷不得詭詐輕狂”。此所寫猶限於當時情況，若後世此輩威福之擅，殆十百倍之。至於今日，陋則猶是，而豪與狂俱不逮，亦可慨矣。

録鬼簿

孫留庵《緑天清話》謂元人鍾醜齋《録鬼簿》自序有云“人之生斯世也，但以已死者爲鬼，而不知未死者亦鬼也，特一間耳”，其言痛矣。慈谿邵元長題〔湘妃曲〕於後曰：“高山流水少人知，幾擬黄金鑄子期，繼先既解其中意。恨相逢何太遲，示佳篇古怪新奇。想達士無他事，録名公紛紛如鬼，歎人生不死何歸。”讀至末句，如三更魚鼓，半夜霜鐘，唤醒癡人不少云云。今留庵下世矣，一歸而已，本非癡人，則生平當亦無多可歎也。按傳本《録鬼簿》皆作“録名公半是鬼”，此獨云“紛紛”，未知留庵所據何本。又題詞尚有周誥、朱經之〔折桂令〕，朱作尤清麗有則：“何人千古風騷，如意珊瑚，弱水鯨鰲。紙上功名，曲中恩怨，話裏漁樵。歎霧閣雲窗夢杳，想風魂月魄誰招。裹驪珠淚冷鮫綃，續鵾絃指凍鸞膠。傳芳名玉兔揮毫，譜遺音彩鳳銜簫。”周爲人不可考。朱一作郱，字仲義，一作誼，號玩齋，一號西清道士，仁和人，至正間進士，有《玉嬌春》、《鴛鴦塚》兩劇，各有一曲，見《北詞廣正譜》。蔣氏《外紀》謂唐伯剛《戲題朱仲誼小像》云：“七尺軀威儀濟濟，三寸舌是非風起。一雙眼看人做官，兩隻脚沿門報喜。仲誼云是誰是誰，伯剛云是你是你。”未知即其人否。

初印本北宫詞紀

春初獲初印本陳所聞之《北宫詞紀》，卷端題曰《嘯餘譜别集》，又有詞人姓氏表兩頁，元人如費唐臣、宫大用等雜劇家，皆在列中。顧書内並無諸家之詞，豈陳氏操選，本欲兼取劇詞，後雖改絃，專登散曲，而表中原有姓名，並未删除歟？抑諸家皆確有散曲，欲選未選歟？惟諸名仍不出《太和正音譜》羣英格勢所列範圍之外，惟蕭德理、倪雲林兩名，《譜》中不與焉。明人如毛雙峰、穆仲義、花綸、顧衡宇、陳横崖、陳全、施幼平、潘子素、劉函山、牟清溪、徐遵誨、陳素庵、鄭墟泉、弭少庵等，皆曲書嚮所不見者，而本書之内，一並無詞。元刊《太平樂府》姓氏表後附文有曰"又有不知名氏者所作，具見集中，比他編有名無曲者不同"。據此，有名無曲，爲自來選本之通弊。索其故，疑凡姓氏表，皆書坊所爲，所以炫人耳目，利書之多售，並非出於編集者意，故錯雜浮泛，與本書不符。此風至明，殆猶未息，而陳氏選端，遂亦不免也。花綸、陳全小曲，已見前引《堯山堂外紀》文内，餘人多失考。惟倪雲林有曲調五篇，見《歷代詩餘》，穩洽而已，未具曲中機趣也。

初印本《北宫詞紀》與常本異，常本版心頁數，已經改動，檢頁數雖不闕，而内容每有闕者。又每卷末有闕頁，則於所存之末頁末行，添補某某卷終字様，强爲截斷，以掩耳目；若與卷前目録相差過遠，則並目録亦加改動。甚哉書賈之欺人，而書之貴初印也！卷一金白嶼〔新水令〕六套，常本遺其二，卷四朱庭玉〔哨遍〕三套，常本遺其一，乃最著者也。庭玉套詞甚多，而履貫無一字傳於後世。《詠秋千》〔青杏子〕套〔好觀音煞〕曰："有似飛仙驂雲駕，金翹彈寶髻偏雅，嬌軟腰肢足可誇。渾疑是力向東風暫假，不管愁人停驕馬。粉墻外似隔天涯，分明望見他，困立在垂絲海棠下。"花間困立，尚是畫圖所能摹；若力假東風，又出於暫，殆非丹青之事矣。

樂府新聲

伯兄又寄我海虞瞿氏鐵琴銅劍樓影鈔本《樂府新聲》，雖筆墨未精，而紙猶舊製，邊欄以外，尚留臣某某呈進字様也。《新聲》不著編者姓名，體製草草，不如楊氏二選及《羣玉》。然元人選本殊罕，又能多此一編,未嘗非大幸也。後兩卷皆令曲,作者强半失名,精品雖少,而動有出於他選之外者。《閨情》如〔梧葉兒〕云:"秋來了,漸漸涼,寒雁兒往南翔。梧桐樹,葉又黄,好淒涼,繡被兒空閑了半張。"〔喜春來〕云:"夢回酒醒初更過,月轉南樓二鼓過,玉人低唤粉郎啊。休睡波,良夜苦無多。"《歸隱》如〔慶宣和〕云:"煙水茫茫東大海,望見蓬萊。八個神仙肯拖帶,去來,去來。""充腹黄粱暖坑柴,送老山齋。枸杞茶甜如蕨薇菜,去來,去來。"俱覺沖淡幽香,脱略凡近,爲不可多見者。

《新聲》有〔叨叨令〕六曲,録其三:"黄塵萬古長安路,折碑三尺邙山墓,西風一葉烏江渡,夕陽十里邯鄲樹。老了人也麽哥,老了人也麽哥,英雄盡是傷心處。"妥貼排奡,以雄邁勝。"溪邊小徑舟横渡,門前流水清如玉,青山隔斷紅塵路,白雲滿地無尋處。説與你尋不得也麽哥,説與你尋不得也麽哥,却原來儂家鸚鵡洲邊住。"層遞而入,終及佳境,以俊逸勝。"緑楊堤畔長亭路,一樽酒罷青山暮,馬兒離了車兒去,低頭哭罷擡頭覷。一步步遠了也麽哥,一步步遠了也麽哥,夢回酒醒人何處。"通體疎整,而結韻迴環,蓋又以綿邈勝者。合觀三曲,英雄兒女,都須安頓著一副眼淚,來相周旋,則滿地白雲,茫無尋處,誠有可戀矣。鸚鵡洲邊,儂家獨我無分乎!

《新聲》有〔寨兒令〕兩曲,作男女間之互訐,極詼詭。女所言者,但託諸夢境,設想尤幻,而所寫其人怨恨之深,直覺振振紙上,如見其人,如聞其聲矣。奇文也!"鴛帳裏,夢初回,見獰神幾尊惡像儀。手執金鎚,鬼使跟隨,打著一面獨脚皂纛旗。犯由牌寫得精細,劈頭裏先拿下王魁,省會了陳殿直。李勉那厮也聽者,奉帝勅來斬你們這顆負心賊。"續曰:"便做道有人負桂英,值甚麽便誇説神靈。想當初嫁馮魁的也曾不志誠,天地行發下了海誓山盟,可怎生獨自個走到豫章城。畫船兒乾撇下雙生,做的來失盡人情。果然是有報應,端的是有神靈,劈頭裏先剮了狠蘇卿。"夫人力之所不能挽,乃假神力以相恫嚇;神不能果爲我顯,則詭言夢遇,無待佐證,而人已可信其真。非徒快一時聲色之淩人也,實冀聽者有所駴憚,斂迹而回意耳。又豈料寡義者附會抵制,强辭奪理,以口舌相逞,終付深情於流水哉。

余嚮讀《新聲》,最爲快心者,爲馬東籬之〔四塊玉〕《賦情史》十首。

東籬製作，見於前書者，已覺絡繹紛披，蔚爲異采。乃當日選集，各懷菁英，不相侔同，今日續見一書，必續有所得，令賞者乃有應接不暇之樂，古人面目，亦由詳密而漸得其真全，此爲學之所以貴博採也。《天台路》曰："採藥童，乘鸞客，怨感劉郎下天台，春風再到人何在。桃花又不見開，命薄的窮秀才，誰教你回去來。"《馬嵬坡》曰："睡海棠，春將晚，恨不得明皇掌中看，霓裳便是中原患。不因這玉環，引起那禄山，怎知蜀道難。"《藍橋驛》曰："玉杵閑，玄霜盡，何敢藍橋望行雲，裴航自有神仙分。原是個切玉人，做了個賞月人，成就了折桂人。"蒼勁遒鍊，全以渾樸勝，並非巧詞新意之爲高不可步也。餘題爲《紫芝路》、《潯陽江》、《鳳凰坡》、《洞庭湖》、《臨邛市》、《巫山祠》、《海神廟》。

明姜南《瓠里子筆談》云："近時人歌唱，或被之管絃，皆淫詞豔曲，所謂'使人聞之，喪其所守'者。嘗觀元人樂府，有《四時行樂》〔小梁州〕詞四闋，不過摹寫予杭西湖四時景象，比之一時其他詞曲，猶爲此善於彼，乃酸齋貫雲石之作也。"①按四曲惟見於《樂府新聲》，他書不載。姜氏所謂"元人樂府"，殆即指《新聲》而言。其詞平常不足舉，惟《筆談》所言，殊足爲《新聲》考證之資耳。

楊靖絶命詞

《茶餘客話》云，洪武中刑部尚書楊靖，中略才臣也，未竟其用，以冤死。《明史》云，尚書字仲甯。臨難之日，作絶命詞云："可惜跌破了照世界的軒轅鏡，可惜顛折了無私曲的量天秤。可惜吹熄了一盞須彌有道燈，可惜隕碎了龍鳳冠中白玉簪。三時三刻休，前世前緣定。"身後建祠於新城東門之下關，曰昭恤院。按此詞句法，似〔塞鴻秋〕，而末猶缺一句，且排句叶平，亦未合，終不知成調否。但論其文字之體，則舍曲而外，無所歸矣。末二句疵累也。全詞當亦出僞託。能燭世界者，奈何不能燭其身，若委定數，則俱是定數，又何可惜之一再足云乎！

---

① 今校：古今説部叢書第五集《瓠里子筆談》，"比之一時其他詞曲"作"比之其他詞曲"，"此善於彼"作"彼善於此"。

揚州夢

《揚州夢》一劇，作者前有喬夢符，後有嵇留山，所用皆杜牧之事。別有無名氏一本與胡介祉之《廣陵仙》，所用同爲《太平廣記》中，長安杜子春僑居廣陵，散財行善事，特兩本關目各别耳。此四本外，又有清慎郡王岳端一本，則演老子尹喜事，余在續焦氏《劇説》中詳之，兹以其涉及揚州曲話，因並記於此。許旭《閩中紀略》謂留山才最敏速，而性又機警，同在范覲公幕中，輒倡和爲樂。所著醫書，盈尺積几。尤善音律，製小劇，引喉作聲，字字圓潤。逆旅之中，藉以遣懷導鬱，雖骨肉兄弟，無以過也。查爲仁《蓮坡詩話》謂宗室紅蘭主人，嘗自製《揚州夢》傳奇，遍招日下諸名流賞之。有少年王生，善集唐，即席詩成，結句云"十年一覺揚州夢，唱出君王自製詞"。主人大喜，以黄金十四錠、白玉卮三，奉酒爲壽曰："一字一金也。"生受酒，以金分給梨園曰："同沾君惠。"以上兩則，皆《劇説》所不載。又陳棟有《維揚夢》一本，亦杜牧之事，四齣而已。

曲諧卷四

江都任訥中敏

陸廣明自壽曲

明徐樹丕《識小録》云:"陸無界名廣明,號青章,陸尚寶五湖之孫,文學成湖之子。工筆札,多才藝,臨書能亂真,吴中假古董,多出其手,寫祝京兆尤當行。雖其人非高品,而不可泯没也。有《七十自壽詞》,亦足見其生平矣。"其詞乃南吕〔一枝花〕套曲,〔梁州〕云:"我是個有兒孫孤獨鰥夫,我是個没錢財五陵豪客,我是個白鬚黄髮維摩詰。荷芰衣裳,竹皮巾幘,翰墨躬耕,詩書心織。端守著半畝蓬蒿,近似他山靈窟宅。端愛著半甕虀鹽,勝似他瓊漿玉液。覺來時聽一曲樵歌漁笛,倦來時看幾卷稗官野史,興來時畫一幅雲林竹石。車塵馬迹,休污我苔階翠色。無辱無榮,匪朝伊夕。"讀此詞,其人又何嘗不高?又〔尾〕云:"怪的是鬧茸茸龍沙鶴浦排瑶席,怕的是熱騰騰峨冠博帶誇通籍。一任伊滄桑變易,者麽恁跨海的牙籌,遍街的銅狄,總不如俺暗記梅花爲曆日。"則人品詞格,並臻超妙,絶不似造僞詐世之流也。文字欺人,有如此者?

納書楹譜散曲

葉懷庭《納書楹譜》,以有北《西厢》者爲善。常本四集者乃初刻本,板式簡,時人以爲不便,葉乃增訂重刻,而益以北《西厢》。古人於傳世之業,曾不肯一毫苟且矣。《譜》中所載時劇散套,除見《綴白裘》者外,尚多不能詳其出處,可見明以來曲本,當時所資採録,今已不傳者,殆不可勝計也。前文偶因他書之所同載,曾附見一二,此外尚多奇俊之作,爲再補誌如次。

《正集》中所謂"兀的不",仙吕〔疊字錦〕套,乃寫北人之賞胡妓也,《鐵冠圖》劇《夜樂》齣中曾借用之。葉氏謂此套"不知來自何處,幽豔蒼涼,得未曾有"。今按其文,頗飛舞奇肆,讀其首調,已可略見:"兀的不快活殺人也麽，嗏，女娘行折抹的多俊雅，嬌嬌一會兒，好令著咱心坎裏滚來一盞熱水茶。癢又癢鷄皮鼓斷送咱，愛又愛鷹子撾輪了他，盼不上你的助情花。嗏，屈指數嬌名，一個兒紅，一個兒紫，一個兒青，一個兒緑，凑著俺黑黢黢的裴别駕，兀的不樂殺人也麽寃家。"羣妓之中，插一丑漢，乃覺口眼手足，俱無是處，粉墨未調，而已搬演如對矣。

《續集》有"柳飛"一章，其高宫正宫合套内〔塞鴻秋〕云："赤緊的那楚陽臺，峻險似連雲棧。武陵溪間隔著東洋岸，他將那錦迴文合歡帶皆揪綻。繡香囊同心結都拆散，揉損了並頭花，斫斷了連枝幹，恨不得遶池塘摔碎了鴛鴦彈。"驅遣如意，裝點飽滿，望而知爲元人伎倆也。

《外集》時劇中有曰"小妹子"者，全用小曲，文字極詼詭，而出語真樸，自有别趣。首調云："小妹子夜夜守空房，須信道有情都是謊。手中空有千條綫，繫不住蛋兒般薄倖郎。"薄猾無行，以蛋爲狀，雖元曲中亦未見此妙喻，可云新采。劇末附〔掛枝兒〕云："來也罷，去也罷，你就是不來也罷。哎呀，離得多會得少也不是個長法。今日三明日四虚名兒牽掛，不相識自不煩惱，我如今越想你倒越害怕。著甚麽的來由也哥呀，我把真心兒來换你的假。"爽利流轉，真有并翦哀梨之快。

《閨怨》〔柳穿魚〕一套，次曲以下，皆無調名。〔柳穿魚〕後段云："梨花夜雨寒，孤燈兒睡不安。柔腸一寸，倒有萬千段。"致語也。

《借靴》一劇，乃梆子腔，次章云："俺只見門壁上滴溜溜的喜蛛垂，忽喇喇的信風吹，竈中煙火起柴灰。燈花報喜，燕子啣泥，喳喳的喜鵲兒在枝頭上戲。我就呷嚏呷嚏，一連打了二三十。你就是要腦漿把悶棍敲，要鮮血把鋼刀刺，一任你剖腹剜心，萬剮淩遲。唬唬得我戰戰兢兢，戰戰兢兢，如醉如癡，你把借借靴兩字輕提起。"一靴之微，何至言重如此？讀之令人失笑。特此雖文人形容之過，而昔時社會，或者確有此習慣，確有此心理也。文字極反跌之能，又頗繪聲繪影，因憶馬東籬有《借馬》〔耍孩兒〕套〔七煞〕云："懶習習牽下槽，意遲遲背後隨，氣忿忿懶把鞍來備。我沉吟了半晌語不語，不曉事頹人知不知。你又不是不精細，道不得他人弓莫挽，他人馬休騎。"〔一煞〕云："早晨間借與他，日平西盼望你，倚門專等來家内。柔腸寸寸因他斷，側耳頻頻聽你嘶。道一聲好去，早兩淚雙垂。"夫駿足千里，主人相倚爲命，愛護情深，不爲過也，顧靴何有哉？

《琵琶詞》散曲五枝，惟首調詠昭君出塞，餘皆情詞也。〔雪裏梅〕云："天生下一個妙人兒誰人不愛，冤家惟有你的情性意兒乖，反教人狠把相思害。害得病在床，身起又不得來，時日又不得快。海角天涯，海角天涯，下的這般狠來，下的這般狠來，下的這般歹。"最爲纏綿有致，而又吐屬入妙。

《打花鼓》時劇，皆猥鄙調謔詞多。乃中有〔駐雲飛〕云："繡罷窗紗，閑步園林看晚霞。雨過苔痕滑，濕透淩波襪。嗏，採遍了鳳仙花，摘來盈把。未搗金盆，已紅上纖纖甲。未須到銀漢西流月半斜。"鬆蒨嫵媚，如出水芙蕖，不知何以羼在泥淖之中。

統觀各集時劇散套中，多隨意爲長短句，無一定牌名格律，而懷庭各爲訂譜。如《思凡》、《拾金》等劇，人人所知者，固非純粹崑腔也，意者歸玄恭之《萬古愁曲》，作者隨筆製腔，後人隨腔製譜者，殆亦此類歟？特曲以有樂可協者爲貴！南北曲之主樂，端在《大成譜》一書中，若按詞小爲變化，合各字之清濁陰陽者，今日已鮮得解人，則基本無譜。而欲斟酌於崑弋亂彈梆子之間，以副詞成樂者，恐今日更無如許之懷庭居士矣。是隨意製腔，不拘舊調，偶然筆墨爲快則可，若必欲附於前人著作之例，除非先能自訂其譜也。

懷庭深惡臧晉叔之删改臨川四夢，甚且謂爲"孟浪漢，文律曲律，皆非所知"，因斷其百種之選，必亦多所塗乙，"不知埋没元人許多佳曲"。《譜》中於元劇，能得元本者，必據原本，然觀其每卷目後所疎，則惟《昊天塔》、《漁樵記》兩種據元本，餘皆未能。元本傳世之少，清初業已如是，可爲浩歎矣。《譜》中元劇，尚有《蓮花寶筏》一種。所謂《北餞》一套，他書有標爲《慈悲願》者，有以爲即朱佐朝撰《蓮花筏》者。懷庭則明謂"《北餞》氣盛辭雄，的係元人手筆，惜爲俗伶所删，未見原本，姑爲酌定"云云。倘其文果出朱氏等書，則諸書皆成於明清之際，距懷庭時未遠，何至原本難見，有如元劇乎？惟元劇名目中，從未有所謂《蓮花寶筏》，而《綴白裘》所載賓白，又繁縟不類元劇，猶待尋考也。又《補遺譜》内，有《曇花閣》、《如意珠》、《三國志》等傳奇，俱未詳其作者與時代。

虎囊彈

近人《小説叢話》中，謂邱雪嶼之《虎囊彈》傳奇，散見諸書如《石頭記》、《綴白裘》者，只“山門”一齣，蓋演《水滸》中魯智深大鬧五臺事。清人《雨非庵筆記》曰，“曾於某處觀演全本，然曲文未覩也。數年來遍求國中，竟不可得，豈其流落人間者，僅存此片鱗隻爪歟？雖然，珍其鱗爪，亦終勝湮没不聞”云云。並録齣中之尤佳者〔寄生草〕曰：“漫揾英雄淚，相辭乞士家。謝您個慈悲剃度蓮臺下，没緣法轉眼分離乍，赤條條來去無牽掛。那裏討煙蓑雨笠捲單行，一任俺芒鞋破鉢隨緣化。”而依《綴白裘》改次句爲“相離處士家”，殆未解乞士之意也。懷庭云，乞士即比丘之華言，謂内乞法資心，外乞食資身也。又梁茝林《浪跡續談》曰，“有優人以牙牌呈請點戲者，中有《三門》一齣，客詰之。優人曰：‘此即魯智深醉酒耳。’坐中客皆大笑曰：‘何以誤山門爲三門？’余解之曰：‘此殆非誤也。《釋氏要覽》云，寺宇開三門者佛地。注云，謂空門、無相門、無作門，故云三門。然則作山門者轉誤，特非優人所能見及耳。然山門亦自有出處，《高僧傳》云支遁於石城山立棲光寺，宴坐山門，遊心禪苑。蘇文忠公留佛印、玉帶於金山，亦有‘永鎮山門’語”①云云。按葉、梁兩家之説，同引釋典，爲曲苑中鮮見之考據也，故綴録之。《虎囊彈》全劇演智深殺人，趙員外遣之入五臺爲僧，因此己反繫獄。趙妻求救於其父金，金爲請於縣令，時適有彈丸神手在側，令謂金能受三彈，當允所請。金受三彈而無傷，令遂釋趙，故有“虎囊彈”之名云。

雪樵居士一半兒

雪樵居士《青溪風雨録》曰，某姬患瘧，寒熱方消，而情殊困頓，遣侍兒索〔一半兒〕曲，因過妝閣，爲填《秦淮雜曲》十段。甫脱稿，催付院中老曲師，誦讀數過，即拍板高歌。歌罷，而姬神情稍暢，因笑謂曰：“藥頗對症。異日酬儀，慎毋草草也。”兹按其詞殊蕪雜，當叶上聲者多叶去，音響全戾。惟末調云：“翻來新曲解人頤，自己傷心訴與誰，試把親朋數一回。暗攢眉，一半兒衰翁一半兒鬼。”尋常景況，一經道著，引人之同

---

① 今校：清道光二十八年刻本《浪跡續談》卷六，“注云”作“論云”。

感不少。

唾窗絨二

《唾窗絨》一名,人皆知爲沈青門曲集,而未知明代乃另有一本。錢希言《遼邸紀聞》云:"遼王雅工詩賦,尤嗜宫商,其自製小詞豔曲、雜劇傳奇,最稱獨步。有《春風十調》、《唾窗絨》、《誤歸期》、《玉闌干》、《金兒弄丸記》,皆極婉麗才情。後安置鳳陽,又編撰〔賣花聲〕諸調數百闋,流傳江表,含思悽楚,不減南唐後主'春意闌珊'。至今章華臺前老妓,半是流落宫人,猶能彈出箜篌弦上,'一曲伊州淚萬行'也。"所謂《誤歸期》、《玉闌干》、《弄丸記》,乃雜劇傳奇,而《春風十調》與《唾窗絨》當是散曲。《千頃堂書目》僅列遼簡王《蓮詞》二卷,十調諸名皆未及,則其書之存佚,可以想矣。按安置鳳陽者名恩鑙,簡王植之曾孫也。

朱應辰淮海新聲

明朱應辰《淮海新聲》,萬曆以前刊本不可得,嘉慶間有詹湘亭校訂本,謂其曲文用意深厚,猶是元人之舊,非明末人刻畫盡致者比。吴敏道序曰,"淮海先生,才情雋麗,襟素高閑。張錦幄以坐花,清哇緩乎六引;飛瓊觴而醉月,妍節淩乎七盤。摛毫則思逐紫雲,握板則音翻白雪,遂使渼陂却步,枝山斂容"云云。今按其詞,鳳頭豹尾,法度猶元,而嚼徵含商,已傷斂束。元人於刻畫盡致中見深厚,不盡致即無以爲曲。蓋刻畫在辭,深厚在意。明曲之嫌,正在未能盡致耳。湘亭所論,殆未著實。至若渼陂、枝山,原不足盛稱,敏道所擬,亦狃於時尚也。《新聲》於長套之前,每具七絶一首作引,即以末句數字,用入曲調起拍中,仿佛宋詞調笑轉踏之製,殊非曲家本色。首篇《楚狂歌》,縱横今古,先玄恭《萬古愁》而發。有〔黄鶯兒〕云:"河漢與江沱,有凡魚不釣他,從來只説滄溟大。探驪珠的太阿,下珊瑚的網羅,把靈鼇掣起三山墮。這生活,只有姜牙老子,曾試渭陽坡。"可見其狂矣。〔啄木兒〕起云"那巢由可笑,他把天下將來當甚麽",聲響殊鏜鎝,惜全闋無以副之。又有《題菊》〔黄鶯兒〕云:"雙朵殢人嬌,兩相看也臉暈潮,晚妝羞向銀釭照。一個雲堆翠翹,一個風欹紫腰,似楊妃挽住了西施笑。對妖嬈,生香活色,見影已魂消。""似楊妃"句,可謂盡致矣。朱字拱之,一字振之,累舉不第,貢入太學,能爲詩,曰《逍遥館集》。朱氏《新聲》後,附其甥《射陂蕪城詞》,有〔畫眉序〕云:"花月可憐宵,回首風江欲上潮。聽竹西歌吹,猛憶前朝,隋堤外一抹山光,夜市裏雙聲水調。纏腰爭打迷樓過,滿樓紅袖相招。"此所寫並非當時情況,特於前朝之回憶耳。噫,柳堤迹杳,水調聲沉,潮咽風江,花憐月夜,今日之蕪城,殆愈不堪回首矣。珠簾十里,紅袖滿樓,於隔岸山光,依然嫵媚之中,顧猶能意想其一二歟?

紅香仙子乩作

所藏《新聲》本之後頁,不知誰寫兩詞云:"淅零零這一座芭蕉老,碧沉沉那一抹紗窗杳,慘離離又一陣哀鴻攪。思量往事,漸漸都非了。不甘心小軸兒畫蛾眉,蟲也欺人珠網重重罩。""展長天難打這相思稿,拂濃雲怎覓那傳書鳥,闢重泉也種不出忘憂草。酒杯兒自勸,怎禁寬腸少。這一番癡意與真情,若教空抛,倒底如何好。"意致於平淡中見懇摯。後檢《堅瓠集》内亦載之,謂"有女鬼自稱紅香仙子,附乩所作云"。

舒鐵雲樂府

葉廷琯《鷗陂漁話》云,嘗見舒鐵雲"手書所撰樂府雜劇一卷,乃未刻之書,尚記其《琵琶賺》、《桃花人面》二目,餘已忘之。聞宋于庭翔鳳言,嘉慶戊辰己巳間,鐵雲禮闈報罷,留滯京華。時婁東畢子筠華珍,方客禮親王邸,二君皆精音律,取古人逸事,撰爲雜劇,如楊笠湖《吟風閣》例。禮王好賓客,亦知音,甚重二君之才。王邸舊有吴中樂部,每一折成,輒付伶工按譜,數日嫻習,即邀二君顧曲,盛筵一席,侑以潤筆十金,亦一代名藩佳話也。後來武林汪氏所刻鐵雲《瓶笙館修簫譜》,即在都門所撰,有《通德擁髻》、《文君當爐》、《博望訪星》、《吴剛修月》四種,而前所見一卷,不知今在何所矣"①。按此節敘鐵雲文章遭際,最爲完備。

---

①　今校:清同治九年刻本《鷗陂漁話》,"乃未刻"作"亦未刻","宋于庭翔鳳"作"宋于庭丈翔鳳","四種"作"四目","而前所見"作"而余前所見"。

《修簫譜》四種，則刻而未演，《琵琶賺》等數種，則演而未刻。四種各有圖畫，各有題詞，皆汪氏又村手鈔上木者，槧畫極工。瞿盦先生最愛《當爐》一折，謂相如著犢鼻褌，自顧而笑曰："我是妝龍像龍，妝虎像虎。"文君曰："我就嫁鷄逐鷄，嫁犬逐犬。"及至縣令來訪，文君又云："你初到我家，本從縣令飲酒，如今淪落不偶，原該賣酒爲生，酒始酒終，豈非一場佳話？"脱口而出，其巧妙真有不可思議者。《擁髻》〔桂枝香〕云："遠條别館，迤邐著含風别殿。那里是弄風絃潙汭同心，倒做了羞月貌尹邢避面。我想漢家終始不出婦人，放一雉開場龍戰，留雙燕收藏魚貫。畢竟是兩無權，愛河乾没了情田地，劫火燒殘了色界天。"内中"放一雉"二句，直是令人百思不到，而樊姬史才，亦於此可見。且其議論奇僻，不獨聰明而已也。《訪星》折中，牽牛以支機石贈張騫，騫云："待我歸問東方大夫，便知明白。"織女云："那東方朔全是滑稽，毫無識見，連破煤都不識，當了昆明池底的劫灰。那裏知小小石頭，却是織登科記的靈物也。"及張騫問了姓名，便云："原來就是雙星，此言必不河漢。直是布射遼丸，那得不令人傾倒。"語見先生所撰《蠡言》中。又按陸以湉《冷廬雜識》謂鐵雲"兼擅音律，每填詞曲，輒按絃管以調之"云云，足補《蠡言》所不及也。

看戲説

梁章鉅《浪跡續談》内談戲曲者甚多，如《琵琶》、《荆釵》、《紅綃》、《紅線》等，都有考訂，旁及工尺脚色，論列亦詳。就中令人最不能忘情者，厥爲"看戲之説"一段。《續談》曰，"吾鄉龔海峰先生，官平涼時，其哲嗣四人，皆隨侍署齋讀書。一日，偶以音觴召客，齋中四人者，各躍躍作看戲之想。先生飭之曰：'試問讀書好乎？看戲好乎？可各以意對。'其少子文季瑞穀遂答曰：'看戲好。'先生艴然斥之退。長子端伯式穀對曰：'自然是讀書好。'先生笑曰：'此老生常談也，誰不會説。'次子益仲受穀對曰：'書也須讀，戲也須看。'先生曰：'此調停兩可之説，恰似汝之爲人。'三子小峰對曰：'讀書即是看戲，看戲即是讀書。'先生掀髯大笑曰：'得之矣。'"①云云。小峰之説，自屬名言千古，豈但語妙一時。今人談教育者，欲闡讀書之義，研戲劇者，欲彰戲劇之功，千言萬語，正不如此兩句話盡致。

崑腔之衰

道光間，崑腔已落秦腔之後，當時有文武班之目，文指崑而武指秦。梁氏自謂懵於音律，看戲愛看聲色喧騰之齣，笑當時看戲，攤《綴白裘》於几，以手板按拍節者爲不韻。嘗言既已演戲，則徵歌選舞，自以聲色兼備爲佳，若徒賞其低唱恬吟，則但令一人鼓喉，和以一笛足矣，何必聚一班數十人於後臺，爲之結綵張燈、肆筵設席，而品評其行頭之好、脚色之多乎？後梁僑居揚州，就養甌江，時有演戲之局，專講崑腔者遂不過十之三，與梁同嗜者竟十之七矣。此亦足見崑劇之所以衰，其弊亦在聲有餘而容未至。嚮使有人如良輔之研聲者，更爲吾國戲劇研定一種精密真切之演法，以副歌腔，庶幾聲容並茂，而後戲劇之事始全，可以稍稍歷久而不廢。識者於此，不能盡譏梁氏爲孟浪漢也。夫看戲即是讀書，此種書之成就，殆尤難於卷帙中物，蓋不善則趨之者仍是看戲，終未讀書耳。

清代曲樂之盛衰

又觀錢梅溪《履園叢話》藝能篇所論，則恰與梁氏之論相反，但敘一時風氣所好，非崑腔所能囿，則兩人又不約而同。於此可見人情嗜欲之遷變，非數人之力、一藝之長，所能挽矣。錢氏曰："梨園演戲，高宗南巡時爲最盛，而兩淮鹽務中，尤爲絶出。例蓄花雅兩部，以備演唱，雅部即崑腔，花部爲京腔，秦腔、弋陽腔、梆子腔、羅羅腔、二簧調，統謂之亂彈班。余七八歲時，蘇州有集秀、合秀、擷芳諸班，爲崑腔中第一部，今絶響久矣。演戲如作時文，無一定格局，只須酷肖古聖賢口氣，假如項水

---

① 今校：清道光二十八年刻本《浪跡續談》卷六，"少子文季瑞穀遂答"作"少子文季觀察瑞穀遽答"，"長子端伯式穀"作"長子端伯郡丞式穀"，"次子益仲受穀"作"次子益仲孝廉受穀"，"三子小峰"作"三子小峰邑侯"。

心之何必讀書，要像子路口氣，蔣辰生之愬子路於季孫，要像公伯寮口氣，形容得像，寫得出，便爲絶構，便是名班。近則不然，視《荆釵》、《琵琶》諸本爲老戲，以亂彈攤王小調爲新腔，多搭小旦，雜以插科，多置行頭，再添面具，方稱新奇，而觀者益衆，如老戲一上場，人人星散矣。”按演戲既如作時文，看好戲既可悟作時文法，則事在當日，龔小峰謂“看戲即是讀書”，而獨見賞於乃翁者，益非無故矣。一笑。

諸佛名歌

瞿存齋《樂府遺音》之後，有北曲十七首，〔水仙子〕跋云：“雍生凱，從學五年，最爲親密。今被選唱佛名歌曲，每乘夜來過，輒爲余歌數首，或留宿不去。爲製〔水仙子〕二首，俾度腔歌之，因以爲贈。”又後十首題爲在保安城南寓舍，總跋云“右北樂府十首。己亥歲夏，頒降佛曲，從學諸生，多被拘集在官歌唱，其於音律，素所未習，不免有扞格之患。因製北曲十首授之，俾度腔按譜，依聲依永以歌焉。庶或得其梗概，而音律克諧，抑亦指引之一助也”云云。余始不知當時佛曲，如何援用北曲，又何以拘集諸生歌唱，於存齋兩跋，頗滋疑怪。及於瞿庵師處，覩永樂間頒布之《諸佛名歌》，然後乃恍然了然，且深爲曲苑之中，慶有此一奇書，而境地乃益恢宏闊大也。

《諸佛名歌》者，特簡稱耳，原名《諸佛世尊如來菩薩尊者名稱歌曲》，乃聯綴佛、世尊、如來、菩薩、尊者，五種之名稱，成爲南北曲調四百餘種，二千數百首，於永樂十五年十七年間，頒行天下，供一切民衆，歡喜贊諷，功德弘深，乃得懺惡因而致善果也。涵虚子曰：“僧家所唱者，自梁方有喪門之歌，初謂之頌偈，‘急急修來急急修’之語是也，不過乞食抄化之語，以天堂地獄之説，愚化世俗故也。至宋末，亦唱樂府之曲，笛内皆用之。元初，讚佛亦用之。”按隋唐樂府内，久有《普光佛曲》、《日光明佛曲》等八曲，入婆陀調，佛曲之入樂府，由來久矣，不始於宋也。余嘗定散曲之義，謂凡不需科白之曲文，皆爲散曲；今《諸佛名歌》，不但無科白，且每首自爲起訖，不相聯屬，直是散曲中小令之體也。自有散曲，自有小令以來，殆未有若是數百調二千餘篇之皇皇巨帙者。甚矣佛門之廣，禪宇之深，成就乃有如斯之偉。雖曰官書，亦緣法力矣。

四百餘調中，普通南北散曲用調都備，而絶冷僻者亦頗多。各宫尾聲並借作隻曲用，即詩餘短令，亦羼其中，特甚少耳。冷僻之北調内，有名〔兀出干底里曼〕、〔也都苦巴里迷失〕、〔拍兒答亦剌思〕等，與常見之〔忽都白〕、〔倘古歹〕等，固同是蒙古語譯音也。今日北譜中，有〔忽都白〕、〔唐古歹〕，而餘名乃絶不見，即如〔東原樂〕、〔窮河西〕、〔亂柳葉〕等名，未嘗怪異，而北譜内亦闕然。所有不常見之南曲亦大略稱是。噫，後世譜學，於此乃益形其陋矣。最妙者，所用詞曲諸調，各取有一定之法號，目録中則俗名法號，兩相對照，燦然備列，以備檢查；卷中諸歌之前，則俱標法號，不見俗名。如〔蝶戀花〕曰"具靈相之曲"，〔臨江仙〕曰"回慈光之曲"，〔水仙子〕曰"廣善世之曲"，〔駐雲飛〕曰"歸三寶之曲"，雖俗名與法號之間，初無用意存焉。顧自永樂以來，填〔蝶戀花〕、〔水仙子〕等作綺語業語者多矣，抑知其聲調在昔，固有被以具靈相、廣善世，種種慧語者乎？文人好奇，倘知之者，吾意其必樂於標新立異而用之，而且撏撦内典，懺摩生平之作，必又盈篇累牘而不息矣。

原歌如"廣善世之曲"曰："南無釋迦牟尼佛，南無金剛牟尼佛，南無金剛光王佛。南無金剛功德佛，普光功德山王佛。南無拘留孫佛，南無阿彌陀佛，南無拘那含牟尼佛。"皆綴佛名以成者。如"證圓融之曲"（〔清江引〕）曰："皈依西方阿彌陀佛，南無寶幢佛。頂禮大悲光，南無燃燈佛，妙菩提一切堅王佛。"則於佛名以外，略用"皈依"、"頂禮"諸詞，以爲聯綴。又如"勝妙明具莊嚴之曲"（〔雁兒落帶得勝令〕）曰："至敬頂禮如來利益諸有情，無我無二執最上意清淨。甘蔗王種吉祥大牟尼，佛陀希有不思議精進。至敬頂禮六佛法莊嚴，無業無怖調御明。一切義成就能除怨，尊師大梵行。南無最上佛燈，南無調伏心清淨。第一六神通，能消滅諸有情。"則經語多而佛名少矣。全部歌文，不外此三類之組織。

永樂御製序多篇，謂屢賚歌曲名經，往顯通寺、大報恩寺、淮安、河南、陜西、交阯諸地施散，無不感應天象，顯示靈迹，故爲繪圖鋟梓，流通廣傳云云。蓋當時爲政，固藉此設教，隱寓箝愚之計。至於拘集儒生，在官習唱，責之於優伶僧侶之間，其用心益爲明著矣。然而南北調數十種，劇曲所不用，散曲所不傳者，得於此存其梗概，其功殊不可没也。

太平圖論道之曲

童伯章先生著《中樂尋源》，曾闡文情聲情兩相配合之義，並選曲綴譜，以見其例。引《太平圖》傳奇〔玉交枝〕曰："淒清相對，恰是儒家況味。鮫他半米成慚愧，自心中自應知。辟的纑没他人一絇絲，織的屨没他人一根卉。這才是没些泥水，易的粟入得我肚皮。"先生評曰："匡章以陳仲子爲廉，而孟子目之爲蚓。此孟子爲正道辯故爾。若爲末俗言，孟子固亦以仲子爲齊士之巨擘也。今人據權利義務相對之説，遂公然計較權利。其實世界上何從覓得稱權利義務之天平？祇見其相冒耳。俗語名冒人之物曰'揩油'，此則名之曰'泥水'。油也、泥水也，皆不潔之意也。不潔之物，入得肚皮入不得肚皮？問之自心，固甚了然。曲中'他'、'我'二字，畫得分明，若斷然不能相混者。此大可爲末俗針砭，矯枉者必過其正，毋遽執孟子之説相議也。"余謂他、我之分，近人久笑爲迂，且不屑執孟子之説來相抵。人既無分他我，則物之潔與不潔，爲油爲泥與否，又何自判？今日相冒，今日得之，是眼前急務，此外非所知矣。且自有此肚皮以來，即以之入所謂不潔者，此心亦正是此肚皮中一物，凡事問他，如何問得了然？如先生之古厚，殆非所以履於今日之世途者矣。《太平圖》作者未詳。《大成譜》登詞獨多，此一曲其論道之語也。

滬上有感寄生草

憶昔友人王君鈍甫，走滬未久，悻悻而返，過齋頭，吁吁然曰："難言難言。"余笑詰其故。則走筆書一紙云："那里我吴淞岸，那里我黄浦灘。熱騰騰喫不盡的洋人飯，冷颼颼審不了的公堂案，亂紛紛造不迭的糊塗蛋。享文明從來只道是自家榮，問心肝却大家一例的何曾辦。"語誠激矣，然於目前世態，恰纔稍稍著癢處也。

張南山村居黄鶯兒

金湛生《粟香隨筆》載張南山《村居樂》〔黄鶯兒〕四首，措語沖淡，但亦有可議處。《春景》云："結個小茆茨，愛村居耕種宜，課晴問雨吾儕事。新泥一犁，新秧一畦，朝來好雨如絲細。著蓑衣，衝煙而去，笑指杏花肥。”斯能物我都忘，乃得真樂。《夏景》云：“深柳讀書堂，愛村居日正長，兒曹把卷書聲朗。北窗置床，南風送涼，忽然夢到羲皇上。黑甜鄉，思量熱客，此際汗如漿。”忽然夢上羲皇固佳，何以忽然又思及熱客？豈必想著他人之苦，然後始見我之樂乎？意趣煩而詞境雜矣。《秋景》云：“秋色滿煙蘿，愛村居詩思多，移花補竹閑功課。拈鬚奈何，掉頭細哦，樵夫牧豎都來和。笑呵呵，塗鴉心急，新墨兩頭磨。”煙蘿花竹，本身皆是天地間好詩，若不然，當取樵牧之所和，塗之絕不心急者。吾輩如果真欲自己發抒詩思，則最好學樵牧之如何和法；若徒喚奈何，酸味欲滴，則處市廛齋塾之內亦佳，不必村居矣。《冬景》云：“曝背坐前廊，愛村居冬向陽，太平打鼓鼕鼕響。東家築場，西家殺羊，騎驢踏雪人來訪。漏春光，梅花帳底，一夜夢魂香。”殺羊與騎驢之間，截然兩段，亦是詞病。原作八首，此其半耳。南山著書甚多，如《隨筆》，如《閑話》，其中於小曲有無別作，當加以細檢也。

桃花醋

《粟香隨筆》所載王芰舫看桃花爲陰雨所阻〔蝶戀花〕詞，結語云“天公也吃桃花醋”。余嚮以爲此曲中語也，移向詞中不得。金陵劉生綸英，示我曲稿，内〔塞鴻秋〕云：“當日啊硬生生吝一霎兒甘霖布，後來啊假惺惺做幾日兒春陰護。接連啊析零零邀約定那淒風助，如今啊響潺潺攔斷上了芳魂路。生成百樣嬌，惹到千般妒，這分明天公也吃桃花醋。”正由王詞改訂而成者，雖較辭費，而體格正矣。偶閱宋人所輯《雲仙散録》云：“唐世風俗，貴重葫蘆醬、桃花醋、照水油。”是“桃花醋”三字，昔時固另有其名，而確有其物也。

扶風傳信録

康熙中，宜興扶風橋人許丹忱，遇仙女乎仲仙事，小説如王漁洋《居易録》、鈕玉樵《觚賸》等記之宜矣，而新舊《宜興縣志》亦登其事，若鑿鑿可信者。於是有人仿日記體，摹繪其情，託言許之祖父，目覩身歷者所書。吴兔床謂其年經月緯，排日按時，晦明風雨，歷歷無爽，遂據以輯成

《扶風傳信録》一卷。其實年經月緯，風雨晦明，文人筆端，爲之何難？黠者小作狡獪，而兔床遂墮其術中矣。《録》内所記情事，都支離可笑，仲仙奉母之命，始期與丹忱一度，了其夙緣，而後乃屢會焉；且數年之中，不絶以羣婢往來其間，又不知於"夙緣"何謂？一切隱形御風，預言休咎，都不脱自來小説家説鬼神之窠臼。最可笑者，仲仙一家，居海雲仙境，又嘗幸避關聖按臨之難，是與神仙直接有往來蹤跡，何以記中又屢述其必至人間寺觀中，以拈香設供，頂禮木偶爲事耶？仲仙所歌所作時曲，全無一毫所謂神仙口吻，一切原皆出於人爲，而兔床必欲傳以爲信，是轉不如逕作小説家言者之爲當也。兹節其一二爲曲話如次。

康熙二十一年正月十一日，許生丹忱隨大父可覲，入城賀歲。至三里橋，遇一麗人，相與目成；入城，至東關橋，又遇之。是夕，祖孫宿友家，更闌，聞人聲上梯，燭之，不見，訶以爲鬼。應曰："非也。"詢何能。曰："善歌。"遂作謳啞之聲。二十四日，生自外歸，瞥覩女子坐床，笑起相迎，儼然東關所遇也。自言爲乎淑貞，號仲仙，特來此，了七百年前夙緣。可覲懼生爲所迷，與生同寢，仲仙乃息於旁。隨來侍婢名素娥，口占詞，盛述主美，仲仙復爲歌曲，達曙不寢。明日，可覲自外歸，見床幮揭者已垂，心知其事。晚，仲仙與可覲祖孫，談論雜事，展轉不寐。仲仙歌《西厢》"寄柬"及"秋江哭别"之曲，蓋已寓去志矣。二十六日黎明，促生起，爲掠鬢，生謝不敏，仲仙笑曰："君不聞京兆畫眉乎？"夜半，呼生閑話，復唱"槐陰分别"之闋，情詞悽愴。素娥曰："夙願既償，去矣，奚過傷爲？"仲仙曰："我甚憐之，未忍決去。"二十七日午後，仲仙命素娥舉壺中酒，舉杯酌生，口吟留别之詞，又吟曰："兩淚交流，濕透羅衫袖。非奴把相思念也，只爲别時容易見時難又。"又吟曰："儂别去淚雙流，使我揉斷離腸何日休。未知幾時重相會，直到海底揚塵石爛頭。"又曰："落花落葉落紛紛，終日思君不見君。腸段段兮段復斷，淚痕痕上又添痕。"又曰："費長房縮不盡相思地，女媧氏補不完離恨天。"所歌大抵皆惜别怨恨之詞也。是夕，果去。

二月十八之夕，素娥復至，取遺履，且以仲仙别後詩詞付生，情極悲惋，間多怨憤自悔之意。有曰"悔當初錯認你同心並蒂蓮，到今朝方信你心不同如其面"之句，生讀之，悲不自勝，乃爲詞答之，有云："幾欲把東風幽闥傳，怎奈夢魂兒撩亂。幾欲傍遊絲把花片牽，却又恨病魔兒來窺探。卿須看我愁容可似當時面，一段好姻緣，如何翻出相思怨。從今後必再要與你定山盟海誓全，必再要與你挽同心情更歡，必再要與你意綢繆長眷戀。望素娥送暖偷寒，我豈敢再向人前把一字宣。”自是素娥常偕諸女伴翠雲、秋鴻等，往來生家。

明年三月九日晚，秋鴻來，述仲仙近作《詠鏡詞》，云：“明鏡兒我怪你忒煞恩情淺，想當初愛著你清輝滿，身體兒那一日不與你相覿面。我悶你也悶，我歡你也歡，誰知你轉背兒著他人也又另是一樣臉。”《詠針》云：“金針兒我愛你針心針意，每常間望著你眼兒穿，怎知纔得偶相縫，又和你相拋棄。我還時常來挑逗你，你的心腸原來是鐵打的，倘若肯一線相通也，不枉著往常間時常摩弄你。”

四月二日，仲仙來和橋進香，生就晤，仲仙已產女，名緑嬰。七月十一日，又會於仲仙所，留連數夕，所遇直類天宫。後仲仙徙家遠，不復會，惟羣婢通問作信使，往來不絶。而可觀之記，乃止於康熙二十五年五月，事則猶未已也。所歌時曲，原記不止於此，已有爲兔床所削者。此所録中，惟知“費長房”云云，爲楊升庵夫人詞句，餘或皆出新撰。若《針》、《鏡》兩調，的是明人南詞之詠物，殊可採也。惟主僕之與人，語言初接，即以善歌自獻，作謳啞聲，若迫不及待者，嗣乃無夕不歌，歌皆時調，亦可謂豪於歌者矣。顧其人自謂，則爲宋時之宫嬪也，豈不支離可笑。

銅伶之演唱

吾鄉焦里堂先生《劇説》六卷，凡涉及曲文戲本、搬演歌唱之説者，無不入録，取材微傷泛濫，而關於宫調音律者，則已經删汰矣。末卷中有一則，引《新齊諧》語，謂乾隆二十九年，西洋貢銅伶十八人，能演《西厢》一部，每齣插匙開鎖，有一定準程，誤開則坐臥行止亂矣；諸色衣飾穿卸，一切如生，惟不能歌耳。語出《齊諧》之書，孰暇考其必無必有？而余見程庭鷺《多暇録》曰：頃寓武林許氏觀畫，得一小册，後有許周生駕部跋語，謂乾隆甲寅夏，至洋舶互市所，見有自鳴鐘一具，上有銅人四，共坐一牀，高四尺許，中坐者能發音奏曲，旁一人擫笛，一人彈三絃，一人擊鼓板和之，曲皆崑腔，恒奏者亦可十餘曲，價高不可售，任其攜去云云。其所以作畫册跋語者，蓋許氏同時所見，尚有一鐘，鐘上銅人，能運毫濡墨，作不同之畫三十六幅，許氏得其二紙，久後裝池，遂記其由來如此耳。其他清人筆記中記西洋巧器者，類多如此。大概昔時物理未曉，偶見西人機械，輒神奇之。傳説者已危言聳聽，至文人下筆，更多荒幻浮誇。即如此文，乃畫跋也，宜若非《齊語》之語可比，而謂我國崑曲百餘年前，已收入西人音器，豈能免笑乎！友人嘲曰："惜西人不多讀我國書，不然，當時並見此前後二説者，則歌舞之兩器合，而入貢者有聲，列市者有色，蘇州合秀、擷芳諸班以外，當又有西洋集銅之班，騰譽梨園也。"

爲樂府勿庸摹古

明江盈科《雪濤詩話》云："王西樓者，武弁也，而以樂府擅名。余觀其所擬樂府，未嘗强摹《君馬黄》、《雉子班》等篇，皆就眼前時事命題，特筆氣爽快，發揮可喜。如擬婦人騎馬云，'露玉笋絲韁軟把，襯金蓮寶鐙輕踏。裙拖翡翠紗，扇掩泥金畫。似比昭君只少面琵琶，天寶年間若有他，却不把三郎愛殺。'中略此等製作，未免粗俗，而材料取諸眼前，句調得諸口頭，朗誦一過，殊足解頤。視匠心學古，艱難苦澀者，真不啻啖哀家梨也。"①按江氏《詩話》原文，尚舉西樓《睡鞋》《失鷄》兩曲，《失鷄》曲已見卷一。此《婦人騎馬》曲，則非《西樓樂府》所有。又稱西樓爲武弁，皆未知何據？觀其材料、句調諸説，身居明季，若不知當時有曲之一體者，遂於樂府不分古今而並論之，怪矣。然以樂府家匠心摹古者爲非，以口頭成調者爲快，此論殊戛戛不多覯也。

王伯良《曲律》云："今之詞曲，即古之樂府也。吾友桐柏生，嘗取古樂府中所列百餘題，盡易今調，爲各譜一曲，其辭亦雅麗可喜，大是佳事，勸之已爲刻行。"按桐柏生指葉憲祖，其翻古樂府曲，雖經吕刻，今輒不傳。古樂府之筆意，剛柔兼至，隱顯間出，翻爲金元樂府之剛逾於柔、

---

① 今校：民國鉛印本《雪濤詩評》，"强摹"作"强摹如"，"粗俗"作"俚俗"，"視匠心"作"其視匠心"。

顯而不隱者，究竟能否融洽，正復可慮。不然，即成不疼不癢之南曲耳。王氏以爲佳事，恐亦猶氏之翻《草堂詩餘》也。果爾，則其書不傳，亦未足惜矣。冶古今樂府於一爐，即其事使江雪濤知之，亦必筆氣真能爽快，發揮盡致者，而後方謂可喜，不然，雖江氏亦何取之？

盛敏耕曲

明遯園居士《傷逝記》中，於生平知交之善詞曲者，小爲點鬼，則有盛伯年敏耕、段虎臣文炳、張治卿四維、黄上舍方儒、陳藎卿所聞五家。治卿號午山，有《雙烈記》、《章臺柳》兩傳奇；上舍號醒黄，有《陌花軒雜劇》十折，餘人則皆散曲家矣。藎卿選《南北宫詞紀》，已作見其中，有五十六套、百七十餘令之多。虎臣以和東籬"百歲光陰"一套，稱於當時，見《金陵瑣事》。所没没無聞者，惟伯年耳。伯年號壺林，上元人。藎卿卜築莫愁湖，乃孫楚酒樓，謫仙尋醉之所，伯年爲作〔新水令〕套，〔沉醉東風〕云："桃葉渡吴姬緩舞，杏花村魯酒頻呼。臨風憶謫仙，對月思孫楚，想當年風流人物。莫愁何處水平湖，倦凭闌登高弔古。"即指此也。朱蘭嵎評云："盛仲交以倚馬之才，寄傲詩酒，而長公亦復豪俊如此。惜皆淪落，不偶於時。"蓋伯年之父時泰，字仲交，號雲浦，才氣横逸，文章而外，又曾以書畫擅名一時也。

陳藎卿曲

顧曲散人曰："藎卿思路不幻，故小令少趣，大套亦不長於閨情，惟贈人之作，鋪敘乃其勝場。"語在《太霞新奏》中。余按之《詞紀》所載藎卿自選諸作，殊覺散人之論爲過。如〔玉芙蓉〕《詠針》云："我愛他形容細又圓，怎説得分兩輕還賤。往常時刺鴛鴦費盡鑽研，寸腸鐵硬曾經錬。小眼星昏望欲穿，燈兒下憑誰可憐，只落得繡床月冷一絲牽。"較之乎仲仙作，一以喻人，一以自喻，各極其致，而措語此尤爲工，何言"思路不幻"而"少趣"乎？此猶謂爲俳諧之作也。〔二犯傍妝臺〕《壽孔魯川》云："醉鄉侯，生平磊落，不掛半毫愁。見青帘惟拍手，問世故只摇頭。祗爲那破除萬事無過酒，因此上斷送流年不記秋。葛巾纔漉，瓦盆又篘，怎怪得酒星徹夜照江樓。"不作諛揚，但見情性，自然得體，結語尤渾括入妙，此猶謂爲酧應之作也。《閶門夜泊》〔駐馬聽〕云："風雨蕭然，寒入姑蘇夜泊船。市喧纔寂，潮汐還生，鐘韻俄傳。烏啼不管旅愁牽，夢回偏怪家山遠。摇落江天，喜的是蓬窗曙色，透來一線。""豐腴綿密、流麗清圓"，八字乃蓋卿選南詞所懸之的，可以移贈此章；而氣韻清疎，不傷繁縟，尤絶一般南詞之弊。《詞紀》遊覽一門，所登〔駐馬聽〕十數首，大抵如此也。至於大套，蓋卿因人稱物，各還其神貌情理，不爲浮泛，之止鋪敘勝場，若不長閨情，又庸何傷乎！

蓋卿豈言曰："凡曲忌陳腐，尤忌深晦；忌率易，尤忌牽澀。下里之歌，殊不馴雅，文士爭奇炫博，益非當行。大都詞欲藻，意欲纖，用事欲典，豐腴綿密，流麗清圓，令歌者不噎於喉，聽者大快於耳，斯爲上乘。予所選，有豪爽者，有雋逸者，有淒惋者，有詼諧者。總之，錦繡爲質，聲調合符，體貼人情，委曲必盡，描寫物態，仿佛如生。"按其言於南詞利弊，可云瞭如指掌，然"意纖"衹可作精細入微解，而"詞藻錦繡"之語，尚欠斟酌，此在曲中，本不易言，況於南詞？學者不知，將愈多誤會耳。

張靈墟曲

張鳳翼靈墟《陽春六集》以外，有《敲月軒詞稿》，乃散曲也。〔桂枝香〕《風情》云："半天丰韻，前生緣分。驀然間冷語三分，窣地裏熱心一寸。夢中蝶魂，夢中蝶魂，月中花暈，暗中思忖。可憐人，不知興慶池邊樹，何似風流倜儻身。"冷語熱心，乃刻意之筆。而一結清疎雋永，蕩漾不盡，不必用成語始然，實爲南令中開一廣妙法門。

《花當閣叢談》謂張靈墟有《處實堂集》，著述甚富，"晚喜爲樂府新聲，天下之愛靈墟新聲，甚於古文詞。中略靈墟善度曲，自晨至夕，口嗚嗚不已，吴中舊曲師有太倉魏良輔，靈墟出而一變之，至今宗焉。常與次子演《琵琶記》，父中郎，子趙氏，觀者填門，夷然不屑意也"①。此則談靈墟軼聞者多未道及。靈墟嗜好，殆與下文所紀王厈等人，同一臭味，明時風尚，於此可見矣。至謂良輔之腔，經靈墟變後，始爲世所宗，則未

---

①　今校：清借月山房彙鈔本《花當閣叢談》，"靈墟"皆作"伯起"，"有太倉魏良輔"作"太倉魏良輔"，"次子"作"仲郎"。

詳其説。

殷無美曲

殷都，字無美，號斗墟，嘉定人。吕天成《曲品》内所謂“殷部郎觸目琳瑯”也。俞曲園《春在堂隨筆》卷七考定無美爲常熟人，誤矣。又謂無美贈人序中曰“代匱爽鳩”，曰“予爲兵官”，曰“持御史中丞節，出撫鄖口，是其生平迴翔台省，揚歷中外，頗不碌碌”云。無美仕履可考者如是而已。《南宫詞紀》載無美〔二犯桂枝香〕云：“舊愁稍可，新愁難妥。我爲他辨個真心，未必他心如我。哥哥，我當初不合情恁多，一些兒顧盼認的太過，到如今可奈何。只落得眉兒上鎖，心兒裏窩，指兒上數，口兒裏哦。這段風流債，今生了得麽。”斗墟原作“舊愁較可，新愁怎妥”。沈詞隱《南詞韻選》曰：“‘較’字、‘怎’字，俱改平聲，乃叶。”藎卿《詞紀》中，遂改之如此。斗墟曲傳者僅此一首，如何令人得“觸目琳瑯”之感？

徐文長曲

徐文長散曲不傳於今日，實散曲中一至憾之事。伯良《曲律》論俳諧云：“吾鄉徐天池先生，生平諧謔小令極多，如嘲少髮大脚妓〔黄鶯兒〕中二句‘妝臺上省油，厮打處省揪，下妝樓，金蓮一步，占著兩塊大磚頭’，嘲瘦妓‘四兩麪條搓，抹胸膛三寸羅，俏郎君一手擒三個’，嘲歪嘴妓‘一個海螺兒在腮邊不住吹，面前説話倒與旁人對，未抹臙脂，櫻桃一點，搓過鼻梁西’等曲，大爲士林傳誦，今未見其人也。”按文長所作，未必止於俳諧，相傳《南詞敘録》一書，乃出文長，中有云“最喜用事當家，最忌用事重沓及不著題。枝山《詠燕》曲云‘蘇小道，伊不管流年，把春色銜將去了，却飛入昭陽姓趙’，兩事相聯，殊不覺其重複，此豈尋常所及？末‘趙’字，非靈丹在握，未易鎔液。余竊愛而效之，《宫詞》云‘羅浮少個人兒趙’，恨不及也”云云。又見屠赤水之語云，文長《詠半面美人圖》詞，有“那半面剛被這半面兒相掩”之句，以爲靈慧絶倫。文長散曲之傳，輒未有完篇者，姑拉雜書此，以俟他日之更有所遇也。又施子野《花影集》中〔桂枝香〕有句云“身輕女史應呼趙，有福檀郎豈姓簫”，使文長見之，未知又復云何？

祝枝山曲

《堯山堂外紀》云:“枝山爲人,好酒色六博,不修行檢,嘗傅粉黛,從優伶,酒間度新聲。俠少年好慕之,多齎金遊。嘗賦〔金落索〕《四景詞》,爲時膾炙。其一,‘東風轉歲華,院院燒燈罷。陌上清明,細雨紛紛下。天涯蕩子心,盡思家,只見人歸不見他。合歡未久難抛捨,追悔從前一念差。傷情處,懨懨獨坐小窗紗。只見片片桃花,陣陣楊花,飛過了秋千架。’”按此首外,另有〔七犯玉玲瓏〕“新紅上海棠”云云一首,亦四景中之春詞,俱曾傳唱一時,有王氏《曲律》中語可證,俱以其措辭流利耳。“新紅上海棠”闋内,有警句云“想桃花也會殢劉郎,恨遠山無計留張敞”,確可傳唱。他如徐興公《筆精》内,特標〔皂羅袍〕《幽期》一首,則毫無可取,結句“恩情不比相思久”,全以幽會當恩情,豈不傖父?

《南詞敘録》謂本朝北曲,前推憲藩、谷子敬、劉東生,後有王、康與史癡翁、陳大聲輩,“惟南曲絶少名家”,枝山“頗留意於此”,其集名《新機錦》,曾冠絶一時,以爲流麗不減東嘉,而“森整過之,殆勁敵也”。《新機錦》今亦不傳。弇州以爲枝山能爲大套,富才情而多駁雜;伯良以爲枝山小令佳,長則草草,而多漫語。按枝山長處在流利,短處在支蔓,殆爲定評。又有〔桂枝香〕云:“青春難再,朱顔日改。待要逐浪隨波,怕負了淩雲節概。論功名富貴,功名富貴,兀誰不愛,天公㜸䶨。可嗟哉,本是個英雄漢,差排做酸秀才。”《太霞新奏》謂弇州極稱此曲,不知何所依據,除結語外,餘太直率。《南宫詞紀》載此曲屬陸之裘。

幺篇

《南詞敘録》内議論有極可笑處,如謂北曲凡遇第二曲同調者,皆稱幺篇,“幺”並非“幺”字,乃古人作事不苟,唱前篇了,恐人不知而聯唱下去,故加一“空”字别之,“幺”乃“空”字之省文云。夫恐人聯唱,不分前後,則如宋詞寫式,前後闋間,虚空一格,以分别之足矣,何必實寫一“空”字,以示其地之當空,而又無端省爲“幺”字哉?未免武斷而妄矣。曲中幺篇、過篇之“篇”,皆應作“遍”,或“遍”,源於唐宋大遍之曲也。“幺”字疑是“衮”之省文。“衮”亦唐宋大曲之遍名,或换頭,或不。《九宫譜》定卷前總論論换頭，謂篇中“或幺或衮，大率即是前腔”云云，是其證也。

明宣宗曲

徐氏《筆精》内有詞品十則，以敘明宣宗所作小曲兩枝最爲名貴。《筆精》曰，“宣宗皇帝御製〔寄生草〕云：‘賽爛熳三春景，稱清和四月天。緑楊煙罩絨絲線，彩蓮水映紅妝面，翠芭蕉風颭青蘿扇。林泉盡日好留連，池塘長夏宜消遣。’‘有馥郁荷香度，看微茫野色連。幾行鷺印平沙遍，一羣魚躍清波淺，數聲樵唱西山遠。茸茸芳草紫騮嘶，陰陰喬木黄鸝囀。’宣德六年四月，御便殿，召錦衣都指揮林觀對弈。弈畢，書以賜之。觀，吾閩邑人，其家至今寶藏焉。”按《千頃堂書目》有《宣宗御製樂府》一卷，可見所作，必不止此。昔人詞話，謂詞盛於宋，而宋初宸翰無聞，藝祖之賞錢俶，忌鍾隱，僅僅知詞而已，未嘗能作。自後百餘年，仍復寂響。直至徽宗之〔燕山亭〕出，始淒感今古，爲奕詞林。南渡以後，光堯洞達音吕，自製歌樂。乾淳之間，偶有嗣響，旋又遏絶矣。曲盛於元，而蒜酪流風，祇在臣庶，絶無睿藻。有明諸帝，大都好玩雜劇，娱賞聲容，有如小兒，難言其自爲藝事也。則宣宗之獨有此卷，大可矜重，非但足以自張本朝，亦且愧其勝國矣。偶檢《蘭皐詩餘彙選》，宣宗又有〔醉太平〕一首，未能及此二曲。

王和卿詠蝴蝶

《筆精》云，“元王和卿與關漢卿，俱以北調相事。偶見大蝴蝶飛過，和卿賦云：‘彈破莊周夢，兩翅駕東風。三百座名園一採一個空，誰道風流種。諕殺尋芳的蜜蜂，輕輕飛動，把賣花人扇過橋東。’漢卿遂罷詠。和卿此詞，妙處在結語，然宋謝無逸《蝴蝶詩》云‘江天春暖晚風細，相逐賣花人過橋’，時有‘謝蝴蝶’之稱，和卿襲其意耳”①。按蔣氏《外紀》謂和卿滑稽佻㒓，傳播四方，中統初，燕市有一蝴蝶，其大異常，王賦〔醉中

① 今校：清文淵閣四庫全書本《筆精》，“相事”作“相高”，“在結語”作“全在結語”。

天〕小令云云，由是其名益著。惟起作“掙破”，“誰道”作“難道”，與《筆精》異，亦無漢卿與王氏同作罷詠之説。而引謝詩以詮其結語，尤徐氏之獨到也。王伯良謂詠物要“開口便見是何物”，以後如燈鏡傳影，令人仿佛“了然目中，却捉摸不得，方是妙手”；評此曲，“只起一句，便知是大蝴蝶，下文勢如破竹，却無一句不是俊語”云。梁伯龍亦有詠蝶套曲〔梁州序〕，有句曰“畫橋風細也，賣花回，亂逐餘香過水西”，亦從謝詩化出，却分明是南詞韻致矣。惟套中有“關塞路，總迢遞”及“南浦離羣失隊”等句，直是詠雁，有不僅伯良之譏，夾雜凡俗，不成片段而已也。

林廷玉詠酒

《筆精》又云，“吾郡林都憲廷玉《詠酒》詞云：‘米明王原掌奇門印，麯將軍會擺迷魂陣。水中郎穩坐雲安鎮，柴令公傳示蘭陵信。祭遵壺矢威，李白鑾書令，那愁城攻破難逃命。’詼諧成調，可喜也。公善劈窠書，名山勝處，多存手蹟。有詩集行世。”按廷玉字粹夫，號南澗，侯官人，李旻榜進士。前已録其〔清江引〕《歎世》二首，並此詞俱見蔣氏《外紀》。《千頃堂目》有《南澗詩餘》，詞餘或即附見其中也。此曲雖詼諧成調，幻語入新，若較之白仁甫〔寄生草〕“糟淹兩個功名字”云云者，則覺同一酒詞，而小大異趣矣。

用西厢語

徐氏謂“溶溶”二字，乃水流貌，非月色，以晏元獻“梨花院落溶溶月，柳絮池塘淡淡風”爲病。及見吴處厚《青箱雜記》之謂“梨花院落溶溶雨”，遂以爲“雨”字自妙，“月”字乃後人所改，其迂拙甚可笑也。黄居中編次《筆精》，駁之曰：“北《西厢》‘月色溶溶夜’，豈亦雨耶？”殊痛快！此用《西厢》語駁前人而確者。錢希言《戲瑕》中謂破瓜乃女子破身之意，引古樂府《碧玉歌》及《歡好曲》中句爲證，末於凌氏《核劄》之以“填詞家云未破瓜剛二八”爲悖者，大加非難曰：“王實父北《西厢》‘香美娘分破了花木瓜’，深得六朝樂府意，豈亦悖耶？金元人製曲，自是立言，而不知者以爲填詞也。”此則用《西厢》語駁前人而不確者，且悠謬之處，大可噴飯矣。姑毋論破瓜是何義，錢氏於《西厢》語先自錯解文理。蓋張既跳墻，見窘於鶯，紅娘調張爲花木瓜，中看而不中吃，乃見窘於一香美娘也。此句原本作“香美娘處分破花木瓜”，瓜自瓜而娘自娘，錢氏乃合之於一身，妄議人短，傎矣。《西厢》在明人已成學問，爲考據，談性理，無不及《西厢》。錢氏甚且以爲立言而非填詞，推崇未免逾分，然猶錯認文理，奈何？此明人之所以爲明人歟！

用琵琶還魂語

《戲瑕》又云：“范參議允臨言，世廟時，某老先生代草某官妻孺人綸誥，直用蔡中郎《琵琶記》語，‘儀容俊雅，德性幽閑’八字，舉朝無不掩口笑之。”按此可見《琵琶》與《西厢》，同是明人學問，惟其常常習染於心目者，作者方摇筆即來，而見者方入目成笑。若在今人，文中不必用此八字，即用之，見者亦必不知笑，蓋此兩語在《記》中並非名句，孰能一觸而覺乎？及清初，對於詩文中之用曲語，又斥爲鄙俚，不僅非笑矣。漁洋《秦淮雜詩》中用《還魂記》“雨絲風片”兩句，爲人指摘。康熙間，有盧制府某，以限韻《春閨》題屬諸名士賦之，而傅青主、李天生輩以蓋頭“雨絲風片，煙波畫船”爲曲中語，遂一笑而罷。語在王東溆《柳南隨筆》中，可以見例也。

其次致曲

薛千仞《筆餘》中，載王渼陂好爲詞曲，客有規之者曰：“聞之，太上立德，其次立功，其次立言。公何不留意經世文章？”渼陂應聲曰：“子不聞其次致曲乎？”此謔誠妙，然在渼陂，畢竟一時之謔耳。乃明人中，竟有沈溺於此，類渼陂所言，見諸行止者。徐復祚《花當閣叢談》所紀，衡州太守馮正伯，名冠，常熟人，少善彈琵琶，歌金元曲，五上公車，未嘗挾筴，惟挾《琵琶記》而已。又其友秦四麟，爲博士弟子，亦善歌金元曲，無論酒間興到，輒引曼聲，即獨處一室，而嗚嗚不絶口。學使者行部至其所，挾而入行笥者，惟《琵琶》、《西厢》二傳。或規之曰：“君不虞試耶？”秦笑曰：“吾患曲不善耳，奚患文不佳也。”又《柳南隨筆》紀王𤰞事，尤堪發噱，云：“𤰞，河南蘭陽人，舉崇禎辛未進士，性好優。當家居時，邑令往謁，值𤰞方傅胡粉，衣婦人服，登場而歌。令入，相偕爲優者皆散去，𤰞不易服，直前迎令。令愕然，厈爲婦人拜，徐告令曰：‘奴家王厈是也。’其女嫁某家，既婚，壻設席候之，厈朱其面，像關壯繆，緑袍乘馬而往。至門，壻出迎，殊不顧，下馬胡旋，口唱《大江東》一曲而入，座賓駭匿，飲滿數叵羅而歸。厈工爲制義，戊辰會試，七藝俱爲主司所賞。閲至論，忽見用崔鶯鶯、杜麗娘，主司大駭，置之。後王每見上公車者，輒戒之曰：‘後場中慎勿用古人姓名也。’”①

兹三事中，馮、秦、王輩，似皆敝屣功名，玩世傲物者，然而非也，其人實皆有至性，心之所好尚者，輒視與人世功業，同不可廢，真有渼陂所謂“其次致曲”之概，俗眼視之，乃以爲狂也。王類乎顛，然述者不云其顛，且能工制義，博進士，又何顛之有？乃因挫折而謂後場文中，應以用古人姓名爲戒，而終不悟崔、杜之姓名遂獨不能用，是其心目中，固終視崔、杜之業，等諸其餘，未嘗稍有歧異也，妙矣。

顧威明演牡丹亭

《柳南隨筆》記顧威明演《牡丹亭》事，亦堪噱噱。謂顧乃雲間顧少參之曾孫，“席先人餘業，有田四萬八千畝，而性豪侈，喜博，又酷好梨園，集遠近輕薄子，演《牡丹亭》傳奇。有一少年，妝杜麗娘者，須剃去髭鬚，少年故靳之，進曰：‘俗語云，去鬚一莖，償米七石。倘勿吝，乃可從命。’顧笑曰：‘此細事耳。’即令一青衣，從旁細數，計去鬚四十三莖，立取白粲三百石，送至其家”，而後裙釵登場矣。

元代並無以雜劇科士之制

説者謂元時科舉，以雜劇取士，如沈寵綏《度曲須知》云北劇“自元人以填詞制科，而科設十二”，蓋本之《太和正音譜》列有雜劇十二科也。不知《譜》中所列，乃雜劇内容之分類，與科舉之科，絲毫無涉耳。沈氏又云：“命題惟是韻脚以及平平仄仄譜式，又隱厥牌名，俾舉子以意揣合，而敷平配仄，填滿詞章。折凡有四，如試牘然，合式則標甲榜，否則

① 今校：清借月山房彙鈔本《柳南續筆》卷二，“相偕爲優”作“同爲優”，“崔鶯鶯”作“鶯鶯”，“後王每見”作“後每見”。

外孫山矣。”臧晉叔《元曲選·序》亦曰，“或謂元取士有填詞科，若今帖括然，取給風簷寸晷之下，故一時名士，雖馬致遠、喬夢符輩，至第四折往往彊弩之末”①，並謂“主司所定，題目外止曲名及韻”云云，則皆不知何所據也。自來斥其説者，謂正史無此典制，稗乘無此傳説，而疑者猶謂《元史》未必該贍，説者偶然漏略。余觀梁茝林《南省公餘録》引胡震亨《讀書雜録》，謂其友秀水屠用明，藏元代皇慶三年《鄉試録》一帙，所載考試程式，與《元史·選舉志》無異，則元未嘗以詞曲取士也信矣。又按喬夢符首創鳳頭、猪肚、豹尾之説，原爲作曲之一般通則，一首小令然，一篇套數然，一本雜劇，亦何嘗不然？第四折正當豹尾，祇有精采愈張，聲響益著，豈容作强弩之末？即徵諸馬、喬所傳各劇，已覺臧説之謬，是又不得不辨者耳。

妙曲八引

《戒庵筆記》列“供閑選勝”多種，每種各選八勝，有妙曲八引曰：〔玉胞肚〕、〔後庭花〕、〔傍妝臺〕、〔玉交枝〕、〔對玉環〕、〔三仙橋〕、〔刮鼓令〕、〔夜行船〕。按所謂“引”者，非如南曲中之所謂“引子”也。八曲殆皆當時盛行美聽之調，小令中，今知〔玉胞肚〕、〔傍妝臺〕兩調傳詞甚多，餘皆尠用，蓋盛於套數中耳。又有院爨八劇，注明“雜劇”二字，曰《三拖旦》、《大分界》、《琴家弄》、《看馬胡孫》、《纏三日》、《牽著駱駝》、《調猿掛鋪》、《雙捉壻》，皆非四折之元體劇，乃爨弄院本耳。

吴冰仙女士曲

吴冰仙，梅村之女弟行也，有《嘯雪軒詩餘》，附〔黄鶯兒〕十首，皆題畫詠花之作。《杏花》云：“二月正芳晨，賣花聲滿路春，紅酥朵朵胭脂印。海棠是後身，緗桃是緊鄰，美人粉汗含潮暈。一枝新，曲江筵上，探使屬何人。”雖不超脱，却能妥溜矣。冰仙名綃，一字片霞，又字素公，工書畫，擅絲竹，詩餘已入小檀欒室彙刻。

---

① 今校：明萬曆刻本《元曲選》，“帖括”作“括帖”。

呼文如曲

《銅琵金縷》云，呼文如，萬曆間江夏營妓也，能詩，善琴，嘗賦〔皂羅袍〕《四時》詞，示楚人邱謙之，遂委身焉。《秋詞》云："早是雁兒天氣，見露珠兒奪暑，點點侵衣。針兒七夕把腸兒刺，砧兒萬户把肝兒碎。門兒重掩，帳兒半垂。人兒不見，病兒怎支。書兒怎寫心兒事。"《冬詞》有云"夢兒凍死也離魂，氣兒呵殺全無影"，俱可誦。邱將攜之以東，父不許。後還里，文如數貽書，訂于歸約，邱父母仍力却。一日，雪甚，邱方倚樓爲念，忽一小艇，飛楫渡江，直抵樓下，推篷而起，則文如也，言鴇利金，將賣之，若遲一日夜，落賈人手矣，邱始得納之。

相憐對影詞

仁和華癡石，自號桃花夢中僧，有《相憐對影辭》，乃本事曲一套，牌名就人名情事新造。詞頗尖穎朗潤，足可掃愁送酒，若韻雜律揉，姑諒之也。"天公何故忒聰明，與我名和姓，時時局促形，刻刻皮毛認。要説多情，破題兒愁字先端整，算將來都是生成苦惱心。""你但看軟遊絲似你迴腸緊，你但看長亭草向你芳心悶，你但看海棠花對你微渦暈。有誰知柳眼青青，今日翻成冷。莊周醒，更無端飛向人前，把那蜂兒引。""風流孽種又生根，相思犯了從前症，年華少小太輕盈。笑春風底事干卿，誤向春風問，反被春風困。只落得緑葉成陰，密密的縫就了雙枝影。""最可人，你本是離恨天中降此身。想媧皇補罷，你獨因何剩，到今朝誰具衣冠拜志誠。單道是頑物兒心腸硬，淒清薄羅巾，就使你血淚交流也，無人替你相幫揾。"首調總敘，繼乃詠蝶，詠花，詠石，與以下數調名"婉兮"、"蘭嫵"、"璇機夜織娘"者，皆各有所指。要以"蘭嫵"一曲，最可傳誦，尾聲則曰"吞令"，兹略之。"况那邊已斷絶了維揚信，奈這邊又休致了河陽令。心頭肉，眼中釘，畢竟是仍舊孤零。説甚麽同心枕，還望他繡個鴛鴦頂。要言詞方便，寄與真真。那知道一縷青絲，便醫可你唾碧啼紅的病，便發付你海誓山盟的證。""笑從前驟目成，悔今日難心忍。玖懷樓下月黄昏，不該身似秋千滚。再口邊兒把那甜言吮，指尖兒把那相思診，脚跟兒把那牢愁頓。黄金錯鑄護花鈴，何苦安排定。要分明，反落了歡喜冤家第二乘。""儂心未必渾，簇新新昨日埋金粉。添愁恨，轂銷魂，都難禁。珍珠親手重來贈，聰明兒女言無準。不喚哥哥，教你如何應，話欛兒空留，是笑也都成柄。”

癡石又有〔駐雲飛〕四時四拍，《春》、《夏》云：“無事偏忙，燕燕鶯鶯學我狂。陡地兩眉長，閃地弓腰漾張。扣扣小心房，罵蜂兒斗膽，你狼藉桃花，生被蛛絲網。鬱鬱地愁殺人間謝阿娘。”“玉笛聲揚，廿四橋頭月子雙。却好卸殘妝，浴罷嬌柔漲涼。羅扇待收藏，被流螢點上。碧玉搔頭，閃得心兒亮。且把那嫩藕新蓮再略略嘗。”前闋過於著意，未如後闋疎儁也。

可人曲

仁和何駢盦，有《可人曲》。仙吕入雙調〔步步嬌〕《緣感》一套，崟奇磊落，大爲才人吐氣，措語新俊，猶其次也。“萬事從來多懵懂，六道胎生種。憑空落此中，貪著成名，便把詩書捧。算你是英雄，這遭兒也被青天哄。你看他高攀軒農，你看他侈談周孔。黜甚麽王陸程朱，尊甚麽馬鄭和楊董。命難通，説君子固窮，等鬢毛白了，白了纔心痛。筆陣徒攻，硯田空種。庸庸，到頭來做個書儂。蒙蒙，可憐蟲南柯夢中。　纔將蝌蚪鬆，便把飛龍控。帶個瓊簫，雲裏嗚嗚弄。朝遊兜率宫，暮宿華陽洞。撇下濃情，熱淚千斤重。那時兒成就了聰明種。　太璞揮荆國，哀絲出漢宫。你屈原援鳳湘江諷，你賈生賦鵩長沙痛，你羊曇駐馬西州慟。儘著把淒涼播弄，不若荷鍤朝朝，剩個劉伶醉塚。　楚關秦隴，莽乾坤山重水重。子安不遇馬當風，縱錦繡心腸没用。歎王播氣煞紗籠，嘆范丹羞來飯甕。有幸時爨下焦桐，没幸時水上飄蓬。　雙眉緊凍，拔湛盧百鍊鋒。上青天削落長虹，下黄河踢起癡龍。敲斷那珊瑚八尺玉玲瓏，聽唱霓裳曲未終。　再筆尖兒幻個奇峰，墨滔滔詞源湧。偏不管燕語兼鶯哢，荒隴畔大江東。拚著他吟詩索解邀翁仲，總勝你紅袖多情唱曉風。玉杯寬空，且高樓支脚，酒寒薄中。　笑難逃奇狀蔡邕，萬不及勾漏葛洪。燈環魂魄條條緑，豆刻相思粒粒紅。你縱刁鑽，靈鬼似，怎跳出，轉輪公。　打不破鴛鴦香夢，打不破燕雁離衷。打不破銷金帳裏羔羊奉，打不破璋瓦情濃。打不破鐵鎗金甲千夫勇，打不破銅虎銀魚萬户封。身家重，只叫做閻羅惡劇，磨折癡蟲。　哭也窮，活該兩眼胡桃腫。就酸心碎割，怒髮高沖，鬼頭兒怎奈妝聾。倘青天果然有縫，那時節觸頭顱甘學共工。　滚滚天何極，茫茫海瀉空。偏那鼙鼓鼕鼕西北閧，引得個鋼稜塞滿胸。　玉皇案吏前生供，只爲塵心一點蠕蠕動，因此上帶著皮毛走一通。"駢盦有〔梧桐樹〕《延齡小曲》八首，自跋謂"尋常曲子，一入絲竹競奏，索聽者多有天商仙樂之譬。欲破其苦限，遂成八拍。正如白香山所存，作意必使老嫗盡解，故一切富豔錦繡字面與夫紫玉黄羅故事，概不闌入，意亦拍曲之真諦也"云云。其詞有曰："歡嗔記不清，跌宕生成性。擘手分離，教我心難忍。何須説娉婷，也莫評嬌嫩。如此纏綿，已要書生命。再何堪小妹從旁襯。"迫切之詞，殊堪莞爾。然以如此要命情事，必索解於老嫗，猶恐未易耳。一笑。又有曰："儂心實至誠，卿貌偏丰韻。暗地魂靈，攪得難安頓。私盟海嶽深，好事鴛鴦竟。不是冤家，歡喜如何肯。急春風草草催歸緊。"措語亦復婉妙，勝過明人幽期之叶、醜語百端者矣。

陶金鈴事

《耳食録》，小説之誌異者也。卷末記陶金鈴事，幻真幻夢，話頗荒唐，亦儼然一傳奇也。陶鐸者，姑蘇人，小字金鈴，以其後爲伶也，人乃以小字呼之。本良家子，少業儒，嘗赴郡，應童子試。旅於城南賣酒家，夜夢某官宴客，召梨園長樂部佐酒，演《玉簪記》，所謂潘必正與陳妙常事也。金鈴故不習優，乃自忘之，扮妙常而登場焉。管絃金鼓之間，進止合度，而聲情特妙。樂闋，賓散，諸伶皆退，主人獨召之入内，小酌於媚香之樓，翠鈿紅袖，姬侍如雲。金鈴是時，年十五矣，雜坐其間，星眸環照，莫敢誰何。一名繡雲者，意尤相屬。主人命次第度曲，於是競鬭鶯喉，窮極流曼，間有誤處，輒使金鈴正之。已而主人曰："舊曲習聽，宜各奏新聲。"一姬乃唱曰："裊裊腰肢細，是樓外垂楊，教人旖旎。曉鬟偷學暮鴉飛，更瓊梳小掠春雲膩。新月纖纖，剛描一線，賽不過兩彎眉翠。問秋千錦索繫羅衣，直恁蓮鈎飛起。爲前日雙燕來時，鬭他翦水淩風戲。單消受不慣香醪滋味，倩郎君轉倩桃花，替儂家今夜，爲郎沈醉。"主人顧金鈴笑曰："倩君權爲桃花可也。"遂酌以飲之，金鈴亦取大斗，引滿奉主人。一姬繼唱曰："燭花兒分外光熒，酒波兒分外香馨。宫紗扇子裏著袖兒擎，背面兒漏出梅花影，閃爍了郎的眼睛。偷覷了幾回可是不分明，登時惱亂狂蜂兒性。這一番是何等恩情，何等光景。到如今隔着紙兒唤不應，對著帳兒呼不醒，敢則是你儂故意兒薄倖。”主人大笑，竟爲連舉數觥。一姬唱曰：“窗紗密密，簾押重重，圍住了一樓春夢，透不出一線兒春風。海棠全是舊時的紅，盼不上黄昏細雨沾花重。有多少風催雨送，倒不教豔色竟成空。不敢惱公，不敢懊儂，恨孤鸞無故，飛入儂的命宫，甚因緣把紅絲牽動。”一姬唱曰：“鳳簫兒吹得人魂靈兒飄飄，鵾絃兒撥得人情絲兒裊裊。玉笙兒吸得人心花兒摇，檀板兒拍得人淚珠兒掉。一聲聲都是斷腸鳥，唱得櫻桃唇焦。蓮花舌翹，意思兒仍是没分曉。好模糊的相思曲調，準備著銀壺漏盡金鷄叫。”或風情靡曼，或意緒纏綿，金鈴斯時，若喜若懼，若危若安，嗒焉兀坐，不思身在人間也。最後繡雲發聲，尤掩抑不忍聽，其詞曰：“一抹青螺，一寸横波，甚玉兔天邊，化做嫦娥。饒是聰明，真假雌雄猜不破。一霎時春愁無那，周旋迴避，儘教人兩般都錯。却待恁般纔可，料不是聽清歌唤奈何小黄鸝飛上花梢坐。花枝忒煞多，怎到得吾儂兩個，此意同緘鎖。上天日月，下地山河，眼前燈火，只落得儂知他意渠憐我。”歌闋，主人久已中酒昏然，而金鈴之醉，殆百倍於主人之中酒也。少頃，送金鈴出宿於西軒。金鈴惆悵甚，伏枕凝思，恍惚成寐，夢一侍兒來請，遂從之入一閣中，香霧氤氲，珠光閃爍，則繡雲宛然自榻起迎。遽相倚坐，問主人安在，曰：“此時尚關渠事耶，幸復毋慮。請君爲潘郎，吾爲陳姑，復演竊詞一折耳。”金鈴喜甚，方欲搴帷，忽聞簾外鸚䳇，連呼“相公來”，繡雲推之，乃驚寤，則身仍臥西軒中。且悔且憶，而豁然一聲，忽復張眼，則身仍臥賣酒家，朝暾射牖，攬衣遽興，兩雀方鬭於簷間，破瓦在地焉。夢中占夢，深自嗟訝，而回憶情詞，猶能了了。他日，以夢中所演《玉簪》質人，無不合，由是試學他曲，過耳輒能。已而郡試見黜，聞梨園果有所謂長樂部者，往訪之，則部中人恍然如舊識，益訝昔夢之奇，乃易士而優，隸部中，聲伎竟冠一時。轉徙南北，果有某官者見召，至則臺榭猶是也，賓客猶是也，果演《玉簪記》；客散，果召入小飲，諸姬相對，皆如舊識。桃源重來，槐安真到，事境雖昔，而情致益深矣。既而笑言歌管，一切無異，惟繡雲玉削蛾緘，終席無歌無語，爲小變耳。既宿西軒，欻然入夢，達繡雲閣中，仍問

“主人安在”,仍作潘郎,乃心懲前迹,亟欲償願,不暇多語,鸚鵡仍呼“相公”,仍爲繡雲推覺,仍臥西軒,不覺瞿然自驚,爽然自失,復啞然自笑,而淒然自歎也。按諸姬所唱,次曲最工,得上文何騈盦所謂真諦者。繡雲之歌,含情自别,作用盡致。三、四兩調,亦纏綿有致,惟首闋音調頗類詞耳。

道情

涵虚子《太和正音譜》定樂府一十五體,實爲散曲而言也,其中半爲内容之分類,半爲文章之派别。所謂黄冠、承安、玉堂、草堂、楚江、香奩、騷人、俳優八體,皆内容之分類也,與雜劇之十二科,翼然並出,雖不精審,而已見元人此業,局面非窄。以後所謂小曲者,乃得香奩之一體,專描男女之私;所謂道情者,乃得黄冠之一體,專存醒世之想。小曲創於明人,牌調甚多,譜式亦整,所變者音節與文章耳,其業已廣,其源甚著,盡人所知也。道情一體,明人之中,尚未見有專作,今世但知鄭板橋有其詞,而不知徐靈胎實定其製。靈胎有《洄溪道情》,曩見有鈔本一册,較刻本爲善,惜未録副。其體除首四句外,短長無定,是其所變於南北曲者,猶不僅音節、文章而已也。然觀其句法叶韻,固不能謂非源於南北曲,則亦得其一體,而别爲發展者耳。靈胎撰《樂府傳聲》,唱崑腔者不能易其説之毫末。想所謂《洄溪道情》者,必皆有妙音精譜,不如市丐手竹鼓板,唱板橋詞者之簡易,然今日何以又不一聞歟?

陸以湉《冷廬雜識》云,“徐靈胎徵君穎悟絶人,遊庠後厭薄時藝。歲試題詩卷後,‘徐郎不是池中物,肯共凡鱗逐隊游’,因是見黜,以布衣終其身。於學無所不通,尤精醫術,名重一時。好作道情,一切詩文皆以是代之。自謂搆此頗不易,必情境音詞,處處動人,方有道氣。著有《洄溪道情》行世,《勸孝歌》云:‘五倫中,孝最先。兩個爹娘,又是殘年,便百順千依也容易周旋,爲甚不好好的隨他願。譬如你許人的財物,到來生也要做猪變犬。你想生從何來,即使捐身報答,也只當欠債還錢,那裏該動不動和他變面。你道他作事糊塗,説話欹偏,要曉得老年人的性情,倒像了個嬰年,定然是顛顛倒倒,倒倒顛顛。想當初你也將哭作笑,將笑作哭,做爹娘的爲甚不把你輕抛輕賤。也只爲愛極生憐,到今朝换你個千埋百怨。想到其間,便鐵石肝腸,怕你不心回意轉。'《丘園樂》云:'做閑人,身最安,無辱無榮,無惱無煩。朝來不怕晨鷄唤,直睡到紅日三竿。起來時籬邊草要芟,花邊土要翻,香蔬鮮果尋常饌。只聽得流水潺潺,鳥語關關,頑兒癡女跟隨慣,緑蓑青笠隨時扮。也有幾個好相知常來看看,掛一幅輕帆,直到我塘灣,帶幾句没要緊的閑談細細扳。買碎魚一碗,挑野菜幾般,暖出三壺白酒,喫到夜静更闌。'”按《勸孝歌》淺處立説,亦中窾竅,不能目之以腐,須知此等詞章,極難討好,人所不作也。《丘園樂》祇亦尋常草堂體,要皆未若下列之刺時文者,所謂情境音詞,果然處處動人也。牛應之《雨窗消夏録》云,“徐靈胎大椿,博學工醫,不喜時文,有刺時文道情云:'讀書人,最不濟,爛時文,爛如泥。國家本爲求才計,誰知道變作了欺人計。三句承題,兩句破題,擺尾摇頭,便是聖門高弟。可知道三通四史是何等文章,漢祖唐宗是那朝皇帝。案頭放高頭講章,店裏買新科利器,讀得來肩背高低,口角嘘唏。甘蔗渣兒嚼了又嚼,有何滋味。辜負光陰,白白昏迷一世,就教他騙得高官,也是百姓朝庭的晦氣。'傳刻本《洄溪道情》中所載,字句已經改削,反較累贅,不如此之峭勁也。”按靈胎學務實用,而品復真高,因有識而後有膽。居世運正隆,人心深錮之際,敢有此言,遠非降至遜清末造始倡廢科舉之論者可比,其人信非池中之物矣。偶見吴仲綸《初月樓聞見録》,有紀靈胎爲人,亦及其道情者,並略見於此:“徐靈胎,初名大業,吴江人,性通敏,喜豪辨。初學時文,薄其道,遂覃思《周易》、《道德》、《陰符》家言,久之有契,乃旁搜天文地利、音律技擊之術,精意練習,得其要領,而於醫理尤邃。以諸生貢太學,尋棄去,專以醫活人。數應人請,往來吴淞、震澤間,因以曉知諸水源流順逆、淺深通塞之故。其後縣有興作,靈胎輒正論鑿鑿,持是非,有司不能奪,常委曲從之。故與同業沈冠雲友善,冠雲學優於考古,而靈胎務知今,兩人者交相資也。靈胎著書甚具,多自得之言,嘗創新樂府,曰《洄溪道情》,警動愷切,士林誦之。卒年七十九。”

繆蓮仙《文章遊戲》内所載道情數套,皆用板橋體,不用洄溪。板橋之調修整,洄溪則似乎任意。然起調亦必作三言四句,雖加襯者,正格終未嘗亂也。四句以下,則愈益參差疎散,愈益吻合語調,無所拘牽造作,特鮮排句,又鮮五七言句,讀之頗嫌平衍拖沓耳。玆録曹斯楝板橋體兩首,以資比較。“笑書生,著實獃,盼公侯,望鼎台。閑來慢把青春賽,須知鬢髮多公道,究竟功名是瞎猜,將他石硯重新壞。倒不如蒲團佛火,打鐘魚稽首蓮臺。”“論風流,算杜門,粗布衣,老瓦盆。修行無過培方寸,通名人是羲皇上,擁卷榮逾茅土尊,軟紅十丈隨伊滚。胡謅著村謡俚唱,憑弔他月魄花魂。”蓮仙謂曹爲杭州名宿,久困諸生,一氈終老,乃文情絶世,風流道學,兼而有之云。

司官慰

韓開雲作《司官歎》後,繼作《司官慰》,不知與許穆堂《京官樂》作,孰爲先後。論神采飛越,韓之《慰》未如許之《樂》,特亦有佳篇,未容抹殺。且二者有材料同,意境洽處,合觀之愈有所得也。玆據録《文章遊戲》,調則《歎》與《慰》同爲〔醉太平〕〔醉花陰〕南北合套,云:“薄宦天涯,首善京華,公餘隨伴散司衙,恁逍遥似咱。無多錢鈔供揮灑,較他風塵俗吏殊高雅,再休提長安清况輒嗟呀,且啣杯細話。　有多少宦海茫茫吁可怕,那風波陡起天來大。單只聽轎兒前喝道譁,可知那心兒裏歷亂如麻,到頭來空傾軋。霎時間陞美缺,錦上添花,驀地裏被嚴參山頭落馬。　你我赴官衙,坐論從容儘瀟灑。只照常辦事,便不爭差,可有急公文特地行查,與那窮差使憑空派下。所言公案無多寡,將依様葫蘆便畫。　特提的才能俊雅,推陞的氣識清華。便只要領上朝珠將就掛,到其間科道挨班分定咱。何須一等誇京察,但盼個學政兒三年税駕,試差兒一榜通家。　頻年俸漸加,够製些棉衣布襪。换來米不差,够養個車夫奶媽。一任咱壺冰貯水消炎夏,爐煤聚火煨殘臘。且落得釀酒栽花,題詩品畫。　客何來幾句閑談罷,忙捧上大葉清茶。他待要決勝負一枰對下,我還要叶宫商幾曲同抓。不用果肴佳,器皿華,野蔬菜便似山家。儘够射覆藏鬮傾巨斝,直到月落參横更鼓打,且莫去和衣共榻。　回看家下,滿壁的今和古書籤掛,滿園的開和落花枝亞。笑相迎子婦牽衣閑戲耍,奴婢兒多寬假,鷄犬兒無驚詫,但博得夜眠時一枕清神暇。　雖然久别家,把聖水孤山夢想遐。逛廠的香車寶馬,趕廟的清歌雜耍。纔看過殿春風紅芍藥,又開到傲秋霜黄菊花。你便道茶園戲館太喧譁，誰與我瑶臺攬勝當幽雅。況爭誇，燕山八景，風月倍清華。　真休暇，真休暇，消受了春和夏。無牽掛，無牽掛，漸了却婚和嫁。忘機詐，絶虚假，受用些老健年華，清高聲價。　太平時節恩光大，或飛陞特轉，只待運途嘉。這便教老司官白頭郎儘足誇。”别本尾聲二、三兩句，作“或京堂幾轉，帽頂變山查”。

教官曲

黄天河《金壺戲墨》節録《教官曲》，云係嘉善謝君，仿《司嘲》、《司慰》兩套而作。廣文獨冷，自昔爲然，天河謂英年志士所不屑，惟老病偃蹇、頹然自放者居之。蓋科名誤我，而貧賤逼人，鷄肋雖乏味，不得不俯首而甘之，無怪食肉者無正眼視之也。〔畫眉序〕與〔歸朝歡〕《教官嘲》云：“燕子認新巢，講舍三間没秋草。説衙門清淡，也有心操，最怕那刁學書賣弄蹊蹺，那窮門斗横貪錢鈔。急公文細看多顛倒，免不得燈前改稿。”“府城路不遥，謁太尊同寅共約。趨公敢憚勞，迎學憲排列站著。受用些四更門外寒風峭，兩邊簷下秋陽燥。直要等糊貼封條，挨查坐號。”〔喜遷鶯〕前半與〔四門子〕《教官慰》云：“撫臺的威嚴洞察，學臺的品望清華。只教你叉手三躬同坐下，好男兒一膝由來不屈他。”“莽紅塵飛不到閑門下，竹院裹翠蓋陰遮。誰與你排對仗左書右畫，誰給你伺傳呼夜月朝花。正是豆含葩，笋吐芽，先生饌品味清佳。儘好隨意留賓同下榻，只要寒士歡顔願不奢，也算是萬間廣厦。”較之春湖兩作，於步趨效颦之間，亦頗具刻畫之能也。

候補曲

《文章遊戲》又載《幕歎曲》及《羊城候補曲》，殆皆由春湖之司官一嘲而續爲感發者也。《幕歎》作者闕名，起調〔新水令〕云：“笑郗超千古一名流，却緣何甘爲牛後？青蓮開繡幕，才鬼哭山樓。王粲依劉，陷英雄是這無情彀。”亦復風起雲從，有振衣千仞之勢，惜後文闒茸，無以副之。《候補曲》出仲振履。振履字柘庵，又號柘泉，又號覽岱庵木石老人，藉江南，曾爲番禺令。卸事後，寓省垣作《雙鴛祠》傳奇，譜别駕李亦珊事，《藤花亭曲話》所謂“起伏頓挫，步武井然”者是也。柘庵既爲詞手，間出俳諧，自非俗筆平仄且未妥溜者可比，是真足以繼武韓、許者矣。“省垣需次最無聊，況南荒蠻疆海嶠。十年寒士苦，萬里故鄉遥。抖擻青袍，歎頭銜七品縣官小。　此恨難銷，乍出京來甜似棗。這才知道，一身到此繫如匏。三分西債利難饒，零星小賬盈門討。暗心焦，常常把跎子虚空跳。　您因官熱鬧，俺爲官煩惱。投閑置散無依靠，悔當初心太高。　到如今長班留的少，公館搬來小。知單怕與名，拜客愁擡轎。三頓怎除消，七件開門少。盒剩新朝帽，箱留舊蟒袍。蕭條，冷清清昏和曉。煎熬，眼巴巴暮又朝。　上衙門蜂爭鬧，望委牌似蟻著熱鍋跑，坐官廳還故意高談笑。有的説出洋捕盜，有的説雁塔名標，有的説恭逢大挑，有的説學司馬題橋，有的説因公罣誤，引見重須到。　正説時憲臺大駕親臨了，忙向旁邊靠。又一會六大三陽都已到，無限跟班，笑語喧囂。　俺已向旁邊靠，奈從者勢偏豪。爭路走雙手交推，那大駕已拋人在後腦。俺只得背著臉扭著腰，暗裏推敲。没個威權敢自驕，你是個閑曹。　停一會手板紛紛俱下了，值堂吏肚挺聲高。説現任官入内堂，候補官請回轎，聽他發付心如擣。只我這一個番錢不在腰，也惟有强從容少安毋躁。　朔望逢期，黎明行禮，要站班各廟，見説心頭跳。算蠟燭難賒，點心久缺，如何得早，待不去啊，怕剛逢上司著惱。　聽譙樓五鼓初交，黑地倉皇，覓套尋袍。急唤茶湯，無人來舀，叫跟班只一味伸腰，還聽他噥噥絮叨。一個説米少難熬，一個説鞋破難跑。剛急得滿肚鏖糟，又氣得一頓咆哮。　挈眷的祇不過柴米焦，離家的更關心骨肉拋。但聽得故里年荒便魂掉了，還有那雙親邁老，怕做蔡中郎哭溝壑爹娘餓莩。　却幸的時清晏外夷無擾，恤寒酸聖主恩高。紓擁擠上司公道，協和衷寅僚關照。我曹，慢焦，且熬，終有日雷封傳報。　問甚誰卑誰高，誰遲誰早，倒不如弔古長歌，滿斟濁醪。嘯一聲萬丈虹霓，舞一回雙鬢蕭騷。耐著愁牢，忍著粗豪，也只當來訪蘇韓到惠潮。　窮通算來難預料，只有天知道。隨時不吃虧，一語爲君告，幾曾見候補官兒閑到老。”繆蓮仙云：“宦海浮沈，有如許苦楚，作者窮形盡相，曲曲描摹，知非過來人不能道。”余謂柘庵既篆番禺，結語自成佳兆。然如此際遇，又豈個中人人所能幸冀？則作者此語，原雖自慰，終亦不免欺人耳。

裘雨香豔體一半兒

《文章遊戲》有裘雨香豔體〔一半兒〕十六首，叶韻雖有一二假借，而格律極嚴，不但結字上聲，三句作平仄仄平平去平，且次句第五字亦必作平，未免過於精審矣；論其文字，則淺深不一。“凌雲彩鳳下重霄，十丈紅墻看未高，綬帶欲銜情共摇。費心苗，一半兒張羅一半兒惱。”“西園高會有仙姝，煙景昏黄風影疎，塘外柳絲牽去車。乍模糊，一半兒斜陽一半兒雨。”著筆過高，幾類遊仙詩。“緑窗鶯語隔重檐，隱約聞聲真可憐，何事暗垂雙檻簾。怕猜嫌，一半兒分明一半兒掩。”“花陰輕罩碧窗煙，遥想蓮臺同鏡圓，艾虎凝香垂髻偏。愛和憐，一半兒身旁一半兒遠。”“偷排梵字剥瓜仁，揉碎花枝抛碧塵，私語未休佯駡人。笑難禁，一半兒聰明一半兒蠢。”如此意境已入格，特尚乏輕快之趣，是全作通病。

鄉試黄鶯兒

《鄉試》〔黄鶯兒〕數十首，大抵句讀不葺，不能成誦。有云：“馬褂與氈條，考籃兒繫縛牢，笋乾香蕈和湯料。乾蝦兒一包，火腿兒半條，茶煙蠟燭般般要。桂圓泡，老婆兒女，剥做一團槽。”則已加點定矣，詞雖俚，亦一時之寫實也。並見《文章遊戲》。

眉子硯拓本題曲

黄天河《金壺浪墨》載大興王佛雲，於袁浦市上，得葉小鸞眉子硯，背鐫二詩，與《秋雨盦》所載相合，深自寶貴，拓本徵題，因爲作此〔新水令〕一套。又謂佛雲本工書法，案上書史叢雜，能於尺地間，跼蹐作小楷，端整秀媚，姿態横生。入都寓王比部宅，榻左懸其亡姬蔣韞卿遺照，而右庋禮闈落卷一束，謂此二者，爲生平傷心之事，其抑塞磊落可想也。黄氏之曲，仍搓合硯之爲用，與其新舊主人之身世而爲之，頗細膩可玩。兹全引之：“脂香蘭澤幾飄零，誰留下滄桑片影。池摹新月樣，詩寄舊風情。抛撇而今，人去鴻泥印。　憶當時生小聰明，解坐蒲團證夙因，才華掩映，閑吟錦字遣幽情。畫圖不鬬漢宫春，端溪自有瓊瑶品。香夢醒，喜臨撫剛稱簪花影。　嫌墨污勤呼婢浸，睹詩成嬌倩娘評。撫瑶絃鸞鶴鳴，聽夜雨櫻桃韻。新詞兒鐫上分明，自把瓊章署小名，點綴些彤奩玉鏡。　正好訂石上前因，待與張郎，畫出娉婷。舊句重吟，搓雲抹月，一樣輕盈。那知道葬春風桃花短命，泣香泥芳草無情。掩了孤檠，撇了清琴，賸一彎瘦影纖纖，更幾行軟語惺惺。　一霎裏改霜星換主賓，彩雲散，畫閣扃。只有飛花池畔影，和松煙細暈，似當日鬢邊雲。到今日謝綺羅香裏氤氳，伴琴書隊裏淒清。便留個碧玉佳名，也不枉紅顏薄命。是一點芳心有靈，怕瘦損零星，纔分付你詞人管領。　記三生曾見名花殞，鎖雙峰未許癡魂醒。又教人驀憶愁顰，賦哀亡潘岳詞，況下第劉蕡境，更聽雨相如病。春山欲畫難，彩筆應焚盡，問淺深入時難定。那生前夢蝴蝶亡，鏡中花鸞鳳杳，只餘個身後名鴛鴦印。紅塵浣滌清，寶匣收藏緊，不零落人間猶幸。這片石兒抵多少苦心人，没些兒身後影。"〔折桂令〕"正好訂"以下，思致綿渺，而詞語迫切，雖欲減削無從也。騷隱居士《填詞訓》曰："命題雜詠，而直道本色，則何取乎寓言；觸物興懷，而雜景揣摹，則安在其即事。"又曰："文情斷續，而忽入俚言，筆致拗違，而生吞成語，乃曲之最病。其意在情切於人，景即於事，方不泛濫。若口氣不明，頭緒雜亂，俚言成語，用不得宜，爲自來套曲之弊。觀於此套，庶可云合。"騷隱之論，原爲南曲而發，然清人北曲，能合明人南曲之程限者，已大不易，更何高論爲乎！

吴逸香女士曲

佛雲以眉子硯故，名所居曰硯緑龕，寶之若拱璧。已而攝令吴江，適爲小鸞故里，下車大喜，即訪葉氏後人，修墓立碑，招魂摹影，並刻其《疎香閣遺稿》，而以諸人之題詞附之。有琴川吴逸香女史者，作〔南步步嬌〕一套，黄天河以爲音節悲涼，風神絶世。其實不逮天河前作也。録〔皂羅袍〕一首，衹當詠修墓之詞看可："落日松陵古道，歎荒煙蔓草，遺塚蕭條。桃花三尺豔魂銷，垂楊幾度啼鶯老。春山翠黛，秋風野蒿。緑波明鏡，羅裙細腰。珊珊應有芳魂到。"與吴蘋香作小青、菊香等《修墓詞》，先後對峙，不期而然。

十二紅十四鹽十醋記

余按字數筆畫，部勒雜劇傳奇名目，便於檢查。二畫十字部，得《十二紅》、《十二釵》、《十二樓》、《十大快》、《十五貫》、《十四鹽》、《十字坡》、《十串珠》、《十孝記》、《十長生》、《十奇緣》、《十眉圖》、《十美圖》、《十義記》、《十賢記》、《十醋記》、《十錯認》、《十錦塘》、《十面埋伏》等名。就中如《十二紅》、《十四鹽》、《十醋記》，命名之故，皆有人意想不到者，而尤以《金壺浪墨》所記《十二紅》之源委，爲足令人撫掌。《劇説》所不可不收，兹編亦無妨複載也。

《浪墨》云，道光二十五年乙巳，予至清江。豫章某，久爲河工幕客，時方賦閑，一日，過余曰："君知'十二紅'乎?"曰："不知。"曰："君善填詞，倘以此事譜成院本，場上絶新關目也。"余請其詳。則曰："某當事姬妾甚多，其最寵幸者三人，裹河廳月進供給銀，則諸姬要而分之。南河廳員十八缺，而裹河爲之長，故上官供給，主於裹河。時内有官親、幕友、門丁，爲當事所信任，外則市賈、僧尼、優伶、妓女、修髮匠之屬，出入衙署，又與親幕僉門相援引。文武員弁營求善地者，展轉賄託，力能達諸寵姬之前，爲之説項，而皆得如願以償。俗以得時乘運爲紅，背時而不通聲氣爲黑。若輩同黨用事者，今得十有二人，故有'十二紅'之目。君能點綴成書，爲梨園增長聲價，何患不選聲徵色，奉卮酒爲作者壽乎!"余以事涉閨闥，素所不言，惟念南河積弊之深，帑項虚糜之衆，奢靡習於此日，禍患必中於他時，因擇其可言者，去其不可言者，兩旬而成十六折，冀以垂示針砭耳。某君見之，大喜，借去數日，余亦置之不問也。他日李蓉村見余大笑，亟叩其故，蓉村曰："某客得君大稿，繕録端楷，裝潢極工，袖之以示裹河，謬言作者與當事同鄉，故有嫌隙，且其交遊甚廣，行將入都，付之優人，刊印以行世。時河員自知侵蝕太過，深畏人言，尤懼科道聞之，故京官過浦者，餽遺甚厚。裹河驟聞某言，曰：'若爾興大獄矣，顧其人安在? 不畏文字禍耶?'某曰：'畏禍，不敢作矣，彼固有所恃也。'裹河翻閲三五齣，曰：'君與彼相識否?'曰：'不識。然某之友人識之，因劇中關涉多，義不可默也。'裹河曰：'事固無涉於我，君第問彼意何居。倘其可已，我餽數十金，至多百金，彼此相安。不然，當事即損名，獨不銜恨於彼乎!'某曰：'且試圖之。'他日復見，故作難色，謂作者意不在錢，挾制之中，間以軟語，竟得二百金，不知所之。"按明人之爲傳奇，出於譏刺請託者，種種詭譎，但未嘗有如此荒幻奇趣者也。天河另有《夢呼幺》、《鴛鴦印》兩劇，各有本事云。

至於《十四鹽》所以名者，《茶香室叢鈔》曰："董恂《宫閨聯名譜》引《續幽異録》云，黄妍麗，河朔間女子也，與蕭玉涵以詩唱和，遂成配偶。好事者爲撰《十四鹽》傳奇，以唱和詩皆用十四鹽韻也。"《十醋記》所以名者，因劇中演節度使龔敬懼内，至於跪門請罪，上下二卷，共三十六齣，而齣目有醋表、醋義、醋成、醋感、醋授、醋功、醋錦、醋阻、醋致、醋慨，適占其十也。此劇亦名《滿床笏》。自《畫舫録》誤刻爲《十錯記》，静庵先生《曲録》因之，遂僅知有《十錯記》，而不知有《十醋記》矣。"十錯"無著，"一錯"已成，亦可笑也。

演劇評語

涵虚子引趙子昂語，謂"良家子弟所扮雜劇，謂之行家生活；娼優所扮者，謂之戾家把戲"。又引關漢卿語，謂"非是他當行本事，我家生活，他不過爲奴隸之役，供笑獻勤，以奉我輩耳。子弟所扮，是我一家風月"。於此可見元劇之任扮演者，蓋有三種人物：一爲曲家自已，所謂"我家生活"也；一爲良家子弟，所謂"行家生活"也；一爲娼優伶人，所謂"戾家把戲"也。夫漢卿作劇，六十餘本，爲古今作品最富，流品最著之曲家，乃文字而外，復身任聲容，成爲"我家生活"，可見曲之爲藝，果欲盡之，非兼事、文、聲容三端如漢卿者，不足爲第一流劇曲家矣。蓋樂府所貴，在有感化之效，文必有聲，聲必有容，三者俱備，而後所謂效者始著、我家生活。劇曲家分屬當有，非子弟之好事者可比，更非後世曲家，視詞曲爲文章之餘，致優伶爲狎玩之業者與足道也。然則論曲者於文字以外，亦應兼及聲容，方無偏廢。乃作曲因涉於詞章，度曲爲關乎音韻，自來學者皆多論著，至於演曲之道，終淪之於末技，絶無紀述評贊之者。抑思劇曲之爲劇曲，若果舍此重要之一節而不爲，其事功如何可著乎？豈其藝之準情酌理、摹色揣聲、千變萬化，猶粗淺不足與文字、音律比，不足當學者之研探耶？余常爲此缺憾，抱恨不置。前人如涵虚子論元明作家，著按語者九十八人，舉善歌之士三十有六，有按語者亦四，若善演之輩則不列一人，不贊一辭。嚮讀吾鄉李艾塘《畫舫録》，見其狀舉諸伶藝術之勝，語無詳略，各攝神魄，較之涵虚，大抵人繫一語，語限四字，模糊影響，多難憑信者，艾塘之文，形容太工矣。把玩之餘，旋復歎曰：若竟以此繼武涵虚，得毋彌其評作評歌而獨不評演之憾乎？因爲摘録於此，以資欣賞。或怪余意未免牽强附會者，笑不顧也。

老生山崑璧，身長七尺，聲如鏄鐘，演《鳴鳳記・寫本》一齣，觀者目爲天神。自言袍袖一遮，可容張德容輩數十人。　張德容者，本小生，聲音不高，工於巾戲，演《尋親記》周官人，酸態如畫。　小生陳雲九，年九十，演《綵毫記》"吟詩脱鞋"一齣，風流横溢，化工之技。　老外王丹山，氣局蒼老，聲振梁木。　大面周德敷，以紅黑面笑叫跳擅場，笑如《宵光劍》鐵勒奴，叫如《千金記》楚霸王，跳如《西川圖》張將軍。　馬文觀以白面擅場，嘻笑怒駡，均於粉光中透出。　三面以陳嘉言爲最，一出鬼門，令人大笑。　老旦任瑞珍，口大，善泣，臻化境。詩人張樸存嘗云"每一見瑞珍，令我整年不敢作泣字韻詩"。　王四喜每一出場，輒有佳人難再得之歎。　老旦王景山，眇一目，上場用假眼如真眼。　小旦馬大保，色藝無雙，演《占花魁・醉歸》，有嬌鳥依人最可憐之致。　朱文元演《邯鄲夢》全本，始終不懈，聲名鵲起，班中人稱爲"戲忠臣"。

老外孫九皋，年九十餘，演《琵琶記・遺囑》，令人欲死。　小旦余紹美，滿面皆麻，而見者都忘其醜。　范三觀工小兒戲，如安安小官人之類，啼笑皆有可憐之態。　潘祥齡神光離合，乍陰乍陽，號"四面觀音"。

董掄標《牡丹亭記》柳夢梅，手未曾一出袍袖。　老生劉亮彩吃字如書家渴筆，自成機軸，工《爛柯山》朱買臣。　俞宏源演《一捧雪》中莫成，謂之"中到邊"。　沈東標，稱國工，《蔡婆》一齣，即起高東嘉於地下，亦當含毫邈然。　王喜增姿儀性識，特異於人，詞曲多異外聲，清響標動梁木。　金德輝演《牡丹亭・尋夢》、《療妒羹・題曲》，如春蠶欲死。　周仲蓮善《天門陣・産子》、《翡翠園・盗令牌》、《蝴蝶夢・劈棺》，每一梳頭，令舉座色變。　董壽齡工爲侍婢，所謂倩婢、鬆婢、淡婢、逸婢、快婢、踈婢、通婢、秀婢，無態不呈。　三面蔡茂根演《西厢記》法聰，瞪目縮臂，縱膊埋肩，搔首踟躕，興會飈舉，不覺至僧帽欲墜，斯時舉座恐其露髮，茂根顔色自若。　小丑滕蒼洲，短而肥，戴烏紗，衣皂袍，着朝靴，絶類虎丘山"拔不倒"。　熊肥子演《大夫小妻打門吃醋》，曲盡閨房兒女之態。　樊大睅其目，而善飛眼，演《思凡》一齣，無腔不備，議者每謂之

"戲妖"。　魏三兒演戲一齣，贈千金，嘗泛舟湖上，一時聞風，妓舸盡出，畫槳相擊，溪水亂香。三兒舉止自若，意態蒼涼。　郝天秀柔媚動人，得魏三兒之神，人以"坑死人"呼之。趙雲崧有《坑死人歌》。　謝壽子扮花鼓婦，音節淒婉，令人神醉。　謝瑞卿工《水滸記》之婆惜，每一登場，座客親爲傅粉，狐裘羅綺，以不得粉漬爲恨。　小丑劉八，《廣舉》一齣，演腐儒爲聲色所惑，曲盡迂態。《毛把總到任》一齣，爲把總以守汛之功，開府作副將，當其見經略爲畏縮狀，臨兵丁作傲倨狀，見屬兵升總兵作欣羨狀、妒狀、愧恥狀，自得開府作謝恩感激狀，歸晤同僚作滿足狀，述前事作勞苦狀，教兵丁鎗箭作發怒狀，揖讓時作失儀狀，聞經略呼作驚愕錯落狀，曲曲如繪。以上三十三人，皆男子也。

金官演《相約相罵》，如鬼斧神工。　徐狗兒清拔文雅，羸瘦玉削，坐戲房如深閨，一出歌臺，便居然千金閨秀。　二官作趙五娘，咬薑呷醋，神理親切。　龐喜作老旦，垂頭似雨中鶴。　魚子年十二，作小丑，骨法靈通，伸縮間各得其任。　季玉年十一，雲情雨意，小而了了。　康官演《癡訴點香》，甫出歌臺，滿座歎其癡絶。以上七人，皆女子也。

此外寫後場鼓板，朱念一爲最，聲如撒米，如白雨點，如裂帛破竹，學之者雖精，北曲熨貼處，終不逮遠甚。一日，登場，鼓箭爲人竊去，將以困之也。念一曰："何不竊我手去！"弦子擅清點子者，唐九州爲最，無曲不熟，時人呼爲"曲海"。同時薛貝琛，曲文不能記半句，登場時無不合拍，時人呼爲"仙手"。又紀男旦許順龍，女生玉官，演《南浦囑别》，人謂之"生旦變局"。糾合戲班之人，蘇州呼爲"戲螞蟻"。脚色優劣，以戲錢多寡爲差，有七兩三錢、六兩四錢、五兩二錢、四兩八錢、三兩六錢之分等。言之瑣瑣，皆饒别趣，足當歌場掌故也。

清唱

《畫舫録》記揚州昔時清唱之盛，謂"每一市會，爭相鬬曲，以畫舫停篙就聽者多少爲勝負。多以熙春臺、關帝廟爲清唱之地"。李嘯村詩云"天高月上玉繩低，酒碧燈紅夾兩堤。一串歌喉風動水，輕舟圍住畫橋西"，即指此也。又謂工小喉嚨者，惟劉魯瞻；大喉嚨則蔣鐵琴以北曲勝，沈苕湄以南曲勝。又謂"清唱鼓板與戲曲異，戲曲緊，清唱緩；戲曲以打身段下金鑼爲難，清唱無是苦，而有生熟口之别”。按此説去魏良輔之論清唱不遠，良輔謂清唱俗語謂之“冷板凳”，不比戲場借鑼鼓之勢，全要閑雅整肅，清俊温潤。蓋清唱所唱，仍以劇曲爲多，特無鑼鼓，場面清冷之謂“清”耳。自後因唱散曲者，合用清唱之法，散曲無排場，弦笛而外，鼓板已足。雖清唱不必皆散曲，而散曲無不作清唱者，於是散曲漸有清曲爲之别名，而清曲之“清”，乃轉變爲有曲無白之意矣。

艾塘又云：“郡城風俗，好度曲而不佳，繩之元人《絲竹辨訛》、《度曲須知》諸書，不啻萬里。元人唱口，元氣淋漓，直與唐詩宋詞爭衡，今惟臧晉叔編《百種》行於世。”按《絃索辨訛》、《度曲須知》二書，出之明季沈寵綏君徵。“元氣淋漓”云云，乃葉懷庭論元曲文字語，非謂唱口；晉叔《百種》，亦文字而已，並無聲譜也，艾塘誤矣。

南方小曲

艾塘紀揚州小曲極詳，云：“小唱以琵琶、絃子、月琴、檀板，合動而歌。最先有〔銀鈕絲〕、〔四大景〕、〔倒板槳〕、〔翦靛花〕、〔吉祥草〕、〔倒花籃〕諸調，以〔劈破玉〕爲最佳。有於蘇州虎丘唱是調者，蘇人奇之，聽者數百人，明日來聽者益多，唱者改唱大曲，羣一噱而散。又有黎殿臣者，善爲新聲，至今效之，謂之‘黎調’，亦名‘跌落金錢’。二十年前，尚哀泣之聲，謂之‘到春來’，又謂之‘木蘭花’；後以下河土腔唱〔翦靛花〕，謂之‘網調’。近來羣尚〔滿江紅〕、〔湘江浪〕，皆本調也。其〔京舵子〕、〔起字調〕、〔馬頭調〕、〔南京調〕之類，傳自四方，間亦效之，而魯斤燕削，遷地不能爲良矣。於小曲中加引子、尾聲，如《王大娘》、《鄉裏親家母》諸曲，又有以傳奇中《牡丹亭》、《占花魁》之類譜爲小曲者，皆土音之善者也。”按〔四大景〕、〔倒花籃〕、〔到春來〕、〔滿江紅〕、〔湘江浪〕、〔京舵子〕、〔網調〕諸名，如《霓裳續譜》、《京塵雜録》内均所不載。蓋兩書多紀北地所聞，而此則就南方小曲立論也。艾塘又云，吾鄉玉版橋，昔有乞兒二，一則翦紙爲旗，揭竹竿上，作報喜之詞；一則家業素豐，以好小曲蕩盡，至於丐，乃作男女相悦之詞，爲小郎兒曲。二人相與友善，共在堤上，“每一船至，先進小郎兒曲，曲終，繼之以報喜，音節如樂之亂章，人豔聽之。小郎兒曲即《十二月》、《採茶》、《養蠶》諸歌之遺，呢呢兒女語，恩怨相爾汝。詞雖鄙俚，義實和平，非如市井中小唱淫靡媚褻可比。嘗三遊珠江，近日軍工廠有揚浜，問之土人，皆云揚妓有金姑最麗，因坐小艇子訪之。甫聞其聲，乃知爲裹河網船中冒作揚妓者。其唱則以是曲爲土音，嶺外傳之，及於惠、潮，與'木魚'、'布刀'諸曲相埒。郡中剞劂匠多刻詩詞戲曲爲利，近日是曲翻板數十家，遠及荒村僻巷之星貨鋪，所在皆有，乃知聲音之道，感人深也"。按今日小郎兒調，既不得聞，其詞亦無從見。百餘年前，荒村僻巷皆有者，今日雖零章片葉，並難尋索。蓋乞兒唱本，庋藏家何暇經手，間埋書塚，亦早化灰塵矣。此種唱本與《揚州名園記》、《夢香詞》等編，余嚮有志物色之，與艾塘之書作表裏觀，定饒情味，而至今未獲也。工小曲者，有陳景賢，兼善琶琶，人稱爲"飛琵琶"。潘五道士，能吹無底洞簫以和小曲。牟七鬍子，小唱冠江北。又有大松小松者，"兄弟也，本浙江世家子，落拓後賣歌虹橋。大松彈月琴，小松拍檀板，就畫舫互唱覓食。逾年，小松飢死，大松年十九，以月琴爲燕趙音，人多與之。嘗遊京師，從貴官進哨，置帳中；獵後酒酣，令作壯士聲，恍如殺虎山中，射鵰營外，一時稱爲進哨曲。又嘗爲《望江南》曲，如泣如訴，及旦，鄰婦聞歌而死。過東阿，山水驟長，同行失色，大松匡坐車中，歌《思歸引》，聞者泣下如雨。晚年屏蹟，不知所終"。

元人博戲

艾塘"蜀岡録"云，"跌成，古博戲也，時人謂之'拾博'。用三錢者爲三星，六錢者爲六成，八錢者爲八乂。均字均幕爲成，四字四幕爲天分，天分必幕與幕偶，字與字偶，長一尺，不雜不斜，以此爲難。蓋跌成之戲，古謂之'純'。元李文蔚有《燕青博魚》曲，其詞云'憑著我六文家銅鏝'，又云'你若是博啊，要五純六純'。五純今謂之'拗一'，六純即'大成'。又爲〔金盞兒〕曲云：'比及問五陵人，先頂禮二郎神。哥也，你便博一千博，我這肐膊也無些兒困。我將那竹根的蠅拂子綽了這地皮塵，不要你蹲著腰虛土裹縱，疊著指漫磚上墩。只要你平著身往下撇，不要你探著手可便往前分。'又〔油葫蘆〕曲云：'只這新染來的頭錢不甚昏，可不算先道的準，手心裹明明白白擺定一文文。呀呀呀，我只見五個鏝兒乞丢磕塔穩，更和一個字兒急溜骨碌滚。諕的我咬定下唇，掐定指紋，又被這個不防頭愛撇的磚兒隱，可是他便一博六渾純。’二曲摹寫極工。此技遍於湖上，是地更勝。所博之物，以茉莉、玫瑰二花最多，四時不絶。”按今日揚州跌成，謂之“跌博”，或竟曰“跌花”。艾塘所謂蜀岡之勝，今日已移向城内茶肆中，所博無非穿絲花朵。蹲腰探手，與陋夫相對，爭幺奪六，志在此釵鬢間物，苟非薄滑少年、不以端雅自重者，絶不爲也。

燕青博魚

《博魚》一劇，演梁山泊第十五頭領燕青，因公誤限被杖，走汴梁，與燕順者認爲兄弟。順有兄和，嫂王，王與楊衙内通，順怒之，去奔梁山。清明節，和夫婦在同樂院賞春，青時賣魚過此，與和博魚，負，適楊亦來，怒青觸犯，青痛毆之。和愛青勇，攜居家中，亦認爲弟。青復闖見王、楊之奸，與和俱被陷入獄中。二人旋越獄出，又遇順來救，乃同入山。事屬水滸外傳，元劇中摭爲故實，固一時風氣。全劇無深意，情節故爲盤旋，似亦無謂。惟曲文描摹，不乏精到之作。末折〔煞尾〕，燕氏三人一同落草云：“半合兒歇息在牛王廟，一直的走到梁山泊，若見俺公明太保，還了俺這石榴色茜紅巾，柳葉砌烏油甲，荷葉樣煙氈帽。百鍊鋼打就的長朴刀，五色絨剌下的香綿襖，一齊去那皖子城中送老。上稍裹不眠花，下場頭少不得落一會草。”寫個中人物，聲色兼至。涵虚子所謂“鏺刀趕棒之科”者，不當如是乎！

元曲中方言

元人方言俗諺，見於曲中者極夥，王伯良之《西厢》校注，閔遇五之《五劇箋疑》，僅得其百一耳。余嘗輯《元曲方言舉例》，列五六千條。謂“舉例”者，因未暇一一考其語之根源、義之來歷，僅就各劇同見之條，擇要録三四例。其僻不得解者，或用意岐出者，則有例皆録，以供參酌比較，因例多則終不難訂定其説也。《燕青博魚》劇内方言，望上下文，大都可以知意。緑頭巾謂之“屎頭巾”，帽之遮風謂之“搶風”，鬬毆一場謂之“一操”，人之闒茸謂之“麞糟頭”，爲博具之錢謂之“頭錢”，英雄末路乃言“男兒不得便、剌頭泥裏陷”，盼望謂之“揣巴”，“聖餅子”猶言仙丹，

“爪尋”猶言找尋,“糖食”猶言奉承,今諺“灌米湯”或亦“搪塞”兩字之意也。“十分惺惺使五分”,毋過矜張之意,今言架子勿須擺足也。“毬樓”乃圓簍,“梯氣話”乃體己話兒,“索性”乃快適,“揑舌”乃調舌,今諺嚼舌頭也。“打噻掙”乃打寒噤,“病僧勸患僧”,言同病之人相慰藉,與今諺泥佛勸土佛一意。“打獨磨”,旋轉徘徊也;“支分”,指點也;“著絆”,遭難也;“半合兒”,一會兒也;“無徒”,惡人也;“告一場響豁”,命運得一回通達也。至於人體針灸之處,咳嗽三與少陽穴並舉,狀淺圓之盆曰設口樣,其故何在,皆待考釋者。聊舉一劇所有,以見其趣如此,他不能備也。

元楊瑀元誠有《山居新語》,内一則云,桑哥丞相當國擅權之時,同僚張左丞、董参政者,二公皆以書生自稱,凡事有不便者多阻之。後桑哥欲去二人而未能。是時都省告狀攛箱,乃暗令人作一狀,投之箱中。至午收狀,當日省掾,須一一讀而分揀之。中有一狀,無人名事實,但云:“老書生,小書生,二書生壞了中樞省。不言不語張左丞,鋪眉搨眼董参政,也待學魏徵一般倴請。”桑哥佯爲不解其説,趣省掾一再讀之不已。張起身云:“大家飛上梧桐樹,自有旁人話短長。”一笑而罷。語雖鄙俚,亦一時機變也。按“老書生”云云,乃〔撥不斷〕小令也。原注“倴請”讀作“捧倩”。元劇《陳州糶米》次折演包拯往陳州,案治劉衙内子壻之罪。劉懇韓魏公、吕夷簡等緩頰,韓令商之范仲淹,時范爲天章閣學士。韓、吕下場詩云:“衙内心中莫要慌,天章學士慢商量。鳳凰飛上梧桐樹,自有旁人道短長。”又《賺蒯通》劇四折〔駐馬聽〕,蒯通對蕭何云:“你你你今日也理當,怕不做鳳凰飛在梧桐上。”又《七里灘》劇一折〔寄生草〕歇拍云:“看誰人省悟是誰癡,怕不鳳凰飛在梧桐上。”蓋皆示下句之意,是非短長,須聽旁人公論也。《山居新語》祇稱“大家飛上梧桐樹”,轉賴劇詞中之“鳳凰飛上梧桐樹”作解矣。

《西廂記》第一本首折白云:“安排下飯,撒和了馬,等哥哥回家。”《山居新語》云:“凡人有遠行者,至巳午時,以草料飼驢馬,謂之‘撒和’,欲其致遠不乏也。”是乃《西廂》科白之的解矣。《新語》又云:“都城豪民,每遇假日,必以酒食招致省憲僚吏翹傑出羣者款之,名曰‘撒和’。”此撒和之另一義,元劇中尚未遇其例。

南詞之弊

近見明末石陽張瘦郎野青散曲一卷，末附《席浪仙曲》三套。龍子猶序云：“楚人素不辨冰青，得此開山，尤爲可幸。《白雪》故郢調，今其再振於黄乎，因名之曰《步雪初聲》。”按其文字，則《江東白苧》之末流，意境迂拘，音響揉雜，硜硜於字句之煊染，又衹有零脂剩粉，敷衍堆嵌，拆碎固不成片段，拚合亦難象樓臺。臣妾宋詞，宋詞不屑；伯仲元曲，元曲奇恥。天下依違於兩可之間，欲兼擅其勝，而卒至進退失據，成共棄之物者，崑腔以後，《江東白苧》派之散曲，乃其一也。瘦郎有《花間集韻》，龍氏謂其“已奪宋人之席”。夫謂花間是宋人之席，已屬笑柄，瘦郎所奪何如，尚待言乎。其書之校訂，屬幔亭歌者袁令昭。歌者嘗曰：詞才天賦不同，梁伯龍以豪爽，張伯起以纖媚，沈伯英以圓美，龍子猶以輕俊，至於秀麗，不得不推伯良。夫如伯龍者，若即以爲豪爽，則元人之作，豈不皆成獷悍乎？明人南詞中，捨馮、施數家以外，即從來不知豪爽爲何物！前有一海浮，論者乃謂其本色過多，北音太繁，多俠寡馴，時爲紕纇；後有一子野，爲《曲藻》之弇州，爲《曲律》之伯良，爲《韻選》、《詞紀》、《太霞》、《吴騷》之諸選家，或不及見，或未嘗見，皆未置論。起嘉隆間，以迄明末，將近百年，主持詞餘壇坫者，皆必推伯龍爲極軌，然後知崑腔初初囿人之深，其後乃終於無由振拔，而元人之豪情萬丈，竟斬而不復也。吴中派成，風會大著，其勢固足以左右一世，如瘦郎、浪仙之輩，雖遠起郢楚，亦惟有入彀而已，無足怪矣。至於南詞散調，不墮萎靡冷静之弊，而相通一線，遥遞元風者，捨馮、施諸作外，其惟〔掛真兒〕、〔打棗竿〕等小曲乎。卓珂月曰：“我明詩讓唐，詞讓宋，曲讓元，庶幾吴歌〔掛枝兒〕、〔羅江怨〕、〔打棗竿〕、〔銀絞絲〕之類，爲我明一絶耳。”見陳宏緒《寒夜録》。此言大有識見。未知使伯龍諸公，以南詞肥滿一時者聞之，作何感想？而小曲之所以堪稱一絶者，又復淵源有自，論者尤不可不知耳。

花影集套曲

施子野《花影集》，未嘗無知己也。陳眉公曰：“子野才太俊，情太癡，膽太大，手太辣，腸太柔，心太巧，舌太纖。抓搔痛癢，描寫笑啼，太逼真，太曲折。"此其所以贊子野者，固語語足當。而凡爲曲家者，又孰不應一一具有諸事耶？眉公此節，謂之曲家之金科玉律也可。他勿具論，就中"辣手"一層，即伯龍一派所缺乏，而子野之所以爲子野者。沈德生曰："子野外服儒風，内宗梵行，其於世間色相，一切放下。其性靈穎慧，機鋒自然，不覺吐而爲詞，溢而爲曲，以故不雕琢而工，不磨滌而淨，不粉澤而豔，不穿鑿而奇，不拂拭而新，不揉摛而韻。"按放下色相，德生原以論人，實亦可以論詞。此其所云之反面，詞意專泥色相，及專於雕琢、磨滌、穿鑿、拂拭、揉摛中討生活者，正不啻爲伯龍一派寫照也。所猶未備者，元曲之大，在不知爲雅而雅，明以爲俗而不厭其俗，子野差得之，而伯龍一派，則明以爲雅而不雅，不知爲俗而實嫌其俗。蓋雅俗本無是非，而各有真趣，雅有雅趣，俗有俗趣，曲中要以得真趣者爲貴。若未能免俗，又奪其自然之趣，寧不可厭乎！子野集之所猶憾者，在摹淫寫褻之篇，每每不免，而用韻有時太雜；至于集後所附之詩餘，則全落明詞之纖陋，本不足道，非此所欲論也。

子野多情，而甚愛花，西佘所居，花木之盛，俱見於詞，而《侫花》、《惜花》、《祝花》等篇，尤淋漓盡致，都爲寄情之作。集名"花影"，旨固在此。故談子野曲，不可不先及其詠花諸叶也。《侫花》〔玉交枝〕曰："旁人休怪，這花緣前生帶來。命中干犯真無奈，撒風情本分應該。因此上錦囊拾得盡詩材，紅裙贈與添情債。但花開是我時來運來，若花衰是我時乖運乖。"此其自敘與花爲緣也。又〔朝元歌〕曰："鶯猜燕猜，忒作踐嗔他歹。蜂來蝶來，緊幫襯愁他採。待貼上金釵，繫將襟帶，忍教粉香塵土埋。就飄墜蒼苔，願盈盈踹將紅繡鞋。更修口懺花齋，願花緣常是諧。拚個補填花債，受持花戒，那敢負恩分愛，負恩分愛。"此其自宣寄情花影也。其種花也，《山園自述》套〔解醒歌〕曰："怕天公不饒閑漢，敢辭他種花煩難。況凡花易活非稀罕，任搬掘，與扳扞。柴門客到，應門自有花侍鬟，待客去花仍送出山。亭臺小，位置偏，偏教放在百花間。遮花日，映柳煙，護花斜矗小紅旛。"其事花也，《侫花》套〔香柳娘〕曰："折將來近他，折將來近他，膽瓶安在，枕屏燈下屏山外。掃將來坐他，掃將來坐他，香錦簇新苔，鞋襪分餘采。嚼將來咽他，嚼將來咽他，沁入肺腸來，毛骨泠然改。”尤以其惜花也，〔啄木兒〕、〔三段子〕兩調最工，云：“含風笑，浥露顰，偏對淒涼掩淚人。乍飛粘錦字迴文，忽逗破繡床香印。春深小閣休文病，琴心近接蕭娘信，正獨自開箱檢繡裙。”“空中似塵，淡濛濛是誰人夢魂。苔前似鱗，點疎疎是誰人淚痕。平明一陣寒差甚，繡簾不捲風尤緊，正酒暈扶頭倦妝時分。”若此諸篇，豈非詞之不泥色相，而又機鋒自然者乎！

子野於峰泖間，每爲祝花之集，撰有《百花生日記》、《祭風雨文》、《祭花神文》，附載於祝花曲之後，俱見其與花爲緣，夙契自深，非泛常比也。《祭風雨文》所言，尤亹亹動人，有曰：“門無二仲，則花我友也；室無豔釵，則花我姬也；闢硯田之荒蕪，答陽春之煙景，則花我文章也；燥濕辨其土宜，柔勁和其物性，則花我經濟也；貴近爭肥田，世易其主，野人安廢圃，歲享其愚，則花我恒産也；落材可以共炊，取實何妨換酒，則花我泉貨也；折奇葩以寄所私，浸芳醪而投密友，則花我應酬往還也；簪酒籌而緑鬢粘紅，襯香茵而黃衫蘸粉，則花我冠裳枕席也；嚼芳豔而齒頰生香，沁芬芳而肺腸開悦，則花我神魂標韻也。以故一枝傷如一體折，一瓣飛如一淚零，真所謂連心之痛，同氣之吁。”此數語深切綿邈，令讀者瞿然而驚，歎作者之用情真摯也。祭風雨時金革間作，有聲無詞，以鼓吹天和，宣達陽氣。祭畢撤饌，始迎花神而致祝，其詞中有〔黃鶯兒〕與〔貓兒墜〕，曰：“把酒祝花神，佑吾曹盡後生，花前個個堪癡興。或扳來上瓶，或掃來做茵，或酒籌探得簪於鬢。總多情，就春酲未醒，夢裏也懺芳魂。”“祝花才了更低語問花神，誰似吾曹莽後生。花前生慣撒風情，惺惺儘把你詩句褒彈，觴政經綸。”與祭文之意，大略相應。則以歌童六人，登場迭唱，“於時紙錢紛飛，紅雨如霧，東風洋洋，羣鳥和鳴，萬樹懸繒，葉葉浮動”云，此其祝花之大概也。

子野《桃花曲》有〔南醉太平〕曰：“飛飛，殘香病粉，向春池鏡面，歌姬扇底，玄都無恙，早換却眼前興廢。誰知有人高臥百花溪，但午夢客來犬驚吠，笑他人世，公門趁熱倒頭無謂。”子野《贈巽玄師》詩，有“掃開一尺桃花雨，午夢才醒恰見君”句，極有禪味，合與此曲同看。又有《感桃》〔集賢賓〕云：“天台一遍人被哄，而今誰問仙踪。空蝶鹵蜂粗樵燕懂，竟歲歲由他調弄。胭脂忒重，伴煙柳濕雲如凍。荒廢塚，鶯叫破老紅癡夢。”雖凝鍊，尚不傷沉晦。

子野《跋楊花曲》云：“春盡日，天和雨晴，風緩絮定，與同社兩三人，登東城爲送春之飲。滿眼模糊，非雪非霧，一時坐客，各有心事，各不可向人道。此情味似未可以句字盡也。”曲中有〔梁州序〕四，寫出四種心事，其一曰：“但啣將鶯嘴還粗，蕎穿來蝦鬚偏細。更杯心鏡面，似停非住。況也如愁更亂，比淚還多，團做傷春句。偏生輕薄也遍天涯，況草緑花香滿路岐。留不住，推不去，有人掩淚蓬窗裏。梳客鬢，曬征衣。”陳眉公曰：“古人謂絲不如竹，竹不如肉，以爲漸近自然。袁中郎《虎丘記》云，比至夜深，‘簫板亦不復用，一夫登場，四座屏息，音若細髮，響徹雲際，每度一字，幾盡一刻，飛鳥爲之徘徊，壯士聽而下淚矣’。子野《楊花》等詞，每於聲音句字外，別有神韻，正須付若輩歌之，區區排場伎倆，未足傳其妙致也。”按清唱捨鑼鼓而衹用簫板，若簫板亦不復用，衹聞肉音，是唱之清而又清者矣。昔時有此一種唱法，大約非精詞妙譜不用，故眉公引以譽子野也。

子野有《菊花》小套，僅〔步步嬌〕、〔江兒水〕、〔清江引〕三調，韻致高絶，雖元人北詞中亦未見也；視南套之冗長拖沓，或堆砌壅塞者，相去遠矣。“老圃先生閑心計，粗了黄花事。東籬插幾枝，老雨枯風，自然高寄。全不怕霜欺，變炎涼也只是無趨避。　可有幽深意，天生古秀姿。比佳人較没胭脂膩，比詩人倒没窮酸氣，比仙人尚少雲霄志。但落莫田園居士，滿地黄金，依舊寒儒風致。　甘心野蒿同腐死，豈有人間意。自從三徑裁，漸移入朱門裏，料應怪淵明老人多事矣。”張沖如曰：“蕭閑簡遠，不染一塵。非曠世高懷，落筆豈能如此！”

子野《梅花曲》結尾最妙：“樽前一瓣風吹至，重向燈前瞧認你，原來是幻出林逋無字詩。”然如〔不是路〕後半云：“伴人兒和煙冷淡空園裏，伴月兒微茫淺水時。魂容與，春寒小閣迷香雨。茗爐詩句，茗爐詩句。”作兩截看，亦佳；若連讀之，則機微與居魚混叶，大足爲病。子野爲南詞，向主以聲音相近爲韻，笑沈璟《南詞韻選》用《中原音韻》者爲迂，謂己集中多少時之作，《韻選》未出，業已成帙，不能一一改訂。然如機、微居、魚，聲音又何嘗相近？類此者又何能不改？子野謂《中原音韻》之入聲作平上去，所以見胡元之音，與中華別。別有苦心，其説鑿矣。入聲有無，乃南北發音之不同，何涉胡元與中華？德清按當時已流行之曲音，附此於韻末，原以便時尚，未嘗强後世之南音南詞，亦從同也。詞隱僅用德清之韻部，於入派三聲一層，亦並未拘守。若持此一端之不合於南，並其餘之合者亦謂不合，於聲音之不相近者反强謂其相近，豈不謬乎？至論五音出於五行，四聲猶之四時，缺一不可，則全染前人附會之陋。又謂德清以閉口爲開口，亦不知何所見而云然。總之，子野太不知韻，與《韻選》、《詞紀》、《太霞》、《吴騷》諸本，宗旨首先嚴韻者，適不相能。無怪諸本中雖晚出者，亦不及子野一字，蓋既嫉其才，而復鄙其韻也。

以上因全集大旨所寓在花，乃於其詠花之勝，擷取涯略如此。至於其寫風月與雪者，亦稱是也。前人之鄙詞曲者，每謂詞曲内容，無非風花雪月，不關宏旨。詞曲之鄙，若果然在是者，不知風花雪月，不過爲詞人之工具。張玉田所謂"可使風月，而不可爲風月所使也"，既由我使，則驅遣所及，意境豈皆止是？即令果止於是矣，則古今來真能寫著風花雪月者，又能有幾人？兹四者皆天地化工，自然奇美，真能賞此自然，寫著一二，便非浪費筆墨，所患者終未曾賞著寫著耳。子野《賦月》〔東甌令〕曰："山煙醒，柳煙晴，放出姮娥羞澀影。裝成人世風流境，摇幾樹西厢杏。浩然風露夜冥冥，細語没人聞。"〔大聖樂〕曰："透疎簾照破黄昏，進鴛幃窺鳳枕。玉人何處瓊簫冷，心上事，夜香亭。多應是半輪慘淡相思鏡，還可是一塊幽深吊古魂。梨花夢醒，早鵑啼恨血，草荒煙暝。"作者自謂以香喉俊舌，撩袂長歌，金管玉簫，尋腔暗度，當使耳根心瓣，生氣一新，殆非狂妄也。吟雪有〔節節高〕兩調云："風燈動夜幃，更飛飛，窗敲碎玉聲偏細。寒酸味，煨芋魁，烘棉被。天明一覺呵呵睡，人間尚有鶉衣碎。幾處繩床赤脚眠，於中不要豐年瑞。""空庖恰早炊，爨煙遲，瓊英亂灑晨光碎。敲冰箸，瀹茗旗，園蔬脆。一杯麥飯粗歡喜，人間尚有瓶無米。幾處詩人得句時，貧家何限淒涼淚。"都以一氣旋轉，入情周至，何嘗意止于物哉？至如〔梁州序〕兩首後半云："誰家妝閣也火初圍，想脈脈心情上客衣，庭霰積，瓊瑶碎。狻猊妝捏兒童戲，成忽敗，小興廢。""詩成笑傲也興尤癡，待搥破前山白玉堆，填谿壑，滿階砌。紅塵打滅渾無際，炎忽冷，笑人世。"筆端跳躍，尤不可以意概。歌風之詞，以

〔解三醒〕兩調爲極情盡致:"吹不了愁香怨粉,吹不了瘦鐵窮砧。吹不了玉門關上秋鴻影,吹不了曉月津亭。吹不了夜深裙帶雙鴛冷,吹不了春暖弓鞋百草熏。淒涼景,吹不了柳綿如霧,古渡荒城。""吹不了紙錢灰冷,吹不了野燒痕青。吹不了酒旗葉葉春江影,吹不了古戍煙橫。吹不了人悲客路斜陽艇,吹不了鬼哭沙場夜雨燐。添悽哽,吹不了子規啼月,血濺微腥。"子野亦自謂得無情之情、境外之境,遂覺拗怒粗豪,都化作輕憐柔怨。一寸霜毫,即此已有功風月,顧能謂其題之無聊而遂薄之乎!

風花雪月諸詠之外,子野又有《夜雨詞》,精力彌滿,通體不懈。馬致遠"百歲光陰"而後,此等北套,殆亦鮮見。顧彦容謂酷似貫酸齋,會心亦復不遠矣。〔新水令〕、〔駐馬聽〕、〔沉醉東風〕、〔折桂令〕、〔離亭宴帶歇拍煞〕云:"没人庭院種芭蕉,慘模糊隔窗煙草。引淒涼來枕畔,欺薄命上花梢。急打輕敲,亂灑斜飄,總送個愁來到。　燭影紅摇,翦翦風威寒正峭。茶煙青繞,騰騰篆字濕初飄。低楊直接水西橋,鳴蛙總在池邊草。一兜兒軒屋小,悶開窗可竟是無昏曉。　盼遠信雲昏雁杳,愴心期水漲天遥。一陣價孤燈罨盞昏,一陣價萬葉臨窗鬧,打梨花門掩墻高。柔櫓咿呀鷺外摇,煙霧裹垂楊畫閣。　一聲聲空外瀟瀟,鶵也膠膠,漏也寥寥。竹也蕭蕭,樹也摇摇。怎消得簾衣裊裊,窗紙條條,扯淡的把香也燒燒。棋也敲敲,書也裊裊,燈也挑挑。　檐頭鐵馬偏生鬧,慊慊殘夢才驚覺。這淒涼怎熬,地兒卑後近山,宅兒小斜通竹,窗兒矮前臨沼。但從教有淚垂,總只是無人到。白茫茫長暮潮,討得個風回門自關,霧濕絃初劣,火歇衣剛燥。准備著惜花起早,聽得人耳待聾,耍得人眉皺了。"陳眉公曰:"昔有令人作《江賦》者,以千字爲限,而止得七百,其人恚然曰'何不以江之左右悉言之'。此文家三昧也。此詞頗窺是旨,自不須字字訓詁,而自然語語生動。子野曾於秋梧雨館,令小童以單箏度之,文既悽然,聲復哀怨,遂覺窗外瀟瀟,點點是淚。"顧彦容曰:"石萍《雨景詞》云'芭蕉又發没人處',子野則曰'没人庭院種芭蕉',可謂青出於藍。"兩評俱可取。夫雨爲感慨之媒,而感慨乃人生一不可少之物。余嚮閲馮時可《篷窗續録》,極韙其説,子野此詞,足以輔其説矣。《續録》云,"雨於行路時頗厭,獨在園亭,静坐高眠,聽其與竹樹颼颼相應和,大有佳趣;又讀書苦俗客至,得大雨杜剥啄,亦甚適。嘗與友人萬壁同坐窗外，倚一篷，雨滴其上，淙淙有聲。壁請去之，余曰：'何故？'壁曰：'怪其起我無端舊恨在眉頭耳。'余曰：'舊恨如夢，思舊夢亦是一適。'故稱舊雨今雨感慨媒也。人生無感慨，一味歡娱，亦何意趣？"①噫，如馮氏言，没人庭院，不種芭蕉，何增感慨？彼待芭蕉自發以來意趣者，尚非有心之人，此彦容所以謂子野句有出藍之雅也。

寫時序風物之美者，《園林初夏》〔集賢賓〕云："新篁恰將空地補，柳根芳藻藏魚。見輕鴨浮來隨意住，緑波波細草新蒲。水窗煙户，在楝樹亂花飄處。天欲雨，聽隔岸伏鳩呼婦。"又〔黄鶯兒〕云："村塢插秧初，聽蛙聲萬井蕪，晚晴脱帽科頭處。棗花兒漸疎，茭簪兒漸粗，嘗新蠶豆猶微苦。杖閑扶，看頑童好事，帶雨刻桃符。"《村居九日》〔皂羅袍〕云："水上芙蓉斜照，更半黄銀杏，低罩團瓢。豈棚籬落野花妖，紙窗燈火秋蛩叫。滿城風雨，詩腸儘豪。滿園橘柚，村翁儘饒。更山僧秋芥才封到。"《村居午日》〔不是路〕與〔皂角兒〕之起句云："水上人家，漠漠池塘十里蛙。門臨壩，疎籬曲曲帶榴花。""白洋洋麥秀風斜，淡茫茫黄梅雨下。緑尖尖秧水才添，絮啾啾燕雛初大。"陳儀泰以爲眼前景物，拈來便妙，而韻致遒逸。殊當。又於《初夏》諸詞，謂覺其"字字有仙氣"，則亦好之太甚矣。

王季長引王元美語，謂"北曲多詞情，南曲多聲情"；又謂子野"以南詞韻語作北詞，且簫管絃索，合而翻度，宜其聲情詞情，灑灑傾聽也"。按子野北詞自是北詞，未嘗以南詞韻語作之，特善學元人，未嘗盡襲其貌耳。至於爲南詞，則確用北詞之法，乃得精神振作，讀之令人不昏昏欲睡也。如北南吕《送春》套内〔梁州〕云："又一度繁紅鬧緑，又一番乳燕鳴蛙，歎東君恁地無情煞。勾銷了白茫茫梨魂夜雪，收拾了俏夭夭桃面朝霞。趲上了緑陰陰鴉藏柳帶，作成了皺微微魚吃萍花。收藏了香噴噴箬甕新茶，准備了軟騰騰艾虎輕紗。羞慚了錦燦燦搜句奚囊，退後了曲彎彎踏青布襪，冷落了跄琤琤花底琵琶。把人，痛耍。似白頭吟守臨邛寡，歹東君應受罰。把酒殷勤問著他，下得抛咱。"評者以爲是北詞

① 今校：掃葉山房本《五朝小説大觀》之《篷窗續録》，"怪其起我無端舊恨在眉頭耳"作"怪其起我無端舊恨，掃興頭耳"。

作手，而化以南人墨氣者；余謂亦子野之不貌襲元人處也。至於南詞用北法者，隨處可見，不待舉證矣。此曲較之《春遊述懷》之〔叨叨令〕，自屬不如，然緣情周匝，掞藻新妍，亦同爲集中春詞之特色也。

子野寫情，真如王伯良所云"拈著此字，便摸索洗發，淋漓渺漫，無窮盡時，更無暇作一旁筆也"。《合鏡詞》〔金索挂梧桐〕四章，沈德生所謂"言言真至，字字警策"者，可惜韻雜耳。録其二，云："曾從愛裏過，也向愁中坐。越是分離，越把心腸鎖。沙家事若何，付南柯，不嫁三郎頭不梳。寧使做吞酸忍楚癡兒女，決不似拋冷趨炎歹丈夫。非閑可，歷遭情劫忒多魔。到如今歡處悲多，却又是悲處歡多，攪亂了相攙和。""怎車乾恩愛河，推不動相思磨。祆廟燒完，漸近藍橋路。今朝出網羅，到鳳凰窠，爭氣潘郎成就奴。羞慚了搬唆誹謗銷金口，塗抹了長短方圓畫餅圖。從今啊，刀山變做了軟衾窩。真個是悲處歡多，況更是歡處歡多，把歡字渾身裹。"又《夢花詞》〔大聖樂〕云："婚姻事天自安排，戰心兵今奏凱。非干色膽天來大，氤氳使，遣教來。好向奇花隊裏爭先採，只是分淺卑人怕未該。鴛鴦兩字，喜從來潦草，自今端楷。"鴛鴦端楷，語自新妙。又《懷舊重和》〔畫眉序〕四首之三云："曾經苦分拆，還有個相逢在他日。怕從今見你，就再生難必。曾記你絮語叨叨，畢竟也信音寂寂。""花儔與月匹，難道心腸竟如墨。料重門深鎖，雁書無策。就做到今日辜恩，畢竟是當初難得。""依稀有消息，聞道伊家尚相憶。就一些難信，也堪疑惑。眼皮上越有思量，心坎裏轉添鶻突。"只一信息有無，便轉折層層，體會不了，子野謂"有情可摹，則無才可盡。若云才盡，則尺幅立窮；若云摹情，則天樣花箋，願假一幅。乃因和作，重復和此，終恨字句有限，猶未寫得萬一"云。

若稍假景物容貌，以憑點染者，其詞鋒裊裊，益無止境。聊擷一二，不能多舉。《春思》〔楚江情〕云："淒涼立小廊，身單影雙，楊花滚滚人斷腸，柔魂一縷待離腔。也分明是俺，依稀是郎，只覺嬌嬌滴滴粉脂香。把餓眼昏花，權當喬模樣。且書兒寫幾行，書兒寫幾行，夢兒做幾場，總記入相思賬。"《舟中二姬》〔金索掛梧桐〕云："船如一葉飛，人似雙花倚。自不由人，醒也渾如醉。春香透玉肌，細微微，略嗅些兒也著迷。支持郎眼千般媚，更襯起春光一倍奇。如何詑，除非沉醉可酬伊。須知道醉聽新詞,醉擁名姬,就醉死誰迴避。"《問桃》〔二郎神〕與〔猫兒墜〕云:"春才好,正寒食東風柳外橋,一樹桃花和晚照。微微暈臉,分明是舊識丰標。却爲甚低頭微似惱,想不耐燕鶯囉唣。没分曉,可記否當年,花底魂銷。""阮郎標韻,翻做沈郎腰。重到玄都無分了,殘花紅與淚珠飄。心焦,怎下得教人,今日明朝。"諸詞皆各有本事,非憑空而發。評者以爲文生於情,非情人絶不能爲文人。多情如子野,自應咳唾情天,隨風珠玉矣。

子野之寫裙裾脂粉也,如〔懶畫眉〕云:"尊前瞧見那冤家,頭一個風流定數他,水晶簪子插梅花。件件撩人煞,斜刺裏剛剛覷著咱。""偶然相見落花餘,衫子新裁紅杏初,温柔香軟骨如無。愛把眉兒鎖,睩老瞧人一寸波。"爽利穎俊,尚不脱元人蹊徑。若〔江兒水〕云:"小步金蓮困,清歌玉版浮。軟條條楊柳和腰瘦,熱惺惺檀紐連心扣,淡睃睃秋水和眉皺。把俺骨髓春風熏透,兩袖雙籠,只覺臂環頻溜。"則全是南詞面目矣。子野自記,以爲此曲尖秀不俗,特猶少作欠老道耳。顧彦容謂"正元人所謂'通身旖旎,徹膽風流'者"云。

香奩涉穢褻者,皆誤於《西厢記》"幽期"一折。所謂"竚立閑階"者,直古今之厲階耳,實甫不能辭其咎也。沈青門之"寶花闌",子野之"蟾勾起影",爭淫鬭褻,忝不知恥,風氣囿人,一至於此哉!然如子野《懷舊》套之〔鮑老催〕云:"追思那日,奇花一朵親手摘,春風被頭鴛鳳匹。是錦繡緣,繁華夢,風流敵。巫雲柔軟嫌風急,柳線輕摇嫩無力,真個是相憐惜。"《贈董夜來》之〔皂羅袍〕云:"如此掛人懷抱,把情根一瓣,種活心苗。梨魂已被杜鵑銷,楊花一任春風鬧。屏間燈燼,餘花自飄。枕邊茉莉,餘香亂抛。于中有事郎知道。"無傷蘊藉,而仍在風趣之中,雖亦綺語,庶幾可以免譏也。

凡此瑣瑣,捨寓情《花影》一端而外,舉未足以見子野爲人之心地與志趣也。顧讀斯集者,必附見子野之《西佘山居記》;讀斯記者,以其摹情狀物,清新俊逸,必悠然神往,嚮慕其地其人其事,而後子野之爲子野,亦既了然於胸次矣。《山居記》後有論曰:"金谷繁華恐不祥,平泉癡拙恐不必。予惟是因山省挑築,因水省濬治,花木擇其易活者,省培植,且擇其易辦者,省物力,簡便而措之,平淡而享之。但覺山水花木,自來親人，而我無應接之煩，是乃可爲真享受矣。予且逍遥目前，安分知止，百歲之後，安知其不爲子孫賣，不爲勢家奪，不爲平田耕，不爲虎狼穴，不爲兵寇焚，不爲樵豎截？此事理之必然，無足訝者。予爲記之一片石，使蕪没之後，或有得斷碣者，知此地曾有室廬，有卉木，有人文采風流於此，今且鞠爲茂草，不復辨處。倘其人有心，當爲之撫膺一長歎耳。”此其所言，何等明達曠放，而所謂“簡便措施”、“平淡享受”者，尤子野獨得之見。故顧彦容申其意曰，“元人詞云：‘一日一個淺斟低唱，一夜一個花燭洞房，能有得多少時光。’屠緯真詞云：‘痛飲百萬觴，大唱三千套，無常到來猶恨少。’其爲歡不足，有如此者，不知惟躭花月之忙，故轉覺居諸之促。苟本地風流，隨緣欣賞，陶情歌舞，而不爲歌舞所牽，適志琴書，而不爲琴書所縛，若子野之刻刻良辰、朝朝令節，斯真善於領略者矣。東坡云‘好風涼月即中秋，菊花開時即重陽’，正合此旨，惜乎解人絶少耳。”子野記山居之大凡有曰：“居山中，雨不出，風不出，寒不出，暑不出；貴客不見，俗客不見，生客不見，意氣客不見。中略凡四時風景，及山水花木之勝，皆譜撰小詞，教山童歌之。客至，出以侑酒，兼佐以簫管絃索。花影杯前，松風杖底，紅牙雋舌，歌聲入雲，亦甚足爲耳輪供養矣。更作一釣船曰‘隨庵’，風日和美，一葉如萍，半載琴書，半攜花酒，紅裙草衲，名士隱流，或交舄並載。每歷九峰，泛三泖，遠不過西湖、太湖而止。所得新詞，隨叶絃管，興盡而返，闔門高卧。”又《跋舟居套曲》亦云：“予有釣船隨庵，每到山水勝處，便刺篙休焉。山有面背隱現，水有曲折平遠，兩涯煙柳有高低疎密，乃船之去就斜横，可以隨緣選勝，詭遇徵奇。天又陰晴不定，山雨欲來，風月如掃，朝霞夕照，水面通紅，新雁寒鵶，點散影没，更隨時觸目之奇觀也。”又《甲子除夕》曲跋云：“歲聿云暮，日月就除，農事已休，春耕未起。紙窗明暖，梅影蕭疎，雪月燈熒，夜幃茶熟。此時一盆火，一瓶花，煨芋數頭，家人姬侍相與守歲圍爐，燒棗焚栗，檢點一年，區處花月幾何，逋欠詩酒債若干。更以文心之波，旁及聲律，令小童歌自製新詞一兩章，覺枯寂之氣，一時遣去，鬚眉毫髮，皆温温然有生意。”此山翁風致，極快樂事也。此其於自敘生活嗜好之中，時時及製詞歌譜之事，足見高懷逸趣。既入篇章，便調絃管，迥非他人紙上吟哦，案頭把玩而已者可比也。此一樂，誠古今作者人人所羨，而絶非人人所能得者，子野愈足以豪矣。證之曲中，則《癸丑除夕》〔雁兒落〕前半云："我只願老慈親健靠天，我只願寒萊婦安貧賤。我只願小園中有供佛花，我只願草堂上有聯詩伴。"〔園林好〕與〔沽美酒〕云："若過望便千般未圓，若安分便於今十全。且喜安閑强健，向這壁把酒杯添，向那壁把鬢花拈。""是誰參造化權，我生計敢違天，天付我茗碗香爐與硯田。藏名句有青山，洗俗耳有清泉。我只是不開口話誰恩怨，少交際怕誰機變。我啊，且安享樂志田園，幾曾貪造業銅錢。呀，管穩取年年歡忭。"一種知足常樂、乘化隨時之趣，已足副前説而有餘。又如《中秋》〔金索掛梧桐〕云："南樓興未休，吾輩能詩酒。吸盡清光，月印黏於口。從來這日頭，幾淹留，嘆庾亮而今也廢丘。當初曾把秋消受，到今日他還有分否。須參透，這杯中綠蟻儘消愁。可憐這一度中秋，早剩得半夜中秋，漸漸又三更後。""誰分一半秋，想天與人分有。這月底清歡，莫放傳杯手。還須叱怒虬，向廣寒遊，醉眼摩挲將桂子偷。把霓裳譜出鈞天奏，可不是絃管吹雲儘破愁。休慳酒，有羅衣堪當更何憂。預知有客路傷秋，還有個小院悲秋，又似得尊前否。"其憐取眼前留連急景，措辭衹是一片熱切，直有不容人不動情之勢。於此乃覺子野散曲，確有獨到之處也。至於一味聽天委命，知足安愚，迹近頹唐，志鮮進取，未免令讀其詞者或亦爲之銷沉意氣，而廢弛精神，則是吾國文人通有之短，難以專責子野矣。